袖珍法漢詞典

DICTIONNAIRE DE POCHE
FRANÇAIS-CHINOIS

《法漢詞典》編寫組編

U0006619

臺灣商務印書館發行

袖珍法漢詞典／《法漢詞典》編寫組編. -- 臺灣
二版. -- 臺北市：臺灣商務，2011.07
面 ； 公分
ISBN 978-957-05-2628-8(精裝)

1. 法語 2. 字典

804.532   100010837

袖珍法漢詞典
DICTIONNAIRE DE POCHE
FRANÇAIS—CHINOIS

編者◆《法漢詞典》編寫組
發行人◆施嘉明
總編輯◆方鵬程
責編◆劉秀英
美術設計◆張世雄

出版發行：臺灣商務印書館股份有限公司
10660 台北市大安區新生南路三段十九巷三號
電話：(02)2368 0610
傳真：(02)2368-3626
讀者服務專線：0800056196
郵撥：0000165-1
E-mail：ecptw@cptw.com.tw
網路書店網址：www.cptw.com.tw
網路書店臉書：facebook.com.tw/ecptwdoing
臉書：facebook.com.tw/ecptw
部落格：blog.yam.com/ecptw

局版北市業字第 993 號
香港初版：1991 年 1 月
臺灣初版一刷：1992 年 1 月
臺灣二版一刷：2011 年 7 月
臺灣二版二刷：2013 年 5 月
定價：新台幣 370 元
本書經商務印書館(香港)有限公司授權出版

法 語 語 音 簡 表

元 音				
音標	詞　例		音標	詞　例
[i]	il, vie, lyre, naïf, gîte		[ɛ̃]	matin, plein, main, faim
[e]	blé, jouer, gai			impossible, syndicat
[ɛ]	lait, jouet, merci, maître,		[ɑ̃]	sans, vent, temps, tampon
	frère, fenêtre, neige		[ɔ̃]	bon, ombre
[a]	plat, patte, là		[œ̃]	lundi, brun, parfum
[ɑ]	bas, pâte		:	爲長音符號
[ɔ]	mort, donner			
[o]	mot, dôme, eau, gauche		半 元 音		
[u]	genou, roue		音標	詞　例
[y]	rue, vêtu, mûr			
[ø]	peu, deux, nœud		[j]	yeux, paille, pied, travail
[œ]	peur, meuble		[w]	oui, nouer, tramway
[ə]	le, premier		[ɥ]	huile, lui

輔 音				
音標	詞　例		音標	詞　例
[p]	père, soupe		[v]	vous, rêve
[t]	terre, vite		[z]	zéro, maison, rose
[k]	cou, qui, sac, képi		[ʒ]	je, gilet, geôle
[b]	bien, robe		[l]	lent, sol
[d]	dans, aide		[r]	rue, venir
[g]	gare, bague		[m]	main, femme
[f]	feu, neuf, photo		[n]	nous, tonne, animal
[s]	sale, celui, ça, tasse, nation		[ɲ]	agneau, vigne
[ʃ]	chat, tache		[ŋ]	camping

目　錄

出 版 說 明

　　本詞典以供讀者查閱法語單詞詞義爲主
要目的。全書共收法語單詞26,000左右，包
括基本詞滙和一定數量的科技詞滙，並注意
吸收已通用的新詞和新義。正文後附有較詳
盡的動詞變位表。

　　本詞典的編寫工作是在上海外國語學院
主持下，由參加《法漢詞典》編寫組的本市
大專院校、科研單位、工廠和出版社的部分
外語教師和外語工作人員集體完成的。由於
水平所限，缺乏經驗，詞典中的缺點、錯誤
在所難免。希望廣大讀者提出寶貴意見，以
便今後修改訂正。

體 例 說 明

詞 目

1. 詞尾性、數變化部分用黑斜體字母表示:

   ami, *e*; **acteur** , *trice* 即陽性為 ami; acteur, 陰性為 amie; actrice

   bateau (*pl.* ~*x*) 即單數為 bateau, 複數為 bateaux

   national, *ale* (*pl.* ~ *aux*) 即陽性為 national, 陰性為 nationale, 陽性複數為 nationaux

   vice-consul (*pl.* ~*s*); **chef-d'œuvre** (*pl.* ~*s-* ~);
   　machine-outil (*pl.* ~*s-* ~*s*) 即複數分別為 vice-consuls; chefs-d'œuvre; machines-outils。

2. 拼法, 發音相同而詞源不同的單詞, 一般不另分立詞目。例如作 "臉色, 外貌" 等解的 **mine** 和作 "礦, 地雷" 等解的 **mine** 雖非同一詞源, 仍作同一詞目處理。

3. 為了節約篇幅, 凡是形容詞加詞尾 -ment 構成的副詞, 如 rapidement 等一般不再收入; 但像 constamment, crûment, gentiment, récemment 等副詞, 詞的前面部分已略有變化, 仍作為詞目收入。

4. **ya(c)k** 表示這個詞可以有yak或yack 兩種拼法。**empresser(s'),** **priori(a)** 表示應讀作s'empresser, a priori。

5. "~" 作為本詞目的代替號, 如**demeure** 條中 à~即 à demeure; **chinois** 條中C~中國人, 表示該詞作 "中國人" 解時, 第一個字母應大寫。

6. h字部的單詞, 在h前標有星號者為噓音h, 如***héros**; 無星號者為啞音h, 如**histoire**。

注 音

1. 所有詞目均用國際音標注音。

2. 有不同讀法的單詞，分別注出不同讀音。如僅有一、二個音素讀法不同，則用方括號對注表示，如: **mêler** 〔me〔ε〕le〕，即可讀作〔mele〕，也可讀作〔mεle〕。

3. 可讀可不讀的音素，用圓括弧表示，如: **semestre** 〔s(ə)mεstr〕; **quidam** 〔k(ɥ)idam〕。

4. 名詞、形容詞等的陰性形式的注音，採取簡略形式，如: **décisif, ve** 〔desizif, i:v〕，即陽性形式讀作〔desizif〕，陰性形式讀作〔desizi:v〕。

釋 義

1. 同一詞性下的各檔釋義用"；"分開。具有多種詞性的單詞，則按詞性分別釋義; 但為了節省篇幅，在可能情況下，把不同詞性的釋義予以合併處理，如: **persévérant, e** 〔pεrseverɑ, ɑ: ɩ〕 u., n. 堅定的（人），不屈不撓的（人）; **pluriel, le** 〔plyrjεl〕 n. m., a. 複數（的）; **quintupler** 〔k(ɥ)ε̃typle〕 v.t., v.i. (使)增至五倍。

2. 漢語釋義放在圓括弧內的部分表示對釋義的必要限制，放在六角括號內的部分表示對釋義的補充說明，如: **miauler** 〔mjole〕 v.i. (貓)叫，(虎)嘯; **rame** 〔ram〕 n.f. 令〔500張紙〕。

3. 動詞加 **se** 構成的代動詞，如果只是在原來的意義上表示反身作用、相互作用或被動作用的，這類釋義一般不再收入。

4. 在現代法語中，有些詞或有些詞的某一釋義已不再單獨使用，而只出現在一定的詞組中，本詞典酌收這類詞組，同時也收錄少量常用的語法性短語。

動詞變位

1. 凡屬第一組和第二組動詞中變位無特殊變化的動詞以及 avoir, être兩動詞，在詞條中均不標注動詞變位表號碼，讀者可參閱"附錄一　動詞變位表"的表I至表VIII。

2. 凡屬第一組和第二組動詞中變位有特殊變化的動詞以及全部第三組動詞和缺項動詞等，均在詞條中以[c.××]形式標明動詞變位表號碼，讀者可以從"附錄一"的有關表格中查閱其變位形式。[c.××, c.××]表示要參閱兩表，即兩表中的變化現象兼而有之。[c.××或 c.××]表示該動詞有兩種變位類型，可任用一種。

3. 少數動詞在變位時有個別特殊變化的，則直接在詞條中加以說明。

4. 動詞變位後的形式一般不收入本詞典正文。從動詞的已變位形式查閱原形動詞，可參見"附錄二　原形動詞索引表"。

法語字母表

A a	G g	M m	S s	Y y
B b	H h	N n	T t	Z z
C c	I i	O o	U u	
D d	J j	P p	V v	
E e	K k	Q q	W w	
F f	L l	R r	X x	

略 語 表

一、語法用語略語：

a. .... adjectif　（形容詞）

a.dém. .... adjectif démonstratif
　　　　（指示形容詞）

a. exclam. .... adjectif exclamatif
　　　　（感嘆形容詞）

a. indéf. .... adjectif indéfini
　　　　（泛指形容詞）

a. interr. .... adjectif interrogatif
　　　　（疑問形容詞）

a. num. .... adjectif numéral
　　　　　　　　（數詞）

a. num. ord. .... adjectif numéral
　　　　ordinal　（序數詞）

a. poss. .... adjectif possessif
　　　　（主有形容詞）

adv. .... adverbe　（副詞）

art. déf. .... article défini
　　　　（定冠詞）

art. indéf. .... article indéfini
　　　　（不定冠詞）

c.　conjugaison　（動詞變位）

conj. .... conjonction　（連詞）

f. .... féminin　（陰性）

inf. .... infinitif　（不定式）

interj.　interjection　（感嘆詞）

inv. .... invariable　（不變的）

loc. adj. .... locution adjective
　　　　（形容詞短語）

loc. adv. .... locution adverbiale
　　　　（副詞短語）

loc. conj. .... locution conjonctive
　　　　（連詞短語）

loc. prép. .... locution prépositive
　　　　（介詞短語）

m. .... masculin　（陽性）

n. .... nom　（名詞）

pl. .... pluriel　（複數）

préf. .... préfixe（前綴）

prép. .... préposition（介詞）

pron. dém. .... pronom
　　　　démonstratif　（指示代詞）

pron. indéf. .... pronom indéfini
　　　　（泛指代詞）

pron. interr. .... pronom
　　　　interrogatif　（疑問代詞）

pron. pers. .... pronom personnel
　　　　（人稱代詞）

pron. poss. .... pronom possessif
　　　　（主有代詞）

pron. rel. .... pronom relatif
　　　　（關繫代詞）

sing. .... singulier　（單數）

v. i. .... verbe intransitif
　　　　（不及物動詞）

v. impers. .... verbe impersonnel
　　　　（無人稱動詞）

v. pr. .... verbe pronominal
　　　　（代動詞）

v. t. .... verbe transitif
　　　　（及物動詞）

二、修辭用語略語：

〔漢〕…… 漢語　　〔美〕… 美國用語　　〔行〕…… 行話
〔英〕…… 英語　　〔西〕… 西班牙語　　〔貶〕…… 貶義
〔日〕…… 日語　　〔俄〕…… 俄語　　〔謔〕… 戲謔語
〔意〕… 意大利語　　〔梵〕… 梵文　　〔詩〕… 詩中用語
〔阿〕… 阿拉伯語　　〔俗〕…… 俗語　　〔書〕…… 書面語
〔拉〕…… 拉丁語　　〔民〕… 民間用語　　〔古〕…… 古義
〔德〕…… 德語　　〔方〕…… 方言

三、專業名稱略語：

【政】…… 政治	【天】…… 天文學	【船】…… 造船
【法】…… 法律	【氣】…… 氣象學	【海】…… 航海
【哲】…… 哲學	【數】…… 數學	【空】…… 航空
【邏】…… 邏輯學	【地】…… 地理	【建】…… 建築
【軍】 軍事，軍工	【動】…… 動物學	【度】…… 度量衡
【經】…… 經濟	【昆】…… 昆蟲類	【測】…… 測量學
【商】 商業，貿易	【鳥】…… 鳥類	【攝】…… 攝影
【財】 財政，金融	【魚】…… 魚類	【印】…… 印刷
【會】…… 會計	【植】…… 植物學	【技】… 工業技術
【史】…… 歷史	【微生】 微生物學	【解】…… 解剖學
【文】…… 文學	【寄生】 寄生蟲學	【機】…… 機械
【語】…… 語言，	【醫】…… 醫學	【冶】…… 冶金
語音，語法	【藥】…… 藥物學	【礦】…… 礦物
【劇】…… 戲劇	【物】…… 物理學	【採】…… 採礦
【藝】…… 藝術	【光】…… 光學	【林】…… 林業
【樂】…… 音樂	【電】…… 電工學	【鐵】…… 鐵道
【體】…… 體育	【無】 無線電電子	【汽】…… 汽車
【心】…… 心理學	學	【革】…… 製革
【宗】…… 宗教	【原子】原子物理學	【紡】…… 紡織
【神】…… 神話	【化】…… 化學	【紙】…… 造紙
【希神】 希臘神話	【生】…… 生物學	【農】…… 農業
【羅神】 羅馬神話	【生化】 生物化學	【漁】…… 漁業

說明：有些修辭用語和專業名稱採用全稱或近乎全稱，如〔挪威語〕、【胚胎學】、【地質】等，意義自明，不再列入。

A

A, a [ɑ] *n. m.* 法語字母表中第 1 個字母

à [a] *prép.* 向, 到, 在, 從, 以, 用, 給 (予), 對於, 屬於

abaca [abaka] *n. m.* 【植】蕉蔴, 馬尼拉蔴

abaisse-langue [abɛslɑ̃ːg] *n. m. inv.* 【醫】壓舌板

abaissement [abɛsmɑ̃] *n. m.* 放低, 下降; 降低, 減低; 屈辱, 屈從

abaisser [abe[ɛ]se] *v. t.* 放低, 放下; 降低, 減低; 貶抑, 壓低

abandon [abɑ̃dɔ̃] *n. m.* 放棄, 捨棄; 拋棄, 遺棄

abandonner [abɑ̃dɔne] *v. t.* 放棄, 捨棄; 拋棄, 遺棄; 交付, 託付 *v. pr.* 耽於, 沉醉的, 陷人

abaque [abak] *n. m.* 算盤; 算圖; 計算圖表;【建】(圓柱頂部的)頂板

abasourdir [abazurdiːr] *v. t.* 震聾; 使震驚

abâtardir [abɑtardiːr] *v.t.* 使退化, 使變種; 使變壞, 使衰退 *v. pr.* 退化, 變種; 變壞, 衰退

abâtardissement [abɑtardismɑ̃] *n.m.* 退化, 變種; 變壞, 衰退

abat-jour [abaʒuːr] *n.m.inv.* 燈罩; 斜窗板; 採光(窗)洞; 遮光帽簷

abats [aba] *n.m.pl.* 〖屠宰〗下脚, 頭、脚、內臟的總稱

abattage [abataːʒ] *n.m.* 砍倒, 砍伐; 屠宰;【採】採掘;〖俗〗斥責

abattant [abatɑ̃] *n.m.* 活動板

abattement [abatmɑ̃] *n.m.* 衰弱, 精疲力竭; 沮喪; 削減; 減免部分

abattis [abati] *n.m.* 砍下的樹木堆; 打死的獵物堆; (宰殺後的)家禽下脚

abattoir [abatwaːr], *n.m.* 屠宰場

abattre [abatr] [c. 44] *v.t.* 推倒, 砍倒; 打倒; 殺死, 屠宰; 快速完成; 使衰弱; 使氣餒; (攤)牌 *v.pr.* 倒下, 摔倒; 襲擊, 猛撲; 停止

abbatial, ale [abasjal] (*pl.* ～ **aux**) *a.* 隱修院的, 修道院的; 隱修院或修道院院長的

abbaye [abei] *n.f.* 隱修院, 修道院

abbé [abe] *n.m.* 隱修院院長, 修道院院長; 神甫〔對天主教教士的稱呼〕

abbesse [abɛs] *n. f.* 女隱修院院長, 女修道院院長

a b c [abese] *n.m.* 拼音讀本, 識字讀本; 入門, 基礎知識

abcès [apsɛ] *n.m.* 膿腫

abdication [abdikasjɔ̃] *n. f.* (權力等的)放棄; 讓位

abdiquer [abdike] *v.t.* 放棄(權力等); 讓位

abdomen [abdɔmɛn] *n.m.* 腹, 腹部

abdominal, ale [abdɔminal] (*pl.* ～ **aux**) *a.* 腹的, 腹部的

abécédaire [abesedɛːr] *n.m.* 拼法讀本

abeille [abɛj] *n.f.* 蜜蜂

aberration [aberasjɔ̃] *n.f.* 差錯, 謬誤; 【物】像差

abêtir [abe[ɛ]tiːr] *v.t.* 使惑笨, 使愚鈍

abêtissement [abe[ɛ]tismɑ̃] *n.m.* 使愚笨, 使愚鈍; 愚笨, 愚鈍

abhorrer [abɔre] *v.t.* 痛恨, 厭惡

abîme [abim] *n.m.* 深淵; 莫測的事物; 鴻溝, 很大的分歧; 毀滅

abîmer [abime] *v.t.* 損壞, 弄壞, 毀壞;〖古〗使墮入深淵 *v.pr.* 倒塌, 毀壞; 沉沒; 陷入, 沉溺於

abject, e [abʒɛkt] *a.* 卑鄙的, 下流的

abjection [abʒɛksjɔ̃] *n.f.* 卑鄙, 下流; 卑劣

abjuration [abʒyrasjɔ̃] *n.f.* 公開放棄;【宗】發誓棄絕

abjurer [abʒyre] v.t. 公開放棄（主張、學說等）；【宗】發誓棄絕

ablatif [ablatif] n.m. 【語】奪格（拉丁語名詞表示起源、工具等的格）

ablation [ablɑsjɔ̃] n.f. 【醫】切除（術）

ablette [ablɛt] n.f. 【魚】歐鮊

ablution [ablysjɔ̃] n.f. 【宗】洗手，淨身；〖俗〗沐浴

abnégation [abnegɑsjɔ̃] n.f. 犧牲，克己；忘我

aboiement [abwamɑ̃] n.m. 狗叫；狗叫聲

abois [abwa] n.m.pl. 獵犬圍吠；獵物被圍；絕境

abolir [abɔlir] v.t. 廢除，取消

abolition [abɔlisjɔ̃] n.f. 廢除，取消

abominable [abɔminabl] a. 可惡的，可憎的；極壞的

abomination [abɔminɑsjɔ̃] n.f. 厭惡，憎恨；可憎的事物

abominer [abɔmine] v.t. 厭惡，憎恨

abondamment [abɔ̃damɑ̃] adv. 大量地，豐富地

abondance [abɔ̃dɑ̃s] n.f. 大量；豐富，富裕；富有表達力

abondant, e [abɔ̃dɑ̃, ɑ̃t] a. 大量的，豐富的，富裕的，豐盛的；富有表達力的

abonder [abɔ̃de] v.i. 充裕，豐富

abonné, e [abɔne] n. 預約者，預訂者；訂戶，用戶

abonnement [abɔnmɑ̃] n.m. 預約，預訂

abonner [abɔne] v.t. 給人預約，給人預訂 v.pr. 預約，預訂

abord [abɔr] n.m. 接近，靠近；靠岸；待人態度；pl. 周圍，四周；d' ～loc.adv. 首先，第一

abordable [abɔrdabl] a. 易靠近的，可靠岸的；容易接近的，平易近人的

abordage [abɔrdaʒ] n.m. 接舷戰，（船隻的）襲擊；（船隻的）碰撞

aborder [abɔrde] v.i. 靠岸；上岸；登陸 v.t. 接舷襲擊，碰撞（船隻）；接近，上前

（與…）攀談；着手進行，開始從事 v.pr. （船隻）互撞；互相攀談

aborigène [abɔriʒɛn] a. 本地的，土生的 n.m.pl. 本地人

abortif, ve [abɔrtif, i:v] a. 【醫】(使)流產的

aboucher [abuʃe] v.t. 使會晤，使接洽；接合 v.pr. 會晤，接洽

aboulie [abuli] n.f. 【醫】意志缺乏症

about [abu] n.m. 連接端，榫接端；(注射器的)金屬接頭

aboutir [abutir] v.t. 通到，通接；到達；導致；獲得結果，成功

aboutissement [abutismɑ̃] n.m. 結果

aboyer [abwaje] v.i. [c. 3] (狗) 叫，吠；叫罵，謾罵

abracadabrant, e [abrakadabrɑ̃, ɑ̃t] a. 〖俗〗離奇的；難以置信的

abrasif, ve [abrazif, i:v] a. 【技】研磨的，磨料的 n.m. 磨料

abrégé [abreʒe] n.m. 縮影，縮小；摘要，節略；節本，縮本

abrégement [abrɛ[e]ʒmɑ̃] n.m. 縮短；刪節，節略

abréger [abreʒe] v.t. [c.2, c.7] 縮短；刪節，節略

abreuver [abrœve] v.t. 給(牲畜)喝水；灌，澆，浸透；充滿，大量地給予 v.pr. (牲畜)飲水

abreuvoir [abrœvwar] n.m. (牲畜)飲水處，飲水槽

abréviation [abrevjɑsjɔ̃] n.f. 省略；縮寫；縮寫詞

abri [abri] n.m. 隱藏處，躲避處；保護，掩護

abricot [abriko] n.m. 杏子

abricotier [abrikɔtje] n.m. 杏樹

abriter [abrite] v.t. 掩蔽，遮蔽；保護，掩護

abrivent [abrivɑ̃] n.m. 【農】防風裝置，風障

abrogation [abrɔgɑsjɔ̃] n.f. 廢止，廢除

abroger [abrɔʒe] v.t. [c. 2] 廢止，廢

除

abrupt, e [abrypt] *a.* 陡峭的; 險峻的; 粗魯的; 艱澀的〔指文筆〕

abrutir [abryti:r] *v.t.* 使遲鈍, 使愚蠢; 使昏頭昏腦, 使頭腦糊塗

abrutissement [abrytismã] *n.m.* 使人遲鈍, 變遲鈍; 遲鈍

abscisse [apsis] *n.f.* 【數】橫坐標

absence [apsã:s] *n.f.* 不在 (場); 缺席; 分離; 缺少, 缺乏; 分心

absent, e [apsã,ã:t] *a.* 不在 (場) 的; 缺席的; 缺乏的; 分心的

absentéisme [apsãteism] *n.m.* 經常缺勤, 經常缺課, 經常缺席

absenter(s') [apsãte] *v.pr.* 不在, (暫時) 離開

abside [apsid] *n.f.* (教堂的) 半圓形後殿

absinthe [apsɛ̃:t] *n.f.* 【植】苦艾; 苦艾酒

absolu, e [apsɔly] *a.* 絕對的, 完全的; 專制的; 專橫的; 【語】獨立的

absolution [apsɔlysjɔ̃] *n.f.* 寬恕, 【法】免訴, 免予處分

absolutisme [apsɔlytism] *n.m.* 專制制度, 專制政體; 專制主義

absolutiste [apsɔlytist] *a.* 專制主義的 *n.* 專制主義者

absorber [apsɔrbe] *v.t.* 吸收, 吸取; 喝, 吃; 消耗, 耗費; 吞併, 合併 (企業等); 吸引住, 使專心致志 *v.pr.* 被吸收; 專心於

absorption [apsɔrpsjɔ̃] *n.f.* 吸收, 吸取; 喝, 吃, 吸入; (企業等的) 吞併, 合併

absoudre [apsudr] *v.t.* [c. 49] 寬恕, 原諒; 【法】免訴, 免予處分

absoute [apsut] *n.f.* 【宗】追思禮, 追思禱告

abstenir(s') [apstəni:r] *v.pr.* [c. 16] 克制, 節制, 避免; 戒除; 不做; 棄權

abstention [apstãsjɔ̃] *n.f.* 節制, 克制; 戒除, 戒絕; 棄權

abstentionniste [apstãsjɔnist] *n.* 棄權者; 棄權論者

abstinence [apstinã:s] *n.f.* 戒絕, 戒除, 節制, 節制飲食; 【宗】小齋

abstinent, e [apstinã, ã:t] *a.* 節制飲食的, (對烟酒等) 節制的; 【宗】守 (小) 齋的

abstraction [apstraksjɔ̃] *n.f.* 抽象 (作用); 抽象概念; *pl.* 空想, 沉思

abstraire [apstrɛ:r] [c. 69] *v.t.* 使抽象化, 抽象 *v.pr.* 沉思, 凝思, 專心思索

abstrait, e [apstrɛ, ɛt] *a.* 抽象的; 難理解的, 深奧的; 【藝】抽象派的

absurde [apsyrd] *a.* 荒謬的, 荒誕的, 愚蠢的, 不合邏輯的

absurdité [apsyrdite] *n.f.* 荒謬, 荒誕, 荒唐; 蠢事, 蠢話

abus [aby] *n.m.* 濫用, 使用過度; 惡習, 流弊

abuser [abyze] *v.t.* 欺騙, 愚弄 *v.i.* 濫用, 過度使用 *v.pr.* 弄錯, 誤解

abusif, ve [abyzif, iv] *a.* 濫用的, 過度的, 過分的; 違法的, 不法的

abyssinien, ne [abisinjɛ̃, ɛn] *a.* 阿比西尼亞的 *n.* A～ 阿比西尼亞人

acabit [akabi] *n.m.* 《俗》種類, 性質

acacia [akasja] *n.m.* 【植】金合歡屬; (faux)～ 《俗》刺槐, 洋槐

académicien, ne [akademisjɛ̃, ɛn] *n.* 科學院院士; 法蘭西學院院士

académie [akademi] *n.f.* 科學院; 學會, 學術協會, 文藝協會; (法國的) 學區; 裸體畫 (習作), 裸體模特兒; 《俗》體形

académique [akademik] *a.* 科學院的, 學會的, 學院式的, (法國) 學區的

acajou [akaʒu] *n.m.* 桃花心木

acanthe [akã:t] *n.f.* 【植】老鴉企; 【建】葉板

acariâtre [akarjɑ:tr] *a.* 愛爭吵的, 好尋釁的; 脾氣壞的

accablement [akɑ[a]bləmã] *n.m.* 難忍; 疲憊, 虛弱; 沮喪, 意氣消沉

accabler [akable] *v.t.* 使以忍受, 使過重負擔; 攻擊, 凌辱; 制服, 壓倒; 備加, 大加 (讚揚等)

accalmie [akalmi] *n.f.* 暫時平靜

accaparement [akaparmɑ̃] *n.m.* 囤積
居奇

accaparer [akapare] *v.t.* 囤積;獨佔,壟
斷

accapareur, se [akaparœːr, øːz] *n.* 囤
積者,壟斷者

accéder [aksede] *v.i.* [c.7] 通向,通
到,達到;同意

accélérateur, trice [akseleratœːr, tris]
a. 加速的,促進的 *n.m.* 加速器;催
速劑,促進劑

accélération [akselerɑsjɔ̃] *n.f.* 加速,
加快;促進;加速度

accélérer [akselere] *v.t.* [c. 7] 加速,
加快;促進

accélérographe [akselerɔgraf] *n.m.*
【技】加速度記錄儀

accent [aksɑ̃] *n.m.* 重音,強音;聲調,語
氣;口音,腔調;【語】音符

accentuation [aksɑ̃tɥɑsjɔ̃] *n.f.* 重讀;
【語】標音符;強調,加強

accentuer [aksɑ̃tɥe] *v.t.* 重讀;標音符;
強調,加強,突出

acceptable [aksɛptabl] *a.* 可接受的

acceptation [aksɛptɑsjɔ̃] *n.f.* 接受,領
受;承諾,承兌

accepter [aksɛpte] *v.t.* 接受,領受;承
諾,承兌

acception [aksɛpsjɔ̃] *n.f.* 詞義; sans
～ de 不考慮(人事關係等)

accès [aksɛ] *n.m.* 進入;通道;接近,靠
近;發病,發作;激發,衝動

accessible [akse(ɛ)sibl] *a.* 可達到的,
可進入的;易接近的;易受影響的;可理
解的

accession [aksɛsjɔ̃] *n.f.* 達到,獲得;加
入,參加

accessit [aksesit] (*pl.* ～*s*) *n.m.* 褒獎,
獎狀

accessoire [akse(ɛ)swaːr] *a.* 附加的,
附屬的;次要的 *n.m.* 附帶的東西,附
件,附屬裝置;小道具

accident [aksidɑ̃] *n.m.* 意外事件,事
故;偶然,意外

accidenté, e [aksidɑ̃te] *a.* 高低不平
的,崎嶇不平的;出了事故的 *n.* 事故
受害者

accidentel, le [aksidɑ̃tɛl] *a.* 偶然的,
意外的;由事故引起的

accidenter [aksidɑ̃te] *v.t.* 使遭到事故;
使受損害

acclamation [aklamɑsjɔ̃] *n.f.* 歡呼,喝
彩

acclamer [aklame] *v.t.* 歡呼,喝彩;歡
呼通過

acclimatable [aklima(ɑ)tabl] *a.* 能被
風土馴化的;能服服水土的

acclimatation [aklima(ɑ)tɑsjɔ̃] *n.f.* 風
土馴化

acclimater [aklima(ɑ)te] *v.t.* 使…風土
馴化,使…適應氣候

accointance [akwɛ̃tɑːs] *n.f.* 經常來往,
交往

accolade [akɔlad] *n.f.* 擁抱;劍面擊肩
禮;大括號

accolage [akɔlaːʒ] *n.m.* 【園藝】綁縛,
綁蔓

accoler [akɔle] *v.t.* 使連結;【園藝】綁
縛,綁蔓

accommodant, e [akɔmɔdɑ̃, ɑ̃ːt] *a.* 隨
和的,好商量的

accommodateur, trice [akɔmɔdatœːr,
tris] *a.* 適應的,適合的;調節的

accommodation [akɔmɔdɑsjɔ̃] *n.f.* 適
應,適合;調節

accommodement [akɔmɔdmɑ̃] *n.m.*
和解,妥協

accommoder [akɔmɔde] *v.t.* 適應,適
合;和解,調解;烹調;調節(視力等)
v.pr. 將就,湊合

accompagnateur, trice [akɔ̃paɲatœːr,
tris] *n.* 伴奏者;旅行嚮導

accompagnement [akɔ̃paɲmɑ̃] *n.m.*
陪同,伴隨;附帶物,附屬物;伴奏,伴唱

accompagner [akɔ̃paɲe] *v.t.* 陪同,伴

隨, 護送; 隨附, 附加; 伴奏 *v.pr.* 伴隨
着, 引起

accompli, e [akɔpli] *a.* 完成的, 實現
的; 完美的, 完善的

accomplir [akɔpliːr] *v.t.* 完成, 實現; 履
行, 執行

accomplissement [akɔplismɑ̃] *n.m.*
完成, 實現; 履行, 執行

accord [akɔːr] *n.m.* 和睦, 融洽; 同意;
協定, 協議; 一致, 協調, 配合; 和弦, 諧音

accordage [akɔrdaːʒ] *n.m.* 調音;【無】
調諧

accordailles [akɔrdɑj] *n.f.pl.* 〖古〗訂
婚

accordé, e [akɔrde] *a.,n.* 〖古〗訂婚的
(人)

accordéon [akɔrdeɔ̃] *n.m.* 手風琴

accordéoniste [akɔrdeɔnist] *n.* 手風
琴演奏者

accorder [akɔrde] *v.t.* 使和睦, 使和解;
使協調, 使一致; 給予, 允諾; 使配合; 調
音

accordeur [akɔrdœːr] *n.m.* 調音師

accordoir [akɔrdwaːr] *n.m.* 【樂】調音
器

accorte [akɔrt] *a.t.* 討人喜歡的, 和藹可
親的

accostage [akɔstaːʒ] *n.m.* 走近, 靠近,
上前攀談; 靠泊, 靠岸

accoster [akɔste] *v.t.* 走近, 靠近, 上前
與…攀談; 靠泊, 靠岸

accotement [akɔtmɑ̃] *n.m.* (路旁的)
路肩;【鐵】護道

accoter [akɔte] *v.t.* 靠, 斜靠

accouchée [akuʃe] *n.f.* 產婦

accouchement [akuʃmɑ̃] *n.m.* 分娩

accoucher [akuʃe] *v.t.* 助產, 給…接生
v.i. 分娩, 生產

accoucheur, se [akuʃœːr, øːz] *n.* 助產
士, 產科醫生

accouder(s') [akude] *v.pr.* 用肘倚靠,
用肘支撐

accoudoir [akudwaːr] *n.m.* 靠手, 扶手

accouplement [akupləmɑ̃] *n.m.* 成對
連結; 交配, 交尾

accoupler [akuple] *v.t.* 成對連結; 使交
配, 使交尾

accourir [akuriːr] *v.i.* [c. 20]〔助動詞用
avoir 或 être〕跑來, 趕來

accoutrement [akutrəmɑ̃] *n.m.* 奇裝異
服, 可笑的服裝

accoutrer [akutre] *v.t.* 給穿奇裝異服,
給穿可笑的服裝

accoutumance [akutymɑ̃ːs] *n.f.* 習慣,
適應

accoutumé, e [akutyme] *a.* 通常的, 習
慣的

accoutumer [akutyme] *v.t.* 使習慣於
v.pr. 習慣於

accouvage [akuvaːʒ] *n.m.* 人工孵化

accréditer [akredite] *v.t.* 信託, 委託辦
理, 委派; 流傳, 傳播, 使人相信

accroc [akro] *n.m.* 裂縫, 破縫; 困難, 障
礙

accrochage [akrɔʃaːʒ] *n.m.* 鈎住, 扣
住; 懸掛

accroche-cœur [akrɔʃkœːr] *(pl.* ～ *s)*
n.m. 捲曲的鬢髮

accrocher [akrɔʃe] *v.t.* 鈎住, 扣住; 懸
掛; 拖延, 擱置; 騙得, 鑽營到

accroire [akrwaːr] *v.t.* 〔僅用不定式〕
faire ～ 使人相信; en faire ～ 欺騙, 使
人上當

accroissement [akrwɑ(ɑ)smɑ̃] *n.m.* 增
加, 增長; 擴大, 壯大

accroître [akrwɑ(ɑ)ːtr] [c. 54] *v.t., v.i.,*
v.pr. 增加, 增長; 擴大, 壯大

accroupir(s') [sakrupiːr] *v.pr.* 蹲

accroupissement [akrupismɑ̃] *n.m.*
蹲; 蹲的姿勢

accru [akry] *n.m.* 【植】根蘖

accu [aky] *n.m.* 蓄電池 (accumulateur
的縮寫)

accueil [akœj] *n.m.* 迎接, 接待, 招待

accueillant, e [akœjɑ̃,ɑ̃ːt] *a.* 殷勤的,
好客的; 招待周到的

accueillir [akœjiːr] *v.t.* [c. 13] 迎接, 接待, 招待; 接受, 同意

acculer [akyle] *v.t.* 逼入絕境, 使走投無路; 使無法回答, 使不能行動

accumulateur [akymylatœːr] *n.m.* 蓄電池

accumulation [akymylɑsjɔ̃] *n.f.* 堆積; 積累, 積聚

accumuler [akymyle] *v.t.* 堆積; 積累, 積聚

accusateur, trice [akyzatœːr, tris] *a.* 告發的, 控訴的　　*n.* 原告, 控訴人

accusatif [akyzatif] *n.m.* 【語】賓格

accusation [akyzɑsjɔ̃] *n.f.* 控告, 起訴; 控訴, 指責, 非難

accusé, e [akyze] *a.* 被控告的, 被告發的; 突出的　　*n.* 被告

accuser [akyze] *v.t.* 控告, 起訴; 控訴, 指責, 非難; 承認, 認錯; 顯出, 突出

acerbe [asɛrb] *a.* 酸澀的, 尖刻的

acéré, e [asere] *a.* 鋒利的, 銳利的; 尖刻的, 刺人的

acétate [asetat] *n.m.* 【化】醋酸鹽; 醋酸脂

acétique [asetik] *a.* 【化】醋酸的

acétone [aseton] *n.f.* 【化】丙酮

acétylène [asetilɛn] *n.m.* 乙炔

achalander [aʃalɑ̃de] *v.t.* 爲…招徠顧客

acharnement [aʃarnəmɑ̃] *n.m.* 猛烈, 激烈; 頑强

acharner(s') [saʃarne] *v.pr.* 猛追, 窮追; 發憤, 熱衷

achat [aʃa] *n.m.* 買, 購買; 買進的物品

acheminement [aʃminmɑ̃] *n.m.* 前進, 進行; 發送, 發運

acheminer [aʃmine] *v.t.* 發送, 發運; 派往; 導向　　*v.pr.* 前進, 前往, 走向

acheter [aʃte] *v.t.* [c. 6] 購買, 買; (以代價)換取, 獲得; 收買, 向…行賄

acheteur, se [aʃtœːr, øːz] *n.* 購買者, 顧客

achèvement [aʃɛvmɑ̃] *n.m.* 完成, 結束

achever [aʃve] *v.t.* [c. 6] 完成, 結束; 給以致命一擊

achoppement [aʃɔpmɑ̃] *n.m.* 障礙, 阻礙

achopper [aʃɔpe] *v.i.* 受挫, 碰壁, 失敗

achromatique [akrɔmatik] *a.* 【光】消色差的; 【生】非染色性的, 非染色質的

achromatopsie [akrɔmatɔpsi] *n.f.* 【醫】色盲

achromie [akrɔmi] *n.f.* 【醫】(皮膚)色素缺乏

acide [asid] *a.* 酸的; 尖酸刻薄的　　*n.m.* 【化】酸

acidifier [asidifje] *v.t.* 酸化

acidimètre [asidimɛtr] *n.m.* 【化】酸量測定計

acidité [asidite] *n.f.* 酸味; 【化】酸度, 酸性

acidulé, e [asidyle] *a.* 微酸的

acier [asje] *n.m.* 鋼

aciérage [asjerɑːʒ] *n.m.* 鋼化(法)

aciérer [asjere] *v.t.* [c. 7] 使成鋼

aciérie [asjeri] *n.f.* 煉鋼廠

acné [akne] *n.f.* 痤瘡, 粉刺

acolyte [akɔlit] *n.m.* 同夥, 從犯, 追隨者; 【宗】輔祭, 四品修士

acompte [akɔ̃ːt] *n.m.* 部分付款

aconit [akɔnit] *n.m.* 【植】烏頭

acoquiner (s') [sakɔkine] *v.pr.* 勾搭; 沉溺於

à-côté [akote] (*pl.* ~*s*) *n.m.* 枝節, 次要點; 額外收入, 外快

à-coup [aku] (*pl.* ~*s*) *n.m.* 忽動忽止; 令人不快的事件

acoustique [akustik] *a.* 聽覺的, 聲的, 聲學的　　*n.f.* 聲學; 音質

acquéreur [akerœːr] *n.m.* (財産)獲得者; 買主

acquérir [akeriːr] *v.t.* [c. 14] 獲得, 得到, 取得; 買到

acquêt [akɛ] *n.m.* 獲得物; 【法】(夫婦結婚後)獲得的共同財産

acquiescement [akjɛsmɑ̃] *n.m.* 承諾,

接受, 同意

acquiescer [akje(ɛ)se] *v.i.* [c. 1] 承諾, 接受, 同意

acquis, e [aki,i:z] *a.* 獲得的, 取得的 *n.m.* 知識, 經驗

acquisition [akizisjɔ̃] *n.f.* 獲得, 取得, 購得; 獲得物, 購得物

acquit [aki] *n.m.* 收據

acquittement [akitmɑ̃], *n.m.* 清償債務; 宣告無罪

acquitter [akite] *v.t.* 償清, 繳清; 宣告無罪; 履行 *v.pr.* 完成, 執行

acre [akr] *n.f.* 英畝

âcre [ɑ:kr] *a.* 刺激的, 嗿人的; 尖刻的, 辛辣

âcreté [ɑ(a)krəte] *n.f.* 刺激性, 嗿人味; 尖刻, 辛辣

acrimonie [akrimɔni] *n.f.* 尖刻, 辛辣; 帶火氣的聲調

acrimonieux, se [akrimɔnjø, øːz] *a.* 尖刻的, 辛辣的

acrobate [akrɔbat] *n.* 走鋼絲演員; 雜技演員

acrobatie [akrɔbasi] *n.f.* 雜技; 【空】特技 (飛行)

acrobatique [akrɔbatik] *a.* 雜技的

acrostiche [akrɔstiʃ] *n.m.* 藏頭詩 *a.* 藏頭體的

acte [akt] *n.m.* 行動, 動作, 行為; 證書, 文件, 契約; 法令, 條例;【劇】幕

acteur, trice [aktœːr, tris] *n.* 演員, 角色

actif, ve [aktif, iːv] *a.* 積極的, 勤勞的; 活躍的, 活動的;【語】及物的, 主動的 *n.m.* 【財】資產

actinium [aktinjɔm] *n.m.* 【化】錒

action [aksjɔ̃] *n.f.* 活動, 行動; 動作, 行為, 事情; 情節; 訴訟; 作用, 影響; 股份, 股票

actionnaire [aksjɔnɛːr] *n.* 股東

actionner [aksjɔne] *v.t.* 對⋯起訴, 控告; 開動, 發動

activement [aktivmɑ̃] *adv.* 積極地, 活躍地

activer [aktive] *v.t.* 促進, 加快; 使活躍;【化】活化

activiste [aktivist] *n., a.* 積極分子 (的), 活動分子 (的)

activité [aktivite] *n.f.* 活動; 積極性, 活躍, 活力; 現役, 在職;【物, 化】活度, 活性

actuaire [aktɥɛːr] *n.m.* 金融保險統計家

actualiser [aktɥalize] *v.t.* 使現實化, 革新;【哲】現實化

actualité [aktɥalite] *n.f.* 現實性; 時事, 新聞; *pl.* 新聞紀錄片

actuel, le [aktɥɛl] *a.* 當前的, 現在的; 現實的, 實際的

actuellement [aktɥɛlmɑ̃] *adv.* 當前, 現時, 目前

acuité [akɥite] *n.f.* 尖, 尖銳

acupuncture, acuponcture [akypɔ̃ktyːr] *n.f.* 針刺療法, 針法

adage [adaːʒ] *n.m.* 格言, 諺語

adaptation [adaptɑsjɔ̃] *n.f.* 適應, 適合; 改編

adapter [adapte] *v.t.* 配, 裝配; 使適應, 使適合; 改編

addenda [addɛ̃da] *n.m.inv.* 補遺, 補編, 附記

additif, ve [aditif, iːv] *a.* 【數】加法的, 加性的; 添加的 *n.m.* 添加物; 增加, 追加;【化】添加劑

addition [adisjɔ̃] *n.f.* 加法; 添加, 增加; (飯店等的) 賬單

additionnel, le [adisjɔnɛl] *a.* 附加的, 補充的, 追加的

additionner [adisjɔne] *v.t.* 加, 添

adduction [adyksjɔ̃] *n.f.* 引入, 引導

adénoïde [adenɔid] *a.* 腺樣的, 腺狀的

adénopathie [adenɔpati] *n.f.* 淋巴結疾病

adepte [adɛpt] *n.* 門徒, 信徒; 行家, 名手

adéquat, e [adekwa, at] *a.* 相當的, 適當的; 相符的, 一致的

adermine [adɛrmin] n.f. 維生素B6

adhérence [aderɑ̃:s] n.f. 緊貼, 粘附, 附着

adhérent, e [aderɑ̃, ɑ̃:t] a. 緊貼的, 粘着的, 附着的 n. 黨員, 會員; 參加者

adhérer [adere] v.i. [c. 7] 緊貼, 粘着, 附着; 加入, 參加

adhésif, ve [adezif, i:v] a. 膠粘的, 有粘着性的, 易粘的; 同意的

adhésion [adezjɔ̃] n.f. 粘附, 粘着, 附着; 同意, 贊同

adieu [adjø] (pl. ～x) interj. 再見! 永別了! n.m. 告別, 離別

adipeux, se [adipø, ø:z] a. 【解】脂肪的

adjacent, e [adʒasɑ̃, ɑ̃:t] a. 毗連的, 鄰接的, 鄰近的

adjectif, ve [adʒɛktif, i:v] a. 形容詞的, 形容詞性的 n.m. 形容詞

adjoindre [adʒwɛ̃:dr] v.t. [c. 51] 加, 添, 增添

adjoint, e [adʒwɛ̃, ɛ̃:t] a. 副的, 助理的, 輔助的 n. 助理, 助手

adjonction [adʒɔ̃ksjɔ̃] n.f. 添加, 增添; 附加物

adjudant [adʒydɑ̃] n.m. 士官長

adjudicataire [adʒydikatɛ:r] n. 得標人

adjudication [adʒydikɑsjɔ̃] n.f. 判給, 判歸, 拍賣, 招標

adjuger [adʒyʒe] v.t. [c. 2] 判給; 拍賣, 招標

adjuration [adʒyrɑsjɔ̃] n.f. 懇請, 懇求; (以神的名義)命令, 要求; 驅邪咒

adjurer [adʒyre] v.t. 懇請, 懇求; (以神的名義)命令, 要求

adjuvant, e [adʒyvɑ̃, ɑ̃:t] 【藥】輔佐的 n.m. 輔藥, 佐藥

admettre [admɛtr] v.t. [c. 45] 接納, 接受; 承認, 容許, 容忍; 錄取

administrateur, trice [administratœ:r, tris] n. 管理人, 主管; 行政官

administratif, ve [administratif, i:v] a. 管理的, 行政的

administration [administrɑsjɔ̃] n.f. 管理, 行政; 政府, 政府部門; 行政管理法, 行政管理學; 公務人員〔總稱〕

administrer [administre] v.t. 管理, 掌管, 支配; 用藥, 下藥; (向法庭)提出; 【宗】行(聖事)

admirable [admirabl] a. 令人贊美的, 可欽佩的; 奇妙的, 驚人的

admirateur, trice [admiratœ:r, tris] n. 贊賞者, 仰慕者, 欽佩者

admiratif, ve [admiratif, i:v] a. 贊賞的, 仰慕的, 欽佩的

admiration [admirɑsjɔ̃] n.f. 贊賞, 仰慕, 欽佩; 驚訝, 驚奇

admirer [admire] v.t. 贊賞, 仰慕, 欽佩; 對…感到驚奇

admis, e [admi, iz] a.,n. 被接納的(人), 被錄取的(人)

admissibilité [admisibilite] n.f. 可被接受, 可行; 可被錄用, 初試通過

admissible [admisibl] a. 可接受的, 可行的; 可以錄用的, 初試通過的 n. 初試通過者

admission [admisjɔ̃] n.f. 接納, 許可; 錄用, 錄取; 入會, 入場

admonestation [admɔnɛstɑsjɔ̃] n.f. 訓誡, 告誡; 申斥, 警告

admonester [admɔnɛste] v.t. 訓誡, 告誡; 申斥, 警告

adolescence [adɔlesɑ̃:s] n.f. 青春, 青少年期

adolescent, e [adɔlesɑ̃, ɑ̃:t] a. 青春的, 青少年時期的 n. 青年, 青少年

adonis [adɔnis] n.m. 美少年; A ～ 【神】阿多尼斯

adonner (s') [sadɔne] v.pr. 專心於, 沉湎於

adopté, e [adɔpte] a. 被收養的 n. 養子, 養女

adopter [adɔpte] v.t. 收養, 過繼; 採納, 採用

adoptif, ve [adɔptif, i:v] a. 收養的, 過繼的

adoption [adɔpsjɔ̃] n.f. 收養, 過繼; 採

納, 採用

adorable [adɔrabl] *a.* 值得崇拜的; 令人愛慕的, 令人喜愛的

adora*teur, trice* [adɔratœ:r, tris] *n.* 崇拜者, 愛慕者

adoration [adɔrɑsjɔ̃] *n.f.* 崇拜, 崇敬; 熱愛, 愛慕

adorer [adɔre] *v.t.* 崇拜, 崇敬; 熱愛, 愛慕; 寵愛; 喜愛

adosser [adose] *v.t.* 使靠, 使背靠

adoucir [adusi:r] *v.t.* 減輕, 減少, 緩和; 使柔和, 使柔軟; 拋光; 使(水)軟化

adoucissement [adusismɑ̃] *n.m.* 減輕, 減少, 緩和; 使柔和; 拋光; (水)的軟化

ad patres [adpatrɛs] *loc.adv.* 〖拉〗 envoyer ～ 殺掉, 弄死

adrénaline [adrenalin] *n.f.* 腎上腺素

adresse [adrɛs] *n.f.* 敏捷, 靈活, 機智; 地址, 通訊處; 請願書; 祝詞

adresser [adre(ɛ)se] *v.t.* 投寄; 給予; 向…提出 *v.pr.* 對…講話

adroit, e [adrwɑ[a], a[ɑ:]t] *a.* 靈巧的, 敏捷的; 機靈的, 機智的, 老練的

adula*teur, trice* [adylatœ:r, tris] *a.,n.* 諂媚的(人), 阿諛的(人)

adulation [adylɑsjɔ̃] *n.f.* 諂媚, 阿諛, 奉承

aduler [adyle] *v.t.* 諂媚, 阿諛, 奉承

adulte [adylt] *a.,n.* 成年的(人)

adultération [adylterɑsjɔ̃] *n.f.* 偽造

adultère [adyltɛ:r] *a.* 通姦的 *n.* 通姦人, 姦夫, 姦婦 *n.m.* 通姦

adultérer [adyltere] *v.t.* [c. 7] 偽造

adultérin, e [adylterɛ̃, in] *a.* 私生的

ad valorem [advalɔrɛm] *loc.adj.* 〖拉〗從價的(指稅)

advenir [advəni:r] *v.i.* [c. 16] 〔僅用不定式及第三人稱〕偶然發生, 突然發生

adventif, ve [advɑ̃tif, i:v] *a.* 【植】不定的

adverbe [advɛrb] *n.m.* 【語】副詞

adverbial, ale [advɛrbjal] *(pl. ～aux)* *a.* 副詞的

adversaire [advɛrsɛ:r] *n.* 對方, 對手, 敵手; 反對者

adverse [advɛrs] *a.* 敵對的, 反對的, 逆的

adversité [advɛrsite] *n.f.* 逆境, 厄運, 不幸

aède [aɛd] *n.m.* (古希臘的)行吟詩人

aérage [aera:ʒ] *n.m.* (地道等的)通風

aération [aerɑsjɔ̃] *n.f.* 通風, 通氣

aérer [aere] *v.t.* [c. 7] 使通風, 使空氣流通

aérien, ne [aerjɛ̃, ɛn] *a.* 空氣的, 大氣的; 空中的, 航空的; 空中生活的

aérifier [aerifje] *v.t.* 使氣化

aérobus [aerɔbys] *n.m.* 【空】大型客機

aéro-club [aerɔklœb] *(pl. ～s)* *n.m.* 民航飛行員培訓中心, 航空俱樂部

aérodrome [aerɔdro:[ɔ]m] *n.m.* 飛機場

aérodynamique [aerɔdinamik] *n.f.* 空氣動力學 *a.* 空氣動力學的; 流綫型的

aérogare [aerɔga:r] *n.f.* 航空站

aérolit(h)e [aerɔlit] *n.m.* 隕石

aéronaute [aerɔno:t] *n.* 氣球或氣艇駕駛員, 氣艇乘客; 航空飛行者

aéronautique [aerɔnotik] *a.* 航空的 *n.f.* 航空學

aéronaval, e [aerɔnaval] *(pl. ～s)* *a.* 海空的; 海軍航空的

aéronef [aerɔnɛf] *n.m.* 飛行器

aérophagie [aerɔfaʒi] *n.f.* 空氣的吞咽; 【醫】空氣吞咽症, 吞氣症

aéroplane [aerɔplan] *n.m.* 飛機〔舊稱〕

aéroport [aerɔpɔ:r] *n.m.* 航空站, 機場

aéroporté, e [aerɔpɔrte] *a.* 空運的; 空降的

aéropostal, ale [aerɔpɔstal] *(pl. ～aux)* *a.* 航空郵遞的

aérosol [aerɔsɔl] *n.m.* 氣溶膠; 氣霧劑

aérostat [aerɔsta] *n.m.* 氣球, 氣艇

aérostation [aerɔstɑsjɔ̃] *n.f.* 浮空學;

氣球或氣艇駕駛術

aérostatique [aerɔstatik] a. 浮空學的；氣球或氣艇駕駛術的 n.f. 空氣靜力學

aérostier [aerɔstje] n.m. 氣球駕駛員，氣艇駕駛員

affabilité [afabilite] n.f. 和氣，和藹，親切態度

affable [afabl] a. 和氣的，和藹的，親切的

affabulation [afabylasjɔ̃] n.f. 〖古〗寓意；小說情節的安排

affadir [afadi:r] v.t. 使失去味道；使枯燥無味

affadissement [afadismɑ̃] n.m. 失去味道；乏味，枯燥無味

affaiblir [afe(ɛ)bli:r] v.t. 使變弱，使衰弱；削弱，減弱

affaiblissement [afe(ɛ)blismɑ̃] n.m. 變弱，衰弱；削弱，減弱

affaire [afɛ:r] n.f. 事，事務；業務，買賣；案件，戰鬥； pl. 〖俗〗衣物，日用物品

affairé, e [afe(ɛ)re] a.,n. 忙碌的(人)，好似忙碌的(人)

affairement [afɛrmɑ̃] n.m. 忙碌，忙亂

affaissement [afɛsmɑ̃] n.m. 下沉，下陷；消沉，沮喪

affaisser [afe(ɛ)se] v.t. 使下沉，使下陷；使消沉，使沮喪

affaler [afale] v.t. 放鬆，放下；使擱淺，使靠岸 v.pr. 擱淺，靠岸；〖俗〗倒下

affamer [afame] v.t. 使挨餓，使斷糧

affameur, se [afamœ:r, ø:z] a. 使人挨餓的 n. 使人挨餓者

affectation [afɛktasjɔ̃] n.f. 用途，規定(用途)；假裝，做作

affecté, e [afɛkte] a. 假裝的，做作的，矯揉造作的

affecter [afɛkte] v.t. 規定…用途；假裝，裝出；影響，使感到痛苦；具有(某種形狀) v.pr. 感到痛苦，感到不安

affectif, ve [afɛktif,i:v] a. 動人的，富有感情的

affection [afɛksjɔ̃] n.f. 愛，愛情，友愛；【醫】疾病

affectionner [afɛksjɔne] v.t. 鍾愛，熱愛，喜愛

affectivité [afɛktivite] n.f. 易感性；情感

affectueux, se [afɛktɥø, ø:z] a. 親熱的，熱情的

afférent, e [aferɑ̃, ɑ̃:t] a. 屬於…的；【解】輸入的，傳入的

affermage [afɛrma:ʒ] n.m. 租賃〔指土地〕

affermer [afɛrme] v.t. 租賃(土地)

affermir [afɛrmi:r] v.t. 加固，鞏固，加強

affermissement [afɛrmismɑ̃] n.m. 加固，鞏固，加強

affété, e [afete] a. 矯飾的，矯揉造作的

afféterie [afetri] n.f. 矯飾，矯揉造作

affichage [afiʃa:ʒ] n.m. 貼佈告，貼廣告

affiche [afiʃ] n.f. 佈告，廣告，招貼

afficher [afiʃe] v.t. 張貼，招貼；公佈，顯示，炫耀 v.pr. 招搖，惹人注目

afficheur [afiʃœ:r] n.m. 張貼佈告者，張貼廣告者

affilé, e [afile] a. 尖銳的，鋒利的；d'~e loc. adv. 不間斷地，連續地

affiler [afile] v.t. 拉絲；磨尖，磨快

affiliation [afiljasjɔ̃] n.f. 加入，參加；併入

affilier [afilje] v.t. 使加入，准予併入 v.pr. 加入，參加

affinage [afina:ʒ] n.m. 精煉，精製

affiner [afine] v.t. 精煉，精製

affineur, se [afinœ:r, ø:z] n. 精煉工人，精製工人

affinité [afinite] n.f. 姻親關係；相似性，類似性，聯繫；【化】親合力

affirmatif, ve [afirmatif, i:v] a. 肯定的，贊成的 n.f. 肯定句，肯定命題

affirmation [afirmasjɔ̃] n.f. 斷言，肯定；【法】確認，證明

affirmer [afirme] *v.t.* 斷言,肯定;【法】確認,證明

affleurement [aflœrmã] *n.m.* 使成同一水平,對平,對齊

affleurer [aflœre] *v.t.* 使成同一水平,使相平,對齊 *v.i.* (礦床)露頭

affliction [afliksjɔ̃] *n.f.* 痛苦,悲傷

affliger [afliʒe] *v.t.* [c. 2] 使痛苦,使悲傷

affluence [aflyɑ̃:s] *n.f.* 人羣,羣集;富裕,豐富

affluent, e [aflyã, ã:t] *a.* 支流的 *n.m.* 支流

affluer [aflye] *v.i.* 流向,流入,湧向;大批到達

afflux [afly] *n.m.* 匯集,湧集;匯流

affolement [afɔlmã] *n.m.* 瘋狂;慌亂

affoler [afɔle] *v.t.* 使瘋狂;使慌亂 *v.pr.* 發狂;慌亂

afforestation [afɔrɛstɑsjɔ̃] *n.f.* 造林

affouage [afwa:ʒ] *n.m.* 公共樹林採伐權

affouiller [afuje] *v.t.* 沖刷,侵蝕

affranchi, e [afrãʃi] *a., n.* 獲得自由的(奴隸),被解放的(奴隸)

affranchir [afrãʃi:r] *v.t.* 解放,使獲得自由;使擺脱;付郵資,貼郵票

affranchissement [afrãʃismã] *n.m.* 解放;解除,擺脱;付郵資,貼郵票

affres [a[ɑ:]fr] *n.f.pl.* 痛苦,悲痛

affrètement [afrɛtmã] *n.m.* 租船

affréter [afrete] *v.t.* [c. 7] 租(船)

affréteur [afretœ:r] *n.m.* 租船人

affreux, se [afrø, ø:z] *a.* 可怕的,恐怖的;可憎的,可恶的,醜陋的

affriander [afriãde] *v.t.* 使嘴饞,使專揀好的吃;餌誘;引誘

affrioler [afriɔle] *v.t.* 引誘,吸引

affront [afrɔ̃] *n.m.* 侮辱,凌辱,恥辱

affronter [afrɔ̃te] *v.t.* 迎戰,對抗,迎對痛擊;冒着 *v.pr.* 對立,對峙,衝突

affubler [afyble] *v.t.* 給穿上可笑的服裝,怪樣地打扮

affût [afy] *n.m.* 炮架;【狩獵】潛伏處

affûtage [afyta:ʒ] *n.m.* 刃磨,磨快,磨尖

affûter [afyte] *v.t.* 磨快,磨尖

affûteur [afytœ:r] *n.m.* 刃磨工,工具磨工

afghan, e [afgã, an] *a.* 阿富汗的 *n.* A~ 阿富汗人 *n.m.* 阿富汗語〔即普什圖語〕

afin de [afɛ̃də] *loc.prép.*, **afin que** [afɛ̃kə] *loc. conj.* 爲了,以便

africain, e [afrikɛ̃, ɛn] *a.* 非洲的 *n.* A~ 非洲人

africanisation [afrikanizɑsjɔ̃] *n.f.* 非洲化

africaniser [afrikanize] *v.t.* 非洲化

afro-américain [afroamerikɛ̃] *a.* 美國黑人的 *n.* A~-A~ 美國黑人

afro-asiatique [afroazjatik] *a.* 亞非的

agacement [agasmã] *n.m.* 刺激,厭煩,惱火

agacer [agase] *v.t.* [c. 1] 刺激;使厭煩,使惱火;逗弄,挑逗

agacerie [agasri] *n.f.* 媚態,挑逗

agape [agap] *n.f.* 【宗】友愛餐; *pl.* 聚餐

agar-agar [agaraga:r] *n.m.* 瓊脂,凍粉

agaric [agarik] *n.m.* 傘菌

agate [agat] *n.f.* 瑪瑙

age [a:ʒ] *n.m.* 犁轅

âge [ɑ[a]:ʒ] *n.m.* 壽命;年齡,年紀;老年;時期,時代

âgé, e [ɑ[a]ʒe] *a.* (年紀)…歲的;上了年紀的,老年的

agence [aʒɑ̃s] *n.f.* 代理行,代辦處;通訊社;事務所;分行,分店

agencement [aʒãsmã] *n.m.* 安排,佈置,整理,配合,裝配

agencer [aʒãse] *v.t.* [c. 1] 安排,佈置,整理,配合,裝配

agenda [aʒɛ̃da] (*pl.* ~s) *n.m.* 【拉】記事本,日誌

agenouillement [aʒnujmã] *n.m.* 下

跪, 跪倒

agenouiller(s') [saʒnuje] *v.pr.* 跪, 跪下, 跪倒

agent [aʒɑ̃] *n.m.* 代理人, 經紀人, 受委託人; 公務人員, 官員; 警察, 警探; 因素, 因子, 原動力

agglomérat [aglɔmera] *n.m.* 【地質】集塊岩

agglomération [aglɔmerasjɔ̃] *n.f.* 堆積, 結塊, 聚集; 粘結; 燒結; 居民點

aggloméré [aglɔmere] *n.m.* 煤磚, 煤球

agglomérer [aglɔmere] *v.t.* [c. 7] 使堆積, 使結塊, 使聚集; 使粘結; 燒結

agglutinant, e [aglytinɑ̃, ɑ̃:t] *a.* 粘合的, 膠合的; 【語】粘着的, 膠着的 *n.m.* 粘合劑, 膠合劑

agglutination [aglytinasjɔ̃] *n.f.* 粘合, 膠合; 【語】粘着

agglutiner [aglytine] *v.t.* 使粘合, 使膠合

aggravation [agravasjɔ̃] *n.f.* 加重, 加劇, 惡化

aggraver [agrave] *v.t.* 加重, 加劇, 使惡化

agile [aʒil] *a.* 靈活的, 敏捷的, 伶俐的

agilité [aʒilite] *n.f.* 靈活, 敏捷, 伶俐

agio [aʒjo] *n.m.* 【財】貼水, 匯水, 銀行手續費

agiotage [aʒjɔta:ʒ] *n.m.* 投機, 投機買賣

agioter [aʒjɔte] *v.i.* 投機, 做投機買賣

agioteur [aʒjɔtœ:r] *n.m.* 投機商

agir [aʒi:r] *v.i.* 做, 幹, 行動; 起作用, 產生功效; 起訴, 控告; 表現, 活動 *v.pr.impers.* il s'agit de 關於, 涉及, 問題在於

agissant, e [aʒisɑ̃, ɑ̃:t] *a.* 活動的, 活躍的; 產生功效的

agissements [aʒismɑ̃] *n.m.pl.* 勾當, 行徑, 活動

agitateur, trice [aʒitatœ:r, tris] *n.* 煽動者, 鼓動者 *n.m.* 【化】攪棒, 攪拌器

agitation [aʒitasjɔ̃] *n.f.* 搖動; 動盪; 焦躁不安; 騷亂

agiter [aʒite] *v.t.* 搖動, 攪動; 使激動, 使興奮, 使志忑不安; 鼓動, 煽動; 議論

agneau, elle [aɲo, εl] (*pl.* ～*eaux*) *n.* 羔羊, 小綿羊; 溫順的人

agnelet [aɲlε] *n.m.* 小羔羊

agnosticisme [agnɔstisism] *n.m.* 不可知論

agnostique [agnɔstik] *a.* 不可知論的 *n.* 不可知論者

agonie [agɔni] *n.f.* 臨終, 垂危; 没落, 末日

agonir [agɔni:r] *v.t.* 濫罵, 辱罵

agoniser [agɔnize] *v.i.* 臨死, 臨終; 瀕於滅亡

agoraphobie [agɔrafɔbi] *n.f.* 【醫】廣場恐怖症; 公共場所恐怖症

agrafe [agraf] *n.f.* 風紀扣, 衣服搭扣; 鉤子, 夾子, 別針

agrafer [agrafe] *v.t.* 扣住, 鉤住, 夾住; 〖俗〗攔住; 【民】逮住, 抓住

agraire [agrε:r] *a.* 土地的, 耕地的, 農田的

agrandir [agrɑ̃di:r] *v.t.* 增大, 擴大, 放大; 提高, 使高貴

agrandissement [agrɑ̃dismɑ̃] *n.m.* 增大, 擴大, 放大

agrandisseur [agrɑ̃disœ:r] *n.m.* 照相放大機

agréable [agreabl] *a.* 愉快的, 舒適的, 愜意的, 討人喜歡的

agréé, e [agree] *a.* 同意的, 允許的 *n.m.* 商事訴訟代理人

agréer [agree] *v.t.* 同意, 贊成, 接受 *v.i.* 滿意, 稱心

agrégat [agrega] *n.m.* 集合體; 總計, 總額

agrégation [agregasjɔ̃] *n.f.* 集合, 聚集; 接納, 使加入; 法國大、中學教師的一種學衡考試

agrégé, e [agreʒe] *a.,n.* 法國大、中學教師學衡考試及格的(人)

agréger [agreʒe] *v.t.* [c. 2, c. 7] 集

合, 聚合; 接納, 使加入

agrément [agremɑ̃] *n.m.* 同意, 贊成; 快樂, 娛樂, 消遣;【樂】裝飾音; *pl.* 裝飾品

agrémenter [agremɑ̃te] *v.t.* 裝飾

agrès [agrɛ] *n.m.pl.* 帆纜索具; 體操器械

agresser [agre[ɛ]se] *v.t.* 侵犯, 侵略, 襲擊

agresseur [agrɛsœr] *n.m.* 侵犯者, 侵略者 *a.inv.* 侵犯的, 侵略的

agressif, ve [agre[ɛ]sif, iːv] *a.* 侵略的, 挑釁的; 好鬥的

agression [agrɛsjɔ̃] *n.f.* 侵犯, 侵略, 襲擊

agressivité [agre[ɛ]sivite] *n.f.* 侵略性, 挑釁性; 好鬥性

agreste [agrɛst] *a.* 田野的, 鄉村的; 粗野的, 粗魯的

agricole [agrikɔl] *a.* 農業的

agriculteur [agrikyltœr] *n.m.* 耕作者, 種田人

agriculture [agrikyltyːr] *n.f.* 農業

agripper [agripe] *v.t.* 攫取, 緊緊抓住

agrochimie [agroʃimi] *n.f.* 農業化學

agrologie [agrɔlɔʒi] *n.f.* 農業土壤學

agronome [agrɔnɔm] *n.m.* 農學家, 農學技師

agronomie [agrɔnɔmi] *n.f.* 農藝學, 農學

agronomique [agrɔnɔmik] *a.* 農藝學的, 農學的

agrumes (aux) [ozagrɛ] *n.m.pl.* 柑橘類

aguerrir [age[ɛ]riːr] *v.t.* 使習慣於戰爭, 使經受戰爭鍛煉; 使習慣於(艱苦), 使經受鍛煉

aguets (aux) [ozagɛ] *loc. adv.* 埋伏着, 窺視着, 戒備着

aguicher [agiʃe] *v.t.* 誘惑, 挑逗

ah! [ɑ] *interj.* 啊! 哎! 噯!

ahurir [ayriːr] *v.t.* 〖俗〗使目瞪口呆

ahurissement [ayrismɑ̃] *n.m.* 目瞪口呆

aide [ɛd] *n.f.* 幫助, 協助; 支助, 救濟 *n.* 幫助者, 助手, 副手

aide-mémoire [ɛdmemwaːr] *n.m.inv.* 節錄; 摘要, 手冊

aider [e[ɛ]de] *v.t.* 幫助, 協助 *v.i.* 有助於

aïe! [aj] *interj.* 哎唷!〔表示痛苦〕

aïeul, e [ajœl] (*pl.* ~s) *n.* 祖父, 祖母; 外祖父, 外祖母

aïeux [ajø] *n.m.pl.* 祖先, 祖宗

aigle [ɛgl] *n.m.* 鷹; 俊傑; 鷹徽 *n.f.* 雌鷹; 鷹旗

aiglefin, églefin [ɛgləfɛ̃] *n.m.* 一種小鱈魚

aiglon, ne [ɛglɔ̃, ɔn] *n.* 小鷹, 雛鷹

aigre [ɛgr] *a.* 酸的, 發酸的; 刺耳的, 尖銳的; 凜冽的, 刺骨的; 尖酸刻薄的

aigre-doux, ce [ɛgrədu, us] (*m.pl.* ~s-~, *f.pl.* ~s-~ces*) *a.* 又酸又甜的; 恭維中帶刺的

aigrefin [ɛgrəfɛ̃] *n.m.* 騙子, 詐騙者

aigrelet, te [ɛgrəlɛ, ɛt] *a.* 略帶酸味的; 有點刺耳的, 〖俗〗略帶譏刺的

aigrette [ɛgrɛt] *n.f.* 白鷺; 鳥類的冠毛, 羽毛飾; (用珠寶製成的)冠毛狀裝飾品

aigreur [ɛgrœr] *n.f.* 酸味; 尖刻, 譏刺

aigrir [e[ɛ]griːr] *v.t.* 使發酸; 使乖戾 *v.i.* 發酸 *v.pr.* 發酸; 變得乖戾

aigu, ë [egy] *a.* 尖的, 銳利的; 尖的, 高的(指聲音); 敏銳的; 激烈的, 尖銳的 *n.m.* 【樂】高音

aigue-marine [ɛgmarin] (*pl.* ~s-~s) *n.f.* 海藍寶石

aiguière [ɛgjɛːr] *n.f.* 水壺

aiguillage [egɥijaːʒ] *n.m.* 【鐵】道岔; 扳道岔

aiguille [egɥij] *n.f.* 針, 縫衣針, 指針; 【鐵】道岔, 尖軌

aiguillée [egɥije] *n.f.* 穿在針上的綫的長度

aiguiller [egɥije] *v.t.* 扳道岔; 引導

aiguillette [egɥijɛt] *n.f.* 兩端包有鐵皮的細繩帶; 軍服上的一種飾帶; 肉片

aiguilleur [eguijœ:r] *n.m.* （鐵路）扳道工

aiguillon [eguijɔ̃] *n.m.* 戳牛用的刺棒；（膜翅類昆蟲的）刺；（薔薇等植物的）刺；刺激，激勵

aiguillonner [eguijɔne] *v.t.* 用刺棒戳（牛）；刺激，激勵

aiguiser [eg(ɥ)ize] *v.t.* 磨快，磨尖；刺激，使敏銳

aiguisoir [eg(ɥ)izwa:r] *n.m.* 刃磨器，磨刀具器

ail [aj] (*pl.* ～s 或 *aulx* [o]) *n.m.* 大蒜，蔥屬

aile [ɛl] *n.f.* （鳥、昆蟲等的）翼，翅膀；機翼；（汽車的）擋泥板；（軍隊等的）側翼

ailé, e [e(ɛ)le] *a.* 有翼的，有翅膀的

aileron [ɛlrɔ̃] *n.m.* 翼端，翅端；鰭，魚翅；【空】副翼

ailleurs [ajœ:r] *adv.* 在別處，在其他地方；d'～ *loc. adv.* 此外，況且，由於其他原因

ailloli [ajɔli] *n.m.* 加橄欖油的蒜泥

aimable [ɛmabl] *a.* 可愛的；親切的，和藹可親的

aimant [ɛmɑ̃] *n.m.* 磁鐵，磁棒，磁針，磁石；吸引力

aimantation [ɛmɑ̃tɑsjɔ̃] *n.f.* 磁化

aimanter [ɛmɑ̃te] *v.t.* 磁化

aimer [e(ɛ)me] *v.t.* 愛，熱愛，愛戴；愛戀；愛好，喜歡，喜愛

aine [ɛn] *n.f.* 【解】腹股溝

aîné, e [e(ɛ)ne] *a.* 最年長的，年齡最大的；年長的 *n.* 長子，長女，老大；哥哥，姐姐；年齡較大的人

aînesse [ɛnɛs] *n.f.* 長子女的身份

ainsi [ɛ̃si] *adv.* 這樣，如此 *conj.* 同樣，一樣；由此，因此；～ que *loc. conj.* 如同，正如，和，以及

air [ɛ:r] *n.m.* 空氣；風；天空；氣氛，情況；態度，舉止，神態；歌，曲調

airain [ɛrɛ̃] *n.m.* 青銅

aire [ɛ:r] *n.f.* 打穀場，脫粒場；場，空地；面積；猛禽的巢；風向

airelle [ɛrɛl] *n.f.* （歐洲）越橘樹，烏飯樹；（歐洲）越橘

aisance [ɛzɑ̃:s] *n.f.* 自如，自在；富裕，寬裕；*pl.* 方便，便利

aise [ɛz] *n.f.* 舒服，適意；自在，方便；富裕，寬裕；*pl.* 安逸，安樂

aisé, e [e(ɛ)ze] *a.* 自在的，自然的；富裕的，寬裕的；容易的，輕便的

aisément [e(ɛ)zemɑ̃] *adv.* 容易地，輕易地

aisselle [ɛsɛl] *n.f.* 腋窩，腋下；胳肢腋窩

ajonc [aʒɔ̃] *n.m.* 【植】荊豆

ajourer [aʒure] *v.t.* 開孔，採光；鏤空

ajournement [aʒurnəmɑ̃] *n.m.* 延期，推遲；【法】傳喚，傳訊

ajourner [aʒurne] *v.t.* 延期，推遲；【法】傳喚，傳訊

ajouter [aʒute] *v.t.* 加，附加，增添；補充（說）

ajustage [aʒystɑ:ʒ] *n.m.* 調整，裝配，配合

ajustement [aʒystəmɑ̃] *n.m.* 調整，調節，校正；配合

ajuster [aʒyste] *v.t.* 使配合；給裝上；調整，調節，校正；瞄準；整理；打扮

ajusteur [aʒystœ:r] *n.m.* 裝配工，鉗工

alaise, alèse [alɛ:z] *n.f.* 病床墊單；【建】配接板條

alambic [alɑ̃bik] *n.m.* 蒸餾器，蒸餾鍋

alambiquer [alɑ̃bike] *v.t.* 蒸餾；使細膩

alanguir [alɑ̃gi:r] *v.t.* 使疲憊，使衰弱

alarme [alarm] *n.f.* 警報，警鐘；驚慌，恐懼；*pl.* 不安，焦急

alarmer [alarme] *v.t.* 發警報，告警；引起驚慌，引起不安

alarmiste [alarmist] *a.,n.* 危言聳聽的（人），造謠惑衆的（人）

albanais, e [albanɛ, ɛ:z] *a.* 阿爾巴尼亞的 *n.* A～ 阿爾巴尼亞人 *n.m.* 阿爾巴尼亞語

albâtre [albɑ:tr] *n.m.* 白石；晶瑩潔白

albatros [albatro:s] *n.m.* 【鳥】信天翁

albinisme [albinism] *n.m.* 白化病

albinos [albino:s] *a.* 患白化病的 *n.* 白化病患者

album [albɔm] *n.m.* 影集,集郵册,紀念册,畫册

albumen [albymɛn] *n.m.* 蛋白,卵白

albumine [albymin] *n.f.* 蛋白,蛋白質

albuminoïde [albyminɔid] *a.* 蛋白質的 *n.m.* 蛋白質

albuminurie [albyminyri] *n.f.* 【醫】蛋白尿

albuminurique [albyminyrik] *a.* 蛋白尿的,患蛋白尿的 *n.* 蛋白尿患者

alcali [alkali] *n.m.* 【化】(强)鹼

alcalin, e [alkalɛ̃, in] *a.* (强)鹼的;鹼性的

alcalinité [alkalinite] *n.f.* 鹼度,鹼性

alcaloïde [alkalɔid] *n.m.* 生物鹼

alcarazas [alkarazɑ:s] *n.m.* 凉水壺〔一種素燒陶器〕

alchimie [alʃimi] *n.f.* 煉金術,煉丹術

alchimiste [alʃimist] *n.m.* 煉金術士,煉丹術士

alcool [alkɔl] *n.m.* 酒精;醇,乙醇;燒酒,白酒

alcoolique [alkɔlik] *a.* 酒精的,含酒精的 *n.* 酗酒者,酒鬼

alcoolisation [alkɔlizɑsjɔ̃] *n.f.* 醇化(作用);(在飲料中)摻酒精

alcooliser [alkɔlize] *v.t.* 醇化;摻酒精 *v.pr.* 酗酒;酒精中毒

alcoolisme [alkɔlism] *n.m.* 酒中毒,酒精中毒;乙醇中毒

alcoomètre [alkɔmɛtr] *n.m.* 酒精比重計

alcôve [alko:v] *n.f.* 凹室;幽會場所

alcyon [alsjɔ̃] *n.m.* (神話中的)翠鳥

aléa [alea] *n.m.* 偶然,僥倖

aléatoire [aleatwa:r] *a.* 偶然的,僥倖的

alène [alɛn] *n.f.* (縫皮革用的)錐子

alénois [alenwa] *a.m.* cresson ～【植】獨行菜

alentour [alɑ̃tu:r] *adv.* 在周圍,在四周,在附近

alentours [alɑ̃tu:r] *n.m.pl.* 周圍,四周,附近

alerte [alɛrt] *n.f.* 警報,警戒;驚慌 *a.* 機警的,敏捷的 *interj.* 警惕

alerter [alɛrte] *v.t.* 報警,發警報;告警,預告危險

alésage [aleza:ʒ] *n.m.* 【機】鐘削,鉸削;孔徑

alèse [alɛ:z] = alaise

aléser [aleze] *v.t.* [c. 7]【機】鐘削,鉸削

alevin [alvɛ̃] *n.m.* 魚苗,魚秧

alevinage [alvina:ʒ] *n.m.* 魚苗養殖法;下魚苗,下魚秧

aleviner [alvine] *v.t.* 下魚苗,下魚秧

alexandrin [alɛksɑ̃drɛ̃] *n.m.* 亞歷山大體詩行

alezan, e [alzɑ̃, an] *a.,n.* 栗色的(馬)

alfa [alfa] *n.m.* 【植】細莖針茅

algarade [algarad] *n.f.* 辱罵,謾罵

algèbre [alʒɛbr] *n.f.* 代數(學);〖俗〗難懂的事

algébrique [alʒebrik] *a.* 代數(學)的

algérien, ne [alʒerjɛ̃, ɛn] *a.* 阿爾及利亞的 *n.* A～ 阿爾及利亞人

algue [alg] *n.f.* 【植】藻類

allbi [alibi] *(pl. ～s) n.m.* 不在現場,不在現場的證明

aliboron [alibɔrɔ̃] *n.m.* 傻瓜;驢

alidade [alidad] *n.f.* 【測】照準儀,照準器

aliénabilité [aljenabilite] *n.f.* 【法】可讓與性

aliénable [aljenabl] *a.* 【法】可讓與的

aliénation [aljenɑsjɔ̃] *n.f.* 【法】讓與,割讓;精神錯亂,瘋癲

aliéné, e [aljene] *a.,n.* 精神錯亂的(人),瘋癲的(人)

aliéner [aljene] [c. 7] *v.t.* 讓與,割讓;喪失,失去 *v.pr.* 喪失,失去

aliéniste [aljenist] *n.* 精神病醫生

alignement [aliɲmɑ̃] *n.m.* 排列,排成一行,排齊

aligner [aliɲe] *v.t.* 使排成行,使排齊

v.pr. 排成行, 排齊

aliment [alimɑ̃] *n.m.* 食物, 食品; (精神的)食糧; *pl.* 【法】生活費

alimentaire [alimɑ̃tɛːr] *a.* 食物的, 食用的; 撫養的, 贍養的

alimentation [alimɑ̃tɑsjɔ̃] *n.f.* 給養, 供養; 食品供應, 供給

alimenter [alimɑ̃te] *v.t.* 供養, 給予食料, 供應食品; 供給

alinéa [alinea] *n.m.* 每段的第一行, 另起的一行; 節, 段

alise [aliːz] *n.f.* 花楸〔果實〕

alisier [alizje] *n.m.* 花楸樹

alitement [alitmɑ̃] *n.m.* 【醫】臥床

aliter [alite] *v.t.* 使臥床 *v.pr.* 臥床

alizé [alize] *a., n.m.* (vent) ~ 信風, 貿易風

allaitement [alɛtmɑ̃] *n.m.* 餵奶, 哺乳

allaiter [ale(ɛ)te] *v.t.* 餵奶, 哺乳

allant, e [alɑ̃, ɑ̃ːt] *a.* 好活動的, 有活力的 *n.m.* 活力

allèchement [alɛʃmɑ̃] *n.m.* 引誘, 誘惑; 吸引

allécher [aleʃe] *v.t.* [c. 7] 引誘, 誘惑; 吸引

allée [ale] *n.f.* 小路, 小徑; 林蔭道; 過道, 通道

allégation [alegɑsjɔ̃] *n.f.* 引證, 援引; 斷言, 聲稱

allège [alɛːʒ] *n.f.* 駁船; 【建】窗底牆

allégeance [aleʒɑ̃ːs] *n.f.* 效忠, 忠順

allégement [alɛ(e)ʒmɑ̃] *n.m.* 減輕, 減輕負擔

alléger [aleʒe] *v.t.* [c. 2, 7] 減輕, 減輕負擔

allégorie [alegɔri] *n.f.* 寓意, 諷喻; 寓意畫, 寓意雕刻

allégorique [alegɔrik] *a.* 寓意的, 諷喻的

allègre [alɛgr] *a.* 活潑的, 輕捷的, 愉快的

allégrement [alɛgrəmɑ̃] *adv.* 活潑地, 輕捷地, 愉快地

allégresse [alegrɛs] *n.f.* 喜悅, 歡樂, 興高采烈

allégro [alegro] 〖意〗【樂】 *adv.* 急速地, 輕快地, 活潑地 *n.m.* 快板, 快板樂曲

alléguer [alege] *v.t.* [c. 7] 引證, 援引; 提出, 借口, 強調

alléluia [aleluǝ(ɥi)ja] 【宗】哈利路亞〔歡呼語〕, 哈利路亞頌歌

allemand, e [almɑ̃, ɑ̃ːd] *a.* 德國的, 德意志的 *n.* A~ 德國人 *n.m.* 德語

aller [ale] [c. 8] 〔助動詞用 être〕 *v.i.* 去, 走; 通向; 行駛, 運行, 運轉; 進行, 進展; 適合, 相配; 處於…健康狀況; (+ *inf.*) 就要, 準備 *v.pr.* s'en ~ 出去, 走開, 離開; 去世, 消失 *n.m.* 去, 去程

allergie [alɛrʒi] *n.f.* 【醫】變態反應, 變態反應性

alliacé, e [aljase] *a.* 大蒜的

alliage [alja:ʒ] *n.m.* 合金; 混雜

alliance [aljɑ̃ːs] *n.f.* 同盟, 聯盟; 聯姻, 姻親關係; 結婚戒指; 結合, 聯合

allié, e [alje] *a.* 同盟的, 聯盟的; 聯姻的 *n.* 同盟國, 同盟者

allier [alje] *v.t.* 使結成聯盟; 使結成姻親; 熔合

alligator [aligatɔːr] *n.m.* (美洲產的)鈍吻鱷

allitération [aliterɑsjɔ̃] *n.f.* 頭韻(法); 疊韻(法)

allocation [alɔkɑsjɔ̃] *n.f.* 給與, 撥給; 津貼, 補助

allocution [alɔkysjɔ̃] *n.f.* 致詞, 講話, 簡短演說

allonge [alɔ̃ːʒ] *n.f.* 放長部分; 加接物; (肉舖中的)掛肉鈎

allongé, e [alɔ̃ʒe] *a.* 延長的, 放長的, 伸長的

allongement [alɔ̃ʒmɑ̃] *n.m.* 延長, 伸長, 延伸; 【空】(機翼)的展弦比

allonger [alɔ̃ʒe] *v.t.* [c. 2] 延長, 放長; 伸長, 伸出; 沖淡; 〖民〗打翻在地

v.i. 變長, 長起來

allotropie [alɔtrɔpi] *n.f.* 【化】同素異形 (現象)

allouer [alwe] *v.t.* 給與, 撥給

allumage [alyma:ʒ] *n.m.* 點火, 點燃; 點燈, 開燈

allumer [alyme] *v.t.* 點火, 點燃; 點亮, 照亮; 惹起, 引起

allumette [alymɛt] *n.f.* 火柴

allumeur, se [alymœ:r, ø:z] *n.* 點燈者, 點路燈者 *n.f.* 賣弄風騷的女人

allumoir [alymwa:r] *n.m.* 點火器

allure [aly:r] *n.f.* 步子, 步伐; 速度; 風度, 氣派, 行為; (物體的)外形, 樣子

allusion [alyzjɔ̃] *n.f.* 暗示, 影射, 諷喻

alluvial, ale [alyvjal] (*pl.* ~aux) *a.* 沖積的

alluvion [alyvjɔ̃] *n.f.* 沖積, 沖積層

alluvionnaire [alyvjɔnɛ:r] *a.* 沖積的

almanach [almana] *n.m.* 曆書; 年鑒

almée [alme] *n.f.* (埃及的)舞女

aloès [alɔɛs] *n.m.* 【植】蘆薈; 蘆薈樹脂

aloi [alwa] *n.m.* (金、銀等的)成色, 含量;質量

alors [alɔ:r] *adv.* 當時, 那時; 那麼; ~ que *loc. conj.* 而, 卻; 當

alose [alo:z] *n.f.* 【魚】西鯡

alouette [alwɛt] *n.f.* 雲雀, 無鶏, 告天子

alourdir [alurdi:r] *v.t.* 加重, 使沉重

alourdissement [alurdismɑ̃] *n.m.* 沉重

aloyau [alwajo] (*pl.* ~x) *n.m.* 牛的腰部肉

alpaga [alpaga] *n.m.* 【動】羊駝; 羊駝毛織物, 阿爾帕卡織物

alpage [alpa:ʒ] *n.m.* 高原牧場

alpenstock [alpɛnstɔk] *n.m.* 鐵頭登山杖

alpestre [alpɛstr] *a.* 阿爾卑斯山的

alpha [alfa] *n.m.* 希臘字母表中第一個字母 A, α

alphabet [alfabɛ] *n.m.* 字母表; 識字課本, 啓蒙讀物

alphabétique [alfabetik] *a.* 按字母順序的

alphabétisation [alfabetizasjɔ̃] *n.f.* 掃除文盲, 掃盲

alphabétiser [alfabetize] *v.t.* 掃盲

alpin, e [alpɛ̃, in] *a.* 阿爾卑斯山的

alpinisme [alpinism] *n.m.* 登山運動

alpiniste [alpinist] *n.* 登山運動員

alsacien, ne [alzasjɛ̃, ɛn] *a.* 阿爾薩斯的 n. A~ 阿爾薩斯人 *n.m.* 阿爾薩斯方言

altérable [alterabl] *a.* 易變質的, 易變壞的

altération [alterasjɔ̃] *n.f.* 變質, 變壞; 僞造, 篡改

altercation [altɛrkasjɔ̃] *n.f.* 爭吵, 口角

altérer [altere] *v.t.* [c. 7] 使變質, 使變壞; 僞造, 篡改; 使口渴

alternance [altɛrnɑ̃:s] *n.f.* 交替, 更迭, 輪換;【電】交流半週

alternateur [altɛrnatœ:r] *n.m.* 交流發電機

alternatif, ve [altɛrnatif, i:v] *a.* 交替的, 輪流的;【電】交流的

alternative [altɛrnati:v] *n.f.* 交替, 輪番出現; 取捨, 抉擇

alterner [altɛrne] *v.i.* 交替, 輪流, 輪換 *v.t.* 【農】輪種

altesse [altɛs] *n.f.* 殿下

altier, ère [altje, ɛ:r] *a.* 高傲的, 傲慢無禮的

altimètre [altimɛtr] *n.m.* 高度表, 高程計

altitude [altityd] *n.f.* 拔海高度, 海拔, 高度

alto [alto] *n.m.* 〖意〗女低音; 中提琴, 中音號

altruisme [altrɥism] *n.m.* 利他主義

altruiste [altrɥist] *a.* 利他主義的 n. 利他主義者

aluminium [alyminjɔm] *n.m.* 鋁

aluminothermie [alyminɔtɛrmi] *n.f.* 【冶】鋁熱法

alun [alœ̃] *n.m.* 礬, 明礬

alunir [alyniːr] *v.i.* 登月, 在月球上着陸

alunissage [alynisaːʒ] *n.m.* 登月, 在月球上着陸

alvéolaire [alveɔlɛːr] *a.* 蜂窩狀的; 牙槽的

alvéole [alveɔl] *n.m.* 蜂房; 牙槽

amabilité [amabilite] *n.f.* 親切, 和藹, 殷勤

amadou [amadu] *n.m.* 火絨

amadouer [amadwe] *v.t.* 哄, 哄騙, 勸誘

amaigrir [ame[ɛ]griːr] *v.t.* 使變瘦, 使消瘦; 使變薄, 減小體積 *v.i.* 變瘦, 消瘦

amaigrissement [ame[ɛ]grismɑ̃] *n.m.* 變瘦, 消瘦; 變薄, 減小體積

amalgamation [amalgamasjɔ̃] *n.f.* 【化】汞齊化

amalgame [amalgam] *n.m.* 汞齊, 汞合金; 混合物, 大雜燴

amalgamer [amalgame] *v.t.* 使汞齊化; 混合, 合併 *v.pr.* 混合, 合併

aman [amã] *n.m.* 〖阿〗饒命

amande [amãːd] *n.f.* 杏, 扁桃; 巴旦杏, (巴旦)杏仁

amandier [amãdje] *n.m.* 扁桃樹, 巴旦杏樹

amant, e [amã, ãːt] *n.* 情人, 情夫, 情婦; 入迷者

amarante [amarãːt] *n.f.* 莧, 雁來紅 *a.inv.* 莧紅的

amarrage [amaraːʒ] *n.m.* 【海】停泊, 繫泊; 泊位

amarre [amaːr] *n.f.* (繫泊用的)纜繩

amarrer [amare] *v.t.* 停泊, 繫泊; 繫住(纜繩)

amaryllis [amarilis] *n.f.* 【植】孤挺花

amas [amɑ] *n.m.* 堆; 【天】星團; 【礦】礦體

amasser [amɑse] *v.t.* 堆積, 積聚; 積聚錢財; 收集

amateur [amatœːr] *n.m.* 愛好者, 業餘

愛好者 *a.* 業餘(愛好)的

amateurisme [amatœrism] *n.m.* 【體】業餘資格

amazone [amazoːn] *n.f.* 巾幗丈夫; 女騎士; 婦女騎馬時所穿的長裙

ambages [ãbaːʒ] *n.f.pl.* sans ~ 直截了當

ambassade [ãbasad] *n.f.* 使團; 大使職務; 大使館, 大使館全體工作人員

ambassadeur [ãbasadœːr] *n.m.* 大使, 使節

ambassadrice [ãbasadris] *n.f.* 大使夫人; 女大使

ambiance [ãbjãːs] *n.f.* 環境, 氣氛; 〖俗〗愉快, 歡樂

ambiant, e [ãbjã, ãːt] *a.* 周圍的, 環境的

ambidextre [ãbidɛkstr] *a., n.* 兩手同樣靈巧的(人)

ambigu, ë [ãbigy] *a.* 曖昧的, 模棱兩可的, 含糊不清的

ambiguïté [ãbiguite] *n.f.* 曖昧, 模棱兩可, 含糊不清

ambitieux, se [ãbisjø, øːz] *a.* 有野心的, 有奢望的; 有雄心的 *n.* 野心家

ambition [ãbisjɔ̃] *n.f.* 野心, 奢望, 名利慾; 雄心

ambitionner [ãbisjɔne] *v.t.* 追求, 覬覦, 妄想得到

amble [ãːbl] *n.m.* (四足動物的)側對步〔同側兩足同時舉步的步伐〕

ambon [ãbɔ̃] *n.m.* (教堂的)高講台

ambre [ãːbr] *n.m.* ~ (jaune) 琥珀; ~ (gris) 龍涎香

ambrer [ãbre] *v.t.* 使具有龍涎香香味

ambroisie [ãbrwazi] *n.f.* 精美的食物; 【神】(奧林匹斯山上)神的食物

ambrosiaque [ãbrozjak] *a.* 美味芳香的

ambulance [ãbylãːs] *n.f.* (舊時的)野戰醫院, 臨時醫院; 救護車

ambulancier, ère [ãbylãsje, ɛːr] *n.* (舊時)野戰醫院的醫務人員; 救護車司

機或工作人員

ambulant, e [ābylā, ā:t] *a.* 巡迴的,流動的 *n.m.* (鐵路郵車上的)信件分揀員

ambulatoire [ābylatwa:r] *a.* 【法】流動的;【醫】游走性的

âme [ɑ:m] *n.f.* 靈魂;心靈,內心,精神;生靈,人;首腦,中心人物

améliorable [ameljɔrabl] *a.* 可改良的,可改善的,可改進的

amélioration [ameljɔrɑsjɔ] *n.f.* 改良,改善,改進,好轉

améliorer [ameljɔre] *v.t.* 改良,改善,改進

amen [amɛn] *n.m.inv.* 〖希伯來語〗阿門〔意即"但願如此",基督教祈禱的結尾語〕;dire ～〖俗〗同意

aménagement [amenaʒmā] *n.m.* 整理,佈置,治理

aménager [amenaʒe] *v.t.* [c. 2] 整理,佈置,治理;【林業】規劃(採伐)

amende [amā:d] *n.f.* 罰款,罰金

amendement [amādmā] *n.m.* 改良,改善,修理,修正;【農】土壤改良

amender [amāde] *v.t.* 改良,改善;修正

amener [amne] *v.t.* [c, 6] 帶來,領來;引導;導致;放下,降(旗)

aménité [amenite] *n.f.* 和藹,客氣,彬彬有禮

amenuiser [amnɥize] *v.t.* 使薄,減薄,減小

amer, ère [amɛ:r] *a.* 苦的,苦味的,苦澀的;痛苦的,辛酸的;刺人的;嚴厲的 *n.m.* 苦味物

amer [amɛ:r] *n.m.* 【海】岸邊助航標誌

américain, e [amerikē, ɛn] *a.* 美洲的;美國的 *n.* A～ 美洲人;美國人 *n.m.* 美國英語

américanisation [amerikanizɑsjɔ] *n.f.* 美國化

américaniser [amerikanize] *v.t.* 使美國化

américanisme [amerikanism] *n.m.* 美

國方式,美國派頭

américium [amerisjɔm] *n.m.* 【化】鋂

amerrir [amɛri:r] *v.i.* 【空】水上降落,濺落,接水

amerrissage [amɛrisa:ʒ] *n.m.* 【空】水上降落,濺落,接水

amertume [amɛrtym] *n.f.* 苦,苦味,苦澀;痛苦,辛酸;嚴厲

améthyste [ametist] *n.f.* 【礦】紫晶,紫水晶,水碧

ameublement [amœbləmā] *n.m.* 室內傢具;室內裝飾,陳設

ameublir [amœbli:r] *v.t.* 【農】鬆 土;【法】使(不動產)成爲動產

ameublissement [amœblismā] *n.m.* 【農】鬆土;【法】使(不動產)成爲動產

ameuter [amøte] *v.t.* 聚集(獵犬);糾集,煽動

ami, e [ami] *n.* 朋友;好心人,擁護者 *a.* 友好的

amiable [amjabl] *a.* 和睦的,和解的

amiante [amjā:t] *n.m.* 石棉

amibe [amib] *n.f.* 【動】變形蟲,阿米巴

amibiase [amibja:z] *n.f.* 阿米巴病

amical, ale [amikal] (*pl.* ～*aux*) *a.* 友好的,友誼的,親切的,和藹的 *n.f.* 友誼會,聯誼會,友好協會

amicalement [amikalmā] *adv.* 友好地,親切地

amidon [amidɔ] *n.m.* 澱粉

amidonnage [amidɔna:ʒ] *n.m.* 上漿

amidonner [amidɔne] *v.t.* 上漿

amincir [amɛsi:r] *v.t.* 弄薄,弄細;使顯得細瘦 *v.pr.* 變薄,變細;變瘦

amincissement [amɛsismā] *n.m.* 弄薄,弄細;變瘦

amiral [amiral] (*pl.* ～*aux*) *n.m.* 海軍上將

amirauté [amirote] *n.f.* 法國海軍元帥的頭銜;海軍法庭;海軍司令部,海軍部

amitié [amitje] *n.f.* 友誼,友情,友愛;好意;*pl.* 友好的表示

ammoniac, que [amɔnjak] 【化】 *a.*

氨的 *n.m.* 氨,氨氣 *n.f.* 氨水

ammoniacal, ale [amɔnjakal] (*pl.* ～ **aux**) *a.* 氨的,含氨的

ammonite [amɔnit] *n.f.* 【古生物】菊石

ammonium [amɔnjɔm] *n.m.* 【化】銨

amnésie [amnezi] *n.f.* 健忘(症),遺忘(症)

amnésique [amnezik] *a.,n.* 患健忘症的(人)

amnistie [amnisti] *n.f.* 大赦,赦免;原諒,寬恕

amnistier [amnistje] *v.t.* 大赦,赦免;原諒,寬恕

amodier [amɔdje] *v.t.* 出租(土地或礦山)

amoindrir [amwɛ̃driːr] *v.t.* 減少,縮小,使縮小;使顯得小 *v.pr.* 減少,變小

amoindrissement [amwɛ̃drismɑ̃] *n.m.* 減少,縮小,變小

amollir [amɔliːr] *v.t.* 使軟,使軟化;使軟弱,使衰弱

amollissement [amɔlismɑ̃] *n.m.* 變軟,柔軟;軟弱,衰弱

amonceler [amɔ̃sle] *v.t.* [c. 5] 堆,堆積,使聚集;積聚,收集

amoncellement [amɔ̃sɛlmɑ̃] *n.m.* 堆積,聚集;堆,垛

amont [amɔ̃] *n.m.* 上游,上流

amoral, ale [amɔral] (*pl.* ～ **aux**) *a.* 非道德的

amorçage [amɔrsaːʒ] *n.m.* 餌誘;起動;觸發,激發,起振

amorce [amɔrs] *n.f.* 餌,誘餌;雷管,起爆劑;(道路的)初施工段;先導,開端

amorcer [amɔrse] *v.t.* [c. 1] 起動;觸發,激發,起振;裝雷管;開始,開始施工;用餌引誘,引誘

amorphe [amɔrf] *a.* 【化】無定形的,非晶質的;無個性的,萎靡不振的

amortir [amɔrtiːr] *v.t.* 減弱,減輕;使消震;分期償還;折舊

amortissable [amɔrtisabl] *a.* 可分期償還的,可分年攤還的

amortissement [amɔrtismɑ̃] *n.m.* 減弱,減輕;消震;阻尼;分期償還;折舊

amortisseur [amɔrtisœːr] *n.m.* 緩衝器,消震器;消音器;阻尼器

amour [amuːr] *n.m.* 愛,熱愛;戀愛,愛情;愛好

amouracher(s') [samuraʃe] *v.pr.* 迷戀,盲目地愛上

amourette [amurɛt] *n.f.* 輕浮的愛情;【植】鈴蘭;凌風草

amoureux, se [amurø, øːz] *a.* 愛戀的,鍾情的,多情的;愛好的,熱愛的 *n.* 情人

amour-propre [amurprɔpr] (*pl.* ～**s**-～ **s**) *n.m.* 自愛,自尊,自尊心

amovibilité [amɔvibilite] *n.f.* 【法】可撤換性

amovible [amɔvibl] *a.* 可移動的,可更換的,可拆卸的;【法】可撤換的

ampère [ɑ̃pɛːr] *n.m.* 【電】安培

ampère-heure [ɑ̃pɛrœːr] (*pl.* ～**s**-～**s**) *n.m.* 【電】安培小時

ampèremètre [ɑ̃pɛrmɛtr] *n.m.* 【電】安培計,安培表

amphibie [ɑ̃fibi] *a.* 兩棲的;水陸兩用的 *n.m.* 兩棲動物

amphibologie [ɑ̃fibɔlɔʒi] *n.f.* 語意含混,歧義

amphibologique [ɑ̃fibɔlɔʒik] *a.* 語意含混的

amphigouri [ɑ̃figuri] *n.m.* 晦澀的文章或演說

amphigourique [ɑ̃figurik] *a.* 晦澀的,含糊難懂的

amphioxus [ɑ̃fjɔksys] *n.m.* 文昌魚

amphithéâtre [ɑ̃fiteɑtr] *n.m.* (古羅馬的)圓形劇場;梯形教室;(有階梯式座位的)劇場樓廳

amphitryon [ɑ̃fitrijɔ̃] *n.m.* 在家設宴的東道主

amphore [ɑ̃fɔːr] *n.f.* (古代的)雙耳尖底甕

ample [ɑ̃pl] *a.* 寬闊的,寬大的;豐富

的, 充足的; 廣泛的

ampleur [ɑ̃plœːr] *n.f.* 寬闊, 寬大; 豐富, 充足; 廣泛

ampliation [ɑ̃pliasjɔ̃] *n.f.* 擴大;【法】(證書、契約等的)補充, 副本

amplificateur, trice [ɑ̃plifikatœːr, tris] *a., n.* 誇大的(人), 誇張的(人) *n.m.* 【技】擴音機;【攝】放大器

amplification [ɑ̃plifikasjɔ̃] *n.f.* 擴大, 擴充; 誇大, 誇張;【技】放大

amplifier [ɑ̃plifje] *v.t.* 擴大, 擴充; 誇大, 誇張;【技】放大, 增强

amplitude [ɑ̃plityd] *n.f.* 廣度, 幅度; 振幅, 擺幅

ampoule [ɑ̃pul] *n.f.* 燈泡; 泡疹, 水泡;【藥】安瓿, 安瓿劑

ampoulé, e [ɑ̃pule] *a.* 誇張的

amputation [ɑ̃pytasjɔ̃] *n.f.* 截肢, 切除; 截斷術; 縮減, 删除

amputer [ɑ̃pyte] *v.t.* 截斷, 切除; 縮減, 删除

amulette [amylɛt] *n.f.* 護身符, 護身物

amusant, e [amyzɑ̃, ɑ̃:t] *a.* 有趣的, 好玩的

amusement [amyzmɑ̃] *n.m.* 娛樂, 游樂, 消遣

amuser [amyze] *v.t.* 逗樂, 使高興; 愚弄, 捉弄 *v.pr.* 自娛, 消遣

amusette [amyzɛt] *n.f.* 小游戲, 玩意

amuseur, se [amyzœːr, øːz] *n.* 逗大家開心的人

amygdale [ami(g)dal] *n.f.* 【解】扁桃體

amylacé, e [amilase] *a.* 澱粉狀的, 含澱粉的

an [ɑ̃] *n.m.* 年, 歲

ana [ana] *n.m.inv.* 〔拉〕嘉言録;軼事集

anachorète [anakɔrɛt] *n.m.* 隱士, 隱通者;【宗】隱修士

anachronique [anakrɔnik] *a.* 時代錯誤的, 年月錯誤的; 不符合時代的

anachronisme [anakrɔnism] *n.m.* 時代錯誤, 年月錯誤; 不合時代的事物

anacoluthe [anakɔlyt] *n.f.* 錯格〔違反

正確語法結構的文體形式〕

anaérobie [anaerɔbi] 【微生】*a.* 厭氣的, 厭氧的 *n.m.* 厭氧菌, 厭氧菌

anaglyphe [anaglif] *n.m.* 淺浮雕物;【光】補色立體圖

anagramme [anagram] *n.f.* 由另一詞字母改變位置拼成的詞(如 gare-rage)

anal, ale [anal] (*pl.* ~**aux**) *a.* 肛門的

analgésique [analʒezik] 【藥】*a.* 鎮痛的, 止痛的 *n.m.* 鎮痛藥, 止痛藥

analogie [analɔʒi] *n.f.* 類似, 相似; 類比;【數】模擬

analogique [analɔʒik] *a.* 類比的; 模擬的

analogue [analɔg] *a.* 類似的, 相似的

analphabète [analfabɛt] *a.* 文盲的, 目不識丁的 *n.* 文盲

analphabétisme [analfabetism] *n.m.* 文盲狀態

analysable [analizabl] *a.* 可分析的, 可解析的, 可剖析的

analyse [anali:z] *n.f.* 分析, 解析, 剖析; (書, 演說等的)摘要, 梗概;【邏】分析, 分析法

analyser [analize] *v.t.* 分析, 解析, 剖析; 摘要

analytique [analitik] *a.* 分析的, 解析的; 有分析的; 提要的, 梗概的

ananas [anana(s)] *n.m.* 鳳梨, 菠蘿

anapeste [anapɛst] *n.m.* 抑抑揚格, 短短長格〔古希臘, 拉丁詩的一種音步〕

anaphylaxie [anafilaksi] *n.f.* 【醫】過敏性, 抗原過敏性

anarchie [anarʃi] *n.f.* 無政府狀態; 無政府主義, 安那其主義; 無秩序, 混亂

anarchique [anarʃik] *a.* 無政府狀態的; 無政府主義的; 無秩序的, 混亂的

anarchiste [anarʃist] *a.* 無政府主義的 *n.* 無政府主義者, 安那其主義者; 目無紀律的人

anarcho-syndicalisme [anarʃɔsɛ̃dika-lism] *n.m.* 無政府工團主義

anastigmat [anastigma] *a.m.* **anastig-**

matique [anastigmatik] *a.* 【光】去像散的

anathématiser [anatematize] *v.t.* 棄絕,開除出教;詛咒,咒罵

anathème [anatɛm] *n.m.* 棄絕,開除出教;詛咒,咒罵 *n.* 被開除出教者;被詛咒者

anatomie [anatɔmi] *n.f.* 解剖學,解剖;〖俗〗身體的外貌,體型

anatomique [anatɔmik] *a.* 解剖學的

anatoxine [anatɔksin] *n.f.* 【微生】減毒素

ancestral, ale [ɑ̃sɛstral] (*pl.* ~**aux**) *a.* 祖宗的,祖先的,祖傳的

ancêtre [ɑ̃sɛtr] *n.m.* 始祖; *pl.* 祖宗,祖先;先輩

anche [ɑ̃ʃ] *n.f.* (樂器的)簧

anchois [ɑ̃ʃwa] *n.m.* (歐洲)鯷魚

ancien, ne [ɑ̃sjɛ̃, ɛn] *a.* 古老的,古舊的;遠古的,古代的;資歷深的;從前的,前任的 *n.m.* 古人;老人

ancienneté [ɑ̃sjɛnte] *n.f.* 古老,遠古;資歷,資格,年資

ancrage [ɑ̃kraːʒ] *n.m.* 【海】錨地;抛錨

ancre [ɑ̃kr] *n.f.* 錨;(鐘錶的)擒縱器;【建】錨定物,錨定板

ancrer [ɑ̃kre] *v.t.* 【技】錨定,錨固,繫住;使根深蒂固 *v.i.* 抛錨

andalou, se [ɑ̃dalu, uːz] *a.* 安達盧西亞的 A~ 安達盧西亞人

andante [ɑ̃dɑ̃t, andante] (*pl.* ~**s**) 〖意〗【樂】 *adv.* (用)行板 *n.m.* 行板樂章

andorran, e [ɑ̃dɔrɑ̃, an] *a.* 安道爾的 *n.* A~ 安道爾人

andouille [ɑ̃duj] *n.f.* (用牛、豬的內臟做的)香腸

andouiller [ɑ̃duje] *n.m.* 鹿角的側枝

andouillette [ɑ̃dujɛt] *n.f.* (用牛、豬的內臟做的)小香腸

andrinople [ɑ̃drinɔpl] *n.f.* (土耳其)紅棉布

androgyne [ɑ̃drɔʒin] *a., n.m.* 【醫】兩性畸形的(人);【植】雌雄同序的(花)

âne [ɑːn] *n.m.* 驢子;笨蛋,傻瓜

anéantir [aneɑ̃tiːr] *v.t.* 消滅,殲滅,毀滅;使頹喪,使沮喪;使筋疲力盡

anéantissement [aneɑ̃tismɑ̃] *n.m.* 消滅,殲滅,毀滅;頹喪,沮喪;筋疲力盡

anecdote [anɛkdɔt] *n.f.* 軼事,趣聞,小故事

anecdotique [anɛkdɔtik] *a.* 軼事的

anémie [anemi] *n.f.* 貧血;不景氣,蕭條

anémier [anemje] *v.t.* 引起貧血

anémique [anemik] *a.* 貧血引起的,患貧血的;軟弱無力的

anémomètre [anemɔmɛtr] *n.m.* 【氣】風速表

anémone [anemɔn] *n.f.* 【植】秋牡丹,秋牡丹花; ~ (de mer)【動】海葵

ânerie [ɑnri] *n.f.* 愚昧,無知;蠢事,蠢話

ânesse [ɑnɛs] *n.f.* 雌驢

anesthésie [anɛstezi] *n.f.* 【醫】感覺缺失;麻醉

anesthésier [anɛstezje] *v.t.* 使失去感覺;麻醉

anesthésique [anɛstezik] *a.* 麻醉的 *n.m.* 麻醉藥

anévrisme [anevrism] *n.m.* 動脈瘤

anfractuosité [ɑ̃fraktyozite] *n.f.* 〔多用 *pl.*〕坑窪,起伏,凹凸

ange [ɑ̃ːʒ] *n.m.* 天使,天神;完美無缺的人

angélique [ɑ̃ʒelik] *a.* 天使的,天使般的 *n.f.* 【植】當歸;白芷

angelot [ɑ̃ʒlo] *n.m.* 小天使

angélus [ɑ̃ʒelys] *n.m.* 【宗】三鐘經,三鐘(鐘聲)

angevin, e [ɑ̃ʒvɛ̃, in] *a.* 昂熱(市)的;昂儒(省)的 *n.* A~ 昂熱人;昂儒人

angine [ɑ̃ʒin] *n.f.* 【醫】咽喉炎

anglais, e [ɑ̃glɛ, ɛːz] *a.* 英格蘭的;英國的 *n.* A~ 英格蘭人;英國人 *n.m.* 英語;19世紀一種英國民間舞蹈;斜體書法; *pl.* 髮捲

angle [ɑ̃:gl] n.m. 角, 隅;【數】角

anglican, e [ɑ̃glikɑ̃, an] a. 英國國教的, 英格蘭教的 n. 英國國教教徒

anglicanisme [ɑ̃glikanism] n.m. 英國國教, 英格蘭教

angliciser [ɑ̃glisize] v.t. 使英國化, 使英語化 v.pr. 英國化

anglicisme [ɑ̃glisism] n.m. 英語特有的表達方式; 來自英語的外來語

anglo-arabe [ɑ̃gloarab] (pl. ~s) a., n.m. (cheval) ~ 純血種馬〔由阿拉伯馬與英國馬雜交育成〕

anglomanie [ɑ̃glɔmani] n.f. 英國狂

anglo-normand, e [ɑ̃glɔnɔrmɑ̃, ɑ̃:d] (pl. ~s) a. 盎格魯-諾曼底的 n.m. 盎格魯-諾曼底語

anglophile [ɑ̃glɔfil] a., n. 親英的(人), 和英國友好的(人)

anglophobie [ɑ̃glɔfɔbi] n.f. 敵視英國, 對英國不友好

anglo-saxon, ne [ɑ̃glɔsaksɔ̃, ɔn] (pl. ~s) a. 盎格魯-撒克遜人的 n.m. 古英語

angoisse [ɑ̃gwas] n.f. 焦慮, 恐懼, 苦惱

angoisser [ɑ̃gwase] v.t. 使焦慮; 使恐慌; 使苦惱

angolais, e [ɑ̃gɔlɛ, ɛ:z] a. 安哥拉的 n. A~ 安哥拉人

angora [ɑ̃gɔra] a. 安哥拉種的〔指貓, 兔, 山羊〕 n.m. 安哥拉貓, 安哥拉兔; 安哥拉呢

angstroem, angström [ɑ̃gstrœm, ɑ̃gstrœm] n.m. 【物】埃〔等于10⁻⁷毫米〕

anguille [ɑ̃gij] n.f. 鰻

angulaire [ɑ̃gylɛ:r] a. 有角的, 角形的

anguleux, se [ɑ̃gylø, ø:z] a. 多角的, 有棱角的

anhydre [anidr] a. 【化】無水的

anhydride [anidrid] n.m. 【化】酐

anicroche [anikrɔʃ] n.f. 〖俗〗小困難, 小障礙

ânier, ère [ɑnje, ɛ:r] n. 趕驢子的人

aniline [anilin] n.f. 【化】苯胺

animadversion [animadvɛrsjɔ̃] n.f. 批評, 指摘

animal, ale [animal] (pl. ~aux) n.m. 動物; 蠢貨, 畜生 a. 動物的; 獸性的

animalcule [animalkyl] n.m. 微小動物

animalier [animalje] a.m., n.m. (peintre) ~ 動物畫家; (sculpteur) ~ 動物雕刻家

animateur, trice [animatœ:r, tris] a. 賦予生命的 n. 促使有生氣者, 鼓舞者, 推動者

animation [animɑsjɔ̃] n.f. 活躍, 生氣勃勃;【電影】動畫(技術)

animé, e [anime] a. 有生氣的; 熱鬧的, 活躍的

animer [anime] v.t. 賦予生命; 使有生氣, 使活躍; 鼓舞, 推動

animisme [animism] n.m. 【哲】萬物有靈論, 泛靈論

animosité [animozite] n.f. 憎惡, 仇恨; 激烈

anis [ani(s)] n.m. 【植】茴香、茴芹、八角茴香等香料植物的統稱

aniser [anize] v.t. 加茴香

anisette [anizɛt] n.f. 茴香酒

ankylose [ɑ̃kilo:z] n.f. 【醫】關節强硬

ankyloser [ɑ̃kiloze] v.t. 【醫】使關節强硬

ankylostome [ɑ̃kilɔstɔm] n.m. 【寄生】鈎蟲

annales [anal] n.f.pl. 年鑒, 年表; 編年史; 歷史

annaliste [analist] n.m. 年鑒編者, 年表編者; 編年史作者

anneau [ano] (pl. ~x) n.m. 環, 圈; 戒指; 環節; 環狀物

année [ane] n.f. 年, 年份, 年度

annelé, e [anle] a. 有環的, 裝有環的;【動】由許多環節合成的

annexe [anɛks] a. 附屬的, 從屬的 n.f. 附屬物, 附件; 附屬建築物, 附屬教堂

annexer [anɛkse] v.t. 附加, 附入; 併

吞,合併

annexion [anɛksjɔ̃] *n.f.* 併吞,合併

annihilation [aniilasjɔ̃] *n.f.* 消滅,殲滅,摧毀

annihiler [aniile] *v.t.* 消滅,殲滅,摧毀

anniversaire [aniverse:r] *a.* 週年紀念的 *n.m.* 週年,週年紀念日;誕辰,生日

annonce [anɔ̃:s] *n.f.* 公告,通告;報告,通知

annoncer [anɔ̃se] *v.t.* [c. 1] 宣佈,宣告,通知;通報(某人的到來)

Annonciation [anɔ̃sjasjɔ̃] *n.f.* 【宗】天神報喜;聖母領報瞻禮

annoncier, ère [anɔ̃sje, ɛ:r] *n.* 負責廣告業務的職員

annotateur, trice [anɔtatœ:r, tris] *n.* 評注者,注解者

annotation [anɔtasjɔ̃] *n.f.* 評注,注解,旁注

annoter [anɔte] *v.t.* 作評注,作注解;加旁注

annuaire [anɥɛ:r] *n.m.* 年鑑,年報,年刊

annuel, le [anɥɛl] *a.* 每年的,年度的;一年的,一年爲期的

annuité [anɥite] *n.f.* 按年繳付的款額

annulaire [anyle:r] *a.* 環形的 *n.m.* 無名指

annulation [anylasjɔ̃] *n.f.* 取消,廢除,解除

annuler [anyle] *v.t.* 取消,廢除,解除

anoblir [anɔbli:r] *v.t.* 封爲貴族,授以爵位

anoblissement [anɔblismɑ̃] *n.m.* 封爲貴族,授爵

anode [anɔd] *n.f.* 【電】陽極,正極

anodin, e [anɔdɛ̃, in] *a.* 止痛的;無害的,微不足道的

anomalie [anɔmali] *n.f.* 反常,例外,偏差;畸形;【語】不規則,破格

ânon [anɔ̃] *n.m.* 小驢,驢駒子

ânonnement [anɔnmɑ̃] *n.m.* 結結巴巴;結結巴巴的話

ânonner [anɔne] *v.i., v.t.* 結結巴巴地講或讀

anonymat [anɔnima] *n.m.* 匿名,不具名

anonyme [anɔnim] *a.* 匿名的,不具名的 *n.* 匿名者,無名氏 *n.m.* 匿名,無名

anophèle [anɔfɛl] *n.m.* 【昆】按蚊

anorak [anɔrak] *n.m.* (連風雪帽的)滑雪運動衫

anordir [anɔrdi:r] *v.i.* 【海】轉北風

anorexie [anɔrɛksi] *n.f.* 食慾消失,食慾減退

anormal, ale [anɔrmal] (*pl. ~aux*) *a.* 反常的,不規則的,例外的

anse [ɑ̃:s] *n.f.* (籃、水壺等的)柄,把手;小海灣

antagonisme [ɑ̃tagɔnism] *n.m.* 敵對,對抗,對立

antagoniste [ɑ̃tagɔnist] *a.* 敵對的,對抗的,對立的 *n.* 敵人,對手

antalgique [ɑ̃talʒik] *a.* 【醫】鎮痛的

antan(d') [dɑ̃tɑ̃] *loc.adj.* 去年的;以前的,過去的

antarctique [ɑ̃tarktik] *a.* 南極的,南極洲的

antebois [ɑ̃tbwa[a]] *n.m.* 【建】護牆木條,護牆板

antécédent, e [ɑ̃tesedɑ̃, ɑ̃:t] *a.* 以前的,先前的 *n.m.* 【語】先行詞;【數】前項;(映照的)原像;*pl.* 經歷,個人歷史

antéchrist [ɑ̃tekrist] *n.m.* 反基督者,反基督教義者;偽基督

antédiluvien, ne [ɑ̃tedilyvjɛ̃, ɛn] *a.* (《聖經》中挪亞時代)大洪水以前的;很古的,古舊的

antenne [ɑ̃tɛn] *n.f.* 船上的斜桁;【昆】觸角;【無】天綫

antérieur, e [ɑ̃terjœ:r] *a.* 以前的,先前的;在前的,前面的

antériorité [ɑ̃terjɔrite] *n.f.* (時間的)

anthère [ɑ̃tɛːr] *n.f.* 【植】花藥

anthéridie [ɑ̃teridi] *n.f.* 【植】精子囊, 精子器, 雄器

anthérozoïde [ɑ̃terozoid] *n.m.* 【植】游動精子

anthologie [ɑ̃tɔlɔʒi] *n.f.* 文選, 詩選, 樂曲選

anthracite [ɑ̃trasit] *n.m.* 無烟煤

anthrax [ɑ̃traks] *n.m.* 【醫】癰

anthropoïde [ɑ̃trɔpɔid] *a.* 類人的 *n.m.* 類人猿

anthropologie [ɑ̃trɔpɔlɔʒi] *n.f.* 人類學

anthropologiste [ɑ̃trɔpɔlɔʒist], **anthropologue** [ɑ̃trɔpɔlɔɡ] *n.m.* 人類學家

anthropométrie [ɑ̃trɔpɔmetri] *n.f.* 人體測量

anthropométrique [ɑ̃trɔpɔmetrik] *a.* 人體測量的

anthropomorphe [ɑ̃trɔpɔmɔrf] *a.* 有人形的, 似人的

anthropomorphisme [ɑ̃trɔpɔmɔrfism] *n.m.* 神人同形說, 神人同形同性論

anthropophage [ɑ̃trɔpɔfaːʒ] *a.* 吃人肉的 *n.* 吃人肉者

anthropophagie [ɑ̃trɔpɔfaʒi] *n.f.* 吃人肉

anthropopithèque [ɑ̃trɔpɔpitɛk] *n.m.* 猿人類, 猿人

anti- *préf.* 表示"反對, 對抗", "在前, 在先"的意思

antiacide [ɑ̃tiasid] *a.* 耐酸的, 抗酸的, 解酸的 *n.m.* 抗酸劑, 解酸劑

antiaérien, ne [ɑ̃tiaerjɛ̃, ɛn] *a.* 防空的

antialcoolique [ɑ̃tialkɔlik] *a.* 主張禁酒的

antiatomique [ɑ̃tiatɔmik] *a.* 防原子輻射的, 防原子彈的

antibiotique [ɑ̃tibjɔtik] *n.m.* 抗菌素, 抗生素

anticancéreux, se [ɑ̃tikɑ̃serø, øːz] *a.*

抗癌的

anticapitaliste [ɑ̃tikapitalist] *a.* 反資本主義的

antichambre [ɑ̃tiʃɑ̃ːbr] *n.f.* 前廳, 前室; 等候室, 接待室

antichar [ɑ̃tiʃaːr] *a.* 反坦克的

anticipation [ɑ̃tisipasjɔ̃] *n.f.* 預先, 提前; 預料;【樂】先現音;【修辭】預辯法

anticiper [ɑ̃tisipe] *v.t.* 提前, 先做; 預料, 預感

anticlérical, ale [ɑ̃tiklerikal] (*pl.* ~ *aux*) *a., n.* 反教權的(人), 反對教會干預政治的(人)

anticléricalisme [ɑ̃tiklerikalism] *n.m.* 反教權主義, 反對教會干預政治

anticlinal, ale [ɑ̃tiklinal] (*pl.* ~ *aux*) *n.m., a.* 【地質】背斜(的)

anticolonialisme [ɑ̃tikɔlɔnjalism] *n.m.* 反殖民主義

anticolonialiste [ɑ̃tikɔlɔnjalist] *a.* 反殖民主義的 *n.* 反殖民主義者

anticonceptionnel, le [ɑ̃tikɔ̃sɛpsjɔnɛl] *a.* 避孕的

anticorps [ɑ̃tikɔːr] *n.m.* 【生理】抗體

anticyclone [ɑ̃tisiklɔːn] *n.m.* 【氣】反氣旋, 高(氣)壓

antidate [ɑ̃tidat] *n.f.* (書信、文件等上的)填早的日期(指比實際日期早)

antidater [ɑ̃tidate] *v.t.* 在…上填早日期

antidote [ɑ̃tidɔt] *n.m.* 解毒藥;(精神上的)解劑

antiengin [ɑ̃tiɑ̃ʒɛ̃] *a.* 【軍】反導彈的

antienne [ɑ̃tjɛn] *n.f.* 贊美歌前後反覆朗誦的經文; 贊美聖母歌

antifasciste [ɑ̃tifaʃ[s]ist] *a.* 反法西斯的 *n.* 反法西斯者

antiferment [ɑ̃tifɛrmɑ̃] *a.* 抗酵劑, 防酵劑

antifriction [ɑ̃tifriksjɔ̃] *a.* 減磨的 *n.m.* 減磨合金

antigel [ɑ̃tiʒɛl] *a.* 防凍的 *n.m.* 防凍劑

antigivreu|r, se [ãtiʒivrœːr, øːz]【空】 *a.* 防冰的 *n.m.* 防冰裝置, 防冰器

antihalo [ãtialo]【攝】*a.* 防光量的, 防止反光的 *n.m.* 防光量層, 防止反光膜

anti-impérialisme [ãtiɛ̃perjalism] *n.m.* 反帝國主義

anti-impérialiste [ãtiɛ̃perjalist] *a.* 反帝國主義的, 反帝的 *n.* 反帝國主義者

antilope [ãtilɔp] *n.f.* 羚羊

antimilitarisme [ãtimilitarism] *n.m.* 反軍國主義

antimilitariste [ãtimilitarist] *a.* 反軍國主義的 *n.* 反軍國主義者

antimissile [ãtimisil] *a.* 反導彈的

antimoine [ãtimwan] *n.m.*【化】銻

antimonarchique [ãtimɔnarʃik] *a.* 反君主政體的

antimonarchiste [ãtimɔnarʃist] *a.* 反君主政體者

antinomie [ãtinɔmi] *n.f.* 矛盾;【哲】二律背反

antinomique [ãtinɔmik] *a.* 矛盾的;【哲】二律背反的

antiparasite [ãtiparazit]【無】*u.* 抗干擾的, 反干擾的 *n.m.* 抗干擾裝置, 抗干擾設備

antiparlementaire [ãtiparləmãtɛːr] *a.* 反對議會制的, 違背議會慣例的 *n.* 反對議會制者

antipathie [ãtipati] *n.f.* 反感, 厭惡; 相反, 不相容

antipathique [ãtipatik] *a.* 引起反感的, 討厭的; 相反的, 不相容的

antipatriotique [ãtipatriɔtik] *a.* 無愛國心的, 不愛祖國的, 違反祖國利益的

antiphlogistique [ãtiflɔʒistik] *a.* 消炎的 *n.m.* 消炎劑

antiphonaire [ãtifɔnɛːr] *n.m.*【宗】對經唱譜

antiphrase [ãtifrɑːz] *n.f.*【修辭】反用法, 倒反

antipode [ãtipɔd] *n.m.* 對蹠地, 對蹠點〔位於地球直徑兩端的點〕; 對蹠地的居民; 相反的事物

antipodiste [ãtipɔdist] *n.* 蹬技演員

antipyrétique [ãtipiretik]【醫】*a.* 解熱的 *n.m.* 退熱劑, 解熱劑

antipyrine [ãtipirin] *n.f.*【藥】安替比林

antiquaille [ãtikɑj] *n.f.* 不值錢的古物或舊東西

antiquaire [ãtikɛːr] *n.* 古玩商

antique [ãtik] *a.* 古代的; 古老的, 陳舊的, 過時的

antiquité [ãtikite] *n.f.* 古代; 古老; l'A~古人; *pl.* 古代建築物, 古物, 古玩

antirabique [ãtirabik] *a.* 防狂犬病的

antiraciste [ãtirasist] *a.* 反種族主義的

antiradar [ãtiradaːr] *a.*【軍】反雷達的

antireflet [ãtiraflɛ] *a.*【光】減少反射的〔指鏡片加膜〕

antireligieux, se [ãtirəliʒjø, øːz] *a.* 反對宗教的

antirévisionnisme [ãtirevizjɔnism] *n.m.* 反修正主義

antirévisionniste [ãtirevizjɔnist] *a.* 反修正主義的, 反修的 *n.* 反修正主義者

antirévolutionnaire [ãtirevɔlysjɔnɛːr] *a.* 反革命的 *n.* 反革命分子

antirouille [ãtiruj] *a.inv.* 防鏽的, 除鏽的 *n.m.* 防鏽劑, 除鏽劑

antiscorbutique [ãtiskɔrbytik] *a.*【藥】抗壞血病的

antiségrégationniste [ãtisegregasjɔnist] *a.* 反對種族隔離的 *n.* 反對種族隔離者

antisémite [ãtisemit] *n.* 反對猶太人者, 排斥猶太人者

antisémitisme [ãtisemitism] *n.m.* 反猶主義, 排猶主義

antisepsie [ãtisɛpsi] *n.f.* 防腐法, 滅菌法

antiseptique [ãtisɛptik] *a.* 防腐的, 滅菌的 *n.m.* 防腐劑, 滅菌劑

antisocialiste [ɑ̃tisɔsjalist] *a.* 反社會
主義的 *n.* 反社會主義者

antithermique [ɑ̃titɛrmik] 【藥】 *a.* 退
熱的, 解熱的 *n.m.* 退熱劑, 解熱劑

antithèse [ɑ̃titɛːz] *n.f.* 對照, 對比;【修
辭】對照法, 反襯

antithétique [ɑ̃titetik] *a.* 對照的, 對比
的;【修辭】用對照法的, 反襯的

antitoxine [ɑ̃titɔksin] *n.f.* 【醫】抗毒素

antituberculeux, se [ɑ̃titybɛrkylø, øːz]
a. 抗結核病的, 防癆的

antivol [ɑ̃tivɔl] *n.m.* 防盜裝置, 車輛防
竊裝置

antonyme [ɑ̃tɔnim] *n.m.* 反義詞

antre [ɑ̃ːtr] *n.m.* 山洞, 岩穴, (野獸的)
洞穴;危險的地方

anurie [anyri] *n.f.* 【醫】無尿, 尿閉

anus [anys] *n.m.* 肛門

anxiété [ɑ̃ksjete] *n.f.* 焦慮, 惶惶不安

anxieux, se [ɑ̃ksjø, øːz] *a.* 焦慮的, 惶
惶不安的

aoriste [aɔrist, ɔrist] *n.m.* (希臘語語
法中動詞的)不定過去時

aorte [aɔrt] *n.f.* 【解】主動脈

aortite [aɔrtit] *n.f.* 主動脈炎

août [u, ut] *n.m.* 八月

aoûtat [auta] *n.m.* 【昆】恙蟎的幼蟲

apache [apaʃ] *n.m.* (大城市的) 壞蛋,
強盜

apaisement [apɛzmɑ̃] *n.m.* 平靜, 平
息;緩和, 減輕

apaiser [ape[ɛ]ze] *v.t.* 使平靜, 使平息;
使緩和, 使減輕

apanage [apanaːʒ] *n.m.* (親王的) 采
地;特性;特權

aparté [aparte] *n.m.* (演員的) 旁白;
(集會時數人間的) 私語, 密談

apathie [apati] *n.f.* 漠不關心, 無感覺

apathique [apatik] *a.* 漠不關心的, 無
感覺的

apatride [apatrid] *a.* 無國籍的 *n.*
無國籍者

aperception [apɛrsɛpsjɔ̃] *n.f.* 【哲】統

覺

apercevoir [apɛrsəvwaːr] [c. 25] *v.t.*
望見, 瞧見;覺察, 領會 *v.pr.* 意識到,
被注意, 被發覺

aperçu [apɛrsy] *n.m.* 一覽, 一瞥;概述,
估計

apériodique [aperjɔdik] *a.* 【物】非周
期性的, 非調諧的

apéritif, ve [aperitif, iːv] *a.* 開胃的, 增
進食慾的 *n.m.* 開胃酒

apesanteur [apəzɑ̃tœːr] *n.f.* 失重 (狀
態)

apétale [apetal] *a.* 【植】無花瓣的

à-peu-près, à peu près [apøprɛ] *n.m.*
inv. 大概, 近似

apeuré, e [apœre] *a.* 受驚的

aphasie [afazi] *n.f.* 失語症

aphasique [afazik] *a.* 失語症的, 患失
語症的 *n.* 失語症患者

aphélie [afeli] *n.m.* 【天】遠日點

aphone [afɔn] *a.* 【醫】失音的

aphonie [afɔni] *n.f.* 【醫】失音

aphorisme [afɔrism] *n.m.* 格言, 警句

aphrodisiaque [afrɔdizjak] *a., n.m.* 刺
激性慾的(物質)

aphte [aft] *n.m.* 【醫】口瘡

aphteux, se [aftø, øːz] *a.* 【醫】口瘡的

api [api] *n.m.* 一種小蘋果

apiculteur [apikyltœːr] *n.m.* 養蜂者

apiculture [apikyltyːr] *n.f.* 養蜂學

apitoiement [apitwamɑ̃] *n.m.* 同情, 憐
憫

apitoyer [apitwaje] [c. 3] *v.t.* 使同情,
使憐憫 *v.pr.* 同情, 憐憫

aplanir [aplaniːr] *v.t.* 弄平, 平整;排除,
消除

aplanissement [aplanismɑ̃] *n.m.* 平
整者

aplatir [aplatiːr] *v.t.* 壓扁, 壓平 *v.pr.*
(身體)彎曲;卑躬屈節

aplatissement [aplatismɑ̃] *n.m.* 壓扁,
壓平;扁度, 扁率;屈服, 卑躬屈節

aplatisseur [aplatisœːr] *n.m.* 軋鋼工

人;穀粒軋碎機

aplomb [aplɔ̃] *n.m.* 垂直, 鉛直(身體)
平衡; 堅定, 把握

apocalypse [apɔkalips] *n.f.* 世界末日;
A～【宗】《聖經》中的)啓示錄

apocalyptique [apɔkaliptik] *a.* 使感到
世界末日的; 像啓示錄那樣難以理解的
〔指文體〕;【宗】啓示錄的

apocope [apɔkɔp] *n.f.* 【語】尾音節省略

apocryphe [apɔkrif] *a.* 不可靠的, 可疑
的;【宗】偽經的 *n.m.pl.* 【宗】偽經

apode [apɔd] *a.* 【動】無足的

apogée [apɔʒe] *n.m.* 頂點, 極點;【天】
遠地點

apologétique [apɔlɔʒetik] *a.* 辯護的,
辯解的; 護教的

apologie [apɔlɔʒi] *n.f.* 辯護書, 辯解
詞; 贊揚, 稱頌

apologiste [apɔlɔʒist] *n.* 辯護者, 辯解
者; 護教論者

apologue [apɔlɔg] *n.m.* 寓言

apophtegme [apɔftɛgm] *n.m.* 格言, 名
言

apophyse [apɔfiːz] *n.f.* 【解】骨突

apoplectique [apɔplɛktik] 【醫】 *a., n.*
中風的(人), 卒中的(人)

apoplexie [apɔplɛksi] *n.f.* 【醫】中風,
卒中

apostasie [apɔstazi] *n.f.* 背教, 棄教; 叛
黨, 變節

apostasier [apɔstazje] *v.i.* 背教, 棄教;
叛黨, 變節

apostat, e [apɔsta, at] *a.* 背教的, 棄教
的; 叛黨的, 變節的 *n.m.* 背教者, 棄
教者; 叛黨分子, 叛徒, 變節分子

aposter [apɔste] *v.t.* 佈置(某人)監視
或埋伏

a posteriori [apɔsterjɔri] *loc. adv.*
【拉】【邏】由果溯因, 逆推地

apostille [apɔstij] *n.f.* 附注, 旁注; 附加
建議, 附加意見

apostiller [apɔstije] *v.t.* 加附注, 加旁
注; 附加建議, 附加意見

apostolat [apɔstɔla] *n.m.* 使徒的職務
或使命; 傳教; 傳教的熱誠

apostolique [apɔstɔlik] *a.* 使徒的; 教
廷的

apostrophe [apɔstrɔf] *n.f.* 責備, 斥責;
【修辭】頓呼;【語】省文撇

apostropher [apɔstrɔfe] *v.t.* 責備, 斥
責

apothème [apɔtɛm] *n.m.* 【數】(正多邊
形的)邊心距, (正棱錐的)斜高

apothéose [apɔteoːz] *n.f.* 尊爲神, 神
化; (給予某人的)特殊榮譽

apothicaire [apɔtikɛːr] *n.m.* 〖古〗藥劑
師

apôtre [apoːtr] *n.m.* (主義、學說等的)
提倡者, 宣傳者;【宗】使徒, 宗徒; 傳教者

apparaître [aparɛtr] *v.i.* [c. 54] 〔助
動詞用 avoir 或 être〕出現, 顯現; 顯
示, 顯露

apparat [apara] *n.m.* 豪華, 壯麗

appareil [aparɛj] *n.m.* 器具, 器械, 儀
器;【空】飛機;【解】器官;【建】石塊砌合

appareillage [aparɛjaːʒ] *n.m.* 設備, 附
屬裝置;【海】開航, 開航操作

appareiller [aparɛ(ɛ)je] *v.t.* 配對, 使成
對;【醫】裝假器 *v.i.* 開航

apparemment [aparamɑ̃] *adv.* 從外表
看; 似乎

apparence [aparɑ̃ːs] *n.f.* 外貌, 外形, 表
象; 迹象, 可能

apparent, e [aparɑ̃, ɑ̃ːt] *a.* 明顯的; 表
面的, 表象的

apparentement [aparɑ̃tmɑ̃] *n.m.* 結
親, 聯姻; (競選中的)聯合

apparenter(s') [saparɑ̃te] *v.pr.* 同…
結親, 同…聯姻; (競選中)聯合

apparier [aparje] *v.t.* 使配對, 使成雙;
使交配

appariteur [aparitœːr] *n.m.* (法國大學
中的)傳達員

apparition [aparisjɔ̃] *n.f.* 出現, 顯現;
出場, 暫留; 幽靈, 鬼魂

apparoir [aparwaːr] *v.i.* 〔僅用於不定

式和 il appert】【法】成爲顯然，成爲明顯

appartement [apartəmɑ̃] *n.m.* （公寓）套房

appartenance [apartənɑ̃:s] *n.f.* 附屬，從屬

appartenir [apartəni:r] *v.i.* [c. 16] 屬於，歸…所有

appas [apɑ] *n.m.pl.* 誘惑力；（女性的）魅力

appât [apɑ] *n.m.* 餌；引誘，誘惑

appâter [apɑte] *v.t.* 餵（家禽）；餌誘，利誘，誘惑

appauvrir [apovri:r] *v.t.* 使貧窮；使貧瘠，使貧乏

appauvrissement [apovrismɑ̃] *n.m.* 使貧窮，貧窮，貧瘠，貧乏

appeau [apo] (*pl.* ~*x*) *n.m.* 誘鳥笛

appel [apɛl] *n.m.* 呼喚，呼喊；號召，召喚，召集；點名；【法】申訴，上訴

appelant, e [aplɑ̃, ɑ̃:t] *a.* 【法】申訴的，上訴的 *n.* 【法】申訴人，上訴人 *n.m.* 【狩獵】媒鳥，鳥游子，囮子

appeler [aple] [c. 5] *v.t.* 呼喚，招呼；號召；徵集；給…取名；任命；【法】傳呼，傳訊 *v.i.* 【法】申訴，上訴 *v.pr.* 名叫，稱爲

appellation [ape[ɛl]lɑsjɔ̃] *n.f.* 稱呼，名稱

appendice [apɛ̃dis] *n.m.* （物體的）延伸部分；（書的）補編，附錄；【解】闌尾

appendicite [apɛ̃disit] *n.f.* 闌尾炎

appentis [apɑ̃ti] *n.m.* 【建】單坡屋頂，披屋，附屬的小屋

appesantir [apzɑ̃ti:r] *v.t.* 加重，使沉重；使遲鈍 *v.pr.* 堅持，強調

appesantissement [apzɑ̃tismɑ̃] *n.m.* 加重，沉重；遲鈍，不靈活

appétissant, e [apetisɑ̃, ɑ̃:t] *a.* 開胃的，引起食慾的；引起慾念的

appétit [apeti] *n.m.* 胃口，食慾；慾望

applaudir [aplodi:r] *v.i.* 鼓掌 *v.t.* 鼓掌歡迎；贊成 *v.pr.* 慶幸，高興

applaudissement [aplodismɑ̃] *n.m.* 鼓掌；贊成，滿意

applicable [aplikabl] *a.* 可適用的，能應用的；【法】可實施的

application [aplikɑsjɔ̃] *n.f.* 塗，貼；應用，使用；實行，實施；專心，用功

applique [aplik] *n.f.* 鑲飾，裝飾物，附飾品；壁燈

appliquer [aplike] *v.t.* 塗，貼；給予；應用，使用；實行，實施；集中（精力等）*v.pr.* 適應，適合；專心，用功

appoint [apwɛ̃] *n.m.* 【財】差額，餘額；補足，添足；幫助

appointements [apwɛ̃tmɑ̃] *n.m.pl.* 工資，薪水

appointer [apwɛ̃te] *v.t.* 發工資，發薪水；弄尖，削尖

appontement [apɔ̃tmɑ̃] *n.m.* 棧橋碼頭

apponter [apɔ̃te] *v.i.* （飛機）在甲板上降落

apport [apɔ:r] *n.m.* 帶來；提供；投資，股金；【法】夫妻雙方帶來的財產

apporter [apɔrte] *v.t.* 帶來，携來；提供，給予；通知，告訴（新聞等）；產生，引起

apposer [apoze] *v.t.* 貼，張貼；安裝，放上，蓋（印），簽（名）

apposition [apozisjɔ̃] *n.f.* 張貼，蓋章，簽署；放置；【語】同位語

appréciable [apresjabl] *a.* 可估價的，可評價的；相當可觀的，相當重要的

appréciation [apresjɑsjɔ̃] *n.f.* 估價，評價，判斷，估計

apprécier [apresje] *v.t.* 估價，評價；判斷，估計；給予好評，重視

appréhender [apreɑ̃de] *v.t.* 【法】逮捕，拘捕；怕，擔心

appréhension [apreɑ̃sjɔ̃] *n.f.* 害怕，擔心；理解，領會

apprendre [aprɑ̃:dr] *v.t.* [c. 46] 學，學習；養成…習慣；通知，告訴；得知，聽到；教，傳授

apprenti, e [aprɑ̃ti] *n.* 藝徒，學徒；生手

apprentissage [aprɑ̃tisaːʒ] *n.m.* 學手藝,當學徒;學徒期;最初的嘗試

apprêt [aprɛ] *n.m.* (皮革、布匹的)整理;整理用的漿料,烹調;修飾,做作

apprêté, e [apre[ɛ]te] *a.* 矯揉造作的,裝模作樣的

apprêter [apre[ɛ]te] *v.t.* 整理,烹調 *v.pr.* 準備;打扮

apprivoiser [aprivwaze] *v.t.* 馴養,馴服;使更易接近,使更聽話 *v.pr.* 被養馴,被馴服;變得更易接近,變得更聽話

approba*teur*, *trice* [aprɔbatœːr, tris] *n.* 同意者,贊成者 *a.* 同意的,贊成的

approbati*f*, *ve* [aprɔbatif, iːv] *a.* 同意的,贊成的;贊揚的

approbation [aprɔbasjɔ̃] *n.f.* 同意,贊成;贊揚

approchant, e [aprɔʃɑ̃, ɑ̃ːt] *a.* 類似的,近似的;大約的,差不多的

approche [aprɔʃ] *n.f.* 接近,靠近;臨近,將臨; *pl.* 四周,周圍

approcher [aprɔʃe] *v.t.* 移近,挪近;走近,靠近 *v.i.* 接近,靠近

approfondir [aprɔfɔ̃diːr] *v.t.* 加深,挖深;深入研究,鑽研

approfondissement [aprɔfɔ̃dismɑ̃] *n.m.* 加深,挖深;深入研究,鑽研

appropriation [aprɔpriasjɔ̃] *n.f.* 適合,適應;【法】佔爲己有

approprier [aprɔprie] *v.t.* 使適合,使適應 *v.pr.* 歸於自己,佔爲己有

approuver [apruve] *v.t.* 同意,贊成;贊揚,稱贊;【法】許可,批准

approvisionnement [aprɔvizjɔnmɑ̃] *n.m.* (食物等的)供應;給養,食物,必需品

approvisionner [aprɔvizjɔne] *v.t.* 供應食物,供應必需品

approximati*f*, *ve* [aprɔksimatif, iːv] *a.* 近似的,大概的

approximation [aprɔksimasjɔ̃] *n.f.* 近似,大概

appui [apɥi] *n.m.* 支撐,倚靠;支撐物,支持,支援

appuyer [apɥije] [c. 3] *v.t.* 支撐,使倚靠;支持,支援;用…緊壓 *v.i.* 緊壓,緊按;加重,加強;強調

âpre [ɑːpr] *a.* 澀的;粗糙的;貪婪的;嚴屬的;激烈的

après [aprɛ] *prép.* 在…以後,在…的後面;d' ~ *loc. prép.* 根據,按照 *adv.* 以後,之後,在後面

après-demain [aprɛdmɛ̃] *adv.*, *n.m.inv.* 後天

après-midi [apre[ɛ]midi] *n.m.inv.* 或 *n.f.inv.* 午後,下午

âpreté [ɑprəte] *n.f.* 澀味;粗糙;貪婪;嚴屬;激烈

a priori [apriɔri] *loc. adv.* 【哲】先驗地,先天地

apriorisme [apriɔrism] *n.m.* 【哲】先驗論

aprioriste [apriɔrist] 【哲】 *a.* 先驗論的,先驗的 *n.* 先驗論者

à-propos [aprɔpo] *n.m.* 適時,適合;應時劇,即景詩

apte [apt] *a.* 合適的,適宜的;合格的;有能力的

aptère [aptɛːr] *a.* 無翅的

aptitude [aptityd] *n.f.* 才能,才幹,能力;禀性

apurement [apyrmɑ̃] *n.m.* 審核賬目,查賬

apurer [apyre] *v.t.* 審核(賬目),查(賬)

aquafortiste [akwafɔrtist] *n.* 蝕刻師,蝕刻工

aquaplane [akwaplan] *n.m.* 滑水板;滑水運動

aquarelle [akwarɛl] *n.f.* 水彩畫

aquarelliste [akware[ɛ]list] *n.* 水彩畫家

aquarium [akwarjɔm] *n.m.* 養魚缸,水族缸

aquatique [akwatik] *a.* 水生的,水棲的;多水的,沼澤的

aqueduc [akdyk] *n.m.* 引水渠,引水道

aqueux, se [akø, ø:z] *a.* 水質的, 水性的; 含水的

aquiculture [akҗikylty:r] *n.f.* 水産養殖;(植物的)水培法, 溶液培養

aquifère [akҗife:r] *a.* 含水的, 導水的

aquilin [akilɛ̃] *a.m.* 似鷹嘴的, 鷹嘴形的

aquilon [akilɔ̃] *n.m.* 凜冽的朔風

ara [ara] *n.m.* 南美大鸚鵡

arabe [arab] *n.* 阿拉伯的 *a.* A~ 阿拉伯人 *n.m.* 阿拉伯語

arabesque [arabɛsk] *a.* 阿拉伯式的 *n.f.* 阿拉伯式的花紋

arabisant, e [arabizã, ã:t] *n.* 阿拉伯語專家, 阿拉伯文化研究者

arable [arabl] *a.* 可耕種的

arachide [araʃid] *n.f.* 花生, 落花生

arachnéen, ne [araknéɛ̃, ɛn] *a.* 蜘蛛的; 像蛛網一樣輕而薄的

arachnides [araknid] *n.m.pl.* 【動】蛛形網

araignée [are[ɛ]ɲe] *n.f.* 蜘蛛; 多爪鐵弔鉤; 漁網

araire [arɛ:r] *n.m.* （無導輪的）犁

aramon [aramɔ̃] *n.m.* 法國南方產的一種葡萄苗

arasement [arazmã] *n.m.* 【建】(砌層的)整平,(牆的)下層, 整平層;【木工】修齊, 鋸平

araser [araze] *v.t.* 【建】整平, 砌平(砌層);【木工】修齊, 鋸平

aratoire [aratwa:r] *a.* 農業的, 耕作的

arbalète [arbalɛt] *n.f.* 弩

arbalétrier [arbaletrie] *n.m.* 弓弩手;【建】主椽

arbitrage [arbitra:ʒ] *n.m.* 仲裁, 公斷;【商】套匯, 套購

arbitraire [arbitrɛ:r] *a.* 任意的, 隨意的; 專橫的, 專斷的 *n.m.* 任意, 任性; 專橫, 專斷

arbitral, ale [arbitral] (*pl.* ~ **aux**) *a.* 仲裁的, 公斷的

arbitre [arbitr] *n.m.* 【法】仲裁人, 公斷

人; 主宰; 裁判員

arbitrer [arbitre] *v.t.* 仲裁, 公斷; 裁判

arborer [arbɔre] *v.t.* 豎起, 舉起;【俗】顯示, 炫耀

arborescence [arbɔresã:s] *n.f.* 【植】喬木狀, 喬木性

arborescent, e [arbɔresã, ã:t] *a.* 【植】喬木狀的

arboricole [arbɔrikɔl] *a.* 生活在樹上的, 棲樹的; 植樹的, 育林的

arboriculture [arbɔrikylty:r] *n.f.* 樹木栽培

arborisation [arbɔrizasjɔ̃] *n.f.* 樹枝狀分佈

arbouse [arbu:z] *n.f.* 野草莓

arbousier [arbuzje] *n.m.* 野草莓樹

arbre [arbr] *n.m.* 樹, 樹木;【機】軸

arbrisseau [arbriso] (*pl.* ~**x**) *n.m.* 灌木

arbuste [arbyst] *n.m.* 小灌木

arc [ark] *n.m.* 弓;【數】弧;【建】拱

arcade [arkad] *n.f.* 【建】拱孔, 拱廊, 連拱廊

arcane [arkan] *n.m.* （煉丹術士的）秘訣, 秘術; 奧秘

arcature [arkaty:r] *n.f.* 【建】小連拱廊; 盲拱廊

arc-boutant [arkbutã] (*pl.* ~ **s**-~ **s**) *n.m.* 【建】拱扶垛

arc-bouter [arkbute] *v.t.* 【建】用拱扶垛支撐 *v.pr.* 用力靠在…上, 用力支撐在…上

arceau [arso] *n.m.* 【建】拱, 門拱, 窗拱

arc-en-ciel [arkãsjɛl] (*pl.* ~ **s**-~-~) *n.m.* 虹

archaïque [arkaik] *a.* 古的, 過時的; 古老的, 古代的

archaïsme [arkaism] *n.m.* 古語, 古詞, 仿古, 古風

archange [arkã:ʒ] *n.m.* 【宗】大天使, 大天神

arche [arʃ] *n.f.* 【建】橋拱, 拱形橋孔;【宗】(挪亞)方舟

archéen, ne [arkeɛ̃, ɛn] *a.* 【地質】太古(代)的

archéologie [arkeɔlɔʒi] *n.f.* 考古學

archéologique [arkeɔlɔʒik] *a.* 考古學的

archéologue [arkeɔlɔg] *n.* 考古學者

archer [arʃe] *n.m.* 弓箭手

archet [arʃɛ] *n.m.* 【樂】琴弓,弓;【技】牽鑽弓

archevêché [arʃəve(ɛ)ʃe] *n.m.* 總主教教區;總主教府

archevêque [arʃəvɛk] *n.m.* 【宗】總主教,大主教

archi- *préf.* 表示"首位","極端,過度"的意思

archidiacre [arʃidjakr] *n.m.* 【宗】主教代理

archiduc [arʃidyk] *n.m.* (古奧地利的)大公,王子

archiduché [arʃidyʃe] *n.m.* (古奧地利王子所轄的)大公國

archiduchesse [arʃidyʃɛs] *n.f.* (古奧地利的)大公夫人;公主

archiépiscopal, ale [arkiepiskɔpal] (*pl. ~aux*) *a.* 總主教的,大主教的

archipel [arʃipɛl] *n.m.* 羣島

archiprêtre [arʃiprɛtr] *n.m.* 【宗】總本堂神甫,總司鐸

architecte [arʃitɛkt] *n.m.* 建築師,建築家

architectural, ale [arʃitɛktyral] (*pl. ~aux*) *a.* 建築學的,建築術的;建築的

architecture [arʃitɛkty:r] *n.f.* 建築學,建築術

architrave [arʃitra:v] *n.f.* 【建】(柱頂盤的)下楣;額枋

archives [arʃi:v] *n.f.pl.* 檔案;檔案室,檔案館

archiviste [arʃivist] *n.* 檔案保管員

archivolte [arʃivɔlt] *n.f.* 【建】拱門飾

arçon [arsɔ̃] *n.m.* 馬鞍架;(彈羊毛等用的)弓子;彎成弓形的葡萄蔓

arctique [arktik] *a.* 北極的;北方的

ardemment [ardamɑ̃] *adv.* 熱心地,熱情地

ardent, e [ardɑ̃, ɑ̃:t] *a.* 燃燒著的,熾熱的;熱心的,熱情的;激烈的

ardeur [ardœ:r] *n.f.* 熾熱,炎熱;活力,熱心,熱情

ardillon [ardijɔ̃] *n.m.* (扣皮帶用的)扣針

ardoise [ardwa:z] *n.f.* (供書寫用的)石板;【礦】板岩

ardoisé, e [ardwaze] *a.* 深灰色的,板岩色的

ardoisier, ère [ardwazje, ɛ:r] *a.* 板岩質的;板岩的 *n.m.* 板岩礦工;板岩礦開採者 *n.f.* 板岩礦

ardu, e [ardy] *a.* 陡峭的,險峻的;困難的,艱難的

are [a[ɑ]:r] *n.m.* 公畝

arène [arɛn] *n.f.* (圓形劇場中的)競技場地,中央場地;鬥爭場所,(政治)舞台

arénicole [arenikɔl] *a.* 【動】沙棲的

aréole [areɔl] *n.f.* 【醫】紅暈

aréomètre [areɔmɛtr] *n.m.* (液體)比重計

aréopage [areɔpa:ʒ] *n.m.* 權威人士、學者的集會;A~ 古希臘雅典的法庭

arête [arɛt] *n.f.* 魚骨;【建】尖脊;【數】棱,棱邊

arêtier [are(ɛ)tje] *n.m.* 【建】屋脊

arêtière [are(ɛ)tjɛ:r] *n.f.* 【建】脊瓦

argent [arʒɑ̃] *n.m.* 銀,銀幣,貨幣;錢

argentan [arʒɑ̃tɑ̃] *n.m.* 賽銀白銅(一種銅、鎳、鋅合金)

argenter [arʒɑ̃te] *v.t.* 鍍銀;使成銀白色,使閃銀光

argenterie [arʒɑ̃tri] *n.f.* 銀餐具,銀器

argentier [arʒɑ̃tje] *n.m.* 放銀器的傢具;〖古〗法國財政總裁

argentifère [arʒɑ̃tifɛ:r] *a.* 含銀的

argentin, e [arʒɑ̃tɛ̃, in] *a.* 銀聲的;阿根廷的 *n.* A~ 阿根廷人

argenture [arʒɑ̃ty:r] *n.f.* 鍍銀,鍍銀術;銀鍍層

argile [arʒil] *n.f.* 粘土

argileux, se [arʒilø, øːz] *a.* 粘土的, 粘土質的

argon [argɔ̃] *n.m.* 【化】氬

argonaute [argɔnoːt] *n.m.* 【動】船蛸

argot [argo] *n.m.* 切口, 隱語, 行話

argotique [argɔtik] *a.* 切口的, 隱語的, 行話的

argousin [arguzɛ̃] *n.m.* (古代的)獄卒; 〖貶〗警察

arguer [argɥe] 〔詞幹 argu 讀〔argy〕。變位時, 若詞幹後接 *i* 或啞音 *e*, 寫成 *ï* 或 *ë*, 如 j'argüe〕*v.t.* 推論出, 作出結論 *v.i.* 推託; 下結論

argument [argymɑ̃] *n.m.* 理由, 論據; (一部作品的)內容簡介, 內容提要

argumentation [argymɑ̃tɑsjɔ̃] *n.f.* 辯論, 爭論

argumenter [argymɑ̃te] *v.i.* 擺出論據, 辯論; 推論

argus [argys] *n.m.* 目光敏銳的人; 監視者, 密探; 【動】眼斑雉; 具有眼形花紋的蝴蝶

argutie [argysi] *n.f.* 詭辯, 遁詞

aria [arja] *n.m.* 〖俗〗麻煩, 煩惱 *n.f.* 【樂】咏嘆調

aride [arid] *a.* 乾燥的, 乾旱的, 枯燥無味的

aridité [aridite] *n.f.* 乾燥, 乾旱; 枯燥無味

ariette [arjɛt] *n.f.* 【樂】小咏嘆調

aristocrate [aristɔkrat] *n.,a.* 貴族(的)

aristocratie [aristɔkrasi] *n.f.* 貴族政治; 貴族階級

aristocratique [aristɔkratik] *a.* 貴族政治的, 貴族階級的, 貴族氣派的

aristotélicien, ne [aristɔtelisjɛ̃, ɛn] *a.,n.* 亞里士多德學說的(信徒)

arithméticien, ne [aritmetisjɛ̃, ɛn] *n.* 算術家

arithmétique [aritmetik] *a.* 算術的 *n.f.* 算術

arlequin [arləkɛ̃] *n.m.* 穿雜色百衲衣的丑角;〖俗〗殘餚

arlequinade [arləkinad] *n.f.* (以穿雜色百衲衣丑角爲主角的)滑稽劇; 滑稽作品

armagnac [armaɲak] *n.m.* 法國阿馬略克產的燒酒

armateur [armatœːr] *n.m.* 船主, 船東

armature [armatyːr] *n.f.* 骨架, 架子; 【樂】調號;【電】電樞

arme [arm] *n.f.* 武器, 軍械; 兵種; *pl.* 軍職; 劍; 徽章

armé, e [arme] *a.* 武裝的; 用金屬加固的 *n.m.* 火器的待發狀態

armée [arme] *n.f.* 部隊; 軍, 軍隊

armement [arməmɑ̃] *n.m.* 武裝; 武器, 裝備; *pl.* 軍備;【海】艤裝, 船舶裝備

arménien, ne [armenjɛ̃, ɛn] *a.* 亞美尼亞的 *n.* A~ 亞美尼亞人

armer [arme] *v.t.* 武裝, 配備; 裝備(船隻); 上膛, 裝彈; 加固 *v.pr.* 武裝自己; 給自己配備

armet [armɛ] *n.m.* (15—17世紀的)鋼盔

armistice [armistis] *n.m.* 停戰, 休戰

armoire [armwaːr] *n.f.* 衣櫥, 大櫥

armoiries [armwari] *n.f.pl.* 紋章, 徽誌

armoise [armwaːz] *n.f.* 蒿; 蒿屬植物

armorial, ale [armɔrjal] (*pl.* ~*aux*) *a.* 紋章的 *n.m.* 紋章圖案集

armure [armyːr] *n.f.* 甲冑, 盔甲;【樂】調號; *pl.* 保護樹木的裝置

armurerie [armyrri] *n.f.* 武器製造業; 兵工廠, 武器商店

armurier [armyrje] *n.m.* 製造武器者, 軍火商

arnica [arnika] *n.f.* 【植】山金車

aromate [arɔmat] *n.m.* (植物性)香料

aromatique [arɔmatik] *a.* 香的, 芳香的

aromatiser [arɔmatize] *v.t.* 加香料, 使芳香

arôme [aroːm] *n.m.* 香氣, 香味, 芳香

arpège [arpɛːʒ] *n.m.* 【樂】琶音

arpent [arpɑ̃] *n.m.* 舊時的土地面積單

位〔約20至50公畝〕

arpentage [arpɑ̃taːʒ] n.m. 測量，丈量

arpenter [arpɑ̃te] v.t. 測量（土地），丈量；大步走

arpenteur [arpɑ̃tœːr] n.m. 土地測量員，土地丈量員

arpète [arpɛt] n. 〖民〗學徒

arquebuse [arkəbyːz] n.f. （15—16世紀的）火槍

arquebusier [arkəbyzje] n.m. 火槍手；古時製造或經售武器的人

arquer [arke] v.t. 使彎曲成弓形 v.i. 彎曲，彎

arrachage [araʃaːʒ] n.m. , **arrachement** [araʃmɑ̃] n.m. 拔出，拔除

arrache-pied(d') [daraʃpje] loc.adv. 不間斷地，不停地

arracher [araʃe] v.t. 拔，拔掉；奪取，獲得；使某人脫出（某種狀態）

arraisonnement [arɛzɔnmɑ̃] n.m. 〖海〗檢查船舶

arraisonner [arɛzɔne] v.t. 〖海〗檢查（船舶）

arrangeant, e [arɑ̃ʒɑ̃, ɑ̃:t] a. 圓通的，隨和的，好商量的

arrangement [arɑ̃ʒmɑ̃] n.m. 整理，佈置，安排；和解，協議

arranger [arɑ̃ʒe] [c. 2] v.t. 整理，佈置，安排；修理，修改；調解，調停 v.pr. 和解，達成協議；被修復

arrérages [areraːʒ] n.m.pl. （年金、債券等的）過期未付款

arrestation [arɛstasjɔ̃] n.f. 逮捕，拘捕

arrêt [arɛ] n.m. 停止，停頓；判決；逮捕，（財產的）扣押； pl. （軍隊中的）禁閉

arrêté [are(ɛ)te] n.m. 決議，決定

arrêter [are(ɛ)te] v.t. 阻止，使停止，使中斷；逮捕，拘捕；固定，釘住；決定，商定；（獵犬）站定守住（獵物） v.i. 停下，停止 v.pr. 停止，中斷

arrêtoir [aretwaːr] n.m. 〖機〗止動器；阻塊；卡子，夾子

arrhes [aːr] n.f.pl. 定金，押金，保證金

arrière [arjɛːr] adv. 向後，從後面 a.inv. 後面的，後部的 interj. 往後退! 走開! n.m. 後部，尾部；〖軍〗後方

arriéré, e [arjere] a. 延遲的，延期的；落後的；智力發育遲緩的 n.m. 過期未付款

arrière-bouche [arjɛrbuʃ] (pl. ~s) n.f. 口腔的後部

arrière-boutique [arjɛrbutik] (pl. ~s) n.f. 商店後間

arrière-garde [arjɛrgard] (pl. ~s) n.f. 後衛部隊

arrière-goût [arjɛrgu] (pl. ~s) n.m. 後味，餘味，回味

arrière-grand-mère [arjɛrgrɑ̃mɛːr] (pl. ~s) n.f. 曾祖母，外曾祖母

arrière-grand-père [arjɛrgrɑ̃pɛːr] (pl. ~s-~) n.m. 曾祖父，外曾祖父

arrière-neveu [arjɛrnəvø] (pl. ~x) n.m. 侄孫，侄外孫； pl. 遠房的子孫

arrière-pensée [arjɛrpɑ̃se] (pl. ~s) n.f. 私下的盤算，內心的想法

arrière-petite-fille [arjɛrpətitfij] (pl. ~-~s- ~s) n.f. 曾孫女，曾外孫女

arrière-petit-fils [arjɛrpətifis] (pl. ~-~s-~) n.m. 曾孫，曾外孫

arrière-petits-enfants [arjɛrpətizɑ̃fɑ̃] n.m.pl. 曾孫輩，曾外孫輩

arrière-plan [arjɛrplɑ̃] (pl. ~s) n.m. 背景，後景；〖繪畫〗遠景

arriérer [arjere] v.t. [c. 7] 延期，延緩

arrière-saison [arjɛrsɛzɔ̃] (pl. ~s) n.f. 秋末，晚秋；晚年

arrière-train [arjɛrtrɛ̃] (pl. ~s) n.m. 四輪車輛的後部；四足動物身體的後部

arrimage [arimaːʒ] n.m. （船舶、飛機等的）裝載，裝艙

arrimer [arime] v.t. 裝載，裝艙

arrimeur [arimœːr] n.m. 船上裝貨工

arrivage [arivaːʒ] n.m. 貨物的到達，運到的貨物

arrivée [arive] *n.f.* 到達; 到達的時刻; 到達地, 終點

arriver [arive] *v.i.* 〔助動詞用 être〕到達, 抵達; 到來, 來臨; 發生 *v.impers.* 發生

arrivisme [arivism] *n.m.* 野心勃勃, 不擇手段往上爬

arriviste [arivist] *n.* 野心家, 不擇手段往上爬的人

arrogamment [arɔgamɑ̃] *adv.* 傲慢地, 狂妄自大地

arrogance [arɔgɑ̃:s] *n.f.* 傲慢, 狂妄自大

arrogant, e [arɔgɑ̃, ɑ̃:t] *a., n.* 傲慢的(人), 狂妄自大的(人)

arroger(s') [sarɔʒe] *v.pr.* [c. 2] 擅取, 竊取

arrondir [arɔ̃di:r] *v.t.* 使成圓形; 增加, 擴大; 使成齊頭數

arrondissement [arɔ̃dismɑ̃] *n.m.* 成圓形; 擴大, 增加; (法國的)行政區, (法國大城市的)區

arrosage [aroza:ʒ] *n.m.* 澆水, 灑水; (人工)灌溉

arroser [aroze] *v.t.* 澆, 灑, 灌溉, 流經

arroseur, se [arozœ:r, ø:z] 澆水工人, 灑水工人 *n.m.* 灑水車

arrosoir [arozwa:r] *n.m.* 噴水壺

arrow-root [arorut] *n.m.* 〖英〗【植】竹芋; 竹芋等的澱粉

arsenal [arsənal] (*pl.* ~ **aux**) *n.m.* 〖古〗兵工廠; 軍艦修造廠; 大批武器

arséniate [arsenjat] *n.m.* 【化】砷酸鹽; 砷酸酯

arsenic [arsənik] *n.m.* 【化】砒霜

arsénieux [arsenjø] *a.m.* 【化】亞砷的, 三價砷的

arsénique [arsenik] *a.m.* 【化】砷的, 五價砷的

arsouille [arsuj] 〖民〗 *a.* 下流的, 放蕩無恥的 *n.* 流氓, 阿飛

art [a:r] *n.m.* 藝術; 技術, 技藝, 技巧

artère [artɛ:r] *n.f.* 【解】動脈; 交通幹綫

artériel, le [arterjɛl] *a.* 動脈的

artériole [arterjɔl] *n.f.* 【解】小動脈

artériosclérose [arterjɔsklero:z] *n.f.* 動脈硬化症

arthrite [artrit] *n.f.* 關節炎

arthritique [artritik] *a.* 關節病素質的; 關節的 *n.* 關節病素質患者

arthritisme [artritism] *n.m.* 【醫】關節病素質

arthropodes [artrɔpɔd] *n.m.pl.* 【動】節肢動物門

artichaut [artiʃo] *n.m.* 【植】朝鮮薊; 長生花

article [artikl] *n.m.* 條款, 項目; 文章, 論文; 物品, 商品;【語】冠詞

articulaire [artikylɛ:r] *a.* 【解】關節的

articulation [artikylasjɔ̃] *n.f.* 【解】關節;【機】鉸支聯接, 活節;【語】發音

articulé, e [artikyle] *a.* 有關節的;【機】鉸接的; 發音清晰的

articuler [artikyle] *v.t.* 肯定, 確定; 清晰地發音;【機】鉸接, 球接

artifice [artifis] *n.m.* 詭計, 計謀; (feu d') ~ 烟火

artificiel, le [artifisjɛl] *a.* 人工的, 人造的; 人爲的, 不自然的

artificier [artifisje] *n.m.* 烟火製造者; 放烟火的人

artificieux, se [artifisjø, ø:z] *a.* 狡猾的, 奸詐的; 詭計多端的

artillerie [artijri] *n.f.* 炮; 炮兵部隊, 炮兵

artilleur [artijœ:r] *n.m.* 炮兵, 炮手

artisan, e [artizɑ̃, an] *n.* 手工業者, 手藝人; 製作人

artisanal, ale [artizanal] (*pl.* ~**aux**) *a.* 手工業的, 手藝人的

artisanat [artizana] *n.m.* 手工業界; 手工業者的職業或身份

artiste [artist] *n.* 藝術家, 藝人; 演員

artistement [artistəmɑ̃] *adv.* 熟練地, 技藝很高地

artistique [artistik] *a.* 藝術的

arum [arɔm] *n.m.* 海芋屬植物

aryen, ne [arjɛ̃, ɛn] *a.* 雅利安人的

arythmie [aritmi] *n.f.* 【醫】心律不齊

as [ɑs] *n.m.* (骰子、骨牌的)一點, 幺; 第一流人物, 好手, 能手; 古羅馬的重量或貨幣單位

asbeste [asbɛst] *n.m.* 石棉

ascendance [asɑ̃dɑ̃:s] *n.f.* 直系尊親屬;【天】上升, 升起;【氣】上升氣流

ascendant, e [asɑ̃dɑ̃, ɑ̃:t] *a.* 上升的; 前進的 *n.m.* 【天】上升, 升起; 影響, 權勢; *pl.* 直系尊親屬

ascenseur [asɑ̃sœ:r] *n.m.* 電梯, 升降機

ascension [asɑ̃sjɔ̃] *n.f.* 上升; 攀登; A～【宗】耶穌升天; 耶穌升天節

ascensionnel, le [asɑ̃sjɔnɛl] *a.* 上升的; 使之上升的

ascète [asɛt] *n.* 苦行者, 禁慾者; 生活嚴肅艱苦者

ascétique [asetik] *a.* 苦行(主義)的, 禁慾(主義)的; 生活嚴肅艱苦的

ascétisme [asetism] *n.m.* 苦行; 禁慾主義; 嚴肅艱苦的生活

ascite [asit] *n.f.* 【醫】腹水

ascitique [asitik] *a.* 腹水的

asepsie [asɛpsi] *n.f.* 【醫】無菌; 無菌法

aseptique [asɛptik] *a.* 無菌的

aseptisation [asɛptizɑsjɔ̃] *n.f.* 滅菌, 消毒

aseptiser [asɛptize] *v.t.* 滅菌, 消毒

asexué, e [asɛksɥe] *a.* 【生】無性的

asiatique [azjatik] *a.* 亞洲的 *n.* A～亞洲人

asile [azil] *n.m.* 避難所, 庇護所; 收容所; 幽靜處

aspect [aspɛ] *n.m.* 外觀, 外貌, 外表; 方面, 觀點

asperge [aspɛrʒ] *n.f.* 【植】石刁柏, 蘆筍; 天冬屬植物

asperger [aspɛrʒe] *v.t.* [c. 2] 灑水; 〖俗〗濺

aspérité [asperite] *n.f.* 粗糙, 凹凸不平; 粗暴, 生硬

asperme [aspɛrm] *a.* 【植】無種子的

aspersion [aspɛrsjɔ̃] *n.f.* 灑水

asphalte [asfalt] *n.m.* 瀝青, 地瀝青; 〖俗〗柏油馬路

asphalter [asfalte] *v.t.* 鋪瀝青, 澆柏油

asphodèle [asfɔdɛl] *n.m.* 阿福花

asphyxiant, e [asfiksjɑ̃, ɑ̃:t] *a.* 窒息的

asphyxie [asfiksi] *n.f.* 窒息;【經】停滯不前

asphyxier [asfiksje] *v.t.* 使窒息

aspic [aspik] *n.m.* 蝰蛇; 花色肉凍; 寬葉薰衣草

aspidistra [aspidistra] *n.m.* 【植】蜘蛛抱蛋

aspirant, e [aspirɑ̃, ɑ̃:t] *a.* 吸入的, 抽水的 *n.m.* 海軍軍官學校學生; 一級準尉, 預備軍官

aspirateur [aspiratœ:r] *n.m.* 吸氣器, 吸液器, 吸塵器

aspiration [aspirɑsjɔ̃] *n.f.* 吸入; 嚮往, 願望;【語】噓聲發音, 送氣發音

aspiré, e [aspire] *a.* 發噓音的, 發送氣音的 *n.f.* 噓音, 送氣音

aspirer [aspire] *v.t.* 吸氣; 吸入, 吸進; 【語】發噓音, 發送氣音 *n i* 嚮往, 渴望

aspirine [aspirin] *n.f.* 【藥】阿司匹林

assagir [asaʒi:r] *v.t.* 使聰明, 使明理

assaillir [asaji:r] *v.t.* [c. 12] 猛攻, 攻擊; 使煩惱, 糾纏

assainir [ase(ɛ)ni:r] *v.t.* 使衛生, 使清潔, 消毒; 清理

assainissement [ase(ɛ)nismɑ̃] *n.m.* 清潔衛生, 消毒; 清理;【經】穩定, 平衡

assainisseur [ase(ɛ)nisœ:r] *n.m.* 淨化劑, 淨化裝置

assaisonnement [asɛzɔnmɑ̃] *n.m.* 調味; 調味品, 作料

assaisonner [asɛzɔne] *v.t.* 調味, 加作料; 使風趣, 使辛辣

assassin [asasɛ̃] *n.m.* 殺人犯, 兇手, 刺客

assassinat [asasina] *n.m.* 謀殺, 暗殺

assassiner [asasine] *v.t.* 謀殺, 暗殺

assaut [aso] *n.m.* 攻擊, 襲擊; 擊劍比賽; 競賽, 競爭

assèchement [asɛʃmã] *n.m.* 排水; 乾涸

assécher [aseʃe] *v.t.* [c. 7] 排水, 使乾涸

assemblage [asãbla:ʒ] *n.m.* 集合, 聚集; 接合, 裝配

assemblée [asãble] *n.f.* 集會, 聚會; 會議, 大會

assembler [asãble] *v.t.* 集合, 收集; 接合, 裝配; 聚集, 召集

assener [asne] *v.t.* [c. 6] 猛擊

assentiment [asãtimã] *n.m.* 同意, 贊成

asseoir [aswa:r] [c. 34] *v.t.* 使坐; 建立, 奠定; 樹立, 鞏固; 【法】規定, 制定 *v.pr.* 坐, 坐下

assermenté, e [asɛrmãte] *a.,n.* 宣過誓的(人)

assermenter [asɛrmãte] *v.t.* 使宣誓

assertion [asɛrsjɔ̃] *n.f.* 主張, 論點, 斷言

asservir [asɛrvi:r] *v.t.* 〔變位同 finir〕奴役, 奴化; 制服

asservissement [asɛrvismã] *n.m.* 奴役, 奴化; 制服; 【技】隨動, 伺服; 隨動裝置, 伺服裝置

asservisseur, se [asɛrvisœ:r, ø:z] *a.* 奴役的, 奴化的 *n.m.* 奴役者;【技】隨動裝置, 伺服裝置

assesseur [asesœ:r] *n.m.* 陪審員; 助理, 副手

assez [ase] *adv.* 足夠地, 相當地, 過得去地

assidu, e [asidy] *a.* 勤勉的, 勤奮的, 刻苦的; 經常的; 守時的

assiduité [asidɥite] *n.f.* 勤勉, 勤奮, 刻苦; 忠於職守

assidûment [asidymã] *adv.* 勤勉地, 刻苦地; 經常地; 守時地

assiégé, e [asjeʒe] *a., n.* 被包圍的(人), 被圍困的(人)

assiégeant, e [asjeʒã, ã:t] *a.* 包圍的, 圍攻的 *n.* 包圍者, 圍攻者

assiéger [asjeʒe] *v.t.* [c. 2, c. 7] 包圍, 圍攻; 糾纏, 使厭煩

assiette [asjɛt] *n.f.* 盆, 碟, 盤; 一盆或一碟之量; 坐姿; 平穩狀態

assiettée [asje[ɛ]te] *n.f.* 一盆或一碟之量

assignat [asina] *n.m.* (法國資產階級革命時發行的)指券

assignation [asinɑsjɔ̃] *n.f.* 【法】傳喚, 傳訊; (款項等的)撥給, 分配; 指定, 確定

assigner [asine] *v.t.* 【法】傳喚, 傳訊; (款項等的)撥給, 分配; 指定, 確定; 給予

assimilable [asimilabl] *a.* 可同化的, 可領會的

assimilation [asimilɑsjɔ̃] *n.f.* 同化(作用), 吸收, 領會

assimiler [asimile] *v.t.* 使相似; 進行比較;【生理】吸收, 同化; 領會

assis, e [asi, i:z] *a.* 坐着的, 穩固的, 穩定的 *n.f.* 【建】(磚、石)層; 基礎, 根據, *pl.* 刑事審判; 刑事法庭;(政黨、工會的)會議

assistance [asistã:s] *n.f.* 參加, 出席; 與會者, 出席者; 援助, 救濟

assistant, e [asistã, ã:t] *a.* 參加的; 輔助的 *n.* 助手, 助理; 助教; *pl.* 參加者, 出席者

assister [asiste] *v.i.* 參加, 出席 *v.t.* 協助, 幫助; 援助, 救濟

association [asɔsjɑsjɔ̃] *n.f.* 加入, 接納; 結合, 配合; 協會, 聯合會

associé, e [asɔsje] *n.* 會員, 合夥人

associer [asɔsje] *v.t.* 結合, 聯合; 使加入, 吸收參加; 接納

assoiffé, e [aswafe] *a.* 口渴的; 渴求的, 貪婪的

assolement [asɔlmã] *n.m.* 【農】輪作

assoler [asɔle] *v.t.* 【農】輪作

assombrir [asɔ̃bri:r] *v.t.* 使暗淡; 使憂

鬱, 使傷心

assommant, e [asɔmã, ã:t] *a.* 〖俗〗令人十分厭倦的

assommer [asɔme] *v.t.* (用重物)擊斃; 痛打; 使厭煩

assommoir [asɔmwa:r] *n.m.* 屠宰工具;〖民〗下等酒店

assomption [asɔ̃psjɔ̃] *n.f.* 【宗】聖母升天; A～ 聖母升天節

assonance [asɔnɑ̃:s] *n.f.* 疊韻, 半諧音

assorti, e [asɔrti] *a.* 相配的, 協調的; 什錦的

assortiment [asɔrtimã] *n.m.* 配合, 協調;整套的;(同品種的)整批貨物

assortir [asɔrti:r] *v.t.* (變位同 finir) 使配合,使協調;供應(商品)

assoupir [asupi:r] *v.t.* 使昏昏欲睡;使緩和,使減輕 *v.pr.* 昏昏欲睡;緩和

assoupissement [asupismã] *n.m.* 昏昏欲睡;無精打采

assouplir [asupli:r] *v.t.* 使柔軟;使溫順

assouplissement [asuplismã] *n.m.* 柔軟;溫順

assourdir [asurdi:r] *v.t.* 使耳聾, 震耳欲聾;減輕(聲音);使厭煩

assourdissement [asurdismã] *n.m.* 震耳欲聾;(一時的)耳聾;減音, 消音

assouvir [asuvi:r] *v.t.* 使吃飽;充分滿足

assouvissement [asuvismã] *n.m.* 吃飽;滿足

assujettir [asyʒe[ε]ti:r] *v.t.* 奴役, 使屈從;固定, 使定住

assujettissement [asyʒe[ε]tismã] *n.m.* 奴役, 屈從; 從屬地位;約束, 限制

assumer [asyme] *v.t.* 承擔, 擔當

assurance [asyrã:s] *n.f.* 確信, 自信;保證;保險

assuré, e [asyre] *a.* 肯定的, 確實的;自信的, 堅定的;被保險的 *n.* 被保險的人

assurément [asyremã] *adv.* 的確, 當然, 肯定地, 確實地

assurer [asyre] *v.t.* 保證, 使確信;保險, 擔保;證實, 肯定 *v.pr.* 保證;確信, 證實

assureur [asyrœ:r] *n.m.* 保險人, 承保人

assyrien, ne [asirjɛ̃, ɛn] *a.* 亞述的 *n.* A～ 亞述人

assyriologue [asirjɔlɔg] *n.* 亞述學家

astate [astat] *n.m.* 【化】砹

aster [astɛ:r] *n.m.* 【植】紫苑, 紫苑花

astérie [asteri] *n.f.* 【動】海盤車

astérisque [asterisk] *n.m.* 【印】星號〔＊〕

astéroïde [asterɔid] *n.m.* 【天】小行星

asthénie [asteni] *n.f.* 虛弱, 無力

asthénique [astenik] *a.,n.* 虛弱的(人), 無力的(人)

asthmatique [asmatik] *a.* 哮喘(性)的;患哮喘的 *n.* 哮喘患者

asthme [asm] *n.m.* 【醫】哮喘

asticot [astiko] *n.m.* (用作釣餌的)蛆

asticoter [astikɔte] *v.t.* 〖俗〗困惱, 惹厭

astigmate [astigmat] *a.,n.* 患散光的(人)

astigmatisme [astigmatism] *n.m.* 【醫】散光

astiquer [astike] *v.t.* 磨光, 擦亮

astrakan [astrakã] *n.m.* 捲毛羔皮

astral, ale [astral] (*pl.* ～*aux*) *a.* 天體的, 星的;星宿的

astre [astr] *n.m.* 星, 天體;星辰, 星宿

astreindre [astrɛ̃:dr] [c. 51] *v.t.* 強迫, 強制 *v.pr.* 被迫, 勉強(自己)

astringence [astrɛ̃ʒã:s] *n.f.* 【醫】收斂性

astringent, e [astrɛ̃ʒã, ã:t] *a.* 收斂(性)的 *n.m.* 收斂藥

astrologie [astrɔlɔʒi] *n.f.* 星相學, 占星術

astrologue [astrɔlɔg] *n.m.* 星相學者, 占星家

astronaute [astrɔno:t] *n.* 宇宙航行員

astronautique [astrɔnotik] *n.f.* 宇宙航

一根頸椎骨〕

行學, 星際航行學

astronef [astronɛf] *n.m.* 宇宙飛船

astronome [astronom] *n.* 天文學家, 天文學工作者

astronomie [astronomi] *n.f.* 天文, 天文學

astronomique [astronomik] *a.* 天文學的, 天文的; 過大的

astrophysique [astrofizik] *n.f.* 天體物理學

astuce [astys] *n.f.* 詭譎, 狡猾, 奸詐; 機靈

astucieux, se [astysjø, øːz] *a.* 奸詐的, 詭計多端的; 機靈的

asymétrie [asimetri] *n.f.* 不對稱, 不勻稱

asymétrique [asimetrik] *a.* 不對稱的, 不勻稱的

asymptote [asɛ̂ptɔt] *n.f.* 【數】漸近綫

atavique [atavik] *a.* 返祖遺傳的, 隔代遺傳的

atavisme [atavism] *n.m.* 返祖遺傳, 隔代遺傳

atelier [atəlje] *n.m.* 車間, 工場, 作坊; (畫家等的)工作室

atermoiement [atɛrmwamɑ̃] *n.m.* 延期償付, 緩付; 拖延

atermoyer [atɛrmwaje] *v.i.* [c. 3] 拖延

athée [ate] *a.* 無神論的, 不信神的 *n.* 無神論者, 不信神者

athéisme [ateism] *n.m.* 無神論

athénien, ne [atenjɛ̃, ɛn] *a.* 雅典的 *n.* A~ 雅典人

athérosclérose [aterɔsklerɔːz] *n.f.* 【醫】(動脈)粥樣硬化

athlète [atlɛt] *n.m.* (古希臘) 競技者 *n.* 運動員, 田徑運動員; 强壯的人

athlétique [atletik] *a.* 田徑運動的, 競技的

athlétisme [atletism] *n.m.* 田徑運動

atlantique [atlãtik] *a.* 大西洋的

atlas [atlɑːs] *n.m.* 地圖集;【解】寰椎〔第

atmosphère [atmɔsfɛːr] *n.f.* 大氣, 空氣; 大氣壓; 氣氛, 環境

atmosphérique [atmɔsferik] *a.* 大氣的

atoll [atɔl] *n.m.* 環礁, 珊瑚島

atome [atoːm] *n.m.* 【物, 化】原子; 微小之物

atomique [atomik] *a.* 原子的

atomisé, e [atomize] *a., n.* 被原子輻射燒傷的(人)

atomiser [atomize] *v.t.* 霧化, 粉化; 用原子武器摧毀

atomisme [atomism] *n.m.* 原子論, 原子學說

atone [aton] *a.* 無力的, 没有活力的; 【語】不重讀的, 無重音的

atonie [atoni] *n.f.* 弛緩; 無活力, 遲鈍

atour [atuːr] *n.m.* 梳妝, 打扮; *pl.* 首飾, 服飾

atout [atu] *n.m.* 王牌

âtre [ɑːtr] *n.m.* (壁爐的)爐膛

atroce [atrɔs] *a.* 殘酷的, 兇暴的; 難以忍受的

atrocité [atrɔsite] *n.f.* 殘酷, 兇暴; 暴行

atrophie [atrɔfi] *n.f.* 【醫】萎縮

atrophier [atrɔfje] *v.t.* 【醫】使萎縮; 衰退 *v.pr.* 萎縮, 衰退

atropine [atrɔpin] *n.f.* 【化】阿托品, 顛茄鹼

attabler [atable] *v.t.* 使坐到桌旁, 使入席 *v.pr.* 坐到桌旁, 入席

attachant, e [ataʃɑ̃, ɑ̃ːt] *a.* 吸引人的, 有趣的

attache [ataʃ] *n.f.* 拴, 縛; 捆縛用物; 依戀, 眷戀;【解】肌肉附着點; *pl.* 關係, 聯繫

attaché, e [ataʃe] *n.m.* 隨員, 專員

attachement [ataʃmɑ̃] *n.m.* 眷戀, 愛慕; 施工日記

attacher [ataʃe] *v.t.* 拴, 縛, 綁; 使固定; 使從屬, 使依附; 賦予, 給予; 吸引(注意) *v.pr.* 愛慕, 依戀; 專心, 致力

attaquant, e [atakɑ̃, ɑ̃ːt] *a.* 攻擊的, 進

攻的 *n.* 攻擊者, 進攻者

attaque [atak] *n.f.* 攻擊, 進攻; 抨擊; (疾病的) 發作

attaquer [atake] *v.t.* 攻擊, 進攻; 抨擊; 控告, 起訴; 腐蝕, 侵蝕;〖俗〗著手進行

attarder [atarde] *v.t.* 使遲到, 耽擱 *v.pr.* 耽擱; 停留

atteindre [atɛ̃:dr] [c. 51] *v.t.* 追上, 趕上; 到達; 擊中, 觸到; 達到 *v.i.* 努力達到

atteint, e [atɛ̃, ɛ̃:t] *a.* 被感染的

atteinte [atɛ̃:t] *n.f.* (可達到的) 範圍, 擊中; 損害; (疾病的) 發作

attelage [atla:ʒ] *n.f.* 套牲口, 套車; 套牲口用具; 套車的牲口

atteler [atle] *v.t.* [c. 5] 套 (牲口), 套 (車);〖鐵〗掛 (車)

attelle [atɛl] *n.f.* 馬頸軛;【醫】夾板

attenant, e [atnɑ̃, ɑ̃:t] *a.* 毗鄰的, 相連的

attendant(en) [ɑ̃natɑ̃dɑ̃] *loc.adv.* 到那時爲止, 暫且; en ～ que *loc.conj.* 直到, 在…以前

attendre [atɑ̃:dr] [c. 42] *v.t.* 等, 等候, 等待; 期望, 盼望 *v.i.* 期待, 急需 *v.pr.* 預計, 料想

attendrir [atɑ̃dri:r] *v.t.* 使變軟; 使感動

attendrissement [atɑ̃drismɑ̃] *n.m.* 感動, 同情, 憐憫

attendu [atɑ̃dy] *prép.* 鑒於, 由於 *n.m.*〖法〗理由

attentat [atɑ̃ta] *n.m.* 謀害, 行兇

attente [atɑ̃:t] *n.f.* 等候, 等待; 期待

attenter [atɑ̃te] *v.i.* 謀害, 謀殺

attentif, ve [atɑ̃tif, i:v] *a.* 專心的, 注意的; 關心的

attention [atɑ̃sjɔ̃] *n.f.* 當心, 專心, 注意; *pl.* 關懷 *interj.* 注意! 當心!

attentionné, e [atɑ̃sjɔne] *a.* 殷勤的, 關切的

attentisme [atɑ̃tism] *n.m.* 觀望主義, 等待政策

attentiste [atɑ̃tist] *n.* 觀望者, 觀望主義者

attentivement [atɑ̃tivmɑ̃] *adv.* 當心地, 專心地, 注意地

atténuant, e [atenɥɑ̃, ɑ̃:t] *a.* 【法】可減輕的

atténuation [atenɥɑsjɔ̃] *n.f.* 減輕, 減弱, 緩和

atténuer [atenɥe] *v.t.* 減輕, 減弱, 緩和

atterrer [atɛ[ɛ]re] *v.t.* 使嚇獃, 使吃驚

atterrir [atɛ[ɛ]ri:r] *v.i.* 着陸, 靠岸

atterrissage [atɛ[ɛ]risa:ʒ] *n.m.* 着陸, 靠岸

atterrissement [atɛ[ɛ]rismɑ̃] *n.m.* 沖積層, 沖積地

attestation [atɛstasjɔ̃] *n.f.* 證明, 證實; 證明書

attester [atɛste] *v.t.* 證明, 證實; 表明

atticisme [atisism] *n.m.* (語言的) 雅致, 細膩

attiédir [atjedi:r] *v.t.* 使變温; 使冷淡, 使淡漠

attifer [atife] *v.t.* 過分地打扮; 滑稽可笑地打扮

attique [atik] *a.* 雅典的, 雅典風格的

attirail [atiraj] *n.m.* 配備, 隨身帶的物品,〖俗〗累贅的行李

attirant, e [atirɑ̃, ɑ̃:t] *a.* 吸引人的, 誘人的

attirer [atire] *v.t.* 吸; 吸引, 引誘; 引起, 招致

attiser [atize] *v.t.* (把火) 撥旺, 煽動, 挑動

attitré, e [atitre] *a.* 被任命的, 受委任的

attitrer [atitre] *v.t.* 任命, 委任

attitude [atityd] *n.f.* 姿勢, 姿態, 態度

attouchement [atuʃmɑ̃] *n.m.* (手的) 接觸

attractif, ve [atraktif, i:v] *a.* 吸引的

attraction [atraksjɔ̃] *n.f.* 吸引, 吸引力, 魅力; 插演節目

attrait [atrɛ] *n.m.* 引誘, 誘惑力; 好感; *pl.* (女人的) 美貌, 魅力

attrape [atrap] *n.f.* 陷阱; 愚弄, 圈套

attrape-mouches [atrapmuʃ] *n.m.inv.* 捕蠅器

attrape-nigaud [atrapnigo] (*pl.* ～ *s*) *n.m.* 拙劣的詭計

attraper [atrape] *v.t.* (設陷阱)捕捉; 抓住, 逮住; 欺騙, 愚弄; 感染; 模仿; 斥責

attrayant, e [atrɛjã, ã:t] *a.* 吸引人的, 誘人的, 迷人的

attribuable [atribɥabl] *a.* 可歸因於…的

attribuer [atribɥe] *v.t.* 授予, 給予; 歸於, 歸因於

attribut [atriby] *n.m.* 屬性, 特徵; 象徵, 標誌;【語】表語

attribution [atribysjɔ̃] *n.f.* 授予, 給予; 歸屬;【法】(繼承中的)財產分配, 權利分配;【複】職權, 權限

attrister [atriste] *v.t.* 使悲傷, 使傷心 *v.pr.* 悲痛, 傷心

attroupement [atrupmã] *n.m.* 聚集; 聚集的人

attrouper [atrupe] *v.t.*, *v.pr.* 聚集, 集合

au [o] à 和 le 的結合形式

aubade [obad] *n.f.* 晨曲

aubaine [obɛn] *n.f.* 意外的收穫, 意外的利益

aube [o:b] *n.f.* 拂曉, 黎明;【宗】(教士穿的)長白衣;【技】槳葉, 葉片

aubépine [obepin] *n.f.* 山楂(樹); 山楂花枝

auberge [obɛrʒ] *n.f.* 客棧, 小旅館

aubergine [obɛrʒin] *n.f.* 茄, 茄子

aubergiste [obɛrʒist] *n.* 客棧老板, 旅館主人

aubier [obje] *n.m.* (樹木的)邊材

aucun, e [okœ̃, yn] *a.indéf.* 沒有一個的; 任何的 *pron. indéf.* 沒有一個, 沒有一個人; 任何一個人

aucunement [okynmã] *adv.* 一點不, 絲毫不, 絕無

audace [odas] *n.f.* 大膽, 果敢; 魯莽, 放肆

audacieux, se [odasjø, ø:z] *a.* 大膽的, 果敢的; 魯莽的, 放肆的 *n.* 大膽的人; 魯莽的人

au-dedans [oddã] *loc.adv.* 在内部, 在裏面

au-dehors [odəɔ:r] *loc.adv.* 在外面, 在外邊

au-dessous [odsu] *loc.adv.* 在下面, 低於

au-dessus [odsy] *loc.adv.* 在上面, 超過

au-devant [odvã] *loc.adv.* 在前面

audience [odjã:s] *n.f.* 接見, 召見; 傾聽, 細聽;【法】開庭, 審問

audio-visuel, le [odjovizɥɛl] *a.* 視聽的

auditeur, trice [oditœ:r, tris] *n.* 聽眾; (法國法院、審計院等的)助理辦案員, 助理稽核

auditif, ve [oditif, i:v] *a.* 聽覺的, 耳的

audition [odisjɔ̃] *n.f.* 聽, 聽見; 聽力, 聽覺; 試演

auditoire [oditwa:r] *n.m.* 聽眾

auge [o:ʒ] *n.f.* 飼料槽; 石灰槽; (水車的)戽斗

augmentation [ɔ[o]gmãtasjɔ̃] *n.f.* 增加, 增大; 加薪

augmenter [ɔ[o]gmãte] *v.t.* 增加, 增大; 加薪

augure [ɔ[o]gy:r] *n.m.* 占卜; 預兆; 卜者; 預言者

augurer [ɔ[o]gyre] *v.t.* 占卜; 預言, 推測

auguste [ɔ[o]gyst] *a.* 莊嚴的, 尊嚴的, 令人敬畏的

aujourd'hui [oʒurdɥi] *adv.* 今日, 今天; 當今, 現在

aulne [o:n] *n.m.* 榿木

aulx [o] *n.m.pl.* 見 ail

aumône [ɔ[o]mo:n] *n.f.* 施捨; 恩惠

aumônier [ɔ[o]monje] *n.m.* 【宗】(某一單位的)指導神甫, 佈道牧師

aumônière [ɔ[o]monjɛ:r] *n.f.* 繫在腰

帶上的錢袋

aune [oːn] *n.m.* 橙木 *n.f.* 古尺〔合 1.20米〕

auner [one] *v.t.* 用古尺量

auparavant [oparavã] *adv.* 從前,以前;事先

auprès [oprɛ] *adv.* 在附近,在近旁

auquel [okɛl] à 和 lequel 的結合形式

auréole [ɔ[o]reɔl] *n.f.* 光榮,榮耀,聲望;(繪於神像頭上的)光輪,光環

auréoler [ɔ[o]reɔle] *v.t.* 使光榮,頌揚;飾以光輪,使帶光環

auréomycine [ɔ[o]reɔmisin] *n.f.* 金黴素

auriculaire [ɔ[o]rikylɛːr] *a.* 耳的;親聞的;【解】心房的 *n.m.* 小指

aurifère [ɔ[o]rifɛːr] *a.* 含金的

aurifier [ɔ[o]rifje] *v.t.* 用金填充(牙齒)

auriste [ɔ[o]rist] *n.* 耳科醫生

aurochs [ɔ[o]rɔks] *n.m.* 【動】原牛〔現已絕滅〕

aurore [ɔ[o]rɔːr] *n.f.* 曙光,晨曦;開始,開端

auscultation [ɔ[o]skyltɑsjɔ̃] *n.f.* 【醫】聽診(法)

ausculter [ɔ[o]skylte] *v.t.* 【醫】聽診

auspice [ɔ[o]spis] *n.m.* 鳥卜〔一種占卜〕; *pl.* 庇護;預兆

aussi [osi] *adv.* 亦,也,同樣地;如此,這樣;此外,還 *conj.* 因此,所以

aussitôt [osito] *adv.* 立刻,即刻,馬上; ~ que *loc.conj.* 剛一……就…

austère [ɔ[o]stɛːr] *a.* 嚴肅的,嚴厲的;刻苦的;樸素的,無裝飾的

austérité [ɔ[o]sterite] *n.f.* 嚴肅,嚴厲;刻苦;樸素

austral, ale [ɔ[o]stral] (*pl.* ~ **aux** 或 ~ **als**) *a.* 南方的,南半球的

australien, ne [ɔ[o]straljɛ̃, ɛn] *a.* 澳大利亞的 *n.* A~ 澳大利亞人

autan [otã] *n.m.* (法國南方)劇烈的南風或西南風

autant [otã] *adv.* 同樣,一樣多,同樣

多; d' ~ *loc.adv.* 同樣地,同樣多地; d'~ que *loc.conj.* 因爲,由於

autarcie [otarsi] *n.f.* (國家經濟的)自給自足

autarcique [otarsik] *a.* 自給自足的

autel [ɔtɛl] *n.m.* 祭壇,祭台

auteur [otœːr] *n.m.* 發起人,創始人;作者,作家

authenticité [ɔ[o]tãtisite] *n.f.* 真實性,可靠性;【法】公證性

authentifier [ɔ[o]tãtifje] *v.t.* 證實,認證

authentique [ɔ[o]tãtik] *a.* 真實的,可靠的;【法】公證的

auto [ɔ[o]to] *n.f.* 〖俗〗汽車

autobiographie [ɔ[o]tɔbjɔgrafi] *n.f.* 自傳

autobus [ɔ[o]tɔbys] *n.m.* 公共汽車

autocar [ɔ[o]tɔkaːr] *n.m.* 旅行大客車,游覽汽車

autochenille [ɔ[o]tɔʃnij] *n.f.* 裝有履帶的機動車

autochrome [ɔ[o]tɔkroːm] *a.* 彩色照相的

autochromie [ɔ[o]tɔkrɔmi] *n.f.* 彩色照相(法)

autochtone [ɔ[o]tɔktɔn] *a.* 當地的,本地的 *n.* 當地人,本地人

autoclave [ɔ[o]tɔklaːv] *n.* 【技】壓熱自閉的 *n.m.* 消毒蒸鍋,高壓釜,壓力鍋

autocrate [ɔ[o]tɔkrat] *n.m.* 專制君主,獨裁君主;專制者,獨裁者

autocratie [ɔ[o]tɔkrasi] *n.f.* 君主專制政體,獨裁政治

autocratique [ɔ[o]tɔkratik] *a.* 君主專制的,獨裁的

autocritique [ɔ[o]tɔkritik] *n.f.* 自我批評

autodafé [ɔ[o]tɔdafe] *n.m.* 火刑判決儀式;火刑

autodéfense [ɔ[o]tɔdefãːs] *n.f.* 自衛

autodétermination [ɔ[o]tɔdetɛrminasjɔ̃] *n.f.* 【政】自決

autodidacte [ɔ[o]tɔdidakt] *a.,n.* 自學的(人)，自修的(人)

autogène [ɔ[o]tɔʒɛn] *a.* 自生的，【技】氣焊的，自熔的

autogestion [ɔ[o]tɔʒɛstjɔ̃] *n.f.* 自行管理

autogire [ɔ[o]tɔʒiːr] *n.m.* 【空】旋翼機

autographe [ɔ[o]tɔgraf] *a.* 親筆的，親手寫的 *n.m.* 手稿

automate [ɔ[o]tɔmat] *n.m.* 自動機，自動裝置

automatique [ɔ[o]tɔmatik] *a.* 自動的；無意識的，不由自主的

automatisation [ɔ[o]tɔmatizɑsjɔ̃] *n.f.* 自動化

automatiser [ɔ[o]tɔmatize] *v.t.* 使自動化

automatisme [ɔ[o]tɔmatism] *n.m.* 自動性；無意識的行爲，不由自主的動作

automnal, ale [ɔ[o]tɔ(m)nal] *(pl. ~aux) a.* 秋天的，秋季的

automne [ɔ[o]tɔn] *n.m.* 秋天，秋季

automobile [ɔ[o]tɔmɔbil] *a.* 自動的；汽車的 *n.f.* 汽車

automobilisme [ɔ[o]tɔmɔbilism] *n.m.* 汽車事業，汽車使用，賽車運動

automobiliste [ɔ[o]tɔmɔbilist] *n.* 駕駛汽車的人

automoteur, trice [ɔ[o]tɔmɔtœːr, tris] *a.* 自動的 *n.m.* 汽艇

autonome [ɔ[o]tɔnɔm] *a.* 自治的

autonomie [ɔ[o]tɔnɔmi] *n.f.* 自治

autopompe [ɔ[o]tɔpɔ̃ːp] *n.f.* 消防汽車，救火車

autopropulsion [ɔ[o]tɔprɔpylsjɔ̃] *n.f.* (火箭的)自動推進

autopsie [ɔ[o]tɔpsi] *n.f.* 屍體剖驗

autorail [ɔ[o]tɔraj] *n.m.* 【鐵】機車，軌道車；內燃機車，內燃軌道車

autorisation [ɔ[o]tɔrizɑsjɔ̃] *n.f.* 授權，委託；准許，同意；許可證

autoriser [ɔ[o]tɔrize] *v.t.* 授權，委託；准許，同意 *v.pr.* 按照，依據

autoritaire [ɔ[o]tɔritɛːr] *a.* 濫用權力的，專制的，獨裁的 *n.* 專制者，獨裁者

autoritarisme [ɔ[o]tɔritarism] *n.m.* 專制，獨裁；專制政體，獨裁主義

autorité [ɔ[o]tɔrite] *n.f.* 權力，權限，職權；威信，權威；權威人士； *pl.* 當局，官方

autoroute [ɔ[o]tɔrut] *n.f.* 高速公路

auto-stop [ɔ[o]tɔstɔp] *n.m.* (免費)攔車搭乘

autosuggestion [ɔ[o]tɔsygʒɛstjɔ̃] *n.f.* 【心】自我暗示

autour [otuːr] *adv.* 在周圍，在附近；大約；～ de *loc. prép.* 在…周圍，在…附近

autre [oːtr] *a.indéf.* 另外的，別的；d'~ part *loc.adv.* 此外，另外，另一方面 *pron.indéf.* 另一個人，另一回事

autrefois [otrəfwa] *adv.* 過去，以前，從前

autrement [otrəmã] *adv.* 不一樣；否則，不然

autrichien, ne [otriʃjɛ̃, ɛn] *a.* 奧地利的 *n.* A～ 奧地利人

autruche [otryʃ] *n.f.* 鴕鳥

autrui [otrɥi] *pron.* 別人，他人

auvent [ovã] *n.m.* (門窗上的)擋雨披簷

aux [o] à 和 les 的結合形式

auxiliaire [ɔ[o]ksiljɛːr] *a.* 輔助的 *n.* 助手，助理

auxquelles [okɛl] à 和 lesquelles 的結合形式

auxquels [okɛl] à 和 lesquels 的結合形式

avachir [avaʃiːr] *v.t.* 使變軟，使變形；使萎靡不振 *v.pr.* 變軟，變形；萎靡不振

avachissement [avaʃismã] *n.m.* 變軟，變形；萎靡不振

aval [aval] *n.m.* 下游；(對於商業票據的)擔保，保證

avalanche [avalãːʃ] n.f. 雪崩

avaler [avale] v.t. 吞, 吞下; 忍受;〖俗〗
輕信

avaliser [avalize] v.t. 【商】擔保, 保證
(票據)

avance [avãːs] n.f. 超越, 提前; 預付款,
預支款;【機】進給(量), 送刀(量); pl.
(爲同某人言好的)接近

avancé, e [avãse] a. 前面的; 提前的;
先進的, 進步的, 激進的; 預付的, 預支
的; 即將完畢的, 快要變質的

avancement [avãsmã] n.m. 前進, 進
步, 進展; 晉升

avancer [avãse] [c. 1] v.t. 使前進; 使
進步, 促進; 提前; 預付, 預支 v.i. 前
進; 進步, 進展 (鐘、錶等)走得快; 突出,
伸出

avanie [avani] n.f. (當衆受到的)侮辱,
凌辱

avant [avã] prép. 在…以前; 在…前面;
在…之上 adv. 以前, 之前; 前面, 在
前面; en ~ loc.adv. 向前, 在前
n.m. 前部; 前綫, 前方;【體】前鋒

avantage [avãtaːʒ] n.m. 利益, 方便, 好
處, 優勢; 成功, 勝利

avantager [avãtaʒe] v.t. [c.2] 給予方
便, 給予好處

avantageux, se [avãtaʒø, øːz] a. 方便
的, 合算的, 有利的; 自負的

avant-bras [avãbra] n.m.inv. 前臂

avant-corps [avãkɔːr] n.m.inv. (建築
物的)正面突出部分

avant-coureur [avãkurœːr] (pl. ~s)
a.m. 預報的, 預兆的 n.m. 先驅, 先
驅者; 預兆, 徵兆

avant-dernier, ère [avãdɛrnje, ɛːr] (pl.
~s) n.,a. 倒數第二(的)

avant-garde [avãgard] (pl. ~s) n.f.
【軍】前衛, 先頭部隊; 先驅者, 先鋒隊

avant-goût [avãgu] (pl. ~s) n.m. 想象
的滋味; 預感

avant-hier [avãtjɛːr] adv. 前天

avant-port [avãpɔːr] (pl. ~s) n.m. 外

港, (舊港下游的)新港

avant-poste [avãpɔst] (pl. ~s) n.m.
前哨

avant-projet [avãprɔʒɛ] (pl. ~s) n.m.
草案, 初步計劃, 初步設計

avant-propos [avãprɔpo] n.m.inv. 卷
首語, 序言, 前言

avant-scène [avãsɛn] (pl. ~s) n.f. 舞
台的前部; (舞台兩旁的)包廂

avant-train [avãtrɛ̃] (pl. ~s) n.m. 車
輛的前部

avant-veille [avãvɛj] (pl. ~s) n.f. 前
兩天

avare [avaːr] a. 吝嗇的, 守財的; 節省的
n. 吝嗇鬼, 守財奴

avarice [avaris] n.f. 吝嗇, 守財

avaricieux, se [avarisjø, øːz] a. 吝嗇
的, 貪財的 n. 吝嗇鬼, 守財奴

avarie [avari] n.f. 【海】海損; 損失, 損壞

avarier [avarje] v.t. 損壞, 使遭損失

avatar [avataːr] n.m. (印度教中)神的
化身, 毗瑟拿的化身; 變化, 變形

à vau-l'eau [avolo] loc.adv. 順水漂流

Avé [ave], Avé Maria [avemarja] n.
m.inv. 【宗】聖母經, 亞物瑪利亞(經)

avec [avɛk] prép. 和…一起, 同, 跟, 與,
隨著; 用 adv. 一同, 一起

aven [avɛn] n.m. 【地質】灰岩洞

avenant, e [avnã, ãːt] a. 討人喜歡的,
和藹可親的 n.m. 附加條款, 修改條
款

avènement [avɛnmã] n.m. 登基, 即位;
【宗】降臨, 來臨

avenir [avniːr] n.m. 將來, 未來; 前途;
後代, 子孫

avent [avã] n.m. 【宗】聖誕節前的四星
期, 將臨期

aventure [avãtyːr] n.f. 意外事件, 奇遇;
冒險, 投機

aventurer [avãtyre] v.t. 用…冒險
v.pr. 冒險

aventureux, se [avãtyrø, øːz] a. 冒險
的, 投機的; 僥倖的, 碰運氣的

aventurier, ère [avɑ̃tyrje, ɛːr] *n.* 冒險家, 投機家; 陰謀家

aventurisme [avɑ̃tyrism] *n.m.* 冒險主義

avenu, e [avny] *a.* nul et non ~ 等於零的, 完全無效的

avenue [avny] *n.f.* 林蔭道, 大街

avéré, e [avere] *a.* 被證實的, 確實的

averse [avɛrs] *n.f.* 暴雨, 驟雨

aversion [avɛrsjɔ̃] *n.f.* 厭惡, 憎惡

averti, e [avɛrti] *a.* 通知過的, 警告過的; 有經驗的

avertir [avɛrtiːr] *v.t.* 通知, 告知; 警告, 提醒

avertissement [avɛrtismɑ̃] *n.m.* 通知, 告知; 警告; 卷頭語

avertisseur, se [avɛrtisœːr, øːz] *a.* 警告的 *n.m.* 警告者; 警報器; (汽車) 喇叭

aveu [avø] (*pl.* ~**x**) *n.m.* 承認, 招認, 供認; 供詞; 同意

aveuglant, e [avœglɑ̃, ɑ̃ːt] *a.* 眩目的, 耀眼的; 非常明顯的

aveugle [avœgl] *a.* 瞎的, 盲的; 盲目的, 輕率的; 【建】不進光的, 盲的 *n.* 瞎子, 盲人

aveuglement [avœgləmɑ̃] *n.m.* 盲目, 輕率

aveuglément [avœglemɑ̃] *adv.* 盲目地, 輕率地

aveugle-né, e [avœgləne] (*pl.* ~**s**-~**s**) *a.* 先天性盲的 *n.* 先天性盲人

aveugler [avœgle] *v.t.* 使眼瞎, 使失明; 使目眩, 使眼花; 使失去理智; 堵塞 *v.pr.* 眼瞎, 失明; 受蒙蔽

aveuglette(à l') [alavœglɛt] *loc.adv.* 摸索地; 盲目地

aveulir [avø[œ]liːr] *v.t.* 使軟弱無力, 使意志消沉

aveulissement [avø[œ]lismɑ̃] *n.m.* 軟弱無力, 意志消沉

aviateur, trice [avjatœːr, tris] *n.* 飛行員, 飛機駕駛員

aviation [avjɑsjɔ̃] *n.f.* 航空; 航空學; 空

aviculteur, trice [avikyltœːr, tris] *n.* 養鳥者; 家禽飼養員

aviculture [avikyltyːr] *n.f.* 鳥類飼養; 家禽飼養

avide [avid] *a.* 貪吃的; 貪財的, 貪婪的; 渴望的

avidité [avidite] *n.f.* 貪慾, 貪婪; 渴望

avilir [aviliːr] *v.t.* 使卑鄙, 使墮落; 使跌價, 使貶值 *v.pr.* 變卑鄙, 墮落; 跌價, 貶值

avilissement [avilismɑ̃] *n.m.* 卑鄙, 墮落; 跌價, 貶值

aviné, e [avine] *a.* 酒醉的

avion [avjɔ̃] *n.m.* 飛機

avion-fusée [avjɔ̃fyze] (*pl.* ~ **s**-~ **s**) *n.m.* 火箭動力飛機

avionique [avjɔnik] *n.f.* 航空電子學

aviron [avirɔ̃] *n.m.* 槳; 划船運動

avis [avi] *n.m.* 意見, 見解; 勸告; 通知, 佈告

aviser [avize] *v.t.* 看出, 發現; 通知, 告知 *v.i.* 考慮(到), 想(到) *v.pr.* 想起, 覺察; 冒昧

aviso [avizo] *n.m.* 通信艦, 警衛艦

aviver [avive] *v.t.* 使更旺, 使更燦爛; 更活躍, 加劇; 【技】拋光, 修光

avocat, e [avɔka, at] *n.* 律師; 辯護人

avoine [avwan] *n.f.* 燕麥

avoir [avwaːr] *v.t.* 有; 感到 (冷、熱等) *n.m.* 財產, 所有物; 貸方

avoisiner [avwazine] *v.t.* 與…鄰近, 與…毗連

avortement [avɔrtəmɑ̃] *n.m.* 流產, 小產; 失敗

avorter [avɔrte] *v.i.* 流產, 小產; 失敗

avorton [avɔrtɔ̃] *n.m.* 發育不全的動物或植物; 矮小的人

avoué [avwe] *n.m.* 【法】訴訟代理人

avouer [avwe] *v.t.* 承認, 供認; 認可, 許可

avril [avril] *n.m.* 四月

axe [aks] *n.m.* 軸, 軸線, 中心線; 大方

向；【政】軸心

axer [akse] *v.t.* （按軸綫）定向；引向，指向，把重點放到

axiome [aksjo:m] *n.m.* 【哲，數】公理；公認的原則

axonge [aksɔ̃:ʒ] *n.f.* 熟豬油

ayant droit [ɛjɑ̃drwa[ɑ]] (*pl.* ～ *s*～) *n.m.* 權利所有者

azalée [azale] *n.f.* 杜鵑花

azimut [azimyt] *n.m.* 【天，測】方位角；地平經度

azotate [azɔtat] *n.m.* 【化】硝酸鹽，硝酸酯

azote [azɔt] *n.m.* 【化】氮

azoté, e [azɔte] *a.* 【化】含氮的

azotique [azɔtik] *a.* acide ～ 【化】硝酸

aztèque [as[z]tɛk] *a.* 阿兹特克人的 *n.* A～ 阿兹特克人

azur [azy:r] *n.m.* 天藍色，蔚藍色；〖詩〗天空，太空

azurer [azyre] *v.t.* 染成天藍色

azyme [azim] *a.* 未經發酵的，無酵的

B

B, b [be] *n.m.* 法語字母表中第2個字母

baba [baba] *n.m.* 羅姆酒蛋糕

babeurre [babœ:r] *n.m.* 乳清，提掉奶油的牛奶

babil [babil] *n.m.* 喋喋不休的閑聊；稚氣的絮語

babillage [babija:ʒ] *n.m.* 嘮叨

babillard, e [babija:r, ard] *a.,n.* 嘮叨的(人)

babiller [babije] *v.i.* 嘮叨

babine [babin] *n.f.* （狗等的）下垂的唇

babiole [babjɔl] *n.f.* 小孩玩具；不值錢的東西

bâbord [babɔ:r] *n.m.* 左舷

babouche [babuʃ] *n.f.* 皮拖鞋

babouin [babwɛ̃] *n.m.* 【動】狒狒；〖俗〗頑童，小調皮

baby [bɛbi] *n.m.* (*pl.* *babies* [bɛbiz]) *n.m.* 〖英〗同 bébé

babylonien, ne [babilɔnjɛ̃, ɛn] *a.* 巴比倫的 *n.* B～巴比倫人

bac [bak] *n.m.* 渡船，渡輪；大木盆；容器，槽，盤

baccalauréat [bakalɔrea] *n.m.* 業士學位〔法國中學畢業會考及格的稱號〕

baccara [bakara] *n.m.* 一種紙牌賭博

baccarat [bakara] *n.m.* 法國巴卡拉城

產的晶玻璃

bacchanale [bakanal] *n.f.* 狂飲亂舞，縱酒狂歡； *pl.* （古代的）酒神節

bacchante [bakã:t] *n.f.* 祭酒神的女巫；蕩婦

bâche [bɑ:ʃ] *n.f.* 防雨布，篷布；【園藝】温床；(鍋爐的)給水箱

bachelier, ère [baʃəlje, ɛ:r] *n.* 業士〔法國中學畢業會考及格者〕

bâcher [baʃe] *v.t.* 用篷布遮蓋

bachique [baʃik] *a.* 酒神的；有關酒的；酒醺的

bachot [baʃo] *n.m.* 平底小船；〖俗〗業士學位

bacillaire [basile:r] *a.* 【微生】桿菌的 *n.* 傳染性肺結核患者

bacille [basil] *n.m.* 【微生】桿菌；【昆】桿蠊，竹節蟲

bâcler [bɑkle] *v.t.* 〖俗〗草率地做

bactéricide [bakterisid] *a.* 殺菌的 *n.m.* 殺菌劑

bactérie [bakteri] *n.f.* 細菌

bactérien, ne [bakterjɛ̃, ɛn] *a.* 細菌的

bactériologie [bakterjɔlɔʒi] *n.f.* 細菌學

bactériologiste [bakterjɔlɔʒist], **bactériologue** [bakterjɔlɔg] *n.* 細菌學家，細菌學工作者

bactériophage [bakterjɔfa:ʒ] *n.m.* 【生物】噬菌體

badaud, e [bado, o:d] *a.,n.* 愛閑逛的(人), 愛逛馬路的(人)

badauder [badode] *v.i.* 閑逛, 逛馬路

badauderie [badodri] *n.f.* 愛閑逛, 愛逛馬路

baderne [badɛrn] *n.f.* 【海】墊席, 護墊;〖俗〗老頑固

badiane [badjan] *n.f.*, **badianier** [badjanje] *n.m.* 八角茴香樹, 大茴香樹

badigeon [badiʒɔ̃] *n.m.* 石灰漿, 粉刷用漿

badigeonnage [badiʒɔna:ʒ] *n.m.* 粉刷; 牆壁的粉刷面; 塗抹藥物

badigeonner [badiʒɔne] *v.t.* 粉刷; 用藥物塗抹

badin, e [badɛ̃,in] *a.,n.* 愛開玩笑的(人) *n.m.* 【空】空速表

badinage [badina:ʒ] *n.m.* 打趣, 開玩笑

badine [badin] *n.f.* 鞭子; 小手杖

badiner [badine] *v.i.* 打趣, 開玩笑

badinerie [badinri] *n.f.* 玩笑, 戲謔, 詼諧話

badminton [badmintɔn] *n.m.* 〖英〗羽毛球(運動)

bafouer [bafwe] *v.t.* 嘲弄, 嘲笑

bafouillage [bafuja:ʒ] *n.m.* 〖俗〗說話結結巴巴; 不連貫的話

bafouiller [bafuje] *v.i.* 〖俗〗結結巴巴地說話

bafouilleur, se [bafujœ:r, ø:z] *a.,n.* 〖俗〗說話結結巴巴的(人)

bâfre [bɑ:fr], **bâfrée** [bɑfre] *n.f.* 〖民〗豐盛的飯菜

bâfrer [bɑfre] *v.t., v.i.* 〖民〗大吃, 狼吞虎嚥

bagage [baga:ʒ] *n.m.* 行李; 知識

bagarre [baga:r] *n.f.* 打羣架, 毆鬥; 吵架

bagatelle [bagatɛl] *n.f.* 價值和用處不大的東西; 小事, 瑣事

bagnard [baɲa:r] *n.m.* 苦役犯

bagne [baɲ] *n.m.* 苦役犯監獄

bagnole [baɲɔl] *n.f.* 〖俗〗蹩脚車子; 〖民〗汽車

bagou [bagu] *n.m.* 油嘴滑舌, 能說會道

bague [bag] *n.m.* 指環, 戒指; (柱上)環飾; 【機】環規

baguenauder [bagnode] *v.i.* 閑逛, 閑盪

baguenauderie [bagnodri] *n.f.* 閑逛, 閑盪

baguer [bage] *v.t.* 戴上戒指; 用小環裝飾; 假縫, 疏縫

baguette [bagɛt] *n.f.* 小棒, 小棍; 【建】圓綫脚, 護綫條; *pl.* 筷子

bah! [bɑ] *interj.* 啊! 唔! 呵!

bahut [bay] *n.m.* 衣櫃, (矮闊的)碗櫥; 中學, 專門學校〖學生用語〗

bai, e [bɛ] *a.* 棕色的, 栗色的〔指馬〕 *n.f.* 港灣, 小海灣; 門窗洞; 漿果

baignade [bɛɲad] *n.f.* 洗澡; (河流, 湖泊中)洗澡處

baigner [be[ɛ]ɲe] *v.t.* 浸洗, 給…洗澡; 浸濕; 使沉浸; 流經 *v.i.* 浸沒 *v.pr.* 洗澡

baigneur, se [bɛɲœ:r, ø:z] *n.* 洗澡者

baignoire [bɛɲwa:r] *n.f.* 浴缸, 浴盆; (劇場中的)樓下包廂; (潛水艇)頂部艦橋

bail [baj] (*pl.* **baux**) *n.m.* 租約

baille [bɑ:j] *n.f.* 大木桶; 法國海軍學校的俗稱

bâillement [bɑjmɑ̃] *n.m.* 打呵欠; 半開, 微開

bâiller [bɑje] *v.i.* 打呵欠; (門、窗等)半開, 微開

bailleur, eresse [bɑjœ:r, rɛs] *n.* 出租人

bâillon [bɑjɔ̃] *n.m.* 塞口物

bâillonnement [bɑ[ɑ]jɔnmɑ̃] *n.m.* 堵塞嘴巴; 箝制言論, 禁止發言

bâillonner [bɑ[ɑ]jɔne] *v.t.* 用東西堵塞嘴巴; 箝制言論, 禁止發言

bain [bɛ̃] *n.m.* 洗澡水; 沐浴, 洗澡, 浴;

【技】液; *pl.* 浴室,澡堂; 温泉浴場

bain-marie [bɛ̃mari] (*pl.* ~**s-**~) *n.m.* 隔水温,隔水燉; 水浴; 水浴器,水浴鍋

baïonnette [bajɔnɛt] *n.f.* 刺刀

baisemain [bɛzmɛ̃] *n.m.* 吻手禮

baiser [be(ɛ)ze] *v.t.,n.m.* 吻,接吻

baisoter [bɛzɔte] *v.t.* 反覆地吻

baisse [bɛs] *n.f.* 下降,降低; 跌價

baisser [be(ɛ)se] *v.t.* 放下,降下,垂下; 降低,減低 *v.i.* 下降; 跌價; 衰退

baissier [be(ɛ)sje] *n.m.* (交易所中的)看跌者,空頭〔指以賣空方式投機的人〕

bajoue [baʒu] *n.f.* (小牛等的)頰; 下垂的臉頰

bakélite [bakelit] *n.f.* 酚醛塑料,電木

bal [bal] (*pl.* ~**s**) *n.m.* 舞會; 舞廳

balade [balad] *n.f.* 〖俗〗蹓躂,閑逛

balader (se) [s(ə)balade] *v.pr.* 〖俗〗蹓躂,閑逛

baladeuse [baladø:z] *n.f.* 流動商販的手推車; 電行燈

baladin, e [baladɛ̃, in] *n.* 丑角; 街頭演滑稽戲的人; 幕間舞蹈演員

balafre [bala[ɑ:]fr] *n.f.* (面部)刀傷; (面部)刀痕,刀疤

balafrer [bala[ɑ]fre] *v.t.* 砍傷(面部)

balai [balɛ] *n.m.* 掃帚; 末班車; 【電】電刷

balance [balɑ̃:s] *n.f.* 天平,秤; 差額,結餘; 平衡,均衡; 權衡; 捕蝦小網

balancement [balɑ̃smɑ̃] *n.m.* 擺動,搖擺; 平衡

balancer [balɑ̃se] [c. 1] *v.t.* 擺動,使搖擺; 權衡,衡量; 平衡; 結算,抵消;〖俗〗解雇,抛棄 *v.i.* 猶豫,搖擺

balancier [balɑ̃sje] *n.m.* (鐘等的)擺; 平衡棒,平衡器

balançoire [balɑ̃swa:r] *n.f.* 鞦韆; 蹺蹺板; 廢話,空話

balayage [balɛja:ʒ] *n.m.* 打掃,掃除; 【無】掃描

balayer [bale(ɛ)je] *v.t.* [c. 4] 打掃,掃除; 肅清,消除; 解雇;【無】掃描

balayette [balɛjɛt] *n.f.* 小掃帚

balayeur, se [balɛjœ:r, ø:z] *n.* 打掃者,清潔工 *n.f.* 掃路車

balayures [bale(ɛ)jy:r] *n.f.pl.* (掃成堆的)垃圾

balbutiement [balbysimɑ̃] *n.m.* 說話結結巴巴; 初步嘗試,初期試探

balbutier [balbysje] *v.i.* 結結巴巴地說話 *v.t.* 結結巴巴地說

balcon [balkɔ̃] *n.m.* 陽台; (劇場的)樓廳

baldaquin [baldakɛ̃] *n.m.* 帳頂; 華蓋

baleine [balɛn] *n.f.* 鯨,鯨魚; (金屬)骨架,骨,支撐條

baleiné, e [bale(ɛ)ne] *a.* 用(金屬)骨架支撐的,有(金屬)支撐條的

baleinier, ère [bale(ɛ)nje, balɛnjɛ:r] *a.* 捕鯨的 *n.m.* 捕鯨船; 捕鯨工人 *n.f.* 捕鯨小艇; (兩頭尖的)小艇

balisage [baliza:ʒ] *n.m.* 【海,空】信標的設置; 信標系統

balise [bali:z] *n.f.* 【海,空】信標,航標,定向標,方位標; 美人蕉的果實

baliser [balize] *v.t.* 設置信標

balistique [balistik] *a.* 彈道的 *n.f.* 彈道學

baliveau [balivo] (*pl.* ~**x**) *n.m.* (輪伐時)保留的幼樹;【建】脚手架柱頭

baliverne [balivɛrn] *n.f.* 廢話,空話

balkanique [balkanik] *a.* 巴爾干的,巴爾干半島的

ballade [balad] *n.f.* 三節聯韵詩; 叙事詩

ballant, e [balɑ̃, ɑ̃:t] *a.* 搖擺的,擺動的 *n.m.* 搖擺,擺動

ballast [balast] *n.m.* 【鐵】道碴,石碴;【海】壓載艙

balle [bal] *n.f.* 球; 子彈; 大包,大捆(貨物); 糠,殼

ballerine [balrin] *n.f.* 芭蕾舞女演員; 女舞蹈家

ballet [balɛ] *n.m.* 芭蕾舞; 芭蕾舞劇

ballon [balɔ̃] *n.m.* 【體】球; 氣球; 輕氣

球;【化】圓底燒瓶;圓形山峯

ballonné, e [balɔne] *a.* 鼓起的;脹的
〔指腹部〕

ballonnement [balɔnmã] *n.m.* 【醫】腹
脹

ballonnet [balɔnɛ] *n.m.* 小輕氣球;小
圓底燒瓶

ballon-sonde [balɔ̃sɔ̃:d] (*po.* ~**s**-~**s**)
n.m. 探空氣球

ballot [balo] *n.m.* 小包〔指貨物或衣
服〕;〖俗〗傻瓜,獃子

ballottage [balɔta:ʒ] *n.m.* 無結果的投
票〔指沒有任何候選人獲得足夠的當選
票數〕

ballottement [balɔtmã] *n.m.* 搖晃,晃
盪

ballotter [balɔte] *v.t.* 使搖晃,使晃盪
v.i. 搖晃,晃盪

ballottine [balɔtin] *n.f.* 片肉捲

balluchon [balyʃɔ̃] *n.m.* 〖俗〗小包衣
服;小包裹

balnéaire [balneɛ:r] *a.* 海水浴的

balourd, e [balu:r, urd] *a.,n.* 粗野愚笨
的(人) *n.m.*【機】(旋轉體的)不平衡

balourdise [balurdi:z] *n.f.* 粗野愚笨;
蠢話,蠢事

balsamine [balzamin] *n.f.* 鳳仙花

balsamique [balzamik] *a.* 香脂的,有
香脂氣味的 *n.m.* 含香脂的藥劑

balustrade [balystrad] *n.f.* 欄杆

bambin, e [bãbɛ̃,in] *n.* 〖俗〗小孩

bamboche [bãbɔʃ] *n.f.* 矮小畸形的人;
〖俗〗吃喝玩樂,尋歡作樂

bambocher [bãbɔʃe] *v.i.* 〖俗〗吃喝玩
樂,尋歡作樂

bambocheur, se [bãbɔʃœ:r, ø:z], **bam-
bochard, e** [bãbɔʃa:r, ard] *a.,n.* 愛
吃喝玩樂的(人)

bambou [bãbu] *n.m.* 竹,竹子;竹手杖

ban [bã] *n.m.* 公告,告示;擂鼓,吹號;
〖俗〗有節奏的鼓掌;教堂的結婚預告

banal, ale [banal] (*pl.* ~**aux**) *a.* 公共
的

banal, e [banal] (*pl.* ~**s**) *a.* 平凡的,平
庸的

banalité [banalite] *n.f.* 平凡,平庸

banane [banan] *n.f.* 香蕉

bananier [bananje] *n.m.* 香蕉樹;運香
蕉的船

banc [bã] *n.m.* 長凳;沙堆,暗礁;魚羣;
【機】臺,底座;【地質】地層,礦層

bancaire [bãkɛ:r] *a.* 銀行的

bancal, e [bãkal] (*pl.* ~**s**) *a.,n.* 腿彎
曲的(人),跛脚的(人) *n.m.* 馬刀,軍
刀

bancroche [bãkrɔʃ] *a.,n.* 腿彎曲的
(人)

bandage [bãda:ʒ] *n.m.* 扎繃帶;繃帶;
輪箍,輪胎;疝帶

bandagiste [bãdaʒist] *n.m.* 繃帶製造
者;繃帶商人

bande [bã:d] *n.f.* 帶;繃帶;(衣服的)鑲
邊;(彈子台邊緣內側的)橡皮邊;一幫,
一夥,一羣;【海】側傾

bandeau [bãdo] (*pl.* ~**x**) *n.m.* 包頭
帶,蒙眼布條

bandelette [bãdlɛt] *n.f.* 細帶子

bander [bãde] *v.t.* 用繃帶包扎,用布條
蒙住;拉緊,繃緊

banderille [bãdrij] *n.f.* (西班牙鬥牛用
的)投槍

banderole [bãdrɔl] *n.f.* 狹長的小旗,
燕尾旗

bandit [bãdi] *n.m.* 強盜,匪徒

banditisme [bãditism] *n.m.* 搶劫;強盜
習氣

bandoulière [bãduljɛ:r] *n.f.* (斜掛的)
皮背帶,布背帶

banjo [bãʒo] *n.m.* 班卓琴

banlieue [bãljø] *n.f.* 郊區,市郊

banne [ban] *n.f.* 柳條筐;(商店前的)遮
陽布篷;運煤車,運貨敞車

banni, e [bani] *a.,n.* 被放逐的(人),被
驅逐的(人)

bannière [banjɛ:r] *n.f.* 軍旗,會旗,旗
幟

bannir [bani:r] *v.t.* 放逐，驅逐；排除，消除

bannissement [banismɑ̃] *n.m.* 放逐，驅逐

banque [bɑ̃:k] *n.f.* 銀行，銀行業；(賭博時)莊家的賭本

banqueroute [bɑ̃krut] *n.f.* 破產，倒閉

banqueroutier, ère [bɑ̃krutje, ɛ:r] *n.* 破產者

banquet [bɑ̃kɛ] *n.m.* 宴會

banqueter [bɑ̃kte] *v.i.* [c. 5] 赴宴，參加宴會；吃得好

banquette [bɑ̃kɛt] *n.f.* 軟墊長凳；窗台；【軍】踏跺；【建】護坡道

banquier [bɑ̃kje] *n.m.* 銀行家；(賭博中的)莊家

banquise [bɑ̃ki:z] *n.f.* (兩極地帶的)大浮冰羣

baobab [baɔbab] *n.m.* (熱帶的)猴麵包樹

baptême [batɛm] *n.m.* 洗禮；命名式

baptiser [batize] *v.t.* 施行洗禮；取名，命名，題名

baptismal, ale [batismal] (*pl.* ～*aux*) *a.* 洗禮的

baptistère [batistɛ:r] *n.m.* 聖洗堂，付洗所

baquet [bakɛ] *n.m.* 小木桶

bar [ba:r] *n.m.* 酒吧間；【魚】狼鱸；【物】巴〔壓强單位〕

baragouin [baragwɛ̃] *n.m.* 錯誤難懂的語言

baragouiner [baragwine] *v.t., v.i.* 講得蹩腳，含混不清地講

baraque [barak] *n.f.* 小木板屋，木棚；售貨木棚；簡陋的房屋

baraquement [barakmɑ̃] *n.m.* 營棚，小木板屋

baratin [baratɛ̃] *n.m.* 〖民〗花言巧語

baratiner [baratine] *v.t.* 用花言巧語欺騙

baratte [barat] *n.f.* (提製黃油的)攪乳器

baratter [barate] *v.t.* 在攪乳器中攪(奶油)

barbare [barba:r] *a.* 蠻族的；未開化的，野蠻的，殘忍的；不規則的，不合乎習慣的 *n.* 未開化的人，野蠻人

barbarie [barbari] *n.f.* 未開化，野蠻殘忍

barbarisme [barbarism] *n.m.* 語言上不規範的錯誤；用錯的詞

barbe [barb] *n.f.* 鬍鬚，鬍子；(某些動物的)鬚；(麥)芒；羽支；(金屬板或紙張切後留下的)鬚

barbeau [barbo] *n.m.* 【魚】䰾

barbe-de-capucin [barbədkapysɛ̃] (*pl.* ～*s*～·～) *n.f.* 【植】菊苣

barbelé, e [barbəle] *a.* 有刺的，有倒刺的，有倒鉤的 *n.m.pl.* 有刺鐵絲網

barbet, te [barbɛ, ɛt] *a., n.* 長捲毛的(獵犬)

barbiche [barbiʃ] *n.f.* (下巴上的)短鬍鬚

barbier [barbje] *n.m.* (古代的)剃鬍匠

barbifier [barbifje] *v.t.* 剃鬍鬚，刮鬍子；使厭煩

barbillon [barbijɔ̃] *n.m.* 小魚，小魚；箭的倒刺；釣鈎的倒刺

barbon [barbɔ̃] *n.m.* 小老頭

barbotage [barbɔta:ʒ] *n.m.* (鴨子等)的玩水，撲水；水和糠拌和成的家畜飼料；【化】起泡作用，冒泡

barboter [barbɔte] *v.i.* (鴨子等)玩水，撲水；在泥水中走；冒泡 *v.t.* 〖民〗偷

barboteuse [barbɔtø:z] *n.f.* 兒童連衫短褲

barbouillage [barbuja:ʒ], **barbouillis** [barbuji] *n.m.* 亂畫，亂塗；拙劣的潦草難認的字迹；條理不清的講話

barbouiller [barbuje] *v.t.* 弄髒，弄污；亂畫，亂塗；潦草地寫 *v.i.* 條理不清地講話

barbouilleur, se [barbujœ:r, ø:z] *n.* 亂畫亂塗的人；拙劣的畫家；講話條理不清的人

barbu, e [barby] *a., n.* 有鬍子的(人)

barbue [barby] *n.f.* 【魚】菱鮃

barcarolle [barkarɔl] *n.f.* 威尼斯船歌

barde [bard] *n.m.* 古代克爾特族歌頌英雄的詩人；歌頌英雄勳績的詩人 *n.f.* 戰馬的鎧甲；【烹飪】(包烤肉的)薄片肥肉

bardé, e [barde] *a.* 披上鎧甲的；【烹飪】用薄片肥肉包的

bardeau [bardo] (*pl.* ~*x*) *n.m.* (屋面)蓋板，屋面板

barder [barde] *v.t.* 披鎧甲，【烹飪】包以薄片肥肉

barème [barɛm] *n.m.* 計算表，計算冊

barguigner [bargiɲe] *v.i.* 遲疑，躊躇

baril [bari(l)] *n.m.* 小木桶，一小桶之量

barillet [barijɛ] *n.m.* 小木桶；【鐘錶】發條盒，簧盒；【軍】(左輪手槍的)彈巢，鼓輪

bariolage [barjɔlaːʒ] *n.m.* 塗雜色；雜色

bariolé, e [barjɔle] *a.* 雜色的

barioler [barjɔle] *v.t.* 塗雜色

barman [barman] (*pl.* **barmen** [barmɛn] 或~*s*) *n.m.* 〖英〗酒吧間男侍者

baromètre [barɔmɛtr] *n.m.* 氣壓計，氣壓表

barométrique [barɔmetrik] *a.* 氣壓的，氣壓計的

baron [ba(a)rɔ̃] *n.m.* 男爵

baronne [ba(a)rɔn] *n.f.* 男爵夫人

baroque [barɔk] *a.* 古怪的，奇異的；【建】巴羅克(風格)的

barque [bark] *n.f.* 小船

barquette [barkɛt] *n.f.* 小渡船

barrage [ba(a)raːʒ] *n.m.* 阻攔，障礙；壩

barre [ba(a)r] *n.f.* 杠，杆；綫條；(法庭上的)欄杆；【海】舵輪，舵柄；(江口的)沙洲；*pl.* 捉人游戲

barreau [ba(a)ro] *n.m.* 小棒，小棍；律師席；律師職業

barrer [ba(a)re] *v.t.* 攔住，阻擋，阻礙；

畫杠杠，劃掉

barrette [barɛt] *n.f.* 無邊扁平軟帽；(教士戴的)黑帽；(紅衣主教戴的)紅帽

barreur, se [barœːr, øːz] *n.* (小船的)舵手

barricade [barikad] *n.f.* 街壘，路障

barricader [barikade] *v.t.* 用街壘或路障封閉；緊閉，緊關

barrière [ba(a)rjɛːr] *n.f.* 柵欄；障礙

barrique [barik] *n.f.* 大桶，一大桶之量

barrir [bariːr] *v.i.* (象或犀牛)叫

barrissement [barismɑ̃] *n.m.* 象的叫聲，犀牛的叫聲

baryton [baritɔ̃] *n.m.* 男中音；男中音歌唱家；上低音號

baryum [barjɔm] *n.m.* 【化】鋇

bas, se [bɑ,ɑːs] *a.* 低的，矮的；下面的，下層的；低廉的；卑鄙的，卑劣的，粗俗的 *n.m.* 下部，下端，底部；襪，中統襪，長統襪 *adv.* 低低地，在低處；輕聲地，低聲地； à ~ *loc.adv.* 下來；打倒；en ~ *loc.adv.* 往下，朝下，在下面

basalte [bazalt] *n.m.* 【地質】玄武岩

basaltique [bazaltik] *a.* 【地質】玄武岩的

basane [bazan] *n.f.* (做書籍封面等用的)柔軟羊皮；(騎兵褲的)羊皮褲管套

basaner [bazane] *v.t.* 曬黑(皮膚)，使成棕色

bas-bleu [bablø] (*pl.* ~*s*) *n.m.* 自命爲有文學才華的女人

bas-côté [bakote] (*pl.* ~*s*) *n.m.* (教堂的)側道；(大路旁的)人行道

bascule [baskyl] *n.f.* 搖桿，擺桿；蹺蹺板；磅秤，台秤

basculer [baskyle] *v.i.* 搖擺，搖晃；失去平衡 *v.t.* 翻倒

base [bɑːz] *n.f.* 底部，基部，基礎，根據；基地，根據地；基層，基層人員；【數】底邊，底面；【化】鹼

baser [baze] *v.t.* 使以…爲根據；【軍】使以(某地)爲基地

bas-fond [bafɔ̃] (*pl.* ~*s*) *n.m.* 凹地，低

窪地;淺灘,淺處; pl. 社會的底層,下層社會

basilique [bazilik] n.f. (古羅馬的)會堂;大(教)堂

basique [bazik] a. 【化】鹼的,鹼性的

basket-ball [baskɛtboːl] n.m. 【英】籃球(運動)

basoche [bazɔʃ] n.f. (法國資產階級革命前的)法院書記團;司法界

basque [bask] a. 巴斯克的〔指歐洲一地區〕 n.m. 巴斯克語 n.f. (西服的)垂尾,(禮服的)燕尾

bas-relief [barəljɛf] (pl. ~s) n.m. 淺浮雕

basse [baːs] n.f. 低音;低音部;男低音;男低音歌唱家,低音演奏者;低音樂器

basse-cour [baskuːr] (pl. ~s~s) n.f. 家禽飼養場;(飼養場中的)全部家禽

bassesse [basɛs] n.f. 卑鄙,卑劣;卑下;卑鄙行為

basset [basɛ] n.m. 短腿獵犬

bassin [basɛ̃] n.m. 盆;一盆之量;水池,池塘;秤盤;【解】骨盆;(採)礦床

bassine [basin] n.f. 大盆

bassiner [basine] v.t. 潤濕,輕灑;(用暖床爐)暖,使暖;【民]使獸煩

bassinet [basinɛ] n.m. 小盆

bassinoire [basinwaːr] n.f. 暖床爐;【民]討厭的傢伙

basson [basɔ̃] n.m. 【樂]巴松管,大管

baste! [bast] interj. 夠了!得了!算了!

bastide [bastid] n.f. (法國南部的)農屋,農舍

bastille [bastij] n.f. (中世紀的)城堡;B~ 巴士底獄

bastingage [bastɛ̃gaːʒ] n.m. 【船]舷牆

bastion [bastjɔ̃] n.m. 棱堡,堡壘;支柱

bastonnade [bastɔnad] n.f. (一陣)棒打

bastringue [bastrɛ̃ːg] n.m. 【俗]小酒店舞場

bas-ventre [bavɑ̃ːtr] (pl. ~s) n.m. 下腹,小腹

bât [ba] n.m. 馱鞍

bataclan [bataklɑ̃] n.m. 【俗]累贅物〔指行李等〕

bataille [bataj] n.f. 交戰,戰鬥,戰役;打架,搏鬥;爭吵

batailler [bataje] v.i. 爭執,爭吵;打架

batailleur, se [batajœːr, øːz] a,n. 好爭執的(人);愛打架的(人)

bataillon [batajɔ̃] n.m. 【軍]營

bâtard, e [bataːr, ard] a. 私生的;雜種的,折衷的 n.m. 私生子 n.f. 斜圓體字

batardeau [batardo] (pl. ~x) n.m. 臨時堤壩,圍堰

bâtardise [batardiːz] n.f. 私生

bâté, e [bate] a. 裝有馱鞍的

bateau [bato] (pl. ~x) n.m. 船,艇

bateler [batle] [c. 5] v.t. 用船運 v.i. 街頭賣藝,街頭演雜技

bateleur, se [batlœːr, øːz] n. 街頭賣藝者,街頭雜技藝人

batelier, ère [batəlje, ɛːr] n. 船夫,渡船夫

batellerie [batɛlri] n.f. 內河航運業;內河船舶〔總稱〕

bâter [bate] v.t 給(馱獸)裝馱鞍

bat-flanc [baf~lɑ̃] n.m.inv. (馬厩中)隔開馬匹的木板

bâti [bati] n.m. 框,架,骨架;【縫紉]假縫,假縫用的粗線

batifoler [batifɔle] v.i. 【俗](像兒童一樣)嬉戲

bâtiment [batimɑ̃] n.m. 建築物,房屋;建築,營造;巨輪,海船

bâtir [batiːr] v.t. 建築,建造,建立,建設;假縫,粗縫

bâtisse [batis] n.f. (建築物的)磚石結構;建築物,房屋

bâtisseur, se [batisœːr, øːz] n. 建築者,建造者;創建人

batiste [batist] n.f. 細蔴布

bâton [batɔ̃] n.m. 棍,棒,杖;權杖;棍狀物;(兒童習字時所劃的)直杠

bâtonnat [bɑtɔna] *n.m.* 【法】首席律師的職位

bâtonner [bɑtɔne] *v.t.* 棒打，杖擊；劃去

bâtonnet [bɑtɔnɛ] *n.m.* 小棍，小棒；桿形物

bâtonnier [bɑtɔnje] *n.m.* 首席律師

batraciens [batrasjɛ̃] *n.m.pl.* 【動】兩棲類

battage [bataʒ] *n.m.* 拍打，敲打；〖俗〗誇張的廣告，過分的宣傳

battant, e [batɑ̃,ɑ̃:t] *a.* 鐘舌，鐘錘；門扇，窗扇 *a.* 拍打的，敲打的

batte [bat] *n.f.* 杵，搗棒，槌；(奶油)攪拌棒；捶衣凳；丑角用的木刀；球板，球棒

battée [bate] *n.f.* 【建】門窗框的半槽邊

battement [batmɑ̃] *n.m.* 拍擊，敲打；振動；跳動；〖物〗拍，差拍；〖舞蹈〗擊打；【機】活塞衝程

batterie [batri] *n.f.* 爭吵，毆鬥；炮組，排炮；(電池、用具等的)組，套；蓄電池；計謀

batteuse [batø:z] *n.f.* 脫粒機，打穀機

battoir [batwa:r] *n.m.* 捶衣杵；球板，球拍；〖俗〗巨掌

battre [batr] [c. 44] *v.t.* 打，捶；戰勝，打垮，擊敗；敲，捶，拍打；攪，拌；走遍，尋遍 *v.i.* (心臟等)跳動

battu, e [baty] *a.* 被打的；戰敗的；捶結實的，經過敲打的；經過攪拌的 *n.f.* 拍打樹叢(趕出獵物)

baudet [bodɛ] *n.m.* 驢，蠢驢，笨伯；鋸木工用的木架

baudrier [bodrije] *n.m.* (掛武器用的)肩帶

baudruche [bodryʃ] *n.f.* 牛羊大腸製的薄膜

bauge [boːʒ] *n.f.* 野豬窠

baume [boːm] *n.m.* 香脂，香膏；(含有香膏的)清涼製劑；安慰，撫慰

bauxite [boksit] *n.f.* 【礦】鋁土礦；(鋁)礬土

bavard, e [bavaːr, ard] *a.,n.* 饒舌的(人)；健談的(人)；愛亂講的(人)

bavardage [bavardaːʒ] *n.m.* 饒舌；閑聊；嚼舌，亂說；廢話

bavarder [bavarde] *v.i.* 饒舌；閑聊；嚼舌，亂說

bave [bav] *n.f.* 流涎；惡毒的言語

baver [bave] *v.i.* 流口水，流涎；誹謗

bavette [bavɛt] *n.f.* 圍嘴；牛的腰部肉

baveux, se [bavø, øːz] *a.* 流口水的，垂涎的

bavocher [bavɔʃe] *v.i.* 印刷模糊，印成糊板

bavoir [bavwaːr] *n.m.* 圍嘴

bavure [bavyːr] *n.f.* 【技】飛邊，毛刺，毛口；(印件的)墨污，墨迹

bayer [baje] *v.i.* [c. 4] ~ aux corneilles 朝空獃望

bazar [bazaːr] *n.m.* (東方的)集市，市場；百貨商店；凌亂的屋子；雜亂的東西

bazarder [bazarde] *v.t.* 廉價出售；儘速處理(某物)

béant, e [beɑ̃,ɑ̃:t] *a.* 張開的，大開的

béat, e [bea,at] *a.* 心滿意足的，恬靜的；【宗】真福的

béatifier [beatifje] *v.t.* 【宗】列真福品

béatitude [beatityd] *n.f.* 【宗】真福

beau [bo] 〔在元音或啞音 h 開頭的陽性單數名詞前用 **bel** [bɛl] (*f.sing.* **belle** [bɛl], *m.pl.* **beaux**, *f.pl.* **belles**) *a.* 美麗的，漂亮的；卓越的，高尚的；晴朗的；適宜的，適意的；非常好的，大量的 *n.m.* 美 *n.f.* 漂亮的女人；(比賽中的)決勝局

beaucoup [boku] *adv.* 多，很多；很，非常

beau-fils [bofis] (*pl.* ~*x*-~) *n.m.* 前夫或前妻的兒子；女婿

beau-frère [bofrɛːr] (*pl.* ~*x*-~*s*) *n.m.* 姐夫，妹夫；大伯，小叔；內兄，內弟；連襟

beau-père [bopɛːr] (*pl.* ~*x*-~*s*) *n.m.* 公公〔指夫之父〕，岳父，後父

beaupré [bopre] *n.m.* 【船】艏斜桅

beauté [bote] *n.f.* 美，美麗；美女

beaux-arts [boza:r] *n.m.pl.* 美術

beaux-parents [boparã] *n.m.pl.* 公婆；岳父母

bébé [bebe] *n.m.* 嬰兒

bec [bɛk] *n.m.* 喙，鳥嘴；【俗】(人的) 嘴，噴嘴，尖頭；【地】沙嘴

bécane [bekan] *n.f.* 【俗】自行車

bécarre [beka:r] *n.m.* 【樂】本位號

bécasse [bekas] *n.f.* 丘鷸，山鷸；【俗】蠢婦

bécassine [bekasin] *n.f.* 【鳥】沙錐

bec-d'âne [be(ɛk)dɑ:n] *n.m.* 同 bédane

bec-de-cane [bɛkdəkan] (*pl.* ~s-~-~) *n.m.* 執手式碰鎖；(門上用的) 鉤式執手，鉤釘，鍛工鉗

bec-de-lièvre [bɛkdəljɛ:vr] (*pl.* ~s-~-~) *n.m.* 【醫】兔唇

béchamel [beʃamɛl] *n.f.* 奶油製的白色調味汁

bêche [bɛʃ] *n.f.* 鍬，鏟

bêcher [be(ɛ)ʃe] *v.t.* 用鍬或鏟翻(土)；【俗】激烈批評

bec-jaune = béjaune

bécot [beko] *n.m.* 【俗】輕吻

bécoter [bekɔte] *v.t.* 輕吻

becquée [be(ɛ)ke], **béquée** [beke] *n.f.* (鳥含在口中的) 一口食物

becqueter [bɛkte] *v.t.* [c. 5 或 c. 6] 啄(食)；【民】吃

bedaine [bədɛn] *n.f.* 【俗】大肚子

bédane [bedan] *n.m.* 【技】狹鑿

bedeau [bədo] *n.m.* 【宗】教堂執事，管堂職員

bedon [bədɔ̃] *n.m.* 【俗】肥大的肚子

bedonnant, e [bədɔnã,ã:t] *a.* 【俗】肚子肥大的

bedonner [bədɔne] *v.i.* 【俗】肚子變肥大

bédouin, e [bedwɛ̃, in] *a.* 貝都因人的 *n.* B~ 貝都因人

bée [be] *a.f.* bouche ~ (由於驚訝而) 張大的嘴

beffroi [befrwa[ɑ]] *n.m.* 警鐘樓，鐘塔；警鐘

bégaiement [begɛmã], **bégayement** [begɛjmã] *n.m.* 口吃；(小孩咿咿學語時) 發音不清的語言

bégayer [bege(ɛ)je] *v.i.* [c. 4] 口吃；結結巴巴地講話

bégonia [begɔnja] *n.m.* 【植】秋海棠

bègue [bɛg] *a.,n.* 口吃的人

bégueule [begœl] *n.f.* 裝作正經的女人

bégueulerie [begœlri] *n.f.* 假正經的樣子

béguin [begɛ̃] *n.m.* 不發顯的修女戴的帽子；童帽；【俗】一時的熱情；被一時鍾情的人

béguinage [begina:ʒ] *n.m.* 不發顯修女的修院

béguine [begin] *n.f.* (荷蘭及比利時的) 不發顯的修女

beige [bɛ:ʒ] *a.* 天然羊毛色的，米色的

beignet [bɛɲɛ] *n.m.* (帶餡兒的) 炸糕，油煎餅

béjaune [beʒo:n], **bec-jaune** [beʒo:n, be(ɛ)kʒo:n] *n.m.* 雛鳥；毛頭小夥子

bel 見 beau

bêlement [bɛlmã] *n.m.* 咩咩，羊叫聲

bêler [be(ɛ)le] *v.i.* (羊) 叫

belette [bəlɛt] *n.f.* 鼬

belge [bɛlʒ] *a.* 比利時的 *n.* B~ 比利時人

bélier [belje] *n.m.* 公羊，牡羊；羊頭撞錘(古時破城牆用)

belière [beljɛ:r] *n.f.* 羊頸鈴；掛環，掛圈；(懸掛軍刀的) 皮帶扣

bélinogramme [belinɔgram] *n.m.* (培林式) 傳真電報；傳真圖片

bélitre [belitr] *n.m.* 無賴漢，廢物

belladone [be(ɛl)ladɔn] *n.f.* 【植】顛茄

bellâtre [bela:tr] *a., n.m.* 自炫漂亮的 (男子)

belle 見 beau

belle-fille [bɛlfij] (*pl.* ~s-~s) *n.f.* 媳婦；前夫或前妻的女兒

belle-mère [bɛlmɛːr] (pl. ～s-～s) n.f. 婆婆, 岳母; 後母

belles-lettres [bɛllɛtr] n.f.pl. 純文學, 文藝學 (指語法, 詩歌等)

belle-sœur [bɛlsœr] (pl. ～s-～s) n.f. 嫂嫂, 弟媳婦; 大姨, 小姨; 舅嫂; 大姑子; 小姑子; 姉娌

bellicisme [be[ɛl]lisism] n.m. 好戰主義

belliciste [be[ɛl]lisist] a. 好戰的 n. 好戰分子

belligérance [be[ɛl]liʒerãːs] n.f. 交戰狀態

belligérant, e [be[ɛl]liʒerã,ãːt] a. 參戰的, 交戰的 n. 參戰者, 交戰者; 交戰國

belliqueux, se [be[ɛl]likø, øːz] a. 好戰的; 好鬥的

belluaire [be[ɛl]lyɛːr] n.m. (古羅馬鬥技場上的)鬥獸者; 馴養猛獸的人

belote [bəlɔt] n.f. 一種紙牌游戲

belvédère [bɛlvedeːr] n.m. (屋頂上的)亭子, 平台

bémol [bemɔl] 【樂】 n.m. 降號 a. 降半音的

bémoliser [bemɔlize] v.t. 【樂】加降號

bénédicité [benedisite] n.m. 【宗】飯前經, 飯前禱告

bénédictin, in [benediktɛ̃, in] n. 本篤會修士或修女

bénédiction [benediksjɔ̃] n.f. 祝福; 【宗】恩惠, 恩寵; 降福; 祝聖

bénéfice [benefis] n.m. 利潤; 利益; 權利; 【宗】有俸聖職

bénéficiaire [benefisjɛr] n. 獲利者, 受益人 a. 獲利的, 受惠的

bénéficier [benefisje] v.i. 得到(好處), 享有

benêt [bənɛ] a.m. 傻的, 糊塗的 n.m. 傻瓜, 糊塗蟲

bénévole [benevɔl] a. 寬宏的; 自願的, 義務的, 不計報酬的

bengali [bɛ̃gali], **bengalais, e** [bɛ̃galɛ,

ɛːz] 〔bengali 陰性不變〕 a. 孟加拉的 n. B～ 孟加拉人 n.m. 孟加拉語

bénignité [beniɲite] n.f. 和善, 寬容; 輕微

béninois, e [beninwa, aːz] a. 貝寧的 〔Bénin 非洲國名〕 n. B～ 貝寧人

bénir [beniːr] v.t. 祝福; 對…感到極高興; 贊美, 稱頌

bénisseur, se [benisœːr, øːz] a.,n. 〖俗〗一味恭維的(人), 專門奉承的(人)

bénitier [benitje] n.m. 【宗】聖水缸

benjamin, e [bɛ̃ʒamɛ̃, in] 最小的孩子 n.m. 寵兒

benjoin [bɛ̃ʒwɛ̃] n.m. 安息香

benne [bɛn] n.f. 弔桶; 抓斗; (自動傾卸車)的貨廂, 貨台

benzine [bɛ̃zin] n.f. 【化】苯的舊名; 汽油, 揮發油

benzol [bɛ̃zɔl] n.m. 【化】苯

béquée =becquée

béquille [bekij] n.f. 拐杖, 撐脚, 斜撐; 門鎖執手

béquiller [bekije] v.i. 用拐杖走路 v.t. 用撐杆支撐

bercail [bɛrkaj] n.m. 〔無 pl.〕 羊圈, 羊棚; 老家, 家鄉

berceau [bɛrso] n.m. 搖籃; 嬰兒時期; 誕生地; 發源地; 【園藝】綠廊; 【機】發動機座架; 【船】下水架

bercelonnette [bɛrsəlɔnɛt] n.f. 嬰兒弔床

bercement [bɛrsəmɑ̃] n.m. 搖動, 搖晃

bercer [bɛrse] v.t. [c. 1] (放在搖籃裏)搖; 搖動; 哄騙; 平息

berceuse [bɛrsøːz] n.f. 搖搖籃的女人; 搖籃曲; 搖椅

béret [berɛ] n.m. 貝雷帽, 無邊軟帽

bergamote [bɛrgamɔt] n.f. 香檸檬; 香檸檬糖

berge [bɛrʒ] n.f. 陡峭的河岸; (道路或溝渠邊的)陡坡; 〖俗〗年歲, 歲

berger, ère [bɛrʒe, ɛːr] n. 牧羊人

n.m. 牧羊犬

bergère [bɛrʒɛːr] *n.f.* 安樂椅

bergerie [bɛrʒəri] *n.f.* 羊圈,羊棚; *pl.*
牧歌,田園詩

bergeronnette [bɛrʒərɔnɛt] *n.f.* 鶺鴒

béribéri [beriberi] *n.m.* 脚氣病

berkélium [bɛrkeljɔm] *n.m.* 【化】鉳

berlingot [bɛrlɛ̃go] *n.m.* 水果香糖;一
種裝牛奶的盒子

berlue [bɛrly] *n.f.* 一陣眼花

bernard-l'(h)ermite [bɛrnarlɛrmit]
n.m.inv. 寄居蟹的俗稱

berne [bɛrn] *n.f.* pavillon en ～ 半
旗

berner [bɛrne] *v.t.* 嘲弄,愚弄

bernicle [bɛrnikl] *n.f.* 【動】帽貝的俗稱

bernique! [bɛrnik] *interj.* 【民】落空啦!
一場空啦!

bernois, e [bɛrnwa, aːz] *a.* 伯爾尼的
n. B～ 伯爾尼人

béryl [beril] *n.m.* 【礦】綠柱石,綠玉

béryllium [beriljɔm] *n.m.* 【化】鈹

besace [bəzas] *n.f.* 褡褳

besacier [bəzasje] *n.m.* 揹褡褳的人

besicles [bəzikl] *n.f.pl.* 舊式圓框眼
鏡

bésigue [bezig] *n.m.* 一種紙牌游戲

besogne [bəzɔɲ] *n.f.* 工作,活兒

besogner [bəzɔɲe] *v.i.* 幹活;幹重活

besogneux, se [bəzɔɲø, øːz] *a.,n.* 窮
困的(人),貧窮的(人)

besoin [bəzwɛ̃] *n.m.* 需要;貧困,貧窮;
pl. 【俗】大小便

bessemer [bɛsmɛːr] *n.m.* 【冶】(酸性)
轉爐

bestiaire [bɛstjɛːr] *n.m.* 古羅馬的鬥獸
者;動物寓言集

bestial, ale [bɛstjal] (*pl.* ～aux) *a.* 野
獸的,禽獸般的

bestialité [bɛstjalite] *n.f.* (人的)獸性

bestiaux [bɛstjo] *n.m.pl.* 家畜(羣),牲
畜(羣)

bestiole [bɛstjɔl] *n.f.* 小動物

bêta [beta] *n.m.* 希臘字母表中第 2 個
字母 B, β

bêta, sse [beta, aːs] *a.,n.* 【民】愚蠢的
(人)

bétail [betaj] (*pl. bestiaux*) *n.m.* 家
畜,牲畜

bête [bɛt] *n.f.* 獸類,畜生,禽獸;傻瓜
a. 愚蠢的,傻的

bêtifier [be[ɛ]tifje] *v.t.* 使愚蠢,使變傻
v.i. 說蠢話,裝傻

bêtise [be[ɛ]tiːz] *n.f.* 愚蠢;蠢事,傻話;
無聊的事;無價值的東西

béton [betɔ̃] *n.m.* 混凝土

bétonner [betɔne] *v.t.* 用混凝土建造

bétonnière [betɔnjɛːr] *n.f.* 混凝土攪拌
機

bette [bɛt], **blette** [blɛt] *n.f.* 【植】莙荙,
甜菜

betterave [bɛtraːv] *n.f.* 【植】蒸菜,甜
菜,糖甜菜,糖蘿蔔

betteravier, ère [bɛtravje, ɛːr] *a.* 蒸菜
的 *n.m.* 蒸菜種植者

beuglement [bøgləmɑ̃] *n.m.* 牛叫聲;
響亮的聲音

beugler [bøgle] *v.i.* 牛叫;吼叫 *v.t.*
大聲唱

beurre [bœːr] *n.m.* 白脫油,黃油;植物
油脂

beurré [bœre] *n.m.* 一種酥嫩的梨

beurrée [bœre] *n.f.* 塗黃油的麵包片

beurrer [bœre] *v.t.* 塗黃油

beuverie [bœvri] *n.f.* 縱酒作樂的聚會

bévue [bevy] *n.f.* (由於無知或疏忽而產
生的)差錯,錯誤

bey [bɛ] *n.m.* (舊時土耳其的)省長,總
督,附屬國的總督,高級文武官員的尊稱

beylical, ale [belikal] (*pl.* ～ *aux*) *a.*
(舊時土耳其省長的,省督的,總督的

beylicat [be[ɛ]lika] *n.m.* (舊時土耳其
總督的主權或領地

bi-, bis- *préf.* 表示"二,兩,雙,重"的意
思

biais, e [bjɛ, ɛz] *a.* 斜的,歪斜白

n.m. 傾斜, 歪斜; 迂迴的辦法

blaiser [bje[ɛ]ze] *v.i.* 傾斜, 歪斜; 使用迂迴的辦法

bibelot [biblo] *n.m.* 小擺設, 小古玩; 小玩意兒

biberon [bibrɔ̃] *n.m.* 奶瓶

bible [bibl] *n.f.* 【宗】聖經; 經書

bibliobus [biblijobys] *n.m.* 流動圖書借閱車

bibliographe [bibliɔgraf] *n.* 目錄學家

bibliographie [bibliɔgrafi] *n.f.* 目錄學; (一作家等的)書目提要

bibliophile [bibliɔfil] *n.m.* 珍本愛好者, 珍本收藏家

bibliophilie [bibliɔfili] *n.f.* 對書籍的喜愛, 對珍本的愛好

bibliothécaire [bibliɔtekɛ:r] *n.* 圖書館館員, 圖書管理員

bibliothèque [bibliɔtɛk] *n.f.* 圖書館, 藏書樓; 書櫥, 書架; 藏書

biblique [biblik] *a.* 聖經的, 聖經式的

bicarbonate [bikarbɔnat] *n.m.* 【化】碳酸氫鹽, 重碳酸鹽

bicéphale [bisefal] *a.* 有兩個頭的 *n.m.* 二頭動物

biceps [bisɛps] *a. n.m* (muscle) 【解】二頭肌

biche [biʃ] *n.f.* 母鹿, 牝鹿

bichon, ne [biʃɔ̃, ɔn] *n.* 捲毛小狗, 獅子狗

bichonner [biʃɔne] *v.t.* 捲 (髮), 使 (髮) 像獅子狗的毛一樣捲曲; 精心打扮

bicoque [bikɔk] *n.f.* 破舊房屋, 簡陋小屋

bicorne [bikɔrn] *a.* 有雙角的 *n.m.* 兩角帽

bicyclette [bisiklɛt] *n.f.* 自行車, 脚踏車

bidet [bidɛ] *n.m.* (乘騎用的)小馬; 高脚洗身盆

bidon [bidɔ̃] *n.m.* 馬口鐵壺, 軍用水壺

bief [bjɛf] *n.m.* (水力機械的)引水渠; (兩船閘之間的)河段

bielle [bjɛl] *n.f.* 【機】連桿, 搖桿, 搖臂,

傳動桿

bien [bjɛ̃] *adv.* 好; 很, 非常; 適合地; 友愛地; ~ de 許多; ~ que *loc.conj.* 雖然; Eh ~ ! *loc.interj.* 那末! 好吧! *n.m.* 好處, 益處; 財產, 產業

bien-aimé, e [bjɛ̃ne[ɛ]me] *a.,n.* 心愛的(人), 親愛的(人)

bien-être [bjɛ̃nɛtr] *n.m.* 舒適, 安逸; 福利

bienfaisance [bjɛ̃fzɑ̃:s] *n.f.* 善行, 善舉, 行善

bienfaisant, e [bjɛ̃fzɑ̃, ɑ̃:t] *a.* 行善的, 樂善好施的; 有益的

bienfait [bjɛ̃fɛ] *n.m.* 善行, 恩惠; 利益, 好處

bienfaiteur, trice [bjɛ̃fɛtœ:r, tris] *a.* 行善的 *n.* 施恩者, 恩人

bien-fondé [bjɛ̃fɔ̃de] *n.m.* 合法理由; 合理性

bien-fonds [bjɛ̃fɔ̃] (*pl.* ~s-~) *n.m.* 不動產

bienheureux, se [bjɛ̃nœrø, øz] *a.* 非常幸福的 *n.* 有福的人; 【宗】真福者

biennal, ale [bje[ɛn]nal] (*pl.* ~aux) *a.* 持續兩年的, 每兩年一次的

bienséance [bjɛ̃seɑ̃:s] *n.f.* 合適, 適當; 禮儀, 禮貌; *pl.* 禮節, 社交慣例

bienséant, e [bjɛ̃seɑ̃, ɑ̃:t] *a.* 合乎禮貌的, 有禮貌的

bientôt [bjɛ̃to] *adv.* 不久, 馬上

bienveillance [bjɛ̃vɛjɑ̃:s] *n.f.* 好意, 好心; 關懷

bienveillant, e [bjɛ̃vɛjɑ̃, ɑ̃:t] *a.* 好意的, 關懷的

bienvenu, e [bjɛ̃vny] *a.* 受歡迎的, 來得適時的 *n.* 受歡迎者; 受歡迎的東西 *n.f.* 來得適時的; (新參加者的)請安

bière [bjɛ:r] *n.f.* 啤酒; 棺材

biffer [bife] *v.t.* 劃掉, 刪去

bifteck [biftɛk] *n.m.* 牛排

bifurcation [bifyrkasjɔ̃] *n.f.* 分岔, 分路; 岔口

bifurquer [bifyrke] *v.i.* 分岔, 分路; 改

道,改向

bigame [bigam] *a.,n.* 重婚的(人)

bigamie [bigami] *n.f.* 重婚

bigarré, e [bigare] *a.* 雜色的,斑駁的;混雜的,雜亂的

bigarreau [bigaro] (*pl.* ～*x*) *n.m.* 一種歐洲甜櫻桃

bigarrer [bigare] *v.t.* 使成雜色,使變斑駁;使混雜,使雜亂

bigarrure [bigary:r] *n.f.* 斑駁;雜亂

bigle [bigl] *a.,n.* 患斜視的(人)

bigorne [bigɔrn] *n.f.* 雙角小鐵砧

bigorneau [bigɔrno] (*pl.* ～*x*) *n.m.* 小鐵砧;【動】濱螺

bigorner [bigɔrne] *v.t.* 在小鐵砧上敲打

bigot, e [bigo, ɔt] *a.,n.* 過分虔誠的(人),極度迷信的(人)

bigoterie [bigɔtri] *n.f.* 過分虔誠,篤信

bigoudi [bigudi] *n.m.* 捲髮夾子

bihebdomadaire [biebdɔmadɛ:r] *a.* 每週兩次的,半週的

bijou [biʒu] *n.m.* (*pl.* ～*x*) *n.m.* 首飾,貴重飾物;精巧的東西;小寶貝〔指小孩〕

bijouterie [biʒutri] *n.f.* 首飾業,珠寶業;首飾

bijoutier, ère [biʒutje, ɛ:r] 首飾匠;珠寶商

bilan [bilɑ̃] *n.m.* 資產負債表,借貸對照表;總結,小結

bilatéral, ale [bilateral] (*pl.* ～*aux*) *a.* 兩側的,兩面的;【法】雙邊的

bilboquet [bilbɔkɛ] *n.m.* 一種套球玩具

bile [bil] *n.f.* 膽汁;惱怒,煩惱

biliaire [bilje:r] *a.* 膽汁的,分泌膽汁的

bilieux, se [biljø, øːz] *a.* 膽汁多的;易怒的,易激動的

bilingue [bilɛ̃:g] *a.* 兩種語言的,講兩種語言的 *n.* 精通兩國語言的人

bilinguisme [bilɛ̃gɥism] *n.m.* 同時使用兩種語言

billard [bija:r] *n.m.* 台球,彈子(游戲);彈子房,彈子台

bille [bij] *n.f.* 台球,彈子;木材段,樹幹材

billet [bijɛ] *n.m.* 便條,通知單;票,入場券;證明書;【商】票據

billevesée [bij(l)vəze] *n.f.* 空話,無稽之談;空想

billion [biljɔ̃] *n.m.* 萬億;【古】十億

billon [bijɔ̃] *n.m.* 舊時的銅幣,輔幣;【農】壟

billot [bijo] *n.m.* 短粗木段;砧,砧板,木砧

bimensuel, le [bimɑ̃sɥel] *a.* 每月兩次的,半月的

bimestriel, le [bimestriel] *a.* 每兩月一次的,雙月的

bimétallisme [bimetalism] *n.m.* 【經】複本位(貨幣)制

bimoteur [bimɔtœ:r] *a.m.* 雙發動機的 *n.m.* 雙發動機飛機

binage [bina:ʒ] *n.m.* 鋤地,耘地;中耕

binaire [bine:r] *a.* 二元的;二進(位)的;【樂】雙的

biner [bine] *v.t.* (用中耕鋤)鋤地,耘地;中耕

binette [binɛt] *n.f.* 中耕鋤,鏟子

biniou [binju] *n.m.* (法國布列塔尼的)一種風笛

binocle [binɔkl] *n.m.* 夾鼻眼鏡

binoculaire [binɔkylɛ:r] *a.* 雙眼的

binôme [bino:m] 【數】 *n.m.,a.* 二項式(的)

biochimie [bjoʃimi] *n.f.* 生物化學

biocide [bjɔsid] *n.m.* 生態滅絕

biographe [bjɔgraf] *n.* 傳記作者

biographie [bjɔgrafi] *n.f.* 傳記,傳

biographique [bjɔgrafik] *a.* 傳記的

biologie [bjɔlɔʒi] *n.f.* 生物學

biologique [bjɔlɔʒik] *a.* 生物學的

biologiste [bjɔlɔʒist], **biologue** [bjɔlɔg] *n.* 生物學家

bipartition [bipartisjɔ̃] *n.f.* 分裂成兩部份;【原子】二分裂,二裂變

bipède [bipɛd] *a.* 兩足的　*n.* 兩足動物

biplan [biplɑ̃] *n.m.* 雙翼(飛)機

bipolaire [bipɔlɛ:r] *a.* 雙極的，兩極的

bique [bik] *n.f.* 母山羊

biquet, te [bikɛ, ɛt] *n.* 山羊羔

birman, e [birmɑ̃, an] *a.* 緬甸的　*n.* B～緬甸人　*n.m.* 緬語　　●

bis,e [bi, i:z] *a.* 深褐色的

bis [bis] *adv.* 再一遍　*n.m.* 再來一遍　*interj.* 再來一遍!

bisaïeul,e [bizajœl] *(pl. ～s)* 曾祖父，曾祖母；外曾祖父，外曾祖母

bisannuel, le [bizanɥɛl] *a.* 每兩年一次的；【植】兩年生的

bisbille [bisbij] *n.f.* 〖俗〗小口角，吵嘴

biscornu, e [biskɔrny] *a.* 奇形怪狀的；古怪的

biscotte [biskɔt] *n.f.* 麵包乾

biscuit [biskɥi] *n.m.* 餅乾；乾點，餅；【陶瓷】素坯

biscuiter [biskɥite] *v.t.* 【陶瓷】素燒

biscuiterie [biskɥitri] *n.f.* 餅乾廠；餅乾製作

bise [bi:z] *n.f.* 北風；〖詩〗嚴冬；〖俗〗接吻

biseau [bizo] *(pl. ～x) n.m.* 斜棱，斜邊，斜面

biseautage [bizota:ʒ] *n.m.* 斜切，斜磨

biseauter [bizote] *v.t.* 斜切，斜磨；在牌邊上作記號〔賭博作弊〕

bismuth [bismyt] *n.m.* 【化】鉍；【藥】鉍劑

bison [bizɔ̃] *n.m.* 駦牛〔一種野牛〕

bisque [bisk] *n.f.* 一種蝦醬濃湯；〖俗〗煩躁，惱火

bisquer [biske] *v.i.* 〖俗〗感到煩躁，惱火

bissac [bisak] *n.m.* 一種褡褳

bisser [bise] *v.t.* 再唱一次，使再來一遍

bissextile [bisɛkstil] *a.f.* 閏(年)的

bissexué, e [bisɛksɥe] *a.* 具有雌雄兩性的；雌雄同體的

bistouri [bisturi] *n.m.* 【醫】手術刀

bistre [bistr] *n.m.* 茶褐色顏料　*a.inv.* 茶褐色的

bistrot [bistro] *n.m.* 〖民〗酒吧間

bisulfite [bisylfit] *n.m.* 【化】亞硫酸氫鹽

bitte [bit] *n.f.* 【海】〔繫〕纜樁

bitume [bitym] *n.m.* 瀝青

bitumer [bityme] *v.t.* 澆瀝青，鋪瀝青

bitumineux, se [bityminø, ø:z] *a.* 含瀝青的

bivalve [bivalv] *a.* 【植】二瓣的，二裂片的；【動】雙殼的　*n.m.pl.* 【動】雙殼類〔軟體動物〕

bivouac [bivwak] *n.m.* 露營；露營地；露營部隊

bivouaquer [bivwake] *v.i.* 露營，扎營

bizarre [biza:r] *a.* 奇怪的，古怪的

bizarrerie [bizarri] *n.f.* 奇怪，古怪；怪脾氣；怪事，怪現象

bizut(h) [bizy] *n.m.* 一年級新生〔大專學生用語〕

blackbouler [blakbule] *v.t.* 投票拒絕接納；不錄取；使落選

blafard, e [blafa:r, ard] *a.* 蒼白的；灰白的，暗淡的

blague [blag] *n.f.* 烟袋；〖俗〗笑話，大話，謊話

blaguer [blage] 〖俗〗 *v.i.* 說笑話，吹牛，胡謅　*v.t.* 開玩笑

blagueur, se [blagœ:r, ø:z] *a.,n.* 〖俗〗好開玩笑的(人)，好吹牛的(人)

blaireau [blɛro] *(pl. ～x) n.m.* 【動】獾；排筆；(刮鬍鬚用的)肥皂刷

blâme [blɑ:m] *n.m.* 責備，指責；紀律處分

blâmer [blɑme] *v.t.* 責備，指責；處分

blanc, che [blɑ̃, ɑ̃:ʃ] *a.* 白的，白色色的；清白的，無辜的　*n.m.* 白種人，白人；白色，白顏料；空白

blanc-bec [blɑ̃bɛk] *(pl. ～s-～s) n.m.* 〖俗〗毛頭小夥子

blanchâtre [blɑ̃ʃɑ:tr] a. 近白色的, 微白的

blanche [blɑ̃:ʃ] n.f. 【樂】二分音符; 白色彈子球

blancheur [blɑ̃ʃœ:r] n.f. 白色, 白; 清白, 無辜

blanchiment [blɑ̃ʃimɑ̃] n.m. 刷白, 漂白

blanchir [blɑ̃ʃi:r] v.t. 使白, 使變白, 塗白; 燙煮(蔬菜); 洗; 開脫 v.i. 變白, 發白

blanchissage [blɑ̃ʃisa:ʒ] n.m. 洗, 漿洗

blanchisserie [blɑ̃ʃisri] n.f. 洗衣作, 洗衣店; 漂白場

blanchisseur, se [blɑ̃ʃisœ:r, ø:z] n. 洗衣工人

blanc-manger [blɑ̃mɑ̃ʒe] (pl. ～s-～s) n.m. 牛奶杏仁凍糕; 白肉凍

blanc-seing [blɑ̃sɛ̃] (pl. ～s-～s) n.m. 蓋有印章或簽署過的空白證件

blanquette [blɑ̃kɛt] n.f. (法國)一種起泡的白葡萄酒; 白汁燉肉

blasé, e [blɑze] a. 厭倦的, 膩煩的, 麻木的

blaser [blɑze] v.t. 使失去感覺; 使膩煩; 使麻木不仁

blason [blɑ[a]zɔ̃] n.m. 紋章, 徽章; 紋章學

blasonner [blɑ[a]zɔne] v.t. 繪製或解釋(紋章)

blasphémateur, trice [blasfematœ:r, tris] a., n. 褻瀆神的(人), 辱罵宗教的(人)

blasphématoire [blasfematwa:r] a. 褻瀆神的, 辱罵宗教的

blasphème [blasfɛm] n.m. 褻瀆神的話, 辱罵宗教的話; 辱罵的話

blasphémer [blasfeme] [c. 7] v.t. 褻瀆, 辱罵 v.i. 說褻瀆神的話, 說辱罵宗教的話; 說辱罵的話

blatte [blat] n.f. 蟑螂

blé [ble] n.m. 小麥, 麥子

bled [blɛd] n.m. (北非地區的)內地, 鄉村

blême [blɛm] a. 灰白的, 蒼白的

blêmir [ble[ɛ]mi:r] v.i. 發白, 變成灰白

blende [blɛ:d] n.f. 【礦】閃鋅礦

bléser [bleze] v.i. [c. 7] 把 [ʃ] 音發成 [s]音, 把 [ʒ] 音發成 [z] 音

blesser [ble[ɛ]se] v.t. 擊傷, 使受傷; 使疼痛; 傷害, 傷害, 使不快

blessure [ble[ɛ]sy:r] n.f. 傷, 傷口; (精神上的)創傷

blet, te [blɛ, ɛt] a. 太熟的, 熟透的〔指水果〕

blette = bette

blettir [ble[ɛ]ti:r] v.i. 熟透〔指水果〕

bleu, e [blø] a. 藍色的, 天藍的, 青的 n.m. 藍色; 青塊, 青腫; 新兵; 新生

bleuâtre [bløɑ:tr] a. 近藍色的, 帶青色的

bleuet [bløɛ] n.m. 矢車菊

bleuir [bløi:r] v.t. 使成藍色, 使成青色 v.i. 變藍色, 變青色

bleuté, e [bløte] a. 帶藍色的, 微藍的

blindage [blɛ̃da:ʒ] n.m. (軍艦、戰車等的)裝甲, 鐵甲, 裝甲鋼板;【電】裝防護罩; 屏蔽, 防護罩

blinder [blɛ̃de] v.t. 裝甲, 裝鐵甲;【電】屏蔽, 裝防護罩

blizzard [bliza:r] n.m. 暴風雪, 大風雪

bloc [blɔk] n.m. 大塊, 堆, 集團

blocage [blɔka:ʒ] n.m. 刹住; 緊固; 阻塞, 堵住; 凍結;【建】碎磚石, 石磋

blocaille [blɔka:j] n.f. 【建】碎磚石, 石磋

blockhaus [blɔko:s] n.m.inv. 碉堡

bloc-notes [blɔknɔt] (pl. ～s-～) n.m. 拍紙簿

blocus [blɔkys] n.m. 封鎖

blond, e [blɔ̃, ɔ:d] a. 金黃色的, 淺栗色的 n. 有金黃色頭髮的人 n.m. 金黃色; 淺栗色

blondasse [blɔ̃das] a. 淡黃色的

blondin, e [blɔ̃dɛ̃, in] a. 金髮的 n. 金髮小孩, 金髮少年; 金髮女郎

blondir [blɔ̃diːr] *v.i.* 變成金黃色,變成淺栗色

bloquer [blɔke] *v.t.* 封鎖;刹住;緊固,阻塞,堵住;凍結;【建】鋪填,充填

blottir(se) [s(ə)blɔtiːr] *v.pr.* 縮成一團,蜷縮

blouse [bluːz] *n.f.* 工作罩衣;緊腰女用衫

blouser(se) [s(ə)bluze] *v.pr.* 〖俗〗弄錯,誤解

blouson [bluzɔ̃] *n.m.* 茄克衫

bluette [blyɛt] *n.f.* 小火花;小作品

bluff [blœf] *n.m.* 〖美〗虛張聲勢,吹噓,欺詐

bluffer [blœfe] *v.t.* 欺騙,欺詐

bluffeur, se [blœfœːr, øːz] *a.,n.* 虛張聲勢的(人),欺詐的(人)

blutage [blytaːʒ] *n.m.* 篩,過篩

bluter [blyte] *v.t.* 篩,過篩

blutoir [blytwaːr] *n.m.* 篩子

boa [bɔa] *n.m.* 蟒蛇

bobard [bɔbaːr] *n.m.* 〖俗〗大話,無稽之談

bobèche [bɔbɛʃ] *n.f.* 燭台的托盤

bobinage [bɔbinaːʒ] *n.m.* 捲繞;(線圈的)繞製

bobine [bɔbin] *n.f.* 線軸,捲筒;【電】線圈;〖俗〗鬼臉,怪臉

bobiner [bɔbine] *v.t.* 繞,捲

bobo [bɔbo] *n.m.* 痛〔兒語〕

bocage [bɔkaːʒ] *n.m.* 小樹林

bocager, ère [bɔkaʒe, ɛːr] *a.* 小樹林的;樹木蕃茂的

bocal [bɔkal] (*pl.* ~**aux**) *n.m.* 短頸大口瓶

boche [bɔʃ] 〖俗,貶〗 *a.* 德國的 *n.* B~ 德國佬

bock [bɔk] *n.m.* 啤酒杯;一啤酒杯之量;【醫】沖洗器

bœuf [bœf] (*pl.* ~**s** [bø]) *n.m.* 牛;牛肉

boggie [bɔ(g)ʒi] *n.m.* 〖英〗【鐵】轉向架

bogue [bɔg] *n.f.* 【植】栗子的殼斗

bohème [bɔɛm] *n.* 放蕩不羈的人 *n.f.* 過放縱生活的人們

bohémien, ne [bɔemjɛ̃, ɛn] *a.* 波希米亞的 *n.* 流浪者;B~ 波希米亞人

boire [bwaːr] *v.t.* [c. 66] 喝,飲;〔賓語省略〕濫飲

bois [bwa[ɑ]] *n.m.* 樹,樹木,樹林;木材,木製品,旗杆,矛桿

boisage [bwa[ɑ]zaːʒ] *n.m.* (坑道等的)支架

boiser [bwa[ɑ]ze] *v.t.* 裝護壁板;(爲坑道等)裝支架;植樹,造林

boiserie [bwa[ɑ]zri] *n.f.* 細木護壁裝飾

boisseau [bwaso] (*pl.* ~**x**) *n.m.* 斗,一斗之量;【建】套接瓦管

boisson [bwasɔ̃] *n.f.* 飲料,酒;酒癖

boite [bwat] *n.f.* 盒,匣,箱,一盒之量;〖民〗中學,狹小的住處或工作場所

boiter [bwate] *v.i.* 蹣跚,跛行

boiterie [bwatri] *n.f.* 跛行

boiteux, se [bwatø, øːz] *a.* 跛的 *n.* 跛子

boitier [bwatje] *n.m.* 盒,匣,錶(表)殼

bol [bɔl] *n.m.* 碗,一碗之量;橢圓形大藥丸

bolchevisme [bɔlʃəvism] *n.m.* 布爾什維主義

bolcheviste [bɔlʃəvist], **bolchevique** [bɔlʃəvik] *n.,a.* 布爾什維克(的)

boléro [bɔlero] *n.m.* 〖西〗包列羅舞,包列羅舞曲;女式無袖短外衣

bolet [bɔlɛ] *n.m.* 【植】牛肝菌

bolide [bɔlid] *n.m.* 【天】火流星

bolivien, ne [bɔlivjɛ̃, ɛn] *a.* 玻利維亞的 *n.* B~ 玻利維亞人

bombance [bɔ̃bɑ̃ːs] *n.f.* 盛宴,美食,佳餚

bombarde [bɔ̃bard] *n.f.* 中世紀的臼炮

bombardement [bɔ̃bardəmɑ̃] *n.m.* 轟炸,炮擊

bombarder [bɔ̃barde] *v.t.* 轟炸,炮擊;突然任命

bombardier [bɔ̃bardje] *n.m.* 轟炸機;

放屁蟲, 臭甲蟲

bombe [bɔ̃:b] *n.f.* 炸彈;〖俗〗吃喝作樂

bombé, e [bɔ̃be] *a.* 凸起的, 鼓起的

bombement [bɔ̃bmɑ̃] *n.m.* 凸起, 鼓起

bomber [bɔ̃be] *v.t.* 使凸起, 使鼓起 *v.i.* 凸起, 鼓起

bombyx [bɔ̃biks] *n.m.* 蛾, 蠶蛾

bon, ne [bɔ̃, ɔn] *a.* 好的; 有技能的, 有經驗的; 合適的; 俏皮的; 有利的, 有益的 *n.m.* 票證, 憑單, 息票; 好; *pl.* 好人

bonace [bɔnas] *n.f.* 【海】風暴前後的平靜

bonapartiste [bɔnapartist] *n.* 波拿巴主義者, 波拿巴王朝的擁護者, 拿破崙分子

bonasse [bɔnas] *a.* 憨厚的, 過分老實的

bonbon [bɔ̃bɔ̃] *n.m.* 糖果

bonbonne [bɔ̃bɔn] *n.f.* 短頸大圓瓶, 甕

bonbonnière [bɔ̃bɔnjɛ:r] *n.f.* 糖果盒; 精緻的小屋

bond [bɔ̃] *n.m.* 跳, 跳躍; 彈起, 彈跳

bonde [bɔ̃:d] *n.f.* 排水口, 排水孔, 塞子

bonder [bɔ̃de] *v.t.* 裝滿, 奔滿

bondir [bɔ̃di:r] *v.i.* 跳, 跳躍

bondon [bɔ̃dɔ̃] *n.m.* 木桶塞子; 圓柱形的軟乾酪

bonheur [bɔnœ:r] *n.m.* 幸福, 幸運, 運氣

bonhomie [bɔnɔmi] *n.f.* 善良, 純樸; 輕信, 天真

bonhomme [bɔnɔm] (*pl.* **bonshommes** [bɔ̃zɔm]) *n.m.* 老好人; 輕信的人; 人, 傢伙; 粗糙的人像

boni [bɔni] *n.m.* 節餘, 盈餘, 利潤, 紅利

bonification [bɔnifikɑsjɔ̃] *n.f.* 改進, 改良; 分紅利, 紅利, 減價, 回扣

bonifier [bɔnifje] *v.t.* 改進, 改良; 分紅利, 減價, 給回扣

boniment [bɔnimɑ̃] *n.m.* 吹牛, 吹噓

bonjour [bɔ̃ʒu:r] *n.m.* 早安, 日安

bonne [bɔn] *n.f.* 女僕

bonnement [bɔnmɑ̃] *adv.* 老實地, 直率地

bonnet [bɔnɛ] *n.m.* 無邊軟帽, 便帽

bonneteau [bɔnto] *n.m.* 猜牌賭博

bonneterie [bɔn(ɛ)tri] *n.f.* 針織品業; 針織品

bonneteur [bɔntœ:r] *n.m.* 猜牌賭博的莊家, (賭博、游戲中的) 作弊者

bonnetier, ère [bɔntje, ɛ:r] *n.* 針織品製造者, 針織品商

bonnette [bɔnɛt] *n.f.* 【船】補助帆;【攝影】套鏡

bonsoir [bɔ̃swa:r] *n.m.* 晚安

bonté [bɔ̃te] *n.f.* 善良; 優質; *pl.* 好事, 好意

bonze [bɔ̃:z] *n.m.* 和尚

boqueteau [bɔkto] (*pl.* ~*x*) *n.m.* 小樹林, 樹叢

borax [bɔraks] *n.m.* 【化】硼砂

borborygme [bɔrbɔrigm] *n.m.* 腸鳴音, 腹鳴

bord [bɔ:r] *n.m.* 邊, 邊緣; 岸邊, 船舷, 船

bordage [bɔrda:ʒ] *n.m.* 鑲邊, 裝邊;【船】船殼板

bordée [bɔrde] *n.f.* 【海】值班船員〔總稱〕; 舷側炮; 舷炮齊射; (帆船曲折航行的) 單程

bordelais, e [bɔrdəlɛ, ɛ:z] *a.* 波爾多的 *n.* B~ 波爾多人

bordelaise [bɔrdəlɛ:z] *n.f.* 波爾多葡萄酒桶, 波爾多葡萄酒瓶

border [bɔrde] *v.t.* 沿着…的邊緣; 鑲邊, 裝邊; 裝船殼板

bordereau [bɔrdəro] (*pl.* ~*x*) *n.m.* 清單

bordure [bɔrdy:r] *n.f.* 邊, 邊飾; (人行道的) 邊石

bore [bɔ:r] *n.m.* 【化】硼

boréal, ale [bɔreal] (*pl.* ~*als* 或 ~*aux*) *a.* 北方的

borgne [bɔrɲ] *a.* 獨眼的; 名聲不好的 *n.* 獨眼者, 獨眼龍

borique [bɔrik] *a.m.* acide ～【化】硼酸

boriqué, e [bɔrike] *a.* 含硼酸的

bornage [bɔrna:ʒ] *n.m.* 定界, 分界; 內海航行

borne [bɔrn] *n.f.* 界石, 界標, 路程碑; 牆角石;【電】端子, 接綫柱; *pl.* 邊界, 界限

borné, e [bɔrne] *a.* 有限的, 有界限的, 被限制的; 智力有限的

borne-fontaine [bɔrnəfɔ̃tɛn] (*pl.* ～s-s) *n.f.* 界石形的水龍頭

borner [bɔrne] *v.t.* 立界石; 限制, 節制

bosquet [bɔskɛ] *n.m.* 小樹林, 樹叢

bossage [bɔsa:ʒ] *n.m.* 【建】凸雕飾

bosse [bɔs] *n.f.* 駝背, 雞胸; 腫塊, 隆起; 供寫生用的雕塑像;【海】繫索

bosselage [bɔsla:ʒ] *n.m.* 金屬浮雕細工

bosseler [bɔsle] *v.t.* [c. 5] 作浮雕; 使凹凸不平

bossellement [bɔsɛlmɑ̃] *n.m.* 作浮雕, 浮雕, 使凹凸不平, 凹痕

bosser [bɔse] *v.i.* 〖俗〗辛苦地工作

bossette [bɔsɛt] *n.f.* 馬嚼子兩端的突緣飾

bossoir [bɔswa:r] *n.m.* 【海】弔杆, 弔架

bossu, e [bɔsy] *a.* 駝背的, 雞胸的 *n.* 駝子, 雞胸者

bossuer [bɔsɥe] *v.t.* 使凹凸不平

boston [bɔstɔ̃] *n.m.* 波士頓華爾茲舞

bot, e [bo, ɔt] *a.* 畸形的

botanique [bɔtanik] *a.* 植物學的 *n.f.* 植物學

botaniste [bɔtanist] *n.* 植物學家

botte [bɔt] *n.f.* 捆, 扎, 束; 長統靴;【劍術】刺, 擊

botteler [bɔtle] *v.t.* [c. 5] 捆, 扎, 束

botter [bɔte] *v.t.* 供應靴子; 給…穿靴子; 使合意

bottier [bɔtje] *n.m.* 皮鞋匠

bottine [bɔtin] *n.f.* 高幫皮鞋

bouc [buk] *n.m.* 公山羊

boucan [bukɑ̃] *n.m.* 〖俗〗喧嘩聲, 吵鬧聲

bouchage [buʃa:ʒ] *n.m.* 堵塞

bouche [buʃ] *n.f.* 嘴, 口; *pl.* 江口, 河口

bouché, e [buʃe] *a.* 堵塞的, 阻塞的; 獃笨的, 遲鈍的

bouchée [buʃe] *n.f.* 一口(食物); 魚肉香菇餡糕餅

boucher [buʃe] *n.m.* 屠戶, 肉店老闆 *v.t.* 堵住, 堵塞

bouchère [buʃɛ:r] *n.f.* 屠戶老闆娘, 肉店女老闆

boucherie [buʃri] *n.f.* 肉店, 屠宰業; 屠殺, 殘殺

bouche-trou [buʃtru] (*pl.* ～ s) *n.m.* 湊數的人

bouchon [buʃɔ̃] *n.m.* 塞子, 瓶塞; 一種老式賭博;【漁】浮子

bouchonner [buʃɔne] *v.t.* 用草把擦

boucle [bukl] *n.f.* 扣, 環, 耳環; 環形鬈髮; 河灣

boucler [bukle] *v.t.* 扣住, 扣上; 使成環狀, 使捲曲;〖民〗關閉 *v.i.* 成環狀, 捲曲

bouclette [buklɛt] *n.f.* 小扣, 小環

bouclier [buklje] *n.m.* 盾, 盾牌, 擋箭牌; 保護人, 防禦物

bouddha [buda] *n.m.* 佛, 菩薩

bouddhique [budik] *a.* 佛教的

bouddhisme [budism] *n.m.* 佛教

bouddhiste [budist] *n.* 佛教徒

bouder [bude] *v.i.* 賭氣, 不滿

bouderie [budri] *n.f.* 賭氣, 不滿

boudeur, se [budœ:r, ø:z] *a., n.* 愛賭氣的(人)

boudin [budɛ̃] *n.m.* 豬血臟腸;【建】座盤飾, 饅形飾;【鐵】輪緣

boudiner [budine] *v.t.* 【紡】粗紡

boudoir [budwa:r] *n.m.* (貴婦的)小客廳

boue [bu] *n.f.* 泥漿, 污泥; 卑鄙

bouée [bwe] *n.f.* 浮標, 浮筒

boueur [bwœːr] *n.m.* 道路清潔工

boueux, se [bwø, øːz] *a.* 泥濘的,滿是污泥的

bouffarde [bufard] *n.f.* 〖俗〗短管大烟斗

bouffée [bufe] *n.f.* 一陣;突然的發作

bouffer [bufe] *v.i.* 鼓起;〖民〗貪婪地吃,吃 *v.t.* 〖民〗貪婪地吃,吃

bouffette [bufɛt] *n.f.* 小絲帶結

bouffi, e [bufi] *a.* 浮腫的,虛胖的;充滿的

bouffir [bufiːr] *v.t.* 使腫脹,使浮腫,虛胖;使充滿 *v.i.* 腫脹,浮腫,虛胖

bouffissure [bufisyːr] *n.f.* 浮腫,虛胖;浮誇

bouffon, ne [bufɔ̃, ɔn] *a.* 滑稽可笑的 *n.m.* 丑角,小丑;弄臣

bouffonner [bufɔne] *v.i.* 做滑稽動作,講滑稽話

bouffonnerie [bufɔnri] *n.f.* 滑稽動作,滑稽話

bouge [buːʒ] *n.m.* 陋室,破屋

bougeoir [buʒwaːr] *n.m.* 蠟燭盤

bouger [buʒe] *v.i.* [c. 2] 動,移動

bougie [buʒi] *n.f.* 蠟燭;【醫】探條,擴張器;【汽】火花塞

bougon, ne [bugɔ̃, ɔn] *a.,n.* 慣於咕噥的(人)

bougonner [bugɔne] *v.i.* 〖俗〗咕噥,低聲抱怨

bougre, esse [bugr, ɛs] *n.* 〖俗〗傢伙,人

boui-boui [bwibwi] (*pl.* ~s-~s) *n.m.* 〖俗〗低級咖啡館

bouillabaisse [bujabɛs] *n.f.* 普羅旺斯魚湯〔海鮮加佐料做成〕

bouillant, e [bujɑ̃, ɑ̃ːt] *a.* 沸滾的,滾燙的,沸騰的

bouilleur [bujœːr] *n.m.* 從果子酒提煉燒酒的人

bouilli, e [buji] *a.* 煮沸的,煮熟的 *n.m.* 白燒肉

bouillie [buji] *n.f.* 糊,粥,漿

bouillir [bujiːr] *v.i.* [c. 21] 沸滾,沸騰;煮,激奮

bouilloire [bujwaːr] *n.f.* 燒開水的壺

bouillon [bujɔ̃] *n.m.* 湯;水泡;(織物的)皺泡; *pl.* 未售出的書報

bouillonnant, e [bujɔnɑ̃, ɑ̃ːt] *a.* 沸滾的,沸騰的

bouillonnement [bujɔnmɑ̃] *n.m.* 沸滾,沸騰;激奮

bouillonner [bujɔne] *v.i.* 沸滾,沸騰;激奮 *v.t.* 【縫紉】打皺泡

bouillotte [bujɔt] *n.f.* 湯壺,熱水袋

boulanger, ère [bulɑ̃ʒe, ɛːr] *n.* 麵包師傅,麵包商

boulanger [bulɑ̃ʒe] *v.i.* [c. 2] 做麵包

boulangerie [bulɑ̃ʒri] *n.f.* 麵包業,麵包店

boule [bul] *n.f.* 球; *pl.* 滾球游戲

bouleau [bulo] (*pl.* ~*x*) *n.m.* 樺樹

bouledogue [buldɔg] *n.m.* 獒狗

bouler [bule] *v.i.* 滾

boulet [bulɛ] *n.m.* 圓炮彈

boulette [bulɛt] *n.f.* 小球,小丸,小麵糰,小肉丸;差錯

boulevard [bulvaːr] *n.m.* 林蔭大道

bouleversant, e [bulvɛrsɑ̃, ɑ̃ːt] *a.* 令人震驚的,震動人心的

bouleversement [bulvɛrsəmɑ̃] *n.m.* 騷亂,動盪,驚慌

bouleverser [bulvɛrse] *v.t.* 弄亂,搞亂;使騷亂,使動盪,使驚慌

boulier [bulje] *n.m.* 計數盤,記分盤,算盤

boulimie [bulimi] *n.f.* (病理性)過度飢餓感

boulon [bulɔ̃] *n.m.* 螺栓,螺釘

boulonner [bulɔne] *v.t.* 用螺栓固定 *v.i.* 〖民〗幹活

boulot, te [bulo, ɔt] *a.,n.* 矮胖的(人) *n.m.* 〖民〗活兒

boulotter [bulɔte] *v.t.* 〖民〗吃

bouquet [bukɛ] *n.m.* 束,扎,叢;(酒的)香味;最後放的、最精彩的烟火;【動】瘦

蝦

bouquetière [buktjɛ:r] *n.f.* 賣花女

bouquetin [buktɛ̃] *n.m.* 羱羊, 原山羊

bouquin [bukɛ̃] *n.m.* 舊書, 書

bouquiner [bukine] *v.i.* 搜集舊書, 選購舊書;閱讀

bouquiniste [bukinist] *n.* 舊書商

bourbe [burb] *n.f.* 淤泥, 河泥

bourbeux, se [burbø, ø:z] *a.* 泥濘的, 滿是污泥的

bourbier [burbje] *n.m.* 泥坑, 泥塘;困境, 窘境

bourbillon [burbijɔ̃] *n.m.* 【醫】膿栓

bourde [burd] *n.f.* 過失, 差錯

bourdon [burdɔ̃] *n.m.* 朝山進香者的手杖;【昆】熊蜂;大鐘;一種使音響柔和的音栓

bourdonnement [burdɔnmɑ̃] *n.m.* 嗡嗡聲,嘈雜聲

bourdonner [burdɔne] *v.i.* 嗡嗡叫, 嗡嗡作響, 發出嘈雜聲

bourg [bu:r] *n.m.* 鎮, 鄉鎮, 市鎮

bourgade [burgad] *n.f.* 小鎮

bourgeois, e [burʒwa, a:z] *n.* 有產者, 資產者 *a.* 有產者的;資產階級的;庸俗的,實惠的

bourgeoisie [burʒwazi] *n.f.* 資產階級, 有產階級

bourgeon [burʒɔ̃] *n.m.* 芽;丘疹

bourgeonnement [burʒɔnmɑ̃] *n.m.* 發芽, 出芽

bourgeonner [burʒɔne] *v.i.* 發芽, 出芽, 發丘疹

bourgeron [burʒərɔ̃] *n.m.* 短工作服

bourgmestre [burgmɛstr] *n.m.* (比利時等國的)市長

bourguignon, ne [burgiɲɔ̃, ɔn] *a.* 布爾哥尼的 *n.* B~ 布爾哥尼人

bourlinguer [burlɛ̃ge] *v.i.* 〖俗〗到處旅行

bourrache [buraʃ] *n.f.* 【植】琉璃苣

bourrade [burad] *n.f.* 推一下, 撞一下

bourrasque [burask] *n.f.* 狂風;(脾氣等的)發作

bourre [bu:r] *n.f.* 下脚毛, 廢棉, 廢毛, 廢絲;【軍】填彈塞

bourreau [buro] (*pl.* ~*x*) *n.m.* 劊子手, 殘忍的人

bourrée [bure] *n.f.* (法國)奧弗涅民間舞

bourreler [burle] *v.t.* [c. 5] 使受劇烈痛苦, 折磨, 使苦惱

bourrelet [burlɛ] *n.m.* 環形軟墊, 門窗縫隙防風襯墊;〖俗〗(因肥胖)鼓起而下垂的肉

bourrelier [burəlje] *n.m.* 馬具皮件工, 馬具皮件商

bourrellerie [burɛlri] *n.f.* 馬具皮件業

bourrer [bure] *v.t.* 填, 塞, 裝填;〖俗〗硬塞, 硬填(食物)

bourriche [buriʃ] *n.f.* (裝魚等的)筐;一筐之量

bourricot [buriko] *n.m.* 小驢

bourrique [burik] *n.f.* 母驢;愚蠢的人, 固執的人

bourru, e [bury] *a.* 不勻的, 粗糙的;性情粗暴的, 愛發易怒的 *n.* 性情粗暴的人, 憂鬱易怒的人

bourse [burs] *n.f.* 錢包, 錢袋;錢;助學金;交易所, 交易所行情

boursicoter [bursikɔte] *v.i.* 做小額證券交易

boursier, ère [bursje, ɛ:r] *n.* 做交易所買賣者;製錢包的工人;享受助學金的學生

boursouflement [bursufləmɑ̃] *n.m.* 浮腫

boursoufler [bursufle] *v.t.* 使浮腫, 使腫大

boursouflure [bursufly:r] *n.f.* 浮腫;浮誇

bousculade [buskylad] *n.f.* 推倒, 擠, 撞;人羣的擁擠

bousculer [buskyle] *v.t.* 使陷於混亂;推倒, 擠, 撞;〖俗〗催促, 使忙亂

bouse [bu:z] *n.f.* 牛糞

bousier [buzje] *n.m.* 糞蛆

bousiller [buzije] *v.t.* 馬虎地做，草草了事地做；破壞，毀壞

bousilleur, se [buzijœr, øz] *n.* 粗製濫造的人，做事馬虎的人

boussole [busɔl] *n.f.* 羅盤，指南針；嚮導，指南

boustifaille [bustifa:j] *n.f.* 〖民〗盛宴；食物

bout [bu] *n.m.* 頂端，末端，盡頭，終點；一段，一部分

boutade [butad] *n.f.* 突然的念頭，心血來潮；俏皮話

boute-en-train [butɑ̃trɛ̃] *n.m.inv.* 引人快樂的人，使大家高興的人

bouteille [butɛj] *n.f.* 細頸瓶，一瓶之量

boutique [butik] *n.f.* 商店，店鋪

boutiquier, ère [butikje, ɛr] *n.* 店主

boutoir [butwa:r] *n.m.* （野豬的)拱嘴

bouton [butɔ̃] *n.m.* 芽，花蕾；丘疹，疱疹；把柄；圓形凸出物

bouton-d'or [butɔ̃dɔ:r] (*pl.* ~s-~) *n.m.* 黃花毛茛

boutonner [butɔne] *v.i.* 發芽；發疹 *v.t.* 扣鈕扣

boutonneux, se [butɔnø, ø:z] *a.* 有丘疹的，有疱疹的

boutonnière [butɔnjɛ:r] *n.f.* 鈕扣孔，扣眼

bouton-poussoir [butɔ̃puswa:r] (*pl.* s-~s) *n.m.* 【電】按鈕，按鈕開關

bouton-pression [butɔ̃presjɔ̃] (*pl.* ~s-~) *n.m.* 撳鈕，子母扣

bout-rimé [burime] (*pl.* ~s-~s) *n.m.* 限韻詩

bouturage [butyra:ʒ] *n.m.* 【園藝】扦插，根插

bouture [buty:r] *n.f.* 插穗，插條

bouturer [butyre] *v.i.* （植物)生根蘖 *v.t.* 扦插(植物)

bouvier, ère [buvje, ɛ:r] *n.* 放牛人

bouvillon [buvijɔ̃] *n.m.* 閹割過的小牛

bouvreuil [buvrœj] *n.m.* 【鳥】灰雀

bovin, e [bɔvɛ̃, in] *a.* 牛的

bow-window [bowindo] (*pl.* ~s) *n.m.* 〖英〗凸肚窗

box [bɔks] (*pl.* ~es) *n.m.* 馬厩裏的欄；隔開的小間

box-calf [bɔkskalf] (*pl.* ~s) *n.m.* 〖英〗鉻鞣小牛皮

boxe [bɔks] *n.f.* 【體】拳擊

boxer [bɔkse] *v.i.* 拳擊

boxeur [bɔksœr] *n.m.* 拳擊家，拳擊運動員

boy [bɔj] (*pl.* ~s) *n.m.* 〖英〗男僕

boyau [bwajo] (*pl.* ~x) *n.m.* 腸；水帶，軟管；腸綫；羊腸小道；【軍】交通壕，對壕

boycottage [bɔjkɔta:ʒ] *n.m.* 抵制，斷絕往來

boycotter [bɔjkɔte] *v.t.* 抵制，與…斷絕往來

boy-scout [bɔjskut] (*pl.* ~ s) *n.m.* 〖英〗童子軍

brabançon, ne [brabɑ̃sɔ̃, ɔn] *a.* 布拉邦特的 *n.* B~ 布拉邦特人

bracelet [braslɛ] *n.m.* 手鐲

brachial, ale [brakjal] (*pl.* ~aux) *a.* 臂的

brachycéphale [brakisefal] *a.,n.* 【人類學】短頭型的(人)

braconnage [brakɔna:ʒ] *n.m.* 偷獵，違禁打獵；偷漁，違禁捕魚

braconner [brakɔne] *v.i.* 偷獵，違禁打獵；偷漁，違禁捕魚

braconnier, ère [brakɔnje, ɛ:r] *n.* 偷獵者，違禁打獵者；偷漁者，違禁捕魚者

braderie [bradri] *n.f.* 舊貨集市

braguette [bragɛt] *n.f.* 男褲前面的開襠

brahmane [braman] *n.m.* 婆羅門

brahmanisme [bra[a]manism] *n.m.* 婆羅門教

brai [brɛ] *n.m.* 松脂，瀝青

braillard, e [brɑja:r, ard] *a.,n.* 大聲叫嚷的(人)，大喊大叫地說話的(人)，怪聲高唱的(人)

braille [brɑːj] n.m. 布萊葉盲字

braillement [brɑjmɑ̃] n.m. 叫嚷聲, 大喊大叫

brailler [brɑje] v.i. 大聲叫嚷, 大喊大叫地說話, 怪聲高唱

braiment [brɛmɑ̃] n.m. 驢叫

braire [brɛːr] v.i. [c. 69] 〔只用於第三人稱〕(驢)叫

braise [brɛːz] n.f. 火炭

braiser [brɛze] v.t. 煨

bramer [brɑme] v.i. (鹿)叫

brancard [brɑ̃kaːr] n.m. 擔架; 車轅

brancardier [brɑ̃kardje] n.m. 抬擔架者

branchage [brɑ̃ʃaːʒ] n.m. (全樹的)樹枝; pl. 樹枝堆

branche [brɑ̃ːʃ] n.f. 樹枝, 分枝; 分支, 支線, 支流; (作品、學術的)部, 學科, 門類

branchement [brɑ̃ʃmɑ̃] n.m. 支管, 支線, 支路

brancher [brɑ̃ʃe] v.i. 棲在樹枝上 v.t. 分支, 分流; 連接, 接通

branchette [brɑ̃ʃɛt] n.f. 小樹枝

branchies [brɑ̃ʃi] n.f.pl. 【動】鰓

brandade [brɑ̃dad] n.f. 普羅旺斯奶油焗鱈魚

brandebourg [brɑ̃dbuːr] n.m. (服裝上的)肋形胸飾

brandir [brɑ̃diːr] v.t. 揮舞, 揮動

brandon [brɑ̃dɔ̃] n.m. (引火用的)麥稈火把; (火災中)揚起的燃燒物

branle [brɑ̃ːl] n.m. 搖動, 擺動, 推動, 開動; 水手弔床; 一種法國民間舞

branle-bas [brɑ̃lbɑ] n.m.inv. (艦艇上的)戰鬥準備; 騷動, 忙亂

branler [brɑ̃le] v.t. 搖動, 擺動 v.i. 搖動, 搖晃

braque [brak] n.m. 短毛垂耳獵犬 a. 【俗】輕率的, 冒失的

braquer [brake] v.t. 瞄準, 對準, 【汽】使轉向, 使轉彎

bras [brɑ] n.m. 手臂; (馬的)上膊; (椅子的)扶手; 【技】臂, 搖臂; 【地】支流

braser [braze] v.t. 【技】釺焊, 釺接

brasero [brɑ[a]zero] (pl. ～s) n.m. 【西】(有支架的)火盆

brasier [brɑzje] n.m. 旺盛的炭火

brasiller [brɑ[a]zije] v.t. 在炭火上烤 v.i. 閃爍

brassage [brasaːʒ] n.m. 啤酒的麥芽汁製備; 攪拌, 混合

brassard [brasaːr] n.m. 臂章, 袖章

brasse [bras] n.f. 庹; 【海】噚; 【體】蛙泳

brassée [brase] n.f. 兩臂合圍之量, 抱; (游泳中)手臂划水動作

brasser [brase] v.t. 製備(啤酒)麥芽汁; 攪拌, 混合; 處理(大量事務)

brasserie [brasri] n.f. 啤酒廠, 啤酒店

brasseur, se [brasœːr, øːz] n. 啤酒釀造者, 啤酒批發商

brassière [brasjɛːr] n.f. 嬰兒的長袖內衣

bravache [bravaʃ] n.m. 假充好漢者, 虛張聲勢的人 a. air ～ 假充好漢的樣子

bravade [bravad] n.f. 假充好漢, 虛張聲勢; 頂撞, 對抗

brave [braːv] a. 勇敢的; 〔在名詞前〕正直的, 誠實的 n.m. 勇敢的人

bravement [bravmɑ̃] adv. 勇敢地, 英勇地, 果斷地

braver [brave] v.t. 頂撞, 對抗; 冒, 不顧

bravissimo! [bravisimo] interj. 【意】好極了!

bravo! [bravo] (pl. ～s) 【意】interj. 好! n.m. 喝彩聲, 拍手叫好聲

bravoure [bravuːr] n.f. 勇敢, 勇氣

brebis [brəbi] n.f. 雌羊, 母羊

brèche [brɛʃ] n.f. (牆、刀刃等的)缺口; 損害, 損失

brèche-dent [brɛʃdɑ̃] (pl. ～s) a.,n. 落掉門牙的(人)

bréchet [breʃɛ] n.m. (鳥的)胸骨

bredouillage [brədujaːʒ], **bredouillement** [brədujmɑ̃] n.m. 咕噥

bredouille [brəduj] *a.* 一無所獲的

bredouiller [brəduje] *v.i.* 嘰哩咕嚕地說話

bredouilleur, se [brədujœ:r, ø:z] *a.,n.* 嘰哩咕嚕說話的(人)

bref, ève [bref, ɛːv] *a.* 簡短的, 短促的; 生硬的, 命令式的 *n.m.* (教皇)敕書 *n.f.* 短音節 *adv.* 簡言之, 總之

brelan [brəlɑ̃] *n.m.* 一種紙牌戲; 三張同點子的紙牌; 賭場

breloque [brələk] *n.f.* (錶鏈上的)小飾物

brème [brɛm] *n.f.* 【魚】歐鯿, 粗鱗鯿的俗稱

brésilien, ne [breziljɛ̃, ɛn] *a.* 巴西的 *n.* B~ 巴西人

bressan, e [bresɑ̃, an] *a.* 布雷斯的 *n.* B~ 布雷斯人

bretailler [brətɑje] *v.i.* 經常出入練劍房; 動輒拔劍

bretelle [brətɛl] *n.f.* 背帶

breton, ne [brətɔ̃, ɔn] *a.* 布列塔尼的 *n.* B~ 布列塔尼人

bretonnant, e [brətɔnɑ̃, ɑ̃ːt] *a.* 保存布列塔尼語言和傳統習慣的

bretteur [brɛtœ:r] *n.m.* 好鬥劍的人

breuvage [brœva:ʒ] *n.m.* 飲料

brevet [brəvɛ] *n.m.* 文憑, 證書, 專利證, 特許證

breveter [brə(ɛ)vte] *v.t.* [c. 6 或 c. 5] 發給證書, 發給專利證

bréviaire [brevjɛ:r] *n.m.* 奉爲規範的書, 經常看的書;【宗】日課經

bribe [brib] *n.f.* 碎片, 小塊, 片段; *pl.* 吃剩的飯菜

bric-à-brac [brikabrak] *n.m.inv.* 舊貨

brick [brik] *n.m.* 雙桅橫帆船

bricole [brikɔl] *n.f.* (馬具上的)胸帶, (搬運工的)負物皮帶; 零活; 不值錢的東西

bricoler [brikɔle] *v.i.* 打短工, 幹零活, 在家裏修修弄弄

bricoleur, se [brikɔlœ:r, ø:z] *n.* 在家裏修修弄弄的人, 愛在家裏修修弄弄的人

bride [brid] *n.f.* 馬籠頭; 韁繩; 帶子;【縫紉】扣襻, 鎖針; 環箍

brider [bride] *v.t.* 給(馬)套籠頭; 綁, 扎, 縛; 壓制, 克制

bridge [bridʒ] *n.m.* 【英】橋牌;【醫】義齒橋

brièvement [brjɛvmɑ̃] *adv.* 簡短地, 簡要地

brièveté [brjɛvte] *n.f.* 短促, 短暫; 簡明, 簡潔

brigade [brigad] *n.f.* 旅; (憲兵的)班, 隊; (勞動組織中的)班, 組, 隊

brigadier [brigadje] *n.m.* (法國炮兵的)下士; (憲兵)隊長; (法國陸軍)準將, 旅長

brigand [brigɑ̃] *n.m.* 強盜, 土匪; 無賴, 壞蛋

brigandage [brigɑ̃da:ʒ] *n.m.* 搶劫, 掠奪

brigue [brig] *n.f.* 陰謀詭計; 結黨營私

briguer [brige] *v.t.* 用陰謀詭計獲得; 追求, 渴求

brillamment [brijamɑ̃] *adv.* 輝煌地, 出色地

brillant, e [brijɑ̃, ɑ̃:t] *a.* 發光的, 光亮的, 閃耀的, 光輝的; 顯著的, 引人注目的, 繁榮昌盛的 *n.m.* 光亮, 光澤, 光輝; 經琢磨的鑽石

brillantine [brijɑ̃tin] *n.f.* 美髮油

briller [brije] *v.i.* 發光, 發亮, 閃耀; 引人注目

brimade [brimad] *n.f.* (對新兵或新生的)戲弄, 捉弄

brimborion [brɛ̃bɔrjɔ̃] *n.m.* 不值錢的東西

brimer [brime] *v.t.* 戲弄, 捉弄(新兵或新生)

brin [brɛ̃] *n.m.* 幼枝, 嫩枝; 長纖維, (繩索的)股縷; 一小段; 一點兒

brindille [brɛ̃dij] *n.f.* 細枝

bringuebaler [brɛ̃gbale] *v.i.* 搖晃, 搖

動

brio [brio] *n.m.* 【意】熱情,生動活潑; 卓越的才能

brioche [briɔʃ] *n.f.* 奶油球形蛋糕; 【俗】笨拙,愚蠢

brique [brik] *n.f.* 磚,磚狀物

briquet [brikɛ] *n.m.* 打火機,火刀

briqueter [brikte] *v.t.* [c. 5] 鋪磚,砌磚;塗飾成磚牆狀

briqueterie [brik(ɛ)tri] *n.f.* 磚窰,磚廠,製磚工場

briquetier [briktje] *n.m.* 製磚瓦工人,磚瓦商

briquette [brikɛt] *n.f.* 小磚,煤磚

bris [bri] *n.m.* 砸碎,扯碎,撕毀

brisant, e [brizɑ̃, ɑ̃:t] *a.* 使破裂的,爆裂性的 *n.m.* 岩礁

brise [bri:z] *n.f.* 微風,和風

brisé, e [brize] *a.* 破碎的,斷裂的

brise-bise [brizbiz] *n.m.inv.* (掛在窗子下部的)小窗簾

brisées [brize] *n.f.pl.* 【狩獵】(標明野獸蹤迹用的)折枝

brise-glace(s) [brizglas] *n.m.inv.* 破冰船,(橋梁的)冰擋

brise-jet [brizʒɛ] *n.m.inv.* (水龍頭上的)防濺裝管

brise-lames [brizlam] *n.m.inv.* (港口的)防波堤

briser [brize] *v.t.* 打破,打碎,折斷;破壞,摧毀,粉碎;使累垮 *v.i.* 破浪碎

brise-tout [briztu] *n.m.inv.* 【俗】笨手笨脚常把東西弄壞的人

brisque [brisk] *n.f.* 重徵入伍士兵的臂章

bristol [bristɔl] *n.m.* 細料版紙,卡紙

brisure [brizy:r] *n.f.* 裂縫,裂痕;鉸鏈連接

britannique [britanik] *a.* 不列顛的,英國的 *n.* B～英國人

broc [bro] *n.m.* (有把兒的)大口水壺

brocante [brɔkɑ̃:t] *n.f.* 舊貨生意

brocanter [brɔkɑ̃te] *v.i.* 做舊貨生意

v.t. 作爲舊貨出售(某物)

brocanteur, se [brɔkɑ̃tœ:r, ø:z] *n.* 舊貨商

brocard [brɔka:r] *n.m.* 譏笑,挖苦

brocart [brɔka:r] *n.m.* 錦緞

brocatelle [brɔkatɛl] *n.f.* 小花錦緞;雜色大理石

brochage [brɔʃa:ʒ] *n.m.* 裝訂;特緯織法,拋梭織法

broche [brɔʃ] *n.f.* 烤肉鐵托;【紡】錠子;(門鎖的)軸柄;首飾別針;木簽子

brocher [brɔʃe] *v.t.* 裝訂;(用金銀綫、絲綫)挖花織製;【俗】倉促寫作

brochet [brɔʃɛ] *n.m.* 白斑狗魚

brochette [brɔʃɛt] *n.f.* (烤肉的)小鐵扦

brocheur, se [brɔʃœ:r, ø:z] *n.* 裝訂工,釘書工;織錦工

brochure [brɔʃy:r] *n.f.* 裝訂;小册子

brodequin [brɔdkɛ̃] *n.m.* 古代喜劇演員穿的靴子;高幫皮鞋; *pl.* 夾棍〔一種刑具〕

broder [brɔde] *v.t.* 綉,刺綉;美化,誇張,渲染

broderie [brɔdri] *n.f.* 綉品,刺綉;誇張,渲染;添加的故事細節

brodeur, se [brɔdœ:r, ø:z] *n.* 刺綉工人

brome [bro:m] *n.m.* 【化】溴

bromure [brɔmy:r] *n.m.* 【化】溴化物

bronche [brɔ̃:ʃ] *n.f.* 【解】支氣管

broncher [brɔ̃ʃe] *v.i.* 失足;(馬)失前蹄;打奔兒;(因不滿、不耐煩而)嘀咕,動彈

bronchioles [brɔ̃ʃjɔl] *n.f.pl.* 【解】細支氣管

bronchite [brɔ̃ʃit] *n.f.* 支氣管炎

broncho-pneumonie [brɔ̃kɔpnømɔni] *n.f.* 支氣管肺炎

bronzage [brɔ̃za:ʒ] *n.m.* 鍍青銅,塗青銅色;曬黑

bronze [brɔ̃:z] *n.m.* 青銅,青銅像,青銅器;【詩】炮,鐘

bronzer [brɔ̃ze] *v.t.* 鍍青銅,塗青銅色;

曬黑

brosse [brɔs] *n.f.* 刷子, 毛刷; 粗畫筆

brosser [brɔse] *v.t.* 刷; 用粗畫筆畫畫 *v.pr.* 刷自己的衣服;〖俗〗得不到某物

brosserie [brɔsri] *n.f.* 刷子行業, 製刷工場

brou [bru] *n.m.* （核桃等的）青果皮

brouet [bruɛ] *n.m.* 湯, 羹

brouette [bruɛt] *n.f.* 獨輪手推車

brouettée [bru(ɛ)te] *n.f.* 獨輪車的一車裝載量

brouetter [bru(ɛ)te] *v.t.* 用獨輪車運

brouhaha [bruaa] *n.m.* 〖俗〗嘈雜聲, 喧嘩聲

brouillage [bruja:ʒ] *n.m.* 〖無〗干擾

brouillamini [brujamini] *n.m.* 〖俗〗混亂, 雜亂

brouillard [bruja:r] *n.m.* 霧; 流水賬 *a.* papier ∼ 吸墨水紙;過濾紙

brouillasse [brujas] *n.f.* 毛毛雨, 濛濛細雨

brouillasser [brujase] *v.impers.* 下毛毛雨, 下濛濛細雨

brouille [bruj] *n.f.* 不和睦

brouiller [bruje] *v.t.* 弄亂, 攪混, 擾亂, 使混亂, 使模糊; 使不和睦;〖無〗干擾 *v.pr.* 變模糊;（天氣）變陰; 變得不和

brouillerie [brujri] *n.f.* 小爭執, 小糾紛

brouillon, ne [brujɔ̃, ɔn] *a.,n.* 辦事無條理的(人), 糊塗的(人) *n.m.* 草稿

broussaille [brusa:j] *n.f.* 荊棘

broussailleux, se [brusajø, ø:z] *a.* 荊棘叢生的;亂蓬蓬的

brousse [brus] *n.f.* 荊棘地

brouter [brute] *v.t.* 吃(青草、嫩芽等)

broutille [brutij] *n.f.* 嫩芽, 細枝; 無意義的事物

broyage [brwaja:ʒ] *n.m.* 搗碎, 磨碎, 研碎

broyer [brwaje] *v.t.* [c. 3] 搗碎, 磨碎, 研碎

broyeur, se [brwajœ:r, ø:z] *a.* 破碎用的 *n.* 破碎工 *n.m.* 破碎機

brrr! [brrr] *interj.* 表示寒冷、恐懼等的感嘆詞

bru [bry] *n.f.* 兒媳

brugnon [bryɲɔ̃] *n.m.* 油桃

bruine [bryin] *n.f.* 毛毛雨, 濛濛細雨

bruiner [bryine] *v.impers.* 下毛毛雨, 下濛濛細雨

bruire [bryi:r] *v.i.* 〔一般僅用 bruit, bruissent, bruissait, bruissaient, bruisse, bruissant〕微微作響

bruissement [bryismɑ̃] *n.m.* 輕微的響聲

bruit [bryi] *n.m.* 聲音, 響聲, 噪聲, 嘈雜聲; 消息, 風聲, 傳聞; 反響, 反應

bruiter [bryite] *v.i.* （電影、戲劇中）配效果

brûlage [bryla:ʒ] *n.m.* 燒

brûlé [bryle] *n.m.* 焦味

brûle-gueule [brylgœl] *n.m.inv.* 〖民〗短管烟斗

brûle-parfum(s) [brylparfœ̃] *n.m.inv.* 香爐

brûle-pourpoint(à) [abrylpurpwɛ̃] *loc.adv.* 逼近地, 突然地

brûler [bryle] *v.t.* 燒, 焚燒, 燒毀, 點燃; 燒傷; 曬黑, 曬紅; 曬乾, 不停留地經過 *v.i.* 燃燒, 燒着; 發熱, 發燒; 渴望

brûleur [brylœ:r] *n.m.* 燃燒器, 噴嘴, 噴火頭

brûloir [brylwa:r] *n.m.* 咖啡豆焙炒機;（燒漆用的）噴燈

brûlot [brylo] *n.m.* （17、18世紀海上火攻用的）放火小船; 用糖拌着的燒酒

brûlure [bryly:r] *n.f.* 燒傷, 灼傷

brumaire [brymɛ:r] *n.m.* （法蘭西共和曆的）霧月

brume [brym] *n.f.* 霧, 輕霧

brumeux, se [brymø, ø:z] *a.* 有霧的

brun, e [brœ̃, yn] *a.* 褐色的, 棕色的 *n.* 棕色頭髮的人, 褐色皮膚的人 *n.m.* 褐色, 棕色, 褐色顏料

brunâtre [brynɑ:tr] *a.* 淡褐色的, 帶褐色的

brune [bryn] *n.f.* 傍晚, 黃昏

brunir [bryni:r] *v.t.* 染成褐色, 使成棕色; 使發出光澤〔指金屬〕 *v.i.* 變成褐色, 變成棕色

brunissage [brynisa:ʒ] *n.m.* 【技】整光, 擦亮

brunisseur, se [brynisœːr, ø:z] *n.* 整光工

brusque [brysk] *a.* 粗暴的, 生硬的; 突然的, 意外的

brusquement [bryskəmã] *adv.* 突然地

brusquer [bryske] *v.t.* 冒犯, 粗暴對待; 加速(事情等)的進程, 趕緊結束

brusquerie [bryskri] *n.f.* 粗暴, 生硬

brut, e [bryt] *a.* 天然的, 未加工的; 粗製的; 原始的, 未開化的;【商】毛的〔指毛重、毛利等〕 *a.* 以毛重

brutal, ale [brytal] (*pl.* ～**aux**) *a.* 野獸般的, 粗暴的, 突然的, 急劇的 *n.* 粗暴的人

brutalement [brytalmã] *adv.* 粗暴地

brutaliser [brytalize] *v.t.* 虐待, 粗暴地對待

brutalité [brytalite] *n.f.* 野蠻, 粗暴; 粗暴言行, 暴行

brute [bryt] *n.f.* 野獸; 野蠻的人, 粗魯的人

bruyamment [brɥijamã] *adv.* 大聲地, 高聲地

bruyant, e [brɥijã, ã:t] *a.* 喧嘩的, 人聲嘈雜的

bruyère [bry[ɥi]jɛ:r] *n.f.*【植】歐石南

buanderie [bɥ[y]ãdri] *n.f.* 洗衣房

bubon [bybɔ̃] *n.m.* (鼠疫、某些性病引起的)腹股溝淋巴炎

bubonique [bybɔnik] *a.* 腹股溝腺炎的

buccal, ale [bykal] (*pl.* ～**aux**) *a.* 口的, 口腔的

bûche [byʃ] *n.f.* 木柴, 劈柴; 蠢人, 遲鈍的人

bûcher [byʃe] *n.m.* 堆放木柴的地方, 古代焚屍的柴堆 *v.t.,v.i.* 〖俗〗苦幹, 刻苦鑽研

bûcheron, ne [byʃrɔ̃, ɔn] *n.* 伐木工

bûchette [byʃɛt] *n.f.* 小木塊

bûcheur, se [byʃœ:r, ø:z] *a.,n.* 苦幹的(人), 刻苦鑽研的(人)

bucolique [bykɔlik] *a.* 牧歌式的, 田園詩的 *n.f.* 田園詩

budget [bydʒɛ] *n.m.* 〖英〗預算, 個人收支

budgétaire [bydʒetɛ:r] *a.* 預算的

budgétiser [bydʒetize] *v.t.* 編入預算

budgétivore [bydʒetivɔ:r] *a.,n.* 〖謔〗靠國家開支生活的(人)

buée [bɥe] *n.f.* 水汽, 水蒸氣

buffet [byfɛ] *n.m.* 碗櫥; (招待會中)放冷菜、糕點等的桌子; (車站的)餐廳; 管風琴木殼

buffetier, ère [byftje,ɛ:r] *n.* 車站餐廳經營人

buffle [byfl] *n.m.* 水牛; 水牛皮

buffleterie [byflə[ɛ]tri] *n.f.* 裝武器的皮具

bugle [bygl] *n.m.* 〖英〗銅號, 軍號 *n.f.* 匍匐筋骨草

buis [bɥi] *n.m.* 黃楊

buisson [bɥisɔ̃] *n.m.* 荊棘叢, 灌木叢; 金字塔形盆菜

buissonneux, se [bɥisɔnø, ø:z] *a.* 荊棘叢生的, 灌木叢生的

buissonnière [bɥisɔnjɛ:r] *a.f.* faire l'école ～ 逃學

bulbe [bylb] *n.m.* 【植】鱗莖;【建】蔥形飾; 蔥形圓頂

bulbeux, se [bylbø, ø:z] *a.*【植】具鱗莖的;【解】球狀的

bulgare [bylga:r] *a.* 保加利亞的 *n.* B～ 保加利亞人 *n.m.* 保加利亞語

bulldozer [buldozœːr, byldozɛ:r] *n.m.* 〖英〗推土機

bulle [byl] *n.f.* 氣泡, 水泡;【醫】水疱;【史】印璽, 教皇諭旨, 德皇詔書 *a.m.inv.* 淡黃的, 帶黃色的 *n.m.* 淡黃紙

bulletin [byltɛ̃] *n.m.* 公報, 通報, 新聞

简報; 學生成績報告書單; 收據, 證明單
據

bungalow [bœgalo] *n.m.* 〖英〗四周有
涼台的印度平房

buraliste [byralist] *n.* (稅務局、郵局等
的)辦事員, 烟店掌櫃

bure [byːr] *n.f.* 棕色粗呢; 〖採〗暗(豎)
井, 盲(豎)井

bureau [byro] (*pl.* ～*x*) *n.m.* 書桌, 辦
公桌; 辦公室, 辦事處; 局, 署, 處; 大會辦
公地點, 大會領導機構〔由主席、副主席、
秘書組成〕; 公共服務部門

bureaucrate [byrokrat] *n.* 小職員, 辦
事員; 官僚, 官僚主義者

bureaucratie [byrokrasi] *n.f.* 官僚主
義, 官僚作風

bureaucratique [byrokratik] *a.* 官僚主
義的, 官僚作風的

bureaucratisme [byrokratism] *n.m.*
官僚主義

burette [byrɛt] *n.f.* 細頸小瓶

burin [byrɛ̃] *n.m.* 雕刻刀, 鑿子; 雕刻刀
法

buriner [byrine] *v.t.* 雕刻, 鑿

burlesque [byrlɛsk] *a.* 滑稽可笑的
n.m. 滑稽模仿體裁

burnous [byrnu(s)] *n.m.* (阿拉伯男人
穿的)呢斗篷

buse [byːz] *n.f.* 鵟; 傻瓜; 嘴, 管子

busqué, e [byske] *a.* 鈎狀的

buste [byst] *n.m.* 上半身; 半身像

but [by(t)] *n.m.* 靶子, 瞄準點, 目標, 目
的; 目的地, 終點

butane [bytan] *n.m.* 【化】丁烷

butée [byte] *n.f.* 橋墩, 拱墩

buter [byte] *v.i.* (脚)碰上; 倚, 靠; 遇到
(困難) *v.t.* 支撐 *v.pr.* 碰到, 撞
到; 固執

butin [bytɛ̃] *n.m.* 戰利品, 掠獲物; 利
益, 收穫

butiner [bytine] *v.i.* 採蜜 *v.t.* 採
(蜜); 收集

butoir [bytwaːr] *n.m.* 【技】限位裝置,
【鐵】車檔

butor [bytɔːr] *n.m.* 【鳥】麻鳱; 粗魯的
人

butte [byt] *n.f.* 小丘, 小岡

butter [byte] *v.t.* 【農】培土, 壅土

buvard [byvaːr] *n.m.* 吸墨水紙; 鋪吸墨
水紙的墊寫板 *a.* papier ～ 吸墨水
紙

buvetier, ère [byvtje, ɛːr] *n.* 小酒店主,
酒吧間掌櫃

buvette [byvɛt] *n.f.* 小酒店, 酒吧間

buveur, se [byvœːr, øːz] *n.* 飲者; 酒
徒

byzantin, e [bizɑ̃tɛ̃, in] *a.* 拜占庭的, 東
羅馬帝國的 *n.* B～ 拜占庭人

C

C, c, [se] *n.m.* 法語字母表中第 3 個字
母

ça [sa] *pron. dem.* 〖俗〗那個, 這個(cela
的縮寫)

çà [sa] ～ çà et là *loc.adv.* 這裏那裏, 到
處 *interj.* 好!〔表示鼓勵〕; Ah çà!
loc. interj. 啊!〔表示不耐煩、驚奇〕

cabale [kabal] *n.f.* 猶太人對《舊約全
書》作的傳統解釋; 妖法, 邪術, 陰謀, 詭
計; 奸黨, 黨徒

cabaler [kabale] *v.i.* 搞陰謀, 施詭計

cabane [kaban] *n.f.* 簡陋的棚屋, 小屋;
(家畜的)棚, 圈

cabanon [kabanɔ̃] *n.m.* 小棚屋; (瘋人
院裏的)單人病房, 禁閉室

cabaret [kabarɛ] *n.m.* 小酒店, 有歌舞
演出的餐館, 夜總會

cabaretier, ère [kabartje, ɛːr] *n.* 小酒
店老闆

cabas [kabɑ] *n.m.* 水果筐; 草提包, 拎

包
cabestan [kabɛstɑ̃] *n.m.* 絞盤

cabillau(d) [kabijo] *n.m.* 鮮鱈魚

cabine [kabin] *n.f.* 小間,室;船艙;【空】機艙,座艙;(公共浴室的)更衣室

cabinet [kabinɛ] *n.m.* 小房間;書房;診所,事務所;內閣;(部長等的)辦公室;陳列館,收藏室;珍品收藏櫥; *pl.* 廁所

câblage [kɑblɑ:ʒ] *n.m.* 【電】接綫,佈綫,電纜,電路

câble [kɑbl] *n.m.* 鋼索,纜繩;電纜,電綫;海底電報

câblé [kɑble] *n.m.* (簾幕等用的)繩子;(縫紉用的)棉綫

câbler [kɑble] *v.t.* 把…撚成一股;用海底電報發出

câblerie [kɑbləri] *n.f.* 電纜業;電纜廠

câblogramme [kɑblɔgram] *n.m.* 海底電報

cabochard, e [kabɔʃa:r, ard] *a.,n.* 脾氣犟的(人),執拗的(人)

caboche [kabɔʃ] *n.f.* 〖俗〗頭,腦袋;大圓頭釘

cabochon [kabɔʃɔ̃] *n.m.* 磨光而沒有刻面的寶石

cabosser [kabɔse] *v.t.* 使凹凸變形

cabot [kabo] *n.m.* 〖俗〗狗;二級下士;蹩腳演員

cabotage [kabɔta:ʒ] *n.m.* 沿海航行

caboter [kabɔte] *v.i.* 沿海航行,沿岸航行

caboteur [kabɔtœ:r] *a.* 沿海航行的 *n.m.* 沿海航行的船舶,沿海輪

cabotin, e [kabɔtɛ̃, in] *n.* 〖俗〗蹩腳演員,嘩衆取寵的人

cabotinage [kabɔtina:ʒ] *n.m.* 〖俗〗蹩腳演員的演技;嘩衆取寵的做作樣子

caboulot [kabulo] *n.m.* 〖民〗下等咖啡館

cabrer(se) [s(ə)kɑbre] *v.pr.* (馬)直立;【空】大坡度爬升,上仰;不滿,反對

cabri [kabri] *n.m.* 小山羊

cabriole [kabriɔl] *n.f.* (帶旋轉的)蹦跳

cabrioler [kabriɔle] *v.i.* 跳躍,蹦跳

cabriolet [kabriɔlɛ] *n.m.* (有篷的)雙輪輕便馬車;敞篷轎車

cabus [kaby] *a.m.* chou ~ 捲心菜,包菜

caca [kaka] *n.m.* 屁屁,屎(小兒語)

cacahouète [kakawɛt], **cacahuète** [kakaɥɛt] *n.f.* 花生,長生果

cacao [kakao] *n.m.* 可可

cacaoyer [kakaɔje], **cacaotier** [kakaɔtje] *n.m.* 可可樹

cachalot [kaʃalo] *n.m.* 抹香鯨

cache [kaʃ] *n.f.* 藏物處;躲藏處 *n.m.* 【攝】(局部)遮擋紙片;貼在圖畫上以示改動處的小紙條

cache-cache [kaʃkaʃ] *n.m.inv.* 捉迷藏

cache-col [kaʃkɔl] *n.m.inv.* 圍巾

cachemire [kaʃmi:r] *n.m.* 開司米

cache-nez [kaʃne] *n.m.inv.* 長圍巾,圍脖

cache-poussière [kaʃpusjɛ:r] *n.m.inv.* 風衣,防塵外衣

cacher [kaʃe] *v.t.* 藏;遮掩,遮蓋;隱瞞 *v.pr.* 躲藏,藏身

cachet [kaʃɛ] *n.m.* 圖章,印章,封印;印記,戳記;特色,特點;【藥】扁膠囊劑

cacheter [kaʃte] *v.t.* [c. 5] 蓋以封印,蓋以印章;封(信等);用封蠟封

cachette [kaʃɛt] *n.f.* 小的藏物處,小的躲藏處;en ~ *loc.adv.* 偷偷地,暗底裏

cachot [kaʃo] *n.m.* 囚室;牢獄

cachotterie [kaʃɔtri] *n.f.* 神秘化,故弄玄虛

cachottier, ère [kaʃɔtje, ɛ:r] *a.,n.* 愛神秘化的(人),故弄玄虛的(人)

cachou [kaʃu] *n.m.* 兒茶;兒茶鞣料 *a.inv.* 鼻烟色的,黑褐色的

cacographie [kakɔgrafi] *n.f.* 拼寫錯誤

cacophonie [kakɔfɔni] *n.f.* 不和諧的音節;噪音

cacophonique [kakɔfɔnik] *a.* 不和諧的,刺耳的

cactus [kaktys] *n.m.* 仙人掌

c.-à-d. 即,就是說,換言之 〔c'est-à-dire 的縮寫〕

cadastral, ale [kadastral] (*pl.* ~*aux*) *a.* 地籍冊的

cadastre [kadastr] *n.m.* 地籍冊

cadavéreux, se [kadɑ[a]verø, ø:z] *a.* 死人般的

cadavérique [kadɑ[a]verik] *a.* 屍體的

cadavre [kadɑ:vr] *n.m.* 屍體,僵屍

cadeau [kado] (*pl.* ~*x*) *n.m.* 禮物,禮品

cadenas [kadna] *n.m.* 掛鎖

cadenasser [kadnase] *v.t.* 用掛鎖鎖上

cadence [kadɑ̃:s] *n.f.* 節奏;(生產等的)速率,速度

cadencer [kadɑ̃se] [c. 1] *v.t.* 使有韻律;使有節奏 *v.i.* 發出有節奏的聲音

cadet, te [kadɛ, ɛt] *a.* 較年幼的 *n.* 弟,妹;最小的子女;較年幼的人;少年運動員 *n.m.* (軍事院校的)學員

cadmium [kadmjɔm] *n.m.* 【化】鎘

cadrage [kadrɑ:ʒ] *n.m.* (電影、電視的)圖像位置調整,成幀調節;【攝】取景

cadran [kadrɑ̃] *n.m.* 鐘面,錶面;刻度盤,標度盤

cadre [kɑ:dr] *n.m.* 框架,車架;範圍;環境;(機關等的)幹部;【無】環形天線;(電視的)幀;【鐵】大貨箱;【海】帆布弔鋪

cadrer [kadre] *v.i.* 相符合,相一致

caduc, que [kadyk] *a.* 過時的,〖古〗衰老的;【法】失效的;【植】早落的

caducité [kadysite] *n.f.* 【法】失效,無效

cæcum [sekɔm] *n.m.* 盲腸

cæsium, césium [sezjɔm] *n.m.* 【化】銫

cafard, e [kafa:r, ard] *a.* 偽善的,裝作十分虔誠的 *n.* 偽善者;告密者 *n.m.* 蟑螂;〖俗〗憂鬱,沮喪

cafarder [kafarde] *v.t.* 〖俗〗告密,告發 *v.i.* 偽裝善良

café [kafe] *n.m.* 咖啡;咖啡豆;咖啡館 *a.inv.* 咖啡色的

café-concert [kafekɔ̃sɛ:r] (*pl.* ~*s*-~*s*) *n.m.* 有歌舞雜耍表演的咖啡館

caféier [kafeje] *n.m.* 咖啡樹

caféine [kafein] *n.f.* 【化】咖啡鹼,咖啡因

cafetan [kaftɑ̃] *n.m.* (東方男子穿的)皮長袍

cafetier, ère [kaftje, ɛ:r] *n.* 咖啡館老闆 *n.f.* 咖啡壺

cafouiller [kafuje] *v.i.* 〖民〗運轉,混亂;亂搞

cafre [kafr] *a.* 卡菲爾的 *n.* C~ 卡菲爾人

cage [ka:ʒ] *n.f.* 籠子;機架,支架;殼,罩;【採】提升罐籠;【建】樓梯井,升降機井

cageot [kaʒo] *n.m.* (裝運家禽、水果等的)木箱,柳條筐

cagne [kaɲ] *n.f.* 法國高等師範學校的文科預備班〔學生用語〕

cagneux, se [kaɲø, ø:z] *a., n.* 膝外翻的(人) *n.m.* 法國高等師範學校文科預備班學生〔學生用語〕

cagnotte [kaɲɔt] *n.f.* 集體儲蓄箱;該箱內儲蓄的錢

cagot, e [kago, ɔt] *a., n.* 假裝十分虔誠的(人),偽善的(人)

cagoterie [kagɔtri] *n.f.* 偽善

cagoule [kagul] *n.f.* 帶風帽的無袖僧衣;(僅露眼睛的)風帽

cahier [kaje] *n.m.* 薄子,本子,練習本

cahin-caha [kaɛ̃kaa] *adv.* 〖俗〗勉勉強強地,艱難地

cahot [kao] *n.m.* (車子的)顛簸

cahotement [kaɔtmɑ̃] *n.m.* 顛簸

cahoter [kaɔte] *v.t., v.i.* (使)顛簸

cahoteux, se [kaɔtø, ø:z] *a.* 引起顛簸的,崎嶇不平的

cahute [kayt] *n.f.* 小茅屋,窩棚

caïd [kaid] *n.m.* 卡伊德〔北非等本地籍司法行政長官〕;〖民〗頭頭,頭目

caïeu, cayeu [kajø] *n.m.* 【植】小鱗莖

caille [kɑ:j] *n.f.* 鵪鶉

caillé [kɑje] *n.m.* 凝乳；乾酪素

caillebotis [kɑjbɔti] *n.m.* （鋪在船艙口或潮濕地上的）格子板

cailler [kɑje] *v.t.* 使（血、乳）凝結

caillette [kɑ[a]jɛt] *n.f.* （反芻動物的）皺胃；輕浮饒舌的人

caillot [kɑjo] *n.m.* （血、乳等的）凝塊

caillou [kaju] (*pl.* ~*x*) *n.m.* 小石子，卵石

cailloutage [kajutaːʒ] *n.m.* 鋪小石子，鋪卵石；卵石工程；卵石路面

caillouter [kajute] *v.t.* 用卵石鋪（路等）

caillouteux, se [kajutø, øːz] *a.* 鋪卵石的

caillouti [kajuti] *n.m.* 礫石堆；礫石工程

caïman [kaimɑ̃] *n.m.* 美洲鱷魚

cairote [kɛrɔt] *a.* 開羅的 *n.* C~ 開羅人

caisse [kɛs] *n.f.* 木箱；外殼；銀箱，錢櫃；出納處；（銀箱裏的）現金；鼓；【汽】車身，車廂；【園藝】栽培箱；經費或資金的保管機構

caissette [kɛsɛt] *n.f.* 小箱子

caissier, ère [ke[ɛ]sje, kɛsjɛːr] *n.* 出納員

caisson [kɛsɔ̃] *n.m.* 輜重車，軍需車；汽車座位下或車尾的行李箱；【市政工程】沉箱；【建】藻井

cajoler [kaʒɔle] *v.t.* 哄，哄騙

cajolerie [kaʒɔlri] *n.f.* 哄，騙，阿諛；哄人的話

cajoleur, se [kaʒɔlœːr, øːz] *n.* 哄人者 *a.* 哄人的

cal [kal] (*pl.* ~*s*) *n.m.* 老繭，胼胝；骨痂

calage [kalaːʒ] *n.m.* 墊楔，用楔子緊固，楔住；調整，定位；【安裝角

calamine [kalamin] *n.f.* 【礦】異極礦，爐甘石；（汽缸）積炭；【冶】氧化皮，鱗皮

calamistrer [kalamistre] *v.t.* 燙（髮）

calamité [kalamite] *n.f.* 災害；災難

calamiteux, se [kalamitø, øːz] *a.* 多災多難的，遭難的

calandre [kalɑ̃ːdr] *n.f.* 【紡】軋光機；【紙】壓光機；【汽】散熱器護柵；長翅百靈；象鼻蟲

calandrer [kalɑ̃dre] *v.t.* 【紡】軋光；【紙】壓光

calanque [kalɑ̃ːk] *n.f.* （地中海的）小海灣

calcaire [kalkɛːr] *a.* 鈣（質）的，石灰質的 *n.m.* 石灰石，石灰岩

calcification [kalsifikɑsjɔ̃] *n.f.* 鈣化（作用）

calciner [kalsine] *v.t.* 燒（石灰）；煅燒，焙燒

calcique [kalsik] *a.* 鈣的；石灰的

calcium [kalsjɔm] *n.m.* 【化】鈣

calcul [kalkyl] *n.m.* 計算，演算；盤算，打算，估計；【醫】結石

calculateur, trice [kalkylatœːr, tris] *a.* 會計算的；會盤算的 *n.* 計算員；會盤算的人 *n.m.* （電子）計算機 *n.f.* 計算機，計算器

calculer [kalkyle] *v.t.* 算，計算；估計；盤算

cale [kal] *n.f.* 貨艙；（碼頭上的）斜坡；船塢，船台；楔，墊塊，墊片

calé, e [kale] *a.* 〖俗〗有學問的，很強的；〖民〗困難的，複雜的

calebasse [kalbɑ[ɑ]s] *n.f.* 葫蘆；用作容器的葫蘆

calèche [kalɛʃ] *n.f.* 敞篷四輪馬車

caleçon [kalsɔ̃] *n.m.* （男）短襯褲，襯褲

cale-étalon [kaletalɔ̃] (*pl.* ~*s*-~*s*) *n.f.* 【技】塊規

calembour [kalɑ̃buːr] *n.m.* 同音異義詞的文字游戲

calembredaine [kalɑ̃brədɛn] *n.f.* 廢話，玩笑

calendrier [kalɑ̃drie] *n.m.* 曆，曆法；曆本，日曆；時間表，日程表

calepin [kalpɛ̃] *n.m.* 摘記簿

caler [kale] *v.t.* 墊楔穩固，楔住；調整，定位；制動，剎住；放下（帆）*v.i.* 突然停車，（船身）入水；〖俗〗讓步，後退

calfat [kalfa] *n.m.* 【船】捻縫工

calfatage [kalfata:ʒ] *n.m.* 【船】捻縫

calfater [kalfate] *v.t.* 【船】捻縫, 嵌填船縫

calfeutrage [kalføtra:ʒ], **calfeutrement** [kalføtrəmã] *n.m.* 填縫

calfeutrer [kalføtre] *v.t.* 堵塞(門窗)縫隙 *v.pr.* 閉門不出

calibrage [kalibra:ʒ] *n.m.* 定口徑; 測定内徑

calibre [kalibr] *n.m.* 内徑, 口徑; 直徑; (炮筒的)長徑比; 【機】量規, 卡規, 樣板; 〖俗〗類型

calibrer [kalibre] *v.t.* 定或量口徑、内徑; 按大小分類

calice [kalis] *n.m.* 【植】萼; 【解】腎盞; 【宗】聖餐杯

calicot [kaliko] *n.m.* 平布, 白細布; 〖民〗時裝用品商店的店員

calife [kalif] *n.m.* 哈里發〔穆罕默德的繼承者, 伊斯蘭國家的君主〕

californien [kalifɔrnjɛ̃] *n.m.* 【化】鋼

califourchon(à) [akalifurʃɔ̃] *loc.adv.* 跨着, 騎着

câlin, e [kalɛ̃, in] *n.* 愛撒嬌的人; 愛撫別人的人 *a.* 愛撒嬌的; 温存的, 愛撫的

câliner [kaline] *v.t.* 愛撫, 哄

câlinerie [kalinri] *n.f.* 愛撫, 温存, 柔情

calleux, se [kalø, øːz] *a.* 結滿老繭的, 胼胝的

calligraphe [kaligraf] *n.* 寫得一手好字的人, 書法家

calligraphie [kaligrafi] *n.f.* 書法

calligraphier [kaligrafje] *v.t.* 按書法寫

callosité [kalozite] *n.f.* 老繭, 胼胝

calmant, e [kalmã, ã:t] *a.* 鎮静的; 安慰人的 *n.m.* 鎮静劑

calme [kalm] *a.* 平静的, 寧静的; 冷静的, 沉着鎮静的 *n.m.* 平静, 寧静; 冷静, 鎮定, 沉着

calmer [kalme] *v.t.* 使平静, 平息; 撫慰, 使冷静

calomel [kalɔmɛl] *n.m.* 【化】甘汞, 氯化亞汞

calomniateur, trice [kalɔmnjatœːr, tris] *n.* 誹謗者, 誣蔑者 *a.* 誹謗的, 誣蔑的

calomnie [kalɔmni] *n.f.* 誹謗, 誣蔑, 惡意中傷

calomnier [kalɔmnje] *v.t.* 誹謗, 誣蔑, 惡意中傷

calomnieux, se [kalɔmnjø, øz] *a.* 誹謗性的, 誣蔑性的

calorie [kalɔri] *n.f.* 【物】卡(路里)

calorifère [kalɔrifɛːr] *a.* 輸送暖氣的 *n.m.* 暖氣設備

calorifique [kalɔrifik] *a.* 【物】熱的; 生熱的

calorifuge [kalɔrify:ʒ] *a.* 絶熱的 *n.m.* 絶熱材料, 保温材料

calorimètre [kalɔrimɛtr] *n.m.* 【物】量熱器

calorimétrie [kalɔrimetri] *n.f.* 【物】量熱術; 量熱學

calorimétrique [kalɔrimetrik] *a.* 【物】量熱的

calot [kalo] *n.m.* (軍人或警察戴的)橄欖帽

calotin [kalɔtɛ̃] *n.m.* 〖貶〗戴圓帽的教士

calotte [kalɔt] *n.f.* 無邊圓帽; 〖貶〗教士; 〖俗〗(打在頭上的)巴掌; 【建】帽狀拱頂

calotter [kalɔte] *v.t.* 〖俗〗用巴掌打頭; 〖民〗偷竊

calque [kalk] *n.m.* 用透明紙描的圖; 摹仿; (語言上的)轉借

calquer [kalke] *v.t.* (用透明紙)描; 摹仿

calvados [kalvadoːs] *n.m.* 蘋果燒酒

calvaire [kalvɛːr] *n.m.* 【宗】髑髏地; 苦痛

calviniste [kalvinist] *a.,n.* 加爾文教義的(信徒)

calvitie [kalvisi] *n.f.* 秃髮

camarade [kamarad] n. 同志,同事,同學,同伴;朋友,老兄(親昵的稱呼)

camaraderie [kamaradri] n.f. (同志的)友誼;友愛,情誼

camard, e [kama:r, ard] a.,n. 塌鼻的(人) n.f. 死亡

cambiste [kãbist] n.m. 外匯經紀人

cambodgien, ne [kãbɔdʒjɛ̃, ɛn] a. 柬埔寨語的 n. C～柬埔寨人 n.m. 柬埔寨語

cambouis [kãbwi] n.m. (機械磨擦部分的)污油

cambrer [kãbre] v.t. 使彎成弓形

cambriolage [kãbriɔla:ʒ] n.m. (潛入屋内的)盗劫,行竊

cambrioler [kãbriɔle] v.t. (潛入屋内)盗劫

cambrioleur, se [kãbriɔlœ:r, ø:z] n. 竊賊

cambrure [kãbry:r] n.f. 弓形彎曲;鞋底當中的凹處

cambuse [kãby:z] n.f. 【船】食品貯藏室;【民】簡陋的房子

came [kam] n.f. 【機】凸輪

camée [kame] n.m. 刻有浮雕的玉石;模仿玉石浮雕的灰色畫

caméléon [kameleɔ̃] n.m. 【動】避役,變色龍;看風駛舵的人

camélia [kamelja] n.m. 山茶;茶花

camelot [kamlo] n.m. 小販;【紡】羽紗

camelote [kamlɔt] n.f. 【俗】蹩脚貨;蹩脚作品

camembert [kamãbɛ:r] n.m. 法國 Camembert 地方産的乾酪

caméra [kamera] n.f. 攝影機,攝像機

caméraman [kameraman] (pl. ～caméramen [kameramɛn]) n.m. 【英】電影攝影師,電視攝像師

camerounais, e [kamrunɛ, ɛːz] a. 喀麥隆的 n. C～喀麥隆人

camion [kamjɔ̃] n.m. 四輪大車;卡車,載重汽車;油漆桶

camion-citerne [kamjɔ̃sitɛrn] (pl. ～s-

～s) n.m. 【汽】油罐車

camionnage [kamjɔna:ʒ] n.m. 大車拖運,卡車運輸;上述運費

camionnette [kamjɔnɛt] n.f. 小型卡車

camionneur [kamjɔnœ:r] n.m. 趕大車的人;卡車司機;經營大車或卡車運輸業的人

camisole [kamizɔl] n.f. 【古】女短衫

camomille [kamɔmij] n.f. 【植】春白菊,洋甘菊

camouflage [kamufla:ʒ] n.m. 【軍】僞裝,僞裝物

camoufler [kamufle] v.t. 僞裝,掩飾,掩蓋

camouflet [kamuflɛ] n.m. 【軍】地下爆炸坑穴;【俗】侮辱

camp [kã] n.m. 兵營;營;野營地,露營地;營内的部隊;陣營

campagnard, e [kãpaɲa:r, ard] n. 鄉下人 a. 住在農村的;鄉間的,田野的

campagne [kãpaɲ] n.f. 田野,原野;鄉間,鄉下;戰役;運動

campagnol [kãpaɲɔl] n.m. 田鼠

campanule [kãpanyl] n.f. 風鈴草

campement [kãpmã] n.m. 扎營;營地,野營地,安排宿營的先遣隊;臨時居住地

camper [kãpe] v.i. 扎營;野營,露營;臨時住宿 v.t. 使安營駐扎;【俗】安放 v.pr. 擺出盛氣凌人的架勢

camphre [kãfr] n.m. 樟腦

camphré, e [kãfre] a. 含樟腦的

camphrier [kãfrie] n.m. 樟樹

camping [kãpiŋ] n.m. 【英】野營,露營;野營地,露營地

campos [kãpo] n.m. 【俗】(學生的)假日

camus, e [kamy, y:z] a. 短而扁的〔指鼻〕;平扁的

canadien, ne [kanadjɛ̃, ɛn] a. 加拿大的 n. C～加拿大人 n.f. 兩頭翹的小船;皮裏上衣

canaille [kanɑ:j] n.f. 烏合之衆;惡棍,流氓 a. 下流的

canaillerie [kanɑjri] *n.f.* 下流；下流行徑

canal [kanal] (*pl.* ~**aux**) *n.m.* 運河；溝渠，水渠；管道，海峽；途徑，渠道；【解】管；【無】電路，波道

canalisable [kanalizabl] *a.* 可疏通的

canalisation [kanalizasjɔ̃] *n.f.* 疏浚；開鑿運河；管道系統，導管，管路

canaliser [kanalize] *v.t.* (在一地區)建立運河網或渠道網；疏浚；把…集中到一個方向，集中

canapé [kanape] *n.m.* 長靠背椅，長沙發

canard [kana:r] *n.m.* 鴨，雄鴨；〖俗〗捏造的新聞；小報；咖啡、酒等浸過的方糖；走調的音

canarder [kanarde] *v.t.* 伏擊

canardière [kanardjɛ:r] *n.f.* 養鴨塘；打野鴨的獵槍

canari [kanari] *n.m.* 金絲雀

cancan [kɑ̃kɑ̃] *n.m.* 流言蜚語，壞話，康康舞

cancaner [kɑ̃kane] *v.i.* 嚼舌頭，搬弄是非；(鴨)嘎嘎叫

cancanier, ère [kɑ̃kanje, ɛ:r] *a., n.* 嚼舌頭的(人)，喜歡搬弄是非的(人)

cancer [kɑ̃sɛ:r] *n.m.* 癌

cancéreux, se [kɑ̃serø, ø:z] *a.* 癌性的；患癌的 *n.* 癌症患者

cancre [kɑ̃:kr] *n.m.* 黃道蟹；〖俗〗懶學生

cancrelat [kɑ̃krəla] *n.m.* 蟑螂，蜚蠊

candela [kɑ̃dela] *n.f.* 【光】新燭光〔發光強度單位〕

candélabre [kɑ̃dela:br] *n.m.* 枝形大燭台；金屬燈杆

candeur [kɑ̃dœ:r] *n.f.* 單純，天真；老實

candi [kɑ̃di] *a.m.* 煉製成結晶狀的〔指糖〕

candidat, e [kɑ̃dida, at] *n.* 候選人，應試者

candidature [kɑ̃didaty:r] *n.f.* 候選資格

candide [kɑ̃did] *a.* 單純的，天真的；老實的，坦率的

candir(se) [s(ə)kɑ̃di:r] *v.pr.* (糖)結晶成冰糖塊

cane [kan] *n.f.* 雌鴨

caner [kane] *v.i.* 〖俗〗害怕，退縮

caneton [kantɔ̃] *n.m.* 小鴨

canette [kanɛt] *n.f.* 小雌鴨；小啤酒瓶；【紡】緯紗捲裝，紆子

canevas [kanva] *n.m.* 繡花底布，十字布；帆布；提綱；畫稿

caniche [kaniʃ] *n.m.* 鬈毛狗

caniculaire [kanikylɛ:r] *a.* 伏天的

canicule [kanikyl] *n.f.* 伏天，三伏

canif [kanif] *n.m.* 小摺刀，小刀

canin, e [kanɛ̃, in] *a.* 狗的 *n.f.* 犬齒

caniveau [kanivo] (*pl.* ~**x**) *n.m.* 明溝，排水溝，電纜溝

canna [kana] *n.m.* 美人蕉

cannage [kana:ʒ] *n.m.* 裝藤背，藤座

canne [kan] *n.f.* (藤、竹等的)桿莖；手杖，拐棍；【體】木劍，木棍；~ à sucre 甘蔗

canneler [kanle] *v.t.* [c. 5] 【建】飾以凹槽；【技】開槽

cannelle [kanɛl] *n.f.* 肉桂皮，筒桂皮；(桶或缸上的)龍頭，栓

cannelure [kanly:r] *n.f.* 【建】凹槽，【植】條紋；【地質】斷層裂縫，溝

canner [kane] *v.t.* 給(椅子)裝藤背，藤座

cannibale [kanibal] *a.* 吃人肉的；吃同類的 *n.* 吃人肉的人

cannibalisme [kanibalism] *n.m.* 嗜食人或同類的習慣

canoë [kanɔe, kanu] *n.m.* 獨木舟，划子

canon [kanɔ̃] *n.m.* 炮；炮筒，槍管；(鑰匙的)柄；規則，準則；【宗】法典，禮典；【樂】卡農

cañon [kaɲɔ̃] *n.m.* 〖西〗峽谷

canonique [kanɔnik] *a.* 符合宗教法典的；符合規定的

canoniser [kanɔnize] *v.t.* 【宗】列聖品，封聖；〖俗〗頌揚，稱贊

canonnade [kanɔnad] *n.f.* 連續炮轟, 連續炮擊

canonner [kanɔne] *v.t.* 炮擊, 炮轟

canonnier [kanɔnje] *n.m.* 炮手

canonnière [kanɔnjɛːr] *n.f.* 炮艇, 炮艦

canot [kano] *n.m.* 小船, 艇

canotage [kanɔtaːʒ] *n.m.* 划船

canoter [kanɔte] *v.i.* 划船

canotier [kanɔtje] *n.m.* 划船者; 扁平的草帽

cantaloup [kãtalu] *n.m.* (羅馬)甜瓜

cantate [kãtat] *n.f.* 【樂】大合唱

cantatrice [kãtatris] *n.f.* 女歌唱家

cantine [kãtin] *n.f.* 食堂, 飯廳; 旅行箱

cantinière [kãtinjɛːr] *n.f.* 舊時隨軍食品小賣部的女管理員

cantique [kãtik] *n.m.* 【宗】感恩歌

canton [kãtɔ] *n.m.* (法國的)區; (瑞士的)州; (鐵路、公路的)保養段

cantonade [kãtɔnad] *n.f.* parler à la ~ 向(一羣人中)不指定的人大聲說話

cantonal, ale [kãtɔnal] (*pl.* ~aux) *a.* (法國)區的; (瑞士)州的

cantonnement [kãtɔnmã] *n.m.* 宿營; 宿營地

cantonner [kãtɔne] *v.t.* 安置(軍隊)宿營 *v.pr.* 蟄居

cantonnier [kãtɔnje] *n.m.* 養路工人

canule [kanyl] *n.f.* 【醫】針頭; 套管, 插管

caoutchouc [kautʃu] *n.m.* 橡膠, 橡膠製品

caoutchouter [kautʃute] *v.t.* 塗膠, 上膠

cap [kap] *n.m.* 岬, 海角; 航向; de pied en ~ 從頭到脚

capable [kapabl] *a.* 能够(做)…的; 有能力的, 能幹的; 可能(發生)的

capacité [kapasite] *n.f.* 容量, 容積; 能力, 才能; 電容; 【法】法定能力, 資格

caparaçon [kaparasɔ] *n.m.* 馬披, 馬衣

cape [kap] *n.f.* 短斗篷, 短披風

capeline [kaplin] *n.f.* (婦女、孩童的)軟

帽; 【醫】帽狀包帶

capharnaüm [kafarnaɔm] *n.m.* 〖俗〗亂堆雜物的地方

capillaire [kapilɛːr] *a.* 毛細管的; 頭髮的 *n.m.* (葉柄纖細的)蕨類植物

capillarité [kapilarite] *n.f.* 毛細管特性; 毛細現象, 毛細作用

capilotade [kapilɔtad] *n.f.* mettre en ~ 〖俗〗砸碎, 砸爛

capitaine [kapitɛn] *n.m.* 上尉; (旗艦)艦長; 船長; (體育隊等的)隊長

capital, ale [kapital] (*pl.* ~aux) *a.* 主要的, 首要的; 極刑的, 處死的; lettre ~ale 大寫字母 *n.m.* 資本, 資金; 本金; 財產; 資方 *n.f.* 首都, 國都; 大寫字母

capitalisation [kapitalizasjɔ] *n.f.* 資本化; (根據利息)確定本金數字; (錢財的)積累

capitaliser [kapitalize] *v.t.* 使資本化, 使變成資本 *v.i.* 積蓄錢財

capitalisme [kapitalism] *n.m.* 資本主義; 資本家、資本主義國家的總稱

capitaliste [kapitalist] *a.* 資本主義的; 資本家的 *n.* 資本家; 有價證券持有者

capiteux, se [kapitø, øːz] *a.* (酒)上頭的, 醉人的

capitonnage [kapitɔnaːʒ] *n.m.* (座椅的)充塞墊料; (座椅)軟墊

capitonner [kapitɔne] *v.t.* 給(座椅)充塞墊料

capitulard [kapitylaːr] *n.m.* 投降分子, 投降派; 〖俗〗怕死鬼

capitulation [kapitylasjɔ] *n.f.* 投降; 降約, 降書; 屈服

capitulationnisme [kapitylasjɔnism] *n.m.* 投降主義

capitulationniste [kapitylasjɔnist] *a.* 投降主義的 *n.* 投降主義者, 投降派

capituler [kapityle] *v.i.* 投降, 屈服

capon, ne [kapɔ, ɔn] *a.* 怯懦的, 膽小的 *n.* 懦夫, 膽小鬼

caporal [kapɔral] (*pl.* ~ **aux**) *n.m.*
(陸空軍的)二級下士;普通烟葉

capot [kapo] *n.m.* 罩,蓋;發動機罩;(船
的)油布罩;(潛水艇的)進口塔 *a.inv.*
輸到底的〔指玩紙牌者〕

capotage [kapɔtaːʒ] *n.m.* 車篷配置;發
動機罩安裝;翻車

capote [kapɔt] *n.f.* 帶風帽的長大衣;軍
大衣;車篷

capoter [kapɔte] *v.i.* (車輛)翻身;(飛
機)倒立 *v.t.* 配置車篷

câpre [kɑːpr] *n.f.* 刺山柑花芽

caprice [kapris] *n.m.* 任性,反覆無常;
一時的戀情;變幻莫測

capricieux, se [kaprisjø, øːz] *a.* 任性
的,反覆無常的;變幻莫測的,多變的
n. 任性的人,反覆無常的人

câprier [kaprije] *n.m.* 【植】馬檳榔,槌
果藤

capsule [kapsyl] *n.f.* 囊,被膜;蒴果;雷
管;(金屬)瓶蓋;膜盒;【藥】膠囊;【化】
(圓底)皿

captation [kaptasjɔ̃] *n.f.* 騙取,拐騙

capter [kapte] *v.t.* 騙取,巧取;引(水);
收聽,截獲(廣播、電報)

captieux, se [kapsjø, øːz] *a.* 騙人的,偽
詐的;詭辯的

captif, ve [kaptif, iːv] *a.* 被俘虜的;被束
縛的;被繫住的 *n.* 俘虜,戰俘

captivant, e [kaptivɑ̃, ɑ̃ːt] *a.* 吸引人
的,有魅力的

captiver [kaptive] *v.t.* 征服,使屈服;吸
引住

captivité [kaptivite] *n.f.* 被俘;束縛

capture [kaptyːr] *n.f.* 捕獲,俘獲;截獲;
捕獲物,截獲物

capturer [kaptyre] *v.t.* 捕獲,俘獲;截獲

capuche [kapyʃ] *n.f.* 帶披肩的風帽;
(雨衣上可脫卸的)兜帽

capuchon [kapyʃɔ̃] *n.m.* 風帽,兜帽;
帶風帽的斗篷;烟囱帽,烟囱罩;(鋼筆)
筆套

capucin, e [kapysɛ̃, in] *n.* 嘉佈遣會的

修士或修女 *n.m.* 捲尾猴、拉猴的俗
稱

capucine [kapysin] *n.f.* 金蓮花

caque [kak] *n.f.* 鹹鯡魚桶

caquet [kakɛ] *n.m.* (母鷄下蛋時的)咯
咯叫聲;饒舌,絮叨

caquetage [kakta:ʒ] *n.m.* (母鷄下蛋時
的)咯咯叫;饒舌,絮叨

caqueter [kakte] *v.i.* [c. 5] (母鷄下蛋
時的)咯咯叫;饒舌,絮叨

car [kaːr] *conj.* 因爲 *n.m.* 【英】大型
客車(autocar 的縮寫)

carabin [karabɛ̃] *n.m.* 【俗】醫科學生

carabine [karabin] *n.f.* 卡賓槍

carabiné, e [karabine] *a.* 【俗】猛烈的,
厲害的

carabinier [karabinje] *n.m.* (舊時的)
短來復槍手;(意大利)憲兵;(西班牙)海
關職員

caraco [karako] *n.m.* (鄉村老婦人穿
的)一種短上衣

caracoler [karakɔle] *v.i.* 【馴馬】旋轉
雀躍

caractère [karaktɛːr] *n.m.* 符號;字,字
塊字;鉛字,活字;特性,特徵;性質,性
格;個性;骨氣,頭衡;個性強的人

caractériel, le [karakterjɛl] *n.* 有性格
障礙的兒童

caractériser [karakterize] *v.t.* 顯示…
的特性;構成…的特點 *v.pr.* 具有特
點,以…爲特點

caractéristique [karakteristik] *a.* 具有
特點的,特有的 *n.f.* 特性;性能

carafe [karaf] *n.f.* 長頸瓶;該瓶的容量

carafon [karafɔ̃] *n.m.* 小的長頸瓶;該
瓶的容量

carambolage [karɑ̃bɔlaːʒ] *n.m.* (彈子
戲中的)連撞兩球;【俗】連續相撞

caramboler [karɑ̃bɔle] *v.i.* (彈子戲
中)連撞兩球 *v.t.* (汽車)碰撞

carambouilleur [karɑ̃bujœːr] *n.m.* 轉
賣騙來商品的騙子

caramel [karamɛl] *n.m.* 焦糖;飴糖,太

妃糖

caraméliser [karamelize] *v.t.* 使成焦糖；摻以焦糖

carapace [karapas] *n.f.* 甲殼；保護層；【地質】地盾

carat [kara] *n.m.* 開〔金純度單位〕；克拉〔寶石重量單位〕

caravane [karavan] *n.f.* (通過沙漠等地區的)商隊，旅隊；隊，羣；(汽車牽引的)野營掛車

caravanier [karavanje] *n.m.* 商隊中趕馱獸的人

caravansérail [karavãseraj] *n.m.* (供商隊住宿的)小旅店

caravelle [karavɛl] *n.f.* (15、16 世紀小噸位的)快帆船

carbochimie [karbɔʃimi] *n.f.* 天然氣化學，煤化學

carbonate [karbɔnat] *n.m.* 碳酸鹽，碳酸酯

carbone [karbɔn] *n.m.* 【化】碳

carbonifère [karbɔnifɛːr] *a.* 含碳的

carbonique [karbɔnik] *a.* gaz ~ 二氧化碳；acide ~ 碳酸

carboniser [karbɔnize] *v.t.* 碳化，焦化；乾餾

carbonnade [karbɔnad] *n.f.* 烤肉

carburant, e [karbyrã, ãːt] *a.* 含有碳化氫的 *n.m.* 碳氫燃料

carburateur [karbyratœːr] *n.m.* 汽化器

carburation [karbyrɑsjɔ̃] *n.f.* 汽化；碳化，增碳，滲碳

carbure [karbyːr] *n.m.* 碳化物

carcan [karkã] *n.m.* 鐵頸圈〔舊時刑具〕；上鐵頸圈〔舊時刑罰〕；束縛；【民】劣馬

carcasse [karkas] *n.f.* (動物的)骨骼，框架，骨架；【俗】人體

cardage [kardaːʒ] *n.f.* (棉、毛的)梳理

carde [kard] *n.f.* 【紡】梳理機，梳棉機

carder [karde] *v.t.* 【紡】梳理

carderie [kardri] *n.f.* 前紡車間，梳棉間

cardeur, se [kardœːr, øːz] *n.* 梳理工 *n.f.* 梳毛機，梳棉機，梳麻機

cardiaque [kardjak] *a.* 心臟的；患心臟病的 *n.* 心臟病患者

cardigan [kardigã] *n.m.* 長袖羊毛背衫

cardinal, ale [kardinal] (*pl.* ~aux) *a.* 基本的，主要的 *n.m.* 基數詞，基數；樞機主教，紅衣主教；紅雀

cardinalat [kardinala] *n.m.* 樞機主教的職位，紅衣主教的職位

cardiopathie [kardjɔpati] *n.f.* 心臟病

carême [karɛm] *n.m.* 【宗】封齋；封齋期

carence [karãːs] *n.f.* 【法】無資產；失職；(人體必需營養的)缺乏

carène [karɛn] *n.f.* (船的)水下體，船體的入水部分；【空】流綫體，流綫型

caréner [karene] *v.t.* [c. 7] 整修(船的)水下體；使成流綫型

caresse [karɛs] *n.f.* 愛撫，撫摸；輕拂，輕掠

caresser [kare[ɛ]se] *v.t.* 撫愛，撫摸；輕拂，輕輕掠過；抱有(希望等)；迎合，使感到滿足

cargaison [kargɛzɔ̃] *n.f.* 船貨；(一船或一飛機的)貨物

cargo [kargo] *n.m.* 【英】貨船，貨輪

carguer [karge] *v.t.* 【海】絞(帆)，收縮(帆)

cariatide, caryatide [karjatid] *n.f.* 【建】女像柱

caricatural, ale [karikatyral] (*pl.* ~aux) *a.* 漫畫般的，諷刺畫般的；奇形怪狀的

caricature [karikatyːr] *n.f.* 漫畫，諷刺畫；滑稽可笑的人

caricaturer [karikatyre] *v.t.* 把(某人)畫成漫畫；以漫畫方式描繪

caricaturiste [karikatyrist] *n.m.* 漫畫家

carie [kari] *n.f.* 【醫】齲；骨瘍，骨疽；(樹木的)潰瘍病，(小麥的)腥黑穗病

carier [karje] *v.t.* 蛀蝕(牙齒)；使患骨

瘍, 使患骨疽

carillon [karijɔ̃] *n.m.* 套鐘, 排鐘; 報時報刻鐘; (一套鐘的) 諧和鐘聲, 鐘聲齊鳴; 喧鬧聲

carillonner [karijɔne] *v.i.* (套鐘) 齊鳴; 發出喧鬧聲; 〖俗〗拼命打門鈴 *v.t.* 鳴鐘報告, 報(時); 大聲宣布

carlingue [karlɛ̃:g] *n.f.* 【船】縱梁, 內龍骨; 【空】座艙, 短艙, 殼體

carmagnole [karmaɲɔl] *n.f.* 法國 1793 年革命時期流行的上裝; 當時流行的一種舞蹈及其舞曲

carmélite [karmelit] *n.f.* 聖衣會修女

carmin [karmɛ̃] *n.m.* 胭脂紅顏料; 胭脂紅色 *a.inv.* 胭脂紅色的

carminer [karmine] *v.t.* 着胭脂紅色, 染胭脂紅色

carnage [karna:ʒ] *n.m.* 屠殺, 殘殺

carnassier, ère [karnasje, ε:r] *a.* 食肉的 *n.m.pl.* 食肉動物 *n.f.* 裝獵獲物的口袋; 【動】裂牙, 裂齒

carnation [karnɑsjɔ̃] *n.f.* 肉色, 膚色

carnaval [karnaval] (*pl.* ~*s*) *n.m.* (封齋前的) 狂歡節; 狂歡; 奇裝滑稽木偶

carnavalesque [karnavalesk] *a.* 滑稽可笑的, 怪誕的

carne [karn] *n.f.* 〖民〗劣馬; 劣質肉

carné, e [karne] *a.* 有肉的, 肉的; 【植】肉色的

carnet [karnε] *n.m.* 筆記本, 工作手册, 小本子, 小冊子; 郵票簿; 車票簿, 船票簿

carnier [karnje] *n.m.* 裝獵物的口袋

carnivore [karnivɔ:r] *a.* 食肉的 *n.m. pl.* 食肉動物類; 鞘翅類食肉亞目

carotide [karɔtid] *a.f,n.f.* (artère) ~ 【解】頸動脈

carotte [karɔt] *n.f.* 胡蘿蔔; 烟葉捲兒; 〖俗〗欺騙

carotter [karɔte] *v.t.* 〖俗〗騙取, 詐取

carotteur, se [karɔtœr, ø:z], **carottier, ère** [karɔtje, ε:r] *a.* 詐騙東西的, 騙人的 *n.* 騙子

carpe [karp] *n.f.* 鯉魚 *n.m.* 【解】腕

carpette [karpεt] *n.f.* 小地毯, 小鯉魚

carquois [karkwa] *n.m.* 箭袋, 箭囊

carre [ka(ɑ)r] *n.f.* 角, 棱角; 垂直截面厚度

carré, e [ka(ɑ)re] *a.* 方形的, 四方的; 斷然的, 直截了當的; 爽直的; 【數】平方的 *n.m.* 正方形; 方圍巾; 樓梯口的平台; (船上) 高級船員的餐廳或會議室; 平方; 【園藝】(種同一類植物的) 方塊地; 【鐵】正方形信號牌; 【印】45×56 厘米的紙幅; 【軍】方陣

carreau [ka(ɑ)ro] (*pl.* ~*x*) *n.m.* 小方塊; 方塊磚, 石板; 方磚地, 石板地; 門窗下玻璃; 方格圖案; (裁縫用的) 大熨斗; (花邊女工用的) 方墊子; 【牌戲】方塊

carrefour [karfu:r] *n.m.* 十字路口, 交叉路口

carrelage [ka(ɑ)rla:ʒ] *n.m.* 瓷磚、石板等的鋪砌; 上述磚、板的鋪面

carreler [ka(ɑ)rle] *v.t.* [c.5] 鋪以瓷磚、石板等地面; 在(布或紙上)打方格

carrément [ka(ɑ)remã] *adv.* 方方正正地; 斷然地, 直截了當地

carrer [ka(ɑ)re] *v.t.* 使成正方形 *v.pr.* 舒適地坐着; 擺架子

carrier [ka(ɑ)rje] *n.m.* 採石工人, 採石場工

carrière [ka(ɑ)rjε:r] *n.f.* 一生, 生涯; 職業; 任職期; 外交職業; 採石場

carriériste [ka(ɑ)rjerist] *n.* 野心家

carriole [kɑrjɔl] *n.f.* 有篷小推車; 整輛車子

carrossable [ka(ɑ)rɔsabl] *a.* 可行駛車輛的, 可通車的

carrosse [ka(ɑ)rɔs] *n.m.* 華麗四輪馬車

carrosser [ka(ɑ)rɔse] *v.t.* 【汽】裝上車身; 【技】給(車輪, 機輪)以外傾度, 給(輪軸)以傾斜度

carrosserie [ka(ɑ)rɔsri] *n.f.* 汽車車身製造業或商業; (車輛的) 車身, 車廂

carrossier [ka(ɑ)rɔsje] *n.m.* 車身製造技工; 高級轎車車身製造商

carrousel [karuzɛl] *n.m.* (騎兵) 競技表演; (騎兵) 競技場

carrure [ka[ɑ]ry:r] *n.f.* 肩寬; 寬闊

cartable [kartabl] *n.m.* (小學生的) 書包

carte [kart] *n.f.* 卡片, 撲克牌, 紙牌, 證件, 券; 菜單; 地圖, 圖

cartel [kartɛl] *n.m.* 掛鐘; 聯合, 聯盟;【經】卡特爾

carte-lettre [kartəlɛtr] (*pl.* ~*s*-~*s*) *n.f.* 郵簡, 封緘信片

carter [kartɛ:r] *n.m.* 【機】罩, 殼, 箱, 匣

cartésianisme [kartezjanism] *n.m.* 【哲】笛卡兒主義

cartilage [kartilaʒ] *n.m.* 【解】軟骨

cartilagineux, se [kartilaʒinø, ø:z] *a.* 軟骨的; 軟骨性的

cartographe [kartɔgraf] *n.m.* 地圖繪製者

cartographique [kartɔgrafik] *a.* 地圖繪製術的

cartomancie [kartɔmɑ̃si] *n.f.* 紙牌算命, 紙牌占卜

cartomancien, ne [kartɔmɑ̃sjɛ̃, ɛn] *a., n.* 用紙牌算命的(人)

carton [kartɔ̃] *n.m.* 紙板; 紙板盒, 紙板箱; 文件夾; 紙板做的靶子; (壁畫等的)大樣, 底圖; 局部地區細明圖

cartonnage [kartɔnaʒ] *n.m.* 紙板製品工業; 紙板製品

cartonner [kartɔne] *v.t.* 裝上紙板; 在(書冊上)裝紙板封面

cartonnerie [kartɔnri] *n.f.* 紙板廠

cartonnier, ère [kartɔnje, ɛ:r] *n.* 紙板製品工商業者 *n.m.* 文件架; 畫掛毯等草圖的畫家

carton-pâte [kartɔ̃pɑ:t] (*pl.* ~*s*-~*s*) *n.m.* 版紙漿

carton-pierre [kartɔ̃pjɛ:r] (*pl.* ~*s*-~*s*) *n.m.* 硬質纖維板

cartouche [kartuʃ] *n.m.* 渦形邊飾, 捲軸裝飾 *n.f.* 子彈, 槍彈, 炸藥筒, 藥捲; 條包[指香烟]

cartoucherie [kartuʃri] *n.f.* 彈藥製造廠; 彈藥庫

cartouchière [kartuʃjɛ:r] *n.f.* 子彈帶; 子彈夾; 子彈盒

caryatide = cariatide

cas [kɑ] *n.m.* 情況, 境況, 場合;【法】案件, 案例, 判例;【醫】病例;【語】格; faire ~ 重視; en tout ~ *loc.adv.* 無論如何; en ~ que, au ~ où *loc.conj.* 如果, 倘若

casanier, ère [kazanje, ɛ:r] *a., n.* 喜歡待在家裏的(人), 不喜歡出門的(人)

casaque [kazak] *n.f.* (賽馬騎手穿的)顏色鮮艷的網上衣; 女式短上衣

cascade [kaskad] *n.f.* 瀑布

cascader [kaskade] *v.i.* 像瀑布似地傾瀉

cascatelle [kaskatɛl] *n.f.* 小瀑布

case [kɑ:z] *n.f.* (非洲等地的)簡陋小屋; (棋盤、傢具、方格紙等的)格子

caséine [kazein] *n.f.* 【化】酪蛋白, 酪素

casemate [kazmat] *n.f.* 掩蔽所, 避彈室; 掩體

caser [kɑze] *v.t.* 把…放進格子裏; 安頓; 安插, 安排

caserne [kazɛrn] *n.f.* 營房, 兵營; 兵營裏的部隊; 〖俗〗胡亂分隔成許多房間的大房子

casernement [kazɛrnəmɑ̃] *n.m.* 安排營房; 營房的全部建築物

caserner [kazɛrne] *v.t.* 給…安排營房

casier [kɑzje] *n.m.* (捕捉蝦等的)柳條籠, 鉛絲籠; (分格的)櫃, 架; ~ judiciaire 犯罪記錄册

casino [kazino] *n.m.* 游樂場

casque [kask] *n.m.* 盔; (盔形的)防護帽, 工作帽; 耳機; 盔式熱風吹髮機; (鳥類的)盔突;【動】冠螺;【植】盔瓣

casqué, e [kaske] *a.* 戴盔的, 戴盔形帽的

casquette [kaskɛt] *n.f.* 帶帽舌的帽子〔如鴨舌帽, 制服帽, 運動帽等〕

cassant, e [kɑsɑ̃, ɑ̃:t] *a.* 易碎的, 易斷

的, 脆的; 粗暴的, 命令式的

cassation [kɑ[a]sɑsjɔ̃] *n.f.* 【法】撤銷原判;【軍】降爲列兵〔指下級軍官〕;【樂】嬉游曲

casse [kɑ:s, kas] *n.f.* 容器;(玻璃工人用的)撤渣勺;【印】排字字盤;【植】山扁豆莢果; 葡萄酒變質

casse [kɑ:s] *n.f.* 打碎, 破碎, 弄斷; 被打碎的東西

cassé, e [kɑse] *a.* 衰老的, 彎腰曲背的; 微弱而顫抖的

casse-cou [kɑsku] *n.m.inv.* 容易摔跤的地方, 危險的地方;〖俗〗魯莽的人, 蠻幹的人

casse-croûte [kɑskrut] *n.m.inv.* 簡便的飯餐, 快餐

cassement [kɑsmɑ̃] *n.m.* 打碎;~ de tête 頭昏腦脹

casse-noisettes [kɑsnwazɛt] *n.m.inv.* 榛子鉗

casse-noix [kɑsnwa[a]] *n.m.inv.* 核桃鉗

casse-pieds [kɑspje] *n.m.inv.* 〖俗〗討厭鬼

casser [kɑse] *v.t.* 打碎;折斷; 撤銷; 革職 *v.i.* 碎裂, 斷裂 *v.pr.* se ~ la tête 埋頭苦幹

casserole [kɑsrɔl] *n.f.* 有柄平底鍋

casse-tête [kɑstɛt] *n.m.inv.* (舊武器用的)棍棒; 傷腦筋的工作; 震耳欲聾的響聲

cassette [kɑsɛt] *n.f.* 小銀箱, 首飾箱

casseur, se [kɑsœr, ø:z] *n.* 敲打工; 打碎東西的人;〖俗〗充好漢者, 喧噪者

cassier [kɑ[a]sje] *n.m.*, **cassie** [kasi] *n.f.* 【植】金合歡

cassis [kasis] *n.m.* 【植】黑茶藨子樹; 黑茶藨子酒

cassis [kasi] *n.m.* 橫向溝渠

cassolette [kɑsɔlɛt] *n.f.* 香料匣; 香爐

cassonade [kɑ[a]sɔnad] *n.f.* 赤砂糖

cassoulet [kasulɛ] *n.m.* (扁豆燒肉類的)什錦砂鍋

cassure [kɑsyr] *n.f.* 裂口, 斷口; 裂縫; 破裂

castagnettes [kastaɲɛt] *n.f.pl.* 【樂】響板

caste [kast] *n.f.* (印度的)社會等級, 種姓

castor [kastɔ:r] *n.m.* 河狸, 海狸; 海狸皮

castrer [kastre] *v.t.* 去勢, 閹割

casuel, le [kazɥɛl] *a.* 偶然的 *n.m.* 額外收入

casuiste [kɑ[a]zɥist] *n.m.* 【宗】決疑論者

casuistique [kɑ[a]zɥistik] *n.f.* 【宗】決疑論, 解答疑難學;〖貶〗過分細緻, 鑽牛角尖

casus belli [kazysbɛlli] *n.m.inv.* 〖拉〗開戰理由

cataclysme [kataklism] *n.m.* 【地】災變; (社會的)大動亂; 大災難

catacombes [katakɔ̃:b] *n.f.pl.* 地下墓地, 地下墓窖

catadioptre [katadjɔptr] *n.m.* 【光】反(射)折射反光鏡

catafalque [katafalk] *n.m.* 靈柩台

catalepsie [katalɛpsi] *n.f.* 【醫】蠟屈症

catalogue [katalɔg] *n.m.* 目錄, 一覽表

cataloguer [katalɔge] *v.t.* 把…編目錄; 分等級, 分類

catalyse [katali:z] *n.f.* 【化】催化(作用)

catalyseur [katalizœ:r] *n.m.* 催化劑, 觸媒

cataplasme [kataplasm] *n.m.* 【醫】泥敷劑, 糊劑

catapulte [katapylt] *n.f.* (舊時的)投石器; (飛機等的)彈射器

cataracte [katarakt] *n.f.* 瀑布;【醫】白內障

catarrhe [kata:r] *n.m.* 【醫】卡他性炎; 重傷風

catastrophe [katastrɔf] *n.f.* 災難, 災禍; 失事, 傷亡事故

catéchiser [kateʃize] *v.t.* 【宗】給…傳

授教理; 說服

catéchisme [kateʃism] *n.m.* (基督教的)教理傳授; 教理問答課本

catégorie [kategɔri] *n.f.* 類, 種類; 級別;【哲】範疇

catégorique [kategɔrik] *a.* 明確的, 毫不含糊的

caténaire [katenɛːr] *n.f.* 【電, 技】弔綫懸掛, 鏈式懸吊; 弔綫懸掛式電纜

cathédrale [katedral] *n.f.* 大教堂, 主教教堂

cathétérisme [kateterism] *n.m.* 【醫】插管術

cathode [katɔd] *n.f.* 陰極, 負極

cathodique [katɔdik] *a.* 陰極的

catholicisme [katɔlisism] *n.m.* 天主教

catholicité [katɔlisite] *n.f.* 天主教教義; 天主教教徒的總稱

catholique [katɔlik] *a.* 天主教的; 信奉天主教的;〖俗〗規矩的, 正派的 *n.* 天主教徒

cathoscope [katɔskɔp] *n.m.* 電視顯像管

cati [kati] *n.m.* 【紡】平光整理

catimini (en) [ɑ̃katimini] *loc.adv.* 偷偷地, 悄悄地

catir [katiːr] *v.t.* 【紡】軋光

cauchemar [koʃmaːr] *n.m.* 惡夢, 噩夢; 可怕的事物或人

caudal, ale [kodal] (*pl.* ~**aux**) *a.* 尾部的

causal, e [kozal] *a.* 原因的; 因果的

causalité [kozalite] *n.f.* 因果性, 因果關係

cause [koːz] *n.f.* 原因; 理由; 事業; 訴訟, 訴訟事件; à ~ de *loc.prép.* 由於

causer [koze] *v.t.* 引起, 招致, 造成 *v.i.* 交談; 胡扯

causerie [kozri] *n.f.* 交談, 閑談; 座談會

causette [kozɛt] *n.f.* 〖俗〗聊天, 閑聊

causeur, se [kozœːr, øːz] *a.,n.* 健談的(人), 喜歡聊天的(人) *n.f.* 雙人沙發

causse [koːs] *n.m.* 【地質】科斯

causticité [kɔ[o]stisite] *n.f.* 苛性, 腐蝕性; 尖刻, 刻薄

caustique [kɔ[o]stik] *a.* 【化】苛性的, 腐蝕性的; 尖刻的, 刻薄的 *n.m.* 腐蝕劑

cauteleux, se [kotlø, øːz] *a.* 狡黠的, 老奸巨滑的, 陰險的

cautérisation [kɔ[o]terizɑsjɔ̃] *n.f.* 【醫】燒灼(術)

cautériser [kɔ[o]terize] *v.t.* 【醫】燒灼, 烙

caution [kosjɔ̃] *n.f.* 擔保, 保證; 保證金; 保證人, 擔保人

cautionnement [kosjɔnmɑ̃] *n.m.* 擔保, 保證; 保證金; 保證金

cautionner [kosjɔne] *v.t.* 作保, 擔保, 保證

cavalcade [kavalkad] *n.f.* 騎馬者隊伍; (華麗或滑稽可笑的)車馬隊伍

cavalcader [kavalkade] *v.i.* (結隊)騎馬散步; (成羣地)亂跑

cavalerie [kavalri] *n.f.* 騎兵隊, 騎兵; 裝甲部隊

cavalier, ère [kavalje, ɛːr] *a.* 供騎馬者用的; 騎士的; 魯莽的, 傲慢的 *n.m.* 騎馬的人, 騎兵, 騎士; 陪伴貴婦人的男子, 男舞伴; (國際象棋中的)馬;【技】騎馬釘, 游碼

cave [kaːv] *n.f.* 地下室, 地窖; 酒窖; 酒窖中的酒; 酒櫃; 賭本 *a.* 凹進的, 陷下去的

caveau [kavo] *n.m.* 小地下室, 小地窖; 地下墓室

caverne [kavɛrn] *n.f.* 岩穴, 洞穴; 匪窟;【醫】空洞

caverneux, se [kavɛrnø, øːz] *a.* 有許多洞穴的; 深沉的;【醫】海綿狀的

caviar [kavjaːr] *n.m.* 鹹鱘魚子, 鹹魚子

cavité [kavite] *n.f.* 孔, 洞;【醫】腔

cayeu = caïeu

ce [s(ə)] *pron.dém.* 這, 那

ce [s(ə)] 〔在元音或啞音 h 開頭的陽性單數名詞前用 **cet** [sɛt] (*f.sing.* **cette**

[sɛt], *pl.* ***ces*** [se] *a. dém.* 這個, 那個

ceci [səsi] *pron. dém.* 這個, 此物

cécité [sesite] *n.f.* 失明, 盲

céder [sede] [c. 7] *v.t.* 讓, 讓出; 讓與, 出讓, 出賣 *v.i.* 退讓, 讓步, 屈服; 彎折

cédille [sedij] *n.f.* 【語】軟音符〔加在 a, o, u 前的 c 下面, 使其仍發 [s] 音, 例: façon〕

cédrat [sedra] *n.m.* 枸櫞〔指果實〕

cèdre [sɛdr] *n.m.* 雪松

cédulaire [sedylɛːr] *a.* 所得稅稅表的

cédule [sedyl] *n.f.* 所得稅稅表

cégétiste [seʒetist] *a.* 法國總工會的 *n.* 法國總工會會員

ceindre [sɛ̃ːdr] *v.t.* [c. 51] 圍住; 纏, 戴

ceinture [sɛ̃tyːr] *n.f.* 腰帶, 帶; 褲腰, 裙腰; 腰部; 圍繞物, 帶狀物; 【解】帶

ceinturer [sɛ̃tyre] *v.t.* (用帶子) 束, 纏, 繞; 環繞

ceinturon [sɛ̃tyrɔ̃] *n.m.* 武裝帶

cela [s(ə)la] *pron. dém.* 那個, 這個; 這個傢伙

célébrant [selebrɑ̃] *n.m.* 主祭牧師

célébration [selebrasjɔ̃] *n.f.* 慶祝; 舉行儀式

célèbre [selɛbr] *a.* 著名的, 有名的

célébrer [selebre] *v.t.* [c. 7] 慶祝, 慶賀; 舉行儀式, 典禮; 頌揚, 歌頌

célébrité [selebrite] *n.f.* 名望, 聲譽; 著名人物

celer [s(ə)le] *v.t.* [c. 6] 隱瞞

céleri [se(l)lri] *n.m.* 芹菜

célérité [selerite] *n.f.* 迅速, 敏捷

céleste [selɛst] *a.* 天的; 天上的

célibat [seliba] *n.m.* 獨身生活

célibataire [selibatɛːr] *a.* 獨身的 *n.* 獨身者

celle 見 celui

cellier [selje] *n.m.* 貯藏室, 酒窖

cellophane [selɔfan] *n.f.* 玻璃紙, 透明紙

cellulaire [selylɛːr] *a.* 【生】細胞的; 隔離的

cellule [selyl] *n.f.* 教士的小房間; 單人牢房; (蜂巢的) 巢室; 【生】細胞; (一機構的) 基本單位; (政黨的) 支部

celluloid [selylɔid] *n.m.* 賽璐珞

cellulose [selyloːz] *n.f.* 纖維素

celte [sɛlt], **celtique** [sɛltik] *a.* 克爾特人的 *n.m.* 克爾特語

celui [səlɥi] (*f. sing.* ***celle*** [sɛl] *m.pl.* ***ceux*** [sø], *f.pl.* ***celles*** [sɛl]) *pron. dém.* 這個; 〜-ci 這個東西, 這個人; 〜-là 那個東西, 那個人

cément [semɑ̃] *n.m.* 【冶】滲碳劑; 【解】牙骨質

cémenter [semɑ̃te] *v.t.* 【冶】滲入; 滲碳; 硬化

cénacle [senakl] *n.m.* 【宗】最後晚餐室; (文學家等組成的) 社團

cendre [sɑ̃ːdr] *n.f.* 灰, 灰燼; *pl.* (人的) 骨灰

cendré, e [sɑ̃dre] *a.* 灰色的; 灰白的

cendrée [sɑ̃dre] *n.f.* 鉛砂 (打獵用); 【體】煤屑跑道

cendrer [sɑ̃dre] *v.t.* 使成灰白色; 用灰摻和

cendrier [sɑ̃drie] *n.m.* 爐灰底; 烟灰缸

cendrillon [sɑ̃drijɔ̃] *n.f.* 燒火女傭; 〖俗〗打雜的姑娘, 受虐待的姑娘

cène [sɛn] *n.f.* 【宗】最後的晚餐; 聖餐

cenelle [s(ə)nɛl] *n.f.* 山楂 (指果實)

cénobite [senɔbit] *n.m.* 【宗】隱修士; 隱居者

cénotaphe [senɔtaf] *n.m.* 紀念碑

cens [sɑ̃ːs] *n.m.* 取得選舉權的納稅額

censé, e [sɑ̃se] *a.* 被認爲⋯的, 被假定爲⋯的

censément [sɑ̃semɑ̃] *adv.* 看來, 被假定地

censeur [sɑ̃sœːr] *n.m.* (古羅馬) 監察官; 新聞檢查官; 批評家; 中學學監

censure [sɑ̃syːr] *n.f.* 譴責, 非難; (出版物、影片等的) 審查, 審查委員會; (議會

的)彈劾;【宗】貶責

censurer [sãsyre] *v.t.* 譴責, 非難; 查禁, 刪除〔指新聞檢查〕; 彈劾

cent [sã] *a.num.* 一百; 第一百; 許多的 *n.m.* 一百

centaine [sãtɛn] *n.f.* 百個, 百來個; 百位

centaure [sãtɔːr] *n.m.* 【神】半人半馬的怪物

centenaire [sãtnɛːr] *a.* 百歲的, 百年的 *n.m.* 百年紀念

centésimal, ale [sãtezimal] (*pl.* ~*aux*) *a.* 百分的

centi- *préf.* 表示"厘", "百分之一"的意思

centième [sãtjɛm] *a.num.ord.* 第一百 *n.m.* 百分之一

centigrade [sãtigrad] *a.* 百分度的 *n.m.* 【數】百分度的百分之一

centime [sãtim] *n.m.* 分, 生丁〔百分之一法郎〕

centimètre [sãtimɛtr] *n.m.* 厘米, 公分〔縮寫爲 cm〕; (裁縫等用的)軟尺

centrafricain, e [sãtrafrikɛ̃, ɛn] *a.* 中非共和國的 *n.* C~ 中非共和國人

central, ale [sãtral] (*pl.* ~*aux*) *a.* 中心的; 中央的; 總的 *n.m.* 總局, 中心站, 中心台 *n.f.* 發電站; 總工會

centralisateur, trice [sãtralizatœːr, tris] *a.* 集中的

centralisation [sãtralizasjɔ̃] *n.f.* 集中, 集權

centraliser [sãtralize] *v.t.* 集中

centralisme [sãtralism] *n.m.* 集中制

centre [sãːtr] *n.m.* 中心, 中部; 中間派; 中心機構, 站;【數】心;【體】中鋒; 傳中

centrer [sãtre] *v.t.* 對準中心, 放在中心; 向⋯爲中心;【體】(把球)傳中

centrifuge [sãtrify:ʒ] *a.* 離心的

centripète [sãtripɛt] *a.* 向心的

centriste [sãtrist] *a.* 中間派的 *n.* 中間派分子

centuple [sãtypl] *a.* 一百倍的 *n.m.* 一百倍

centupler [sãtyple] *v.t.* 乘以一百; 增加到百倍 *v.i.* 增加到百倍

cep [sɛp] *n.m.* 葡萄藤

cépage [sepa:ʒ] *n.m.* 葡萄秧苗

cèpe [sɛp] *n.m.* (食用)牛肝菌

cependant [s(ə)pãdã] *conj.* 可是, 但是, 然而

céphalopodes [sefalɔpɔd] *n.m.pl.* 【動】頭足綱

céramique [seramik] *a.* 陶瓷的 *n.f.* 陶瓷製造術; 陶瓷製品

céramiste [seramist] *a.* 製陶瓷的 *n.* 陶瓷工人

cerbère [sɛrbɛːr] *n.m.* 兇惡的看守人或看門人

cerceau [sɛrso] (*pl.* ~*x*) *n.m.* 桶箍; (兒童游戲用的)鐵環

cerclage [sɛrkla:ʒ] *n.m.* 加箍

cercle [sɛrkl] *n.m.* 圓; 圈; 箍; 團體, 俱樂部, 聯誼會; 範圍

cercler [sɛrkle] *v.t.* 加圓框; 加箍

cercueil [sɛrkœj] *n.m.* 棺材

céréale [sereal] *n.f.* 穀物, 糧食作物

céréalier, ère [serealje, ɛːr] *a.* 穀物的, 糧食的

cérébral, ale [serebral] (*pl.* ~*aux*) *a.* 腦的, 大腦的; 用腦的, 腦力的

cérébro-spinal, ale [serebrɔspinal] (*pl.* ~*aux*) *a.* 腦(與)脊髓的

cérémonial [seremɔnjal] *n.m.* 禮節, 儀式

cérémonie [seremɔni] *n.f.* 宗教儀式; 儀式, 典禮; 禮儀, 禮節; 客套

cérémonieux, se [seremɔnjø, ø:z] *a.* 拘泥虛禮的, 講究客套的; 隆重的

cerf [sɛːr] *n.m.* 鹿; 雄鹿

cerfeuil [sɛrfœj] *n.m.* (調味用的)細葉芹屬植物的通稱

cerf-volant [sɛrvɔlã] (*pl.* ~*s*-~*s*) *n.m.* 鍬形甲蟲; 風箏, 紙鷂

cerise [s(ə)ri:z] *n.f.* 櫻桃 *a.inv.* 櫻桃色的

cerisier [s(ə)rizje] *n.m.* 櫻桃樹

cérium [serjɔm] *n.m.* 【化】鈰

cerne [sɛrn] *n.m.* 圓，圓圈；(受傷處四周的)青痕，青腫；(樹木的)年輪

cerner [sɛrne] *v.t.* 包圍，沿周圍一圈切開；勾勒輪廓

certain, e [sɛrtɛ̃, ɛn] *a.* 肯定的，確定的，確實的，確鑿的；確信的，有把握的 *a.indéf.* 某個 *pron.indéf.pl.* 某些人，有些人 *n.m.sing.* 肯定的，肯定的事物；【財】間接標價，外幣匯價，應收匯價

certainement [sɛrtɛnmɑ̃] *adv.* 肯定地，確定無疑地；當然

certes [sɛrt] *adv.* 當然，的確

certificat [sɛrtifika] *n.m.* 證明書，證書

certifier [sɛrtifje] *v.t.* 證明，證實，保證

certitude [sɛrtityd] *n.f.* 確實性，可靠性；確信，堅信

cérumen [serymɛn] *n.m.* 耳垢，耵聹

céruse [seryːz] *n.f.* 【化】鉛白，碱式碳酸鉛

cerveau [sɛrvo] (*pl.* ~*x*) *n.m.* 大腦，腦，頭腦，智力，判斷力；指揮中樞

cervelas [sɛrvəla] *n.m.* 一種粗短臘腸

cervelet [sɛrvəlɛ] *n.m.* 小腦

cervelle [sɛrvɛl] *n.f.* 腦漿；頭腦，智力，判斷力；【烹調】腦兒

cervical, ale [sɛrvikal] (*pl.* ~*aux*) *a.* 頸部的

ces 見 ce

César [sezaːr] *n.m.* 古羅馬皇帝的稱號；獨裁者

cessation [sɛsasjɔ̃] *n.f.* 停止，終止；中止

cesse [sɛs] *n.f.* 〔用於否定的 *loc.*〕停止；sans ~ *loc.adv.* 不斷地，不停地

cesser [se(ɛ)se] *v.t.,v.i.* 停止

cessez-le-feu [seseləfø] *n.m.inv.* 停火

cession [sɛsjɔ̃] *n.f.* 【法】讓與，放棄

cessionnaire [sɛsjɔnɛːr] *n.* 【法】受讓人

c'est-à-dire [se(ɛ)tadiːr] *loc.conj.* 即，就是説

césure [sezyːr] *n.f.* (詩句中的)頓挫

cet, cette 見 ce

cétacés [setase] *n.m.pl.* 【動】鯨目

cétoine [setwan] *n.f.* 【昆】金匠花金龜

cétone [setɔn] *n.f.* 【化】酮

ceux 見 celui

ceylanais, e [selanɛ, ɛːz] *a.* 錫蘭的 *n.* C~ 錫蘭人

chacal [ʃakal] (*pl.* ~*s*) *n.m.* 豺

chacun, e [ʃakœ̃, yn] *pron.indéf.* 〔*pl.*〕每一個人，各人；每一件東西；人人

chafouin, e [ʃafwɛ̃, in] *a.* 陰險的，狡猾的

chagrin, e [ʃagrɛ̃, in] *a.* 憂傷的；憂鬱的，沮喪的 *n.m.* 悲痛，煩惱，憂愁；(裝訂用的)粒面革，紋皮

chagriner [ʃagrine] *v.t.* 使憂傷，使傷心，使憂愁；(在皮革上)壓紋

chah = schah

chahut [ʃay] *n.m.* (舊時)一種放蕩淫亂的舞蹈；〔俗〕喧嘩，起鬨

chahuter [ʃayte] *v.t.* 〔俗〕使混亂；對…起鬨〔學生用語〕 *v.i.* 鬨鬧，喧鬧；鬨擠亂撞

chai [ʃɛ] *n.m.* 酒庫

chaîne [ʃɛn] *n.f.* 鏈，鏈條，鐐銬，鎖鏈；一連串；(傳遞物件的)隊形；(幾個電台或電視台的)聯播節目；(幾家報紙的)連載；【建】(鞏固牆身的)石塊帶層；【技】水作業線；【無】線路；【海，空】導航系統導航網；【紡】經紗

chaînette [ʃɛnɛt] *n.f.* 小鏈條；【數】懸鏈綫

chaînon [ʃɛnɔ̃] *n.m.* 鏈環，鏈節；環節；小山脉，支脉

chair [ʃɛːr] *n.f.* 肉；肌膚，膚色，皮膚；食用肉；果肉；人體；肉慾

chaire [ʃɛːr] *n.f.* 講壇，講台；説教，佈道；教授的職位

chaise [ʃɛːz] *n.f.* 椅子；【機】支座；【建】支架

chaisier, ère [ʃe[ɛ]zje, ʃɛzjɛːr] n. 製椅子者; (教堂、公園中)出租椅子者

chaland, e [ʃalɑ̃, ɑ̃:d] n. 【古】顧客, 買主 n.m. (平底)駁船

chalcographie [kalkɔgrafi] n.f. 銅版或其他金屬版雕刻術

châle [ʃɑːl] n.m. 披肩, 披巾

chalet [ʃalɛ] n.m. 山區小木屋

chaleur [ʃalœːr] n.f. 熱, 熱量; 炎熱; 熱天; 灼熱感; 熱情

chaleureux, se [ʃalœrø, øːz] a. 熱烈的, 熱情的; 激烈的

châlit [ʃali] n.m. 床架

challenge [ʃalɑ̃:ʒ] n.m. 【英】【體】流動錦標賽

chaloir [ʃalwaːr] v.i. 〔僅用直陳式現在時單數第三人稱〕Il m'en chaut. 【古】這對於我很重要。這使我感興趣。Peu m'en chaut. 這對我無關緊要。

chaloupe [ʃalup] n.f. 小艇

chalumeau [ʃalymo] (pl. ~x) n.m. (吸飲料用的)麥稈;【樂】蘆笛;【技】吹管

chalut [ʃaly] n.m. 【漁】拖網

chalutier [ʃalytje] n.m. 用拖網的漁民; 拖網漁船

chamade [ʃamad] n.f. (古時吹號或擊鼓的)求降信號; battre la ~ 極端害怕

chamailler(se) [s(ə)famaje] v.pr. 【俗】吵架, 打架

chamaillerie [ʃamajri] n.f. 【俗】吵架, 爭吵

chamarrer [ʃamare] v.t. 用緞子鑲;(俗氣地)點綴, 裝飾

chamarrure [ʃamaryːr] n.f. 俗氣的裝飾

chambard [ʃɑ̃baːr] n.m. 【俗】喧鬧, 喧擾

chambardement [ʃɑ̃bardəmɑ̃] n.m. 【俗】翻騰; 動亂

chambarder [ʃɑ̃barde] v.t. 【俗】亂翻

chambellan [ʃɑ̃be[ɛl]lɑ̃] n.m. (古時王室的)侍從

chambranle [ʃɑ̃brɑ̃:l] n.m. 門框, 窗框, 壁爐框

chambre [ʃɑ̃br] n.f. 房間;(供專用的)室; 公會, 公會會址; 議會, 議院;(法院的)分庭;(槍炮的)彈膛, 火藥室

chambrée [ʃɑ̃bre] n.f. 同寢室的兵士們

chambrer [ʃɑ̃bre] v.t. 隔離, 禁閉

chameau [ʃamo] (pl. ~x) n.m. 駱駝, 雙峰駝

chamelier [ʃaməlje] n.m. 牽駱駝的人

chamelle [ʃamɛl] n.f. 母駱駝

chamois [ʃamwa] n.m. 岩羚羊; 羚羊皮革 a.inv. 淡黄色的

champ [ʃɑ̃] n.m. 田; 場所, 場; 範圍, 界限; (獎章等的)底子;【數】場; pl. 田野; sur-le-~ loc.adv. 當場, 立刻

champagne [ʃɑ̃paɲ] n.m. 香檳酒

champagniser [ʃɑ̃paɲize] v.t. (把白葡萄酒)釀成香檳酒

champenois,e [ʃɑ̃pnwa, aːz] a. 香檳的 (Champagne, 法國舊省名) n. C~ 香檳人

champêtre [ʃɑ̃pɛtr] a. 田間的, 鄉村的; 野外的

champignon [ʃɑ̃piɲɔ̃] n.m. 蕈, 蘑菇, 帽菌;【俗】(汽車的)油門踏板

champignonnière [ʃɑ̃piɲɔnjɛːr] n.f. 蘑菇房, 蘑菇床

champion, ne [ʃɑ̃pjɔ̃, ɔn] n. 保衛者, 捍衛者; 冠軍;(田徑賽的)優秀運動員 n.m. (決鬥場中的)鬥士

championnat [ʃɑ̃pjɔna] n.m. 錦標賽, 冠軍賽

chance [ʃɑ̃:s] n.f. 運氣; 好運, 幸運; pl. 機會, 可能性

chanceler [ʃɑ̃sle] v.i. [c. 5] 蹣跚, 走路搖搖晃晃; 搖搖欲墜; 動搖, 猶豫

chancelier [ʃɑ̃səlje] n.m. 掌璽官; 法官;(使領館的)主事;(西德的)總理;(某些大學的)校長

chancelière [ʃɑ̃səljɛːr] n.f. 皮足籠, 皮足筒

chancellerie [ʃɑ̃sɛlri] n.f. 掌璽官官

邸; (法國的)司法部; (使領館的)秘書處

chanceux, se [ʃɑ̃sø, øːz] *a.* 幸運的

chancre [ʃɑ̃:kr] *n.m.* 【醫】下疳;【植】潰瘍

chancreux, se [ʃɑ̃krø, øːz] *a.* 下疳性的; 患下疳的

chandail [ʃɑ̃daj] *n.m.* 粗毛線衣

chandelier [ʃɑ̃dəlje] *n.m.* 燭台; 蠟燭製造者; 蠟燭商

chandelle [ʃɑ̃dɛl] *n.f.* 蠟燭; 支柱;〖民〗鼻涕

chanfrein [ʃɑ̃frɛ̃] *n.m.* (馬等的)額;【機】倒棱, 倒角

chanfreiner [ʃɑ̃fre(ɛ)ne] *v.t* 【技】倒棱, 倒角, 削邊

change [ʃɑ̃:ʒ] *n.m.* 兌換, 匯兌; 匯率

changeant, e [ʃɑ̃ʒɑ̃, ɑ̃:t] *a.* 易變的; 閃色的

changement [ʃɑ̃ʒmɑ̃] *n.m.* 更換, 改變; 轉變, 變化, 變動

changer [ʃɑ̃ʒe] [c. 2] *v.t.* 交換, 調換; 兌換; 更換; 改變 *v.i.* 變, 變換, 變化, 改變

changeur [ʃɑ̃ʒœ:r] *n.m.* 貨幣兌換商

chanoine [ʃanwan] *n.m.* 【宗】議事司鐸

chanson [ʃɑ̃sɔ̃] *n.f.* 歌曲; *pl.* 〖俗〗老調, 廢話

chansonner [ʃɑ̃sɔne] *v.t.* 寫歌曲諷刺

chansonnette [ʃɑ̃sɔnɛt] *n.f.* 小調, 小曲

chansonnier, ère [ʃɑ̃sɔnje, ɛːr] *n.* 歌曲的作者 (尤指諷刺歌曲); 自編自唱的藝人

chant [ʃɑ̃] *n.m.* 歌; 歌聲; 聲樂; (詩的)章節; (磚, 石塊等的)窄面

chantage [ʃɑ̃ta:ʒ] *n.m.* 敲詐, 訛詐, 要挾

chanteau [ʃɑ̃to] (*pl.* ~*x*) *n.m.* (切下的)麵包片, 布片; (提琴共鳴箱側面的)邊板

chanter [ʃɑ̃te] *v.t.* 唱, 歌唱, 歌頌; 嘲笑 *v.i.* 唱歌, 唱

chanterelle [ʃɑ̃trɛl] *n.f.* (弦樂器的)第一弦; 鳥游子

chanteur, se [ʃɑ̃tœːr, øːz] *n.* 歌手, 歌唱家, 演唱者

chantier [ʃɑ̃tje] *n.m.* (木材、煤炭等的)堆棧; 建築工地; 船台; ~ naval 造船廠

chantonner [ʃɑ̃tɔne] *v.i.,v.t.* 低聲唱, 哼

chantourner [ʃɑ̃turne] *v.t* 【技】仿形切割

chantre [ʃɑ̃:tr] *n.m.* 唱經班成員; 頌詩者

chanvre [ʃɑ̃:vr] *n.m.* 【植】大麻; 大麻纖維

chaos [kao] *n.m.* 混亂;【神】混沌;【地】石海

chaotique [kaɔtik] *a.* 混亂的, 亂七八糟的

chaparder [ʃaparde] *v.t.* 〖俗〗偷竊

chape [ʃap] *n.f.* 【建】防水面層;【技】殼, 罩, 蓋; (宗教禮儀用的)無袖長袍

chapeau [ʃapo] (*pl.* ~*x*) *n.m.* 帽子

chapelet [ʃaplɛ] *n.m.* 唸珠, 一串(東西)

chapelier, ère [ʃapəlje, ɛːr] *n.* 製帽工人; 帽商 *a.* 製帽的

chapelle [ʃapɛl] *n.f.* 小教堂; 小景точ

chapellerie [ʃapɛlri] *n.f.* 製帽業; 帽商, 帽店

chapelure [ʃaply:r] *n.f.* 麵包粉

chaperon [ʃaprɔ̃] *n.m.* (舊時的)風帽; 陪伴少女出外社交的年長婦女;【建】(牆的)壓頂

chaperonner [ʃaprɔne] *v.t.* 陪伴(少女)

chapiteau [ʃapito] (*pl.* ~*x*) *n.m.* 【建】柱頭; 馬戲團的帳篷

chapitre [ʃapitr] *n.m.* 章節, 章; 教士會議; 話題

chapitrer [ʃapitre] *v.t.* 申斥, 叱責

chapon [ʃapɔ̃] *n.m.* 閹雞

chaque [ʃak] *a.indéf.* 〔無 *pl.*〕

個, 各個

char [ʃaːr] *n.m.* (古代的)戰車; 彩車; 坦克

charabia [ʃarabja] *n.m.* 難懂的話

charade [ʃarad] *n.f.* 字謎

charançon [ʃarãsɔ̃] *n.m.* 【昆】象蟲

charbon [ʃarbɔ̃] *n.m.* 炭; 煤; (畫圖用的)木炭筆; 【醫】炭疽; 【植】黑穗病

charbonnage [ʃarbɔnaːʒ] *n.m.* 採煤; 煤礦

charbonner [ʃarbɔne] *v.t.* 使燒成炭; 用煤塗黑 *v.i.* 燒成炭

charbonnier, ère [ʃarbɔnje, ɛːr] *n.* 燒炭工; 煤炭商 *n.m.* 運煤船 *n.f.* (山林中的)燒炭場 *a.* 煤炭業的

charcuter [ʃarkyte] *v.t.* 亂切; 〖俗〗笨拙地施外科手術

charcuterie [ʃarkytri] *n.f.* 豬肉業; 豬肉店; 豬肉製品

charcutier, ère [ʃarkytje, ɛːr] *n.* 豬肉加工者; 豬肉商

chardon [ʃardɔ̃] *n.m.* 各種有棘刺的植物; (牆上的)鐵蒺藜

chardonneret [ʃardɔnrɛ] *n.m.* 金翅鳥

charge [ʃarʒ] *n.f.* 裝載, 負荷; 負擔; (文藝的)諷刺; 職務, 任務, 責任; 控訴; 出擊, 衝鋒; 【軍】上了彈, 裝炮彈; 【電】電荷, 充電

chargé, e [ʃarʒe] *a.* 有負載的; 滿載的; 負責的 *n.m.* ~ d'affaires (外交上的)代辦

chargement [ʃarʒəmã] *n.m.* 裝載; 裝載物; 載重量; 保價信

charger [ʃarʒe] [c. 2] *v.t.* 裝, 裝載; 使負擔; 裝滿, 佈滿; 委託, 委派; 控告; 襲擊, 猛攻; 裝以子彈, 炮彈; 給…充電; 誇大 *v.pr.* 承擔, 負責

chargeur [ʃarʒœːr] *n.m.* 裝貨工; 裝貨主(海運)的裝貨人; 彈藥手, 裝炮手; (槍中的)彈夾; 裝料機, 裝載機; 充電器

chariot [ʃarjo] *n.m.* 四輪運貨車; 起落架; 兒童行架; 【機】拖板; 走刀架

charitable [ʃaritabl] *a.* 慈善的, 仁慈的

charité [ʃarite] *n.f.* 慈善, 仁慈; 佈施, 施捨; 【宗】愛德

charivari [ʃarivari] *n.m.* 喧嘩嘲弄聲; 吵鬧聲; 不協調的音樂

charlatan [ʃarlatã] *n.m.* 走方郎中, 江湖醫生; 江湖騙子, 招搖撞騙者

charlatanesque [ʃarlatanɛsk] *a.* 江湖醫生式的, 江湖騙子式的

charlatanisme [ʃarlatanism] *n.m.* 江湖騙術

charmant, e [ʃarmã, ãːt] *a.* 嬌媚的, 可愛的, 漂亮的

charme [ʃarm] *n.m.* 魅力, 感染力; 嬌媚, 嫵媚; 【植】千金榆, 鵝耳櫪

charmer [ʃarme] *v.t.* 用魔力迷惑; 使傾倒; 減輕(痛苦等); 使十分高興

charmeur, se [ʃarmœːr, øːz] *n.* 施展魔力者; 迷人者 *a.* 迷人的, 誘人的

charmille [ʃarmij] *n.f.* 千金榆苗圃; 綠籬

charnel, le [ʃarnɛl] *a.* 肉體的, 肉慾的

charnier [ʃarnje] *n.m.* 藏骸所; 堆屍體的地方

charnière [ʃarnjɛːr] *n.f.* 鉸鏈; (集郵用的)膠紙條

charnu, e [ʃarny] *a.* 由肉組成的; 多肉的

charogne [ʃa(ɑ)rɔɲ] *n.f.* 腐爛的動物屍體

charpente [ʃarpãːt] *n.f.* 屋架, 構架; 骨骼; (作品的)結構

charpenter [ʃarpãte] *v.t.* 製作木桁架; 構思

charpentier [ʃarpãtje] *n.m.* 木匠

charpie [ʃarpi] *n.f.* (舊時包傷口用的)舊布碎片

charretée [ʃarte] *n.f.* 一車貨

charretier, ère [ʃartje, ɛːr] *n.* 趕大車的人 *a.* 可通大車的

charrette [ʃarɛt] *n.f.* 雙輪大車

charrier [ʃarje] *v.t.* 用大車裝運; (河流)夾帶 *v.i.* 〖民〗誇張

charroi [ʃarwa(ɑ)] *n.m.* 大車運輸, 車

運

charron [ʃa[ɑ]rɔ̃] n.m.　大車製造者,大車修理工

charrue [ʃary] n.f.　犁

charte [ʃart] n.f.　憲章; (舊時的)特許證

chartiste [ʃartist] n.　憲章派,憲章運動者; 文獻學院的學生

chas [ʃa] n.m.　針鼻兒,針眼

chasse [ʃas] n.f.　打獵,狩獵;獵區;獵獲物;獵槍;追捕;獵製航空兵;湍流

châsse [ʃɑːs] n.f.　框架;【宗】聖人遺骸盒

chassé-croisé [ʃasekrwaze] (pl. ~s-~s) n.m.　花式舞步;互換

chasselas [ʃasla] n.m.　一種白葡萄

chasse-mouches [ʃasmuʃ]　n.m.inv.　拂塵(驅蠅用)

chasse-neige [ʃasnɛːʒ] n.m.inv.　掃雪機,掃雪車

chasser [ʃase] v.t.　驅趕,驅逐;敵人;辭退;排除;獵捕　v.i.　滑動;吹來

chasseresse [ʃasrɛs] n.f., a.　〚詩〛女獵人(的)

chasseur, se [ʃasœr, øz] n.　獵人　n.m.　(法國的)輕步兵,輕騎兵;殲擊機,戰鬥機;驅逐艦;(飯店等的)穿制服的僮役

chasseur-bombardier [ʃasœrbɔ̃bardje] (pl. ~s-~s) n.m.　殲擊轟炸機,戰鬥轟炸機

chassie [ʃasi] n.f.　眼屎,眼眵

chassieux, se [ʃasjø, øz] a.　有眼屎的,有眼眵的

châssis [ʃasi] n.m.　(門窗等的)框架;【機】底座,底架;【汽】車架,底盤;【軍】炮架;【園藝】溫床

chaste [ʃast] a.　貞潔的,賢淑的;純潔的

chasteté [ʃastəte] n.f.　貞操,貞潔

chat, te [ʃa, ʃat] n.　貓

châtaigne [ʃatɛɲ] n.f.　栗子

châtaigneraie [ʃatɛɲrɛ] n.f.　栗園

châtaignier [ʃate[ɛ]ɲje] n.m.　栗樹;栗木

châtain [ʃatɛ̃] a.m.　栗色的　n.m.　栗色

château [ʃato] (pl. ~x) n.m.　城堡;宮; (鄉村)別墅;【船】上層結構

chateaubriand [ʃatobriɑ̃] n.m.　烤牛排

châtelain, e [ʃatlɛ̃, ɛn] n.　城堡主;別墅主人　n.f.　(古時婦女)腰帶上的飾物

chat-huant [ʃaɥɑ̃] (pl. ~s-~s) n.m.　【鳥】森鴞

châtier [ʃatje] v.t.　處罰,懲罰,懲辦;潤飾

chatière [ʃatjɛːr] n.f.　(門下或牆下的)貓洞;通風洞

châtiment [ʃatimɑ̃] n.m.　處罰,懲罰

chatoiement [ʃatwamɑ̃] n.m.　閃爍

chaton [ʃatɔ̃] n.m.　小貓貓;戒指上鑲寶石的座盤;【植】柔荑花序

chatouillement [ʃatujmɑ̃] n.m.　胳肢,呵癢;癢,發癢

chatouiller [ʃatuje] v.t.　胳肢,呵癢;刺激,取悅;奉承;〚俗〛挑逗

chatouilleux, se [ʃatujø, øz] a.　怕癢癢的;敏感的

chatoyer [ʃatwaje] v.i.　[c. 3] 閃爍發光,閃色

châtrer [ʃatre] v.t.　去勢,閹割

chatterie [ʃatri] n.f.　溫存,柔情;精美的甜食

chatterton [ʃatɛrtɔn] n.m.　【電】絕緣膠布,絕緣帶

chaud, e [ʃo, ʃoːd] a.　熱的;炎熱的;保暖的,暖和的;熱烈的,激烈的;熱情的,熱心的;最近的　adv.　趁熱地(指吃喝東西)　n.m.　熱

chaudement [ʃodmɑ̃] adv.　暖和地;熱烈地,熱情地

chaud-froid [ʃofrwa[ɑ]] (pl. ~s-~s) n.m.　(家禽或野味的)肉凍

chaudière [ʃodjɛːr] n.f.　鍋爐,大鍋;一大鍋之量

chaudron [ʃodrɔ̃] n.m.　小鍋

chaudronnerie [ʃodrɔnri] n.f.　製鍋業;鍋

chaudronnier, ère [ʃodrɔnje, ɛːr] *n.* 鍋匠;銅商 *a.* 製鍋的

chauffage [ʃofaːʒ] *n.m.* 加熱、發熱;取暖,供暖;取暖設備,暖氣裝置

chauffe [ʃoːf] *n.f.* 生火、燒火;燒熱,加熱;加熱時間

chauffe-bain [ʃofbɛ̃] (*pl.* ~**s**) *n.m.* 浴水加熱器

chauffe-eau [ʃofo] *n.m.inv.* 冷水加熱器

chauffe-plats [ʃofpla] *n.m.inv.* 菜餚保溫器,餐碟加熱器

chauffer [ʃofe] *v.t.* 燒熱,加熱;鼓舞,激勵;〖俗〗加速進行 *v.i.* 變熱;發熱,發燙;(機車等)升火

chaufferette [ʃofrɛt] *n.f.* 腳爐

chaufferie [ʃofri] *n.f.* 打鐵備用的爐子;鍋爐房

chauffeur, se [ʃofœːr, øːz] *n.* 司爐;司機

chaufournier [ʃofurnje] *n.m.* 石灰煅燒工

chauler [ʃole] *v.t.* 【農】施石灰,噴石灰水,刷石灰漿

chaume [ʃoːm] *n.m.* 莖稈;(穀物收割後的)茬,槎,留茬地;(蓋草房用的)麥稈,屋茅;〖詩〗茅屋

chaumière [ʃomjɛːr] *n.f.* 茅屋

chaumine [ʃomin] *n.f.* 〖古〗小茅屋

chausse [ʃoːs] *n.f.* (教授、律師、法官長袍左肩上的)闊垂帶; *pl.* (古時男用)緊身長褲,齊膝短褲

chaussée [ʃose] *n.f.* 圍堤,河堤;馬路

chausse-pied [ʃospje] (*pl.* ~**s**) *n.m.* 鞋拔

chausser [ʃose] *v.t.* 穿(鞋);給人做鞋,供應鞋子;裝輪胎;合腳 *v.i.* 合腳

chausse-trape [ʃostrap] (*pl.* ~**s**) *n.f.* (捕狐等的)陷阱;詭計,圈套

chaussette [ʃosɛt] *n.f.* 短統襪

chausson [ʃosɔ̃] *n.m.* 布鞋,便鞋;(嬰兒穿的)毛線鞋;(擊劍、跳舞等用的)輕便鞋;用腳踢的角鬥

chaussure [ʃosyːr] *n.f.* 鞋,靴;製鞋業

chauve [ʃoːv] *a.* 禿頂的;光禿禿的 *n.* 禿頂的人

chauve-souris [ʃovsuri] (*pl.* ~**s-**~) *n.f.* 蝙蝠

chauvin, e [ʃovɛ̃, in] *a.* 沙文主義的 *n.* 沙文主義者

chauvinisme [ʃovinism] *n.m.* 沙文主義

chaux [ʃo] *n.f.* 石灰

chavirement [ʃavirmɑ̃] *n.m.* 傾覆〔指船〕

chavirer [ʃavire] *v.i.* (船)傾覆;翻倒;非常激動 *v.t.* 翻倒,碰翻

chéchia [ʃeʃja] *n.f.* 伊斯蘭教徒戴的小圓帽

cheddite [ʃedit] *n.f.* 謝德炸藥

chef [ʃɛf] *n.m.* 首腦,首領;首長,長,主任,頭目,頭兒;創立人;要點;〖古〗頭

chef-d'œuvre [ʃɛdœːvr] (*pl.* ~**s-**~) *n.m.* 傑作

chefferie [ʃɛfri] *n.f.* 工兵管轄區;酋長管轄區

chef-lieu [ʃɛljø] (*pl.* ~**s-**~**x**) *n.m.* 首府,省會

cheik(h) [ʃɛk] *n.m.* (阿拉伯的)酋長,族長

chelem [ʃlɛm] *n.m.* 【牌戲】滿貫

chemin [ʃ(ə)mɛ̃] *n.m.* 路,道路;路程,途徑,方法;~ de fer 鐵路

chemineau [ʃ(ə)mino] *n.m.* 沿途打短工的人

cheminée [ʃ(ə)mine] *n.f.* 壁爐,烟囪

cheminement [ʃ(ə)minmɑ̃] *n.m.* 行走,行進;逐漸發展;【軍】(用來迫近敵人的)隱蔽通道

cheminer [ʃ(ə)mine] *v.i.* 行走,行進;逐漸發展

cheminot [ʃ(ə)mino] *n.m.* 鐵路員工

chemise [ʃ(ə)miːz] *n.f.* 襯衣,(男式)長袖襯衫;文件夾,卷宗夾;【機】外套,襯套

chemiserie [ʃ(ə)mizri] *n.f.* 襯衫廠,襯

衫店

chemisette [ʃ(ə)mizɛt] *n.f.* （男式）短
袖襯衫;（女式或兒童的）短袖襯衣

chemisier, ère [ʃ(ə)mizje, ɛːr] *n.m.* 製襯
衫者;襯衫商 *n.m.* （女式）長袖襯衫

chenal [ʃ(ə)nal] (*pl.* ~**aux**) *n.m.* 【海】
航道

chenapan [ʃ(ə)napã] *n.m.* 無賴

chêne [ʃɛn] *n.m.* 櫟樹, 橡樹

chéneau [ʃeno] (*pl.* ~**x**) *n.m.* 簷溝

chenet [ʃ(ə)nɛ] *n.m.* （壁爐的）柴架

chènevotte [ʃɛnvɔt] *n.f.* （剝去麻絲後的）
大蔴莖

chenil [ʃ(ə)ni(l)] *n.m.* （獵）狗巢;又髒
又亂的住所

chenille [ʃ(ə)nij] *n.f.* 毛蟲; 履帶;【紡】
雪尼爾花絨, 繩絨綫

chenu, e [ʃ(ə)ny] *a.* 白髮蒼蒼的

cheptel [ʃɛptɛl, ʃ(ə)tɛl] *n.m.* （一農
莊、一地區的）全部牲畜

chèque [ʃɛk] *n.m.* 支票

cher, ère [ʃɛr] *a.* 親愛的;珍貴的, 寶貴
的;昂貴的 *adv.* 昂貴地, 以高價

chercher [ʃɛrʃe] *v.t.* 找, 尋找;尋求, 謀
求, 力求, 力圖

chercheur, se [ʃɛrʃœːr, øːz] *n.* 尋找
者, 探索者;研究員 *a.* 尋找的, 探索
的

chère [ʃɛːr] *n.f.* 菜餚

chéri, e [ʃeri] *a., n.* 心愛的(人), 鍾愛
的(人)

chérif [ʃerif] *n.m.* 謝里夫〔穆罕默德的
後裔〕

chérir [ʃeriːr] *v.t.* 心愛, 鍾愛, 珍愛;依
戀, 喜愛

cherté [ʃɛrte] *n.f.* 昂貴

chérubin [ʃerybɛ̃] *n.m.* 【美術】(有兩
個翅膀的)小天使;可愛的孩子

chétif, ve [ʃetif, iv] *a.* 體弱的, 瘦弱的;
貧苦的

cheval [ʃ(ə)val] (*pl.* ~**aux**) *n.m.* 馬;
不辭勞苦的人

cheval-arçons [ʃ(ə)valarsɔ̃] *n.m.inv.*

【體】鞍馬

chevaleresque [ʃ(ə)valrɛsk] *a.* 騎士
的;騎士般的

chevalerie [ʃ(ə)valri] *n.f.* 騎士身份;騎
士會;榮譽

chevalet [ʃ(ə)valɛ] *n.m.* 支架, 三腳架;
畫架;【樂】(弦樂器的)琴馬; 拷問架〔古
刑具〕

chevalier [ʃ(ə)valje] *n.m.* 騎士;騎士
會會員;騎士級勳章獲得者;【鳥】紅腳鷸

chevalière [ʃ(ə)valjɛːr] *n.f.* 刻有徽紋
或姓字第一字母的戒指

chevalin, e [ʃ(ə)valɛ̃, in] *a.* 馬的;像馬
的

cheval-vapeur [ʃ(ə)valvapœːr] (*pl.* ~
aux-~) *n.m.* 【機】馬力

chevauchée [ʃ(ə)voʃe] *n.f.* 騎行;騎馬
巡視

chevauchement [ʃ(ə)voʃmã] *n.m.* 騎
行

chevaucher [ʃ(ə)voʃe] *v.i.* 騎馬;交疊
v.t. 騎, 跨

chevelu, e [ʃəvly] *a.* 有頭髮的;長髮的

chevelure [ʃəvlyːr] *n.f.* 頭髮〔總稱〕;
【天】彗尾

chevet [ʃ(ə)vɛ] *n.m.* 床頭, 枕邊;(教堂
後部的)圓室

cheveu [ʃ(ə)vø] (*pl.* ~**x**) *n.m.* 頭髮

cheville [ʃ(ə)vij] *n.f.* 木釘, 銷, 栓, 鍵;
踝骨;【樂】弦軸;湊韻腳的詞

cheviller [ʃ(ə)vije] *v.t.* 銷住, 栓住;使
充滿浮詞

cheviotte [ʃ(ə)vjɔt] *n.f.* （蘇格蘭產的）
啥味羊毛;啥味呢

chèvre [ʃɛːvr] *n.f.* 山羊, 母山羊;山羊
皮;三角起重架

chevreau [ʃ(ə)vro] (*pl.* ~**x**) *n.m.* 山羊
羔;小山羊皮

chèvrefeuille [ʃɛvrəfœj] *n.m.* 【植】忍
冬

chevrette [ʃ(ə)vrɛt] *n.f.* 小母山羊, 母
山羊羔;母狍

chevreuil [ʃ(ə)vrœj] *n.m.* 狍

chevrier, ère [ʃ(ə)vrie, ɛːr] *n.* 牧山羊者 *n.m.* 一種白扁豆

chevron [ʃ(ə)vrɔ̃] *n.m.* 【建】椽子，檁；【紡】人字形斜紋；人字形袖章

chevronner [ʃ(ə)vrɔne] *v.t.* 【建】安裝椽子

chevrotement [ʃ(ə)vrɔtmɑ̃] *n.m.* 顫聲；聲音的顫抖

chevroter [ʃ(ə)vrɔte] *v.i.* 用顫聲講話或唱歌

chevrotin [ʃ(ə)vrɔtɛ̃] *n.m.* 麝

chewing-gum [tʃuwiŋgɔm, ʃwiŋgɔm] *n.m.* 〖英〗口香糖

chez [ʃe] *prép.* 在…家裏；在…的國家裏；在…的時代；在…的作品裏；在…的身上

chiasse [ʃjas] *n.f.* 昆蟲的排泄物；〖民〗瀉肚子

chic [ʃik] *n.m.* 技巧，靈巧；漂亮，瀟灑，別致 *a.inv.* 漂亮的，棒的，非常好的；能幫助人的 *interj.* 〖俗〗真棒!

chicane [ʃikan] *n.f.* （訴訟中）講歪理，詭辯；〖貶〗訴訟；無理取鬧，找碴兒；曲折的通道

chicaner [ʃikane] *v.i.* （訴訟中）講歪理，詭辯；無理取鬧，找碴子，挑剔 *v.t.* 找碴兒，挑剔

chicanerie [ʃikanri] *n.f.* 無理取鬧，找碴兒

chicaneur, se [ʃikanœːr, øːz], **chicanier, ère** [ʃikanje, ɛːr] *a.* 愛訴訟的；詭辯的，愛找碴兒的 *n.* 訟棍；詭辯者，愛找碴兒的人

chiche [ʃiʃ] *a.* 吝嗇的，小氣的；菲薄的 *interj.* 〖俗〗打個賭吧！〔表示挑釁〕

chichi [ʃiʃi] *n.m.* 裝腔作勢，矯揉造作

chicon [ʃikɔ̃] *n.m.* 直立萵苣，菜用萵苣

chicorée [ʃikɔre] *n.f.* 菊苣

chicot [ʃiko] *n.m.* 樹椿；牙齒殘根

chien, ne [ʃjɛ̃, ɛn] *n.* 狗 *n.m.* 【軍】機頭，擊鐵；〔獵槍的〕鷄頭

chiendent [ʃjɛ̃dɑ̃] *n.m.* 【植】匍匐冰草；〖俗〗困難，麻煩事

chiffe [ʃif] *n.f.* 劣等布；懦弱的人

chiffon [ʃifɔ̃] *n.f.* 破布，舊布片；破爛東西；*pl.* 〖俗〗（婦女的）服飾，打扮用的東西

chiffonner [ʃifɔne] *v.t.* 弄皺；〖俗〗使憂愁，使傷心

chiffonnier, ère [ʃifɔnje, ɛːr] *n.* 撿破爛的人；收買破爛的商人 *n.m.* 有抽屜的小櫃〔供婦女放首飾、布片等用〕

chiffre [ʃifr] *n.m.* 數字；總數，總額；密碼；(開鎖用的)密碼數字；姓名起首字母組成的圖案

chiffrer [ʃifre] *v.i.* 計算；達到可觀數字 *v.t.* 編號，打號碼；將…譯成密碼；刻或繡姓名的起首字母

chiffreur, se [ʃifrœːr, øːz] *n.* 記數人；譯電員

chignon [ʃiɲɔ̃] *n.m.* 髮髻

chilien, ne [ʃiljɛ̃, ɛn] *a.* 智利的 *n.* C~ 智利人

chimère [ʃimɛːr] *n.f.* 空想，幻想；【魚】銀鮫

chimérique [ʃimerik] *a.* 愛空想的；空想的，不能實現的

chimie [ʃimi] *n.f.* 化學

chimique [ʃimik] *a.* 化學的

chimiste [ʃimist] *n.* 化學家

chimpanzé [ʃɛ̃pɑ̃ze] *n.m.* 黑猩猩

chinchilla [ʃɛ̃ʃila] *n.m.* 【動】絨鼠；絨鼠毛皮

chiner [ʃine] *v.t.* 〖紡〗染成或織成雲紋彩色；〖俗〗嘲諷，奚落

chineur, se [ʃinœːr, øːz] *n.* 雲紋印染工；〖俗〗開玩笑者

chinois, e [ʃinwa, aːz] *a.* 中國的 *n.* C~ 中國人 *n.m.* 中國語文，漢語

chinoiserie [ʃinwazri] *n.f.* 中國古玩，中國工藝品

chiot [ʃjo] *n.m.* 小狗

chiourme [ʃjurm] *n.f.* 苦役犯的總稱

chiper [ʃipe] *v.t.* 〖俗〗偷竊

chipie [ʃipi] *n.f.* 〖俗〗潑婦

chipoter [ʃipɔte] *v.i.* 小口小口地吃；拖

拖拉拉地幹活;討價還價

chique [ʃik] *n.f.* 嚼烟;一種熱帶跳蚤

chiquenaude [ʃikno:d] *n.f.* 彈指

chiquer [ʃike] *v.i.* 咀嚼烟草

chiromancie [kirɔmɑ̃si] *n.f.* 手相術

chiromancien, ne [kirɔmɑ̃sjɛ̃, ɛn] *n* 看手相的人

chiropracteur [kirɔpraktœ:r] *n.m.* 脊柱按摩醫生

chiropractie [kirɔprakti] *n.f.* 脊柱按摩療法

chirurgical, ale [ʃiryrʒikal] (*pl.* ~*aux*) *a.* 外科的

chirurgie [ʃiryrʒi] *n.f.* 外科

chirurgien [ʃiryrʒjɛ̃] *n.m.* 外科醫生

chitine [kitin] *n.f.* 甲殼質,明角質

chiure [ʃjy:r] *n.f.* 〔昆蟲〕糞,〔蠅〕糞

chloramphénicol [klɔrɑ̃fenikɔl] *n.m.* 氯黴素

chlorate [klɔrat] *n.m.* 氯酸鹽

chlore [klɔ:r] *n.m.* 【化】氯

chloré, e [klɔre] *a.* 含氯的

chlorhydrique [klɔridrik] *a.* acide ~ 鹽酸

chloroforme [klɔrɔfɔrm] *n.m.* 氯仿,三氯甲烷

chloroformer [klɔrɔfɔrme] *v.t.* 用氯仿麻醉

chloromycétine [klɔrɔmisetin] *n.f.* 氯黴素

chlorophylle [klɔrɔfil] *n.f.* 葉綠素

chlortétracycline [klɔrtetrasiklin] *n.f.* 氯四環素,金黴素

chlorure [klɔry:r] *n.m.* 氯化物

choc [ʃɔk] *n.m.* 衝擊,碰撞;突擊;衝突;打擊;【醫】休克 *a.inv.* 〖俗〗令人震驚的

chocolat [ʃɔkɔla[ɑ]] *n.m.* 巧克力 *a.inv.* 深褐色的

chocolatier, ère [ʃɔkɔlatje, ɛ:r] *a.* 製或賣巧克力的 *n.* 製巧克力者;巧克力商

chœur [kœ:r] *n.m.* 合唱隊,合唱團;合

唱曲;(教堂的)唱詩班;祭壇;(志同道合的)羣,夥

choir [ʃwa:r] *v.i.* [c. 40] 落下,墜落,倒下

choisi, e [ʃwazi] *a.* 挑選出來的;高超的,傑出的

choisir [ʃwazi:r] *v.t.* 挑選,選擇

choix [ʃwa] *n.m.* 挑選,選擇;供選擇的東西;選中的東西

choléra [kɔlera] *n.m.* 霍亂

cholérique [kɔlerik] *a.* 霍亂的;患霍亂的 *n.* 霍亂患者

cholestérol [kɔlesterɔl] *n.m.* 【生化】膽固醇〔舊稱 cholestérine〕

chômage [ʃoma:ʒ] *n.m.* 失業;停工,停產;(假日的)停工休息

chômer [ʃome] *v.i.* 失業;(假日)停工休息

chômeur, se [ʃomœ:r, ø:z] *n.* 失業者

chope [ʃɔp] *n.f.* 大啤酒杯

chopine [ʃɔpin] *n.f.* 古容量名〔約等於半公升〕;〖民〗酒瓶

chopper [ʃɔpe] *v.i.* 〔脚〕絆着

choquer [ʃɔke] *v.t.* 碰,撞;(精神上)刺激,打擊;使不快,激起反感;違背;冒犯,得罪

choral, ale [kɔral] (*pl.* ~ *uls* 或 ~ *aux*) *a.* 合唱的 *n.m.* 【宗】(合唱)贊美歌 *n.f.* 合唱隊,合唱團

chorégraphie [kɔregrafi] *n.f.* 編舞,舞蹈動作設計;舞譜記錄術

choriste [kɔrist] *n.* 合唱隊隊員

chorus [kɔrys] *n.m.* faire ~ 隨聲附和

chose [ʃo:z] *n.f.* 事物,物,東西;事情;事實 東西,傢伙〔用於不知其名、不便或不願明説時〕

chou [ʃu] (*pl.* ~*x*) *n.m.* 甘藍,捲心菜;甘藍形緞結;圓形泡夫〔一種糕點〕 *a.inv.* 小巧玲瓏的

chouan [ʃwɑ̃] *n.m.* 【史】朱安黨人

chouannerie [ʃwanri] *n.f.* 【史】朱安黨暴動〔法國資產階級革命時期的保皇派暴動〕

choucas [ʃuka] n.m. 【鳥】寒鴉

choucroute [ʃukrut] n.f. 醃酸菜

chouette [ʃwɛt] n.f. 貓頭鷹，梟 a. 〖民〗漂亮的

chou-fleur [ʃuflœːr] (pl. ~x-~s) n.m. 花菜，花椰菜

chou-navet [ʃunavɛ] (pl. ~x-~s) n.m. 蕪菁甘藍

chou-rave [ʃuraːv] (pl. ~x-~s) n.m. 球莖甘藍

choyer [ʃwaje] v.t. [c. 3] 疼愛；愛惜

chrême [krɛm] n.m. 【宗】聖油

chrestomathie [krɛstɔmat[s]i] n.f. 古典名著選

chrétien, ne [kretjɛ̃, ɛn] a. 基督教的，信奉基督教的 n. 基督教徒

chrétienté [kretjɛ̃te] n.f. 基督教徒、基督教國家的總稱

christ [krist] n.m. 基督受難像

christianiser [kristjanize] v.t. 使皈依基督教，使基督教化

christianisme [kristjanism] n.m. 基督教

christmas [krisma[ɑ:]s] n.m. 〖英〗聖誕節

chromatique [krɔmatik] a. 色彩的，顏色的，【樂】半音的，半音音階的

chromatron [krɔmatrɔ̃] n.m. 彩色電視攝像管

chrome [kroːm] n.m. 【化】鉻

chromer [krome] v.t. 鍍鉻；【革】鉻鞣

chromolithographie [krɔmɔlitɔgrafi] n.f. 彩色石印術；彩色石印品〔縮寫爲 chromo [krɔmo]〕

chromotypographie [krɔmɔtipɔgrafi], **chromotypie** [krɔmɔtipi] n.f. 彩印術；彩印品

chronicité [krɔnisite] n.f. 【醫】慢性，延久性

chronique [krɔnik] a. 【醫】慢性的 n.f. 編年史；傳聞，流言；(報紙上的)專欄

chroniqueur [krɔnikœːr] n.m. 編年史作者；(報紙的)專欄編輯

chronographe [krɔnɔgraf] n.m. 秒錶；【物】記時器；【天】記時儀

chronologie [krɔnɔlɔʒi] n.f. 年代學，編年學；年表，年代記

chronologique [krɔnɔlɔʒik] a. 按年代編的

chronomètre [krɔnɔmɛtr] n.m. 精確時計；秒錶，馬錶

chronométrer [krɔnɔmetre] v.t. [c. 7] 測時，計時

chrysalide [krizalid] n.f. 【昆】蝶蛹；蛹殼

chrysanthème [krizɑ̃tɛm] n.m. 菊花

chuchotement [ʃyʃɔtmɑ̃] n.m. 低語，竊竊私語

chuchoter [ʃyʃɔte] v.i. 低語，竊竊私語 v.t. 低聲說

chuchoterie [ʃyʃɔtri] n.f. 耳語

chuchoteur, se [ʃyʃɔtœːr, øːz] a. 耳語的，竊竊私語的；喜歡耳語的 n. 耳語者；喜歡耳語者

chuintement [ʃɥɛ̃tmɑ̃] n.m. 【語】把舌齒擦音讀成前腭擦音的發音錯誤

chuinter [ʃɥɛ̃te] v.i. (貓頭鷹)叫；【語】把舌齒擦音讀成前腭擦音〔如將[z]讀成[ʒ]〕

chut! [ʃyt] interj. 噓！(制止別人作聲)

chute [ʃyt] n.f. 跌落，跌倒，降落，下降；塌落；瀑布；衰亡；失敗；末端，邊料，角料

chuter [ʃyte] v.i. 落下 v.t. 喝倒彩

chyle [ʃil] n.m. 【生理】乳糜

chyme [ʃim] n.m. 【生理】食糜

chypriote [ʃipriɔt] a. 塞浦路斯的 n. C~ 塞浦路斯人

ci [si] adv. 這裏，此地；合計〔用於所得總數前〕；這〔與指示代詞一起修飾名詞，與 là 相對〕；ci-après loc.adv. 此後，下文；ci-contre loc.adv. 旁邊，對面；ci-dessous loc. adv. 以下；ci-dessus loc.adv. 以上；de-ci de-là，par-ci par-là loc.adv. 到處，處處；comme ci comme ça 馬馬虎虎，

還可以

cible [sibl] *n.f.* 靶子；目標，對象

ciboire [sibwa:r] *n.m.* 【宗】聖爵

ciboulette [sibulɛt] *n.f.* 細香蔥

cicatrice [sikatris] *n.f.* 疤痕，傷疤；創傷

cicatriciel, le [sikatrisjɛl] *a.* 【生理】瘢的，瘢痕的

cicatrisation [sikatrizasjɔ̃] *n.f.* 收瘢，結疤；瘉合

cicatriser [sikatrize] *v.t.* 使收瘢，使瘉合

cidre [sidr] *n.m.* 蘋果酒

ciel [sjɛl] (*pl. cieux* [sjø] 或 ～*s* [sjɛl]) *n.m.* 天，天空；宇宙；氣候；地方；天國；老天，蒼天 *interj.* 天哪！〔表示驚訝、痛苦〕

cierge [sjɛrʒ] *n.m.* （教堂用的）大蠟燭；【植】仙影拳

cigale [sigal] *n.f.* 蟬

cigare [siga:r] *n.m.* 雪茄

cigarette [sigarɛt] *n.f.* 捲烟，香烟

cigarière [sigarjɛ:r] *n.f.* 製雪茄的女工

cigogne [sigɔɲ] *n.f.* 鸛

ciguë [sigy] *n.f.* 毒芹

cil [sil] *n.m.* 睫毛

cilice [silis] *n.m.* 苦衣〔苦行者穿的粗毛襯衣〕

ciller [sije] *v.t.* 眨（眼）*v.i.* 眨眼

cimaise [simɛz] *n.f.* 【建】（簷口或牆裙上的）葱形飾，反曲綫

cime [sim] *n.f.* （樹、山等的）頂，峯；頂點，頂峯

ciment [simɑ̃] *n.m.* 水泥；連結物，紐帶；～ armé 鋼筋混凝土

cimenter [simɑ̃te] *v.t.* 用水泥固定；抹水泥；鞏固，加強

cimentier [simɑ̃tje] *n.m.* 水泥工人

cimeterre [simtɛ:r] *n.m.* （土耳其的）彎形大刀

cimetière [simtjɛ:r] *n.m.* 墓地，公墓

ciné [sine] *n.m.* 〖民〗電影院

cinéaste [sineast] *n.m.* 電影編導者

ciné-club [sineklœb] (*pl. ～s*) *n.m.* 電影愛好者俱樂部

cinéma [sinema] *n.m.* 電影；電影業；電影院

cinémascope [sinemaskɔp] *n.m.* 寬銀幕電影

cinématique [sinematik] *n.f.* 運動學

cinématographe [sinematɔgraf] *n.m.* 電影放映機；電影

cinématographier [sinematɔgrafje] *v.t.* 拍成電影

cinématographique [sinematɔgrafik] *a.* 電影的

cinéraire [sinerɛ:r] *n.f.* 瓜葉菊

cinérama [sinerama] *n.m.* 全景電影

cing(h)alais, e [sɛ̃galɛ, ɛ:z] *a.* 僧伽羅的 *n.* C～ 僧伽羅人

cinglant, e [sɛ̃glɑ̃, ɑ̃:t] *a.* 鞭撻的；刺骨的；嚴厲的，粗暴的

cingler [sɛ̃gle] *v.i.* 【海】（向某一方向）張帆航行 *v.t.* 鞭撻，抽打

cinq [sɛ̃:k] *a.num.* 五；第五 *n.m.* 五

cinquantaine [sɛ̃kɑ̃tɛn] *n.f.* 五十，五十左右

cinquante [sɛ̃kɑ̃:t] *a.num.* 五十；第五十 *n.m.* 五十

cinquantenaire [sɛ̃kɑ̃tnɛ:r] *a.* 五十歲的 *n.* 五十歲的人 *n.m.* 五十週年

cinquantième [sɛ̃kɑ̃tjɛm] *a.num.ord.* 第五十 *n.* 第五十個 *n.m.* 五十分之一

cinquième [sɛ̃kjɛm] *a.num.ord.* 第五 *n.* 第五個 *n.m.* 五分之一 *n.f.* 五年級

cintrage [sɛ̃tra:ʒ] *n.m.* 【技】彎板，彎管，彎條

cintre [sɛ̃:tr] *n.m.* 【建】拱腹，築拱的模架；舞台的上空

cintrer [sɛ̃tre] *v.t.* 【建】砌成拱形；【技】彎（管），彎（板）

cirage [sira:ʒ] *n.m.* （地板等的）打蠟；擦鞋油，鞋油

circoncire [sirkɔ̃si:r] *v.t.* [c. 63]（但過去分詞為 circoncis）【醫】包皮環切除

circoncision [sirkõsizjõ] *n.f.* 【醫】包皮環切術

circonférence [sirkõferã:s] *n.f.* 【數】周, 圓周; 周界

circonflexe [sirkõflɛks] *a.* 【語】長音符號的

circonlocution [sirkõlɔkysjõ] *n.f.* 委婉, 迂迴的說法

circonscription [sirkõskripsjõ] *n.f.* 區, 區域

circonscrire [sirkõskri:r] *v.t.* [c. 61] 標出…的界限, 限制;【數】作外切圖形, 作外接圖形

circonspect, e [sirkõspɛ(kt), ɛkt] *a.* 謹慎的, 考慮周到的

circonspection [sirkõspɛksjõ] *n.f.* 謹慎, 考慮周到

circonstance [sirkõstã:s] *n.f.* 情況, 狀況; 形勢, 時機

circonstancié, e [sirkõstãsje] *a.* 詳盡的, 詳細的

circonstanciel, le [sirkõstãsjɛl] *a.* 根據情況的;【語】狀語的

circonvenir [sirkõvni:r] *v.t.* [c. 16] 欺騙, 哄騙

circonvolution [sirkõvɔlysjõ] *n.f.* 盤繞, 盤旋; 渦綫

circuit [sirkɥi] *n.m.* 周圍, 圓周, 圈子, 環路;【電】綫路, 電路

circulaire [sirkylɛ:r] *a.* 循環的; 圓的 *n.f.* 傳閱文件, 通報

circulation [sirkylasjõ] *n.f.* 循環; 流傳; 交通; 流通, 周轉

circulatoire [sirkylatwa:r] *a.* 血液循環的

circuler [sirkyle] *v.i.* 循環; 往來; 流通, 周轉; 傳播, 流傳

circumnavigation [sirkɔmnavigasjõ] *n.f.* 【海】環洲航行, 環球航行

cire [si:r] *n.f.* 蠟, 蜂蠟, 植物蠟; 火漆

cirer [sire] *v.t.* 上蠟, 打蠟; 擦鞋油

cireur, se [sirœ:r, ø:z] *n.* 打蠟工, 上蠟工

cireux, se [sirø, ø:z] *a.* 像蠟的, 蠟黃色的

cirque [sirk] *n.m.* (古羅馬的)圓形競技場; 馬戲場, 雜技場;【地質】冰斗

cirrhose [siro:z] *n.f.* 肝硬化, 肝硬變

cirrus [sirys] *n.m.* 【氣】捲雲

cisaille [sizɑ:j] *n.f.* 【機】衝剪機, 剪床; (回爐用的)銀幣碎片; *pl.* 大剪刀

cisaillement [sizajmã] *n.m.* 剪斷, 剪切, 衝剪

cisailler [sizaje] *v.t.* 剪斷, 剪切, 衝剪

ciseau [sizo] (*pl.* ~*x*) *n.m.* 鑿子; 雕刻刀; *pl.* 剪子, 剪刀;【體】剪式跳高, 夾腿摔跤

ciseler [sizle] *v.t.* [c. 6 或 c. 5] 鑿, 雕刻; 剪; 推敲, 琢磨

ciselet [sizlɛ] *n.m.* 小鑿子, 雕刻刀

ciseleur [sizlœ:r] *n.m.* 雕刻師, 雕刻工

ciselure [sizly:r] *n.f.* 雕刻術; 雕刻品

citadelle [sitadɛl] *n.f.* 城寨, 城堡; 中心

citadin, e [sitadɛ̃, in] *n.* 市民

citation [sitasjõ] *n.f.* 引證, 引文, 語錄; 傳訊; 表揚

cité [site] *n.f.* 城市, 都市; (城市中的)舊城, 老城

citer [site] *v.t.* 引用, 引證; 表揚;【法】傳訊

citerne [sitɛrn] *n.f.* 雨水池, 蓄水池; 油艙, 油罐, 罐槽

citoyen, ne [sitwajɛ̃, ɛn] *n.* 市民, 城裏人; 公民, 國民

citrate [sitrat] *n.m.* 【化】檸檬酸鹽, 檸檬酸酯

citrique [sitrik] *a.* acide ~【化】檸檬酸

citron [sitrõ] *n.m.* 檸檬 *a.inv.* 檸檬色的, 淡黃色的

citronnade [sitrɔnad] *n.f.* 檸檬水

citronnelle [sitrɔnɛl] *n.f.* 有檸檬香味的植物

citronnier [sitrɔnje] *n.m.* 檸檬樹

citrouille [sitruj] *n.f.* 西葫蘆, 美洲南瓜

civet [sivɛ] *n.m.* 燜兔肉, 燜野味肉

civette [sivɛt] n.f. 麝貓；麝貓香

civière [sivjɛːr] n.f. 擔架

civil, e [sivil] a. 市民的，公民的；民事的；非宗教的；有禮貌的，有教養的 n.m. 平民；【法】民事

civilisateur, trice [sivilizatœːr, tris] a. 開化的，傳播文化的 n. 傳播文化者

civilisation [sivilizɑsjɔ̃] n.f. 開化，教化，文明；文化

civiliser [sivilize] v.t. 使開化，使文明；使有教養

civilité [sivilite] n.f. 禮貌，禮儀；pl. 敬意

civique [sivik] a. 公民的，市民的

civisme [sivism] n.m. 公民的責任心

clabaudage [klabodɑːʒ] n.m. 狂吠，亂叫

clabauder [klabode] v.i. 狂吠，亂叫

clac! [klak] interj. 嘎啦！叭！啪！

claie [klɛ] n.f. 柳條編製物；格子柵欄，鐵絲網

clair, e [klɛːr] a. 發光的，明亮的；清脆的；清澈的，透明的；(顏色)淺的，淡的；稀疏的，稀薄的；明顯的，明確的；易懂的 adv. 清楚地，明白地

clairet, te [klɛrɛ, ɛt] a. 淡紅色的〔指葡萄酒〕 n.m. 淡紅色的葡萄酒

claire-voie [klɛrvwa] (pl. ~s-~s) n.f. 柵欄，籬笆；(教堂的)頂部排窗；à ~ loc.adv. 透光，有孔，有網眼

clairière [klɛrjɛːr] n.f. 林間空地；【紡】稀弄，薄段〔指織疵〕

clair-obscur [klɛrɔpskyːr] (pl. ~s-~s) n.m. 【繪畫】明暗對照法，濃淡配襯法

clairon [klɛrɔ̃] n.m. 軍號，喇叭，號角；司號員，號兵

claironner [klɛrɔne] v.i. 吹軍號，吹喇叭；發出喇叭似的聲音 v.t. 大肆宣揚

clairsemé, e [klɛrsəme] a. 稀的，稀疏的

clairvoyance [klɛrvwajɑːs] n.f. 遠見，預見，英明，洞察力

clairvoyant, e [klɛrvwajɑ̃, ɑ̃ːt] a. 眼力好的；英明的，有洞察力的，有遠見的

clamer [klɑ[a]me] v.t. 叫喊，叫囂

clameur [klɑ[a]mœːr] n.f. 喧嘩，嘈雜，吵鬧聲

clan [klɑ̃] n.m. (蘇格蘭或愛爾蘭的)氏族，部族，小集團，小團體

clandestin, e [klɑ̃dɛstɛ̃, in] a. 秘密的，私下的

clandestinité [klɑ̃dɛstinite] n.f. 秘密(性)，隱蔽(性)；(1940—1944年法國抵抗運動的)秘密狀態，地下狀態

clapet [klapɛ] n.m. 【機】閥，活門；〔俗〕嘴巴

clapier [klapje] n.m. (養兔場裏的)兔穴；家兔棚

clapotement [klapɔtmɑ̃] n.m. 水波盪漾

clapoter [klapɔte] v.i. (水波)盪漾

claque [klak] n.f. 耳光，(戲院中)雇來鼓掌的人；皮鞋鞋面 n.m. (可摺疊的)高頂大禮帽

claquement [klakmɑ̃] n.m. 咯咯聲，啪啪聲

claquemurer [klakmyre] v.t. 幽禁，囚禁

claquer [klake] v.i. 發出咯咯聲，發出啪啪聲；鼓掌；〔民〕失敗；死去 v.i. 打(某人)耳光

claquette [klakɛt] n.f. 響板，呱嗒板兒

clarification [klarifikɑsjɔ̃] n.f. 澄清；純化，淨化

clarifier [klarifje] v.t. 澄清；純化，淨化

clarine [klarin] n.f. (放牧的家畜頸上帶的)鈴

clarinette [klarinɛt] n.f. 【樂】單簧管

clarinettiste [klarine[ɛ]tist] n. 單簧管吹奏者

clarté [klarte] n.f. 光，光亮，光明；清澈，透明；清楚

classe [klɑs] n.f. 階級；等級，類別；年級，班級，班次，課堂；學校；同年應徵入伍者；pl. 全班學生；類【動，植】綱

classement [klɑsmɑ̃] n.m. 分類，分等，

分級

classer [klase] *v.t.* 分類,分等,分級;整理,歸類

classeur [klasœr] *n.m.* 文件夾,文件櫃,文件箱

classicisme [klasisism] *n.m.* 古典主義

classification [kla(ɑ)sifikɑsjɔ̃] *n.f.* 分類,分等,分級

classifier [kla(ɑ)sifje] *v.t.* 分類,分等,分級

classique [klasik] *a.* 古典的,經典的;學校用的,教學用的;傳統的,常見的 *n.m.* 古典作家,經典作家;古典作品,經典作品;古典主義者

claudication [klodikɑsjɔ̃] *n.f.* 跛行

clause [kloːz] *n.f.* 【法】條文,條款

claustral, ale [klostral] (*pl.* ～*aux*) *a.* 修道院的

claustration [klostrɑsjɔ̃] *n.f.* 關進修道院;監禁

clavecin [klavsɛ̃] *n.m.* 【樂】羽管鍵琴

clavette [klavɛt] *n.f.* 【機】鍵,銷,楔

clavicule [klavikyl] *n.f.* 【解】鎖骨

clavier [klavje] *n.m.* 琴鍵,鍵;音域;鑰匙圈,鑰匙鏈條

clayonnage [klɛjɔnaːʒ] *n.m.* 【市政工程】籬柴排,枝條排;築柴排,築枝條排

clef, clé [kle] *n.m.* 鑰匙;關鍵,秘訣,線索,解法;【樂】譜號;戰略要地,要害之地;【技】扳手

clématite [klematit] *n.f.* 【植】鐵綫蓮

clémence [klemɑ̃ːs] *n.f.* 寬大,寬恕,寬厚;溫和

clément, e [klemɑ̃, ɑ̃ːt] *a.* 寬大的,寬恕的,寬厚的;溫和的

clenche [klɑ̃ːʃ] *r.f.* 門閂,門鉤

clepsydre [klɛpsidr] *n.f.* 漏壺,漏刻〔古代用水計時的器具〕

cleptomane [klɛptɔman] *n.* 有偷竊癖的人

cleptomanie [klɛptɔmani] *n.f.* 偷竊癖

clerc [klɛːr] *n.m.* 文人,學者;(律師事務所的)書記,練習生;【宗】聖職者

clergé [klɛrʒe] *n.m.* 【宗】教士,聖職者

clérical, ale [klerikal] (*pl.* ～*aux*) *a.* 聖職者的,教士的;教權主義的 *n.m.* 教權主義者

cléricalisme [klerikalism] *n.m.* 教權主義

cléricature [klerikatyr] *n.f.* 聖職者的身份

clic! [klik] *interj.* 喀搭! 喀嚓!

clichage [kliʃaːʒ] *n.m.* 【印】鑄版,製版

cliché [kliʃe] *n.m.* 【印】印板;【攝】底片;【俗】老一套,口頭禪

clicher [kliʃe] *v.t.* 【印】鑄版,製版

clicherie [kliʃri] *n.f.* 【印】製版車間

client, e [kliɑ̃, ɑ̃ːt] *n.* (律師的)委託人,(醫生的)病家,(銀行的)客戶;買主,顧客

clientèle [kliɑ̃tɛl] *n.f.* 委託人,病家,客戶,顧客〔總稱〕

clignement [kliɲmɑ̃] *n.m.* 眯着眼睛;眨眼

cligner [kliɲe] *v.t.* 眯,眨,眨;～ de l'œil 遞眼色 *v.i.* 眨巴

clignotant [kliɲɔtɑ̃] *n.m.* 閃光指示器,閃光信號燈

clignotement [kliɲɔtmɑ̃] *n.m.* (不自主的)眨眼;閃爍

clignoter [kliɲɔte] *v.i.* 眨個不停,連連眨眼;閃爍

climat [klima(ɑ)] *n.m.* 氣候;氣氛

climatérique [klima(ɑ)terik] *a.* 關口年的,災難時期的;氣候的

climatique [klima(ɑ)tik] *a.* 氣候的

climatiser [klima(ɑ)tize] *v.t.* 調節空氣;使適應氣候變化

climatiseur [klima(ɑ)tizœr] *n.m.* 空氣調節裝置

climatographie [klima(ɑ)tɔgrafi] *n.f.* 氣候誌

clin [klɛ̃] *n.m.* ～ d'œil 眨眼;使眼色;en un ～ d'œil *loc.adv.* 轉瞬間,一眨眼

clinicien [klinisjɛ̃] *n.m.* 臨床醫生

a.m. 臨床的〔指醫生〕

clinique [klinik] *a.* 臨床的 *n.f.* 臨床,臨床教學;私立診療所

clinquant [klɛ̃kɑ̃] *n.m.* (金屬)箔;贗品;虛浮,浮華

clique [klik] *n.f.* 一幫,一夥,集團;軍樂隊

cliquet [klikɛ] *n.m.* 【機】棘爪;棘輪搖鑽

cliqueter [klikte] *v.i.* [c. 5] 發出清脆的碰撞聲

cliquetis [klikti] *n.m.* 碰撞聲,叮噹聲;~ de mots 誇誇其談

clisse [klis] *n.f.* (瀝水用的)乾酪筐;(瓶、杯的)柳條護套

clivage [klivaʒ] *n.m.* 【礦】解理,劈理;劃分,區分

cliver [klive] *v.t.* 成解理分開,按紋理劈開

cloaque [klɔak] *n.m.* 垃圾場,污水坑,骯髒地方;【動】泄殖腔

clochard, e [klɔʃaːr, ard] *n.* 〖俗〗流浪漢

cloche [klɔʃ] *n.f.* 鐘;鐘形菜罩;鐘形玻璃罩〔園藝用〕

cloche-pied (à) [aklɔʃ'pje] *loc.adv.* 獨腳跳

clocher [klɔʃe] *n.m.* (教堂的)鐘樓;教區;故鄉 *v.i.* 瘸着走;有缺陷

clocheton [klɔʃtɔ̃] *n.m.* 小鐘樓;小尖塔

clochette [klɔʃɛt] *n.f.* 鈴,鈴鐺;鐘形花朵

cloison [klwazɔ̃] *n.f.* 隔板;分割;隔膜

cloisonné, e [klwazɔne] *a.* 分隔的,隔開的;嵌金屬絲花紋的,景泰藍的 *n.m.* 嵌金屬絲花紋的珐琅工藝品,景泰藍

cloître [klwatr] *n.m.* (庭院、隱修院等內的)游廊,迴廊,走廊;隱修院

cloîtrer [klwatre] *v.t.* 送進隱修院;關閉 *v.pr.* 隱居,閉門獨居

clopin-clopant [klɔpɛ̃klɔpɑ̃] *loc. adv.* 〖俗〗蹣跚地,一瘸一拐地

clopiner [klɔpine] *v.i.* 蹣跚而行,一瘸一拐地走

cloporte [klɔpɔrt] *n.m.* 【動】鼠婦,潮蟲

cloque [klɔk] *n.f.* 【農】桃縮葉病;【醫】(皮膚上的)水疱

cloquer [klɔke] *v.i.* 起泡 *v.t.* 使呈泡泡狀〔指織物〕

clore [klɔːr] [c. 72] *v.t.* 關閉,封閉,堵塞,圍住;訂立,締結;結束 *v.i.* 能關閉,可關攏

clos, e [klo, oːz] *a.* 關閉的,堵塞的,圍住的;結束的,完成的 *n.m.* (有籬笆、圍牆的)園圃,園地;葡萄園

clôture [klotyːr] *n.f.* 圍牆,柵欄,籬笆;結束,終結;末次會議

clôturer [klotyre] *v.t.* (用圍牆,籬笆等)圍住;結束

clou [klu] *n.m.* 釘;〖俗〗最精彩的部分;癤子;〖民〗當舖;牢房

clouer [klue] *v.t.* (用釘)釘住;使呆着不動;使啞口無言

clouter [klute] *v.t.* 用釘子釘,用釘裝飾

clouterie [klutri] *n.f.* 製釘業

clown [klun] *n.m.* 〖英〗小丑,丑角

clownerie [klunri] *n.f.* (小丑的)滑稽

club [klœb] *n.m.* 〖英〗俱樂部;(體育)協會,(旅行)社團;高爾夫球棒

coaccusé, e [kɔakyze] *n.* 【法】共同被告

coadjuteur [kɔadʒytœːr] *n.m.* 【宗】助理,副職

coagulation [kɔagylɑsjɔ̃] *n.f.* 凝結,凝固

coaguler [kɔagyle] *v.t.* 使凝結,使凝固

coaliser [kɔalize] *v.t.* 使結成聯盟,聯合 *v.pr.* 聯盟,結盟

coalition [kɔalisjɔ̃] *n.f.* 同盟,聯盟,聯合;協議;統一,一致

coassement [kɔasmɑ̃] *n.m.* (蛙)的鳴叫聲

coasser [kɔase] *v.i.* (蛙)鳴叫

coassocié, e [kɔasɔsje] *n.* 合夥者,合作者,共事者

cobalt [kɔbalt] *n.m.* 【化】鈷

cobaye [kɔbaj] *n.m.* 【動】豚鼠, 天竺鼠; 〖俗〗試驗品

cobelligérant, e [kɔbe[ɛl]liʒerɑ̃, ɑ̃:t] *a.,n.* 聯合作戰的(國家)

cobra [kɔbra] *n.m.* 眼鏡蛇

cocaïne [kɔkain] *n.f.* 【藥】古柯鹼, 可卡因

cocaïnisation [kɔkainizasjɔ̃] *n.f.* 【醫】可卡因麻醉

cocaïnisme [kɔkainism] *n.m.* 【醫】可卡因中毒

cocaïnomane [kɔkainɔman] *n.* 古柯鹼癖者, 可卡因癖者

cocarde [kɔkard] *n.f.* 帽徽; 飾結

cocardier, ère [kɔkardje, ɛ:r] *a.,n.* 愛好軍職、軍服和軍飾的(人)

cocasse [kɔkas] *a.* 〖俗〗滑稽的, 可笑的

coccinelle [kɔksinɛl] *n.f.* 瓢蟲

coccyx [kɔksis] *n.m.* 【解】尾骨

coche [kɔʃ] *n.m.* (古時的)大型旅行馬車; ～ (d'eau) (古時用馬纜的)客貨兩用駁船, 內河駁船 *n.f.* 刻痕, 刻劃記號; 母豬

cochenille [kɔʃnij] *n.f.* 【昆】介殼蟲

cocher [kɔʃe] *n.m.* 馬車夫 *v.t.* 刻痕, 劃線, 加標記

cochère [kɔʃɛ:r] *a.f.* porte ～ 能通車輛的大門

cochon, ne [kɔʃɔ̃, ɔn] *n.m.* 豬; 豬肉; ～ d'Inde 豚鼠 *a.,n.* 骯髒的(人), 卑鄙的(人)

cochonner [kɔʃɔne] *v.t.* 〖俗〗把(工作)做得邋遢

cochonnerie [kɔʃɔnri] *n.f.* 〖俗〗齷齪, 骯髒; 穢物; 無價值的東西

cochonnet [kɔʃɔnɛ] *n.m.* 小豬; 滾木球游戲用的小球

cocktail [kɔktɛl] *n.m.* 〖英, 美〗雞尾酒, 雞尾酒會

coco [kɔ[o]ko] *n.m.* 椰子〔指果實〕; 甘草露; 傢伙〔指人〕 *n.f.* 〖俗〗可卡因, 古柯鹼

cocon [kɔkɔ̃] *n.m.* (蠶)繭

cocorico [kɔkɔriko] *n.m.* (公雞的)啼聲

cocotier [kɔkɔtje] *n.m.* 椰子樹

cocotte [kɔkɔt] *n.f.* (燉、燴)鍋(兒語中的)母雞, 紙摺雞; 輕佻的女人; 【獸醫】(牛類的)口瘡熱, 口蹄疫

codage [kɔda:ʒ] *n.m.* 譯碼

code [kɔd] *n.m.* 法典, 法規; 法令, 規則; 電碼, 代碼, 代碼本; 〖俗〗法律

codéine [kɔdein] *n.f.* 【藥】可待因(鹼)

coder [kɔde] *v.t.* 將…譯成電碼

codétenu, e [kɔde[ɛ]tny] *n.* 【法】同監人, 同拘留者

codex [kɔdɛks] *n.m.* 〖拉〗藥典

codicille [kɔdisil] *n.m.* 【法】追加遺囑

codification [kɔdifikasjɔ̃] *n.f.* 法典的編纂; 編碼

codifier [kɔdifje] *v.t.* 編纂法典; 編碼

coéducation [kɔedykasjɔ̃] *n.f.* 共同教育

coefficient [kɔefisjɑ̃] *n.m.* 系數; 率; 【經】指數

coercitif, ve [kɔɛrsitif, i:v] *a.* 強制的; 有強制權的

coercition [kɔɛrsisjɔ̃] *n.f.* 強制, 強制權

cœur [kœ:r] *n.m.* 心, 心臟; 胸; 胃; 內心, 心情; 衷情, 愛情; 勇氣; 心形物; (紙牌中的)紅心; 中心, 核心; à ～ ouvert *loc.adv.* 坦率地, 開誠佈公地; de bon ～ *loc.adv.* 樂意地; de tout ～ *loc.adv.* 由衷地, 熱忱地, 全心全意地; par ～ *loc.adv.* 記住, 記牢

coexistence [kɔɛgzistɑ̃:s] *n.f.* 共存, 共處

coffrage [kɔfra:ʒ] *n.m.* (坑道等的)鑲板, 支架; 【建】模板, 模殼

coffre [kɔfr] *n.m.* 箱, 衣箱, 保險箱; 〖俗〗胸膛

coffre-fort [kɔfrəfɔ:r] (*pl.* ～*s*~*s*) *n.m.* 保險箱, 銀箱

coffrer [kɔfre] *v.t.* 裝置鑲板或支架, 設

置模板或模架;〖俗〗關進監牢

coffret [kɔfrɛ] *n.m.* 小匣兒, 小盒兒

cogito [kɔʒito] *n.m.* 〔拉〕"我思故我在"〔法國17世紀唯心主義哲學家笛卡兒的哲學公式〕

cognac [kɔɲak] *n.m.* (法國Cognac地區產的)白蘭地酒

cognassier [kɔɲasje] *n.m.* 榲桲樹

cognée [kɔɲe] *n.f.* 斧子

cogner [kɔɲe] *v.t.* 敲打;痛打 *v.i.* 敲打;〖機〗發出爆炸聲

cognition [kɔgnisjɔ̃] *n.f.* 〖哲〗認識, 認識力

cohabitation [kɔabitasjɔ̃] *n.f.* 同居, 共同生活

cohabiter [kɔabite] *v.i.* 同居, 共同生活

cohérent, e [kɔerɑ̃, ɑ̃:t] *a.* 緊密結合的, 嚴密的, 一致的, 協調的

cohésion [kɔezjɔ̃] *n.f.* 〖物, 化〗內聚力, 內聚, 粘合;連貫性

cohorte [kɔɔrt] *n.f.* (古羅馬的)步兵隊伍;〖俗〗羣

cohue [kɔy] *n.f.* 嘈雜的人羣;擁擠, 熙攘

coi, te [kwa, at] *a.* se tenir ~ 默不作聲, 不作一聲

coiffe [kwaf] *n.f.* 女帽, 帽子的襯裏, (新生兒頭上的)胎膜;〖植〗根冠, 蘚帽

coiffé, e [kwafe] *a.* 頭髮梳好的, 戴帽子的;迷戀的, 鍾情的; être né ~ 運氣好

coiffer [kwafe] *v.t.* 給戴帽子, 戴上;給梳頭;領導, 掌管

coiffeur, se [kwafœ:r, ø:z] *n.* 理髮師 *n.f.* 小梳妝台

coiffure [kwafy:r] *n.f.* 帽子, 頭飾;髮式, 髮型

coin [kwɛ̃] *n.m.* 角, 隅, 角落;(眼)角, (嘴)角, 一隅之地;尖劈, 楔子, 鋼印模;標記, 特徵

coincement [kwɛ̃smɑ̃] *n.m.* 卡住, 滯塞

coincer [kwɛ̃se] [c. 1] *v.t.* 楔緊, 固定, 卡住;難住, 逮住 *v.pr.* 卡住, 滯塞

coïncidence [kɔɛ̃sidɑ̃:s] *n.f.* 〖數〗疊合, 重合;同時發生, 巧合

coïncident, e [kɔɛ̃sidɑ̃, ɑ̃:t] *a.* 〖數〗疊合的, 重合的;巧合的, 同時發生的;符合的, 吻合的

coïncider [kɔɛ̃side] *v.i.* 〖數〗疊合, 重合;同時發生;吻合, 符合

coing [kwɛ̃] *n.m.* 榲桲〔指果實〕;木瓜

coke [kɔk] *n.m.* 〔英〕焦炭

cokéfier [kɔkefje] *v.t.* 焦化, 煉焦

cokerie [kɔkri] *n.f.* 煉焦廠

col [kɔl] *n.m.* 頸, 頸部;衣領;〖地〗山口

colchique [kɔlʃik] *n.m.* 秋水仙

cold-cream [koldkrim] *n.m.* 〔英〕冷霜〔化妝品〕

col-de-cygne [kɔldəsiɲ] (*pl.* ~s-~-~) *n.m.* 〖技〗鵝頸管;膨脹彎管, 鵝頸龍頭

coléoptères [kɔleɔptɛ:r] *n.m.pl.* 〖昆〗鞘翅目

colère [kɔlɛ:r] *n.f.* 忿怒, 怒氣, 發怒

coléreux, se [kɔlerø, ø:z] *a.* 易怒的

colérique [kɔlerik] *a., n.* 易怒的(人)

colibacille [kɔlibasil] *n.m.* 大腸桿菌

colibri [kɔlibri] *n.m.* 蜂鳥

colifichet [kɔlifiʃɛ] *n.m.* 小飾物, 不值錢的小玩意

colimaçon [kɔlimasɔ̃] *n.m.* 各種大蝸牛的俗稱; en ~ *loc.adv.* 螺旋狀

colin [kɔlɛ̃] *n.m.* 鴉的俗稱;青鱈;無鬚鱈的俗稱

colin-maillard [kɔlɛ̃maja:r] *n.m.* 捉迷藏

colique [kɔlik] *n.f.* 腹痛;腸絞痛

colis [kɔli] *n.m.* 包裹

collaborateur, trice [kɔlabɔratœ:r, tris] *n.* 合作者;(第二次世界大戰期間法國的)附敵分子, 合作分子

collaboration [kɔlabɔrasjɔ̃] *n.f.* 合作;(第二次世界大戰期間法奸的)與敵人的勾結, 附敵

collaborer [kɔlabɔre] *v.i.* 合作;(第二次世界大戰期間法奸)附敵

collage [kɔla:ʒ] *n.m.* 粘貼, 膠合;上漿,

上膠;(酒的)澄清;〖俗〗姘居

collant, e [kɔlɑ̃, ɑ̃:t] *a.* 粘的, 有粘性的, 膠質的; 緊身的;〖俗〗糾纏不休的 *n.m.* 緊身衣服

collatéral, ale [kɔlateral] (*pl.* ~*aux*) *a.* 側邊的, 旁系的 *n.m.* 旁系親屬;(教堂的)側廊, 耳堂

collation [kɔlɑsjɔ̃] *n.f.* 授與職銜, 授與學位;(手稿等的)校對, 核對; 點心

collationner [kɔlɑsjɔne] *v.t.* 校對, 核對 *v.i.* 吃午後點心

colle [kɔl] *n.f.* 膠, 膠水, 漿糊;〖俗〗難題

collecte [kɔlɛkt] *n.m.* 募捐, 募款; 徵稅

collecteur, trice [kɔlɛktœ:r, tris] *n.m.* 募款人, 募集人; 徵稅員; 收集器, 彙集器;(電機的)整流子 *a.* 收集的, 彙集的

collectif, ve [kɔlɛktif, i:v] *a.* 集體的, 共同的

collection [kɔlɛksjɔ̃] *n.f.* 聚集, 彙集; 搜集;收藏品

collectionner [kɔlɛksjɔne] *v.t.* 收集, 搜集;收藏

collectionneur, se [kɔlɛksjɔnœ:r, ø:z] *n.* 收集者, 搜集者;收藏者

collectivisme [kɔlɛktivism] *n.m.* 集產主義

collectiviste [kɔlɛktivist] *a.* 集產主義的 *n.* 集產主義者

collectivité [kɔlɛktivite] *n.f.* 集體, 集團, 團體;集體所有;集體性

collège [kɔlɛ:ʒ] *n.m.* 團體, 社團, 協會; 中學

collégien, ne [kɔleʒjɛ̃, ɛn] *a.* 中學的; 中學生的 *n.* 中學生

collègue [kɔlɛg] *n.* 同事, 同僚, 同行

coller [kɔle].*v.t.* 貼, 粘, 膠合; 上漿; 膠, 貼近, 貼緊;(用題目)難倒, 澄清(酒) *v.i.* 粘住, 粘着, 貼

collerette [kɔlrɛt] *n.f.* 細蘇布皺領; 環狀物, 套圈

collet [kɔlɛ] *n.m.* 衣領, 領子;(捕獵用的)活結, 套索

colleter [kɔlte] [c. 5] *v.t.* 揪住(某人的)衣領 *v.pr.* 互相揪扭, 互相毆打

collier [kɔlje] *n.m.* 頸飾, 項鏈, 頸圈

collimateur [kɔlimatœ:r] *n.m.* 【光】準直儀;視準儀, 平行光管;【軍】平行瞄準鏡

colline [kɔlin] *n.f.* 小山, 丘陵

collision [kɔlizjɔ̃] *n.f.* 互撞, 相碰, 格鬥, 搏鬥, 衝突

collodion [kɔlɔdjɔ̃] *n.m.* 【化】膠棉, 火棉膠

colloïdal, ale [kɔlɔidal] (*pl.* ~*aux*) *a.* 膠態的, 膠質的, 膠質的

colloïde [kɔlɔid] *n.m.* 膠體, 膠質

colloque [kɔlɔk] *n.m.* 討論會, 辯論會; 會談

collusion [kɔlyzjɔ̃] *n.f.* 勾結, 串通

collutoire [kɔlytwa:r] *n.m.* 漱口劑, 口腔塗布藥

collyre [kɔli:r] *n.m.* 眼藥, 洗眼劑

colmatage [kɔlmata:ʒ] *n.m.* 【農】淤灌, 放淤; 堵塞;【軍】堵住

colmater [kɔlmate] *v.t.* 【農】淤灌, 放淤; 堵塞, 堵住;【軍】堵住

colocataire [kɔlɔkatɛ:r] *n.* 同住的房客

colombe [kɔlɔ̃:b] *n.f.* 鴿

colombien, ne [kɔlɔ̃bjɛ̃, ɛn] *a.* 哥倫比亞的 *n.* C~ 哥倫比亞人

colombier [kɔlɔ̃bje] *n.m.* 鴿舍, 鴿棚

colombophile [kɔlɔ̃bɔfil] *a.,n.* 飼養信鴿的(人)

colombophilie [kɔlɔ̃bɔfili] *n.f.* 信鴿飼養學

colon [kɔlɔ̃] *n.m.* 佃農;(殖民地)移民, 移民的後裔

côlon [kolɔ̃] *n.m.* 【解】結腸

colonel [kɔlɔnɛl] *n.m.* 上校

colonial, ale [kɔlɔnjal] (*pl.* ~*aux*) *a.* 殖民(地)的 *n.m.* 殖民地居民

colonialisme [kɔlɔnjalism] *n.m.* 殖民主義

colonialiste [kɔlɔnjalist] *a.* 殖民主義的 *n.* 殖民主義者

colonie [kɔlɔni] n.f. 殖民地;(殖民地)移民;羣

colonis*ateur, trice* [kɔlɔnizatœ:r, tris] a. 殖民的 n. 殖民者,殖民地開拓者

colonisation [kɔlɔnizasjɔ̃] n.f. 殖民化,殖民地化;拓殖

coloniser [kɔlɔnize] v.t. 殖民,使殖民地化

colonnade [kɔlɔnad] n.f. 【建】柱廊,列柱

colonne [kɔlɔn] n.f. 柱,圓柱;圓柱形紀念碑;支柱;(書刊、報紙上的)欄;【軍】縱隊

colonnette [kɔlɔnɛt] n.f. 小柱;小圓柱

colophane [kɔlɔfan] n.f. 松香,松脂

coloquinte [kɔlɔkɛ̃:t] n.f. 【植】藥西瓜

coloration [kɔlɔrasjɔ̃] n.f. 上色,染色;色彩

colorer [kɔlɔre] v.t. 染色,着色;美化,粉飾

coloriage [kɔlɔrjɑ:ʒ] n.m. 着色,上色

colorier [kɔlɔrje] v.t. 着色,上色

colorimètre [kɔlɔrimɛtr] n.m. 比色計

coloris [kɔlɔri] n.m. 色調,色澤;文彩

coloriste [kɔlɔrist] n. 色彩畫家

coloss*al, ale* [kɔlɔsal] (pl. ∼ *aux*) a. 巨大的,龐大的

colosse [kɔlɔs] n.m. 巨像,巨人,巨獸,龐然大物

colportage [kɔlpɔrta:ʒ] n.m. 販賣,兜售;傳播

colporter [kɔlpɔrte] v.t. 販賣,兜售;傳播

colporteu*r, se* [kɔlpɔrtœ:r, øz] n. 流動商販,小販;傳播者

coltiner [kɔltine] v.t. 扛,揹,搬運

columbarium [kɔlɔ̃barjɔm] (pl. ∼ *s*) n.m. 〖拉〗骨灰存放所

colza [kɔlza] n.m. 油菜

coma [kɔma] n.m. 昏迷

comateu*x, se* [kɔmatø, øz] a. 昏迷的,引起昏迷的 n. 昏迷的人

combat [kɔba] n.m. 戰鬥,毆鬥,搏鬥,鬥爭

combati*f, ve* [kɔbatif, i:v] a. 好鬥的,好爭執的

combativité [kɔbativite] n.f. 戰鬥性,鬥爭性;好鬥的性格

combattant, e [kɔbatɑ̃, ɑ̃:t] n. 戰士 a. 戰鬥的,作戰的

combattre [kɔbatr] [c. 44] v.t. 攻打,打擊,與…戰鬥;制止,與…鬥爭 v.i. 戰鬥,作戰

combe [kɔ:b] n.f. 小狹谷,小山谷;【地質】背斜谷

combien [kɔ̃bjɛ̃] adv. 多麼;多少 n.m.inv. 第幾,幾號

combinaison [kɔ̃binɛzɔ̃] n.f. 配合,組合,結合;辦法,手段;上衣連褲的服裝;【化】化合,化合物;【數】組合

combinat [kɔ̃bina] n.m. 聯合企業,聯合工廠

combiner [kɔ̃bine] v.t. 配合,組合,結合;安排,佈置;【化】化合

comble [kɔ̃:bl] n.m. 屋頂,屋頂室;頂點;過多 a. 裝得滿滿的,擠滿人的

comblement [kɔ̃blemɑ̃] n.m 填滿,填沒

combler [kɔ̃ble] v.t. 裝滿,填滿,填平,填補;充分滿足;大量地給予

combur*ant, e* [kɔ̃byrɑ̃, ɑ̃:t] 【化】a. 助燃的 n.m. 助燃劑

combustibilité [kɔ̃bystibilite] n.f. 可燃性

combustible [kɔ̃bystibl] a. 可燃的,易燃的 n.m. 燃料

combustion [kɔ̃bystjɔ̃] n.f. 燃燒

comédie [kɔmedi] n.f. 喜劇

comédi*en, ne* [kɔmedjɛ̃, ɛn] n. 喜劇演員;虛僞的人

comédon [kɔmedɔ̃] n.m. 粉刺,黑頭粉刺

comestible [kɔmɛstibl] a. 可食的 n.m.pl. 食物,食品

comète [kɔmɛt] n.f. 彗星

comique [kɔmik] *a.* 喜劇的; 滑稽的, 引人發笑的 *n.m.* 喜劇性; 喜劇演員, 喜劇作家

comité [kɔmite] *n.m.* 委員會

commandant [kɔmãdã] *n.m.* 指揮官, 司令員; 少校; 船長, 艦長

commande [kɔmã:d] *n.f.* 訂貨, 訂購的貨物; 【機】操縱裝置

commandement [kɔmãdmã] *n.m.* 指揮, 命令; 指揮權; 戒律, 戒條

commander [kɔmãde] *v.t.* 指揮, 統帥, 支配; 訂購, 定做; 控制; 引起, 博得 *v.i.* 指揮, 統帥, 命令; 控制

commanditaire [kɔmãditɛ:r] *n.m.,a.* (兩合公司)有限責任股東(的), 隱名合夥人(的)

commandite [kɔmãdit] *n.f.* 兩合公司; 兩合公司的股金

commanditer [kɔmãdite] *v.t.* (對兩合公司)投資

commando [kɔmãdo] *n.m.* 【軍】別動隊; 特遣隊

comme [kɔm] *conj.* 如同, 像; 由於, 既然; 當, 正當 *adv.* 多麼; 怎樣

commémoratif, ve [kɔmemɔratif, i:v] *a.* 紀念的

commémoration [kɔmemɔrasjɔ̃] *n.f.* 紀念儀式; 紀念

commémorer [kɔmemɔre] *v.t.* 紀念, 追念

commençant, e [kɔmãsã, ã:t] *a.* 初學的 *n.* 初學者

commencement [kɔmãsmã] *n.m.* 開始, 開端, 開頭

commencer [kɔmãse] [c. 1] *v.t.,v.i.* 開始, 着手, 開頭

commensal, ale [kɔmãsal] (*pl.* ~aux) *n.* 經常同桌吃飯的人; 【動】共棲動物

commensurable [kɔmãsyrabl] *a.* 【數】可公度的, 有公度的

comment [kɔmã] *adv.* 如何, 怎樣, 怎麼; 爲什麼 *interj.* 怎麼! *n.m.inv.* 方式, 方法

commentaire [kɔmãtɛ:r] *n.m.* 注解, 注釋; 評論, 評述; *pl.* 回憶錄

commenta*teur, trice* [kɔmãtatœ:r, tris] *n.* 注解者, 注釋者; 評論員, 評論家

commenter [kɔmãte] *v.t.* 注解, 注釋; 評論, 評述

commérage [kɔmera:ʒ] *n.m.* 〖俗〗說長道短

commerçant, e [kɔmɛrsã, ã:t] *a.* 經商的; 進行商業活動的〔指地方〕 *n.* 商人

commerce [kɔmɛrs] *n.m.* 商業, 貿易, 商界; 交往, 交際

commercer [kɔmɛrse] *v.i.* [c. 1] 進行貿易, 通商, 經商

commère [kɔmɛ:r] *n.f.* 〖俗〗長舌婦

commettant [kɔmetã] *n.m.* 委託人

commettre [kɔmetr] [c. 45] *v.t.* 犯(錯誤等), 做(蠢事等); 委託 *v.pr.* 混在一起, 結交

comminatoire [kɔminatwa:r] *a.* 威嚇的, 威脅的, 恫嚇的

commis [kɔmi] *n.m.* 職員, 店員, 辦事員

commisération [kɔmizerasjɔ̃] *n.f.* 同情, 憐憫

commissaire [kɔmisɛ:r] *n.m.* 特派員, 專員, 委員

commissariat [kɔmisarja] *n.m.* 特派員、專員、委員等的職位; 特派員署, 專員署

commission [kɔmisjɔ̃] *n.f.* 委託; 代理事項, 佣金, 手續費; 委員會; *pl.* 購買的東西

commissionnaire [kɔmisjɔnɛ:r] *n.m.* 代理人, 經紀人, 掮客; 替人跑腿的人; 受託辦事的人

commissure [kɔmisy:r] *n.f.* 【解】連合(部)

commode [kɔmɔd] *a.* 方便的, 舒服的, 合適的; 容易的; 隨和的; 不嚴肅的 *n.f.* 有抽屜的衣櫃

commodément [kɔmɔdemã] *adv.* 方

便地,舒適地

commodité [kɔmɔdite] *n.f.* 方便, 舒適; *pl.* 舒適的起居設備;廁所

commotion [kɔmosjɔ̃] *n.f.* 震動,震盪, 激動,衝動

commuer [kɔmɥe] *v.t.* 減輕(刑罰)

commun, e [kɔmœ̃, yn] *a.* 共同的, 公共的, 公用的;普遍的,普通的;常用的, 常見的;平庸的,低級的 *n.m.* 大多數,大部分; *pl.* 附屬建築

communal, ale [kɔmynal] (*pl.* ~ **aux**) *a.* 公社的;(法國)市鎮的 *n.m.pl.* 公社的財產

communard, e [kɔmynaːr, ard] *a.* 巴黎公社的 *n.* 巴黎公社社員

communauté [kɔmynote] *n.f.* 社團,團體,共同體;(夫妻的)共有財產制,共同財產;修會,修院

commune [kɔmyn] *n.f.* 公社;(法國的)市鎮

communément [kɔmynemɑ̃] *adv.* 一般地,通常地

communicant, e [kɔmynikɑ̃, ɑ̃:t] *a.* 相聯的,相通的

communicatif, ve [kɔmynikatif, iːv] *a.* 易感染的,易傳染的;感情外露的

communication [kɔmynikasjɔ̃] *n.f.* 來往,聯繫;通信,通電話;傳達;通知,消息;交通

communier [kɔmynje] *v.i.* (思想,感情)一致;【宗】領聖體

communion [kɔmynjɔ̃] *n.f.* (思想,感情)一致;【宗】領聖體

communiqué [kɔmynike] *n.m.* 公報, 公告

communiquer [kɔmynike] *v.t.* 通知, 告知;傳達,傳送;使分享 *v.i.* 聯繫, 交往;相通

communisant, e [kɔmynizɑ̃, ɑ̃:t] *a.,n.* 同情共產黨的(人)

communisme [kɔmynism] *n.m.* 共產主義

communiste [kɔmynist] *n.* 共產黨員

a. 共產主義的,共產黨的

commutateur [kɔmytatœːr] *n.m.* 轉換開關;交換機

commutation [kɔmytasjɔ̃] *n.f.* 代替, 替換;減刑

compacité [kɔ̃pasite] *n.f.* 緊密,密實, 密集

compact, e [kɔ̃pakt] *a.* 緊密的,密實的,密集的

compagne [kɔ̃paɲ] *n.f.* 女伴,愛人,妻子

compagnie [kɔ̃paɲi] *n.f.* 陪伴;聚會;公司,團體,連(隊);(動物)的一羣

compagnon [kɔ̃paɲɔ̃] *n.m.* 同伴,夥伴;(舊時法國手工業行會的)工友,工匠,幫工;幫工聯合會會員

compagnonnage [kɔ̃paɲɔnaːʒ] *n.m.* (法國產業革命前的)幫工聯合會

comparable [kɔ̃parabl] *a.* 可比較的, 可比擬的

comparaison [kɔ̃parɛzɔ̃] *n.f.* 比較,對照

comparaître [kɔ̃parɛtr] *v.i.* [c. 54] 【法】到庭,到案

comparatif, ve [kɔ̃paratif, iːv] *a.* 比較的,對照的 *n.m.* 【語】比較級

comparer [kɔ̃pare] *v.t.* 比較,對照

comparse [kɔ̃pars] *n.* 【劇】啞角,不說話的配角;無關緊要的人

compartiment [kɔ̃partimɑ̃] *n.m.* 分隔開的單間;分格,格子;【鐵】(車廂內的)分格車室,包房

comparution [kɔ̃parysjɔ̃] *n.f.* 【法】出庭,到場

compas [kɔ̃pa] *n.m.* 圓規,兩腳規;【海】羅經

compassé, e [kɔ̃pɑ[a]se] *a.* 拘泥的,刻板的

compassion [kɔ̃pɑ[a]sjɔ̃] *n.f.* 同情,憐憫

compatibilité [kɔ̃patibilite] *n.f.* 相容(性),適合(性),同存(性)

compatible [kɔ̃patibl] *a.* 相容的,適合

的,可並存的

compatir [kɔ̃pati:r] *v.i.* 同情,憐憫

compatriote [kɔ̃patriɔt] *n.* 同胞,同鄉

compensa*teur, trice* [kɔ̃pɑ̃satœ:r, tris] *a.* 補償的

compensation [kɔ̃pɑ̃sɑsjɔ̃] *n.f.* 補償,賠償,抵消

compenser [kɔ̃pɑ̃se] *v.t.* 補償,賠償;【海】校正(羅經)

compérage [kɔ̃pera:ʒ] *n.m.* 共謀,串通

compère [kɔ̃pɛ:r] *n.m.* 共謀者,串通行騙者

compère-loriot [kɔ̃pɛrlɔrjo] (*pl.* ~*s*-~*s*) *n.m.* 偷針眼〔麥粒腫的俗稱〕

compétence [kɔ̃petɑ̃:s] *n.f.* 【法】權限,裁判權,管轄權;能力,技能

compétent, e [kɔ̃petɑ̃, ɑ̃:t] *a.* 【法】有權裁判的,管轄的;有能力的,有技能的

compéti*teur, trice* [kɔ̃petitœ:r, tris] *n.* 競爭者,競賽者

compétition [kɔ̃petisjɔ̃] *n.f.* 競爭,競賽,比賽

compila*teur, trice* [kɔ̃pilatœ:r, tris] *n.* 彙編者,抄襲者

compilation [kɔ̃pilɑsjɔ̃] *n f* 彙編;抄襲的作品

compiler [kɔ̃pile] *v.t.* 彙編;抄襲

complainte [kɔ̃plɛ̃:t] *n.f.* 悲歌

complaire [kɔ̃plɛ:r] *v.i.* [c. 67] 討好,奉承

complaisance [kɔ̃plɛzɑ̃:s] *n.f.* 好意,討好;滿意

complément [kɔ̃plemɑ̃] *n.m.* 補充部分;【語】補語;【生】補體;【數】補角

complémentaire [kɔ̃plemɑ̃tɛ:r] *a.* 補足的,補充的

complet, ère [kɔ̃plɛ, ɛt] *a.* 完全的,完整的;全面的,充滿的; *n.m.* 整套服裝

compléter [kɔ̃plete] [c. 7] *v.t.* 完成,使完全,使完整 *v.pr.* 互相補充,變完整

complexe [kɔ̃plɛks] *a.* 複雜的,複合的 *n.m.* 複雜;聯合企業

complexion [kɔ̃plɛksjɔ̃] *n.f.* 體質,體格;性格,性情

complexité [kɔ̃plɛksite] *n.f.* 複雜,複雜性

complication [kɔ̃plikɑsjɔ̃] *n.f.* 複雜,複雜性;糾紛

complice [kɔ̃plis] *a.* 共謀的,共犯的;贊助的 *n.* 共謀者,共犯;贊助者

complicité [kɔ̃plisite] *n.f.* 同謀,共犯;串通

compliment [kɔ̃plimɑ̃] *n.m.* 恭維話,稱頌,祝詞

complimenter [kɔ̃plimɑ̃te] *v.t.* 恭維,稱贊,祝賀

complimen*teur, se* [kɔ̃plimɑ̃tœ:r, ø:z] *a.* 奉承的,恭維的 *n.* 奉承者,恭維者

compliquer [kɔ̃plike] *v.t.* 使複雜化,使難懂

complot [kɔ̃plo] *n.m.* 陰謀,密謀

comploter [kɔ̃plɔte] *v.t.,v.i.* 陰謀,密謀

comporter [kɔ̃pɔrte] *v.t.* 允許;包含 *v.pr.* 爲人

composant, e [kɔ̃pozɑ̃, ɑ̃:t] *a.* 組成的,合成的 *n m* 【技】組元,成分;元件 *n.f.* 【數】分力,分量

composé, e [kɔ̃poze] *a.* 複合的,合成的;做作的 *n.m.* 複合體;【語】複合詞;【化】化合物

composer [kɔ̃poze] *v.t.* 組成,構成,配成,寫作,作(曲);【印】排字,排版 *v.i.* 參加考試;談判,協商

composeuse [kɔ̃pozø:z] *n.f.* 【印】排鑄機

composi*teur, trice* [kɔ̃pozitœ:r, tris] *n.* 作曲家;【印】排字工人

composition [kɔ̃pozisjɔ̃] *n.f.* 組成,配成,成分;作品,作文,考試;談判,協商;【印】排字,排版

compost [kɔ̃pɔst] *n.m.* 堆肥

composteur [kɔ̃pɔstœ:r] *n.m.* 號碼機,打日期機;【印】手盤

compote [kɔ̃pɔt] *n.f.* 糖煮水果

compotier [kɔ̃pɔtje] *n.m.* 高腳盤,水果盤

comprador [kɔ̃pradɔ:r] (*pl.* ～ *es* [-ɔrɛs]) *n.m.* 〖西〗買辦

compréhensible [kɔ̃preãsibl] *a.* 可理解的,可懂的

compréhensif, ve [kɔ̃preãsif, i:v] *a.* 諒解的,寬容的

compréhension [kɔ̃preãsjɔ̃] *n.f.* 理解力;理解,明瞭;諒解,寬容

comprendre [kɔ̃prã:dr] *v.t.* [c. 46] 包括;理解,懂得,諒解,贊同

compresse [kɔ̃prɛs] *n.f.* 【醫】敷料紗布

compresseur [kɔ̃prɛsœ:r] *a.m.* 壓縮的,壓緊的. *n.m.* 壓縮機,壓氣機

compressible [kɔ̃pre[ɛ]sibl] *a.* 可壓縮的,可壓緊的;可壓縮的

compression [kɔ̃presjɔ̃] *n.f.* 壓縮,壓緊;緊縮

comprimé, e [kɔ̃prime] *a.* 壓縮的. *n.m.* 藥片,片劑

comprimer [kɔ̃prime] *v.t.* 壓縮,壓緊;壓制,抑制

compromettre [kɔ̃prɔmɛtr] [c. 45] *v.t.* 連累,累及;損害(名譽等). *v.pr.* 置身危境,受到牽累

compromis [kɔ̃prɔmi] *n.m.* 妥協,和解,折衷

compromission [kɔ̃prɔmisjɔ̃] *n.f.* (名譽等的)損害;牽連

comptabilité [kɔ̃tabilite] *n.f.* 會計,簿記;會計學;會計室,會計科

comptable [kɔ̃tabl] *a.* 管賬的,會計的;負責的. *n.* 會計員

comptant [kɔ̃tã] *a.m.* 現金的,現款的. *n.m.* 現金,現款. *adv.* 用現款

compte [kɔ̃t] *n.m.* 數目,計算;數目,總數;賬,賬目,會計;利益

compte-fils [kɔ̃tfil] *n.m.inv.* 【紡】照布鏡,織物(密度)分析鏡

compte-gouttes [kɔ̃tgut] *n.m.inv.* 滴管

數;打算;具有重要性;算數;～ *sur* 指望,期待,依靠

compte-rendu [kɔ̃trãdy] *n.m.* 彙報,報告

compte-tours [kɔ̃ttu:r] *n.m.inv.* 【機】轉數表,轉速計

compteur [kɔ̃tœ:r] *n.m.* 計數器,流量計,流速計

comptoir [kɔ̃twa:r] *n.m.* 櫃台,賬房;國外分行;商行,銀行

compulser [kɔ̃pylse] *v.t.* 查閱,翻閱

comte [kɔ̃:t] *n.m.* 伯爵

comté [kɔ̃te] *n.m.* 伯爵領地

comtesse [kɔ̃tɛs] *n.f.* 女伯爵;伯爵夫人

concasser [kɔ̃kase] *v.t.* 軋碎,磨碎,搗碎

concasseur [kɔ̃kasœ:r] *n.m.* 軋碎機,破碎機

concave [kɔ̃ka:v] *a.* 凹的,凹面的

concavité [kɔ̃kavite] *n.f.* 凹度,凹面,凹形,凹處

concéder [kɔ̃sede] *v.t.* [c. 7] 特許,讓與,讓步

concentration [kɔ̃sãtrasjɔ̃] *n.f.* 集中,集合;濃度;專心,集中注意力

concentré, e [kɔ̃sãtre] *a.* 濃的,濃縮的

concentrer [kɔ̃sãtre] *v.t.* 集中,集合;濃縮

concentrique [kɔ̃sãtrik] *a.* 【數】同心的

concept [kɔ̃sɛpt] *n.m.* 【哲】概念

conception [kɔ̃sɛpsjɔ̃] *n.f.* 受孕;構思;領會,理解力;概念,觀念

concerner [kɔ̃sɛrne] *v.t.* 涉及,關係到

concert [kɔ̃sɛ:r] *n.m.* 協調,一致;音樂會

concerter [kɔ̃sɛrte] *v.t.* 協商,商議. *v.pr.* 共同協商

concertiste [kɔ̃sɛrtist] *n.* 音樂會中的演奏者

concerto [kɔ̃sɛrto] (*pl.* ～*s*) *n.m.* 〖意〗【樂】協奏曲

concession [kɔse(ɛ)sjɔ̃] *n.f.* （政府等許可的）經營權,特許權;租界;出租或出讓的墓地;讓步,讓與

concessionnaire [kɔse(ɛ)sjɔnɛːr] *n.* 享有經營權或特許權者;經銷權所有人 *a.* 享有特許權的,享有經營權的

concevoir [kɔsvwaːr] *v.t.* [c. 25] 受孕,懷孕;構成,形成,設想;理解,領會

conchyliologie [kɔkiljɔlɔʒi] *n.f.* 貝類學

concierge [kɔsjɛrʒ] *n.* 看門人,守門人

conciergerie [kɔsjɛrʒəri] *n.f.* 門房,傳達室;門房職務;【史】巴黎裁判所的附屬監獄

concile [kɔsil] *n.m.* 宗教評議會,主教會議

conciliabule [kɔsiljabyl] *n.m.* 策劃陰謀的秘密會議;竊竊私語

concilia*teur, trice* [kɔsiljatœːr, tris] *n.* 調停人;【法】調解員

conciliation [kɔsiljasjɔ̃] *n.f.* 調解,和解

concilier [kɔsilje] *v.t.* 調解,調停 *v.pr.* 贏得,獲得

concis, e [kɔsi, iːz] 簡明的,簡潔的

concision [kɔsizjɔ̃] *n.f.* 簡明,簡潔

concitoyen, ne [kɔsitwajɛ̃, ɛn] *n.* 同胞,同鄉

conclure [kɔklyːr] [c. 58] *v.t.* 結束;推斷,斷定 *v.i.* 下結論,提出主張

conclusion [kɔklyzjɔ̃] *n.f.* 締結;結束;結論; *pl.* 【法】意見,理由;(檢察官的)意見

concombre [kɔkɔ̃ːbr] *n.m.* 黃瓜

concomitance [kɔkɔmitɑ̃ːs] *n.f.* 相伴,共存,並存

concomitant, e [kɔkɔmitɑ̃, ɑ̃ːt] *a.* 相伴的,共存的,同時發生的

concordance [kɔkɔrdɑ̃ːs] *n.f.* 一致,符合,協調

concordat [kɔkɔrda] *n.m.* 和約;【法】債務協議

concordataire [kɔkɔrdatɛːr] *a.* 和約

的;(破產時)獲得債務協議的

concorde [kɔkɔrd] *n.f.* 和睦;一致,協調

concorder [kɔkɔrde] *v.i.* 一致,符合;相適應,相配合

concourir [kɔkuriːr] *v.i.* [c. 20] 會合,共同趨向;協助,合作;競爭

concours [kɔkuːr] *n.m.* 聚集,會合;協助,合作;競試,會考;競爭,競賽

concret, ète [kɔkrɛ, ɛt] *a.* 具體的,實際的 *n.m.* 具體(性),具體事物

concrétion [kɔkresjɔ̃] *n.f.* 凝固,凝結,凝結物;【醫】結石

concrétiser [kɔkretize] *v.t.* 使具體化

concubin, e [kɔkybɛ̃, in] *a.* 姘居的 *n.* 姘夫,姘婦

concubinage [kɔkybinaːʒ] *n.m.* 姘居

concupiscence [kɔkypisɑ̃ːs] *n.f.* 貪慾;色慾

concurremment [kɔkyramɑ̃] *adv.* 競爭地;共同地,協同地

concurrence [kɔkyrɑ̃ːs] *n.f.* 競爭

concurrencer [kɔkyrɑ̃se] *v.t.* [c. 1] 與…競爭

concurrent, e [kɔkyrɑ̃, ɑ̃ːt] *n.* 競爭者,競賽者

concussion [kɔkysjɔ̃] *n.f.* 貪污,盜用公款

condamnation [kɔdɑ[a]nasjɔ̃] *n.f.* 判決,刑事判決,刑罰;譴責,斥責

condamner [kɔdɑ[a]ne] *v.t.* 判刑,定罪;禁止,阻止;迫使;斷定(病人)患不治之症;封閉;譴責,斥責

condensateur [kɔdɑ̃satœːr] *n.m.* 電容器;聚光器

condensation [kɔdɑ̃sasjɔ̃] *n.f.* 冷凝,凝結;【化】縮合

condenser [kɔdɑ̃se] *v.t.* 使濃縮,使冷凝,使凝結;使簡潔 *v.pr.* 冷凝,凝結;集結

condenseur [kɔdɑ̃sœːr] *n.m.* 冷凝器;聚光器

condescendance [kɔdesɑ̃dɑ̃ːs] *n.f.* 遷

就, 屈尊; 優越感

condescendre [kɔ̃desɑ̃:dr] *v.i.* [c. 42]
俯就, 屈尊

condiment [kɔ̃dimɑ̃] *n.m.* 調味品

condisciple [kɔ̃disipl] *n.m.* 同學, 同窗

condition [kɔ̃disjɔ̃] *n.f.* 處境, 狀況; (社
會)地位, 身份; 條件; 條款

conditionné, e [kɔ̃disjɔne] *a.* 有條件
的; 處於一定狀態的

conditionnel, le [kɔ̃disjɔnɛl] *a.* 附有
條件的 *n.m.* 【語】條件式

conditionnement [kɔ̃disjɔnmɑ̃] *n.m.*
調節; 商品包裝

conditionner [kɔ̃disjɔne] *v.t.* 調節; 包
裝; 影響

condoléance [kɔ̃dɔleɑ̃:s] *n.f.* 弔唁, 哀
悼

condominium [kɔ̃dɔminjɔm] *n.m.*
〖英〗共管

condor [kɔ̃dɔ:r] *n.m.* 【鳥】神鷹

conducteur, trice [kɔ̃dyktœr, tris] *n.*
領導者; 機器操作工, 司機, 駕駛員
n.m. 導體 *a.* 導電的, 導熱的

conductibilité [kɔ̃dyktibilite] *n.f.* 傳導
性

conduction [kɔ̃dyksjɔ̃] *n.t.* 【物, 生理】
傳導

conduire [kɔ̃dyi:r] [c. 60] *v.t.* 帶領;
駕駛; 傳為; 指揮, 領導; 導致 *v.pr.* 做
人, 表現

conduit [kɔ̃dyi] *n.m.* 管, 管道, 溝

conduite [kɔ̃dyit] *n.f.* 帶領, 駕駛; 指
揮, 領導; 管理, 安排; 行爲, 品行; 管道

cône [ko:n] *n.m.* 錐, 圓錐, 錐面, 錐體;
【植】球果

confection [kɔ̃fɛksjɔ̃] *n.f.* 製造; 製成;
現成服裝

confectionner [kɔ̃fɛksjɔne] *v.t.* 製造,
製作

confectionneur, se [kɔ̃fɛksjɔnœ:r, ø:z]
n. 製造者; 成衣業主

confédération [kɔ̃federɑsjɔ̃] *n.f.* 邦
聯; 聯盟, 聯合會

confédérer [kɔ̃federe] *v.t.* [c. 7] 使結
成邦聯; 使結成同盟, 使聯合

conférence [kɔ̃ferɑ̃:s] *n.f.* 會, 會議, 大
會; 演講(會), 報告(會)

conférencier, ère [kɔ̃ferɑ̃sje, ɛ:r] *n.*
演講人, 報告人

conférer [kɔ̃fere] [c. 7] *v.t.* 授與; 比
較, 對照 *v.i.* 商議

confesser [kɔ̃fe[ɛ]se] *v.t.* 承認; 【宗】懺
悔; 聽懺悔

confesseur [kɔ̃fɛsœ:r] *n.m.* 受信賴的
人; 聽懺悔的神甫

confession [kɔ̃fɛsjɔ̃] *n.f.* 供認, 坦白;
懺悔; 信仰, 教派

confiance [kɔ̃fjɑ̃:s] *n.f.* 信任, 信賴, 信
心, 自信

confiant, e [kɔ̃fjɑ̃, ɑ̃:t] *a.* 信任的, 相信
人的, 有信心的, 自信的

confidence [kɔ̃fidɑ̃:s] *n.f.* 隱情, 知心
話; 秘密

confident, e [kɔ̃fidɑ̃, ɑ̃:t] *n.* 知己, 心腹

confidentiel, le [kɔ̃fidɑ̃sjɛl] *a.* 秘密
的, 機密的

confier [kɔ̃fje] *v.t.* 委託, 託付; 吐露, 告
知(隱情等) *v.pr.* 信任

configuration [kɔ̃figyrɑsjɔ̃] *n.f.* 外形,
形狀, 輪廓

confiner [kɔ̃fine] *v.i.* 鄰接, 接壤; 近乎
v.pr. 把自己關在, 閉居; 只限於

confins [kɔ̃fɛ̃] *n.m.pl.* 邊緣, 邊境; 界
限

confire [kɔ̃fi:r] [c. 63] (但過去分詞爲
confit) *v.t.* 糖漬(水果), 用醋泡(蔬
菜), 用油脂浸(肉類) *v.pr.* 沉醉在

confirmation [kɔ̃firmɑsjɔ̃] *n.f.* 確認,
證實; 【宗】堅振禮

confirmer [kɔ̃firme] *v.t.* 使堅信; 證實;
【宗】施堅振禮

confiscation [kɔ̃fiskɑsjɔ̃] *n.f.* 沒收, 充
公

confiserie [kɔ̃fizri] *n.f.* 糖果業, 甜食
業; 糖果店; 糖果, 甜食

confiseur, se [kɔ̃fizœ:r, ø:z] *n.* 糖果

商, 甜食商; 做糖果的人

confisquer [kɔ̃fiske] *v.t.* 沒收, 充公

confit, e [kɔ̃fi, it] *a.* 糖漬的, 醋泡的, 油脂浸的; 沉醉的 *n.m.* 燜肉凍

confiture [kɔ̃fity:r] *n.f.* 果醬

conflagration [kɔ̃flagrasjɔ̃] *n.f.* 大動亂, 大騷動

conflit [kɔ̃fli] *n.m.* 衝突, 爭端, 爭執

confluent [kɔ̃flyɑ̃] *n.m.* (河流的)匯合處

confluer [kɔ̃flye] *v.i.* (河流)匯合, 合流

confondre [kɔ̃fɔ̃:dr] *v.t.* [c. 42] 混淆, 搞錯; 使混合; 使受挫折, 使驚訝; 使啞口無言

conformation [kɔ̃fɔrmasjɔ̃] *n.f.* 形態, 構造, 構形

conforme [kɔ̃fɔrm] *a.* 相同的; 相符的, 相稱的

conformément [kɔ̃fɔrmemɑ̃] *adv.* 按照, 根據

conformer [kɔ̃fɔrme] *v.t.* 使成形; 使符合, 使一致

conformité [kɔ̃fɔrmite] *n.f.* 相似, 一致, 符合

confort [kɔ̃fɔ:r] *n.m.* 舒適

confortable [kɔ̃fɔrtabl] *a.* 舒適的, 適意的 *n.m.* 舒適

confrère [kɔ̃frɛ:r] *n.m.* 會友, 社友; 同事, 同行

confrérie [kɔ̃freri] *n.f.* 協會, 團體; 【宗】善會

confrontation [kɔ̃frɔ̃tasjɔ̃] *n.f.* 對質, 對照, 比較

confronter [kɔ̃frɔ̃te] *v.t.* 使對質; 對照, 比較

confucianisme [kɔ̃fysjanism] *n.m.* 孔學, 儒學, 儒教

confus, e [kɔ̃fy, y:z] *a.* 混亂的; 模糊的; 慚愧的

confusément [kɔ̃fyzemɑ̃] *adv.* 混亂地; 模糊地

confusion [kɔ̃fyzjɔ̃] *n.f.* 混亂; 模糊, 混淆; 慚愧

congé [kɔ̃ʒe] *n.m.* 休假, 假期; 解雇, 解職; (貨物的)轉運許可證

congédiement [kɔ̃ʒedimɑ̃] *n.m.* 解雇, 解職

congédier [kɔ̃ʒedje] *v.t.* 解雇, 辭退; 打發走

congélation [kɔ̃ʒelasjɔ̃] *n.f.* 凍凝, 凝固; 冷凍, 冷藏

congeler [kɔ̃ʒle] *v.t.* [c. 6] 使凍凝, 使凝固; 冷凍, 冷藏

congénère [kɔ̃ʒenɛ:r] *a., n.* 同屬的(動物或植物)

congénital, ale [kɔ̃ʒenital] (*pl.* ~*aux*) *a.* 先天性的

congestion [kɔ̃ʒɛstjɔ̃] *n.f.* 充血

congestionner [kɔ̃ʒɛstjɔne] *v.t.* 使充血

conglomérat [kɔ̃glɔmera] *n.m.* 【地質】礫岩; 【技】團塊

conglutination [kɔ̃glytinasjɔ̃] *n.f.* 凝集, 膠凝

congolais, e [kɔ̃gɔlɛ, ɛ:z] *a.* 剛果的 *n.* C~ 剛果人

congratulation [kɔ̃gratylasjɔ̃] *n.f.* 祝賀, 慶賀

congratuler [kɔ̃gratyle] *v.t.* 祝賀, 慶賀

congre [kɔ̃:gr] *n.m.* 康吉鰻, 海鰻

congrégation [kɔ̃gregasjɔ̃] *n.f.* 會, 協會, 團體; 修會, 宗教團體

congrès [kɔ̃grɛ] *n.m.* 會議, 大會, 代表大會

congressiste [kɔ̃gre(ɛ)sist] *n.* 會議參加者, 代表大會的代表

congru, e [kɔ̃gry] *a.* 適當的, 合適的; 確切的

conifère [kɔnifɛ:r] 【植】*a.* 具球果的 *n.m. pl.* 球果植物, 針葉樹類

conique [kɔnik] *a.* 錐形的, 圓錐形的; 【數】圓錐的

conjectural, ale [kɔ̃ʒɛktyral] (*pl.* ~*aux*) *a.* 推測的, 猜測的

conjecture [kɔ̃ʒɛkty:r] *n.f.* 推測, 猜測

conjecturer [kɔ̃ʒɛktyre] *v. t.* 推測, 猜

測

conjoint, e [kɔ̃ʒwɛ̃, ɛ̃:t] *a.* 聯合的,結合的 *n.* 配偶

conjoncteur [kɔ̃ʒɔ̃ktœ:r] *n.m.* 【電】自動閉合器

conjonctif, ve [kɔ̃ʒɔ̃ktif, i:v] *a.* 連結的

conjonction [kɔ̃ʒɔ̃ksjɔ̃] *n. f.* 連結,結合;【語】連詞;【天】合

conjonctive [kɔ̃ʒɔ̃kti:v] *n. f.* 【解】結膜

conjonctivite [kɔ̃ʒɔ̃ktivit] *n. f.* 結膜炎

conjoncture [kɔ̃ʒɔ̃kty:r] *n. f.* 局勢,形勢,時機;商情,行情

conjugaison [kɔ̃ʒygɛzɔ̃] *n. f.* 結合,聯合;【語】動詞變位;【生】接合(作用)

conjugal, ale [kɔ̃ʒygal] (*pl. ~ aux*) *a.* 夫婦的,配偶的

conjugué, e [kɔ̃ʒyge] *a.* 結合的,配合的;【技】共軛的,耦合的;【植】對生的

conjuguer [kɔ̃ʒyge] *v.t.* 結合,配合;【語】變位

conjuration [kɔ̃ʒyrasjɔ̃] *n. f.* 密謀造反,陰謀,密謀;咒語; *pl.* 懇求

conjuré, e [kɔ̃ʒyre] *n.* 謀反者,密謀者 *a.* 陰謀的,密謀的

conjurer [kɔ̃ʒyre] *v.t.* 懇求,祈求;避免,防止;驅(魔),祛(邪)

connaissance [kɔnɛsɑ:s] *n. f.* 認識;相識;知覺; *pl.* 知識,學識

connaissement [kɔnɛsmɑ̃] *n.m.* 【海】提單

connaisseur, se [kɔnɛsœ:r, ø:z] *a.* 內行的,熟悉的 *n.* 內行,行家

connaitre [kɔnɛtr] [c. 54] *v.t.* 認識,認得,知道,懂得 *v.pr.* 自知;互相認識

connecter [kɔnɛkte] *v. t.* 【技】連接,接通(電路、管道等)

connexe [kɔnɛks] *a.* 有關聯的

connexion [kɔnɛksjɔ̃] *n. f.* 連接,聯合

connivence [kɔnivɑ̃:s] *n.f.* 共謀,勾結

connu, e [kɔny] *a.* 知道的,認識的,著名的 *n.m.* 已知的事物

conque [kɔ̃:k] *n. f.* 大貝殼,法螺殼;【解】耳甲

conquérant, e [kɔ̃kerɑ̃, ɑ̃:t] *a.* 征服的 *n.* 征服者

conquérir [kɔ̃keri:r] *v.t.* [c. 14] 征服;奪得,贏得

conquête [kɔ̃kɛt] *n.f.* 征服;奪得,贏得;戰利品

consacrer [kɔ̃sakre] *v.t.* 認可;用於;【宗】奉獻 *v.pr.* 獻身(於),致力(於)

consanguin, e [kɔ̃sɑ̃gɛ̃, in] *a.* 父系的;血親的

consanguinité [kɔ̃sɑ̃g(ɥ)inite] *n.f.* 父系親屬

consciemment [kɔ̃sjamɑ̃] *adv.* 有意識地,故意地

conscience [kɔ̃sjɑ̃:s] *n.f.* 意識;覺悟;良心;(冶金工等用的)胸鎧

consciencieux, se [kɔ̃sjɑ̃sjø, ø:z] *a.* 認真的;有良心的;有覺悟的

conscient, e [kɔ̃sjɑ̃, ɑ̃:t] *a.* 有意識的,有覺悟的

conscription [kɔ̃skripsjɔ̃] *n.f.* 徵兵,徵募

conscrit [kɔ̃skri] *n.m.* 應徵者,新兵

consécration [kɔ̃sekrasjɔ̃] *n.f.* 認可;【宗】祝聖

consécutif, ve [kɔ̃sekytif, i:v] *a.* 連續的

conseil [kɔ̃sɛj] *n.m.* 勸告;顧問;會議,理事會

conseiller [kɔ̃se[ɛ]je] *v.t.* 勸告;提供意見

conseiller, ère [kɔ̃se[ɛ]je, sɛjɛ:r] *n.* 勸告者;顧問

conseilleur, se [kɔ̃sɛjœ:r, ø:z] *n.* 出主意者,建議者

consentement [kɔ̃sɑ̃tmɑ̃] *n.m.* 同意,贊成

consentir [kɔ̃sɑ̃ti:r] [c. 15] *v.i.* 同意,贊成 *v. t.* 允許

conséquemment [kɔ̃sekamɑ̃] *adv.* 因此,所以

conséquence [kɔ̃sekɑ̃:s] *n.f.* 後果,結果;結論

conséquent, e [kɔ̃sekɑ̃, ɑ̃:t] *a.* 一貫的, 連貫的; 重要的; par ～ *loc. adv.* 因此, 所以

conservateur, trice [kɔ̃sɛrvatœːr, tris] *a.* 保守的; 保管的 *n.* 保管者

conservation [kɔ̃sɛrvasjɔ̃] *n.f.* 保存, 保管; 保管者的職務

conservatoire [kɔ̃sɛrvatwaːr] *n.m.* 音樂戲劇學院

conserve [kɔ̃sɛrv] *n.f.* 罐頭食品; de ～ *loc. adv.* 一同

conserver [kɔ̃sɛrve] *v. t.* 保存, 保管; 保持

conserverie [kɔ̃sɛrvəri] *n. f.* 罐頭食品廠

considérable [kɔ̃siderabl] *a.* 巨大的, 大量的; 重要的

considérant [kɔ̃siderɑ̃] *n.m.* 【法】理由, 動機

considération [kɔ̃siderasjɔ̃] *n.f.* 考察, 考慮; 理由; 尊重

considérer [kɔ̃sidere] *v. t.* [c. 7] 察看, 考察, 考慮; 視作, 認爲

consignation [kɔ̃siɲasjɔ̃] *n.f.* 寄存, 寄售; 寄存金, 寄存物

consigne [kɔ̃siɲ] *n.f.* 命令; 禁止外出; 行李寄存處; 押金

consigner [kɔ̃siɲe] *v. t.* 寄存; 記錄, 記載; 禁止外出; 封鎖

consistance [kɔ̃sistɑ̃:s] *n.f.* 稠度, 堅硬性; 堅定

consistant, e [kɔ̃sistɑ̃, ɑ̃:t] *a.* 稠厚的, 堅硬的; 堅定的

consister [kɔ̃siste] *v.i.* 由…組成; (本質)在於

consistomètre [kɔ̃sistɔmɛtr] *n.m.* 【技】稠度計

consolateur, trice [kɔ̃sɔlatœːr, tris] *a.* 安慰的 *n.* 安慰者, 慰問者

consolation [kɔ̃sɔlasjɔ̃] *n.f.* 安慰, 慰問

console [kɔ̃sɔl] *n.f.* 靠牆的桌子; 【建】托座; 托架; 隔撑

consoler [kɔ̃sɔle] *v. t.* 安慰, 慰問

consolidation [kɔ̃sɔlidasjɔ̃] *n.f.* 加固, 鞏固, 加強

consolider [kɔ̃sɔlide] *v.t.* 加固, 鞏固, 加強

consommateur, trice [kɔ̃sɔmatœːr, tris] *n.* 用戶, 消費者; (飲食店的)顧客

consommation [kɔ̃sɔmasjɔ̃] *n.f.* 消費, 消耗; (咖啡館供應的)飲料

consommé, e [kɔ̃sɔme] *a.* 完善的, 熟練的 *n.m.* 濃肉湯

consommer [kɔ̃sɔme] *v.t.* 消費, 消耗 *v. i.* (在咖啡館)用飲料

consonance [kɔ̃sɔnɑ̃:s] *n. f.* 【樂】協和音; 詞尾同韻

consonne [kɔ̃sɔn] *n.f.* 輔音, 輔音字母

consort, e [kɔ̃sɔːr, ɔrt] *n.m. pl.* 同夥, 黨羽 *a.* prince ～ 女王的丈夫

conspirateur, trice [kɔ̃spiratœːr, tris] *n.* 陰謀者, 共謀者

conspiration [kɔ̃spirasjɔ̃] *n.f.* 陰謀, 共謀

conspirer [kɔ̃spire] *v.t.* 暗中策劃, 密謀 *v. i.* 參加陰謀

conspuer [kɔ̃spɥe] *v.t.* 喝倒彩

constamment [kɔ̃stamɑ̃] *adv.* 經常地, 不斷地

constance [kɔ̃stɑ̃:s] *n.f.* 堅定, 忠實, 恒心, 穩定

constant, e [kɔ̃stɑ̃, ɑ̃:t] *a.* 堅定的; 不變的, 穩定的 *n.f.* 【數, 物】常數, 恒量

constat [kɔ̃sta] *n.m.* 【法】筆錄; 證明

constatation [kɔ̃statasjɔ̃] *n.f.* 查考, 驗證, 證明

constater [kɔ̃state] *v.t.* 查考, 驗證, 證明

constellation [kɔ̃stɛ[ɛl]lasjɔ̃] *n.f.* 【天】星座

consteller [kɔ̃stɛ[ɛl]le] *v.t.* 佈滿星辰; 佈滿, 蓋滿

consternation [kɔ̃stɛrnasjɔ̃] *n.f.* 驚愕, 驚慌

consterner [kɔ̃stɛrne] *v.t.* 使驚愕, 使驚慌

constipation [kɔ̃stipasjɔ̃] *n.f.* 便秘

constiper [kɔ̃stipe] *v.t.* 引起便秘

constituer [kɔ̃stitɥe] *v.t.* 組成,構成;設立,建立

constitutif, ve [kɔ̃stitytif, i:v] *a.* 組成的,基本的,主要的

constitution [kɔ̃stitysjɔ̃] *n.f.* 憲法;體質,體格;組成,組織,結構;指定,委任

constitutionnel, le [kɔ̃stitysjɔnɛl] *a.* 憲法的;體質的;組成的,構成的

construc*teur, trice* [kɔ̃stryktœ:r, tris] *n.m.* 建築者,建築師;製造者 *a.* 建築的;製造的

construction [kɔ̃stryksjɔ̃] *n.f.* 建築;建築物;建設;製造;寫作,創作;造句;【數】作圖

construire [kɔ̃strɥi:r] *v.t.* [c. 60] 建築,建造;造(句);創作,創立;【數】作(圖)

consul [kɔ̃syl] *n.m.* 領事;【史】執政官,行政官

consulaire [kɔ̃sylɛ:r] *a.* 領事的;商事裁判的

consulat [kɔ̃syla] *n.m.* 領事館,領事職,領事任期

consultatif, ve [kɔ̃syltatif, i:v] *a.* 咨詢的,協商的

consultation [kɔ̃syltasjɔ̃] *n.f.* 咨詢,商議;查閱;診斷

consulter [kɔ̃sylte] *v.t.* 咨詢;查閱;就診於 *v.i.* 診病;協商

consumer [kɔ̃syme] *v.t.* 燒毀;耗盡;使憔悴

contact [kɔ̃takt] *n.m.* 接觸;聯繫,交往

contacter [kɔ̃takte] *v.t.* 接觸,與…聯繫

contagieux, se [kɔ̃taʒjø, ø:z] *a.* 傳染的,感染的

contagion [kɔ̃taʒjɔ̃] *n.f.* 傳染,感染

contamination [kɔ̃taminasjɔ̃] *n.f.* 傳染,沾染,污染

contaminer [kɔ̃tamine] *v.t.* 傳染;沾染,污染

conte [kɔ̃:t] *n.m.* 故事,短篇小說;無稽之談

contempla*teur, trice* [kɔ̃tɑ̃platœ:r, tris] *n.* 凝視者;沉思者

contemplatif, ve [kɔ̃tɑ̃platif, i:v] *a.* 凝視的;沉思的

contemplation [kɔ̃tɑ̃plɑsjɔ̃] *n.f.* 凝視;沉思

contempler [kɔ̃tɑ̃ple] *v.t.* 凝視;沉思

contemporain,e [kɔ̃tɑ̃pɔrɛ̃, ɛn] *a.,n.* 同時代的(人);現代的(人)

contenance [kɔ̃tnɑ̃:s] *n.f.* 容量,面積;態度

contenant [kɔ̃tnɑ̃] *n.m.* 容器

contenir [kɔ̃tni:r] [c.16] *v.t.* 容納,包含;克制,抑制 *v.pr.* 自制

content, e [kɔ̃tɑ̃, ɑ̃:t] *a.* 滿意的,高興的

contentement [kɔ̃tɑ̃tmɑ̃] *n.m.* 滿意,高興

contenter [kɔ̃tɑ̃te] *v.t.* 使滿意,使高興 *v.pr.* 滿足(於)

contentieux, se [kɔ̃tɑ̃sjø, ø:z] *a.* 有爭執的,爭訟的 *n.m.* 訴訟;(企業中的)訴訟事務科

contention [kɔ̃tɑ̃sjɔ̃] *n.f.* 專心,用心;【醫】(骨折等的)固定

contenu [kɔ̃tny] *n.m.* 所容納的東西;內容

conter [kɔ̃te] *v.t.* 講(故事),叙述

contestation [kɔ̃tɛstasjɔ̃] *n.f.* 爭執,爭論

conteste (sans) [sɑ̃kɔ̃tɛst] *loc.adv.* 無可爭議地

contester [kɔ̃tɛste] *v.t.* 否認,懷疑 *v.i.* 爭論

conteur, se [kɔ̃tœ:r, ø:z] *n.* 講故事者,故事員;短篇小說作者

contexte [kɔ̃tɛkst] *n.m.* 上下文;背景

contexture [kɔ̃tɛksty:r] *n.f.* (肌肉等的)組織;(文章等的)結構

contigu, ë [kɔ̃tigy] *a.* 鄰接的,毗連的

contiguïté [kɔ̃tigɥite] *n.f.* 鄰接,毗連

continence [kɔ̃tinɑ̃:s] *n.f.* 節慾,禁慾

continent, e [kɔ̃tinɑ̃, ɑ̃:t] *a.* 節慾的,禁慾的 *n.m.* 大陸

continental, ale [kɔ̃tinātal] (*pl. ~aux*) *a.* 大陸的,大陸性的

contingence [kɔ̃tɛ̃ʒɑ̃:s] *n.f.* 偶然性; *pl.* 偶然事件

contingent, e [kɔ̃tɛ̃ʒɑ̃, ɑ̃:t] *a.* 偶然的;不重要的 *n.m.* 份額;限額;應徵兵額

contingenter [kɔ̃tɛ̃ʒɑ̃te] *v.t.* 規定限額;限制

continu, e [kɔ̃tiny] *a.* 連續的,不斷的

continuateur, trice [kɔ̃tinyatœ:r, tris] *n.* 繼承者,接班人

continuation [kɔ̃tinyasjɔ̃] *n.f.* 繼續,連續;延長,延伸

continuel, le [kɔ̃tinyɛl] *a.* 連續的,不斷的;經常的

continuer [kɔ̃tinye] *v.t.* 繼續,延續;延長 *v.i.* 繼續

continuité [kɔ̃tinyite] *n.f.* 繼續,連續性

contondant, e [kɔ̃tɔ̃dɑ̃, ɑ̃:t] *a.* 【醫】致挫傷的

contorsion [kɔ̃tɔrsjɔ̃] *n.f.* 扭歪,扭曲;怪相,扭擺動作

contour [kɔ̃tu:r] *n.m.* 輪廓;周圍;界綫;彎曲,曲折

contourner [kɔ̃turne] *v.t.* 畫輪廓;繞過,墝薳;扭彎

contraception [kɔ̃trasɛpsjɔ̃] *n.f.* 避孕,節育

contracté, e [kɔ̃trakte] *a.* 收縮的,緊張的;【語】結合的

contracter [kɔ̃trakte] *v.t.* （使）收縮;簽約,訂約;感染,養成;負有（義務,債務）;【語】結合 *v.pr.* 收縮

contractile [kɔ̃traktil] *a.* 【生理】能收縮的

contraction [kɔ̃traksjɔ̃] *n.f.* 收縮;【語】結合

contractuel, le [kɔ̃traktyɛl] *a.* 契約的,契約上的

contracture [kɔ̃trakty:r] *n.f.* 【建】(柱身上部的)變細;【醫】攣縮

contradicteur [kɔ̃tradiktœ:r] *n.m.* 反駁者,反對者

contradiction [kɔ̃tradiksjɔ̃] *n.f.* 反對,反駁;矛盾

contradictoire [kɔ̃tradiktwa:r] *a.* 反對的,反駁的,反駁的,不相容的;【法】對審的,對席的

contraindre [kɔ̃trɛ̃:dr] [c.51] *v.t.* 強制,迫使;約束,克制 *v.pr.* 約制自己

contraint, e [kɔ̃trɛ̃, ɛ̃:t] *a.* 受拘束的,不自然的,拘謹的

contrainte [kɔ̃trɛ̃:t] *n.f.* 強制,強迫;受壓制;束縛,拘束;【機】應力

contraire [kɔ̃trɛ:r] *a.* 相反的,反向的;不符合的;有害的 *n.m.* 【哲】對立面;相反,反面;au ~ *loc. adv.* 相反地

contralto [kɔ̃tralto] (*pl. ~ s*) *n.m.* 【意】女低音

contrarier [kɔ̃trarje] *v.t.* 反對,使不快;阻礙;使成對比

contrariété [kɔ̃trarjete] *n.f.* 不快,不滿

contraste [kɔ̃trast] *n.m.* 對比,對照,對立

contraster [kɔ̃traste] *v.i.* 對比,對照

contrat [kɔ̃tra] *n.m.* 契約,合同

contravention [kɔ̃travɑ̃sjɔ̃] *n.f.* 違法,違章;違章罪,違警筆錄

contre [kɔ̃:tr] *prép.* 對,向;倚,靠;對,違反;預防;交換 *n.m.* 反對

contre-amiral [kɔ̃tramiral] (*pl. ~ aux*) *n.m.* 海軍准將

contre-appel [kɔ̃trapɛl] (*pl. ~s*) *n.m.* 【軍】二次點名,核對點名

contre-attaque [kɔ̃tratak] (*pl. ~ s*) *n.f.* 反擊,反攻

contre-balancer [kɔ̃trəbalɑ̃se] *v.t.* [c.1] 使平衡;抵消

contrebande [kɔ̃trəbɑ̃:d] *n.f.* 走私,偷運;走私品

contrebandier, ére [kɔ̃trəbɑ̃dje, ɛ:r] *n.* 走私者,走私犯 *a.* 走私的

contrebas(en) [ɑ̃kɔ̃trəba] *loc. adv.* 朝下,在低處

contrebasse [kɔ̃trəba:s] *n.f.* 低音提

琴; 低音提琴手

contrecarrer [kɔ̃trəka[ɑ]re] v.t. 抵制,
對抗, 反對

contrecoup [kɔ̃trəku] n.m. 彈回, 反
衝; 反響

contre-courant [kɔ̃trəkurɑ̃] (pl. 1s)
n.m. 逆流

contre-digue [kɔ̃trədig] (pl. ～s) n.f.
【水利】戧堤, 貼堤

contredire [kɔ̃trədiːr] v.t. [c. 64] 〔但直
陳式現在時複數第二人稱爲
contredisez〕反駁, 駁斥; 和…相反

contrée [kɔ̃tre] n.f. 地區, 地方

contre-écrou [kɔ̃trekru] (pl. ～s) n.m.
【機】防鬆螺帽

contre-épreuve [kɔ̃treprœːv] (pl. ～s)
n.f. 【印】版畫的翻稿, 反證; 反表決

contre-espionnage [kɔ̃trɛspjɔnaːʒ] (pl.
～s) n.m. 反間諜機構

contre-expertise [kɔ̃trɛkspertiːz] (pl. ～
s) n.f. 複鑒, 再鑒定

contrefaçon [kɔ̃trəfasɔ̃] n.f. 僞造; 僞
造品, 贋品

contrefacteur [kɔ̃trəfaktœːr] n.m. 僞
造者

contrefaction [kɔ̃trəfaksjɔ̃] n.f. (貨幣
等的)僞造

contrefaire [kɔ̃trəfɛːr] v.t. [c. 68] 模仿;
僞裝; 僞造

contrefait,e [kɔ̃trəfɛ,ɛt] a. 僞造的; 畸
形的

contre-fiche [kɔ̃trəfiʃ] (pl. ～s) n.f.
【建】斜撐, 支撐, 支柱

contrefort [kɔ̃trəfɔːr] n.m. 牆垛, 扶垛;
(皮鞋後跟的)靬皮; 【地】山梁分支

contre-indication [kɔ̃trɛ̃dikasjɔ̃] (pl. ～
s) n.f. 【醫】禁忌症

contre-indiquer [kɔ̃trɛ̃dike] v.t. 【醫】
禁忌

contre-jour [kɔ̃trəʒuːr] (pl. ～s) n.m.
逆光, 背光; 背光處

contremaître, sse [kɔ̃trəmɛtr, trɛs] n.
工長; 工頭

contremander [kɔ̃trəmɑ̃de] v.t. 撤銷
命令, 撤銷通知

contremarque [kɔ̃trəmark] n.f. (劇院
等的)外出票, 票根; 附加戳記, 附加記號

contre-mine [kɔ̃trəmin] (pl. ～s) n.f.
【軍】反坑道, 對抗坑道

contre-miner [kɔ̃trəmine] v.t. 挖反坑
道防禦, 挖對抗坑道防禦

contre-offensive [kɔ̃trɔfɑ̃siːv] (pl ～s)
n.f. 【軍】反攻, 反擊

contrepartie [kɔ̃trəparti] n.f. 賬簿副
本; 交換物; 反對意見

contre-pente [kɔ̃trəpɑ̃t] (pl. ～s) n.f.
背面的山坡; 【軍】隱蔽斜坡

contre-pied [kɔ̃trəpje] (pl. ～s) n.m.
相反, 反面; (獵狗追逐時的)反向錯路

contre-plaqué [kɔ̃trəplake] (pl.～s)
n.m. 膠合板

contrepoids [kɔ̃trəpwa[ɑ]] n.m. 平衡
重量; 平衡錘

contrepoint [kɔ̃trəpwɛ̃] n.m. 【樂】對位
法; 對位法作品

contrepoison [kɔ̃trəpwazɔ̃] n.m. 解毒
劑

contre-projet [kɔ̃trəprɔʒɛ] (pl. ～s)
n.m. 反計劃, 反設計; 修止草案

contrer [kɔ̃tre] v.i. 【牌戲】加倍; 〖俗〗反
對

contre-rail [kɔ̃trərɑːj] (pl. ～s) n.m.
【鐵】護路軌

contre-révolutionnaire [kɔ̃trərevɔly-
sjɔnɛːr] (pl. ～s) a. 反革命的 n.
反革命分子

contrescarpe [kɔ̃trɛskarp] n.f. 堡壘外
護牆

contresens [kɔ̃trəsɑ̃ːs] n.m. 誤解, 曲
解; 反向, 逆向

contresigner [kɔ̃trəsiɲe] v.t. 副署, 連
署; 簽字證明

contretemps [kɔ̃trətɑ̃] n.m.inv. 意外
事故, 意外情況; 【樂】在弱拍上起聲

contre-torpilleur [kɔ̃trətɔrpijœːr] (pl.
～s) n.m. 驅逐艦

contre-valeur [kɔ̃trəvalœ:r] (pl. ～s) n.f. 等價, 等值

contrevenir [kɔ̃trəvni:r] v.i. [c. 16] 違反, 違犯

contrevent [kɔ̃trəvã] n.m. 【建】外板窗; 抗風斜撐

contrevérité [kɔ̃trəverite] n.f. 反話; 錯誤

contribuable [kɔ̃tribɥabl] a. 納稅的 n. 納稅人

contribuer [kɔ̃tribɥe] v.i. 協助, 贊助, 對…作出貢獻; 分攤, 分攤

contribution [kɔ̃tribɥsjɔ̃] n.f. 協助, 贊助, 貢獻; 分攤額; 捐稅, 租稅

contrister [kɔ̃triste] v.t. 使憂愁, 使憂傷

contrit, e [kɔ̃tri, it] a. 後悔的, 悔恨的

contrition [kɔ̃trisjɔ̃] n.f. 後悔, 悔恨

contrôle [kɔ̃tro:l] n.m. 檢查, 核對; 檢查處; 監督, 管制; 軍隊名冊; (金銀器的) 檢驗印記; 控制, 克制

contrôler [kɔ̃trole] v.t. 檢查, 核對; 監督, 控制; (在金銀器上) 打驗印

contrôleur, se [kɔ̃trolœ:r, øːz] n. 檢查員, 監督員, 查票員 n.m. 【機】控制器, 調節器

contrordre [kɔ̃trɔrdr] n.m. 前令的撤銷

controuver [kɔ̃truve] v.t. 偽造, 捏造

controverse [kɔ̃trɔvɛrs] n.f. 爭論, 論戰

controverser [kɔ̃trɔvɛrse] v.t., v.i. 爭論, 辯論

contumace [kɔ̃tymas] n.f. (刑事被告的) 缺席, 抗傳

contusion [kɔ̃tyzjɔ̃] n.f. (由碰撞形成的) 挫傷

contusionner [kɔ̃tyzjɔne] v.t. 挫傷

convaincre [kɔ̃vɛ̃:kr] v.t. [c. 43] 說服, 使信服

convaincu, e [kɔ̃vɛ̃ky] a. 信服的, 確信的; 認罪的

convalescence [kɔ̃valesã:s] n.f. 漸癒,

康復, 恢復(期)

convalescent, e [kɔ̃valesã, ã:t] a. 恢復中的 n. 恢復期的病人

convection [kɔ̃vɛksjɔ̃] n.f. 【物】運流, 對流; 【氣】對流

convenable [kɔ̃vnabl] a. 適合的, 適當的, 適宜的; 合乎禮儀的

convenance [kɔ̃vnã:s] n.f. 適當, 方便, 便利; pl. 禮節, 禮儀

convenir [kɔ̃vni:r] v.i. 〔助動詞用 avoir 或 être〕同意, 承認; 適合, 適宜; 約定 v.impers. 最好是, 應該

convention [kɔ̃vãsjɔ̃] n.f. 協定, 公約; 慣例, 習俗; 制憲會議

conventionnel, le [kɔ̃vãsjɔnɛl] a. 約定的, 議定的; 習俗的, 習慣的; 【軍】常規的

conventuel, le [kɔ̃vãtɥɛl] a. 修院的, 修會的

convergence [kɔ̃vɛrʒã:s] n.f. 會聚, 匯合; 趨向一致; 【光】會聚度

convergent, e [kɔ̃vɛrʒã, ã:t] a. 會聚的, 匯合的; 趨向一致的

converger [kɔ̃vɛrʒe] v.i. [c. 2] 會聚, 匯合; 趨向一致

conversation [kɔ̃vɛrsasjɔ̃] n.f. 會話, 談話, 交談; 會談

converser [kɔ̃vɛrse] v.i. 會話, 談話, 交談

conversion [kɔ̃vɛrsjɔ̃] n.f. 轉變, 改變, 轉化; 變換, 兌換; 【軍】方向轉換

convertibilité [kɔ̃vɛrtibilite] n.f. 【財】兌換性, 調換性

convertible [kɔ̃vɛrtibl] a. 【財】可變換的; 可兌換的 n.m. 【空】組合式直升機

convertir [kɔ̃vɛrti:r] v.t. 改變, 變換; 使改變信仰

convertisseur [kɔ̃vɛrtisœ:r] n.m. 【冶】轉爐; 【電】變流機; 製麵粉機; 【無】轉換器, 變換器

convexe [kɔ̃vɛks] a. 凸起的, 凸面的

convexité [kɔ̃vɛksite] *n.f.* 凸度, 凸起

conviction [kɔ̃viksjɔ̃] *n.f.* 確信, 堅信

convier [kɔ̃vje] *v.t.* 邀請, 宴請; 促使, 鼓勵

convive [kɔ̃viːv] *n.* (同席吃飯的) 客人

convocation [kɔ̃vɔkɑsjɔ̃] *n.f.* 召集, 召開; 傳喚

convoi [kɔ̃vwa] *n.m.* 車隊, 商船隊; 隊, 行列;【鐵】列車

convoiter [kɔ̃vwate] *v.t.* 妄想得到, 垂涎

convoitise [kɔ̃vwatiːz] *n.f.* 妄想得到, 垂涎

convoler [kɔ̃vɔle] *v.i.* 【謔】結婚, 再婚

convoquer [kɔ̃vɔke] *v.t.* 召集, 召開; 傳喚

convoyer [kɔ̃vwaje] *v.t.* [c. 3] 護送

convoyeur [kɔ̃vwajœːr] *a.* 護送的 *n.m.* 護送者; 護航艦;【技】傳送裝置

convulsé,e [kɔ̃vylse] *a.* 痙攣的, 驚厥的

convulsif,ve [kɔ̃vylsif, iːv] *a.* 痙攣的

convulsion [kɔ̃vylsjɔ̃] *n.f.* 痙攣, 抽搐, 驚厥; 騷動, 騷亂

coopérateur, trice [kɔɔperatœːr, tris] *n.* 合作者; 合作社社員

coopératif, ve [kɔɔperatif, iːv] *a.* 合作的, 協作的 *n.f.* 合作社

coopération [kɔɔperɑsjɔ̃] *n.* 合作, 協作; 合作制

coopérer [kɔɔpere] *v.i.* [c.7] 合作, 協作

coordination [kɔɔrdinɑsjɔ̃] *n.f.* 調整, 協調, 協作

coordonné, e [kɔɔrdɔne] *a.* 【語】並列的 *n.f.pl.* 【數】坐標

coordonner [kɔɔrdɔne] *v.t.* 調整, 協調

copain [kɔpɛ̃] *n.m.* **copin, e** [kɔpɛ̃, in] *n.* 【俗】同學, 同事, 朋友

copeau [kɔpo] (*pl.* ~*x*) *n.m.* 木屑, 刨花;【機】切屑; 金屬屑

copie [kɔpi] *n.f.* 抄本, 複本; (謄清的) 學生作業; 仿製品; (電影) 拷貝

copier [kɔpje] *v.t.* 抄寫, 謄清; 抄襲; 複製, 仿製

copieux, se [kɔpjø,øːz] *a.* 豐富的, 豐盛的

copilote [kɔpilɔt] *n.m.* 【空】副駕駛員

copiste [kɔpist] *n.* 抄寫者; 模仿別人作品的人

coproduction [kɔprɔdyksjɔ̃] *n.f.* 共同製造, 共同生產;【電影】聯合攝製; 聯合攝製的影片

copropriétaire [kɔprɔprietɛːr] *n.* 共同物主, 共同所有人

copropriété [kɔprɔpriete] *n.f.* 共有財產

copule [kɔpyl] *n.f.* 【語】繫詞

copyright [kɔpirajt] *n.m.* 【英】版權, 著作權; 版權標記

coq [kɔk] *n.m.* 公雞; 一些鶉雞類雄鳥的名稱; 船上的廚師;【俗】最受注目的人

coq-à-l'âne [kɔkɑlɑːn] *n.m.inv.* 東拉西扯的話

coque [kɔk] *n.f.* 蛋殼; 果殼; 繭; 船殼; (飛機) 機身; (汽車) 外殼

coquelicot [kɔkliko] *n.m.* 【植】麗春花, 虞美人

coqueluche [kɔklyʃ] *n.f.* 百日咳; 寵兒

coquet,te [kɔkɛ,ɛt] *a.* 獻媚的, 風騷的, 愛打扮的; 相當多的 *n.* 紈袴子弟; 風騷女人

coquetier [kɔktje] *n.m.* 禽蛋商; (吃半熟蛋用的) 蛋杯

coquetterie [kɔkɛtri] *n.f.* 愛打扮; 獻媚, 嬌態

coquillage [kɔkija:ʒ] *n.m.* 貝殼類; 貝殼

coquille [kɔkij] *n.f.* 貝殼, 甲殼, 蛋殼, 核桃殼;【印】錯排

coquin,e [kɔkɛ̃, in] *n.* 壞蛋, 無賴, 騙子

coquinerie [kɔkinri] *n.f.* 無賴行爲

cor [kɔːr] *n.m.* (鹿的) 叉角; 號角;【樂】法國號; 老繭

corail [kɔraj](*pl.* ~*aux*) *n.m.* 珊瑚蟲; 珊瑚

corallien,ne [kɔraljɛ̃, ɛn] *a.* 珊瑚的

corbeau [kɔrbo](*pl.* ~*x*) *n.m.* 烏鴉

【建】梁托

corbeille [kɔrbɛj] *n.f.* 籃；簏；一籃或一簏之量；花壇

corbillard [kɔrbijaːr] *n.m.* 柩車

cordage [kɔrdaːʒ] *n.m.* 粗索，繩纜；用繩子量木材

corde [kɔrd] *n.f.* 繩子；【數】弦；(樂器的)弦線；織物的緣；(雜技演員走的)鋼絲繩；絞索

cordeau [kɔrdo] *n.m.* 墨緣，拉緣，導火緣；【漁】延繩釣

cordée [kɔrde] *n.f.* 用繩子連在一起的登山運動員；【漁】水底延繩

cordelette [kɔrdəlɛt] *n.f.* 小繩子

cordelière [kɔrdəljɛːr] *n.f.* 束腰繩；【建】捲繩飾

corder [kɔrde] *v.t.* 絞成繩狀，用繩子捆，用繩子量

cordial, ale [kɔrdjal] (*pl.* ~**aux**) *a.* 熱忱的，衷心的；【藥】滋補的. *n.m.* 滋補藥

cordialité [kɔrdjalite] *n.f.* 熱忱，衷心

cordier [kɔrdje] *n.m.* 製繩工，繩商；(小提琴的)繫弦板

cordiforme [kɔrdifɔrm] *a.* 心形的

cordon [kɔrdɔ̃] *n.m.* 細繩，細帶；勳章飾帶；警戒線；(排成的)行，排

cordonnerie [kɔrdɔnri] *n.f.* 製鞋業，鞋店，製鞋工場

cordonnet [kɔrdɔnɛ] *n.m.* 紗帶，絲帶，細金銀飾帶，三股線緣

cordonnier, ère [kɔrdɔnje, ɛːr] *n.f.* 鞋匠，皮匠

coréen, ne [kɔreɛ̃, ɛn] *a.* 朝鮮的 *n.* C~朝鮮人 *n.m.* 朝鮮語

coreligionnaire [kɔreliʒjɔnɛːr] *n.* 信仰相同者；主張相同者

coriace [kɔrjas] *a.* 硬如皮革的〔指肉類〕；〖俗〗固執的

corindon [kɔrɛ̃dɔ̃] *n.m.* 【礦】剛玉

cormoran [kɔrmɔrɑ̃] *n.m.* 鸕鶿

cornac [kɔrnak] *n.m.* 馭象者，看象的人；〖俗〗帶路人，嚮導

corne [kɔrn] *n.f.* (獸)角；角質；角質鞋

拔；蹄；(蝸牛等的)觸角；號角；角，隅

corné, e [kɔrne] *a.* 角質的，角狀的

cornée [kɔrne] *n.f.* (眼)角膜

corneille [kɔrnɛj] *n.f.* 小嘴烏鴉

cornemuse [kɔrnəmyːz] *n.f.* 風笛

corner [kɔrne] *v.i.* 吹號角，按喇叭；(耳)鳴 *v.t.* 摺成角形，摺角；〖俗〗到處宣傳，小廣播

cornet [kɔrnɛ] *n.m.* 小號角；短號吹奏者；圓錐形紙袋；角形聽筒；【解】鼻甲

cornette [kɔrnɛt] *n.f.* 修女帽；古代騎兵旗；【海】燕尾旗

corniche [kɔrniʃ] *n.f.* 【建】(柱頂盤的)上楣；簷口，陡坡，懸崖

cornichon [kɔrniʃɔ̃] *n.m.* 醋漬小黃瓜；〖俗〗傻瓜

cornouiller [kɔrnuje] *n.m.* 歐亞山茱萸樹

cornue [kɔrny] *n.f.* 【化】曲頸甑，蒸餾罐；甑式爐

corollaire [kɔrɔlɛːr] *n.m.* 【邏，數】系，推理；必然的結果

corolle [kɔrɔl] *n.f.* 【植】花冠

coron [kɔrɔ̃] *n.m.* 礦工住房

corozo [kɔrozo] *n.m.* (製鈕扣等用的)植物象牙

corporatif, ve [kɔrpɔratif, iːv] *a.* 行會的，同業公會的

corporation [kɔrpɔrasjɔ̃] *n.f.* 行會，同業公會

corporel, le [kɔrpɔrɛl] *a.* 肉體的；有形體的

corps [kɔːr] *n.m.* 物體；身體；主體；【軍】部隊；團體

corpulence [kɔrpylɑ̃ːs] *n.f.* 肥胖

corpulent, e [kɔrpylɑ̃, ɑ̃ːt] *a.* 肥胖的

corpusculaire [kɔrpyskylɛːr] *a.* 【物】微粒(子)的

corpuscule [kɔrpyskyl] *n.m.* 微粒；【解】小體，細胞

correct, e [kɔrɛkt] *a.* 正確的，符合規則的；端正的，正派的

correcteur, trice [kɔrɛktœːr, tris] *n.*

校對員;考試閱卷人

correction [kɔrɛksjɔ̃] *n.f.* 改正,修改;
校對;懲罰;端正,正派

correctionnaliser [kɔrɛksjɔnalize] *v.t.*
(將重罪)改判輕罪

correctionnel, le [kɔrɛksjɔnɛl] *a.*
【法】輕罪的

corrélatif, ve [kɔrelatif, i:v] *a.* 相關的
n.m. 相關語

corrélation [kɔrelɑsjɔ̃] *n.f.* 相關,相互
關係

correspondance [kɔrɛspɔ̃dɑ̃:s] *n.f.* 符
合,一致;通信,書信;聯運;交通工具

correspondant, e [kɔrɛspɔ̃dɑ̃, ɑ:t] *a.*
符合的,一致的,對應的 *n.* 通信者,
通訊員;寄宿學童的監護人

correspondre [kɔrɛspɔ̃:dr] *v.i.* [c. 42]
符合,一致,對應;通信;相通

corrida [kɔrida] *n.f.* 〖西〗鬥牛;〖俗〗吵
鬧,騷亂

corridor [kɔridɔ:r] *n.m.* 走廊

corriger [kɔriʒe] *v.t.* [c. 2] 改正,修
改;校對;懲罰

corroborer [kɔrɔbɔre] *v.t.* 證實

corroder [kɔrɔde] *v.t.* 腐蝕,破壞,折磨

corrompre [kɔrɔ̃:pr] *v.t.* [c. 42]〔但直
陳式現在時單數第三人稱為
corrompt) 使變質,使腐敗;使墮落,
腐蝕;行賄

corrosif, ve [kɔrozif, i:v] *a.* 腐蝕的;惡
毒的,尖刻的 *n.m.* 腐蝕劑

corrosion [kɔrozjɔ̃] *n.f.* 腐蝕,侵蝕

corroyer [kɔrwaje] *v.t.* [c. 3] 整理(皮
革),鍛焊,鍛接;粗剉

corroyeur [kɔrwajœ:r] *n.m.* 皮革整理
工

corrupteur, trice [kɔryptœ:r, tris] *n.*
使人墮落者;行賄者;塗改者 *a.* 使人
墮落的;行賄的

corruption [kɔrypsjɔ̃] *n.f.* 變質,腐敗;
腐化,墮落;行賄,貪污;塗改

corsage [kɔrsa:ʒ] *n.m.* 女短上衣;女服
的胸部

corsaire [kɔrsɛ:r] *n.m.* 武裝民船,武裝
民船船長;貪利的人,海盜

corselet [kɔrsəlɛ] *n.m.* 輕胸甲;女式緊
身背心;【昆】前胸

corser [kɔrse] *v.t.* 使濃烈,使醇厚〔指
酒〕

corset [kɔrsɛ] *n.m.* 女用緊身褡;女式
緊身胸衣

cortège [kɔrtɛ:ʒ] *n.m.* 隨從,行列,儀仗

cortex [kɔrtɛks] *n.m.* 【解】皮層,皮質

cortisone [kɔrtizɔn] *n.f.* 【藥】可的松,
皮質酮

corvée [kɔrve] *n.f.* (古代的)徭役,勞
役;(軍隊裏的)勤務;繁重的工作

coryphée [kɔrife] *n.m.* 芭蕾舞團團長;
(黨派、社團等的)領導人

coryza [kɔriza] *n.m.* 鼻炎

cosaque [kɔzak] *n.m.* 哥薩克騎兵

cosécante [kɔsekɑ̃:t] *n.f.* 【數】餘割

cosinus [kɔsinys] *n.m.* 【數】餘弦

cosmétique [kɔsmetik] *a.* 化妝用的
n.m. 化妝品;髮蠟

cosmique [kɔsmik] *a.* 宇宙的

cosmogonie [kɔsmɔgɔni] *n.f.* 天體演
化學;宇宙進化論

cosmographe [kɔsmɔgraf] *n.* 宇宙誌
專家,宇宙學家

cosmographie [kɔsmɔgrafi] *n.f.* 宇宙
誌

cosmologie [kɔsmɔlɔʒi] *n.f.* 宇宙學,
宇宙論

cosmonaute [kɔsmɔno:t] *n.* 宇宙航行
員

cosmopolite [kɔsmɔpɔlit] *a.* 世界主義
的,國際性的 *n.* 世界主義者

cosmopolitisme [kɔsmɔpɔlitism] *n.m.*
世界主義

cosse [kɔs] *n.f.* 莢,豆莢;【無】接綫片

cosser [kɔse] *v.i.* (公羊)用角相抵

cossu, e [kɔsy] *a.* 富裕的

costaricien, ne [kɔstarisjɛ̃, ɛn] *a.* 哥
斯達黎加的 *n.* C～ 哥斯達黎加人

costume [kɔstym] *n.m.* 服裝,戲裝

costumé, e [kɔstyme] *a.* 穿戲裝的, 穿化裝服的

costumer [kɔstyme] *v.t.* 給…穿服裝; 給…穿化裝服

costumier, ère [kɔstymje, ɛːr] *n.* 服裝工, 戲裝工, 戲裝商, 禮服商

cotangente [kɔtãʒãːt] *n.f.* 【數】餘切

cote [kɔt] *n.f.* 份額, 納稅額; 牌價, 行情; 編號; 尺寸數字, 標高; 評價; 【數】直坐標, 豎坐標

côte [koːt] *n.f.* 肋骨; (瓜果的)筋; (布等的)凸紋, 棱紋; 山坡, 坡道; 海岸

côté [kote] *n.m.* 肋, 胸, 側; 旁, 邊; 方面

coteau [kɔto] (*pl.~x*) *n.m.* 丘陵, 小山; 山坡

côtelé, e [kɔ[o]tle] *a.* 【紡】起棱紋的

côtelette [kɔ[o]tlɛt] *n.f.* 肋條(肉)

coter [kɔte] *v.t.* 開價, 標價; 編號; 重視, 評價

coterie [kɔtri] *n.f.* 小集團, 小社團

côtier, ère [kotje, ɛːr] *a.* 沿海的, 海岸的

cotisation [kɔtizasjɔ̃] *n.f.* 湊錢, 分攤; 分攤額

cotiser(se) [s(ə)kɔtize] *v.pr.* 湊錢, 湊份子

coton [kɔtɔ̃] *n.m.* 棉, 棉花; 棉紗, 棉布

cotonnade [kɔtɔnad] *n.f.* 棉布, 棉織品

cotonneux, se [kɔtɔnø, øːz] *a.* 有絨毛的; 棉絮般的

cotonnier, ère [kɔtɔnje, ɛːr] *a.* 棉的, 棉花的 *n.* 棉紡工人 *n.m.* 【植】棉

coton-poudre [kɔtɔ̃pudr] (*pl.~s~s*) *n.m.* 【化】火棉, 纖維素六硝酸酯

côtoyer [kotwaje] *v.t.* [c. 3] 沿着…走; 接近

cottage [kɔtɛdʒ, kɔta:ʒ] *n.m.* 〖英〗村舍, 農舍

cotte [kɔt] *n.f.* 工裝褲; 短裙

cou [ku] *n.m.* 頸項, 脖子; (瓶)頸

couard, e [kwaːr, ard] *a.* 膽小的, 怯懦的 *n.* 膽小鬼, 懦夫

couardise [kwardiːz] *n.f.* 膽小, 怯懦

couchage [kuʃaːʒ] *n.m.* 睡宿, 過夜; 卧具

couchant [kuʃã] *a.m.* 卧下的; 落下的 〔指太陽〕 *n.m.* 日落處, 西方

couche [kuʃ] *n.f.* 尿布; 床; 分娩; 層, 塗層, 地層; 階層

coucher [kuʃe] *v.t.* 使睡, 使躺下; 使傾倒; 寫入 *v.i.* 睡, 過夜 *v.pr.* 睡覺; 躺下; (日、月等)沉落 *n.m.* 躺, 睡; 沉落

couchette [kuʃɛt] *n.f.* 小床; (火車、船上的)卧鋪

couci-couça [kusikusa], **couci-couci** [kusikusi] *loc.adv.* 〖俗〗馬馬虎虎, 勉勉强强

coucou [kuku] *n.m.* 杜鵑, 佈穀;【植】黃水仙, 報春花; 杜鵑聲報時掛鐘

coude [kud] *n.m.* 肘; 轉彎處, 拐角, 彎頭

coudée [kude] *n.f.* (法國)古長度單位〔從肘到指端, 約半米〕

cou-de-pied [kudpje] (*pl.~s~·~*) *n.m.* 足背, 腳背

couder [kude] [*v.t.* 使彎成肘形

coudoiement [kudwamã] *n.m.* 用肘碰撞; 接觸

coudoyer [kudwaje] *v.t.* [c. 3] 用肘碰撞; 接觸

coudre [kudr] *v.t.* [c. 48] 縫

coudrier [kudrie] *n.m.* 榛

couenne [kwan] *n.f.* 刮過的豬皮

couette [kwɛt] *n.f.* 羽毛褥子

couffin [kufɛ̃] *n.m.* 筐, 籃, 草包; 一筐、一籃之量

coulage [kulaːʒ] *n.m.* 流, 流失; 濾; 澆鑄; 浪費

coulant, e [kulã, ãːt] *a.* 流動的; 流暢的; 圓通的, 隨和的 *n.m.* 扣環;【植】長匍莖

coulée [kule] *n.f.* 熔流; 澆鑄; 流出, 噴出

couler [kule] *v.i.* 流, 流出; 漏; (船)沉没; (時間)消逝 *v.t.* 注, 倒, 澆鑄; 使

(船)沉没

couleur, se [kulœ:r, øz] *n.* 【技】鑄工，注漿工　*n.f.* 色，顏色，顏料；面色；色彩；【牌戲】花色；外表，外觀；*pl.* 國旗的顏色，國旗

couleuvre [kulœ:vr] *n.f.* 無毒的蛇，水蛇

coulis [kuli] *n.m.* (肉、魚、菜的)汁，醬；【建】灰漿

coulisse [kulis] *n.f.* 槽，滑槽；(衣褲上穿束帶的)夾縫；後台，幕後；(證券的)場外交易

coulisseau [kuliso] (*pl.* ～*x*) *n.m.* 小槽；【機】滑塊，滑動片

coulisser [kulise] *v.t.* 在…上縫製穿帶夾縫；配置滑槽　*v.i.* (在槽中)滑動

coulissier [kulisje] *n.m.* 場外證券經紀人

couloir [kulwa:r] *n.m.* 走廊，通道；(運動場的)劃線跑道；峽谷

coulomb [kulɔ̃] *n.m.* 庫侖〔電量單位〕

coup [ku] *n.m.* 打，擊；(槍炮的)射擊；敲打聲，撞擊聲；創傷，打擊；一次，一下；tout à ～ *loc.adv.* 突然，忽然；tout d'un ～ *loc.adv.* 一下子

coupable [kupabl] *a.* 犯罪的，犯法的；犯錯誤的　*n.* 犯罪者

coupage [kupa:ʒ] *n.m.* 切割，剪切，砍截；摻合，沖淡

coupe [kup] *n.f.* 酒杯，有腳杯；一杯之量；獎杯，錦標賽；切割，砍截，裁剪；【林】採伐，採伐面積；【技】剖面，剖面圖；鑿石

coupé [kupe] *n.m.* 雙座轎車；(公共馬車的)前座；舞步

coupe-bourgeon [kupburʒɔ̃] (*pl.* ～*s*) *n.m.* 害芽象蟲

coupe-circuit [kupsirkɥi] *n.m.inv.* 【電】熔斷器，熔絲斷路器

coupée [kupe] *n.f.* (船)舷門

coupe-file [kupfil] *n.m.inv.* 特別通行證

coupe-gorge [kupgɔrʒ] *n.m.inv.* (可能碰到匪徒的)危險地區

coupe-jarret [kupʒarɛ] (*pl.* ～*s*) *n.m.* 強盜，暴徒

coupelle [kupɛl] *n.f.* 小杯子，烤鉢

coupe-papier [kuppapje] *n.m.inv.* 裁紙刀

couper [kupe] *v.t.* 切，割，砍；裁剪；打斷，截斷，穿過；刪節；摻合；削(球)　*v.i.* 割起來鋒利；走直路，抄近路　*v.pr.* 切，自割；自相矛盾

couperet [kuprɛ] *n.m.* 大切肉刀；(斷頭台的)鍘刀

couperose [kuproz] *n.f.* 【醫】酒渣鼻

couperosé, e [kuproze] *a.* 患酒渣鼻的

coupeur, se [kupœ:r, øz] *n.* 裁剪工人

couplage [kupla:ʒ] *n.m.* 聯結，接合；【電】耦合，匹配

couple [kupl] *n.f.* 一雙，一對；連結用的繩索　*n.m.* 一對(夫婦等)；【物】力偶，電偶

coupler [kuple] *v.t.* 成對地縛住，成對地聯結

couplet [kuplɛ] *n.m.* (歌曲的)主歌，段；*pl.* 歌曲

coupole [kupɔl] *n.f.* 【建】圓屋頂，穹頂

coupon [kupɔ̃] *n.m.* 零頭布；息票，利息單，票證

coupure [kupy:r] *n.f.* 傷口；溝渠，刪節，剪報；分隔；斷電；小額紙幣

cour [ku:r] *n.f.* 院子，庭院；宮廷，朝臣；法院，法庭

courage [kura:ʒ] *n.m.* 勇敢，膽量，狠心，硬心腸

courageux, se [kuraʒø, ø:z] *a.* 勇敢的，有勇氣的，有膽量的

couramment [kuramã] *adv.* 流利地，流暢地；經常地，通常地

courant, e [kurã, ã:t] *a.* 流動的；本[指本月、本年等]；日常的　*n.m.* 流，水流；電流；潮流，趨勢

courbature [kurbaty:r] *n.f.* (四肢的)酸痛

courbaturer [kurbatyre] *v.t.* 使酸痛；使極度疲勞

courbe [kurb] *a.* 曲的, 彎曲的 *n.f.* 曲線

courber [kurbe] *v.t.* 使彎曲, 使彎下; 使屈從

courbette [kurbɛt] *n.f.* (馬的) 騰躍; 鞠躬, 折腰

courbure [kurby:r] *n.f.* 彎曲;【數】曲率

coureur, se [kurœ:r, ø:z] *n.* 奔跑的人, 賽跑運動員; 用於比賽的動物

courge [kurʒ] *n.f.* 南瓜, 西葫蘆, 筍瓜

courir [kuri:r] [c. 20] *v.i.* 跑, 奔跑; 賽跑; 流傳; 流逝 *v.t.* 追逐, 追捕; 參加 (賽跑); 追求; 冒着(危險)等; 走遍, 經常去

couronne [kurɔn] *n.f.* 花冠; 王冠, 王位, 王權; 克朗(丹麥、挪威等國的貨幣單位); 環狀物; 齒冠, 齒套;【數】圓環

couronnement [kurɔnmɑ̃] *n.m.* 戴冠, 加冕(禮);頂festival; 完成, 成功

couronner [kurɔne] *v.t.* 給…戴冠; 加冕; 褒揚, 獎賞 *v.pr.* 給自己加冕; 馬膝受傷

courrier [kurje] *n.m.* 送信人; 郵遞, 郵車, 郵船; 郵件, 信件; 報紙的專欄

courriériste [kurjerist] *n.m.* 報紙的專欄記者

courroie [kurwa] *n.f.* 皮帶

courroucer [kuruse] *v.t.* [c. 1] 激怒, 使發怒

courroux [kuru] *n.m.* 憤怒

cours [ku:r] *n.m.* 水流, 水道; (天體的) 移動, 運行; 進展, 期間; (商品等的)流通, 行市, 市價; 課, 課程, 講義; 林蔭道

course [kurs] *n.f.* 奔跑, 賽跑; 行走, 路程; (天體的)移動, 運行;【機】行程

coursier, ère [kursje, ɛ:r] *n.* 外勤; 跑街 *n.m.* 戰馬

coursive [kursi:v] *n.f.* 【船】縱向通道

courson [kursɔ̃] *n.m.*, **coursonne** [kursɔn] *n.f.* 【農】結果母枝

court, e [ku:r, kurt] *a.* 短的, 短暫的, 簡短的 *adv.* 短淺地; 突然地

court [kɔrt, ku:r] *n.m.* 〖英〗網球場

courtage [kurta:ʒ] *n.m.* 經紀, 經紀業; 經紀費, 佣金

courtaud, e [kurto, o:d] *a.* 身材矮胖的 *n.* 矮胖子

court-circuit [kursirkɥi] (*pl.* ~**s**-~**s**) *n.m.* 【電】短路

courtepointe [kurtəpwɛ̃t] *n.f.* 絎過的棉被

courtier, ère [kurtje, ɛ:r] *n.* 經紀人, 掮客, 中間人

courtilière [kurtiljɛ:r] *n.f.* 【昆】螻蛄

courtisan [kurtizɑ̃] *n.m.* 朝臣; 奉承者

courtisanerie [kurtizanri] *n.f.* (朝臣的)奉承, 諂媚

courtiser [kurtize] *v.t.* 奉承, 獻殷勤

courtois, e [kurtwa, a:z] *a.* 有禮貌的

courtoisie [kurtwazi] *n.f.* 禮貌

couru, e [kury] *a.* 受歡迎的, 流行的

couseuse [kuzø:z] *n.f.* 女縫工;【印】裝訂女工; 工業用縫紉機

cousin, e [kuzɛ̃, in] *n.* 堂兄弟, 堂姐妹; 表兄弟, 表姐妹 *n.m.* 【昆】庫蚊

cousoir [kuzwa:r] *n.m.* 【印】裝訂機

coussin [kusɛ̃] *n.m.* 墊子, 坐墊, 靠墊

coussinet [kusinɛ] *n.m.* 小墊子;【機】軸襯, 軸承;【鐵】鋼軌墊板

coût [ku] *n.m.* 費用, 成本; 代價, 價格

couteau [kuto] (*pl.* ~**x**) *n.m.* 刀

coutelas [kutla] *n.m.* 大菜刀; 大刀

coutelier, ère [kutəlje, ɛ:r] *n.* 刀剪匠; 刀剪商

coutellerie [kutɛlri] *n.f.* 刀剪業, 刀剪工場, 刀剪產品

coûter [kute] *v.i.* 值, 值價; 花費; 費勁 *v.t.* 使付出(代價), 使遭受

coûteux, se [kutø, ø:z] *a.* 貴的, 費用大的

coutil [kuti] *n.m.* 人字斜紋布

coutume [kutym] *n.f.* 習慣, 習俗

coutumier, ère [kutymje, ɛ:r] *a.* 習慣的; 通常的, 日常的

couture [kuty:r] *n.f.* 縫紉; 縫縫; 創痕, 傷疤

couturer [kutyre] *v.t.* 使佈滿疤痕,使有傷疤

couturier, ère [kutyrje, ɛ:r] *n.* 女式服裝裁縫

couvaison [kuvɛzɔ̃] *n.f.* (母禽的)抱窩期

couvée [kuve] *n.f.* 同一窩孵的卵或雛

couvent [kuvɑ̃] *n.m.* 修院,女修院

couver [kuve] *v.t.* 孵(卵);關懷,體貼;醞釀,密謀 *v.i.* 潛伏;醞釀

couvercle [kuvɛrkl] *n.m.* 蓋子,【機】頂蓋

couvert, e [kuvɛːr, ɛrt] *a.* 穿衣的,戴帽的;佈滿的;多雲的; mots ～s 雙關語 *n.m.* 居處,安身處;樹蔭;餐具,刀叉

couverture [kuvɛrty:r] *n.f.* 蓋布,覆蓋物;屋面;封面,簿面;擔保品,保證金;【軍】掩護

couveuse [kuvø:z] *n.f.* 抱窩鷄,抱窩禽;孵化器;(早產兒的)保溫箱

couvre-chef [kuvrəʃɛf] (*pl.* ～s) *n.m.* 〖俗〗帽子

couvre-feu [kuvrəfø] (*pl.* ～x) *n.m.* 宵禁,宵禁信號

couvre-lit [kuvrəli] (*pl.* ～s) *n.m.* 床罩

couvre-nuque [kuvrənyk] (*pl.* ～s) *n.m.* (與帽子連接的)頸背遮布

couvre-pied(s) [kuvrəpje] (*pl.* ～-pieds) *n.m.* 蓋脚被;綉花絨毛被

couvreur [kuvrœ:r] *n.m.* 蓋屋頂工人,屋面工

couvrir [kuvri:r] [c. 11] *v.t.* 遮,蓋,覆蓋;蓋滿;給穿衣服;掩蓋;掩護;【商】補償,抵償 *v.pr.* 穿衣,戴帽;佈滿;受庇護;【劍術】防護

cow-boy [kawbɔ:j] (*pl.* ～s) *n.m.* 〖英〗牧牛人

coxalgie [kɔksalʒi] *n.f.* 【醫】髖痛;髖關節結核

crabe [krɑ:b] *n.m.* 蟹;履帶車

crac! [krak] *interj.* 喀嚓!咔嗒!

crachat [kraʃa] *n.m.* 痰;〖俗〗騎士高級勳章

crachement [kraʃmɑ̃] *n.m.* 吐痰,吐;噴射;(收音機等的)喀啦聲,劈啪噪音

cracher [kraʃe] *v.t.* 吐;噴射;〖俗〗付(錢) *v.i.* 吐痰;(筆尖、自來水筆)濺水,出水太快

crachoir [kraʃwa:r] *n.m.* 痰盂

crachoter [kraʃɔte] *v.i.* 頻頻吐痰

cracking [krakiŋ] 【英】【石油】裂化

craie [krɛ] *n.f.* 粉筆;【礦】白堊

craindre [krɛ̃:dr] *v.r.* [c. 51] 怕,害怕,恐怕

crainte [krɛ̃:t] *n.f.* 害怕,恐懼

craintif, ve [krɛ̃tif, i:v] *a.* 膽怯的;惶恐的,驚慌的 *n.* 膽怯的人

cramoisi, e [kramwazi] *a.* 深紅的;緋紅的 *n.m.* 深紅色;緋紅色

crampe [krɑ̃:p] *n.f.* 【醫】抽筋,痙攣

crampillon [krɑ̃pijɔ̃] *n.m.* U 形釘,騎馬釘

crampon [krɑ̃pɔ̃] *n.m.* 扣釘,鐵鈎;【植】攀緣莖;〖俗〗糾纏不休的人

cramponner [krɑ̃pɔne] *v.t.* 用扣釘釘住;用鐵鈎鈎住;〖俗〗糾纏,纏住

cran [krɑ̃] *n.m.* 凹口,槽口,截口;(頭髮的)波浪形;級別,度數;【俗】膽量,勇敢

crâne [krɑ:n] *n.m.* 【解】顱骨,顱 *a.* 有膽量的,果斷的,堅決的

crâner [krane] *v.i.* 〖俗〗擺架子,裝出做慢樣子

crânerie [kranri] *n.f.* 〖俗〗大膽;傲慢,神氣活現

crânien, ne [kranjɛ̃, ɛn] *a.* 【解】顱骨的,顱的

crapaud [krapo] *n.m.* 癩蛤蟆,蟾蜍;矮安樂椅;小型三角鋼琴

crapule [krapyl] *n.f.* 荒淫的人,生活放蕩的人;壞蛋

crapuleux, se [krapylø, ø:z] *a.* 荒淫的,放蕩的

craque [krak] *n.f.* 〖民〗大話,吹牛

craquèlement [krakɛlmɑ̃] *n.m.* 【陶瓷】冰裂紋,碎裂花紋

craqueler [krakle] v.t. [c. 5] 弄裂, 使呈冰裂紋

craquelure [krakly:r] n.f. (畫面、釉面等上的) 裂紋, 裂痕

craquement [krakmã] n.m. 爆裂聲, 折裂聲

craquer [krake] v.i. 發出爆裂聲, 發出折裂聲; 破裂;【化】裂化;〖俗〗瀕於崩潰, 動搖

crasse [kras] n.f. 污垢;【技】熔渣;〖俗〗卑鄙手段. a.f. 粗俗的

crasseux, se [krasø, ø:z] a. 積滿污垢的, 骯髒的

cratère [krate:r] n.m. 火山口; (燒玻璃爐的) 爐口; (古時) 雙柄大口杯

cravache [kravaʃ] n.f. 馬鞭子

cravacher [kravaʃe] v.t. (用馬鞭子) 鞭打

cravate [kravat] n.f. 領帶

cravater [kravate] v.t. 繫領帶;〖民〗抓住, 逮住. v.i. 說大話, 吹牛

crayeux, se [krɛjø, ø:z] a. 白堊(質) 的, 白堊色的

crayon [krɛjɔ̃] n.m. 鉛筆; 鉛筆畫; (筆形) 唇膏

crayonner [krɛjɔne] v.t. 用鉛筆畫; 勾畫輪廓

créance [kreã:s] n.f. 相信, 信用;【法】債權

créancier, ère [kreãsje, ɛ:r] n. 債權人, 債主

créateur, trice [kreatœ:r, tris] n. 創造者, 創始人 a. 創造的, 創造性的

création [kreasjɔ̃] n.f. 創造; 創辦; 創作;【劇】初演; 宇宙

créature [kreaty:r] n.f. 創造物; 人, 傢伙

crécelle [kresɛl] n.f. 轉動時嘎嘎響的木製玩具; 喋喋不休的人

crèche [krɛʃ] n.f. 托兒所; 家畜的食槽, 馬槽

crédence [kredã:s] n.f. 碗櫥, 餐具櫥

crédibilité [kredibilite] n.f. 可靠性, 確

實性

crédit [kredi] n.m. 信用; 信貸, 貸款; 撥款; 付款期限;【會】貸方

créditer [kredite] v.t. 【會】記入貸方, 貸記

créditeur, trice [kreditœ:r, tris] n. 債權人 a. 貸方的

crédule [kredyl] a. 輕信的

crédulité [kredylite] n.f. 輕信

créer [kree] v.t. 創造, 創辦, 創作, 發明; 引起, 造成

crémaillère [kremaje:r] n.f. (廚房用的) 掛鍋鐵鉤;【機】齒條, 齒板;【鐵】齒軌

crémation [kremasjɔ̃] n.f. 火葬, 火化

crématoire [krematwa:r] a. 用於火葬的

crème [krɛm] n.f. 奶油, 奶皮; 乳蛋配製品; 乳汁; 香脂;〖俗〗精華 a.inv. 乳白色的

crémerie [kremri] n.f. 乳品商店; 小飯店

crémeux, se [kremø, ø:z] a. 含奶油多的, 奶油狀的

crémier, ère [kremje, ɛ:r] n. 乳品商

crémone [kremɔn] n.f. (門窗的) 長插銷

créneau [kreno] (pl. ~x) n.m. 雉堞; 炮眼, 槍眼; 齒形裝飾

créneler [krɛ(e)nle] v.t. [c. 5] 築雉堞; 軋齒狀花邊

créosote [kreozɔt] n.f. 【化】雜酚油

crêpage [krepa:ʒ] n.m. (織物的) 縐縮加工, 織縐加工, 捲曲過程

crêpe [krɛp] n.f. 油煎薄餅 n.m. 縐, 縐紗, 縐呢; (喪事用的) 黑紗; 縐 (橡) 膠

crêpelé, e [krɛple], **crêpelu, e** [krɛply] a. 微波狀的, 捲曲的〔指頭髮〕

crêper [krɛ(e)pe] v.t. 使 (頭髮) 捲曲;【紡】縐縮, 織縐 v.pr. (頭髮) 變得捲曲

crépi [krepi] n.m. 【建】粗塗灰泥層

crépine [krepin] n.f. (羊、豬等的) 網膜; (管子進口的) 過濾器, 金屬濾網

crépir [krepi:r] *v.t.* 【建】粗塗

crépissage [krepisa:r] *n.m.* 【建】粗塗

crépitement [krepitmã] *n.m.* 連續的爆裂聲,劈劈啪啪聲

crépiter [krepite] *v.i.* 連續發出爆裂聲,發出劈劈啪啪聲

crépu, e [krepy] *a.* 短而捲曲的〔指頭髮〕

crépusculaire [krepyskylε:r] *a.* 黃昏的,暮色的;在黃昏時出來的〔指動物〕

crépuscule [krepyskyl] *n.m.* 黃昏,暮色;衰落

cresson [kresɔ̃] *n.m.* ～ (de fontaine) 【植】水田芥

cressonnière [kresɔnjε:r] *n.f.* 種水田芥的水塘

crésyl [krezil] *n.m.* 臭藥水〔商品名〕

crête [krεt] *n.f.* (鷄等的)冠;屋脊;浪峰;[地]分水嶺,洋底脊

crétin, e [kretε̃, in] 呆小病患者,克汀病患者;痴獃的人

crétinisme [kretinism] *n.m.* 呆小病,克汀病;痴獃

cretonne [krətɔn] *n.f.* (做窗簾等用的)印花或襯花裝飾布

creusage [krøza:ʒ], **creusement** [krøzmã] *n.m.* 挖掘,開鑿

creuser [krøze] *v.t.* 挖洞,挖掘,鑿;增進食慾; 鑽研 *v.pr.* se ～ la tête 絞盡腦汁

creuset [krøzε] *n.m.* 坩堝,(高爐)爐缸,熔爐;考驗

creux, se [krø, ø:z] *a.* 中空的,凹陷的;空洞的 *n.m.* 空洞;凹陷部分

crevaison [krəvεzɔ̃] *n.f.* 爆裂,破裂

crevasse [krəvas] *n.f.* 裂縫,裂隙; *pl.* (皮膚的)裂口,皸裂

crevasser [krə'vase] *v.t.* 使產生裂縫,使裂開;使皸裂

crève-cœur [krεvkœ:r] *n.m.inv.* 傷心,心碎

crever [krəve] [c. 6] *v.i.* 爆裂,破裂;〔俗〕死亡 *v.t.* 使爆裂,使破裂,使精

疲力盡

crevette [krəvεt] *n.f.* 蝦

crevettier [krəve(ε)tje] *n.m.* (捕)蝦網,捕蝦船

cri [kri] *n.m.* 叫聲,喊聲,鳴聲

criailler [kriɑje] *v.i.* (鵝、竹鷄等)鳴叫;大喊大叫

criaillerie [kriɑjri] *n.f.* 大喊大叫;抱怨,牢騷話

criard, e [kria:r, ard] *a.* 好叫嚷的;刺耳的;刺眼的 *n.* 好叫嚷的人

criblage [kribla:ʒ] *n.m.* 篩,篩選

crible [kribl] *n.m.* 篩子

cribler [krible] *v.t.* 篩,篩選;穿很多孔

cric [kri] *n.m.* 【機】千斤頂,起重器

cricri [krikri] *n.m.inv.* 蟋蟀兒,蟋蟀

criée [krie] *n.f.* (vente à la) ～ 拍賣

crier [krie] *v.i.* 叫,叫喊;叫罵;發出噪聲 *v.t.* 呼喊;叫罵;宣揚

crieur, se [kriœ:r, ø:z] *n.* 叫喊者;叫賣者

crime [krim] *n.m.* 罪惡,罪行;【法】重罪

criminaliser [kriminalize] *v.t.* 【法】使成爲刑事

criminalité [kriminalite] *n.f.* 犯罪性;罪行

criminel, le [kriminεl] *a.* 有罪的;罪惡的 *n.* 罪人,罪犯

crin [krε̃] *n.m.* (獸類頸上、尾巴上的)長毛,鬃毛

crincrin [krε̃krε̃] *n.m.* 蹩腳小提琴

crinière [krinjε:r] *n.f.* (馬、獅的)鬃;〔俗〕濃密長髮

crinoline [krinɔlin] *n.f.* (帶撐架的)襯裙

crique [krik] *n.f.* 小灣

criquet [krikε] *n.m.* 蝗蟲

crise [kri:z] *n.f.* 危機,恐慌;【醫】危象,發作

crispation [krispasjɔ̃] *n.f.* 捲縮;【醫】抽搐;〔俗〕厭煩,惱火

crisper [krispe] *v.t.* 使捲縮;使抽搐,使攣縮;〔俗〕使厭煩,使惱火

crissement [krismɑ̃] *n.m.* 磨擦聲, 發出磨擦聲

crisser [krise] *v.i.* 發出磨擦聲

cristal [kristal] (*pl.* ~aux) *n.m.* 水晶, 水晶玻璃, 晶體; 水晶玻璃器皿

cristallerie [kristalri] *n.f.* 水晶玻璃器皿製造, 水晶玻璃器皿工場

cristallin, e [kristalɛ̃, in] *a.* 結晶的, 晶狀的; 清澈的, 晶瑩的

cristallisable [kristalizabl] *a.* 可結晶的

cristallisation [kristalizɑsjɔ̃] *n.f.* 結晶

cristalliser [kristalize] *v.t.* 使結晶 *v.i., v.pr.* 結晶

cristallographie [kristalɔgrafi] *n.f.* 結晶學

critère [kritɛ:r] *n.m.* 標準, 準則

critiquable [kritikabl] *a.* 該批判的

critique [kritik] *a.* 危急的; 批判的, 批評的;【物】臨界的 *n.f.* 評論; 鑒定; 批評, 批判; 評論界 *n.m.* 評論家, 批評家

critiquer [kritike] *v.t.* 評論; 批評, 批判

croassement [krɔasmɑ̃] *n.m.* (烏鴉的) 呱呱叫

croasser [krɔase] *v.i.* (烏鴉) 呱呱地叫

croc [kro] *n.m.* 鉤子; 鐵耙; 篙子; 獠牙

croc-en-jambe [krɔkɑ̃ʒɑ:b] (*pl.* ~s-~-~) *n.m.* 勾腳, 下絆子 [使對方跌倒]

croche [krɔʃ] *n.f.*【樂】八分音符

crochet [krɔʃɛ] *n.m.* 小鉤子, 掛鉤; 撬鎖器; 鉤形工具; (編織用的) 鉤針; *pl.* 揹貨鉤; (毒蛇等的) 鉤牙; 方括弧, 中括弧

crocheter [krɔʃte] *v.t.* [c. 6] 用撬鎖鉤打開, 撬開

crocheteur [krɔʃtœ:r] *n.m.* (用揹貨鉤的) 搬運工人

crochu, e [krɔʃy] *a.* 鉤形的

crocodile [krɔkɔdil] *n.m.* 鱷魚;【鐵】鱷魚式預告信號機

crocus [krɔkys] *n.m.*【植】番紅花, 藏紅花

croire [krwa[ɑ]:r] [c. 62] *v.t.* 相信; 信任; 認爲, 以爲 *v.i.* 相信; 信仰

croisade [krwazad] *n.f.*【史】十字軍東征; 改革運動

croisé, e [krwaze] *a.* 成十字形的; 交叉的 *n.m.* 斜紋紡織, 十字軍參加者 *n.f.* 交叉點; 窗子

croisement [krwazmɑ̃] *n.m.* 交叉; 十字路口; 雜交; 交織

croiser [krwaze] *v.t.* 交叉; 使雜交 *v.i.* 【海】巡航

croiseur [krwazœ:r] *n.m.* 巡洋艦

croisière [krwazjɛ:r] *n.f.* 巡航; (海上或空中的) 巡游

croisillon [krwazijɔ̃] *n.m.* (十字架的) 橫木; (窗扇的) 橫檔; (教堂的) 翼部

croissance [krwasɑ̃:s] *n.f.* 生長, 發展

croissant, e [krwasɑ̃, ɑ̃:t] *a.* 增長的, 越來越多的 *n.m.* 牙刀; 新月形; 羊角麵包; 土耳其的國徽, 伊斯蘭教的象徵

croître [krwa[ɑ]:tr] [c. 56] (助動詞用 avoir 或 être) 生長; 成長; 增加, 增長

croix [krwa] *n.f.* 十字架; 基督教的象徵; 苦難, 折磨; 十字 (動) 章

cromlech [krɔmlɛk] *n.m.*【考古】(排成圓形的) 石碑羣

croquant, e [krɔkɑ̃, ɑ̃:t] *n.m.* 〖貶〗鄉下佬 *a.* 鬆脆的

croque-mitaine [krɔkmitɛn] (*pl.* ~s) *n.m.* (爲哄嚇小孩而編造出來的) 妖怪

croque-mort [krɔkmɔ:r] (*pl.* ~s) *n.m.* 〖俗〗運送屍體的人

croquenot [krɔkno] *n.m.*【民】鞋子

croquer [krɔke] *v.i.* (被咀嚼時) 發出嘎扎嘎扎聲 *v.t.* 嚼, 咬 (鬆脆的食物); 〖俗〗揮霍; 速寫, 畫草圖

croquet [krɔkɛ] *n.m.* 槌球游戲

croquette [krɔkɛt] *n.f.* 炸肉丸

croquis [krɔki] *n.m.* 速寫; 草圖

crosne [kro:n] *n.m.*【植】草石蠶, 寶塔菜, 螺絲菜

crosse [krɔs] *n.f.*【宗】權杖;【軍】槍托

crotte [krɔt] *n.f.* (羊、兔、馬等的)糞便

crotter [krɔte] *v.i.* 拉屎

crottin [krɔtɛ̃] *n.m.* (馬、驢、騾等的)糞便

crouler [krule] *v.i.* 陷塌，倒塌；垮台，崩潰

croup [krup] *n.m.* 〖英〗假膜性喉炎

croupe [krup] *n.f.* (動物的)臀部；圓形山頭

croupetons (à) [akruptɔ̃] *loc.adv* 蹲着

croupier [krupje] *n.m.* 賭桌上收錢、賠錢的人

croupion [krupjɔ̃] *n.m.* (鳥獸的)尾巴根

croupir [krupi:r] *v.i.* (水)積滯，墮入，陷入

croustade [krustad] *n.f.* 油炸麵包皮；油煎餡餅

croustiller [krustije] *v.i.* (被咬碎時)發出脆聲

croûte [krut] *n.f.* 麵包皮；餡餅皮子(麵殼，硬的外層；表象；粗劣的畫；頑固守舊的人

croûton [krutɔ̃] *n.m.* 麵包頭；油煎麵包塊；〖俗〗守舊的人

croyable [krwajabl] *a.* 可信的

croyance [krwajɑ̃:s] *n.f.* 相信；信仰

cru, e [kry] *a.* 生的，未加工的；強烈的，不調和的；粗俗的 *n.m.* 產地；葡萄產區

cruauté [kryote] *n.f.* 殘酷，兇殘；暴行

cruche [kryʃ] *n.f.* 罐，壺；〖俗〗傻瓜

cruchon [kryʃɔ̃] *n.m.* 小壺

crucial, ale [krysjal] (*pl.* ~**aux**) *a.* 十字形的；決定性的，關鍵的

crucifères [krysifɛ:r] *n.f.pl.* 十字花科

crucifier [krysifje] *v.t.* 把…釘在十字架上；折磨，使受苦

crucifix [krysifi] *n.m.* 〖宗〗苦像

crudité [krydite] *n.f.* 生，未成熟(指瓜果等)；粗俗，下流話；*pl.* 生吃的蔬菜或水果

crue [kry] *n.f.* 漲水；最高水位；生長

cruel, le [kryɛl] *a.* 殘酷的，殘忍的；兇殘的；慘痛的

crûment [krymɑ̃] *adv.* 生硬地，直截了當地

crustacés [krystase] *n.m.pl.* 【動】甲殼類

cryptogame [kriptɔgam] 【植】*a.* 隱花的 *n.m.* 隱花植物

cryptogramme [kriptɔgram] *n.m.* 密碼文件

cryptographie [kriptɔgrafi] *n.f.* 密碼

cubage [kyba:ʒ] *n.m.* 求容積，求體積；(求得的)容積，體積

cubain, e [kybɛ̃, ɛn] *a.* 古巴的 *n.* C~ 古巴人

cube [kyb] *n.m.* 立方體；立方，三次幂 *a.* 立方的

cuber [kybe] *v.t.* 求體積或容積；乘三次方 *v.i.* 容積爲

cubique [kybik] *a.* 立方的；立方體的 *n.f.* 三次曲綫

cubisme [kybism] *n.m.* 【藝】立體派

cubitus [kybitys] *n.m.* 【解】尺骨

cueillaison [kœjɛzɔ̃] *n.f.* 採摘期，收獲期；收獲

cueillette [kœjɛt] *n.f.* 採摘，採集

cueillir [kœji:r] *v.t.* [c. 13] 採摘，採集；獲得，〖俗〗逮住

cuiller, cuillère [kɥijɛ:r] *n.f.* 匙，勺

cuillerée [kɥijre] *n.f.* 一匙之量

cuir [kɥi:r] *n.m.* 皮，革；〖俗〗聯誦的錯誤

cuirasse [kɥiras] *n.f.* 護胸甲；裝甲，鐵甲

cuirassé [kɥirase] *n.m.* 戰列艦，裝甲艦

cuirassement [kɥirasmɑ̃] *n.m.* 裝鐵甲，鐵甲

cuirasser [kɥirase] *v.t.* 使穿護胸甲，裝鐵甲；使堅强

cuirassier [kɥirasje] *n.m.* 重騎兵團的騎兵

cuire [kɥi:r] [c. 60] *v.t.* 燒，煮，烤 *v.i.* 燒，煮，烤；感到灼痛

cuisant, e [kɥizɑ̃, ɑ̃:t] *a.* 引起劇痛的; 慘痛的

cuisine [kɥizin] *n.f.* 廚房; 烹飪; 菜餚; 陰謀, 暗算

cuisiner [kɥizine] *v.i.* 烹飪, 做菜 *v.t.* 烹調; 盤問, 誘問

cuisinier, ère [kɥizinje, ɛ:r] *n.* 廚師, 炊事員 *n.f.* 爐竈

cuisse [kɥis] *n.f.* 大腿

cuisseau [kɥiso] *n.m.* (小牛的)臀部肉

cuisson [kɥisɔ̃] *n.f.* 燒, 煮, 烘; (灼傷般的)疼痛

cuissot [kɥiso] *n.m.* (野豬等的)大腿

cuistre [kɥistr] *n.m.* 村學究

cuistrerie [kɥistrəri] *n.f.* 學究氣

cuite [kɥit] *n.f.* (糖漿等的)熬製; prendre une ～ 〖俗〗喝醉酒

cuivrage [kɥivra:ʒ] *n.m.* 鍍銅

cuivre [kɥi:vr] *n.m.* 銅; *pl.* 銅器, 銅管樂器

cuivrer [kɥivre] *v.t.* 鍍銅; 使成紫銅色

cul [ky] *n.m.* 屁股; 底部

culasse [kylas] *n.f.* 炮栓; 汽缸蓋

culbute [kylbyt] *n.f.* 跟頭; 跌跤; 失敗, 破產

culbuter [kylbyte] *v.i.* 栽跟頭 *v.t.* 使栽跟頭; 擊潰, 推翻

culbuteur [kylbytœ:r] *n.m.* 【技】翻斗車, 傾卸裝置

cul-de-jatte [kydʒat] (*pl.* ～*s*-～-～) *n.m.* 雙腿殘廢者

cul-de-lampe [kydlɑ̃:p] (*pl.* ～*s*-～-～) *n.m.* 【建】懸飾;【印】結尾飾圖

cul-de-sac [kydsak] (*pl.* ～*s*-～-～) *n.m.* 死胡同; 絕境

culée [kyle] *n.f.* 【建】橋台

culinaire [kyline:r] *a.* 烹飪的, 烹調的

culminant, e [kylminɑ̃, ɑ̃:t] *a.* 最高的

culot [kylo] *n.m.* (子彈等的)底部; 燈泡頭, 電子管底, 電子管腳; (烟斗底部的)烟垢; 最後孵出的幼雛;〖俗〗膽量

culotte [kylɔt] *n.f.* 短褲; 女用短襯褲; 牛的臀部肉;〖俗〗(賭博中的)大輸

culotter [kylɔte] *v.t.* 給 … 穿短褲; 使(烟斗)積垢

culpabilité [kylpabilite] *n.f.* 有罪, 犯罪

culte [kylt] *n.m.* 崇拜; 禮拜, 祭禮; 宗教信仰

cultivateur, trice [kyltivatœ:r, tris] *n.* 耕作者, 耕種者 *n.m.* 【農】中耕機 *a.* 從事耕作的

cultivé, e [kyltive] *a.* 耕作的; 有文化的

cultiver [kyltive] *v.t.* 耕作, 栽培, 種植; 培養; 致力於; 保持聯繫

culture [kylty:r] *n.f.* 耕作; 耕地; 種植; 教育, 文化

culturel, le [kyltyrɛl] *a.* 文化的

cumin [kymɛ̃] *n.m.* 【植】枯茗, 枯茗子

cumul [kymyl] *n.m.* 兼任, 兼職

cumuler [kymyle] *v.t.* 兼任, 兼職

cumulus [kymylys] *n.m.* 【氣】積雲

cunéiforme [kyneifɔrm] *a.* 楔形的

cupide [kypid] *a.* 貪財的, 貪婪的

cupidité [kypidite] *n.f.* 貪財; 貪婪

cuprifère [kyprifɛ:r] *a.* 含銅的

curable [kyrabl] *a.* 可治愈的

curaçao [kyraso] *n.m.* 柑香酒

curage [kyra:ʒ] *n.m.* 清除

curare [kyra:r] *n.m.* 箭毒

curatelle [kyratɛl] *n.f.* 【法】財産管理

curateur, trice [kyratœ:r, tris] *n.* 【法】(未成年人的)財産監護人, 財産管理人

curatif, ve [kyratif, iv] *a.* 有療效的

cure [ky:r] *n.f.* 治療, 療養;【宗】本堂神甫的職位或住所

curé [kyre] *n.m.* 本堂神甫; 天主教教士

cure-dent [kyrdɑ̃] (*pl.* ～*s*) *n.m.* 牙簽

curée [kyre] *n.f.* 餵獵狗的獵獲物; 角逐, 爭奪

cure-oreille [kyrɔrɛj] (*pl.* ～ *s*) *n.m.* 耳挖子

curer [kyre] *v.t.* 清除, 鏟除, 剔除

curetage [kyrta:ʒ] *n.m.* 【醫】刮除術

curette [kyrɛt] *n.f.* 挖勺, 淘勺;【醫】刮匙

curiethérapie [kyriterapi] *n.f.* 【醫】鐳療法,放射療法

curieux, se [kyrjø, ø:z] *a.* 好奇的;求知慾強的;奇怪的,奇特的 *n.* 好奇的人

curiosité [kyrjozite] *n.f.* 好奇心,求知慾;珍品

curium [kyrjɔm] *n.m.* 【化】鋦

curriculum vitæ [kyrikylɔmvite] *n.m.* 〖拉〗履歷

curseur [kyrsœ:r] *n.m.* 【技】游標

cursif, ve [kyrsif, i:v] *a.* 草書的,草體的 *n.f.* 草書

curvimètre [kyrvimɛtr] *n.m.* 曲綫測長儀

cutané, e [kytane] *a.* 皮的,皮膚的

cuticule [kytikyl] *n.f.* 小皮,表皮

cuti-réaction [kytireaksjɔ] (*pl.* ~s) *n.f.* 【醫】皮膚反應

cuve [ky:v] *n.f.* 釀酒桶;桶,缸,槽,池,箱

cuveau [kyvo] (*pl.* ~x) *n.m.* 小釀酒桶,小桶

cuvée [kyve] *n.f.* 一釀酒桶之量

cuvelage [kyvla:ʒ] *n.m.* 【採】井壁,丘賽筒

cuveler [kyvle] *v.t.* [c. 5] 【採】安裝井壁,安裝丘賽筒

cuver [kyve] *v.i.* 在桶内發酵〔指新酒〕

cuvette [kyvɛt] *n.f.* 盆,臉盆;氣壓表的水銀槽;表的後殼;【地】盆地

cuvier [kyvje] *n.m.* 洗衣桶

cyanhydrique [sjanidrik] *a.* acide ~ 【化】氫氰酸

cyanose [sjano:z] *n.f.* 【醫】紫紺,青紫

cyanure [sjany:r] *n.m.* 【化】氰化物

cybernétique [si:bɛrnetik] *n.f.* 控制論

cycle [sikl] *n.m.* 周期;循環;自行車;中等學校的學習階段

cyclecar [siklǝka:r] *n.m.* 〖英〗微型汽車

cyclique [siklik] *a.* 周期性的;循環出現的

cyclisme [siklism] *n.m.* 自行車比賽;騎自行車

cycliste [siklist] *n.* 自行車比賽選手,騎自行車的人 *a.* 自行車比賽的

cycloide [siklɔid] *n.f.* 【數】旋輪綫,擺綫

cyclomoteur [siklɔmɔtœ:r] *n.m.* 輕便摩托車

cyclone [siklo:n] *n.m.* 旋風;【技】旋流,旋流集塵器

cyclopéen, ne [siklɔpeɛ̃, ɛn] *a.* 巨石建成的〔指古代希臘等地的龐大建築物〕

cyclotron [siklɔtrɔ̃] *n.m.* 【原子】迴旋加速器

cygne [siɲ] *n.m.* 天鵝

cylindrage [silɛ̃dra:ʒ] *n.m.* 【技】輥軋;滾壓

cylindre [silɛ̃:dr] *n.m.* 圓柱體;汽缸;泵殼;滾筒;軋輥

cylindrée [silɛ̃dre] *n.f.* 【機】汽缸工作容積

cylindrer [silɛ̃dre] *v.t.* 加工成圓柱,使成圓筒;輥軋,滾壓

cylindrique [silɛ̃drik] *a.* 圓柱體的,圓柱形的

cymbale [sɛ̃bal] *n.f.* 【樂】鐃,鈸

cymbalier [sɛ̃balje] *n.m.* 鐃,鈸敲擊者

cynégétique [sineʒetik] *a.* 狩獵的 *n.f.* 狩獵術

cynique [sinik] *a.,n.m.* 厚顏無恥的(人)

cynisme [sinism] *n.m.* 厚顏無恥

cyprès [siprɛ] *n.m.* 柏

cyprin [siprɛ̃] *n.m.* 鯉魚

cypriote [siprijɔt] *a.* 塞浦路斯的 *n.* C~ 塞浦路斯人

cystite [sistit] *n.f.* 膀胱炎

cytise [siti:z] *n.m.* 金雀花

czar =tsar

D

D,d [de] *n.m.* 法語字母表中第 4 個字母

dactylo [daktilo], **dactylographe** [daktilɔgraf] *n.f.* 打字員

dactylographie [daktilɔgrafi] *n.f.* 打字術

dactylographier [daktilɔgrafje] *v.t.* 打字

dada [dada] *n.m.* 馬〔小兒語〕;〖俗〗喜愛的話題, 老纏着人的念頭

dadais [dadε] *n.m.* 傻瓜

dadaisme [dadaism] *n.m.* 達達主義, 達達派〔現代資產階級文藝流派〕

dague [dag] *n.f.* 短劍, 匕首

daguerréotype [dagerεɔtip] *n.m.* 〖攝〗達格雷照片;達格雷照相機

dahlia [dalja] *n.m.* 大麗花

daigner [de(ε)ɲe] *v.t.* 屈尊, 俯允

daim [dɛ̃] *n.m.* 黃鹿; 黃鹿皮;〖俗〗笨蛋

dais [dɛ] *n.m.* 華蓋, 天蓋形篷帳

dallage [dala:ʒ] *n.m.* 鋪砌石板;石板地

dalle [dal] *n.f.* 石板

daller [dale] *v.t.* 用石板料鋪砌

dalot [dalo] *n.m.* (石板鋪砌的)小排水溝;〖海〗甲板泄水孔

daltonien, ne [daltɔnjɛ̃, εn] *a.* 患色盲的 *n.* 色盲患者

daltonisme [daltɔnism] *n.m.* 【醫】色盲

damas [dama] *n.m.* 花緞, 錦緞, 緞絞布;一種軍刀;李的一種

damasquinage [damaskina:ʒ] *n.m.*, **damasquinure** [damaskiny:r] *n.f.* 金銀絲嵌花(術),金銀絲鑲嵌(術)

damasquiner [damaskine] *v.t.* 鑲嵌金銀絲圖案,用金銀絲鑲嵌

damassé, e [damase] *a.* 緞紋的,錦緞花紋的; acier ～ 大馬士革鋼 *n.m.* 緞紋布,錦緞花紋布

damasser [damase] *v.t.* 以緞紋織造;用大馬士革法處理(鋼)

dame [dam] *n.f.* 貴婦人; 夫人; (國際象棋中的)后, (國際跳棋中走到對方底綫的)棋子, (紙牌中的)王后 *interj.* 〖俗〗天哪! 當然囉! 怎麼不!

dame-jeanne [damʒɑ:n] (*pl.* ～**s**-～**s**) *n.f.* 大肚瓶, 甕〔通常套在簍中〕

damer [dame] *v.t.* (國際跳棋中將棋子)走到對方底綫〔並用另一棋子疊在其上〕

damier [damje] *n.m.* 國際跳棋的棋盤; 花色方格圖案;【建】凹凸方格飾

damnable [dɑnabl] *a.* 應受指責的, 該罰的;〖宗〗應受永刑的

damnation [dɑ[ɑ]nɑsjɔ̃] *n.f.* 〖宗〗罰受永刑 *interj.* 該死! 該詛咒的!

damner [dɑne] *v.t.* 罰受永刑, 使入地獄; faire ～ qn 〖俗〗折磨某人, 使某人苦惱不堪

dancing [dɑ̃siŋ] *n.m.* 〖英〗跳舞廳

dandinement [dɑ̃dinmɑ̃] *n.m.* 身體左右搖擺

dandiner(se) [s(ə)dɑ̃dine] *v.pr.* 身體左右搖擺

dandy [dɑ̃di] (*pl.* ～**s**) *n.m.* 〖英〗紈袴子弟;講究穿着的人

danger [dɑ̃ʒe] *n.m.* 危險, 危難; 惡果

dangereux, se [dɑ̃ʒrø, ø:z] *a.* 危險的; 有害的, 會傷害人的

danois, e [danwa, a:z] *a.* 丹麥的 *n.* D～ 丹麥人 *n.m.* 丹麥語

dans [dɑ̃] *prép.* 在…裏;到…中;向…, 朝…;處於…;在…時候, 過…之後

dansant, e [dɑ̃sɑ̃, ɑ̃:t] *a.* 跳舞的

danse [dɑ̃:s] *n.f.* 舞蹈;舞曲;〖民〗申斥

danser [dɑ̃se] *v.i.* 跳舞, 跳動, 搖晃 *v.t.* 跳(舞)

danseur, se [dɑ̃sœ:r, ø:z] *n.* 舞蹈家, 舞蹈演員, 跳舞者

dard [da:r] *n.m.* 標槍; (某些昆蟲的)螫

針; 蛇舌; 鋒芒

darder [darde] *v.t.* 用標槍擊; 投擲; 投射, 射出

dare-dare [darda:r] *loc.adv.* 〖俗〗急速地, 匆忙地

darse [dars] *n.f.* 港灣, 港內濕塢, 船渠

dartre [dartr] *n.f.* 脫皮性皮疹

dartreux, se [dartrø, ø:z] *a.* 脫皮性皮疹的

darwinisme [darwinism] *n.m.* 達爾文主義

date [dat] *n.f.* 日期; 時期, 時代

dater [date] *v.t.* 注明日期, 寫上日期 *v.i.* 始於; 劃時代; 過時

datif [datif] *n.m.* 【語】與格

datte [dat] *n.f.* 【植】海棗, 椰棗

dattier [datje] *n.m.* 海棗樹, 椰棗樹

daube [do:b] *n.f.* 燜, 煨; 燜肉, 煨肉

dauber [dobe] *v.t.* 燜(肉), 煨(肉); 譏笑, 譏諷 *v.i.* 譏笑, 譏諷

dauphin [dofɛ̃] *n.m.* 海豚; (法國的)王太子, 王儲

daurade [dɔ[o]rad] *n.f.* 鯛

davantage [davãta:ʒ] *adv.* 更多, 更加, 更久地

davier [davje] *n.m.* 拔齒鉗, 骨鉗

dazibao *n.m.inv.* 〖漢〗大字報〔= affiche en gros caractères〕

D. C. A. 【軍】防空, 對空防禦 〔défense contre aéronefs 的縮寫〕

de [d(ə)] *prép.* 從, 自; 以, 用; ⋯的; 在⋯時間內; 法國封建貴族姓氏的標誌

dé [de] *n.m.* 骰子; 頂針, 針箍

déambuler [deãbyle] *v.i.* (在元音或啞音 h 前省略為 d') 散步, 閑逛

débâcle [deba:kl] *n.f.* 解凍; 潰退, 瓦解

déballage [debala:ʒ] *n.m.* 開箱, 拆包; 擺貨攤, 攤販出售的廉價貨物

déballer [debale] *v.t.* 開(箱), 拆(包), 開箱取貨, 拆包陳列

déballeur [debalœ:r] *n.m.* 攤販

débandade [debãdad] *n.f.* 潰散, 潰亂

débander [debãde] *v.t.* 解下帶子, 除去

繃帶; 放鬆; 使潰散, 使潰亂 *v.pr.* 潰散, 潰亂

débaptiser [debatize] *v.t.* 改名

débarbouillage [debarbuja:ʒ] *n.m.* 洗臉, 揩拭

débarbouiller [debarbuje] *v.t.* 替⋯洗臉, 揩拭 *v.pr.* (自己)洗臉

débarcadère [debarkadɛ:r] *n.m.* 碼頭

débarder [debarde] *v.t.* 卸貨上岸

débardeur [debardœ:r] *n.m.* 碼頭工, 裝卸工

débarquement [debarkəmã] *n.m.* (從船上)下客, 卸貨

débarquer [debarke] *v.t.* 下(客), 卸(貨); 〖俗〗辭退 *v.i.* 下船, 上岸; 下火車; 到達

débarras [debara] *n.m.* 擺脫麻煩, 解除困難; 雜物堆放處

débarrasser [debarase] *v.t.* 清理, 給⋯清除障礙物; 使⋯擺脫(負擔、惡習等)

débat [deba] *n.m.* 討論, 辯論

débâter [debate] *v.t.* 卸下馱鞍

débattre [debatr] [c. 44] *v.t.* 討論, 爭辯 *v.pr.* 竭力擺脫, 頑抗

débauchage [deboʃa:ʒ] *n.m.* 誘使缺勤或離職; 解雇

débauche [debo:ʃ] *n.f.* 〖俗〗大吃大喝; 放蕩, 荒淫; 濫用, 過度

débaucher [deboʃe] *v.t.* 誘人缺勤或離職; 解雇, 辭退; 使腐化, 使墮落

débile [debil] *a.* 衰弱的; 軟弱的

débilité [debilite] *n.f.* 衰弱; 軟弱

débiliter [debilite] *v.t.* 使衰弱, 使軟弱

débit [debi] *n.m.* 零售; 【會】借方; 零售店; 供給量, 流量; 叙述或朗誦的方式

débitant, e [debitã, ã:t] *n.* 零售商

débiter [debite] *v.t.* 【會】記入借方, 借記; 零售; 鋸開(木、石等); (定時定量)供應; 詳述

débit*eur, trice* [debitœ:r, tris] *n.* 債務人 *a.* 借方的

déblai [deble] *n.m.* 鏟平土, 挖(土)方; *pl.* 土方, 挖出來的土

déblaiement [deblɛmɑ̃] *n.m.* （場所、道路等的）清理，清除障礙

déblatérer [deblatere] *v.i.* [c. 7] 〖俗〗講人壞話，誹謗，詆毀

déblayer [deble[ɛ]je] *v.t.* [c. 4] 打掃，清除障礙物，鏟平(土)

débloquer [deblɔke] *v.t.* 鬆開，解禁，准許出售

déboire [debwaːr] *n.m.* 失望，懊喪

déboisement [debwazmɑ̃] *n.m.* 砍光樹木

deboiser [debwaze] *v.t.* 砍光樹木

déboîtement [debwatmɑ̃] *n.m.* 脫臼，脫榫

déboîter [debwate] *v.t.* 分離，拆開；使脫臼，使脫榫

débonder [debɔ̃de] *v.t.* 拔去塞子,打開閘門

débonnaire [debɔnɛːr] *a.* 溫厚的,寬容的

débordé, e [debɔrde] *a.* 被搞得焦頭爛額的

débordement [debɔrdəmɑ̃] *n.m.* 溢出；放蕩；大量

déborder [debɔrde] *v.i.* 溢出，泛濫；湧出 *v.t.* 除去邊緣；迂迴包抄

débotter [debɔte] *v.t.* 替…脫長靴

débouché [debuʃe] *n.m.* 出口；【商】銷路，銷售市場

déboucher [debuʃe] *v.t.* 拔塞子 *v.i.* 走出隘道，通到寬敞處；流入

débouchoir [debuʃwaːr] *n.m.* 拔塞器

déboucler [debukle] *v.t.* 解開扣子

débouler [debule] *v.i.* 〖俗〗滾下來；(兔子從窩裏)突然竄出

déboulonnage [debulɔnaːʒ], **déboulonnement** [debulɔnmɑ̃] *n.m.* 【機】旋開螺栓

déboulonner [debulɔne] *v.t.* 【機】旋開螺栓；推倒,使下台

débourrage [debura:ʒ] *n.m.* 【革】去毛；【紡】羊毛或棉花的下脚

débourrer [debure] *v.t.* 【革】去毛；出

空烟斗灰

débours [debuːr] *n.m.pl.* 墊款

déboursement [debursəmɑ̃] *n.m.* 支付，付款

débourser [deburse] *v.t.* 支付

debout [d(ə)bu] *adv.* 站立，直立；起床；存在，生存 *interj.* 起立! 起來! 起床!

débouter [debute] *v.t.* 【法】駁回

déboutonner [debutɔne] *v.t.* 解開鈕扣 *v.pr.* 解開(自己衣服的)鈕扣；暢談

débraillé, e [debraje] *a.* 衣冠不整的

débrancher [debrɑ̃ʃe] *v.t.* 【電】切斷，斷開

débrayage [debrɛja:ʒ] *n.m.* 【機】脫開，斷開；停工，罷工

débrayer [debre[ɛ]je] [c. 4] *v.t.* 【機】脫開，斷開 *v.i.* 【民】停工,罷工

débrider [debride] *v.t.* 取下(馱獸的)籠頭；【醫】作無帶切除術，作擴大引流術

débris [debri] *n.m.* 碎片,碎屑；剩餘，殘餘

débrouillard, e [debruja:r, ard] *a.,n.* 〖俗〗善於應付的(人),善於擺脫麻煩的(人)

débrouiller [debruje] *v.t.* 整理,清理，使清清，弄清楚 *v.pr.* 〖俗〗擺脫困境,順利應付

débroussailler [debrusaje] *v.t.* 【農】清除叢枝灌木

débucher [debyʃe] *v.i.* (獵物)出林 *v.t.* 使(獵物)出林 *n.m.* (獵物)出林的時候

débusquer [debyske] *v.t.* 攆走,逐出隱蔽處

début [deby] *n.m.* 開始，開端；事業的開始

débuter [debyte] *v.i.* 開球，開局；初次登臺

déca- *préf.* 表示"十"的意思

deçà [d(ə)sa] *adv.* 這邊,這兒

décacheter [dekaʃte] *v.t.* [c. 5] 啓封，拆開

décade [dekad] *n.f.* 十日，一旬；十卷本中的一本，由十章組成的作品中的一章；十年

décadence [dekadɑ:s] *n.f.* 沒落，衰落

décadent, e [dekadɑ̃, ɑ̃:t] *a.* 沒落的，衰落的 *n.m.pl.* 頹廢派作家或藝術家

décaisser [deke[ɛ]se] *v.t.* 從箱中取出；付(款)，支付

décalage [dekala:ʒ] *n.m.* 去掉楔子，除去墊板；移位；(時間的)改動

décalaminer [dekalamine] *v.t.* 【機】(汽缸中)除炭

décalcomanie [dekalkɔmani] *n.f.* (陶瓷的)印花釉法；移畫印花法

décaler [dekale] *v.t.* 去掉楔子，除去墊塊；移動；改動(時間)

décaiotter [dekalɔte] *v.t.* 除去帽狀拱頂，去掉圓頂蓋

décalquage [dekalka:ʒ] *n.m.* 移畫印花

décalquer [dekalke] *v.t.* 複印，移印

décamètre [dekamɛtr] *n.m.* 十米；十米捲尺

décamper [dekɑ̃pe] *v.i.* 〖謔〗拔營；〖俗〗溜走

décanat [dekana] *n.m.* 大學院長的職銜或任期

décantation [dekɑ̃tɑsjɔ̃] *n.f.*, **décantage** [dekɑ̃ta:ʒ] *n.m.* (澄清後的液體的)倒入另一容器，藩

décanter [dekɑ̃te] *v.t.* (把澄清後的液體)倒入另一容器，藩

décapage [dekapa:ʒ] *n.m.* 【技】擦鏽，酸洗，除垢

décaper [dekape] *v.t.* 【技】擦鏽，酸洗，除垢

décapitation [dekapitɑsjɔ̃] *n.f.* 砍頭

décapiter [dekapite] *v.t.* 砍頭，斬首

décasyllabe [dekasilab], **décasyllabique** [dekasilabik] *a.* 十音節的

décatir [dekati:r] *v.t.* 【紡】使(毛織物)失去光澤

décatissage [dekatisa:ʒ] *n.m.* 【紡】(毛織物的)失去光澤

décaver [dekave] *v.t.* 將(對方的)賭金全部贏來

décéder [desede] *v.i.* [c. 7] 〔助動詞用 être〕去世，亡故

déceler [de[e]sle] *v.t.* [c. 6] 識破，覺察；顯示

décembre [desɑ̃br] *n.m.* 十二月

décemment [desamɑ̃] *adv.* 像樣地，得體地；按理

décence [desɑ̃:s] *n.f.* 得體，體面；禮俗

décennal, ale [dese[ɛn]nal] (*pl. ~aux*) *a.* 十年間的，每十年的

décent, e [desɑ̃, ɑ̃:t] *a.* 像樣的，得體的

décentralisateur, trice [desɑ̃traliza-tœ:r, tris] *a.* 地方分權的，職權下放的

décentralisation [desɑ̃tralizɑsjɔ̃] *n.f.* 地方分權，職權下放

décentraliser [desɑ̃tralize] *v.t.* 實行地方分權，實行職權下放

décentrer [desɑ̃tre] *v.t.* 【光】使軸偏，使移中心

déception [desɛpsjɔ̃] *n.f.* 失望，失意；欺騙

décerner [desɛrne] *v.t.* 【法】發出；授予，給與

décès [desɛ] *n.m.* 死亡，去世

décevoir [dɛ[e]svwa:r] *v.t.* [c. 25] 使失望，辜負；欺騙

déchaînement [deʃɛnmɑ̃] *n.m.* 爆發，發作；狂怒

déchaîner [deʃe[ɛ]ne] *v.t.* 解開鎖鏈，擺脫束縛；激起

déchanter [deʃɑ̃te] *v.i.* 〖俗〗改變調子，降低奢望，失去幻想

décharge [deʃarʒ] *n.f.* 卸貨，卸下；發射，射擊；垃圾坑；排出口；(債務的)清償

déchargement [deʃarʒəmɑ̃] *n.m.* 卸貨，卸下

décharger [deʃarʒe] *v.t.* [c. 2] 卸貨，卸載；減輕，發泄；發射，射擊

décharner [deʃarne] *v.t.* 除去(骨上)肉；使消瘦

déchaussage [deʃosa:ʒ], **déchausse-ment** [deʃosmɑ̃] *n.m.* 脫鞋;露根栽植,凍拔;齒根暴露

déchausser [deʃose] *v.t.* 給…脫鞋;使露出根部

déchéance [deʃeɑ̃:s] *n.f.* (名譽、地位的)下降;衰弱,衰退

déchet [deʃɛ] *n.m.* 消耗,損失;廢料,殘渣

déchiffrement [deʃifrəmɑ̃] *n.m.* 譯電;(潦草字迹的)辨認

déchiffrer [deʃifre] *v.t.* 譯電;辨認(潦草字迹);看出,識破;視唱,視奏

déchiffreur, se [deʃifrœ:r, øz] *n.* 譯電員;(潦草字迹的)辨認者

déchiqueter [deʃikte] *v.t.* [c. 5] 撕碎,剁碎

déchirement [deʃirmɑ̃] *n.m.* 撕碎,撕裂

déchirer [deʃire] *v.t.* 撕碎,撕裂;引起劇痛;誹謗

déchirure [deʃiry:r] *n.f.* 撕裂,破裂;裂口,裂縫

déchlorurer [deklɔryre] *v.t.* 【化】脫氯,去氯;【醫】忌鹽

déchoir [deʃwa:r] *v.i.* [c. 39] 〔助動詞用 avoir 或 être〕 (名譽、地位)下降、衰弱,衰退;縮小,減弱

décidé, e [deside] *a.* 堅決果斷的;肯定的,明確的;已決定的

décider [deside] *v.t.* 決定,確定;裁決,解決 *v.i.* 作出決定,斷定

décigramme [desigram] *n.m.* 【度】分克〔縮寫爲 dg〕

décilitre [desilitr] *n.m.* 【度】分升〔縮寫爲 dl〕

décimal, ale [desimal] (*pl.* ~ **aux**) 【數】 *a.* 十進制的 *n.f.* 小數

décimer [desime] *v.t.* (古羅馬)在十人中抽殺一人;造成大量死亡

décimètre [desimɛtr] *n.m.* 分米〔縮寫爲 dm〕,分米尺

décintrer [desɛ̃tre] *v.t.* 【建】拆模

décisif, ve [desizif, i:v] *a.* 決定的,決定性的;果斷的,堅決的

décision [desizjɔ̃] *n.f.* 決定,決議;裁決,解決

déclamation [dekla(ɑ)masjɔ̃] *n.f.* 朗誦術,演說術;誇張運用,誇張體

déclamatoire [dekla(ɑ)matwa:r] *a.* 誇張的

déclamer [dekla(ɑ)me] *v.t.* 朗誦 *v.i.* ~ contre 痛罵,猛烈攻擊

déclaration [deklarasjɔ̃] *n.f.* 宣佈,宣告,聲明;愛情的表示

déclarer [deklare] *v.t.* 宣佈,宣告,聲明;表示 *v.pr.* 發生;發表意見,表示態度

déclassé, e [deklase] *a.n.* 身份降低的(人),社會地位降低的(人)

déclassement [deklɑsmɑ̃] *n.m.* 降低身份;降低等級

déclasser [deklase] *v.t.* 使降低身份;使(某物)降低等級;打亂(編類等)

déclenchement [deklɑ̃ʃmɑ̃] *n.m.* 開動,起動;發動

déclencher [deklɑ̃ʃe] *v.t.* 開動,起動;發動

déclic [deklik] *n.m.* 【技】鬆扣機構,摘開機構

déclin [deklɛ̃] *n.m.* 傾斜;衰落,衰退

déclinable [deklinabl] *a.* 【語】詞尾可變化的,有性數變化的

déclinaison [deklinɛzɔ̃] *n.f.* 【語】性、數、格變化;【天】赤緯;【物】磁偏角

décliner [dekline] *v.i.* 傾斜;衰落,衰退 *v.t.* 拒絕,謝絕;【語】使按性、數、格變化;說出

déclive [dekli:v] *a.* 傾斜的

déclivité [deklivite] *n.f.* 傾斜

déclouer [deklue] *v.t.* 拆開(釘住的物體),拔釘

décocher [dekɔʃe] *v.t.* 發射;惡意地說出

décoction [dekɔksjɔ̃] *n.f.* 煎製;煎劑

décoiffer [dekwafe] *v.t.* 弄亂頭髮

décolérer [dekɔlere] *v.i.* [c. 7] 息怒
〔僅用於否定句中〕

décollement [dekɔlmɑ̃] *n.m.* 揭下,扯
下;脫膠;【醫】剝離,脫離

décoller [dekɔle] *v.t.* 揭下,扯下 *v.i.*
(飛機)起飛

décolletage [dekɔltaːʒ] *n.m.* 袒胸;裁
成袒胸領;(金屬的)切屑

décolleter [dekɔlte] *v.t.* [c. 5] 使袒胸;
裁成袒胸領

décolonisation [dekɔlɔnizasjɔ̃] *n.f.* 非
殖民地化

décoloration [dekɔlɔrasjɔ̃] *n.f.* 褪色;
【化】脫色

décolorer [dekɔlɔre] *v.t.* 使褪色;【化】
脫色

décombres [dekɔ̃br] *n.m.pl.* 瓦礫,廢
墟

décommander [dekɔmɑ̃de] *v.t.* 取消
訂貨;取消邀請

décomposer [dekɔ̃poze] *v.t.* 分解;使
腐爛

décomposition [dekɔ̃pozisjɔ̃] *n.f.* 分
解;腐爛

décompression [dekɔ̃prɛsjɔ̃] *n.f.* 降
壓,減壓

décomprimer [dekɔ̃prime] *v.t.* 中止壓
縮,減壓

décompte [dekɔ̃t] *n.m.* 明細賬;折扣

décompter [dekɔ̃te] *v.t.* 扣除,打折扣
v.i. (自鳴鐘)亂敲

déconcerter [dekɔ̃sɛrte] *v.t.* 打亂,阻
礙(計劃的實現);使人手足無措

déconfit, e [dekɔ̃fi, it] *a.* 狼狽的,手足
無措的

déconfiture [dekɔ̃fityːr] *n.f.* 徹底失敗;
無力清償債務

décongeler [dekɔ̃ʒle] *v.t.* [c. 6] 使(冷
凍物)解凍,化開

déconseiller [dekɔ̃se[ɛ]je] *v.t.* 勸阻,
勸戒

déconsidération [dekɔ̃siderasjɔ̃] *n.f.*
不尊重,瞧不起

déconsidérer [dekɔ̃sidere] *v.t.* [c. 7]
使人不尊重,使人瞧不起

décontenancer [dekɔ̃tnɑ̃se] *v.t.* [c. 1]
使狼狽,使困惑

déconvenue [dekɔ̃vny] *n.f.* 失望,失
意,沮喪

décor [dekɔːr] *n.m.* 裝飾;佈景;外景

décorateur, trice [dekɔratœːr, tris] *n.*
裝飾美術師;舞台佈景師

décoratif, ve [dekɔratif, iːv] *a.* 裝飾
的;儀表堂堂的

décoration [dekɔrasjɔ̃] *n.f.* 裝飾,裝飾
術;佈景;勳章

décorer [dekɔre] *v.t.* 裝飾,美化;授予
勳章

décorticage [dekɔrtikaːʒ] *n.m.* 去皮,
去殼

décortiquer [dekɔrtike] *v.t.* 去皮,去殼

décorum [dekɔrɔm] *n.m.inv.* 〖拉〗禮
節,禮儀

découcher [dekuʃe] *v.i.* 在外住宿

découdre [dekudr] *v.t.* [c. 48] 拆縫;
【狩獵】撕開腹腔

découler [dekule] *v.i.* 滴,淌;來自,出
自

découpage [dekupaːʒ] *n.m.* 切;剪;勾
輪廓

découper [dekupe] *v.t.* 切,(照着輪廓)
剪;勾輪廓

découplé, e [dekuple] *a.* bien ～ 身材
長得好的

découpler [dekuple] *v.t.* 放開(繫在一
起的獵犬)

découpure [dekupyːr] *n.f.* 切,剪;剪成
物,剪過的邊緣;齒形邊

découragement [dekuraʒmɑ̃] *n.m.* 泄
氣,氣餒

décourager [dekuraʒe] *v.t.* [c. 2] 使失
去勇氣,使泄氣

découronner [dekurɔne] *v.t.* 廢黜(拮
王位),使退位;除去頂端梢枝

décousu, e [dekuzy] *a.* 脫綫的,不連貫
的 *n.m.* 不連貫

découvert, e [dekuvɛːr, ɛrt] *a.* 無遮蓋的, 暴露着的 *n.m.* 【商】銀行透支;
à ~ *loc. adv.* 無防衛地, 無擔保 *m.f.* 發現, 發現物

découvrir [dekuvriːr] [c. 11] *v.t.* 打開, 揭開;泄露;發現, 發覺 *v.pr.* 脫帽;(天氣)變晴朗

décrassage [dekrasaːʒ], **décrassement** [dekrasmɑ̃] *n.m.* 清洗, 去垢

décrasser [dekrase] *v.t.* 清洗, 去垢;使文雅, 使有教養

décréditer [dekredite] *v.t.* 使失去信用, 使喪失威信

décrépir [dekrepiːr] *v.t.* 除去(牆上的)泥灰

décrépit, e [dekrepi, it] *a.* 衰老的

décrépitude [dekrepityd] *n.f.* 衰老

decrescendo [dekreʃɛndo, dekres[ʃ]ɛ̃do] *adv.* 【意】【樂】漸弱

décret [dekrɛ] *n.m.* 通諭;法令;命令;決定

décréter [dekrete] *v.t.* [c. 7] 發出通諭;頒佈命令;決定

décrier [dekrie] *v.t.* 貶低, 指摘

décrire [dekriːr] *v.t.* [c. 61] 描寫, 叙述, 劃(綫)

décrocher [dekrɔʃe] *v.t.* 從鈎上取下;獲得, 達到

décrochez-moi-ça [dekrɔʃemwasa] *n.m. inv.* 【民】估衣;估衣舖

décroiser [dekrwaze] *v.t.* 使不再交叉

décroissement [dekrwasmɑ̃] *n.m.*, **décroissance** [dekrwasɑ̃ːs] *n.f.* 遞減, 逐漸下降, 逐漸變弱

décroître [dekrwa[ɑ]ːtr] *v.i.* [c. 54] 遞減, 逐漸下降, 逐漸變弱

décrottage [dekrɔtaːʒ] *n.m.* 除去污泥

décrotter [dekrɔte] *v.t.* 除去污泥;使文雅, 使有教養

décrottoir [dekrɔtwaːr] *n.m.* (門口的)鞋擦

décrue [dekry] *n.f.* (水位的)下降;下降的水位

décubitus [dekybitys] *n.m.* 【拉】【醫】平卧姿勢, 卧位

de cujus [dekyʒys] *n.m.* 【拉】【法】立遺囑人

déculotter [dekylɔte] *v.t.* 給…脫褲子

décuple [dekypl] *a.* 十倍的 *n.m.* 十倍

décupler [dekyple] *v.t.* 使增加十倍;大大增加

dédaigner [dede[ɛ]ɲe] *v.t.* 輕視;不屑

dédaigneux, se [dedɛɲø, øːz] *a.* 輕視的;傲慢的

dédain [dedɛ̃] *n.m.* 輕視, 輕慢

dédale [dedal] *n.m.* 迷宮

dedans [d(ə)dɑ̃] *adv.* 在内 *n.m.* 内部

dédicace [dedikas] *n.f.* 獻辭, 題獻;【宗】祝聖, 奉獻

dédicacer [dedikase] *v.t.* [c. 1] 題獻辭

dédicatoire [dedikatwaːr] *a.* 題獻的, 有獻辭的

dédier [dedje] *v.t.* 題獻辭;獻給;【宗】祝聖, 奉獻

dédire(se) [s(ə)dediːr] *v.pr.* [c.64] 推翻前言, 食言

dédit [dedi] *n.m.* 推翻前言;【法】違約權;違約金

dédommagement [dedɔmaʒmɑ̃] *n.m.* 賠償, 補償

dédommager [dedɔmaʒe] *v.t.* [c. 2] 賠償, 補償

dédorer [dedɔre] *v.t.* 除去鍍金層

dédouaner [dedwane] *v.t.* (向海關)納稅提貨

dédoublement [dedubləmɑ̃] *n.m.* 分成兩份

dédoubler [deduble] *v.t.* 分成兩份;拆(衣服)裏子;【鐵】加開(列車)

déductif, ve [dedyktif, iːv] *a.* 【邏】演繹的, 推理的

déduction [dedyksjɔ̃] *n.f.* 扣除;【邏】演繹, 推斷

déduire [dedɥiːr] *v.t.* [c. 60] 扣除;演

繹,推理

déesse [deεs] *n.f.* 女神

défaillance [defajā:s] *n.f.* 虛弱,脫力; 消沉;【醫】昏厥

défaillir [defaji:r] *v.i.* [c. 12] 衰弱,衰退;消沉;昏厥

défaire [defε:r] *v.t.* [c. 68] 拆除;取消; 打開,打亂;擺脫;使衰弱,使消瘦;打敗

défait, e [defε,εt] *a.* 蒼白的,消瘦的

défaite [defεt] *n.f.* 敗北,失敗;借口,遁辭

défaitisme [defe[ε]tism] *n.m.* 失敗主義

défaitiste [defe[ε]tist] *a.* 失敗主義的 *n.* 失敗主義者

défalcation [defalkɑsjɔ̃] *n.f.* 扣除,減去

défalquer [defalke] *v.t.* 扣除,減去

défausser(se) [s(ə)defose] *v.pr.* 打出無用的牌,墊牌

défaut [defo] *n.m.* 缺乏,缺少;缺陷,缺點;疵點;【法】缺席,抗傳

défaveur [defavœ:r] *n.f.* 失寵

défavorable [defavɔrabl] *a.* 不利的

défavoriser [defavɔrize] *v.t.* 損害,不利於

défécation [defekɑsjɔ̃] *n.f.* 【化】澄清; 【醫】排便,糞便排出

défectif, ve [defεktif, i:v] *a.* 【語】缺項的(指動詞)

défection [defεksjɔ̃] *n.f.* 變節,背叛

défectueux, se [defεktɥø, ø:z] *a.* 不完善的,有缺陷的;【法】不合規定的

défectuosité [defεktɥozite] *n.f.* 不完善,有缺點

défendeur, eresse [defɑ̃dœ:r, rεs] *n.* 【法】(民事)被告

défendre [defɑ̃:dr] *v.t.* [c. 42] 保衛,保護,防禦,防守;禁止;爲…辯護

défense [defɑ̃:s] *n.f.* 保衛,防守;【法】辯護,禁止;【動】長牙,獠牙

défenseur [defɑ̃sœ:r] *n.m.* 保衛者,捍衛者,保護人;擁護者,支持者;【法】辯護

人,律師

défensif, ve [defɑ̃sif, i:v] *a.* 防守的,防禦的 *n.f.* 守勢,防禦

déféquer [defeke] [c. 7] *v.t.* 【化】澄清 *v.i.* 【生理】排出糞便

déférence [deferɑ̃:s] *n.f.* 尊重,敬重

déférent, e [deferɑ̃, ɑ̃:t] *a.* 輸送的;尊重的,敬重的

déférer [defere] [c. 7] *v.t.* 授予;【法】告發;提起訴訟 *v.i.* 謙讓

déferler [defεrle] *v.t.* 【海】打開(帆,旗) *v.i.* (波濤)洶湧,(波浪)拍擊;蜂擁

déferrer [defe[ε]re] *v.t.* 除去(固定在某物上的)鐵器;起蹄鐵

défi [defi] *n.m.* 挑戰,挑釁;藐視

défiance [defjɑ̃:s] *n.f.* 懷疑,不信任

défiant, e [defjɑ̃, ɑ̃:t] *a.* 懷疑的,不信任的

déficeler [defisle] *v.t.* [c. 5] 解開(捆扎物上的)繩子

déficient, e [defisjɑ̃, ɑ̃:t] *a.* 有缺陷的,欠缺的

déficit [defisit] *n.m.* 〖拉〗【財】虧損,赤字

déficitaire [defisitε:r] *a.* 虧損的,赤字的;缺乏的

défier [defje] *v.t.* 挑戰,挑釁;無視 *v.pr.* 提防,不信任

défigurer [defigyre] *v.t.* 毀容;歪曲

défilé [defile] *n.m.* 隘口,峽道;成縱隊行進

défilement [defilmɑ̃] *n.m.* 【軍】遮蔽

défiler [defile] *v.t.* 抽去串線;【軍】遮蔽 *v.pr.* 躲避,溜走 *v.i.* 成縱隊行進,莊嚴地列隊而過

défini, e [defini] *a.* 確定的,限定的

définir [defini:r] *v.t.* 下定義;說明特點,確定,限定

définitif, ve [definitif, i:v] *a.* 明確的,最終的;決定性的

définition [definisjɔ̃] *n.f.* 定義,(電視畫面的)清晰度,分辨力

déflagration [deflagrasjɔ̃] *n.f.* 爆炸; 【化】暴燃

déflagrer [deflagre] *v.i.* 【化】暴燃, 迅速燃燒

déflation [deflɑsjɔ̃] *n.f.* 【地質】風蝕; 【財】通貨緊縮

défleurir [deflœri:r] *v.i.* 花落, 花謝 *v.t.* 使花朵掉落; 使失去魅力

défloraison [deflɔrɛzɔ̃], **défleuraison** [deflœrɛzɔ̃] *n.f.* 花落, 花的凋謝

déflorer [deflɔre] *v.t.* 使花朵掉落; 使失去鮮艷, 使不新奇; 使(少女)失去童貞

défonçage [defɔ̃sa:ʒ], **défoncement** [defɔ̃smɑ̃] *n.m.* 去底, 陷塌, 下陷; 深耕

défoncer [defɔ̃se] *v.t.* [c. 1] 除去底部; 使陷塌, 使下陷; 深耕

déformation [defɔrmɑsjɔ̃] *n.f.* 變形

déformer [defɔrme] *v.t.* 使變形, 使走樣

défourner [defurne] *v.t.* 【技】從爐中取出, 從窯中取出

défraîchir [defreʃi:r] *v.t.* 使失去鮮艷, 使失去光澤

défrayer [defre[ɛ]je] *v.t.* [c. 4] 替…付款; 為…提供話題

défrichage [defriʃa:ʒ], **défrichement** [defriʃmɑ̃] *n.m.* 開墾, 開荒

défricher [defriʃe] *v.t.* 開墾, 開荒; 探究, 探索

défricheur, se [defriʃœ:r, ø:z] *n.* 開墾者, 開荒者

défriser [defrize] *v.t.* 把(鬈髮)弄直; 〖俗〗使不快, 使掃興

défroque [defrɔk] *n.f.* (不再穿的)舊衣服

défroquer(se) [s(ə)defrɔke] *v.pr.* 還俗

défunt, e [defœ̃, œ̃:t] *a.* 已亡故的 *n.* 死者

égagé, e [degaʒe] *a.* 無拘束的, 輕鬆的, 隨便的

égagement [degaʒmɑ̃] *n.m.* 贖回, 贖

出; (承諾的)取消, 解除; (障礙的)掃除; 過道

dégager [degaʒe] [c. 2] *v.t.* 贖回, 贖出; 取消(前約), 解除(某人的義務等); 抽出, 使擺脫; 掃除障礙; 散發出 *v.pr.* 擺脫

dégaine [degɛn] *n.f.* 〖俗〗怪相, 怪態

dégainer [dege[ɛ]ne] *v.t.* 拔(匕首, 劍)出鞘; 持劍以待

déganter [degɑ̃te] *v.t.* 脫去手套

dégarnir [degarni:r] *v.t.* 除去, 卸下, 使空

dégât [degɑ] *n.m.* 損壞, 損失

dégauchir [degoʃi:r] *v.t.* 【技】矯直, 修平, 整平

dégel [deʒel] *n.m.* 解凍, 融化

dégeler [dɛ[e]ʒle] [c. 6] *v.t.* 使解凍, 使融化 *v.i.* 解凍, 融化

dégénération [deʒenerɑsjɔ̃] *n.f.* 退化, 蛻化

dégénérer [deʒenere] *v.i.* [c. 7] 退化, 蛻化

dégénérescence [deʒeneresɑ̃:s] *n.f.* 退化; 【醫】變性

dégermer [deʒerme] *v.t.* 除芽

dégingander(se) [s(ə)deʒɛ̃gɑ̃de] *v.pr.* 像脫了骱似地走路

dégivrer [deʒivre] *v.t.* 除去(車窗上等的)霜花

déglutir [deglyti:r] *v.t.* 吞下

déglutition [deglytisjɔ̃] *n.f.* 吞下

dégoiser [degwaze] *v.t., v.i.* 〖民〗滔滔不絕地說

dégommer [degɔme] *v.t.* 使去膠, 使退漿; 免職, 撤職

dégonflement [degɔ̃fləmɑ̃] *n.m.* 放氣, 癟

dégonfler [degɔ̃fle] *v.t.* 使癟, 使消腫

dégorgement [degɔrʒəmɑ̃] *n.m.* 吐出, 排出; 疏通, 排空

dégorger [degɔrʒe] *v.t.* [c. 2] 吐出, 排出; 疏通, 排空

dégouliner [deguline] *v.i.* (一滴一滴

地)落下，滴下

dégourdi, e [degurdi] *a.,n.* 靈活的
(人)，機靈的(人)

dégourdir [degurdiːr] *v.t.* 使不再麻木，
使活血；稍微熱一熱；使靈活，使擺脫拘
束

dégourdissement [degurdismɑ̃] *n.m.*
消除麻木

dégoût [degu] *n.m.* 失去食慾，(對某一
食物的)厭惡；反感，厭惡

dégoûté, e [degute] *a.* 挑三揀四的，挑
剔的；感到厭惡的，感到厭煩的 *n.* 挑
剔的人

dégoûter [degute] *v.t.* 使失去食慾；使
厭惡

dégoutter [degute] *v.i.* 滴瀝，一滴一滴
地流下

dégradation [degradɑsjɔ̃] *n.f.* 降級，降
職，墮落；損壞，毀壞；(光度、色彩的)漸
弱，變弱

dégrader [degrade] *v.t.* 使降級，貶黜；
使失尊敬；毀壞；使(光度、色彩)漸弱

dégrafer [degrafe] *v.t.* 解開搭扣、別針
等

dégraissage [degrɛsaːʒ] *n.m.* 去脂肪，
去油，去油漬

dégraisser [degrɛse] *v.t.* 除去脂肪，
除去油脂；除去油漬

dégraisseur, se [degrɛsœːr, øːz] *n.* 乾
洗工

degré [dəgre] *n.m.* 梯級，台階；等級，
級別，程度，度；階段

dégressif, ve [degrɛ[ɛ]sif, iːv] *a.* 漸減
的，遞減的

dégrèvement [degrɛvmɑ̃] *n.m.* 減稅，
免稅

dégrever [degrəve] *v.t.* [c. 6] 減稅，免
稅

dégringolade [degrɛ̃gɔlad] *n.f.* 〖俗〗
滾下，摔下；暴跌

dégringoler [degrɛ̃gɔle] 〖俗〗 *v.i.*
〔助動詞通常用 être〕滾下，摔下；暴跌
v.t. 衝下

dégrisement [degrizmɑ̃] *n.m.* 解酒，醒
酒；清醒，醒悟

dégriser [degrize] *v.t.* 使醒酒；〖俗〗使
清醒，使醒悟

dégrossir [degrosiːr] *v.t.* 粗製，做成毛
坯；〖俗〗使變得文雅，使懂規矩

dégrossissage [degrosisaːʒ], **dégros-
sissement** [degrosismɑ̃] *n.m.* 粗製，
做成毛坯

déguenillé, e [degnije] *a.,n.* 衣衫襤褸
的(人)

déguerpir [degɛrpiːr] *v.i.* 立即撤離，逃
跑

déguisement [degizmɑ̃] *n.m.* 喬裝，偽
裝；偽裝物；掩飾，隱瞞

déguiser [degize] *v.t.* 喬裝，偽裝，使認
不出；掩飾，隱瞞

dégustateur [degystatœːr] *n.m.* 品酒
者

dégustation [degystasjɔ̃] *n.f.* 品嘗，品
味

déguster [degyste] *v.t.* 品，品嘗；津津
有味地吃、喝，享受⋯的美味

déhanchement [deɑ̃ʃmɑ̃] *n.m.* (走路
時)扭動腰部；扭擺行走的姿態

déhancher(se) [s(ə)deɑ̃ʃe] *v.pr.* (走
路時)扭腰

déharnacher [dearnaʃe] *v.t.* 卸下馬
具，給(拉車的馬)卸套

dehors [dəɔːr] *adv.* 在外邊 *n.m.* 表
面，外表； *pl.* (人的)外貌，外表

déicide [deisid] *a.,n.* 殺神的(人)

déification [deifikɑsjɔ̃] *n.f.* 敬奉爲神，
神化

déifier [deifje] *v.t.* 把⋯敬奉爲神，把⋯
奉若神明

déisme [deism] *n.m.* 自然神論

déité [deite] *n.f.* 神道，神性

déjà [deʒa] *adv.* 已經

déjection [deʒɛksjɔ̃] *n.f.* 【醫】排泄；
pl. 排泄物，糞便；【地質】(火山)噴出
物

déjeter [dɛ[e]ʒte] *v.t.* [c. 5] 弄彎，使彎

曲

déjeuner [deʒœne] *v.i.* 吃早飯, 用早餐; 吃午飯, 用午餐 *n.m.* 早飯, 午飯

déjouer [deʒwe] *v.t.* 挫敗, 擊破

déjuger(se) [s(ə)deʒyʒe] *v.pr.* [c. 2] 變卦, 改變主意

delà [d(ə)la] *prép.* 〖古〗在 … 的那邊 *adv.* par-～ *loc.adv.* 在那兒; au-～ *loc. adv.* 更遠些; 更多些; 更超過些

délabrement [delabrəmã] *n.m.* 破敗, 破損; 糟糕的狀況

délabrer [delabre] *v.t.* 使破敗, 使破損; 損害

délacer [delase] *v.t.* [c. 1] 解開…的帶子

délai [delɛ] *n.m.* 期限, 時限; 延期, 延遲

délaissement [delɛsmã] *n.m.* 拋棄, 遺棄; 放棄

délaisser [delɛse] *v.t.* 拋棄, 遺棄; 放棄

délassement [delasmã] *n.m.* 休息

délasser [delase] *v.t.* 使消除疲勞, 使得到休息

délateur, trice [delatœr, tris] *n.* 告密人

délation [delasjɔ̃] *n.f.* 告發, 告密

délaver [delave] *v.t.* 浸淡, 浸得褪色; 浸潤, 浸濕

délayage [deleja:ʒ] *n.m.* 摻和, (與液體的)混合; 拌和物; 囉唆, 贅述

délayer [deleje] *v.t.* [c.4] 拌和, 摻和, 使(與液體)混和; 囉唆地表達

deleatur [deleaty:r] *n.m.inv.* 〖拉〗【印】(校樣上的)刪除符號

électable [delɛktabl] *a* 美味的; 使人愉快的, 令人愜意的

électation [delɛktasjɔ̃] *n.f.* 興趣, 樂趣

électer [delɛkte] *v.t.* 使欣喜 *v.pr.* 大感興趣

élégation [delegasjɔ̃] *n.f.* 委派, 委託, 委任; 移轉; 代表團, 評議會

élégué,e [delege] *n.* 代表

déléguer [delege] *v.t.* [c.7]委派, 委託, 委任; 移轉, 授權

délester [delɛste] *v.t.* 減少壓載, 卸下壓艙物; 〖俗〗扒竊; 對…暫停供電

délétère [deletɛ:r] *a.* 危害健康或生命的; 有害的

délibératif, ve [deliberatif, i:v] *a.* 有投票權的, 有表決權的; 關於決議的

délibération [deliberasjɔ̃] *n.f.* 商議, 審議, 評議; 商定, 決定

délibéré,e [delibere] *a.* 仔細思考的, 反覆斟酌的; 有把握的, 從容的 *n.m.* 【法】評議, 合議

délibérer [delibere] *v.i.* [c.7] 商議, 審議, 評議; 仔細思考, 慎重考慮

délicat,e [delika,at] *a.* 優美的, 精美的; 美味的; 細微的, 精緻的; 細嫩的, 嬌弱的; 棘手的, 敏感的; 挑剔的 *n.* 愛挑剔的人

délicatesse [delikatɛs] *n.f.* 優美, 精美; 美味; 細微; 精緻; 嬌弱; 棘手; 敏感; 挑剔

délice [delis] *n.m.* 樂趣, 快樂

délices [delis] *n.f.pl.* 莫大樂趣, 極樂

délicieux,se [delisjø,ø:z] *a.* 絕妙的, 極愉快的; 可口的, 鮮美的

délictueux, se [deliktɥø,ø:z] *a.* 犯罪的, 違法的, 不正當的

délié, e [delje] *a.* 細爲纖細的, 很薄的; 敏銳的 *n.m.* (字母的)細筆劃

délier [delje] *v.t.* 鬆開, 解開(扣結); 免除, 解除

délimitation [delimitasjɔ̃] *n.f.* 劃界綫, 定界限; 限制, 限定

délimiter [delimite] *v.t.* 劃定界綫, 確定範圍; 限定, 限制

délinquant, e [delɛ̃kã, ã:t] *n.* 犯輕罪者

déliquescence [delik(ɥ)esã:s] *n.f.* 【化】潮解; 衰落, 瓦解

déliquescent, e [delik(ɥ)esã, ã:t] *a.* 易潮解的, 易吸收濕氣的

délirant, e [delirã, ã:t] *a.* 譫妄性的, 精神錯亂的; 狂熱的

délire [deli:r] *n.m.* 【醫】譫妄; 極度激

動; 狂熱

délirer [delire] *v.i.* 發譫妄; 說譫語, 講
胡話; 發狂

delirium tremens [delirjɔmtremē:s]
n.m. 〖拉〗〖醫〗震顫譫妄

délit [deli] *n.m.* 犯罪, 違法; 輕罪

déliter [delite] *v.t.* 立砌(石塊); 按解理
劈開, 按解理分割(石塊)

délivrance [delivrã:s] *n.f.* 釋放, 解放;
解脱; 分娩; 交付, 發給

délivrer [delivre] *v.t.* 釋放, 解放; 解脱;
接生; 交付, 發給

déloger [delɔʒe] [c. 2] *v.i.* 遷出, 離開
居住地 *v.t.* 驅逐, 趕走

déloyal, ale [delwajal] (*pl.* ~ **aux**) *a.*
不忠實的, 不義的; 不正當的

déloyauté [delwajote] *n.f.* 不忠, 不義,
背信

delta [dɛlta] *n.m.* 希臘字母表中第 4 個
字母 Δ, δ; 〖地〗三角洲

déluge [dely:ʒ] *n.m.* (《聖經》中挪亞時
代的)大洪水; 滂沱大雨, 暴雨; 大量

déiuré, e [delyre] *a.* 活潑機靈的, 機智
伶俐的

délustrer [delystre] *v.t.* 〖紡〗消除光澤

démagogie [demagɔʒi] *n.f.* 蠱惑人心,
煽動羣衆

démagogique [demagɔʒik] *a.* 蠱惑人
心的, 煽動羣衆的

démagogue [demagɔg] *n.m.* 蠱惑人心
的政客

démailler [demaje] *v.t.* 拆散綫圈, 拆
散網眼

démailloter [demajɔte] *v.t.* 解開襁褓

demain [d(ə)mē] *adv.* 明天; 今後

démancher [demãʃe] *v.t.* 使脱柄; 使
(關節處)脱臼, 使脱榫

demande [d(ə)mã:d] *n.f.* 要求, 請求;
請求書, 申請書; 求親; 訂購, 訂貨; 〖經〗
需求, 需要; 詢問

demander [d(ə)mãde] *v.t.* 要求, 請求,
申請; 需要; 想要; 詢問

demandeur, eresse [d(ə)mãdœ:r, rɛs]

n. 〖法〗原告

démangeaison [demãʒɛzɔ̃] *n.f.* 癢,
心癢, 渴望

démanger [demãʒe] *v.i.* [c. 2] 發癢;
渴望

démantèlement [demãtɛlmã] *n.m.*
(城牆、城堡的)拆除, 拆毁; 摧毁, 破壞

démanteler [demãtle] *v.t.* [c. 6] 拆除
(城牆), 拆毁(城堡); 摧毁, 破壞

démantibuler [demãtibyle] *v.t.* 使領
骨脱臼; 拆壞, 拆散; 毁損

démaquiller [demakije] *v.t.* 給…卸妝

démarcation [demarkasjɔ̃] *n.f.* 分界,
劃界; 界綫, 界限

démarche [demarʃ] *n.f.* 步態, 步法, 步
調; 舉止; 嘗試

démarcheur, se [demarʃœ:r, ø:z] *n.*
上門兜銷的商販; 證券推銷員

démarquage [demarka:ʒ] *n.m.* 去掉商
標, 去掉標記; 抄襲, 剽竊; 改頭換面的作
品

démarquer [demarke] *v.t.* 去掉商標,
去掉標記; 削減…標價; 把…改頭換面,
抄襲, 剽竊

démarrage [demara:ʒ] *n.m.* 解纜, 起
碇, 開航; 起動, 開動; 動工

démarrer [demare] *v.t.* 解纜 *v.i.* 起
碇, 開航, 開離, 放秦; 起動, 開動

démarreur [demarœ:r] *n.m.* 起動機,
起動器

démasquer [demaske] *v.t.* 除去假面
具; 揭穿, 揭露

démâter [demate] *v.t.* 拆除桅杆, 下桅;
擊斷桅杆 *v.i.* 斷桅

démêlé [deme[ɛ]le] *n.m.* 糾紛, 爭執

démêler [deme[ɛ]le] *v.t.* 梳理; 澄清; 弄
清, 區別

démêloir [demelwa:r] *n.m.* 粗齒梳

démêlures [deme[ɛ]ly:r] *n.f.pl.* 梳下來
的一小把頭髮

démembrement [demãbrəmã] *n.m.*
肢解; 分割, 瓜分

démembrer [demãbre] *v.t.* 肢解, 分割

四肢; 分割; 瓜分

déménagement [demena3mā] *n.m.* 搬家

déménager [demena3e] [c. 2] *v.t.* 搬運(傢具等) *v.i.* 搬家;〖俗〗亂講

déménageur [demena3œːr] *n.m.* 搬場公司工人, 搬場業經營者

démence [demɑ̃ːs] *n.f.* 【法】精神錯亂, 癲狂; 荒唐行徑;【醫】痴獃

démener(se) [s(ə)dɛm[dəmə]ne] *v.pr.* [c. 6] 騷動, 竭力掙扎; 費勁

dément, e [demɑ̃, ɑ̃ːt] *a.* 精神錯亂的, 瘋癲的; 痴獃的 *n.* 精神錯亂者, 瘋子; 白痴

démenti [demɑ̃ti] *n.m.* 否認, 反駁

démentir [demɑ̃tiːr] *v.t.* [c. 15] 否認, 反駁; 違背

démérite [demerit] *n.m.* 過失, 罪過

démériter [demerite] *v.i.* 犯過失, 做引起非議的事

démesuré, e [dɛm[dəmə]zyre] *a.* 異乎尋常的, 巨大的; 過度的

démettre [demɛtr] [c. 45] *v.t.* 使脫臼, 使脫臼; 免職, 解職; 駁回 *v.pr.* 辭職, 離職

demeurant(au) [odəmœrɑ̃] *loc.adv.* 總之; 畢竟

demeure [d(ə)mœːr] *n.f.* 耽擱, 遲延; 住所, 住宅; à ~ *loc.adv.* 永久地, 固定地

demeurer [d(ə)mœre] *v.i.* 〔助動詞用 avoir 或 être〕耽擱, 遲延; 住, 居住; 延續; 依舊, 仍然是

demi, e [d(ə)mi] *a.* 一半的, 半個的 *n.* 一半, 半個 *n.m.* 一杯啤酒〔容量 半公升〕 *n.f.* 半小時

demi-cercle [d(ə)misɛrkl] (*pl.* ~ *s*) *n.m.* 半圓

demi-frère [d(ə)mifrɛːr] (*pl.* ~ *s*) *n.m.* 同父異母或同母異父兄弟

demi-gros [d(ə)migro] *n.m.inv.* 小量批發

demi-heure [d(ə)miœːr] (*pl.* ~ *s*) *n.f.*
半小時

démilitarisation [demilitarizasjɔ̃] *n.f.* 非軍事化

demi-mal [d(ə)mimal] *n.m.* 輕微的損傷 (*pl.* 罕用)

demi-mesure [d(ə)mimzyːr] (*pl.* ~ *s*) *n.f.* 【技】半量; 權宜措施

demi-mort, e [d(ə)mimɔːr, ɔrt] *a.* 半死的

demi-mot(à) [admimo] *loc.adv.* 半句頭話

déminer [demine] *v.t.* 掃雷, 清除水雷

déminéralisation [demineralizasjɔ̃] *n.f.* 【醫】無機鹽排出過多, 礦物質脫失

déminéraliser [demineralize] *v.t.* 使 (機體)喪失礦物質

demi-pensionnaire [d(ə)mipɑ̃sjɔnɛːr] (*pl.* ~ *s*) *n.* 半寄膳生

demi-reliure [d(ə)miraljyːr] (*pl.* ~ *s*) *n.f.* (書籍)半精裝, 皮脊裝訂

demi-saison [d(ə)misɛzɔ̃] (*pl.* ~ *s*) *n.f.* 春, 秋季節

demi-sœur [d(ə)misœːr] (*pl.* ~ *s*) *n.f.* 同父異母或同母異父姐妹

demi-solde [d(ə)misɔld] (*pl.* ~ *s*) *n.f.* (非在役軍人領取的) 半餉 *n.m.inv.* 領取半餉的軍官

démission [demisjɔ̃] *n.f.* 辭職; 放棄

démissionnaire [demisjɔnɛːr] *a.,n.* 辭職的(人)

démissionner [demisjɔne] *v.i.* 辭職, 放棄

demi-teinte [d(ə)mitɛ̃ːt] (*pl.* ~ *s*) *n.f.* 中間色

demi-ton [d(ə)mitɔ̃] (*pl.* ~ *s*) *n.m.* 【樂】半音

demi-tour [d(ə)mituːr] (*pl.* ~ *s*) *n.m.* 半轉, 半圈

démobilisation [demɔbilizasjɔ̃] *n.f.* 復員

démobiliser [demɔbilize] *v.t.* 使復員

démocrate [demɔkrat] *n.* 民主主義者 *a.* 民主主義的

démocratie [demɔkrasi] *n.f.* 民主,民主主義,民主政治

démocratique [demɔkratik] *a.* 民主的,民主政治的

démocratisation [demɔkratizasjɔ̃] *n.f.* 民化,大眾化

démocratiser [demɔkratize] *v.t.* 使民主化,使大眾化,普及

démoder(se) [s(ə)demɔde] *v.pr.* 過時

démographie [demɔgrafi] *n.f.* 人口學,人口統計學

démographique [demɔgrafik] *a.* 人口學的,人口統計學的

demoiselle [d(ə)mwazɛl] *n.f.* 貴族小姐,貴婦人;未婚女子;蜻蜓的俗稱;木夯,夯槌

démolir [demɔliːr] *v.t.* 拆除,毀壞;推翻;擊敗

démolisseur, se [demɔlisœːr,øːz] *n.* 拆除者,拆毀者;推翻者

démolition [demɔlisjɔ̃] *n.f.* 拆除,毀壞,推翻;*pl.* 建築物拆毀後的舊材料

démon [demɔ̃] *n.m.* 神靈;魔鬼;惡棍;頑童,淘氣鬼

démonétisation [demɔnetizasjɔ̃] *n.f.* (貨幣的)停止流通,貶低幣值;貶低

démonétiser [demɔnetize] *v.t.* 停止流通,停止使用(貨幣);貶低幣值;貶低

démoniaque [demɔnjak] *a.,n.* 魔鬼附身的(人)

démonstrateur, trice [demɔ̃stratœːr, tris] *n.* 實物示教者,用演示法教學者;示範表演者

démonstratif, ve [demɔ̃stratif, iv] *a.* 論證的,說明的;【語】指示的;感情外露的

démonstration [demɔ̃strasjɔ̃] *n.f.* 論證,證明;示範;表示,表現

démontable [demɔ̃tabl] *a.* 可拆卸的

démontage [demɔ̃taːʒ] *n.m.* 拆開,拆卸

démonter [demɔ̃te] *v.t.* 使落馬;使不

démontrer [demɔ̃tre] *v.t.* 論證,證明;表明,顯示;示範講解

démoralisateur, trice [demɔralizatœːr tris] *a.,n.* 敗壞道德的(人),傷風敗俗的(人、事物);使人氣餒的(人、事物)

démoralisation [demɔralizasjɔ̃] *n.f.* 敗壞道德,傷風敗俗;挫傷勇氣

démoraliser [demɔralize] *v.t.* 使道德敗壞,使傷風敗俗;使氣餒

démordre [demɔrdr] *v.i.* [c. 42] 放棄(意見等)〔多用於否定句〕

démoucheter [demuʃte] *v.t.* [c. 5] 除去(練習劍頭的)皮頭

démoulage [demulaːʒ] *n.m.* (鑄件等的)出模,脫模

démouler [demule] *v.t.* 出模,脫模(鑄件等)

démoustiquer [demustike] *v.t.* 滅蚊

démunir [demyniːr] *v.t.* 剝奪

démuseler [demyzle] *v.t.* [c. 5] 給(動物)除去嘴套,卸除鼻籠;放任,放縱

dénationaliser [denasjɔnalize] *v.t.* 使喪失民族特徵;使回復私營

dénaturaliser [denatyralize] *v.t.* 取消因入籍而取得的權利

dénaturation [denatyrasjɔ̃] *n.f.* 【化】變性(作用)

dénaturer [denatyre] *v.t.* 使變性;歪曲,曲解

dénégation [denegasjɔ̃] *n.f.* 否認

déni [deni] *n.m.* 拒絕

déniaiser [denjɛze] *v.t.* 使增加見識;使懂事

dénicher [deniʃe] *v.t.* 從鳥巢中掏取,趕走;找到

denier [dənje] *n.m.* 法國古輔幣;獻金;*pl.* 錢款

dénier [denje] *v.t.* 否認;拒絕

dénigrement [denigrəmɑ̃] *n.m.* 誹謗,中傷

dénigrer [denigre] *v.t.* 誹謗,中傷

déniveler [denivle] *v.t.* [c. 5] 使起伏

平,使高低不平

dénivellation [denivɛlasj5] *n.f.* 起伏不平,不平坦;【測】水準差,水平差

dénombrement [den5brəmɑ̃] *n.m.* 列舉,計數

dénombrer [den5bre] *v.t.* 列舉,計數

dénominateur [denɔminatœːr] *n.m.* 【數】分母

dénominatif, ve [denɔminatif, iːv] *a.* 命名的,稱謂的

dénomination [denɔminasj5] *n.f.* 命名;名稱

dénommer [denɔme] *v.t.* 指名;命名,取名

dénoncer [den5se] *v.t.* [c. 1] 廢止,取消;揭發,告發;顯示

dénonciateur, trice [den5sjatœːr, tris] *a.,n.* 告發的(人),檢舉的(人)

dénonciation [den5sjasj5] *n.f.* 廢止,取消;揭發,告發

dénoter [denɔte] *v.t.* 標明,表明

dénouement [denumɑ̃] *n.m.* (戲劇等)結局,收場;解決;解開

dénouer [denwe] *v.t.* 解開,使鬆開;解決

denrée [dɑ̃re] *n.f.* 食品,飼料

dense [dɑ̃ːs] *a.* 濃厚的,稠密的

densimètre [dɑ̃simɛtr] *n.m.* 【物】密度計,比重計

densité [dɑ̃site] *n.f.* 濃度,密度

dent [dɑ̃] *n.f.* 牙齒;齒狀物,輪齒

dentaire [dɑ̃tɛːr] *a.* 牙的,齒科的

dental, ale [dɑ̃tal] (*pl.* ~*aux*) 【語】齒音的

dentelé, e [dɑ̃tle] *a.* 鋸齒狀的 *n.m.* 【解】鋸肌

denteler [dɑ̃tle] *v.t.* [c. 5] 使邊緣成細齒狀

dentelle [dɑ̃tɛl] *n.f.* (齒形)花邊

dentellerie [dɑ̃tɛlri] *n.f.* 花邊業

dentellier, ère [dɑ̃telje, ɛːr] *a.* 花邊的 *n.f.* 花邊女工;花邊編織機

dentelure [dɑ̃tlyːr] *n.f.* 【建】齒形雕刻,

齒飾;鋸齒狀;(葉緣的)細齒

denter [dɑ̃te] *v.t.* 給(工具等)裝齒

dentier [dɑ̃tje] *n.m.* 一排假牙,有托的假牙

dentifrice [dɑ̃tifris] *n.m.* 牙粉,牙膏

dentiste [dɑ̃tist] *n.* 牙科醫生

dentition [dɑ̃tisj5] *n.f.* (兒童的)出牙

denture [dɑ̃tyːr] *n.f.* 一口牙齒

dénudation [denydɑsj5] *n.f.* 露出,暴露

dénuder [denyde] *v.t.* 使裸露,剝光

dénuement [denymɑ̃] *n.m.* 貧乏,貧窮

dénuer [denye] *v.t.* 剝奪,使喪失(必需品)

dénutrition [denytrisj5] *n.f.* 【醫】(組織機體的)營養不良

dépailler [depɑje] *v.t.* 取出麥稈,拿出稻草

dépannage [depana:ʒ] *n.m.* 排除故障,修復;幫人擺脫困境

dépanner [depane] *v.t.* 排除故障,修復;使擺脫困境

dépanneur, se [depanœːr, øːz] *a.* 檢修的 *n.m.* 檢修工

dépaqueter [depakte] *v.t.* [c. 5] 打開(包裹)

dépareiller [depare[ɛ]je] *v.t.* 把(成套的東西)拆散,使不齊全

déparer [depare] *v.t.* 有損美觀,使減色;除去飾物

déparier [deparje] *v.t.* 把(成對的東西)拆散

départ [depaːr] *n.m.* 出發,動身,起飛,開航;開端,區分,辨別

départager [departaʒe] *v.t.* [c. 2] (贊成和反對同票數時的)裁決,抉擇,評定

département [departəmɑ̃] *n.m.* (行政)部門;部;院,司,處;省,州

départemental, ale [departəmɑ̃tal] (*pl.* ~*aux*) *a.* 省的,州的;地方的

départir [departiːr] [c. 15] *v.t.* 分配 *v.pr.* 放棄

dépassant [depɑsɑ̃] *n.m.* (超出衣邊

的)飾邊

dépassement [depɑsmɑ̃] *n.m.* 超越;
超支

dépasser [depɑse] *v.t.* 超越,超過;勝
過;〖俗〗使吃驚

dépavage [depava:ʒ] *n.m.* 除去鋪路石

dépaver [depave] *v.t.* 除去(路面的)鋪
石

dépayser [depe[ɛ]ize] *v.t.* 使離開祖國
或故鄉;使迷惘

dépècement [depɛsmɑ̃], **dépeçage**
[dɛp[epə]sa:ʒ] *n.m.* 切碎,撕碎;分
割,瓜分

dépecer [dɛp[epə]se] *v.t.* [c. 1, c. 6] 切
碎,撕碎(肉類);分割,瓜分

dépêche [depɛʃ] *n.f.* 公文,公函;電報

dépêcher [depe[ɛ]ʃe] *v.t.* 急遣,急派;
趕緊了結 *v.pr.* 趕緊

dépeigner [depe[ɛ]ɲe] *v.t.* 弄亂頭髮

dépeindre [depɛ̃:dr] *v.t.* [c. 51] 描述,
描繪

dépenaillé, e [dɛp[epə]naje] *a.* 破爛
的;衣衫襤褸的

dépendance [depɑ̃dɑ̃:s] *n.f.* 從屬,依
附,依賴;相關,依存; *pl.* 附屬建築
物

dépendre [depɑ̃:dr] [c. 42] *v.t.* 取下
(掛着的東西) *v.i.* 屬於,依賴於;取
決於

dépens [depɑ̃] *n.m.pl.* 【法】訴訟費;
aux ~ de *loc. prép.* 由…負擔費用;
在損害…的情況下

dépense [depɑ̃:s] *n.f.* 費用,開支;耗
費;食品貯藏室

dépenser [depɑ̃se] *v.t.* 用(錢),花
(錢);耗費,花費

dépensier, ère [depɑ̃sje, ɛ:r] *a.,n.* 愛
花錢的(人),亂花錢的(人)

déperdition [depɛrdisjɔ̃] *n.f.* 漸減,消
耗

dépérir [deperi:r] *v.i.* 衰弱,衰退;衰敗

dépérissement [deperismɑ̃] *n.m.* 衰
弱,衰退;衰敗

dépêtrer [depe[ɛ]tre] *v.t.* 使(某人或動
物的)脚擺脫束縛;使擺脫困境 *v.pr.*
解脫出來

dépeuplement [depœpləmɑ̃] *n.m.* 荒
無人烟,居民減少,生物減絶

dépeupler [depœple] *v.t.* 使荒無人烟,
使人口減少;使生物減絶

dépister [depiste] *v.t.* 發現(獵物的)蹤
迹;發現

dépit [depi] *n.m.* 苦惱,氣惱;en ~ de
loc. prép. 不管,雖然

dépiter [depite] *v.t.* 使苦惱,使氣惱

déplacé, e [deplase] *a.* 不合適的,不合
時宜的

déplacement [deplasmɑ̃] *n.m.* 移動,
位移;【海】排水量

déplacer [deplase] *v.t.* [c. 1] 移動,挪
動;轉移;調職;【海】排水

déplaire [deplɛ:r] [c. 67] *v.i.* 不討人喜
歡,惹人厭;使不愉快 *v.pr.* (在某地)
呆不慣,感到不稱心

déplaisir [deple[ɛ]zi:r] *n.m.* 不快,不滿

déplanter [deplɑ̃te] *v.t.* 拔(秧苗),挖
(秧苗)

dépliant [depliɑ̃] *n.m.* 摺頁,摺圖,摺子

déplier [deplie] *v.t.* 展開,打開(摺疊着
的東西)

déplisser [deplise] *v.t.* 拆褶襉

déploiement [deplwamɑ̃] *n.m.* 展開,
鋪開;顯示

déplorable [deplɔrabl] *a.* 可憐的,可
悲的;不幸的;十分低劣的

déplorer [deplɔre] *v.t.* 爲…感到悲痛,
痛惜,惋惜

déployer [deplwaje] *v.t.* [c. 3] 展開,打
開,攤開;炫耀,顯示

déplumer(se) [s(ə)deplyme] *v.pr.* 脱
毛;〖俗〗脱髮

dépoétiser [depɔetize] *v.t.* 使失去詩意

dépolir [depɔli:r] *v.t.* 使失去光澤,使不
光潔

dépopulation [depɔpylɑsjɔ̃] *n.f.* 人口
減少,居民減少

déportation [depɔrtɑsjɔ̃] *n.f.* 流放; 關進(設在國外的)集中營

déportements [depɔrtəmã] *n.m.pl.* 放蕩, 荒淫

déporter [depɔrte] *v.t.* 流放, 關進(設在國外的)集中營; 使(車輛、飛機)偏向

déposant, e [depozã, ã:t] *a.* 作證的; 存款的, 存放的 *n.* 作證者; 存款人, 存放者

dépose [depo:z] *n.f.* 取下, 拆除

déposer [depoze] *v.t.* 放下, 取下, 拆下; 存放, 寄放; 廢黜, 罷免; 提交 *v.i.* 【法】作證

dépositaire [depozitɛ:r] *n.* 受託人, 保管人

déposition [depozisjɔ̃] *n.f.* 【法】(證人的)陳述, 證言; 廢黜, 革職

déposséder [deposede] *v.t.* [c. 7] 剝奪

dépôt [depo] *n.m.* 安放, 寄放, 存放; 寄存物, 保管物; 沉澱; 寄放處, 保管室; 【軍】兵站; 拘留所

dépoter [depɔte] *v.t.* 從花盆中挖出(植物); 把(液體)倒入另一壺內

dépotoir [depɔtwa:r] *n.m.* 糞池, 化糞廠; 垃圾場

dépouille [depuj] *n.f.* (蛇、蟲等)蛻下的皮或殼; 剝下的(動物)皮; *pl.* 戰利品, 掠奪物; ～ (mortelle) 遺體

dépouillement [depujmã] *n.m.* 剝皮; 審查, 審核; 剝奪

dépouiller [depuje] *v.t.* 剝(動物的)皮; 除去, 脫去; 偷盜; 審查, 審核; 剝奪, 奪走; 拋開

dépourvu, e [depurvy] *a.* 沒有…的, 缺乏…的; au ～ *loc.adv.* 出其不意地, 突然

dépoussiérage [depusjera:ʒ] *n.m.* 除塵, 吸塵

dépravation [depravɑsjɔ̃] *n.f.* 敗壞, 墮落

dépraver [deprave] *v.t.* 使變壞; 使墮落, 引壞

dépréciation [depresjɑsjɔ̃] *n.f.* 幣值降低, 貶值; 跌價

déprécier [depresje] *v.t.* 使貶值, 使跌價; 貶低, 詆毀

déprédation [depredɑsjɔ̃] *n.f.* 劫掠; 糟蹋, 損壞(別人的)財物; 盜用公款

déprendre(se) [s(ə)deprã:dr] *v.pr.* [c. 46] 擺脫, 丟開, 抛棄

dépression [depresjɔ̃] *n.f.* 下陷, 下落; 虛弱, 疲軟, 消沉; 不景氣; 【物】降壓

déprimer [deprime] *v.t.* 使下陷, 使凹進去; 使虛弱; 使消沉

depuis [d(ə)pɥi] *prép.* 自…以來, 從…以後; 從; 從那以後, 此後 *adv.* 從那以後, 此後

dépuratif, ve [depyratif, i:v] *a.* 使(血液、體液等)净化的 *n.m.* 净化藥

députation [depytɑsjɔ̃] *n.f.* (使節的)派遣; 使節團, 代表團; 使節的職務, 議員的職務

député [depyte] *n.m.* 使節, 使臣; (法國的)議員

députer [depyte] *v.t.* 派遣(代表、使節)

déracinement [derasinmã] *n.m.* 連根拔出; 根除

déraciner [derasine] *v.t.* 連根拔出; 根除; 使(某人)離開祖國或故鄉

déraillement [derajmã] *n.m.* 【鐵】出軌; 胡言亂語; 瞎扯

dérailler [deraje] *v.i.* 出軌; 胡言亂語; 瞎扯

déraison [derɛzɔ̃] *n.f.* 不理智

déraisonnable [derɛzɔnabl] *a.* 不理智的, 不合理的

déraisonner [derɛzɔne] *v.i.* 胡言亂語

dérangement [derãʒmã] *n.m.* 搞亂, 紊亂; 打擾; 故障

déranger [derãʒe] *v.t.* [c. 2] 弄亂; 搞亂; 使紊亂; 打擾, 妨礙

dérapage [derapa:ʒ] *n.m.* (錨的)走動; (車輪的)側滑, 滑轉; (飛機轉彎時的)側滑

déraper [derape] *v.i.* 【海】走動(指錨); (車輪)側滑, 滑轉; (飛機轉彎時)側滑飛行

dératé, e [derate] *n.* courir comme un (chien) ~ 跑得飛快

dératiser [deratize] *v.t.* 消滅(一個地方的)老鼠

déréglé [deregle] *a.* 不規則的, 失常的; 放蕩的

dérèglement [dereglemɑ̃] *n.m.* 不規則, 失常, 紊亂

dérégler [deregle] *v.t.* [c. 7] 使不規則, 使失常, 使紊亂; 玫壞

dérider [deride] *v.t.* 消除皺紋, 使快活起來

dérision [derizjɔ̃] *n.f.* 嘲笑, 嘲諷

dérisoire [derizwɑːr] *a.* 嘲諷人的; 引人好笑的; 少得可憐的, 微乎其微的

dérivatif, ve [derivatif, iv] *a.* 【語】派生的 *n.m.* 【醫】誘導藥; 散心的事物

dérivation [derivasjɔ̃] *n.f.* 引水, 分流; 【語】派生法; 【電】分路; 【醫】誘導, 誘導法; 【數】求導(數)

dérive [deriːv] *n.f.* (船隻、飛機等的)偏航, 偏流; (飛機的)垂直安定面; (平底船的)防傾板; (炮的)偏差角

dérivé [derive] *n.m.* 派生詞; 衍生物

dériver [derive] *v.t.* 使(河流)改道 *v.i.* (河流)改道; (船)偏流, (飛機)偏航; 從⋯派生; 由⋯產生

dermatologie [dɛrmatɔlɔʒi] *n.f.* 皮膚病學

dermatologiste [dɛrmatɔlɔʒist] *n.* 皮膚科醫生

dermatose [dɛrmatoːz] *n.f.* 皮膚病

derme [dɛrm] *n.m.* 【解】真皮

dernier, ère [dɛrnje, ɛːr] *a.* 最後的, 最末的; 最差的; 極端的; 最近一個的, 上一個的

dernièrement [dɛrnjɛrmɑ̃] *adv.* 最近, 近來

dernier-né [dɛrnjene] (*f.* ~ ère- ~ e [dɛrnjɛrne], *pl.* ~s- ~s) *n.* 最小的兒子, 最小的女兒

dérobade [derɔbad] *n.f.* 驚退〔指馬在障礙物前〕; 逃避, 迴避

dérobé, e [derɔbe] *a.* 偷來的, 竊得的; à la ~e *loc.adv.* 偷偷地, 私下地

dérober [derɔbe] *v.t.* 以詭計獲得, 盜竊, 竊取; 使避開; 遮住, 擋住 *v.pr.* 避開, 迴避; (馬)驚退; 支撐不住(自己的身子)

dérogation [derɔgasjɔ̃] *n.f.* 減損, 違背

déroger [derɔʒe] *v.i.* [c. 2] 【法】不遵守, 違反; 降低身份

dérouillage [deruja:ʒ] *n.m.* 除鏽

dérouiller [deruje] *v.t.* 除鏽; 使變靈活, 使變靈敏

déroulement [derulmɑ̃] *n.m.* 展開, 伸展, 過程

dérouler [derule] *v.t.* 展開, 展示; 旋切(單板) *v.pr.* 展開; 展現; 發生

déroute [derut] *n.f.* 潰敗; 混亂

dérouter [derute] *v.t.* 使迷失方向; 使失去蹤迹; 使狼狽, 難住

derrière [dɛrjɛːr] *prép.* 在⋯的後面 *adv.* 在後面 *n.m.* 後部; 臀部

derviche [dɛrviʃ] *n.m.* (伊斯蘭教的)苦行僧

des [de] de 和 les 的結合形式

dès [dɛ] *prép.* 從⋯(時間或地點)起; ~ lors *loc. adv.* 從那時起; 因此; ~ que *loc.conj.* 一⋯(就⋯), 剛⋯(就⋯)

désabonner [dezabɔne] *v.t.* 給⋯退訂, 使⋯不再訂閱 *v.pr.* 退訂, 不再訂閱

désabusé, e [dezabyze] *a.* 幻滅的; 醒悟了的

désabuser [dezabyze] *v.* 使醒悟

désaccord [dezakɔːr] *n.m.* 不一致, 不協調; 不和

désaccorder [dezakɔrde] *v.t.* 使不協調; 使不和

désaccoutumer [dezakutyme] *v.t.* 使改掉某一習慣 *v.pr.* 改掉某一習慣

désaffectation [dezafɛktasjɔ̃] *n.f.* 【法】改變用途(指公用房屋)

désaffecter [dezafɛkte] *v.t.* 【法】改變(公用房屋的)用途

désaffection [dezafɛksjɔ̃] n.f. 失去好感, 不滿

désagréable [dezagreabl] a. 令人不快的, 令人討厭的

désagrégation [dezagregɑsjɔ̃] n.f. 風化, 崩裂; 分裂, 瓦解

désagréger [dezagreʒe] v.t. [c. 2, c. 7] 使風化, 使崩解; 使分裂, 瓦解

désagrément [dezagremɑ̃] n.m. 不愉快, 煩惱; 不愉快的事

désajuster [dezaʒyste] v.t. 弄亂; 使失調

désaltérer [dezaltere] v.t. [c. 7] 使解渴

désamorcer [dezamɔrse] v.t. [c. 1] 除去雷管; 除去釣餌; 【技】解除起動, 停止運轉

désappointement [dezapwɛ̃tmɑ̃] n.m. 失望

désappointer [dezapwɛ̃te] v.t. 使失望

désapprendre [dezaprɑ̃:dr] v.t. [c. 46] 忘記(已學得的技能等)

désapprobateur, trice [dezaprobatœr, tris] a., n. 不贊成的(人), 非難的(人)

désapprobation [dezaprɔbɑsjɔ̃] n.f. 不贊成; 非難

désapprouver [dezapruve] v.t. 不贊成; 非難

désarçonner [dezarsɔne] v.t. 使落馬; 使啞口無言

désargenter [dezarʒɑ̃te] v.t. 【冶】脫銀; 除去銀鍍層; 使把錢花光

désarmement [dezarməmɑ̃] n.m. 解除武裝, 裁軍

désarmer [dezarme] v.t. 使解除武裝; 拆除武器裝備; 使平息, 使緩和(怒氣等) v.i. 裁軍

désarroi [dezarwa[ɑ]] n.m. 雜亂, 混亂

désarticuler [dezartikyle] v.t. 【醫】使脫臼, 使脫節; 作關節切斷術

désastre [dezastr] n.m. 災難, 災禍

désastreux, se [dezastrø, ø:z] a. 不幸的, 不祥的; 悲慘的

désavantage [dezavɑ̃tɑ:ʒ] n.m. 不利, 劣勢; 損失

désavantager [dezavɑ̃taʒe] v.t. [c. 2] 使不利, 使處於劣勢; 使受損害

désavantageux, se [dezavɑ̃taʒø, ø:z] a. 不利的

désaveu [dezavø] (pl. ~x) n.m. 推翻, 否認, 拒絕承認

désavouer [dezavwe] v.t. 否認; 否認授權(某人); 責備

désaxer [dezakse] v.t. 使偏離軸心; 使失常

descellement [desɛlmɑ̃] n.m. 啓封; 拔除

desceller [dese[ɛ]le] v.t. 啓封, 拆封; 拔除

descendance [desɑ̃dɑ̃:s] n.f. 子孫, 後裔; 出身, 血統

descendant, e [desɑ̃dɑ̃, ɑ̃:t] n. 子孫, 後裔

descendre [desɑ̃:dr] [c. 42] v.i. (助動詞用 être)走下; 下降; 降落; (從舟、車、馬上)下來; 【樂】下降; 降低音調, 墮落; 下榻; 出身於 v.t. 放下, 放低; 走下, 順(流)而下; 【俗】擊落(飛鳥、飛機), 擊斃

descente [desɑ̃:t] n.f. 下行; 斜坡; 登陸襲擊, 突然襲擊; 水落管; 一項下坡滑雪運動; 【醫】疝

descriptif, ve [dɛskriptif, i:v] a. 描述的

description [dɛskripsjɔ̃] n.f. 描寫, 描述

désembourber [dezɑ̃burbe] v.t. (從泥濘中)拔出, 拉出

désemparé, e [dezɑ̃pare] a. 不能航駛的; 不知所措的

désemparer [dezɑ̃pare] v.t. 使(船)不能使用 v.i. sans ~ 不間斷地, 不停地

désemplir [dezɑ̃pli:r] v.t. 使部分空出 v.i. 空出來[僅用於否定句中]

désenchantement [dezɑ̃ʃɑ̃tmɑ̃] n.m.

解除魔法;幻想破滅

désenchanter [dezɑ̃ʃɑ̃te] *v.t.* 解除魔法;使幻想破滅

désenfler [dezɑ̃fle] *v.t., v.i.* (使)消腫,(使)退腫

désenflure [dezɑ̃flyr] *n.f.* 消腫,退腫

désennuyer [dezɑ̃nɥije] *v.t.* [c. 3] 使解悶

désensablement [dezɑ̃sɑ[a]bləmɑ̃] *n.m.* 從沙中曳出;(水道、港口)淤沙的清除

désensabler [dezɑ̃sɑble] *v.t.* 把…從沙中曳出;清除(水道、港口的)淤沙,疏浚

désensorceler [dezɑ̃sɔrsəle] *v.t.* [c. 5] 使解除魔法,使擺脫誘惑

désensorcellement [dezɑ̃sɔrsɛlmɑ̃] *n.m.* 解除魔法,擺脫誘惑

désentortiller [dezɑ̃tɔrtije] *v.t.* 解開(纏繞着的東西)

déséquilibrer [dezekilibre] *v.t.* 使失去平衡;使精神失常

désert, e [dezɛːr, ɛrt] *a.* 無人居住的,荒無人煙的;冷落的 *n.m.* 沙漠;荒無人煙的地方;孤獨

déserter [dezɛrte] *v.t.* 離棄,背叛 *v.i.* 擅自離開部隊,開小差

déserteur [dezɛrtœr] *n.m.* 逃兵,開小差的兵;背叛者

désertion [dezɛrsjɔ̃] *n.f.* 逃離隊伍,開小差;背離,背叛

désertique [dezɛrtik] *a.* 沙漠的,荒漠的

désespéré, e [dezɛspere] *a.* 失望的,絕望的;拼命的 *n.* 失望者,絕望者

désespérer [dezɛspere] [c. 7] *v.i.* 失望 *v.t.* 使失望,使灰心;使難過,使悲傷

désespoir [dezɛspwaːr] *n.m.* 失望,絕望;悲痛;令人失望的人,令人絕望的事

déshabillé [dezabije] *n.m.* 室內小便服

déshabiller [dezabije] *v.t.* 替…脫衣;揭露

déshabituer [dezabitɥe] *v.t.* 使改掉某一習慣

désherber [dezɛrbe] *v.t.* 除草

déshérence [dezerɑ̃ːs] *n.f.* 【法】無繼承人,絕嗣

déshérité, e [dezerite] 生來有缺陷的人,命途多舛的人

déshériter [dezerite] *v.t.* 剝奪繼承權

déshonnête [dezɔnɛt] *a.* 不正直的,可恥的

déshonneur [dezɔnœːr] *n.m.* 不名譽,不體面,恥辱

déshonorer [dezɔnɔre] *v.t.* 破壞名譽,侮辱,玷污,玷辱

déshydrater [dezidrate] *v.t.* 使脫水

desiderata [deziderata] *n.m.pl.* 〖拉〗願望,要求;空白

désignation [dezinɑsjɔ̃] *n.f.* 指示,指出;選定,指定;名稱,稱呼

désigner [dezine] *v.t.* 指示,指出;表示;選定,指定,任命

désillusion [dezilyzjɔ̃] *n.f.* 幻滅;失望

désillusionner [dezilyzjɔne] *v.t.* 使幻滅;使失望

désincruster [dezɛ̃kryste] *v.t.* 【技】除垢;除(鐵)鏽

désinence [dezinɑ̃ːs] *n.f.* 【語】詞尾

désinfecter [dezɛ̃fɛkte] *v.t.* 消毒,滅菌

désinfection [dezɛ̃fɛksjɔ̃] *n.f.* 消毒

désintégration [dezɛ̃tegrɑsjɔ̃] *n.f.* 分裂,分解;【物】蛻變

désintégrer [dezɛ̃tegre] *v.t.* [c. 7] 使分裂,使分解;【物】使蛻變

désintéressé, e [dezɛ̃terese] *a.* 不爲私利的,無私的

désintéressement [dezɛ̃terɛsmɑ̃] *n.m.* 忘我,大公無私

désintéresser [dezɛ̃terese] *v.t.* 償還,賠償,補償 *v.pr.* 不感興趣

désintoxiquer [dezɛ̃tɔksike] *v.t.* 【醫】解毒,除毒

désinvolte [dezɛ̃vɔlt] *a.* 悠閑的,從容的;隨便的,無禮的

désinvolture [dezɛ̃vɔltyːr] *n.f.* 悠閑,從容;隨便,無禮

désir [deziːr] *n.m.* 願望, 慾望, 希望

désirable [dezirabl] *a.* 合乎願望的, 所希望的

désirer [dezire] *v.t.* 願望, 想望, 希望

désireux, se [dezirø, øz] *a.* 想望的, 渴望的

désistement [dezistəmɑ̃] *n.m.* 放棄

désister(se) [s(ə)deziste] *v.pr.* 放棄 (競選等)

désobéir [dezɔbeiːr] *v.i.* 不服從

désobéissance [dezɔbeisɑ̃s] *n.f.* 不服從

désobliger [dezɔbliʒe] *v.t.* [c. 2] 得罪, 使不快

désodoriser [dezɔdɔrize] *v.t.* 【化】脫臭

désœuvré, e [dezœvre] *a., n.* 游手好閒的(人), 閒散的(人)

désœuvrement [dezœvrəmɑ̃] *n.m.* 游手好閒, 閒散

désolation [dezɔlasjɔ̃] *n.f.* 毀壞; 荒蕪; 悲痛

désoler [dezɔle] *v.t.* 毀壞, 使荒蕪; 使悲痛; 使懊惱

désopilant, e [dezɔpilɑ̃, ɑ̃t] *a.* 惹人發笑的

désopiler [dezɔpile] *v.t.* 【俗】惹人發笑

désordonné, e [dezɔrdɔne] *a.* 混亂的, 不守秩序的; 放蕩的

désordonner [dezɔrdɔne] *v.t.* 弄亂, 使雜亂, 使混亂

désordre [dezɔrdr] *n.m.* 混亂, 無秩序; 騷亂; 失調; 放蕩

désorganisateur, trice [dezɔrganizatœr, tris] *a.* 【醫】破壞組織的; 使混亂的 *n.* 搗亂者

désorganisation [dezɔrganizasjɔ̃] *n.f.* 破壞組織, 混亂

désorganiser [dezɔrganize] *v.t.* 破壞(組織); 擾亂, 打亂

désorienter [dezɔrjɑ̃te] *v.t.* 使迷失方向; 使爲難, 使狼狽

désormais [dezɔrmɛ] *adv.* 今後

désosser [dezose] *v.t.* 去骨

despote [dɛspɔt] *n.m.* 專制君主, 暴君; 獨裁者, 專制者

despotique [dɛspɔtik] *a.* 專制的, 專橫的

despotisme [dɛspɔtism] *n.m.* 專制政權; 專制

desquamation [dɛskwamasjɔ̃] *n.f.* 【醫】脫皮屑, 脫皮

desquamer [dɛskwame] *v.t.* 【醫】使脫皮屑, 使脫皮

desquels, desquelles [dekɛl] de 和 lesquels, de 和 lesquelles 的結合形式

dessaisir [deseziːr] *v.t.* 剝奪(權利) *v.pr.* 放棄

dessaisissement [desezismɑ̃] *n.m.* 剝奪(權利); 放棄

dessaler [desale] *v.t.* 使變淡; 【民】使懂事些; 使靈活

dessangler [desɑ̃gle] *v.t.* 鬆開(馬的)腹帶

dessèchement [desɛʃmɑ̃] *n.m.* 乾燥, 乾枯; 消瘦

dessécher [deseʃe] *v.t.* [c. 7] 使乾燥, 伸乾枯; 使消瘦

dessein [desɛ̃] *n.m.* 計劃, 意圖, 意向; 抱負; à ～ *loc.adv.* 故意地, 有意地

desseller [desele] *v.t.* 卸下馬鞍

desserrage [desɛraːʒ] *n.m.* 放鬆, 鬆開

desserrer [desere] *v.t.* 放鬆, 鬆開

dessert [desɛr] *n.m.* (作爲正餐最後一道的)甜點、水果等

desserte [desɛrt] *n.f.* (放置用過的餐具的)小桌; 通達, 抵達

dessertir [desɛrtiːr] *v.t.* 把(寶石)從鑲嵌的框子中取出

desservant [desɛrvɑ̃] *n.m.* 副本堂神甫, 助理神甫

desservir [desɛrviːr] *v.t.* [c. 15] 收拾餐具; 損害; 通達; 【宗】管理(堂區等)

dessiccation [desikasjɔ̃] *n.f.* 乾燥(作用)

dessiller [desije] *v.t.* (使)睜開

dessin [desɛ̃] *n.m.* 圖畫,素描;製圖;圖樣;輪廓,綫條

dessinateur, trice [desinatœ:r, tris] *n.* 畫家;製圖員

dessiner [desine] *v.t.* 畫,繪,描繪;使顯出輪廓,使顯現 *v.pr.* 顯露,顯現;成形,有眉目

dessouder [desude] *v.t.* 【技】使開焊,拆焊

dessoûler [desule] *v.t., v.i.* (使)從酒醉中醒過來

dessous [d(ə)su] *adv.* 在下面 *n.m.* 下面,下部; *pl.* 女内衣;内幕,底細

dessus [d(ə)sy] *adv.* 在上面 *n.m.* 上面,上部;高音部;上風,優勢

destin [dɛstɛ̃] *n.m.* 命運,天命

destinataire [dɛstinatɛ:r] *n.* 收件人,收信人

destination [dɛstinɑsjɔ̃] *n.f.* 用途;使命;目的地,終點

destinée [dɛstine] *n.f.* 命運

destiner [dɛstine] *v.t.* 命定,注定;指定,預定

destituer [dɛstitɥe] *v.t.* 免職,撤職

destitution [dɛstitysjɔ̃] *n.f.* 免職,撤職

destrier [dɛstrie] *n.m.* (中世紀的)戰馬

destroyer [dɛstrɔjœ:r] *n.m.* 〖英〗驅逐艦

destructeur, trice [dɛstryktœ:r, tris] *a.* 破壞的,毀滅的 *n.* 破壞者,毀滅者

destructif, ve [dɛstryktif, i:v] *a.* 破壞性的

destruction [dɛstryksjɔ̃] *n.f.* 破壞,毀滅

désuet, ète [desɥɛ, ɛt] *a.* 陳舊的,過時的

désuétude [desɥetyd] *n.f.* 廢止,廢弛

désunion [dezynjɔ̃] *n.f.* 不和,意見分歧

désunir [dezyni:r] *v.t.* 把⋯分開;使不和,使意見分歧

détachage [detaʃa:ʒ] *n.m.* 除去污點

解開,分開

détachement [detaʃmɑ̃] *n.m.* 冷淡,漠不關心;分遣隊

détacher [detaʃe] *v.t.* 除去污點;解開,分開;使脫離;派遣,調動;使輪廓突出

détail [detaj] *n.m.* 零售;細目;詳情,細節

détaillant, e [detajɑ̃, ɑ̃:t] *a.* 零售的 *n.* 零售商

détailler [detaje] *v.t.* 分成小塊;零售;詳述

détaler [detale] *v.i.* 〖俗〗逃跑

détaxe [detaks] *n.f.* 免稅,減稅

détaxer [detakse] *v.t.* 免稅,減稅

détecter [detɛkte] *v.t.* 發現,探知;【技】探測,檢波

détecteur [detɛktœ:r] *n.m.* 探測器,檢驗器;檢波器

détective [detɛkti:v] *n.m.* 偵探,密探

déteindre [detɛ̃:dr] *v.t., v.i.* [c. 51] (使)褪色

dételer [dɛtle] [c. 5] *v.t.* 卸牲口 *v.i.* 〖俗〗停止工作

détendre [detɑ̃:dr] *v.t.* [c. 42] 放鬆;伸展,使輕鬆;【物】使(流體)降壓

détenir [de(e)tni:r] *v.t.* [c. 16] 掌握,佔有;拘留,監禁

détente [detɑ̃:t] *n.f.* (槍的)扳機;(氣體)膨脹;輕鬆,休息;緩和

détenteur, trice [detɑ̃tœ:r, tris] *a.* 掌握的,持有的 *n.* 掌握者,持有者

détention [detɑ̃sjɔ̃] *n.f.* 持有,佔有;拘留,監禁

détenu, e [de(e)tny] *a.* 被拘留的,被監禁的 *n.* 被拘留者,被監禁者

détérioration [de:erjɔrɑsjɔ̃] *n.f.* 損壞,毀壞;敗壞

détériorer [deterjɔre] *v.t.* 損壞,毀壞,損害;敗壞

déterminatif, ve [detɛrminatif, i:v] 【語】*a.* 限定的 *n.m.* 限定詞

détermination [detɛrminɑsjɔ̃] *n.f.* 確定,決定;決心;【語】限定

déterminé, e [detɛrmine] *a.* 決定的, 確定的; 堅決的, 果斷的

déterminer [detɛrmine] *v.t.* 確定, 斷定; 使決定; 導致, 引起;【語】限定 *v.pr.* 決定, 下決心

déterminisme [detɛrminism] *n.m.* 【哲】決定論

déterministe [detɛrminist] 【哲】*a.* 決定論的 *n.* 決定論者

déterrer [detere] *v.t.* 掘出, 發掘; 發現

détestable [detɛstabl] *a.* 可憎的; 惡劣的, 極壞的

détester [detɛste] *v.t.* 厭惡, 憎惡; 討厭

détonant, e [detɔnɑ̃, ɑ̃:t] *a.* 引起爆炸的, 易爆炸的

détonateur [detɔnatœ:r] *n.m.* 發爆劑; 雷管

détonation [detɔnasjɔ̃] *n.f.* 爆炸, 爆炸聲

détoner [detɔne] *v.i.* 爆炸

détonner [detɔne] *v.i.* 不協調, 不調和;【樂】走調

détordre [detɔrdr] *v.t.* [c. 42] 捻鬆, 朝反方向扭開

détour [detu:r] *n.m.* 拐彎, 迂迴; 彎路, 轉彎抹角

détourné, e [deturne] *a.* 繞彎的, 迂迴的; 隱蔽的, 轉彎抹角的

détournement [deturnəmɑ̃] *n.m.* 改道, 改變方向; 侵吞, 拐騙

détourner [deturne] *v.t.* 使改變方向, 轉移; 使離開, 使擺脫; 侵吞, 拐騙

détracteur, trice [detraktœ:r, tris] *a.* 誹謗的 *n.* 誹謗者

détraquement [detrakmɑ̃] *n.m.* 損壞, 紊亂

détraquer [detrake] *v.t.* 弄壞; 擾亂, 使紊亂

détrempe [detrɑ̃:p] *n.f.* 水膠顏料; 水膠顏料畫;【冶】退火

détremper [detrɑ̃pe] *v.t.* 使浸軟, 化開;【冶】退火

détresse [detrɛs] *n.f.* 苦惱, 絕望; 窮困; 危急

détriment [detrimɑ̃] *n.m.* 損害

détritus [detritys] *n.m.* 殘片, 碎屑

détroit [detrwa[ɑ]] *n.m.* 海峽

détromper [detrɔ̃pe] *v.t.* 使認識錯誤, 使醒悟

détrôner [detrone] *v.t.* 廢黜(王位); 使失去重要性

détrousser [detruse] *v.t.* 攔路搶劫

détruire [detrɥi:r] *v.t.* [c. 60] 破壞, 毀壞, 摧毀; 消滅 *v.pr.* 互相摧殘;【俗】自殺

dette [dɛt] *n.f.* 債務; 義務

deuil [dœj] *n.m.* 哀傷, 悲哀; 喪事; 黑紗, 喪服; 服喪期; 送葬行列

deutérium [døterjɔm] *n.m.* 【化】氘

deux [dø] *a.num.* 二, 兩; 第二 *n.m.* 二, 兩

deuxième [døzjɛm] *a.num.ord.* 第二

deuxièmement [døzjɛmmɑ̃] *adv.* 第二, 其次

deux-points [døpwɛ̃] *n.m.inv.* 冒號

dévaler [devale] *v.i.* 衝下, 滾下 *v.t.* 飛快地下(坡等)

dévaliser [devalize] *v.t.* 盜竊, 偷竊, 搶劫

dévalorisation [devalɔrizasjɔ̃] *n.f.* 【經】跌價, 貶值

dévaloriser [devalɔrize] *v.t.* 使跌價, 使貶值; 貶低

dévaluation [devalɥasjɔ̃] *n.f.* (貨幣)貶值

dévaluer [devalɥe] *v.t.* 使(貨幣)貶值; 貶低

devancement [d(ə)vɑ̃smɑ̃] *n.m.* 超前, 提前

devancer [d(ə)vɑ̃se] *v.t.* [c. 1] 超前, 提前; 超過, 勝過

devancier, ère [d(ə)vɑ̃sje, ɛ:r] *n.* 先驅者, 前輩, 前任 *n.m.pl.* 祖先

devant [d(ə)vɑ̃] *prép.* 在…前, 在…面面, 面對著 *adv.* 在前面 *n.m.* 前部, 前面

devanture [d(ə)vãty:r] n.f. 店面, 舖面; 櫥窗

dévastateur, trice [devastatœr, tris] a. 破壞的, 毀壞的 n. 破壞者, 蹂躪者

dévastation [devastɑsjɔ̃] n.f. 破壞, 蹂躪; 荒廢

dévaster [devaste] v.t. 破壞, 蹂躪; 使荒蕪

déveine [devɛn] n.f. 〖俗〗倒霉, 運氣不好

développement [devlɔpmã] n.m. 展開, 打開; 成長, 發育, 發展; 詳述;【攝】顯影;(自行車脚踏輪軸旋轉一圈的)行程距離

développer [devlɔpe] v.t. 展開; 打開; 使成長, 使發展; 詳述, 發揮;【攝】使顯影 v.pr. 成長, 擴大

devenir [dəvni:r] v.i. [c. 16] 〔助動詞用 être〕變成, 成爲

dévergondage [devɛrgɔ̃da:ʒ] n.m. 放蕩, 淫佚

dévergonder(se) [s(ə)devɛrgɔ̃de] v.pr. 放蕩, 變得荒淫無恥

dévernir [devɛrni:r] v.t. 除去油漆

déverrouiller [deveruje] v.t. 拔去門閂

devers [d(ə)vɛ:r] prép. par-~ loc.prép. 在…面前; 爲…所(保藏, 擁有)

déversement [devɛrsəmã] n.m. 放水, 流出; 傾斜

déverser [devɛrse] v.i. 傾斜 v.t. 使流入, 倒出; 發泄

déversoir [devɛrswa:r] n.m. (水渠等的)溢流口

dévêtir [deve[ɛ]ti:r] [c. 19] v.t. 給…脫衣服 v.pr. 脫衣服

déviation [devjɑsjɔ̃] n.f. 偏向, 偏差; 繞行道路; 越軌

déviationnisme [devjasjɔnism] n.m. (政黨内的)異端派

dévidage [devida:ʒ] n.m. 搖紗, 繰絲

dévider [devide] v.t. 搖紗, 繰絲

dévidoir [devidwa:r] n.m. 搖紗機, 繰絲機

dévier [devje] v.i. 偏離, 偏向 v.t. 使偏向

devin, eresse [d(ə)vɛ̃, inrɛs] n. 預言者, 占卜者

deviner [d(ə)vine] v.t. 預言; 猜測, 識破; 解(謎)

devinette [d(ə)vinɛt] n.f. 謎, 謎語; pl. 猜謎游戲

devis [d(ə)vi] n.m. (工程)預算表, 估價單

dévisager [devizaʒe] v.t. [c. 2] 凝視

devise [d(ə)vi:z] n.f. 銘文; 格言, 座右銘; 外匯

deviser [d(ə)vize] v.i. 閑談, 聊天

dévisser [devise] v.t. 擰下, 旋下(螺釘); 拆開 v.i. 滑下, 跌下〔指登山運動員〕

dévoiler [devwale] v.t. 揭去面紗, 揭幕; 揭發, 揭露; 矯正彎曲〔指車輪〕

devoir [d(ə)vwa:r] v.t. [c.26] 欠, 負; 負義務; 感恩, 歸功於; 應該, 必須; 意欲; 可能, 大概 n.m. 義務, 職責; 作業; pl. 敬意, 禮節

dévolter [devɔlte] v.t. 【電】偵降壓, 降低電壓

dévolu, e [devɔly] a. 【法】移歸的, 移轉的 n.m. jeter son ~ sur 選中, 看中

dévolution [devɔlysjɔ̃] n.f. 【法】移歸, 移轉

dévorateur, trice [devɔratœr, tris] a. 折磨人的

dévorer [devɔre] v.t. 吞噬; 吞吃, 狼吞虎咽; 毀滅; 折磨

dévot, e [devo, ɔt] a., n. 虔誠的(人)

dévotion [devosjɔ̃] n.f. 虔誠, 忠誠; 【宗】神業

dévoué, e [devwe] a. 忠誠的, 忠實的

dévouement [devumã] n.m. 獻身, 犧牲精神; 忠誠, 忠心

dévouer(se) [s(ə)devwe] v.pr. 獻身, 効忠, 作出犧牲; 專心於, 致力於

dévoyé, e [devwaje] a., n. 不走正道的(人), 誤入歧途的(人)

dextérité [dɛksterite] *n.f.* (手的)靈巧；機靈

dextrine [dɛkstrin] *n.f.* 【化】糊精

dial [dja] *interj.* 駕！〔叫馬向左拐的呼聲〕

diabète [djabɛt] *n.m.* 糖尿病

diabétique [djabetik] *a.* 糖尿病的 *n.* 糖尿病患者

diable [djɑ:bl] *n.m.* 魔鬼；惡棍；搗蛋鬼；傢伙，人；手車 *interj.* 見鬼！

diablement [djɑ[a]bləmɑ̃] *adv.* 〖俗〗非常，極其

diablerie [djɑ[a]bləri] *n.f.* 魔法；詭計；搗亂；有魔鬼出現的神秘劇

diablesse [djɑblɛs] *n.f.* 女魔鬼；潑婦

diablotin [djɑ[a]blɔtɛ̃] *n.m.* 小魔鬼；頑童

diabolique [djɑ[a]bɔlik] *a.* 惡魔般的，狠毒的

diacre [djakr] *n.m.* (天主教)副祭，(基督教)執事

diadème [djadɛm] *n.m.* 王冠，冕；王位；(婦女的)冠形髮飾

diagnostic [djagnɔstik] *n.m.* 診斷

diagnostiquer [djagnɔstike] *v.t.* 診斷

diagonal, ale [djagɔnal] (*pl.* ~**aux**) *a.* 對角綫的

diagramme [djagram] *n.m.* 圖解，圖表

dialectal, ale [djalɛktal] (*pl.* ~**aux**) *a.* 方言的，土話的

dialecte [djalɛkt] *n.m.* 方言，土話

dialecticien, ne [djalɛktisjɛ̃, ɛn] *n.* 辯證論者，辯證學家

dialectique [djalɛktik] *a.* 辯證(法)的 *n.f.* 辯證法；雄辯術

dialogue [djalɔg] *n.m.* 對話，會話；對白；對話錄

dialoguer [djalɔge] *v.i.* 會話，交談 *v.t.* 使成對話體

diamant [djamɑ̃] *n.m.* 金剛石，金剛鑽，鑽石

diamantaire [djamɑ̃tɛ:r] *n.m.* 鑽石工；鑽石商

diamanté, e [djamɑ̃te] *a.* 有金剛石尖頭的，鑲鑽石的

diamantifère [djamɑ̃tifɛ:r] *a.* 含有金剛石的

diamétral, ale [djametral] (*pl.* ~**aux**) *a.* 直徑的

diamétralement [djametralmɑ̃] *adv.* 在直徑方向上；全然，截然

diamètre [djamɛtr] *n.m.* 直徑

diane [djan] *n.f.* 起床號，起床鼓

diantre! [djɑ̃:tr] *interj.* 見鬼！

diapason [djapazɔ̃] *n.m.* 音域；調音叉；口氣，調子

diaphane [djafan] *a.* 半透明的

diaphorétique [djafɔretik] *a.* 發汗的 *n.m.* 發汗藥

diaphragme [djafragm] *n.m.* 【醫】橫膈膜；【植】隔膜；【機】隔板；【攝】光闌，光圈

diaprer [djapre] *v.t.* 使絢麗多彩，使五彩繽紛

diarrhée [djare] *n.f.* 腹瀉

diarrhéique [djareik] *a.* 腹瀉的 *n.* 腹瀉患者

diastase [djastɑ:z] *n.f.* 【生化】澱粉糖化酶，澱粉酶

diastole [djastɔl] *n.f.* (心臟的)舒張，舒張期

diatribe [djatrib] *n.f.* 抨擊，謾罵；抨擊性文章，抨擊性小冊子

dichotomie [dikɔtɔmi] *n.f.* 【天】弦月；【植】二杈分枝式；【運】二分法；(醫生之間)診費拆賬

dicotylédones [dikɔtiledɔn] *n.f.pl.* 雙子葉植物

dictame [diktam] *n.m.* 【植】白鮮；〖詩〗安慰，慰藉

dictaphone [diktafɔn] *n.m.* 錄音機

dictateur [diktatœ:r] *n.m.* 獨裁者

dictatorial, ale [diktatɔrjal] (*pl.* ~**aux**) *a.* 獨裁的，專斷的，專橫的

dictature [diktaty:r] *n.f.* 專政，獨裁

dictée [dikte] *n.f.* 口授，口述；聽寫

dicter [dikte] *v.t.* 口授，使聽寫；授意；

強加

diction [diksjɔ̃] *n.f.* 語調

dictionnaire [diksjɔnɛ:r] *n.m.* 詞典

dicton [diktɔ̃] *n.m.* 格言

didactique [didaktik] *a.* 教育用的, 教導的; 專業書面語的

dièdre [djɛdr] 【數】 *a.* 二面的, 二面角的 *n.m.* 二面角

diérèse [djerɛ:z] *n.f.* 【語】複合元音的分讀; 【醫】分離, 離開

dièse [djɛ:z] 【樂】 *n.m.* 升號 *a.* 升高半音的, 升的

diesel [di:jezɛl] *n.m.* 柴油機

diéser [djeze] *v.t.* [c. 7] 【樂】(在音符前)加升號

diète [djɛt] *n.f.* (給病人規定的)飲食; (古代歐洲某些國家的)國會, 議會

diététique [djetetik] *a.* 飲食規定的 *n.f.* 飲食學

dieu [djø] (*pl.* ~*x*) *n.m.* 神; D~ 上帝, 天主

diffama*teur*, *trice* [difa[a]matœ:r, tris] *a.* 誹謗人的 *n.* 誹謗者

diffamation [difa[a]masjɔ̃] *n.f.* 誹謗, 中傷

diffamatoire [difa[u]matwa:r] *a.* 誹謗人的

diffamer [difa[a]me] *v.t.* 誹謗, 中傷

différemment [diferamɑ̃] *adv.* 不同地

différence [diferɑ̃:s] *n.f.* 差別, 差異; 差; 差額

différencier [diferɑ̃sje] *v.t.* 區別, 區分; 【數】微分

différend [diferɑ̃] *n.m.* 糾紛, 爭論

différent, e [diferɑ̃, ɑ̃:t] *a.* 不同的, 相異的; *pl.* 好些, 各方面的

différentiel, le [diferɑ̃sjɛl] *n.f.,a.* 【數】微分(的) *n.m.* 【汽】差速器

différer [difere] [c. 7] *v.i.* 有差別, 有分歧 *v.t.* 延期, 推遲

difficile [difisil] *a.* 艱難的, 困難的; 難以相處的

difficulté [difikylte] *n.f.* 艱難, 困難; 難

事; 異議; *pl.* 留難, 反對

difficultueux, se [difikyltyø, øz] *a.* 〖俗〗充滿困難的, 困難重重的

difforme [difɔrm] *a.* 畸形的; 難看的, 醜的; 醜惡的

difformité [difɔrmite] *n.f.* 畸形

diffraction [difraksjɔ̃] *n.f.* 【物】衍射, 繞射

diffus, e [dify,y:z] *a.* 擴散的, 漫射的; 冗長的, 囉唆的

diffuser [difyze] *v.t.* 使擴散, 使發射; 廣播; 傳播

diffuseur [difyzœ:r] *n.m.* 傳播者; 散光燈罩, 喇叭; 救火水管的噴嘴; 【製糖】浸提器; 【汽】噴霧器

diffusion [difyzjɔ̃] *n.f.* 擴散, 漫射; 廣播; 傳播

digérer [diʒere] *v.t.* [c. 7] 消化; 融會, 領會; 忍受

digest [dajdʒɛst, diʒɛst] *n.m.* 【英】文摘, 摘要

digestible [diʒɛstibl] *a.* 易消化的

digestif, ve [diʒɛstif, i:v] *a.* 消化的, 助消化的 *n.m.* 消化藥; 助消化的飲料

digestion [diʒɛstjɔ̃] *n.f.* 消化; 【化】蒸煮

digital, ale [diʒital] (*pl.* ~*aux*) *a.* 手指的 *n.f.* 【植】毛地黃

digitaline [diʒitalin] *n.f.* 【藥】洋地黃甙

digne [diɲ] *a.* 值得…的, 應得…的; 與…相稱的; 可尊敬的, 威嚴的

dignitaire [diɲitɛ:r] *n.m.* 顯貴, 要人

dignité [diɲite] *n.f.* 顯職, 高官; 威嚴, 尊嚴, 自尊

digression [digrɛsjɔ̃] *n.f.* 離題, 離題話; 【天】離角

digue [dig] *n.f.* 堤, 壩; 障礙

dilacérer [dilasere] *v.t.* [c. 7] 弄成碎塊, 撕毀

dilapida*teur*, *trice* [dilapidatœ:r, tris] *a.,n.* 大肆揮霍的(人), 浪費的(人)

dilapidation [dilapidɑsjɔ̃] *n.f.* 大肆揮霍, 浪費

dilapider [dilapide] *v.t.* 揮霍, 浪費; 盜用

dilatable [dilatabl] *a.* 可膨脹的

dilatation [dilatɑsjɔ̃] *n.f.* 膨脹, 脹大

dilater [dilate] *v.t.* 使膨脹, 使脹大; 使開心

dilatoire [dilatwa:r] *a.* 延期的; 拖延的

dilemme [dilɛm] *n.m.* 進退兩難, 窘境; 【邏】二難推理, 兩刀論法

dilettante [dile[ɛt]tɑ̃:t] *n.* 〖意〗音樂愛好者, 藝術愛好者; 偏重興趣的人

dilettantisme [dile[ɛt]tɑ̃tism] *n.m.* 對文藝的愛好; 興趣觀點

diligemment [diliʒamɑ̃] *adv.* 勤快地

diligence [diliʒɑ̃:s] *n.f.* 勤奮, 勤快; 公共馬車

diligent, e [diliʒɑ̃, ɑ̃:t] *a.* 勤奮的, 勤快的; 專心致志的

diluer [dilye] *v.t.* 稀釋, 沖淡; 使減弱, 使減輕

dilution [dilysjɔ̃] *n.f.* 稀釋, 沖淡; 稀釋液, 沖淡物

diluvien, ne [dilyvjɛ̃, ɛn] *a.* 【地質】洪積的; 傾盆的 (指大雨)

dimanche [dimɑ̃:ʃ] *n.m.* 星期日

dime [dim] *n.f.* 什一稅

dimension [dimɑ̃sjɔ̃] *n.f.* 大小, 尺寸, 體積; 維, 度

diminuer [diminɥe] *v.t., v.i.* 縮小, 減少; 減弱

diminutif, ve [diminytif, i:v] 【語】 *a.* 指小的, *n.m.* 指小詞

diminution [diminysjɔ̃] *n.f.* 縮小, 減少; 減弱; 減價

dinar [dina:r] *n.m.* 第納爾〔南斯拉夫等國貨幣單位〕

dinde [dɛ̃:d] *n.f.* 雌吐綬雞, 雌火雞; 〖俗〗蠢女人

dindon [dɛ̃dɔ̃] *n.m.* 吐綬雞, 火雞; 〖俗〗蠢人, 笨蛋

dindonneau [dɛ̃dɔno] (*pl.* ~**x**) *n.m.* 小火雞

dîner [dine] *v.i.* 用晚餐, 用正餐 *n.m.* 晚餐, 正餐

dinette [dinɛt] *n.f.* (小孩玩的) 辦家家; 便飯

dingo [dɛ̃go] *n.m.* 澳洲野犬 *a., n.* 〖俗〗瘋瘋癲癲的 (人)

diocésain, e [djɔsezɛ̃, ɛn] *n.* 主教管區的教徒 *a.* 主教管區的, 教區的

diocèse [djɔsɛ:z] *n.m.* 主教管區, 教區; 羅馬帝國的行政區

dioptrie [djɔptri] *n.f.* 【光】屈光度

dioptrique [djɔptrik] 【光】 *a.* 屈光的 *n.f.* 屈光學

diorama [djɔrama] *n.m.* (配合特殊照明的) 大幅西洋景

diphtérie [difteri] *n.f.* 【醫】白喉

diphtérique [difterik] *a.* 白喉的, 患白喉的 *n.* 白喉患者

diphtongue [diftɔ̃:g] *n.f.* 【語】二合元音, 複合元音

diplodocus [diplɔdɔkys] *n.m.* 【古生物】梁龍

diplomate [diplɔmat] *n.m.* 外交官, 外交人員; 外交家; 蜜餞布丁 *a., n.* 有外交手腕的 (人)

diplomatie [diplɔmasi] *n.f.* 外交; 外交界; 外交手腕

diplomatique [diplɔmatik] *a.* 外交的; 靈活的, 圓滑的; 古文書的 *n.f.* 古文書學

diplôme [diplo:m] *n.m.* (古時的) 文書, 文憑, 證書; 學位考試

diplômé, e [diplome] *a., n.* 有文憑的 (人)

diptyque [diptik] *n.m.* (可摺疊的) 雙連畫, 雙連浮雕; 由兩部分組成的文藝作品

dire [di:r] [c. 64] *v.t.* 說, 講; 敘述, 告訴, 透露; 命令; 預言; 唸; 異議, 表示, 表明 *v.pr.* 心想, 自言自語 *n.m.* (某人) 所說的話

direct, e [dirɛkt] *a.* 直的; 直接的; 直率的; 直系的; 直達的

directeur, trice [dirɛktœ:r, tris] *n.* 領導, 校長, 廠長, 局長, 經理, 主任 *a.*

領導的,指導的;定向的

direction [dirɛksjɔ̃] *n.f.* 領導,指揮,管理;領導職務;校長室;領導部門;方向;【技】轉向裝置

directive [dirɛktiːv] *n.f.* 指示,指令〔常用 *pl.*〕

directorial, ale [dirɛktɔrjal] (*pl. ~ aux*) *a.* 領導的,校長的,廠長的,局長的,經理的,主任的

directrice [dirɛktris] *n.f.* 【數】準綫;(汽輪機)導向葉片

dirigeable [diriʒabl] *a.* 可操縱的 *n.m.* 飛艇,氣球

dirigeant, e [diriʒã, ã:t] *a.* 領導的,指揮的 *n.* 領導人,領袖

diriger [diriʒe] *v.t.* [c. 2] 領導,指揮,管理;指導,引向;操縱

dirigisme [diriʒism] *n.m.* 統制經濟

dirimant, e [dirimã, ã:t] *a.* 【法】使產生窒礙的,使無效的

discernement [disɛrnəmã] *n.m.* 辨別(力),鑒別,區別

discerner [disɛrne] *v.t.* 辨別,區分,識別;認出

disciple [disipl] *n.m.* 弟子,門徒,信徒

disciplinaire [disiplinɛːr] *a.* 紀律的;懲戒的

discipline [disiplin] *n.f.* 紀律,戒規;學科;【宗】苦鞭

discipliner [disipline] *v.t.* 使守紀律;訓練,教育

discontinu,e [diskɔ̃tiny] *a.* 中斷的,不連貫的

discontinuer [diskɔ̃tinɥe] *v.t.,v.i.* (使)停止,(使)中斷

discontinuité [diskɔ̃tinɥite] *n.f.* 不連續,中斷

disconvenir [diskɔ̃vniːr] *v.i.* [c. 16] 否認〔常用否定式〕

discordance [diskɔrdã:s] *n.f.* 不一致,不調和,不和睦;【地質】不整合

discordant, e [diskɔrdã, ã:t] *a.* 不一致的,不調和的,不和睦的

discorde [diskɔrd] *n.f.* 不和,爭執,糾紛

discothèque [diskɔtɛk] *n.f.* 唱片的收藏;唱片室,唱片櫃

discoureur, se [diskurœːr, øːz] *n.* 喜歡高談闊論者

discourir [diskuriːr] *v.i.* [c. 20] 高談闊論

discours [diskuːr] *n.m.* 談話,演說,講話;語言,言辭;推理

discourtois, e [diskurtwa, aːz] *a.* 無禮的,魯莽的,粗野的

discrédit [diskredi] *n.m.* 喪失信用;失去信任,喪失威信

discréditer [diskredite] *v.t.* 使失去信用,使失去信任,使喪失威信

discret, ète [diskrɛ,ɛt] *a.* 審慎的,謹慎的;不引人注目的;能保密的;【數】離散的

discrétion [diskresjɔ̃] *n.f.* 審慎,謹慎;保密;à ~ *loc. adv.* 任意,隨意

discrétionnaire [diskresjɔnɛːr] *a.* pouvoir ~ 【法】任意決定權,專斷權

discrimination [diskriminasjɔ̃] *n.f.* 區別,區分;辨別;歧視

disculpation [diskylpasjɔ̃] *n.f.* 辯解,雪冤

disculper [diskylpe] *v.t.* 證明無罪,替…申辯

discursif, ve [diskyrsif, iːv] *a.* 【邏】推論的

discussion [diskysjɔ̃] *n.f.* 討論,議論;爭論,辯論,異議

discutable [diskytabl] *a.* 可討論的,值得爭論的

discuter [diskyte] *v.t.* 討論,議論;爭論,爭辯 *v.i.* 交換意見;爭論

disert, e [dizɛːr, ɛrt] *a.* 雄辯的,有口才的

disette [dizɛt] *n.f.* 缺乏,缺糧

diseur, se [dizœːr, øːz] *n.* 愛說…話的人;朗誦者

disgrâce [disgrɑːs] *n.f.* 失寵;不幸,災

禍

disgracié, e [disgrasje] *a.,n.* 失寵的
(人);長得難看的(人)

disgracier [disgrasje] *v.t.* 不再寵幸

disgracieux, se [disgrasjø, øz] *a.* 不
雅的,粗俗的;令人不快的

disjoindre [disʒwɛ̃:dr] *v.t.* [c. 51] 分
開,拆開

disjoncteur [disʒɔ̃ktœ:r] *n.m.* 【電】
自動開關

disjonction [disʒɔ̃ksjɔ̃] *n.f.* 分開,分
離;【法】分案審理;【邏】析取

dislocation [dislɔkɑsjɔ̃] *n.f.* 拆散,拆
開;解體

disloquer [dislɔke] *v.t.* 使脱臼;拆散,
使散開;使分裂,使崩潰

disparaitre [disparɛtr] *v.i.* [c. 54] 消
失,隱没;失蹤,逃走;遺失;消亡

disparate [disparat] *a.* 不相稱的,不調
和的,不一致的 *n.f.* 不相稱,不調和,
不一致

disparité [disparite] *n.f.* 不同,不等,不
調和

disparition [disparisjɔ̃] *n.f.* 消失,隱
没;失蹤,逃走,遺失

dispendieux, se [dispɑ̃djø, øz] *a.* 花
錢的,費用浩大的

dispensaire [dispɑ̃sɛ:r] *n.m.* 門診所

dispensateur, trice [dispɑ̃satœ:r, tris]
n. 分配者,支配者,給與者

dispense [dispɑ̃:s] *n.f.* 免除

dispenser [dispɑ̃se] *v.t.* 分發,給與;免
除

disperser [dispɛrse] *v.t.* 亂丟,分散,驅
散 *v.pr.* 分散,散開

dispersion [dispɛrsjɔ̃] *n.f.* 散開,傳播;
【物】色散,瀰散;【軍】射彈分佈

disponibilité [dispɔnibilite] *n.f.* 隨意
使用,停職;預備役; *pl.* 可使用資
金,流動資金

disponible [dispɔnibl] *a.* 可使用的;預
備役的;【法】可處分的,可贈與的 *n.m.*
停職人員;預備役軍人

dispos, e [dispo, o:z] *a.* 輕快的,精神
飽滿的

disposer [dispoze] *v.t.* 安排,整理,佈
置 *v.i.* 使用,支配;擁有

dispositif [dispozitif] *n.m.* 【法】(判決
書的)主文;配備,部署;裝置,設備,機構

disposition [dispozisjɔ̃] *n.f.* 安排,佈
置;健康狀况,傾向;印象;支配權;才幹,
才能;條文; *pl.* 預防措施

disproportion [disprɔpɔrsjɔ̃] *n.f.* 不相
稱,不勻稱;差異

disproportionner [disprɔpɔrsjɔne] *v.t.*
使不相稱,使不勻稱

dispute [dispyt] *n.f.* 爭辯;爭吵,口角

disputer [dispyte] *v.i.* 爭吵,爭論;競賽
v.i. 爭奪,奪取;叱責 *v.pr.* 拌嘴,吵
架

disputeur, se [dispytœ:r, ø:z] *a.,n.* 好
爭論的(人)

disquaire [diskɛ:r] *n.m.* 唱片商

disqualification [diskalifikɑsjɔ̃] *n.f.*
取消比賽資格

disqualifier [diskalifje] *v.t.* 取消比賽
資格;使失去信譽

disque [disk] *n.m.* 鐵餅;圓盤,盤狀物;
唱片;【鐵】信號盤;(電話機)撥號盤;
(日,月等的)圓面,輪;【解】盤,板

dissection [disɛksjɔ̃] *n.f.* 解剖;剖析,
分析

dissemblable [disɑ̃blabl] *a.* 不相似
的,不同的

dissemblance [disɑ̃blɑ̃:s] *n.f.* 不相似,
不同

dissémination [diseminɑsjɔ̃] *n.f.* 撒;
分散;傳播

disséminer [disemine] *v.t.* 撒;分散;傳
播

dissension [disɑ̃sjɔ̃] *n.f.* 不和,爭執,
糾紛

dissentiment [disɑ̃timɑ̃] *n.m.* 意見不
合;衝突

disséquer [diseke] *v.t.* [c. 7] 解剖;剖
析,分析

dissertation [disɛrtɑsjɔ̃] *n.f.* 論述;論文

disserter [disɛrte] *v.i.* 論述;寫論文

dissidence [disidɑ̃:s] *n.f.* 分裂;分裂派,異端派

dissident, e [disidɑ̃,ɑ̃:t] *a.* 分裂的,異端的,異教的 *n.* 分裂者,異端分子,異教徒

dissimulateur, trice [disimylatœ:r, tris] *a., n.* 不坦率的(人);虛偽的(人)

dissimulation [disimylɑsjɔ̃] *n.f.* 掩飾,隱瞞;隱藏

dissimuler [disimyle] *v.t.* 掩飾,隱瞞;隱藏,遮蓋

dissipateur, trice [disipatœ:r, tris] *a., n.* 揮霍的(人),浪費的(人)

dissipation [disipɑsjɔ̃] *n.f.* 揮霍,浪費;放蕩;分心,不專心

dissiper [disipe] *v.t.* 驅散,消除;揮霍,浪費;使分心

dissociation [disɔsjɑsjɔ̃] *n.f.* 分離,分解;區分;【心】分裂

dissocier [disɔsje] *v.t.* 分離,分解;區分

dissolu, e [disɔly] *a., n.* 放蕩的(人)

dissoluble [disɔlybl] *a.* 可溶的,可分解的

dissolution [disɔlysjɔ̃] *n.f.* 分解,溶解;解散,解除;放蕩;橡膠膠水

dissolvant, e [disɔlvɑ̃, ɑ̃:t] *a.* 有溶解力的; substance ～e 溶劑

dissonance [disɔnɑ̃:s] *n.f.* 不和諧;【樂】不協和音

dissonant, e [disɔnɑ̃, ɑ̃:t] *a.* 【樂】不協調的,不和諧的

dissoudre [disudr] *v.t.* [c. 49] 使分解,使溶解;解除,解散

dissuader [disɥade] *v.t.* 勸阻,勸戒

dissuasion [disɥazjɔ̃] *n.f.* 勸阻;威懾

dissyllabe [disilab] *n.m.*, **dissyllabique** [disi-labik] *a.* 雙音節的 *n.m.* 雙音節詞

dissymétrie [disimetri] *n.f.* 不對稱

dissymétrique [disimetrik] *a.* 不對稱的

distance [distɑ̃:s] *n.f.* 距離;(時間的)間隔;差別

distancer [distɑ̃se] *v.t.* [c. 1] 超過,勝過;取消(賽跑者、賽馬的)比賽資格

distant, e [distɑ̃, ɑ̃:t] *a.* 遠離的,遠隔的;疏遠的,冷淡的

distendre [distɑ̃:dr] *v.t.* [c. 42] 使膨脹,使繃緊;使過度伸長

distension [distɑ̃sjɔ̃] *n.f.* 膨脹,繃緊

distillateur [distilatœ:r] *n.m.* 製造及出售蒸餾物產品者;釀酒商

distillation [distilɑsjɔ̃] *n.f.* 蒸餾

distiller [distile] *v.t.* 蒸餾;滴下;流露出

distillerie [distilri] *n.f.* 蒸餾工業;蒸餾廠

distinct, e [distɛ̃(:kt), ɛ̃:kt] *a.* 不同的,有區別的;清楚的

distinctif, ve [distɛ̃ktif, i:v] *a.* 有區別的,有特色的,特殊的

distinction [distɛ̃ksjɔ̃] *n.f.* 區分,辨別;分開;差別;優越,高貴

distingué, e [distɛ̃ge] *a.* 優越的,高貴的;雅致的

distinguer [distɛ̃ge] *v.t.* 區分,辨別 *v.pr.* 傑出,出名

distique [distik] *n.m.* 二行詩

distorsion [distɔrsjɔ̃] *n.f.* 扭歪,歪斜;失調;【物】失真

distraction [distraksjɔ̃] *n.f.* 分心,不專心;消遣,娛樂;【法】扣除

distraire [distrɛ:r] *v.t.* [c. 69] 分出,抽出;扣除;打擾,使分心;使娛樂;挪用,盜用

distrait, e [distrɛ, ɛt] *a., n.* 不專心的(人)

distribuer [distribɥe] *v.t.* 分配,分發;佈置,安排

distributeur, trice [distribytœ:r, tris] *n.* 分配者,發給者 *n.m.* 【機】分配器,分配閥

distribution [distribysjɔ̃] *n.f.* 分配,配

給; 佈局, 安排; 分類; 【機】分配機構; 【印】活字回裝

district [distrik(t)] *n.m.* 地方, 區域, 縣

dithyrambe [ditirɑ̃:b] *n.m.* 過分的頌揚;(古希臘)酒神贊歌

dithyrambique [ditirɑ̃bik] *a.* 頌揚的

dito [dito] *adv., a.inv.* 【商】同上, 同前, 同樣〔縮寫爲 d°〕

diurétique [djyretik] *a.* 利尿的 *n.m.* 利尿劑

diurne [djyrn] *a.* 一天的; 白天的; 白天開花的; 晝出活動的

divagation [divagɑsjɔ̃] *n.f.* 離題; 胡言亂語; 【地】(河水)泛濫

divaguer [divage] *v.i.* 離題; 胡言亂語; 〔古〕飄泊, 流浪

divan [divɑ̃] *n.m.* 沙發床; 土耳其政府國務會議; 阿拉伯詩集

divergence [divɛrʒɑ̃:s] *n.f.* 發散, 擴散; 分歧

divergent, e [divɛrʒɑ̃, ɑ̃:t] *a.* 發散的, 擴散的; 有分歧的

diverger [divɛrʒe] *v.i.* [c. 2] 發散, 擴散; 發生分歧

divers, e [divɛ:r, ɛrs] *a.* 各種各樣的, 不同的; *pl.* 有些, 某些

diversifier [divɛrsifje] *v.t.* 使多樣化, 使變化

diversion [divɛrsjɔ̃] *n.f.* 【軍】鉗制, 牽制; 消遣, 散心

diversité [divɛrsite] *n.f.* 多種多樣; 不同之處

divertir [divɛrti:r] *v.t.* 使消遣, 使散心, 使得到娛樂

divertissement [divɛrtismɑ̃] *n.m.* 消遣, 娛樂; 幕間小歌舞

dividende [dividɑ̃:d] *n.m.* 【數】被除數; 【財】股息, 紅利

divin, e [divɛ̃, in] *a.* 神的, 上帝的; 神妙的, 極好的 *n.m.* 神聖, 神奇

divinateur, trice [divinatœ:r, tris] *n.* 占卜者; 預言者; 預見者 *a.* 占卜的, 預言的; 預見的

divination [divinɑsjɔ̃] *n.f.* 占卜, 預言; 預見

divinatoire [divinatwa:r] *a.* 占卜的, 預言的; 預見的

divinisation [divinizɑsjɔ̃] *n.f.* 神化, 尊之爲神

diviniser [divinize] *v.t.* 使神化, 尊之爲神; 頌揚, 贊揚

divinité [divinite] *n.f.* 神性; 神, 上帝; 崇拜的對象

diviser [divize] *v.t.* 分, 分開, 劃分; 隔開; 【數】除; 使分裂, 使不和

diviseur [divizœ:r] *n.m.* 【數】除數, 因子; 分裂者 *a.m.* 除數的

divisible [divizibl] *a.* 可分的; 可除盡的

division [divizjɔ̃] *n.f.* 分開, 劃分; 部分; 分裂, 不和; 司, 處, 科; 【軍】師; 分艦隊; 【數】除法

divisionnaire [divizjɔnɛ:r] *a.* 部分的; 師的 *n.m.* 師長, 少將

divorce [divɔrs] *n.m.* 離婚; 矛盾, 分離

divorcer [divɔrse] *v.i.* [c. 1] 離婚

divulgation [divylgɑsjɔ̃] *n.f.* 泄漏, 透露

divulguer [divylge] *v.t.* 泄漏, 透露

dix [dis] 〔在元音或啞音 h 前讀 [diz]; 在輔音前讀 [di]〕 *a.num.* 十; 第十 *n.m.* 十

dix-huit [dizɥit] *a.num.* 十八; 第十八 *n.m.* 十八

dix-huitième [dizɥitjɛm] *a.num.ord.* 第十八 *n.* 第十八個 *n.m.* 十八分之一

dixième [dizjɛm] *a. num. ord.* 第十 *n.* 第十個 *n.m.* 十分之一

dixièmement [dizjɛmmɑ̃] *adv.* 第十(點)

dix-neuf [diznœf] *a.num.* 十九; 第十九 *n.m.* 十九

dix-neuvième [diznœvjɛm] *a.num.ord.* 第十九 *n.* 第十九個 *n.m.* 十九分之一

dix-sept [dis(s)ɛt] *a.num.* 十七; 第十

七 *n.m.* 十七

dix-septième [dis(s)etjɛm] *a.num.ord.* 第十七 *n.* 第十七個 *n.m.* 十七分之一

dizaine [dizɛn] *n.f.* 十；十個；十個左右，十來個

do [do] *n.m.inv.* 【樂】七個唱名之一

docile [dɔsil] *a.* 順從的，聽話的；馴服的

docilité [dɔsilite] *n.f.* 順從，聽話；馴服

dock [dɔk] *n.m.* 【英】碼頭，船塢；碼頭倉庫

docker [dɔkɛːr] *n.m.* 【英】碼頭工人

docte [dɔkt] *a.,n.* 博學的(人)

docteur [dɔktœːr] *n.m.* 博士；醫師

doctoral, ale [dɔktɔral] (*pl.* ~*aux*) *a.* 博士的；一本正經的，學究氣的

doctorat [dɔktɔra] *n.m.* 博士學位

doctoresse [dɔktɔrɛs] *n.f.* 女醫生

doctrinal, ale [dɔktrinal] (*pl.* ~*aux*) *a.* 學理上的，學說上的；教義上的

doctrine [dɔktrin] *n.f.* 學說，主義；教義

document [dɔkymɑ̃] *n.m.* 文件，文獻；證據，單據

documentaire [dɔkymɑ̃tɛːr] *a.* 文件的，文獻的 *n.m.* 記錄影片

documentation [dɔkymɑ̃tasjɔ̃] *n.f.* 收集文獻；文獻資料

documenter [dɔkymɑ̃te] *v.t.* 提供文獻，提供資料；使有文獻依據 *v.pr.* 收集文獻

dodelinement [dɔdlinmɑ̃] *n.m.* (頭或身體的)輕輕擺動

dodeliner [dɔdline] *v.t.,v.i.* 輕輕搖動，輕輕擺動

dodo [dodo] *n.m.* 睡覺；床〔兒語〕

dodu, e [dɔdy] *a.* 【俗】胖的，豐滿的，多肉的

doge [dɔːʒ] *n.m.* 【意】古代威尼斯或熱那亞共和國的執政官

dogmatique [dɔgmatik] *a.* 教條的；獨斷的 *n.* 獨斷的人 *n.f.* 教條，教理

dogmatiser [dɔgmatize] *v.i.* 說話獨斷；【宗】講授教理

dogmatisme [dɔgmatism] *n.m.* 教條主義；獨斷

dogmatiste [dɔgmatist] *a.* 教條主義的；獨斷的 *n.m.* 教條主義者；獨斷專橫的人

dogme [dɔgm] *n.m.* 教條，教理；信條

dogue [dɔg] *n.m.* 一種守門犬

doigt [dwa] *n.m.* 手指；足趾；一指的寬度

doigté [dwate] *n.m.* 指法；靈巧，熟練

doigter [dwate] *v.t.,v.i.* 運用指法；(在樂譜上)注明指法

doigtier [dwatje] *n.m.* 指套，護指

doit [dwa] *n.m.* 【會】負債，借方

doléances [dɔleɑ̃s] *n.f.pl.* 苦情，冤屈

dolent, e [dɔlɑ̃, ɑ̃ːt] *a.* (身體)不適的；痛苦的，悲哀的

dolichocéphale [dɔlikɔsefal] *a.,n.* 長頭型的(人)

dollar [dɔlaːr] *n.m.* 【英】美元

dolmen [dɔlmɛn] *n.m.* 石棚，石桌墳〔史前遺迹〕

domaine [dɔmɛn] *n.m.* 產業，地產；領域，範圍；【數】區域

domanial, ale [dɔmanjal] (*pl.* ~*aux*) *a.* 公有的，國有的

domanialité [dɔmanjalite] *n.f.* 公有

dôme [doːm] *n.m.* 圓蓋，圓屋頂；穹形物；【宗】總堂

domestication [dɔmɛstikasjɔ̃] *n.f.* 馴養，馴化

domesticité [dɔmɛstisite] *n.f.* 僕役身份；全體僕役；(家畜的)馴化

domestique [dɔmɛstik] *a.* 家庭的，家內的；家養的，馴服的 *n.* 僕人，傭人

domestiquer [dɔmɛstike] *v.t.* 馴養；制伏

domicile [dɔmisil] *n.m.* 住所，住處

domiciliaire [dɔmisiljɛːr] *a.* 住所的，住處的

domicilier [dɔmisilje] *v.t.,v.pr.* 定居

dominant, e [dɔminɑ̃, ɑ̃ːt] *a.* 統治的；

dominateur, trice [dominatœ:r, tris] *n.* 統治者, 支配者 *a.* (好)統治的, (好)支配的

domination [dominasjɔ̃] *n.f.* 統治, 支配, 控制

dominer [domine] *v.i.* 統治, 支配;佔優勢, 佔突出地位 *v.t.* 統治, 支配;控制;勝過, 超出;俯臨 *v.pr.* 克制自己

dominicain, e [dominikɛ̃, ɛn] *a.* 多米尼加的 *n.* D~ 多米尼加人

dominical, ale [dominikal] (*pl.* ~aux) *a.* 天主的, 神的;星期日的, 主日的

domino [domino] *n.m.* (化裝舞會上穿的)帶風帽的斗篷;穿上述斗篷的人;骨牌;骨牌戲

dommage [doma:ʒ] *n.m.* 損失, 損害;遺憾, 可惜

dommageable [domaʒabl] *a.* 招致損失的, 招致損害的

dompter [dɔ̃te] *v.t.* 馴服, 馴化;征服, 抑制

dompteur, se [dɔ̃tœ:r, ø:z] *n.* 馴獸者, 馴養者

don [dɔ̃] *n.m.* 禮物, 贈品, 贈送, 捐獻;天賦, 才能

donataire [donatɛ:r] *n.* 受贈人

donateur, trice [donatœ:r, tris] *n.* 贈與人

donation [donasjɔ̃] *n.f.* 贈與;贈與證書

donc [dɔ̃:k, dɔ̃] *conj.* 所以, 因此, 呀, 啦, 吮;那麼

dondon [dɔ̃dɔ̃] *n.f.* 〖俗〗胖女人, 胖姑娘

donjon [dɔ̃ʒɔ̃] *n.m.* 城堡主塔;戰鬥艦的多層指揮塔

donne [dɔn] *n.f.* 分牌, 發牌

donnée [done] *n.f.* 已知事項, 已知條件;資料, 數據;(小説、戲劇的)素材;〖數〗已知數

donner [done] *v.t.* 給, 送, 獻出;付出,

花去;告訴;引起, 產生;作出, 表示;傳染給;認爲;發表, 上演 *v.i.* 沉湎於;陷入;投入戰鬥;朝向;撞, 碰 *v.pr.* 致力, 獻身

donneur, se [donœ:r, ø:z] *n.* 給與者, 供給者;發牌者

dont [dɔ̃] *pron.rel.* 相當於 de qui, de quoi, duquel, de laquelle, d'où 等, 在形容詞性從句中起補語作用, 表示從屬、源出、原因、方式等關係

doper [dope] *v.t.* (比賽前)使(馬、運動員)服興奮劑;〖化〗摻添加劑

dorade [dorad] *n.f.* 鯛

dorénavant [dorenavɑ̃] *adv.* 今後, 此後

dorer [dore] *v.t.* 給鍍金;給(糕點)塗一層蛋黃

doreur, se [dorœ:r, ø:z] *n.* 鍍金工人 *a.* 鍍金的

dorien, ne [dorjɛ̃, ɛn] *a.* (古希臘)多利斯的 *n.* D~ 多利安人

dorique [dorik] *a.* 多利安人的;〖建〗多利安式的

dorloter [dorlote] *v.t.* 溺愛, 嬌養

dormeur, se [dormœ:r ø:z] *a.,n.* 貪睡的(人) *n.f.* 躺椅, (嵌有珍珠、寶石的)耳環

dormir [dormi:r] *v.i.* [c. 15] 睡, 睡眠;靜止, 停滯

dorsal, ale [dorsal] (*pl.* ~aux) *a.* 背的;舌背音的 *n.f.* 舌背音

dortoir [dortwa:r] *n.m.* 集體宿舍

dorure [dory:r] *n.f.* 鍍金;鍍金層;(塗糕點用的)蛋黃汁

doryphore [dorifo:r] *n.m.* 一種吃馬鈴薯葉的甲蟲

dos [do] *n.m.* 背;背部, 背面

dosage [doza:ʒ] *n.m.* 〖藥〗定劑量;〖化〗定量;確定比例

dose [do:z] *n.f.* 〖藥〗劑量, 用量;量

doser [doze] *v.t.* 〖藥〗定劑量;〖化〗定量;〖俗〗適當分配

dossier [dosje] *n.m.* 椅背;案卷

dot [dɔt] *n.f.* 嫁妝,陪嫁;修女進修道院時帶去的財產

dotal, ale [dɔtal] (*pl.* ~ **aux**) *a.* 嫁妝的,陪嫁的

dotation [dɔtɑsjɔ̃] *n.f.* 捐助基金;俸祿;供應,配備

doter [dɔte] *v.t.* 給陪嫁;捐贈基金;供應,配備;恩賜,賦予

douaire [dwɛ:r] *n.m.* 丈夫的遺產

douairière [dwɛrjɛ:r] *n.f.* 享受亡夫遺產的寡婦;老年的貴婦人

douane [dwan] *n.f.* 海關,關稅

douanier, ère [dwanje, ɛ:r] *a.* 海關的,關稅的 *n.* 海關職員

doublage [dublɑ:ʒ] *n.m.* 加倍;【紡】併條,併繞;船隻的金屬外殼;【電影】配音複製

double [dubl] *a.* 雙倍的,雙重的;兩面派的 *n.m.* 兩倍;複製品;副本;【體】雙打

doublé [duble] *n.m.* 金葉子〔首飾用〕;兩發連中兩獵物

doublement [dubləmɑ̃] *adv.* 雙重地,加倍地 *n.m.* 加倍,重複

doubler [duble] *v.t.* 加倍;【紡】併條,併繞;加襯裏;繞過,超車;譯製,給配音;給…充當替角 *v.i.* 倍增

doublet [dublɛ] *n.m.* 【語】同源詞;(帶彩色襯底的)假水晶寶石

doublon [dublɔ̃] *n.m.* 【印】重複誤排

doublure [dubly:r] *n.f.* 襯裏,裏子;替角

douceâtre [dusɑ:tr] *a.* 略帶甜味的;虛情假意的

doucement [dusmɑ̃] *adv.* 輕輕地,悄悄地,緩慢地 *interj.* 輕點兒!

doucereux, se [dusrø, ø:z] *a.* 略帶甜味的;虛情假意的,裝作溫和的

doucettement [dusɛtmɑ̃] *adv.* 【俗】慢騰騰地

douceur [dusœ:r] *n.f.* 甜味,甜蜜;柔和,溫和,親切; *pl.* 甜食,糖果

douche [duʃ] *n.f.* 淋浴;淋浴設備;失望

doucher [duʃe] *v.t.* 給洗淋浴;申斥;使失望

douer [dwe] *v.t.* 賦予,使具有

douille [duj] *n.f.* 套筒;燈座;彈殼

douillet, te [dujɛ, ɛt] *a.* 柔軟的;嬌嫩的

douillette [dujɛt] *n.f.* (兒童穿的)短棉斗篷

douleur [dulœ:r] *n.f.* 疼痛;痛苦,悲痛

douloureux, se [dulurø, ø:z] *a.* 疼痛的;痛苦的,悲痛的

doute [dut] *n.m.* 懷疑,遲疑

douter [dute] *v.t.i, v.i.* 懷疑,不相信 *v.pr.* 料想到,感到

douteur, se [dutœ:r, ø:z] *a.* 懷疑的 *n.* 懷疑者

douteux, se [dutø,ø:z] *a.* 不肯定的;曖昧的;可疑的,靠不住的

douve [du:v] *n.f.* (城)壕;【農】壟溝,桶板;雙盤吸蟲

doux, ce [du, dus] *a.* 甜的;淡的,柔和的;甜蜜的;溫和的;和緩的;柔韌的 *adv.* filer ~ 順從,惟命是從 *n.m.* 甜味

douzaine [duzɛn] *n.f.* 一打,十二個;一打左右,約十二個

douze [du:z] *a.num.* 十二;第十二 *n.m.* 十二

douzième [duzjɛm] *a.num.ord.* 第十二 *n.* 第十二個 *n.m.* 十二分之一

doyen, ne [dwajɛ̃, ɛn] *n.* 老前輩;最年長者;長老;學院院長

draconien, ne [drakɔnjɛ̃, ɛn] *a.* 嚴厲的,苛刻的

dragage [dragɑ:ʒ] *n.m.* 疏浚;掃除水雷

dragée [draʒe] *n.f.* 糖果仁;(打獵用的)鉛砂;混合飼料

drageon [draʒɔ̃] *n.m.* 【植】根蘗

dragon [dragɔ̃] *n.m.* 龍;龍騎兵;潑婦

dragonne [dragɔn] *n.f.* (劍柄或拿柄上的)繐子

drague [drag] *n.f.* 挖泥機,挖泥船;掃(水)雷器;【漁】拖網

draguer [drage] *v.t.* 疏浚; 掃除(水雷)

dragueur [dragœr] *n.m.* 疏浚工人; 挖泥船; 掃雷艇

drain [drɛ̃] *n.m.* 〖英〗排水管, 下水道; 【醫】引流管

drainage [drɛna:ʒ] *n.m.* 排水; 【醫】引流

drainer [dre[ɛ]ne] *v.t.* 排水, 匯集(水流); 吸收; 【醫】引流

dramatique [dramatik] *a.* 戲劇的; 從事戲劇工作的; 戲劇性的, 動人的, 危急的 *n.f.* 電視劇

dramatiser [dramatize] *v.t.* 編成劇本, 使戲劇化; 誇大

dramaturge [dramatyrʒ] *n.m.* 劇作家

dramaturgie [dramatyrʒi] *n.f.* 編劇理論, 劇本作法

drame [dram] *n.m.* 戲劇; 正劇; 慘事

drap [dra] *n.m.* 呢, 呢絨; 被單, 床單

drapeau [drapo] (*pl.* ～*x*) *n.m.* 旗, 旗幟

draper [drape] *v.t.* 用布覆蓋; 打褶

draperie [drapri] *n.f.* 製呢; 呢絨業; (家具裝飾用的)形成褶襇的布; 帷幔; (繪畫、雕塑中的)衣紋, 衣褶

drapier, ère [drapje, ɛ:r] *a.* 製造呢絨的; 出售呢絨的 *n.* 製呢絨工人; 呢絨商

dressage [drɛsa:ʒ] *n.m.* 豎起; 搭起; 矯正; 訓練

dresser [dre[ɛ]se] *v.t.* 豎起; 建立, 搭; 矯正; 安排, 編製; 製訂; 訓練; 唆使, 挑動

dressoir [drɛswa:r] *n.m.* 食具架, 碗櫥

dreyfusard [dre[ɛ]fyza:r, ard] *n.* (法國19世紀末)主張重新審理德雷福斯(Dreyfus)案件的一派

drille [drij] *n.m.* joyeux ～ 快活人

drisse [dris] *n.f.* 【海】弔帆繩, 弔索; 揚索

drogue [drɔg] *n.f.* 藥, 藥品; 劣藥; 麻醉品; 有害的飲料

droguer [drɔge] *v.t.* 使服藥過多; 攙假 *v.pr.* 服藥過多; 吸毒 *v.i.* 〖俗〗久等

droguerie [drɔgri] *n.f.* 藥品雜貨業

droguiste [drɔgist] *n.* 藥品雜貨商

droit, e [drwa[ɑ], a[ɑ:]t] *a.* 直的, 直立的, 垂直的; 正直的; 右面的 *adv.* 筆直地 *n.m.* 法律, 法學; 稅; 權利, 法權 *n.f.* 右面; 右手; 右翼

droitier, ère [drwa[ɑ]tje, ɛr] *a.* 慣用右手的; 右翼的, 右派的 *n.* 慣用右手的人; 右翼分子, 右派分子

droiture [drwa[ɑ]ty:r] *n.f.* 正直, 公正

drolatique [drɔlatik] *a.* 滑稽的, 可笑的

drôle [dro:l] *a.* 滑稽的, 可笑的; 古怪的 *n.m.* 壞蛋

drôlerie [drolri] *n.f.* 滑稽; 詼諧

drôlesse [drolɛs] *n.f.* 厚顏無恥的女人

dromadaire [drɔmadɛ:r] *n.m.* 單峰駝

dru, e [dry] *a.* 密的, 茂密的 *adv.* 大量地, 稠密地

drupe [dryp] *n.f.* 【植】核果

du [dy] de 和 le 的結合形式

dû, due [dy] *a.* 應付給的, 欠下的; 起因於, 由於 *n.m.* 債, 欠款

dualisme [dɥalism] *n.m.* 二元論

dualiste [dɥalist] *a.* 二元論的 *n.* 二元論者

dualité [dɥalite] *n.f.* 二重性, 二元性

dubitatif, ve [dybitatif, i:v] *a.* 表示懷疑的

duc [dyk] *n.m.* 公爵; 一種雙座四輪馬車; 鵰鴞, 貓頭鷹

ducal, ale [dykal] (*pl.* ～*aux*) *a.* 公爵的

duché [dyʃe] *n.m.* 公爵領地

duchesse [dyʃɛs] *n.f.* 女公爵; 公爵夫人; 大鴨梨

ductile [dyktil] *a.* 可延展的

duègne [dɥɛɲ] *n.f.* (舊時西班牙家庭中督導少女的)女傅, 陪媼

duel [dɥɛl] *n.m.* 決鬥

duelliste [dɥe[ɛ]list] *n.m.* 決鬥者

duettiste [dɥe[ɛ]tist] *n.* 二重唱者; 二重奏者

dulcifier [dylsifje] *v.t.* 加甜, 使甜些; 沖淡酸澀味或苦味

dulcinée [dylsine] *n.f.* 〔俗〕意中人,情人

dûment [dymã] *adv.* 正式地,合乎手續地

dumping [dœmpiŋ] *n.m.* 〔英〕傾銷

dune [dyn] *n.f.* 沙丘

dunette [dynɛt] *n.f.* (船的)艉樓

duo [dɥo] (*pl.* ~**s**) *n.m.* 二重唱,二重奏

duodécimal, ale [dɥɔdesimal] (*pl.* ~**aux**) *a.* 十二進位的

duodénum [dɥɔdenɔm] *n.m.* 十二指腸

dupe [dyp] *n.f.* (易)受騙者 *a.* (易)受騙的

duper [dype] *v.t.* 欺騙

duperie [dypri] *n.f.* 欺騙;上當

dupeur, se [dypœːr, øːz] 欺騙者

duplicata [dyplikata] *n.m.inv.* 副本,複本

duplicateur [dyplikatœːr] *n.m.* 複印機

duplicité [dyplisite] *n.f.* 表裏不一,口是心非

duquel [dykɛl] de 和 lequel 的結合形式

dur,e [dyːr] *a.* 堅硬的;費勁的,不靈活的;難以忍受的,艱苦的,嚴厲的,冷酷的,蠻橫的 *adv.* 猛烈地;艱苦地 *n.m.* 〔俗〕硬漢

durable [dyrabl] *a.* 持久的,耐久的

duralumin [dyralymɛ̃] *n.m.* 硬鋁

durant [dyrã] *prép.* 在…期間

durcir [dyrsiːr] *v.t.* 使變硬,使硬化;使變得冷酷;使堅定 *v.i.,v.pr.* 變硬,硬化;變冷酷,變堅定

durcissement [dyrsismã] *n.m.* 變硬;強硬化

durée [dyre] *n.f.* 持續時間,期間

durer [dyre] *v.i.* 持續,延續,持久

dureté [dyrte] *n.f.* 硬度;生硬,嚴厲,冷酷

durillon [dyrijɔ̃] *n.m.* 老繭,胼胝

duvet [dyvɛ] *n.m.* (鳥的)絨毛,初生羽毛;絨毛睡袋;(婦女、小孩上唇等處的)汗毛;茸毛

duveteux, se [dyvtø, øːz] *a.* 多絨毛的,毛茸茸的

dynamique [dinamik] *a.* 動力的;動力學的;生氣勃勃的 *n.f.* 動力學

dynamisme [dinamism] *n.m.* 【哲】動力論;〔俗〕生氣,活力

dynamitage [dinamitaːʒ] *n.m.* (用炸藥)爆炸

dynamite [dinamit] *n.f.* 硝化甘油炸藥

dynamiter [dinamite] *v.t.* (用炸藥)炸毀

dynamiteur, se [dinamitœːr, øːz] *n.* 用炸藥搞爆炸案的人

dynamo [dinamo] *n.f.* 發電機

dynamomètre [dinamɔmɛtr] *n.m.* 測力機

dynastie [dinasti] *n.f.* 朝代,王朝;(有聲望的)家族

dynastique [dinastik] *a.* 朝代的,王朝的

dysenterie [disãtri] *n.f.* 痢疾

dysentérique [disãterik] *a.* 痢疾的,患痢疾的 *n.* 痢疾患者

dysménorrhée [dismenɔre] *n.f.* 月經失調,痛經

dyspepsie [dispɛpsi] *n.f.* 消化不良

dysprosium [disprozjɔm] *n.m.* 【化】鏑

E

E, e [ə] *n.m.* 法語字母表中第5個字母

eau [o] *n.f.* 水;河,湖,海;雨;(餾出或浸出的)水,液;各種分泌液〔如汗、淚、唾液等〕;(寶石的)色澤;温泉

eau-de-vie [odvi] (*pl.* ~**x**-~-~) *n.* 燒酒

eau-forte [ofɔrt] (*pl.* ~**x**-~**s**) *n.f.* 硝

鏨水；銅版畫片

eaux-vannes [ovan] *n.f.pl.* （化糞池中的）糞水

ébahir [ebai:r] *v.t.* 使驚訝，使驚奇

ébahissement [ebaismɑ̃] *n.m.* 驚訝，驚奇

ébarber [ebarbe] *v.t.* 【機】清鏟，去毛刺；切齊（紙邊）；【農】修剪

ébats [eba] *n.m.pl.* 嬉戲；（跳跳蹦蹦）玩耍

ébattre(s') [sebatr] *v.pr.* [c. 44] 嬉戲，（跳跳蹦蹦地）玩耍

ébaubir(s') [sebobi:r] *v.pr.* 驚異得目瞪口呆

ébauchage [eboʃa:ʒ] *n.m.* 【冶】開坯；頓鍛；【技】粗加工，粗切

ébauche [ebo:ʃ] *n.f.* 草圖，草樣；粗坯，毛坯，半製品

ébaucher [eboʃe] *v.t.* 畫…草圖，草擬，起草；粗加工，粗切，粗軋

ébauchoir [eboʃwa:r] *n.m.* （粗加工用的）鑿子

ébène [ebɛn] *n.f.* 烏木

ébénier [ebenje] *n.m.* 烏木（樹）

ébéniste [ebenist] *n.m.* 作精緻木器的細木工；木器工人

ébénisterie [ebenistri] *n.f.* 精緻木器的手藝或行業；精緻木器

berlue,e [ebɛrlɥe] *a.* （驚訝得）目瞪口呆

blouir [eblui:r] *v.t.* 耀眼，炫目，使眼花，迷惑，使讚嘆；衝昏頭腦

blouissement [ebluismɑ̃] *n.m.* （強光引起的）眼花；頭暈目眩；眼花繚亂

bonite [ebɔnit] *n.f.* 硬質膠，硬橡皮

borgner [ebɔrɲe] *v.t.* 使成爲獨眼

boueur, se [ebwœ:r, ø:z] *n.* （掃街道的）清潔工

bouillanter [ebujɑ̃te] *v.t.* 用沸水浸、燙或澆

boulement [ebulmɑ̃] *n.m.* 崩塌，坍倒，塌方；崩塌的土石塊堆

bouler [ebule] *v.t.,v.i,v.pr.* （使）崩塌，（使）坍倒，（使）陷落

éboulis [ebuli] *n.m.* 成堆的崩塌物

ébouriffant, e [eburifɑ̃, ɑ̃:t] *a.* 異乎尋常的，難以置信的

ébouriffer [eburife] *v.t.* 使（頭髮）散亂；使驚慌，使驚愕

ébranchage [ebrɑ̃ʃa:ʒ] *n.m.* （樹枝的）修剪

ébrancher [ebrɑ̃ʃe] *v.t.* 修削（樹）

ébranchoir [ebrɑ̃ʃwa:r] *n.m.* 修樹枝用的長柄刀

ébranlement [ebrɑ̃lmɑ̃] *n.m.* 震動，動搖，動盪；（精神上的）震動，震驚

ébranler [ebrɑ̃le] *v.t.* 震動，動搖，震撼

ébraser [ebraze] *v.t.* 展寬（門洞等）

ébrécher [ebreʃe] *v.t.* [c. 7] 弄出缺口〔指刀刃等〕

ébriété [ebriete] *n.f.* 酒醉

ébrouer(s') [sebrue] *v.pr.* （馬因驚恐等）噴鼻息；（爲去掉身上的水等）抖動身體

ébruiter [ebrɥite] *v.t.* 使公開，傳播

ébullition [ebylisjɔ̃] *n.f.* 沸騰，騷動

éburnéen, ne [ebyrneɛ̃, ɛn] *a.* 象牙色的；堅硬像象牙的

écaillage [ekɑjaːʒ] *n.m.* 刮去鱗片；剖開珠蚌；鱗片狀剝落

écaille [ekɑːj] *n.f.* 鱗，鱗片；（某些植物的）鱗葉；玳瑁的角質板；殼；鱗片狀剝落物；【建】鱗飾

écailler [ekɑje] *v.t.* 刮去鱗片 *v.pr.* 成鱗片狀剝落

écailler, ère [ekɑje, ɛːr] *n.* 剖賣牡蠣的人

écale [ekal] *n.f.* （堅果的）果皮

écaler [ekale] *v.t.* 去（堅果的）果皮

écarlate [ekarlat] *n.f.* 猩紅色，鮮紅色；鮮紅色的織物 *a.* 猩紅的，鮮紅的

écarquiller [ekarkije] *v.t.* 睜大（眼睛）

écart [ekaːr] *n.m.* 差距，差異，偏差；人煙途；【牌戲】調出的牌；à l'~ *loc.adv.* 在旁邊，不介入；à l'~ de *loc.prép.* 遠離

écarté [ekarte] *n.m.* 一種紙牌戲

écartèlement [ekartɛlmɑ̃] *n.m.* 磔刑, 四馬分屍之刑

écarteler [ekartəle] *v.t.* [c. 6] 處以磔刑, 處以四馬分屍之刑

écartement [ekartəmɑ̃] *n.m.* 分開; 間距, 間隔

écarter [ekarte] *v.t.* 分開; 使離開; 排除, 擺脫;【牌戲】調出 (不需要的牌) *v.pr.* 離開, 背離

ecchymose [ekimo:z] *n.f.* 【醫】瘀斑

ecclésiastique [e(e)klezjastik] *a.* 教會的; 教士的 *n.m.* 教士; 傳教士

écervelé, e [esɛrvəle] *a., n.* 沒有頭腦的(人), 冒失的(人)

échafaud [eʃafo] *n.m.* 斷頭台, 絞台; 斬刑

échafaudage [eʃafoda:ʒ] *n.m.* 脚手架, 堆; 拼湊物

échafauder [eʃafode] *v.i.* 搭脚手架 *v.t.* 堆放, 疊放; 拼凑, 凑合

échalas [eʃala] *n.m.* (支撑葡萄、幼樹等的)支柱;〖俗〗瘦長的人

échalasser [eʃalase] *v.t.* 立支柱支撑

échalote [eʃalɔt] *n.f.* 【植】分葱

échancrer [eʃɑ̃kre] *v.t.* 使成凹形

échancrure [eʃɑ̃kry:r] *n.f.* (半圓形或新月形的)凹入部分

échange [eʃɑ̃:ʒ] *n.m.* 交換; 交易; 交流

échanger [eʃɑ̃ʒe] *v.t.* [c. 2] 交換

échanson [eʃɑ̃sɔ̃] *n.m.* (古時貴族宅第中的)司酒官;〖俗〗斟酒人

échantillon [eʃɑ̃tijɔ̃] *n.m.* 貨樣, 樣品, 樣本

échantillonnage [eʃɑ̃tijɔna:ʒ] *n.m.* 選樣, 取樣

échantillonner [eʃɑ̃tijɔne] *v.t.* 選樣, 取樣

échappatoire [eʃapatwa:r] *n.f.* 擺脫困境的方法, 脱身之計

échappée [eʃape] *n.f.* 瞬間, 片刻; 空隙;【體】衝刺

échappement [eʃapmɑ̃] *n.m.* 【鐘錶】

擒縱機構;【機】排氣; 排氣管

échapper [eʃape] *v.i.* 逃跑; 逃過, 避開;(從手中)滑落; 被忘記; l'~ belle 幸免 *v.pr.* 逃走; 溢走; 流出, 逸出

écharde [eʃard] *n.f.* (扎入皮肉中的)刺

écharpe [eʃarp] *n.f.* 肩帶, 腰帶;(懸吊傷臂用的)三角巾; 披巾, 長圍巾;【技】斜撑, 角拉條

écharper [eʃarpe] *v.t.* 劈傷, 砍傷; 切碎, 分割成塊

échasse [eʃɑ:[a]s] *n.f.* 高蹺; 長脚鷸

échassiers [eʃɑ[a]sje] *n.m.pl.* 【鳥】涉禽類

échaudé [eʃode] *n.m.* 一種用燙麵糊做的鬆糕

échauder [eʃode] *v.t.* 用開水燙; 用開水洗; 用開水燙傷; 使上當; 使碰釘子; 鹼竹杠

échaudoir [eʃodwa:r] *n.m.* 燙洗已宰牲畜的水槽或場所

échauffement [eʃofmɑ̃] *n.m.* 加熱, 發熱, 變熱;(穀物等發酵時的)自熱; 激動

échauffer [eʃofe] *v.t.* 加熱; 使發熱, 使熱, 使興奮, 使激動 *v.pr.* 興奮, 激動; 激烈

échauffourée [eʃofure] *n.f.* 衝突, 鬥毆

échéance [eʃeɑ̃:s] *n.f.* 到期, 滿期; 期限

échéant, e [eʃeɑ̃, ɑ̃:t] *a.* 到期的, 滿期的; le cas ~ *loc.adv.* 如果發生這種情況, 在必要時

échec [eʃɛk] *n.m.* 失敗;(國際象棋)"將!"; *pl.* 國際象棋

échelle [eʃɛl] *n.f.* 梯子; 比例尺, 縮尺; 刻度, 標度; 階, 等級

échelon [eʃlɔ̃] *n.m.* 梯級; 級, 級別;【軍】梯隊

échelonnement [eʃlɔnmɑ̃] *n.m.* 分級, 分段; 分期; 分成梯隊

échelonner [eʃlɔne] *v.t.* 分級放置, 分段放置; 分期進行;【軍】分成梯隊

échenillage [eʃnija:ʒ] *n.m.* 清除毛蟲

écheniller [eʃnije] *v.t.* 清除毛蟲

échenilloir [eʃnijwa:r] *n.m.* 【園藝】高枝剪

écheveau [eʃvo] (*pl.* ~**x**) *n.m.* 束,絞〔指緣〕;(事物的)錯綜複雜

écheveler [eʃəvle] *v.t.* [c. 5] 弄亂頭髮

échine [eʃin] *n.f.* 脊椎骨,脊梁骨

échiner [eʃine] *v.t.* 折斷脊背;毒打 *v.pr.* 操勞過度

échiquier [eʃikje] *n.m.* 棋盤,棋盤圖形

écho [eko] *n.m.* 回聲;發出回聲的地方;響應;重複;傳聞;應聲蟲

échoir [eʃwa:r] *v.i.* [c. 41] 〔助動詞用 être〕 偶然落到,偶然來到;(票據等)到期,滿期

échoppe [eʃɔp] *n.f.* 棚舖,小店,攤;(雕刻用的)鑿子,刻刀

échopper [eʃɔpe] *v.t.* 用刻刀雕鑿

échotier [ekɔtje] *n.m.* (報刊)社會新聞欄編輯

échouage [eʃwa:ʒ] *n.m.* 擱淺;(擱淺的)沙灘,淺灘

échouer [eʃwe] *v.i.* 擱淺;(東西)被浪打到淺灘上;失敗,受挫 *v.t.* 使(船)擱淺

éclabousser [eklabuse] *v.t.* 濺起泥漿等沾污;向(某人)擺闊

éclaboussure [eklabusy:r] *n.f.* 濺上的泥漿或他物;在別人打架時挨到的一擊

éclair [eklɛr] *n.m.* 閃電;閃光;剎那間;一種長形奶油小糕點

éclairage [eklɛra:ʒ] *n.m.* 照明;光綫,亮度;觀點

éclaircie [eklɛrsi] *n.f.* (雲霧中的)一角青天;(雨天的)暫時晴朗;(森林中的)空地;好轉

éclaircir [eklɛrsi:r] *v.t.* 使晴朗;使稀薄;使稀疏;使色淡;弄清楚,澄清

éclairé, e [ekle(ɛ)re] *a.* 知識淵博的,經驗豐富的;開明的

éclairement [eklɛrmɑ̃] *n.m.* 照亮,照明;照度;光照

éclairer [ekle(ɛ)re] *v.t.* 照亮,照耀;給(某人)照路;闡明,說明;啓發,開導

v.i. 發光,發亮

éclaireur [eklɛrœ:r] *n.m.* 偵察兵;偵察艦,偵察艇

éclat [ekla] *n.m.* 碎片,裂片;突然發出的巨響;轟動;光芒;光彩,光輝;亮度

éclatant, e [eklatɑ̃, ɑ̃t] *a.* 響亮的;光彩奪目的;光輝燦爛的,輝煌的;明顯的

éclatement [eklatmɑ̃] *n.m.* 破裂,爆裂;爆炸;爆發

éclater [eklate] *v.i.* 斷裂,破裂,爆裂;爆炸;爆發;突然發出(大笑等);發閃光;突然顯露

éclectique [eklɛktik] *a.* 折衷主義的;折衷的

éclectisme [eklɛktism] *n.m.* 折衷主義;折衷辦法

éclipse [eklips] *n.f.* 【天】食,蝕;衰落,消失

éclipser [eklipse] *v.t.* 【天】食,蝕;遮住;超過,壓倒

écliptique [ekliptik] *n.m.,a.* 【天】黃道(的)

éclisse [eklis] *n.f.* 楔形木片;乾酪筐;(製弦琴用的)薄板料;【醫】夾板;【鐵】魚尾(夾)板

éclisser [eklise] *v.t.* 用魚尾板連接;用夾板固定

éclopé, e [eklɔpe] *a.,n.* 腿受傷的(人),行走不便的(人)

éclore [eklɔ:r] *v.i.* [c. 73] 〔助動詞用 être 或 avoir〕 (自蛋中)孵出;(花)綻開;產生,出現

éclosion [eklozjɔ̃] *n.f.* 孵出;(花朵的)綻開;產生,出現

écluse [ekly:z] *n.f.* 閘,閘門

écluser [eklyze] *v.t.* 開關放水,使通過閘室

éclusier, ère [eklyzje, ɛ:r] *a.* 水閘的 *n.* 水閘管理人

écœurement [ekœrmɑ̃] *n.m.* 惡心

écœurer [ekœre] *v.t.* 使惡心;使厭惡,使起反感

école [ekɔl] *n.f.* 學校;全校師生;學派,

流派

écolier, ère [ekɔlje, ɛːr] *n.* 小學生; 新手, 生手

éconduire [ekɔ̃dɥiːr] *v.t.* [c. 60] 打發走; 回絕

économat [ekɔnɔma] *n.m.* 總務, 庶務; 總務處

économe [ekɔnɔm] *a.* 節約的, 節省的 *n.* 管事, 總務

économie [ekɔnɔmi] *n.f.* 經濟; 經濟學; 節約, 節省; *pl.* 積蓄

économique [ekɔnɔmik] *a.* 經濟的; 節約的, 節省的

économiser [ekɔnɔmize] *v.t.* 節約, 節省; 積蓄

économiste [ekɔnɔmist] *n.* 經濟學家

écope [ekɔp] *n.f.* 【海】(戽水用的)長柄木勺

écoper [ekɔpe] *v.t.* 用木勺戽出(船中)積水 *v.i.* 〖俗〗挨打, 挨罵, 受氣

écorce [ekɔrs] *n.f.* 樹皮, 莖皮; (一些水果的)果皮; 外表, 外貌;【解】皮層, 皮質

écorcer [ekɔrse] *v.t.* [c. 1] 剝皮, 去皮

écorchement [ekɔrʃəmɑ̃] *n.m.* 剝皮〔指動物〕

écorcher [ekɔrʃe] *v.i.* 剝皮; 擦破, 擦傷; 擦去表層; 刺激, 使感到刺耳;〖俗〗敲竹杠;〖俗〗(講一種語言)講得蹩腳

écorchure [ekɔrʃyːr] *n.f.* 皮膚擦傷

écorner [ekɔrne] *v.t.* 折斷(動物的)角; 損壞(某物件的)角; 耗費

écornifler, se [ekɔrnifle, øz] *v.t.* 吃白食者, 寄生者

écossais, e [ekɔsɛ, ɛːz] *a.* 蘇格蘭的; 蘇格蘭人的 *n.* É~ 蘇格蘭人

écosser [ekɔse] *v.t.* 剝去(豆類的)莢

écot [eko] *n.m.* 修剪後的樹幹, 杈幹; 各人分攤的聚餐費

écoulement [ekulmɑ̃] *n.m.* 流出; (人群的)流動, 湧出; 銷售, 推銷

écouler [ekule] *v.t.* 銷售, 推銷 *v.pr.* 流出, 湧出; 流逝, 消逝

écourter [ekurte] *v.t.* 改短, 剪短; 縮短

écoute [ekut] *n.f.* 聽電話, 收聽廣播;【軍】監聽; être aux ～s 在能偷聽到的地方

écouter [ekute] *v.t.* 聽; 聽從, 聽取 *v.pr.* 過分關心自己的健康

écouteur [ekutœːr] *n.m.* 耳機, 受話器

écoutille [ekutij] *n.f.* 【船】艙口

écouvillon [ekuvijɔ̃] *n.m.* 長柄布揮子; (擦炮筒用的)長柄金屬刷; 瓶刷

écran [ekrɑ̃] *n.m.* 隔熱屏, 遮護板, 擋板; 銀幕, 幕, 屏

écrasant, e [ekrazɑ̃, ɑ̃ːt] *a.* 繁重的, 佔壓倒優勢的; 慘重的

écrasement [ekrazmɑ̃] *n.m.* 壓碎, 碾碎; 壓倒; 消滅, 粉碎

écraser [ekraze] *v.t.* 壓碎, 碾碎, 壓壞; 壓倒, 壓垮; 消滅, 粉碎

écrémage [ekremaːʒ] *n.m.* 除去奶脂, 脫脂

écrémer [ekreme] *v.t.* [c. 7] 除去奶脂, 取出精華

écrémeuse [ekremøːz] *n.f.* 脫脂器, 奶油分離器

écrêter [ekrɛ(e)te] *v.t.* 除去頂枝; 擊毀(工事的)頂部

écrevisse [ekrəvis] *n.f.* (淡水產)螯蝦

écrier(s') [sekrie] *v.pr.* 喊叫, 大聲說

écrin [ekrɛ̃] *n.m.* 首飾箱

écrire [ekriːr] *v.t.* [c. 61] 寫; 寫信告訴; 銘刻, 深印

écrit [ekri] *n.m.* 寫下的東西; 文書, 字據; 著作, 作品

écriteau [ekrito] *n.m.* 通告, 佈告, 告示

écritoire [ekritwaːr] *n.f.* 文具盒

écriture [ekrityːr] *n.f.* 文字; 字體; 字跡, 筆跡; *pl.* 賬簿, 賬目; 商業信件

écrivailleur, euse [ekrivajœːr, øːz] *n.* 粗製濫造, 大量寫作的作家

écrivain [ekrivɛ̃] *n.m.* 作家

écrivassier, ère [ekrivasje, ɛːr] *n.* 同 écrivailleur

écrou [ekru] *n.m.* 螺母, 螺帽; 囚犯入獄證

écrouer [ekrue] *v.t.* 監禁;記入囚犯名冊

écrouir [ekrui:r] *v.t.* 冷鍛,冷變形加工

écrouissage [ekruisa:ʒ] *n.m.* 冷鍛,冷變形加工

écroulement [ekrulmā] *n.m.* 倒塌,崩塌;崩潰,覆滅

écrouler(s') [sekrule] *v.pr.* 倒塌,崩塌;崩潰,覆滅

écru, e [ekry] *a.* 尚未加工的

ectoplasme [e[ɛ]ktɔplasm] *n.m.* 【生】外質

écu [eky] *n.m.* 盾牌;盾形紋章;埃居〔法國古代錢幣名〕; *pl.* 金錢,財富

écueil [ekœj] *n.m.* 礁,暗礁;危險,障礙

écuelle [ekɥɛl] *n.f.* 盆

éculer [ekyle] *v.t.* 穿壞鞋跟,磨壞鞋跟

écumant, e [ekymā, ā:t] *a.* 起泡沫的;發怒的

écume [ekym] *n.f.* 泡沫;唾沫;(馬的)汗;渣滓

écumer [ekyme] *v.t.* 撇去泡沫;掠奪,搶劫 *v.i.* 起泡沫;發怒

écumeur [ekymœ:r] *n.m.* ～ (de mer) 海盜

écumeux, se [ekymø, ø:z] *a.* 起泡沫的,滿是泡沫的

écumoire [ekymwa:r] *n.f.* 漏杓

écurer [ekyre] *v.t.* 擦洗;掏淨

écureuil [ekyrœj] *n.m.* 松鼠

écurie [ekyri] *n.f.* 廄,馬棚;廄中之馬的總稱

écusson [ekysɔ̃] *n.m.* 盾形小紋章;紋章牌,鎖眼蓋;【園藝】接芽

écussonnage [ekysɔna:ʒ] *n.m.* 芽接

écuyer [ekɥije] *n.m.* (騎士的)持盾牌侍從;尚未成為騎士的年輕貴族的稱號;騎術教練;馬戲演員

écuyère [ekɥijɛ:r] *n.f.* 騎馬的女人;馬戲女演員

eczéma [ɛg[k]zema] *n.m.* 濕疹

eczémateux,se [ɛg[k]zematø, ø:z] *a.* 濕疹的,濕疹性的 *n.* 濕疹患者

edelweiss [edəlvajs, edɛlvɛs] *n.m.* 〖德〗火絨草

éden [edɛn] *n.m.* 樂園,É～【宗】伊甸園

édénique [edenik] *a.* 樂園的,伊甸園的

édenté, e [edāte] *a.,n.* 落掉牙齒的(人) *n.m.pl.* 【動】貧齒類

édicter [edikte] *v.t.* 頒佈,發佈

édicule [edikyl] *n.m.* 路旁的小建築物〔指公共廁所等〕

édification [edifikasjɔ̃] *n.f.* 建築,建造;建設,建立;感化

édifice [edifis] *n.m.* 大建築物,大廈;結構

édifier [edifje] *v.t.* 建造,建設;建立,創立;感化;告知

édile [edil] *n.m.* 市政官員

édilité [edilite] *n.f.* 市政官員的職務

édit [edi] *n.m.* 法令,敕令

éditer [edite] *v.t.* 出版,發行

éditeur, trice [editœ:r, tris] *a.* 出版的,發行的 *n.* 出版者,發行人

édition [edisjɔ̃] *n.f.* 出版,發行;版,版本

éditorial,ale [editɔrjal] (*pl.* ～aux) *a.* (報刊)編輯部的 *n.m.* 社論

éditorialiste [editɔrjalist] *n.* 社論作者

édredon [edrədɔ̃] *n.m.* 鴨絨蓋腳被

éducable [edykabl] *a.* 可教育的

éducateur, trice [edykatœ:r, tris] *a.* 教育的 *n.* 教育者,教育家

éducatif, ve [edykatif, i:v] *a.* 教育的

éducation [edykasjɔ̃] *n.f.* 教育;教養,訓練

édulcorer [edylkɔre] *v.t.* 【藥】加糖使帶甜味;使(語氣)緩和

éduquer [edyke] *v.t.* 教養,教育

effacement [efasmā] *n.m.* 擦去,擦去,劃去;模糊難認;消失,遺忘

effacer [efase] [c. 1] *v.t.* 擦去,擦去;劃去,刪去;使模糊難認;使消失,使忘却;壓倒,勝過 *v.pr.* 躲閃,閃開;屈服

effarement [efarmā] *n.m.* 驚愕,驚慌

失措

effarer [efare] *v.t.* 使驚愕,使驚慌失措

effaroucher [efaruʃe] *v.t.* 驚動,驚走;
嚇唬,嚇跑

effectif, ve [efektif, i:v] *a.* 有效的;實際
的,實有的 *n.m.* (部隊的)編制人數,
兵額;全體人員,(全部)人數

effectuer [efɛktɥe] *v.t.* 實行,進行,執
行

efféminer [efemine] *v.t.* 使帶女人腔;
使變柔弱;使軟弱無力

effervescence [efɛrvesɑ̃:s] *n.f.* 沸騰,
起泡;激昂,激奮

effervescent, e [efɛrvesɑ̃, ɑ̃:t] *a.* 沸騰
的,起泡的;激昂的,激奮的

effet [efɛ] *n.m.* 結果;效果,作用,效力;
實現;印象,影響;票據,證券; *pl.* 傢
具;日常物品;衣服; en ～ *loc.adv.*
事實上;由於

effeuiller [efœje] *v.t.* 摘去葉子;摘去
花瓣

efficace [efikas] *a.* 有效的

efficacité [efikasite] *n.f.* 效力,效能,功
效;效率

efficient, e [efisjɑ̃, ɑ̃:t] *a.* 有效力的;有
能力的

effigie [efiʒi] *n.f.* 人像;(錢幣、紀念章
上的)人頭像

effilé, e [efile] *a.* 細長的 *n.m.* (織
物的)毛邊,蓬邊

effiler [efile] *v.t.* (一根根抽絲,把織物)
拆散;(把頭髮)削薄

effilochage [efilɔʃa:ʒ] *n.m.* 【紡】(呢片
等的)開鬆

effilocher [efilɔʃe] *v.t.* 開鬆(呢片等)

efflanqué, e [eflɑ̃ke] *a.* 瘦削的,皮包
骨的

effleurement [eflœrmɑ̃] *n.m.* 擦傷,擦
壞;輕觸,擦過

effleurer [eflœre] *v.t.* 擦傷,擦壞;輕
觸,擦過;論及,觸及

efflorescence [eflɔresɑ̃:s] *n.f.* 風化,粉
化

effluve [efly:v] *n.m.* 散發出的氣味

effondrement [efɔ̃drəmɑ̃] *n.m.* 塌底,
倒塌;崩潰

effondrer [efɔ̃dre] *v.t.* 深翻;打穿底,
使塌陷 *v.pr.* 倒塌,倒坍;崩潰

efforcer(s') [sefɔrse] *v.pr.* [c. 1] 用
力,努力,盡力,竭力

effort [efɔ:r] *n.m.* 努力,力,勁兒;(肌肉
的)劇痛

effraction [efraksjɔ̃] *n.f.* (盜、賊的)破
壞圍牆,撬鎖

effranger [efrɑ̃ʒe] *v.t.* [c. 2] (把織物)
拆成毛邊

effrayer [efrɛje] *v.t.* [c. 4] 使害怕,
嚇壞;嚇倒

effréné, e [efrene] *a.* 無節制的,過分
的

effritement [efritmɑ̃] *n.m.* 粉碎,碎成
細末;風化

effriter [efrite] *v.t.,v.pr.* (使)變得粉
碎,(使)碎成細末;風化

effroi [efrwɑ] *n.m.* 恐懼

effronté, e [efrɔ̃te] *a.,n.* 厚顏無恥的
(人),不害臊的(人)

effronterie [efrɔ̃tri] *n.f.* 厚顏無恥,恬
不知恥

effroyable [efrwajabl] *a.* 可怕的,恐怖
的

effusion [efyzjɔ̃] *n.f.* 流(血);(感情的)
流露,吐露

égailler(s') [segaje] *v.pr.* 散開,四散

égal, ale [egal] (*pl.* ～**aux**) *a.* 相等的;
同樣的,一樣的;平等的;不變的,均勻的
n. 同等的人

également [egalmɑ̃] *adv.* 一樣地,同樣
地;也

égaler [egale] *v.t.* 等于;趕上,比得上

égalisation [egalizasjɔ̃] *n.f.* 平均,同
等;【體】比分拉平

égaliser [egalize] *v.t.* 使相等;使平坦,
平整

égalitaire [egalitɛ:r] *a.* 平均主義的
n. 平均主義者

égalitarisme [egalitarism] *n.m.* 平均主義

égalitariste [egalitarist] *a.* 平均主義的 *n.* 平均主義者

égalité [egalite] *n.f.* 相等,同等;平等;平坦;均勻

égard [ega:r] *n.m.* 考慮,注意;尊重;à l'~ de *loc. prép.* 關於,對於;eu ~ à *loc. prép.* 鑒於,考慮到

égarement [egarmã] *n.m.* 錯誤;墮落;神志不清

égarer [egare] *v.t.* 使走錯路,使迷路;引入歧途,帶壞;一時找不到(放忘了的某物);使迷糊,使神志不清 *v.pr.* 迷路

égayer [ege(ɛ)je] *v.t.* [c. 4] 使高興,使愉快;使悅目

égérie [eʒeri] *n.f.* (政治家等的)女謀士,啟示者

égide [eʒid] *n.f.* 希臘神宙斯的盾牌;保護,庇護

églantier [eglãtje] *n.m.* 野薔薇

églantine [eglãtin] *n.f.* 野薔薇花

églefin =aiglefin

église [egli.z] *n.f.* 教堂;教會

églogue [eglɔg] *n.f.* 牧歌,田園詩

égoïne [egɔin] *n.f.* 刀鋸,手鋸

égoïsme [egɔism] *n.m.* 利己主義,自私自利,私心

égoïste [egɔist] *a.* 利己主義的,自私自利的 *n.* 利己主義者,自私自利者

égorgement [egɔrʒəmã] *n.m.* 割喉宰殺;屠殺,殺害

égorger [egɔrʒe] *v.t.* [c. 2] 割喉宰殺;屠殺,殺害;索高價,敲詐

égorgeur, se [egɔrʒœ:r, øz] *n.* 宰牲口者;屠殺者

égosiller(s') [segozije] *v.pr.* 聲嘶力竭地叫喊

égotisme [egotism] *n.m.* 愛談自身癖,自我崇拜

égout [egu] *n.m.* 陰溝,下水道;藏垢納污的地方;【建】簷口;簷溝

égoutier [egutje] *n.m.* 通陰溝的人

égoutter [egute] *v.t.* 把水瀝出,使瀝乾

égouttoir [egutwa:r] *n.m.* 瀝水用的板架

égratigner [egratiɲe] *v.t.* 抓傷,劃破,擦壞,碰壞;(用言語)刺傷,使心裏不舒服

égratignure [egratiɲy:r] *n.f.* 抓傷,劃破,擦傷;抓痕,傷痕;自尊心的損傷

égrenage [egrəna:ʒ] *n.m.* 脫粒;去籽

égrener [egrəne] *v.t.* [c.6] 脫粒;去籽;摘下果粒

égreneuse [egrənø:z] *n.f.* 脫粒機;軋棉機

égrillard, e [egrija:r, ard] *a.* 輕浮的,輕佻的

égrugeoir [egryʒwa:r] *n.m.* 研鉢

égruger [egryʒe] *v.t.* [c. 2] 搗碎,研碎

égyptien, ne [eʒipsjɛ̃, ɛn] *a.* 埃及的 *n.* É~ 埃及人

égyptologie [eʒiptɔlɔʒi] *n.f.* 古埃及文物學

égyptologue [eʒiptɔlɔg] *n.m.* 古埃及文物學者

eh! [e] *interj.* 唉!呀!啊!〔表示驚奇,贊嘆〕

éhonté, e [eɔte] *a.,n.* 無恥的(人),不知羞恥的(人)

einsteinium [ajnstajnjɔm] *n.m.* 【化】鑀

éjaculer [eʒakyle] *v.t.* 射精

éjectable [eʒɛktabl] *a.* 【空】可彈射的

éjecter [eʒɛkte] *v.t.* 射出,彈出

éjecteur [eʒɛktœ:r] *n.m.* 噴射器;(槍炮的)排殼器;自動出模器

éjection [eʒɛksjɔ̃] *n.f.* 排泄,排出;噴射;【空】拋射;彈射;(彈殼的)彈出

élaboration [elabɔrasjɔ̃] *n.f.* 製作,制訂,擬訂;【生理】製造

élaborer [elabɔre] *v.t.* 製作,制訂,擬訂;【生理】製造,使轉化

élagage [elaga:ʒ] *n.m.* (樹枝的)修剪

élaguer [elage] *v.t.* 修剪(樹枝);删去

不必要的部分, 刪減

élan [elɑ̃] *n.m.* 衝, 猛進; 衝動; 激情; 【動】麋

élancé, e [elɑ̃se] *a.* 細長的, 瘦長的; 苗條的

élancement [elɑ̃smɑ̃] *n.m.* 陣陣劇痛

élancer [elɑ̃se] [c. 1] *v.i.* 引起陣陣劇痛 *v.pr.* 衝, 撲

élargir [elarʒiːr] *v.t.* 放寬, 放大; 擴大; 釋放

élargissement [elarʒismɑ̃] *n.m.* 放寬, 擴大; 釋放

élasticité [elastisite] *n.f.* 彈性, 彈力; 伸縮性, 靈活性

élastique [elastik] *a.* 有彈性的, 有彈力的; 有伸縮性的, 靈活的 *n.m.* 橡皮; 鬆緊帶, 橡皮圈

électeur, trice [elɛktœːr, tris] *n.* 選民

électif, ve [elɛktif, iːv] *a.* 選舉出的; 有選擇性的

élection [elɛksjɔ̃] *n.f.* 選舉; 選擇, 選定

électoral, ale [elɛktɔral] (*pl. ~aux*) *a.* 選舉的

électorat [elɛktɔra] *n.m.* 選舉權, 選民資格; 全體選民

électricien, ne [elɛktrisjɛ̃, ɛn] *a.* 從事電氣工作的 *n.* 電工, 電氣工人, 電氣技術員

électricité [elɛktrisite] *n.f.* 電

électrification [elɛktrifikɑsjɔ̃] *n.f.* 電氣化

électrifier [elɛktrifje] *v.t.* 使電氣化

électrique [elɛktrik] *a.* 電的

électrisable [elɛktrizabl] *a.* 可帶電的

électrisation [elɛktrizɑsjɔ̃] *n.f.* 起電; 帶電狀態

électriser [elɛktrize] *v.t.* 使帶電; 激勵, 激發

électro-aimant [elɛktroɛmɑ̃] (*pl. ~s*) *n.m.* 電磁鐵

électrocardiogramme [elɛktrɔkardjɔgram] *n.m.* 心電圖

électrocardiographe [elɛktrɔkardjɔ-

graf] *n.m.* 心電圖描記器

électrochimie [elɛktrɔʃimi] *n.f.* 電化學

électrochoc [elɛktrɔʃɔk] *n.m.* 電休克 (療法)

électrocuter [elɛktrɔkyte] *v.t.* 使觸電致死; 處以電刑

électrocution [elɛktrɔkysjɔ̃] *n.f.* 觸電致死; 處以電刑

électrode [elɛktrɔd] *n.f.* 電極

électrodynamique [elɛktrɔdinamik] *n.f., a.* 電動力學(的)

électro-encéphalogramme [elɛktroɑ̃-sefalɔgram] *n.m.* 腦電圖

électro-encéphalographie [elɛktroɑ̃se-falɔgrafi] *n.f.* 腦電圖描記術

électro-érosion [elɛktroerozjɔ̃] *n.f.* 電火花加工

électrogène [elɛktrɔʒɛn] *a.* 發電的

électrolyse [elɛktrɔliz] *n.f.* 電解

électrolyser [elɛktrɔlize] *v.t.* 電解

électrolyte [elɛktrɔlit] *n.m.* 電解質, 電解液

électrolytique [elɛktrɔlitik] *a.* 電解的

électromagnétisme [elɛktrɔmaɲetism] *n.m.* 電磁學

électromécanicien [elɛktrɔmekanisjɛ̃] *n.m.* 機電技工, 機電技師

électromécanique [elɛktrɔmekanik] *a.* 機電的 *n.f.* 機電學

électrométallurgie [elɛktrɔmetalyrʒi] *n.f.* 電冶金學

électromètre [elɛktrɔmɛtr] *n.m.* 靜電計

électron [elɛktrɔ̃] *n.m.* 電子

électronicien, ne [elɛktrɔnisjɛ̃, ɛn] *n.* 電子學家

électronique [elɛktrɔnik] *a.* 電子的 *n.f.* 電子學; 電子技術

électronucléaire [elɛktrɔnykleeːr] *a.* 原子能發電的

électrophone [elɛktrɔfɔn] *n.m.* 電唱機

électroscope [elɛktrɔskɔp] *n.m.* 【物】驗電器

électrostatique [elɛktrɔstatik] *a.* 靜電的 *n.f.* 靜電學

electrotechnique [elɛktrɔtɛknik] *a.* 電工的, 電工技術的, 電機工程的 *n.f.* 電工學, 電工技術, 電機工程

électrothérapie [elɛktrɔterapi] *n.f.* 電療法

élégamment [elegamɑ̃] *adv.* 優美地, 雅致地

élégance [elegɑ̃s] *n.f.* 優美, 雅致

élégant, e [elegɑ̃, ɑ̃:t] *a.* 優美的, 雅致的 *n.* 風雅的人

élégiaque [eleʒjak] *a.* 哀歌的 *n.* 哀歌作者

élégie [eleʒi] *n.f.* 哀歌

élément [elemɑ̃] *n.m.* 因素, 要素, 元素; 成份; 元件, 構件, 單元; (團體)的分子, 成員; (生物的)自然環境, 生活環境; 合適的環境; *pl.* 基本知識, 基本原理; 數據; 素材

élémentaire [elemɑ̃tɛ:r] *a.* 基礎的, 初級的; 基本的; 【化】元素的

éléphant [elefɑ̃] *n.m.* 象

éléphanteau [elefɑ̃to] (*pl.* ~ *x*) *n.m.* 小象, 幼象

éléphantesque [elefɑ̃tɛsk] *a.* 巨大的, 龐大的

éléphantiasis [elefɑ̃tjazis] *n.m.* 象皮病

élevage [ɛl(ə)vaːʒ] *n.m.* 畜牧; 飼養

élévateur, trice [elevatœ:r, tris] *a.* 提升的; 【解】上提的 *n.m.* 提升機, 升降機

élévation [elevɑsjɔ̃] *n.f.* 舉起; 上升, 升高; 提高, 增高; 建造; 高度; 【建】正視圖; 【宗】É~ 舉揚聖體

élévatoire [elevatwaːr] *a.* 起重的, 提升的

élève [elɛːv] *n.* 學生; 弟子, 門生

élever [ɛl(ə)ve] [c. 6] *v.t.* 舉起, 提起; 加高, 提高; 建造; 產生, 引起, 提出; 培養, 撫育; 飼養; 栽培 *v.pr.* 上升, 升起; 升高, 提高; 聳立, 被建造; 湧起, 發生

éleveur, se [ɛl(ə)lœvœːr, øːz] *n.* 飼養員

elfe [ɛlf]*n.m.* 北歐神話中象徵空氣、火、土等的精靈

élider [elide] *v.t.* 【語】省略元音(字母)

éligibilité [eliʒibilite] *n.f.* 當選資格

éligible [eliʒibl] *a.,n.* 有當選資格的(人)

élimer [elime] *v.t.* 穿壞, 穿破, 磨破

élimination [eliminɑsjɔ̃] *n.f.* 除去, 淘汰; 消滅

éliminatoire [eliminatwaːr] *a.* 除去的, 淘汰的 *n.f.* 淘汰賽

éliminer [elimine] *v.t.* 除去, 淘汰; 消滅; 【生理】排泄

élire [eliːr] *v.t.* [c. 65] 選舉; 選擇

élision [elizjɔ̃] *n.f.* 【語】元音字母的省略, 元音省略

élite [elit] *n.f.* 出類拔萃的人物, 精華; d'~ 優秀的, 精銳的

élixir [eliksiːr] *n.m.* 【藥】酏劑

elle [ɛl] (*pl.* ~*s*) *pron. pers.f.* 她, 它

ellébore [e[ɛl]lebɔːr] *n.m.* 嚏根草, 鐵筷子

ellipse [elips] *n.f.* 橢圓(形); 【語】省略

ellipsoïdal, ale [elipsɔidal] (*pl.* ~*aux*) *a.* 【數】橢球形的

ellipsoïde [elipsɔid] *n.m.* 橢面, 橢球

elliptique [eliptik] *a.* 橢圓的; 【語】省略的

élocution [elɔkysjɔ̃] *n.f.* 口頭表達術

éloge [elɔːʒ] *n.m.* 頌揚; 頌辭

élogieux, se [elɔʒjø, øːz] *a.* 頌揚的, 贊揚的

éloigné, e [elwaɲe] *a.* 離得遠的, 遠處的, 遙遠的

éloignement [elwaɲmɑ̃] *n.m.* 遠離, 遠隔, 遙遠; 離開, 移開; 疏遠

éloigner [elwaɲe] *v.t.* 使遠離, 挪開, 移開; 拋棄

élongation [elɔ̃gɑsjɔ̃] *n.f.* 【醫】(腱、韌帶等的)過分牽拉; 【物】(振子的)位移

éloquemment [elɔkamã] adv. 雄辯地

éloquence [elɔkã:s] n.f. 口才, 雄辯; 說服力

éloquent, e [elɔkã, ã:t] a. 有口才的, 雄辯的, 有說服力的

élu,e [ely] n. 當選者

élucider [elyside] v.t. 弄清楚, 澄清

élucubration [elykybrɑsjɔ̃] n.f. 挖空心思但毫無意義的作品、學說等

éluder [elyde] v.t. 巧避, 規避

élytre [elitr] n.m. 【昆】鞘翅

émaciation [emasjɑsjɔ̃] n.f. 極度的消瘦

émacié, e [emasje] a. 極度消瘦的

émail [emaj] (pl. ~aux) n.m. 搪瓷, 珐琅; 搪瓷製品; 牙珐質, 牙珐琅質

émaillage [emaja:ʒ] n.m. 上釉, 塗珐琅

émailler [emaje] v.t. 上釉, 塗珐琅; 飾以五彩; 點綴

émailleur, se [emajœ:r, ø:z] 搪瓷工人, 上釉工人

émanation [emanɑsjɔ̃] n.f. 散發, 放射; 散發物, 放出物; 表現; 【化】射氣

émancipateur, trice [emãsipatœ:r, tris] n. 解放者

émancipation [emãsipɑsjɔ̃] n.f. 解放; 【法】解除監護

émanciper [emãsipe] v.t. 解放;【法】解除(對未成年人的)監護 v.pr. 得到解放

émaner [emane] v.i. 散發出, 發出, 放出; 來自, 出自

émargement [emarʒəmã] n.m. 切齊毛邊; 作旁注; (在邊上)簽署

émarger [emarʒe] [c. 2] v.t. 切齊毛邊; 作旁注; 在(單據)邊上簽名, 簽署 v.i. 領工資

émasculer [emaskyle] v.t. 閹割, 去勢; 使衰弱, 削弱

emballage [ãbala:ʒ] n.m. 包裝, 打包; 包裝用品, 打包用物

emballement [ãbalmã] n.m. 〖俗〗發火, 發脾氣; 激動, 衝動;【機】超速運行

emballer [ãbale] v.t. 包裝, 打包, 裝箱; 〖俗〗使讚賞不已, 使狂喜 v.pr. (馬)溜繮;〖俗〗發脾氣; 激動, 衝動

emballeur, se [ãbalœ:r, ø:z] n. 包裝工人, 打包工人

embarbouiller [ãbarbuje] v.t. 使糊塗

embarcadère [ãbarkadɛ:r] n.m. 浮碼頭, 躉船

embarcation [ãbarkɑsjɔ̃] n.f. 小船, 艇

embardée [ãbarde] n.f. (車輛、船舶等的)突然偏駛

embargo [ãbargo] n.m. 禁止船售出港; 禁運; 沒收

embarquement [ãbarkəmã] n.m. 裝船; 上船

embarquer [ãbarke] v.t. 裝上船; 使捲入 v.i., v.pr. 上船

embarras [ãbara] n.m. 障礙, 阻塞; 不便, 礙事; 困境; 拮据; 尷尬, 窘迫

embarrassant, e [ãbarasã, ã:t] a. 使人尷尬的, 令人為難的, 棘手的

embarrasser [ãbarase] v.t. 阻塞; 使行動不便, 妨礙; 使尷尬, 使為難

embauchage [ãboʃa:ʒ] n.m. 雇用, 招募

embaucher [ãboʃe] v.t. 招聘, 招募; 招攬

embaucheur, se [ãboʃœ:r, ø:z] n. 招工者

embauchoir [ãboʃwa:r] n.m. 鞋楦

embaumement [ãbommã] n.m. 用防腐香料保存, 用防腐劑保存〔指屍體〕

embaumer [ãbome] v.t. 使充滿香氣, 使帶有香氣; 用防腐香料保存(屍體) v.i. 散發出香氣

embaumeur [ãbomœ:r] n.m. 用防腐香料保存屍體的人

embellie [ãbe[ɛ]li] n.f. (惡劣天氣中的)間隙晴朗; (狂風過後)海上暫時出現的平靜

embellir [ãbe[ɛ]li:r] v.t. 使美, 使更美, 美化 v.i. 變得美麗, 變得更美

embellissement [ãbe[ɛ]lismã] n.m.

美化;裝飾物

emberlificoter [āberlifikɔte] *v.t.* 【俗】使爲難;使落入圈套

embêtement [ābɛtmā] *n.m.* 【俗】厭煩,討厭

embêter [ābe(ɛ)te] *v.t.* 【俗】使厭煩,使討厭

emblaver [āblave] *v.t.* 播種

emblavure [āblavy:r] *n.f.* 麥田,播種地

emblée(d') [dāble] *loc.adv.* 一上來就,一下子就

emblématique [āblematik] *a.* 象徵性的

emblème [āblɛm] *n.m.* 標誌,象徵

embobiner [ābɔbine] *v.t.* 【俗】哄騙,誘騙

emboîtage [ābwata:ʒ] *n.m.* 裝盒;(書籍的)裝封面;(精裝書的)封套,書匣

emboîtement [ābwatmā] *n.m.* 嵌合,套接,榫合

emboîter [ābwate] *v.t.* 使嵌入,使套入

embolie [ābɔli] *n.f.* 【醫】栓塞

embonpoint [ābɔ̃pwɛ̃] *n.m.* (身體)豐腴,豐滿

embouche [ābuʃ] *n.f.* 豐饒的牧場

embouché, e [ābuʃe] *a.* mal ~ 說話粗魯的

emboucher [ābuʃe] *v.t.* 吹,吹奏(樂器)

embouchoir [ābuʃwa:r] *n.m.* (管樂器的)嘴子

embouchure [ābuʃy:r] *n.f.* (江河的)口;(管樂器嘴子的)吹口

embouquer [ābuke] *v.i.* 駛進運河等的狹水道

embourber [āburbe] *v.t.* 使掉入泥潭,使陷入泥坑

embourgeoiser(s') [sāburʒwaze] *v.pr.* 資產階級化

embout [ābu] *n.m.* (手杖、傘等頂端的)金屬包頭,箍,套圈

embouteillage [ābutɛja:ʒ] *n.m.* 裝瓶;交通阻塞

embouteiller [ābute(ɛ)je] *v.t.* 裝瓶;阻塞交通

emboutir [ābuti:r] *v.t.* 【機】衝壓,衝製;覆以金屬層

emboutissage [ābutisa:ʒ] *n.m.* 【機】衝壓,衝製

embranchement [ābrāʃmā] *n.m.* (樹木的)分枝;分支,分流;(道路等的)交叉口;(動,植物分類學中的)門

embrancher [ābrāʃe] *v.t.* 使(道路或管綫)連接

embrasement [ābrazmā] *n.m.* 大火;騷動,動亂

embraser [ābraze] *v.t.* 使燃燒,使着火;映紅;激發熱情

embrassade [ābrasad] *n.f.* 互相擁抱

embrasse [ābras] *n.f.* (窗簾、帷幕等的)繫繩,束帶

embrassement [ābrasmā] *n.m.* 擁抱,互相擁抱

embrasser [ābrase] *v.t.* 擁抱;擁吻;環繞,環抱;包括,包含;選擇,接受,信奉

embrasure [ābrazy:r] *n.f.* (牆上的)門洞,窗洞;【軍】炮眼,射擊孔

embrayage [ābrɛja:ʒ] *n.m.* 【機】聯接,合上;聯接器,離合器

embrayer [ābre(ɛ)je] *v.t.* [c. 4] 【機】聯接,合上,接上

embrigader [ābrigade] *v.t.* 使編入旅;吸收…加入(團體)

embrocation [ābrɔkasjɔ̃] *n.f.* 【醫】塗擦;塗擦劑

embrocher [ābrɔʃe] *v.t.* 用鐵扦子穿(肉塊);用劍刺穿

embrouillamini [ābrujamini] *n.m.* 雜亂無章,一團糟

embrouillement [ābrujmā] *n.m.* 弄亂,搞亂;混亂,糊塗

embrouiller [ābruje] *v.t.* 弄亂,搞亂;使混亂,弄糊塗 *v.pr.* 思路搞亂,思想混亂

embroussaillé, e [ābrusaje] *a.* 荊棘叢生的;錯綜複雜的

embrumer [ɑ̃bryme] *v.t.* 濃霧籠罩;使憂鬱,使陰沉

embruns [ɑ̃brœ̃] *n.m.pl.* 浪花

embryogénie [ɑ̃briɔʒeni] *n.f.* 【生】胚形成

embryologie [ɑ̃briɔlɔʒi] *n.f.* 胚胎學

embryon [ɑ̃briɔ̃] *n.m.* 胚胎,胚芽;雛形

embryonnaire [ɑ̃briɔnɛ:r] *a.* 胚胎的;雛形的,萌芽的

embûches [ɑ̃byʃ] *n.f.pl.* 圈套,陷阱

embuer [ɑ̃bɥe] *v.t.* 使蒙上水氣

embuscade [ɑ̃byskad] *n.f.* 埋伏;伏兵

embusqué [ɑ̃byske] *a.m.,n.m.* 逃避到後方工作的(軍人)

embusquer [ɑ̃byske] *v.t.* 埋伏

émécher [emeʃe] *v.t.* [c. 7] 使微醉

émeraude [ɛ[e]mro:d] *n.f.* 祖母綠,純綠寶石 *a.inv.* 翠綠的

émergent, e [emɛrʒɑ̃, ɑ̃:t] *a.* 露出的

émerger [emɛrʒe] *v.i.* [c. 2] 露出水面;露出;顯露,表現出

émeri [ɛ[e]mri] *n.m.* 剛石,剛玉砂

émerillonné, e [ɛ[e]mrijɔne] *a.* 〖俗〗快樂的,敏捷的

émérite [emerit] *a.* 有經驗的,老練的

émersion [emɛrsjɔ̃] *n.f.* 露出水面;露出;【天】復現

émerveillement [emɛrvɛjmɑ̃] *n.m.* 驚嘆,驚奇

émerveiller [emɛrve[ɛ]je] *v.t.* 使驚嘆,使驚奇

émétique [emetik] *a.* 催吐的 *n.m.* 催吐藥

émetteur, trice [emɛtœr, tris] *a.* 發行(紙幣等)的;發射的,發送的 *n.* (紙幣、證券的)發行者 *n.m.* 發射機,發報機;發射棬

émetteur-récepteur [emɛtœrresɛptœ:r] (*pl.* ~s-~s) *n.m.* 收發報機

émettre [emɛtr] *v.t.* [c. 45] 發行;發出,發射,發送,播送;表達,發表

émeute [emø:t] *n.f.* 暴動,騷亂

émeutier, ère [emøtje, ɛ:r] *n.* 暴動分子;鬧事者

émiettement [emjɛtmɑ̃] *n.m.* 弄碎;弄成碎屑

émietter [emje[ɛ]te] *v.t.* 弄碎,弄成碎屑

émigrant, e [emigrɑ̃, ɑ̃:t] *n.* 移民,僑民

émigration [emigrasjɔ̃] *n.f.* 移居國外,移民;(法國資產階級革命時的)貴族逃亡;遷移,遷徙

émigré, e [emigre] *n.* 移居國外者;逃亡貴族;流亡者 *a.* 移居國外的;流亡國外的

émigrer [emigre] *v.i.* 移居國外;(動物)遷移,遷徙

émincé [emɛ̃se] *n.m.* 肉片

émincer [emɛ̃se] *v.t.* [c. 1] 切成薄片

éminemment [eminamɑ̃] *adv.* 卓越地,傑出地

éminence [eminɑ̃:s] *n.f.* 小丘,高地;【解】凸起,隆起;卓越,傑出;É~ 閣下〔對紅衣主教的尊稱〕

éminent, e [eminɑ̃, ɑ̃:t] *a.* 高起的,隆起的;傑出的,卓越的

émissaire [emisɛ:r] *n.m.* 密使;排水渠,排水溝

émission [emisjɔ̃] *n.f.* 發行;發出;發射,發送;播音

emmagasinage [ɑ̃magazina:ʒ] *n.m.* 存倉,入庫;積累

emmagasiner [ɑ̃magazine] *v.t.* 把…存倉;積累

emmaillotement [ɑ̃majɔtmɑ̃] *n.m.* 包襁褓;裹,包扎

emmailloter [ɑ̃majɔte] *v.t.* 包襁褓,裹,包扎

emmanchement [ɑ̃mɑ̃ʃmɑ̃] *n.m.* 裝柄

emmancher [ɑ̃mɑ̃ʃe] *v.t.* 裝柄;開始着手 *v.pr.* 被裝上柄;(事情)開始

emmanchure [ɑ̃mɑ̃ʃy:r] *n.f.* 袖隆

emmêlement [ɑ̃mɛlmɑ̃] *n.m.* 弄亂,攪亂,混亂

emmêler [ɑ̃me[ɛ]le] *v.t.* 弄亂,搞亂;攪亂,使混亂

mménagement [ɑ̃menaʒmɑ̃] *n.m.* 遷入新居

mménager [ɑ̃menaʒe] [c.2] *v.i.* 遷入新居 *v.t.* 在新居中安置(傢具)

mmener [ɑ̃mne] *v.t.* [c. 6] 領走, 帶走

mmitoufler [ɑ̃mitufle] *v.t.* 給裹上輕暖的衣服

mmurer [ɑ̃myre] *v.t.* 用牆圍住; 禁錮

moi [emwa] *n.m.* 慌張, 忐忑不安; 騷動

mollient, e [emɔljɑ̃, ɑ̃:t] *a.* 緩和的, 軟化的 *n.m.* 緩和劑, 軟化劑

moluments [emɔlymɑ̃] *n.m.pl.* 薪金; 官俸

mondage [emɔ̃daʒ] *n.m.* 整枝

monder [emɔ̃de] *v.t.* 整枝, 修剪樹枝

mondeur [emɔ̃dœ:r] *n.m.* 整枝工人

mondoir [emɔ̃dwa:r] *n.m.* 整枝工具

motif, ve [emɔtif, i:v] *a.* 情感上的, 激動的; 易激動的 *n.* 易激動的人

motion [emosjɔ̃] *n.f.* 感動, 激動; 情感, 情緒

motivité [emɔtivite] *n.f.* 易感性, 易激動性

mouchet [emuʃɛ] *n.m.* (雄)雀鷹; (雄)紅隼

mouchoir [emuʃwa:r] *n.m.* 蠅拂

moudre [emudr] *v.t.* [c. 47] 磨快, 磨尖

moulage [emula:ʒ] *n.m.* 磨快, 磨尖

mouleur [emulœ:r] *n.m.* 磨刀工

moulu, e [emuly] *a.* 磨快的, 磨尖的

mousser [emuse] *v.t.* 弄鈍, 使不鋒利; 使衰退, 使遲鈍

moustiller [emustije] *v.t.* 〖俗〗使高興, 使興奮

mouvoir [emuvwa:r] *v.t.* [c. 27] 〔但過去分詞爲 ému〕使感動, 使激動

mpaillage [ɑ̃pɑja:ʒ] *n.m.* 塞草, 包草, 蓋草

mpailler [ɑ̃pɑje] *v.t.* 用稻草填塞(動物)軀殼; 用稻草裹、蓋、塞

mpailleur, se [ɑ̃pɑjœ:r, ø:z] *n.* (製沙

發或製標本的)填草工人

empaler [ɑ̃pale] *v.t.* 以椿刑處死

empan [ɑ̃pɑ̃] *n.m.* 〔張開的大拇指和小指兩端間的距離〕

empanacher [ɑ̃panaʃe] *v.t.* 用羽毛束裝飾

empaquetage [ɑ̃pakta:ʒ] *n.m.* 裝盒, 包裝

empaqueter [ɑ̃pakte] [c. 5] 裝盒, 包裝

emparer(s') [ɑ̃pare] *v.pr.* 奪取, 攫取, 佔領; 控制

empâtement [ɑ̃pɑtmɑ̃] *n.m.* 變稠, 發粘; (畫的)厚塗; (家禽的)填飼

empâter [ɑ̃pɑte] *v.t.* 塗上漿糊, 塗以糊狀物; 使變粘; 用麵糰填飼(家禽)

empattement [ɑ̃patmɑ̃] *n.m.* (起重機)底座; (磚牆的)大方腳; 【汽】軸距

empaumer [ɑ̃pome] *v.t.* 〖俗〗操縱, 擺佈(某人)

empêchement [ɑ̃pɛʃmɑ̃] *n.m.* 障礙

empêcher [ɑ̃peʃe] *v.t.* 擋住, 阻擋; 阻止, 防止; 妨礙, 阻礙 *v.pr.* 自制, 自禁

empêcheur, se [ɑ̃peʃœ:r, ø:z] *n.* 妨礙別人的人

empeigne [ɑ̃pɛɲ] *n.f.* 皮鞋鞋面的前半部

empennage [ɑ̃pɛna:ʒ] *n.m.* 【空】尾翼, 襟翼, 安定翼

empenner [ɑ̃pe(ɛn)ne] *v.t.* (在箭尾)裝羽毛

empereur [ɑ̃prœ:r] *n.m.* 皇帝

emperler [ɑ̃pɛrle] *v.t.* 用珍珠裝飾; 使佈滿水珠

empesage [ɑ̃pza:ʒ] *n.m.* (布、衣等的)上漿

empeser [ɑ̃pze] *v.t.* [c. 6] 漿, 上漿

empester [ɑ̃pɛste] *v.t.* 使鼠疫蔓延於…; 使發出臭味, 使帶臭味; 毒化, 腐蝕

empêtrer [ɑ̃pe(ɛ)tre] *v.t.* 絆住; 使陷入, 使捲入; 纏住, 使尷尬 *v.pr.* 被纏住, 陷入

emphase [ɑ̃faːz] *n.f.* 誇張, 誇大

emphatique [ɑ̃fatik] *a.* 誇張的, 誇大的; 強調的

emphysème [ɑ̃fizɛm] *n.m.* 【醫】氣腫

empiècement [ɑ̃pjɛsmɑ̃] *n.m.* (上衣及襯衣等的)覆勢

empierrement [ɑ̃pjɛrmɑ̃] *n.m.* 鋪石; (鋪路等的)碎石層

empierrer [ɑ̃pje[ɛ]re] *v.t.* 鋪以碎石層

empiétement [ɑ̃pjetmɑ̃] *n.m.* 侵佔, 蠶食; 侵犯, 侵越; 越權

empiéter [ɑ̃pjete] *v.i.* [c. 7] 侵佔, 蠶食土地; 侵犯, 侵越(指權利)

empiffrer [ɑ̃pifre] 【俗】 *v.t.* 塞飽, 填飽 *v.pr.* 暴食

empilage [ɑ̃pila:ʒ], **empilement** [ɑ̃pilmɑ̃] *n.m.* 堆放, 堆積

empiler [ɑ̃pile] *v.t.* 堆, 堆放

empire [ɑ̃piːr] *n.m.* 統治權; 帝國; 支配, 控制, 威望

empirer [ɑ̃pire] *v.t.,v.i.* (使)惡化, (使)變壞

empiriocriticisme [ɑ̃pirjɔkritisism] *n.m.* 經驗批判主義

empirique [ɑ̃pirik] *a.* 憑經驗的; 經驗論的 *n.m.* 江湖醫生

empirisme [ɑ̃pirism] *n.m.* 經驗主義; 經驗療法; 【哲】經驗論

empiriste [ɑ̃pirist] *n.* 經驗論者; 全憑經驗的醫生

emplacement [ɑ̃plasmɑ̃] *n.m.* (建築用)合適場地; 遺址

emplâtre [ɑ̃plɑːtr] *n.m.* 膏藥, 硬膏; 軟弱無能的人

emplette [ɑ̃plɛt] *n.f.* 購買; 買來之物

emplir [ɑ̃pliːr] *v.t.* 裝滿; 充滿

emploi [ɑ̃plwa] *n.m.* 使用, 利用, 用法; 職業, 職位, 工作;【經】就業;【劇】(一演員)專門扮演的角色

employé, e [ɑ̃plwaje] *n.* 職員, 雇員

employer [ɑ̃plwaje] *v.t.* [c. 3] 使用, 利用, 用; 雇用, 任用, 錄用 *v.pr.* 被使用; 努力, 竭力

employeur, se [ɑ̃plwajœːr, øːz] *n.* 雇主

emplumer [ɑ̃plyme] *v.t.* 用羽毛裝飾

empocher [ɑ̃pɔʃe] *v.t.* 得到, 收進(錢); 放入衣袋内

empoigner [ɑ̃pwaɲe] *v.t.* 抓緊,抓住, 逮住; 使感動

empois [ɑ̃pwa] *n.m.* (漿衣服用的)澱粉薄漿

empoisonnement [ɑ̃pwazɔnmɑ̃] *n.m.* 放毒, 下毒; 中毒; 毒害;〖俗〗厭煩

empoisonner [ɑ̃pwazɔne] *v.t.* 毒死, 使中毒; 放毒於, 使帶毒; 使有惡臭; 毒害, 〖俗〗使討厭

empoisonneur, se [ɑ̃pwazɔnœːr, øːz] *n.* 下毒者; 使人腐化墮落者

empoissonnement [ɑ̃pwasɔnmɑ̃] *n.m.* 養殖魚類

empoissonner [ɑ̃pwasɔne] *v.t.* 在(池塘、河流中)養魚

emporté, e [ɑ̃pɔrte] *a.* 易怒的, 暴躁的

emportement [ɑ̃pɔrtəmɑ̃] *n.m.* 狂怒

emporte-pièce [ɑ̃pɔrtəpjɛs] *n.m.inv* 衝頭, 打洞鉗

emporter [ɑ̃pɔrte] *v.t.* 拿走, 運走, 帶走; 奪取, 攻佔; 奪去生命; 帶引 l'～ 佔上風, 佔優勢 *v.pr.* 大發雷霆;(馬脫繮)狂奔

empoté, e [ɑ̃pɔte] *a.,n.* 〖俗〗笨拙的(人)

empoter [ɑ̃pɔte] *v.t.* 把…栽入花盆

empourprer [ɑ̃purpre] *v.t.* 使成紫紅色, 染紅

empreindre [ɑ̃prɛ̃ːdr] *v.t.* [c. 51] 蓋(印); 銘刻

empreinte [ɑ̃prɛ̃ːt] *n.f.* 印記, 印迹; 烙印, 痕迹

empressé, e [ɑ̃pre[ɛ]se] *a.* 殷勤的 *n.* 獻殷勤的人

empressement [ɑ̃prɛsmɑ̃] *n.m.* 熱情, 熱心; 殷勤; 急忙

empresser(s') [sɑ̃pre[ɛ]se] *v.pr.* 熱心服務, 表示熱情; 獻殷勤; 急於

emprise [ɑ̃pri:z] *n.f.* 控制, 操縱, 影響

emprisonnement [ɑ̃prizɔnmɑ̃] *n.m.* 入獄, 監禁

emprisonner [ɑ̃prizɔne] *v.t.* 監禁; 禁閉, 關; 束縛

emprunt [ɑ̃prœ̃] *n.m.* 借入, 借用; 借錢;借用物; 借款; 公債

emprunté, e [ɑ̃prœ̃te] *a.* 爲難的, 尷尬的;不自然的, 做作的;假借的, 假的

emprunter [ɑ̃prœ̃te] *v.t.* 借入, 借進; 獲得;借用, 引用; 摹仿; 取(道)

emprunteur, se [ɑ̃prœ̃tœ:r, ø:z] *n.* 借錢人;借用者

empuantir [ɑ̃pɥɑ̃ti:r] *v.t.* 使充滿臭氣

empuantissement [ɑ̃pɥɑ̃tismɑ̃] *n.m.* 發臭, 變臭

ému, e [emy] *a.* (émouvoir 的 *p.p.*) 感動的; 激動的

émulation [emylasjɔ̃] *n.f.* 競賽, 競爭

émule [emyl] *n.* 競爭者; 對手

émulsion [emylsjɔ̃] *n.f.* 乳膠, 乳濁液, 乳劑

émulsionner [emylsjɔne] *v.t.* 乳化

en [ɑ̃] *prép.* 在…〔指地方、時候、狀態、處境〕, 在…內〔指時期〕; 以…〔指方式〕;用…〔指材料〕 *adv.* 從那兒 來 *pron. pers.* 用作動詞、名詞、形容詞的補語, 相當於 de lui, d'elle, d'eux, d'elles, de cela

encablure [ɑ̃kably:r] *n.f.* 【海】鏈〔約等於 200 米〕

encadrement [ɑ̃ka[ɑ]drəmɑ̃] *n.m.* 裝框, 鑲框; 框架; 配備幹部; 幹部的總稱; 編制

encadrer [ɑ̃kadre] *v.t.* 把…裝入畫框內; 環繞; 團團圍住; 配備以幹部; 把…編入部隊

encadreur [ɑ̃kadrœ:r] *n.m.* 鑲框工人

encager [ɑ̃kaʒe] *v.t.* [c. 2] 將 (鳥、獸) 關進籠內

encaisse [ɑ̃kɛs] *n.f.* 庫存現金

encaissé, e [ɑ̃ke[ɛ]se] *a.* 處在陡壁之間的

encaissement [ɑ̃kɛsmɑ̃] *n.m.* 裝箱; 納入金庫, 收款, 兌現; 處在陡壁之間

encaisser [ɑ̃ke[ɛ]se] *v.t.* 裝箱; 納入金庫, 收款, 兌現; 〖俗〗挨(揍)

encaisseur [ɑ̃kɛsœ:r] *n.m.* 收款人, 收賬員, 兌現人

encan(à l') [alɑ̃kɑ̃] *loc.adv.* 以拍賣方式

encanailler [ɑ̃kanaje] *v.t.* 使與壞人爲伍 *v.pr.* 與壞人交往

encapuchonner [ɑ̃kapyʃɔne] *v.t.* 給…戴風帽或兜帽

encart [ɑ̃ka:r] *n.m.* 散頁, 活頁

encartage [ɑ̃karta:ʒ] *n.m.* 插入散頁

encarter [ɑ̃karte] *v.t.* (在書本中) 插入(活頁)

en-cas [ɑ̃ka] *n.m.inv.* (備用的) 現成飯菜;晴雨兩用傘

encastrement [ɑ̃kastrəmɑ̃] *n.m.* 嵌入, 嵌固; 凹槽, 榫眼

encastrer [ɑ̃kastre] *v.t.* 鑲, 鑲嵌

encaustique [ɑ̃kɔ[o]stik] *n.f.* 上光蠟, 地板蠟, 木器蠟

encaustiquer [ɑ̃kɔ[o]stike] *v.t.* 給…打蠟, 給…上光

enceindre [ɑ̃sɛ̃:dr] *v.t.* [c. 51] 圍, 圈

enceinte [ɑ̃sɛ̃:t] *n.f.* 圍牆, 圍籬; 被圍圍起來的地場 *a.f.* 懷孕的〔指人〕

encens [ɑ̃sɑ̃] *n.m.* (供焚燒用的) 香; 拍馬, 阿諛, 奉承

encensement [ɑ̃sɑ̃smɑ̃] *n.m.* 焚香, 上香; 恭維, 奉承

encenser [ɑ̃sɑ̃se] *v.t.* 焚香, 搖動弔爐(奉香); 恭維, 極力奉承; (馬) 仰起頭

encensoir [ɑ̃sɑ̃swa:r] *n.m.* 弔爐, 香爐, 手提香爐

encéphale [ɑ̃sefal] *n.m.* 腦

encéphalite [ɑ̃sefalit] *n.f.* 腦炎

encerclement [ɑ̃sɛrkləmɑ̃] *n.m.* 環繞, 圍繞; 包圍

encercler [ɑ̃sɛrkle] *v.t.* 環繞, 圍繞; 包圍

enchaînement [ɑ̃ʃɛnmɑ̃] *n.m.* 用鏈繫

住；連貫

enchaîner [ɑ̃ʃe(ɛ)ne] *v.t.* 用鏈繫住；束縛，征服；使連貫；把對白接下去

enchanté, e [ɑ̃ʃɑ̃te] *a.* 非常高興的，很榮幸的

enchantement [ɑ̃ʃɑ̃tmɑ̃] *n.m.* 施魔法；奇觀，妙景；狂喜，如醉如痴

enchanter [ɑ̃ʃɑ̃te] *v.t.* 施以魔法；使狂喜，使如醉如痴

enchanteur, eresse [ɑ̃ʃɑ̃tœ:r, rɛs] *n.* 巫師，魔法師；迷人者 *a.* 迷人的，動人的

enchâsser [ɑ̃ʃase] *v.t.* 鑲，嵌；插入；【宗】(把遺骨等)置入聖骨匣中

enchère [ɑ̃ʃɛ:r] *n.f.* (拍賣場所的)出更高價格；拍賣

enchérir [ɑ̃ʃeri:r] *v.i.* 漲價；出更高價格；超過，勝過

enchérissement [ɑ̃ʃerismɑ̃] *n.m.* 漲價

enchérisseur [ɑ̃ʃerisœ:r] *n.m.* (拍賣時的)競買人

enchevêtrement [ɑ̃ʃvɛtrəmɑ̃] *n.m.* 混亂，錯綜複雜

enchevêtrer [ɑ̃ʃve(ɛ)tre] *v.t.* 使混亂；用承接梁裝接 *v.pr.* (馬)把蹄纏在絡繩上；混亂

enchifrené, e [ɑ̃ʃifrəne] *a.* 鼻塞頭脹的(傷風引起)

enclave [ɑ̃kla:v] *n.f.* 被他人土地所包圍的土地，插花地；被別國領土所包圍的領土，內陸國家

enclavement [ɑ̃klavmɑ̃] *n.m.* 圈入，包圍

enclaver [ɑ̃klave] *v.t.* 圈入，圈入(土地)；裝入，嵌入

enclin, e [ɑ̃klɛ̃, in] *a.* 傾向於…的

encliquetage [ɑ̃klikta:ʒ] *n.m.* 棘輪機構

enclore [ɑ̃klɔ:r] *v.t.* [c. 72] 用牆、籬笆等圍住；圍繞

enclos [ɑ̃klo] *n.m.* 圍起來的地方；圍牆

enclume [ɑ̃klym] *n.f.* 鐵砧；(中耳的)砧骨

encoche [ɑ̃kɔʃ] *n.f.* 槽；切口，刻痕

encocher [ɑ̃kɔʃe] *v.t.* 開槽

encoignure [ɑ̃kɔ(wa)ɲy:r] *n.f.* 牆角；靠牆角放的小傢具

encollage [ɑ̃kɔla:ʒ] *n.m.* 上膠，塗膠；膠水，漿糊

encoller [ɑ̃kɔle] *v.t.* 給上膠，給塗膠

encolure [ɑ̃kɔly:r] *n.f.* (馬等的)從頭至鬐甲的部分；衣領；領圈尺寸

encombre(sans) [sɑ̃zɑ̃kɔ̃:br] *loc. adv.* 毫無阻礙地，毫無困難地

encombrement [ɑ̃kɔ̃brəmɑ̃] *n.m.* 阻塞，堵塞，壅塞，充塞物；尺寸，體積

encombrer [ɑ̃kɔ̃bre] *v.t.* 阻塞，堵塞，壅塞；充滿，充斥

encontre(à l') [alɑ̃kɔ̃:tr] *loc.adv.* 相反地；à l' ～ de *loc. prép.* 與…背道而馳，與…相違背

encorbellement [ɑ̃kɔrbɛlmɑ̃] *n.m.* 【建】突出部分，挑頭

encore [ɑ̃kɔ:r] *adv.* 還；再，又；更加，進一步；non seulement…, mais ～ …不但…，而且…；～ que *loc.conj.* 儘管，雖然

encorner [ɑ̃kɔrne] *v.t.* 用角戳破，用角戳傷

encourageant, e [ɑ̃kuraʒɑ̃, ɑ̃:t] *a.* 鼓舞人心的

encouragement [ɑ̃kuraʒmɑ̃] *n.m.* 鼓勵，勉勵；鼓舞

encourager [ɑ̃kuraʒe] *v.t.* [c. 2] 鼓勵，勉勵；鼓舞

encourir [ɑ̃kuri:r] *v.t.* [c. 20] 遭受，招致

encrage [ɑ̃kra:ʒ] *n.m.* 【印】上墨

encrassement [ɑ̃krasmɑ̃] *n.m.* 沾上污污

encrasser [ɑ̃krase] *v.t.* 弄污，使沾上污污 *v.pr.* 被弄污；生垢

encre [ɑ̃:kr] *n.f.* 墨水，油墨

encrer [ɑ̃kre] *v.t.* 上墨

encreur(ɑ̃krœ:r] *a.m.* 上墨用的

encrier [ɑ̃krie] *n.m.* 墨水瓶；油墨盤，墨斗

斗

encroûtement [ākrutmā] *n.m.* 結硬皮; 墨守成規, 故步自封

encroûter [ākrute] *v.t.* 使結硬皮; 抹以石灰或灰泥; 使墨守成規, 使故步自封

encyclique [āsiklik] *n.f.* 羅馬教皇給各地主教的通諭

encyclopédie [āsiklɔpedi] *n.f.* 百科全書

encyclopédique [āsiklɔpedik] *a.* 百科全書的

encyclopédiste [āsiklɔpedist] *n.m.* 法國百科全書派思想家; 百科全書編寫者

endémique [ādemik] *a.* 【醫】地方性的, 地方病的

endettement [ādɛtmā] *n.m.* 負債

endetter [āde(ɛ)te] *v.t., v.pr.* (使)負債

endeuiller [ādœeje] *v.t.* 使沉浸於哀傷中, 使籠罩着憂鬱的氣氛

endêver [āde(ɛ)ve] *v.i.* [俗]發怒, 惱火

endiablé, e [ādjable] *a.* 魔鬼附身的; 兇惡的; 狂熱的, 狂亂的

endiguer [ādige] *v.t.* 築堤壩攔住; 阻止, 阻遏

endimancher [ādimāʃe] *v.t.* 給穿上節日服裝

endive [ādi:v] *n.f.* 苦苣, 天香菜; 苦苣芽

endivisionner [ādivizjɔne] *v.t.* 使合編成師

endocrine [ādɔkrin] *a.f.* 内分泌的

endoctriner [ādɔktrine] *v.t.* 灌輸以某種學說

endolorir [ādɔlɔri:r] *v.t.* 使疼痛

endommager [ādɔmaʒe] *v.t.* [c. 2] 損害, 損壞

endormir [ādɔrmi:r] [c. 15] *v.t.* 使入睡, 催眠; 使厭倦, 使煩惱; 使平息, 消除; 使麻木; 哄騙 *v.pr.* 入睡, 睡着

endos [ādo], **endossement** [ādɔsmā] *n.m.* (支票等的)背書

endosmose [ādɔsmo:z] *n.f.* 【物】内滲(現象)

endosser [ādose] *v.t.* 披上, 穿上; 承擔, 擔負; 背書(支票)

endosseur, se [ādosœːr, ø:z] *n.* (支票等的)背書人

endroit [ādrwa[a]] *n.m.* 地方; 部位; (作品的)段落, 部分; (布的)正面

enduire [ādɥi:r] *v.t.* [c. 60] 塗, 抹

enduit [ādɥi] *n.m.* 塗料, 塗層; (某些器官)表面的粘性分泌物

endurance [ādyrā:s] *n.f.* 耐力, 持久力

endurci, e [ādyrsi] *a.* 變得僵硬的; 冷酷無情的

endurcir [ādyrsi:r] *v.t.* 使堅硬; 使結實; 使冷酷無情 *v.pr.* 變得有適應力; 變得冷酷無情

endurcissement [ādyrsismā] *n.m.* 變得有適應力; 變得冷酷無情

endurer [ādyre] *v.t.* 受到, 經受, 忍受

énergétique [enerʒetik] *a.* 能的, 能量的 *n.f.* 唯能論

énergie [enerʒi] *n.f.* 效能, 效力; 毅力, 精力; 【物】能, 能量; 氣(中醫術語)

énergique [enerʒik] *a.* 精力充沛的; 堅強的, 剛毅的; 有力的, 強烈的

énergiquement [enerʒikmā] *adv.* 堅決地, 果斷地; 有力地, 強烈地; 使勁地

énergumène [energymɛn] *n.* 狂熱者; 狂怒者

énervement [enervəmā] *n.m.* 神經緊張

énerver [enerve] *v.t.* 使軟弱無力; 刺激神經, 使惱火

enfance [āfā:s] *n.f.* 童年, 兒童時代; 兒童們; 幼稚; 開端, 初期

enfant [āfā] *n.* 兒童, 小孩, 孩子; 後代; 產物

enfantement [āfātmā] *n.m.* 分娩; 創作

enfanter [āfāte] *v.t.* 分娩, 生(孩子); 產生

enfantillage [āfātijaːʒ] *n.m.* 稚氣, 孩子氣

enfantin, e [āfātɛ̃, in] *a.* 兒童的, 孩子的; 幼稚的, 簡單的

enfariner [ãfarine] *v.t.* 撒上麵粉, 撒上粉末

enfer [ãfɛːr] *n.m.* 地獄; *pl.* 陰間, 冥府

enfermer [ãfɛrme] *v.t.* 關; 監禁, 拘禁; 藏好; 圍繞, 包圍; 包含

enferrer [ãfe[ɛ]re] *v.t.* 用劍刺; 用魚鉤鉤住 *v.pr.* 自投於對手的劍上; 自作自受; (魚) 自己上鉤

enfiévrer [ãfjevre] *v.t.* [c. 7] 使發燒; 使激動, 使興奮

enfilade [ãfilad] *n.f.* 長串

enfiler [ãfile] *v.t.* 以線穿 (針、珠子等); 穿通, 刺穿; 走進; [俗] 穿上 (衣)

enfin [ãfɛ̃] *adv.* 最後, 終於; 總之; 畢竟

enflammer [ãfla[a]me] *v.t.* 點燃, 使着火; 使灼熱; 使發炎; 使充滿激情, 使激動

enfler [ãfle] *v.t.* 使鼓起, 給充氣; 使增大, 使膨脹, 使腫脹; 誇張 *v.i.,v.pr.* 增大; 腫脹

enflure [ãflyːr] *n.f.* 腫脹, 浮腫; 誇張

enfoncement [ãfõsmã] *n.m.* 插入, 釘入; 深入; 撞破, 衝破; 凹陷的地方, 低窪地; 深處, 小灣; 【建】(門面的) 凹進處

enfoncer [ãfõse] [c. 1] *v.t.* 插入, 釘入; 撞破, 衝破; [俗] 擊敗 *v.i.* 沉沒, 下沉 *v.pr.* 深陷; 塌陷; 隱沒

enfouir [ãfwiːr] *v.t.* 埋; 藏; 隱藏

enfouissement [ãfwismã] *n.m.* 埋

enfouisseur [ãfwisœːr] *n.m.* 厩肥撒播裝置, 撒肥器

enfourcher [ãfurʃe] *v.t.* (用叉子) 叉; 跨騎

enfourchure [ãfurʃyːr] *n.f.* 樹杈; 褲襠

enfournage [ãfurnaːʒ] *n.m.*, **enfournement** [ãfurnəmã] *n.m.* (麵包等) 進爐; (陶器等) 入窰

enfourner [ãfurne] *v.t.* 放進爐內; 放入窰內; [俗] 大口地吃

enfreindre [ãfrɛ̃ːdr] *v.t.* [c. 51] 觸犯, 違犯

enfuir(s') [sãfyiːr] *v.pr.* [c. 17] 逃跑; 流出; 流逝

enfumage [ãfymaːʒ] *n.m.* 烟燻; 燻黑

enfumer [ãfyme] *v.t.* 使烟霧籠罩; 用烟燻; 燻黑

engagé [ãgaʒe] *n.m.* 志願兵

engageant, e [ãgaʒã, ãːt] *a.* 吸引人的, 動人的

engagement [ãgaʒmã] *n.m.* 典押, 抵押; 諾言, 契約; 義務; 應募入伍; 聘約; 投入戰鬥; 小規模戰鬥, 小接觸

engager [ãgaʒe] [c. 2] *v.t.* 典押, 抵押; 擔保, 保證; 約束; 招募, 雇用, 聘請; 把…插入, 穿入; 接合; 開始, 進行; 使參加; 投入; 勸告; 慫恿 *v.pr.* 擔保, 立誓; 參加; 投入; 進入; 開始, 發生

engainer [ãge[ɛ]ne] *v.t.* 把…插入鞘; 【植】包裹

engeance [ãʒãːs] *n.f.* 孬種, 敗類

engelure [ãʒlyːr] *n.f.* 凍瘡

engendrer [ãʒãdre] *v.t.* 生殖 [指雄性]; 產生, 造成, 形成

engin [ãʒɛ̃] *n.m.* 機械, 裝置, 器械, 器具; 導彈

englober [ãglɔbe] *v.t.* 使併入; 包括

engloutir [ãglutiːr] *v.t.* 貪婪地吞下, 狼吞虎咽地吃; 吞沒, 淹沒; 耗盡

engloutissement [ãglutismã] *n.m.* 狼吞虎咽; 吞沒, 淹沒; 耗盡

engluer [ãglye] *v.t.* 塗膠; (用粘鳥膠) 粘捕

engoncer [ãgõse] *v.t.* [c. 1] (不整齊的穿着) 使顯得聳肩縮頸

engorgement [ãgɔrʒəmã] *n.m.* 梗塞, 堵塞; 【醫】腫脹

engorger [ãgɔrʒe] *v.t.* [c. 2] 梗塞, 堵塞

engouement [ãgumã] *n.m.* 迷戀

engouer(s') [sãgwe] *v.pr.* 迷戀

engouffrement [ãgufrəmã] *n.m.* 耗盡, 吞沒; 湧進, 鑽入

engouffrer [ãgufre] *v.t.* 使墮入; 大口吞咽; 耗盡, 吞沒 *v.pr.* 湧進, 鑽入; 墮入深淵

engourdir [ãgurdiːr] *v.t.* 使麻木; 使遲

鈍

engourdissement [āgurdismā] *n.m.* 麻木; 遲鈍

engrais [āgrε] *n.m.* 養肥; 飼料; 肥料

engraissement [āgrεsmā] *n.m.* 養肥; 肥壯

engraisser [āgre[ε]se] *v.t.* 養肥; 使肥沃; 使富裕 *v.t.* 〔助動詞用 avoir 或 être〕發胖

engranger [āgrāʒe] *v.t.* [c. 2] 把(穀物)歸倉

engrenage [āgrəna:ʒ] *n.m.* 【機】齒輪機構; 齒輪傳動系統; 錯綜複雜的情況

engrènement [āgrεnmā] *n.m.* 【機】嚙合, 接合

engrener [āgrəne] [c. 6] *v.t.* 給(磨粉機等)添加穀物; 【機】嚙合, 接合 *v.i.* 【機】嚙合

enguirlander [āgirlāde] *v.t.* 飾以花環; 〔俗〕謾罵

enhardir [āardi:r] *v.t.* 使大膽, 鼓勵

énigmatique [enigmatik] *a.* 謎語的; 謎一般的

énigme [enigm] *n.f.* 謎語; 謎

enivrement [ānivrəmā] *n.m.* 醉; 陶醉

enivrer [ānivre] *v.t.,v.pr.* (使)醉; (使)陶醉

enjambée [āʒābe] *n.f.* 大步; 一大步的距離

enjambement [āʒābmā] *n.m.* (詩中的)跨行

enjamber [āʒābe] *v.t.* 跨, 跨過 *v.i.* 大步行走; 跨越, 延伸

enjeu [āʒø] *n.m.* 賭金; 賭注

enjoindre [āʒwε̄:dr] *v.t.* [c. 51] 指示, 命令, 叮囑

enjôlement [āʒolmā] *n.m.* 〔俗〕誘騙, 哄騙

enjôler [āʒole] *v.t.* 誘騙, 哄騙

enjôleur, se [āʒolœ:r, ø:z] *n.* 誘騙者, 哄騙者 *a.* 引誘人的, 哄騙人的

enjolivement [āʒɔlivmā] *n.m.* 裝飾品

enjoliver [āʒɔlive] *v.t.* 美化, 裝飾; 潤

色

enjoliveur, se [āʒɔlivœ:r, ø:z] *n.* 愛裝飾的人, 喜歡作文字修飾的人 *n.m.* (汽車車身上的)裝飾品

enjolivure [āʒɔlivy:r] *n.f.* 小裝飾品

enjoué, e [āʒwe] *a.* 活潑的; 詼諧的

enjouement [āʒumā] *n.m.* 活潑; 詼諧

enkyster(s') [sākiste] *v.pr.* 【醫】包於囊内, 形成包囊

enlacement [āla[a]smā] *n.m.* 纏繞; 盤繞; 摟抱, 緊抱

enlacer [āla[a]se] *v.t.* [c. 1] 纏住, 纏繞; 摟抱, 緊抱

enlaidir [āle[ε]di:r] *v.t.* 弄醜, 使難看, 醜化 *v.i.* 變醜, 變難看

enlaidissement [ālεdismā] *n.m.* 弄醜, 醜化; 醜, 難看

enlèvement [ālεvmā] *n.m.* 除去, 掉; 搶走; 奪取, 攻克; 誘拐; 綁架

enlever [ālve] *v.t.* [c. 6] 舉起, 提起; 拿走, 搬走; 除去, 去掉; 剝奪; 奪取, 攻克; 輕易取得; 誘拐; 綁架, 劫持; 出色地演奏; 使出神, 使心醉

enlisement [ālizmā] *n.m.* 陷入流沙或泥潭

enliser [ālize] *v.t.* 使陷入流沙或泥潭 *v.pr.* 陷入(流沙、泥潭或困境)

enluminer [ālymine] *v.t.* 上色, 着色; 使(臉)變紅

enlumineur, se [ālyminœ:r, ø:z] *n.* 着色畫師; 裝飾畫師

enluminure [ālyminy:r] *n.f.* 着色術; 彩色裝飾字母; (臉)通紅

enneigé, e [āne[ε]ʒe] *a.* 蓋着白雪的

ennemi, e [εnmi] *n.* 敵人, 仇敵; (對某事物)厭惡者, 有反感者, 有害東西 *n.m.* 敵國, 敵軍 *a.* 敵人的, 敵國的

ennoblir [ānɔbli:r] *v.t.* 使高尚, 使高貴

ennoblissement [ānɔblismā] *n.m.* 使變得高尚、高貴

ennui [āny̆i] *n.m.* 無聊, 煩惱, 厭煩; *pl.* 憂慮不安

ennuyer [āny̆ije] [c. 3] *v.t.* 使感到無

聊,使厭煩,煩擾,使討厭 *v.pr.* 感到
無聊

ennuyeux, se [ãnɥijø, øːz] *a.* 使人厭煩
的,使人討厭的

énoncé [enɔ̃se] *n.m.* 陳述,說明;【數】
叙述

énoncer [enɔ̃se] *v.t.* [c. 1] 陳述,說明

énonciation [enɔ̃sjasjɔ̃] *n.f.* 陳述,說
明,表達

enorgueillir [ãnɔrɡœjiːr] *v.t.* 使驕傲,
使傲慢 *v.pr.* (因…而)驕傲

énorme [enɔrm] *a.* 巨大的,異乎尋常
的

énormément [enɔrmemã] *adv.* 極大
地,巨大地

énormité [enɔrmite] *n.f.* 巨大,龐大;異
乎尋常;奇談;大錯誤

enquérir(s') [sãkeriːr] *v.pr.* [c. 14] 探
問,詢問,打聽

enquête [ãkɛt] *n.f.* 訊問;調查,調查研
究

enquêter [ãke(ɛ)te] *v.i.* 調查,調查研
究

enquêteur, se [ãkɛtœːr, øːz] *a.* 調查的
n. 調查者

enracinement [ãrasinmã] *n.m.* 生根
扎根;根深蒂固;【市政工程】嵌石椿基橋
台

enraciner [ãrasine] *v.t.* 使生根,使扎
根;使根深蒂固,牢固樹立 *v.pr.* 生
根,扎根;深入人心

enragé, e [ãraʒe] *a.* 患狂犬病的;狂怒
的;發瘋似的

enrager [ãraʒe] [c. 2] *v.i.* 患狂犬病;煩
躁,生氣 *v.t.* 使忿怒,使生氣

enrayer [ãre(ɛ)je] *v.t.* [c. 4] 開犁翻耕
使發生故障,卡住,制動,刹(車);制止,
阻止;控制;裝輪輻

enrégimenter [ãreʒimãte] *v.t.* 【軍】把
…編入團隊,組織,組建;拉攏,網羅,使
加入

enregistrement [ãrʒistrəmã] *n.m.* 登
記,注册;記載,記録;録音;記載處,注册

enregistrer [ãrʒistre] *v.t.* 登記,注册;
記載,記録;録音;記住;取得

enregistreur, se [ãrʒistrœːr, øːz] *a.* 自
動記録的 *n.* 記録器,登記員 *n.m.*
自動記録儀

enrhumer [ãryme] *v.t.* 引起感冒,引起
傷風

enrichir [ãriʃiːr] *v.t.* 使富有,使富足;
豐富,充實

enrichissement [ãriʃismã] *n.m.* 富
有,富足;豐富,充實;裝飾

enrobage [ãrɔbaːʒ] *n.m.* 包,裹,塗;塗
層

enrober [ãrɔbe] *v.t.* 包,裹,塗(保護
層)

enrôlement [ãrolmã] *n.m.* 徵募,入伍,
參加,加入

enrôler [ãrole] *v.t.* 募(兵);招募;徵
募;使加入 *v.pr.* 參加,加入

enrouement [ãrumã] *n.m.* 嘶啞,沙啞

enrouer [ãrwe] *v.t.* 使…嗓子嘶啞

enroulement [ãrulmã] *n.m.* 捲,纏,
繞,盤;漩渦飾;【電】繞組,繞圈

enrouler [ãrule] *v.t.* 捲,纏,繞,盤

enrubanner [ãrybane] *v.t.* 飾以緞帶;
飾以勳章緞帶

ensablement [ãsa(ɑ)bləmã] *n.m.* 沙
灘,沙洲,沙丘

ensabler [ãsable] *v.t.* 使(船)在沙灘上
擱淺;使(車)陷入沙中;用沙淤塞,把…
埋在沙中

ensachement [ãsaʃmã] *n.m.* 裝袋

ensacher [ãsaʃe] *v.t.* 裝袋

ensanglanter [ãsãglãte] *v.t.* 使沾上
血,血染,血洗;染污,沾污;【詩】染紅

enseignant, e [ãsɛɲã, ãːt] *a.* 從事教育
的,教書的 *n.m.* 教員

enseigne [ãsɛɲ] *n.f.* 招牌,旗幟 *n.m.*
【軍】掌旗官;~ de vaisseau de 1re, de
2e classe 海軍中尉,少尉

enseignement [ãsɛɲmã] *n.m.* 教學,教
育;教學法,教育法;教師的職業;教育

界; 教導, 教訓

enseigner [ɑ̃se[ɛ]ɲe] v.t. 教, 教育; 教授; 教導

ensemble [ɑ̃sɑ̃:bl] adv. 共同, 一起, 一塊兒; 同時, 一齊 n.m. 總體, 整體, 全體; 團體; 女式成套服裝; 重唱曲, 重奏曲.【數】集

ensemblier [ɑ̃sɑ̃blie] n.m. (成套傢俱)設計師;【電影】道具人員

ensemencement [ɑ̃sməsmɑ̃] n.m. 播種;【醫】接種

ensemencer [ɑ̃səmɑ̃se] v.t. [c. 1] 播種, 撒種子於;【醫】接種

enserrer [ɑ̃se[ɛ]re] v.t. 緊裹, 緊圍; 緊勒; 圍住

ensevelir [ɑ̃səvli:r] v.t. 掩埋, 埋葬; 裹(屍); 隱藏, 埋沒; 使沉陷於 v.pr. 把自己隱藏起來

ensevelissement [ɑ̃səvlismɑ̃] n.m. 掩埋, 埋葬; (用裹屍布)裹纏; 埋藏

ensilage [ɑ̃sila:ʒ] n.m. 青貯

ensiler [ɑ̃sile] v.t. (把農產品)放入地窖或倉庫中, 青貯

ensoleillé, e [ɑ̃sɔle[ɛ]je] a. 充滿陽光的, 陽光普照的

ensommeillé, e [ɑ̃sɔme[ɛ]je] a. 帶睡意的, 未睡醒的

ensorceler [ɑ̃sɔrsəle] v.t. [c. 5] 使着魔; 迷住, 使着迷

ensorceleur, se [ɑ̃sɔrsəlœ:r, ø:z] a. 迷人的, 令人銷魂的 n. 巫師, 魔法師; 媚惑者, 誘惑者

ensorcellement [ɑ̃sɔrsɛlmɑ̃] n.m. 施展魔法; 着魔; 媚惑, 誘惑

ensuite [ɑ̃sɥit] adv. 然後, 以後, 後來, 隨後; 其次

ensuivre(s') [sɑ̃sɥi:vr] [c. 52] 〔僅用不定式及第三人稱〕 v.pr. 隨之而來, 隨着發生; 由此產生 v.impers. Il s'ensuit que … 由此可見; 結果是, 於是

entablement [ɑ̃tabləmɑ̃] n.m.【建】柱頂盤, 柱上楣構; 蓋頂

entacher [ɑ̃taʃe] v.t. 玷污, 使沾上污點

entaille [ɑ̃tɑ:j] n.f. 槽口, 斜槽, 切口; 刀傷, 割傷

entailler [ɑ̃taje] v.t. 給開槽口, 給開切口; 割傷, 劃破

entame [ɑ̃tam] n.f. (切下的)第一片, 第一塊

entamer [ɑ̃tame] v.t. 切〔指第一刀〕; 着手做, 開始進行; 劃破, 割破; 損害

entassement [ɑ̃tɑsmɑ̃] n.m. 堆, 堆積; 堆積物

entasser [ɑ̃tɑse] v.t. 堆, 堆積, 積蓄; 堆砌; 使擠緊

ente [ɑ̃:t] n.f. 嫁接; 經嫁接的樹

entendement [ɑ̃tɑ̃dmɑ̃] n.m. 理解力, 智力; (康德體系中的)悟性

entendre [ɑ̃tɑ̃:dr] v.t. [c. 42] 聽見; 聽取; 聽懂, 領會; 精通; 要; 想說; 打算

entendu, e [ɑ̃tɑ̃dy] a. 談妥了的, 說好了的; 精通的, 能幹的 bien ~ loc.adv. 當然, 無疑地 n. faire l' ~ 不懂裝懂, 假充內行

entente [ɑ̃tɑ̃:t] n.f. 理解; 諒解; 協議, 協定; 融洽

enter [ɑ̃te] v.t. 嫁接; 連接; 接合

entérinement [ɑ̃terinmɑ̃] n.m. 認可, 確認

entériner [ɑ̃terine] v.t.【法】認可, 確認; 同意

entérite [ɑ̃terit] n.f. 腸炎

enterrement [ɑ̃tɛrmɑ̃] n.m. 埋葬, 安葬; 葬禮; 送葬行列; 喪葬費

enterrer [ɑ̃te[ɛ]re] v.t. 埋葬, 安葬; 埋在地下; 比(某人)活得長; 擱棄, 放棄, 了結; 隱藏 v.pr. 隱居, 退隱

en-tête [ɑ̃tɛt] (pl. ~s) n.m. 箋頭; (書籍中)章首圖案或標題

entêtement [ɑ̃tɛtmɑ̃] n.m. 頑固, 執拗

entêter [ɑ̃tɛte] v.t. 使頭暈, 使頭痛 v.pr. 頑固, 固執

enthousiasmant, e [ɑ̃tuzjasmɑ̃, ɑ̃:t] a. 令人興奮的, 振奮人心的

enthousiasme [ɑ̃tuzjasm] n.m. 熱情, 熱忱; 狂喜, 興奮; (作家創作上的)激情;

狂熱崇拜

enthousiasmer [ãtuzjasme] *v.t.* 使狂熱; 使興奮, 激起熱情 *v.pr.* 興奮; 狂熱崇拜

enthousiaste [ãtuzjast] *n.* 狂熱者, 興奮的人 *a.* 狂熱的, 興奮的, 熱烈的, 熱情的

entichement [ãti∫mã] *n.m.* 迷戀, 入迷

enticher [ãti∫e] *v.t.* 使迷戀; 使固執 *v.pr.* 迷戀, 醉心於

entier, ère [ãtje, εːr] *a.* 整個的, 全部的; 完整的, 完全的; 未經閹割的 *n.m.* 整個, 全部; 【數】(整數)一

entité [ãtite] *n.f.* 【哲】實質, 實體

entoilage [ãtwalaːʒ] *n.m.* 裱在布上, 貼在布上; 襯布, 裱布

entoiler [ãtwale] *v.t.* 裱在布上, 貼在布上; 加襯布; 【空】上蒙布

entomologie [ãtɔmɔlɔʒi] *n.f.* 昆蟲學

entomologiste [ãtɔmɔlɔʒist] *n.* 昆蟲學家

entonner [ãtɔne] *v.t.* 注入桶內; 吞食, 填, 灌(食物); 【樂】給…起音; 開始唱

entonnoir [ãtɔnwaːr] *n.m.* 漏斗; 彈坑

entorse [ãtɔrs] *n.f.* 扭傷; 損害, 歪曲

entortillage [ãtɔrtijaːʒ] *n.m.* 盤繞, 纏繞; (文章等的)晦澀, 費解

entortillement [ãtɔrtijmã] *n.m.* 盤繞, 纏繞

entortiller [ãtɔrtije] *v.t.* 包後擰緊; 纏, 繞, 扎; 使晦澀難懂, 使複雜; (用花言巧語)打動

entour [ãtuːr] *n.m.* 四周, 周圍

entourage [ãturaːʒ] *n.m.* 四周的裝飾品或保護物; 周圍接近的人

entourer [ãture] *v.t.* 環繞, 圍住; 在(某人)周圍; 關心, 照顧

entournure [ãturnyːr] *n.f.* 【縫紉】抬裉, 掛肩

entracte [ãtrakt] *n.m.* 幕間休息; 幕間曲; 間歇

entraide [ãtrεd] *n.f.* 互助

entraider(s') [sãtre[ε]de] *v.pr.* 互助

entrailles [ãtraːj] *n.f.pl.* 內臟, 腸; 腹深處, 腹地; 心腸

entr'aimer(s') [sãtre[ε]me] *v.pr.* 相愛, 相親相愛

entrain [ãtrε̃] *n.m.* 活力, 生氣, 勁兒; 活躍; 歡樂

entraînement [ãtrεnmã] *n.m.* 驅使, 衝動; 訓練, 鍛煉; 【機】驅動, 傳動; 傳動裝置

entraîner [ãtrε[e]ne] *v.t.* 捲走, 帶走; 拖, 拉(某人); 吸引, 引誘; 招致, 引起; 訓練, 鍛煉; 【機】帶動, 驅動

entraîneur [ãtrεnœːr] *n.m.* 賽馬訓練師; (體育)教練員; 【化】示迹載體, 同位素載體

entrave [ãtraːv] *n.f.* (拴在牲口雙腿上的)絆繩, 絆索; 羈絆, 束縛, 障礙

entraver [ãtrave] *v.t.* 用絆索拴住; 束縛, 阻礙, 阻擋

entre [ãːtr] *prép.* 在…之間, 在…中間

entrebâillement [ãtrəbajmã] *n.m.* (微開着的)縫口

entrebâiller [ãtrəbaje] *v.t.* 微開, 半掩(門, 窗)

entrechat [ãtrə∫a] *n.m.* 【舞蹈】擊腳跳

entrechoquer [ãtrə∫ɔke] *v.t.* 使互相碰撞 *v.pr.* 相碰, 相撞

entrecolonne [ãtrəkɔlɔn], **entrecolonnement** [ãtrəkɔlɔnmã] *n.m.* 【建】柱間, 柱子間隔

entrecôte [ãtrəko:t] *n.f.* (牛的)背肉

entrecouper [ãtrəkupe] *v.t.* 使一中一斷, 一再打斷

entrecroisement [ãtrəkrwazmã] *n.m.* 交錯, 交織

entrecroiser [ãtrəkrwaze] *v.t.* 使交錯, 使交織

entrecuisse [ãtrəkɥis] *n.m.* 胯間, 腿襠

entre-déchirer(s') [sãtrəde∫ire] *v.pr* 互相撕裂; 互相誹謗

entre-deux [ãtrədø] *n.m.inv.* 間隙, 縫隙; 中間部分; 鑲邊嵌綫; (籃球賽的)對球

entrée [ātre] *n.f.* 進入, 進來, 進去, 入內; 進口處, 入口; 進口, 進口稅; 開始; (湯或冷盆後的)正菜;【無】輸入

entrefaite [ātrəfɛt] *n.f.* sur ces ～s 就在這時候

entrefilet [ātrəfilɛ] *n.m.* 報紙上加邊框的短文

entregent [ātrəʒā] *n.m.* 周旋, 應酬

entrejambes [ātrəʒā:b] *n.m.* 褲襠

entrelacement [ātrəla[a]smā] *n.m.* 交織, 編織; 糾纏

entrelacer [ātrəla[a]se] *v.t.* [c. 1] 使交錯, 使交織, 編織

entrelacs [ātrəla] *n.m.* 【建】縧帶飾

entrelarder [ātrəlarde] *v.t.* 嵌塞豬油於; 嵌入, 塞進

entremêler [ātrəme[ɛ]le] *v.t.* 混合, 摻和, 摻雜

entremets [ātrəmɛ] *n.m.* (主菜和水果之間的)甜食

entremettre(s') [sātrəmɛtr] *v.pr.* [c. 45] 調停, 調解, 斡旋, 撮合

entremise [ātrəmi:z] *n.f.* 調停, 調解, 斡旋, 撮合

entrepont [ātrəpɔ̃] *n.m.* 甲板間, 中艙

entreposer [ātrəpoze] *v.t.* 存入貨棧, 存入倉庫; 寄放, 寄存

entreposeur [ātrəpozœ:r] *n.m.* 倉庫管理員; 國家專賣品經銷商

entrepositaire [ātrəpozitɛ:r] *n.* (存倉)貨主; 貨物入庫經手人

entrepôt [ātrəpo] *n.m.* 倉庫, 堆棧

entreprenant, e [ātrəprənā, ā:t] *a.* 大膽的, 敢幹的, 敢闖的

entreprendre [ātrəprā:dr] *v.t.* [c. 46] 着手進行, 從事; 承包, 承辦; 試圖說服(某人)

entrepreneur, se [ātrəprənœ:r, ø:z] *n.* 承辦人, 承包人, 包工頭

entreprise [ātrəpri:z] *n.f.* (着手的)事情, 舉動; 事業, 企業; 承包, 承攬

entrer [ātre] *v.i.* 進來, 進去; 進入; 加入, 參加, 參與; (物)用於 *v.t.* 搬入,

運入

entresol [ātrəsɔl] *n.m.* (底層與二樓之間的)夾層

entre-temps [ātrətā] *adv.* 在此期間, 在這時候, 此時

entretenir [ātrətni:r] [c. 16] *v.t.* 使延續, 維持, 保持; 保養, 維護; 供養, 撫養; ～ qn de qch. 和某人交談某事 *v.pr.* 交談, 談話

entretien [ātrətjɛ̃] *n.m.* 保養, 維護; 維修; 供養, 撫養; 交談, 會談

entretoise [ātrətwa:z] *n.f.* 【技】橫向聯杆; 牽條; 撑杆; 定距套筒

entretoiser [ātrətwaze] *v.t.* 【技】(用橫向聯杆、牽條等)固定, 支撑

entrevoir [ātrəvwa:r] *v.t.* [c. 32] 隱約看見, 瞥見; 模糊地預感到

entrevue [ātrəvy] *n.f.* 會見, 會晤

entrouvrir [ātruvri:r] *v.t.* [c. 11] 拉開; 使微開

énucléer [enyklee] *v.t.* 去核〔指果子〕; 【醫】摘出

énumération [enymerasjɔ̃] *n.f.* 列舉, 枚舉

énumérer [enymere] *v.t.* [c. 7] 列舉, 數

envahir [āvai:r] *v.t.* 入侵, 侵犯, 侵佔; 蔓延到; 擁入, 佔滿

envahissement [āvaismā] *n.m.* 入侵, 侵犯, 侵佔; 蔓延; 擁入

envahisseur [āvaisœ:r] *n.m.* 入侵者, 侵犯者, 侵略者

envasement [āvazmā] *n.m.* 淤塞

envaser [āvaze] *v.t.* 使淤塞; 使陷入淤泥

enveloppe [āvlɔp] *n.f.* 包裹物, 套子, 罩子, 外殼; 信封; 包囊; 皮膜; 外(輪)胎; 外表;【數】包絡線, 包絡面

enveloppement [āvlɔpmā] *n.m.* 包, 裹; 包圍, 圍困

envelopper [āvlɔpe] *v.t.* 包, 裹; 籠罩,

蓋住;掩蓋,掩飾;包圍

envenimer [ãvnime] v.t. 使發炎;毒化,使惡化,使激化

envergure [ãvɛrgy:r] n.f. 【船】帆幅;帆桁長度;(鳥、飛機的)翼展;智力範圍;規模

envers [ãvɛ:r] prép. 對,對於 n.m. 反面,背面;裏面

envi(à l') [alãvi] loc. adv. 爭先恐後,搶着

enviable a. 值得羨慕的,值得想望的

envie [ãvi] n.f. 羨慕;嫉妒;渴望;胎痣,胎斑;指甲旁的倒刺

envier [ãvje] v.t. 羨慕;嫉妒;想望,渴望

envieux, se [ãvjø,ø:z] a.,n. 羨慕的(人);嫉妒的(人)

environ [ãvirɔ̃] adv. 大約,差不多,左右 n.m.pl. 四周,周圍,附近;近郊

environner [ãvirɔne] v.t. 圍繞,環繞;圍住,包圍

envisager [ãvizaʒe] v.t. [c. 2] 面對,觀察;考慮;預想,預計;打算

envoi [ãvwa] n.m. 送,寄,發;派遣;發送物;寄送物;(詩歌最後的)獻詞

envol [ãvɔl] n.m. 飛;飛起來;起飛

envolée [ãvɔle] n.f. 飛起,起飛;(演說中的)感情奔放

envoler(s') [sãvɔle] v.pr. 飛起,起飛;飛去;逃走;消逝

envoûtement [ãvutmã] n.m. 魘魔法;迷惑,着迷

envoûter [ãvute] v.t. 用魘魔法害人;迷惑,迷住

envoyé, e [ãvwaje] n. 使節,使者;派遣人員

envoyer [ãvwaje] v.t. [c. 9] 送,寄;派遣,打發;扔,擲,拋,丟

envoyeur, se [ãvwajœ:r, ø:z] n. 發送人,寄送人;派遣人

enzyme [ãzim] n.m. 【化】酶

épacte [epakt] n.f. 太陽曆一年超過太陰曆一年的日數

épagneul, e [epaɲœl] n. (長毛垂耳的)西班牙種獵犬

épais, se [epɛ,ɛs] a. 厚的;濃密的,稠密的;遲鈍的,笨拙的 adv. 濃密地,稠密地

épaisseur [epɛsœ:r] n.f. 厚度;濃密,稠密;遲鈍

épaissir [epe[ɛ]si:r] v.t. 使變厚;使變濃,使變稠 v.i.,v.pr. 變厚;變濃,變稠;變得遲鈍

épaississement [epe[ɛ]sismã] n.m. 變厚;變濃,變稠

épanchement [epãʃmã] n.m. 傾注,倒出;傾吐,傾訴;【醫】滲出;積液

épancher [epãʃe] v.t. 傾注,倒出;傾吐,傾訴,發泄 v.pr. 傾訴衷腸;【醫】滲出,溢出

épandage [epãda:ʒ] n.m. 撒,施〔指肥料〕

épandre [epã:dr] v.t. [c. 42] 撒,施(肥料)

épanouir [epanwi:r] v.t. 使(花朵)開放;使喜悅,使開心;使精神煥發 v.pr. (花)開放;露出喜悅神情;心花怒放

epanouissement [epanwismã] n.m. (花的)開放;喜色,喜悅;充分發展

épargnant, e [eparɲã, ã:t] a. 節儉的 n. 有積蓄的人

épargne [eparɲ] n.f. 節儉,節約;儲蓄,儲金

épargner [eparɲe] v.t. 節省,節約;積蓄,儲蓄;避免,免除;寬容,饒恕

éparpillement [eparpijmã] n.m. 撒,灑,散開;分散,散亂

éparpiller [eparpije] v.t. 撒,灑,使散落;使散開;分散

épars, e [epa:r, ars] a. 分散的,散亂的

épatant, e [epatã, ã:t] a. 〖俗〗出色的,了不起的

épaté, e [epate] a. 扁平的

épatement [epatmã] n.m. 扁平;〖俗〗驚訝

épater [epate] *v.t.* 〔俗〕使驚訝, 使驚愕

épaule [epo:l] *n.f.* 肩; (四足動物的)肩肉

épaulement [epolmɑ̃] *n.m.* 護牆; 火炮掩體;【技】凸肩;【地】谷肩

épauler [epole] *v.t.* 用肩抵住; 幫助, 支持; 用掩體遮住

épaulette [epolɛt] *n.f.* 肩章; 肩襯

épave [epa:v] *n.f.* 無主物, 漂流物; 殘餘; 落魄的人, 窮途潦倒的人

épée [epe] *n.f.* 劍

épeler [ɛ[e]ple] *v.t.* [c. 5] 拼讀

épellation [epe[ɛl]lɑsjɔ̃] *n.f.* 拼讀

éperdu, e [epɛrdy] *a.* 狂亂的, 發狂的; 狂熱的, 強烈的

éperon [ep[e]rɔ̃] *n.m.* 馬刺; (雄雞、狗等的)距;【植】距; 船首破浪材, 船首衝角

éperonné, e [ɛ[e]prɔne] *a.* 裝馬刺的

éperonner [ɛ[e]prɔne] *v.t.* 用馬刺刺; 裝馬刺; 刺激

épervier [epɛrvje] *n.m.* 雀鷹; (捕魚的)罩形網, 套式網

épeuré, e [epœre] *a.* 受驚的, 害怕的

phèbe [efɛb] *n.m.* 〔貶〕漂亮小伙子

phémère [efemɛ:r] *a.* 朝生暮死的, 短暫的, 瞬息即逝的, 曇花一現的 *n.m.* 蜉蝣

phéméride [efemerid] *n.f.* 歷代同日大事記; 日曆; *pl.* 星曆表

pi [epi] *n.m.* 穗; 一綹不平伏的頭髮; 丁壩, 挑水壩

pice [epis] *n.f.* 香料, 辛香佐料〔調味用〕

picéa [episea] *n.m.* 【植】雲杉

picer [epise] *v.t.* [c. 1] 用香料調味, 加辛香佐料調味

picerie [episri] *n.f.* 食品雜貨; 食品雜貨業, 食品雜貨店

picier, ère [episje, ɛ:r] *n.* 食品雜貨商, 食品雜貨店主

picurien, ne [epikyrjɛ̃, ɛn] *a.* 伊壁鳩魯學說的; 享樂主義的 *n.* 信奉伊壁鳩魯學說者; 享樂主義者

épicurisme [epikyrism] *n.m.* 伊壁鳩魯學說

épidémie [epidemi] *n.f.* 流行病, 時疫; 風氣

épidémique [epidemik] *a.* 流行性的, 流行的, 風行的

épiderme [epidɛrm] *n.m.* 表皮

épier [epje] *v.t.* 窺伺, 偵察; 觀察; 等候, 期待

épieu [epjø] (*pl.* ～*x*) *n.m.* 長矛

épigastre [epigastr] *n.m.* 上腹(部)

épiglotte [epiglɔt] *n.f.*【解】會厭

épigrammatique [epigramatik] *a.* 諷刺短詩的

épigramme [epigram] *n.f.* 諷刺短詩; 挖苦話, 俏皮話

épigraphe [epigraf] *n.f.* 題銘, 銘文; 題詞

épigraphie [epigrafi] *n.f.* 題銘學, 碑銘學

épilation [epilɑsjɔ̃] *n.f.* 拔毛髮, 脫毛髮

épilatoire [epilatwa:r] *a.* 拔毛髮用的, 使毛髮脫落的

épilepsie [epilɛpsi] *n.f.* 癲癇, 羊癲瘋

épileptiforme [epilɛptifɔrm] *a.* 癲癇狀的

épileptique [epilɛptik] *a.* 癲癇的; 狂亂的, 胡亂的 *n.* 癲癇患者

épiler [epile] *v.t.* 拔毛髮, 使毛髮脫落

épilogue [epilɔg] *n.m.* 跋; 尾聲, 收場白; 結尾

épiloguer [epilɔge] *v.i.* 批評, 指責; 議論

épinard [epina:r] *n.m.* 菠菜

épine [epin] *n.f.* 刺; 荊棘;【解】棘; 煩惱, 麻煩

épinette [epinɛt] *n.f.* 斯平耐琴〔古代小型羽管鍵琴〕

épineux, se [epinø:z] *a.* 帶刺的, 有刺的, 多刺的; 困難的, 麻煩的, 棘手的

épine-vinette [epinvinɛt] (*pl.* ～*s*-～*s*) *n.f.*【植】小檗

épingle [epɛ̃:gl] *n.f.* 大頭針; 別針, 飾針

épingler [epɛ̃gle] v.t. (用大頭針等)別住,釘住;逮住

épinière [epinjɛːr] a.f. 脊柱的

épinoche [epinɔʃ] n.f. 【魚】刺魚

épiphyse [epifiːz] n.f. 骺,骨骺

épique [epik] a. 史詩的,英雄叙事詩的;史詩般的,驚心動魄的

épiscopal, ale [episkɔpal] (pl. ~aux) a. 主教的

épiscopat [episkɔpa] n.m. 主教職位,主教任期,主教團

épisode [epizɔd] n.m. 插曲

épisodique [epizɔdik] a. 插曲的,次要的

épisser [epise] v.t. 編接,絞接

épissure [episyːr] n.f. 編接,絞接

épistolaire [epistɔlɛːr] a. 書信的,通信的

épistolier, ère [epistɔlje, ɛːr] n. 寫信迷,寫大量書信的人;書信家

épitaphe [epitaf] n.f. 碑文,墓誌銘

épithalame [epitalam] n.m. 祝婚詩

épithélial, ale [epiteljal] (pl. ~aux) a. 上皮的

épithélium [epiteljɔm] n.m. 上皮

épithermique [epitɛrmik] a. 【原子】超熱(中子)的

épithète [epitɛt] n.f. 修飾語;【語】形容語

épitoge [epitɔːʒ] n.f. (教授、法官、律師等披掛在左肩上的)飾帶

épitre [epitr] n.f. 詩體書簡;【宗】使徒書信;[俗]書簡

épizootie [epizɔɔt[s]i] n.f. 動物流行病

éploré, e [eplɔre] a. 淚流滿面的;憂傷的

éployé, e [eplwaje] a. 被翻開的,被打開的

épluchage [eplyʃaːʒ] n.m. 剔除無用或不好的部分;仔細檢查

éplucher [eplyʃe] v.t. 削皮,剝殼,剔除(食品的)無用或不好的部分;仔細檢查

épluchure [eplyʃyːr] n.f. 〔多用 pl.〕(經

過切削或揀選而丟棄的)廢物,皮,殼

épointer [epwɛte] v.t. 折斷鋒尖,使尖頭變鈍

éponge [epɔ̃ːʒ] n.f. 海綿,海綿製品,海綿狀物

éponger [epɔ̃ʒe] v.t. [c. 2] 用海綿或布片吸去,揩乾,擦净;吸收(游資、多餘部分等)

épopée [epɔpe] n.f. 史詩;(英雄的)業績

époque [epɔk] n.f. 時代,時期;【地質】世

épouiller [epuje] v.t. 捉虱子

époumoner (s') [sepumɔne] v.pr. 高聲叫喊,大聲説話;説或叫得筋疲力盡

épouse [epuːz] n.f. 見 époux

épousée [epuze] n.f. 〖方〗新娘

épouser [epuze] v.t. 娶,嫁,和…結婚;附和,贊同;貼合,吻合

époussetage [epusta:ʒ] n.m. 揮去塵土

épousseter [epuste] v.t. [c. 5] 揮去灰塵,除去

époussette [epusɛt] n.t. 衣刷;小笤帚,小撣子

épouvantable [epuvɑ̃tabl] a. 可怕的,駭人聽聞的

épouvantail [epuvɑ̃taj] n.m. (嚇鳥用的)稻草人;嚇唬人的東西,非常可怕的東西

épouvante [epuvɑ̃ːt] n.f. 恐怖,驚恐

épouvanter [epuvɑ̃te] v.t. 使感到恐怖,嚇唬

époux, se [epu, uːz] n. 丈夫;妻子,夫人;n.m.pl. 夫婦,配偶

éprendre(s') [seprɑ̃:dr] v.pr. [c. 46] 鍾情於,愛上;熱愛

épreuve [eprœːv] n.f. 試驗,考驗;艱難;考試;校樣;(版畫的)試樣;(從同一張底片印出的)照片;【體】比賽

épris, e [epri, iz] a. 愛好…的,熱愛…的;愛上(某人)的

éprouver [epruve] v.t. 試驗,考驗;感到,體驗到;遭受;遭遇苦難

éprouvette [epruvɛt] *n.f.* 試管; 試件, 試樣

epsilon [ɛpsilɔn] *n.m.* 希臘字母表中第 5 個字母 E, ε

épucer [epyse] *v.t.* [c. 1] 除跳蚤, 捉跳蚤

épuisement [epɥizmã] *n.m.* 排乾, 汲盡; 耗盡, 枯竭; 疲憊, 衰竭

épuiser [epɥize] *v.t.* 排乾, 汲盡; 耗盡, 用盡; 詳盡地研究; 使衰竭, 使精疲力盡

épuisette [epɥizɛt] *n.f.* 【漁】海斗;【船】杓

épuration [epyrasjɔ] *n.f.* 純化, 净化, 提純; 清洗, 清除

épure [epy:r] *n.f.* 圖樣, 詳圖, 圖

épurer [epyre] *v.t.* 純化, 净化, 提純; 使純潔, 使高尚; 清洗, 清除

équarrir [ekari:r] *v.t.* 使成方形;【技】鉸孔; 肢解(死役畜)

équarrissage [ekarisa:ʒ] *n.m.* 使成方形; 方形, 方正; 肢解役畜

équarrisseur [ekarisœ:r] *n.m.* 肢解役畜的人, 把木頭鋸方的人, 把石頭琢方的人

équarrissoir [ekariswa:r] *n.m.* 役畜肢解場; 鉸刀

équateur [ekwatœ:r] *n.m.* 赤道

équation [ekwasjɔ] *n.f.* 方程, 方程式

équatorial, ale [ekwatɔrjal] (*pl.* ~*aux*) *a.* 赤道的 *n.m.* 赤道儀

équatorien, ne [ekwatɔrjɛ̃, ɛn] *a.* 厄瓜多爾的 *n.* É~ 厄瓜多爾人

équerre [ekɛ:r] *n.f.* 角尺, 角規; 角鐵; T 形或 L 形鐵緊件

équestre [ekɛstr] *a.* 騎馬的, 騎術的

équidistance [ekɥidistã:s] *n.f.* 等距; 等高綫距

équidistant,e [ekɥidistã, ã:t] *a.* 等距的, 等距離的

équilatéral, ale [ekɥilateral] (*pl.* ~*aux*) *a.* 等邊的

équilibre [ekilibr] *n.m.* 平衡, 平衡狀態; 穩健, 鎮定; 匀稱

équilibrer [ekilibre] *v.t.* 平衡, 使穩定

équilibriste [ekilibrist] *n.* 表演平衡技巧的雜技演員

équinoxe [ekinɔks] *n.m.* 【天】春分或秋分, 二分點

équinoxial, ale [ekinɔksjal] (*pl.* ~*aux*) *a.* 春分或秋分的, 二分的

équipage [ekipa:ʒ] *n.m.* (船、飛機等的) 全體船員, 機組;(王公等的) 車馬隨從;【技】全套設備; *pl.* 輜重

équipe [ekip] *n.f.* 隊, 班, 組

équipée [ekipe] *n.f.* 魯莽行動, 輕舉妄動

équipement [ekipmã] *n.m.* 裝備, 配備, 設備; 工業設備, 工業配置

équiper [ekipe] *v.t.* 裝備, 配備, 裝置, 配置

équitable [ekitabl] *a.* 公正的, 公平的

équitation [ekitasjɔ] *n.f.* 騎馬; 騎術

équité [ekite] *n.f.* 公正, 公平

équivalence [ekivalã:s] *n.f.* 相等, 相當; 等量, 等價, 等值

équivalent, e [ekivalã, ã:t] *a.* 相等的, 相當的; 等量的, 等價的, 等值的 *n.m.* 相等物, 等同物

équivaloir [ekivalwa:r] *v.i.* [c. 30] 相等於, 相當於

équivoque [ekivɔk] *a.* 歧義的, 模棱兩可的, 曖昧的; 可疑的, 曖昧 *n.f.* 下流的雙關話; 歧義, 模棱兩可, 曖昧

équivoquer [ekivɔke] *v.i.* 説話模棱兩可, 言語曖昧

érable [erabl] *n.m.* 槭樹

érafler [erafle] *v.t.* 擦傷, 劃破

éraflure [erafly:r] *n.f.* 擦傷, 劃破; 擦傷的痕迹

éraillé, e [eraje] *a.* 嘶啞的; 磨破的

erbium [ɛrbjɔm] *n.m.* 【化】鉺

ère [ɛ:r] *n.f.* 紀元, 年號; 時代

érectile [erɛktil] *a.* 能勃起的, 能竪起的

érection [erɛksjɔ] *n.f.* (器官等的) 勃起, 竪起; 建造; 設立, 設置

éreintement [erɛ̃tmɑ̃] *n.m.* 極度疲乏; 抨擊,尖刻批評

éreinter [erɛ̃te] *v.t.* 使極度疲乏; 抨擊, 尖刻批評

érésipèle [erezipɛl] *n.m.* 同 erysipèle

éréthisme [eretism] *n.m.* 【醫】興奮

erg [ɛrg] *n.m.* 【物】爾格[功的單位]

ergot [ɛrgo] *n.m.* (某些動物脚上的) 距;(果樹的)枯梢;麥角;麥角病;【技】凸 銷,止銷

ergoté, e [ɛrgote] *a.* 有距的〔指某些動 物的脚〕;患麥角病的

ergoter [ɛrgote] *v.i.* 吹毛求疵,無端指 責

ergoteur, se [ɛrgotœ:r, ø:z] *a.,n.* 好吹 毛求疵的(人)

ergotisme [ɛrgotism] *n.m.* 【醫】麥角中 毒

ériger [eriʒe] [c. 2] *v.t.* 竪起,建立;設 立;把…視作 *v.pr.* 自稱爲…,充當

ermitage [ɛrmita:ʒ] *n.m.* 隱修教士的 住所;僻静的地方,幽静的鄉間住所

ermite [ɛrmit] *n.m.* 隱修修道士;隱士

éroder [erode] *v.t.* 侵蝕,腐蝕

érosif, ve [erozif, i:v] *a.* 侵蝕性的,有 腐蝕性的

érosion [erozjɔ̃] *n.f.* 侵蝕,腐蝕

érotique [erotik] *a.* 愛情的;色情的

errant, e [ɛrɑ̃, ɑ̃:t] *a.* 不定居的;流浪 的,游蕩的

errata [ɛrata] *n.m.inv.* 勘誤表〔僅一處 錯誤時用 erratum〕

erratique [ɛratik] *a.* 不規則的,游走性 的

erratum [ɛratɔm] *n.m.* 【印】(書中的) 一處排印錯誤

errements [ɛrmɑ̃] *n.m.pl.* 習慣做法; 惡習

errer [ɛre] *v.i.* 流浪,游蕩;弄錯

erreur [ɛrœ:r] *n.f.* 錯誤,差錯;謬論; *pl.* 行爲不端

erroné, e [ɛrone] *a.* 錯誤的

ersatz [ɛrzats] *n.m.* 〖德〗代用品

éructation [eryktɑsjɔ̃] *n.f.* 【醫】噯氣

éructer [erykte] *v.i.* 【醫】噯氣 *v.t.* 破口説出

érudit, e [erydi, it] *a.* 博學的 *n.* 博 學者

érudition [erydisjɔ̃] *n.f.* 博學,學識淵 博

éruptif, ve [eryptif, i:v] *a.* 【地質】噴發 的;【醫】發疹的

éruption [erypsjɔ̃] *n.f.* 噴發,爆發,迸 發;【醫】發疹

érysipèle [erizipɛl] *n.m.* 【醫】丹毒〔俗 稱流火〕

érythromycine [eritrɔmisin] *n.f.* 【藥】 紅黴素

ès [ɛs] *prép.* en 和 les 的結合形式,現 僅用於個別詞組,如: docteur ès lettres 文學博士

esbroufe [ɛsbruf] *n.f.* 〖俗〗大模大樣, 煞有介事

esbroufer [ɛsbrufe] *v.t.* 〖俗〗煞有介事地 蒙混

esbroufeur, se [ɛsbrufœ:r, ø:z] *n.* 〖俗〗裝得大模大樣的人,裝得煞有介事 的人

escabeau [ɛskabo] (*pl.* ~*x*) *n.m.* 踏步 梯;板凳

escadre [ɛskadr] *n.f.* 分艦隊;(空軍)聯 隊

escadrille [ɛskadrij] *n.f.* (海軍)縱隊; 輕快艦隊;(空軍)中隊

escadron [ɛskɑdrɔ̃] *n.m.* 騎兵隊;騎 兵連;(空軍)大隊;一羣

escalade [ɛskalad] *n.f.* (牆、柵等的)逾 越,翻過;攀登;(戰爭)逐步升級

escalader [ɛskalade] *v.t.* 越過,翻過; 攀登

escalator [ɛskalatɔ:r] *n.m.* 自動扶梯

escale [ɛskal] *n.f.* 中途停靠,中途着陸; 中途停靠港,中途着陸站

escalier [ɛskalje] *n.m.* 樓梯

escalope [ɛskalɔp] *n.f.* 肉片,魚片

escamotage [ɛskamɔtaːʒ] *n.m.* （魔術中的）變掉；扒竊

escamoter [ɛskamɔte] *v.t.* （用魔術手法）變掉；收起，摺疊；扒竊；逃避

escamoteur, se [ɛskamɔtœːr, øːz] *n.* 魔術師；扒手，小偷

escampette [ɛskãpɛt] *n.f.* prendre la poudre d'~ 〖俗〗逃走，溜走

escapade [ɛskapad] *n.f.* 躲懶，偷懶

escarbille [ɛskarbij] *n.f.* （未燒盡的）煤礦，煤粒屑

escarboucle [ɛskarbukl] *n.f.* （光彩奪目的）深紅色寶石

escarcelle [ɛskarsɛl] *n.f.* （中世紀時掛在腰帶上的）大錢包

escargot [ɛskargo] *n.m.* 蝸牛

escargotière [ɛskargɔtjɛːr] *n.f.* 食用蝸牛養殖場；蝸牛餐盤

escarmouche [ɛskarmuʃ] *n.f.* （兩支部隊的）小接觸；小衝突

escarmoucher [ɛskarmuʃe] *v.i.* 進行小接觸，發生小衝突

escarpe [ɛskarp] *n.f.* （壕塹的）内岸，崖壁 *n.m.* 強盜

escarpé,e [ɛskarpe] *a.* 陡峭的，峻峭的

escarpement [ɛskarpəmã] *n.m.* 陡坡，峭壁

escarpin [ɛskarpɛ̃] *n.m.* 薄底淺口皮鞋

escarpolette [ɛskarpɔlɛt] *n.f.* 鞦韆

escarre [ɛskaːr] *n.f.* 【醫】痂，焦痂

esche [ɛʃ] *n.f.* 魚餌

escient [esjã] *n.m.* à son ~ loc.adv. 有意識地；à bon ~ [abɔnesjã] loc. adv. 有分寸地，慎重地

esclaffer(s') [ɛsklafe] *v.pr.* 哈哈大笑

esclandre [ɛsklãːdr] *n.m.* 大吵大鬧

esclavage [ɛsklavaːʒ] *n.m.* 奴隸身份，奴隸地位；奴隸制；被奴役狀態

esclavagiste [ɛsklavaʒist] *a., n.* 擁護奴隸制的(人)

esclave [ɛskla(ɑ)ːv] *n.* 奴隸；受奴役者；受…支配的 *a.* 受奴役的，受支配的

escogriffe [ɛskɔgrif] *n.m.* 〖俗〗身材不匀稱的高個子

escompte [ɛskɔ̃ːt] *n.m.* 【商】(提前還債時的)折減，折扣；貼現

escompter [ɛskɔ̃te] *v.t.* 【商】貼現；提前享用，預先支用

escompteur [ɛskɔ̃tœːr] *n.m.* 貼現者，打折扣者 *a.* 經營貼現的

escorte [ɛskɔrt] *n.f.* 護送隊，護航隊；隨從，隨行人員

escorter [ɛskɔrte] *v.t.* 護送，伴送；押送

escouade- [ɛskwad] *n.f.* 【軍】班

escrime [ɛskrim] *n.f.* 劍術

escrimer(s') [sɛskrime] *v.pr.* 努力，致力於

escrimeur, se [ɛskrimœːr, øːz] *n.* 擊劍者，劍術家

escroc [ɛskro] *n.m.* 騙子

escroquer [ɛskrɔke] *v.t.* 詐取，詐騙

escroquerie [ɛskrɔkri] *n.f.* 詐騙

escroqueur, se [ɛskrɔkœːr, øːz] *n.* 詐騙者

ésotérique [ezɔterik] *a.* 秘傳的；難以理解的

espace [ɛspa(ɑ)ː] s] *n.m.* 空間，宇宙；地方，場所；期間；間距，空隙 【印】空鉛，鉛條

espacement [ɛspa(ɑ)smã] *n.m.* 間隔，間距

espacer [ɛspa(ɑ)se] *v.t.* [c. 1] 使有距離，使有間隔；【印】在…間襯空鉛或插鉛條

espace-temps [ɛspa(ɑ)stã] 【哲，物】時空

espadrille [ɛspadrij] *n.f.* 草繩底帆布鞋

espagnol, e [ɛspaɲɔl] *a.* 西班牙的 *n.* E ~ 西班牙人 *n.m.* 西班牙語

espagnolette [ɛspaɲɔlɛt] *n.f.* （窗上的）長插銷

espalier [ɛspalje] *n.m.* 沿牆種植的果樹行列

espèce [ɛspɛs] *n.f.* 種類，類別，品種；【法】訴訟事件，爭執點；*pl.* 貨幣

espérance [ɛsperã:s] *n.f.* 希望，期望；【宗】希望〔基督教的三德之一〕；*pl.* 有希望得到的遺產

espérantiste [ɛsperãtist] *a.* 世界語的 *n.* 世界語提倡者

espéranto [ɛsperãto] *n.m.* 世界語

espérer [ɛspere] [c. 7] *v.t.* 希望，指望，期望 *v.i.* 相信，有信心

espiègle [ɛspjɛgl] *a.* 調皮的，淘氣的 *n.* 調皮鬼，淘氣鬼

espièglerie [ɛspjɛgləri] *n.f.* 調皮，淘氣

espion, ne [ɛspjɔ̃, ɔn] *n.* 間諜，密探；窺視他人行動者

espionnage [ɛspjɔna:ʒ] *n.m.* 偵察，偵探；間諜活動

espionner [ɛspjɔne] *v.t.* 偵察，偵探

esplanade [ɛsplanad] *n.f.* （大廈等前面的）空地，廣場

espoir [ɛspwa:r] *n.m.* 希望，期望

esprit [ɛspri] *n.m.* 精神，性；才智，機智；智力，頭腦；性情，個性；有才智的人；靈魂，精靈，鬼神；【化】精，醑劑

esquif [ɛskif] *n.m.* 小舟，輕舟

esquille [ɛskij] *n.f.* 【醫】碎骨片

esquinter [ɛskɛ̃te] *v.t.* 〖俗〗損害，損壞；使極度疲勞

esquisse [ɛskis] *n.f.* 草圖，梗概，輪廓，開端

esquisser [ɛskise] *v.t.* 畫草圖，擬提綱；簡略描述；開始做

esquiver [ɛskive] *v.t.* 躲避，逃避 *v.pr.* 溜走

essai [ɛsɛ] *n.m.* 試驗；分析；嘗試；短論，隨筆，小品文

essaim [ɛsɛ̃] *n.m.* （分蜂時）分出的蜂群，大量，大批

essaimage [ɛsɛma:ʒ] *n.m.* 【農】分蜂，分蜂期

essaimer [ese(ɛ)me] *v.i.* 分蜂；移居

essart [esa:r] *n.m.* 已清理的採伐迹地

essarter [esarte] *v.t.* 清理（採伐迹地）

essayage [ese(ɛ)ja:ʒ] *n.m.* 服裝試樣，試衣

essayer [ese(ɛ)je] [c. 4] *v.t.* 試驗；試穿；檢驗（金屬）成色 *v.i.* 力圖，試圖

essayiste [ese(ɛ)jist] *n.m.* 隨筆作者，小品文作者

esse [ɛs] *n.f.* 【技】S形鈎

essence [esã:s] *n.f.* 本質，實質；濃汁；香精；汽油；樹種

essentiel, le [esãsjɛl] *a.* 本質的，基本的；必要的；主要的 *n.m.* 要點，主要部分

esseulé, e [esœle] *a.* 孤零零的

essieu [esjø] (*pl.* ~*x*) *n.m.* （車）軸

essor [esɔ:r] *n.m.* （鳥的）飛起；發展，躍進

essorage [esɔra:ʒ] *n.m.* 脫水

essorer [esɔre] *v.t.* 使乾燥，使脫水

essoreuse [esɔrø:z] *n.f.* 脫水機，離心式乾燥機

essoufflement [esufləmã] *n.m.* 喘息，呼吸短促

essouffler [esufle] *v.t.* 使喘息，使氣喘吁吁

essuie-glace [esɥiglas] *n.m.inv.* （汽車擋風玻璃上的）刮水器

essuie-mains [esɥimɛ̃] *n.m.inv.* 擦手毛巾

essuie-plume [esɥiplym] (*pl.* ~*s*) *n.m.* 筆尖擦

essuyage [esɥija:ʒ] *n.m.* 擦拭，揩拭，拭淨

essuyer [esɥije] *v.t.* [c. 3] 揩，拭，擦；揩淨；擦乾，曬乾，吹乾；遭受，蒙受

est [ɛst] *n.m.* 東，東面；l'E~ 東方，東部地區

estacade [ɛstakad] *n.f.* 【海】柵狀突堤

estafette [ɛstafɛt] *n.f.* （古時的）信使；傳令兵，通訊員

estafilade [ɛstafilad] *n.f.* 刀傷〔主要指臉部〕

estaminet [ɛstaminɛ] *n.m.* 小咖啡館

estampage [ɛstãpa:ʒ] *n.m.* 【技】衝壓，模壓，壓印；〖俗〗敲竹杠

estampe [ɛstã:p] *n.f.* 木版畫，銅版畫，

石印品;【技】陷型模, 鍛模, 壓模

estamper [ɛstɑ̃pe] *v.t.* 【技】衝壓, 模壓;〖俗〗敲竹杠

estampeur [ɛstɑ̃pœ:r] *n.m.* 模壓工, 衝壓工;〖俗〗詐騙者

estampillage [ɛstɑ̃pija:ʒ] *n.m.* 蓋印, 蓋章, 打印記, 打硬印

estampille [ɛstɑ̃pij] *n.f.* 印記, 戳子, 硬印

estampiller [ɛstɑ̃pije] *v.t.* 蓋印, 蓋章, 打印記, 打硬印

ester [ɛstɛ:r] *n.m.* 【化】酯

ester [ɛste] *v.i.* 【法】進行訴訟

esthète [ɛstɛt] *n.* 愛美者; 裝作藝術家的人

esthéticien, ne [ɛstetisjɛ̃, ɛn] *n.* 美學家; 美容師

esthétique [ɛstetik] *a.* 審美的, 美感的; 美的 *n.f.* 美學

estimable [ɛstimabl] *a.* 值得尊重的, 值得重視的; 有一定價值的

estimatif, ve [ɛstimatif, i:v] *a.* 估價的

estimation [ɛstimasjɔ̃] *n.f.* 估價, 評價; 估計

estime [ɛstim] *n.f.* 尊重; 重視, (船舶位置的)推算

estimer [ɛstime] *v.t.* 估價, 評價; 尊重, 重視; 估計; 認爲, 以爲

estival, ale [ɛstival] (*pl.* ~**aux**) *a.* 夏季的

estivant, e [ɛstivɑ̃, ɑ̃:t] *n.* 避暑者

estoc [ɛstɔk] *n.m.* 古代的長劍

estocade [ɛstɔkad] *n.f.* 〖古〗劍刺

estomac [ɛstɔma] *n.m.* 胃; 胃部, 上腹部

estomaquer [ɛstɔmake] *v.t.* 〖俗〗使大吃一驚

estompe [ɛstɔ̃:p] *n.f.* (繪畫用的)擦筆; 用擦筆加工過的畫

estomper [ɛstɔ̃pe] *v.t.* 用擦筆擦暈染; 使模糊, 使緩和

estrade [ɛstrad] *n.f.* 台; 講台

estragon [ɛstragɔ̃] *n.m.* 【植】龍蒿

estropier [ɛstrɔpje] *v.t.* 使殘廢; 使殘缺不全, 使走樣

estuaire [ɛstɥɛ:r] *n.m.* 三角港, 喇叭形河口灣

estudiantin, e [ɛstydjɑ̃tɛ̃, in] *a.* 大學生的

esturgeon [ɛstyrʒɔ̃] *n.m.* 鱘魚

et [e] *conj.* 和, 及, 而, 且, 又

êta [ɛta] *n.m.* 希臘字母表中第7個字母 H, η

étable [etabl] *n.f.* 家畜棚

établi [etabli] *n.m.* 【技】工作台

établir [etabli:r] *v.t.* 安置; 建立, 創立, 設立; 制定; 確立

établissement [etablismɑ̃] *n.m.* 安置; 建立, 創立, 設立; 制定; 定居, 企業, 機構, 殖民地

étage [eta:ʒ] *n.m.* (樓房的)層; 層次, 階層;【地質】期, 階;【技】級

étagement [etaʒmɑ̃] *n.m.* 層疊; 分級

étager [etaʒe] *v.t.* [c.2] 把…層層疊起, 一層層地排列

étagère [etaʒɛ:r] *n.f.* 擱板; (多層)架子

étai [etɛ] *n.m.* 【建】支撐, 臨時支柱;【船】(桅)支索

étain [etɛ̃] *n.m.* 錫

étal [etal] (*pl.* ~**als** 或 ~**aux**) *n.m.* (肉舖的)肉案子; 肉舖; (市場上的)貨攤

étalage [etala:ʒ] *n.m.* (商品的)陳列; 陳列的商品, 貨架; 炫耀, 賣弄

étalagiste [etalaʒist] *n.* 攤販; 櫥窗佈置員

étale [etal] *a.* 不動的;【海】平潮的, 憩潮的

étalement [etalmɑ̃] *n.m.* 展開, 攤開; 分期

étaler [etale] *v.t.* 陳列(商品); 展開, 攤開; 塗, 抹; 分期安排; 炫耀, 賣弄; 使跌倒

étalon [etalɔ̃] *n.m.* 種公馬,【度】標準, 標準器;【財】本位

étalonnage [etalɔna:ʒ], **étalonnement** [etalɔnmɑ̃] *n.m.* 校準, 檢定; 分度, 刻

度

étalonner [etalɔne] v. t. 校準,檢定;刻度

étamage [etama:ʒ] n. m. 鍍錫

étamer [etame] v. t. 鍍錫

étameur [etamœ:r] n. m. 鍍錫工

étamine [etamin] n. f. 平紋薄紗;篩絹;濾布;【植】雄蕊

étanche [etɑ̃:ʃ] a. 不漏水的;密封的

étanchéité [etɑ̃ʃeite] n. f. 密封性,防水性

étanchement [etɑ̃ʃmɑ̃] n. m. 阻止流出,密封

étancher [etɑ̃ʃe] v. t. 止住(液體的流出);密封,封嚴

étançonner [etɑ̃sɔne] v. t. 用柱支撑

étang [etɑ̃] n. m. 池,池塘

étape [etap] n. f. 宿營地,投宿地;兩個宿營地之間的距離,一站路;期,階段

état [eta] n. m. 狀態,狀況,情況;身份;社會地位,職業;清單,登記表;政體;É~國家;(法國封建時期的)等級

étatiser [etatize] v. t. (對企業)實行國家管理

étatisme [etatism] n. m. 國家干涉主義

étatiste [etatist] a. 國家干涉主義的 n. 國家干涉主義者

état-major [etamaʒɔ:r] (pl. ~s-~s) n. m. 參謀部;智囊團;領導集團

étau [eto] (pl. ~x) n. m. 【機】虎鉗

étayer [etɛje] v. t. [c.4]用柱支撑住;支持

et cætera, et cetera [ɛtsetera] loc. adv. 等等〔縮寫爲 etc.〕

été [ete] n. m. 夏季,夏天

éteignoir [etɛɲwa:r] n. m. 熄燭罩

éteindre [etɛ̃:dr] v. t. [c. 51]熄滅;關(電燈,收音機等);使(色)褪掉;減輕,平息,使消失,使減絕;取消(債務)

étendard [etɑ̃da:r] n. m. 軍旗,旗幟;騎兵團旗;【植】旗瓣

étendre [etɑ̃:dr] v. t. [c. 42]鋪開,展開;張開,伸開;使直躺着;擴大,擴展;拉長;

塗,抹;稀釋;〖俗〗不錄取

étendue [etɑ̃dy] n. f. 面積;(時間的)長度;篇幅;範圍,廣度;【樂】音域

éternel, le [etɛrnɛl] a. 永恒的,永存的,永遠的;沒完沒了的;從不離身的

éterniser [etɛrnize] v. t. 使永存;無限期地延長

éternité [etɛrnite] n. f. 永恒;很長的時間;【宗】來生

éternuement [etɛrnymɑ̃] n. m. 噴嚏

éternuer [etɛrnɥe] v. i. 打噴嚏

étêter [etɛte] v. t. 截去頂枝;去頭;【化】除去頭餾份

éteule [etœl] n. f. (莊稼收割後餘留的)茬

éthane [etan] n. m. 乙烷

éther [etɛ:r] n. m. 【物】以太;〖詩〗天空,太空;【化】乙醚

éthéré, e [etere] a. 以太的,太空的;純潔的,輕盈的;【化】醚的,含醚的

éthériser [eterize] v. t. 施行乙醚麻醉

éthéromane [eterɔman] a., n. 嗜乙醚的(人)

éthiopien, ne [etjɔpjɛ̃, ɛn] a. 埃塞俄比亞的 n. É~埃塞俄比亞人

éthique [etik] a. 倫理的;倫理學的 n. f. 倫理學,倫理

ethnique [ɛtnik] a. 人種的,種族的;某地居民的

ethnographe [ɛtnɔgraf] n. 人種誌學家

ethnographie [ɛtnɔgrafi] n. f. 人種誌

ethnologie [ɛtnɔlɔʒi] n. f. 人種學

ethnologue [ɛtnɔlɔg] n. 人種學家

éthylène [etilɛn] n. m. 乙烯

éthylique [etilik] a. 乙基的

éthyne [etin] n. m. 乙炔

étiage [etja:ʒ] n. m. (河流的)枯水期,最低水位

étinceler [etɛ̃sle] v. i. [c. 5]放出火花,閃爍;放射光芒,發出光彩

étincelle [etɛ̃sɛl] n. f. 火花,火星;閃光,光芒

étincellement [etɛ̃sɛlmɑ̃] n. m. 閃光,

閃爍

étiolement [etjɔlmɑ̃] *n. m.* 黃萎;【園藝】黃化;衰退

étioler [etjɔle] *v. t.* 使黃萎;【園藝】使黃化

étiologie [etjɔlɔʒi] *n. f.* 原因論;【醫】病因學

étique [etik] *a.* 骨瘦如柴的

étiquetage [etikta:ʒ] *n. m.* 貼標簽

étiqueter [etikte] *v. t.* [c. 5]貼上標簽

étiquette [etikɛt] *n. f.* 標簽,簽條;禮節

étirage [etira:ʒ] *n. m.* 拉長;【冶】拉製,拉拔

étirer [etire] *v. t.* 拉長

étoffe [etɔf] *n. f.* 織物,布;〖俗〗材料;才能;(製管風琴風管用的)鉛錫合金;印刷材料費

étoffer [etɔfe] *v. t.* 用料寬裕地縫製;使豐富;充實

étoile [etwal] *n. f.* 星,恒星;(占星術中的)星宿;星形物;(道路的)星形交叉處;名演員,明星

étoiler [etwale] *v. t.* 使佈滿星星或星形物;使産生星形裂痕

étole [etɔl] *n. f.* (教士佩的)襟帶;(女用)毛皮長披肩

étonnamment [etɔnamɑ̃] *adv.* 驚人地,令人驚訝地

étonnant, e [etɔnɑ̃, ɑ̃:t] *a.* 驚人的,令人驚訝的;非凡的

étonnement [etɔnmɑ̃] *n. m.* 驚訝,驚奇

étonner [etɔne] *v. t.* 使驚訝,使驚異

étouffée [etufe] *n. f.* 煨,燉,蒸

étouffement [etufmɑ̃] *n. m.* 窒息;呼吸困難,氣悶

étouffer [etufe] *v. t.* 使窒息,悶死;使呼吸困難;悶熄;壓低,減輕;忍住,抑制;平息,撲滅 *v. i.* 呼吸困難,氣悶

étouffoir [etufwa:r] *n. m.* 【樂】(鋼琴的)制音器,制音器;〖俗〗悶熱的房間

étoupe [etup] *n. f.* 廢麻,下腳麻

étoupille [etupij] *n. f.* 導火綫,起爆管

étourderie [eturdəri] *n. f.* 輕率,冒失;冒失的舉動

étourdi, e [eturdi] *a.* 輕率的,冒失的;丟三落四的 *n.* 冒失鬼;丟三落四的人

étourdir [eturdi:r] *v. t.* 使昏,使頭暈;使昏頭昏腦;使疲倦;使厭煩

étourdissement [eturdismɑ̃] *n. m.* 眩暈;昏頭昏腦,飄飄然;震驚,驚愕

étourneau [eturno] (*pl.* ~*x*) *n. m.* 椋鳥;冒失失的青年人,沒頭腦的人

étrange [etrɑ̃:ʒ] *a.* 奇怪的,奇特的,奇異的

étranger, ère [etrɑ̃ʒe, ɛ:r] *a.* 外國的;對外的;(團體等)以外的;外行的;陌生的;無關的 *n. m.* 外國;外國人

étrangeté [etrɑ̃ʒte] *n. f.* 奇特,古怪;奇異的東西

étranglé, e [etrɑ̃gle] *a.* 勒緊的,收緊的

étranglement [etrɑ̃gləmɑ̃] *n. m.* 扼死,掐死;收緊,收縮

étrangler [etrɑ̃gle] *v. t.* 扼死,掐死;卡住喉嚨,使呼吸困難;扼殺 *v. i.* 透不過氣

étrangleur, se [etrɑ̃glœ:r, ø:z] *n.* 扼死人者 *n. m.* 節流閥

étrave [etra:v] *n. f.* 【船】艏柱

être [ɛtr] *v. i.* 存在,生存;是,有;在 *n. m.* 存在的東西;【哲】存在;人

étreindre [etrɛ̃:dr] *v. t.* [c. 51]束緊,緊抱,摟;使(情緒上)受壓迫,使透不過氣來

étreinte [etrɛ̃:t] *n. f.* 束緊;摟抱

étrenne [etrɛn] *n. f.* 新年禮物;初次使用〔指東西〕

étrenner [etre(ɛ)ne] *v. t.* 第一次使用(某物) *v. i.* 第一個吃到頭彩

êtres [ɛtr] *n. m. pl.* 房屋的佈局

étrier [etrie] *n. f.* 馬鐙;登杆器;(中耳的)鐙骨

étrille [etrij] *n. f.* 馬刷,馬櫛;一種梭子蟹

étriller [etrije] *v. t.* 用馬刷梳刷;打;敲

竹杠

étriper [etripe] v. t. 取出(動物)內臟

étriquer [etrike] v. t. 使(衣服)緊窄

étrivière [etrivjɛ:r] n. f. 弔馬鐙的皮帶; pl. 鞭打, 懲罰

étroit, e [etrwa[α], α[α:]t] a. 窄的, 狹窄的; 狹小的; 狹隘的; 拮据的; 嚴格的, 嚴密的; 緊的; 緊密的, 密切的, 親密的; à l'~ loc. adv. 緊擠著

étroitesse [etrwatɛs] n. f. 狹窄, 狹小; 狹隘

étude [etyd] n. f. 學習; 研究; 審查, 考察; 設計; 自修室; (公證人等的)事務所; (研究後寫的)論著; (繪畫的)習作;【樂】練習曲; pl. 學業

étudiant, e [etydjɑ̃, ɑ̃:t] n. 大學生

étudier [etydje] v. t. 學習; 熟讀, 熟記; 研究; 準備 v. i. 求學, 唸書

étui [etɥi] n. m. 盒, 套, 箱

étuve [ety:v] n. f. 蒸汽浴室; 烘箱, 乾燥箱, 恒温器

étuver [etyve] v. t. 蒸, 煨, 燉; (放在烘箱中)烘

étymologie [etimɔlɔʒi] n. f. 詞源; 詞源學

étymologique [etimɔlɔʒik] a. 詞源的, 詞源學的

étymologiste [etimɔlɔʒist] n. 詞源學家

eucalyptus [økaliptys] n. m. 桉樹

eucharistie [økaristi] n. f. 【宗】聖餐

eugénique [øʒenik] n. f. 優生學

euh! [ø] interj. 噢! 唔! 唔! 〔表示懷疑、驚奇、爲難等〕

eunuque [ønyk] n. m. 宦官, 太監

euphémisme [øfemism] n. m. 委婉説法, 婉轉措辭

euphonie [øfɔni] n. f. 【語】諧音, 語音諧調

euphonique [øfɔnik] a. 諧音的, 語音諧調的

euphorbe [øfɔrb] n. f. 【植】大戟

européaniser [ørɔpeanize] v. t. 使歐化

européen, ne [ørɔpeɛ̃, ɛn] a. 歐洲的 n. E～ 歐洲人

europium [ørɔpjɔm] n. m. 【化】銪

eurythmie [øritmi] n. f. 音律諧調, 節律

eustache [østaʃ] n. m. 木柄小刀

euthanasie [øtanazi] n. f. 無痛苦死亡

eux [ø] pron. pers. m. pl. 他們

évacuation [evakɥasjɔ̃] n. f. 排泄, 排出; 排泄物; 撤退, 撤離; 疏散

évacuer [evakɥe] v. t. 排泄; 排出; 撤退, 撤離

évader(s') [sevade] v. pr. 逃跑, 逃走; 擺脱, 逃避

évaluation [evalɥasjɔ̃] n. f. 估價; 估計

évaluer [evalɥe] v. t. 估價; 估計

évangéliser [evɑ̃ʒelize] v. t. 福音傳道; 傳教

Évangile [evɑ̃ʒil] n. m. 【宗】福音; 耶穌的教義; 福音書

évanouir(s') [sevanwi:r] v. pr. 消失, 消逝; 昏厥

évanouissement [evanwismɑ̃] n. m. 消失, 消逝; 昏厥, 昏迷

évaporation [evaporasjɔ̃] n. f. 蒸發, 揮發, 汽化

évaporer [evapore] v. t. 使蒸發, 使揮發, 使汽化 v. pr. 蒸發, 揮發; 變得輕率

évasement [evazmɑ̃] n. m. 擴大口子; 喇叭口

évaser [evaze] v. t. 使口子擴大

évasif, ve [evazif, i:v] a. 支吾搪塞的, 含糊其詞的

évasion [eva[α]zjɔ̃] n. f. 越獄, 逃跑; 消遣, 散心

évêché [eveʃe] n. m. 【宗】主教的管轄區; 主教府

éveil [evɛj] n. m. 唤醒; 甦醒, 覺醒

éveillé, e [eve[ɛ]je] a. 活潑的, 機靈的

éveiller [eve[ɛ]je] v. t. 唤醒, 吵醒; 喚發; 激起, 引起 v. pr. 睡醒; 覺醒; (感

情等的)产生

événement [eve[e]nmā] n. m. 事情,事件;結局

évent [evā] n. m. 通風口;(鯨類的)鼻孔;【技】出氣孔,通氣孔

éventail [evātaj] (pl. ~s) n. m. 扇子,摺扇

éventaire [evātɛ:r] n. m. (掛在胸前的)售貨筐;(露天)貨攤

éventer [evāte] v. t. 替(某人)打扇;晾,讓風吹;使走味,使走氣;發覺,識破

éventration [evātrɑsjɔ̄] n. f. (腹腔)內臟突出,(腹壁穿破時)內臟脫出

éventrer [evātre] v. t. 剖腹,開膛;打破

éventualité [evātyalite] n. f. 可能性,或然性;可能發生的情況

éventuel, le [evātyɛl] a. 可能的,或然的

évêque [evɛk] n. m. 【宗】主教

évertuer(s') [severtye] v. pr. 竭力,努力

éviction [eviksjɔ̄] n. f. 【法】(由第三者行使的)所有權的追奪;排斥,排擠

évidement [evidmā] n. m. 鏤,挖;鏤空,挖空

évidemment [evidamā] adv. 顯然,明顯地;當然,肯定地

évidence [evidās] n. f. 明顯;明顯的事情

évident, e [evidā, ā:t] a. 明顯的,顯然的,一目瞭然的

évider [evide] v. t. 鏤,挖,刳;【縫紉】剪弧綫

évier [evje] n. m. 洗碗槽;(廚房)排水溝

évincement [evēsmā] n. m. 排斥,排擠

évincer [evēse] v. t. [c. 1]排斥,排擠

éviter [evite] v. t. 避開,避免

évocateur, trice [evɔkatœr, tris] a. 能喚神的;能引起回憶的

évocation [evɔkɑsjɔ̄] n. f. 喚神,召魂;回想,追憶;【法】弔案(審理)

évocatoire [evɔkatwa:r] a. 喚神的,召魂的;勾起回憶的

évoluer [evɔlɥe] v. i. 變換位置,變換隊形;演變,發展,進化

évolutif, ve [evɔlytif, i:v] a. 演變的,進化的,發展的

évolution [evɔlysjɔ̄] n. f. (隊伍的)位置變換,機動;運轉;演變,發展;【生】進化,演化

évolutionnisme [evɔlysjɔnism] n. m. 進化論,天演論,演化論

évolutionniste [evɔlysjɔnist] n. 進化論者 a. 進化論的

évoquer [evɔke] v. t. (迷信活動中)呼,召;追念,重提;描繪;令人想到;提起;【法】弔案審理

ex- préf. 表示"前","不再具有"的意思

exacerbation [ɛgzasɛrbɑsjɔ̄] n. f. (病症的)加重,加劇;激化,激烈

exact, e [ɛgza(kt), kt] a. 真實的,如實的;確切的,精確的;守時的

exaction [ɛgzaksjɔ̄] n. f. 敲詐勒索

exactitude [ɛgzaktityd] n. f. 真實,真實性;確切,精確;守時

ex æquo [ɛgzeo] loc. adv. 〖拉〗並列地

exagération [ɛgzaʒerɑsjɔ̄] n. f. 誇大,誇張;過分

exagérer [ɛgzaʒere] v. t. [c. 7]誇大,誇張

exaltation [ɛgzaltɑsjɔ̄] n. f. 讚美,讚揚;興奮,狂熱,激烈

exalté, e [ɛgzalte] a. 興奮的,狂熱的,激昂的 n. 狂熱者

exaltant, e [ɛgzaltā, ā:t] a. 令人激昂的,令人興奮的

exalter [ɛgzalte] v. t. 歌頌,讚揚;激起,使激奮

examen [ɛgzamē] n. m. 研究,審查,檢查;考試

examinateur, trice [ɛgzaminatœr, tris] n. 主考人

examiner [ɛgzamine] v. t. 研究,檢查,審查;細看,端詳;考試

exaspération [ɛgzasperɑsjɔ̄] n. f. 激

怒,憤怒;激化,加劇

exaspérer [ɛgzaspere] *v. t.* [c. 7] 激怒, 惹怒;使激化,加劇

exaucer [ɛgzose] *v. t.* [c. 1]使滿足,使 如願

excavateur, trice [ɛkskavatœːr, tris] *n.* 挖掘機,鏈斗式挖掘機

excavation [ɛkskavɑsjɔ̃] *n. f.* 挖掘;坑, 穴

excédent [ɛksedɑ̃] *n. m.* 超過,盈餘

excéder [ɛksede] *v. t.* [c. 7]超過,超出; 使厭煩

excellemment [ɛksɛlamɑ̃] *adv.* 傑出 地,卓越地,完美地

excellence [ɛksɛlɑ̃ːs] *n. f.* 傑出,卓越; E~ 閣下

excellent, e [ɛksɛlɑ̃, ɑ̃ːt] *a.* 傑出的,極 好的;善良的

exceller [ɛksɛ(ɛ)le] *v. t.* 出衆;擅長,善 於

excentrer [ɛksɑ̃tre] *v. t.* 【機】偏移中 心,偏移軸心

excentricité [ɛksɑ̃trisite] *n. f.* 【數】偏 心率,離心率;偏僻;古怪,怪癖

excentrique [ɛksɑ̃trik] *a.* 【數】偏心的, 離心的,偏僻的;古怪的 *n.* 古怪的人 *n. m.* 【機】偏心輪

excepté, e [ɛksɛpte] *a.* 除外,不在内 *prép.* 除了…以外

excepter [ɛksɛpte] *v. t.* 除了,作爲例 外,不包括

exception [ɛksɛpsjɔ̃] *n. f.* 例外;à l'~ de *loc. prép.* 除了…

exceptionnel, le [ɛksɛpsjɔnɛl] *a.* 例 外的;特殊的,異常的

excès [ɛksɛ] *n. m.* 剩餘,超出部分;過 分;過度的行爲; *pl.* 暴行;à l'~ *loc. adv.* 過分地

excessif, ve [ɛksɛ(ɛ)sif, iːv] *a.* 過分的, 極端的;易走極端的

exciper [ɛksipe] *v. i.* 【法】抗辯,申辯

excipient [ɛksipjɑ̃] *n. m.* 【藥】賦形劑

exciser [ɛksize] *v. t.* 【醫】切除

excision [ɛksizjɔ̃] *n. f.* 【醫】切除

excitabilité [ɛksitabilite] *n. f.* 【生理】 興奮性

excitable [ɛksitabl] *a.* 易興奮的;易激 動的

excitateur, trice [ɛksitatœːr, tris] *n.* 刺 激者,煽動者 *n. m.* 【物】放電器 *n. f.* 【電】勵磁機

excitation [ɛksitasjɔ̃] *n. f.* 刺激,激勵, 鼓勵;煽動

exciter [ɛksite] *v. t.* 刺激,激發;激勵, 鼓勵;促使,煽動,唆使

exclamatif, ve [ɛksklamatif, iːv] *a.* 【語】感嘆的

exclamation [ɛksklamɑsjɔ̃] *n. f.* 歡呼, 感嘆,驚呼

exclamer(s') [sɛksklame] *v. pr.* 歡呼, 感嘆,驚呼

exclure [ɛksklyːr] *v. t.* [c. 58]開除,驅 逐;排斥;排除

exclusif, ve [ɛksklyzif, iːv] *a.* 獨佔的, 專屬的;排他的;專一的;唯我獨尊的,固 執的 *n. f.* 開除,排斥

exclusion [ɛksklyzjɔ̃] *n. f.* 開除,解除; 排除;à l'~ de *loc. prép.* …除外,不 包括…

exclusivement [ɛksklyzivmɑ̃] *adv.* 專 一地,唯一地;除外,不包括在内

exclusivisme [ɛksklyzivism] *n. m.* 排 他性,排外主義

exclusivité [ɛksklyzivite] *n. f.* 專有權, 專營權

excommunication [ɛkskɔmynikɑsjɔ̃] *n. f.* 逐出教會;開除

excommunier [ɛkskɔmynje] *v. t.* 逐出 教會;開除,逐出

excoriation [ɛkskɔrjɑsjɔ̃] *n. f.* 表皮擦 傷

excorier [ɛkskɔrje] *v. t.* 擦傷(皮膚)

excrément [ɛkskremɑ̃] *n. m.* 糞便,屎; 廢物

excrémentiel, le [ɛkskremɑ̃sjɛl] *a.* 糞 便的

excréter [ɛkskrete] v. t. [c. 7]排泄

excréteur, trice [ɛkskretœːr, tris] a. 排泄(用)的

excrétion [ɛkskresjɔ̃] n. f. 排泄(作用),分泌(作用)

excroissance [ɛkskrwasɑ̃ːs] n. f. 【醫】贅生物,贅疣,【植】瘿瘤,突起

excursion [ɛkskyrsjɔ̃] n. f. 遠足,徒步旅行,游覽

excursionniste [ɛkskyrsjɔnist] n. 遠足者,徒步旅行者,游覽者

excusable [ɛkskyzabl] a. 可寬恕的,可原諒的

excuse [ɛkskyːz] n. f. 辯解;託辭,借口;pl. 抱歉

excuser [ɛkskyze] v. t. 辯解,辯白;原諒,寬恕 v. pr. 自行辯解;請求原諒

exécrable [ɛgz(ks)ekrabl] a. 可惡的,可憎的;很壞的,惡劣的

exécration [ɛgz(ks)ekrasjɔ̃] n. f. 憎恨,嫌惡

exécrer [ɛgz(ks)ekre] v. t. [c. 7]憎恨,嫌惡

exécutant, e [ɛgzekytɑ̃, ɑ̃ːt] n. 執行者,實施者;演奏者

exécuter [ɛgzekyte] v. t. 實施,執行,履行;演奏;處決;製作 v. pr. 履行

exécuteur, trice [ɛgzekytœːr, tris] n. 執行者,實施者;行刑者

exécutif, ve [ɛgzekytif, iːv] a. 執行的,行政的 n. m. 行政權

exécution [ɛgzekysjɔ̃] n. f. 實施,執行,履行;演奏;處決

exégèse [ɛgzeʒɛːz] n. f. 注釋,注解

exemplaire [ɛgzɑ̃plɛːr] a. 模範的,可作榜樣的;作爲儆戒的 n. m. 册數,張數,份數;樣品,標本

exemple [ɛgzɑ̃pl] n. m. 榜樣,典範;教訓,儆戒;例子,例證;par ～ loc. adv. 例如;par ～! loc. interj. 表示懷疑、驚訝等的感嘆詞

exempt, e [ɛgzɑ̃, ɑ̃ːt] a. 免除…的;幸免的;沒有…的

exempter [ɛgzɑ̃te] v. t. 免除,免去;防止

exemption [ɛgzɑ̃psjɔ̃] n. f. 豁免,免除

exercé, e [ɛgzɛrse] a. 訓練有素的,熟練的

exercer [ɛgzɛrse] [c. 1] v. t. 訓練,鍛煉;考驗;行使,運用;從事,執行 v. pr. 練習,鍛煉

exercice [ɛgzɛrsis] n. m. 訓練,鍛煉,操練;練習;從事;行使,運用;【財】財政年度

exergue [ɛgzɛrg] n. m. 獎章上留作刻題銘的部分

exfoliation [ɛksfɔljasjɔ̃] n. f. 剝落,脫落

exfolier [ɛksfɔlje] v. t. 一層層地剥

exhalaison [ɛgzalɛzɔ̃] n. f. (散發出來的)氣味,氣體

exhalation [ɛgzalɑsjɔ̃] n. f. 發散,發出,呼出

exhaler [ɛgzale] v. t. 散發出;噴出,呼出;流露出,發出

exhaussement [ɛgzosmɑ̃] n. m. 加高

exhausser [ɛgzose] v. t. 加高;提高

exhaustif, ve [ɛgzostif, iːv] a. 詳盡的,透徹的,完整的

exhiber [ɛgzibe] v. t. 出示;展出;炫耀

exhibition [ɛgzibisjɔ̃] n. f. 出示;展出,展覽;炫耀

exhortation [ɛgzɔrtasjɔ̃] n. f. 勸說,勸告,鼓勵

exhorter [ɛgzɔrte] v. t. 勸說,勸告,鼓勵

exhumation [ɛgzymasjɔ̃] n. f. 挖掘,發掘;追憶;搜索

exhumer [ɛgzyme] v. t. 挖掘,發掘;追憶;搜索

exigeant, e [ɛgziʒɑ̃, ɑ̃ːt] a. 苛求的,愛挑剔的;要求嚴格的

exigence [ɛgziʒɑ̃ːs] n. f. 苛求;要求,需要

exiger [ɛgziʒe] v. t. [c. 2]要求;需要

exigibilité [ɛgziʒibilite] n. f. 可要求

性, 可要求償還性

exigible [ɛgziʒibl] *a.* 可要求的, 可索還的

exigu, ë [ɛgzigy] *a.* 狹窄的, 狹小的

exiguïté [ɛgziɡɥite] *n. f.* 狹窄, 狹小

exil [ɛgzil] *n. m.* 流放; 流亡; 被迫遷居; 流放地

exilé, e [ɛgzile] *a.* 被流放的; 流亡的 *n.* (被)流放者; 流亡者

exiler [ɛgzile] *v. t.* 流放, 放逐; 驅逐, 趕走

existant, e [ɛgzistɑ̃, ɑ̃:t] *a.* 存在的; 現存的, 現有的

existence [ɛgzistɑ̃:s] *n. f.* 存在; 生存, 生命; 生活

existentialisme [ɛgzistɑ̃sjalism] *n. m.* 【哲】存在主義

exister [ɛgziste] *v. i.* 存在; 生存; 顯得重要

ex-libris [ɛkslibris] *n. m. inv.* 藏書標籤

exode [ɛgzɔd] *n. m.* 成羣移居; 大批逃難

exonération [ɛgzɔnerasjɔ̃] *n. f.* 免除, 減免

exonérer [ɛgzɔnere] *v. t.* [c. 7]免除, 減免

exorbitant, e [ɛgzɔrbitɑ̃, ɑ̃:t] *a.* 過分的, 過度的

exorciser [ɛgzɔrsize] *v. t.* 驅邪, 祓魔

exorcisme [ɛgzɔrsism] *n. m.* 驅魔咒

exorde [ɛgzɔrd] *n. m.* 開場白; 開端

exotérique [ɛgzɔterik] *a.* 對外傳授的, 公開的〔指學說、教義〕

exotique [ɛgzɔtik] *a.* 外來的; 異國的, 異國情調的

exotisme [ɛgzɔtism] *n. m.* 異國情調

expansibilité [ɛkspɑ̃sibilite] *n. f.* 膨脹性

expansible [ɛkspɑ̃sibl] *a.* 【物】可膨脹的; 【機】可脹開的

expansif, ve [ɛkspɑ̃sif, i:v] *a.* 膨脹的, 能膨脹的; 感情外露的

expansion [ɛkspɑ̃sjɔ̃] *n. f.* 膨脹; 擴張; 傳播; (感情的)流露

expansionnisme [ɛkspɑ̃sjɔnism] *n. m.* 擴張主義

expansionniste [ɛkspɑ̃sjɔnist] *a.* 擴張主義的 *n.* 擴張主義者

expatriation [ɛkspatriasjɔ̃] *n. f.* 放逐國外; 移居國外

expatrier [ɛkspatrie] *v. t.* 放逐國外 *v. pr.* 移居國外

expectative [ɛkspɛktati:v] *n. f.* 期望, 期待

expectorant, e [ɛkspɛktɔrɑ̃, ɑ̃:t] *a.* 祛痰的 *n. m.* 祛痰劑

expectoration [ɛkspɛktɔrasjɔ̃] *n. f.* 咳痰

expectorer [ɛkspɛktɔre] *v. t.* 咳出(痰); 咯出(痰)

expédient, e [ɛkspedjɑ̃, ɑ̃:t] *a.* 適當的, 合適的 *n. m.* 辦法; 權宜之計; *pl.* 不擇手段的搞錢辦法

expédier [ɛkspedje] *v. t.* 寄發, 發送; 打發走; 速辦, 匆匆完成; 【法】給予副本

expéditeur, trice [ɛkspeditœ:r, tris] *a.* 發運的, 寄發的 *n.* 寄件人, 發貨人

expéditif, ve [ɛkspeditif, i:v] *a.* 辦事迅速的, 簡便的

expédition [ɛkspedisjɔ̃] *n. f.* 處理; 遠征, 探險; 發運, 發運物;【法】抄本, 副本

expéditionnaire [ɛkspedisjɔnɛ:r] *a.* 遠征的 *n.* 發貨員; 製副本者

expérience [ɛksperjɑ̃:s] *n. f.* 經驗, 體驗; 實驗, 試驗

expérimental, ale [ɛksperimɑ̃tal] (*pl.* ~*aux*) *a.* 實驗的; 試驗性的

expérimentateur, trice [ɛksperimɑ̃tatœ:r, tris] *a.* 從事實驗的 *n.* 實驗員

expérimentation [ɛksperimɑ̃tasjɔ̃] *n. f.* 實驗, 試驗

expérimenté, e [ɛksperimɑ̃te] *a.* 有經驗的, 老練的

expérimenter [ɛksperimɑ̃te] *v. t.* 試

驗, 檢驗　v. i.　做實驗

expert, e [ɛkspɛːr, ɛrt] a.　熟練的, 精通的, 內行的　n. m.　專家; 鑒定人

expertise [ɛkspɛrtiz] n. f.　鑒定, 鑒別; 鑒定書

expertiser [ɛkspɛrtize] v. t.　鑒定, 鑒別

expiation [ɛkspjasjɔ̃] n. f.　贖罪

expiatoire [ɛkspjatwaːr] a.　贖罪的

expier [ɛkspje] v. t.　抵償, 補贖; 爲…付出代價

expiration [ɛkspirasjɔ̃] n. f.　呼氣; 滿期, 到期

expirer [ɛkspire] v. t.　呼 (氣)　v. i.　斷氣; 到期, 滿期

explétif, ve [ɛkspletif, iːv] n. m., a.　贅詞(的)

explicable [ɛksplikabl] a.　可解釋的, 可理解的

explicatif, ve [ɛksplikatif, iːv] a.　解釋的, 說明性的

explication [ɛksplikasjɔ̃] n. f.　解釋, 說明; 辯白; 原因

explicite [ɛksplisit] a.　【法】明示的; 明確的, 清楚的

expliquer [ɛksplike] v. t.　說明, 解釋　v. pr.　表達(自己的)思想; 明白其中緣故; 說明理由

exploit [ɛksplwa] n. m.　戰功, 功勳; 【法】傳票

exploitable [ɛksplwatabl] a.　可開發的, 可經營的

exploitant, e [ɛksplwatɑ̃, ɑ̃ːt] a.　開發的, 經營的　n.　開發者, 經營者

exploitation [ɛksplwatasjɔ̃] n. f.　開發, 開採, 經營; 剝削; 開發的土地; 經營的事業; 利用; 【軍】擴大戰果

exploité, e [ɛksplwate] a.　被開發的, 被經營的; 被剝削的　n.　被剝削者

exploiter [ɛksplwate] v. t.　開發, 經營; 剝削; 利用　v. i.　【法】送出傳票

exploiteur, se [ɛksplwatœːr, øːz] a.　剝削的　n.　剝削者

explorateur, trice [ɛksplɔratœːr, tris] n.

勘探者, 探險家　a.　探險性的

exploration [ɛksplɔrasjɔ̃] n. f.　勘探, 勘察; 探索, 研究; 【醫】探察, 檢查

explorer [ɛksplɔre] v. t.　勘探, 勘察; 探索, 研究; 【醫】探察, 檢查

exploser [ɛksploze] v. i.　爆炸; 發作

explosible [ɛksploziːbl] a.　會爆炸的, 爆炸性的

explosif, ve [ɛksplozif, iːv] a.　爆炸的; 一觸即發的; 易怒的　n. m.　炸藥, 爆炸物

explosion [ɛksplozjɔ̃] n. f.　爆炸; 爆發, 發作; 【機】燃燒膨脹衝程

exportateur, trice [ɛkspɔrtatœːr, tris] n.　出口商, 輸出者　a.　出口的, 輸出的

exportation [ɛkspɔrtasjɔ̃] n. f.　出口, 輸出; 出口物品

exporter [ɛkspɔrte] v. t.　出口, 輸出

exposant, e [ɛkspozɑ̃, ɑ̃ːt] n.　陳列者, 展出者　n. m.　【數】指數

exposé [ɛkspoze] n. m.　陳述, 簡述, 報告

exposer [ɛkspoze] v. t.　陳列, 展出; 陳述, 闡述; 朝向; 使暴露在, 使承受; 使遭受危險; 使遭到　v. pr.　扭露, 使自己處於(危險境地); 連累自己

exposition [ɛkspozisjɔ̃] n. f.　陳列, 展出, 展覽, 陳列館, 展覽館, 展覽會; 陳述, 闡述; (房屋等的)朝向; (情節等的)展開部分; 【樂】呈示部; 【攝】曝光

exprès, esse [ɛksprɛ, ɛs] a.　明確的, 明文規定的; inv.　快遞的　n. m.　專差, 信使; 快遞郵件　adv.　故意地, 特意地

express [ɛksprɛs] 【英】【鐵】 a.　快的　n. m. inv.　快車

expressément [ɛkspresemɑ̃] adv.　明確地, 明文規定地

expressif, ve [ɛkspre[ɛ]sif, iːv] a.　有表現力的; 富於表情的

expression [ɛkspresjɔ̃] n. f.　表達, 表示; 表達力, 表情; 詞組, 熟語

expressionnisme [ɛksprɛsjɔnism] *n. m.* 表現主義〔資產階級藝術流派〕

exprimer [ɛksprime] *v. t.* 表達,表現;榨出 *v. pr.* 表達自己的思想感情

expropriation [ɛksprɔpriasjɔ̃] *n. f.* 【法】徵購

exproprier [ɛksprɔprie] *v. t.* 【法】向…徵購;徵購

expulser [ɛkspylse] *v. t.* 驅逐,趕走;開除;【醫】排出

expulsion [ɛkspylsjɔ̃] *n. f.* 驅逐,趕走;開除;【醫】排出

expurger [ɛkspyrʒe] *v. t.* [c. 2] 刪改,刪節

exquis, e [ɛkski, i:z] *a.* 美味的;精緻的;美麗的;完美的

exquisément [ɛkskizemɑ̃] *adv.* 精緻地,完美地

exsangue [ɛksɑ̃:g] *a.* 【醫】失血的,缺血的;毫無血色的

extase [ɛkstɑ:z] *n. f.* 出神;心醉神迷;【醫】(神志)恍惚

extasier(s') [sɛkstɑzje] *v. pr.* 着迷,心醉

extatique [ɛkstatik] *a.* 出神的;狂喜的,着迷的

extenseur [ɛkstɑ̃sœ:r] *a. m.* 【解】伸展的 *n. m.* 伸肌;【體】拉力器,擴胸器

extensibilité [ɛkstɑ̃sibilite] *n. f.* 延伸性,伸展性

extensible [ɛkstɑ̃sibl] *a.* 可延伸的,可伸展的

extensif, ve [ɛkstɑ̃sif, i:v] *a.* 使伸長的;引伸的

extension [ɛkstɑ̃sjɔ̃] *n. f.* 延伸,伸展;擴大,擴展;【語】引伸

exténuation [ɛkstenyasjɔ̃] *n. f.* 精疲力盡

exténuer [ɛkstenye] *v. t.* 使精疲力盡

extérieur, e [ɛksterjœ:r] *a.* 外部的,外面的;對外(國)的;外表上的 *n. m.* 外面,表面,外表;國外; *pl.*【電影】外景

extériorisation [ɛksterjɔrizasjɔ̃] *n. f.* 顯露,流露

extérioriser [ɛksterjɔrize] *v. t.* 顯露,流露,表露

extériorité [ɛksterjɔrite] *n. f.* 【哲】外在,外在性

exterminateur, trice [ɛksterminatœ:r, tris] *a.* 殲滅的,根除的 *n.* 殲滅者,根除者

extermination [ɛksterminasjɔ̃] *n. f.* 殲滅,消滅,滅絕

exterminer [ɛkstermine] *v. t.* 殲滅,消滅,滅絕

externat [ɛksterna] *n. m.* 走讀學校;不住院的見習醫生的職務

externe [ɛkstern] *a.* 在外部的;外用的;走讀的 *n.* 走讀生;(不住院的)實習醫生

exterritorialité [ɛksteritɔrjalite] *n. f.* 治外法權

extincteur, trice [ɛkstɛ̃ktœ:r, tris] *a.* 滅火的 *n. m.* 滅火機

extinction [ɛkstɛ̃ksjɔ̃] *n. f.* 熄滅;滅亡,消亡;取消,廢除;(機能的)衰退,消失

extirpateur [ɛkstirpatœ:r] *n. m.* 除草機

extirpation [ɛkstirpasjɔ̃] *n. f.* 連根拔除,根除,消除;【醫】摘除

extirper [ɛkstirpe] *v. t.* 連根拔除;根除;【醫】摘除

extorquer [ɛkstɔrke] *v. t.* 強奪,強行取得,勒索

extorsion [ɛkstɔrsjɔ̃] *n. f.* 強奪,勒索

extra- *préf.* 表示"超、極端"或"外、額外"的意思

extra [ɛkstra] *n. m. inv.* 額外的事物;額外工作;特別準備的食物;臨時工 *a. inv.* 特等的

extracteur [ɛkstraktœ:r] *n. m.* 分離器,取出器

extraction [ɛkstraksjɔ̃] *n. f.* 拔出,取出,提取;採掘;出身;【數】求根,開方

extrader [ɛkstrade] *v. t.* 【法】引渡

extradition [εkstradisjɔ̃] *n. f.* 引渡

extra-fin, e [εkstrafε̃, in] *a.* 極細的,極小的;特等的

extra-fort [εkstrafɔ:r] *n. m.* 【縫紉】(加固用)滾邊帶

extraire [εkstrε:r] *v. t.* [c. 69]拔出,拔除,取出;提取;採掘;拉出;節錄,摘錄

extrait [εkstrε] *n. m.* 提出物,香精;節錄,摘錄;摘要,內容提要; *pl.* 作品選,文選

extraordinaire [εkstr(a)ɔrdinε:r] *a.* 特別的,非常的;奇特的;傑出的;〖俗〗非常好的

extrapolation [εkstrapɔlɑsjɔ̃] *n. f.* 推論;【數】外推法

extrapoler [εkstrapɔle] *v. i.* 推論;【數】用外推法計算

extra-territorialité [εkstratεritɔrjalite] *n. f.* 治外法權

extravagance [εkstravagɑ̃:s] *n. f.* 怪誕,荒謬;胡言亂語,荒謬行為

extravagant, e [εkstravagɑ̃, ɑ̃:t] *a.* 怪誕的,荒謬的;過度的,怪僻的 *n.* 怪僻的人

extravaguer [εkstravage] *v. t.* 胡思亂想;胡言亂語;荒謬地行動

extrême [εkstrεm] *a.* 末端的,盡頭的;極端的,非常的;過激的 *n. m.* 末端,盡頭;極端;絕境;【數】外項

extrêmement [εkstrεmmɑ̃] *adv.* 極端地,極其

Extrême-Orient [εkstrεmɔrjɑ̃] *n. pr. m.* 遠東

extrême-orient*al*, *ale* [εkstrεmɔrjɑ̃tal] (*pl.* ~ *aux*) *a.* 遠東的

extrémisme [εkstremism] *n. m.* 過激主義,極端主義

extrémiste [εkstremist] *a.* 過激主義的,極端主義的 *n.* 過激主義者,極端主義者

extrémité [εkstremite] *n. f.* 頂端,末端;極端;困境;臨終; *pl.* 粗暴行為;四肢

exubérance [εgzyberɑ̃:s] *n. f.* 茂盛;豐富;(感情的)奔放

exubérant, e [εgzyberɑ̃, ɑ̃:t] *a.* 茂盛的;感情奔放的

exultation [εgzyltɑsjɔ̃] *n. f.* 狂喜,大喜

exulter [εgzylte] *v. i.* 狂喜,大喜

exutoire [εgzytwa:r] *n. m.* 【醫】人工潰瘍;脫身之計

F

F, f [εf] *n. m.* 法語字母表中第6個字母

fa [fa[a]] *n. m. inv.* (音階的)七個唱名之一

fable [fɑ:bl] *n. f.* 寓言,神話;無稽之談;笑料,笑柄

fabliau [fɑblio] (*pl.* ~*x*) *n. m.* (中世紀)短小的寓言詩

fabricant, e [fabrikɑ̃, ɑ̃:t] *n.* 製造者,製造商

fabrication [fabrikɑsjɔ̃] *n. f.* 製造,製作

fabrique [fabrik] *n. f.* 工廠,工場,作坊;製造

fabriquer [fabrike] *v. t.* 製造,製作;捏造,偽造

fabuleux, se [fabylø, ø:z] *a.* 虛構的,臆造的,神話中的;異乎尋常的,令人驚異的

fabuliste [fabylist] *n. m.* 寓言作家

façade [fasad] *n. f.* (建築物的)正面;外觀,外表

face [fas] *n. f.* 臉;正面,表面;面貌;【數】面;en ~ *loc. adv.* 對面,當面

face-à-main [fasamε̃] (*pl.* ~*s*-~·~) *m.* (手持的)長柄眼鏡

facétie [fasesi] *n. f.* 戲謔,粗俗的玩笑

facétieux, se [fasesjø, ø:z] *a.* 滑稽的，好笑的，愛開玩笑的 *n.* 愛開玩笑的人

facette [fasɛt] *n. f.* （多面體的）小平面

fâcher [faʃe] *v. t.* 使生氣，使惱火；使懊喪 *v. pr.* 生氣，惱火；鬧翻

fâcherie [faʃri] *n. f.* 不睦，不和

fâcheux, se [faʃø, ø:z] *a.* 令人不快的，討厭的 *n.* 討厭的人

facial, ale [fasjal] (*pl.* ~**als** 或 ~**aux**) *a.* 面部的

faciès [fasjɛs] *n. m.* 面容，面貌

facile [fasil] *a.* 容易的，便當的；流利的，流暢的；隨和的

facilement [fasilmɑ̃] *adv.* 容易地，輕易地

facilité [fasilite] *n. f.* 容易；流利；隨和；*pl.* 方便，便利

faciliter [fasilite] *v. t.* 使容易，使方便

façon [fasɔ̃] *n. f.* 樣子；方式；耕作；手工，人工；製作，加工；*pl.* 舉止，態度，客套；sans ~ *loc. adv.* 不客氣地，隨意地

faconde [fakɔ̃:d] *n. f.* 饒舌，多嘴

façonnage [fasɔna:ʒ] *n. m.* 製作，加工；造就，培育

façonner [fasɔne] *v. t.* 製作，加工；造就，培育，使習慣於

façonnier, ère [fasɔnje, ɛ:r] *a.* 進行加工的，拘泥於禮儀的 *n.* 加工工人；拘泥於禮儀的人

fac-similé [faksimile] (*pl.* ~**s**) *n. m.* 【拉】真迹的複製品

factage [fakta:ʒ] *n. m.* 運送，運輸；運費

facteur [faktœ:r] *n. m.* 郵遞員，送信（等的）送貨人；製樂器工人；要素，因素

factice [faktis] *a.* 人造的，仿製的，做作的，不自然的

factieux, se [faksjø, ø:z] *a.* 叛亂的，搗亂的 *n.* 叛亂者，搗亂者

faction [faksjɔ̃] *n. m.* 崗哨；亂黨

factionnaire [faksjɔnɛ:r] *n. m.* 哨兵

factorerie [faktɔrri] *n. f.* （商行的）國外分支機構

factotum [faktɔtɔm] (*pl.* ~**s**) *n. m.* 【拉】總管，管家

facture [fakty:r] *n. f.* 發票；（文藝作品的）表達手法

facturer [faktyre] *v. t.* 開（商品的）發票

facturier, ère [faktyrje, ɛ:r] *n.* 開發票職員 *n. m.* 發票簿

facultatif, ve [fakyltatif, i:v] *a.* 隨意的，可自行決定的，非強制性的

faculté [fakylte] *n. f.* 能力，才幹；特性，效能；權力；學院，系；一個學院或一個系的全體教員

fadaise [fadɛ:z] *n. f.* 無聊的話，毫無意義的事物

fadasse [fadas] *a.* 【俗】無味道的，淡而無味的

fade [fad] *a.* 無味道的，淡而無味的；平淡的，枯燥乏味的

fadeur [fadœ:r] *n. f.* 淡而無味，無味道；平淡，乏味

fading [fadiŋ] *n. m.* 【英】【無】衰落

fagot [fago] *n. m.* 柴捆，束薪

fagoter [fagɔte] *v. t.* 捆扎（柴薪）

Fahrenheit [farɛnajt] *a., n. inv.* (degré) ~ 華氏溫度〔代號爲°F〕

faiblard, e [fɛbla:r, ard] *a.* 【俗】有點虛弱的

faible [fɛbl] *a.* 弱的，虛弱的；意志薄弱的；不堅固的，不結實的；差的 *n.* 缺乏精力的人 *n. m.* 弱者，意志薄弱的人；偏愛，嗜好；弱點，缺點

faiblesse [fɛblɛs] *n. f.* 弱，虛弱；昏厥，眩暈；薄弱，貧乏；低劣

faiblir [fe(ɛ)bli:r] *v. i.* 變弱，衰退

faïence [fajɑ̃:s] *n. f.* （上釉彩的）陶器

faïencerie [fajɑ̃sri] *n. f.* 陶器廠；陶器

faïencier, ère [fajɑ̃sje, ɛ:r] *n.* 陶器工人；陶器商

faille [faj] *n. f.* 【紡】羅緞；【採】礦脈斷裂縫

failli, e [faji] *a.* 破產的 *n.* 破產人

faillible [fajibl] *a.* 可能犯錯誤的

aillir [faji:r] v. i.　[c. 22] 未履行; 險些
兒, 差點兒

aillite [fajit] n. f.　【商】破產, 倒閉; (徹
底) 失敗

aim [fê] n. f.　餓, 飢饉; 渴望, 貪婪

aine [fɛn] n. f.　山毛櫸的果實

ainéant, e [fɛneā, ā:t] a., n.　懶惰的
(人)

ainéanter [fɛneāte] v. i.　偷懶, 懶惰,
游手好閒

ainéantise [fɛneāti:z] n. f.　懶惰, 怠
惰; 游手好閒

aire [fɛːr] [c. 68] v. t.　做, 幹, 作; 製造;
進行, 執行; 從事; 給與, 同意; 招致, 引
起; 培養, 造就; 構成, 等於; 裝扮　v. i.
做, 辦; 合適　v. pr.　變成, 變爲, 變完
善, 變好; 擔任; 適應　v. impers. Il fait
beau. 天氣晴朗。Il fait chaud. 天熱。
n. m.　(文藝方面的) 手法, 技巧, 風格

aire-part [fɛrpa:r] n. m. inv.　(出生、死
亡、結婚的) 通知

aisable [f(ə)zabl] a.　可做的

aisan, e [f(ə)zā, an] n.　雉, 野鷄

aisander [f(ə)zāde] v. t.　使 (野味) 具
有醇香味

aisanderie [f(ə)zādri] n. f.　野鷄的飼
養, 養雉場

aisceau [feso] (pl. ~x) n. m.　捆, 束,
簇;【軍】架槍; pl.　(古羅馬象的) 儀仗斧,
意大利法西斯的標誌

aiseur, se [f(ə)zœːr, øːz] n.　製作者, 製
造者　n. m.　好吹牛者

ait, e [fɛ, fɛt] a.　已做的, 做成的; 習慣
的; 成熟的, 發酵了的　n. m.　行爲, 行
動; 事件; 事實

aitage [feta:ʒ] n. m.　屋脊

aite [fɛt] n. m.　屋脊; 頂端; 頂點, 極點

aitière [fɛtjɛːr] a., n. f.　【建】(tuile) ~
脊瓦; (lucarne) ~天窗

ait-tout [fɛtu] n. m. inv.　雙耳 (萬用)
蓋鍋

aix [fɛ] n. m.　重負, 重載

akir [faki:r] n. m.　伊斯蘭教苦行僧; 印

度的行乞行者

falaise [falɛz] n. f.　(海邊的) 懸崖, 峭
壁

falbala [falbala] n. m.　(舊時加在簾幕,
衣裙下緣的) 褶帶; pl.　婦女服裝上
的裝飾品

fallacieux, se [falasjø, øːz] a.　騙人的

falloir [falwa:r] v. impers.　[c. 38] 需要,
必須, 應該; s'en ~　缺乏, 缺少

falot, e [falo, ɔt] a.　平庸的, 平凡的　n.
m.　手提燈

falsificateur, trice [falsifikatœːr, tris] n.
僞造者; 攙假者

falsification [falsifikasjɔ̃] n. f.　僞造,
攙假

falsifier [falsifje] v. t.　僞造, 攙假, 假冒

faluner [falyne] v. t.　【農】施用貝殼泥
灰

famé, e [fame] a.　有名聲的

famélique [famelik] a.　飢餓的, 挨餓的

fameux, se [famø, øːz] a.　著名的, 出名
的; 突出的; 出色的, 挺好的

familial, ale [familjal] (pl. ~aux) a.
家庭的, 家屬的

familiariser [familjarize] v. t.　使親密;
使熟悉, 使習慣　v. pr.　變得親熱, 變
得親密

familiarité [familjarite] n. f.　親密; 隨
便, 不拘禮節; pl.　狎昵

familier, ère [familje, ɛːr] a.　親密的,
親近的; 熟悉的, 習慣的, 通俗的; 隨便
的, 不拘禮節的　n. m.　親近
的人

familièrement [familjɛrmā] adv.　親切
地; 隨便地, 不拘禮節地

famille [famij] n. f.　家庭; 子女; 家屬,
家族; 科

famine [famin] n. f.　飢荒, 飢饉

fanal [fanal] (pl. ~aux) n. m.　信號燈,
提燈; (船的) 舷燈; (火車的) 頭燈

fanatique [fanatik] a.　狂熱的, 盲信的,
入迷的　n.　狂熱崇拜者, 迷

fanatiser [fanatize] v. t.　使狂熱, 使盲

信

fanatisme [fanatism] *n. m.* 狂熱, 盲信

fane [fan] *n. f.* （樹的）落葉

faner [fane] *v. t.* 翻曬（草料）; 使枯萎; 使褪色

faneur, se [fanœ:r, ø:z] *n.* 草料翻曬者 *n. f.* 草料翻曬機

fanfare [fɑ̃fa:r] *n. f.* 銅管樂, 軍號合奏; 銅管樂隊

fanfaron, ne [fɑ̃farɔ̃, ɔn] *a., n.* 自吹自擂的(人), 假充好漢的(人)

fanfaronnade [fɑ̃farɔnad] *n. f.* 自吹自擂, 假充好漢

fanfreluche [fɑ̃frəlyʃ] *n. f.* 廉價飾物

fange [fɑ̃:ʒ] *n. f.* 污泥漿; 卑賤, 腐化

fangeux, se [fɑ̃ʒø, ø:z] *a.* 充滿污泥的; 卑鄙的, 下賤的

fanion [fanjɔ̃] *n. m.* 小旗

fanon [fanɔ̃] *n. m.* （牛等的）頸部垂皮; 鯨鬚

fantaisie [fɑ̃te[ɛ]zi] *n. f.* 幻想, 幻想作品; 怪念頭, 一時的奇想; 任性

fantaisiste [fɑ̃te[ɛ]zist] *a., n.* 異想天開的(人), 憑一時高興行事的(人)

fantasmagorie [fɑ̃tasmagɔri] *n. f.* 幻影; 魔術幻燈

fantasmagorique [fɑ̃tasmagɔrik] *a.* 魔術幻燈的

fantasque [fɑ̃task] *a., n.* 異想天開的(人); 古怪的(人)

fantassin [fɑ̃tasɛ̃] *n. m.* 步兵

fantastique [fɑ̃tastik] *a.* 幻想的, 虛幻的; 奇幻的; 難以置信的 *n. m.* 幻想物, 幻想作品

fantoche [fɑ̃tɔʃ] *n. m.* 木偶; 傀儡

fantôme [fɑ̃to:m] *n. m.* 鬼, 幽靈; 有名無實的人或物 *a.* 虛幻的; 有名無實的

faon [fɑ̃] *n. m.* 鹿屬動物的幼獸

faquin [fakɛ̃] *n. m.* 卑賤粗魯的人

farad [farad] *n. m.* 【電】法拉〔電容單位〕

faradisation [faradizɑsjɔ̃] *n. f.* 【醫】感應電療法

faramineux, se [faraminø, ø:z] *a.* 《俗》驚人的, 異乎尋常的

farandole [farɑ̃dɔl] *n. f.* 法國一種民間集體舞

faraud, e [faro, o:d] *a., n.* 炫耀穿着的(人), 神氣活現的(人)

farce [fars] *n. f.* （塞在魚、家禽等肚裏的）肉糜菜泥, 菜肉餡子; 鬧劇, 笑劇, 粗俗的玩笑 *a.* 滑稽的, 好笑的

farceur, se [farsœ:r, ø:z] *n.* 愛開玩笑的人, 講話或行動不嚴肅的人

farcir [farsi:r] *v. t.* 填塞菜肉餡兒; 塞滿, 充塞

fard [fa:r] *n. m.* 脂粉, 美容用品; 掩飾

fardeau [fardo] *(pl. ~x) n. m.* 重擔, 重負; 負擔

farder [farde] *v. t.* 給…搽胭脂花粉, 為…化妝; 粉飾, 掩飾

fardier [fardje] *n. m.* 雙輪或四輪板車

farfadet [farfadɛ] *n. m.* 小妖精

farfelu, e [farfəly] *a.* 古怪的, 離奇的, 荒誕的

farfouiller [farfuje] *v. t., v. i.* 《俗》亂翻, 翻箱倒篋

faribole [faribɔl] *n. f.* 《俗》無意義的事; 無聊話

farine [farin] *n. f.* 穀物磨成的粉, 麵粉

farineux, se [farinø, ø:z] *a.* 含麵粉的, 含澱粉的, 粉質的 *n. m.* 含有澱粉的食用植物〔如豆、薯等〕

farouche [faruʃ] *a.* 野的; 怕生人的, 不合羣的; 兇惡的, 殘暴的

fart [fa:r, fart] *n. m.* 《挪威語》塗在滑雪板底部的蠟

fascicule [fasikyl] *n. m.* 分冊, 分卷

fascinant, e [fasinɑ̃, ɑ̃:t], **fascinateur, trice** [fasinatœ:r, tris] *a.* 有懾服力的; 有迷惑力的

fascination [fasinɑsjɔ̃] *n. f.* 蠱惑, 迷惑; 魅力

fascine [fasin] *n. f.* 柴束, 柴捆;【水利】柴籠

fasciner [fasine] *v. t.* (毒蛇等用目光) 懾住;迷住,使看着迷

fascisme [faʃism] *n. m.* 法西斯主義

fasciste [faʃist] *a.* 法西斯主義的,法西斯的 *n.* 法西斯分子,法西斯黨徒

faste [fast] *n. m.* 奢華,豪華;盛大的排場,擺闊

fastidieux, se [fastidjø, øːz] *a.* 令人厭倦的,令人厭煩的

fastueux, se [fastɥø, øːz] *a.* 講究排場的,闊綽的;奢侈的,豪華的

fat [fa(t)] *a. m.* 自命不凡的,妄自尊大的 *n. m.* 自命不凡的人

fatal, e [fatal] (*pl.* ~s) *a.* 命中注定的;致命的;災難性的;不可避免的

fatalisme [fatalism] *n. m.* 宿命論

fataliste [fatalist] *a.* 宿命論的 *n.* 宿命論者

fatalité [fatalite] *n. f.* 命定性,必然性;命運;惡運

fatidique [fatidik] *a.* 預言的;命中注定的

fatigant, e [fatigɑ̃, ɑ̃ːt] *a.* 使人疲勞的,累人的;使人討厭的,令人厭倦的

fatigue [fatig] *n. f.* 疲勞,勞累;勞累的工作

fatiguer [fatige] *v. t.* 使疲勞,使勞累;使厭倦,使厭煩 *v. i.* 疲勞,勞累;被壓彎

fatras [fatra] *n. m.* 雜物堆;雜亂的一堆

fatuité [fatɥite] *n. f.* 自負,自命不凡

faubourg [fobuːr] *n. m.* 市郊,郊區;*pl.* 郊區工人居民

faubourien, ne [foburjɛ̃, ɛn] *a.* 郊區的,郊區居民的 *n.* 郊區居民

fauchage [foʃaːʒ] *n. m.*, **fauchaison** [foʃɛzɔ̃] *n. f.* 割草,收割;割草季節

faucher [foʃe] *v. t.* 割,收割;(成批)打倒,橫掃;〔俗〕偷

faucheur, se [foʃœːr, øːz] *n.* 割草的人;收割莊稼的人 *n. f.* 割草機,收割機

faucheux [foʃø], **faucheur** [foʃœːr] *n.*

m. 【動】盲蛛

faucille [fosij] *n. f.* 鐮刀

faucon [fokɔ̃] *n. m.* 【動】隼

fauconnerie [fokɔnri] *n. f.* 訓隼術,放獵隼或放獵鷹捕獵;飼養獵隼或獵鷹的場所

fauconnier [fokɔnje] *n. m.* 訓練獵隼或獵鷹的人

faufiler [fofile] *v. t.* 粗縫,疏縫,絎 *v. pr.* 混進,潛入

faune [foːn] *n. m.* 牧神 *n. f.* 動物誌,動物區系

faussaire [fosɛːr] *n.* 偽造者;歪曲事實的人,隱瞞真相的人

fausser [fose] *v. t.* 使變形,使彎曲;曲解,歪曲;使出差錯

fausset [fosɛ] *n. m.* 【樂】假聲;(桶的)木塞子,桶栓

fausseté [foste] *n. f.* 錯誤,謬誤;虛偽,偽善;虛假的事

faute [foːt] *n. f.* 錯誤,過失,犯規;短缺,疏忽;~ de *loc. prép.* 由於沒有,由於缺乏

fauteuil [fotœj] *n. m.* 扶手椅,安樂椅

fauteur, trice [fotœːr, tris] *n.* 煽動者

fautif, ve [fotif, iːv] *a.* 犯錯誤的,有錯誤的

fauve [foːv] *a.* (淺)黃褐色的 *n. m.* 猛獸;(淺)黃褐色

fauvette [fovɛt] *n. f.* 鶯

faux [fo] *n. f.* 長柄鐮刀

faux, sse [fo, oːs] *a.* 虛假的,不真實的;偽造的,仿造的;偽裝的;徒有虛名的;沒有根據的;錯誤的;不自然的 *adv.* 錯誤地 *n. m.* 虛假;錯誤;仿製品;偽造

faux-fuyant [fofɥijɑ̃] (*pl.* ~s) *n. m.* 遁辭,借口;規避的手法

faveur [favœːr] *n. f.* 恩惠,寵愛;厚意,優待;狹緞帶

favorable [favɔrabl] *a.* 有好感的,有利的,順利的

favori, te [favɔri, it] *a.* 特別喜愛的 *n.*

m. 心愛者, 寵臣, 寵兒; (在競賽中)呼聲最高的運動員; *pl.* 頰鬢

favoriser [favɔrize] *v. t.* 優待, 厚待; 幫助, 有助於

favoritisme [favɔritism] *n. m.* 偏袒, 偏愛, 徇私

fayot [fajo] *n. m.* 【民】乾菜豆

fébrifuge [febrify:ʒ] *a.* 退熱的 *n. m.* 退熱藥

fébrile [febril] *a.* 發燒的, 有熱度的; 狂熱的, 興奮的

fébrilité [febrilite] *n. f.* 【醫】發熱性, 發熱; 狂熱, 興奮

fécal, ale [fekal] (*pl.* ～**aux**) *a.* 糞便的

fèces [fɛs] *n. f. pl.* 糞便;【藥】沉澱

fécond, e [fekɔ̃, ɔ̃:d] *a.* 生殖力强的; 肥沃的; 多產的, 豐富的

fécondation [fekɔ̃dasjɔ̃] *n. f.* 【生】授胎, 授精; 受胎, 受精;【植】授粉, 受粉

féconder [fekɔ̃de] *v. t.* 【生】授胎, 授精;【植】授粉; 使受孕; 使肥沃, 使多產

fécondité [fekɔ̃dite] *n. f.* 生殖力; 肥沃; 多產

fécule [fekyl] *n. f.* 澱粉

féculent, e [fekylɑ̃, ɑ̃:t] *a.* 含澱粉的 *n. m.* 含澱粉物

fédéral, ale [federal] (*pl.* ～**aux**) *a.* 聯邦的, 同盟的

fédéralisme [federalism] *n. m.* 聯邦制, 聯邦主義

fédéraliste [federalist] *a.* 聯邦制的, 聯邦主義的 *n.* 聯邦主義者, 聯邦派

fédératif, ve [federatif, i:v] *a.* 聯邦制的

fédération [federasjɔ̃] *n. f.* 聯邦, 聯盟, 聯合會, 總會, 協會

fédérer [federe] *v. t.* [c. 7]使組成聯邦

fée [fe] *n. f.* 仙女, 仙女般的女人

féerie [feri] *n. f.* 仙境, 美景;【劇】幻夢劇

féerique [ferik] *a.* 仙境般的, 美妙的

feindre [fɛ̃:dr] *v. t.* [c. 51]假裝

feinte [fɛ̃:t] *n. f.* 裝假, 假象;【俗】圈套;【體】假動作

feinter [fɛ̃te] *v. i.* 【體】做假動作, 佯攻 *v. t.* 【俗】欺騙

fêler [fe[ɛ]le] *v. t.* 使產生裂縫

félicitation [felisitasjɔ̃] *n. f.* 祝賀; *pl.* 祝詞, 賀詞

félicité [felisite] *n. f.* 極大幸福

féliciter [felisite] *v. t.* 祝賀, 慶賀; 讚賞, 讚揚 *v. pr.* 感到欣慰, 慶幸

félin, e [felɛ̃, in] *a.* 貓的; 像貓一樣的, 柔媚的 *n. m.* 【動】貓科動物

fellah [fɛlla] *n. m.* (埃及及北非等地的)農民, 小土地所有者

félon, ne [felɔ̃, ɔn] *a., n.* 不忠的, 背叛的(人)

félonie [feloni] *n. f.* 不忠, 背叛

fêlure [fe[ɛ]ly:r] *n. f.* 裂縫, 裂痕

femelle [f(ə)mɛl] *n. f.* 母畜, 母獸 *a.* 雌的, 母的;【技】陰的, 空心的

féminin, e [feminɛ̃, in] *a.* 女性的, 婦女的;【語】陰性的 *n. m.* 【語】陰性

féminiser [feminize] *v. t.* 使女性化; 使帶有女性氣息

féminisme [feminism] *n. m.* 女權運動

féministe [feminist] *a.* 女權論的 *n.* 女權論者

femme [fam] *n. f.* 女人, 婦女; 妻子

femmelette [famlɛt] *n. f.* 瘦小的女人, 懦弱的女人; 懦弱的男人

fémur [femy:r] *n. m.* 股骨

fenaison [f(ə)nɛzɔ̃] *n. f.* 【農】收割草料, 草料收割期

fendiller [fɑ̃dije] *v. t.* 使產生裂紋或裂縫

fendre [fɑ̃:dr] [c. 42] *v. t.* 劈開, 使裂開 *v. pr.* 裂開;【俗】付錢

fenêtre [f(ə)nɛtr] *n. f.* 窗, 窗子, 玻璃窗

fenouil [f(ə)nuj] *n. m.* 【植】小茴香

fente [fɑ̃:t] *n. f.* 裂縫, 縫隙

féodal, ale [feodal] (*pl.* ～**aux**) *a.* 封建的 *n. m.* 封建主, 大地主

féodalisme [feodalism] *n. m.* 封建主義, 封建制度

féodalité [feɔdalite] *n. f.* 封建制(度)

fer [fɛ:r] *n. m.* 鐵;(標槍等的)鐵尖, 頭;劍,白刃;蹄鐵;鐵製器具;鋼筋,型鋼; *pl.* 鐐銬,奴隸地位

fer-blanc [fɛrblɑ̃] (*pl.* ~**s**-~**s**) *n. m.* 馬口鐵,鍍錫鐵皮

ferblanterie [fɛrblɑ̃tri] *n. f.* 馬口鐵器具製造業;馬口鐵器具

ferblantier [fɛrblɑ̃tje] *n. m.* 鉛皮匠;馬口鐵器具商

férié, e [ferje] *a.* 放假的

férir [feri:r] *v. t. sans coup* ~未遇抵抗, 輕而易舉

fermage [fɛrma:ʒ] *n. m.* (土地的)租種,租佃;地租

ferme [fɛrm] *a.* 堅固的,結實的;穩固的;有力的;堅定的;堅挺的 *adv.* 堅定地,用力地 *n. f.* 農場,農莊;(土地的)出租;【劇】背景屏

fermement [fɛrməmɑ̃] *adv.* 堅定地,緊緊地

ferment [fɛrmɑ̃] *n. m.* 酵素,發酵酶;起因

fermentation [fɛrmɑ̃tasjɔ̃] *n. f.* 發酵; 激昂

fermenter [fɛrmɑ̃te] *v. i.* 發酵;激昂, 騷動

fermer [fɛrme] *v. t.* 關,關閉;封鎖,封閉;使結束;閉上,合攏 *v. i.* 關,關攏

fermeté [fɛrməte] *n. f.* 堅固,結實;有力;堅定

fermeture [fɛrməty:r] *n. f.* 關閉裝置;關閉,關門;停止,結束

fermier, ère [fɛrmje, ɛ:r] *n.* 佃農;農場主

fermium [fɛrmjɔm] *n. m.* 【化】鑪

fermoir [fɛrmwa:r] *n. m.* 搭扣,扣鈎,扣環

féroce [ferɔs] *a.* 兇猛的,殘酷的,兇惡的

férocité [ferɔsite] *n. f.* 兇猛,殘酷,兇惡

ferraille [fɛra:j] *n. f.* 廢鐵,廢鋼鐵

ferrailler [fɛraje] *v. i.* 用刀劍相擊; 〖俗〗激烈地爭論

ferrailleur [fɛrajœ:r] *n. m.* 廢鐵商;好使刀劍的人;【建】鋼筋工.

ferré, e [fɛre] *a.* 包鐵的,包鐵皮的

ferrer [fɛre] *v. t.* 包鐵,包鐵皮;釘蹄鐵

ferret [fɛrɛ] *n. m.* (鞋帶等的)帶端金屬包頭

ferreux, se [fɛrø, øz] *a.* 【冶】鐵的,含鐵的;【化】亞鐵的,二價鐵的

ferro-alliage [fɛroalja:ʒ] (*pl.* ~**s**) *n. m.* 【冶】鐵合金

ferronnerie [fɛrɔnri] *n. f.* 鐵器工廠, 鑄鐵廠;(建築用)鐵構件;鐵飾品

ferronnier, ère [fɛrɔnje, ɛ:r] *n.* 鐵匠, 鐵器製造者,鐵器商

ferroviaire [fɛrɔvjɛ:r] *a.* 鐵路的

ferrugineux, se [fɛryʒinø, ø:z] *a.* 含鐵的

ferrure [fɛry:r] *n. f.* 鐵飾品,金屬飾品;馬蹄鐵;釘馬蹄鐵

ferry-boat [fɛrebo:t] (*pl.* ~**s**) *n. m.* 〖英〗火車渡輪

fertile [fɛrtil] *a.* 肥沃的,富饒的,多產的;豐富的

fertilisation [fɛrtilizɑsjɔ̃] *n. f.* 使肥沃;【農】施肥

fertiliser [fɛrtilize] *v. t.* 使肥沃

fertilité [fɛrtilite] *n. f.* 肥沃,單位面積產量;豐富

féru, e [fery] *a.* 醉心於…的,迷戀…的

férule [feryl] *n. f.* 【植】阿魏;(舊時打學生手心的)戒尺

fervent, e [fɛrvɑ̃, ɑ̃:t] *a.* 虔誠的;熱心的,熱情的

ferveur [fɛrvœ:r] *n. f.* 虔誠;熱心,熱情

fesse [fɛs] *n. f.* 臀部,屁股

fessée [fe(ɛ)se] *n. f.* 打屁股

fesser [fe(ɛ)se] *v. t.* 打屁股

fessier, ère [fe(ɛ)sje, fɛsjɛ:r] *a.* 臀部的 *n. m.* 〖俗〗屁股

festin [fɛstɛ̃] *n. m.* 宴會,筵席,豐盛的飯菜

festival [fɛstival] (*pl.* ～*s*) *n. m.* 〖英〗音樂節, 聯歡節, 會演

feston [fɛstɔ̃] *n. m.* 花彩; 月牙形花邊; 【建】垂花飾

festonner [fɛstɔne] *v. t.* 飾以花彩; 绣月牙形花邊; 【建】裝垂花飾

festoyer [fɛstwaje] *v. i.* (c. 3) 大吃大喝, 宴樂

fête [fɛt] *n. f.* 節, 節日, 慶祝會, 聯歡會

fêter [fe[ɛ]te] *v. t.* 慶祝, 紀念, 歡迎, 款待

fétiche [fetiʃ] *n. m.* 吉祥物, 護符; 偶像

fétichisme [fetiʃism] *n. m.* 拜物教; 盲目崇拜

fétichiste [fetiʃist] *n.* 拜物教信徒; 盲目崇拜者 *a.* 拜物教的; 盲目崇拜的

fétide [fetid] *a.* 臭的, 惡臭的

fétidité [fetidite] *n. f.* 惡臭

fétu [fety] *n. m.* 麥稭, 麥秸, 稻草稈

feu [fø] (*pl.* ～*x*) *n. m.* 火, 火焰, 燃燒物; 火災; 爐竈; 家, 户; 開火; 火刑; 燈光裝置, 燈燭; 熱烈, 强烈的想象; 發燒; 光澤, 光芒, 火紅(色); *pl.* 炎熱

feu, e [fø] *a.* 過世的, 已故的

feuillage [fœjaːʒ] *n. m.* (一棵樹的全部)樹葉, (砍下的)帶葉樹枝

feuillard [fœjaːr] *n. m.* (一劈爲二的)柳條或栗樹枝; 鐵皮條

feuille [fœj] *n. f.* 葉子; 花瓣; 薄片; 紙頁, 紙張; 報紙

feuillée [fœje] *n. f.* 樹蔭; *pl.* 部隊野營時用的茅坑

feuillet [fœjɛ] *n. m.* (書籍等的)張

feuilleter [fœjte] *v. t.* (c. 5) 翻(書頁); 瀏覽, 翻閱; (把做千層糕的麵糰)揉成層狀

feuilleton [fœjtɔ̃] *n. m.* (報上的)長篇連載的片段

feuilletoniste [fœjtɔnist] *n.* 長篇連載的作者

feuillette [fœjɛt] *n. f.* 容量爲114－140升的酒桶

feuillu, e [fœjy] *a.* 多葉的, 樹葉茂盛的

feutrage [føtraːʒ] *n. m.* 【紡】氈合, 壓氈

feutre [føtr] *n. m.* 氈子, 毛氈; 氈帽

feutrer [føtre] *v. t.* 氈合, 壓氈, 擀氈, 襯氈子, 墊氈子 *v. i.* 變成氈狀

fève [fɛːv] *n. f.* 蠶豆子

féverole [fɛ[e]vrɔl] *n. f.* 小馬蠶豆的俗稱

février [fevrie] *n. m.* 二月

fez [fɛːz] *n. m.* 土耳其帽

fi! [fi] *interj.* 呸!

fiacre [fjakr] *n. m.* 出租馬車

fiancé, e [fjɑ̃se] *n.* 已訂婚者, 未婚夫, 未婚妻

fiancer [fjɑ̃se] [c. 1] *v. t.* 給(子女)定婚 *v. pr.* 訂婚

fiasco [fjasko] *n. m.* 【意】徹底失敗, 慘敗

fibranne [fibran] *n. f.* 【紡】粘膠短纖維

fibre [fibr] *n. f.* 纖維, 纖維製成的材料; 感情, 心弦

fibreux, se [fibrø, øːz] *a.* 有纖維的, 由纖維組成的

fibrille [fibrij, fibril] *n. f.* 小纖維

fibrine [fibrin] *n. f.* 【生化】纖維蛋白

fibrome [fibroːm] *n. m.* 【醫】纖維瘤

ficeler [fisle] *v. t.* (c. 5)用繩捆扎

ficelle [fisɛl] *n. f.* 細繩; 細長的小麵包; 訣竅, 手段, 詭計

fiche [fiʃ] *n. f.* (金屬或木製的)扦子; 卡片; (牌戲用的)籌碼

ficher [fiʃe] *v. t.* 插入, 打入, 釘入; 登入卡片,〖俗〗放置, 投; 給 *v. pr.*〖俗〗嘲笑, 不在乎

fichier [fiʃje] *n. m.* 一套卡片

fichtre! [fiʃtr] *interj.*〖俗〗表示驚愕、贊賞或痛苦等的感嘆詞(如: 唉呀! 啊唷! 等)

fichu, e [fiʃy] *a.*〖俗〗難看的, 討厭的; 壞的, 惡劣的; 完蛋的 *n. m.* (女用的)方圍巾, 頭巾

fictif, ve [fiktif, iv] *a.* 假想的, 虛假的;【經】虛擬的, 虛構的

fiction [fiksjɔ̃] *n. f.* 假想, 虛構

fidéisme [fideism] *n. m.* 【哲】信仰主義

fidèle [fidɛl] *a.* 忠的, 忠實的; 忠於事實的, 可靠的 *n.* 忠於⋯的人; 信徒

fidèlement [fidɛlmã] *adv.* 忠誠地, 忠實地

fidélité [fidelite] *n. f.* 忠誠, 忠實, 忠貞, 真實性

fidjien, ne [fidʒjɛ̃, ɛn] *a.* 斐濟的 *n.* F~ 斐濟人

fiduciaire [fidysjɛːr] *a.* 【經】信用的

fief [fjɛf] *n. m.* 封地, 采邑; 地盤, 世襲領地

fieffé, e [fje(ɛ)fe] *a.* 有封地的, 有采邑的; 極端惡劣的, 壞透的

fiel [fjɛl] *n. m.* 膽汁; 刻毒, 怨恨

fielleux, se [fjɛlø, øːz] *a.* 似膽汁的; 刻毒的, 怨恨的

fiente [fjãt] *n. f.* (鳥獸的)屎, 糞

fier(se) [s(ə)fje] *v. pr.* 信任, 信賴, 相信

fier, ère [fjɛːr] *a.* 驕傲的, 傲慢的, 高傲的; 自尊的, 自豪的; 勇猛的;〖民〗大的, 十足的

fierté [fjɛrte] *n. f.* 驕傲, 傲慢, 高傲; 自尊心, 自豪

fièvre [fjɛːvr] *n. f.* 發燒, 發熱; 狂熱, 激動

fiévreux, se [fjevrø, øːz] *a.* 發熱的, 引起發熱的; 狂熱的, 激動的, 焦躁不安的

fifre [fifr] *n. m.* 短笛

figer [fiʒe] *v. t.* [c. 2]使凝結, 使凍結

fignolage [fiɲɔlaːʒ] *n. m.* (工作)精雕細琢

fignoler [fiɲɔle] *v. t., v. i.* 仔細地做, 精雕細琢

figue [fig] *n. f.* 無花果

figuier [figje] *n. m.* 無花果樹

figurant, e [figyrã, ãːt] *n.* (戲劇、電影中的)啞角; 不起作用的人

figuratif, ve [figyratif, iːv] *a.* 象徵的, 象形的, 造型的

figuration [figyrasjɔ̃] *n. f.* 形象的表現, 象徵, 造型; (戲中)啞角的總稱

figure [figyːr] *n. f.* 外形, 形狀; 臉; 神色, 風度; 圖, 插圖;【數】圖形; (舞蹈等的)動作, 姿勢;【語】修辭格

figuré, e [figyre] *a.* 用形象表現的; sens ~ 轉義 *n. m.* 轉義

figurer [figyre] *v. t.* 用形象表現, 象徵, 表示 *v. i.* 出現, 列於(名單中等); 扮演啞角 *v. pr.* 設想, 想象

figurine [figyrin] *n. f.* 小塑像, 小雕像

fil [fil] *n. m.* 綫, 紗, 綫; (石頭的)紋理; 刃, 鋒; 導綫, 電綫; 思路

filaire [filɛːr] *a.* 有綫的〔指電訊〕

filament [filamã] *n. m.* (動植物的)纖維; 細綫, 細絲;【電】燈絲

filamenteux, se [filamãtø, øːz] *a.* 纖維質的; 多筋的

filandre [filãːdr] *n. f.* (飄在空中的)蛛絲, 游絲

filandreux, se [filãdrø, øːz] *a.* 多筋的; 冗長而無條理的

filasse [filas] *n. f.* (蔴的)韌皮纖維

filateur [filatœːr] *n. m.* 紗廠廠主

filature [filatyːr] *n. f.* 紗廠, 棉紡廠, 毛紡廠, 絹紡廠; 跟踪, 尾隨

file [fil] *n. f.* 直列, 縱列

filé [file] *n. m.* (用於織物的)紗, 綫

filer [file] *v. t.* 紡; 吐絲; 跟踪, 尾隨 *v. i.* 緩緩而流; 冒烟; 疾行

filet [filɛ] *n. m.* 網, 網袋, 行李網架; 髮網; 球網;【解】末支, 末梢, 繫帶; 裏脊肉; 【機】螺紋; 細流, 少量

filetage [filtaːʒ] *n. m.* 【機】螺紋加工

fileter [filte] *v. t.* [c. 6]【技】切螺紋, 加工螺紋

fileur, se [filœːr, øːz] *a.* 紡紗工, 繅絲工

filial, ale [filjal] (*pl.* ~aux) *a.* 子女的, 子女對父母的 *n. f.* 子公司, 分公司

filiation [filjasjɔ̃] *n. f.* 親子關係, 血統, 世系; 演變關係

filière [filjɛːr] *n. f.*【冶】拉絲模;【機】板牙;【昆】吐絲器; 一系列手續, 一系列等

級

filiforme [filifɔrm] *a.* 極細的,極瘦的

filigrane [filigran] *n. m.* 金銀絲細工,玻璃絲細工;(紙的)水印

filin [filɛ̃] *n. m.* (蔴製)纜繩

fille [fij] *n. f.* 女兒;姑娘,少女;女傭

fillette [fijɛt] *n. f.* 小姑娘,女孩

filleul, e [fijœl] *n.* 【宗】代子,代女,教子,教女

film [film] *n. m.* 【攝】膠片,軟片;影片,電影

filmer [filme] *v. t.* 拍電影

filmographie [filmɔgrafi] *n. f.* 電影目錄

filmologie [filmɔlɔʒi] *n. f.* 電影學

filon [filɔ̃] *n. m.* 礦脈;富源,好運

filou [filu] *n. m.* 扒手,騙子

filouter [filute] *v. t.* 扒竊 *v. i.* (賭博時)作弊

filouterie [filutri] *n. f.* 扒竊

fils [fis] *n. m.* 兒子;子孫,後裔

filtrage [filtraʒ] *n. m.* 過濾,濾淨;檢查

filtrant, e [filtrɑ̃, ɑ̃t] *a.* 過濾用的

filtration [filtrasjɔ̃] *n. f.* 過濾,滲過

filtre [filtr] *n. m.* 過濾器

filtrer [filtre] *v. t.* 過濾;檢查 *v. i.* 滲透;泄漏

fin [fɛ̃] *n. f.* 終,末;末尾,結束;死亡;目的,意圖; à la ~ *loc. adv.* 最後,終於

fin, e [fɛ̃, in] *a.* 細的,纖細的;清秀的;純的,精緻的,優質的,上等的;敏銳的;精細的,機要的,狡猾的

final, e [final] (*pl.* ~s) *a.* 最終的,結束的 *n. f.* 最後音節,最後字母;【體】決賽

final(e) [final] *n. m.* 【樂】終曲;最後樂章

finalement [finalmɑ̃] *adv.* 最後,終於,總之

finalisme [finalism] *n. m.* 【哲】目的論

finaliste [finalist] *n.* 決賽選手,決賽隊;【哲】目的論者 *a.* 目的論的

finalité [finalite] *n. f.* 【哲】合目的性

finance [finɑ̃s] *n. f.* 金融,金融業,金融集團; *pl.* 財政,國庫

financement [finɑ̃smɑ̃] *n. m.* 投資

financer [finɑ̃se] [c. 1] *v. i.* 〖俗〗出錢,付錢 *v. t.* 投資

financier, ère [finɑ̃sje, ɛːr] *a.* 金融的,財政的 *n. m.* 金融家,財政家

finasser [finase] *v. i.* 施詭計,耍花招

finasserie [finasri] *n. f.* 詭計,花招

finasseur, se [finasœːr, øːz], **finassier, ère** [finasje, ɛːr] *n.* 詭計多端的人,耍花招的人

finaud, e [fino, oːd] *a., n.* 狡猾的(人)

finesse [finɛs] *n. f.* 細,纖細;清秀;精緻,優質,敏感,敏銳;微妙;手腕,詭計

fini, e [fini] *a.* 有限的;完成的,已結束的;十足的,地道的;完美的 *n. m.* 完美【哲】有限

finir [finiːr] *v. t.* 完成,結束,停止;潤飾,整修 *v. i.* 完畢,結束;死

finissage [finisaʒ] *n. m.* 精加工,精整

finisseur, se [finisœːr, øːz] *n.* 精加工工人,精整工

finlandais, e [fɛ̃lɑ̃dɛ, ɛːz] *a.* 芬蘭的 *n.* F~ 芬蘭人

finnois, e [finwa, aːz] *a.* 芬蘭語地區的 *n.* F~ 說芬蘭語的人 *n. m.* 芬蘭語

fiole [fjɔl] *n. f.* 小玻璃瓶

fiord = fjord

fioriture [fjɔrityːr] *n. f.* 裝飾,修飾;【音】裝飾音

firmament [firmamɑ̃] *n. m.* 天空,蒼穹

firme [firm] *n. f.* 商號,公司,企業

fisc [fisk] *n. m.* 國庫;稅務部門

fiscal, ale [fiskal] (*pl.* ~aux) *a.* 國庫的;稅務的

fiscaliser [fiskalize] *v. t.* 課稅,徵稅

fiscalité [fiskalite] *n. f.* 財政制度,稅制,稅則

fission [fisjɔ̃] *n. f.* 裂開;【原子】裂變,分裂

fissionner [fisjɔne] *v. t.* 【原子】分裂

ssure [fisy:r] n. f. 裂縫, 裂痕

stule [fistyl] n. f. 【醫】瘻, 瘻管

xage [fiksa:ʒ] n. m. 固定;【攝】定影

xateur, trice [fiksatœ:r, tris] a. 固定的;【攝】定影的 n. m. 【攝】定影液, (木炭畫等用的)固定劑噴霧器

xatif, ve [fiksatif, i:v] a. 用來固定的 n. m. (木炭畫等用的)固定劑

xation [fiksɑsjɔ̃] n. f. 固定;定居;確定, 規定

xe [fiks] a. 固定的, 不動的, 不變的 n. m. 固定工資 interj. F~!【軍】立正!

xer [fikse] v. t. 使固定, 使穩定; 使定居; 使盯住, 凝視; 確定, 決定;【攝】定影 v. pr. 定居

xité [fiksite] n. f. 固定; 凝視; 不變

ord, fiord [fjɔ:r] n. m. 【挪威語】【地】峽灣

ac! [flak] interj. 啪! 嘩啦! 撲通!

acherie [flaʃri] n. f. 【農】蠶的軟化病

acon [flakɔ̃] n. m. 小瓶

a-fla [flafla] (pl. ~s) n. m. 【俗】擺闊, 招搖, 賣弄

agellation [flaʒɛlɑsjɔ̃] n. f. 鞭打, 鞭笞

ageller [flaʒe[ɛ]le] v. t. 鞭打, 施笞刑; 抨擊, 痛斥

ageoler [flaʒɔle] v. i. (腿)發抖, 打顫

ageolet [flaʒɔlɛ] n. m. 古豎笛; 小(粒)菜豆

gorner [flagɔrne] v. t. 奉承, 諂媚

gornerie [flagɔrnəri] n. f. 奉承, 諂媚

gorneur, se [flagɔrnœ:r, ø:z] n. 奉承拍馬者, 諂媚者

grant, e [flagrɑ̃, ɑ̃:t] a. 明顯的, 不容置辯的;【法】現行的

ir [flɛ:r] n. m. 嗅覺; 辨別力

irer [fle[ɛ]re] v. t. 嗅, 聞; 預感

mand, e [flamɑ̃, ɑ̃:d] a. 弗朗德勒(Flandre)的 n. F~ 佛拉芒人 n. m. 佛拉芒語

flamant [flamɑ̃] n. m. 紅鶴

flambage [flɑ̃ba:ʒ] n. m. 燒, 燎

flambard [flɑ̃ba:r] n. m. 【俗】誇口者, 假充好漢的人

flambeau [flɑ̃bo] (pl. ~x) n. m. 火炬, 火把, 蠟燭; 燭台

flambée [flɑ̃be] n. f. 短暫的旺火

flamber [flɑ̃be] v. t. 燒, 燎, 烤 v. i. 發火焰, 燃燒

flamboiement [flɑ̃bwamɑ̃] n. m. 火光

flamboyant, e [flɑ̃bwajɑ̃, ɑ̃:t] a. 熊熊燃燒的; 閃閃發光的;【建】火焰式的

flamboyer [flɑ̃bwaje] v. i. [c. 3]吐出火焰, 熊熊燃燒; 閃閃發光

flamme [fla[ɑ]m] n. f. 火焰; 熱情, 愛情; 燕尾小旗; pl. 火刑

flammèche [flamɛʃ] n. f. 火花, 火星

flan [flɑ̃] n. m. 一種奶油蛋糕; (軋製錢幣、唱片等的)圓形坯塊

flanc [flɑ̃] n. m. 脅部; 側, 側面,【軍】側翼

flancher [flɑ̃ʃe] v. i. 【俗】變弱; 退讓, 讓步

flandrin [flɑ̃drɛ̃] n. m. 【俗】舉止笨拙的瘦長個子

flanelle [flanɛl] n. f. 法蘭絨

flâner [flane] v. i. 閑逛, 游盪; 游手好閑

flânerie [flɑnri] n. f. 閑逛, 游盪

flâneur, se [flɑnœ:r, ø:z] n. 閑逛者, 游手好閑的人

flanquer [flɑ̃ke] v. t. 【城堡】以兩側工事保護;【軍】側翼支援, 側面防禦; 位於兩側;【俗】扔, 摔, 給

flaque [flak] n. f. 水窪

flash [flaʃ] (pl. ~es) n. m. 【英】【攝】閃光, 閃光燈; 快訊

flasque [flask] a. 鬆弛的, 軟弱的 n. m. 炮架側板;【機】側板

flatter [flate] v. t. 撫摸; 使悅; 奉承, 諂媚; 美化 v. pr. 自以爲, 以…爲榮, 自我吹噓

flatterie [flatri] n. f. 奉承, 諂媚; 恭維話

flatteur, se [flatœːr, øːz] *a., n.* 奉承的 (人),諂媚的(人)

flatulence [flatylɑ̃ːs] *n. f.* 【醫】胃腸道 脹氣

flatuosité [flatyozite] *n. f.* 【醫】胃腸道 氣體

fléau [fleo] (*pl.* ~x) *n. m.* 連枷;天平 梁;災害,災禍;討厭的傢伙

flèche [flɛʃ] *n. f.* 箭,箭形符號,指示箭 頭;活動車轅;(鐘樓等的)尖頂;【數】弓 形的高

flécher [fleʃe] *v. t.* [c. 7]設置箭形路標 指示

fléchette [fleʃɛt] *n. f.* 小箭

fléchir [fleʃiːr] *v. t.* 使彎曲;使心軟,使 讓步 *v. i.* 彎曲;心軟,讓步;屈服; (物價等)下降

fléchissement [fleʃismɑ̃] *n. m.* 彎曲; 心軟,讓步;下降

flegmatique [flɛgmatik] *a.* 冷靜的,冷 淡的

flegme [flɛgm] *n. m.* 冷靜的,冷淡

flet [flɛ] *n. m.* 鰈

flétan [fletɑ̃] *n. m.* 庸鰈

flétrir [fletriːr] *v. t.* 使枯萎,使凋謝;敗 壞;打烙印〔舊時刑罰〕;譴責 *v. pr.* 凋謝,衰敗

flétrissure [fletrisyːr] *n. f.* (名譽等的) 敗壞

fleur [flœːr] *n. f.* 花;花的圖樣;光彩;精 華;盛時;*pl.* 華麗詞藻

fleurdeliser [flœrdəlize] *v. t.* 飾以百 合花圖案

fleurer [flœre] *v. i.* 散發香氣

fleuret [flœrɛ] *n. m.* 【體】花式劍

fleurette [flœrɛt] *n. f.* 小花,(對婦女說 的)甜言蜜語

fleurir [flœriːr] *v. i.* 開花;繁榮,興旺 〔用此義時,直陳式未完成過去時爲 florissait 或 fleurissait,現在分詞爲 florissant〕 *v. t.* 用花裝飾

fleurissant, e [flœrisɑ̃, ãːt] *a.* 開花的, (花)盛開的

fleuriste [flœrist] *a., n.* 種花的(人), 人造花的(人);賣花的(人)

fleuron [flœrɔ̃] *n. m.* 花飾;最好的東

fleuve [flœːv] *n. m.* 江,河

flexibilité [flɛksibilite] *n. f.* 易彎曲性 柔韌性

flexible [flɛksibl] *a.* 易彎曲的,柔韌的 溫柔的,順從的

flexion [flɛksjɔ̃] *n. f.* 彎曲;【語】詞形 化

flibustier [flibystje] *n. m.* (17,18世紀 的)美洲海盜;騙子,小偷

flirt [flœrt] *n. m.* 〖英〗調情,調情的對 象

flirter [flœrte] *v. i.* 調情,賣俏

floche [flɔʃ] *a.* 毛茸茸的,絨狀的 *f.* 小纓子,小總子;花團

flocon [flɔkɔ̃] *n. m.* 絮團,絮片;壓成 狀的穀物

floconneux, se [flɔkɔnø, øːz] *a.* 絮 狀的,絮片狀的

floculation [flɔkylasjɔ̃] *n. f.* 【化, 生】絮凝作用

flonflon [flɔ̃flɔ̃] *n. m.* (某些通俗音樂 中)喧鬧的和聲

floraison [flɔrɛzɔ̃] *n. f.* 開花;開花期 開花季節

floral, ale [flɔral] (*pl.* ~aux) *a.* 花的

flore [flɔːr] *n. f.* 植物區系;植物誌

floréal [flɔreal] *n. m.* (法蘭西共和曆 的)花月

florilège [flɔrilɛːʒ] *n. m.* 詩選,詩集

florissant, e [flɔrisɑ̃, ãːt] *a.* 繁榮的, 旺的

flot [flo] *n. m.* 波浪,波濤;漲潮;流, 流;*pl.* 大量

flottage [flɔtaːʒ] *n. m.* 木材流送,放

flottaison [flɔtɛzɔ̃] *n. f.* 【海】吃水線 吃水面

flottant, e [flɔtɑ̃, ãːt] *a.* 浮動的,漂 的;飄動的,飄揚的;動搖的,猶疑不決

flotte [flɔt] *n. f.* 艦隊,船隊;海軍;(漁 機羣

...ttement [flɔtmā] *n. m.* 漂浮，飄動，飄揚；動搖，猶像

...tter [flɔte] *v. i.* 漂浮，浮動；飄動，飄揚；動搖，猶像

...tteur [flɔtœ:r] *n. m.* 流送木材的工人；浮物，浮標，(漁具的)浮子；(水上飛機的)浮筒

...ttille [flɔtij] *n. f.* 小艦隊，小船隊；飛行小隊

...ou, e [flu] *a.* 朦朧的，不清晰的，模糊的，輪廓不鮮明的 *n. m.* 朦朧，模糊，不清晰

...uer [flue] *v. t.* 〖俗〗欺騙，騙取，詐取

...uctuant, e [flyktɥā, ā:t] *a.* 波動的，起伏的

...uctuation [flyktɥɑsjɔ̃] *n. f.* 波動，起伏；變動，變化

...et, te [flɥɛ, ɛt] *a.* 纖細的，瘦細的

...ide [flɥid] *a.* 流動的，流動性的；流暢的 *n. m.* 流體，流質

...idique [flɥidik] *a.* 流動的，流質的 *n. f.* 【技】射流

...idité [flɥidite] *n. f.* 流動性；流暢

...or [flyɔ:r] *n. m.* 【化】氟

...orescence [flyɔresā:s] *n. f.* 【物】熒光，熒光現象

...orescent, e [flyɔresā, ā:t] *a.* 【物】熒光的

...oroscope [flyɔrɔskɔp] *n. m.* (X線)熒光鏡，熒光屏；熒光檢查器

...ta [flyta] *n. m.* 鱔魚，黃鱔

...te [flyt] *n. f.* 笛，長笛；細長形小麵包；高腳酒杯

...té, e [flyte] *a.* 柔和如笛聲的

...teau [flyto] *n. m.* 粗製短笛；【植】澤寫

...ter [flyte] *v. i.* 吹笛

...tiste [flytist] *n.* 笛手

...vial, ale [flyvjal] *a.* (*pl.* ~ **aux**) *a.* 江河的，河流的

...x [fly] *n. m.* 漲潮；大量；【醫】流出，排出；【物】通量；流

...xion [flyksjɔ̃] *n. f.* 【醫】腫塊，腫痛

foc [fɔk] *n. m.* 三角帆

focal, ale [fɔkal] (*pl.* ~ **aux**) *a.* 【物，數】焦點的

fœtal, ale [fetal] (*pl.* ~ **aux**) *a.* 胎兒的

fœtus [fetys] *n. m.* 〖拉〗胎兒，胎

foi [fwa] *n. f.* 信用，誠意；諾言；信任，信賴；信仰；宗教信仰

foie [fwa] *n. m.* 肝，肝臟

foin [fwɛ̃] *n. m.* 乾草；(朝鮮薊底部的)絨毛 *interj.* 呸！啐！真討厭！

foirail [fwaraj] *n. m.* 集市場

foire [fwa:r] *n. f.* 集市；〖民〗拉肚子

foirer [fware] *v. i.* 〖民〗拉肚子，瀉肚子；滯火，遲發〔指炮彈、火箭等〕；(螺絲)滑扣，滑牙；〖俗〗失敗

foireux, se [fwarø, ø:z] *a.*, *n.* 〖俗〗膽怯的(人)，懦弱的(人)，瀉肚子的(人)

fois [fwa] *n. f.* 次，回；倍

foison(à) [afwazɔ̃] *loc. adv.* 豐富地，富足地

foisonnement [fwazɔnmā] *n. m.* 豐富，富足，充足

foisonner [fwazɔne] *v. i.* 充裕，盛產；繁殖；膨脹

fol, folle 見 **fou**

folâtre [fɔlɑ:tr] *a.* 調皮的，愛開玩笑的；快樂的

folâtrer [fɔlɑtre] *v. i.* 開玩笑，嬉戲

folâtrerie [fɔlɑtrəri] *n. f.* 玩笑，戲謔；愛開玩笑的性格

folichon, ne [fɔliʃɔ̃, ɔn] *a.* 輕鬆愉快的，嬉戲的

folie [fɔli] *n. f.* 癲狂，精神錯亂，精神病；荒誕，放縱，放蕩；狂熱；揮霍

folio [fɔljo] (*pl.* ~ **s**) *n. m.* (舊時手稿等的)一張〔包括兩面〕；頁碼

foliole [fɔljɔl] *n. f.* 【植】(複葉的)小葉

folioter [fɔljɔte] *v. t.* 編頁碼

folklore [fɔlklɔ:r] *n. m.* 民間傳說；民俗學

folletage [fɔlta:ʒ] *n. m.* 【農】葡萄乾枯病

folliculaire [fɔlikylɛ:r] *n. m.* 【貶】不高明的新聞記者

follicule [fɔlikyl] *n. m.* 【植】蓇葖; 【解】小囊狀器官

fomenter [fɔmɑ̃te] *v. t.* 煽動, 挑唆, 策劃

foncé, e [fɔ̃se] *a.* 深色的

foncer [fɔ̃se] [c. 1] *v. t.* 裝底; 挖掘, 開鑿; 加深顏色 *v. i.* 猛衝, 猛攻

foncier, ère [fɔ̃sje, ɛ:r] *a.* 土地的, 地產的; 固有的, 根本的 *n. m.* 土地稅

fonction [fɔ̃ksjɔ̃] *n. f.* 職責, 職務, 職能; 作用, 功用; 【數】函數

fonctionnaire [fɔ̃ksjɔnɛ:r] *n.* 公務員, 機關工作人員, 官員

fonctionnel, le [fɔ̃ksjɔnɛl] *a.* 功能的, 官能的, 機能的; 【數】函數的

fonctionnement [fɔ̃ksjɔnmɑ̃] *n. m.* 作用, 功能, 機能; 運轉, 運行

fonctionner [fɔ̃ksjɔne] *v. i.* 發生作用, 工作; 運轉, 運行

fond [fɔ̃] *n. m.* 底; (河)床, (海)底; (在瓶底等的)剩餘物; 深處; 底色, 底子; 實質, 內容; 地基

fondamental, ale [fɔ̃damɑ̃tal](*pl. ~ aux*) *a.* 作為基礎的, 基本的, 根本的

fondant, e [fɔ̃dɑ̃, ɑ̃:t] *a.* 熔化的, 融化的; 易溶於口的 *n. m.* 易溶於口的糖; 【技】助熔劑, 熔劑

fondateur, trice [fɔ̃datœ:r, tris] *n.* 締造者, 創始人, 創辦人

fondation [fɔ̃dasjɔ̃] *n. f.* (建築物的)基礎, 屋基, 底座; 創建, 創辦

fondé, e [fɔ̃de] *a.* 有根據的, 有充分理由的 *n. m.* ~ de pouvoir 【法】代理人

fondement [fɔ̃dmɑ̃] *n. m.* 基礎; 【俗】肛門; 根據, 依據

fonder [fɔ̃de] *v. t.* 締造, 建立, 創辦; 把…建立(在)

fonderie [fɔ̃dri] *n. f.* 【冶】鑄造廠; 鑄造

fondeur [fɔ̃dœ:r] *n. m.* 【冶】鑄工, 高爐鑄鐵工; 鑄造業經營者

fondeuse [fɔ̃dø:z] *n. f.* 【冶】鑄造機, 型機; 【印】鑄字機

fondre [fɔ̃dr] [c. 42] *v. t.* 使熔化, 使融化; 鑄造; 結合, 合併 *v. i.* 熔化; 溶解; 消失, 迅速減少; 【俗】消瘦

fondrière [fɔ̃drie:r] *n. f.* (地面的)坑窪; 濕地, 沼澤地

fonds [fɔ̃] *n. m.* 土地, 地產; 資金, 金; (非物質的)財富

fongosité [fɔ̃gozite] *n. f.*, **fongus** [fɔ̃gys] *n. m.* 【醫】蕈狀贅生物

fontaine [fɔ̃tɛn] *n. f.* 泉, 泉水, 噴泉; 水池, 蓄水池

fontainier [fɔ̃te(ɛ)nje] *n. m.* 水池管安裝維修人員

fontanelle [fɔ̃tanɛl] *n. f.* 【解】囪門

fonte [fɔ̃:t] *n. f.* 熔化, 融化, 融解; 融物; 生鐵, 鑄鐵; 鑄造; 繫在馬鞍兩旁的槍皮套

football [futbo:l] *n. m.* 〖英〗足球(運動)

forage [fɔra:ʒ] *n. m.* 鑽孔, 鑽眼; 鑽探

forain, e [fɔrɛ̃, ɛn] *a.* 在外面的, 外的; 集市的 *n.* (集市上的)賣藝者, 遊藝人

forban [fɔrbɑ̃] *n. m.* 海盜; 肆無忌憚人

forçage [fɔrsa:ʒ] *n. m.* 【園藝】促成培

forçat [fɔrsa] *n. m.* 強迫勞動犯

force [fɔrs] *n. f.* 力, 體力, 力量; 動實力, 權力; 暴力; 能力; *pl.* 兵力, 隊, 部隊; à toute ~ *loc. adv.* 盡地; à ~ de *loc. prép.* 由於, 仗着

forcement [fɔrsəmɑ̃] *n. m.* (用力)開, 破壞, 強行奪取

forcément [fɔrsemɑ̃] *adv.* 必然地, 可避免地

forcené, e [fɔrsəne] *a.* 狂怒的, 激的; 激烈的 *n.* 狂怒的人, 狂熱的人

forceps [fɔrsɛps] *n. m.* 〖拉〗【醫】產鉗

forcer [fɔrse] *v. t.* [c. 1] 強制, 強迫;

力弄開,用力破壞;強行奪取;使過分,使過度

rcerie [fɔrsəri] *n. f.* 【園藝】溫室,暖房

rclos, e [fɔrklo, o:z] *a.* (因逾期)喪失權利的

rclusion [fɔrklyzjɔ̃] *n. f.* 【法】(因逾期)權利的喪失

rer [fɔre] *v. t.* 鑽孔,鑽眼;鑽探

restier, ère [fɔrestje, ɛ:r] *a.* 森林的,樹林的 *n. m.* 林務官,森林看守人

ret [fɔre] *n. m.* 【機】鑽,鑽頭

rêt [fɔre] *n. f.* 森林,樹林;一批〔指林立之物〕

rfaire [fɔrfɛ:r] *v. i.* 〔c. 68〕〔僅用於不定式,直陳式現在時單數及複數時態〕違背,違犯

rfait [fɔrfɛ] *n. m.* 大罪,重罪;承攬,承辦;déclarer ~【體】宣佈棄權

rfaitaire [fɔrfɛtɛ:r] *a.* 承攬的,承辦的

rfaiture [fɔrfɛ(ɛ)ty:r] *n. f.* 瀆職罪,失職罪

rfanterie [fɔrfɑ̃tri] *n. f.* 吹牛,誇口

rge [fɔrʒ] *n. f.* 鍛造廠,打鐵舖;鍛爐

rger [fɔrʒe] *v. t.* 〔c. 2〕鍛,鍛造;編造;偽造

rgeron [fɔrʒərɔ̃] *n. m.* 鐵匠,鍛工

rgeur, se [fɔrʒœ:r, ø:z] *n. m.* 鍛工
n. 編造者;偽造者 *a.* 鍛打的,鍛造的

rmage [fɔrma:ʒ] *n. m.* 【技】成形

rmaline [fɔrmalin] *n. f.* 【化】福爾馬林,甲醛水

rmaliser(se) [s(ə)fɔrmalize] *v. pr.* 被冒犯,被觸怒,被得罪

rmalisme [fɔrmalism] *n. m.* 形式主義

rmaliste [fɔrmalist] *a.* 形式主義的
n. 形式主義者

rmalité [fɔrmalite] *n. f.* 手續;形式;禮節,禮儀

rmat [fɔrma] *n. m.* 開本;大小,尺寸

formatif, ve [fɔrmatif, i:v] *a.* 用以構成的,用以形成的

formation [fɔrmasjɔ̃] *n. f.* 形成,構成,成立;培養,訓練;【軍】編隊,隊形,部隊;【地質】層,建造

forme [fɔrm] *n. f.* 形狀,外形;形式,方式,格式;模子; *pl.* 舉止,儀表

formel, le [fɔrmɛl] *a.* 肯定的,明確的,正式的;形式的,表面的

former [fɔrme] *v. t.* 使成形,造成;構成,組成,形成;培養,訓練

formidable [fɔrmidabl] *a.* 可怕的,令人畏懼的;巨大的,極大的;〖俗〗不可思議的

formique [fɔrmik] *a.* acide ~【化】甲酸

formol [fɔrmɔl] *n. m.* 【化】甲醛的俗稱

formulaire [fɔrmylɛ:r] *n. m.* 程式彙編集,公式彙編集,處方彙編集

formule [fɔrmyl] *n. f.* 公式,格式,程式;用語,慣用語;型,樣式;【數,技】式,公式

formuler [fɔrmyle] *v. t.* 照公式寫,照格式寫;明確表達,明確提出;【數,技】列出式子,列出公式

fort, e [fɔr, ɔrt] *a.* 強壯的,力氣大的;有力的,強大的,強烈的;有能力的;堅固的;大量的,可觀的 *adv.* 用力地,用力地;非常,很 *n. m.* 防禦工事;身強力壯的人,力氣大的人;有勢力的人;長處,專長

forteresse [fɔrtərɛs] *n. f.* 堡壘,要塞

fortification [fɔrtifikasjɔ̃] *n. f.* 防禦工事,堡壘;防禦工事的修築,堡壘的修築

fortifier [fɔrtifje] *v. t.* 使強壯;使鞏固,加強;築防禦工事,築堡壘

fortin [fɔrtɛ̃] *n. m.* 小堡壘

fortiori(a) [afɔrsjɔri] *loc. adv.* 〖拉〗何況,更不必說

fortuit, e [fɔrtɥi, it] *a.* 偶然的,出乎意料的

fortune [fɔrtyn] *n. f.* 運氣,機遇;境遇,處境;命運;財產,財富

fortuné, e [fɔrtyne] *a.* 幸運的, 運氣好的; 富裕的, 有財産的

fosse [fo:s] *n. f.* 坑;【解】窩, 凹;【地】海溝;【體】沙坑

fossé [fose] *n. m.* 壕溝; 溝渠, 排水溝; (感情上的)裂痕, 鴻溝

fossette [fosɛt] *n. f.* 小孩玩彈子挖的小洞; 下巴的窩, 酒窩

fossile [fɔ[o]sil] *a.* 【地質】化石的;〖俗〗守舊的, 陳腐的 *n. m.* 化石; 守舊的人

fossiliser [fɔ[o]silize] *v. t., v. pr.* (使)起化石作用, (使)變成化石

fossoyage [fɔ[o]swaja:ʒ] *n. m.* 挖坑, 挖溝渠; 掘墓穴

fossoyeur [fɔ[o]swajœ:r] *n. m.* 掘墓穴者, 掘墓人

fou [fu] 〔在元音或啞音h開頭的陽性單數名詞前用 **fol** [fɔl]〕(*f. sing.* **folle** [fɔl]) *a.* 瘋的, 發狂的; 不能自制的; 不近情理的; 過分的, 過多的 *n.* 瘋子; 瘋瘋癲癲的人; (中世紀宮廷中的)小丑; (國際象棋中的)相, 象

fouace [fwas] *n. f.* 烤餅

fouailler [fwαje] *v. t.* 鞭打; 嚴厲斥責, 惡言責罵

foudre [fudr] *n. f.* 雷電, 霹靂 *n. m.* 大桶

foudroiement [fudrwamα̃] *n. m.* 雷擊

foudroyer [fudrwaje] [c. 3] *v. t.* 雷擊; 使突然喪命; 使驚愕 *v. i.* 打雷閃電

fouet [fwɛ] *n. m.* 鞭子; 鞭打, 鞭責

fouettement [fwɛtmα̃] *n. m.* 鞭打, 鞭責; (風雨等)猛擊

fouetter [fwɛ[ɛ]te] *v. t.* 鞭打, 鞭責; 猛擊; 攪拌

fougère [fuʒɛ:r] *n. f.* 【植】蕨

fougue [fug] *n. f.* 熱情, 激情; 急躁

fougueux, se [fugø, ø:z] *a.* 熱情的, 充滿激情的; 急躁的

fouille [fuj] *n. f.* 挖掘; (古文物的)發掘; 搜查, 搜索

fouiller [fuje] *v. t.* 挖掘, 發掘; 搜查, 搜

尋; 深入研究 *v. i.* 翻尋

fouilleur, se [fujœ:r, ø:z] *n.* 挖掘者, 掘者, 搜查者, 搜尋者

fouillis [fuji] *n. m.* 雜亂, 混雜

fouinard, e [fwina:r, ard] *a., n.* 〖俗〗好奇的(人), 愛管閑事的(人); 狡猾的(人)

fouine [fwin] *n. f.* 乾草叉, 魚叉;【動】貂, 石貂

fouiner [fwine] *v. i.* 〖俗〗愛管閑事

fouir [fwi:r] *v. t.* 挖, 掘, 拱

fouisseur, se [fwisœ:r, ø:z] *a.* 善於掘地的, 用以掘地的〔指動物〕 *n. m.* 善於掘地的動物

foulage [fulα:ʒ] *n. m.* 壓, 榨, 擠

foulant, e [fulα̃, ɑ̃:t] *a.* 緊壓的, 壓榨的

foulard [fula:r] *n. m.* 薄綢; (絲綢或紗)方圍巾, 頭巾

foule [ful] *n. f.* 人羣; 大衆, 羣衆; 大量

foulée [fule] *n. f.* (馬的)腳步;【體】步; *pl.* (獸類的)足迹

fouler [fule] *v. t.* 壓, 榨, 擠; 扭傷, 傷; 踩, 踏

foulon [fulɔ̃] *n. m.* 【紡】縮絨工, 氈合

foulure [fuly:r] *n. f.* 扭傷, 挫傷

four [fu:r] *n. m.* 烤爐, 烘爐, 窰; (演等的)受挫, 失敗

fourbe [furb] *a.* 欺騙的, 狡猾的 *n.* 騙子, 狡猾的人 *n. f.* 欺騙

fourberie [furbəri] *n. f.* 狡猾, 奸詐

fourbir [furbi:r] *v. t.* 擦亮

fourbissage [furbisa:ʒ] *n. m.* 擦亮

fourbu, e [furby] *a.* 精疲力盡的; 患皮炎的〔指馬〕

fourche [furʃ] *n. f.* 長柄叉; 分岔口; 杈

fourcher [furʃe] *v. i.* 分叉, 分岔, 叉開

fourchette [furʃɛt] *n. f.* 餐叉;【機】撥叉

fourchu, e [furʃy] *a.* 分叉的, 分岔的, 叉開的

fourgon [furgɔ̃] *n. m.* 有篷運貨車; 用貨運車,【鐵】行李車; 火鈎, 撥火棍

fourgonner [furgɔne] *v. i.* (用撥火

撥火;〖俗〗亂翻亂找

ourgonnette [furgɔnɛt] *n. f.* 小型有篷運貨車

ourmi [furmi] *n. f.* 螞蟻

ourmilier [furmilje] *n. m.* 食蟻動物, 食蟻獸

ourmilière [furmiljɛ:r] *n. f.* 蟻穴, 蟻巢;(同一蟻巢的)蟻羣;人口稠密的地方

ourmillement [furmijmɑ̃] *n. m.* 蟻聚, 麇集;蟻走感, 發麻

ourmiller [furmije] *v. i.* 蟻聚, 麇集, 擁滿;發癢, 發麻

ournaise [furnɛ:z] *n. f.* 大爐子, 大火爐;烈火;酷熱的地方

ourneau [furno] (*pl.* ～x) *n. m.* 爐, 竈

ournée [furne] *n. f.* 一爐, 一幫, 一夥

ournil [furni] *n. m.* 麵包作場

ourniment [furnimɑ̃] *n. m.* (士兵的)裝備

ournir [furni:r] *v. t.* 供應, 供給;提供, 給予;生產 *v. i.* 供給, 滿足

ournisseur, se [furnisœ:r, ø:z] *n.* 供應者, 供貨人

ourniture [furnity:r] *n. f.* 供應品, 供給物;供應, 供給

ourrage [fura:ʒ] *n. m.* 飼料, 草料

ourrager [furaʒe] *v. i.* [c. 2]割草料, 收集草料;亂翻

ourragère [furaʒɛ:r] *a.* 可作飼料的 *n. f.* 飼料地;(軍服上的)飾帶

ourrageur [furaʒœ:r] *n. m.* 散開作戰的騎兵;〖古〗收集草料的騎兵

ourré, e [fure] *a.* 有毛皮夾裹的;有濃毛的 *n. m.* 矮樹叢

ourreau [furo] (*pl.* ～x) *n. m.* 鞘, 套子

ourrer [fure] *v. t.* 裝毛皮夾裹;塞入, 插入;囚禁

ourreur, se [furœ:r, ø:z] *n.* 加工毛皮的人;皮貨商, 皮衣商

ourrier [furje] *n. m.* 負責後勤的下級軍官, 軍需

ourrière [furjɛ:r] *n. f.* 扣押牲畜和車輛的場所

fourrure [fury:r] *n. f.* 皮桶兒, 毛皮, 皮衣服;(某些動物的)濃密毛皮

fourvoyer [furvwaje] [c. 3] *v. t.* 使迷路;引入歧途 *v. pr.* 迷路;誤入歧途;弄錯

fox-terrier [fɔkstɛrje] (*pl.* ～s) *n. m.*, **fox** [fɔks] *n. m. inv.* 獵狐小狗

foyer [fwaje] *n. m.* (壁爐等的)火爐, 爐床, (鍋爐等的)燃燒室;爐火;家, 户;(劇院的)休息室, 中心, 策源地;〖醫〗病竈;【物, 數】焦點; *pl.* 家鄉

frac [frak] *n. m.* 燕尾服, 禮服

fracas [fraka] *n. m.* 破裂聲, 撞擊聲;巨大的響聲;喧嘩, 喧鬧

fracassant, e [frakasɑ̃, ɑ̃:t] *a.* 發出破裂聲的, 發出撞擊聲的;喧嘩的, 喧鬧的;引起轟動的

fracasser [frakase] *v. t.* 擊碎, 折斷

fraction [fraksjɔ̃] *n. f.* 分開, 打碎, 折斷;部分;【數】分數

fractionnaire [fraksjɔnɛ:r] *a.* 【數】分數的

fractionnateur [fraksjɔnatœ:r] *n. m.* 【石油】分餾塔

fractionnement [fraksjɔnmɑ̃] *n. m.* 分裂, 分割

fractionner [fraksjɔne] *v. t.* 分裂, 分割, 使分成幾部分

fractionnisme [fraksjɔnism] *n. m.* (黨派內部的)分裂活動

fractionniste [fraksjɔnist] *a., n.* 搞分裂活動的(人)

fracture [frakty:r] *n. f.* 破裂, 斷裂;【醫】骨折;【地】斷口

fracturer [fraktyre] *v. t.* 折斷, 打碎

fragile [fraʒil] *a.* 脆的, 易碎的, 不堅固的;虛弱的, 脆弱的

fragilité [fraʒilite] *n. f.* 脆, 易碎;虛弱;脆弱性

fragment [fragmɑ̃] *n. m.* 碎片, 碎塊;(作品的)殘存部分;片段, 摘錄

fragmentaire [fragmɑ̃tɛ:r] *a.* 成碎片

的, 片段的, 部分的

fragmentation [fragmɑtɑsjɔ̃] *n. f.* 弄成碎片; 分成部分

fragmenter [fragmɑ̃te] *v. t.* 弄成碎片; 分成部分

frai [frɛ] *n. m.* (魚類的)產卵, 授精; 產卵期; 產下的魚卵; 魚苗; 硬幣的磨損

fraichement [frɛʃmɑ̃] *adv.* 涼爽地; 新近, 剛才; 冷淡地

fraicheur [frɛʃœːr] *n. f.* 涼爽, 涼快; 新鮮, 鮮明

fraichir [freʃiːr] *v. i.* (天氣)轉涼; 【海】(風力)增强

frais [frɛ] (*f.* **fraiche** [frɛʃ]) *a.* 涼爽的, 清涼的; 新鮮的; 新近的; 精神飽滿的; 冷淡的. *n. m.* 涼爽, 涼快

frais [frɛ] *n. m. pl.* 開支, 費用

fraisage [frɛza:ʒ] *n. m.* 【機】銑削; 鏽錐孔

fraise [frɛːz] *n. f.* 草莓〔指果實〕; (牛犢, 羊羔等的)腸繫膜; (火雞的)喉下肉垂; (16、17世紀男女戴的)皺領; 【機】銑刀; 【醫】(皮膚的)血管瘤; 牙鑽

fraiser [freɛze] *v. t.* 【機】銑削; 鏽錐孔

fraiseuse, se [frɛzœːr, øːz] *n. m.* 銑工. *n. f.* 銑床

fraisier [freɛzje] *n. m.* 【植】草莓

framboise [frɑ̃bwaːz] *n. f.* 覆盆子〔指果實〕

framboisier [frɑ̃bwazje] *n. m.* 覆盆子〔樹〕

franc, che [frɑ̃, ɑ̃:ʃ] *a.* 免税的, 免費的; 坦率的, 真誠的; 純粹的; 完全的, 完整的. *adv.* 坦率地, 直爽地. *n. m.* 法郎

français, e [frɑ̃sɛ, ɛːz] *a.* 法國的. *n. F* ~法國人 *n. m.* 法語

franchir [frɑ̃ʃiːr] *v. t.* 跳過, 越過; 通過; 克服, 戰勝

franchise [frɑ̃ʃiːz] *n. f.* 免税, 免費; 坦率, 真誠

franchissement [frɑ̃ʃismɑ̃] *n. m.* 跳

過, 越過; 通過; 克服

franciser [frɑ̃size] *v. t.* 使法語化, 使法國化; 確認(船舶)具有法國國籍

francium [frɑ̃sjɔm] *n. m.* 【化】鈁

franc-maçon, ne [frɑ̃ma[ɑ]sɔ, ɔn] (*pl.* ~*s*-~*s*) *a., n. m.* 共濟會的(會員)

franco [frɑ̃ko] *adv.* 免費

franco- *préf.* 表示"法國、法國人"的意思

francophile [frɑ̃kɔfil] *a., n.* 親法的(人)

francophobe [frɑ̃kɔfɔb] *a., n.* 敵視法國的(人)

francophone [frɑ̃kɔfɔn] *a., n.* 講法語的(人)

franc-parler [frɑ̃parle] *n. m.* 説話坦率

franc-tireur [frɑ̃tirœːr] (*pl.* ~*s*-~*s*) *n. m.* 自由射手; 非正規軍隊的士兵

frange [frɑ̃:ʒ] *n. f.* 流蘇, 總子; 【光】條紋

franger [frɑ̃ʒe] *v. t.* [c. 2]裝流蘇, 裝總子

frangipane [frɑ̃ʒipan] *n. f.* 杏仁奶油餡(糕點)

franquette (à la bonne) [alabɔnfrɑ̃kɛt] *loc. adv.* 率直地; 不拘禮節地

frappe [frap] *n. f.* (硬幣等的)衝製, 鑄製; 印紋; 打字; 【體】擊拳, 擊球

frapper [frape] *v. t.* 打, 擊, 拍打, 敲; 使...向; 冰凍; 使遭受; 使激動; 衝製, 軋製; 使...徵收(税) *v. pr.* 自打; 互打; [俗]憂慮

frappeur, se [frapœːr, øːz] *n.* 敲打者, 衝壓工, 壓印工

frasque [frask] *n. f.* 荒唐行爲, 胡鬧

fraternel, le [fratɛmɛl] *a.* 兄弟的, 兄弟般的, 兄弟姊妹的

fraterniser [fratɛrnize] *v. i.* 和睦, 親善

fraternité [fratɛrnite] *n. f.* 友愛, 博愛

fratricide [fratrisid] *a., n.* 殺兄弟姐妹的(人). *n. m.* 殺害兄弟姐妹的罪

fraude [froːd] *n. f.* 欺騙, 詐騙, 舞弊, 偷漏, 走私

frauder [frode] *v. t.* 詐騙, 偷漏, 走私 *v. i.* 作弊, 舞弊

fraudeur, se [frodœ:r, ø:z] *a., n.* 詐騙的(人); 作弊的(人); 走私的(人)

frauduleux, se [frodylø, ø:z] *a.* 詐騙的

frayer [fre[ɛ]je] [c. 4] *v. t.* 開闢 *v. i.* 來往, 交往; (魚類)產卵, 授精

frayeur [frejœ:r] *n. f.* 恐懼, 恐怖, 驚慄

fredaine [frədɛn] *n. f.* 荒唐行為, 胡鬧

fredon [frədɔ̃] *n. m.* 【樂】顫音; 三張同點的紙牌

fredonnement [frədɔnmɑ̃] *n. m.* 哼歌曲; 哼唱的歌曲

fredonner [frədɔne] *v. t., v. i.* 哼(歌曲)

frégate [fregat] *n. f.* 快速護衛艦; (18世紀的)三桅戰艦; 【動】軍艦鳥

frein [frɛ̃] *n. m.* 制動器, 刹車; 馬銜, 馬嚼子; 約束, 限制

freinage [frɛna:ʒ] *n. m.* 制動, 刹車; 制動系統

freiner [fre[ɛ]ne] *v. i., v. t.* 刹車, 減慢速度

frelatage [frəlata:ʒ] *n. m.* 摻假, 摻雜質

frelater [frəlate] *v. t.* 摻假, 摻雜質

frêle [frɛl] *a.* 易碎的, 脆的; 軟弱無力的, 虛弱的

frelon [frəlɔ̃] *n. m.* 大胡蜂

freluquet [frəlykɛ] *n. m.* 輕浮的青年

frémir [fremi:r] *v. i.* 顫動, 戰慄, 發抖

frémissement [fremismɑ̃] *n. m.* 顫動, 戰慄, 發抖

frêne [frɛn] *n. m.* 梣, 白蠟樹; 梣木

frénésie [frenezi] *n. f.* 狂熱; 狂亂, 瘋狂

frénétique [frenetik] *a.* 狂熱的; 狂亂的, 瘋狂的

fréquemment [frekamɑ̃] *adv.* 常常, 經常

fréquence [frekɑ̃:s] *n. f.* 頻繁, 經常出現; 頻率, 週率

fréquencemètre [frekɑ̃smɛtr] *n. m.* 【電】頻率計

fréquent, e [frekɑ̃, ɑ̃:t] *a.* 經常發生的,

頻繁的, 常見的

fréquentation [frekɑ̃tasjɔ̃] *n. f.* 常去, 常到; 經常來往, 經常接觸

fréquenter [frekɑ̃te] *v. t.* 經常去; 經常(與某人)來往, 經常接觸

frère [frɛ:r] *n. m.* 兄弟; 志同道合的人, 親近的人; 【宗】修士

fresque [frɛsk] *n. f.* 壁畫法, 壁畫

fressure [fresy:r] *n. f.* (獸類的)內臟

fret [frɛ] *n. m.* 租船, 租船費; 船貨, 載運的貨物

fréter [frete] *v. t.* [c. 7]租用(車輛); 出租(船舶)

fréteur [fretœ:r] *n. m.* 船舶出租者

frétillement [fretijmɑ̃] *n. m.* 跳動, 搖動, 抖動

frétiller [fretije] *v. i.* 跳動, 搖動, 抖動

fretin [frətɛ̃] *n. m.* 小魚; 微不足道的人; 無價值的東西

frettage [frɛta:ʒ] *n. m.* 加箍, 加鐵箍; 套箍

frette [frɛt] *n. f.* 箍, 鐵箍; 套環

fretter [fre[ɛ]te] *v. t.* 箍, 裝鐵箍; 套鐵箍

freudisme [frødism] *n. m.* 【心】弗洛伊德學說, 弗洛伊德精神分析

friabilité [friabilite] *n. f.* 易粉碎性

friable [friabl] *a.* 易粉碎的

friand, e [friɑ̃, ɑ̃:d] *a.* 嗜食美味的, 講究吃食的; 喜歡⋯的 *n. m.* 肉末千層餅; 杏仁小甜糕

friandise [friɑ̃di:z] *n. f.* 甜食, 糖果

fricandeau [frikɑ̃do] *n. m.* 嵌豬油的小牛肉塊

fricassée [frikase] *n. f.* 燴肉塊

fricasser [frikase] *v. t.* 燴; 揮霍

friche [friʃ] *n. f.* 荒地

fricot [friko] *n. m.* 〖俗〗燴肉; 普通菜, 家常菜

fricoter [frikɔte] *v. t.* 燴, 做(菜); 施陰謀, 耍花招 *v. i.* 謀取非法利益

fricoteur, se [frikɔtœ:r, ø:z] *n.* 非法謀利者

friction [friksjɔ̃] *n. f.* 磨擦; 不和, 衝突

frictionner [friksjɔne] v. t. 磨擦

frigidité [friʒidite] n. f. 冰冷, 寒冷; 【醫】性慾冷淡症 (常指女性)

frigo [frigo] n. m. 冰凍肉; 冰箱, 冷藏間

frigorie [frigɔri] n. f. 負大卡 〔熱量單位〕

frigorifère [frigɔrifɛ:r] n. m. 空氣冷却器, 冷風機

frigorifier [frigɔrifje] v. t. 冷藏, 冷凍

frigorifique [frigɔrifik] a. 製冷的, 致冷的 n. m. 冰箱, 冷藏庫

frigorifuge [frigɔrify:ʒ] a. 保冷的, 絕熱的 n. m. (致冷、冷藏設備的) 絕熱層

frileux, se [frilø, ø:z] a., n. 怕冷的 (人)

frimaire [frimɛ:r] n. m. (法蘭西共和曆的) 霜月

frimas [frima] n. m. 霜, 霧凇

frime [frim] n. f. 〖俗〗佯裝, 偽裝, 假裝; 沒有價值的事情

frimousse [frimus] n. f. 〖俗〗(兒童或少年的) 臉兒

fringale [frɛ̃gal] n. f. 〖俗〗極度飢餓

fringant, e [frɛ̃gɑ̃, ɑ̃:t] a. 活潑的, 矯健的

friper [fripe] v. t. 揉皺, 弄皺

friperie [fripri] n. f. 舊衣服, 舊傢具; 舊貨業, 舊貨商店

fripier, ère [fripje, ɛ:r] n. 舊貨商

fripon, ne [fripɔ̃, ɔn] n. 騙子, 詐騙者; 頑童, 調皮鬼 a. 狡猾的, 調皮的

friponnerie [fripɔnri] n. f. 詐騙, 取敗

frire [fri:r] [c. 74] v. t. 油煎, 油炸, 油余 v. i. 煎, 炸, 余

frise [fri:z] n. f. 【建】(柱頂盤的) 中楣, 簷壁; 【劇】橫欄, 沿幕

friser [frize] v. t. 使捲曲; 擦過, 掠過; 將近 v. i. 捲曲, 捲起

frisette [frizɛt] n. f. 小髮捲

frison [frizɔ̃] n. m. 髮捲

frisotter [frizɔte] v. t., v. i. (使) 微微捲曲

frisquet, te [friskɛ, ɛt] a. 涼颼颼的, 微寒的

frisson [frisɔ̃] n. m. 寒戰, 發抖, 哆嗦

frissonnement [frisɔnmɑ̃] n. m. 輕微的寒戰, 微抖; 顫動

frissonner [frisɔne] v. i. 寒戰, 發抖, 哆嗦; 顫動

frisure [frizy:r] n. f. 捲曲; 髮捲

frit, e [fri, it] a. 油煎的, 油炸的, 油余的 n. f. 油炸土豆

friterie [fritri] n. f. 煎魚設備

friture [frity:r] n. f. 油煎, 油炸, 油余; 煎食品用的油; 油煎魚, 油炸魚

frivole [frivɔl] a. 輕浮的, 輕佻的; 無聊的, 無價值的

frivolité [frivɔlite] n. f. 輕浮, 輕佻; 瑣事, 無價值的東西; 紗織小花邊

froc [frɔk] n. m. 修道士的長披巾, 修道士的服裝; 修道; 〖民〗長褲

froid, e [frwa, ad] a. 冷的, 寒冷的; 冷靜的, 冷淡的, 沉着的; 不生動的 n. m. 冷, 寒冷; 冷淡

froideur [frwadœ:r] n. f. 冷, 冷淡

froidure [frwady:r] n. f. 寒冷, 寒氣; 冬季; 【醫】凍瘡

froissement [frwasmɑ̃] n. m. 碰傷, 擦傷; 弄皺; 揉皺; 觸犯, 損害

froisser [frwase] v. t. 碰傷, 擦傷; 弄皺, 揉皺; 觸犯, 損害

frôlement [frolmɑ̃] n. m. 輕擦, 擦過; 輕擦聲

frôler [frole] v. t. 輕擦, 擦過; 〖俗〗幸免, 逃過

fromage [frɔma:ʒ] n. m. 乾酪

fromager, ère [frɔmaʒe, ɛ:r] a., n. 製或出售乾酪的人

fromagerie [frɔmaʒri] n. f. 乾酪製造工場, 乾酪商店

froment [frɔmɑ̃] n. m. 小麥, 小麥的麥粒

fronce [frɔ̃:s] n. f. 襞, 褶痕, 摺痕

froncement [frɔ̃smɑ̃] n. m. 皺縮, 攣蹙

froncer [frɔ̃se] v. t. [c. 1] 皺, 皺縮, 蹙

打褶, 做衣褶

froncis [frɔ̃si] *n. m.* (一排)褶襇

frondaison [frɔ̃dɛzɔ̃] *n. f.* 【植】樹木長葉時期, (樹的)翠葉, 簇葉

fronde [frɔ̃d] *n. f.* 投石器, 投彈器〔古代武器〕; 彈弓〔兒童玩具〕

fronder [frɔ̃de] *v. t.* 責難, 指責, 攻擊

frondeur, se [frɔ̃dœːr, øːz] *a., n.* 受責難的(人), 好指責的(人) *n.* 使用投石器的人;【史】投石黨人

front [frɔ̃] *n. m.* 額, 前額; 頭, 面孔; 正面; 戰綫, 前綫, 陣綫; de ~ *loc. adv.* 從正面, 並肩, 同時, 直截了當地

frontal, ale [frɔ̃tal] (*pl.* ~aux) *a.* 額的; 正面的 *n. m.* 額骨

frontalier, ère [frɔ̃talje, ɛːr] *a.* 邊境的 *n.* 邊境居民

frontière [frɔ̃tjɛːr] *n. f.* 邊境, 邊界; 國境 *a.* 邊界的; 國境的

frontispice [frɔ̃tispis] *n. m.* (建築物的)正面; 書名頁, 面對書名頁的插畫

fronton [frɔ̃tɔ̃] *n. m.* 【建】三角楣

frottée [frɔte] *n. f.* 【民】亂打, 痛打

frottement [frɔtmɑ̃] *n. m.* 摩擦

frotter [frɔte] *v. t.* 擦, 摩擦; 塗, 抹; 毆打 *v. i.* 產生摩擦 *v. pr.* 自擦, 攻擊

frotteur, se [frɔtœːr, øːz] *n.* 擦地板者 *n. m.* 【技】滑動件, 摩擦件;【電】集電靴, 滑接點

frottis [frɔti] *n. m.* 【繪畫】薄塗的透明色;【生】塗片

frou-frou [frufru] (*pl.* ~(*s*)~*s*) *n. m.* (衣衫、樹葉等的)簌簌聲, 沙沙聲

fructidor [fryktidɔːr] *n. m.* (法蘭西共和曆的)果月

fructification [fryktifikɑsjɔ̃] *n. f.* 【植】結果, 結果期; 子實體

fructifier [fryktifje] *v. i.* (植物)結果實; 獲得成果, 帶來利潤

fructueux, se [fryktɥø, øːz] *a.* 有利的, 有成果的

frugal, ale [frygal] (*pl.* ~aux) *a.* 節

制飲食的; 粗茶淡飯的; 儉樸的

frugalité [frygalite] *n. f.* 飲食節制; 儉樸

frugivore [fryʒivɔːr] *a.* 食果實的, 植食的 *n. m.* 植食動物

fruit [frɥi] *n. m.* 果子, 果實, 水果; 結果, 成果, 後果;【建】(牆外側的)傾斜度; *pl.* 土地産物

fruité, e [frɥite] *a.* 果味的〔指酒、油等〕

fruiterie [frɥitri] *n. f.* 貯藏水果的地方; 水果店, 水果行業

fruitier, ère [frɥitje, ɛːr] *a.* 結果子的 *n. m.* 水果商 *n. m.* 果園; 水果攤, 水果陳列架; 貯藏水果的地方

frusques [frysk] *n. f. pl.* 【民】舊衣服

fruste [fryst] *a.* 磨損的, 用舊的; 粗糙的; 粗魯的

frustration [frystrɑsjɔ̃] *n. f.* 剝奪, 奪取, 侵佔; 失望

frustrer [frystre] *v. t.* 剝奪, 奪取, 侵佔; 使失望

fuchsia [fyksja] *n. m.* 【植】倒掛金鐘, 吊鐘海棠

fuchsine [fyksin] *n. f.* 【化】品紅

fugace [fygas] *a.* 短暫的, 轉瞬即逝的

fugacité [fygasite] *n. f.* 短暫性, 轉瞬即逝的

fugacité [fygasite] *n. f.* 短暫性, 轉瞬即逝

fugitif, ve [fyʒitif, iːv] *a.* 逃跑的; 短暫的, 霎時的, 轉瞬即逝的 *n.* 逃跑者, 逃亡者

fugue [fyg] *n. f.* 逃跑, 暫時出走;【樂】賦格曲;【醫】自動出外漫游症

fuir [fɥiːr] [c. 17] *v. i.* 逃跑, 逃走; 飛逝; 向後傾斜; 流出, 漏出 *v. t.* 逃避, 避開

fuite [fɥit] *n. f.* 逃跑, 逃走; 逃避, 飛逝; 漏, 漏洞, 漏縫

fulgurant, e [fylgyrɑ̃, ɑ̃ːt] *a.* 閃電的; 閃電般的; 閃閃發光的

fulguration [fylgyrɑsjɔ̃] *n. f.* (無雷的)閃電, 熱閃;【醫】電擊傷, 高頻電火花療法

fuligineux, se [fyliʒinø, øːz] a. 似烟炱的, 烟灰色的; 有烟的, 產生烟炱的

fulminate [fylminat] n. m. 【化】雷酸鹽

fulminer [fylmine] v. i. 爆炸; 暴怒

fumade [fymad] n. f. 【農】廐肥

fumage [fymaːʒ] n. m. (魚、肉等的)烟燻; 施廐肥, 施肥

fume-cigare [fymsigaːr], **fume-cigarette** [fymsigarɛt] n. m. inv. 烟嘴

fumée [fyme] n. f. 烟, 蒸氣; pl. 酒意

fumer [fyme] v. i. 冒烟, 冒氣; 發怒 v. t. 烟燻; 吸烟, 抽烟; 施廐肥, 施肥

fumerie [fymri] n. f. (鴉片)烟館

fumerolle [fymrɔl] n. f. 【地質】火山氣體

fumet [fymɛ] n. m. 肉香; 酒香; 野味或野獸的氣味

fumeur, se [fymœːr, øːz] n. 吸烟者

fumeux, se [fymø, øːz] a. 冒烟的, 冒氣的, 模糊不清的

fumier [fymje] n. m. 廐肥, (糞便、垃圾)肥料;〖民〗混蛋

fumigateur [fymigatœːr] n. m. 烟燻器, 烟燻劑

fumigation [fymigasjɔ̃] n. f. 烟燻消毒(法);【醫】烟燻療法, 燻蒸療法;【農】烟燻殺蟲(法)

fumigène [fymiʒɛn] a. 發烟的, 生烟的 n. m. 發烟器

fumiste [fymist] n. m. 修砌爐子的人, 裝修取暖設備的人 a., n. 〖俗〗愛惡作劇的(人), 不嚴肅的(人)

fumisterie [fymistri] n. f. 修砌爐子業, 取暖設備裝修業;〖俗〗惡作劇

fumivore [fymivɔːr] a. 吸收烟的 n. m. 吸收烟的裝置

fumoir [fymwaːr] n. m. 燻製魚、肉的場所; 吸烟室

fumure [fymyːr] n. f. 肥料; 施廐肥, 施肥

funambulesque [fynɑ̃bylɛsk] a. 走鋼絲的; 奇特的, 古怪的

funèbre [fynɛbr] a. 葬禮的, 喪事的; 憂鬱的, 陰鬱的

funérailles [fyneraːj] n. f. pl. 葬禮

funéraire [fynerɛːr] a. 葬禮的, 喪葬的

funeste [fynɛst] a. 致命的; 悲慘的, 不幸的, 痛苦的, 有害的

funiculaire [fynikylɛːr] a. 用纜索帶動的;【解】臍帶的, 精索的 n. m. 纜車鐵道

fur [fyːr] n. m. au ～ et à mesure loc. adv. 陸續, 逐步; au ～ et à mesure que loc. conj. 隨着

furet [fyrɛ] n. m. 【動】白鼬; 到處探尋的人; 環坐猜物集體游戲

furetage [fyrtaːʒ] n. m. 用白鼬行獵; 到處探尋

fureter [fyrte] v. i. [c. 6]用白鼬行獵; 到處探尋

fureteur, se [fyrtœːr, øːz] n. 用白鼬行獵者; 到處探尋的人

fureur [fyrœːr] n. f. 狂怒; 狂熱; 猛烈, 激烈

furibond, e [fyribɔ̃, ɔ̃ːd] a. 狂怒的; 猛烈的 n. 狂怒者, 盛怒者

furie [fyri] n. f. 狂怒; 狂熱; 猛烈; 潑婦, 悍婦

furieux, se [fyrjø, øːz] a. 狂怒的; 狂熱的; 猛烈的

furoncle [fyrɔ̃kl] n. m. 【醫】癤

furonculose [fyrɔ̃kyloːz] n. f. 【醫】癤病〔多發性癤〕

furtif, ve [fyrtif, iːv] a. 偷偷摸摸的, 暗中的

fusain [fyzɛ̃] n. m. 畫圖木炭; 木炭畫;【植】衛矛

fuseau [fyzo] (pl. ～x) n. m. 【紡】錠子, 紡錘;【生】紡錘體;【數】球面月形

fusée [fyze] n. f. 錠子紗, 紡錘紗; 火箭; 引信, 信管;【機】軸頸

fuselage [fyzlaːʒ] n. m. (飛機)機身

fuselé, e [fyzle] a. 錠子狀的, 紡錘形的; 流綫型的

fuser [fyze] *v. i.* 融化; 噴射, 迸發;【技】熔化; 爆燃

fusibilité [fyzibilite] *n. f.* 【技】熔性, 熔度

fusible [fyzibl] *a.* 可熔化的, 易熔化的 *n. m.* 【電】保險絲, 熔絲

fusiforme [fyzifɔrm] *a.* 【動, 植】紡錘狀的, 梭狀的

fusil [fyzi] *n. m.* 槍, 步槍; 帶槍的士兵, 射手; 打火用具; 磨刀鎈棒

fusilier [fyzilje] *n. m.* 帶槍的士兵

fusilade [fyzijad] *n. f.* 齊射, 排射; 對射; 槍斃

fusiller [fyzije] *v. t.* 槍斃, 槍決, 槍殺

fusion [fyzjɔ̃] *n. f.* 融化, 熔化, 熔解; 熔煉; 融合

fusionnement [fyzjɔnmɑ̃] *n. m.* 合併, 融合

fusionner [fyzjɔne] *v. t.* 使合併, 使融合 *v. i.* 合併, 融合

fustigation [fystigasjɔ̃] *n. f.* 棒打, 鞭打; 懲罰

fustiger [fystiʒe] *v. t.* [c. 2] 棒打, 鞭打, 懲罰

fût [fy] *n. m.* 樹身, 樹幹;【槍】托, (槍)柄; 酒桶;【建】柱身

futaie [fytɛ] *n. f.* 用材林

futaille [fytɑj] *n. f.* 木桶; 桶

futé, e [fyte] 〖俗〗機靈的, 狡猾的

futile [fytil] *a.* 無價值的, 無關緊要的, 無意義的

futilité [fytilite] *n. f.* 無價值, 無意義; 瑣事

futur, e [fyty:r] *a.* 將來的, 未來的 *n. m.* 將來, 未來;【語】將來時

futurisme [fytyrism] *n. m.* 【文, 藝】未來主義, 未來派

futuriste [fytyrist] 【文, 藝】*a.* 未來主義的, 未來派的 *n.* 未來主義者

fuyant, e [fɥijɑ̃, ɑ̃:t] *a.* 逃跑的, 逃亡的; 飛逝的; 向後傾斜的;【繪畫】逐漸消失的, 漸遠的 *n. m.* 遠景

fuyard, e [fɥija:r, ard] *a., n.* 逃跑的(人), 逃亡的(人) *n. m.* 逃兵

G

g, g [ʒe] *n. m.* 法語字母表中第7個字母

gabardine [gabardin] *n. f.* 華達呢, 軋別丁; 軋別丁雨衣

gabare [gaba:r] *n. f.* 自航駁船, 自航貨船;【漁】拖網

gabarit [gabari] *n. m.* 【船】部件模型; 樣板;【技】靠模, 仿形板; 量規, 卡板; 尺寸

gabegie [gabʒi] *n. f.* 欺詐, 欺騙; 管理的混亂; 浪費

gabelle [gabɛl] *n. f.* (法國舊時的)鹽稅; 鹽稅徵收機關

gabelou [gablu] *n. m.* (法國舊時)鹽稅徵收機關職員;〖貶〗間接稅局或海關的職員

gabier [gabje] *n. m.* 甲板部水手, 桅樓水手

gabion [gabjɔ̃] *n. m.* 土筐, 肥料筐;【軍】堡籃

gable, gâble [gɑ:bl] *n. m.* 【建】大門三角楣; 屋頂窗的三角架

gabonais, e [gabonɛ, ɛ:z] *a.* 加蓬的 *n.* G～加蓬人

gâchage [gɑʃa:ʒ] *n. m.* (石膏、水泥等)的加水拌和; 工作草率; 浪費

gâche [gɑ:ʃ] *n. f.* 鎖橫頭; 鏝, 堲刀

gâcher [gɑʃe] *v. t.* 加水拌和(石膏、水泥等); 草率從事; 浪費

gâchette [gɑʃɛt] *n. f.* 【機】銷鍵, 卡子, 掣爪;【軍】(槍的)撞針鍵, 扳機

gâcheur, se [gɑʃœ:r, øz] *n.* (石膏、水泥的)拌和工; 草率從事的人; 浪費者; 賤賣者

gâchis [gɑʃi] *n. m.* 灰漿; 淤泥, 泥漿; 混亂

gadolinium [gadɔlinjɔm] *n. m.* 【化】釓

gadoue [gadu] *n. f.* 糞便肥, 垃圾肥料

gaffe [gaf] *n. f.* 篙子; 鈎竿; 〖俗〗蠢話, 蠢事

gaffer [gafe] *v. t.* 用篙子或鈎竿鈎(東西) *v. i.* 〖俗〗幹蠢事

gaffeur, se [gafœːr, øːz] *a., n.* 幹蠢事的(人)

gag [gag] *n. m.* 〖英〗【電影】插科打諢

gage [gaːʒ] *n. m.* 抵押, 抵押品; 擔保, 保證; *pl.* 僕人的工錢

gager [gaʒe] *v. t.* [c. 2] 抵押; 打賭, 擔保; 付給(僕人)工錢

gageure [gaʒyːr] *n. f.* 賭注, 打賭

gagne-pain [gɑɲpɛ̃] *n. m. inv.* 生計, 謀生手段; 贍養人

gagne-petit [gɑɲpəti] *n. m. inv.* 收入低微的人

gagner [gɑɲe] *v. t.* 挣(錢), 賺得, 贏得, 獲得; 中(獎); 達到; 收買; 感染(疾病) *v. t.* 獲益; 傳播, 蔓延; 變好, 改善 *v. pr.* 流行, 傳染

gai, e [ge] *a.* 快活的, 愉快的; 〖俗〗微醉的

gaieté, gaité [gete] *n. f.* 快活, 愉快; 輕鬆, 活潑

gaillard [gajaːr] *n. m.* ~ (d'avant) 【船】艏樓

gaillard, e [gajaːr, ard] *a.* 快活的, 愉快的; 健壯的; 放蕩的 *n.* 精力飽滿的人, 調皮的人

gaillardise [gajardiːz] *n. f.* 快活, 愉快; 放蕩的言語

gailleterie [gajtri, gajɛtri] *n. f.* 塊煤

gailletin [gajtɛ̃] *n. m.* 栗煤

gain [gɛ̃] *n. m.* 獲勝; 利潤, 利益, 收穫

gaine [gɛn] *n. f.* 鞘, 套, 罩, 外殼; (女用)彈力束腹套; (防禦工事間的)地下通道; 【生】鞘

gainier, ère [ge[ɛ]nje, gɛnjeːr] *n.* 製鞘匠, 製套工

gala [gala] *n. m.* 〖意〗盛大的慶祝, 盛宴

galactique [galaktik] *a.* 【天】銀河的

galalithe [galalit] *n. f.* 【化】酪朊塑料

galamment [galamɑ̃] *adv.* 文雅地, 有禮貌地; 殷勤地, 獻媚地

galant, e [galɑ̃, ɑ̃ːt] *a.* 文雅的; (向婦女)獻殷勤的, 獻媚的 *n. m.* 情郎; 向婦女獻殷勤的人

galanterie [galɑ̃tri] *n. f.* 文雅; 殷勤, 獻媚; 私情

galantin [galɑ̃tɛ̃] *n. m.* 向婦女獻媚得可笑的人

galantine [galɑ̃tin] *n. f.* 肉凍

galaxie [galaksi] *n. f.* 【天】星系; G~ 銀河系

galbe [galb] *n. m.* 輪廓, 綫條; 凸肚形綫條

galber [galbe] *v. t.* 作出輪廓; 使成凸肚形

gale [gal] *n. f.* 疥瘡, 疥蟎病; 〖俗〗惡棍; 惡語傷人者

galéjade [galeʒad] *n. f.* 杜撰或誇張的故事, 戲弄人的笑話

galène [galɛn] *n. f.* 【礦】方鉛礦; 【無】礦石

galère [galɛːr] *n. f.* (古代)帆槳戰船; *pl.* (古時)判處在上述戰船上划槳的刑罰

galerie [galri] *n. f.* 走廊, 長廊; 畫廊, 美術品陳列室; (劇院的)樓座; 觀衆; 地道, 平巷, 坑道

galérien [galerjɛ̃] *n. m.* 戰船上划槳的囚犯; 苦役犯

galet [galɛ] *n. m.* 卵石; (裝在木器脚的)小輪子, 小滾輪

galetas [galta[ɑ]] *n. m.* 屋頂閣, 頂樓; 陋室

galette [galɛt] *n. f.* 餅, 烘餅; 硬餅乾, 餅乾(用作航海時的乾糧); 〖俗〗錢

galeux, se [galø, øːz] *a., n.* 患疥瘡的(人); 患瘡痂病的動物

galiléen, ne [galileɛ̃, ɛn] *a.* 加利利的 *n.* G~ 加利利人

galimatias [galimatja] *n. m.* 混亂難懂的話, 亂七八糟的文字

galion [galjɔ̃] *n. m.* (舊時西班牙的)武裝運金銀船

galle [gal] *n. f.* 【植】癭; ～s de Chine 五倍子, 沒食子

gallérie [galeri] *n. f.* 蠟蛾, 蠟螟

gallican, e [galikã, an] *a., n.* 法國教的(信徒)

gallicanisme [galikanism] *n. m.* 法國教的教義; 法國教熱

gallicisme [galisism] *n. m.* 法語特有的表達方式; 在其他語言中濫用的法語語句

gallinacé, e [galinase] *a.* 雞的, 雞形的 *n. m. pl.* 【鳥】雞形目

gallium [galjɔm] *n. m.* 【化】鎵

gallois, e [galwa, aːz] *a.* 威爾士的 *n.* G～ 威爾士人

gallon [galɔ̃] *n. m.* 〖英〗加侖〔液量單位〕

gallophile [galɔfil] *a.* 愛好法國的

gallophobe [galɔfɔb] *a.* 厭惡法國的

gallo-romain, e [galorɔmɛ̃, ɛn] *a.* 受羅馬人統治的高盧人, 高盧羅馬人的 *n.* G～-R～ 受羅馬人統治的高盧人, 高盧羅馬人

gallup [galœp] *n. m.* 〖美〗蓋洛普民意測驗

galoche [galɔʃ] *n. f.* 木底皮面套鞋

galon [galɔ̃] *n. m.* 飾帶, 飾緣; (軍裝上的)軍銜領緶

galonner [galɔne] *v. t.* 鑲飾帶

galop [galo] *n. m.* (馬等的)奔跑, 奔馳; 【醫】奔馬律

galopade [galɔpad] *n. f.* (馬等的)奔跑, 奔馳

galoper [galɔpe] *v. i.* (馬等)奔跑; (人)疾走, 奔跑

galopin [galɔpɛ̃] *n. m.* 小廝, 童僕; 滿街奔跑的頑童; 頑童

galvanisation [galvanizɑsjɔ̃] *n. f.* 電鍍, 鍍鋅; 【醫】直流電療法

galvaniser [galvanize] *v. t.* 通直流電; 電鍍, 鍍鋅; 激勵, 鼓舞

galvanisme [galvanism] *n. m.* 【醫】直流電作用; 直流電療法

galvano [galvano] *n. m.* 【印】電鍍版

galvanomètre [galvanɔmɛtr] *n. m.* 【電】檢流計

galvanoplastie [galvanɔplasti] *n. f.* 電鍍(法), 電鑄(法)

galvanotypie [galvanɔtipi] *n. f.* 【印】電鍍製版術

galvauder [galvode] *v. t.* 搞壞, 搞亂, 損害 *v. i.* 游盪

gambade [gɑ̃bad] *n. f.* 跳躍, 蹦跳

gambader [gɑ̃bade] *v. i.* 跳躍, 蹦跳

gambien, ne [gɑ̃bjɛ̃, ɛn] *a.* 岡比亞的 *n.* G～ 岡比亞人

gambiller [gɑ̃bije] *v. i.* 〖俗〗抖動兩腿, 搖動兩腿; 跳舞

gamelle [gamɛl] *n. f.* 軍用飯盒; (艦上軍官的)公用餐桌; 〖俗〗幻燈機

gamin, e [gamɛ̃, in] *n.* 流浪兒; 頑童, 小淘氣; 兒童, 孩子 *a.* 頑皮的, 淘氣的

gaminerie [gaminri] *n. f.* 頑皮, 淘氣; 頑皮話

gamma [gama] *n. m.* 希臘字母表中第3個字母 Γ, γ

gamme [gam] *n. f.* 【樂】音階; 顏色的系列; 一系列等級

gammé, e [game] *a.* 卐字形的

ganache [ganaʃ] *n. f.* 馬的下頜; 〖俗〗笨蛋, 傻瓜

gandin [gɑ̃dɛ̃] *n. m.* 衣着講究、樣子可笑的青年

ganglion [gɑ̃gliɔ̃] *n. m.* 【解】淋巴結; 神經節

ganglionnaire [gɑ̃gliɔnɛːr] *a.* 【醫】淋巴結的; 神經節的

gangrène [gɑ̃grɛn] *n. f.* 【醫】壞疽; 【植】(樹木的)潰瘍病; 引起道德敗壞的事物

gangrener [gɑ̃grəne] [c.6] *v. t.* 使發生

壞疽, 使患壞疽; 腐蝕, 毒害　*v. pr.* 患壞疽, 發生壞疽; 墮落

gangster [gɑ̃gstɛːr] *n. m.* 【美】匪徒, 強盜, 惡棍

gangue [gɑ̃ːg] *n. f.* 【採】脈石, 礦石中雜質; 尾礦

ganse [gɑ̃ːs] *n. f.* (裝飾等用的)緣子

gant [gɑ̃] *n. m.* 手套

ganteler [gɑ̃tle] *n. m.* (古時鎧甲上的)護手套; 厚皮手套, 護掌皮革

ganter [gɑ̃te] *v. t.* 給…戴上手套　*v. i.* 戴(…號)手套

ganterie [gɑ̃tri] *n. f.* 手套業; 手套工場; 手套商店

gantier, ère [gɑ̃tje, ɛːr] *a., n.* 生產手套的(人); 出售手套的(人)

garage [garaːʒ] *n. m.* 停車場; 車棚, (飛機)庫房; 汽車修行, 停靠, 停放

garagiste [garaʒist] *n.* 汽車修行經營者

garance [garɑ̃ːs] *n. f.* 茜草; 茜草染料　*a. inv.* 茜紅色的

garant, e [garɑ̃, ɑ̃ːt] *a.* 保證的, 擔保的　*n.* 保證人, 擔保人　*n. m.* 保證, 擔保

garantie [garɑ̃ti] *n. t.* 保證, 擔保

garantir [garɑ̃tiːr] *v. t.* 擔保, 保證; 證明; 保護, 防止

garce [gars] *n. f.* 〖民〗討厭的女人; 〖俗〗婊子, 臭婆娘

garçon [garsɔ̃] *n. m.* 男孩, 小夥子; 單身漢, 未婚男子; 侍者; 學徒, 小夥計

garçonne [garsɔn] *n. f.* 性格像男孩的小姑娘

garçonnet [garsɔnɛ] *n. m.* 小男孩; 中人身材〔指服裝〕

garçonnier, ère [garsɔnje, ɛːr] *a.* 男孩似的; 男孩的　*n. f.* 單身漢住的一套小公寓房間

garde [gard] *n. m.* 看管者, 守衛者; 哨兵, 警衛員; 獄卒, 看守　*n. f.* 看守, 照料; 保衛, 警衛; 哨兵隊, 衛隊, 警衛隊; (女)護士, 照看病人或小孩的人; 架勢;

(刀劍的)護手; (書籍的)襯頁

garde-barrière [gardəbarjɛːr] (*pl.* ~s-~(s)) *n.* 【鐵】道口看守員

garde-boue [gardəbu] *n. m. inv.* (車輪的)擋泥板, 翼子板

garde-chasse [gardəʃas] (*pl.* ~s-~(s)) *n. m.* 獵場看守人

garde-chiourme [gardəʃjurm] (*pl.* ~s-~(s)) *n. m.* (古時帆槳戰船上划船的)囚犯的看守, 獄卒; 粗暴的監視者

garde-côte [gardəkoːt] (*pl.* ~s) *n. m.* 海岸巡察艇, 漁業巡察艇; 岸防艦

garde-feu [gardəfø] *n. m. inv.* (壁爐的)擋火板, 擋火欄

garde-fou [gardəfu] (*pl.* ~s) *n. m.* (橋、碼頭等邊上的)欄杆, 柵欄, 矮牆

garde-frein [gardəfrɛ̃] (*pl.* ~s-~(s)) *n. m.* 【鐵】司閘員

garde-magasin [gardəmagazɛ̃] (*pl.* ~s-~(s)) *n. m.* 倉庫管理員, 倉庫警衛員; 軍械庫警衛員

garde-malade [gardəmalad] (*pl.* ~s-~s) *n.* 照看病人的人

garde-manger [gardəmɑ̃ʒe] *n. m. inv.* 食品櫥

garde-meuble [gardəmœbl] (*pl.* ~(s)) *n. m.* 傢具倉庫, 傢具貯藏室

gardénia [gardenja] *n. m.* 【植】梔子; 梔子花

garde-pêche [gardəpɛʃ] (*pl.* ~s-~) *n. m.* 漁業警察, 漁警; *inv.* 保護漁船的軍艦

garder [garde] *v. t.* 看管, 看護, 看守; 守衛, 保存, 保管; 留住; 保住, 保持, 保留　*v. pr.* 避免; 防禦

garderie [gardri] *n. f.* 托兒所, 幼兒園; 森林看守區

garde-robe [gardərɔb] (*pl.* ~s) *n.* 衣櫥; 藏衣室; (一個人的)全部服裝

gardeur, se [gardœːr, øːz] *n.* 飼養員; 看管牲畜的人

garde-voie [gardəvwa] (*pl.* ~s-~(s)) *n. m.* 【鐵】巡道工

gardien, ne [gardjɛ̃, ɛn] n. 看守者, 保管者, 守衛者, 捍衛者; (球隊)守門員 a. 守護的

gardiennage [gardjɛna:ʒ] n. m. 看管者的職務;【海】看管, 保管

gardon [gardɔ̃] n. m. 蠔魚, 一種鯉魚

gare [ga:r] n. f. 火車站; 停泊站; 站

gare! [ga(ɑ)r] interj. 注意! 當心

garenne [garɛn] n. f. 養兔林; 禁漁區 n. m. 養兔林中的兔

garer [gare] v. t. 把…駛入停靠站, 使…進站; 把…引入停車綫; 把…放進有遮蔽的地方; 停放 v. pr. (車輛、船隻)讓路, 讓道; 停放

gargariser(se) [s(ə)gargarize] v. pr. (含水或藥水)漱喉;【俗】愛好, 喜歡

gargarisme [gargarism] n. m. 漱液, 漱口劑

gargote [gargɔt] n. f. 廉價的小飯店

gargotier, ère [gargɔtje, ɛ:r] n. 廉價小飯店的老闆; 手藝差的廚師

gargouille [garguj] n. f. 【建】(簷口上的)滴水, 簷槽噴口; 排水管

gargouillement [gargujmɑ̃] n. m. 汩汩聲, (喉、胃、腸中的)水泡音

gargouiller [garguje] v. i. 發出汩汩聲; 發出水泡音

gargouillis [garguji] n. m. 汩汩聲, 簷槽噴口流水聲

gargoulette [gargulɛt] n. f. 陶製涼水壺

gargousse [gargus] n. f. 彈藥筒

garnement [garnəmɑ̃] n. m. 無賴, 壞蛋

garni, e [garni] a. 具備(傢具)的, 配備…的, 佈置…的, 裝滿…的 n. m. 連同傢具出租的房間或房屋

garnir [garni:r] v. t. 裝備, 配備; 裝飾, 襯以; 裝滿, 佈滿

garnison [garnizɔ̃] n. f. 守衛部隊, 衛戍部隊; 駐地, 衛戍區

garnissage [garnisa:ʒ] n. m. 裝備, 配備; 裝飾

garniture [garnity:r] n. f. 裝飾品; 成套物, 配套物; 配件, 附屬物; 填料; (盤菜裏的)邊菜; 配葷菜的蔬菜

garrigue [garig] n. f. 咖里哥宇羣落(地中海區常綠矮灌叢)

garrot [garo] n. m. 鬐甲(馬的頸脊與背脊之間的隆起部分); 緊索棒, 絞索棒; 止血帶

garrotte [garɔt] n. f. 絞刑

garrotter [garɔte] v. t. 捆, 綁

gars [gɑ] n. m. 〖俗〗小夥子

gascon, ne [gaskɔ̃, ɔn] a. 加斯科尼的; 誇口的 n. G— 加斯科尼人; 誇口者, 吹牛者

gasconnade [gaskɔnad] n. f. 誇口, 吹牛

gasconner [gaskɔne] v. i. 講話帶加斯科尼口音; 誇口, 吹牛

gaspillage [gaspija:ʒ] n. m. 浪費

gaspiller [gaspije] v. t. 浪費

gaspilleur, se [gaspijœ:r, ø:z] a., n. 浪費的(人)

gastralgie [gastralʒi] n. f. 胃痛

gastrique [gastrik] a. 胃的

gastrite [gastrit] n. f. 胃炎

gastro-entérite [gastrŏɑ̃terit](pl. 〜s) n. f. 胃腸炎

gastronome [gastrɔnɔm] n. m. 講究飲食的人, 美食家

gastronomie [gastrɔnɔmi] n. f. 美食學

gastroptôse [gastrɔpto:z] n. f. 胃下垂

gastrorragie [gastrɔraʒi] n. f. 胃出血

gâte, e [gɑte] a. 腐爛的, 變質的; 被溺愛的

gâteau [gɑto](pl. 〜x) n. m. 餅, 糕點, 蛋糕; 餅狀物 a. inv. 〖俗〗寵愛子女的

gâter [gɑte] v. t. 使腐爛, 使變質; 損壞, 弄糟; 姑息, 溺愛 v. pr. 腐爛, 變質, 變壞, 變糟

gâterie [gɑtri] n. f. 姑息, 溺愛; 小禮物〔指甜食等〕

gâte-sauce [gɑtso:s] (pl. 〜(s)) n. m.

蹩脚廚師; 廚師下手

gâteux, se [gɑtø, øːz] *a, n.* 衰老的
(人), 年邁昏聵的(人)

gâtisme [gɑtism] *n. m.* 衰老, 年邁昏聵

gauche [goːʃ] *a.* 左的, 左邊的; 歪斜的,
翹棱的, 扭曲的; 不自然的, 笨拙的 *n.
f.* 左手, 左邊, 左翼, 左派 *n. m.* 歪
斜, 翹棱, 扭曲

gauchement [goʃmɑ̃] *adv.* 不自然地,
笨拙地

gaucher, ère [goʃe, ɛːr] *a, n.* 慣用左
手的(人)

gaucherie [goʃri] *n. f.* 不自然, 笨拙

gauchir [goʃiːr] *v. i.* 變形, 翹棱, 扭曲
v. t. 使變形, 使翹棱, 使扭曲, 歪曲

gauchisant, e [goʃizɑ̃, ɑ̃ːt] *a.* 左傾的,
接近左派的

gauchisme [goʃism] *n. m.* 左派的態
度, 左派的主張

gauchissement [goʃismɑ̃] *n. m.* 變形,
翹棱, 扭曲; 歪曲

gauchiste [goʃist] *n, a.* 左派分子(的)

gaudriole [godriɔl] *n. f.* 粗俗下流的玩
笑

gaufrage [gofraːʒ] *n. m.* 燙印凹凸花紋

gaufre [goːfr] *n. f.* 蜂巢; 蜂窩狀薄餅

gaufrer [gofre] *v. t.* (在布、皮革等的面
上)燙印凹凸花紋

gaufrette [gofrɛt] *n. f.* 小蜂窩狀薄餅

gaufrier [gofrie] *n. m.* 烘蜂窩餅的鐵
模

gaufrure [gofryːr] *n. f.* 燙印的花紋

gaulage [gola:ʒ] *n. m.* 用長竿打落果
實

gaule [goːl] *n. f.* 長竿; 釣魚竿; 馬鞭子

gauler [gole] *v. t.* 用長竿打落(果實)

gaullisme [golism] *n. m.* 戴高樂主義

gaulliste [golist] *a.* 戴高樂主義的, 戴
高樂派的 *n.* 戴高樂主義者

gaulois, e [golwa, aːz] *a.* 高盧的; 放縱
的 *n.* G~ 高盧人

gauloiserie [golwazri] *n. f.* 放肆的玩
笑

gauss [goːs] *n. m.* 【物】高斯〔磁感應單
位〕

gausser(se) [s(ə)gose] *v. pr.* 嘲笑, 嘲
弄

gavage [gavaːʒ] *n. m.* 【農】填餵;【醫】
強飼法

gave [gaːv] *n. m.* 比利牛斯山的激流

gaver [gave] *v. t.* 填餵, 塞飽 *v. pr.*
吃得過飽, 塞飽

gaz [gɑːz] *n. m. inv.* 氣, 氣體; 可燃氣,
煤氣, 瓦斯; 毒氣

gaze [gɑːz] *n. f.* 紗羅, 薄紗, 紗布

gazéifier [gazeifje] *v. t.* 氣化; 充二氧
化碳(於液體)

gazéiforme [gazeiform] *a.* 氣態的

gazelle [gazɛl] *n. f.* 【動】瞪羚

gazer [gɑze] *v. t.* 給蒙上一層紗; 掩飾;
【紡】燒毛; 向…施放毒氣 *v. i.* 〖俗〗
開足馬力行駛, (事情)順利進行

gazette [ga(a)zɛt] *n. f.* 報紙; 新聞的傳
播; 喜歡傳播新聞的人

gazeux, se [gazø, øːz] *a.* 氣體的; 充氣
的

gazier [gɑzje] *n. m.* 煤氣廠工人, 煤氣
公司職員

gazogène [ga(a)zɔʒɛn] *n. m.* 煤氣發
生器

gazoline [ga(a)zɔlin] *n. f.* 汽油

gazomètre [ga(a)zɔmɛtr] *n. m.* 煤氣
表; 煤氣貯藏櫃

gazon [ga(a)zɔ̃] *n. m.* 草皮, (修剪過
的)細草; 草坪

gazonner [ga(a)zɔne] *v. t.* 鋪草皮

gazouillement [gazujmɑ̃] *n. m.* 啁啾
鳥鳴; 淙淙水聲; (小兒的)牙牙學語
聲

gazouiller [gazuje] *v. i.* (鳥)啁啾鳴
叫; (水流)發出淙淙聲; (小兒)牙牙學語

gazouillis [gazuji] *n. m.* 啁啾鳴叫聲;
淙淙水聲; 牙牙學語聲

geai [ʒɛ] *n. m.* 松鴉

géant, e [ʒeɑ̃, ɑ̃ːt] *n.* 巨人; 巨形動物;
巨形植物 *a.* 巨大的, 龐大的

géhenne [ʒeɛn] *n. f.* 拷問; 極大的痛苦;【宗】地獄

geignard, e [ʒɛɲa:r, ard] *a., n.* 〖俗〗喜歡訴苦的(人), 常唉聲嘆氣的(人)

geindre [ʒɛ̃:dr] *v. i.* [c. 51] 呻吟; 哭唉訴苦, 唉聲嘆氣

gel [ʒɛl] *n. m.* 結冰期; 結冰, 冰凍;【化】凝膠, 凍膠

gélatine [ʒelatin] *n. f.*【化】明膠, 動物膠

gélatineux, se [ʒelatinø, ø:z] *a.* 膠質的, 膠狀的; 凍結的

gelée [ʒ(ə)le] *n. f.* (冰點下的)嚴寒; 肉凍, 果凍

geler [ʒ(ə)le] [c. 6] *v. t.* 使結冰, 使凍結; 凍傷, 凍壞; 使感到極冷; 冷淡對待 *v. i.* 結冰, 感到極冷 *v. impers.* 結冰

gélif, ve [ʒelif, i:v] *a.* 凍裂的〔指樹、石等〕

gelinotte [ʒ(ə)linɔt] *n. f.* 榛鷄, 松鷄; 肥的小母鷄

gelure [ʒ(ə)ly:r] *n. f.* 凍傷

géminé, e [ʒemine] *a.* 成雙的, 成對的,【動, 植】對生的, 孿生的

gémir [ʒemi:r] *v. i.* 呻吟; 發出呻吟般的聲音

gémissement [ʒemismɑ̃] *n. m.* 呻吟, 呻吟般的聲音

gemme [ʒɛm] *n. f.* 寶石; 松脂 *a.* pierre~ 寶石; sel ~ 岩鹽

gemmer [ʒɛ[ɛm]me] *v. t.*【林業】採脂 *v. i.* 發芽

gencive [ʒɑ̃si:v] *n. f.* 牙齦, 牙床

gendarme [ʒɑ̃darm] *n. m.* 憲兵, 警察;〖俗〗悍婦;〖俗〗(寶石等的)瑕疵;【民】燻鯡魚

gendarmer(se) [s(ə)ʒɑ̃darme] *v. pr.* (爲小事而)發怒; 強烈反對

gendarmerie [ʒɑ̃darməri] *n. f.* 憲兵隊; 警察總隊; 憲兵隊的營房

gendre [ʒɑ̃:dr] *n. m.* 女婿

gêne [ʒɛn] *n. f.* 不舒服, 拘束, 爲難; 拮据

gène [ʒɛn] *n. m.*【生】基因

gêné, e [ʒe[ɛ]ne] *a.* 不舒服的; 拘束的; 爲難的; 拮据的

généalogie [ʒenealɔʒi] *n. f.* 家系, 家譜, 系譜; 家系學, 系譜學

généalogique [ʒenealɔʒik] *a.* 家系的, 系譜的

généalogiste [ʒenealɔʒist] *n. m.* 家系學者, 系譜學者

gêner [ʒe[ɛ]ne] *v. t.* 使不舒服; 使受拘束, 使爲難; 使拮据; 妨礙 *v. pr.* 感到拘束, 感到窘

général, ale [ʒeneral] (*pl.* ~ *aux*) *a.* 一般的, 普通的; 總的, 全面的, 普遍的 *n. m.* 將軍 *n. f.* 將軍夫人;【軍】緊急集合號, 緊急集合鼓

généralisateur, trice [ʒeneralizatœ:r, tris] *a.* 概括的, 歸納的; 愛概括的, 愛歸納的

généralisation [ʒeneralizasjɔ̃] *n. f.* 推廣, 普及; 概括, 歸納

généraliser [ʒeneralize] *v. t.* 推廣, 普及; 概括, 歸納

généralissime [ʒeneralisim] *n. m.* 大元帥, 最高統帥

généralité [ʒeneralite] *n. f.* 一般性, 普遍性; 大多數, 大部分;【史】(1789年前)法國財政區; *pl.* 概論, (不切題的)空談

générateur, trice [ʒeneratœ:r, tris] *a.* 生殖的, 發生的 *n. m.* 發生器; 發生器; 振盪器; 蒸汽鍋爐 *n. f.* 發電機;【數】母線

génération [ʒenerasjɔ̃] *n. f.* 一代, 世代; 生殖; 產生, 發生; 同一代的人

généreux, se [ʒenerø, ø:z] *a.* 慷慨的, 寬宏大量的; 高貴的; 肥沃的, 豐富的; 醇的〔指酒〕

générique [ʒenerik] *a.* 屬的, 屬同一類的 *n. m.*【電影】片頭字幕

générosité [ʒenerozite] *n. f.* 慷慨, 寬宏大量; 高貴; *pl.* 恩惠, 禮物

genèse [ʒ(ə)nɛːz] *n. f.* 起源，產生；La G～【宗】創世記

genêt [ʒ(ə)nɛ] *n. m.* 【植】染料木

génétique [ʒenetik] *n. f., a.* 遺傳學（的）

gêneur, se [ʒɛnœːr, øːz] *n.* 妨礙別人的人，惹人討厭的人

genevois, e [ʒə(ɛ)nvwa, aːz] *a.* 日內瓦的 *n.* G～ 日內瓦人

genévrier [ʒ(ə)nevrie] *n. m.* 刺柏

génial, ale [ʒenjal] (*pl.* ～aux) *a.* 有才華的，天才的

génie [ʒeni] *n. m.* 才華，天才；守護神，妖精，特性；工兵部隊

genièvre [ʒ(ə)njɛːvr] *n. m.* 刺柏的俗稱；刺柏的果實；刺柏子酒

génisse [ʒenis] *n. f.* 牝犢，小牝牛

génital, ale [ʒenital] (*pl.* ～aux) *a.* 生殖的

génitif [ʒenitif] *n. m.* 【語】屬格，所有格

génocide [ʒenɔsid] *n. m.* 種族滅絕，種族大屠殺

genou [ʒ(ə)nu] (*pl.* ～x) *n. m.* 膝，膝蓋；【技】彎頭，肘管，球窩節

genouillère [ʒ(ə)nujɛːr] *n. f.* 護膝；【技】球窩節

genre [ʒɑːr] *n. m.* 屬〔動植物分類學名稱〕種類，類型；(文藝作品之)體裁，形式；方式，樣式，風度；【語】性

gens [ʒɑ̃] *n. pl.* 〔形容詞在前面時用陰性，在後面時用陽性〕人，人們；僕從，手下人

gent [ʒɑ̃] *n. f.* 〖古〗民族，種族；類

gentiane [ʒɑ̃sjan] *n. f.* 【植】龍膽

gentil, le [ʒɑ̃ti, ij] *a.* 溫柔的，親切的；優雅的，美麗的，可愛的 *n. m.* 【史，宗】外國人〔對希伯來人而言〕；異教徒〔對基督徒而言〕

gentilhomme [ʒɑ̃tijɔm] (*pl.* **gentilshommes** [ʒɑ̃tizɔm]) *n. m.* 貴族，紳士

gentilhommière [ʒɑ̃tijɔmjɛːr] *n. f.* 貴族的鄉村住宅，鄉村別墅

gentillesse [ʒɑ̃tijɛs] *n. f.* 殷勤，親切；優雅，美麗，可愛；〖諷〗俏皮，挖苦

gentillet, te [ʒɑ̃tijɛ, ɛt] *a.* 相當可愛的

gentiment [ʒɑ̃timɑ̃] *adv.* 親切地；優雅地，可愛地

gentleman [dʒɛntləman] (*pl.* **gentlemen** [dʒɛntləmɛn]) *n. m.* 〖英〗紳士

génuflexion [ʒenyflɛksjɔ̃] *n. f.* 屈膝，跪拜；*pl.* 低頭哈腰，卑躬屈節

géocentrique [ʒeɔsɑ̃trik] *a.* 【天】地心的

géodésie [ʒeɔdezi] *n. f.* 大地測量學

géographe [ʒeɔgraf] *n. m.* 地理學家

géographie [ʒeɔgrafi] *n. f.* 地理，地理學；地理書

géographique [ʒeɔgrafik] *a.* 地理的，地理學的

geôle [ʒoːl] *n. f.* 監獄

geôlier, ère [ʒolje, ɛːr] *n.* 監獄看守

géologie [ʒeɔlɔʒi] *n. f.* 地質學

géologique [ʒeɔlɔʒik] *a.* 地質的，地質學的

géologue [ʒeɔlɔg] *n. m.* 地質學家

géomètre [ʒeɔmɛtr] *n. m.* 幾何學家，測量員

géométrie [ʒeɔmetri] *n. f.* 幾何，幾何學；幾何學本

géométrique [ʒeɔmetrik] *a.* 幾何的，幾何學的

géorgien, ne [ʒeɔrʒjɛ̃, ɛn] *a.* 格魯吉亞的，佐治亞的 *n.* G～ 格魯吉亞人，佐治亞人

géotropisme [ʒeɔtrɔpism] *n. m.* 【植】向地性

gérance [ʒerɑːs] *n. f.* 管理，經營；經管時期

géranium [ʒeranjɔm] *n. m.* 【植】老鶴草；天竺葵

gérant, e [ʒerɑ̃, ɑ̃ːt] *n.* 經理，代理人

gerbe [ʒɛrb] *n. f.* (麥、稻等的)捆；(花)束；束狀物；【軍】集束彈道

gerber [ʒɛrbe] *v. t.* 捆(麥、稻等)；疊

(酒窖裏的酒桶) v. i. 呈麥束狀

gerboise [ʒɛrbwɑːz] n. f. 【動】跳鼠

gercement [ʒɛrsəmɑ̃] n. m. 裂開, 皸裂

gercer [ʒɛrse] [c. 1] v. t., v. i. (使)裂開, (使)皸裂

gerçure [ʒɛrsyːr] n. f. (皮膚上的)皸裂, 裂口; (樹木、地面等的)裂縫

gérer [ʒere] v. t. [c. 7]管理, 經營

germain, e [ʒɛrmɛ̃, ɛn] a. 嫡親的, 堂房的, 表親的; 日耳曼的 n. 嫡親兄弟, 嫡親姐妹; G~ 日耳曼人

germanique [ʒɛrmanik] a. 日耳曼人的; 德國的; n. m. 日耳曼語族

germanisation [ʒɛrmanizɑsjɔ̃] n. f. 日耳曼化, 德國化

germaniser [ʒɛrmanize] v. t. 使日耳曼化, 使德國化

germanium [ʒɛrmanjɔm] n. m. 【化】鍺

germe [ʒɛrm] n. m. 芽, 胚, 胚芽; 根源, 苗子

germer [ʒɛrme] v. i. 發芽, 萌芽; 產生, 滋長

germinal [ʒɛrminal] n. m. (法蘭西共和曆的)種月

germinatif, ve [ʒɛrminatif, iːv] a. 發芽的, 可發芽的

germination [ʒɛrminɑsjɔ̃] n. f. 發芽; 產生, 滋長

gérondif [ʒerɔ̃dif] n. m. 【語】(法語)副動詞(現在分詞前加前置詞 en 構成)

gésier [ʒezje] n. m. (禽類的)砂囊, 肫; 〖民〗胃, 肚子

gésir [ʒeziːr] v. i. [c. 23]躺下, 臥倒; (被)埋葬, 隱藏; Ci-git …此地安息着…〔墓碑用語〕

gesse [ʒɛs] n. f. 【植】山黧豆

gestation [ʒɛstɑsjɔ̃] n. f. 妊娠, 懷孕; 懷孕期; 構思

geste [ʒɛst] n. m. 姿勢, 手勢, 動作; 行動, 舉動 n. f. 功勛, 偉績; 武功歌

gesticulation [ʒɛstikylɑsjɔ̃] n. f. 打手勢, 指手劃腳

gesticuler [ʒɛstikyle] v. i. 打手勢, 指手劃腳

gestion [ʒɛstjɔ̃] n. f. 經營, 管理

gestionnaire [ʒɛstjɔnɛːr] a. 管理的, 負責管理的 n. 管理人 n. m. 軍隊中行政事務的主管軍官

geyser [ʒe[ɛ]zɛːr] n. m. 間歇泉

ghanéen, ne [ganeɛ̃, ɛn] a. 加納的 n. G~ 加納人

ghetto [ge[ɛt]to] n. m. 〖意〗(城市裏的)猶太人居住區; 少數民族居住區

gibbon [ʒibɔ̃] n. m. 【動】長臂猿

gibbosité [ʒibozite] n. f. 駝背; 隆起, 凸出

gibecière [ʒibsjɛːr] n. f. (獵人等用的)皮袋; (學生用的)皮書包

gibelotte [ʒiblɔt] n. f. 白葡萄酒燴肉

giberne [ʒibɛrn] n. f. 彈盒

gibet [ʒibɛ] n. m. 絞刑架

gibier [ʒibje] n. m. 獵物, 野味

giboulée [ʒibule] n. f. (常夾着雹的)驟雨, 陣雨

giboyeux, se [ʒibwajø, øːz] a. 多獵物的

gibus [ʒibys] n. m., a. m. (chapeau)~ 摺疊式高禮帽

giclement [ʒikləmɑ̃] n. m. 噴射, 噴出, 飛濺

gicler [ʒikle] v. i. 噴射, 噴出, 飛濺

gicleur [ʒiklœːr] n. m. 【機】(汽化器的)噴嘴, 噴管

gifle [ʒifl] n. f. 耳光; 侮辱

gifler [ʒifle] v. t. 打耳光; 侮辱

gigantesque [ʒigɑ̃tɛsk] a. 巨大的; 龐大的, 宏偉的

gigantisme [ʒigɑ̃tism] n. m. 【醫】巨人症

gigogne [ʒigɔp] a. table ~ 套桌; fusée ~ 多級火箭

gigot [ʒigo] n. m. 羊後腿; 袖子的鼓起部分

gigoter [ʒigɔte] v. i. 兩腿抖動

gigue [ʒig] *n. f.* 狍子腿,〖俗〗腿;快步舞,快步舞曲

gilet [ʒilɛ] *n. m.* 背心;內衣,襯衣

giletier, ère [ʒiltje, ɛ:r] *n.* 做背心的裁縫

Gille [ʒil] *n. m.* 集市上演出的戲劇中的傻瓜;蠢人,傻瓜

gin [dʒin] *n. m.* 〖英〗杜松子酒,金酒

gingembre [ʒɛ̃ʒɑ̃:br] *n. m.* 薑,生薑

gingivite [ʒɛ̃ʒivit] *n. f.* 牙齦炎

ginkgo [ʒɛ̃ko] *n. m.* 銀杏樹,白果樹

ginseng [ʒinsɛŋ] *n. m.* 〖漢〗人參

girafe [ʒiraf] *n. f.* 長頸鹿;【電影】送話器活動支杆

girandole [ʒirɑ̃dɔl] *n. f.* 多枝燭台

giration [ʒirɑsjɔ̃] *n. f.* 迴轉,迴旋

giratoire [ʒiratwa:r] *a.* 迴轉的,迴旋的

giravion [ʒiravjɔ̃] *n. m.* 【空】旋翼飛行器

girodyne [ʒirɔdin] *n. m.* 複合式直升飛機,旋翼式螺旋槳飛機

girofle [ʒirɔfl] *n. m.* (clou de) ~丁子香花蕾〔用作香料〕

giroflée [ʒirɔfle] *n. f.* 桂竹香

giroflier [ʒirɔflje] *n. m.* 【植】丁子香

girolle [ʒirɔl] *n. f.* 【植】雞油菌

giron [ʒirɔ̃] *n. m.* (坐着時)人體從腰部到膝蓋的部分;內部,中間;懷抱

girouette [ʒirwɛt] *n. f.* 風標,風信旗;沒有主見的人

gisement [ʒizmɑ̃] *n. m.* 礦脈,礦床,礦層

gitan, e [ʒitɑ̃, an] *n.* 茨岡人

gîte [ʒit] *n. m.* 住所,宿處;兔窟 *n. f.* (船的)側傾

giter [ʒite] *v. i.* 寄宿,住宿;(兔子等)過夜;(船)側傾

givrage [ʒivra:ʒ] *n. m.* 【空】(機翼等處的)結冰

givre [ʒi:vr] *n. m.* 霜

givrer [ʒivre] *v. t.* 結霜於…上,覆以霜;撒上霜狀物

glabre [glɑ:[a]br] *a.* 【植】無毛的;無鬚的

的

glaçage [glasa:ʒ] *n. m.* 上光;加糖面

glace [glas] *n. f.* 冰;冰凍飲料;冰淇淋;玻璃,鏡子,鏡面;冷酷,冷淡

glacé, e [glase] *a.* 結冰的,凍結的;冰冷的,冰涼的;冷酷的,冷淡的;上光的

glacer [glase] *v. t.* [c. 1]. 使結冰,使凍結;使冰冷,使感到冰涼;使心寒,使發獃;使上光;覆以糖面

glaciaire [glasjɛ:r] *a.* 冰川的

glacial, ale [glasjal] (pl. ~als 或 ~aux) *a.* 冰冷的,嚴寒的;冷漠的

glacier [glasje] *n. m.* 冰川;冷飲商

glacière [glasjɛ:r] *n. f.* 製冰器,冰窖;冰窖,冰庫;冰冷的地方

glacis [glasi] *n. m.* 平坡,斜坡;(塗在畫面上的一層)透明塗料

glaçon [glasɔ̃] *n. m.* 冰塊,〖俗〗冷漠無情的人

gladiateur [gladjatœ:r] *n. m.* (古羅馬的)角鬥士

glaïeul [glajœl] *n. m.* 【植】唐菖蒲,菖蘭;菖蘭花

glaire [glɛ:r] *n. f.* 生蛋白,生蛋清;【醫】粘液

glaireux, se [glɛrø, ø:z] *a.* 蛋白質的,蛋白狀的;粘液狀的

glaise [glɛ:z] *n. f.* 粘土,膠泥

glaiser [gle[ɛ]ze] *v. t.* 用粘土塗抹;【農】摻混粘土

glaiseux, se [glɛzø, ø:z] *a.* 粘土性的,含粘土的

glaive [glɛ:v] *n. m.* 劍,利劍

glanage [glana:ʒ] *n. m.* 拾落穗;蒐集

gland [glɑ̃] *n. m.* 【植】櫟實,橡實,橡子;(橡子形)流蘇;【解】龜頭

glande [glɑ̃:d] *n. f.* 【解】腺;腫大的淋巴結

glandée [glɑ̃de] *n. f.* 橡子的收穫

glandulaire [glɑ̃dylɛ:r], **glanduleux, se** [glɑ̃dylø, ø:z] *a.* 【解】腺的,腺性的,腺狀的

glane [glan] *n. f.* 一把落穗

glaner [glane] *v. t.* 拾落穗;蒐集

glaneur, se [glanœ:r, øz] *n.* 拾穗者

glanure [glany:r] *n. f.* 拾到的落穗;蒐集物;拾遺

glapir [glapi:r] *v. i.* (小狗、狐狸等)尖叫;尖聲叫喊

glapissement [glapismã] *n. m.* (小狗、狐狸等的)尖叫;尖叫聲

glas [glɑ] *n. m.* 喪鐘

glaucome [gloko:m] *n. m.* 【醫】青光眼

glauque [glo:k] *a.* 青綠色的,海藍色的

glèbe [glɛb] *n. f.* 田地,耕種地;(封建)領地

glissade [glisad] *n. f.* 滑,滑動

glissage [glisa:ʒ] *n. m.* 【林業】滑道運材,滑運

glissant, e [glisã, ã:t] *a.* 滑的,滑溜的

glissé [glise] *n. m.* 【舞蹈】滑步

glissement [glismã] *n. m.* 滑,滑動,滑行;滑脫

glisser [glise] *v. i.* 滑,滑動,滑行;滑脫;略過,略提一下 *v. t.* 使滑動;悄悄塞進 *v. pr.* 溜,溜入,滑入

glissière [glisjɛ:r] *n. f.* 滑槽;導軌

glissoire [gliswa:r] *n. f.* 滑冰道

global, ale [glɔbal] (*pl.* ~*aux*) *a.* 總的,全部的

globe [glɔb] *n. m.* 球,球狀體;地球

globe-trotter [glɔbtrɔtœ:r] (*pl.* ~*s*) *n. m.* 【英】環球旅行者

globulaire [glɔbylɛ:r] *a.* 球狀的

globule [glɔbyl] *n. m.* 球狀小體,球形顆粒;小丸劑;~s rouges 紅血球;~s blancs 白血球

globuleux, se [glɔbylø, ø:z] *a.* 由小球組成的,小球狀的

globulin [glɔbylɛ̃] *n. m.* 【生理】血小板

gloire [glwa:r] *n. f.* 光榮,榮譽;光輝,輝煌;【繪畫】光輪

gloria [glɔrja] *n. m.* 【俗】摻燒酒的咖啡

gloriette [glɔrjɛt] *n. f.* (花園內的)涼亭,亭子

glorieux, se [glɔrjø, ø:z] *a.* 光榮的,輝煌的,以…爲榮的,自負的

glorification [glɔrifikɑsjɔ̃] *n. f.* 歌頌,頌揚

glorifier [glɔrifje] *v. t.* 歌頌,頌揚;【宗】讚美 *v. pr.* 以…爲榮,爲…自豪,自負

gloriole [glɔrjɔl] *n. f.* 虛榮

glose [glo:z] *n. f.* 注釋,注解;惡意的評論

gloser [gloze] *v. i.* 惡意地評論 *v. t.* 注釋,注解;惡意地評論

glossaire [glɔsɛ:r] *n. m.* 古詞詞典,難詞詞典

glossateur [glɔsatœ:r] *n. m.* 注釋者,注解者

glotte [glɔt] *n. f.* 【解】聲門

glouglou [gluglu] *n. m.* (火鷄的)咯咯叫聲;(液體從容器內流出時的)汩汩聲,咕嘟聲

glouglouter [gluglute] *v. i.* (火鷄)咯咯叫;發出咕嘟聲

gloussement [glusmã] *n. m.* (母鷄等的)咯咯聲

glousser [gluse] *v. i.* (母鷄等)咯咯叫

glouton, ne [glutɔ̃, ɔn] *a.* 貪食的 *n.* 貪食者 *n. m.* 【動】狼獾

gloutonnerie [glutɔnri] *n. f.* 貪食

glu [gly] *n. f.* 粘鳥膠;陷阱,圈套

gluant, e [glyã, ã:t] *a.* 粘的,粘性的;糾纏不休的,討厭的

gluau [glyo] *n. m.* (粘鳥的)塗膠小樹枝

glucide [glysid] *n. m.* 【生化】糖類,碳水化合物

glucose [glyko:z] *n. m.* 【化】葡萄糖,右旋糖

gluer [glye] *v. t.* 塗粘鳥膠;塗膠

gluten [glytɛn] *n. m.* 【拉】穀蛋白,麵筋

glycérine [gliserin] *n. f.* 【化】甘油,丙三醇

glycine [glisin] *n. f.* 【植】紫藤

glycogène [glikɔʒɛn] *n. m.* 【生化】糖原

glyptique [gliptik] *n. f.* 寶石雕刻術

gnangnan [ɲɑ̃ɲɑ̃] *a. inv.* 軟弱無能的
n. 軟弱無能的人

gneiss [gnɛs] *n. m.* 【德】【地質】片麻岩

gnocchi [nɔki] *n. m. pl.* 【意】意大利式
烙麵圓子

gnome [gno:m] *n. m.* 【神】地精，矮子，
侏儒

gnomique [gnɔmik] *a.* 格言的，箴言
的；【語】表示普遍真理的

gnomon [gnɔmɔ̃] *n. m.* 【天】圭表，日
圭

gnoséologie [gnozeɔlɔʒi] *n. f.* 認識論

gnosticisme [gnɔstisism] *n. m.* 【宗】
諾斯替教派的教義

gnostique [gnɔstik] *a., n.* 【宗】諾斯替
教派的(信徒)

go (tout de) [tudgo] *loc. adv.* 【俗】直
截了當地，一下子；不拘禮節地

goal [go:l] *n. m.* 【英】守門員

gobelet [gɔblɛ] *n. m.* 無腳杯，平底大
口杯；魔術杯

gobeleterie [gɔblɛtri] *n. f.* 口杯製造業

gobe-mouches [gɔbmuʃ] *n. m. inv.*
鶲的通稱；輕信的糊塗蟲

gober [gɔbe] *v. t.* 吮吞，吞食；輕信 *v.*
pr. 【俗】自負，自以為了不起

goberger(se) [s(ə)gɔbɛrʒe] *v. pr.* [c. 2]
大吃大喝；自得其樂

gobetis [gɔbti] *n. m.* 【建】灰漿

gobeur, se [gɔbœ:r, ø:z] *n.* 吮吞者，吞
食者，輕信者

godailler [gɔdaje] *v. i.* 起皺；【民】濫吃
濫喝

godailleur, se [gɔdajœ:r, ø:z] *n.* 濫吃
濫喝的人

godelureau [gɔdlyro] *(pl. ~x) n. m.*
【俗】向婦女獻殷勤的年輕人

goder [gɔde] *v. i.* 起皺

godet [gɔdɛ] *n. m.* 盅，小碗狀器皿；(水
車的)水斗；皺褶

godiche [gɔdiʃ] *a., n.* 【俗】獃頭獃腦的
(人)

godille [gɔdij] *n. f.* 船梢櫓

godiller [gɔdije] *v. i.* 搖船梢櫓

godillot [gɔdijo] *n. m.* 【民】粗製的皮
鞋

godron [gɔdrɔ̃] *n. m.* 橢圓飾；褶，襞

godronner [gɔdrɔne] *v. t.* 飾以橢圓
飾；打褶，打褶

goéland [gɔelɑ̃] *n. m.* 銀鷗

goélette [gɔelɛt] *n. f.* 雙桅縱帆帆船

goémon [gɔemɔ̃] *n. m.* 海藻

gogo [gɔgo] *n. m.* 易受騙的人，傻瓜；à
~ *loc. adv.* 【俗】豐富地，充裕地

goguenard, e [gɔgna:r, ard] *a.* 嘲笑人
的，嘲弄人的 *n.* 嘲笑者

goguenarder [gɔgnarde] *v. i.* 嘲笑，嘲
弄

goguenardise [gɔgnardi:z] *n. f.* 嘲笑，
嘲弄

goguette [gɔgɛt] *n. f.* 【俗】開心話

goinfre [gwɛ̃:fr] *a., n. m.* 狼吞虎咽的
(人)，貪吃的(人)

goinfrer [gwɛ̃fre] *v. i., v. pr.* 【俗】狼吞
虎咽地吃，貪婪地吃

goinfrerie [gwɛ̃frəri] *n. f.* 狼吞虎咽，
貪食

goitre [gwatr] *n. m.* 甲狀腺腫

goitreux, se [gwatrø, ø:z] *a.* 甲狀腺腫
性的；患甲狀腺腫的 *n.* 甲狀腺腫患
者

golf [gɔlf] *n. m.* 【英】高爾夫球戲

golfe [gɔlf] *n. m.* 海灣

gommage [gɔma:ʒ] *n. m.* 塗樹膠

gomme [gɔm] *n. f.* 樹膠；(擦字)橡皮

gomme-gutte [gɔmgyt] *(pl. ~s-~s)*
n. f. 【化】藤黃

gommer [gɔme] *v. t.* 塗樹膠；用橡皮擦
去

gommier [gɔmje] *n. m.* 產樹膠的樹

gond [gɔ̃] *n. m.* (門窗上)鉸鏈，樞承，
鉸鏈的承接部分

gondolage [gɔ̃dɔla:ʒ] *n. m.* 翹曲，翹彎

gondole [gɔ̃dɔl] *n. f.* 威尼斯輕舟(平底
狹長的單槳小船)

ondoler [gɔ̃dɔle] *v. i.* 翹曲，翹彎 *v. pr.* 〖民〗捧腹大笑

ondolier, ère [gɔ̃dɔlje, ε:r] *n.* 威尼斯輕舟的船夫或船娘

onflé, e [gɔ̃fle] *a.* 膨脹的，腫脹的；充氣的；充滿…的

onflement [gɔ̃fləmɑ̃] *n. m.* 膨脹，腫脹；鼓起，充氣

onfler [gɔ̃fle] *v. t.* 使膨脹，使腫脹；使鼓起，使充氣 *v. i.* 膨脹，腫脹 *v. pr.* 膨脹，腫脹；驕傲自大

onfleur [gɔ̃flœ:r] *n. m.* 打氣泵；打氣筒

ong [gɔ̃(:g)] *n. m.* 鑼

oniomètre [gɔnjɔmεtr] *n. m.* 測角器，量角器，測向儀

oniométrie [gɔnjɔmetri] *n. f.* 量角學，測角術

oret [gɔrε] *n. m.* 豬崽；〖俗〗邋遢的小男孩

orge [gɔrʒ] *n. f.* 咽喉，喉嚨，喉部；〔婦女的〕胸脯；狹谷；碉堡的入口；〖技〗凹槽；〖建〗凹圓綫脚

orge-de-pigeon [gɔrʒdəpiʒɔ̃] *a. inv.* 閃色的 *n. m. inv.* 閃色

orgée [gɔrʒe] *n. f.* 一口飲量

orger [gɔrʒe] *v. t.* 〔c. 2〕使吃得過多，使吃得齊喉嚨；使充滿，使裝滿

orgonzola [gɔrgɔ̃zɔla] *n. m.* 意大利羊乳乾酪〔產於 Gorgonzola 地區〕

orille [gɔrij] *n. m.* 大猩猩

osier [gozje] *n. m.* 喉嚨，嗓子

osse [gɔs] *n.* 〖俗〗小孩子，小傢伙，小姑娘

othique [gɔtik] *a.* 哥特人的；哥特式的 *n. m.* 哥特式；哥特字體

ouache [gwaʃ] *n. f.* 水粉畫顏料，水粉畫

ouailler [gwaje] *v. t.* 嘲笑，戲弄 *v. i.* 開玩笑

ouaillerie [gwajri] *n. f.* 嘲笑；愛開玩笑的性格

ouailleur, se [gwajœ:r, ø:z] *n.* 開玩笑的，愛開玩笑的 *n.* 愛開玩笑的人

goudron [gudrɔ̃] *n. m.* 柏油，焦油瀝青；瀝青

goudronnage [gudrɔna:ʒ] *n. m.* 澆柏油，塗瀝青

goudronner [gudrɔne] *v. t.* 澆柏油，塗瀝青

goudronneuse [gudrɔnø:z] *n. f.* 柏油噴灑機

gouffre [gufr] *n. m.* 深淵，深坑；漩渦；花錢無底的事或人

gouge [gu:ʒ] *n. f.* 半圓鑿

goujat [guʒa] *n. m.* 粗魯的人

goujaterie [guʒatri] *n. f.* 粗魯的性格或行爲

goujon [guʒɔ̃] *n. m.* 銷釘，螺栓；〖魚〗鈎魚

goujonner [guʒɔne] *v. t.* 用銷釘固定

goulée [gule] *n. f.* 〖俗〗一大口

goulet [gulε] *n. m.* （海灣或海港的）狹窄入口，狹窄通道

goulot [gulo] *n. m.* （瓶、壺等的）細頸

goulu, e [guly] *a., n.* 貪吃的（人）

goulûment [gulymɑ̃] *adv.* 貪吃地

goum [gum] *n. m.* 〖阿〗舊時法國在北非等地的土籍部隊

goupil [gupi(l)] *n. m.* 狐狸的古稱

goupillage [gupija:ʒ] *n. m.* 銷住，上銷

goupille [gupij] *n. f.* 〖機〗銷

goupiller [gupije] *v. t.* 銷住，上銷；〖俗〗安排，整理

goupillon [gupijɔ̃] *n. m.* 灑聖水器，聖水刷；洗瓶刷子

gourbi [gurbi] *n. m.* 〖阿〗北非阿拉伯人的茅屋

gourd, e [gu:r, gurd] *a.* 凍僵的〔指手指、四肢〕

gourde [gurd] *n. f.* 葫蘆；壺，瓶；〖俗〗愚笨的人 *a. f.* 愚笨的

gourdin [gurdɛ̃] *n. m.* 短粗木棍

gourer(se) [s(ə)gure] *v. pr.* 〖民〗弄錯

gourmand, e [gurmɑ̃, ɑ̃:d] *a., n.* 貪吃美食的（人） *n. m.* 〖植〗徒長枝

gourmander [gurmãde] *v. t.* 嚴責

gourmandise [gurmãdi:z] *n. f.* 貪美食；美食，甜食

gourme [gurm] *n. f.* 膿疱病；馬腺疫

gourmé, e [gurme] *a.* 裝得嚴肅的

gourmer [gurme] *v. t.* 拳打；嚴責 *v. pr.* 擺出嚴肅的樣子；互相毆打

gourmet [gurmɛ] *n. m.* （食物、飲料的）品味者，精於飲食者

gourmette [gurmɛt] *n. f.* 馬銜索；（錶、手鐲上的）鏈條

gousse [gus] *n. f.* （豆科植物的）莢果；蒜瓣

gousset [gusɛ] *n. m.* （背心或褲腰上的）小口袋，錶袋

goût [gu] *n. m.* 味覺，滋味，食慾；審美觀，愛好；優雅，雅致；風格

goûter [gute] *v. t.* 嘗；享受，欣賞，品評 *v. i.* 品嘗，嘗試；吃點心 *n. m.* （下午吃的）點心

goutte [gut] *n. f.* 滴，一點兒；〖俗〗一小杯燒酒；關節性痛風；【建】圓錐飾；ne ... ~ *loc. adv.* 一點也沒有...，一點都不...

gouttelette [gutlɛt] *n. f.* 小滴

goutter [gute] *v. i.* 滴水；滴卜

goutteux, se [gutø, ø:z] *a.* 痛風的；患痛風的 *n.* 痛風患者

gouttière [gutjɛ:r] *n. f.* 天溝，簷槽；（肢體的）固定托

gouvernable [guvɛrnabl] *a.* 可統治的；可操縱的

gouvernail [guvɛrnaj] *n. m.* 舵

gouvernant, e [guvɛrnã, ã:t] *a.* 統治的 *n. f.*（省長等的）夫人；家庭女教師；（照顧獨身者的）女管家 *n. m. pl.* 統治者，掌權者

gouverne [guvɛrn] *n. f.* 指導，行動指南

gouvernement [guvɛrnəmã] *n. m.* 統治，管理；操縱；政府；政體；（省長等的）職位

gouvernemental, ale [guvɛrnəmãtal]

（*pl.* ~**aux**）*a.* 政府的；支持政府的

gouverner [guvɛrne] *v. t.* 統治，管理；操縱，駕駛；【語】需用，要求 *v. i.*（船舶）聽從於舵

gouverneur [guvɛrnœ:r] *n. m.* 總督，省長，總裁；（貴族子弟的）家庭教師

grabat [graba(ɑ)] *n. m.* 簡陋的床，破床

grabuge [graby:ʒ] *n. m.* 〖俗〗爭吵

grâce [grɑ:s] *n. f.* 恩惠，恩賜；饒恕，寬免，雅致；*pl.* 飯後經；~ à *loc. prép.* 由於，多虧

gracier [grasje] *v. t.* 赦免，減刑

gracieuseté [grasjøzte] *n. f.* 和藹可親；恩賜

gracieux, se [grasjø, ø:z] *a.* 和藹可親的；優美的；無償的

gracile [grasil] *a.* 纖細優美的，纖弱的

gracilité [grasilite] *n. f.* 纖細優美，纖弱

gradation [gradɑsjɔ̃] *n. f.* 逐漸的增加或減少，漸變

grade [grad] *n. m.* 等級，級別，軍階；【數】百分度〔角度單位〕

gradé [grade] *a., n.* 有下級軍官軍銜的（人）

gradin [gradɛ̃] *n. m.* （圓形劇場或梯形教室中的）階梯長凳，階梯

graduation [gradɥasjɔ̃] *n. f.* 分度，刻度

gradué, e [gradɥe] *a.* 分度的，刻度的；逐漸的，循序漸進的；獲得大學學位的

graduel, le [gradɥɛl] *a.* 逐漸的 *n. m.*【宗】彌撒唱經本

graduer [gradɥe] *v. t.* 對...標出分度，刻度數於...；遞增

graillon [grajɔ̃] *n. m.* 燒焦的肉油味，燒焦的肉油氣味；濃痰

graillonner [grajɔne] *v. i.* 發出燒焦的肉油氣味；咯痰

grain [grɛ̃] *n. m.* （穀物的）子粒；穀物，穀類；顆粒，粒狀物；（皮革等的）面紋；法國舊時重量單位〔約合53毫克〕；短暫的暴雨；【海】颮

raine [grɛn] *n. f.* 種子;(蠶)子

raineterie [grɛntri, grɛnɛtri] *n. f.* 雜糧業,種子業;雜糧商店,種子商店

rainetier, ère [grɛntje, ɛːr], **grainier, ère** [gre(ɛ)nje, ɛːr] *a., n.* 出售雜糧的(人),出售種子的(人)

raissage [grɛsaːʒ] *n. m.* 擦油,塗油;潤滑

raisse [grɛs] *n. f.* 脂肪,(礦、植物)油脂,潤滑脂

raisser [gre(ɛ)se] *v. t.* 擦油,塗油;使沾上油污;潤滑

raisseur, se [grɛsœːr, øːz] *a.* 擦油的,潤滑的 *n. m.* 加油工,潤滑工;加油器,油杯

raisseux, se [grɛsø, øːz] *a.* 脂肪的;沾上油污的

raminacées [graminase] *n. f. pl.* 【植】禾本科

raminée [gramine] *n. f.* 禾本科植物;*pl.* 禾本科

rammaire [gramɛːr] *n. f.* 語法,語法學,語法書

rammairien, ne [gramɛrjɛ̃, ɛn] *n.* 語法學家,語法教師

rammatical, ale [gramatikal] (*pl.* ~ **aux**) *a.* 語法的,合乎語法的

ramme [gram] *n. m.* 【度】克

ramophone [gramɔfɔn] *n. m.* 留聲機,唱機

rand, e [grɑ̃, ɑ̃ːd] *a.* 大的,高大的,巨大的;重大的,重要的;偉大的,崇高的 *n. m.* 成年人;大人物,要人

rand-angulaire [grɑ̃tɑ̃gylɛːr] 【攝】*a.* 廣角的 *n. m.* 廣角鏡頭

rand-chose [grɑ̃ʃoːz] *n. inv.* pas ~ 不多;不貴;不重要;un pas ~ 一個不足道的人

rand-croix [grɑ̃krwa[α]](*pl.* ~**s**~) *n. f. inv.* 法國騎士制的最高等級 *n. m.* 獲得法國最高級騎士勳章的人

rand-duc [grɑ̃dyk] (*pl.* ~**s**-~**s**) *n. m.* 大公

grand-duché [grɑ̃dyʃe] (*pl.* ~**s**-~**s**) *m.* 大公領地,大公國

grandelet, te [grɑ̃dlε, εt] *a.* 開始長大的

grandement [grɑ̃dmɑ̃] *adv.* 大大地;寬裕地;崇高地

grandeur [grɑ̃dœːr] *n. f.* 巨大;大小;偉大,威嚴;【數】量;*pl.* 榮譽

grandiloquence [grɑ̃dilɔkɑ̃ːs] *n. f.* 浮華,浮誇

grandiloquent, e [grɑ̃dilɔkɑ̃, ɑ̃ːt] *a.* 浮華的,浮誇的

grandiose [grɑ̃djoːz] *a.* 偉大的,雄偉的,崇高的

grandir [grɑ̃diːr] *v. i.* 變大,長大;增強 *v. t.* 使變大,使顯得更大,放大;提高

grandissement [grɑ̃dismɑ̃] *n. m.* 成長,變大,變高大;【光】放大率

grandissime [grɑ̃disim] *a.* 〖俗〗很大的

grand-livre [grɑ̃liːvr] (*pl.* ~**s**-~**s**) *n. m.* 總帳;國家債權人名冊

grand-maman [grɑ̃mamɑ̃] (*pl.* ~(**s**)-~**s**) *n. f.* 奶奶,外婆,姥姥〔兒語〕

grand-mère [grɑ̃mɛːr] (*pl.* ~(**s**)-~**s**) *f.* 祖母;外祖母

grand-messe [grɑ̃mɛs] (*pl.* ~(**s**)-~**s**) *n. f.* 大彌撒

grand-oncle [grɑ̃tɔ̃ːkl] (*pl.* ~**s**-~**s**) *n. m.* 伯祖,叔祖;外伯祖,外叔祖

grand-papa [grɑ̃papa] (*pl.* ~**s**-~**s**) *m.* 爺爺,公公,外公〔兒語〕

grand-père [grɑ̃pɛːr] (*pl.* ~**s**-~**s**) *m.* 祖父;外祖父

grands-parents [grɑ̃parɑ̃] *n. m. pl.* 祖父母;外祖父母

grand-tante [grɑ̃tɑ̃ːt] (*pl.* ~(**s**)-~**s**) *f.* 姑婆;姨婆

grand-voile [grɑ̃vwal] (*pl.* ~(**s**)-~**s**) *f.* 【船】主帆

grange [grɑ̃ːʒ] *n. f.* 穀倉,乾草倉

granit [grani(t)], **granite** [granit] *n. m.* 花崗岩,花崗石

granité, e [granite] *a.* 有花崗石紋的

n. m. 【紡】花崗石紋織物

graniter [granite] *v. t.* 繪成或製成花崗石斑紋

granitique [granitik] *a.* 花崗岩的,花崗石的

granivore [granivɔ:r] 【動】 *a.* 食穀粒的 *n.* 食穀粒動物

granulaire [granylɛ:r] *a.* (細)粒狀的

granulation [granylɑsjɔ̃] *n. f.* 成粒;肉芽

granule [granyl] *n. m.* 小粒;小丸劑

granulé, e [granyle] *a.* 細粒狀的;形成肉芽的 *n. m.* 小粒;小丸劑

granuler [granyle] *v. t.* 使…成為粒狀

granuleux, se [granylø, ø:z] *a.* 顆粒狀的,(表面)粗糙呈粒狀的;肉芽的

granulie [granyli] *n. f.* 【醫】(急性)粟粒性結核

granulométrie [granylɔmetri] *n. f.* 【技】粒度測定,粒度測定術

graphie [grafi] *n. f.* 拼寫法,書寫法

graphique [grafik] *a.* 用圖表示的,圖解的 *n. m.* 圖表;綫圖

graphite [grafit] *n. m.* 石墨

graphologie [grafɔlɔʒi] *n. f.* 筆迹學,字相學

graphologue [grafɔlɔg] *a., n.* 研究筆迹學的(人),研究字相學的(人)

grappe [grap] *n. f.* 串;簇;【植】總狀花序

grappillage [grapijaʒ] *n. m.* 摘(收穫後的)剩餘葡萄;貪小便宜,揩油

grappiller [grapije] *v. i.* 摘(收穫後的)剩餘葡萄;〖俗〗貪小便宜,揩油 *v. t.* 〖俗〗隨便拿

grappilleur, se [grapijœr, ø:z] *n.* 摘剩餘葡萄的(人);〖俗〗貪小便宜的(人),揩油的(人)

grappin [grapɛ̃] *n. m.* 抓斗;登杆器;【海】四爪錨,(繫繩頭上的)鐵鉤

gras, se [grɑ, ɑs] *a.* 脂肪的,肥的,肥胖的;油污的;濃厚的;肥沃的 *n. m.* 肥肉

gras-double [grɑdubl] (*pl.* ~**s**) *n. m.* 牛肚

grasseyement [gra[ɑ]sɛjmɑ̃] *n. m.* 用小舌顫音發 r 音,r 音發得沉濁

grasseyer [gra[ɑ]se[ɛ]je] *v. i.* 用小舌顫音發 r 音,r 音發得沉濁

grassouillet, te [gra[ɑ]sujɛ, ɛt] *a.* 胖胖的

graticulation [gratikylɑsjɔ̃] *n. f.* (在圖畫上)打方格

gratification [gratifikɑsjɔ̃] *n. f.* (工資以外的)獎金

gratifier [gratifje] *v. t.* 獎給,贈給,賞賜

gratin [gratɛ̃] *n. m.* 做菜時留在鍋底的焦皮;用麵包屑或乾酪絲撒在上面烘烤的菜;〖俗〗上流社會

gratiner [gratine] *v. i.* 巴鍋,燒成焦皮 *v. t.* (撒麵包屑或乾酪絲)烘烤

gratis [gratis] *adv.* 免費(地),無報酬(地)

gratitude [gratityd] *n. f.* 感謝,感激

grattage [grata:ʒ] *n. m.* 搔刮

gratte [grat] *n. f.* 鋤草工具;〖俗〗不正當的小利,油水

gratte-ciel [gratsjɛl] *n. m. inv.* 摩天樓

gratte-papier [gratpapje] *n. m. inv.* 〖俗〗抄寫員,蹩脚作家

gratter [grate] *v. t.* 搔;刮;貪小利;〖俗〗超過 *v. i.* 輕叩

gratteur, se [gratœ:r, ø:z] *n.* 搔癢的人;刮物者

grattoir [gratwa:r] *n. m.* 刮字刀;刮具

gratuit, e [gratɥi, it] *a.* 免費的,無償的;無理由的,無故的

gratuité [gratɥite] *n. f.* 免費,無償;無理由

gravats [grava[ɑ]] *n. m. pl.* 石灰渣;(拆屋後的)瓦礫

grave [gra:v] *a.* 嚴肅的,莊嚴的;重要的,嚴重的;【樂】莊重的,低的;accen ~ 【語】重音符

graveleux, se [gravlø, ø:z] *a.* 含有砂

礫;下流的,淫穢的

graver [grave] v. t. 刻,雕刻;銘記,牢記

graveur [gravœr] n. m. 雕刻工,雕刻者

gravier [gravje] n. m. 砂礫

gravir [gravi:r] v. t., v. i. 爬,登,攀登

gravitation [gravitɑsjɔ̃] n. f. 萬有引力

gravité [gravite] n. f. 嚴肅,莊嚴;重要性,嚴重性;(音調的)低沉;【物】重力

graviter [gravite] v. i. 【物】(因萬有引力)移動

gravure [gravy:r] n. f. 雕刻(術);雕刻作品;版畫,插圖

gré [gre] n. m. 意願,意向;任性;de ～ à ～ loc. adv. 兩相情願地;bon ～, mal ～ loc. adv. 不管願意不願意

grec, que [grɛk] a. 希臘的 n. G ～ 希臘人 n. m. 希臘語

gréciser [gresize] v. t. 加上希臘語詞形

gréco-romain, e [grekɔrɔmɛ̃, ɛn] a. 希臘,羅馬的;希臘人和羅馬人共同的

grecque [grɛk] n. f. 希臘方形迴紋飾

gredin, e [grədɛ̃, in] n. 壞蛋,無賴

gredinerie [grədinri] n. f. 流氓作風,無賴行徑

gréement [gremɑ̃] n. m. 【船】帆纜索具,帆纜索具的配備

gréer [gree] v. t. (給船)配備帆纜索具

greffage [grɛfa:ʒ] n. m. 【園藝】嫁接,嫁接法

greffe [grɛf] n. m. (法院的)書記室,訴訟檔案保管室 n. f. 【園藝】接穗,嫁接;【醫】移植術

greffer [grefe] v. t. 【園藝】嫁接;【醫】作移植術

greffeur [grefœr] n. m. 【園藝】嫁接者

greffier [grefje] n. m. (法院的)書記官,訴訟檔案保管員

greffoir [grefwa:r] n. m. 【園藝】接枝刀

greffon [grefɔ̃] n. m. 【園藝】接穗,接芽;【醫】移植組織,移植物

grégaire [grege:r] a. 【動,植】聚生的,羣居的

grège [grɛ:ʒ] a. f., n. f. (soie) ～ 生絲

grégorien, ne [gregɔrjɛ̃, ɛn] a. 【天】calendrier ～ 格里曆;année ～ ne 格里年

grègues [grɛg] n. f. pl. (古希臘式)短褲

grêle [grɛl] a. 細長的,尖細的(指聲音) n. f. 雹,霰;大量稠密地落下的東西

grêlé, e [gre[ɛ]le] a. 遭受冰雹損壞的;有麻子的

grêler [gre[ɛ]le] v. impers. 下冰雹,下霰 v. t. (冰雹)損壞

grêlon [grɛlɔ̃] n. m. 雹(粒),霰(粒)

grelot [grəlo] n. m. 鈴,鈴鐺

grelotter [grəlɔte] v. i. (由於寒冷等而)發抖,哆嗦

grenache [grənaʃ] n. m. (產於法國南部的)大粒黑葡萄;用這種葡萄釀造的葡萄酒

grenade [grənad] n. f. 石榴;手榴彈,榴彈

grenadier [grənadje] n. m. 石榴樹;擲彈手;精銳部隊的士兵

grenaillage [grənaja:ʒ] n. m. 【技】噴丸處理

grenaille [grəna:j] n. f. (金屬)粒料,丸;秕穀,秕子

grenat [grəna] n. m. 石榴紅寶石 a. inv. 石榴紅的

grené, e [grəne] a. 成爲細粒的;點刻的,點畫的

greneler [grə[ɛ]nle] v. t. [c. 5] 使(紙,皮革等表面)呈細粒狀

grener [grəne] v. t. [c. 6] 使成細粒 v. i. 抽穗,結子

grènetis [grɛnti] n. m. (硬幣,獎章等的)細粒狀飾花滾邊

grenier [grənje] n. m. 糧倉,穀倉;頂樓,氣樓;天然糧倉,物產豐富地區

grenouille [grənuj] n. f. 蛙;[民]公款

grenu, e [grəny] a. 多粒的;粒狀的;表面粗糙(呈粒狀)的

grès [grɛ] n. m. 砂岩;粗陶土,粗陶

gréseux, se [grezø, ø:z] *a.* 砂岩質的, 含有砂岩的

grésil [grezil, grezi] *n. m.* 霰,雪子

grésillement [grezijmã] *n. m.* 下霰, 下雪子;輕微的爆裂聲;蟋蟀的叫聲

grésiller [grezije] *v. impers.* 下霰,下雪子 *v. t.* 使皺縮 *v. i.* 發出輕微的爆裂聲

grève [grɛ:v] *n. f.* 罷工;沙岸,沙灘

grever [grəve] *v. t.* [c. 6] 加重負擔

gréviste [grevist] *a.* 罷工的 *n.* 罷工者

gribouillage [gribuja:ʒ] *n. m.* 拙劣的畫,整腳的字

Gribouille [gribuj] *n. m.* 笨蛋,傻瓜,糊塗蟲

gribouiller [gribuje] *v. t., v. i.* 亂畫;亂寫

gribouilleur, se [gribujœ:r, ø:z] *n.* 作畫拙劣的人,書寫拙劣的人

gribouillis [gribuji] *n. m.* 辨認不清的字迹

grief [grief] *n. m.* 抱怨,不滿

grièvement [grievmã] *adv.* 嚴重地,危險地

griffe [grif] *n. f.* 爪,爪手;[俗]壓迫,統治;簽名章,戳記

griffer [grife] *v. t.* 抓,抓傷,搔傷

griffon [grifɔ̃] *n. m.* 林鵰,雨燕;長髯毛獵狗;[神]一種獅身鷹頭鷹翼的怪獸

griffonnage [grifɔna:ʒ] *n. m.* 亂寫;潦草不清的字迹,拙劣的畫

griffonner [grifɔne] *v. t.* 亂寫,潦草不清地寫,草率地畫

griffure [grify:r] *n. f.* 抓傷,搔傷

grignoter [grinɔte] *v. t.* 啃,嚙;蠶食,逐漸破壞

grigou [grigu] *n. m.* [俗]吝嗇鬼,守財奴

gri-gri [grigri] (*pl.* ~s-~s) *n. m.* 護身符,膜拜物

gril [gril, gri] *n. m.* (烤魚、肉等用的)烤魚架;水閘上流的柵欄;(舞台上的)佈景格架

grillade [grijad] *n. f.* 烤肉,(在烤架上)烤肉或魚

grillage [grija:ʒ] *n. m.* 柵欄,鋼絲網;(在烤架上)烤,焙;[紡]燒毛

grillager [grijaʒe] *v. t.* [c. 2] 安裝柵欄

grille [grij] *n. f.* 柵欄,柵欄門;爐柵;(用於讀寫密碼文件的)鏤空紙板;[無]柵極

grille-pain [grijpɛ̃] *n. m. inv.* 烤麵包器

griller [grije] *v. t.* 烤,烘,焙;[電]燒毀;用柵欄關閉 *v. i.* 被烤,感到灼熱;~ de 渴望

grillon [grijɔ̃] *n. m.* 蟋蟀

grill-room [grilrum] (*pl.* ~s) *n. m.* [英]餐館中的烤肉間[當面烤肉等供應顧客]

grimace [grimas] *n. f.* 鬼臉,怪相;做的面容,偽裝的神態;(織物、衣服的)皺紋

grimacer [grimase] *v. i.* [c. 1] 做鬼臉,扮怪相;(織物、衣服)起皺;裝腔作勢

grimacier, ère [grimasje, ɛ:r] *a., n.* 慣於做鬼臉的(人);裝腔作勢的(人)

grimaud [grimo] *n. m.* [古]低年級小學生;整腳作家

grime [grim] *n. m.* (劇中的)滑稽老人角色,扮演滑稽老人的演員

grimer [grime] *v. t.* [劇]化妝

grimoire [grimwa:r] *n. m.* 魔術書;難懂的言論,難理解的作品

grimper [grɛ̃pe] *v. i.* 攀登,攀緣而上,登上 *n. m.* 爬繩運動

grimpette [grɛ̃pɛt] *n. f.* [俗]陡徑,陡峭小道

grimpeur, se [grɛ̃pœ:r, ø:z] *a.* 向上攀行的,愛攀登的 *n. m.* 登山運動員,善爬山坡的自行車運動員;*pl.* [鳥]攀禽類

grincement [grɛ̃smã] *n. m.* 發出刺耳的聲音;尖銳刺耳的聲音

grincer [grɛ̃se] *v. i.* [c. 1] 發出刺耳的聲音

grincheux, se [grɛ̃ʃø, øːz] *a., n.* 脾氣執拗的(人),煩躁易怒的(人)

gringalet [grɛ̃galɛ] *n. m.* 矮小瘦弱的人

griotte [griɔt] *n. f.* (酸味)櫻桃;紅紋大理石

grippage [gripaːʒ], **grippement** [gripmɑ̃] *n. m.* 【機】咬刺,卡住;(織物)皺縮

grippe [grip] *n. f.* 流行性感冒;厭惡,反感

grippé, e [gripe] *a., n.* 患流行性感冒的(人)

gripper [gripe] *v. t.* 攫取;捉住 *v. i.* 【機】咬刺,卡住 *v. pr.* (織物)起皺縮

grippe-sou [gripsu] (*pl.* ～(**s**)) *n. m.* 〖俗〗貪小利的人,十分吝嗇的人

gris, e [gri, griːz] *a.* 灰色的;暗淡的,陰沉的;花白的;半醉的 *n. m.* 灰色

grisaille [grizaːj] *n. f.* (有浮雕感的)灰色單色畫

grisailler [grizaje] *v. t.* 畫灰色單色畫;用灰色塗抹 *v. i.* 成灰色,成淺灰色

grisâtre [grizɑːtr] *a.* 淺灰色的,淡灰色的

grisé [grize] *n. m.* (圖上由暈綫、虛綫所形成的)灰色,灰影

griséofulvine [grizeɔfylvin] *n. f.* 【藥】灰黃霉素

griser [grize] *v. t.* 使半醉;使眩暈;使陶醉,使飄飄然

grisorie [grizɔri] *n. f.* 半醉,眩暈;陶醉,得意忘形

grison, ne [grizɔ̃, ɔn] *a.* 灰色的,(毛髮)花白的 *n. m.* 驢

grisonner [grizɔne] *v. i.* (毛髮)變灰,變灰白

grisou [grizu] *n. m.* 沼氣,瓦斯

grive [griːv] *n. f.* 〖鳥〗鶇

grivelé, e [grivle] *a.* 有灰色與白色斑點的,雜色的

griveler [grivle] *v. t., v. i.* [c. 5 或 c. 6] 揩油,吃白食

grivèlerie [grivɛlri] *n. f.* 揩油,吃白食

griveleur [grivlœːr] *n. m.* 揩油的人,吃白食者

grivois, e [grivwa, aːz] *a., n.* 放肆的(人),輕佻的(人)

grivoiserie [grivwazri] *n. f.* 放肆,輕佻;下流的言行

grog [grɔg] *n. m.* 〖英〗摻熱糖水的烈酒

grognard, e [grɔɲaːr, ard] *a., n.* 愛發牢騷的(人),好低聲埋怨的(人) *n. m.* 拿破崙時代近衛隊的老兵

grognement [grɔɲmɑ̃] *n. m.* (豬、熊等)的叫聲,呼嚕聲;低聲的埋怨

grogner [grɔɲe] *v. i.* (豬)叫;低聲埋怨

grognon, ne [grɔɲɔ̃, ɔn] *a., n.* 好低聲埋怨的(人)

groin [grwɛ̃] *n. m.* (豬或野豬的)嘴筒;醜陋的臉

grommeler [grɔmle] *v. i.* [c. 5] 喃喃抱怨

grondement [grɔ̃dmɑ̃] *n. m.* 隆隆聲,轟響;低沉嘶叫聲

gronder [grɔ̃de] *v. i.* 低沉地嘶叫;發出轟隆聲;低聲埋怨 *v. t.* 斥責,責備

gronderie [grɔ̃dri] *n. f.* 斥責,責備

grondeur, se [grɔ̃dœːr, øːz] *a.* 好抱怨的;好斥責的;隆隆作響的 *n.* 好抱怨的人;好斥責的人

groom [grum] *n. m.* 〖英〗(飯店等的)青年侍者

gros, se [gro, oːs] *a.* 大的,粗的,胖的,巨大的,大規模的;粗糙的 *a., f.* 懷孕 *n. m.* 最大的部分,最重要部分;【商】批發 *adv.* 大大地,很多

groseille [grozɛj] *n. f.* 醋栗,茶藨子〔指果實〕

groseillier [groze[ɛ]je] *n. m.* 【植】醋栗,茶藨子

grosse [groːs] *n. f.* 【商】十二打,羅;用大字書寫的文件、判決書等的副本,抄本

grossesse [grosɛs] *n. f.* 懷孕,妊娠;懷孕期

grosseur [grosœ:r] *n. f.* 厚度, 大小; 腫, 腫塊

grossier, ère [grosje, ɛ:r] *a.* 粗的, 粗糙的, 粗野的, 荒唐的

grossièreté [grosjɛrte] *n. f.* 粗糙; 粗野; 粗魯言行

grossir [grosi:r] *v. t.* 使龐大, 放大, 使顯得胖, 擴大, 誇大 *v. i.* 變大, 變粗, 變胖; 擴大, 增多

grossissement [grosismɑ̃] *n. m.* 變大, 放大, 發胖, 擴大, 增多, 誇大;【光】放大率

grossiste [grosist] *n.* 批發商

grosso modo [gro[ɔ]somɔdo] *loc. adv.* 〖拉〗大約地, 概括地

grossoyer [groswaje] *v. t.* [c. 3] 用大字抄寫(文件, 判決書等的副本)

grotesque [grɔtɛsk] *a.* 怪誕的, 令人發笑的, 滑稽的 *n. m.* 可笑的人, 滑稽人物

grotte [grɔt] *n. f.* 岩洞, 山洞, 地穴

grouillement [grujmɑ̃] *n. m.* 蠢動, 騷動; 麇集, 擁擠

grouiller [gruje] *v. i.* 蠢動, 騷動; 麇集, 擠滿 *v. pr.* 〖俗〗趕快, 趕緊

groupage [grupa:ʒ] *n. m.* (運往同一目的地的)包裹的集中

groupe [grup] *n. m.* 羣, 班, 組, 類; 集團, 團體;【軍】大隊;【藝】羣像; ～ sanguin【醫】血型

groupement [grupmɑ̃] *n. m.* 集合, 集中; 羣, 組, 集團

grouper [grupe] *v. t.* 集合, 集中, 聚集

gruau [gryo] *(pl. ～x) n. m.* 粗碾穀物

grue [gry] *n. f.* 鶴; 蕩婦; 起重機, 弔車;【電影】攝影升降機

gruger [gryʒe] *v. t.* [c. 2] 咬碎, 嚼碎, 研碎; 騙取, 掠奪

grume [grym] *n. f.* 帶樹皮的原木; 留在原木上的樹皮

grumeau [grymo] *(pl. ～x) n. m.* 結塊, 凝塊

grumeler(se) [(s(ə)grymle] *v. pr.* [c. 5]

結成塊, 凝成塊

grumeleux, se [grymlø, ø:z] *a.* 結成塊的, 粘成塊的

grumelure [grymly:r] *n. f.* 【冶】(鑄件的)氣孔, 沙眼

gruyère [gryjɛ:r] *n. m.* 瑞士格律耶爾(Gruyère)產的乾酪

guano [gwano] *n. m.* 鳥糞石, 鳥糞層; 動物殘骸或下腳製成的肥料

guatémalien, ne [gwatemaljɛ̃, ɛn], **guatémaltèque** [gwatemaltɛk] *a.* 危地馬拉的 *n.* G～ 危地馬拉人

gué [ge] *n. m.* 河流可徒涉處

guéable [geabl] *a.* 可徒涉的

guéer [gee] *v. t.* 徒涉, 涉水而過

guelte [gɛlt] *n. f.* 〖商〗回扣, 佣金

guenilles [gənij] *n. f. pl.* 襤褸的衣衫

guenon [gənɔ̃] *n. f.* 長尾猿; 雌猿; 醜女人

guenuche [gənyʃ] *n. f.* 小長尾猿, 小雌猴; 矮小的醜女人

guépard [gepa:r] *n. m.* 【動】獵豹

guêpe [gɛp] *n. f.* 胡蜂, 馬蜂

guêpier [ge[ɛ]pje] *n. m.* 胡蜂巢; 困境險境

guère [gɛ:r] *adv.* ne … ～ *loc. adv.* 不大, 不很, 幾乎不; ne … plus ～ *loc. adv.* 幾乎不再

guéret [gerɛ] *n. m.* 〖農〗曬堡田; 休閒田

guéridon [geridɔ̃] *n. m.* 獨腳小圓桌

guérilla [gerija] *n. f.* 〖西〗游擊戰; 游擊隊

guérillero [gerijero] *n. m.* 〖西〗游擊隊員, 游擊隊戰士

guérir [geri:r] *v. t.* 醫好, 治療 *v. i.* 痊癒, 恢復健康

guérison [gerizɔ̃] *n. f.* 痊癒, 治療

guérissable [gerisabl] *a.* 能治癒的

guérisseur, se [gerisœ:r, ø:z] *n.* 替人治病的人

guérite [gerit] *n. f.* 崗亭, 哨所

guerre [gɛ:r] *n. f.* 戰爭, 戰鬥, 鬥爭

guerrier, ère [gɛrje, ɛːr] n. 戰士,軍人 a. 戰爭的,戰鬥的,好戰的

guerroyer [gɛrwaje] v. i. [c. 3] 作戰,鬥爭

guerroyeur, se [gɛrwajœːr, øːz] a., n. 好戰的(人)

guet [gɛ] n. m. 防備,警戒;監視;窺探;(舊時的)夜間巡邏隊,夜間哨兵

guet-apens [gɛtapɑ̃] (pl. ~ s~ [gɛtapɑ̃]) n. m. 埋伏,伏擊;詭計,陷阱

guêtre [gɛtr] n. f. 護腿套

guêtrer [ge[ɛ]tre] v. t. 給…套護腿套

guetter [ge[ɛ]te] v. t. 警戒;監視;窺視;窺伺;守候

guetteur [gɛtœːr] n. m. 警戒者,監視者;觀察哨兵

gueulard, e [gœlaːr, ard] a., n. [民]習慣大聲說話的(人);貪吃的(人) n. m. [海]傳話筒;[冶](高爐的)爐喉

gueule [gœl] n. f. 嘴,口;[俗]外貌,外形

gueule-de-loup [gœldəlu] (pl. ~ s~ ~~) n. f. 金魚草

gueuler [gœle] [民] v. i. 大聲叫喊,大聲說話 v. t. 大聲叫喊,大聲地說

gueuleton [gœltɔ̃] n. m. [民]豐盛歡樂的酒宴

gueusaille [gøzaːj] n. f. 乞丐羣

gueuse [gøːz] n. f. 羊毛小斗篷;[冶]生鐵錠

gueuser [gøze] v. i. 行乞謀生,做乞丐

gueuserie [gøzri] n. f. 乞討,貧困

gueux, se [gø, øːz] a. 行乞的,乞討的;貧困的 n. m. 乞丐;無賴 n. f. 女乞丐;妓女

gui [gi] n. m. [植]槲寄生

guibolle [gibɔl] n. f. [民]腿

guiches [giʃ] n. f. pl. (額前,兩鬢的)鬈髮

guichet [giʃɛ] n. m. (城門、監獄等大門上的)便門,小門;(門上或牆上的)小窗口;營業窗口,出納處

guichetier [giʃtje] n. m. 監獄便門的看守人

guidage [gidaːʒ] n. m. [技]導向,導向機構;引導;導航

guide [gid] n. 領路人,帶路人,嚮導;導師,指導人;指導書,游覽指南 n. f. pl. 馬繮繩

guide-âne [gidaːn] (pl. ~(s)) n. m. 指導書,手册,工作指南;寫字用的襯格紙

guider [gide] v. t. 給…引路,給…做嚮導;指引,指導

guidon [gidɔ̃] n. m. (槍炮的)準星;(自行車等的)車把,把手

guigne [giɲ] n. f. 長柄黑櫻桃;[民]不幸,倒霉

guigner [giɲe] v. i. 瞟,睨視 v. t. 偷看;覬覦

guignol [giɲɔl] n. m. 布袋木偶;木偶戲劇場;舉動可笑的人

guignolet [giɲɔlɛ] n. m. 櫻桃酒

guignon [giɲɔ̃] n. m. 惡運,倒霉

guillemet [gijmɛ] n. m. 引號

guilleret, te [gijrɛ, ɛt] a. 愉快的,活潑的

guillochage [gijɔʃaːʒ] n. m. (金銀器皿)格狀飾紋的刻製

guillocher [gijɔʃe] v. t. 刻格狀飾紋

guillochis [gijɔʃi] n. m. 格狀飾紋

guillotine [gijɔtin] n. f. 斷頭台;斷頭刑

guillotiner [gijɔtine] v. t. 在斷頭台上處決

guimauve [gimoːv] n. f. [植](藥用)蜀葵

guimbarde [gɛ̃bard] n. f. 一種用口咬住以手指撥彈的兒童樂器;四輪有篷載貨長馬車;舊車

guimpe [gɛ̃p] n. f. 修女用的頭巾;一種内衣

guindeau [gɛ̃do] n. m. [船]卧式錨機

guinder [gɛ̃de] v. t. 起吊;矯飾,使矯揉造作

guinée [gine] n. f. 畿尼〔英國舊金幣,值21先令〕

guinéen, ne [gineɛ̃,ɛn] a. 幾内亞的 n. G～ 幾内亞人

guingois [gɛ̃gwa] n. m. 歪斜, 不直; de ～ loc. adv. 歪斜地, 傾斜地

guinguette [gɛ̃gɛt] n. f. 可供跳舞的郊區小咖啡館

guipure [gipy:r] n. f. 鏤空花邊

guirlande [girlɑ̃:d] n. f. (裝飾用) 花環, 花冠, 花飾

guise [gi:z] n. f. 方式, 方法; à sa ～ 任意, 隨心所欲地; en ～ de loc. prép. 作爲, 當作

guitare [gita:r] n. f. 六弦琴, 吉他

guitariste [gitarist] n. 六弦琴彈奏者, 吉他演奏者

guniteuse [gynitø:z] n. f. 【建】泥漿噴射機

gustatif, ve [gystatif, iv] a. 味覺的

gustation [gystasjɔ̃] n. f. 嘗味; 味覺

gutta-percha [gytaperka] n. f. 〖英〗馬來乳膠, 杜仲膠, 古塔波膠

guttural, ale [gytyral] (pl. ～aux) a. 喉頭的, 咽喉的; 喉音的 n. f. 喉舌字母

guyanais, e [gɥijanɛ, ɛ:z] a. 圭亞那的 n. G～ 圭亞那人

guzla [gyzla] n. f. 一種單弦小提琴

gymnase [ʒimna:z] n. m. 健身房; 〖德國、瑞士的〗中學

gymnaste [ʒimnast] n. 體操教師, 業餘體操運動員

gymnastique [ʒimnastik] a. 體操的 n. f. 體操; (智力的) 鍛煉

gymnique [ʒimnik] n. f. 體力鍛煉術

gymnospermes [ʒimnɔspɛrm] n. f. pl. 裸子植物

gynécée [ʒinese] n. m. (古希臘的) 女子居室, 閨房; 【植】雌蕊

gynécologie [ʒinekɔlɔʒi] n. f. 婦科學

gynécologue [ʒinekɔlɔg] n. 婦科醫生

gypaète [ʒipaɛt] n. m. 〖鳥〗髯兀鷲

gypse [ʒips] n. m. 石膏

gypseux, se [ʒipsø, ø:z] a. 石膏的, 含石膏的

gyrocompas [ʒirɔkɔ̃pa] n. m. 【海, 空】陀螺羅盤, 電羅經

gyroplane [ʒirɔplan] n. m. 【空】旋翼機

gyroscope [ʒirɔskɔp] n. m. 陀螺儀

H

H, h [aʃ] n. m. 法語字母表中第8個字母

*ha! [ɑ] interj. 啊! 哈! 〔表示驚訝、喜悦等〕

habile [abil] a. 能幹的, 靈巧的, 熟練的; 狡猾的; 巧妙的

habileté [abilte] n. f. 能幹, 靈巧; 技巧

habilitation [abilitasjɔ̃] n. f. 授以權利, 賦予資格

habilité [abilite] n. f. 資格, 權利

habiliter [abilite] v. t. 賦予資格, 授權

habillage [abija:ʒ] n. m. 穿衣; (家禽等烹調前的) 加工; (圖版周圍的) 文字拼排

habillement [abijmɑ̃] n. m. 服裝供給;

服裝; 服裝業

habiller [abije] v. t. 給…穿衣服; 供給衣服; 替…做衣服; (服裝) 合適; (給傢具) 罩上 (套子等); (把烹調前的鷄、魚等) 加工; 裝配 (鐘錶);【印】(拼版時) 在圖版周圍拼排文字 v. pr. 穿衣

habilleur, se [abijœ:r, ø:z] n. (劇團裏的) 服裝員

habit [abi] n. m. 服裝; 燕尾服; pl. 衣服

habitable [abitabl] a. 適於居住的

habitacle [abitakl] n. m. 〖詩〗住所; 〖空〗機艙;【海】羅經箱

habitant, e [abitɑ̃, ɑ̃:t] n. 居民, 人口;

居住者

habitat [abita] *n. m.* (動植物的)生境；
居住形式,居住條件

habitation [abitasjɔ̃] *n. f.* 居住；住所，
住房

habiter [abite] *v. i., v. t.* 居住(在)

habitude [abityd] *n. f.* 習慣；d' ～ *loc.
adv.* 通常,慣常

habitué, e [abitɥe] *a.* 習慣於…的 *n.*
常客

habituel, le [abitɥɛl] *a.* 習慣的,慣用
的；通常的

habituer [abitɥe] *v. t.* 使習慣於,使養
成…的習慣

*__**hâblerie** [ɑ[a]bləri] *n. f.* 大話,吹牛的
話

*__**hâbleur, se** [ɑblœ:r, ø:z] *a.* 愛說大話
的 *n.* 吹牛者

*__**hachage** [aʃa:ʒ], *__**hachement** [aʃmɑ̃]
n. m. 切碎,剁碎

*__**hache** [aʃ] *n. f.* 斧

*__**hache-paille** [aʃpɑ:j] *n. m. inv.* 鍘
刀,切草刀

*__**hacher** [aʃe] *v. t.* 切細,剁碎；打得稀
爛,打斷(講話等)

*__**hachette** [aʃɛt] *n. f.* 小斧

*__**hache-viande** [aʃvjɑ̃:d] *n. m. inv.* 絞
肉機

*__**hachis** [aʃi] *n. m.* 肉末；菜泥

*__**hachisch** = *__**haschisch**

*__**hachoir** [aʃwa:r] *n. m.* 砧板；大剁肉
刀,絞肉機

*__**hachure** [aʃy:r] *n. f.* 【繪畫】影線,暈
線

*__**hachurer** [aʃyre] *v. t.* 【繪畫】畫影線,
加暈線

hadron [adrɔ̃] *n. m.* 【原子】强子

hafnium [afnjɔm] *n. m.* 【化】鉿

*__**hagard, e** [aga:r, ard] *a.* 驚恐的,驚慌
的

hagiographie [aʒjɔgrafi] *n. f.* 【宗】聖
徒傳

*__**haie** [ɛ] *n. f.* 籬笆；成排的障礙物；人

牆

*__**haillon** [ɑjɔ̃] *n. m.* 破衣

*__**haine** [ɛn] *n. f.* 恨,仇恨；痛恨,憎惡

*__**haineux, se** [ɛnø, ø:z] *a.* 懷恨的；仇
恨的

*__**haïr** [ai:r] *v. t.* [c. 10] 恨,仇恨；痛
恨,憎惡

*__**haire** [ɛ:r] *n. f.* (苦行者穿的)粗毛襯
衣

*__**haïssable** [aisabl] *a.* 可恨的,可憎的

haïtien, ne [ais[t]jɛ̃, ɛn] *a.* 海地的 *n.*
H ～ 海地人

*__**halage** [ala:ʒ] *n. m.* 拉縴；拖(船)

*__**hâle** [ɑ:l] *n. m.* (因日曬風吹)膚色變
褐

*__**hâlé, e** [ɑle] *a.* 曬黑的,曬成褐色的
〔指皮膚〕

haleine [alɛn] *n. f.* (呼出的)氣,氣息；
呼氣,呼吸；屏一口氣的時間

*__**haler** [ale] *v. t.* 用力拉(縴)；用縴拉
(船)

*__**hâler** [ɑle] *v. t.* (把皮膚)曬黑,吹成褐
色

*__**halètement** [alɛtmɑ̃] *n. m.* 喘氣,喘息

*__**haleter** [alte] *v. i.* [c. 6] 喘氣,喘息

*__**haleur, se** [alœ:r, ø:z] *n.* 拉縴人

half-track [aftrak] (*pl.* ～ s) *n. m.*
〖美〗半履帶式裝甲車

*__**hall** [o:l] *n. m.* 〖英〗大廳

hallali [alali] *n. m.* (圍獵時)獵人表示
獵物已被圍住的呼聲或號角聲

*__**halle** [al] *n. f.* (有屋頂的)市場,菜場,
商場

*__**hallebarde** [albard] *n. f.* 戟

*__**hallebardier** [albardje] *n. m.* 持戟步
兵

*__**hallier** [alje] *n. m.* 荊棘叢

hallucination [alysinasjɔ̃] *n. f.* 幻覺,
錯覺

hallucinatoire [alysinatwa:r] *a.* 幻覺
的；引起幻覺的

halluciner [alysine] *v. t.* 使產生幻覺；
使大吃一驚

*halo [alo] *n. m.* 暈；【攝】光暈

*halte [alt] *n. f.* （行進中的）休息；休息處；【鐵】小站 *interj.*【軍】立定！H~-là! 站住！

haltère [altɛr] *n. m.* 啞鈴，扛鈴

haltérophile [alterɔfil] *n. m.* 舉重運動員 *a.* 舉重運動的

*hamac [amak] *n. m.* 弔床

*hameau [amo](*pl.* ~x) *n. m.* 小村莊

hameçon [amsɔ̃] *n. m.* 釣魚鈎

*hammam [amam] *n. m.* 〖阿〗土耳其浴室

*hampe [ɑ̃:p] *n. f.* 旗杆；（槍、筆等的）柄，桿；【植】花葶

*Han *n. inv.* 漢族人

*han [ɑ̃] *interj.* 吭！嗨！ *n. m. inv.* （使勁時發出的）吭嗨聲

*hanap [anap] *n. m.* （中世紀的）有蓋高腳杯

*hanche [ɑ̃:ʃ] *n. f.* 髖，髖部，腰

*handicap [ɑ̃dikap] *n. m.* 〖英〗有退讓條件的賽馬或體育競賽；（競賽中的）退讓條件；不利條件，妨礙

*handicaper [ɑ̃dikape] *v. t.* （賽馬或體育競賽中）使接受退讓條件；使處於不利地位，使吃虧

*hangar [ɑ̃ga:r] *n. m.* 棚，庫，飛機庫

*hanneton [antɔ̃] *n. m.* 【昆】鰓角金龜，金龜子；〖俗〗冒失鬼

*hanse [ɑ̃:s] *n. f.* 漢薩同盟〔中世紀北歐諸城市結成的商業、政治同盟〕

*hanter [ɑ̃te] *v. t.* 經常出入（某處）；（鬼怪）經常出沒於；（某一想法等）縈繞腦際，纏繞 *v. i.* 經常去（某人家）

*hantise [ɑ̃ti:z] *n. f.* 縈繞，煩擾

haoussa [ausa] *n. m.* 豪薩語；H~(s) 豪薩族

*happer [ape] *v. t.* 突然咬住，突然啄住；抓住

*haquenée [akne] *n. f.* 溜蹄馬；（舊時）婦女的乘騎

*haquet [akɛ] *n. m.* 平板馬車

*hara-kiri [arakiri] *n. m.* 〖日〗切腹自殺

*harangue [arɑ̃:g] *n. f.* 致詞，演講，講話；訓話

*haranguer [arɑ̃ge] *v. t.* 致詞，向…作演說；對…訓話

*harangueur, se [arɑ̃gœ:r, ø:z] *n.* 致詞者，演講者，訓話者

*haras [ara] *n. m.* 種馬場

*harassement [arasmɑ̃] *n. m.* 精疲力盡

*harasser [arase] *v. t.* 使精疲力盡

*harcèlement [arsɛlmɑ̃] *n. m.* 騷擾，擾亂，糾纏

*harceler [arsəle] *v. t.* [c. 6] 騷擾，擾亂，煩擾，糾纏

*harde [ard] *n. f.* 獸群

*hardes [ard] *n. f. pl.* 〖貶〗舊衣

*hardi, e [ardi] *a.* 大膽的，勇敢的；大膽設想的；放肆的，厚顏的

*hardiesse [ardjɛs] *n. f.* 大膽，勇敢；放肆，厚顏

*harem [arɛm] *n. m.* （穆斯林人家的）閨房；女眷，妻妾

*hareng [arɑ̃] *n. m.* 大西洋鯡

*harengère [arɑ̃ʒɛ:r] *n. f.* 賣魚婦；〖俗〗說話粗俗的女人

*hargne [arɲ] *n. f.* 惱恨，惱怒

*hargneux, se [arɲø, ø:z] *a.* 脾氣壞的；惱怒的

*haricot [ariko] *n. m.* 菜豆，四季豆，雲豆

*haridelle [aridɛl] *n. f.* 瘦瘠的劣馬

harmonica [armɔnika] *n. m.* 口琴

harmonie [armɔni] *n. f.* 悅耳的聲音，和聲，【樂】和聲學；管樂隊，和諧，勻稱，調和，和睦

harmonieux, se [armɔnjø, ø:z] *a.* 悅耳的；音調和諧的；勻稱的，調和的，和諧的

harmonique [armɔnik] *a.* 和諧的，協調的；【樂】和聲的；【數】調和的

harmoniser [armɔnize] *v. t.* 使調和，使和諧；【樂】配和聲，配伴奏

harmonium [armɔnjɔm] *n. m.* 簧風琴

*harnachement [arnaʃmã] n. m. 套馬具, 上鞍轡; 馬具; 〖俗〗笨重或可笑的裝束

*harnacher [arnaʃe] v. t. 套馬具, 上鞍轡; 〖俗〗使穿戴得笨重可笑

*harnais [arnɛ] n. m. 馬具, 鞍轡

*haro [aro] n. m. crier ～ sur 〖俗〗大叫大喊地反對

harpagon [arpagɔ̃] n. m. 吝嗇鬼

*harpe [arp] n. f. 竪琴

*harpie [arpi] n. f. 〖希神〗鳥身女妖; 兇貪貪婪的人; 悍婦, 惡女人; 産於南美的一種大鷹

*harpiste [arpist] n. 竪琴演奏者

*harpon [arpɔ̃] n. m. (捕鯨等用的)魚鏢, 鏢頭

*harponnage [arpɔnaːʒ], *harponnement [arpɔnmã] n. m. 用魚鏢, 鏢頭擊中

*harponner [arpɔne] v. t. 用魚鏢, 鏢頭擊中; 〖俗〗抓住

*harponneur [arpɔnœːr] n. m. 魚鏢手, 鯨炮手

*hart [ar] n. f. 捆柴柳條; 絞索; 絞刑

*hasard [azaːr] n. m. 偶然, 機遇, 巧合; 風險, 危險; au ～ loc. adv. 盲目地; à tout ～ loc. adv. 以防萬一, 碰運氣; par ～ loc. adv. 偶然地, 意外地

*hasarder [azarde] v. t. 拿…去冒險; 冒險地進行, 碰…運氣; 把(意見等)豁出去

*hasardeux, se [azardø, øːz] a. 冒險從事的, 有風險的

*haschisch, *hachisch [aʃiʃ] n. m. 印度大麻

*hase [ɑːz] n. f. 雌野兔

*hâte [ɑːt] n. f. 急忙, 匆忙; à la ～ loc. adv. 急忙地, 匆忙地; en ～ loc. adv. 趕緊

*hâter [ɑte] v. t. 加速, 加快; 提前; 催促 v. pr. 趕緊, 趕快

*hâtif, ve [ɑtif, iːv] a. 早來的; 早熟的; 倉促的

*hauban [obã] n. m. 【船】(桅的)側支索; (支撑桅的)靜索; 【技】支索, 穩索

*haubaner [obane] v. t. (用支索、穩索)固定

*hausse [oːs] n. f. 提高, 上升; (價格的)上漲; 漲價; 瞄準器

*hausse-col [oskɔl] (pl. ～(s)) n. m. (古時軍人所帶的)頸甲, 護喉

*haussement [osmã] n. m. 增高, 提高

*hausser [ose] v. t. 加高, 提高 v. i. 升高; 漲價

*haussier [osje] n. m. 多頭〔指在交易所中買空的投機者〕

*haut, e [o, oːt] a. 高的; 抬高的; 地勢高的, (河流)上游的; (年代)古的; 强烈的; 響亮的, 音調高的; 昂貴的; 職位高的, 上層的; 高超的, 高等的; 高尚的, 高貴的 n. m. 高; 高處; 上端, 頂端 adv. 高高地; 高聲地; en ～, là～ loc. adv. 在上面, 在高處

*hautain, e [otɛ̃, ɛn] a. 高傲的

*hautbois [obwɑ] n. m. 雙簧管

*hautboïste [oboist] n. 雙簧管吹奏者

*hautement [otmã] adv. 公開地, 明確地; 堅決地; 高度地

*hauteur [otœːr] n. f. 高度; 高地; 高超, 優異; 高傲

*haut-fond [ofɔ̃] (pl. ～s-～s) n. m. 淺灘

*haut fourneau [ofurno] (pl. ～s-～x) n. m. 【冶】高爐

*haut-le-cœur [olkœːr] n. m. inv. 惡心; 厭惡

*haut-parleur [oparlœːr](pl. ～s) n. m. 揚聲器, 喇叭

*haut-relief [orəljɛf] (pl. ～s-～s) n. m. 【藝】高浮雕

*hauturier, ère [otyrje, ɛːr] a. 遠洋的

*havage [avaːʒ] n. m. 【採】底部截槽

*havane [avan] n. m. 哈瓦那烟葉,哈瓦那雪茄 a. inv. 淺栗色的

*hâve [ɑ:v] a. 蒼白消瘦的

*haveneau [avno] (pl. ~x), *havenet [avnɛ] n. m. 【漁】撈網

*haveur, se [avœ:r, ø:z] n. m. (底部截槽)截煤工 n. f. (底部截槽)截煤機

*havre [ɑ:vr] n. m. 小港口

*havresac [ɑ[a]vrəsak] n. m. 軍用背囊;背包

hawaïen, ne, hawaiien, ne [awajɛ̃, ɛn] a. 夏威夷羣島的 n. H~ 夏威夷夷人

H. C. H. 【化】六六六, 六氯環己烷 [hexachlorocyclohexane 的縮寫]

*hé! [e] interj. 唉! 咳! 喂! 哎! 〔用於招呼,表示驚訝、遺憾等〕

*heaume [o:m] n. m. (中世紀武士的)柱形尖頂頭盔

hebdomadaire [ɛbdɔmadɛ:r] a. 每週一次的,一週的 n.m. 週刊,週報

hébergement [ebɛrʒəmɑ̃] n. m. 接待,收容,留宿

héberger [ebɛrʒe] v. t. [c. 2]接待,收容;留宿

hébétement [ebɛ[e]tmɑ̃] n. m. 遲鈍,愚笨

hébéter [ebete] v. t. [c. 7]使遲鈍,使愚笨

hébétude [ebetyd] n. f. 遲鈍

hébraïque [ebraik] a. 希伯來人的,希伯來的

hébraïsant, e [ebraizɑ̃, ɑ̃:t] a.,n. 研究希伯來語的(人)

hébreu [ebrø] (pl. ~x) n. m. 希伯來語 a. m. 希伯來人的,希伯來語的

hécatombe [ekatɔ̃:b] n. f. (古希臘)百牲大祭,百牲大祭;大屠殺

hectare [ɛkta:r] n. m. 公頃〔代號爲 ha〕

hectogramme [ɛktɔgram] n. m. 百克〔代號爲 hg〕

hectolitre [ɛktɔlitr] n. m. 百升〔代號爲 hl〕

hectomètre [ɛktɔmɛtr] n. m. 百米〔代號爲 hm〕

hectométrique [ɛktɔmetrik] a. 百米的

hectowatt [ɛktɔwat] n. m. 【電】百瓦〔代號爲 hw〕

hédonisme [edɔnism] n. m. 【哲】享樂主義

hégélianisme [egeljanism] n. m. 【哲】黑格爾哲學說

hégélien, ne [egeljɛ̃, ɛn] a. 黑格爾的,黑格爾哲學說的 n. 黑格爾的信徒

hégémonie [eʒemɔni] n. f. 霸權,盟主權

hégémonisme [eʒemɔnism] n. m. 霸權主義

hégire [eʒi:r] n. f. 回曆紀元,伊斯蘭教曆紀元〔公元 622 年爲其元年〕

*hein! [ɛ̃] interj. 《俗》嗯! 咿! 〔表示疑問、驚訝等〕

hélas! [elɑ:s] interj. 唉! 咳! 哎呀! 〔表示悲嘆、失望、遺憾、惋惜等〕

*héler [ele] v. t. [c. 6]用傳聲筒喚呼(船隻);喚呼,叫

hélianthe [eljɑ̃:t] n. m. 向日葵

hélice [elis] n. f. 【數】螺旋綫;【船,空】螺旋推進器,螺旋槳;【建】螺旋綫飾

hélicoïdal, ale [elikɔidal] (pl. ~aux) a. 螺旋形的

hélicoptère [elikɔptɛ:r] n. m. 直升飛機

héligare [eliga:r] n. f. 直升飛機航空站

héliocentrisme [eljɔsɑ̃trism] n. m. 【天】日心說,太陽中心說

héliochromie [eljɔkrɔmi] n. f. 天然彩色照相術

héliodyne [eljɔdin] n. m. 太陽爐

héliofuge [eljɔfy:ʒ] a. 【植】避陽的,嫌陽的

héliogravure [eljɔgravy:r] n. f. 照相凹版術〔縮寫爲 hélio [eljo]〕

hélion [eljɔ̃] n. m. 【物】α 質點, α 爲 hl〕

粒子

héliothérapie [eljɔterapi] *n. f.* 日光療法

héliotrope [eljɔtrɔp] *n. m.* 天芥菜

héliotropisme [eljɔtrɔpism] *n. m.* 【植】向日性

héliport [elipɔːr] *n. m.* 直升飛機機場

hélium [eljɔm] *n. m.* 【化】氦

hélix [eliks] *n. m.* 【解】耳輪;【動】大蝸牛

Heliène [e(ɛl)lɛn] *n.* 希臘人

hellénique [e(ɛl)lenik] *a.* 古希臘的

helléniser [e(ɛl)lenize] *v. t.* 使希臘化

hellénisme [e(ɛl)lenism] *n. m.* 希臘語特有的表達方式;古希臘文化

helléniste [e(ɛl)lenist] *n.* 古希臘語學者

helminthe [ɛlmɛ̃ːt] *n. m.* 寄生蠕蟲

helvétique [ɛlvetik] *a.* 瑞士的

*****hem!** [ɛm] *interj.* 哼! 呀! 〔用於招呼或表示疑問〕

hématie [emati] *n. f.* 紅細胞,紅血球

hématite [ematit] *n. f.* 赤鐵礦

hématurie [ematyri] *n. f.* 【醫】血尿

héméralopie [emeralɔpi] *n. f.* 夜盲症

hémérocalle [emerɔkal] *n. f.* 萱草

hémicycle [emisikl] *n. m.* 【建】半圓(室),半圓建築;半圓梯形會場

hémiplégie [empleʒi] *n. f.* 偏癱,半身不遂

hémiplégique [emipleʒik] *a.* 偏癱的,半身不遂的;患偏癱的 *n.* 偏癱患者

hémiptères [emiptɛːr] *n. m. pl.*【昆】半翅目

hémisphère [emisfɛːr] *n. m.* 半球

hémisphérique [emisferik] *a.* 半球形的

hémistiche [emistiʃ] *n. m.* 半句詩句

hémoglobine [emɔglɔbin] *n. f.* 【生化】血紅蛋白

hémolyse [emɔliːz] *n. f.* 【醫】溶血(作用)

hémophilie [emɔfili] *n. f.* 【醫】血友病

hémoptysie [emɔptizi] *n. f.* 咯血

hémorragie [emɔraʒi] *n. f.* 【醫】出血;生命或財富的損失

hémorragique [emɔraʒik] *a.* 出血的

hémorroïde [emɔrɔid] *n. f.* 痔,痔瘡

hémostase [emɔstɑːz], **hémostasie** [emɔstɑzi] *n. f.* 【醫】止血

hémostatique [emɔstatik] *a.* 止血的 *n. m.* 止血藥;止血用具

hendécasyllabe [ɛ̃dekasilab] *a., n. m.* 十一音節的(詩句)

*****henné** [e(ɛn)ne] *n. m.* 【植】散沫花;散沫花染色粉

*****hennir** [eniːr] *v. i.* (馬)嘶,叫

*****hennissement** [enismɑ̃] *n. m.* 馬嘶聲,馬叫聲

hépatalgie [epatalʒi] *n. f.* 肝痛

hépatique [epatik] *a.* 肝的;患肝病的 *n.* 肝病患者 *n. f. pl.*【植】苔綱

hépatisme [epatism] *n. m.* 慢性肝病

hépatite [epatit] *n. f.* 肝炎

hépatomégalie [epatɔmegali] *n. f.* 肝腫大

heptagone [ɛptagɔn] *a.* 有七角的,七邊形的 *n. m.* 七邊形,七角形

héraldique [eraldik] *a.* 紋章的 *n. f.* 紋章學

héraldiste [eraldist] *n.* 紋章學家

*****héraut** [ero] *n. m.* (中世紀的)傳令官,承宣官

herbacé, e [ɛrbase] *a.*【植】草質的

herbage [ɛrbaːʒ] *n. m.* 牧場,牧地

herbager, ère [ɛrbaʒe, ɛːr] *n.* 放牧者,牧人

herbager [ɛrbaʒe] *v. t.* [c. 2] 放牧

herbe [ɛrb] *n. f.* 草;草地;en ～ 尚未成熟的(麥子等);未來的(醫生等)

herbette [ɛrbɛt] *n. f.* 〖詩〗淺草,細草

herbeux, se [ɛrbø, øːz] *a.* 長草的,草茂密的

herbicide [ɛrbisid] *a.* 除莠的 *n.m.* 除莠劑

herbier [ɛrbje] *n.m.* 蠟葉標本集, 植物圖集

herbivore [ɛrbivɔːr] *a.* 食草的, 草食性的 *n.m.* 草食動物

herborisation [ɛrbɔrizɑsjɔ̃] *n.f.* 採集植物標本; 採集藥草

herboriser [ɛrbɔrize] *v.i.* 採集植物標本, 採集藥草

herboriseur [ɛrbɔrizœːr] *n.m.* 植物標本採集者, 藥草採集者

herboriste [ɛrbɔrist] *n.* 草藥商

herboristerie [ɛrbɔristri] *n.f.* 草藥店, 草藥業

herbu, e [ɛrby] *a.* 長滿草的

hercule [ɛrkyl] *n.m.* 大力士

herculéen, ne [ɛrkyleɛ̃, ɛn] *a.* 力大無比的

*ꞏ**hère** [ɛːr] *n.m.* 窮鬼

héréditaire [ereditɛːr] *a.* 世襲的, 繼承的; 遺傳的

hérédité [eredite] *n.f.* 繼承, 世襲; 遺傳

hérédo- *préf.* 表示 "遺傳、遺傳性" 的意思

hérésiarque [erezjark] *n.m.* 異端創始人

hérésie [erezi] *n.f.* 異端, 邪說

hérétique [eretik] *a.* 異端的; 沾染異端思想的 *n.* 異端分子

*ꞏ**hérissement** [erismɑ̃] *n.m.* (毛、髮等的) 豎起

*ꞏ**hérisser** [erise] *v.t.* 豎起, 使豎起 〔指毛髮, 動物的毛、羽〕; 給…佈滿 (尖形物)

*ꞏ**hérisson** [erisɔ̃] *n.m.* 刺蝟; 脾氣不好的人, 難以親近的人

héritage [erita:ʒ] *n.m.* 繼承; 遺產, 繼承物

hériter [erite] *v.i.* 繼承遺產 *v.t.* 繼承, 承襲

héritier, ère [eritje, ɛːr] *n.* 繼承人; 遺

產繼承人

hermaphrodite [ɛrmafrɔdit] *a.* 雌雄同體的; 雌雄同株的; 兩性畸形的 *n.m.* 兩性畸形患者

herméticité [ɛrmetisite] *n.f.* 密閉, 密封

hermétique [ɛrmetik] *a.* 密封的, 密閉的; 費解的

hermine [ɛrmin] *n.f.* 白鼬; 白鼬皮

herminette [ɛrminɛt] *n.f.* 橫斧

*ꞏ**herniaire** [ɛrnjɛːr] *a.* 疝的

*ꞏ**hernie** [ɛrni] *n.f.* 【醫】疝

héroï-comique [erɔikɔmik] *a.* 【文】既壯烈又詼諧的

héroïne [erɔin] *n.f.* 女英雄; (文學作品中的) 女主人公; (某一事件中的) 女主角, 主要女當事人; 【藥】海洛因

héroïque [erɔik] *a.* 英雄的, 英勇的; 劇烈的 (指藥劑)

héroïsme [erɔism] *n.m.* 英雄主義, 英雄氣概

*ꞏ**héron** [erɔ̃] *n.m.* 鷺

*ꞏ**héros** [ero] *n.m.* 英雄; (文學作品中的) 主人公; (某一事件中的) 主角, 主要當事人; 【神】神人, 半神

herpès [ɛrpɛs] *n.m.* 【醫】疱疹

herpétique [ɛrpetik] *a.* 疱疹性的

herpétisme [ɛrpetism] *n.m.* 疱疹素質

*ꞏ**hersage** [ɛrsa:ʒ] *n.m.* 耙地

*ꞏ**herse** [ɛrs] *n.f.* 釘齒耙; (古代城堡的) 狼牙閘門

*ꞏ**herser** [ɛrse] *v.t.* 耙

*ꞏ**herseur, se** [ɛrsœːr, øːz] *a.* 耙地的 *n.* 耙地者 *n.f.* 機引耙

hertz [ɛrts] *n.m.* 【電】赫 (茲) 〔頻率單位, 代號爲 Hz〕

hertzien, ne [ɛrts(dz)jɛ̃, ɛn] *a.* ondes ～nes 【無】赫茲波, 電磁波

hésitation [ezitɑsjɔ̃] *n.f.* 躊躇, 猶豫, 遲疑

hésiter [ezite] *v.i.* 躊躇, 猶豫, 遲疑

hétéroclite [eterɔklit] *a.* 不合規則

的; 拼凑的; 古怪的

hétérodoxe [eterɔdɔks] *a.* 異端的; 非正統的 *n.* 持異端的人

hétérodoxie [eterɔdɔksi] *n. f.* 異端

hétérodyne [eterɔdin] 【無】 *a.* 外差振盪(器)的 *n. f.* 外差振盪器

hétérogène [eterɔʒɛn] *a.* 異質的; 混雜的

hétérogénéité [eterɔʒeneite] *n. f.* 異質; 混雜

***hêtraie** [ɛtrɛ] *n. f.* 山毛櫸苗林

***hêtre** [ɛtr] *n. m.* 【植】山毛櫸

***heu!** [ø] *interj.* 嗯! 〔表示驚訝、冷淡等〕

heure [œ:r] *n. f.* 小時; …點鐘, 時; 時間; 時刻, 時候; de bonne ~ *loc. adv.* 大清早, 早; sur l' ~ *loc. adv.* 立即, 立刻; tout à l' ~ *loc. adv.* 待一會兒; 剛才

heureusement [œrøzmɑ̃] *adv.* 幸好, 幸而; 完滿地; 成功地

heureux, se [œrø, ø:z] *a.* 幸福的; 高興的; 走運的; 令人高興的; 吉祥的; 難能可貴的, 巧妙的 *n.* 幸福的人; 幸運的人

***heurt** [œ:r] *n. m.* 撞, 碰撞; (意見等)的衝突; (色彩等的)強烈對比

*heurté e [œrte] *a.* 形成強烈對比的

*heurter [œrte] *v. t.* 撞, 碰撞; 觸犯, 傷及 *v. i.* 敲擊(門、窗)

*heurtoir [œrtwa:r] *n. m.* 叩門錘; 【鐵】止衝器

hexagonal, ale [ɛgzagɔnal] (*pl. ~aux*) *a.* 六邊形的, 六角形的

hexagone [ɛgzagɔn] *a.* 有六角的; 六邊形的, 六角形的 *n. m.* 六邊形, 六角形

hexamètre [ɛgzamɛtr] *a., n. m.* 六音步的(詩句)

hiatus [jatys] *n. m.* 【語】元音重複; 中斷, 間斷; 間隙; 【解】裂孔

hibernal, ale [ibɛrnal] (*pl. ~aux*) *a.* 冬季的

hibernation [ibɛrnasjɔ̃] *n. f.* 冬蟄, 冬眠

hiberner [ibɛrne] *v. i.* 冬蟄, 冬眠

***hibou** [ibu] (*pl. ~x*) *n. m.* 耳鴞, 貓頭鷹

***hic** [ik] *n. m.* 〔無 *pl.*〕 〔俗〕^結, 關鍵

hidalgo [idalgo] *n. m.* 〔西〕西班牙最低級貴族

***hideur** [idœ:r] *n. f.* 極醜; 醜惡

***hideux, se** [idø, ø:z] *a.* 極醜的, 極可怕的; 醜惡的, 令人厭惡的

***hie** [i] *n. f.* 夯

hier [jɛ:r] *adv.* 昨天; 最近

*hier [je] *v. t.* 夯, 夯入

*hiérarchie [jerarʃi] *n. f.* 等級, 等級制度

*hiérarchique [jerarʃik] *a.* 等級的

*hiérarchiser [jerarʃize] *v. t.* 分成等級; 按等級制度組織

hiératique [jeratik] *a.* 【宗】聖事的; 按宗教儀式的

hiéroglyphe [jerɔglif] *n. m.* (古埃及的)象形文字; 潦草難認的字

hiéroglyphique [jerɔglifik] *a.* (古埃及)象形文字的; 潦草難認的〔指字〕

*highlander [ajlɑ̃dœ:r] *n. m.* 〔英〕蘇格蘭高地人, 蘇格蘭高地居民

hilarant, e [ilarɑ̃, ɑ̃:t] *a.* 引人發笑的

hilare [ila:r] *a.* 歡笑的, 高興的

hilarité [ilarite] *n. f.* 鬨笑

*hile [il] *n. m.* 【解】(臟器的)門; 【植】種臍

himalayen, ne [imalajɛ̃, ɛn] *a.* 喜馬拉雅山脈的 *n.* H~ 喜馬拉雅山區居民

hindou, e [ɛ̃du] *a.* 印度的, 印度人的 *n.* H~ 印度人; 印度教教徒

hindouisme [ɛ̃dwism] *n. m.* 印度教

hippie [ipi] *n., a.* 〔美〕嬉皮士(的)〔指美國頹廢派青年〕

hippique [ipik] *a.* 馬的; 馬術運動的

hippisme [ipism] *n. m.* 馬術運動

hippocampe [ipɔkɑ̃:p] *n. m.* 【魚】海

馬

hippodrome [ipɔdro:[ɔ]m] *n. m.* （古代）
戰車或馬的競賽場；賽馬場，跑馬場

hippomobile [ipɔmɔbil] *a.* 馬拖的，
馬拉的

hippophagie [ipɔfaʒi] *n. f.* 食馬肉的
習慣

hippopotame [ipɔpɔtam] *n. m.* 河
馬；〔俗〕大胖子

hippotechnie [ipɔtɛkni] *n. f.* 馴馬
術，養馬術

hirondelle [irɔ̃dɛl] *n. f.* 燕子

hirsute [irsyt] *a.* 蓬亂的；粗野的

hispanique [ispanik] *a.* 西班牙的

hispanisant, e [ispanizɑ̃, ɑ̃:t] *n.* 研究
西班牙的專家

hispano-américain, e [ispanoamerikɛ̃,
ɛn] *a.* 通行西班牙語的美洲的 *n.*
H～-A～ 說西班牙語的美洲人

*****hisser** [ise] *v. t.* （用繩等）弔起 ~
pr. 攀登，爬上

histoire [istwa:r] *n. f.* 歷史，史；始末，
經過；故事；虛構的事；不愉快的事，麻煩
事

histologie [istɔlɔʒi] *n. f.* 組織學

historicité [istɔrisite] *n. f.* 歷史性，歷
史真實性

historien, ne [istɔrjɛ̃, ɛn] *n.* 歷史家，
歷史學家

historier [istɔrje] *v. t.* 加上小裝飾畫

historiette [istɔrjɛt] *n. f.* 小故事，逸
聞，趣聞

historiographe [istɔrjɔgraf] *n. m.* （政
府任命的）歷史修纂者

historique [istɔrik] *a.* 歷史的 *n. m.*
（按年代順序的）紀事，叙述，沿革

histrion [istriɔ̃] *n. m.* （古代的）笑劇
演員，丑角；蹩腳演員

hitlérien, ne [itlerjɛ̃, ɛn] *a.* 希特勒
的，希特勒主義的 *n.* 希特勒分子

hiver [ivɛ:r] *n. m.* 冬季，冬天

hivernage [ivɛrnaːʒ] *n. m.* 熱帶的雨
季；冬前翻耕；【海】冬季停航期；(停航期

的)停泊港

hivernal, ale [ivɛrnal] （*pl.* ~*aux*） *a.*
冬季的，冬天的

hiverner [ivɛrne] *v. i.* 過冬，越冬 *v.
t.* 冬前翻耕

*****ho!** [o] *interj.* 喂！哎！〔用來招呼〕；
喔！〔表示吃驚、憤怒或讚嘆〕

*****hobereau** [ɔbro] （*pl.*~*x*） *n. m.* 燕
隼；鄉紳，小貴族地主

*****hochement** [ɔʃmɑ̃] *n. m.* ~de tête
點頭，搖頭

*****hochequeue** [ɔʃkø] *n. m.* 白鶺鴒

*****hocher** [ɔʃe] *v. t.* ~la tête 點頭，
搖頭

*****hochet** [ɔʃɛ] *n. m.* （搖動時發出聲
音的)幼兒玩具

*****hockey** [ɔkɛ] *n. m.* 【英】曲棍球

*****holà!** [ɔla] *interj.* 喂！〔用來招呼〕
好啦！〔表示叫人慢一點或停下來〕 *n.
m. inv.* mettre le ~ 〔俗〕制止（爭
端、胡鬧等)

*****holding** [ɔldiŋ] *n. m.* 【英】持股公
司，股權公司

*****hollandais, e** [ɔlɑ̃dɛ, ɛ:z] *a.* 荷蘭的
n. H～ 荷蘭人 *n. m.* 荷蘭語

*****hollande** [ɔlɑ̃d] *n. m.* 荷蘭乾酪
n. f. 荷蘭亞麻細布；一種馬鈴薯

holmium [ɔlmjɔm] *n. m.* 【化】鈥

holocauste [ɔlɔko:st] *n. m.* 燔祭（把
祭品全部燒掉的猶太教祭祀）；(燔祭的)
祭品；犧牲

hologramme [ɔlɔgram] *n. m.* 【光】全
息照相；綜合衍射圖

holothurie [ɔlɔtyri] *n. f.* 海參

*****homard** [ɔma:r] *n. m.* 鰲蝦

*****home** [o:m] *n. m.* 【英】家；家庭生活

homélie [ɔmeli] *n. f.* 說教，講道；乏
味的訓誡

homéopathe [ɔmeɔpat] *a.* 主張類似
療法的 *n.* 類似療法論者；施行類似
療法的醫生

homéopathie [ɔmeɔpati] *n. f.* 類似
療法，順勢療法

homérique [ɔmerik] *a.* 荷馬的;荷馬風格的

homicide [ɔmisid] *n.* 殺人犯,兇手 *a.* 用以殺人的 *n. m.* 殺人

hommage [ɔmaːʒ] *n. m.* (封建時期附庸對封主的)臣從宣誓;尊崇,尊敬,敬意;(敬贈的)禮物; *pl.* (男子對婦女的)敬意,致意

hommasse [ɔmas] *a.* 像男人一樣的,男性化的

homme [ɔm] *n. m.* 人;男人;成年男人,男子漢;被領導的人(指士兵等)

homme-grenouille [ɔmgrənuj] (*pl.* ~ *s-* ~ *s*) *n. m.* 蛙人(潛水員)

homogène [ɔmɔʒɛn] *a.* 同質的,均質的,均勻的

homogénéiser [ɔmɔʒeneize] *v. t.* 使同質,使均質,使均勻

homogénéité [ɔmɔʒeneite] *n. f.* 同質性,均質性,均勻性

homologation [ɔmɔlɔɡɑsjɔ̃] *n. f.* 核准,批准;承認;【法】認可

homologue [ɔmɔlɔɡ] *a.* 【數】對應的;【化】同系的 *n.* 對等者,對應者

homologuer [ɔmɔlɔɡe] *v. t.* 核准,批准;承認有效,承認合格;【法】認可

homonyme [ɔmɔnim] *a.* 同音異義的 *n. m.* 同音異義詞;同姓名的人;同名或名字同的城市

homonymie [ɔmɔnimi] *n. f.* 同音異義;同形異義

homophone [ɔmɔfɔn] *a.* 同音異義的 *n. m.* 同音異義詞

honnête [ɔnɛt] *a.* 誠實的,正直的;適當的,適中的;令人滿意的,過得去的;彬彬有禮的 *n. m.* 誠實,正直

honnêteté [ɔnɛtte] *n. f.* 誠實,老實,正直

honneur [ɔnœːr] *n. m.* 榮譽,名譽,光榮,體面;尊敬,敬意,貞潔; *pl.* 高官顯爵;(紙牌戲中的)大牌(指 A, K, Q, J)

*****honnir** [ɔniːr] *v. t.* 〖舊〗羞辱,公然奚落

honorabilité [ɔnɔrabilite] *n. f.* 可尊敬,可敬之處;信譽

honorable [ɔnɔrabl] *a.* 可尊敬的,令人尊敬的;足够的

honoraire [ɔnɔrɛːr] *a.* 名譽的 *n. m. pl.* (自由職業者的)酬金

honorariat [ɔnɔrarja] *n. m.* 名譽頭銜,名譽資格

honorer [ɔnɔre] *v. t.* 尊敬;給…帶來榮譽;使…感到榮幸;付以酬金,支付 *v. pr.* 以…爲榮

honorifique [ɔnɔrifik] *a.* 榮譽的,帶來榮譽的

*****honte** [ɔ̃t] *n. f.* 恥辱,羞恥;羞愧,慚愧

*****honteux, se** [ɔ̃tø, øz] *a.* 可恥的,不光彩的;感到羞恥的,感到慚愧的;羞怯的

*****hop!** [ɔp] *interj.* 嗨!(用來鼓勵對方)

hôpital [ɔ[o]pital] (*pl.* ~ *aux*) *n. m.* 醫院

hoquet [ɔkɛ] *n. m.* 嗝兒,呃逆

*****hoqueter** [ɔkte] *v. i.* [c. 5]打嗝,打呃

horaire [ɔrɛːr] *a.* 時間的;每小時的 *n. m.* 時刻表;時間表

*****horde** [ɔrd] *n. f.* 游牧部落;烏合之衆

*****horion** [ɔrjɔ̃] *n. m.* 毆打,痛打

horizon [ɔrizɔ̃] *n. m.* 水平線,地平線;天際;視野;眼界;前景,遠景

horizontal, ale [ɔrizɔtal] (*pl.* ~ *aux*) *a.* 水平的,地平的;橫的 *n. f.* 水平線,水平位

horizontalité [ɔrizɔtalite] *n. f.* 水平度,地平程度,水平狀態

horloge [ɔrlɔːʒ] n. f. 時鐘, 鐘

horloger, ère [ɔrlɔʒe, ɛːr] a. 鐘錶的
n. 鐘錶匠, 鐘錶商

horlogerie [ɔrlɔʒri] n. f. 鐘錶業; 鐘錶; 鐘錶店, 鐘錶工場

*hormis [ɔrmi] prép. 除了, 除…外

hormone [ɔrmɔn] n. f. 【生化】激素

hormonothérapie [ɔrmɔnɔterapi] n.
f. 激素療法

horoscope [ɔrɔskɔp] n. m. 占星; 占卜

horreur [ɔrœːr] n. f. 恐怖; 憎惡, 厭惡; 可怕, 慘; 〖俗〗奇醜的人; pl. 慘事; 暴行; 粗話

horrible [ɔribl] a. 可怕的, 令人恐怖的; 極壞的

horrifier [ɔrifje] v. t. 使恐怖, 使恐懼; 使吃驚

horrifique [ɔrifik] a. 造成恐怖的, 使人害怕的

horripilant, e [ɔripilɑ̃, ɑ̃ːt] a. 激怒人的, 令人惱火的

horripilation [ɔripilɑsjɔ̃] n. f. 毛髮悚然, 戰慄而起鷄皮疙瘩; 〖俗〗惱火

horripiler [ɔripile] v. t. 使毛髮悚然, 使起鷄皮疙瘩; 〖俗〗使惱火

*hors [ɔːr] prép. 在…以外, 除…以外; ~ de loc. prép. 在…以外; 脫離 (某影響或狀態)

*hors-d'œuvre [ɔrdœːvr] n. m. inv. (主菜前的) 冷盆; (文學藝術作品中的) 附加部分, 插曲

*hors-la-loi [ɔrlalwa] n. m. inv. 不受法律保護的人; 不法之徒

*hors-texte [ɔrtɛkst] n. m. inv. (書中的) 插頁插圖

hortensia [ɔrtɑ̃sja] n. m. 綉球花

horticole [ɔrtikɔl] a. 園藝的

horticulteur [ɔrtikyltœːr] n. m. 園藝家

horticulture [ɔrtikyltyːr] n. f. 園藝

hortillonnage [ɔrtijɔnaːʒ] n. m. (法國庇卡底低窪地區的) 蔬菜地

hospice [ɔspis] n. m. (老、弱、病、殘、孤兒等的) 收容所, 濟貧院

hospitalier, ère [ɔspitalje, ɛːr] a. 醫院的; 收容所的; 看護病人的〔指舊時某些修會的修士或修女〕; 好客的, 招待殷勤的 n. 慈善團中的修士或修女

hospitalisation [ɔspitalizɑsjɔ̃] n. f. 住醫院, 收進醫院

hospitaliser [ɔspitalize] v. t. 收進醫院, 送進醫院; 收進收容所

hospitalité [ɔspitalite] n. f. 好客, 款待; 接待

hostie [ɔsti] n. f. 【宗】聖餐麵餅, 聖體餅

hostile [ɔstil] a. 敵意的, 敵對的

hostilité [ɔstilite] n. f. 敵意, 敵對行爲; pl. 戰爭 (狀態)

hôte, sse [oːt, otɛs] n. m. 主人, 東道主; 客人; 旅館老闆; ~ sse (de l'air) (客機上的) 女服務員

hôtel [ɔ[o]tɛl] n. m. 旅館, 大飯店; 大廈, 大樓

hôtel-Dieu [ɔ[o]tɛldjø] (pl. ~s-~) n. m. (巴黎等城市的) 市立醫院

hôtelier, ère [ɔ[o]təlje, ɛːr] a. 旅館的, 旅館業的 n. 旅館老闆

hôtellerie [ɔ[o]tɛlri] n. f. (供膳食的) 小旅館; 高級飯店; 旅館業

*hotte [ɔt] n. f. 背簍, 背筐; 通風罩

*hottée [ɔte] n. f. 一背簍之量

*hou! [u] interj. 嗥! 呸! 〔用以表示指責、嚇唬、羞辱等〕

*houblon [ublɔ̃] n. m. 【植】啤酒花, 忽布, 蛇蔴

*houblonnière [ublɔnjɛːr] n. f. 啤酒花田

*houe [u] n. f. 鋤

*houer [we] v. t. 鋤 (地)

*houille [uj] n. f. 煤; ~ blanche (瀑布) 水力, 水能

*houiller, ère [uje, ɛːr] a. 煤的; 有煤層的 n. m. 【地質】石炭紀 n. f. 煤礦

houilleur [ujœ:r] *n. m.* 煤礦工人

houle [ul] *n. f.* (海上的)長浪,湧浪,激烈,熱烈

houlette [ulɛt] *n. f.* (牧羊人用的)鏟頭牧棒;小鏟

houleux, se [uló, ø:z] *a.* 波濤洶湧的;騷動的,亂鬧鬧的

houppe [up] *n. f.* (羊毛、絲等的)簇,束,纓子;簇髮;鳥冠

houppelande [uplɑ̃:d] *n. f.* 寬袖長外套

houppette [upɛt] *n. f.* 小簇,小束,小纓子;小粉撲

hourdage [urda:ʒ], ***hourdis** [urdi] *n. m.* 【建】亂石砌體;打底灰泥層

hourder [urde] *v. t.* 用亂石填砌;在…上塗抹灰泥

hourra [ura], ***hurrah** [ura] *n. m.* 歡呼聲 *interj.* 好哇!

hourvari [urvari] *n. m.* 【狩獵】喚獵狗聲;喧嘩

houseaux [uzo] *n. m. pl.* (騎馬時用的)皮綁腿

houspiller [uspije] *v. t.* 責罵,斥責

housse [us] *n. f.* 鞍褥;(傢具等的)布套

houssine [usin] *n. f.* 柔韌的細棒

houx [u] *n. m.* 【植】枸骨葉冬青

hoyau [wajo] (*pl.* ~x) *n. m.* 鐝頭

H. P. C. 締約國,締約各方 〔Hautes Parties Contractantes 的縮寫〕

hublot [yblo] *n. m.* (船,空)舷窗

huche [yʃ] *n. f.* 大木箱

hue! [y] *interj.* 吁!〔趕馬向前或向右轉的呼喚聲〕

huées [ɥe] *n. f. pl.* 一片嘲罵聲,一片喝倒彩聲

huer [ɥe] *v. t.* 嘲罵,喝倒彩 *v. i.* (貓頭鷹)叫

huguenot, e [ygno, ɔt] *a.* 胡格諾派的 *n.* 胡格諾派(法國天主教徒對加爾文派教徒的稱呼)

huilage [ɥila:ʒ] *n. m.* 浸油;上油,擦油,塗油

huile [ɥil] *n. f.* 油;油畫; *pl.* 〖俗〗大人物,權威人士

huiler [ɥile] *v. t.* 浸油;上油,擦油,塗油

huilerie [ɥilri] *n. f.* 製油業;榨油廠,油坊;油店

huileux, se [ɥilø, ø:z] *a.* 油質的,含油的;油狀的,油光光的

huilier, ère [ɥilje, ɛ:r] *n. m.* (餐桌上的)佐料瓶架;油商 *a.* 油類製造的;油類買賣的

huis [ɥi] *n. m.* à ~ clos 禁止旁聽

huisserie [ɥisri] *n. f.* 門框,窗框

huissier [ɥisje] *n. m.* 掌門官;看門人,傳達員,庶務人員;【法】執達員

*huit [ɥit] 〔在輔音前讀 [ɥi]〕*a. num.* 八;第八 *n. m.* 八

*huitaine [ɥitɛn] *n. f.* 八個左右;八天,一星期

*huitième [ɥitjɛm] *a. num. ord.* 第八 *n.* 第八個 *n. m.* 八分之一

*huitièmement [ɥitjɛmmɑ̃] *adv.* 第八

huître [ɥitr] *n. f.* 牡蠣,蠔;〖俗〗蠢貨

*hulotte [ylɔt] *n. f.* 【鳥】灰林鴞

*hum! [œm] *interj.* 嗯!哼!〔表示不耐煩、懷疑等〕

humain, e [ymɛ̃, ɛn] *a.* 人的,人類的;人道的;通人情的 *n. m.* 人,人類;人間

humaniser [ymanize] *v. t.* 使爲人們所能理解,使變得仁慈,使使通人情,使更文明

humanisme [ymanism] *n. m.* 【哲,文】人文主義,人道主義

humaniste [ymanist] *n. m.* 人文學者;人道主義者 *a.* 人文主義的,人道主義的

humanitaire [ymanitɛ:r] *a.* 人道主義的 *n.* 人道主義者

humanitarisme [ymanitarism] *n. m.* 人道主義

humanité [ymanite] n. f. 人類；人性，
人道，仁愛； pl. 人文科學

humble [œ:bl] a. 謙遜的，謙恭的；卑
賤的；簡陋的

humectage [ymɛkta:ʒ] n. m. 潤濕，沾
濕

humecter [ymɛkte] v. t. 潤濕，使沾濕

*humer** [yme] v. t. 吮，吸；嗅，聞

huméral, ale [ymeral] (pl. ~ aux) a.
肱的；肱骨的

humérus [ymerys] n. m. 肱骨

humeur [ymœ:r] n. f. 性情，情緒；體
液

humide [ymid] a. 潮濕的，濕的 n.
m. 濕，潮濕

humidification [ymidifikasjɔ̃] n. f.
變潮濕，弄濕

humidifier [ymidifje] v. t. 使潮濕，弄
濕

humidité [ymidite] n. f. 潮濕，濕度

humiliation [ymiljasjɔ̃] n. f. 恥辱，丢
臉

humilier [ymilje] v. t. 侮辱，使丢臉

humilité [ymilite] n. f. 謙虛，謙遜；謙
卑，卑躬屈節

humoriste [ymɔrist] a. 幽默的 n.
幽默的人，詼諧的人；幽默作家

humoristique [ymɔristik] a. 幽默的，
詼諧的

humour [ymu:r] n. m. 〖英〗幽默，詼
諧

humus [ymys] n. m. 腐殖土

*hune** [yn] n. f. 〖船〗桅樓

*hunier** [ynje] n. m. 〖船〗第二層(方)
帆；有桅樓的桅(杆)

*huppe** [yp] n. f. (鳥的)羽冠；〖鳥〗戴
勝，臭姑鴣

*huppé, e** [ype] a. 有冠毛的；〖俗〗有
錢的，地位高的

*hure** [y:r] n. f. (斬下的)野豬頭、魚
頭；豬頭肉凍

*hurlement** [yrləmɑ̃] n. m. (狼的)嗥
聲，(狗的)長吠；嚎叫聲

*hurler** [yrle] v. i. (狼)嗥，(狗)吠；嚎
叫 v. t. 嚎叫般說或唱

*hurleur, se** [yrlœ:r, ø:z] n. 嚎叫的人
a. 嚎叫的 n. m. 吼猴

hurluberlu [yrlybɛrly] n. m. 輕率的
人，冒失鬼

*hussard** [ysa:r] n. m. 匈牙利輕騎兵，
輕騎兵

*hussarde** [ysard] n. f. 匈牙利輕騎兵
舞； à la ~ loc. adv. 輕騎兵式地；
粗魯地

*hutte** [yt] n. f. 茅屋，草房

hyacinthe [jasɛ̃:t] n. f. 〖礦〗紅鋯石

hybridation [ibridasjɔ̃] n. f. 〖化〗雜
化；〖生〗雜交

hybride [ibrid] a. 雜種的；混合的；
〖語〗混成的 n. m. 雜種；混合體，混
雜物

hydarthrose [idartro:z] n. f. 〖醫〗關節
積水

hydratation [idratasjɔ̃] n. f. 〖化〗水合
(作用)；〖醫〗補液

hydrate [idrat] n. m. 〖化〗水合物

hydraté, e [idrate] a. 〖化〗水合的

hydraulicien, ne [idrolisjɛ̃, ɛn] a. 水
力學的，水利學的 n. m. 水力工程
師，水利工程師

hydraulique [idrolik] a. 水力的；水利
的 n. f. 水力學，水利學

hydravion [idravjɔ̃] n. m. 水上飛機

hydre [idr] n. f. 〖希神〗七頭蛇；〖動〗
水螅

hydrique [idrik] a. 水的

hydrocarbure [idrɔkarby:r] n. m. 〖化〗
烴，碳氫化合物

hydrocéphale [idrɔsefal] a. 患腦積
水的 n. m. 腦積水患者

hydro-électricité [idroelɛktrisite] n. f.
水電，水力電

hydro-électrique [idroelɛktrik] a. 水
電的，水力發電的

hydrofuge [idrɔfy:ʒ] a. 防水的，防潮
的 n. m. 防水劑

hydrogénation [idrɔʒenɑsjɔ̃] *n. f.* 【化】氫化(作用), 加氫(作用)

hydrogène [idrɔʒɛn] *n. m.* 【化】氫

hydrogéner [idrɔʒene] *v. t.* [c. 7] 【化】氫化

hydroglisseur [idrɔglisœːr] *n. m.* 滑行艇

hydrographie [idrɔgrafi] *n. f.* 水文地理學; 水道測量(學); 水文地理

hydrologie [idrɔlɔʒi] *n. f.* 水文學

hydromel [idrɔmɛl] *n. m.* 蜂蜜飲料

hydromètre [idrɔmɛtr] *n. m.* 【物】液體比重計 *n. f.* 【昆】尺蝽

hydrophile [idrɔfil] *a.* 吸水的, 親水的 *n. m.* 【昆】水龜蟲

hydrophobie [idrɔfɔbi] *n. f.* 【醫】恐水病; 【化】憎水性

hydropique [idrɔpik] 【醫】 *a.* 患積水的; 患水腫的 積水患者; 水腫患者

hydropisie [idrɔpizi] *n. f.* 【醫】積水; 水腫

hydroquinone [idrɔkinɔn] *n. f.* 【化】對苯二酚, 氫醌

hydrostatique [idrɔstatik] *n. f., a.* 【物】流體靜力學(的)

hydrothérapie [idrɔterapi] *n. f.* 【醫】水療(法)

hydrothérapique [idrɔterapik] *a.* 水療(法)的

hyène [jɛn] *n. f.* 鬣狗

hygiène [iʒjɛn] *n. f.* 衛生; 衛生學, 保健學

hygiénique [iʒjenik] *a.* 衛生的, 保健的; 衛生學的, 保健學的

hygiéniste [iʒjenist] *n.* 衛生學工作者, 保健醫生

hygromètre [igrɔmɛtr] *n. m.* 【氣】濕度計, 濕度表

hygrométrie [igrɔmetri] *n. f.* 【氣】測濕法, 濕度測定

hygroscope [igrɔskɔp] *n. m.* 【氣】濕度器, 驗濕器

hymen [imɛn] *n. m.* 【解】處女膜

hymen [imɛn], **hyménée** [imene] *n. m.* 〖詩〗結婚, 婚姻

hyménoptères [imenɔptɛr] *n. m. pl.* 【昆】膜翅目

hymne [imn] *n. m.* 贊歌, 頌歌; 國歌 *n. f.* 【宗】贊美歌

hypallage [ipala:ʒ] *n. m.* 【語】換置

hyperbole [ipɛrbɔl] *n. f.* 誇張; 【數】雙曲綫

hyperbolique [ipɛrbɔlik] *a.* 誇張的; 【數】雙曲綫的

hyperboréen, ne [ipɛrbɔreɛ̃, ɛn] *a.* 極北的

hypermétrope [ipɛrmetrɔp] *a.* 患遠視的 *n.* 遠視患者

hypermétropie [ipɛrmetrɔpi] *n. f.* 【醫】遠視

hypersensible [ipɛrsɑ̃sibl] *a.* 過分敏感的

hypertendu, e [ipɛrtɑ̃dy] *a., n.* 患高血壓的(人)

hypertension [ipɛrtɑ̃sjɔ̃] *n. f.* 高血壓

hypertrophie [ipɛrtrɔfi] *n. f.* 【醫】肥大, 肥厚; 過度發展, 惡性發展

hypertrophier [ipɛrtrɔfje] *v. t.* 【醫】使肥大, 使肥厚; 使過度發展, 使惡性發展

hypnose [ipnoz] *n. f.* 催眠狀態

hypnotique [ipnɔtik] *a.* 安眠的, 催眠的; 催眠術的 *n. m.* 安眠藥

hypnotiser [ipnɔtize] *v. t.* 催眠, 施催眠術; 使入迷 *v. pr.* 入迷, 被吸引住

hypnotiseur, se [ipnɔtizœːr, øːz] *n.* 施催眠術的(人)

hypnotisme [ipnɔtism] *n. m.* 催眠現象; 催眠術

hypocondriaque [ipɔkɔ̃driak] *a.* 患疑病的; 憂鬱的 *n.* 疑病患者; 憂鬱的人

hypocondrie [ipɔkɔ̃dri] *n. f.* 【醫】疑病(症); 憂鬱, 神經衰弱

hypocrisie [ipɔkrizi] *n. f.* 偽善, 虛偽

hypocrite [ipɔkrit] *a.* 偽善的,虛偽的
n. 偽善者,偽君子;虛偽的人

hypodermique [ipɔdɛrmik] *a.* 皮下的

hypogastre [ipɔgastr] *n. m.* 下腹部

hypogée [ipɔʒe] *n. m.* 【考古】地下建築,地下墳墓

hypophyse [ipɔfi:z] *n. f.* 【解】垂體

hypostyle [ipɔstil] *a.* 【建】多柱式的

hyposulfite [ipɔsylfit] *n. m.* 【化】硫代硫酸鹽

hyposulfureux [ipɔsylfyrø] *a. m.* acide ～ 【化】硫代硫酸

hypotendu, e [ipɔtɑ̃dy] *a., n.* 患低血壓的(人)

hypotension [ipɔtɑ̃sjɔ̃] *n. f.* 血壓過低,低血壓

hypoténuse [ipɔteny:z] *n. f.* 【數】(直角三角形的)斜邊

hypothécaire [ipɔtekɛ:r] *a.* 抵押的;有抵押權的

hypothèque [ipɔtɛk] *n. f.* 抵押,抵押權

hypothéquer [ipɔteke] *v. t.* [c. 7] 抵押,以抵押擔保

hypothermie [ipɔtɛrmi] *n. f.* 【醫】低溫,低體溫

hypothèse [ipɔtɛ:z] *n. f.* 假設,假定

hypothétique [ipɔtetik] *a.* 假定的,假設的;不肯定的

hypotrophie [ipɔtrɔfi] *n. f.* 營養不足

hypsométrie [ipsɔmetri] *n. f.* 高度測量;測高法

hysope [izɔp] *n. f.* 【植】海索草

hystérie [isteri] *n. f.* 【醫】癔病,歇斯底里

hystérique [isterik] *a.* 癔病的,歇斯底里的 *n.* 癔病患者,歇斯底里患者

I

I, i [i] *n. m.* 法語字母表中第 9 個字母

ïambe [jɑ̃:b] *n. m.* 短長格,抑揚格;*pl.* 諷刺詩

ïambique [jɑ̃bik] *a.* 短長格的,抑揚格的

ïbère [ibɛ:r], **ibérique** [iberik] *a.* 伊比利亞的,伊比利亞人的 *n.* I～ 伊比利亞人

ibidem [ibidɛm] *adv.* 〖拉〗同書,同章,同前

ibis [ibis] *n. m.* 白䴉

iceberg [ajsbɛrg, isbɛrg] *n. m.* 〖英〗冰山

ichtyologie [iktjɔlɔʒi] *n. f.* 魚類學

ichtyophage [iktjɔfa:ʒ] *a., n.* 以食魚為主的(人)

ichtyosaure [iktjɔsɔ:r] *n. m.* 【古生物】魚龍

ici [isi] *adv.* 這裏,這兒;這時

icône [iko:n] *n. f.* (東正教的)聖像

iconoclaste [ikɔnɔklast] *a., n.* 破壞聖像的(人);不尊重傳統的(人)

iconographie [ikɔnɔgrafi] *n. f.* 肖像學;肖像集

iconostase [ikɔnɔstɑ:z] *n. f.* 聖像壁,聖像屏

ictère [iktɛ:r] *n. m.* 黃疸

ictérique [ikterik] *a.* 黃疸的,患黃疸的 *n.* 黃疸患者

idéal, ale [ideal] *a.* (*pl.* ～als 或 ～aux) *n. m., a.* 理想(的)

idéalisation [idealizasjɔ̃] *n. f.* 理想化

idéaliser [idealize] *v. t.* 使理想化

idéalisme [idealism] *n. m.* 唯心主義,唯心論;理想主義

idéaliste [idealist] *a.* 唯心主義的;理想主義的;空想的 *n.* 唯心主義者;理想主義者;空想家

idée [ide] *n. f.* 觀念;概念;構思,主意

意,念頭;看法,見解;思想;幻想

identification [idɑ̃tifikasjɔ̃] *n. f.* 視爲同一;辨認,鑒定

identifier [idɑ̃tifje] *v. t.* 使一致,視爲同一;辨認,鑒定 *v. pr.* 融成一體

identique [idɑ̃tik] *a.* 同一的,一致的,同樣的

identité [idɑ̃tite] *n. f.* 同一,同一性;身份;【數】恒等式

idéogramme [ideɔgram] *n. m.* 表意文字

idéographie [ideɔgrafi] *n. f.* 表意文字(學)

idéographique [ideɔgrafik] *a.* 表意的,表意文字的

idéologie [ideɔlɔʒi] *n. f.* 觀念學;意識形態,思想體系;【貶】空論

idéologique [ideɔlɔʒik] *a.* 觀念學的;意識形態的,思想(體系)的

idéologue [ideɔlɔg] *n.* 思想家;空想家;*pl.* 觀念學派

ides [id] *n. f. pl.* 【拉】古羅馬曆每3、5、7、10月的第15日,其他月的第13日

idiomatique [idjɔmatik] *a.* 成語的,慣用語的

idiome [idjo:m] *n. m.* 成語,慣用語

idiosyncrasie [idjɔsɛ̃krazi] *n. f.* 【醫】特(異反)應性,特異質

idiot, e [idjo, ɔt] *a.* 白癡的,傻的,獸頭獸腦的 *n.* 白癡,傻瓜

idiotie [idjɔsi] *n. f.* 白癡;愚笨;【俗】蠢事,蠢話

idiotisme [idjɔtism] *n. m.* 慣用語

idoine [idwan] *a.* 適當的,合適的

idolâtre [idɔla:tr] *a.* 崇拜偶像的;崇拜的 *n.* 偶像崇拜者;崇拜者

idolâtrer [idɔlatre] *v. t.* 崇拜;溺愛

idolâtrie [idɔlatri] *n. f.* 偶像崇拜;崇拜;溺愛

idolâtrique [idɔlatrik] *a.* 崇拜偶像的;崇拜的

idole [idɔl] *n. f.* 偶像;受崇拜的人

idylle [idil] *n. f.* 田園詩,牧歌;純潔的愛情

idyllique [idilik] *a.* 田園詩的,牧歌的;田園風味的,詩情的

if [if] *n. m.* 紫杉;玻璃瓶瀝水架

igloo [iglu] *n. m.* (愛斯基摩人的)冰屋

igname [ipam] *n. f.* 薯蕷的一種

ignare [iɲa:r] *a.* 愚昧無知的

igné, e [igne] *a.* 火的;【地質】火成的

ignifuge [ignify:ʒ] *a.* 防火的 *n. m.* 防火材料

ignifuger [ignifyʒe] *v. t.* [c. 2] 作防火處理

ignition [ignisjɔ̃] *n. f.* 燃燒;熾熱

ignoble [iɲɔbl] *a.* 不體面的,卑鄙的,無恥的

ignominie [iɲɔmini] *n. f.* 不名譽,恥辱;醜行

ignominieux, se [iɲɔminjø, ø:z] *a.* 不名譽的,可恥的

ignorance [iɲɔrɑ̃:s] *n. f.* 無知,愚昧;不知,外行

ignorant, e [iɲɔrɑ̃, ɑ̃:t] *a., n.* 無知的(人);不知的(人),外行的(人)

ignorer [iɲɔre] *v. t.* 不知道,不懂得,對…沒有體會;不理會

iguane [igwan] *n. m.* 鬣蜥

il [il] 〔在輔音前可讀[i]〕(*pl. ils*) *pron. pers. m.* 他,它

ilang-ilang [ilɑ̃ilɑ̃] *n. m.* 【植】夷蘭

île [il] *n. f.* 島,島嶼

iliaque [iljak] *a.* 【解】髂部的

illégal, ale [ilegal] (*pl. ~ aux*) *a.* 非法的,不法的

illégalité [ilegalite] *n. f.* 非法性,不合法性;非法行爲

illégitime [ileʒitim] *a.* 不合法的;非婚生的,私生的;不正當的,不合理的

illégitimité [ileʒitimite] *n. f.* 不合法;非婚生,私生;不正當,不合理

illettré, e [ile(ɛ)tre] *a.* 文盲的,不識

字的 *n.* 文盲,不識字的人

illicite [ilisit] *a.* 非法的;違禁的

illico [iliko] *adv.* 〖拉,俗〗立刻,馬上

illimité, e [ilimite] *a.* 無限的;無邊無際的

illisible [ilizibl] *a.* 字迹難認的;讀不下去的

illogique [ilɔʒik] *a.* 不合邏輯的

illogisme [ilɔʒism] *n. m.* 不合邏輯

illumination [ilyminasjɔ̃] *n. f.* 照明,燈彩;靈感,感悟

illuminé, e [ilymine] *a.* 照亮的,燈火輝煌的

illuminer [ilymine] *v. t.* 照明,照亮;飾以燈彩 *v. pr.* 發亮,發光

illuminisme [ilyminism] *n. m.* 光明派教義

illusion [ilyzjɔ̃] *n. f.* 幻覺,幻影,錯覺;幻想

illusionner [ilyzjɔne] *v. t.* 使產生幻想 *v. pr.* 抱有幻想

illusionniste [ilyzjɔnist] *n.* 魔術師

illusoire [ilyzwa:r] *a.* 迷惑人的;虚幻的

illustrateur [ilystratœ:r] *n. m.* 插圖畫家

illustration [ilystrasjɔ̃] *n. f.* 聲譽,聲望;名人;插圖,插畫

illustre [ilystr] *a.* 著名的,卓越的

illustrer [ilystre] *v. t.* 使聞名,使享有盛譽;加插圖;説明

ilot [ilo] *n. m.* 小島;(城市中的)小塊居民區;(航空母艦的)艦島

ilote [ilɔt] *n.* 希洛人〔古斯巴達的國有奴隸〕;賤民

ils 見 il

image [ima:ʒ] *n. f.* 像,肖像,畫像;映像,物像;形象;酷似物

imager [imaʒe] *v. t.* [c. 2]使形象化

imagerie [imaʒri] *n. f.* 畫片業

imagier [imaʒje] *n. m.* 畫片商;(中世紀)雕塑家,畫家

imaginaire [imaʒinɛ:r] *a.* 想象的,假

imaginatif, ve [imaʒinatif, i:v] *a., n* 有想象力的(人)

imagination [imaʒinasjɔ̃] *n. f.* 想象力,想象;空想

imaginer [imaʒine] *v. t.* 想象,設想;想出,發明 *v. pr.* 想象;以爲,自以爲

imam [imam], **iman** [imɑ̃] *n. m.* 〖阿〗伊瑪姆(指伊斯蘭教教長、中世紀阿拉伯國家的元首等)

imbattable [ɛ̃batabl] *a.* 無法擊敗的,不可戰勝的

imbécile [ɛ̃besil] *a.* 癡愚的,低能的 *n.* 獃子,低能兒

imbécillité [ɛ̃besilite] *n. f.* 癡愚,低能;愚蠢的言行

imberbe [ɛ̃bɛrb] *a.* 無鬍鬚的;未長鬍鬚的

imbiber [ɛ̃bibe] *v. t.* 浸濕,浸透

imbrication [ɛ̃brikasjɔ̃] *n. f.* 疊瓦狀排列,鱗狀疊蓋

imbriquer [ɛ̃brike] *v. t.* 按疊瓦狀排列,按鱗狀疊蓋

imbroglio [ɛ̃brɔljo] *n. m.* 〖意〗紛亂,情節複雜的戲劇

imbu, e [ɛ̃by] *a.* 滿腦子都是(某種思想感情)的,充滿…的

imbuvable [ɛ̃byvabl] *a.* 不宜飲用的;難喝的;〖俗〗難以忍受的

imitateur, trice [imitatœ:r, tris] *n.* 模仿者,愛模仿者 *a.* 模仿的,愛模仿的

imitatif, ve [imitatif, i:v] *a.* 擬聲的

imitation [imitasjɔ̃] *n. f.* 模仿,仿效,仿造;仿造品

imiter [imite] *v. t.* 模仿,仿效,仿造

immaculé, e [imakyle] *a.* 無瑕疵的,純潔的,清白的

immanent, e [imanɑ̃, ɑ̃:t] *a.* 内在的

immangeable [ɛ̃mɑ̃ʒabl] *a.* 不好吃的,不能吃的

immanquable [ɛ̃mɑ̃kabl] *a.* 必然的,不可避免的;萬無一失的

immanquablement [ɛ̃mɑ̃kabləmɑ̃

adv. 必然, 必定

immatériel, le [imaterjεl] *a.* 非物質的

immatriculation [imatrikylasjɔ̃] *n. f.* 登記, 註冊

immatriculer [imatrikyle] *v. t.* 登記, 註冊

immédiat, e [imedja, at] *a.* 直接的; 即刻的

immémorial, ale [imemɔrjal] (*pl.* ~ **aux**) *a.* 古昔的, 遠古的

immense [imɑ̃s] *a.* 無邊無際的, 遼闊的; 大量的, 巨大的

immensément [imɑ̃semɑ̃] *adv.* 非常

immensité [imɑ̃site] *n. f.* 無邊無際, 遼闊

immerger [imεrʒe] *v. t.* [c. 2] 把…浸入, 使沉入

immérité, e [imerite] *a.* 不應得的, 不該受的, 不配的

immersion [imεrsjɔ̃] *n. f.* 浸入, 沉沒

immeuble [imœbl] *a.* 不動的〔指財產〕 *n. m.* 不動産; 房屋, 大樓

immigrant, e [imigrɑ̃, ɑ̃:t] *a.* 入境移居的 *n.* 入境移民, 外僑

immigration [imigrasjɔ̃] *n. f.* 入境移居, 僑居

immigrer [imigre] *v. i.* 入境移居, 僑居

imminence [iminɑ̃:s] *n. f.* 迫近, 逼近

imminent, e [iminɑ̃, ɑ̃:t] *a.* 迫近的, 逼近的, 迫在眉睫的

immiscer(s') [simise] *v. pr.* [c. 1] 干涉, 插手

immixtion [imikstjɔ̃] *n. f.* 干涉, 干預

immobile [imɔbil] *a.* 不動的, 静止的, 固定的

immobilier, ère [imɔbilje, ε:r] *a.* 不動(産)的

immobilisation [imɔbilizasjɔ̃] *n. f.* 使不動, 固定; 作不動産處理; 固定資産

immobiliser [imɔbilize] *v. t.* 使不動; 使無法行動; 作不動産處理

immobilité [imɔbilite] *n. f.* 不動, 固定

immodéré, e [imɔdere] *a.* 無節制的, 過度的

immodeste [imɔdεst] *a.* 不正派的, 不莊重的, 厚顏的

immodestie [imɔdεsti] *n. f.* 不正派, 不莊重, 厚顏

immolation [imɔlasjɔ̃] *n. f.* 獻祭; 殺死; 犧牲

immoler [imɔle] *v. t.* 獻祭; 殺死; 犧牲; 獻出

immonde [imɔ̃:d] *a.* 不潔的, 污穢的; 卑鄙的, 猥褻的

immondices [imɔ̃dis] *n. f. pl.* 垃圾

immoral, ale [imɔral] (*pl.* ~ **aux**) *a.* 不道德的, 傷風敗俗的

immoralité [imɔralite] *n. f.* 不道德, 傷風敗俗; 不道德的事

immortaliser [imɔrtalize] *v. t.* 使不朽

immortalité [imɔrtalite] *n. f.* 不死; 不朽

immortel, le [imɔrtεl] *a.* 不死的, 永生的; 永存的; 永垂不朽的 *n. m.* 〖俗〗法蘭西學院院士 *n. f.* 蠟菊的俗稱

immuable [imɥabl] *a.* 不變的, 永恒的

immunisation [imynizasjɔ̃] *n. f.* 免疫

immuniser [imynize] *v. t.* 使有免疫力; 使免受影響

immunité [imynite] *n. f.* 豁免, 豁免權; 〖醫〗免疫性

immutabilité [imytabilite] *n. f.* 不變, 不變性

impact [ɛ̃pakt] *n. m.* 撞擊, 衝擊; point d'~ 〖軍〗擊中點, 彈著點

impair, e [ɛ̃pε:r] *a.* 奇數的, 單數的; 不成對的 *n. m.* 奇數; 〖俗〗蠢事

impalpable [ɛ̃palpabl] *a.* 捉摸不到的, 難觸覺到的; 極微小的

impardonnable [ɛ̃pardɔnabl] *a.* 不可饒恕的, 不可原諒的

imparfait, e [ɛ̃parfɛ, ɛt] *a.* 未完成的,不完全的;不完善的,有缺點的 *n. m.* 不完全的事物;【語】未完成過去時

impartial, ale [ɛ̃parsjal](*pl.* ~aux) *a.* 公正的,不偏不倚的

impartialité [ɛ̃parsjalite] *n. f.* 公正,不偏,公平

impartir [ɛ̃parti:r] *v. t.* 〔變位同 finir,僅用不定式、直陳式現在時及過去分詞〕分配;【法】給予,准予

impasse [ɛ̃pɑ:s] *n. f.* 死胡同;絕境,僵局

impassibilité [ɛ̃pasibilite] *n. f.* 無表情,不動聲色;鎮定自若

impassible [ɛ̃pasibl] *a.* 無表情的,不動聲色的;鎮定自若的

impatiemment [ɛ̃pasjamɑ̃] *adv.* 不耐煩地,急躁地

impatience [ɛ̃pasjɑ̃:s] *n. f.* 不耐煩,急躁,焦急

impatient, e [ɛ̃pasjɑ̃, ɑ̃:t] *a.* 無耐性的,急躁的;焦急的,不耐煩的 *n. f.*【植】鳳仙花的別名

impatienter [ɛ̃pasjɑ̃te] *v. t.* 使不耐煩,使失去耐心

impavide [ɛ̃pavid] *a.* 毫不畏懼的

impayable [ɛ̃pɛjabl] *a.* 無價的;〖俗〗很滑稽的

impayé, e [ɛ̃pe(ɛ)je] *a.* 未支付的 *n. m.* 未支付的票據

impeccable [ɛ̃pe(ɛ)kabl] *a.* 無過失的;無瑕疵的,無可指摘的

impedimenta [ɛ̃pedimɛ̃ta] *n. m. pl.*〖拉〗累贅

impénétrabilité [ɛ̃penetrabilite] *n. f.* 不可穿透性

impénétrable [ɛ̃penetrabl] *a.* 不能穿透的;費解的,難以捉摸的

impénitence [ɛ̃penitɑ̃:s] *n. f.* 不悔悟

impénitent, e [ɛ̃penitɑ̃, ɑ̃:t] *a.* 不知改悔的,執迷不悟的

impératif, ve [ɛ̃peratif, i:v] *a.* 命令的,強制的;必須的,急切的;【語】命令式

的 *n. m.*【語】命令式

impératrice [ɛ̃peratris] *n. f.* 皇后;女皇

imperceptibilité [ɛ̃persɛptibilite] *n. f.* 不可感知性,覺察不出

imperceptible [ɛ̃persɛptibl] *a.* 感覺不到的;不易覺察的,極細微的

imperfectible [ɛ̃pɛrfɛktibl] *a.* 無法改善的

imperfection [ɛ̃pɛrfɛksjɔ̃] *n. f.* 不完善,不足,缺陷

impérial, ale [ɛ̃perjal](*pl.* ~aux) *a.* 皇帝的;帝國的;上等的 *n. f.* (雙層車輛的)頂層;下唇下面的鬍子

impérialisme [ɛ̃perjalism] *n. m.* 帝國主義

impérialiste [ɛ̃perjalist] *n.* 帝國主義者;【史】帝制主義者 *a.* 帝國主義的

impérieux, se [ɛ̃perjø, ø:z] *a.* 專橫的,獨斷的;急迫的,不可推卻的

impérissable [ɛ̃perisabl] *a.* 不滅的,不朽的

impéritie [ɛ̃perisi] *n. f.* 無能力,無經驗

imperméabilisation [ɛ̃pɛrmeabilizɑsi...] *n. f.* 防水處理,密封

imperméabiliser [ɛ̃pɛrmeabilize] *v. t.* 使防水,使不滲透液體,進行防水處理

imperméabilité [ɛ̃pɛrmeabilite] *n. f.* 不滲透性,不透水性

imperméable [ɛ̃pɛrmeabl] *a.* 不滲水的,不透水的;經防水處理的;不受感染的 *n. m.* 雨衣

impersonnel, le [ɛ̃pɛrsɔnɛl] *a.* 不具人格的;不指個人的,與個人無關的;無特點的,平庸的;【語】無人稱的

impertinemment [ɛ̃pɛrtinamɑ̃] *adv.* 無禮地

impertinence [ɛ̃pɛrtinɑ̃:s] *n. f.* 無禮,無禮的言行

impertinent, e [ɛ̃pɛrtinɑ̃, ɑ̃:t] *a.* 無禮的,傲慢的 *n.* 無禮的人

imperturbabilité [ɛ̃pɛrtyrbabilite] *n.*

f. 不受干擾, 沉着

nperturbable [ɛ̃pɛrtyrbabl] *a.* 不受干擾的, 沉着的

npétigo [ɛ̃petigo] *n. m.* 膿疱病

npétrant, e [ɛ̃petrɑ̃, ɑ̃:t] *n.* (稱號、文憑等) 獲得者

npétueux, se [ɛ̃petɥø, ø:z] *a.* 猛烈的, 迅猛的; 急躁的

npétuosité [ɛ̃petɥozite] *n. f.* 猛烈, 迅猛; 急躁

npie [ɛ̃pi] *a. n.* 蔑視宗教的(人), 瀆神的(人)

npiété [ɛ̃pjete] *n. f.* 蔑視宗教; 瀆神的言行; 不恭敬, 忤逆

npitoyable [ɛ̃pitwajabl] *a.* 無憐憫的, 殘忍的; 毫不留情的

nplacable [ɛ̃plakabl] *a.* 不可緩和的, 不能平息的

nplantation [ɛ̃plɑ̃tɑsjɔ̃] *n. f.* 插入; 建立, 定居; 樹立;【醫】植入

nplanter [ɛ̃plɑ̃te] *v. t.* 插入; 建立, 使定居, 引進; 樹立 *v. pr.* 扎根, 定居

nplication [ɛ̃plikɑsjɔ̃] *n. f.* 牽連

nplicite [ɛ̃plisit] *a.* 暗示的, 含蓄的

npliquer [ɛ̃plike] *v. t.* 牽連; 包含, 引起

nploration [ɛ̃plɔrɑsjɔ̃] *n. f.* 哀求, 懇求

nplorer [ɛ̃plɔre] *v. t.* 哀求, 懇求

npoli, e [ɛ̃pɔli] *a. n.* 無禮貌的(人)

npolitesse [ɛ̃pɔlitɛs] *n. f.* 無禮貌; 無禮貌的言行

npolitique [ɛ̃pɔlitik] *a.* 不策略的, 失策的

npondérable [ɛ̃pɔ̃derabl] *a.* 不可稱量的; 無法估計的 *n. m.* 無法稱量之物; 無法估計的情況

npopulaire [ɛ̃pɔpylɛ:r] *a.* 不得人心的

npopularité [ɛ̃pɔpylarite] *n. f.* 不得人心, 不受歡迎

nportable [ɛ̃pɔrtabl] *a.* 可進口的, 可輸入的

importance [ɛ̃pɔrtɑ̃:s] *n. f.* 重要, 重要性; 權威, 影響; 自大

important, e [ɛ̃pɔrtɑ̃, ɑ̃:t] *a.* 重要的; 數量大的; 自高自大的 *n. m.* 重要之點; 自以爲了不起的人

importateur, trice [ɛ̃pɔrtatœ:r, tris] *a.* 進口的, 輸入的 *n.* 進口商

importation [ɛ̃pɔrtɑsjɔ̃] *n. f.* 輸入, 進口; 進口貨

importer [ɛ̃pɔrte] *v. t.* 輸入, 進口; 引進 *v. i.* 〔僅用不定式、現在分詞及第三人稱〕對(某人)具有重要性, 與(某人)有關係 *v. impers.* Il importe 應該, 重要的是; Qu'ímporte? 這有什麼關係呢? n'importe quoi 隨便什麼東西; n'importe qui 不論是誰

importun, e [ɛ̃pɔrtœ̃, yn] *a.* 糾纏不清的, 惹人討厭的; 不合時宜的 *n.* 不知趣的人

importunément [ɛ̃pɔrtynemɑ̃] *adv.* 惹人討厭地

importuner [ɛ̃pɔrtyne] *v. t.* 糾纏, 使膩煩, 惹討厭

importunité [ɛ̃pɔrtynite] *n. f.* 糾纏不清; 令人膩煩

imposable [ɛ̃pozabl] *a.* 可儆稅的, 應課稅的

imposant, e [ɛ̃pozɑ̃, ɑ̃:t] *a.* 威嚴的, 雄偉的; 龐大的

imposé, e [ɛ̃poze] *a.* 被徵稅的 *n.* 納稅者

imposer [ɛ̃poze] *v. t.* 徵稅, 課稅; 強加, 強迫接受 *v. i.* en ~ à 使敬服 *v. pr.* 使人們公認; 規定自己必須做; 成爲必要

imposition [ɛ̃pozisjɔ̃] *n. f.* 徵稅, 課稅; 稅收;【印】拼版

impossibilité [ɛ̃pɔsibilite] *n. f.* 不可能; 不可能的事

impossible [ɛ̃pɔsibl] *a.* 不可能的, 辦不到的; 極困難的;〔俗〕荒誕的, 怪誕的; 叫人受不了的 *n. m.* 辦不到的事, 不可能的事; par ~ *loc. adv.* 萬一

imposte [ɛ̃pɔst] *n. f.* 【建】拱墩；上腰頭窗，楣窗，氣窗

imposteur [ɛ̃pɔstœ:r] *n. m.* 騙子

imposture [ɛ̃pɔsty:r] *n. f.* 欺騙，詐騙

impôt [ɛ̃po] *n. m.* 稅，捐稅； ~ du sang 義務兵役

impotent, e [ɛ̃pɔtɑ̃, ɑ̃:t] *a., n.* (肢體)殘廢的(人)；行動不便的(人)

impraticable [ɛ̃pratikabl] *a.* 難以實施的，行不通的；難以通行的

imprécation [ɛ̃prekɑsjɔ̃] *n. f.* 詛咒

imprécatoire [ɛ̃prekatwa:r] *a.* 詛咒的

imprécis, e [ɛ̃presi, i:z] *a.* 不明確的，不精確的，模糊的

imprécision [ɛ̃presizjɔ̃] *n. f.* 不明確，不精確，含糊

imprégnation [ɛ̃preɲɑsjɔ̃] *n. f.* 浸漬，浸潤，浸透

imprégner [ɛ̃preɲe] *v. t.* [c. 7] 浸漬，浸透； imprégné de 浸透了…的，頭腦中充滿着

imprenable [ɛ̃prənabl] *a.* 難以攻克的

imprésario [ɛ̃prez[s]arjo] *n. m.* 【意】(舊時的)歌劇院經理，(演員的)經理人

imprescriptible [ɛ̃prɛskriptibl] *a.* 【法】不因時效而消滅的

impression [ɛ̃pre[ɛ]sjɔ̃] *n. f.* 留印痕，印痕；印刷；印花；印象，感受，感想

impressionnabilité [ɛ̃pre[ɛ]sjɔnabilite] *n. f.* 易感受性；【攝】感光性

impressionnable [ɛ̃pre[ɛ]sjɔnabl] *a.* 易受感動的，易受影響的；【攝】可感光的

impressionnant, e [ɛ̃pre[ɛ]sjɔnɑ̃, ɑ̃:t] *a.* 給人留下深刻印象的，可觀的

impressionner [ɛ̃pre[ɛ]sjɔne] *v. t.* 給人以深刻印象；使感動，打動；【攝】使感光

impressionnisme [ɛ̃pre[ɛ]sjɔnism] *n. m.* 印象派，印象派的畫；印象主義

impressionniste [ɛ̃pre[ɛ]sjɔnist] *n.* 印象派畫家，印象主義作家 *a.* 印象

派的，印象主義的

imprévisible [ɛ̃previzibl] *a.* 無法預料的

imprévoyance [ɛ̃prevwajɑ̃:s] *n. f.* 缺乏遠見，無先見之明

imprévoyant, e [ɛ̃prevwajɑ̃, ɑ̃:t] *a., n.* 沒有遠見的(人)

imprévu, e [ɛ̃prevy] *a.* 沒有預料到的，意外的 *n. m.* 意外

imprimatur [ɛ̃primaty:r] *n. m. inv.* 【拉】(天主教會發給的)出版准許可

imprimé [ɛ̃prime] *n. m.* 印刷品，印有單頁

imprimer [ɛ̃prime] *v. t.* 留印；蓋(章)；印(花紋)；印刷，印；傳遞，給予(動作)；使銘刻

imprimerie [ɛ̃primri] *n. f.* 印刷，印刷術；印刷廠

imprimeur [ɛ̃primœ:r] *n. m.* 印刷廠，廠主；印刷廠工人 *a. m.* 從事印刷的

improbabilité [ɛ̃prɔbabilite] *n. f.* 不可能；未必有的事

improbable [ɛ̃prɔbabl] *a.* 未必有的，不大可能的

improbité [ɛ̃prɔbite] *n. f.* 不正直，不誠實

improductif, ve [ɛ̃prɔdyktif, i:v] *a.* 不生產的，非生產性的，無出產的

impromptu, e [ɛ̃prɔ̃pty] *a.* 無準備的，臨時安排的 *adv.* 即席地，即興地 *n. m.* 即興詩；即興曲

imprononçable [ɛ̃prɔnɔ̃sabl] *a.* 不能發音的

impropre [ɛ̃prɔpr] *a.* 不恰當的，不貼切的

impropriété [ɛ̃prɔpriete] *n. f.* (言語等的)不恰當，不確切

improvisateur, trice [ɛ̃prɔvizatœ:r, tris] *n.* 即興詩人，即興演奏者，即席發言者 *a.* 即興的

improvisation [ɛ̃prɔvizɑsjɔ̃] *n. f.* 即興創作；即興之作

improviser [ɛ̃prɔvize] *v. t.* 即興創作

v. i. 即興吟詩，即興演講，即興演奏

mproviste (à l') [alɛ̃prɔvist] *loc. adv.*
突然地，出其不意地；無準備地

mprudemment [ɛ̃prydamɑ̃] *adv.* 不謹
慎地，冒失地

mprudence [ɛ̃prydɑ̃:s] *n. f.* 不謹慎，
輕率，冒失；冒失的舉動

mprudent, e [ɛ̃prydɑ̃, ɑ̃:t] *a., n.* 不
謹慎的(人)，冒失的(人)

mpudemment [ɛ̃pydamɑ̃] *adv.* 厚顏
無恥地

mpudence [ɛ̃pydɑ̃:s] *n. f.* 厚顏無恥；
無恥的言行

mpudent, e [ɛ̃pydɑ̃, ɑ̃:t] *a., n.* 厚臉
皮的(人)，厚顏無恥的(人)

mpudeur [ɛ̃pydœ:r] *n. f.* 不莊重，不
正經；厚顏無恥，恬不知恥

mpudicité [ɛ̃pydisite] *n. f.* 不知廉恥，
不貞潔，淫蕩，猥褻；猥褻的言行

mpudique [ɛ̃pydik] *a.* 不顧羞恥的；
淫蕩的，猥褻的 *n.* 淫蕩的人

mpuissance [ɛ̃pɥisɑ̃:s] *n. f.* 無力；無
能為力；陽萎

mpuissant, e [ɛ̃pɥisɑ̃, ɑ̃:t] *a.* 無力
的，無能力的；無能爲力的；陽萎的

mpulsif, ve [ɛ̃pylsif, i:v] *a.* 推動的，
衝動的；衝動的 *n.* 衝動者

mpulsion [ɛ̃pylsjɔ̃] *n. f.* 推動，推進；
促進，鼓動；【電】脈衝；【物】衝量，動量

mpunément [ɛ̃pynemɑ̃] *adv.* 不受處
罰地，不受制裁地

mpuni, e [ɛ̃pyni] *a.* 未受制裁的，逍
遙法外的

mpunité [ɛ̃pynite] *n. f.* 不受處罰，未
受處分

mpur, e [ɛ̃py:r] *a.* 不純的，含有雜質
的，混雜的；邪惡的，猥褻的

mpureté [ɛ̃pyrte] *n. f.* 不純，混雜；雜
質；淫亂，道德敗壞

nputable [ɛ̃pytabl] *a.* 歸咎於…的，
應歸罪於…的；應在(某款項)內扣除或
扣除

nputation [ɛ̃pytɑsjɔ̃] *n. f.* 歸咎，歸

罪，責難；【會】出帳

imputer [ɛ̃pyte] *v. t.* 歸咎於，推諉於；
【會】把(費用等)列入

imputrescibilité [ɛ̃pytresibilite] *n. f.*
不腐爛性；防腐性

imputrescible [ɛ̃pytresibl] *a.* 不會腐
爛的

inabordable [inabɔrdabl] *a.* 無法停
靠的；難以接近的；(價格)昂貴的

inacceptable [inaksɛptabl] *a.* 不能接
受的，難以接受的

inaccessible [inakse(ɛ)sibl] *a.* 上不
去的，進不去的，達不到的；難以理解的；
無動於表的

inaccomplissement [inakɔ̃plismɑ̃] *n.
m.* 未完成，未履行

inaccoutumé, e [inakutyme] *a.* 異乎
尋常的；不習慣的

inachevé, e [inaʃve] *a.* 未完成的，未
完工的

inactif, ve [inaktif, i:v] *a.* 不活動的，
不活躍的；無所事事的；無效的

inaction [inaksjɔ̃] *n. f.* 不活動；不幹
活兒

inactivité [inaktivite] *n. f.* 不活動性；
不在職

inadmissible [inadmisibl] *a.* 不能接
受的，難以容忍的，不能容許的

inadvertance [inadvɛrtɑ̃:s] *m. f.* 不
當心，大意

inaliénable [inaljenabl] *a.* 【法】不得
轉讓的

inaltérabilité [inalterabilite] *n. f.* 不
變性，永恒性

inaltérable [inalterabl] *a.* 不變質的；
經久不變的，持久的

inaltéré, e [inaltere] *a.* 未起任何變
化的，未變質的

inamical, ale [inamikal] (*pl.* ~ **aux**)
a. 不友好的

inamovibilité [inamɔvibilite] *n. f.*
【法】不可罷免性

inamovible [inamɔvibl] *a.* 【法】不得

inanimé, e [inanime] *a.* 無生命的；失去生命的；失去知覺的

inanité [inanite] *n. f.* 無用；空虛

inanition [inanisjɔ̃] *n. f.* 營養不足；(因飢餓引起的)極端衰弱

inapaisable [inapɛzabl] *a.* 無法平息的，難以緩和的

inapaisé, e [inape[ɛ]ze] *a.* 未平息的，未緩和的

inaperçu, e [inapɛrsy] *a.* 未被看到的，未被注意的

inappétence [inapetɑ̃:s] *n. f.* 食慾不振，無食慾

inapplicable [inaplikabl] *a.* 不能實施的，無法應用的

inapplication [inaplikasjɔ̃] *n. f.* 不專心，不用心；【法】未付諸實施

inappréciable [inapresjabl] *a.* 難以覺察的，極細微的；難以估價的，無法評價的

inapte [inapt] *a.* 不能勝任的，無能力的；不適宜的

inaptitude [inaptityd] *n. f.* 無能力，不能勝任

inarticulé, e [inartikyle] *a.* 要音不清的，含糊的

inassouvi, e [inasuvi] *a.* 尚未滿足的，尚未平息的

inattaquable [inatakabl] *a.* 難攻破的；無可非議的，無懈可擊的

inattendu, e [inatɑ̃dy] *a.* 意外的，突如其來的

inattentif, ve [inatɑ̃tif, i:v] *a.* 不注意的，疏忽的

inattention [inatɑ̃sjɔ̃] *n. f.* 不注意，疏忽

inaugural, ale [inɔ[o]gyral] (*pl. ~aux*) *a.* 開幕的，落成(典禮)的

inauguration [inɔ[o]gyrasjɔ̃] *n. f.* 開幕儀式，落成典禮

inaugurer [inɔ[o]gyre] *v. t.* 舉行開幕儀式，舉行落成典禮；標誌開端，開創

inavouable [inavwabl] *a.* 不可告人的

inavoué, e [inavwe] *a.* 未明言的，未承認的

incalculable [ɛ̃kalkylabl] *a.* 數不清的，無法計算的；不可估計的

incandescence [ɛ̃kɑ̃desɑ̃:s] *n. f.* 熾熱，白熾

incandescent, e [ɛ̃kɑ̃desɑ̃, ɑ̃:t] *a.* 熾熱的，白熾的；火熱的，熾烈的

incantation [ɛ̃kɑ̃tasjɔ̃] *n. f.* 唸咒；咒語

incapable [ɛ̃kapabl] *a.* 不會的，不能的；無能力的 *n.* 無能的人；無能力者

incapacité [ɛ̃kapasite] *n. f.* 無能力

incarcération [ɛ̃karserɑsjɔ̃] *n. f.* 監禁

incarcérer [ɛ̃karsere] *v. t.* [c. 7] 監禁，拘禁

incarnat, e [ɛ̃karna, at] *a.* 肉紅色的 *n. m.* 肉紅色

incarnation [ɛ̃karnɑsjɔ̃] *n. f.* 化身，體現

incarner [ɛ̃karne] *v. t.* 體現 *v. p.* 體現(於)；扮演角色

incartade [ɛ̃kartad] *n. f.* 越規，小過錯

incassable [ɛ̃kasabl] *a.* 打不碎的，不易折斷的

incendiaire [ɛ̃sɑ̃djɛ:r] *n.* 放火者，縱火者 *a.* 引起火災的，煽動性的

incendie [ɛ̃sɑ̃di] *n. m.* 火災

incendier [ɛ̃sɑ̃dje] *v. t.* 火燒，燒毀

incertain, e [ɛ̃sɛrtɛ̃, ɛn] *a.* 不定的，不明確的；模糊的；猶豫不決的；易變的，靠不住的 *n. m.* 不確定的事物；【財】直接標價

incertitude [ɛ̃sɛrtityd] *n. f.* 不確定，不肯定；猶豫不決；變化不定

incessamment [ɛ̃sɛsamɑ̃] *adv.* 立即，馬上

incessant, e [ɛ̃sɛsɑ̃, ɑ̃:t] *a.* 不停的

incessibilité [ɛ̃se[ɛ]sibilite] *n. f.* 【法】不能讓與性

ncessible [ɛ̃se[ɛ]sibl] *a.* 不能讓與的

nceste [ɛ̃sɛst] *n. m.* 亂倫 *a., n.* 亂倫的(人)

ncestueux, se [ɛ̃sɛstɥø, ø:z] *a.* 亂倫的 *n.* 亂倫者

nchoatif, ve [ɛ̃kɔatif, i:v] 【語】*a.* 始動的 *n. m.* 始動動詞

ncidemment [ɛ̃sidamɑ̃] *adv.* 附帶地

ncidence [ɛ̃sidɑ̃:s] *n. f.* 影響,反響;【物】入射

ncident, e [ɛ̃sidɑ̃, ɑ̃:t] *a.* 【法】附帶的;【物】入射的;【語】插入的 *n. m.* 小事故;事件,事變;附帶訴訟

ncinération [ɛ̃sinerɑsjɔ̃] *n. f.* 焚化,火葬

ncinérer [ɛ̃sinere] *v. t.* [c. 7] 焚化

ncise [ɛ̃si:z] *n. f.* 插入句

nciser [ɛ̃size] *v. t.* 切開,割開

ncisif, ve [ɛ̃sizif, i:v] *a.* 尖銳的,辛辣的 *n. f.* 切牙,門牙

ncision [ɛ̃sizjɔ̃] *n. f.* 切口,切開

ncitation [ɛ̃sitɑsjɔ̃] *n. f.* 激勵,煽動

nciter [ɛ̃site] *v. t.* 激勵,煽動

ncivil, e [ɛ̃sivil] *a* 無禮貌的,粗野的

ncivilité [ɛ̃sivilite] *n. f.* 無禮,粗野

nclémence [ɛ̃klemɑ̃:s] *n. f.* 嚴厲,嚴酷

nclément, e [ɛ̃klemɑ̃, ɑ̃:t] *a.* 嚴厲的,嚴酷的

nclinaison [ɛ̃klinɛzɔ̃] *n. f.* 傾斜,斜度,傾斜角

nclination [ɛ̃klinɑsjɔ̃] *n. f.* 點頭,鞠躬;傾向,愛好,愛慕,愛戀

ncliner [ɛ̃kline] *v. t.* 使傾斜,使彎下 *v. i.* 傾斜;傾向 *v. pr.* 鞠躬;屈服

nclure [ɛ̃kly:r] *v. t.* [c. 58] 〔但過去分詞爲 inclus〕把…封入,附入,放入;包括

nclus, e [ɛ̃kly, y:z] *a.* 包括在內的,附在內的

nclusivement [ɛ̃klyzivmɑ̃] *adv.* 包括在內

ncoercible [ɛ̃kɔɛrsibl] *a.* 不可壓縮

incognito [ɛ̃kɔɲ[ɡn]ito] 【意】*adv.* 隱姓埋名地 *n. m.* 匿名

incohérence [ɛ̃kɔerɑ̃:s] *n. f.* 不連貫

incohérent, e [ɛ̃kɔerɑ̃, ɑ̃:t] *a.* 不連貫的

incolore [ɛ̃kɔlɔ:r] *a.* 無色的

incomber [ɛ̃kɔ̃be] *v. i.* 落在…身上〔指責任等〕

incombustibilité [ɛ̃kɔ̃bystibilite] *n. f.* 不可燃性

incombustible [ɛ̃kɔ̃bystibl] *a.* 不可燃的

incommensurable [ɛ̃kɔmɑ̃syrabl] *a.* 難以計量的,無限的;【數】無公度的,不可通約的

incommodant, e [ɛ̃kɔmɔdɑ̃, ɑ̃:t] *a.* 使人不舒服的,令人難受的

incommode [ɛ̃kɔmɔd] *a.* 令人不舒服的,惹人討厭的;不方便的

incommodément [ɛ̃kɔmɔdemɑ̃] *adv.* 不舒服地

incommoder [ɛ̃kɔmɔde] *v. t.* 使不舒服,妨礙

incommodité [ɛ̃kɔmɔdite] *n. f.* 不方便,不舒服;不適

incomparable [ɛ̃kɔ̃parabl] *a.* 無與倫比的

incompatibilité [ɛ̃kɔ̃patibilite] *n. f.* 不相容;不能兼任

incompatible [ɛ̃kɔ̃patibl] *a.* 不相容的;不能兼任的

incompétence [ɛ̃kɔ̃petɑ̃:s] *n. f.* 無管轄權;無能力,不夠格

incompétent, e [ɛ̃kɔ̃petɑ̃, ɑ̃:t] *a.* 無管轄權的;無能力的,不夠格的

incomplet, ète [ɛ̃kɔ̃plɛ, ɛt] *a.* 不完全的,不完整的

incompréhensible [ɛ̃kɔ̃preɑsibl] *a.* 不可理解的,難懂的

incompréhension [ɛ̃kɔ̃preɑsjɔ̃] *n. f.* 不理解,不瞭解

incompressible [ɛ̃kɔ̃pre[ɛ]sibl] *a.*

不可壓縮的

incompris, e [ɛ̃kɔ̃pri, i:z] *a., n.* 未被
理解的(人), 未被賞識的(人)

inconcevable [ɛ̃kɔ̃svabl] *a.* 難以想象
的, 不可思議的

inconciliable [ɛ̃kɔ̃siljabl] *a.* 不可調
和的, 不能和解的

inconduite [ɛ̃kɔ̃dɥit] *n. f.* 品行惡劣

incongru, e [ɛ̃kɔ̃gry] *a.* 不適當的, 失
禮的

incongruité [ɛ̃kɔ̃grɥite] *n. f.* 失禮的
言行

incongrûment [ɛ̃kɔ̃grymɑ̃] *adv.* 不
適當地, 失禮地

inconnaissable [ɛ̃kɔnɛsabl] *a.* 不可
認識的, 不可知的 *n. m.* 不可知的事
物

inconnu, e [ɛ̃kɔny] *a.* 未知的, 不認
識的; 不著名的; 未感受過的 *n.* 不認
識的人 *n. m.* 未知的事物 *n. f.*
【數】未知量, 未知數

inconsciemment [ɛ̃kɔ̃sjamɑ̃] *adv.* 無
意識地, 不自覺地

inconscience [ɛ̃kɔ̃sjɑ̃:s] *n. f.* 失去知
覺; 無意識; 失却判斷力, 頭腦不清

inconscient, e [ɛ̃kɔ̃sjɑ̃, ɑ̃:t] *a.* 無知
覺的; 無意識的 *n.* 糊塗人, 輕率的人
n. m. 【心】無意識

inconséquence [ɛ̃kɔ̃sekɑ̃:s] *n. f.* 前
後不符; 不合邏輯

inconséquent, e [ɛ̃kɔ̃sekɑ̃, ɑ̃:t] *a.* 不
合邏輯的, 自相矛盾的

inconsidéré, e [ɛ̃kɔ̃sidere] *a.* 未經思
考的, 考慮不周的

inconsistance [ɛ̃kɔ̃sistɑ̃:s] *n. f.* 稀,
軟, 不堅定; 無定見

inconsistant, e [ɛ̃kɔ̃sistɑ̃, ɑ̃:t] *a.* 不
稠厚的, 軟的; 不堅定的; 無定見的

inconsolable [ɛ̃kɔ̃sɔlabl] *a.* 無法安
慰的

inconstance [ɛ̃kɔ̃stɑ̃:s] *n. f.* 易變, 變
化無常

inconstant, e [ɛ̃kɔ̃stɑ̃, ɑ̃:t] *a.* 易變

的, 變化無常的 *n.* 愛情不專一者

incontestable [ɛ̃kɔ̃tɛstabl] *a.* 無可爭
辯的, 不容置疑的

incontesté, e [ɛ̃kɔ̃tɛste] *a.* 無異議的

incontinence [ɛ̃kɔ̃tinɑ̃:s] *n. f.* 淫亂;
無節制;【醫】失禁

incontinent, e [ɛ̃kɔ̃tinɑ̃, ɑ̃:t] *a.* 淫亂
的; 無節制的;【醫】失禁的 *adv.* 立即

incontrôlable [ɛ̃kɔ̃trolabl] *a.* 無法檢
查的, 不能核對的

inconvenance [ɛ̃kɔ̃vnɑ̃:s] *n. f.* 不合
時宜; 失禮; 失禮的言行

inconvenant, e [ɛ̃kɔ̃vnɑ̃, ɑ̃:t] *a.* 不合
時宜的; 失禮的

inconvénient [ɛ̃kɔ̃venjɑ̃] *n. m.* 不便,
麻煩; 缺陷, 弊病

inconvertible [ɛ̃kɔ̃vɛrtibl] *a.* 不能兑
换的, 不可變換的, 不可更改的

incoordination [ɛ̃kɔɔrdinasjɔ̃] *n. f.*
不協調

incorporation [ɛ̃kɔrpɔrasjɔ̃] *n. f.* 混
和, 掺合; 編入

incorporel, le [ɛ̃kɔrpɔrɛl] *a.* 無實體
的; 無形的

incorporer [ɛ̃kɔrpɔre] *v. t.* 混和, 掺
合; 編入

incorrect, e [ɛ̃kɔrɛkt] *a.* 不正確的

incorrection [ɛ̃kɔrɛksjɔ̃] *n. f.* 不正
確, 錯誤

incorrigible [ɛ̃kɔriʒibl] *a.* 無法改正
的; 不可救藥的

incorruptibilité [ɛ̃kɔryptibilite] *n. f.*
不腐敗性; 廉潔性

incorruptible [ɛ̃kɔryptibl] *a.* 不腐敗
的; 廉潔的

incrédule [ɛ̃kredyl] *a.* 不信教的; 懷
疑的 *n.* 不信教者; 懷疑者

incrédulité [ɛ̃kredylite] *n. f.* 不信宗
教; 懷疑

incréé, e [ɛ̃kree] *a.* 【宗】在創世前就
存在的; 永存的

incrimination [ɛ̃kriminasjɔ̃] *n. f.* 控
告; 指責

incriminer [ɛ̃krimine] *v. t.* 控告；指責

incroyable [ɛ̃krwajabl] *a.* 不可相信的；異常的

incroyant, e [ɛ̃krwajɑ̃, ɑ̃:t] *a., n.* 不信宗教的(人)

incrustation [ɛ̃krystɑsjɔ̃] *n. f.* 鑲嵌；鑲嵌細工；水垢

incruster [ɛ̃kryste] *v. t.* 鑲嵌；使結水垢 *v. pr.* 嵌入；結水垢；〖俗〗賴着不走

incubateur, trice [ɛ̃kybatœ:r, tris] *a.* 孵化的 *n. m.* 孵化器；保溫箱

incubation [ɛ̃kybɑsjɔ̃] *n. f.* 孵化；孵育；【醫】潛伏期

incuber [ɛ̃kybe] *v. t.* 孵化，孵育

inculpation [ɛ̃kylpɑsjɔ̃] *n. f.* 控告

inculpé, e [ɛ̃kylpe] *n.* 被告

inculper [ɛ̃kylpe] *v. t.* 控告

inculquer [ɛ̃kylke] *v. t.* 使銘記，使牢記心中

inculte [ɛ̃kylt] *a.* 未開墾的；未梳理的；無教養的，未開化的

incunable [ɛ̃kynabl] *a., n. m.* 早期印刷的(古書)

incurable [ɛ̃kyrabl] *a.* 難治的，不治的

incurie [ɛ̃kyri] *n. f.* 疏忽，草率

incursion [ɛ̃kyrsjɔ̃] *n. f.* 入侵，襲擊

incurvation [ɛ̃kyrvɑsjɔ̃] *n. f.* 內曲

incurver [ɛ̃kyrve] *v. t.* 使向內彎

indécemment [ɛ̃desamɑ̃] *adv.* 失禮地；不正派地

indécence [ɛ̃desɑ̃:s] *n. f.* 失禮；不正派，下流；下流的言行

indécent, e [ɛ̃desɑ̃, ɑ̃:t] *a.* 失禮的；不正派的，下流的

indéchiffrable [ɛ̃deʃifrabl] *a.* 無法辨讀的，難以辨認的；無法翻譯的；難理解的

indéchirable [ɛ̃deʃirabl] *a.* 撕不破的

indécis, e [ɛ̃desi, i:z] *a.* 優柔寡斷的；

不明確的，模糊的；未定的，未決定的

indécision [ɛ̃desizjɔ̃] *n. f.* 不果斷，優柔寡斷；不明確

indéclinable [ɛ̃deklinabl] *a.* 【語】詞尾不變化的

indécomposable [ɛ̃dekɔ̃pozabl] *a.* 不可分解的

indécrottable [ɛ̃dekrɔtabl] *a.* 不能去污泥的；無法改正的

indéfectible [ɛ̃defɛktibl] *a.* 永存的，持久不滅的

indéfendable [ɛ̃defɑ̃dabl] *a.* 無法防禦的

indéfini, e [ɛ̃defini] *a.* 無定限的；不定的，模糊的，泛指的

indéfinissable [ɛ̃definisabl] *a.* 難以確定的；難以表達的

indéformable [ɛ̃defɔrmabl] *a.* 不變形的，不走樣的

indéfrisable [ɛ̃defrizabl] *a.* 持久鬈曲的〔指一種燙髮〕 *n. f.* 燙鬈的頭髮

indélébile [ɛ̃delebil] *a.* 去不掉的，不可磨滅的

indélicat, e [ɛ̃delika, at] *a.* 粗俗的，不雅致的；不誠實的

indélicatesse [ɛ̃delikatɛs] *n. f.* 粗俗；不正當行為，不正當手段

indémaillable [ɛ̃demajabl] *a.* 不會抽絲的，不會脫散的〔指針織品〕

indemne [ɛ̃dɛmn] *a.* 未受損失的

indemnisation [ɛ̃dɛmnizɑsjɔ̃] *n. f.* 賠償

indemniser [ɛ̃dɛmnize] *v. t.* 賠償

indemnité [ɛ̃dɛmnite] *n. f.* 賠款；補貼

indéniable [ɛ̃denjabl] *a.* 無可否認的

indentation [ɛ̃dɑ̃tɑsjɔ̃] *n. f.* 鋸齒狀缺口

indépendamment de [ɛ̃depɑ̃damɑ̃də] *loc. prép.* 不管；除…之外

indépendance [ɛ̃depɑ̃dɑ̃:s] *n. f.* 獨立，自主；【邏】(心理體系的)獨立性

indépendant, e [ɛ̃depɑ̃dɑ̃, ɑ̃:t] *a.* 獨

立的, 自主的; 不受束縛的; 單獨的, 無關的

indéracinable [ɛ̃derasinabl] *a.* 不能連根拔除的; 不能根絕的

indescriptible [ɛ̃dɛskriptibl] *a.* 難以描述的

indésirable [ɛ̃dezirabl] *a., n.* 不受歡迎的(人)

indestructible [ɛ̃dɛstryktibl] *a.* 不可摧毀的, 牢不可破的

indéterminable [ɛ̃detɛrminabl] *a* 難以決定的; 難以確定的

indétermination [ɛ̃detɛrminɑsjɔ̃] *n. f.* 不確定性, 不明確; 猶豫不決

indéterminé, e [ɛ̃detɛrmine] *a.* 未確定的, 不明確的

index [ɛ̃dɛks] *n. m.* 食指; 索引; 指針; (羅馬教廷的)禁書目錄

indicateur, trice [ɛ̃dikatœ:r, tris] *a.* 指示的 *n. m.* 便覽, 指南; 指示器 *n.* 告發者

indicatif, ve [ɛ̃dikatif, i:v] *a.* 指示的 *n. m.* 【語】直陳式; 【無】呼叫信號; (廣播電台、電視台的)預告曲

indication [ɛ̃dikɑsjɔ̃] *n. f* 指示; 迹象, 徵候; 【醫】指徵

indice [ɛ̃dis] *n. m.* 迹象; 指數

indicible [ɛ̃disibl] *a.* 說不出的

indien, ne [ɛ̃djɛ̃, ɛn] *a.* 印度的; 印第安的 *n.* 1~ 印度人; 印第安人 *n. f.* 印花棉布

indifféremment [ɛ̃diferamɑ̃] *adv.* 不加區別地

indifférence [ɛ̃diferɑ̃:s] *n. f.* 無所謂; 漠不關心, 冷淡

indifférent, e [ɛ̃diferɑ̃, ɑ̃:t] *a.* 無所謂的; 漠不關心的, 冷淡的; 無關緊要的 *n.* 漠不關心的人

indifférentisme [ɛ̃diferɑ̃tism] *n. m.* (對政治、宗教等的)冷淡主義, 冷漠態度

indigénat [ɛ̃diʒena] *n. m.* (殖民地的)土著; 土著身份

indigence [ɛ̃diʒɑ̃:s] *n. f.* 貧窮; 貧乏

indigène [ɛ̃diʒɛn] *a.* 當地的, 土生土長的, 土著的 *n.* 當地人, 土著

indigent, e [ɛ̃diʒɑ̃, ɑ̃:t] *a.* 貧窮的 *n.* 貧民

indigeste [ɛ̃diʒɛst] *a.* 難消化的; 雜亂無章的, 不易掌握的

indigestion [ɛ̃diʒɛstjɔ̃] *n. f.* 消化不良

indignation [ɛ̃diɲasjɔ̃] *n. f.* 憤怒, 憤慨

indigne [ɛ̃diɲ] *a.* 不配…的; 不相稱的; 不稱職的; 可鄙的; 丟臉的

indigner [ɛ̃diɲe] *v. t.* 使氣憤 *v. pr.* 感到氣憤

indignité [ɛ̃diɲite] *n. f.* 不配, 無資格; 卑鄙; 丟臉的事; 侮辱

indigo [ɛ̃digo] *n. m.* 〖西〗靛藍

indigotier [ɛ̃digɔtje] *n. m.* 【植】槐藍

indiquer [ɛ̃dike] *v. t.* 指出, 指示; 表示

indirect, e [ɛ̃dirɛkt] *a.* 間接的; 迂迴的

indiscernable [ɛ̃disɛrnabl] *a.* 分辨不出的

indisciplinable [ɛ̃disiplinabl] *a.* 難以使之守紀律的

indiscipline [ɛ̃disiplin] *n. f.* 無紀律

indiscipliné, e [ɛ̃disipline] *a.* 不守紀律的

indiscret, ète [ɛ̃diskrɛ, ɛt] *a.* 冒昧的, 不知趣的; 輕率的, 不審慎的

indiscrétion [ɛ̃diskresjɔ̃] *n. f.* 冒昧, 輕率

indiscutable [ɛ̃diskytabl] *a.* 無可爭辯的

indiscuté, e [ɛ̃diskyte] *a.* 不可爭議的

indispensable [ɛ̃dispɑ̃sabl] *a.* 必需的, 必不可少的

indisponible [ɛ̃dispɔnibl] *a.* 【法】不能處分的, 不能贈與的

indisposer [ɛ̃dispoze] *v. t.* 使感不適; 使感到不快

indisposition [ɛ̃dispozisjɔ̃] *n. f.* 不適, 小病

indissolubilité [ɛ̃disɔlybilite] *n. f.* 不可分離性

indissoluble [ɛ̃disɔlybl] *a.* 不可分離的

indistinct, e [ɛ̃distɛ̃(:kt), ɛ̃:kt] *a.* 不清楚的, 模糊的

indium [ɛ̃djɔm] *n. m.* 【化】銦

individu [ɛ̃dividy] *n. m.* 個體; 個人; 〔俗〕傢伙

individualisation [ɛ̃dividɥalizɑsjɔ̃] *n. f.* 個體化

individualiser [ɛ̃dividɥalize] *v. t.* 使有個性, 使具有特性

individualisme [ɛ̃dividɥalism] *n. m.* 個人主義

individualiste [ɛ̃dividɥalist] *a.* 個人主義的 *n.* 個人主義者

individualité [ɛ̃dividɥalite] *n. f.* 個體, 個性; 特性, 特色; 個性強的人

individuel, le [ɛ̃dividɥɛl] *a.* 個人的; 個别的 *n.* 個人運動員〔不屬於任何體育團體〕

indivis, e [ɛ̃divi, i:z] *a.* 未分的, 共有的

indivisément [ɛ̃divizemɑ̃] *adv.* 共有地, 共同地

indivisible [ɛ̃divizibl] *a.* 不可分的

indivision [ɛ̃divizjɔ̃] *n. f.* 共有

indochinois, e [ɛ̃dɔʃinwa, a:z] *a.* 印度支那(半島)的 *n.* I~ 印度支那人

indocile [ɛ̃dɔsil] *a.* 不順從的, 不聽話的

indocilité [ɛ̃dɔsilite] *n. f.* 不順從, 不聽話

indo-européen, ne [ɛ̃doørɔpeɛ̃, ɛn] *a.* 印歐語系的 *n. m.* 印歐語系

indolemment [ɛ̃dɔlamɑ̃] *adv.* 懶洋洋地

indolence [ɛ̃dɔlɑ̃:s] *n. f.* 懶散, 怠惰

indolent, e [ɛ̃dɔlɑ̃, ɑ̃:t] *a.* 懶散的, 怠惰的

indolore [ɛ̃dɔlɔ:r] *a.* 無痛(性)的

indomptable [ɛ̃dɔ̃tabl] *a.* 不可馴服的, 無法制服的; 難以抑制的

indompté, e [ɛ̃dɔ̃te] *a.* 未馴服的; 不能抑制的

indonésien, ne [ɛ̃dɔnezjɛ̃, ɛn] *a.* 印度尼西亞的 *n.* I~ 印度尼西亞人 *n. m.* 印度尼西亞語

in-douze [ɛ̃du:z] *a. inv.* 十二開的 *n. m. inv.* 十二開本

indu, e [ɛ̃dy] *a.* 不當的; 不該付的 *n. m.* 不該付的錢

indubitable [ɛ̃dybitabl] *a.* 不容置疑的, 確實的

inducteur, trice [ɛ̃dyktœ:r, tris] *a.* 起感應的 *n. m.* 場磁鐵

inductif, ve [ɛ̃dyktif, i:v] *a.* 歸納的; 感應的

induction [ɛ̃dyksjɔ̃] *n. f.* 歸納法; 感應【生】誘導

induire [ɛ̃dɥi:r] *v. t.* [c. 60] 引誘; 歸納出, 得出; 使感應

induit, e [ɛ̃dɥi, it] *a.* 感應的 *n. m.* 感應電路; 電樞

indulgence [ɛ̃dylʒɑ̃:s] *n. f.* 寬容; 【宗】赦

indulgent, e [ɛ̃dylʒɑ̃, ɑ̃:t] *a.* 寬容的

indûment [ɛ̃dymɑ̃] *adv.* 不當地

induration [ɛ̃dyrɑsjɔ̃] *n. f* 【醫】硬化

industrialiser [ɛ̃dystrialize] *v. t.* 使工業化

industrialisme [ɛ̃dystrialism] *n. m.* 工業主義

industrie [ɛ̃dystri] *n. f.* 工業, 產業; 行業; 技能, 技巧

industriel, le [ɛ̃dystriɛl] *a.* 工業的, 產業的 *n. m.* 工業家

industrieux, se [ɛ̃dystriø, ø:z] *a.* 靈巧的

inébranlable [inebrɑ̃labl] *a.* 不可動搖的; 堅定不移的

inédit, e [inedi, it] *a.* 未出版過的; 新穎的 *n. m.* 未出版過的著作; 新奇的東西

ineffable [inefabl] *a.* 說不出的, 難以形容的

ineffaçable [inefasabl] *a.* 擦不掉的; 不可磨滅的

inefficace [inefikas] *a.* 無效的

inefficacité [inefikasite] *n. f.* 無效

inégal, ale [inegal] (*pl.* ~**aux**) *a.* 不等的; 不平的; 不規則的; 變化無常的; 時好時壞的

inégalité [inegalite] *n. f.* 不等; 不平坦; 變化無常; 不等式

inélégance [inelegɑ̃:s] *n. f.* 不雅, 粗俗

inélégant, e [inelegɑ̃, ɑ̃:t] *a.* 不雅的, 粗俗的

inéligible [ineliʒibl] *a.* 無被選資格的

inéluctable [inelyktabl] *a.* 不可避免的

inemployé, e [inɑ̃plwaje] *a.* 不用的

inénarrable [inenarabl] *a.* 難以叙述的, 說來可笑的

inepte [inɛpt] *a.* 愚蠢的, 荒謬的

ineptie [inɛpsi] *n. f.* 愚蠢; 愚蠢的言行

inépuisable [inepɥizabl] *a.* 取之不盡的, 用不完的

inéquation [inekwasjɔ̃] *n. f.* 不等式

inéquitable [inekitabl] *a.* 不公正的

inerte [inɛrt] *a.* 惰性的; 慣性的; 無生氣的, 遲鈍的

inertie [inɛrsi] *n. f.* 惰性; 慣性; 遲鈍

inespéré, e [inɛspere] *a.* 意想不到的, 意外的

inestimable [inɛstimabl] *a.* 無法估價的

inévitable [inevitabl] *a.* 不可避免的

inexact, e [inɛgza(kt), akt] *a.* 不精確的; 不準時的

inexactitude [inɛgzaktityd] *n. f.* 不精確; 不準時

inexcusable [inɛkskyzabl] *a.* 不可原諒的

inexécutable [inɛgzekytabl] *a.* 不能實行的, 行不通的

inexécution [inɛgzekysjɔ̃] *n. f.* 未實行, 未履行

inexistant, e [inɛgzistɑ̃, ɑ̃:t] *a.* 不存在的; 〖俗〗毫無價值的, 沒有用處的

inexorable [inɛgzɔrabl] *a.* 毫不容情的; 嚴厲的

inexpérience [inɛksperjɑ̃:s] *n. f.* 缺乏經驗

inexpérimenté, e [inɛksperimɑ̃te] *a.* 缺乏經驗的

inexpiable [inɛkspjabl] *a.* 不能補贖的

inexplicable [inɛksplikabl] *a.* 無法解釋的

inexpliqué, e [inɛksplike] *a.* 未解釋清楚的

inexploité, e [inɛksplwate] *a.* 未開發的

inexploré, e [inɛksplɔre] *a.* 未經勘探的, 未經勘察的

inexplosible [inɛksplozibl] *a.* 不會爆炸的

inexpressif, ve [inɛkspre[ɛ]sif, i:v] *a.* 無表情的

inexprimable [inɛksprimabl] *a.* 難以表達的

inexprimé, e [inɛksprime] *a.* 未表達出來的

inexpugnable [inɛkspygnabl] *a.* 無法襲取的, 不可攻克的

inextensible [inɛkstɑ̃sibl] *a.* 不能延伸的

in extenso [inɛkstɛ̃so] *loc. adv.* 〖拉〗全部

inextinguible [inɛkstɛ̃g(ɥ)ibl] *a.* 不能撲滅的; 不可平息的

in extremis [inɛkstremis] *loc. adv.* 〖拉〗最後時刻, 最後刹那間; 臨終時

inextricable [inɛkstrikabl] *a.* 理不清

的；錯綜複雜的

infaillibilité [ɛ̃fajibilite] n. f. 無錯誤

infaillible [ɛ̃fajibl] a. 不犯錯誤的；必然的；有效的

infaisable [ɛ̃fəzabl] a. 辦不到的

infamant, e [ɛ̃famɑ̃, ɑ̃:t] a. 侮辱性的，損人名譽的

infâme [ɛ̃fɑ:m] a. 名譽壞的，可恥的；令人厭惡的，不潔的

infamie [ɛ̃fami] n. f 不名譽，恥辱；醜行；pl. 辱罵

infant, e [ɛ̃fɑ̃, ɑ̃:t] n. （西班牙、葡萄牙國王次生的）王子，公主

infanterie [ɛ̃fɑ̃tri] n. f. 步兵

infanticide [ɛ̃fɑ̃tisid] a. 殺嬰的，殺害幼兒的 n. 殺嬰犯 n. m. 殺嬰罪

infantile [ɛ̃fɑ̃til] a. 嬰兒的，幼兒的；幼稚的

infantilisme [ɛ̃fɑ̃tilism] n. m. 幼稚症，幼稚型

infatigable [ɛ̃fatigabl] a. 不會疲勞的，不倦的

infatuation [ɛ̃fatyɑsjɔ̃] n. f. 自負，自命不凡

infatuer [ɛ̃fatɥe] v. t. 使自負 v. pr. 自命不凡

infécond, e [ɛ̃fekɔ̃, ɔ̃:d] a. 貧瘠的；不生育的，不孕的；不結果實的；貧乏的

infécondité [ɛ̃fekɔ̃dite] n. f. 貧瘠；不生育，不孕；不結果實；貧乏

infect, e [ɛ̃fɛkt] a. 發臭的，〖俗〗令人厭惡的，極壞的

infecter [ɛ̃fɛkte] v. t. 使發臭，污染；使感染；毒害

infectieux, se [ɛ̃fɛksjø, øz] a. 傳染的，感染的

infection [ɛ̃fɛksjɔ̃] n. f. 傳染，感染；毒害；惡臭

inféoder [ɛ̃feɔde] v. t. 授與封地 v. pr. 服從，成爲附庸

inférer [ɛ̃fere] v. t. [c. 7]推理，推論

inférieur, e [ɛ̃ferjœr] a. 下面的，下部的；下游的；下級的；劣等的 n. 下

級，部下

infériorité [ɛ̃ferjɔrite] n. f. 下等；劣勢；下級

infernal, ale [ɛ̃fɛrnal](pl. ~aux) a. 地獄的，惡魔般的，猛烈的，〖俗〗叫人受不了的

infertile [ɛ̃fɛrtil] a. 不肥沃的，貧瘠的；貧乏的

infertilité [ɛ̃fɛrtilite] n. f. 貧瘠；貧乏

infester [ɛ̃fɛste] v. t. 侵擾，騷擾

infidèle [ɛ̃fidɛl] a. 不忠實的，背信的；不正確的 n. 異教徒

infidélité [ɛ̃fidelite] n. f. 不忠實；不正確；不忠的行爲

infiltration [ɛ̃filtrɑsjɔ̃] n. f. 滲透

infiltrer (s') [sɛ̃filtre] v. pr. 滲透

infime [ɛ̃fim] a. 最下等的，低微的；微小的

infini, e [ɛ̃fini] a. 無限的，無止境的 n. m. 無限；〖數〗無窮大

infinité [ɛ̃finite] n. f. 無限(性)；無數，大量

infinitésimal, ale [ɛ̃finitezimal](pl.~aux) a. 極小的，〖數〗無限小的

infinitif, ve [ɛ̃finitif, i:v] 【語】 a. 不定(式)的 n. m. 不定式

infirme [ɛ̃firm] a., n. 有殘疾的(人)，殘廢的(人)

infirmer [ɛ̃firme] v. t. 宣佈無效，撤銷；削弱，使無力

infirmerie [ɛ̃firməri] n. f. 診療所，醫務室

infirmier, ère [ɛ̃firmje, ɛːr] n. 護士

infirmité [ɛ̃firmite] n. f. 殘疾，衰弱，虛弱；弱點，缺陷

inflammabilité [ɛ̃flamabilite] n. f. 易燃性

inflammable [ɛ̃fla[ɑ]mabl] a. 易燃的；易激動的

inflammation [ɛ̃fla[ɑ]mɑsjɔ̃] n. f. 着火，燃燒；炎症

inflammatoire [ɛ̃fla[ɑ]matwaːr] a. 炎症的

inflation [ɛ̃flɑsjɔ̃] *n. f.* 通貨膨脹;(人員等)增加過多

infléchir [ɛ̃fleʃiːr] *v. t.* 使彎曲

inflexibilité [ɛ̃fleksibilite] *n. f.* 不可彎曲性;堅強, 不屈

inflexible [ɛ̃fleksibl] *a.* 不可彎曲的;不屈的, 堅定不移的

inflexion [ɛ̃fleksjɔ̃] *n. f.* 彎曲;改變, 抑揚;【數】拐折

infliger [ɛ̃fliʒe] *v. t.* [c. 2] 處以(刑罰), 使蒙受

inflorescence [ɛ̃flɔresɑ̃s] *n. f.* 【植】花序

influençable [ɛ̃flyɑ̃sabl] *a.* 易受影響的

influence [ɛ̃flyɑ̃s] *n. f.* 影響;勢力, 權勢

influencer [ɛ̃flyɑ̃se] *v. t.* [c. 1] 影響

influent, e [ɛ̃flyɑ̃, ɑ̃:t] *a.* 有影響的, 有勢力的

influenza [ɛ̃flyɑ̃(ɛ̃)za] *n. f.* 〖意〗流行性感冒

influer [ɛ̃flye] *v. i.* 給以影響, 影響到

influx [ɛ̃fly] *n. m.* ~ nerveux 【生理】神經衝動

in-folio [ɛ̃ɔljo] 〖拉〗 *a. inv.* 對開的 *n. m. inv.* 對開本

informateur, trice [ɛ̃fɔrmatœ:r, tris] *n.* 報道者, 提供情報者

information [ɛ̃fɔrmɑsjɔ̃] *n. f.* 消息, 報道, 通知, 情報;傳訊, 預審;信息

informe [ɛ̃fɔrm] *a.* 無定形的, 醜陋的, 不像樣的

informé [ɛ̃fɔrme] *a.* 消息靈通的 *n. m.* 傳訊, 預審

informer [ɛ̃fɔrme] *v. t.* 通知, 告訴 *v. i.* 傳訊, 預審 *v. pr.* 打聽, 詢問

infortune [ɛ̃fɔrtyn] *n. f.* 不幸, 厄運, *pl.* 不幸的事

infortuné, e [ɛ̃fɔrtyne] *a., n.* 不幸的(人)

infraction [ɛ̃fraksjɔ̃] *n. f.* 違法, 違背

infranchissable [ɛ̃frɑ̃ʃisabl] *a.* 不可

infrangible [ɛ̃frɑ̃ʒibl] *a.* 不能摧毀的

infrarouge [ɛ̃fraru:ʒ] *a.* 紅外綫的

infra-son [ɛ̃frasɔ̃] *n. m.* 【物】次聲

infrastructure [ɛ̃frastryktyːr] *n. f.* 下部結構, 基礎;地面設施

infroissable [ɛ̃frwasabl] *a.* 抗皺的, 不易皺的

infructueux, se [ɛ̃fryktɥø, ø:z] *a.* 無成果的, 徒勞的

infus, e [ɛ̃fy, y:z] *a.* 天賦的, 天生的

infuser [ɛ̃fyze] *v. t.* 泡(茶葉等);灌輸 *v. i.* (被)泡

infusible [ɛ̃fyzibl] *a.* 不熔的, 難熔的

infusion [ɛ̃fyzjɔ̃] *n. f.* 泡(茶葉等);茶葉等的泡液

infusoires [ɛ̃fyzwaːr] *n. m. pl.* 【動】纖毛蟲綱

ingambe [ɛ̃gɑ̃:b] *a.* 步履輕捷的

ingénier (s') [sɛ̃ʒenje] *v. pr.* 想方設法

ingénieur [ɛ̃ʒenjœːr] *n. m.* 工程師

ingénieux, se [ɛ̃ʒenjø, ø:z] *a.* 靈巧的, 有創造才能的, 精巧的

ingéniosité [ɛ̃ʒenjozite] *n. f.* 靈巧, 創造性;巧妙, 精巧

ingénu, e [ɛ̃ʒeny] *a.* 天真的, 純樸的, 坦白的 *n.* 天真的人, 純樸的人 *n. f.* 【劇】天真少女的角色

ingénuité [ɛ̃ʒenɥite] *n. f.* 天真, 純樸, 坦白

ingérence [ɛ̃ʒerɑ̃:s] *n. f.* 干涉, 干預

ingérer [ɛ̃ʒere] [c. 7] *n. f.* 咽下, 食入 *v. pr.* 干涉, 干預

ingestion [ɛ̃ʒɛstjɔ̃] *n. f.* 咽下, 食入;【生】攝食

ingrat, e [ɛ̃gra, at] *a.* 忘恩負義的;不討人喜歡的;徒勞無益的

ingratitude [ɛ̃gratityd] *n. f.* 忘恩負義;不討人喜歡;徒勞無益

ingrédient [ɛ̃gredjɑ̃] *n. m.* 成份, 組成部分

inguérissable [ɛ̃gerisabl] *a.* 無法醫

治的,不可救藥的

inguinal, ale [ɛ̃gЧinal] (*pl.*∼*aux*) *a.*【解】腹股溝的

ingurgitation [ɛ̃gyrʒitɑsjɔ̃] *n. f.* 吞食,咽下

ingurgiter [ɛ̃gyrʒite] *v. t.* 吞下,咽下,灌入;〖俗〗狼吞虎咽地吃,大口地喝

inhabile [inabil] *a.* 不靈巧的,不熟練的;【法】無能力的,無資格的

inhabileté [inabilte] *n. f.* 不靈巧,不熟練

inhabilité [inabilite] *n. f.*【法】無能力,無資格

inhabitable [inabitabl] *a.* 不能居住的,難以居住的

inhabité, e [inabite] *a.* 無人居住的

inhalateur, trice [inalatœːr, tris] *a.* 吸入的,吸氣的 *n. m.* 吸入器

inhalation [inalɑsjɔ̃] *n. f.*【醫】吸入法

inhérence [inerɑ̃ːs] *n. f.*【哲】固有

inhérent, e [inerɑ̃, ɑ̃ːt] *a.* 本來的,固有的

inhibition [inibisjɔ̃] *n. f.*【生理】抑制;〖古〗【法】禁止,制止

inhospitalier, ère [inɔspitalje, ɛːr] *a.* 不好客的

inhumain, e [inymɛ̃, ɛn] *a.* 不人道的,無人性的,無情的

inhumanité [inymanite] *n. f.* 不人道,無情

inhumation [inymɑsjɔ̃] *n. f.* 埋葬

inhumer [inyme] *v. t.* 埋葬

inimaginable [inimaʒinabl] *a.* 不可想象的,不可思議的

inimitable [inimitabl] *a.* 不能模仿的,無法模仿的

inimitié [inimitje] *n. f.* 敵意,敵視,惡感

ininflammable [inɛ̃fla(ɑ)mabl] *a.* 不能燃燒的,燒不着的

inintelligemment [inɛ̃te[ɛl]liʒamɑ̃] *adv.* 不聰明地

inintelligence [inɛ̃te[ɛl]liʒɑ̃ːs] *n. f.* 不聰明

inintelligent, e [inɛ̃te[ɛl]liʒɑ̃, ɑ̃ːt] *a.* 不聰明的

inintelligible [inɛ̃te[ɛl]liʒibl] *a.* 不可理解的,難以理解的

ininterrompu, e [inɛ̃tɛrɔ̃py] *a.* 不間斷的,連續不斷的

inique [inik] *a.* 極不公正的,極不公平的

iniquité [inikite] *n. f.* 極不公正,極不公平;極不公正的行爲,極不公道的事;罪惡

initial, ale [inisjal] (*pl.*∼*aux*) *a.* 開始的,開頭的,最初的 *n. f.* 開頭字母

initiateur, trice [inisjatœːr; tris] *n.* 啓蒙者,創始人 *a.* 首創的

initiation [inisjɑsjɔ̃] *n. f.* (古代宗教中)奧義傳授儀式;(秘密社團的)入社,入社儀式,基礎知識的傳授

initiative [inisjatiːv] *n. f.* 創始,創製,發起;首創精神

initié, e [inisje] *a., n.* 内行的(人),熟悉内情的(人)

initier [inisje] *v. t.* (將宗教奧義)傳授與;使入門;接納…入秘密社團

injecter [ɛ̃ʒɛkte] *v. t.* 注射;灌注,浸灌

injecteur, trice [ɛ̃ʒɛktœːr, tris] *a.* 注射的,用以注射的 *n. m.* 注射器,注入器;噴射器,噴油器

injection [ɛ̃ʒɛksjɔ̃] *n. f.* 注射,打針;噴射;【建】壓力灌漿加固法;【數】内射變換;注射液

injonction [ɛ̃ʒɔ̃ksjɔ̃] *n. f.* 命令,指令

injouable [ɛ̃ʒwabl] *a.* 不能上演的,無法上演的

injure [ɛ̃ʒyːr] *n. f.* 罵人話;侮辱

injurier [ɛ̃ʒyrje] *v. t.* 侮辱,辱罵

injurieux, se [ɛ̃ʒyrjø, øːz] *a.* 侮辱的,辱罵的

injuste [ɛ̃ʒyst] *a.* 不公正的,不公平的,非正義的 *n. m.* 不公正

injustice [ɛ̃ʒystis] *n. f.* 不公正, 不公平; 不公平的事情, 不公正的行為

injustifiable [ɛ̃ʒystifjabl] *a.* 無法辯解的, 無法辯護的

injustifié, e [ɛ̃ʒystifje] *a.* 無理的, 無根據的

inlassable [ɛ̃lɑsabl] *a.* 不疲倦的, 堅持不懈的

inné, e [ine] *a.* 天生的, 天賦的

innervation [inɛrvɑsjɔ̃] *n. f.* 神經分佈, 神經支配

innerver [inɛrve] *v. t.* 使受神經支配

innocemment [inɔsamɑ̃] *adv.* 無惡意地

innocence [inɔsɑ̃s] *n. f.* 純潔, 天真無邪; 無罪, 無辜; 單純無知; 無辜者

innocent, e [inɔsɑ̃, ɑ̃t] *a.* 純潔的, 天真無邪的; 無罪的, 無辜的, 無惡意的; 單純無知的 *n.* 天真無邪的人; 老實人; 無罪者

innocenter [inɔsɑ̃te] *v. t.* 宣判無罪

innocuité [inɔkɥite] *n. f.* 無害, 無害性

innombrable [inɔ̃brabl] *a.* 無數的, 不可勝數的

innommable [inɔmabl] *a.* 說不出名稱的, 無法稱呼的; 卑鄙下流到說不出口的

innovateur, trice [inɔvatœːr, tris] *a.* 革新的, 改革的 *n.* 革新者, 改革者

innovation [inɔvɑsjɔ̃] *n. f.* 革新, 改革; 革新的事物

innover [inɔve] *v. t.* 革新, 改革 *v. i.* 進行革新, 進行改革

inobservable [inɔpsɛrvabl] *a.* 觀察不到的; 不能遵照執行的

inobservance [inɔpsɛrvɑ̃s] *n. f.* 不遵守, 違反

inobservation [inɔpsɛrvɑsjɔ̃] *n. f.* 不遵守, 違反

inoccupé, e [inɔkype] *a.* 閑着無事的, 無職業的; 空着的, 無人佔用的

in-octavo [inɔktavo] *a. inv.* 八開的 *n. m. inv.* 八開本

inoculable [inɔkylabl] *a.* 【醫】可接種的

inoculation [inɔkylɑsjɔ̃] *n. f.* 【醫】接種

inoculer [inɔkyle] *v. t.* 【醫】接種; 使感染; 灌輸, 使沾染

inodore [inɔdɔːr] *a.* 無氣味的

inoffensif, ve [inɔfɑ̃sif, iːv] *a.* 不傷人的, 無害的

inondation [inɔ̃dɑsjɔ̃] *n. f.* 水災, 洪水; 泛濫;【醫】(腦室、腹腔) 溢血

inonder [inɔ̃de] *v. t.* 淹沒; 使濕透; 大量湧入, 充斥

inopérable [inɔperabl] *a.* 不能動手術的

inopérant, e [inɔperɑ̃, ɑ̃t] *a.* 無效的

inopiné, e [inɔpine] *a.* 意外的, 未料到的

inopportun, e [inɔpɔrtœ̃, yn] *a.* 不適時的, 不合時宜的

inopportunité [inɔpɔrtynite] *n. f.* 不適時, 不合時宜

inorganique [inɔrganik] *a.* 【化】無機的

inoubliable [inublijabl] *a.* 難忘的

inouï, e [inwi] *a.* 聞所未聞的; 出奇的

inoxydable [inɔksidabl] *a.* 不氧化的; 不鏽的

in petto [inpe(ɛt)to] *loc. adv.* 〖意〗〖謔〗在心裏, 暗自地

inqualifiable [ɛ̃kalifjabl] *a.* 非言語所能形容的; 卑劣的

in-quarto [ɛ̃kwarto] *a. inv.* 四開的 *n. m. inv.* 四開本

inquiet, ète [ɛ̃kjɛ, ɛt] *a.* 不安寧的; 憂惑不安的, 擔心的

inquiéter [ɛ̃kjete] *v. t.* [c. 7] 使不安, 使擔心

inquiétude [ɛ̃kjetyd] *n. f.* 擔心, 焦急, 不安

inquisiteur, trice [ɛ̃kizitœːr, tris] *n. m.* 宗教裁判所的法官 *a.* 審問的, 查問的

nquisition [ɛkizisjɔ̃] *n. f.* 蠻橫的審訊,蠻橫的調查;(中世紀天主教的)宗教裁判所

nsaisissable [ɛsezisabl] *a.* 【法】不能扣押的;抓不到的;不易覺察的;不可捉摸的

nsalubre [ɛsalybr] *a.* 不衛生的,對健康有害的

nsalubrité [ɛsalybrite] *n. f.* 不合衛生,對健康有害

nsanité [ɛsanite] *n. f.* 喪失理智的言行

nsatiable [ɛsasjabl] *a.* 饞不飽的;貪得無厭的

nscription [ɛskripsjɔ̃] *n. f.* 題銘,銘文,碑文;登記

nscrire [ɛskri:r] [c. 61] *v. t.* 銘刻;登記,記入;【數】使內接;使內切 *v. pr.* 報名,登記;被列入

nsecte [ɛsɛkt] *n. m.* 昆蟲

nsecticide [ɛsɛktisid] *a.* 殺蟲的 *n. m.* 殺蟲劑

nsectivore [ɛsɛktivɔ:r] *a.* 食蟲的 *n. m. pl.* 食蟲目〔指哺乳動物〕

nsécurité [ɛsekyrite] *n f.* 不安全

n-seize [ɛsɛ:z] *a. inv.* 十六開的 *n. m. inv.* 十六開本

nsensé, e [ɛsɑ̃se] *a.* 失去理智的;荒誕的,狂妄的 *n.* 失去理智的人

nsensibilisation [ɛsɑ̃sibilizɑsjɔ̃] *n. f.* 使失去感覺,麻醉

nsensibiliser [ɛsɑ̃sibilize] *v. t.* 使失去感覺,進行麻醉

nsensibilité [ɛsɑ̃sibilite] *n. f.* 無感覺,失去知覺;冷漠

nsensible [ɛsɑ̃sibl] *a.* 無感覺的,失去知覺的;冷漠的;難以覺察的

nséparable [ɛseparabl] *a.* 不可分割的,分不開的;不可分離的

nsérer [ɛsere] *v. t.* [c. 7] 插入,嵌入,裝入;加進

nsertion [ɛsɛrsjɔ̃] *n. f.* 插入,嵌入,裝入;加進

insidieux, se [ɛsidjø, ø:z] *a.* 陰險的,狡詐的;潛伏(性)的

insigne [ɛsiɲ] *a.* 卓越的,非凡的,重大的 *n. m.* 徽章,證章;標誌

insignifiance [ɛsiɲifjɑ:s] *n. f.* 無價值,不重要

insignifiant, e [ɛsiɲifjɑ̃, ɑ̃:t] *a.* 毫無價值的,不重要的

insinuant, e [ɛsinɥɑ̃, ɑ̃:t] *a.* 會鑽營的,婉轉取悅的;旁敲側擊的

insinuation [ɛsinɥɑsjɔ̃] *n. f.* 暗示,影射;影射的事

insinuer [ɛsinɥe] *v. t.* 暗示,影射,使不知不覺地接受 *v. pr.* 混入,鑽入;巧妙取得(信任)

insipide [ɛsipid] *a.* 無滋味的;無味的;乏味的,平庸的

insipidité [ɛsipidite] *n. f.* 無滋味,無味;乏味

insistance [ɛsistɑ:s] *n. f.* 堅決要求,堅持,堅決主張

insistant, e [ɛsistɑ̃, ɑ̃:t] *a.* 堅決要求的,堅持的

insister [ɛsiste] *v. i.* 堅決要求,堅持;強調

insociable [ɛsɔsjabl] *a.* 不愛交際的,孤僻的

insolation [ɛsɔlɑsjɔ̃] *n. f.* 日照,日照時數;日射病;【攝】曬印

insolemment [ɛsɔlamɑ̃] *adv.* 蠻橫無禮地,傲慢地

insolence [ɛsɔlɑ:s] *n. f.* 蠻橫無禮,傲慢;蠻橫無禮的言行

insolent, e [ɛsɔlɑ̃, ɑ̃:t] *a.* 蠻橫無禮的,傲慢的 *n.* 蠻橫無禮的人

insolite [ɛsɔlit] *a.* 不尋常的,奇特的

insolubilité [ɛsɔlybilite] *n. f.* 不溶(解)性;難以解決

insoluble [ɛsɔlybl] *a.* 不溶(解)的;難以解決的

insolvabilité [ɛsɔlvabilite] *n. f.* 無清償能力,無支付能力

insolvable [ɛsɔlvabl] *a.* 無清償能力

insomnie [ɛ̃sɔmni] *n. f.* 失眠, 失眠症

insondable [ɛ̃sɔ̃dabl] *a.* 深不可測的; 不可捉摸的

insonore [ɛ̃sɔnɔːr] *a.* 無聲的; 隔音的

insouciance [ɛ̃susjɑ̃ːs] *n. f.* 無憂無慮

insouciant, e [ɛ̃susjɑ̃, ɑ̃ːt] *a.* 無憂無慮的

insoucieux, se [ɛ̃susjø, øːz] *a.* 不介意的, 不憂慮的

insoumis [ɛ̃sumi, iːz] *a.* 不服從的, 不屈服的 *n. m.* 不按期應召的軍人

insoumission [ɛ̃sumisjɔ̃] *n. f.* 不服從, 不屈服; 不按期應召

insoupçonnable [ɛ̃supsɔnabl] *a.* 無可懷疑的, 不容置疑的

insoutenable [ɛ̃sutnabl] *a.* 支持不住的, 守不住的, 站不住脚的; 受不了的

inspecter [ɛ̃spɛkte] *v. t.* 視察, 檢查, 審查; 仔細觀察

inspecteur, trice [ɛ̃spɛktœːr, tris] *n.* 檢查員, 視察員, 督察員

inspection [ɛ̃spɛksjɔ̃] *n. f.* 視察, 檢查; 視察員的職位, 檢查員的職位; 監察機關, 檢查機關

inspirateur, trice [ɛ̃spiratœːr, tris] *a.* 吸氣的 *n.* 啓示者; 啓發者

inspiration [ɛ̃spirasjɔ̃] *n. f.* 吸氣; 授意, 啓發, 鼓動; 靈感

inspiré, e [ɛ̃spire] *a., n.* 有靈感的(人); 受到啓發的(人)

inspirer [ɛ̃spire] *v. t.* 吸(氣); 激發起(情感等); 使産生靈感; 啓發 *v. pr.* 受到…的啓發, 從…汲取思想

instabilité [ɛ̃stabilite] *n. f.* 不穩定性; 流動性; 變幻無常

instable [ɛ̃stabl] *a.* 不穩定的; 流動的; 變幻無常的

installation [ɛ̃stalɑsjɔ̃] *n. f.* 就職; 安置, 定居; 安裝; 設備

installer [ɛ̃stale] *v. t.* 任命, 委任; 安

頓, 安置; 安裝, 裝設

instamment [ɛ̃stamɑ̃] *adv.* 懇切地, 迫切地

instance [ɛ̃stɑ̃ːs] *n. f.* 懇求, 懇請; 訴訟

instant, e [ɛ̃stɑ̃, ɑ̃ːt] *a.* 緊迫的, 迫切的 *n. m.* 瞬間, 頃刻; à chaque ~ *loc. adv.* 時時刻刻

instantané, e [ɛ̃stɑ̃tane] *a.* 瞬息的; 刹那間的; 突然發生的 *n. m.* 瞬時曝光, 快速曝光; 快速曝光照片

instar de (à l') [alɛ̃stardə] *loc. prép.* 以…爲榜樣, 按照…那樣

instaurer [ɛ̃stɔ[o]re] *v. t.* 創立, 建立, 設立

instigateur, trice [ɛ̃stigatœːr, tris] *n.* 挑動者, 煽動者

instigation [ɛ̃stigɑsjɔ̃] *n. f.* 挑動, 煽動

instillation [ɛ̃stilɑsjɔ̃] *n. f.* 滴注, 滴入

instiller [ɛ̃stile] *v. t.* 滴注, 滴入

instinct [ɛ̃stɛ̃] *n. m.* 本能; 生性

instinctif, ve [ɛ̃stɛ̃ktif, iːv] *a.* 本能的

instituer [ɛ̃stitɥe] *v. t.* 指定(繼承人); 創建, 創辦; 制定

institut [ɛ̃stity] *n. m.* 學會, 協會; 學院, 專科學校; 研究院, 研究所

instituteur, trice [ɛ̃stitytœːr, tris] *n.* 小學教員

institution [ɛ̃stitysjɔ̃] *n. f.* 建立, 創立; 制定; 機關, 機構; 學校(繼承人的)指定; *pl.* 制度

instructeur [ɛ̃stryktœːr] *a. m.* 擔負軍事訓練的 *n. m.* 【軍】教官

instructif, ve [ɛ̃stryktif, iːv] *a.* 有教益的, 有教育意義的

instruction [ɛ̃stryksjɔ̃] *n. f.* 教育, 訓練; 知識, 文化; 産品使用說明; *pl.* 指示, 訓令

instruire [ɛ̃strɥiːr] *v. t.* [c. 60] 教育, 訓練; 通知, 告訴

instrument [ɛ̃strymɑ̃] *n. m.* 工具, 器

械,儀器;樂器;手段,方法;證書,文書

nstrumental, ale [ɛ̃strymɑtal] (*pl. ~ aux*) *a.* 器樂的

nstrumentation [ɛ̃strymɑtɑsjɔ̃] *n. f.* 樂器法;配器法

nstrumenter [ɛ̃strymɑ̃te] *v. i.* 【法】作成證書等 *v. t.* 配器

nstrumentiste [ɛ̃strymɑ̃tist] *n.* 器樂家

nsu [ɛ̃sy] *n. m.* 不知道; à l' ~ de *loc. prép.* 不爲…所知,不讓…知道

nsubmersible [ɛ̃sybmɛrsibl] *a.* 不沉的

nsubordination [ɛ̃sybɔrdinɑsjɔ̃] *n. f.* 不順從,反抗

nsubordonné, e [ɛ̃sybɔrdɔne] *a.* 不順從的,反抗的

nsuccès [ɛ̃syksɛ] *n. m.* 失敗

nsuffisamment [ɛ̃syfizamɑ̃] *adv.* 不足地,不充分地

nsuffisance [ɛ̃syfizɑ̃:s] *n. f.* 不足,貧乏;能力不够;【醫】機能不全

nsuffisant, e [ɛ̃syfizɑ̃, ɑ̃:t] *a.* 不足的,貧乏的,不充分的;能力不够的

nsufflation [ɛ̃syflɑsjɔ̃] *n. f.* 吹入,【醫】吹入法

nsuffler [ɛ̃syfle] *v. t.* 吹入,注入,打氣;激起

nsulaire [ɛ̃sylɛ:r] *a.* 島嶼的,住在島上的 *n.* 島民

nsularité [ɛ̃sylarite] *n. f.* 島國狀態,島嶼特性

nsuline [ɛ̃sylin] *n. f.* 胰島素

nsulte [ɛ̃sylt] *n. f.* 侮辱,凌辱,辱罵

nsulter [ɛ̃sylte] *v. t.* 侮辱,凌辱,辱罵

nsulteur [ɛ̃syltœ:r] *n. m.* 侮辱者

nsupportable [ɛ̃sypɔrtabl] *a.* 難以忍受的;討厭的

nsurger (s') [sɛ̃syrʒe] *v. pr.* [c. 2] 起義,暴動,叛亂

nsurmontable [ɛ̃syrmɔ̃tabl] *a.* 不可克服的,難以逾越的;難以克制的

nsurrection [ɛ̃syrɛksjɔ̃] *n. f.* 起義;暴動,叛亂

insurrectionnel, le [ɛ̃syrɛksjɔnɛl] *a.* 起義的;暴動的,叛亂的

intact, e [ɛ̃takt] *a.* 未經觸動的,未變質的,未受損傷的

intaille [ɛ̃tɑ:j] *n. f.* 凹雕石刻

intangible [ɛ̃tɑ̃ʒibl] *a.* 捉摸不到的,不可觸知的;不可侵犯的

intarissable [ɛ̃tarisabl] *a.* 不會乾涸的;無窮盡的;滔滔不絕的

intégral, ale [ɛ̃tegral] (*pl. ~ aux*) *a.* 全部的,整個的,完全的;【數】積分的 *n. f.* 【數】積分

intégralité [ɛ̃tegralite] *n. f.* 全部,完整,全面

intégrant, e [ɛ̃tegrɑ̃, ɑ̃:t] *a.* 組成整體的

intégration [ɛ̃tegrɑsjɔ̃] *n. f.* 合併,合成一體的;【數】積分,積分法;【生理】整合(作用)

intègre [ɛ̃tɛgr] *a.* 廉潔的,正直的

intégrer [ɛ̃tegre] [c. 7] *v. t.* 納入,併入;【數】求積分 *v. i.* 考取

intégrité [ɛ̃tegrite] *n. f.* 完整,完整性,正直,廉潔

intellect [ɛ̃te[ɛl]lɛkt] *n. m.* 理智,智力

intellectuel, le [ɛ̃te[ɛl]lɛktɥɛl] *a.* 智力的,理智的,精神的,知識的 *n.* 知識分子

intelligemment [ɛ̃te[ɛl]liʒamɑ̃] *adv.* 聰明地,有智慧地

intelligence [ɛ̃te[ɛl]liʒɑ̃:s] *n. f.* 聰明,智慧;理解力;融洽;*pl.* (和敵人的)暗中勾結,内綫

intelligent, e [ɛ̃te[ɛl]liʒɑ̃, ɑ̃:t] *a.* 聰明的,有智慧的,有理解力的;機敏的

intelligibilité [ɛ̃te[ɛl]liʒibilite] *n. f.* 明白易懂,明瞭

intelligible [ɛ̃te[ɛl]liʒibl] *a.* 可理解的,明白易懂的;聽得清楚的;【哲】理念的

intempérance [ɛ̃tɑ̃perɑ̃:s] *n. f.* 無節

制, 過度, 放肆; 飲食無節制, 縱慾

intempérant, e [ɛ̃tɑ̃perɑ̃, ɑ̃:t] *a.* 無節制的, 過度的; 濫用的; 飲食無節制的, 縱慾的

intempérie [ɛ̃tɑ̃peri] *n. f.* 氣候失常; *pl.* 壞天氣

intempestif, ve [ɛ̃tɑ̃pɛstif, i:v] *a.* 不合時宜的, 不適時的

intenable [ɛ̃tnabl] *a.* 守不住的; 保持不住的; 難以忍受的

intendance [ɛ̃tɑ̃dɑ̃:s] *n. f.* 管家的職務或職權; (法國歷史上)總督之職; 總督的管轄區

intendant [ɛ̃tɑ̃dɑ̃] *n. m.* 管家, 總管; (法國歷史上的)總督

intense [ɛ̃tɑ̃:s] *a.* 強烈的, 激烈的; 緊張的

intensément [ɛ̃tɑ̃semɑ̃] *adv.* 強烈地, 激烈地; 緊張地

intensif, ve [ɛ̃tɑ̃sif, i:v] *a.* 強烈的; 緊張的;【語】加強詞意的

intensifier [ɛ̃tɑ̃sifje] *v. t.* 加強, 加緊

intensité [ɛ̃tɑ̃site] *n. f.* 強度; 強烈, 激烈

intenter [ɛ̃tɑ̃te] *v. t.* 【法】提起(訴訟)

intention [ɛ̃tɑ̃sjɔ̃] *n. f.* 故意, 意圖; 意願;【醫】瘉合

intentionné, e [ɛ̃tɑ̃sjɔne] *a.* bien ~ 善意的, mal ~ 惡意的

intentionnel, le [ɛ̃tɑ̃sjɔnɛl] *a.* 故意的, 存心的

inter [ɛ̃tɛ:r] *n. m.* 長途電話

interallié, e [ɛ̃tɛralje] *a.* (第一次世界大戰期間)協約國間的

interarmes [ɛ̃tɛrarm] *a. inv.* 陸軍各兵種的

intercalaire [ɛ̃tɛrkalɛ:r] *a.* 添加的, 插入的; 閏的

intercalation [ɛ̃tɛrkalɑsjɔ̃] *n. f.* 添加, 插入; 加閏

intercaler [ɛ̃tɛrkale] *v. t.* 添加, 插入; 加閏

intercéder [ɛ̃tɛrsede] *v. i.* [c. 7] 代為求情

intercepter [ɛ̃tɛrsɛpte] *v. t.* 遮, 隔; 切斷, 攔阻; 截取

interception [ɛ̃tɛrsɛpsjɔ̃] *n. f.* 遮住, 隔斷; 截取

intercesseur [ɛ̃tɛrsesœ:r] *n. m.* 說情者

intercession [ɛ̃tɛrsesjɔ̃] *n. f.* 說情, 代人擔保(還債)

interchangeable [ɛ̃tɛrʃɑ̃ʒabl] *a.* 可相互替換的

intercontinental, ale [ɛ̃tɛrkɔ̃tinɑtal] (*pl.* ~*aux*) *a.* 洲際的, 大陸間的

intercostal, ale [ɛ̃tɛrkɔstal] (*pl.* ~*aux*) *a.* 【解】肋間的

interdépendance [ɛ̃tɛrdepɑ̃dɑ̃:s] *n. f.* 互相依存, 互相依賴

interdiction [ɛ̃tɛrdiksjɔ̃] *n. f.* 禁止; 停職

interdire [ɛ̃tɛrdi:r] *v. t.* [c. 64]〔但直陳式現在時複數第二人稱為 interdisez〕禁止; 停職;【法】宣告禁治產; 使驚駭

interdit, e [ɛ̃tɛrdi, it] *a.* 被禁止的; 被停職的, 被禁治產的; 驚駭的, 發愣的 *n. m.* 【宗】禁止執行神職等的判令

intéressant, e [ɛ̃tɛresɑ̃, ɑ̃:t] *a.* 有趣的; 值得關懷的; 有利的

intéressé, e [ɛ̃tere(ɛ)se] *a.* 有關的; 利己的 *n.* 有關者

intéresser [ɛ̃tere(ɛ)se] *v. t.* 關係到, 涉及; 使感興趣, 引起關心; 使入股, 使參與分紅

intérêt [ɛ̃terɛ] *n. m.* 利益; 關心; 注意; 興趣; 利息; *pl.* 股份

interférence [ɛ̃tɛrferɑ̃:s] *n. f.* 【物】干涉, 干擾

intérieur, e [ɛ̃terjœ:r] *a.* 內部的, 裏面的; 國內的; 內心的 *n. m.* 內部, 裏面; 室內, 家裏; 國內, 內地; 內政

intérim [ɛ̃terim] *n. m.* 代理期間; 代理的職務; par ~*loc. adv.* 代理, 臨時

intérimaire [ɛ̃terimɛ:r] *a.* 代理期的, 代理的 *n.* 代理人

ntériorité [ɛ̃terjɔrite] *n. f.* 内在性

nterjection [ɛ̃terʒɛksjɔ̃] *n. f.* 【語】感嘆詞;【法】提起(上訴)

nterligne [ɛ̃terliɲ] *n. m.* (文字的)行間 *n. f.* 【印】(行間)鉛條

nterligner [ɛ̃terliɲe] *v. t.* 在行間書寫;【印】用鉛條分隔字行

nterlinéaire [ɛ̃terlineɛːr] *a.* 寫在字行間的

nterlocuteur, trice [ɛ̃terlɔkytœːr, tris] *n.* 對話者

nterlope [ɛ̃terlɔp] *a.* 走私的,違禁的;可疑的

nterloquer [ɛ̃terlɔke] *v. t.* 使發窘,使愣住

ntermède [ɛ̃termɛd] *n. m.* 幕間插曲;穿插性事件,插曲

ntermédiaire [ɛ̃termedjeːr] *a.* 中間的 *n. m.* 中間階段,中間狀態;媒介 *n.* 中間人,調停人

nterminable [ɛ̃terminabl] *a.* 無休止的;長期的

ntermittence [ɛ̃termitɑ̃ːs] *n. f.* 斷續,間歇

ntermittent, e [ɛ̃termitɑ̃, ɑ̃ːt] *a.* 斷續的,間歇的

nternat [ɛ̃terna] *n. m.* 寄宿,寄宿學校;寄宿生;【醫】住院實習醫生的職務;住院實習期

nternational, ale [ɛ̃ternasjɔnal] (*pl. ~ aux*) *a.* 國際的 *n. f.* I ～ ale 國際,國際歌

nternationalisme [ɛ̃ternasjɔnalism] *n. m.* 國際主義

nternationaliste [ɛ̃ternasjɔnalist] *a.* 國際主義的 國際主義者

nternationalité [ɛ̃ternasjɔnalite] *n. f.* 國際性,世界性

nterne [ɛ̃tern] *a.* 內部的,體內的;內心的,內在的 *n.* 寄宿生;住院實習醫生

nternement [ɛ̃ternəmɑ̃] *n. m.* 拘禁,拘留;軟禁

nterner [ɛ̃terne] *v. t.* 拘禁,拘留;軟禁

interocéanique [ɛ̃terɔseanik] *a.* 兩大洋間的,溝通兩大洋的

interpellateur, trice [ɛ̃terpelatœːr, tris] *n.* 叱喝者;提出質詢的議員

interpellation [ɛ̃terpelasjɔ̃] *n. f.* 呼住,喝住,叱喝;(議員對政府的)質詢

interpeller [ɛ̃terpe[ɛl]le] *v. t.* 呼住,喝住,叱喝;質詢

interplanétaire [ɛ̃terplaneteːr] *a.* 行星際的

interpolation [ɛ̃terpɔlasjɔ̃] *n. f.* 增添的文字;【數】插值法,內插法

interpoler [ɛ̃terpɔle] *v. t.* 增添;【數】插入,內插

interposer [ɛ̃terpoze] *v. t.* 插入;為調停而施加(影響等) *v. pr.* 居間調停;干預

interposition [ɛ̃terpozisjɔ̃] *n. f.* 插入,介於兩者之間;干預

interprétateur, trice [ɛ̃terpretatœːr, tris] *a., n.* 解釋的(人)

interprétation [ɛ̃terpretasjɔ̃] *n. f.* 解釋,說明;評注;表演,演奏

interprète [ɛ̃terpret] *n.* 解釋者;譯員,口譯者;代言人;表演者,演奏者

interpréter [ɛ̃terprete] *v. t.* [c. 7] 解釋;表演,演奏;翻譯

interrègne [ɛ̃terrɛɲ] *n. m.* 無國家元首期間;王位虛懸期

interrogateur, trice [ɛ̃te[ɛ]rɔgatœːr, tris] *a.* 訊問的 *n.* 提問者,口試主考人

interrogatif, ve [ɛ̃te[ɛ]rɔgatif, iːv] *a.* 【語】疑問的

interrogation [ɛ̃te[ɛ]rɔgasjɔ̃] *n. f.* 訊問,發問,疑問;【語】疑問句

interrogatoire [ɛ̃te[ɛ]rɔgatwaːr] *n. m.* 審訊,訊問;審訊記錄

interroger [ɛ̃te[ɛ]rɔʒe] *v. t.* [c. 2] 訊問;審問,考問;查閱

interrompre [ɛ̃te[ɛ]rɔ̃ːpr] *v. t.* [c. 42] 〔但直陳式現在時單數第三人稱為 interrompt〕使中斷,停止;打擾;插嘴

interrupteur, trice [ɛ̃tɛ[ɛ]ryptœ:r, tris] *a.* 打斷別人談話的;使中斷的 *n.* 打斷別人談話的人,插嘴的人 *n. m.* 【電】斷路器,開關

interruptif, ve [ɛ̃tɛ[ɛ]ryptif, i:v] *a.* 【法】使中斷的(指時效)

interruption [ɛ̃tɛ[ɛ]rypsjɔ̃] *n. f.* 中斷, 間斷;打斷別人談話的插入話;【電】切斷

intersection [ɛ̃tɛrsɛksjɔ̃] *n. f.* 相交,交叉;【數】相交;交集

interstellaire [ɛ̃tɛrste[ɛl]lɛ:r] *a.* 星際的

interstice [ɛ̃tɛrstis] *n. m.* 縫隙,空隙,間隙

interstitiel, le [ɛ̃tɛrstisjɛl] *a.* 【醫】間質的,間質性的

intertropical, ale [ɛ̃tɛrtrɔpikal] (*pl.* ~ *aux*) *a.* 熱帶內的

interurbain, e [ɛ̃teryrbɛ̃, ɛn] *a.* 城市之間的,長途電話

intervalle [ɛ̃tɛrval] *n. m.* (時間、空間的)間隔;【樂】音程;【數】區間

intervenir [ɛ̃tɛrvəni:r] *v. i.* [c. 16] 〔助動詞用 être〕參預;干涉;調解

intervention [ɛ̃tɛrvɑ̃sjɔ̃] *n. f.* 參預,干預,調解,講話;【醫】手術

interversion [ɛ̃tɛrvɛrsjɔ̃] *n. f.* 顛倒,倒置

intervertir [ɛ̃tɛrvɛrti:r] *v. t.* 顛倒,倒置

interview [ɛ̃tɛrvju] *n. f.* (新聞記者的)訪問

interviewer [ɛ̃tɛrvjuve] *v. t.* (記者)訪問

intestin, e [ɛ̃tɛstɛ̃, in] *a.* 體內的;內部的 *n. m.* 【解】腸

intestinal, ale [ɛ̃tɛstinal] (*pl.* ~ *aux*) *a.* 腸的

intimation [ɛ̃timɑsjɔ̃] *n. f.* 下達,通知;【法】傳訊

intime [ɛ̃tim] *a.* 內心的,內部的;親密的;私人的 *n.* 好友,密友

intimer [ɛ̃time] *v. t.* 下達,通知;【法】傳訊

intimidation [ɛ̃timidɑsjɔ̃] *n. f.* 嚇唬,恐嚇,威嚇

intimider [ɛ̃timide] *v. t.* 嚇唬,恐嚇,威嚇

intimité [ɛ̃timite] *n. f.* 內心,內部;親密,親切

intitulé [ɛ̃tityle] *n. m.* 書名,標題

intituler [ɛ̃tityle] *v. t.* 題書名,加標題 *v. pr.* 題名爲;自稱

intolérable [ɛ̃tɔlerabl] *a.* 難以忍受的,不能容忍的

intolérance [ɛ̃tɔlerɑ̃:s] *n. f.* 不容忍,斥異己;偏狹,偏執

intolérant, e [ɛ̃tɔlerɑ̃, ɑ̃:t] *a.* 不容忍的,排斥異己的,偏狹的,偏執的 *n.* 排斥異己者

intonation [ɛ̃tɔnɑsjɔ̃] *n. f.* 聲調,語調;【語】語調重音

intoxication [ɛ̃tɔksikɑsjɔ̃] *n. f.* 中毒,毒害,毒化

intoxiquer [ɛ̃tɔksike] *v. t.* 使中毒;毒害,毒化

intraduisible [ɛ̃traduizibl] *a.* 無法翻譯的;難表達的,無法說明的

intraitable [ɛ̃trɛtabl] *a.* 難商量的,難對付的

intra-muros [ɛ̃tramyro:s] *loc. adv.* 〔拉〕在城牆內,在城裏

intramusculaire [ɛ̃tramyskylɛ:r] *a.* 肌肉內的

intransigeance [ɛ̃trɑ̃ziʒɑ̃:s] *n. f.* 不妥協,不讓步

intransigeant, e [ɛ̃trɑ̃ziʒɑ̃, ɑ̃:t] *a., n.* 不妥協的(人),不讓步的(人)

intransitif, ve [ɛ̃trɑ̃zitif, i:v] *a.* 不及物的,不及物動詞的 *n. m.* 不及物動詞

intransportable [ɛ̃trɑ̃spɔrtabl] *a.* 不能運輸的,不能輸送的

intraveineux, se [ɛ̃travɛnø, ø:z] *a.* 靜脈內的

intrépide [ɛ̃trepid] *a.* 無畏的,勇猛的,頑強的,不顧一切的

intrépidité [ɛ̃trepidite] *n. f.* 無畏,勇

猛; 頑強

intrigant, e [ɛ̃trigɑ̃, ɑ̃:t] *a.* 玩弄陰謀的
n. 陰謀家

intrigue [ɛ̃trig] *n. f.* 陰謀; 私通; (小説、
戲劇的)情節

intriguer [ɛ̃trige] *v. i.* 搞陰謀, 施詭計
v. t. 使驚訝, 使驚奇

intrinsèque [ɛ̃trɛ̃sɛk] *a.* 内在的, 固有
的, 本質的

introducteur, trice [ɛ̃trɔdyktœ:r, tris] *n.*
引導者, 引見者; 引進者, 引入者

introduction [ɛ̃trɔdyksjɔ̃] *n. f.* 引進;
介紹; 插入; 初步, 入門; 導言, 引論

introduire [ɛ̃trɔdɥi:r] [c. 60] *v. t.* 引
進; 介紹; 插入　*v. pr.* 潛入; 被採用,
傳入

intronisation [ɛ̃trɔnizasjɔ̃] *n. f.* 即位,
登基

introniser [ɛ̃trɔnize] *v. t.* 使即位, 使登
基; 創始, 建立

introspection [ɛ̃trɔspɛksjɔ̃] *n. f.* 内
省, 反省

introuvable [ɛ̃truvabl] *a.* 找不到的, 難
發現的; 難得的

intrus, e [ɛ̃try, y:z] *a.* 僭越的; 闖入的,
侵入的　*n.* 僭越者; 闖入者, 入侵者

intrusion [ɛ̃tryzjɔ̃] *n. f.* 僭越; 闖入, 侵
入; 干涉

intuitif, ve [ɛ̃tɥitif, i:v] *a.* 直覺的, 直觀
的　*n.* 憑直覺行事者

intuition [ɛ̃tɥisjɔ̃] *n. f.* 直覺; 預感

intumescence [ɛ̃tymesɑ̃:s] *n. f.* 腫大,
隆起

intumescent, e [ɛ̃tymesɑ̃, ɑ̃:t] *a.* 腫大
的, 隆起的

inusable [inyzabl] *a.* 經用的, 耐用的

inusité, e [inyzite] *a.* 不常用的, 罕用的

inutile [inytil] *a.* 無用的, 無益的, 徒然
的

inutilisable [inytilizabl] *a.* 不能使用的

inutilisé, e [inytilize] *a.* 未使用的, 未
經利用的

inutilité [inytilite] *n. f.* 無用, 無效;

pl. 無用的事, 廢話

invalidation [ɛ̃validasjɔ̃] *n. f.* 宣告無
效, 取消, 作廢

invalide [ɛ̃valid] *a.* 殘廢的, 病殘的; 無
效的　*n.* 殘廢軍人

invalider [ɛ̃valide] *v. t.* 宣告無效, 取消

invalidité [ɛ̃validite] *n. f.* 無效; 殘廢

invar [ɛ̃va:r] *n. m.* 因瓦合金, 不脹鋼

invariabilité [ɛ̃varjabilite] *n. f.* 不變
(性)

invariable [ɛ̃varjabl] *a.* 不變的;【語】
詞形不變化的

invasion [ɛ̃va[ɑ]zjɔ̃] *n. f.* 入侵; 侵害,
侵襲; 蔓延

invective [ɛ̃vɛkti:v] *n. f.* 謾罵, 抨擊

invectiver [ɛ̃vɛktive] *v. i., v. t.* 謾罵,
抨擊

invendable [ɛ̃vɑ̃dabl] *a.* 賣不出去的;
不能出售的

invendu, e [ɛ̃vɑ̃dy] *a.* 未售出的　*n.*
m. 未售出的貨物

inventaire [ɛ̃vɑ̃tɛ:r] *n. m.* 財產清册,
存貨盤存表; 清點財產, 盤存

inventer [ɛ̃vɑ̃te] *v. t.* 發明, 創造; 捏造,
虛構

inventeur, trice [ɛ̃vɑ̃tœ:r, tris] *n.* 發明
者; (寶藏、失物等的)發現者

inventif, ve [ɛ̃vɑ̃tif, i:v] *a.* 有發明才能
的

invention [ɛ̃vɑ̃sjɔ̃] *n. f.* 發明, 創造; 發
明物; 主意; 捏造; 虛構;【修辭】創意

inventorier [ɛ̃vɑ̃tɔrje] *v. t.* 清點; 盤存

inverse [ɛ̃vɛrs] *a.* 相反的, 逆的, 顛倒
的　*n. m.* 相反的事物, 反面

inverser [ɛ̃vɛrse] *v. t.* 顛倒, 倒置; 使
(電流)倒向

inverseur [ɛ̃vɛrsœ:r] *n. m.* 換向開關;
換向器

inversion [ɛ̃vɛrsjɔ̃] *n. f.* 【語】倒裝法;
【醫】反位; 倒錯;【數】反演(變換);【化】
轉化

invertébré, e [ɛ̃vɛrtebre] *a.* 無脊椎的
n. m. 無脊椎動物

invertir [ɛ̃vɛrti:r] v. t. 使倒轉

investigateur, trice [ɛ̃vɛstigatœːr, tris] a. 研究的, 調查的 n. 研究者, 調查者

investigation [ɛ̃vɛstigasjɔ̃] n. f. 研究, 調查

investir [ɛ̃vɛsti:r] v. t. 授與, 賦予 (權利, 職務等); 包圍; 投資

investissement [ɛ̃vɛstismɑ̃] n. m. 包圍; 投資

investiture [ɛ̃vɛstityːr] n. f. 授職 (式), 授爵 (式), 封地 (式); (議會將提名爲總理者的) 授權; (政黨對候選人的) 正式提名

invétéré, e [ɛ̃vetere] a. 根深蒂固的; 積習過深的

invincible [ɛ̃vɛ̃sibl] a. 不可戰勝的, 無敵的; 不可克服的, 駁不倒的

inviolabilité [ɛ̃vjɔlabilite] n. f. 不可侵犯性

inviolable [ɛ̃vjɔlabl] a. 不可侵犯的, 不可違反的

invisibilité [ɛ̃vizibilite] n. f. 不可見

invisible [ɛ̃vizibl] a. 看不見的, 不可見的; 不露面的

invitation [ɛ̃vitasjɔ̃] n. f. 邀請; 請求, 要求

invite [ɛ̃vit] n. f. 勸誘, 引誘

inviter [ɛ̃vite] v. t. 邀請; 要求; 引誘, 引起

invocateur, trice [ɛ̃vɔkatœːr, tris] a. 祈求的 n. 祈求者

invocation [ɛ̃vɔkasjɔ̃] n. f. 祈求; 保佑

involontaire [ɛ̃vɔlɔ̃tɛːr] a. 無意的, 不由自主的

invoquer [ɛ̃vɔke] v. t. 祈求; 引用, 援引

invraisemblable [ɛ̃vrɛsɑ̃blabl] a. 不像真的, 不可靠的; 〖俗〗奇特的

invraisemblance [ɛ̃vrɛsɑ̃blɑ̃s] n. f. 不可靠; 不像真的事物

invulnérable [ɛ̃vylnerabl] a. 不能傷害的

iode [jɔd] n. m. 【化】碘

iodé, e [jɔde] a. 含碘的

iodoforme [jɔdɔfɔrm] n. m. 【藥】碘仿

iodure [jɔdyːr] n. m. 碘化物

ion [jɔ̃] n. m. 【物】離子

ionien, ne [jɔnjɛ̃, ɛn] a. 愛奧尼亞的 n. I～ 愛奧尼亞人

ionisation [jɔnizasjɔ̃] n. f. 【物】電離

iota [jɔta] n. m. 希臘字母表中第 9 個字母 I, ι

ipécacuana [ipekakɥana], **ipéca** [ipeka] n. m. 【藥】吐根

ipso facto [ipsɔfakto] loc. adv. 〖拉〗由於這一事實, 因此

iranien, ne [iranjɛ̃, ɛn] a. 伊朗的 n. I～ 伊朗人

iraquien, ne, irakien, ne [irakjɛ̃, ɛn] a. 伊拉克的 n. I～ 伊拉克人

irascibilité [irasibilite] n. f. 易怒, 暴躁

irascible [irasibl] a. 易怒的, 暴躁的

iridium [iridjɔm] n. m. 【化】銥

iris [iris] n. m. 鳶尾草; 鳶尾香粉; 【解】虹膜

irisation [irizasjɔ̃] n. f. 虹彩性; 虹彩

iriser [irize] v. t. 使呈現彩虹的顏色

irlandais, e [irlɑ̃dɑ, ɛːz] a. 愛爾蘭的 n. I～ 愛爾蘭人

ironie [irɔni] n. f. 諷刺, 譏諷

ironique [irɔnik] a. 諷刺的, 譏諷的

ironiser [irɔnize] v. i. 說諷刺話

ironiste [irɔnist] n. 譏諷者

irradiation [iradjasjɔ̃] n. f. 輻照, 照射; 放射; 【物】光滲

irradier [iradje] v. i., v. pr. 輻照, 照射 v. t. 用射綫照射

irraisonné, e [irɛzɔne] a. 未經思考的, 說不出理由的

irrationnel, le [irasjɔnɛl] a. 不合理的, 無理性的; 【數】無理的

irréalisable [irealizabl] a. 不能實現的, 不能實施的

irréalité [irealite] n. f. 非現實性

irrecevabilité [irsəvabilite] n. f. 不可接受性; 【法】不受理性

irrecevable [irsəvabl] *a.* 不能接受的

irréconciliable [irekɔ̃siljabl] *a.* 不能和解的

irrécouvrable [irekuvrabl] *a.* 收不回來的, 徵收不到的

irrécusable [irekyzabl] *a.* 不能拒絕的, 不能否認的

irréductible [iredyktibl] *a.* 不能縮減的; 頑強的, 不可制服的;【數】不可約的;【醫】不能復位的

irréel, le [ireɛl] *a.* 不現實的, 不實際的

irréfléchi, e [irefleʃi] *a.* 輕率的, 冒失的

irréflexion [irefleksjɔ̃] *n. f.* 輕率, 冒失

irréfragable [irefragabl] *a.* 無法否認的

irréfutable [irefytabl] *a.* 無可辯駁的

irrégularité [iregylarite] *n. f.* 不規則, 不整齊; 不規矩; 不合規則的行爲

irrégulier, ère [iregylje, ɛːr] *a.* 不規則的, 不整齊的; 不正規的, 不正當的; 不按規定的; (成績等)時好時壞的, 不穩定的

irréligieux, se [ireliʒjø, øz] *a.* 不信教的, 反宗教的

irréligion [ireliʒjɔ̃] *n. f.* 不信教

irrémédiable [iremedjabl] *a.* 不可救藥的, 難醫治的; 難以補救的

irrémissible [iremisibl] *a.* 不能原諒的, 不可饒恕的

irremplaçable [irɑ̃plasabl] *a.* 無法替換的, 不能代替的

irréparable [ireparabl] *a.* 無法修理的; 不能彌補的, 無法挽回的

irrépréhensible [irepreɑ̃sibl] *a.* 無可指責的, 無可非議的

irréprochable [ireprɔʃabl] *a.* 無可指責的, 無可非議的

irrésistible [irezistibl] *a.* 不可抗拒的

irrésolu, e [irezɔly] *a.* 猶豫不決的; 懸而未決的

irrésolution [irezɔlysjɔ̃] *n. f.* 猶豫不決

irrespectueux, se [irɛspɛktyø, øz] *a.* 不尊敬的, 無禮貌的

irrespirable [irɛspirabl] *a.* 不適於呼吸的

irresponsabilité [irɛspɔ̃sabilite] *n. f.* 不承擔責任, 無責任

irresponsable [irɛspɔ̃sabl] *a.* 不須負責任的, 不承擔責任的

irrétrécissable [iretresisabl] *a.* 不縮的

irrévérence [ireverɑ̃ːs] *n. f.* 不敬, 失禮; 失禮的言行

irrévérencieux, se [ireverɑ̃sjø, øz] *a.* 不敬的, 失禮的

irrévocable [irevɔkabl] *a.* 不能撤銷的, 不能廢除的; 不可挽回的

irrigable [irigabl] *a.* 可灌漑的

irrigateur [irigatœːr] *n. m.* 灌漑用具;【醫】沖洗器

irrigation [irigɑsjɔ̃] *n. f.* 灌漑;【醫】沖洗

irriguer [irige] *v. t.* 灌漑

irritabilité [iritabilite] *n. f.* 易怒, 暴躁;【生】應激性

irritable [iritabl] *a.* 易怒的, 暴躁的;【生】具有應激性的

irritation [iritɑsjɔ̃] *n. f.* 激惱, 生氣; 刺激

irriter [irite] *v. t.* 激怒, 使生氣; 刺激

irruption [irypsjɔ̃] *n. f.* 侵入, 闖入; 泛濫

isabelle [izabɛl] *a. inv.* 淺栗色的 *n. m.* 淺栗色; 淺栗色馬

isard [izaːr] *n. m.* (比利牛斯)岩羚羊

isba [isba] *n. f.* (歐亞北部的)小木屋

islam [islam] *n. m.* 伊斯蘭教; I～穆斯林

islamique [islamik] *a.* 伊斯蘭教的

islamisme [islamism] *n. m.* 伊斯蘭教教義

islandais, e [islɑ̃dɛ, ɛːz] *a.* 冰島的 *n.* I～ 冰島人

isobare [izɔbaːr]【氣】*a.* 等壓的 *n. f.* 等壓綫

isocèle [izɔsɛl] *a.* 【數】等腰的

isochrone [izɔkrɔn], **isochronique** [izɔkrɔnik] *a.* 【物】等時的

isochronisme [izɔkrɔnism] *n. m.* 【物】等時性

isolant, e [izɔlɑ̃, ɑ̃:t] *a.* 絕緣的 *n. m.* 絕緣體

isola*teur, trice* [izɔlatœ:r, tris] *a.* 絕緣的,隔熱的 *n. m.* 絕緣子

isolé, e [izɔle] *a.* 孤獨的;偏僻的;孤立的;(被)絕緣的

isolement [izɔlmɑ̃] *n. m.* 孤獨;孤立;隔離;絕緣

isoler [izɔle] *v. t.* 使孤立;隔離,隔絕;孤立地看;使絕緣;【化】使離析

isoloir [izɔlwa:r] *n. m.* (選舉人)隔離寫票室

isomère [izɔmɛ:r] 【化】 *a.* (同分)異構的 *n. m.* (同分)異構體

isomorphe [izɔmɔrf] *a.* 【礦】同形的,同晶型的;【數】同構的

isotherme [izɔtɛrm] 【氣】 *a.* 等溫的 *n. f.* 等溫線

isotope [izɔtɔp] 【化】 *a.* 同位的 *n. m.* 同位素

israélien, ne [israeljɛ̃, ɛn] *a.* 以色列的 *n.* I ~ 以色列人

israélite [israelit] *a.* 猶太教的 *n.* I ~ 古以色列人

issu, e [isy] *a.* 出身於;來自,產生於

issue [isy] *n. f.* 出口,出路;脫身辦法;結果,結局;*pl.* 麩,糠;(牲口的)內臟

下水

isthme [ism] *n. m.* 地峽;【解】峽

italianisant, e [italjanzɑ̃, ɑ̃:t] *n.* 意大利語言文學研究者

italianiser [italjanize] *v. t.* 使具有意大利語的特色,使詞形意大利化 *v. i.* 說話帶意大利腔

italianisme [italjanism] *n. m.* 意大利語特有的表達方式;意大利風格

italien, ne [italjɛ̃, ɛn] *a.* 意大利的 *n.* I ~ 意大利人 *n. m.* 意大利語

italique [italik] *a.* 古意大利的;斜體的 *n. m.* 斜體字

item [itɛm] *adv.* 【拉】同樣;又,此外〔用於清單中〕

itéra*tif, ve* [iteratif, i:v] *a.* 重複的,一再的

itinéraire [itinerɛ:r] *a.* 道路的 *n. m.* 路綫;旅行指南

ivoire [ivwa:r] *n. m.* 象牙;象牙雕刻;象牙色

ivoirien, ne [ivwarjɛ̃, ɛn] *a.* 象牙海岸的 *n.* I ~ 象牙海岸人

ivraie [ivrɛ] *n. f.* 【植】黑麥草,有害的東西

ivre [i:vr] *a.* 醉的,陶醉的

ivresse [ivrɛs] *n. f.* 酒醉;陶醉,狂熱

ivrogne [ivrɔɲ] *a.* 酗酒的 *n. m.* 醉漢

ivrognerie [ivrɔɲri] *n. f.* 酗酒

ivrognesse [ivrɔɲɛs] *n. f.* 女酒鬼

J

J,j [ʒi] *n. m.* 法語字母表中第10個字母

jabot [ʒabo] *n. m.* 【鳥,昆】嗉囊;襟飾〔指花邊等〕

jaboter [ʒabɔte] *v. i.* 〖俗〗饒舌,閑聊

jacasse [ʒakas] *n. f.* 鵲;〖俗〗饒舌婦,多嘴的女人

jacasser [ʒakase] *v. i.* (喜鵲)叫;〖俗〗饒舌,嘰嘰喳喳地議論

jacasserie [ʒakasri] *n. f.* 〖俗〗饒舌,嘰嘰喳喳的議論

jachère [ʒaʃɛ:r] *n. f.* 【農】休閑;休閑地

jacinthe [ʒasɛ̃t] *n. f.* 【植】風信子,洋水仙

Jacobin, e [ʒakɔbɛ̃, in] n. m. J～ 雅各賓黨人；激進民主主義者 a. 激進民主主義的

Jacobinisme [ʒakɔbinism] n. m. 雅各賓主義；激進民主主義

Jacquard [ʒaka:r] n. m. 提花織布機；提花織物

Jacquerie [ʒakri] n. f. 扎克雷起義〔1358年的法國農民起義〕；法國農民起義

Jacquet [ʒakɛ] n. m. 一種擲骰子跳棋游戲

Jactance [ʒaktɑ̃:s] n. f. 說大話，吹牛

Jade [ʒad] n. m. 玉，玉石器

Jadis [ʒa[ɑ]dis] adv. 從前，往昔，過去

Jaguar [ʒagwa:r] n. m. 美洲豹

Jaillir [ʒaji:r] v. i. 噴出，射出，迸發；(突然)顯示

Jaillissement [ʒajismɑ̃] n. m. 噴射，湧出

Jais [ʒɛ] n. m. 【礦】煤玉，煤精，烏黑發亮的顏色

Jalon [ʒalɔ̃] n. m. 【測】標杆，標樁；路標，前導，步驟

Jalonnement [ʒalɔnmɑ̃] n. m. 【測】立標杆，設樁

Jalonner [ʒalɔne] v. i., v. t. 立標杆，設樁，設置路標

Jalouser [ʒaluze] v. t. 妒忌，嫉妒

Jalousie [ʒaluzi] n. f. 妒忌，嫉妒；吃醋，猜忌；百葉窗，遮光簾

Jaloux, se [ʒalu, u:z] a. 嫉妒的，眼紅的；吃醋的，猜忌的

Jamaïquain, e [ʒamaikɛ̃, ɛn] a. 牙買加的 n. J～ 牙買加人

Jamais [ʒamɛ] adv. 曾經，歷來；有一天；ne … ～ 從未，永遠不；à ～, pour ～ loc. adv. 永遠地

Jambage [ʒɑ̃ba:ʒ] n. m. 【建】(門、窗、壁爐等的)側柱；(m, n, u 等字母的)直劃，堅

Jambe [ʒɑ̃b] n. f. 小腿；腿；撑脚，支柱；(石砌)牆筋

Jambière [ʒɑ̃bjɛ:r] n. f. 脛甲；護脛，綁腿

Jambon [ʒɑ̃bɔ̃] n. m. 火腿，腌腿

Jambonneau [ʒɑ̃bɔno] (pl. ～x) n. m. 腌肘子；【動】江珧的俗稱

Janissaire [ʒanisɛ:r] n. m. (舊時)土耳其近衛軍士兵

Jante [ʒɑ̃:t] n. f. 輪輞，輪緣

Janvier [ʒɑ̃vje] n. m. 一月

Japon [ʒapɔ̃] n. m. 日本紙，日本瓷器

Japonais, e [ʒapɔnɛ, ɛ:z] a. 日本的 n. J～ 日本人 n. m. 日語

Japonaiserie [ʒapɔnɛzri], **japonerie** [ʒapɔnri] n. f. 日本工藝品

Jappement [ʒapmɑ̃] n. m. (小狗、狐狸等的)尖叫

Japper [ʒape] v. i. 尖聲叫〔指小狗、狐狸等〕

Jaquemart [ʒakma:r] n. m. (時鐘上)擊鐘報時的金屬人像，木偶打鐵〔一種玩具〕

Jaquette [ʒakɛt] n. f. 男禮服；女式緊腰上衣；(書籍的)護封

Jardin [ʒardɛ̃] n. m. 花園，公園；富饒的地區；舞台的右側〔對演員而言〕

Jardinage [ʒardina:ʒ] n. m. 園藝

Jardiner [ʒardine] v. i. 從事園藝操作

Jardinet [ʒardinɛ] n. m. 小花園

Jardinier, ère [ʒardinje, ɛ:r] a. 園藝的 n. 園丁，園林工人 n. f. 花盆架；～ère d'enfants 幼兒園女教師

Jargon [ʒargɔ̃] n. m. 不規範的語言；莫名其妙的話；行話，切口

Jargonner [ʒargɔne] v. i. 講不規範的話，講莫名其妙的話；講行話，講切口

Jarre [ʒa:r] n. f. (帶雙耳的)壜，甕，髭

Jarret [ʒarɛ] n. m. 【解】膕，膝彎；(馬、牛等的)飛節

Jarretelle [ʒartɛl] n. f. 弔襪帶

Jarretière [ʒartjɛ:r] n. f. 鬆緊襪帶

Jars [ʒa:r] n. m. 公鵝

Jaser [ʒaze] v. i. 饒舌；〔俗〕說話漏了底；說長道短；(喜鵲等)喧噪；嘰嘰作響

jaseur, se [ʒɑzœːr, øz] *a., n.* 饒舌的
(人)

jasmin [ʒasmɛ̃] *n. m.* 素馨、茉莉一類
植物；茉莉花；茉莉香精

jaspe [ʒasp] *n. m.* 碧玉

jasper [ʒaspe] *v. t.* 染製仿碧玉花紋

jaspure [ʒaspyːr] *n. f.* 染製仿碧玉花
紋；碧玉花紋

jatte [ʒat] *n. f.* 大碗；一大碗之量

jauge [ʒoːʒ] *n. f.* 量具，量規，卡尺；
【農】苗木假植濠溝；【海】體積噸位；(針織
物的)密度

jaugeage [ʒoʒaːʒ] *n. m.* 測定，測量；
【海】船舶噸位的測量

jauger [ʒoʒe] [c. 2] *v. t.* 測定，測量；
【海】測量(船舶噸位)；(對人)評價；測定
針織物的密度 *v. i.* 吃水；容積噸位是

jaugeur [ʒoʒœːr] *n. m.* 測量員，測定人
員；測量儀器

jaunâtre [ʒonɑːtr] *a.* 帶黃色的，略黃的

jaune [ʒoːn] *a.* 黃色的 *n. m.* 黃色；
黃色染料，黃色顏料；黃種人 *adv.*
tire ～ 苦笑，強笑

jaunet, te [ʒone, ɛt] *a.* 淺黃色的 *n.
m.* 【俗】金幣

jaunir [ʒoniːr] *v. t.* 使變黃色，染以黃色
v. i. 變黃，發黃

jaunisse [ʒonis] *n. f.* 【醫】黃疸；(甜菜、
葡萄等)萎黃病

jaunissement [ʒonismɑ̃] *n. m.* 變黃，
發黃

java [ʒava] *n. f.* 爪哇舞

javanais, e [ʒavanɛ, ɛːz] *a.* 爪哇的
n. J～ 爪哇人 爪哇語

javel (eau de) [odʒavɛl] *n. f.* 漂白水
〔次氯酸鉀的溶液〕

javeler [ʒavle] *v. t.* [c. 5] (收割時)堆
條堆

javeline [ʒavlin] *n. f.* 細長的標槍

javelle [ʒavɛl] *n. f.* (莊稼收割後曬在
地裏的)條堆；(鹽田中的)鹽堆

javellisation [ʒavelizasjɔ̃] *n. f.* 次氯酸
鈉消毒液淨水法

javelliser [ʒavelize] *v. t.* 用次氯酸鉀
消毒液淨水

javelot [ʒavlo] *n. m.* 標槍

jazz [dʒaːz] *n. m.* 【美】爵士音樂

jazz-band [ʒazbɑ̃ːd] (*pl.* ～*s*) *n. m.*
爵士樂隊

je [ʒ(ə)] 〔在元音或啞音 h 前省略爲 j'〕
pron. pers. 我

jeannette [ʒanɛt] *n. f.* 胸前十字架；(熨
衣袖等用的)襯板

jeep [dʒip, ʒip] *n. f.* 【美】吉普車

jérémiade [ʒeremjad] *n. f.* 【俗】(令人
厭煩的)嘆苦，哀訴

jersey [ʒɛrzɛ] *n. m.* 毛織緊身上衣；平
針織品

jésuite [ʒezɥit] *a., n. m.* 耶穌會的(教
士)；虛僞的(人)，詭譎的(人)

jésuitique [ʒezɥitik] *a.* 【俗】虛僞的，詭
譎的

jésuitisme [ʒezɥitism] *n. m.* 耶穌會教
義；虛僞，詭譎

jésus [ʒezy] *n. m.* 童年耶穌像；56×76
厘米的紙張 *a. inv.* papier ～56×76
或56×72 厘米的紙張 *n. pr. m* 耶穌

jet [ʒɛ] *n. m.* 投擲，投射；噴出，噴射，射
流；【植】新芽；【冶】澆鑄

jet [dʒɛt] *n. m.* 【英】渦輪噴氣機或火箭
噴射出的氣流；噴氣式飛機

jeté [ʒ(ə)te] *n. m.* (一足跳起，一足落
地的)一種舞步；【體】挺舉

jetée [ʒ(ə)te] *n. f.* 堤，防波堤，堰堤

jeter [ʒ(ə)te] [c. x] *v. t.* 投擲，流出，噴
出；拋棄，扔掉；推倒；發芽；奠定，設置；
架設 *v. pr.* 投身於；(河川)流入

jeton [ʒ(ə)tɔ̃] *n. m.* 籌，籌碼；硬幣

jeu [ʒø](*pl.*～*x*) *n. m.* 遊戲，娛樂；體
育運動；賭博；(玩牌者手中的)一副牌
(一盤比賽中的)一局；一套，一副；遊戲
場地；演奏或表演手法；活動，轉動，作
用；【技】隙，游隙，公差

jeudi [ʒødi] *n. m.* 星期四

jeun (à) [aʒœ̃] *loc. adv.* 空腹

eune [ʒœn] *a.* 年輕的, 年幼的; 幼稚的, 天真的 *n.* 青年人

eûne [ʒøːn] *n. m.* 不進食, 禁食; 禁絕; 【宗】齋戒

eûner [ʒøne] *v. i.* 不進食, 禁食; 不吃飽; 守齋

eunesse [ʒœnεs] *n. f.* 青春, 青年時代; 青春活力, 朝氣; 青年, 青少年; 初期, 新興時期

eunet, te [ʒœnε, εt] *a.* 【俗】太年輕的

eûneur, se [ʒønœːr, øːz] *n.* 禁食者; 守齋者

iu-jitsu [ʒjuʒitsy] *n. m.* 〔無*pl.*〕【日】柔術

oaillerie [ʒɔajri] *n. f.* 珠寶工藝, 珠寶業; 珠寶

oaillier, ère [ʒɔaje, εːr] *n.* 珠寶工人, 珠寶商 *a.* 珠寶業的

obard, e [ʒɔbaːr, ard] 【俗】*n.* 易受騙的人, 傻瓜 *a.* 易受騙的, 天真的, 愚蠢的

obarderie [ʒɔbardri] *n. f.* 【俗】易受騙, 天真, 愚蠢; 傻事, 蠢話

ockey [ʒɔkε] (*pl.* ~s) *n. m.* 【英】賽馬的騎師, (馴馬用)小馬鞍

ocrisse [ʒɔkris] *n. m.* 【民】笨伯

oie [ʒwa] *n. f.* 歡樂, 高興, 喜悅; 樂趣, 樂事

oignant, e [ʒwaɲã, ãːt] *a.* 毗鄰的, 毗連的

oindre [ʒwɛ̃ːdr] [c. 51] *v. t.* 接合, 連接; 聯合, 結合; 和…相鄰; 附加, 添上; 追趕上 *v. i.* 拼合, 合縫

oint, e [ʒwɛ̃, ɛ̃ːt] *a.* 接合的, 連接的; ci- ~ 附上的 *n. m.* 關節; 接縫, 接頭; 密封墊

ointif, ve [ʒwɛ̃tif, iːv] *a.* 拼接的, 邊與邊相結合的

ointoyer [ʒwɛ̃twaje] *v. t.* [c. 3] 【建】勾縫, 嵌縫

ointure [ʒwɛ̃tyːr] *n. f.* 關節; 接縫, 接頭

oli, e [ʒɔli] *a.* 漂亮的, 好看的; 可觀

的; 有趣的, 逗人的

joliesse [ʒɔljεs] *n. f.* 漂亮, 俊俏

joliment [ʒɔlimã] *adv.* 漂亮地, 好看地; 【俗】非常, 極其

jonc [ʒɔ̃] *n. m.* 燈心草; 燈心草的莖稈; 纜戒

jonchée [ʒɔ̃ʃe] *n. f.* (節日撒在地上的)花, 枝葉; 滿地散佈的東西

joncher [ʒɔ̃ʃe] *v. t.* 撒; 鋪滿, 蓋滿

jonchet [ʒɔ̃ʃε] *n. m.* 遊戲棒

jonction [ʒɔ̃ksjɔ̃] *n. f.* 接合, 連接, 聯合, 會合

jongler [ʒɔ̃gle] *v. i.* 玩拋物雜耍; 玩雜耍

jonglerie [ʒɔ̃gləri] *n. f.* 把戲, 雜耍; 花招, 伎倆

jongleur, se [ʒɔ̃glœːr, øːz] *n.* (中世紀的)行吟詩人 *n.* 要把戲者, 雜技演員

jonque [ʒɔ̃ːk] *n. f.* (遠東國家的)帆船

jonquille [ʒɔ̃kij] *n. f.* 長壽水仙, 黃水仙 *n. m., a. inv.* 淡黃色的

jordanien, ne [ʒɔrdanjɛ̃, εn] *a.* 約旦的 *n.* J~ 約旦人

jouable [ʒwabl] *a.* 可上演的, 可演奏的

joubarbe [ʒubarb] *n. f.* 長牛草, 石蓮華

joue [ʒu] *n. f.* 面頰; 【機】頰

jouer [ʒwe] *v. i.* 遊戲, 玩耍; 演奏; 運轉; 鬆開, 走樣; 玩弄 *v. t.* 玩; 賭, 下(賭注); 演奏, 扮演, 演出, 放映; 拿…冒險; 玩弄, 欺騙; 假裝; 摹仿 *v. pr.* 輕而易舉; 嘲笑, 愚弄; 輕視

jouet [ʒwε] *n. m.* 玩具; 被玩弄的對象

joueur, se [ʒwœːr, øːz] *n.* 遊戲者; 賭博者; 演奏者 *a.* 愛玩的

joufflu, e [ʒufly] *a.* 【俗】面頰豐滿的

joug [ʒu] *n. m.* 牛軛; 天平(秤)梁; 桎梏, 約束

jouir [ʒwiːr] *v. i.* 享受, 享樂; 享有, 具有

jouissance [ʒwisãːs] *n. f.* 享受, 享樂; 享有, 享用

jouisseur, se [ʒwisœːr, øːz] *n.* 追求享

樂的人

joujou [ʒuʒu](pl.~**x**) n. m. 玩具, 小玩意兒〔兒語〕

joule [ʒul] n. m. 【物】焦耳

jour [ʒuːr] n. m. 日光, 陽光; 白天, 白晝; 日子, 天; 時代, 當代; 生命; 光綫, 亮光; (透光的)孔; 抽絲鏤花

journal [ʒurnal](pl.~**aux**) n. m. 日記, 日誌; 報, 日報; 日記帳

journalier, ère [ʒurnalje, ɛ:r] a. 每日的 n. 日工, 短工

journalisme [ʒurnalism] n. m. 新聞業, 新聞工作; 報刊

journaliste [ʒurnalist] n. 新聞工作者, 新聞記者

journée [ʒurne] n. f. 白晝, 一天; 一天的工作; 日薪; (有特定意義的)日子

journellement [ʒurnɛlmã] adv. 每日, 每天; 日常, 經常

joute [ʒut] n. f. (中世紀的)馬上比武; 爭鬥

jouter [ʒute] v. i. (中世紀用長槍)在馬上比武; 爭鬥

jouteur [ʒutœːr] n. m. 馬上比武者; 爭鬥者

jouvence [ʒuvãːs] n. f. 【古】青春

jouvenceau, elle [ʒuvãso, ɛl] (pl.~**eaux**) n. 【謔】青少年

jovial, ale [ʒɔvjal] (pl.~**als** 或~**aux**) a. 快活的, 開朗的, 樂觀的

jovialité [ʒɔvjalite] n. f. 快活, 樂觀

joyau [ʒwajo] (pl.~**x**) n. m. 飾物〔指金銀珠寶等〕; 寶物

joyeuseté [ʒwajøzte] n. f. 笑話, 笑料

joyeux, se [ʒwajø, øːz] a. 高興的, 愉快的

jubilaire [ʒybilɛːr] a. 在職五十年的

jubilation [ʒybilɑsjɔ̃] n. f. 【俗】狂喜, 興高采烈

jubilé [ʒybile] n. m. (任職, 結婚等)50週年紀念; (天主教的)大赦

jubiler [ʒybile] v. i. 【俗】狂喜

jucher [ʒyʃe] v. i. (鳥類)棲息在高處

住在高處 v. t. 置於高處

juchoir [ʒyʃwaːr] n. m. (養鷄、鳥用的)棲架; 肥育兔子用的木架

judaïque [ʒydaik] a. 猶太的, 猶太教的

judaïser [ʒydaize] v. i. 信奉猶太教

judaïsme [ʒydaism] n. m. 猶太教

Judas [ʒyda] n. pr. m. 猶大; 叛徒 n. m. j~ (牆上或門上的)窺視孔

judiciaire [ʒydisjɛ:r] a. 司法的; 通過法院的, 裁決的, 審判的

judicieux, se [ʒydisjø, øz] a. 很有判斷力的; 合理的, 有道理的

judo [ʒydo] n. m. 【日】柔道〔日本式摔角〕

juge [ʒy:ʒ] n. m. 法官, 審判員; 裁判員, 仲裁者

jugement [ʒyʒmã] n. m. 審判, 裁判; 判決, 判決書; 意見, 見解, 評價; 判斷, 斷力

jugeote [ʒyʒɔt] n. f. 【俗】常識, 良知

juger [ʒyʒe] [c. 2] v. t. 審判, 審理; 裁判, 仲裁; 評論, 評論; 認爲, 猜測 v. i. 判斷, 估計, 評價 v. t. ind. au~ 〔或寫作 au jugé〕loc. adv. 按照估計, 根據猜測, 大概, 約莫

jugulaire [ʒygylɛ:r] a. 咽喉的, 頸的 n. f. 頸靜脈; (扣在頷下的)帽帶

juguler [ʒygyle] v. t. 【古】扼殺; 制止, 控制

juif, ve [ʒyif, i:v] a. 猶太的, 猶太人的 n. 猶太教徒; 吝嗇鬼, 守財奴; J~ 猶太人

juillet [ʒyijɛ] n. m. 七月

juin [ʒyɛ̃] n. m. 六月

juiverie [ʒyivri] n. f. 【貶】猶太人的總稱

jujube [ʒyʒyb] n. m. 棗子; 棗汁, 棗樹〔一種止咳劑〕

jujubier [ʒyʒybje] n. m. 棗樹

julep [ʒylɛp] n. m. 糖漿藥水

julienne [ʒyljɛn] n. f. 蔬菜湯;【植】南芥(菜)

jumeau, elle [ʒymo, ɛl] (pl.~**eaux**

a. 學生的; 極相像的, 成對的 *n.* 學生兒, 學生女

jumelage [ʒymla:ʒ] *n. m.* 並排聯結, 並接加固, (東西的) 配對;【軍】雙聯槍座

jumelé, e [ʒymle] *a.* 並排聯結的, 並接加固的, 成雙的, 配對的

jumeler [ʒymle] *v. t.* [c. 5] 並排聯結, 並接加固, (把東西) 配對

jumelles [ʒymɛl] *n. f. pl.* (機器中) 相同的兩個零件, 對稱機件; 雙筒望遠鏡

jument [ʒymɑ̃] *n. f.* 母馬

jungle [ʒɔ̃:gl] *n. f.* 〖英〗(熱帶的) 叢林

junior [ʒynjɔ:r] 〖拉〗 *a. m.* 年幼的; 青年級的 *n. m.* 青年運動員

jupe [ʒyp] *n. f.* 裙;【技】裙部, 側緣

Jupiter [ʒypitɛr] *n. pr. m.* 【天】木星

jupon [ʒypɔ̃] *n. m.* 襯裙

jurassien, ne [ʒyrasjé, ɛn] *a.* 汝拉山脈的 *n.* J～ 汝拉人

jurassique [ʒyrasik] *n. m., a.* 【地質】侏羅紀(的), 侏羅系(的)

juré, e [ʒyre] *a.* 宣過誓的 *n.* 陪審員, 陪審團成員

jurement [ʒyrmɑ̃] *n. m.* (無用的、不必要的) 宣誓; 瀆神的話, 粗話

jurer [ʒyre] *v. t.* 發誓, 起誓; 擔保, 肯定 *v. i.* 說瀆神的話, 說粗話; 抵觸, 不調和

juridiction [ʒyridiksjɔ̃] *n. f.* 司法權, 審判權; 司法權限, 裁判管轄區

juridique [ʒyridik] *a.* 司法上的; 法律上的

jurisconsulte [ʒyriskɔ̃sylt] *n. m.* 法學家; 法律顧問

jurisprudence [ʒyrisprydɑ̃:s] *n. f.* 法律解釋; 判例

juriste [ʒyrist] *n. m.* 法學家, 法律家; 法學著作家

juron [ʒyrɔ̃] *n. m.* 瀆神的話, 粗話, 詛咒

jury [ʒyri] *n. m.* 〖英〗【法】陪審團; 審查委員會, 評判委員會

jus [ʒy] *n. m.* 汁, 露; (肉類的) 汁, 鹵

jusant [ʒyzɑ̃] *n. m.* 退潮

jusque [ʒysk] *prep.* 到, 直到, 直至

juste [ʒyst] *a.* 公正的, 公平的, 正義的; 正確的, 正當的, 合理的; 準確的, 確切的; 緊的, 勉強夠的 *n. m.* 正直的人; 正義;【宗】遵守教規的人 *adv.* 正確地, 恰當地, 準確地; 正好, 恰巧

justesse [ʒystɛs] *n. f.* 正確, 確切, 準確; 合理

justice [ʒystis] *n. f.* 公正, 公平, 正義; 裁判, 司法; 司法機關, 法庭, 法院

justiciable [ʒystisjabl] *a., n.* 歸…法院管轄的(人), 歸…裁判的(人)

justicier, ère [ʒystisje, ɛ:r] *a., n.* 伸張正義的(人)

justifiable [ʒystifjabl] *a.* 可辯護的, 可解釋的

justificateur, trice [ʒystifikatœ:r, tris] *a.* 辯護的, 辯解的

justificatif, ve [ʒystifikatif, i:v] *a.* 用作辯護的; 證明的

justification [ʒystifikasjɔ̃] *n. f.* 辯護, 辯解, 證明無罪; 證據;【印】行長

justifier [ʒystifje] *v. t.* 為…辯護, 為…辯解, 證明無罪; 使合法; 證實 *v. i.* 【法】證明, 作證

jute [ʒyt] *n. m.* 〖英〗黃麻; 黃麻布

juter [ʒyte] *v. i.* 淌出汁水, 流出汁水

juteux, se [ʒytø, ø:z] *a.* 多汁的

juvénile [ʒyvenil] *a.* 青年的, 青春的

juxtalinéaire [ʒykstalineɛr] *a.* traduction ～ 逐行對照的翻譯

juxtaposer [ʒykstapoze] *v. t.* 並列, 並置

juxtaposition [ʒykstapozisjɔ̃] *n. f.* 並列, 並置

K

K, k [kɑ] *n. m.* 法語字母表中第 11 個字母

kakatoès [kakatɔɛs] *n. m.* 白鸚

kaki [kaki] *a. inv.* 黃褐色的, 土黃色的 *n. m.* 黃褐色, 土黃色; 柿樹, 柿子

kaléidoscope [kaleidɔskɔp] *n. m.* 萬花筒

kangourou [kɑ̃guru] *n. m.* 袋鼠

kantisme [kɑ̃tism] *n. m.* 康德主義, 康德哲學

kaoliang [kaɔljɑ̃] *n. m.* 〖漢〗高粱

kaolin [kaɔlɛ̃] *n. m.* 〖地質〗高嶺土

kaon [kaɔ] *n. m.* 〖原子〗K介子

kapok [kapɔk] *n. m.* 木棉, 吉貝

kappa [kapa] *n. m.* 希臘字母表中第 10 個字母 K, κ

kayac [kajak] *n. m.* (北極地區捕魚用的)海豹皮小艇; (水上運動用的)帆布划子

keepsake [kipsɛk] *n. m.* 〖英〗(19 世紀流行的)紀念冊

Kelvin [kɛlvin] *n. m.* 絕對溫度, 開氏溫度(代號爲 K)

képi [kepi] *n. m.* 法國軍帽

kératine [keratin] *n. f.* 〖生化〗角蛋白

kératite [keratit] *n. f.* 角膜炎

kératoplastie [keratɔplasti] *n. f.* 〖醫〗角膜移植術

kermès [kɛrmɛs] *n. m.* 〖昆〗胭脂蟲; 蟲胭脂〔染料〕; 〖藥〗氧硫化銻(祛痰劑)

kermesse [kɛrmɛs] *n. f.* (荷蘭、比利時的)民間節日, 露天集市; 露天義賣游藝集會

kérosène [kerozɛn] *n. m.* 煤油

khi [ki] *n. m.* 希臘字母表中第 22 個字母 X, χ

khmer, ère [kmɛːr] *a.* 高棉的, n. K ~ 高棉人, *n. m.* 高棉語

khôl [koːl] *n. m.* (西亞、北非的)眼圈墨, 眉墨

kidnapper [kidnape] *v. t.* 綁架, 劫持

kidnapping [kidnapiŋ] *n. m.* 綁架, 劫持

kilo [kilo] *n. m.* 公斤, 千克〔kilogramme 的縮寫〕

kilo- *préf.* 表示"千"的意思

kilocalorie [kilɔkalɔri] *n. f.* 〖物〗千卡, 大卡

kilocycle [kilɔsikl] *n. m.* 〖無〗千週

kilogramme [kilɔgram] *n. m.* 公斤, 千克

kilogramme-poids [kilɔgrampwa[ɑ]], **kilogramme-force** [kilɔgramfɔrs] *n. m.* 公斤重, 千克重; 公斤力, 千克力

kilogrammètre [kilɔgramɛtr] *n. m.* 〖物〗公斤米, 千克力米, 千克重米

kilohertz [kilɔɛrts] *n. m.* 〖無〗千赫, 千週/秒

kilomètre [kilɔmɛtr] *n. m.* 公里, 千米

kilométrer [kilɔmetre] *v. t.* 〔c. 7〕測量公里數; 立里程碑

kilométrique [kilɔmetrik] *a.* 公里的

kilovolt [kilɔvɔlt] *n. m.* 〖電〗千伏

kilowatt [kilɔwat] *n. m.* 〖電〗千瓦

kimono [kimɔno] *n. m.* 〖日〗和服; 和服式的浴衣

kinescope [kinɛskɔp] *n. m.* (電視)顯像管; 電視屏幕攝影法; 電視屏幕攝影機

kinésithérapie [kineziterapi] *n. f.* 運動療法

kiosque [kjɔsk] *n. m.* 亭, 涼亭; 報亭; 〖船〗艙面室

kirsch [kirʃ] *n. m.* 〖德〗櫻桃酒

klaxon [klaksɔ] *n. m.* 汽車喇叭

knock-out [nɔkawt] *n. m. inv.* 〖英〗〖拳擊〗失敗在地(指十秒內不能起立)

knout [knut] *n. m.* 〖俄〗皮鞭(沙皇時代的刑具); 鞭刑

kobold [kɔbɔld] *n. m.* （德國民間傳說中保管貴重礦藏的）土神

kola [kɔla] *n. m.* 可樂菓樹；可樂菓

kolkhoze [kɔlkoːz] *n. m.* 【俄】集體農莊

komintern [kɔmintɛrn] *n. m.* 共產國際（即第三國際）

konzern [kɔntsɛrn] *n. m.* 【德】康采恩，企業聯合

korrigan, e [kɔrigã, an] *n.* （布列塔尼民間傳說中的）矮妖

krach [krak] *n. m.* 【德】（股票行情的）暴跌；金融崩潰

kremlin [krɛmlɛ̃] *n. m.* 內城；K ～ 克里姆林宮

krypton [kriptɔ̃] *n. m.* 【化】氪

ksi [ksi] *n. m.* 希臘字母表中第 14 個字母 Ξ, ξ

ku klux klan [kjuklœksklan, kyklyksklã] *n. pr. m.* 三K黨〔美國極端反動的種族主義組織，縮寫為 K. K. K.〕

kummel [kymɛl] *n. m.* 【德】茴香酒

kyrielle [kirjɛl] *n. f.* 〖俗〗一連串（話）；一大篁（人）；一系列（事、物）

kyste [kist] *n. m.* 【醫】囊腫；【動、植】包囊

L

L, l [ɛl] *n. m.* 法語字母表中第 12 個字母

la 見 le

la [la] *n. m. inv.* 【樂】（音階的）七個唱名之一

là [la] *adv.* 那兒,那裏；和指示代詞或名詞連用表示強調語氣：cet homme-là 那個人 *interj.* 得啦! 好喔! 〔表示勸誡、撫慰等語氣〕

label [labɛl] *n. m.* 【英】標籤，標記

labeur [labœːr] *n. m.* 艱苦的勞動

labial, ale [labjal] (*pl. ～aux*) *a.* 唇的

labiées [labje] *n. f. pl.* 【植】唇形斜

laborantin, e [labɔrɑ̃tɛ̃, in] *n.* 實驗室技術員,化驗員

laboratoire [labɔratwaːr] *n. m.* 實驗室,化驗室

laborieux, se [labɔrjø, øːz] *a.* 勤勞的,勤勉的,艱苦的,艱巨的

labour [labuːr] *n. m.* 耕,耕地；*pl.* 耕過的田地

labourable [laburabl] *a.* 可耕作的

labourage [laburaːʒ] *n. m.* 耕,翻耕

labourer [labure] *v. t.* 耕,翻耕,劃出道

laboureur [laburœːr] *n. m.* 耕地者,莊稼人

labyrinthe [labirɛ̃ːt] *n. m.* 迷宮；錯綜複雜；【解】（內耳的）迷路

lac [lak] *n. m.* 湖,湖泊

laçage [la[ɑ]saːʒ] *n. m.* 繫牢,繫緊（指鞋帶、衣帶等）

lacer [la[ɑ]se] *v. t.* [c. 1] （用帶子）繫牢,繫緊

lacération [laserɑsjɔ̃] *n. f.* 撕破,撕碎

lacérer [lasere] *v. t.* [c. 7] 撕破,撕碎

lacet [la[ɑ]sɛ] *n. m.* 帶子,鞋帶；(捕獵用的)繩圈;之字形,鋸齒形;【鐵】側滾運動,左右擺動

lâchage [lɑʃaːʒ] *n. m.* 放鬆,放開;放掉;〖俗〗拋棄某人

lâche [lɑːʃ] *a.* 鬆弛的;寬鬆的,鬆開的;鬆懈的,不緊湊的;懦弱的,膽小的;軟弱無力的;卑鄙的 *n. m.* 懦夫,懶漢

lâcher [lɑʃe] *v. t.* 放鬆,放開,鬆開;放走,釋放;丟掉,拋棄(某人) *n. m.* 放〔指放鴿子、放氣球〕

lâcheté [lɑʃte] *n. f.* 鬆弛;寬鬆;鬆懈;懦弱,膽小;卑鄙的行為

lâcheur, se [lɑʃœːr, øz] *n.* 〖俗〗隨便失約的人,背信棄義的人;無情無義的人

lacis [la[ɑ]si] *n. m.* 網

laconique [lakɔnik] *a.* 簡潔的,簡練的

laconisme [lakɔnism] *n. m.* (說話的)簡潔,簡練

lacrymal, ale [lakrimal] (*pl.* ～*aux*) *a.* 【解】淚的

lacrymogène [lakrimɔʒɛn] *a.* 催淚性的

lacs [la] *n. m.* (捕獵用的)繩圈

lactation [laktasjɔ̃] *n. f.* 乳汁分泌;哺乳

lacté, e [lakte] *a.* 乳的;乳狀的;含乳的; Voie ～e 【天】銀河

lactescence [laktesɑ̃:s] *n. f.* 乳狀,乳濁

lactescent, e [laktesɑ̃, ɑ̃:t] *a.* 含有乳汁的,乳狀的,乳白色的

lactifère [laktife:r] *a.* 輸乳的;生乳的

lactique [laktik] *a.* acide ～ 【化】乳酸

lactodensimètre [laktodɑ̃simetr] *n. m.* 乳比重計,乳密度計

lactose [lakto:z] *n. m.* 【化】乳糖

lacune [lakyn] *n. f.* 空隙,(原文的)脫漏,空白之處;缺陷,空白;【醫】腔隙

lacustre [lakystr] *a.* 生長在湖中或湖邊的

lad [lad] *n. m.* 〖英〗照管賽馬的少年

ladre [ladr] *n.* 吝嗇鬼 ～ 吝嗇的;【獸醫】患囊尾蚴病的

ladrerie [ladrəri] *n. f.* 麻瘋病醫院;(豬、牛等的)囊尾蚴病;〖古〗吝嗇

lagon [lagɔ̃] *n. m.* (淺)潟湖;礁湖

lagune [lagyn] *n. f.* 潟湖;環礁湖

lai, e [lɛ] *a.* frère ～ 不受神品的辦事修士 *n. m.* 中世紀一種叙事或抒情的短詩

laïc = laïque

laïcisation [laisizasjɔ̃] *n. f.* 非宗教化,世俗化

laïciser [laisize] *v. t.* 使非宗教化,使世俗化

laïcité [laisite] *n. f.* 非宗教化,世俗化;政教分離

laid, e [lɛ, ɛd] *a.* 醜的,難看的;惡劣的,令人厭惡的

laideron [lɛdrɔ̃] *n. m.* 醜姑娘;醜婦

laideur [lɛdœ:r] *n. f.* 醜陋,難看;醜惡;醜事

laie [lɛ] *n. f.* 母野豬;森林中的小道

lainage [lɛnaʒ] *n. m.* 毛織品,呢絨;羊毛衫,毛衣,毛料服裝;【紡】起絨,拉絨,拉毛

laine [lɛn] *n. f.* 羊毛,駝毛;毛料子;羊毛衫,毛衣,毛料服裝

laineux, se [lɛnø, ø:z] *a.* 毛密的;羊毛似的,毛茸茸的

lainier, ère [le[ɛ]nje, lɛnjɛ:r] *a.* 羊毛的 *n.* 毛紡工人;羊毛商

laïque, laïc, que [laik] *a.* 世俗的;非宗教的 *n.* 世俗人;在俗教徒

laisse [lɛs] *n. f.* 牽狗的繩或皮帶

laisser [le[ɛ]se] *v. t.* 留下方,抛下;忘掉,保留,留給,委託,(死後)遺留下,遺贈;失去,讓,允許;出讓,讓給

laisser-aller [le[ɛ]seale] *n. m. inv.* 放任;〖貶〗馬虎,隨便

laissez-passer [le[ɛ]sepase] *n. m. inv.* 通行證;【法】貨物通行單

lait [lɛ] *n. m.* 奶,乳;牛奶;乳狀液

laitage [lɛtaʒ] *n. m.* 乳類;乳製品

laitance [lɛtɑ̃:s], **laite** [lɛt] *n. f.* 魚白〔魚的精液〕

laaité, e [le[ɛ]te] *a.* 有魚白的

laiterie [lɛtri] *n. f.* 乳品廠;乳品商店

laiteron [lɛtrɔ̃] *n. m.* 滇苦菜,苦苣菜

laiteux, se [lɛtø, ø:z] *a.* 奶的,乳汁的;乳狀的;乳白色的

laitier, ère [le[ɛ]tje, lɛtjɛ:r] *a.* 賣牛奶的人;送牛奶的人 *n. f.* 奶牛 *n. m.* 爐渣,熔渣 *a.* 奶品的;產乳的

laiton [lɛtɔ̃] *n. m.* 黃銅

laitue [le[ɛ]ty] *n. f.* 萵苣;藥用萵苣,生菜;冷拌生菜

laïus [lajys] *n. m.* 〖俗〗講話,演說

laize [lɛ:z] *n. f.* (織物的)幅寬,幅面

lama [lama] *n. m.* 喇嘛;羊駝

lamaïsme [lamaism] *n. m.* 喇嘛教

lamantin [lamɑ̃tɛ̃] *n. m.* 海牛

lamaserie [lamazri] *n. f.* 喇嘛寺

lambda [lɑ̃bda] *n. m.* 希臘字母表中第11個字母 Λ, λ

lambeau [lɑ̃bo] (*pl.* ~*x*) *n. m.* 破布片;(扯下的)肉塊,紙片;片段;一小部分

lambin, e [lɑ̃bɛ̃, in] 〖俗〗 *a.* 慢騰騰的,慢吞吞的 *n.* 慢條斯理的人,動作緩慢的人

lambiner [lɑ̃bine] *v. i.* 〖俗〗動作遲緩,磨蹭

lambourde [lɑ̃burd] *n. f.* 沿牆擱柵梁;地板小擱柵

lambrequin [lɑ̃brəkɛ̃] *n. m.* (床、窗等的)垂飾,帷幔;簷飾

lambris [lɑ̃bri] *n. m.* 【建】護壁(鑲)板,台度,牆裙;天花板粉面

lambrissage [lɑ̃brisaʒ] *n. m.* 【建】鋪護壁;抹灰;室內護壁(鑲)板

lambrisser [lɑ̃brise] *v. t.* 【建】鋪以護壁;抹灰

lame [lam] *n. f.* (金屬、玻璃等的)薄片,薄板;刀身;雙面(刮臉)刀片;海浪,波浪

lamé, e [lame] *a.* 夾有金、銀線的〔指織物〕

lameilaire [lamɛlɛːr] *a.* 層紋狀的,頁片狀的

lamelle [lamɛl] *n. f.* 小薄片;層

lamellé, e [lamɛlle], **lamelleux, se** [lamɛllø, øːz] *a.* 【礦】層狀的,片狀的

lamentable [lamɑ̃tabl] *a.* 悲慘的,凄慘的,可悲的,〖俗〗糟糕的,可憐的

lamentation [lamɑ̃tɑsjɔ̃] *n. f.* 哀悼,悲嘆,哀訴

lamenter (se) [s(ə)lamɑ̃te] *v. pr.* 哀悼,悲嘆

laminage [laminaʒ] *n. m.* 【冶】軋製,壓延

laminer [lamine] *v. t.* 【冶】軋製,壓延

lamineur [laminœːr] *n. m.* 【冶】軋鋼工,壓延工

laminoir [laminwaːr] *n. m.* 【冶】軋機,

軋鋼機;軋製設備

lampadaire [lɑ̃padɛːr] *n. m.* 高腳燈台;落地燈;路燈

lampant, e [lɑ̃pɑ̃, ɑ̃ːt] *a.* pétrole ~ 煤油,火油

lampe [lɑ̃ːp] *n. f.* 燈;電子管,真空管

lampée [lɑ̃pe] *n. f.* 〖俗〗一大口的飲量

lamper [lɑ̃pe] *v. t.* 〖俗〗大口大口地喝;一口氣喝下

lampion [lɑ̃pjɔ̃] *n. m.* 油盞;彩色紙燈籠

lampiste [lɑ̃pist] *n. m.* 燈具維修者,電燈匠;小職員;代人受過的下級

lampisterie [lɑ̃pistri] *n. f.* 燈具維修間;燈具室

lamproie [lɑ̃prwa[a]] *n. f.* 七鰓鰻

lance [lɑ̃ːs] *n. f.* 長槍,矛;槍騎兵;噴嘴,噴管

lance-bombes [lɑ̃sbɔ̃b] *n. m. inv.* 迫擊炮;〖空〗投彈器;炸彈架

lance-fusées [lɑ̃sfyze] *n. m. inv.* 火箭發射器,火箭發射裝置

lance-grenades [lɑ̃sgrənad] *n. m. inv.* 擲彈筒;槍榴彈發射器

lancement [lɑ̃smɑ̃] *n. m.* 投,擲,拋,發射;(船隻的)下水;宣揚;創辦

lancéolé, e [lɑ̃seɔle] *a.* 【植】披針形的

lance-pierre(s) [lɑ̃spjɛːr] *n. m. inv.* (兒童玩的)彈弓

lancer [lɑ̃se] [c. 1] *v. t.* 投,擲,拋,發射,投射;使(船)下水,噴出,射出(呼氣等);使風行,宣揚;發動,【狩獵】驅出(獵物) *v. pr.* 投入;從事;撲向,衝向 *n. m.* 【體】投擲運動

lance-roquettes [lɑ̃srɔkɛt] *n. m. inv.* 火箭筒

lance-torpilles [lɑ̃stɔrpij] *n. m. inv.* 魚雷發射管

lancette [lɑ̃sɛt] *n. f.* 【醫】柳葉刀

lanceur [lɑ̃sœːr, øz] *n. m.* 宣揚者,宣傳者;發起人,創辦人;投擲者,投擲運動員 *n. m.* 〖空〗發射火箭,運載火箭

lancier [lɑ̃sje] *n. m.* (19世紀法國的)

執矛騎兵

lanciner [lãsine] v. i. 引起陣陣刺痛, 感到針扎似的

landau [lãdo] (pl.~s) n. m. 有篷童車;(舊時的)雙篷四輪馬車

lande [lã:d] n. f. 荒野

langage [lãga:ʒ] n. m. 語言;專門用語,術語

lange [lã:ʒ] n. m. 襁褓

langoureux, se [lãgurø, ø:z] a. 虛弱的;憂鬱的;萎靡的,沒精打采的

langouste [lãgust] n. f. 龍蝦

langoustine [lãgustin] n. f. 挪威海鰲蝦

langue [lã:g] n. f. 舌;語言

languette [lãgɛt] n. f. 小舌狀物;(管樂器的)簧片;【木工】企口舌條,企口榫舌

langueur [lãgœ:r] n. f. 虛弱;憂鬱;倦怠,萎靡不振,沒精打采

languir [lãgi:r] v. i. 日漸衰弱或憔悴;沒精打采,有氣無力;受煎熬,受折磨;(植物)枯萎,凋零

languissamment [lãgisamã] adv. 疲憊地,無力地;沒精打采地

lanière [lanjɛ:r] n. f. 狹長帶子;皮帶

lanterne [lãtɛrn] n. f. 燈籠,提燈;(建築物的)頂塔;燈籠式天窗;【機】燈籠式齒輪

lanterneau [lãtɛrno] (pl.~x), **lanternon** [lãtɛrnɔ̃] n. m. 燈籠式天窗

lanterner [lãtɛrne] v. i. 浪費時間,拖延 v. t. 用空話哄騙

lanthane [lãtan] n. m. 【化】鑭

lanugineux, se [lanyʒinø ø:z] a. 【植】有毛茸的

laotien, ne [laosjɛ̃, ɛn] a. 老撾的 n. L~ 老撾人,寮人 n. m. 老撾語

lapalissade [lapalisad] n. f. 盡人皆知的道理,老生常談

laparotomie [laparɔtɔmi] n. f. 【醫】剖腹術

lapement [lapmã] n. m. 舐着喝

laper [lape] v. t., v. i. (貓、狗等)舐着喝

lapereau [lapro] (pl.~x) n. m. 小兔,兔崽

lapidaire [lapidɛ:r] n. m. 寶石工人,玉器匠;【機】端面砂輪 a. 寶石的,琢磨寶石的;(文體)簡練的

lapidation [lapidasjɔ̃] n. f. 用石塊擊斃;扔石塊

lapider [lapide] v. t. 用石塊擊斃;扔石塊追擊

lapin, e [lapɛ̃, in] n. 兔;【俗】精明能幹的傢伙

lapis [lapis], **lapis-lazuli** [lapislazyli] n. m. 【礦】天青石;青金石;雜青金石

laps [laps] n. m. ～ de temps 一段時間

lapsus [lapsys] n. m. 〖拉〗筆誤,口誤

laquage [laka:ʒ] n. m. 塗漆,塗生漆

laquais [lakɛ] n. m. (舊時穿號衣的)僕從;奴才,走狗

laque [lak] n. f. 漆,生漆;人造漆;天然漆(有時用作 n. m.) n. m. 漆器

laquelle 見 lequel

laquer [lake] v. t. 塗生漆,漆

larbin [larbɛ̃] n. m. 〖俗〗僕役,下人

larcin [larsɛ̃] n. m. 小偷小摸

lard [la:r] n. m. (豬的)膘,肥肉

larder [larde] v. t. (在牛肉裏)夾塞豬膘;刺穿,亂戳;嘲笑,譏笑;夾雜,穿插

lardoire [lardwa:r] n. f. 把豬膘塞進瘦肉中用的扦子

lardon [lardɔ̃] n. m. 小塊豬膘條;【民】娃娃

lare [la:r] n. m. (古羅馬)竈神台,家神;pl. 〖詩〗家 a. 家神的

large [larʒ] a. 寬的;重大的;寬容的;(衣服)寬大的;大的 n. m. 寬度,闊;Au～! 走開! au～ loc. adv. 寬敞地;寬綽地

largesse [larʒɛs] n. f. 慷慨,大方;pl. 慷慨贈與的財物

largeur [larʒœ:r] n. f. 寬度,闊;廣闊,寬廣

largue [larg] *a.* 未拉緊的〔指繩索〕; vent ~ 【海】後側風 *n. m.* 【海】受後側風的航行

larguer [large] *v. t.* 【海】鬆開,解開,放鬆;【空】投下,投擲

larme [larm] *n. f.* 眼淚; *pl.* 樹液,樹脂,樹膠;〖俗〗少量的酒

larmier [larmje] *n. m.* 【建】滴水;泛水; 【解】(眼)内眦

larmoiement [larmwamã] *n. m.* 淌淚, 淚溢

larmoyant, e [larmwajã, ã:t] *a.* 淌淚的;令人落淚的

larmoyer [larmwaje] *v. i.* 〔c. 3〕淌淚

larron, nesse [la[ɑ]rɔ̃, ɔnɛs] *n.* 竊賊

larvaire [larvɛ:r] *a.* 幼蟲的;未成熟的,萌芽的

larve [larv] *n. f.* 幼蟲,幼體

larvé, e [larve] *a.* 【醫】非典型的〔指病狀〕;潛在的

laryngé, e [larẽze], **laryngien, ne** [larẽʒjɛ̃, ɛn] *a.* 【醫】喉的

laryngite [larẽʒit] *n. f.* 喉炎

laryngologiste [larẽgɔlɔʒist] *n.* 喉科醫生

laryngoscope [larẽgɔskɔp] *n. m.* 【醫】喉鏡

laryngotomie [larẽgɔtɔmi] *n. f.* 【醫】喉切開術

larynx [larɛ̃ks] *n. m.* 喉

las! [lɑ:s] *interj.* 唉! 咳! 哎呀!

las, se [lɑ, lɑ:s] *a.* 疲倦的,厭倦的,厭煩的

lascar [laskɑ:r] *n. m.* 〖俗〗狡猾而膽大妄爲的人

lascif, ve [lasif, i:v] *a.* 色情的,好色的,淫蕩的

lasciveté [lasivte] *n. f.* 色情,好色,淫蕩

laser [lazɛ:r] *n. m.* 〖英〗【物】激光,萊塞;光激射器

lasser [lɑse] *v. t.* 使疲勞,使疲倦;使厭煩,使厭煩

lassitude [la[ɑ]sityd] *n. f.* 疲勞,疲倦;厭倦,厭煩

lasso [laso] *n. m.* 〖西〗捕捉動物用的套索

latent, e [latã, ã:t] *a.* 潛在的,潛伏的

latéral, ale [lateral] (*pl.* ~ *aux*) *a.* 側面的,旁側的

latex [lateks] *n. m.* 【植】乳汁;【化】膠乳,橡漿

latin, e [latẽ, in] *a.* 拉丁的,拉丁人的;拉丁語的 *n.* L ~ 拉丁人 *n. m.* 拉丁語,拉丁文

latiniser [latinize] *v. t.* 使拉丁化;使具有拉丁語特點

latinisme [latinism] *n. m.* 拉丁語特有的表達方式

latiniste [latinist] *n.* 拉丁語學家

latinité [latinite] *n. f.* 拉丁語特點;拉丁文化

latitude [latityd] *n. f.* (行動的)自由; 【地】緯度

latitudinaire [latitydinɛ:r] *a.* 【宗】廣教派的

latrines [latrin] *n. f. pl.* 茅廁,茅坑

lattage [lata:ʒ] *n. m.* 釘板條;板條柵

latte [lat] *n. f.* 【建】(木) 板條,順水條; (古代騎兵的)直式軍刀

latter [late] *v. t.* 釘上板條

lattis [lati] *n. m.* 【建】掛瓦條,板條柵

laudanum [lodanɔm] *n. m.* 【藥】阿片酊

laudatif, ve [lodatif, i:v] *a.* 頌揚的,贊揚的

lauré, e [lɔ[o]re] *a.* 戴桂冠的

lauréat, e [lɔ[o]rea, at] *a.* 獲得桂冠的;競賽得獎的 *n.* 競賽得獎者;考試優勝者

laurier [lɔ[o]rje] *n. m.* 月桂,月桂樹; *pl.* 光榮,榮譽

lavable [lavabl] *a.* 可洗的,經得起洗滌的

lavabo [lavabo] *n. m.* (有水龍頭的)洗臉盆;盥洗室; *pl.* 厠所

lavage [lava:ʒ] *n. m.* 洗滌;【醫】沖洗, 灌洗

lavallière [lavaljɛːr] *n. f.* 打大花結的領帶

lavande [lavɑ̃d] *n. f.* 【植】薰衣草

lavandière [lavɑ̃djɛːr] *n. f.* 洗衣婦;白鶺鴒的俗稱

lavasse [lavas] *n. f.* 〖俗〗攙水過多的飲料或湯

lavatory [lavatɔri] (*pl. ~ ies*) *n. m.* 〖英〗公共盥洗室;厠所

lave [la:v] *n. f.* 【地質】(火山)熔岩

lavé, e [lave] *a.* 很淡的(指色彩);彩墨畫的, 水墨畫的

lavement [lavmɑ̃] *n. m.* 洗滌;【醫】灌腸

laver [lave] *v. t.* 洗, 洗滌;洗去, 洗清 *v. pr.* (給自己)洗, 沐浴

lavette [lavɛt] *n. f.* 洗碗布, 洗碗刷;〖俗〗懦弱的人

laveur, se [lavœːr, øːz] *n.* 洗滌者 *n. m.* 洗滌裝置

lavis [lavi] *n. m.* 水彩畫, 水墨畫;水彩畫法, 水墨畫法

lavoir [lavwaːr] *n. m.* 洗衣處, 洗衣槽;洗礦場;洗羊毛機;洗礦場;洗煤場

lawrencium [lɔ[o]rɑ̃sjɔm] *n. m.* 【化】鐒

laxatif, ve [laksatif, iːv] 【藥】*a.* 輕瀉的 *n. m.* 輕瀉劑

layette [lɛjɛt] *n. f.* 新生嬰兒的衣着用品

layon [lɛjɔ̃] *n. m.* 林間小徑

lazzi [ladzi, lazi] (*pl. ~ (s)*) *n. m.* 〖意〗插科打諢

le [l(ə)] (*f. sing. la* [la] *pl. les* [le]) 〔le, la 在元音或啞音 h 前省略爲 l'〕*art. déf.* 這 (個), 那 (個) *pron. pers.* 他, 它;〔le 用作中性代詞〕這事

lé [le] *n. m.* 【紡】(織物)幅寬, 門幅

leader [lidœːr] *n. m.* 〖英〗領袖;社論

lèche [lɛʃ] *n. f.* 〖俗〗(食物的)薄片

léché, e [leʃe] *a.* 〖俗〗精雕細琢的

léchefrite [leʃfrit] *n. f.* (烤肉時承接油滴用的)滴油盤

lécher [leʃe] *v. t.* [c. 7] 舔, 舔去;〖俗〗精雕細琢

leçon [l(ə)sɔ̃] *n. f.* 課, 功課;背書;忠告;教訓

lecteur, trice [lɛktœːr, tris] *n.* 朗讀者, 讀者, 閱讀者;審讀來稿者 *n. m.* 拾音器

lecture [lɛktyːr] *n. f.* 閱讀, 閱覽;朗讀;讀物

légal, ale [legal] (*pl. ~aux*) *a.* 合法的, 法定的

légalisation [legalizasjɔ̃] *n. f.* 合法化;認證, 確認

légaliser [legalize] *v. t.* 使合法;認證, 確認

légalisme [legalism] *n. m.* 嚴守法規

légaliste [legalist] *a., n.* 嚴守法規的(人)

légalité [legalite] *n. f.* 合法(性);法制

légat [lega] *n. m.* 羅馬教皇的特使

légataire [legatɛːr] *n.* 受遺贈人

légation [legasjɔ̃] *n. f.* 公使團;公使館

légendaire [leʒɑ̃dɛːr] *a.* 傳說的,傳奇的

légende [leʒɑ̃d] *n. f.* 傳說, 傳奇;圖片說明, (地圖的)圖例

léger, ère [leʒe, ɛːr] *a.* 輕的, 薄的;易消化的;輕便的, 輕快的, 輕巧的;輕微的;輕率的;輕浮的; à la ~ ère *loc. adv.* 輕便地;輕率地

légèreté [leʒɛrte] *n. f.* 輕;輕快;輕巧;輕率;輕浮

légiférer [leʒifere] *v. i.* [c. 7] 立法, 制定法律

légion [leʒjɔ̃] *n. f.* (古羅馬的)軍團;(法國的)憲兵團;大批, 無數

légionnaire [leʒjɔnɛː r] *n. m.* 古羅馬軍團的士兵;法國榮譽勳位獲得者

législateur, trice [leʒislatœːr, tris] *n.* 立法者 *n. m.* 立法權, 立法機構成員 *a.* 立法的

égislatif, ve [leʒislatif, i:v] a. 立法的, 有立法權的

égislation [leʒislɑsjɔ̃] n. f. 立法; 立法權; 法律; 法律學

égislature [leʒislaty:r] n. f. 立法機關, 議會任期

égiste [leʒist] n. m. 法律家; 法學家 n., a. (中國古代)法家(的)

égitimation [leʒitimasjɔ̃] n. f. 合法化; 使成爲婚生子女

égitime [leʒitim] a. 合法的; 婚生的; 正當的, 合理的

égitimer [leʒitime] v. t. 使合法; 使合理; 使…成爲婚生子女

égitimiste [leʒitimíst] n., a. 正統派(的)

égitimité [leʒitimite] n. f. 合法, 合法性; 婚生; 王位繼承權; 合理, 正當

egs [lɛg, le] n. m. 【法】遺贈; 遺產

éguer [lege] v. t. [c. 7] 傳給, 留給; 【法】遺贈

égume [legym] n. m. 蔬菜 n. f. grosse ~ 〖俗〗大人物

égumier, ère [legymje, ɛ:r] a. 蔬菜的; 種蔬菜的 n. f. 蔬菜盆

égumineux, se [legyminø, ø:z] a. 豆莢的; 莢果的 n. f. pl. 豆科

eitmotiv [lajtmɔtif] (pl. ~e) n. m. 【德】【樂】主導主題; 重複出現的詞句

endemain [lɑ̃dmɛ̃] n. m. 次日, 第二天; 未來, 將來

énifier [lenifje] v. t. 【醫】和緩, 鎮痛

éninisme [leninism] n. m. 列寧主義

éniniste [leninist] a. 列寧主義的 n. 列寧主義者

énitif, ve [lenitif, i:v] 【醫】 a. 和緩的, 鎮痛的 n. m. 和緩藥, 鎮痛藥

ent, e [lɑ̃, ɑ̃:t] a. 慢的, 緩慢的; 遲鈍的; 慢性的 n. m. 虱卵

enteur [lɑ̃tœ:r] n. f. 緩慢; 遲鈍

enticulaire [lɑ̃tikylɛ:r] a. 透鏡狀的

entille [lɑ̃tij] n. f. 小扁豆屬; 扁豆; 【光】透鏡; pl. 【醫】雀斑

lentisque [lɑ̃tisk] n. m. 乳香黃連木

léonin, e [leɔnɛ̃, in] a. 獅子的; 對某一方片面有利的〔指契約等〕

léopard [leɔpa:r] n. m. 豹; 豹皮

lèpre [lɛpr] n. f. 痲瘋; 易沾染的惡習

lépreux, se [leprø, ø:z] a. 痲瘋的, 患痲瘋的 n. 痲瘋患者

léproserie [leprozri] n. f. 痲瘋病醫院

lequel [l(ə)kɛl] (f. sing. *laquelle* [lakɛl], m. pl. *lesquels* [lekɛl], f. pl. *lesquelles* [lekɛl]) pron. rel. 那個人; 那個 pron. interrog. 哪個人; 哪個

les 見 le

les, lès 見 = lez

lèse-majesté [lɛzmaʒɛste] n. f. (對君主的)不敬, 叛逆

léser [leze] v. t. [c. 7] 損害, 損傷

lésine [lezin], **lésinerie** [lezinri] n. f. 吝嗇

lésiner [lezine] v. i. (金錢上的)斤斤計較

lésineur, se [lezinœ:r, ø:z] a., n. 吝嗇的(人)

lésion [lezjɔ̃] n. f. 損害; 病變, 病損, 損傷

lessivage [lesiva:ʒ] n. m. 洗滌

lessive [lesi:v] n. f. 碱水, 灰汁; 洗衣粉, 洗滌劑; 洗滌; 待洗的衣服; 剛洗過的衣服; 【化】冲洗; 浸濾液

lessiver [lesive] v. t. 洗; 冲洗

lessiveuse [lesivø:z] n. f. 洗衣機

lest [lɛst] n. m. 壓載(物), 壓艙物

lestage [lɛsta:ʒ] n. m. 壓載, 裝壓載物

leste [lɛst] a. 敏捷的, 輕快的; 機敏的, 機靈的; 放肆的, 輕佻的

lester [lɛste] v. t. 壓載, 裝壓艙物; 〖俗〗裝滿, 填塞

léthargie [letarʒi] n. f. 嗜眠(症); 麻木, 遲鈍

léthargique [letarʒik] a. 嗜眠的; 麻木的, 遲鈍的

lettre [lɛtr] n. f. 字母; 文字; 鉛字; 詞義, 本文; 信, 信函; 證書; pl. 文學

lettré, e [lɛtre] *a.* 有學問的,有文學修養的 *n.* 文人

lettrine [le[ɛ]trin] *n. f.* 排列在詞典頁端的一組起始字母;用在章節起首的大號字母

leucémie [løsemi] *n. f.* 白血病

leucocyte [løkɔsit] *n. m.* 白(血)細胞,白血球

leur [lœr] *pron. pers. inv.* 他們,她們,它們

leur [lœr] *a. poss.* 他們的,她們的,它們的 *pron. poss.* 他們或她們的事物〔與 le, la, les 連用〕 *n. m.* 他們或她們的東西;*pl.* 他們或她們的人〔指親友、夥伴等〕

leurre [lœr] *n. m.* 人造魚餌;誘餌,圈套

leurrer [lœre] *v. t.* 引誘,誘騙

levage [l(ə)vaːʒ] *n. m.* 舉起,抬起;發酵

levain [l(ə)vɛ̃] *n. m.* 酵母,面肥;(激起仇恨等的)根源

levant [l(ə)vɑ̃] *n. m.* 太陽升起處;東,東方

levantin, e [l(ə)vɑ̃tɛ̃, in] *a.* 地中海東岸地區的 *n.* L~ 地中海東岸地區的人

levé [l(ə)ve] *n. m.* 測繪,測量圖

levée [l(ə)ve] *n. f.* 揭去,撤除,解除;徵收;徵集;收取郵件〔從郵筒中〕;吃進一墩牌;堤,壩

lever [l(ə)ve] [c. 6] *v. t.* 舉起,抬起;揭去,揭下;撤去,解除;割下;徵收;徵集;測繪;逐出(獵物) *v. i.* 長出,發酵 *v. pr.* 被舉起;站起,起床;(日、月等)升起 *n. m.* 起床時刻;(日、月等)的升起時刻;測繪

levier [l(ə)vje] *n. m.* 杠桿,撬棒;操縱桿;手段,力量

lévite [levit] *n. f.* 長禮服

levraut [l(ə)vro] *n. m.* 小野兔

lèvre [lɛːvr] *n. f.* 唇;【植】唇瓣;*pl.* 創口的邊緣

levrette [l(ə)vrɛt] *n. f.* 母獵兔狗;一種意大利小獵兔狗

lévrier [levrie] *n. m.* 獵兔狗

levure [l(ə)vyːr] *n. f.* 酵母,酵素,鏇子

lexicographe [lɛksikɔgraf] *n.* 詞典編纂者

lexicographie [lɛksikɔgrafi] *n. f.* 詞典編纂(法),詞典學

lexicologie [lɛksikɔlɔʒi] *n. f.* 詞彙學

lexique [lɛksik] *n. m.* 詞彙;小詞典

lez, les [le], **lès** [lɛ] *prép.* 靠近,在…近旁〔現僅見於地名〕

lézard [lezaːr] *n. m.* 蜥蜴

lézarde [lezard] *n. f.* (牆壁的)裂縫,裂痕

lézarder [lezarde] *v. t.* 使拆裂

liais [ljɛ] *n. m.* 細粒硬質石灰石

liaison [ljɛzɔ̃] *n. f.* 連接,接合;芡粉【語】聯誦;(書法中的)連筆;聯絡,聯繫交情,關係

liane [ljan] *n. f.* 藤,藤本植物

liant, e [ljɑ̃, ɑ̃t] *a.* 柔韌的,有彈性的;和藹可親的,隨和的 *n. m.* 柔韌性彈性;和藹可親,隨和

liard [ljaːr] *n. m.* 里亞(法國古銅幣名)

liarder [ljarde] *v. i.* 〔俗〕吝嗇

liasse [ljas] *n. f.* (一)捆,(一)束,(一)扎,(一)沓

libanais, e [libanɛ, ɛːz] *a.* 黎巴嫩的 *n.* L~ 黎巴嫩人

libation [libasjɔ̃] *n. f.* 奠酒,酹;暢飲痛飲

libelle [libɛl] *n. m.* 誹謗性短文

libellé [libe[ɛl]le] *n. m.* (公文等的)措辭

libeller [libe[ɛl]le] *v. t.* (按格式)寫,起草,草擬

libelliste [libe[ɛl]list] *n. m.* 誹謗性短文的作者

libellule [libe[ɛl]lyl] *n. y.* 蜻蜓

libérable [liberabl] *a.* 可釋放的;可退伍的

libéral, ale [liberal] (*pl.* ~ *aux*) *a.* 慷慨的,大方的;自由的;自由主義的 *n. m.* 自由主義者

libéralisme [liberalism] *n. m.* 自由放任主義〔18世紀、19世紀初英法資產階級的一種經濟理論〕;自由主義;寬容,大度

libéralité [liberalite] *n. f.* 慷慨,大方;捐贈,施捨物

libéra*teur, trice* [liberatœ:r, tris] *a.* 解放的 *n.* 解放者,救星

libération [liberɑsjɔ̃] *n. f.* 解放;釋放;退伍;清償;【物】釋放,放出

libératoire [liberatwa:r] *a.* 【法】解除債務的

libérer [libere] *v. t.* [c. 7] 解放;釋放;免除(債務等);使退伍;使擺脱;【物】釋放,放出

libérien, ne [liberjɛ̃, ɛn] *a.* 利比里亞的 *n.* L~ 利比里亞人

libertaire [libɛrtɛ:r] *a.* 絕對自由主義的 *n.* 絕對自由主義者

liberté [libɛrte] *n. f.* 自由;自由自在,無拘束;*pl.* 隨便,放肆,冒昧,豁免權,自主權

libertin, e [libɛrtɛ̃, in] *a., n.* 放蕩的(人),放縱的(人);不信教的(人)

libertinage [libɛrtinaːʒ] *n. m.* 放蕩,放縱

libidineux, se [libidinø, øːz] *a.* 貪淫好色的,淫蕩的

libraire [librɛ:r] *n.* 書商

librairie [librɛ(e)ri] *n. f.* 書店;書業;出版社

libre [libr] *a.* 自由的;自由自在的;無拘束的,不受約束的;放任的,放縱的;空閑的

libre-échange [librəʃɑ̃:ʒ] *n. m.* 自由貿易

libre-échangiste [librəʃɑ̃ʒist] (*pl.* ~*s*) *a.* 自由貿易論的 *n.* 自由貿易論者

librettiste [librɛttist] *n.* 歌劇劇本作者

libyen, ne [libjɛ̃, ɛn] *a.* 利比亞的 *n.* L~ 利比亞人

lice [lis] *n. f.* 柵欄;競技場;母獵狗;【紡】綜絲

licence [lisɑ̃:s] *n. f.* 許可,許可證,執照;學士學位;【語】破格;放肆,放縱

licencié, e [lisɑ̃sje] *n.* 學士

licenciement [lisɑ̃simɑ̃] *n. m.* 解雇,辭退;解散,遣散

licencier [lisɑ̃sje] *v. t.* 解雇,辭退;遣散

licencieux, se [lisɑ̃sjø, øːz] *a.* 下流的,猥褻的

lichen [likɛn] *n. m.* 【植】地衣;【醫】苔癬

licitation [lisitɑsjɔ̃] *n. f.* 【法】(不可分的共有財產的)拍賣

licite [lisit] *a.* 法律許可的,合法的

liciter [lisite] *v. t.* 拍賣(不可分的共有物)

licorne [likɔrn] *n. f.* 【神】獨角獸

licou [liku], **licol** [likɔl] *n. m.* (騾、馬頭上的)籠頭

lie [li] *n. f.* 沉澱(物);渣滓,敗類

lied [lid] (*pl.* ~*s* 或 **lieder** [lidər]) *n. m.* 【德】歌曲,浪漫曲

liège [ljɛ:ʒ] *n. m.* 軟木

lien [ljɛ̃] *n. m.* 帶,繩,索,鏈;關係,聯繫;*pl.* 鎖鏈

lier [lje] *v. t.* 綁,捆,縛;連接;粘結;結合;束縛

lierre [ljɛ:r] *n. m.* 常春藤

licsse [ljɛs] *n. f.* 歡樂,歡騰

lieu [ljø] *n. m.* 地點,場所,地方;~x communs 陳詞濫調,老生常談; au ~ de *loc. prép.* 代替,不……而…; au ~ que *loc. conj.* 不……反而…,而不……

lieu-dit [ljødi] (*pl.* ~*x*-~*s*) *n. m.* 有特殊名稱的村鎮

lieue [ljø] *n. f.* 法國古里〔約合4公里〕

lieur, se [ljœ:r, øːz] *n.* 捆稻草或麥稈的人 *n. f.* 【農】打捆機

lieutenance [ljøtnɑ̃:s] *n. f.* 陸軍中尉的職務或軍階

lieutenant [ljøtnã] *n. m.* (陸、空軍)中尉

lieutenant-colonel [ljøtnãkɔlɔnɛl] (*pl.* ~*s*-~*s*) *n. m.* (陸、空軍)中校

lièvre [ljɛ:vr] *n. m.* (雄)野兔

liftier [liftje] *n. m.* 電梯司機

ligament [ligamã] *n. m.* 〖解〗韌帶

ligature [ligaty:r] *n. f.* 捆綁,結扎;捆綁用的繩

ligaturer [ligatyre] *v. t.* 捆綁,結扎

lige [li:ʒ] *a.* 忠君的;効忠的

lignage [liɲa:ʒ] *n. m.* 家族;門第;〖印〗行數

ligne [liɲ] *n. f.* 界線;曲線;路徑,路綫;航綫;(文字的)行;釣魚綫;行,橫列;戰綫,防綫;軍艦的隊列;譜系,準則

lignée [liɲe] *n. f.* 子孫,後裔

ligneul [liɲœl] *n. m.* 蠟綫

ligneux, se [liɲø, ø:z] *a.* 木質的

lignifier (se) [s(ə)liɲifje] *v. pr.* 木質化

lignite [liɲit] *n. m.* 褐煤

ligoter [ligɔte] *v. t.* 捆綁,縛住手腳

ligue [lig] *n. f.* 聯盟,同盟;協會;團;勾結,同謀

liguer [lige] *v. t.* 與…結盟,聯合

ligueur, se [ligœ:r, ø:z] *n.* 聯盟成員,同盟者

lilas [lila] *n. m.* 丁香;淡紫色 *a. inv.* 淡紫色的

lilial, ale [liljal] (*pl.* ~*aux*) *a.* 百合花似的,潔白無瑕的

lilliputien, ne [lilipysjɛ̃, ɛn] *a.* 身材非常矮小的

limace [limas] *n. f.* 蛞蝓,鼻涕蟲

limaçon [limasɔ̃] *n. m.* 蝸牛;〖解〗耳蝸

image [lima:ʒ] *n. m.* 銼屑

limaille [lima:j] *n. f.* 銼屑

limande [limã:d] *n. f.* 黃蓋鰈

limbe [lɛ̃:b] *n. m.* 刻度盤;分度盤〖植〗葉片,葉片

lime [lim] *n. f.* 銼刀;〖動〗銼蛤

liménien, ne [limenjɛ̃, ɛn] *a.* 利馬〔秘魯首都〕的 *n.* L~ 利馬人

limer [lime] *v. t.* 銼;潤色,修飾

limeur, se [limœ:r, øz] *a.* 用於銼削的 *n.* 銼工 *n. f.* 銼床

limier [limje] *n. m.* 獵犬;〖俗〗警探,密探

liminaire [liminɛ:r] *a.* 卷首的;開端的

limitatif, ve [limitatif, i:v] *a.* 限制性的,限定的

limitation [limitɑsjɔ̃] *n. f.* 限制,限定

limite [limit] *n. f.* 邊界,界綫;期限;限度;〖數〗極限

limiter [limite] *v. t.* 劃定界限;限制,限定

limitrophe [limitrɔf] *a.* 毗鄰的,接壤的

limoger [limɔʒe] *v. t.* [c. 2]〖俗〗把…免職,罷免;把…調充閒職,降職

limon [limɔ̃] *n. m.* 淤泥,海泥;車轅木;樓梯基;檸檬

limonade [limɔnad] *n. f.* 檸檬水,汽水,冷飲零售業

limonadier, ère [limɔnadje, ɛ:r] *n.* 汽水製造商;冷飲店老闆

limoneux, se [limɔnø, ø:z] *a.* 滿是淤泥的,有淤泥的

limonier, ère [limɔnje, ɛ:r] *n. m.* 轅馬,檸檬樹 *n. f.* 車轅;四輪雙輪馬車 *a. m.* 駕轅的

limousine [limuzin] *n. f.* (牧人穿的)粗羊毛大衣;六座轎車〔一種老式汽車〕

limpide [lɛ̃pid] *a.* 清澈的,透明的;明亮的;清晰的

limpidité [lɛ̃pidite] *n. f.* 清澈,透明;明亮;清晰

lin [lɛ̃] *n. m.* 亞麻;亞麻織品,亞麻布

linceul [lɛ̃sœl] *n. m.* 裹屍布;覆蓋物

linéaire [lineɛ:r] *a.* 綫的,綫條的

linéament [lineamã] *n. m.* 輪廓,外貌,綫條;草圖;雛形

linéature [lineaty:r] *n. f.* (電視畫面的)掃描行數

linge [lɛ̃:ʒ] *n. m.* 床單、桌布等織物的統稱;襯衣,內衣

linger, ère [lɛ̃ʒe, ɛ:r] *a., n.* 製作或出

售内衣、床單、桌布等商品的(人) *n. f.* (旅館、醫院等的) 洗滌和縫補內衣、床單、桌布等物的婦女

ingerie [lɛ̃ʒri] *n. f.* 經營內衣、床單、桌布等的商業; 縫衣, 內衣; 女用內衣; 內衣、床單、桌布儲藏室

ingot [lɛ̃go] *n. m.* (金屬) 錠

ingotière [lɛ̃gɔtjɛ:r] *n. f.* 【冶】錠模

ingual, ale [lɛ̃gwal] (*pl.* ～ **aux**) *a.* 舌的; 舌音的 *n. f.* 舌輔音字母(d, t, l, n, r)

inguiste [lɛ̃guist] *n.* 語言學家

inguistique [lɛ̃guistik] *a.* 語言學的, 語言研究的 *n. f.* 語言學

inier, ère [linje, ɛ:r] *a. n. f.* 亞蔴田

iniment [linimɑ̃] *n. m.* 【藥】搽劑, 塗擦劑

inoléum, linoleum [linɔleɔm] *n. m.* 亞蔴油氈

inon [linɔ̃] *n. m.* 上等細(蔴)布

inotte [linɔt] *n. f.* 朱頂雀; tête de ～ 〖俗〗冒失鬼

inotype [linɔtip] *n. f.* 【印】整行排鑄機, 資納排鑄機

inteau [lɛ̃to] *n. m.* 【建】過梁

ion, ne [ljɔ̃, ɔn] *n. m.* 獅子; L ～ 【天】獅子(星)座

ionceau [ljɔ̃so] (*pl.* ～*x*) *n. m.* 小獅子

ipase [lipɑːz] *n. f.* 【生化】脂肪酶

ipide [lipid] *n. m.* 【生化】脂類

ippe [lip] *n. f.* 厚而突出的下唇

ippu, e [lipy] *a.* 下唇厚的, 下唇突出的; 嘴唇厚的

iquéfaction [likefaksjɔ̃] *n. f.* 液化

iquéfiable [likefjabl] *a.* 可液化的

iquéfier [likefje] *v. t.* 使液化; 使熔化, 使融化

iqueur [likœ:r] *n. f.* 利口酒; 【化】液, 溶液

iquidateur, trice [likidatœ:r, tris] *n.* 【法】清理人, 清算人 *a.* 負責清理的, 負責清算的

liquidation [likidɑsjɔ̃] *n. f.* 【法, 財】結算; 清理, 清償; 清除, 肅清; 解決

liquide [likid] *a.* 液態的; 【商】流動的; 【語】流音的 *n. m.* 液體; 酒類; 流質; 【醫】體液, 液 *n. f.* 【語】流音(l, r)

liquider [likide] *v. t.* 結算; 清理, 清償; 廉價拍賣; 清除, 肅清; 解決

liquoreux, se [likɔrø, øːz] *a.* 像利口酒一樣的

liquoriste [likɔrist] *n.* 釀造或出售利口酒的人

lire [liːr] *v. t.* [c. 65] 閱讀; 朗誦; 看懂; 看出, 領會…的意義 *n. f.* 里拉〔意大利貨幣單位〕

lis, lys [lis] *n. m.* 百合; 百合花

liseré [lizre], **liséré** [lizere] *n. m.* 花邊, 緶子, 緶帶

liserer [lizre] *v. t.* [c. 6], **lisérer** [lizere] *v. t.* [c. 7] 鑲花邊, 鑲緶子, 鑲緶帶

liseron [lizrɔ̃] *n. m.* 旋花屬植物, 紫牽牛

liseur, se [lizœːr, øːz] *n.* 愛看書的人 *n. f.* (可作書簽用的)木製或骨製裁書頁小刀

lisibilité [lizibilite] *n. f.* 清晰易讀

lisible [lizibl] *a.* 清晰易讀的; 值得一讀的

lisière [lizjɛːr] *n. f.* 布邊; 邊緣, 邊界; *pl.* 拉住學步孩子的布帶

lissage [lisaːʒ] *n. f.* 磨光, 使光滑

lisse [lis] *a.* 光滑的, 平滑的 *n. f.* 【紡】綜絲

lisser [lise] *v. t.* 磨光, 使光滑

lissoir [liswaːr] *n. m.* 壓平器, 整平工具

liste [list] *n. f.* 名單; 單子, 表冊

listel [listɛl], **listeau** [listo], **liston** [listɔ̃] *n. m.* 框架上用的木條

lit [li] *n. m.* 床; 河床; 婚姻

litanie [litani] *n. f.* 【宗】連禱, 連禱文〔常用*pl.*〕; 冗長單調的叙述

literie [litri] *n. f.* 床上用品, 臥具

lithiase [litjɑːz] *n. f.* 【醫】結石症

lithium [litjɔm] n. m. 【化】鋰

lithographie [litɔgrafi] n. f. 石印術；石版畫；石印工場

lithographier [litɔgrafje] v. t. 【印】用石板印刷

lithotomie [litɔtɔmi] n. f. (膀胱)切開取石術，截石術

litière [litjɛːr] n. f. 駄轎；褥草，厩稿

litige [litiːʒ] n. m. 【法】訴訟；爭論

litigieux, se [litiʒjø, øːz] a. 有爭論的，能引起爭訟的

litote [litɔt] n. f. 【語】間接肯定法，曲言法

litre [litr] n. m. 升；容量為一升的容器

litron [litrɔ̃] n. m. 古升；〖民〗一升酒

littéraire [literɛːr] a. 文學的，文藝的

littéral, ale [literal] (pl. ~aux) a. 按照字義的，逐字的

littérateur [literatœːr] n. m. 搞文學的人，文人

littérature [literatyːr] n. f. 文學，文學作品

littoral, ale [litɔral] (pl. ~aux) a. 沿海的，海濱的 n. m. 濱海地區，沿海地帶

liturgie [lityrʒi] n. f. 【宗】禮拜儀式

liturgique [lityrʒik] a. 禮拜儀式的

livarot [livaro] n. m. 法國利瓦羅城出產的乾酪

livide [livid] a. 鉛色的，青灰色的；蒼白的

lividité [lividite] n. f. 鉛色，青灰色；蒼白

livrable [livrabl] a. 可交貨的，應交付的

livraison [livrɛzɔ̃] n. f. 交貨，交付；(陸續出版的)分册

livre [livr] n. m. 書，書籍；卷，部，章；本子，登記簿，帳册； à ~ ouvert loc. adv. 不用準備地，一看就能… n. f. 半公斤；鎊〖貨幣單位〗；磅〖重量單位〗

livrée [livre] n. f. (古時貴族僕從穿的)號衣；僕從，傭人；(某些獸類的)毛，(某些鳥類的)羽毛

livrer [livre] v. t. 交付；獻出；出賣；吐露；引渡，移交；開始，投入 v. pr. 醉心於，專心於

livresque [livrɛsk] a. 書本上的

livret [livrɛ] n. m. 小册子，手册；簿；(歌劇的)脚本

livreur, se [livrœːr, øːz] n. 送貨員 n. f. 送貨車

lobe [lɔb] n. m. 【解】葉，瓣； ~ de l'oreille 耳垂；【植】圓裂片；【建】葉形飾

lobé, e [lɔbe] a. 【植】圓裂的，分裂的

lobule [lɔbyl] n. m. 小葉

local, ale [lɔkal] (pl. ~aux) a. 地方的，地方性的 n. m. 地方，場所

localisation [lɔkalizasjɔ̃] n. f. 定位；局部化，地方化，地區化

localiser [lɔkalize] v. t. 定位；使局部化，使局限於一個地方

localité [lɔkalite] n. f. 地方，場所；城鎮，村莊

locataire [lɔkatɛːr] n. 租户，承租人；房客

locatif, ve [lɔkatif, iːv] a. 租賃的，承租人的；【語】表示位置的，表示地點的 n. m. 【語】位置格，地點格

location [lɔkasjɔ̃] n. f. 出租；承租，租，租金；(劇場、火車等)訂座

loch [lɔk] n. m. 【海】計程儀，測程儀

loche [lɔʃ] n. f. 花鰍；蛞蝓，鼻涕蟲

lock-out [lɔkawt] n. m. 〖英〗關閉工廠〔資本家對付罷工的手段〕

locomobile [lɔkɔmɔbil] a. 可自行移動的 n. f. 移動式鍋駝機，移動式內燃機

locomoteur, trice [lɔkɔmɔtœːr, tris] a. 運轉的，有運轉力的；【醫】與運動有關的，起運動作用的

locomotion [lɔkɔmɔsjɔ̃] n. f. 移動，運動；運輸

locomotive [lɔkɔmɔtiːv] n. f. 機車，車頭

locution [lɔkysjɔ̃] *n. f.* 詞組;【語】短語

logarithme [lɔgaritm] *n. m.* 【數】對數

logarithmique [lɔgaritmik] *a.* 【數】對數的

loge [lɔːʒ] *n. f.* 門房;(戲院)包廂;演員化裝室;(參加藝術獎競賽者的)單人畫室

logeable [lɔʒabl] *a.* 可居住的

logement [lɔʒmɑ̃] *n. m.* 住宿,投宿;住房

loger [lɔʒe] (*c. 2*) *v. i.* 居住,住宿,投宿 *v. t.* 留宿,安頓;安放;(子彈等)打進

logette [lɔʒɛt] *n. f.* 小屋

logeur, se [lɔʒœːr, øːz] *n.* 備有傢具的房屋出租者

logicien, ne [lɔʒisjɛ̃, ɛn] *n.* 邏輯學家;善於嚴密推理的人

logique [lɔʒik] *n. f.* 邏輯,邏輯學;邏輯,邏輯方法 *a.* 合乎邏輯的

logis [lɔʒi] *n. m.* 住宅,住所

logiste [lɔʒist] *n.* (美術學校)單人畫室內的藝術獎競賽者

logistique [lɔʒistik] *n. f.* 【軍】後勤學;【哲】數理邏輯 *a.* 後勤的

logogriphe [lɔgɔgrif] *n. m.* 字母組合字謎;隱晦的語言

loi [lwa] *n. f.* 法,法律;規律,法則;定律;*pl.* 規則

loin [lwɛ̃] *adv.* 遠;久; de ～ en ～ *loc. adv.* 每隔很長一段時間或距離

lointain, e [lwɛ̃tɛ̃, ɛn] *a.* 遠的,遙遠的 *n. m.* 遠處,遠方;*pl.* (畫面上的)遠景

loir [lwaːr] *n. m.* 脂山鼠,睡鼠

loisible [lwazibl] *a.* 容許的,可自行決定的

loisir [lwaziːr] *n. m.* 空閑,閑暇; à ～ *loc. adv.* 從容地

lombago [lɔ̃bago] *n. m.* 腰痛

lombaire [lɔ̃bɛːr] *a.* 腰的,腰部的

lombes [lɔ̃b] *n. m. pl.* 腰部

lombric [lɔ̃brik] *n. m.* 蚯蚓

londonien, ne [lɔ̃dɔnjɛ̃, ɛn] *a.* 倫敦的 *n.* L～ 倫敦人

long, gue [lɔ̃, ɔ̃ːg] *a.* 長的;長久的; de ～ en large *loc. adv.* 縱橫地; le ～ de *loc. prép.* 沿著 *n. m.* 長,長度

longanimité [lɔ̃ganimite] *n. f.* 堅忍,忍耐

long-courrier [lɔ̃kurje] (*pl.* ～s) *a. m.* 遠洋航行的 *n. m.* 遠洋船舶;遠洋海員;遠程運輸機

longe [lɔ̃ːʒ] *n. f.* 彎,馬繮繩;小牛或狍的腰肉

longer [lɔ̃ʒe] *v. t.* (*c. 2*) 沿著…走;沿著…伸展

longeron [lɔ̃ʒrɔ̃] *n. m.* 縱梁,大梁,主梁

longévité [lɔ̃ʒevite] *n. f.* 長命,長壽;壽命

longitude [lɔ̃ʒityd] *n. f.* 【地】經度

longitudinal, ale [lɔ̃ʒitydinal] (*pl.* ～aux*) *a.* 縱向的

longtemps [lɔ̃tɑ̃] *adv.* 長久地,很久

longue [lɔ̃ːg] *n. f.* 長元音,長音節〔= voyelle 或 syllabe ～〕

longuement [lɔ̃gmɑ̃] *adv.* 長時間地;詳盡地

longuet, te [lɔ̃gɛ, ɛt] *a.* 【俗】略長的,稍長的 *n. m.* 一種棍形小麵包,棒子麵包

longueur [lɔ̃gœːr] *n. f.* (空間或時間的)長,長度,長短;冗長囉唆;拖拉,拖延;(馬、車、艇等的)身長

longue-vue [lɔ̃gvy] (*pl.* ～s-～s) *n. f.* 望遠鏡

looping [lupiŋ] *n. m.* 【英】【空】翻筋斗,倒飛筋斗

lopin [lɔpɛ̃] *n. m.* 片,段,塊;小塊地

loquace [lɔk(w)as] *a.* 饒舌的,話多的

loquacité [lɔk(w)asite] *n. f.* 饒舌,話多

loque [lɔk] *n. f.* 破布

loquet [lɔkɛ] *n. m.* 【建】碰鎖,彈簧鎖;插銷

loqueteau [lɔkto] (*pl.* ～x) *n. m.* 小

插銷

loqueteux, se [lɔktø, øz] *a., n.* 衣衫襤褸的(人)

lord [lɔːr] *n. m.* 【英】貴族；上議院議員；勳爵

lord-maire [lɔːrmɛːr] (*pl.* ~s-~s) *n. m.* (英國倫敦等大城市的)市長

lorgner [lɔrɲe] *v. t.* 斜眼看；用望遠鏡看；覬覦

lorgnette [lɔrɲɛt] *n. f.* 小型望遠鏡

lorgneur, se [lɔrɲœːr, øz] *n.* 【俗】時常斜眼偷看的人

lorgnon [lɔrɲɔ̃] *n. m.* 夾鼻眼鏡

loriot [lɔrjo] *n. m.* 黃鸝

lorrain, e [lɔrɛ̃, ɛn] *a.* 洛林的 *n.* L~ 洛林人 *n. m.* 洛林方言

lors [lɔːr] *adv.* 【古】當時，那時；dès ~ *loc. adv.* 從那時起，從此；~ de *loc. prép.* 在…時候，在…期間

lorsque [lɔrsk] 〔在 il, elle, on, en, un, une 前寫成 lorsqu'〕 *conj.* 當…時

losange [lɔzɑ̃ːʒ] *n. m.* 菱形

lot [lo] *n. m.* 份；(獎券、彩票的)獎金或獎品；運氣；一批(貨物)

loterie [lɔtri] *n. f.* 摸彩；抽籤；碰運氣的事

loti, e [lɔti] *a.* 分得的；好運氣的

lotion [losjɔ̃] *n. f.* 洗劑

lotionner [losjɔne] *v. t.* 用洗劑洗

lotir [lɔtiːr] *v. t.* 把…分成幾份；使分得一份

lotissement [lɔtismɑ̃] *n. m.* 分成幾份；土地的分塊；土地的分塊出售或出租

loto [lɔto] *n. m.* 一種摸彩填空格游戲

lotte [lɔt] *n. f.* 【魚】江鱈，鮟鱇，鮟鱇尾

lotus [lɔtys] *n. m.* 【植】百脈根屬；睡蓮

louable [lwabl] *a.* 值得贊揚的

louage [lwaːʒ] *n. m.* 租；租賃

louange [lwɑ̃ːʒ] *n. f.* 贊揚，頌揚；*pl.* 贊詞，頌詞

louanger [lwɑ̃ʒe] *v. t.* [c. 2] 贊揚，頌揚

louangeur, se [lwɑ̃ʒœːr, øz] *n.* 阿諛者，奉承者 *a.* 贊揚的，贊頌的

louche [luʃ] *a.* 斜視的；混濁的；可疑的，曖昧的 *n. m.* 可疑，曖昧 *n. f.* 大湯匙；長柄勺

loucher [luʃe] *v. i.* 斜視，作鬥雞眼；【俗】覬覦，眼紅

loucherie [luʃri] *n. f.* 斜視，斜眼

loucheur, se [luʃœːr, øz] *n.* 斜視者，斜眼兒

louer [lwe] *v. t.* 贊揚，贊頌；租借；出租；定(座)；僱傭 *v. pr.* 滿意

loueur, se [lwœːr, øz] *n.* 出租者

lougre [lugr] *n. m.* 三桅漁船，短程沿海航船

louis [lwi] *n. m.* 金路易〔法國金幣，值20法郎〕

loulou [lulu] *n. m.* 一種長毛小狗

loup [lu] *n. m.* 狼；婦女戴的黑天鵝絨面罩；(工作中的)缺陷

loup-cervier [lusɛrvje] (*pl.* ~s-~s) *n. m.* 【動】猞猁

loupe [lup] *n. f.* 放大鏡；【植】木瘤，樹節；【醫】皮脂腺腫

louper [lupe] *v. t.* 做得不好，失敗；錯過，未趕上

loup-garou [lugaru] (*pl.* ~s-~s) *n. m.* 傳說中夜間化身為狼的幽靈或巫師，狼人；性情孤僻的人，難相處的人

lourd, e [luːr, urd] *a.* 重的，笨重的；拙的，粗笨的；難消化的；沉悶的；沉重負的

lourdaud, e [lurdo, oːd] *a., n.* 遲鈍的(人)，笨拙的(人)

lourdeur [lurdœːr] *n. f.* 重，笨重；笨拙，粗笨

loustic [lustik] *n. m.* 詼諧者，愛說笑的人

loutre [lutr] *n. f.* 水獺

louve [luːv] *n. f.* 雌狼，母狼

louveteau [luvto] (*pl.* ~x) *n. m.* (出生幾週的)乳狼，狼崽；小童子軍

louveterie [luvtəri, luvɛtri] *n. f.* 捕狼隊；捕狼

louvoyer [luvwaje] *v. i.* [c. 3]【海】逆

風時)曲折航行;迂迴進行

over [lovɛ] *v. t.* 〖海〗盤繞

oyal, ale [lwajal] (*pl.* ~**aux**) *a.* 忠誠的,忠實的,正直的

oyalisme [lwajalism] *n. m.* 效忠,忠君;忠誠,忠貞

oyaliste [lwajalist] *a., n.* 忠誠的(人),忠心的(人)

oyauté [lwajote] *n. f.* 忠誠,正直

oyer [lwaje] *n. m.* 租金,房租

ubie [lybi] *n. f.* 〖俗〗怪念頭,離奇的想法

ubricité [lybrisite] *n. f.* 好色,淫蕩,淫穢

ubrifiant, e [lybrifjɑ̃, ɑ̃:t] *a.* 使潤滑的 *n. m.* 潤滑劑,潤滑油

ubrification [lybrifikasjɔ̃] *n. f.* 潤滑,加潤滑油

ubrifier [lybrifje] *v. t.* 潤滑,加潤滑油

ubrique [lybrik] *a.* 淫蕩的

ucane [lykan] *n. m.* 〖昆〗鹿角鍬甲〔一種蠹蟲〕

ucar ne [lykarn] *n. f.* 老虎窗;天窗

ucide [lysid] *a.* 清醒的,清晰的

ucidité [lysidite] *n. f.* 清醒,清晰

uciole [lysjɔl] *n. f.* 〖昆〗黃螢

ucratif, ve [lykratif, i:v] *a.* 有利可圖的,能賺錢的

udion [lydjɔ̃] *n. m.* 〖物〗浮沉子

uette [lyɛt] *n. f.* 〖解〗懸雍垂

ueur [lyœ:r] *n. f.* 微光;閃爍

uge [ly:ʒ] *n. f.* 小雪橇

ugubre [lygybr] *a.* 喪事的;悲哀的;陰森森的

ui [lɥi] *pron. pers.* 他,她,它〔作間接賓語等用〕

uire [lɥi:r] *v. i.* [c. 59]〔簡單過去時罕用,虛擬式未完成過去時不用,過去分詞無陰性形式〕發光,發亮,閃閃發光;閃現出

umbago [lɔ̃bago] *n. m.* 腰痛

umen [lymɛn] *n. m.* 〖光〗流明〔光通量單位〕

lumière [lymjɛ:r] *n. f.* 光,光綫;陽光;燈光,燈火;光芒,光輝;小孔;(槍、炮的)火門;傑出的人物,偉人;*pl.* 智慧,知識

lumignon [lymiɲɔ̃] *n. m.* 燈芯,燭芯;蠟燭頭;光度微弱的燈

luminaire [lyminɛ:r] *n. m.* (教堂裏的)燈光;燈,照明器

luminescence [lyminesɑ̃:s] *n. f.* 〖物〗發(冷)光

luminescent, e [lyminesɑ̃, ɑ̃:t] *a.* 〖物〗發(冷)光的

lumineux, se [lyminø, ø:z] *a.* 發光的,明亮的;明晰的,明白的

luminosité [lyminozite] *n. f.* 明亮,光輝;(發)光度

lunaire [lynɛ:r] *a.* 月亮的;月亮般的

lunaison [lynɛzɔ̃] *n. f.* 〖天〗朔望月,太陰月

lunatique [lynatik] *a., n.* 性情反覆無常的(人)

lunch [lœntʃ, lœ:ʃ] (*pl.* ~**s** 或 ~**es**) *n. m.* 〖英〗午餐

lundi [lœdi] *n. m.* 星期一

lune [lyn] *n. f.* 月亮

luné, e [lyne] *a.* 新月形的; être bien ~ 〖俗〗心情舒暢

lunetier, ère [lyntje, ɛ:r] *n.* 眼鏡製造者,眼鏡商 *a.* 製造眼鏡的,經營眼鏡的

lunette [lynɛt] *n. f.* 望遠鏡;馬桶圈;*pl.* 眼鏡

lunetterie [lynɛtri] *n. f.* 眼鏡業;眼鏡製造術

lunule [lynyl] *n. f.* 新月形物體,月牙狀物體;〖解〗指甲新月形斑

lupin [lypɛ̃] *n. m.* 羽扇豆

lupus [lypys] *n. m.* 〖醫〗狼瘡

lurette [lyrɛt] *n. f.* Il y a belle ~. 〖俗〗已有好長一段時間了。

luron, ne [lyrɔ̃, ɔn] *n.* 〖俗〗快樂無憂的人

lustrage [lystra:ʒ] *n. m.* 上光,磨光

lustral, ale [lystral] (*pl.* ~**aux**) *a.*

清淨的

lustre [lystr] *n. m.* 光澤;光彩,光輝;枝
形弔燈架;五年

lustrer [lystre] *v. t.* 使有光澤;上光,磨
光

lustrine [lystrin] *n. f.* 【紡】有光斜紋袖
裏棉布

lut [lyt] *n. m.* 封泥

lutation [lytɑsjɔ̃] *n. f.* (用封泥)封閉,
封固

lutécium [lytesjɔm] *n. m.* 【化】鑥

luter [lyte] *v. t.* (用封泥)封閉,封固

luth [lyt] *n. m.* (盛行於歐洲 16－18 世
紀的)一種撥弦樂器

luthéranisme [lyteranism] *n. m.* 【宗】
(德國)馬丁·路德的教義

lutherie [lytri] *n. f.* 弦樂器製造業,弦
樂器製造術

luthérien, ne [lyterjɛ̃, ɛn] *a.* 路德派的
n. 路德派教徒

luthier [lytje] *n. m.* 弦樂器製造者

lutin [lytɛ̃] *n. m.* 幽靈,小妖精;小
淘氣 *a.* 調皮的,活潑的

lutiner [lytine] *v. t.* 戲弄,惡作劇;調戲

lutrin [lytrɛ̃] *n. m.* 【宗】唱詩台;唱詩班

lutte [lyt] *n. f.* (徒手)搏鬥;【體】摔角,
角力;鬥爭;競爭

lutter [lyte] *v. i.* 搏鬥;鬥爭;競爭

lutteur, se [lytœr, ø:z] *n.* 力士,摔角
家;論戰者

lux [lyks] *n. m.* 【光】勒克司(照度單位)

luxation [lyksɑjɔ̃] *n. f.* 【醫】脫位,脫
臼,脫骱

luxe [lyks] *n. m.* 奢侈,豪華;豐富,過多

luxembourgeois, e [lyksɑ̃burʒwa, a:z]
a. 盧森堡的 *n.* L～ 盧森堡人

luxer [lykse] *v. t.* 使脫位,使脫臼,使脫
骱

luxueux, se [lyksɥ̯ø, ø:z] *a.* 奢侈的,豪
華的

luxure [lyksy:r] *n. f.* 淫蕩

luxuriance [lyksyrjɑ̃:s] *n. f.* 蕃茂,茂盛

luxuriant, e [lyksyrjɑ̃, ɑ̃:t] *a.* 蕃茂的,
茂盛的

luxurieux, se [lyksyrjø, ø:z] *a.* 淫蕩的

luzerne [lyzɛrn] *n. f.* 苜蓿;金花菜

lycée [lise] *n. m.* (法國)公立中學

lycéen, ne [liseɛ̃, ɛn] *n.* (法國)公立中
學學生

lymphangite [lɛ̃fɑ̃ʒit] *n. f.* 淋巴管炎

lymphatique [lɛ̃fatik] *a.* 淋巴的;淋巴
體質的 *n.* 淋巴體質者 *n. m. p*
淋巴管

lymphatisme [lɛ̃fatism] *n. m.* 淋巴
(性)體質

lymphe [lɛ̃:f] *n. f.* 淋巴液

lynchage [lɛ̃ʃaːʒ] *n. m.* 私刑殺害

lyncher [lɛ̃ʃe] *v. t.* 私刑殺害

lynx [lɛ̃:ks] *n. m.* 【動】猞猁

lyonnais, e [ljɔnɛ, ɛ:z] *a.* 里昂的,
L～ 里昂人

lyre [li:r] *n. f.* 里拉〔古希臘的一種弦
琴〕;詩才;詩

lyrique [lirik] *a.* 抒情的;充滿激情的
n. m. 抒情詩人

lyrisme [lirism] *n. m.* 抒情詩;抒情詩
的體裁;詩興,激情

lys = lis

M

M, m [ɛm] *n. m.* 法語字母表中第 13 個
字母

ma 見 mon

macabre [maka[ɑ:]br] *a.* 象徵死亡的;
陰森的,可怕的

macadam [makadam] *n. m.* 碎石路
(面)

macadamiser [makadamize] *v. t.* 用碎
石鋪路

macaque [makak] *n. m.* 獼猴,恒河猴

〖俗〗奇醜的男子

macareux [makarø] *n. m.* （大喙）海鴨

macaron [makarɔ̃] *n. m.* 杏仁餅

macaroni [makarɔni] *n. m.* 【意】通心粉, 通心麵

macération [maserɑsjɔ̃] *n. f.* 浸漬, 泡;【宗】苦行

macérer [masere] *v. t.* [c. 7] 浸漬, 泡

machaon [makaɔ̃] *n. m.* 金鳳蝶

mâche [mɑ:ʃ] *n. f.* 野萵苣

nâchefer [maʃfɛ: r] *n. m.* 煤（熔）渣, 爐渣

mâcher [mɑʃe] *v. t.* 嚼, 咀嚼;【技】撕裂, 扯裂

nachiavélique [makʃjavelik] *a.* 馬基維雅里主義的, 不擇手段的

nachiavélisme [makʃjavelism] *n. m.* 馬基雅維里主義;權術, 不擇手段

mâchicoulis [maʃikuli] *n. m.* （中世紀城堡上的）突堞, 突堞的下向堞眼

nachin*al*, *ale* [maʃinal] (*pl. ～aux*) *a.* 機械般的〔指動作等〕

nachin*ateur*, *trice* [maʃinatœr, tris] *n.* 陰謀策劃者, 陰謀家

nachination [maʃinɑsjɔ̃] *n. f.* 陰謀, 詭計

nachine [maʃin] *n. f.* 機器, 機械;（人或動物的）機體

nachine-outil [maʃinuti] (*pl. ～s-～s*) *n. f.* 機床, 工作母機

nachiner [maʃine] *v. t.* 策劃〔陰謀〕

nachinerie [maʃinri] *n. f.* 機器裝備;機房, （船的）機艙

nachine-transfert [maʃintrɑ̃sfɛ:r] (*pl. ～s-～s*) *n. f.* 連續自動工作機床, 自動流水作業機床

nachinisme [maʃinism] *n. m.* 機器的廣泛使用, 機械化

nachiniste [maʃinist] *n.* 機匠, 機械操作工; 司機;【劇, 電影】置景工

nachmètre [makmetr] *n. m.* 【空】馬赫數指示器

nâchoire [maʃwa:r] *n. f.* 【解】頜;【機】

夾子, 鉗口, 頰板

mâchonnement [mɑ(ɑ)ʃɔnmɑ̃] *n. m.* 咀嚼, 啃; 口齒不清的說話, 嘰哩咕嚕;【醫】連續咀嚼〔一種症狀〕

mâchonner [mɑ(ɑ)ʃɔne] *v. t.* 咀嚼, 咬, 啃; 口齒不清地說, 嘰哩咕嚕地說

mâchure [maʃy:r] *n. f.* 倒絨〔指呢疵〕

mâchurer [m:ɑʃyre] *v. t.* 沾上黑漬, 抹黑; 撕碎, 咬壞

macle [mɑkl] *n. f.* 【礦】雙晶

maçon [mɑ(ɑ)sɔ̃] *n. m.* 泥水工, 磚石工

maçonnage [mɑ(ɑ)sɔna:ʒ] *n. m.* 泥水工工作

maçonner [mɑ(ɑ)sɔne] *v. t.* 【建】砌造, 堵洞

maçonnerie [mɑ(ɑ)sɔnri] *n. f.* 泥水工程, 磚石工程

macreuse [makrø:z] *n. f.* 海番鴨; 牛的肩部瘦肉

macroasbeste [makrɔasbɛst] *n. f.* 纖維(狀)石棉

macrocéphale [makrɔsefal] *a.* 大頭的〔指動物、昆蟲等〕

macrocosme [makrɔkɔsm] *n. m.* 【哲】大宇宙

maculature [makylaty:r] *n. f.* 【印】污漬; 壞片〔印壞的紙張〕

macule [makyl] *n. f.* 污漬, 污點;【醫】斑疹

maculer [makyle] *v. t.* 弄髒 *v.i.* 沾上污漬

madame [madam] (*pl. mesdames* [medam]) *n. f.* 夫人, 女士, 太太〔縮寫為 Mme, Mmes〕

madeleine [madlɛn] *n. f.* 一種圓形小蛋糕

mademoiselle [madmwazɛl] (*pl. mesdemoiselles* [medmwazɛl]) *n. f.* 小姐〔縮寫為 Mlle, Mlles〕

madère [madɛ:r] *n. m.* 馬德拉酒

madras [madrɑ:s] *n. m.* 馬德拉斯布; 用上述布製成的頭巾

madré, e [mɑ(ɑ)dre] *a., n.* 狡猾的

(人); 詭詐的(人)

madrépore [madrepɔːr] *n. m.* 【動】石珊瑚, *pl.* 石珊瑚目

madrier [madrie] *n. m.* 【建】厚木板

madrigal [madrigal] (*pl.* ～ **aux**) *n. m.* 短小的情詩;【樂】牧歌

maestria [maɛstria] *n. f.* 〖意〗(藝術、競技等的)熟練, 完美;〖俗〗熟練, 靈巧

maestro [maɛstro] (*pl.* ～ **s**) *n. m.* 〖意〗名作曲家; 名交響樂隊指揮

maf(f)ia [mafja] *n. f.* 〖意〗黑手黨; 匪幫

mafflu, e [mafly] *a. n.* 面頰胖胖的(人)

magasin [magazɛ̃] *n. m.* 商店; 倉庫, 貨棧;(槍的)彈倉

magasinage [magazinaːʒ] *n. m.* 存倉; 存倉期; 存倉費

magasinier [magazinje] *n. m.* 倉庫管理員

magazine [magazin] *n. m.* 〖英〗(有插圖的)期刊, 雜誌

mage [maːʒ] *n. m.* (古代的)占星術士

magicien, ne [maʒisjɛ̃, ɛn] *n.* 巫師, 魔術師

magie [maʒi] *n. f.* 巫術, 魔術; 魔力

magique [maʒik] *a.* 巫術的, 魔術的; 有魔力的, 不可思議的

magister [maʒistɛːr] *n. m.* 〖拉〗(鄉村學校的)教師;〖俗〗學究, 迂腐的讀書人

magistère [maʒistɛːr] *n. m.* 權威; 靈丹妙藥

magistral, ale [maʒistral] (*pl.* ～ **aux**) *a.* 教師的; 權威性的; 出色的

magistrat [maʒistra] *n. m.* 司法官員; 行政官員

magistrature [maʒistratyːr] *n. f.* 行政官員的職位或任期, 司法官員的職位或任期; 司法官員(總稱)

magma [magma] *n. m.* 稠液, 糊

magnanarelle [maɲanarɛl] *n. f.* (法國普羅旺斯的)養蠶婦女

magnanerie [maɲanri] *n. f.* 養蠶場; 養蠶術

magnanime [maɲanim] *a.* 高尚的, 崇高的; 寬宏的

magnanimité [maɲanimite] *n. f.* 高尚, 崇高; 寬宏

magnat [magna] *n. m.* (工商界的)巨頭, 大亨;(舊時波蘭、匈牙利的)大貴族

magnésie [maɲezi] *n. f.* 【化】氧化鎂, 氫氧化鎂

magnésite [maɲezit] *n. f.* 【礦】菱鎂礦, 海泡石

magnésium [maɲezjɔm] *n. m.* 【化】鎂

magnétique [maɲetik] *a.* 【物】磁(性)的, 磁體的; 有吸引力的, 有魅力的

magnétiser [maɲetize] *v. t.* 【物】使磁化, 使起磁; 吸引, 使人迷

magnétisme [maɲetism] *n. m.* 磁學; 磁(性); 吸引力, 魅力

magnéto [maɲeto] *n. m.* 永磁發電機

magnétodynamique [maɲetodinamik] *a.* 【電, 無】永磁的, 恒磁的

magnéto-électrique [maɲetoelɛktrik] *a.* 磁電的

magnétophone [maɲetofɔn] *n. m.* 磁帶錄音機

magnificence [maɲifisɑ̃ːs] *n. f.* 豪華, 華麗; 闊綽

magnifique [maɲifik] *a.* 豪華的, 華麗的; 極美的; 出色的, 卓越的; 輝煌的

magnitude [maɲityd] *n. f.* 【天】星等

magnolia [maɲɔlja] *n. m.* 木蘭屬; 蘭, 玉蘭

magot [mago] *n. m.* 【動】叟猴; 奇醜的男人;(瓷、石等製的)矮胖小人像;〖俗〗暗藏的錢財

mahométan, e [maɔmetɑ̃, an] *n.* 伊斯蘭教徒 *a.* 伊斯蘭教的

mahométisme [maɔmetism] *n. m.* 伊斯蘭教

mai [mɛ] *n. m.* 五月

maie [mɛ] *n. f.* 麵包箱, 揉麵箱

maigre [mɛgr] *a.* 瘦的; 素的; 貧瘠的; 微薄的, 貧乏的 *n.* 瘦子 *n. m.*

肉;素食品

maigrelet, te [mεgrəlε, εt] *a.* 稍瘦的,略瘦的

maigreur [mεgrœ:r] *n.f.* 瘦,瘠薄;微薄,貧乏

maigrichon, ne [mεgriʃɔ̃, ɔn], **maigriot, te** [mεgrio, ɔt] *a., n.* 〖俗〗太瘦的(人)

maigrir [me[ε]gri:r] *v.i.* 變瘦,消瘦 *v.t.* 使消瘦,使顯得瘦;【技】弄薄,削薄

mail [maj] (*pl.* ~**s**) *n.m.* (木球遊戲用的)木槌;木球遊戲;(可玩木球遊戲的)路徑

maille [mɑ:j] *n.f.* (針織物的)綫圈;網眼;鏈環;(法國古代的)小銅錢

maillechort [majʃɔ:r] *n.m.* 白銅

mailler [maje] *v.t.* 編結

maillet [majε] *n.m.* 木槌

mailloche [majɔʃ] *n.f.* 大木槌

maillon [mɑ[ɑ]jɔ̃] *n.m.* 鏈環;環節;【海】錨鏈節

maillot [majo] *n.m.* 襁褓;緊身衣服,運動衫;汗背心

main [mε̃] *n.f.* 手;手法,技巧,一手的寬度;25張〔一令紙的1/20〕

main-d'œuvre [mε̃dœ:vr] (*pl.* ~**s-** ~) *n.f.* 人工;勞動力

main-forte [mε̃fɔrt] *n.f.* 支持,協助

mainmise [mε̃mi:z] *n.f.* 攫取,侵佔;控制,操縱

mainmorte [mε̃mɔrt] *n.f.* 【法】永久管業

maint, e [mε̃, ε̃:t] *a.* 很多的,多次的

maintenant [mε̃tnɑ̃] *adv.* 現在,目前

maintenir [mε̃tni:r] *v.t.* [c.16] 保持,維持;堅持;支持;控制

maintien [mε̃tjε̃] *n.m.* 保持,維持;態度,舉止

maire [mε:r] *n.m.* 市長

mairesse [mεrεs] *n.f.* 〖俗〗市長夫人

mairie [me[ε]ri] *n.f.* 市長職位;市長任期;市政府;市政府大樓

mais [mε] *conj.* 但是,然而 *adv.* 當

然;一定,真的

mais [mais] *n.m.* 玉米,玉蜀黍

maison [mεzɔ̃] *n.f.* 房屋,住宅;家;全家的人,(貴族的)家庭;商店,公司

maisonnée [mεzɔne] *n.f.* 〖俗〗(同住的)一家人

maisonnette [mεzɔnεt] *n.f.* 小屋

maitre, sse [mεtr, mεtrεs] *n.* 主人,東家;家長;教師,導師;指揮者,負責人 *n.m.* 師傅,能手;大師,名家;對名藝術家、律師等的尊稱 *a.* 管家的;能幹的;第一流的;主要的

maitresse [mεtrεs] *n.f.* 情婦

maitrisable [mεtrizabl] *a.* 可控制的,可抑制的

maitrise [me[ε]tri:z] *n.f.* 控制;自制力;教師職位;師傅身份;精通,技巧;【宗】兒童唱經班

maitriser [me[ε]trize] *v.t.* 制服,控制,抑制;掌握

majesté [maʒεste] *n.f.* 尊嚴,威嚴;莊嚴;M~陛下

majestueux, se [maʒεstyø, ø:z] *a.* 尊嚴的,威嚴的;莊嚴的;雄壯的,雄偉的

majeur, e [maʒœ:r] *a.* 較大的,較多的;重要的;成年的;【樂】大調的 *n.m.* 中指 【選】大前提

major [maʒɔ:r] *n.m.* 校級副官;軍醫;(考試)第一名〔學生用語〕

majoration [maʒɔrɑsjɔ̃] *n.f.* 漲價,提高價格;高估

majordome [maʒɔrdɔm] *n.m.* 王室總管

majorer [maʒɔre] *v.t.* 漲價,提高價格;高估

majoritaire [maʒɔritε:r] *a.* 多數選舉制的;獲得多數票支持的 *n.* 多數派成員

majorité [maʒɔrite] *n.f.* 成年;大多數,多數黨,多數派;多數(票)

majuscule [maʒyskyl] *n.f.* 大寫字母 *a.* 大寫的

maki [maki] *n.m.* 【動】狐猴

mal [mal] *a.m.*   bon an, ～ an好壞年景平均; bon gré, ～ gré   不管願意不願意,不管怎樣

mal (*pl. maux*) *n.m.*   惡;損害,損失;疼痛,不適;(精神方面的)痛苦;困難,辛苦;壞話;缺點 *adv.*   不好,糟糕;不舒服;不利;沒有好意地

malachite [malakit] *n.f.*   【礦】孔雀石

malade [malad] *a.*   患病的;受到病害的〔指植物〕;〖俗〗壞的,損壞的;衰落的,不景氣的 *n.*   病人

maladie [maladi] *n.f.*   病,疾病;弊病;癖;(植物的)病害

maladif, ve [maladif, i:v] *a.*   多病的,虛弱的,病態的

maladrerie [maladrəri] *n.f.*   (中世紀的)癩瘋病院

maladresse [maladrɛs] *n.f.*   笨拙,笨拙的舉動

maladroit, e [maladrwa[ɑ], a[ɑ:]t] *a., n.*   笨拙的(人),笨手笨腳的(人)

malais, e [malɛ, :z] *a.*   馬來亞的,馬來的 *n.*   M～ 馬來人 *n.m.*   馬來語

malaise [malɛ:z] *n.m.*   不適,不舒服;困難;不安,苦惱

malaisé,e [male[ɛ]ze] *a.*   不容易的,困難的,不方便的

malandrin [malādrɛ̃] *n.m.*   盜賊,浪人,匪徒

malappris, e [malapri, i:z] *a., n.*   缺少教養的(人),粗野的(人)

malaria [malarja] *n.f.*   瘧疾

malavisé, e [malavize] *a., n.*   冒失的(人)

malaxage [malaksa:ʒ] *n.m.*, **malaxation** [malaksasjɔ̃] *n.f.*   攪拌,拌合

malaxer [malakse] *v.t.*   攪拌,拌合

malaxeur [malaksœ:r] *n.m.*   【技】攪拌機;捏和機

malbâti,e [malbɑti] *a.,n.*   身材長得難看的(人)

malchance [malʃɑ̃:s] *n.f.*   惡運,倒霉,不幸的事

malchanceux, se [malʃɑ̃sø,øz] *a.,n.*   運氣不好的(人),倒霉的(人)

maldonne [maldɔn] *n.f.*   (紙牌的)發錯

mâle [mɑ:l] *a.*   男的;雄的,公的;雄壯的 *n.m.*   雄性,雄的動物;〖俗〗男子

malédiction [malediksjɔ̃] *n.f.*   詛咒,咒罵;惡運,不幸

maléfice [malefis] *n.m.*   魔法,巫術

maléfique [malefik] *a.*   【占星術】不吉利的,主凶的

malencontreux, se [malākɔ̃trø, øz] *a.*   討厭的,不合時宜的

mal-en-point [malãpwɛ̃] *loc.adj.inv.*   情況不佳的

malentendu [malātādy] *n.m.*   誤會,誤解;隔閡

malfaçon [malfasɔ̃] *n.f.*   缺點,缺陷

malfaire [malfɛ:r] *v.i.*   〔僅用不定式〕做壞事,作惡

malfaisance [malfəzã:s] *n.f.*   壞心腸,惡意;壞事,壞影響

malfaisant, e [malfəzā, ã:t] *a.*   作惡的,幹壞事的;有害的

malfaiteur, trice [malfɛtœ:r, tris] *n.*   作惡者,壞人,罪犯

malfamé, e [malfame] *a.*   名聲不好的,聲名狼藉的

malformation [malfɔrmasjɔ̃] *n.f.*   畸形

malgache [malgaʃ] *a.*   馬達加斯加島的 *n.*   M～ 馬達加斯加什人 *n.m.*   馬爾加什語

malgracieux, se [malgrasjø,ø:z] *a.*   粗暴的,無禮的;不好看的,不雅的

malgré [malgre] *prép.*   不管,不顧;雖然,儘管

malhabile [malabil] *a.*   不靈巧的,笨拙的

malheur [malœ:r] *n.m.*   不幸,災禍

malheureux, se [malœrø,ø:z] *a.*   不幸的,可憐的,倒霉的

malhonnête [malɔnɛt] *a.,n.*   不誠實的(人);無禮的(人);粗魯的(人)

malhonnêteté [malɔnɛtte] *n.f.*   不誠

實；無禮，粗魯

nalice [malis] *n.f.* 惡意，狡黠，戲弄

nalicieux, se [malisjø, øz] *a.* 惡意的，狡黠的，調皮的

nalien, ne [maljɛ̃,ɛn] *a.* 馬里的 *n.*
M～ 馬里人

nalignité [maliɲite] *n.f.* 惡意，惡毒；狡猾；危害；【醫】惡性

nalin, gne [malɛ̃, iɲ] *a.* 惡毒的，狡猾的；俏皮的，機靈的；有害的；【醫】惡性的 *n.* 狡猾的人

nalingre [malɛ̃:gr] *a.* 虛弱的

nalintentionné,e [malɛ̃tɑ̃sjɔne] *a.,n.* 懷有惡意的(人)，不懷好意的(人)

nalle [mal] *n.f.* 旅行箱

nalléabilité [maleabilite] *n.f.* 可鍛性，可壓延性，展性，韌性；順從

nalléable [maleabl] *a.* 可鍛的，可壓延的；韌性的；順從的

nalléer [malee] *v.t.* 【冶】鍛造，壓延

nalleole [maleɔl] *n.f.* 【解】踝

nalle-poste [malpɔst] (*pl.* ～s-～(s)) *n.f.* (舊時的)郵件馬車，郵車

nallette [malɛt] *n.f.* 小旅行箱，小手提箱

nalmener [malməne] *v.t.* [c.6] 虐待，粗暴對待；使遭受挫折，使遭到打擊

nalotru, e [malɔtry] *a.,n.* 粗魯的(人)，沒有教養的(人)

nalpropre [malprɔpr] *a.* 不清潔的，骯髒的；不道德的，卑鄙的；淫穢的 *n.* 骯髒的人；卑鄙的人

nalpropreté [malprɔprəte] *n.f.* 不清潔，骯髒；卑鄙行為，下流話

nalsain, e [malsɛ̃, ɛn] *a.* 不衛生的，不健康的

nalséant, e [malseɑ̃, ɑ̃:t] *a.* 不適當的，不妥當的；失禮的

nalsonnant, e [malsɔnɑ̃, ɑ̃:t] *a.* 難聽的，刺耳的；粗俗的

nalt [malt] *n.m.* 〖英〗(大)麥芽

naltais, e [maltɛ, ɛ:z] *a.* 馬耳他的 *n.*
M～ 馬耳他人

malterie [maltri] *n.f.* 麥芽廠，麥芽坊

malthusianisme [maltyzjanism] *n.m.* 馬爾薩斯主義，馬爾薩斯人口論

maltose [malto:z] *n.m.* 【化】麥芽糖

maltraiter [maltre(ɛ)te] *v.t.* 虐待，粗暴對待

malveillance [malvɛjɑ̃:s] *n.f.* 惡意，敵意；犯罪意圖

malveillant, e [malvɛjɑ̃, ɑ̃:t] *a.* 惡意的，有敵意的 *n.* 心懷惡意的人

malvenu, e [malvəny] *a.* 無權的，沒有理由(做某事)的

malversation [malvɛrsasjɔ̃] *n.f.* 貪污，舞弊，盜用公款

maman [mamɑ̃] *n.f.* 媽媽

mamelle [mamɛl] *n.f.* 乳房

mamelon [mamlɔ̃] *n.m.* 乳頭；乳頭狀突起；小丘

mamelonné, e [mamlɔne] *a.* 有乳頭狀突起的；丘陵起伏的

mamelu, e [mamly] *a.* 乳房肥大的

mammaire [mamɛ:r] *a.* 乳房的

mammifère [mamifɛ:r] *a.* 哺乳的 *n.m.* 哺乳動物；*pl.* 哺乳綱

mammouth [mamut] *n.m.* 【古生物】猛獁，毛象

manager [manɛdʒœ:r, manadʒe:r] *n.m.* 〖英〗經理

mancenillier [mɑ̃snije] *n.m.* 芒齊涅拉樹〔產於中美洲，其乳液劇毒〕

manche [mɑ̃:ʃ] *n.m.* 柄，把 *n.f.* 衣袖；管，筒；海峽；(網球中的)一盤

mancheron [mɑ̃ʃrɔ̃] *n.m.* 短袖；(犁柄的)扶手

manchette [mɑ̃ʃɛt] *n.f.* (襯衣的)袖口；袖套；【印】旁注；(報紙上)頭版大標題

manchon [mɑ̃ʃɔ̃] *n.m.* 手籠；套筒，套節管；【紙】毛布輥

manchot, e [mɑ̃ʃo, ɔt] *a.* 獨手的，獨臂的 *n.* 獨手人，獨臂人 *n.m.* 企鵝

mandant, e [mɑ̃dɑ̃, ɑ̃:t] *n.* 【法】委託人，委任者

mandarin [mɑ̃darɛ̃] *n.m.* (中國古時

mandarinat [mɑ̃darina] *n.m.* (中國古時的)官職

mandarine [mɑ̃darin] *n.f.* 柑橘

mandat [mɑ̃da] *n.m.* 委託,委任;委任狀;付款通知,(郵政)匯票;(議員等的)權責,委託權;(執行法律的)憑證,命令

mandataire [mɑ̃datɛ:r] *n.* 受委託人,受委任人

mandatement [mɑ̃datmɑ̃] *n.m.* 通知付款;委託,委任

mandater [mɑ̃date] *v.t.* 發出付款通知;委託,委任

mandchou, e [mɑ̃(t)ʃu] *a.* 滿族的 *n.* M~ 滿族人 *n.m.* 滿語

mandement [mɑ̃dmɑ̃] *n.m.* 【宗】(主教)訓諭

mander [mɑ̃de] *v.t.* 通知;召喚,召來

mandibule [mɑ̃dibyl] *n.f.* 【動】下頜骨;【昆】大顎

mandoline [mɑ̃dɔlin] *n.f.* 曼陀林〔一種撥弦樂器〕

mandragore [mɑ̃dragɔ:r] *n.f.* 【植】曼德拉草

mandrill [mɑ̃dril] *n.m.* (西非產)短尾狒狒

mandrin [mɑ̃drɛ̃] *n.m.* 【技】軋頭,卡盤;芯軸,芯棒;(鍛工)穿孔衝頭

manège [manɛ:ʒ] *n.m.* 馴馬術,馴馬場;畜力車磨;手腕,伎倆

mânes [mɑ:n] *n.m.pl.* 陰魂

manet [manɛ] *n.m.* 【漁】刺網

manette [manɛt] *n.f.* 手柄;操縱桿

manganèse [mɑ̃ganɛ:z] *n.m.* 【化】錳

manganine [mɑ̃ganin] *n.f.* 【冶】錳銅〔錳鎳銅合金〕

manganisme [mɑ̃ganism] *n.m.* 【醫】錳中毒

mangeable [mɑ̃ʒabl] *a.* 可食的

mangeaille [mɑ̃ʒɑ:j] *n.f.* 飼料;〖俗〗食物

mangeoire [mɑ̃ʒwa:r] *n.f.* 飼料槽,食槽

manger [mɑ̃ʒe] *v.t.* [c.2] 吃;用餐;蛀蝕,腐蝕;揮霍,耗費 *n.m.* 食物

mange-tout [mɑ̃ʒtu] *a.inv.,n.m.inv.* 可連莢吃的(豆)

mangeur, se [mɑ̃ʒœ:r, ø:z] *n.* 食者;浪費者

mangouste [mɑ̃gust] *n.f.* 【動】獴

mangue [mɑ̃:g] *n.f.* 芒果

maniabilité [manjabilite] *n.f.* 可操縱性;使用方便性

maniable [manjabl] *a.* 易於操縱的;使用方便的;隨和的,溫順的

maniaque [manjak] *a., n.* 有…狂的(人),有怪癖的(人)

manicle [manikl] =**manique**

manie [mani] *n.f.* 【醫】躁狂症;狂,怪癖

maniement [manimɑ̃] *n.m.* 觸摸;使用,操縱

manier [manje] *v.t.* 觸摸;使用,操縱;柔和

manière [manjɛ:r] *n.f.* 方式,方法;作風,習慣;風格; *pl.* 態度,禮貌

maniéré, e [inanjere] *a.* 做作的;【藝】矯揉造作的

maniérisme [manjerism] *n.m.* 【藝】矯揉造作

manieur, se [manjœ:r, ø:z] *n.* 支配者,操縱者

manifestant, e [manifɛstɑ̃, ɑ̃:t] *n.* 示威者,示威游行者

manifestation [manifɛstɑsjɔ̃] *n.f.* 表示,顯示;政治示威

manifeste [manifɛst] *a.* 明顯的 *n.m.* 宣言,聲明

manifester [manifɛste] *v.t.* 表示,顯示 *v.i.* 舉行示威

manigance [manigɑ̃:s] *n.f.* 〖俗〗小陰謀,小詭計

manigancer [manigɑ̃se] *v.t.* [c.1] 〖俗〗暗中策劃

manille [manij] *n.f.* (鐵鏈的)卸扣;一種紙牌戲

manioc [manjɔk] *n.m.* 【植】木薯

manipulateur, trice [manipylatœ:r, tris] *n.* 操作者 *n.m.* 電鍵,電報鍵

manipulation [manipylɑsjɔ̃] *n.f.* 操作;操縱

manipuler [manipyle] *v.t.* 操作,配製;操縱

manique [manik], **manicle** [manikl] *n.f.* (製鞋工人等的)防護手套

manitou [manitu] *n.m.* 神;〖民〗大人物,大亨

manivelle [manivɛl] *n.f.* 【機】曲軸,曲拐;(搖)手柄;(自行車的)踏腳曲柄

manne [ma(:)n] *n.f.* (有兩隻耳朵的)柳條筐;〖宗〗嗎哪;豐足的食物

mannequin [mankɛ̃] *n.m.* 人體模型;時裝模特兒;沒有主見的人;簍,小籃

manœuvre [manœ:vr] *n.f.* 操作,操縱,駕駛;陰謀,手段;【軍】操練,演習;軍事行動;【海】索具 *n.m.* 普通工

manœuvrer [manœvre] *v.t.* 操作,駕駛,操縱 *vi.* 使用手段;【軍】操練,演習,調動

manœuvrier, ère [manœvrie, ɛ:r] *n.* 熟練的操縱者;善於用兵的人;會使用手段的人

manoir [manwa:r] *n.m.* (領土的)小城堡,莊園

manomètre [manɔmɛtr] *n.m.* 氣壓表,(流體)壓力計

manouvrier, ère [manuvrie, ɛ:r] *n.* 短工,日計工

manque [mɑ̃:k] *n.m.* 缺少,不足,缺陷

manquement [mɑ̃kmɑ̃] *n.m.* 過失;違反

manquer [mɑ̃ke] *v.i.* 缺少,缺乏;未到,缺席;失敗,失誤;不履行,違背 *v.t.* 搞糟,做壞;錯過,失去;未打中,未命中;未出席,未趕上

mansarde [mɑ̃sard] *n.f.* 復斜屋頂,復斜屋頂老虎窗;有復斜屋頂的頂樓

mansardé, e [mɑ̃sarde] *a.* 復斜屋頂的

mansuétude [mɑ̃syetyd] *n.f.* 溫和,寬容

mante [mɑ̃:t] *n.f.* 女式披風,女式斗篷;螳螂

manteau [mɑ̃to] (*pl.* ～*x*) *n.m.* 大衣,外套,斗篷;壁爐台;遮蓋物

mantelet [mɑ̃tlɛ] *n.m.* 女式短斗篷;【船】舷窗蓋,舷孔蓋

mantille [mɑ̃tij] *n.f.* (女用)頭巾,頭紗

manucure [manyky:r] *n.* 指甲修剪師

manuel, le [manɥɛl] *a.* 手工的,體力的 *n.* 體力勞動者,手冊,教科書

manufacture [manyfakty:r] *n.f.* 工場,工廠,製造,製作

manufacturer [manyfaktyre] *v.t.* 製造,製作;加工

manufacturier, ère [manyfaktyrie, ɛ:r] *a.* 製造的,製造業的 *n.* 工場場主,工廠廠主

manuscrit, e [manyskri, it] *a.* 手寫的,手抄的 *n.m.* 手寫本,手抄本;手稿,原稿

manutention [manytɑ̃sjɔ̃] *n.f.* 搬運,搬運場;軍用麵包廠

manutentionnaire [manytɑ̃sjɔnɛ:r] *n.* 搬運工

manutentionner [manytɑ̃sjɔne] *v.t.* 搬運(商品等);製造,加工(軍用麵包、煙草等)

mappemonde [mapmɔ̃:d] *n.f.* 世界地圖;地球儀

maquereau [makro] (*pl.* ～ *x*) *n.m.* 鯖魚

maquette [makɛt] *n.f.* 模型,雛型;草圖,畫稿

maquignon, ne [makiɲɔ̃, ɔn] *n.m.* 馬商,馬販子 *n.* 不老實的中間人

maquignonnage [makiɲɔnɑ:ʒ] *n.m.* 販馬業,馬匹買賣;欺騙手段

maquignonner [makiɲɔne] *v.i.* 以劣充好出售(馬匹);使用不正當手段做成(一筆買賣等)

maquillage [makijɑ:ʒ] *n.m.* 化妝,化妝品;改裝,塗改

maquiller [makije] *v.t.* 化妝;改裝,塗

改

maquis [maki] n.m. (科西嘉島的)叢林;(第二次世界大戰中法國的)游擊隊基地,游擊隊;錯綜複雜

maquisard [makizaːr] n.m. (第二次世界大戰中法國的)游擊隊員

marabout [marabu] n.m. 大肚水壺;禿鶴,禿鶴羽毛;伊斯蘭教的苦修者;伊斯蘭教小寺院

maraîcher, ère [marɛ[ɛ]ʃe, marɛʃɛːr] a. 種菜的(人)

marais [marɛ] n.m. 沼澤,沼澤地;菜地

marasme [marasm] n.m. 消沉;消瘦;蕭條,不景氣

marathon [maratɔ̃] n.m. 馬拉松賽跑

marâtre [marɑːtr] n.f. 後母;虐待子女的母親

maraud, e [maro, oːd] n. 壞蛋,無賴

maraudage [marodaːʒ] n.m., **maraude** [maroːd] n.f. (農作物、水菓等)偷採,偷竊

marauder [marode] v.i. 偷採,偷竊(農作物、水菓等)

maraudeur, se [marodœːr, øːz] n. 偷農作物的人;流動兜攬顧客的出租汽車司機

marbre [marbr] n.m. 大理石;大理石台面,大理石雕像,大理石製品

marbrer [marbre] v.t. 飾以仿大理石花紋;使(皮膚)呈現大理石狀斑紋

marbrerie [marbrəri] n.f. 大理石手工藝;大理石加工業;大理石加工場

marbrier, ère [marbrie, ɛːr] a. 加工大理石的 n.m. 大理石石工

marbrure [marbryːr] n.f. 仿製的大理石花紋;(皮膚上的)大理石狀斑紋

marc [maːr] n.m. (水菓的)榨渣;渣滓;(用葡萄榨渣釀造的)燒酒

marcassin [markasɛ̃] n.m. 小野豬

marcassite, marcasite [markasit] n.f. 【礦】白鐵礦

marcescent, e [marsesɑ̃, ɑ̃ːt] a. 【植】凋存的,凋而不落的

marchand, e [marʃɑ̃, ɑ̃ːd] n. 商人 a. 商品的,暢銷的,商業的,經商的

marchandage [marʃɑ̃daːʒ] n.m. 講價,討價還價;(轉包工作,從中剋扣工人工資的)包工

marchander [marʃɑ̃de] v.t. 講價,討價還價;訂包工合同;捨不得給

marchandeur, se [marʃɑ̃dœːr, øːz] n. 討價還價的人;包工者

marchandise [marʃɑ̃diːz] n.f. 商品,貨物

marche [marʃ] n.f. 行走,步行;步伐;路程;行軍;進行曲;行駛,運轉;踏步,梯級;步驟;進程,進展;【古】邊境省,邊境軍區

marché [marʃe] n.m. 市場,集市;商埠,商業中心;交易;買賣合同

marchepied [marʃəpje] n.m. 上下車用的踏腳板,梯凳;擱腳凳;進身之階

marcher [marʃe] v.i. 走,步行;(部隊)行進;行駛,運轉;取得進展,順利進行;〖俗〗輕信

marcheur, se [marʃœːr, øːz] a. 步行的,能走的 n. 步行者,健步的人

marcottage [markɔtaːʒ] n.m. 【園藝】壓條(繁殖法)

marcotte [markɔt] n.f. 【園藝】壓條[指壓下的枝條]

marcotter [markɔte] v.t. 【園藝】壓條

mardi [mardi] n.m. 星期二

mare [maːr] n.f. 水塘,水坑,水潭

marécage [marekaːʒ] n.m. 沼澤,泥塘

marécageux, se [marekaʒø, øːz] a. 泥濘的,多沼澤的

maréchal, ale [mareʃal] (pl. ~aux) n.m. 元帥;馬蹄鐵匠〔一般用 ~-ferrant〕 n.f. 元帥夫人

maréchalat [mareʃala] n.m. 元帥的職位

maréchalerie [mareʃalri] n.f. 馬蹄鐵舖;馬蹄鐵業

maréchaussée [mareʃose] n.f. 法國舊時治安騎兵隊;〖謔〗憲兵隊

marée [mare] *n.f.* 潮,潮汐;海貨,海鮮

marégramme [maregram] *n.m.* 【氣】潮汐圖

marelle [marɛl] *n.f.* (兒童)跳房子游戲

maré*moteur, trice* [maremɔtœːr, tris] *a.* 潮力的,潮力推動的

marengo [marɛ̃go] *n.m.* 雪花呢,黑底白點呢

mareyeur, se [marɛjœːr, øːz] *n.* 水產貯運批發商

margarine [margarin] *n.f.* 人造黃油,麥淇淋

marge [marʒ] *n.f.* 邊緣;(書頁周圍的)白邊;餘地,餘力

margelle [marʒɛl] *n.f.* 石井欄

marger [marʒe] *v.t.* [c.2] (打字時)留出頁邊;【印】續頁

margeur, se [marʒœːr, øːz] *n.* 【印】續頁工 *n.m.* (打字機的)頁邊定位裝置

margin*al, ale* [marʒinal] (*pl.* ~*aux*) *a.* 頁邊的;邊緣的,邊際的

marguerite [margərit] *n.f.* 雛菊

mari [mari] *n.m.* 丈夫

mariable [marjabl] *a.* 可結婚的,到結婚年齡的

mariage [marjaʒ] *n.m.* 結婚,婚姻;婚禮;結合,配合

marié, e [marje] *a.* 已婚的 *n.* 新婚者,新郎,新娘

marier [marje] *v.t.* 爲…主持婚禮,使結婚;使結合,配合

marieur, se [marjœːr,øːz] *n.* 喜歡做媒的人

marigot [marigo] *n.m.* (熱帶地區)江河的乾涸支流;多澇窪地

marin, e [marɛ̃, in] *a.* 海的,航海的,海員的 *n.m.* 海員,水手;濕海風 *n.f.* 航海術;海運業;海運管理機構;海軍;艦隊,船隊;海洋風景畫

marinade [marinad] *n.f.* (魚、肉等的)浸漬佐料

mariner [marine] *v.t.* 用佐料浸漬(魚、肉等)

marinier, ère [marinje, ɛːr] *a.* 海的;航海的 *n.m.* 內河船舶員 *n.f.* 側泳;寬大女套衫

marionnette [marjɔnɛt] *n.f.* 木偶;傀儡,無主見的人

marit*al, ale* [marital] (*pl.* ~*aux*) *a.* 丈夫的

maritime [maritim] *a.* 海的,沿海的;航海的

maritorne [maritɔrn] *n.f.* 骯髒的醜女人

marivaudage [marivodaʒ] *n.m.* 故作風雅的殷勤話;【文】過分雕琢,矯揉造作

marivauder [marivode] *v.i.* 說故作風雅的殷勤話;【文】過分雕琢,矯揉造作

marjolaine [marʒɔlɛn] *n.f.* 【植】牛至,茉喬藥草

mark [mark] *n.m.* 馬克〔德國貨幣單位〕

marmaille [marmɑj] *n.f.* 〖俗〗一羣吵吵嚷嚷的兒童

marmelade [marmǝlad] *n.f.* 菓醬

marmitage [marmitaʒ] *n.m.* 〖俗〗重炮猛轟

marmite [marmit] *n.f.* 鍋,一鍋之量;〖俗〗重磅炮彈

marmitée [marmite] *n.f.* 一鍋之量

marmiton [marmitɔ̃] *n.m.* 廚房小學徒

marmonner [marmɔne] *v.t.* 咕嚕,嘀咕

marmor*éen, ne* [marmɔreɛ̃, ɛn] *a.* 大理石般的

marmot [marmo] *n.m.* 〖俗〗小男孩

marmotte [marmɔt] *n.f.* 【動】旱獺;(推銷員的)樣品箱

marmottement [marmɔtmɑ̃] *n.m.* 喃喃自語,咕噥

marmotter [marmɔte] *v.t.* 喃喃自語,咕噥

marmotteur, se [marmɔtœːr, øːz] *a.,n.* 喃喃說話的(人)

marmouset [marmuzɛ] *n.m.* 古怪的小人像;〖俗〗小男孩,矮子

marnage [marnaʒ] *n.m.* 漲潮;【農】施加泥灰石

marne [marn] *n.f.* 泥灰石

marner [marne] *v.i.* 漲(潮) *v.t.* 【農】
(土中)施加泥灰石

marneux, se [marnø, øz] *a.* 泥灰石的

marnière [marnjɛ:r] *n.f.* 泥灰石礦(場)

marocain, e [marɔkɛ̃, ɛn] *a.* 摩洛哥的
n. M~ 摩洛哥人

maronner [marɔne] *v.i.* 〖俗〗咕噥；惱
火

maroquin [marɔkɛ̃] *n.m.* 摩洛哥羊皮
革；〖俗〗部長之職

maroquiner [marɔkine] *v.t.* 仿製摩洛
哥羊皮革

maroquinerie [marɔkinri] *n.f.* 摩洛哥
革鞣製加工；摩洛哥革製品

maroquinier [marɔkinje] *a.m.* 摩洛哥
革的 *n.m.* 摩洛哥革鞣製工；皮件商

marotte [marɔt] *n.f.* 婦女頭像模型〔製
女帽時試帽用〕；〖俗〗癖好

marouflage [marufla:ʒ] *n.m.* 裱畫

maroufle [marufl] *n.m.* 粗野的人；可鄙
的人

maroufler [marufle] *v.t.* 裱、貼(畫)

marquage [marka:ʒ] *n.m.* 做記號，加
標記

marque [mark] *n.f.* 記號，標記，痕迹；
烙印；比分，記分器；籌碼；標誌，徵兆

marquer [marke] *v.t.* 做記號，作記號；
標出，留痕迹；記數，記分；指定；表示，表
明 *v.i.* 留下痕迹；留下深刻印象

marqueter [markəte] *v.t.* 〔c.5〕用斑點、
圖案裝飾；鑲嵌細木裝飾

marqueterie [markə(ɛ)tri] *n.f.* 鑲嵌工
藝，鑲嵌工藝品

marqueteur [markətœ:r] *n.m.* 鑲嵌工
人

marquette [markɛt] *n.f.* 原蠟蠟塊

marqueur, se [markœ:r, øz] *n.* 加標記
者，打印戳的人，記分員

marquis [marki] *n.m.* 侯爵

marquisat [markiza] *n.m.* 侯爵爵位；
侯爵領地

marquise [marki:z] *n.f.* 侯爵夫人；【建】

雨篷，挑棚

marquoir [markwa:r] *n.m.* 裁縫做標記
的工具；(縫在襯衣、床單等織物上的)字
母標記

marraine [ma(ɑ)rɛn] *n.f.* 主持命名典
禮的婦女；〖宗〗代母，教母

marri, e [mari] *a.* 懷喪的，懊惱的

marron [ma(ɑ)rɔ̃] *n.m.* 栗子；栗色；
〖民〗拳擊，栗暴 *a.inv.* 栗色的

marron, ne [marɔ̃, ɔn] *a.* 逃亡的；從事
非法交易的 *n.* 從事非法交易的人

marronnier [ma(ɑ)rɔnje] *n.m.* 栗樹

mars [mars] *n.m.* 三月 *n.pr.m.* M~
【天】火星

marsouin [marswɛ̃] *n.m.* 鼠海豚；〖俗〗
海軍陸戰隊士兵

marsupial, ale [marsypjal] (*pl.* ~
aux) 【動】*a.* 袋狀的 *n.m.pl.* 有
袋目

marteau [marto] *n.m.* 錘，鐵錘，榔頭；
(鋼琴)琴槌；門環；【解】錘骨

marteau-pilon [martopilɔ̃] (*pl.* ~**x-**~**s**)
n.m. 【機】機動鍛錘

martelage [martəla:ʒ] *n.m.* 鍛打，鍛
造；【林業】(用標記錘在槲上)打標記

martèlement [martɛlmɑ̃] *n.m.* 鍛打，
錘打

marteler [martəle] *v.t.* 〔c.6〕鍛打，鍛
造，錘打；逐個音節地讀

marteleur [martəlœ:r] *n.m.* 鍛工，錘工

martellerie [martɛlri] *n.f.* 鍛工車間

martial, ale [marsjal] (*pl.* ~**aux**) *a.*
軍事的，戰爭的；好戰的，尚武的；【化】含
鐵的

martien, ne [marsjɛ̃, ɛn] *a.* 【天】火星
的 *n.* (假想的)火星人

martinet [martine] *n.m.* 揮衣鞭；【鳥】
雨燕；【冶】水力錘，杵錘

martingale [martɛ̃gal] *n.f.* 馬頜韁；(大
衣等的)後腰帶；賭輪後下雙倍賭注的賭
法

martin-pêcheur [martɛ̃pɛʃœ:r] (*pl.*
s- ~**s**) *n.m.* 【鳥】翠鳥

martre [martr] n.f.　貂; 貂皮

martyr, e [martiːr] n.　爲事業犧牲者, 烈士; 受折磨者; 殉教者

martyre [martiːr] n.m.　殉難, 折磨; 殉教

marxien, ne [marksjɛ̃, ɛn] a.　馬克思的

marxisme [marksism] n.m.　馬克思主義

marxisme-léninisme [marksismleninism] n.m.　馬克思列寧主義

marxiste [marksist] a.　馬克思主義的　n.　馬克思主義者

marxiste-léniniste [marksistleninist] a.　馬列主義的　n.　馬列主義者

mas [maːs] n.m.　(法國南部的)農舍

mascarade [maskarad] n.f.　化裝舞會, 假面舞會; 戴假面的人羣; 騙人的把戲

mascaret [maskarɛ] n.m.　湧潮, 怒潮

mascaron [maskarɔ̃] n.m.　【建】怪面飾

mascotte [maskɔt] n.f.　〖俗〗吉祥物

masculin, e [maskylɛ̃, in] a.　男性的, 男人的; 【語】陽性的　n.m.　【語】陽性

masculiniser [maskylinize] v.t.　使男子化, 使男性化; 【生】使雄性化

masculinité [maskylinite] n.f.　男性, 男子性格

maser [mazɛːr] n.m.　【物】脈塞, 脈澤; 量子放大器

masque [mask] n.m.　假面具; 面罩, 防護面具; 口罩; 戴假面具的人; (從面部複製的)面模; 臉部表情; 僞裝, 假面目

masquer [maske] v.t.　戴假面具, 戴面罩; 僞裝, 掩飾; 遮蓋

massacrant, e [masakrɑ̃, ɑ̃ːt] a.　使人難以忍受的〔指脾氣等〕

massacre [masakr] n.m.　屠殺, 殺戮; 大量捕殺〔指野獸〕; 糟蹋

massacrer [masakre] v.t.　屠殺, 殺戮; 大量捕殺(野獸); 糟蹋

massacreur, se [masakrœːr, øːz] n.　屠殺者, 劊子手; 糟蹋者

massage [masaːʒ] n.m.　按摩, 推拿

masse [mas] n.f.　堆, 塊, 羣; 羣衆; 全部; 公積金; 大鐵錘; 彈(子)棒尾部; 【物】質量

masselotte [maslɔt] n.f.　【冶】(鑄件的)冒口; 【機】重塊, 慣性重塊

massepain [maspɛ̃] n.m.　小杏仁餅

masser [mase] v.t.　按摩, 推拿; 聚集, 堆積; (用彈棒尾部)竪直擊　v.pr.　聚集, 集合

massette [masɛt] n.f.　大錘; 【植】香蒲

masseur, se [masœːr, øːz] n.　按摩者, 推拿者　n.m.　按摩器械

massicot [masiko] n.m.　切紙機; 【化】鉛黃

massier, ère [masje, ɛːr] n.　(工藝工場等的)公積金司庫

massif, ve [masif, iːv] a.　厚實的, 笨重的, 實心的; 成羣的; 大量的; 遲鈍的　n.m.　石柱座, 台基; 樹叢, 花壇; 【地】羣山

massue [masy] n.f.　大頭棒, 狼牙棒

mastic [mastik] n.m.　膠泥, 瑪蒂脂, 油灰

masticage [mastikaːʒ] n.m.　嵌膠泥, 嵌油灰

masticateur, trice [mastikatœːr, tris] a.　咀嚼的　n.m.　食品搗碎器

mastication [mastikasjɔ̃] n.f.　咀嚼

mastiquer [mastike] v.t.　咀嚼, 嚼碎; (用膠泥、油灰)嵌填, 粘合

mastoc [mastɔk] a. inv.　笨重的, 粗笨的

mastodonte [mastodɔ̃ːt] n.m.　【古生物】乳齒象; 〖俗〗身材高大的人; 龐然大物

mastoïdien, ne [mastɔidjɛ̃, ɛn] a.　【解】乳突的

mastoïdite [mastɔidit] n.f.　【醫】乳突炎

mastroquet [mastrɔkɛ] n.m.　〖俗〗小酒店老闆; 小酒店

masure [mɑzyːr] n.f.　破房子

mat [mat] n.m.　(國際象棋中"王"的)將死　a. inv.　被將死的

mat, e [mat] a.　無光澤的; 低沉的

mât [mɑ] n.m.　桅, 桅杆; 旗杆

matador [matadɔ:r] *n.m.* 〖西〗(最終用劍刺死牛的)鬥牛士

matamore [matamɔ:r] *n.m.* 冒充好漢的人

matassé [matase] *n.f.* 生絲；原棉

match [matʃ] (*pl.* ～*s* 或 ～*es*) *n.m.* 〖英〗比賽，競賽

matelas [matla] *n.m.* 床墊，褥墊

matelasser [matlase] *v.t.* 用填料充塞，裝墊料

matelassier, ère [matlasje, ɛ:r] *a., n.* 修製床墊的(人)

matelassure [matlasy:r] *n.f.* (墊子的)填料

matelot [matlo] *n.m.* 水手，船員；海軍士兵；艦隊中的船隻

matelote [matlɔt] *n.f.* 洋蔥燒鰻魚塊；水手舞

mater [mate] *v.t.* 〖技〗使消光，使褪光，錘打；將死(國際象棋中的"王")；戰勝，制服

mâter [mɑte] *v.t.* (爲船)安裝桅杆

matérialisation [materjalizɑsjɔ̃] *n.f.* 體現，實現；〖物〗物質化

matérialiser [materjalize] *v.t.* 體現，實現，蓄實；使物質化

matérialisme [materjalism] *n.m.* 唯物主義，唯物論

matérialiste [materjalist] *n.* 唯物主義者，唯物論者 *a.* 唯物主義的，唯物論的

matérialité [materjalite] *n.f.* 物質性，(犯罪)事實

matériaux [materjo] *n.m.pl.* 材料；素材，資料

matériel, le [materjɛl] *a.* 物質的；庸俗的 *n.m.* 器材，物資，裝備，設備

maternel, le [matɛrnɛl] *a.* 母親的，母方的；母親般的 *n.f.* 幼兒園

maternité [matɛrnite] *n.f.* 母性，母親身份；分娩；產科醫院

mathématicien, ne [matematisjɛ̃, ɛn] *n.* 數學家，數學工作者

mathématique [matematik] *a.* 數學的；嚴密的，精確的 *n.f. pl.* 數學；數學班

matière [matjɛ:r] *n.f.* 物質；材料；題材

matin [matɛ̃] *n.m.* 早晨，上午，上半天 *adv.* 早，一清早

mâtin, e [mɑtɛ̃, in] *n.m.* 看門狗，大獵犬 *n.* 〖俗〗調皮搗蛋的人

matinal, ale [matinal] (*pl.* ～*aux*) *a.* 早晨的；早起的

mâtiné, e [mɑtine] *a.* 非純種的(指狗)

matinée [matine] *n.f.* 上午，午前；〖戲〗日戲，下午場

mâtiner [mɑtine] *v.t.* 使與(異種雄狗)交配

matineux, se [matinø, ø:z] *a.* 起早的，有早起習慣的

matité [matite] *n.f.* 無光澤；沉濁

matois, e [matwa, a:z] *a., n.* 狡猾的(人)

matou [matu] *n.m.* 雄貓

matraque [matrak] *n.f.* 大頭棒

matras [matrɑ] *n.m.* 〖化〗長頸瓶

matriçage [matrisa:ʒ] *n.m.* 〖技〗模壓成形，模鍛

matrice [matris] *n.f.* 子宮；〖技〗模子，模具；〖數〗矩陣

matricule [matrikyl] *n.f.* 人名登記簿，註冊簿；登記，註冊；登記證，註冊證 *n.m.* 登記號，註冊號

matriculer [matrikyle] *v.t.* 登記，註冊；登記編號

matrimonial, ale [matrimɔnjal] (*pl.* ～*aux*) *a.* 婚姻的，夫妻的

matrone [matrɔn] *n.f.* 古羅馬公民的妻子；〖貶〗粗俗的婦女

maturation [matyrɑsjɔ̃] *n.f.* 成熟過程

mâture [mɑty:r] *n.f.* (船的)桅、桁、索具的總稱

maturité [matyrite] *n.f.* 成熟，壯年

matutinal, ale [matytinal] (*pl.* ～*aux*) *a.* 早晨的

maudire [modi:r] *v.t.* 〔變位同 finir，但過去分詞爲 maudit〕咒罵；詛咒；憎

恨，嫌惡

maudit, e [modi, it] *a.* 被咒罵的，被詛
咒的；可惡的 *n.* 被詛咒的人

maugréer [mogree] *v.i.* 嘀咕，抱怨

mauricien, ne [mo[o]risjɛ̃, ɛn] *a.* 毛里
求斯的 *n.* M~ 毛里求斯人

mauritanien, ne [moritanjɛ̃, ɛn] *a.* 毛
里塔尼亞(伊斯蘭共和國)的 *n.* M~
毛里塔尼亞人

mauser [mozɛ:r] *n.m.* 毛瑟槍

mausolée [mozole] *n.m.* 陵，陵墓

maussade [mosad] *a.* 陰鬱的，令人不
快的

maussaderie [mosadri] *n.f.* 陰鬱

mauvais, e [mo[o]vɛ,ɛ:z] *a.* 壞的，不好
的；惡的 *n.m.* 邪惡 *n.* 惡人，壞人

mauve [mo:v] *n.f.* 【植】錦葵 *a.* 淡紫
色的 *n.m.* 淡紫色

mauviette [movjɛt] *n.f.* 肥雲雀；瘦弱的
人

maxillaire [maksilɛ:r] 【解】 *a.* 頜的
n.m. 頜骨

maximal, ale [maksimal] (*pl.* ~*aux*) *a.*
最大的

maximaliste [maksimalist] *n.m.* 【史】
多數派

maxime [maksim] *n.f.* 格言，箴言

maximum [maksimɔm] (*pl.* ~ *s* 或
maxima [maksima]) *n.m.* 最大值；最
高限度

maxwell [makswɛl] *n.m.* 【物】麥(克斯
韋)〔磁通量單位〕

mayonnaise [majɔnɛ:z] *n.f.* 蛋黃醬

mazagran [mazagrã] *n.m.* 冷咖啡；有
腳咖啡杯

mazdéisme [mazdeism] *n.m.* 瑣羅亞
斯德教〔又名袄教，拜火教〕

mazette [mazɛt] *n.f.* 小劣馬；無能的
人，庸才

mazout [mazut] *n.m.* 【俄】重油

mazurka [mazyrka] *n.f.* (波蘭的)瑪祖
卡舞(曲)

me [m(ə)] 〔在元音或啞音h前省略爲

m'〕 *pron.pers.* 我〔作賓語等用〕

méandre [meã:dr] *n.m.* (河流的) 蜿
曲，曲折；轉彎抹角的手法

méat [mea] *n.m.* 【解】腔，管，道，管口，
道口；【植】細胞間隙，小氣孔

mécanicien, ne [mekanisjɛ̃, ɛn] *n.* 機
械師，機修工；火車司機

mécanique [mekanik] *a.* 機械的；力學
的 *n.f.* 力學；機械學；機械，機器

mécanisation [mekanizɑsjɔ̃] *n.f.* 機械
化

mécaniser [mekanize] *v.t.* 使機械化

mécanisme [mekanism] *n.m.* 機械，機
構，機理，機制；【哲】機械論

mécaniste [mekanist] *a.* 機械論的 *n.*
機械論者

mécanographie [mekanɔgrafi] *n.f.* 辦
公室工作機械化處理，辦公室工作機器
的使用

mécanothérapie [mekanɔterapi] *n.f.*
器械療法

mécène [mesɛn] *n.m.* 文學、藝術的保
護者

méchamment [meʃamã] *adv.* 惡意地

méchanceté [meʃãste] *n.f.* 惡意，惡
毒；惡毒的言行

méchant, e [meʃã, ã:t] *a.* 兇惡的，惡
意的，惡毒的；整腳的；無價值的；危險
的，討厭的 *n.* 壞人，惡人

mèche [mɛ:ʃ] *n.f.* 燈芯；燭芯；鞭子頭上
的繩子；導火綫，鑽頭；綹(指頭髮)

mécompte [mekɔ̃:t] *n.m.* 計算錯誤；失
算，失望

méconnaissable [mekɔnɛsabl] *a.* 難
以辨認的，認不出來的

méconnaissance [mekɔnɛsã:s] *n.f.* 低
估；不理解，認識不到

méconnaître [mekɔnɛtr] *v.t.* 〔c.54〕低
估；不理解，認識不到

mécontent, e [mekɔ̃tã, ã:t] *a.* 不滿的，
不高興的 *n.* 有不滿情緒的人

mécontentement [mekɔ̃tãtmã] *n.m.*
不滿，不滿情緒

mécontenter [mekɔ̃tãte] v.t. 使不滿，使不高興

mécréant, e [mekreã, ã:t] a., n. 無宗教信仰的(人)

médaille [medaj] n.f. 紀念章; 獎章, 勳章

médaillé, e [medaje] a., n. 獲得或佩戴獎章的(人)

médaillier [medaje] n.m. 紀念章存放櫃; 紀念章的收藏

médaillon [medajɔ̃] n.m. 圓形浮雕像，嵌有肖像等的圓形飾物

médecin [medsɛ̃, medəsɛ̃] n.m. 醫生，醫師

médecine [mɛdsin, medəsin] n.f. 醫學; 醫生職業

médiale [medjal] n.f. 【統計學】中間值

médian, e [medjã, an] a. 中間的，正中的 n.f. 【數】中線; 【統計學】中位數

médiastin [medjastɛ̃] n.m. 【解】胸腔縱隔

médiat, e [medja, at] a. 間接的

médiateur, trice [medjatœːr, tris] a. 調停的，調解的 n. 調停者，調解者 n.f. 【數】(線段的)垂直平分線

médiation [medjasjɔ̃] n.f. 調停，調解; 媒介

médical, ale [medikal] (pl. ~aux) a. 醫學的; 醫療的

médicament [medikamã] n.m. 藥劑，藥物

médicamenter [medikamãte] v.t. 【貶】爲(病人)開藥方; 給(病人)服藥

médicamenteux, se [medikamãtø, øːz] a. 有藥效的，含有藥物的

médicastre [medikastr] n.m. 蹩腳醫生，江湖醫生

médication [medikasjɔ̃] n.f. 治療措施

médicinal, ale [medisinal] (pl. ~aux) a. 藥用的

médico-légal, ale [medikɔlegal] (pl. ~aux) a. 法醫學的

médiéval, ale [medjeval] (pl. ~aux) a. 中世紀的

médiéviste [medjevist] n. 研究中世紀歷史、文學的人

médiocre [medjɔkr] a. 平凡的，平庸的; 中等的 n. 平凡的人，平庸的人 n.m. 平凡, 平庸; 中等

médiocrité [medjɔkrite] n.f. 平庸，平凡

médire [mediːr] v.i. [c.64]〔但直陳式現在時複數第二人稱爲 médisez〕惡言中傷，誹謗

médisance [medizãːs] n.f. 惡言中傷，誹謗; 讒言

méditatif, ve [meditatif, iːv] a. 沉思的，冥想的 n. 沉思者，冥想者

méditation [meditasjɔ̃] n.f. 沉思，冥想

méditer [medite] v.t. 深思，仔細考慮 v.i. 沉思，反覆思考

méditerranéen, ne [mediterraneɛ̃, ɛn] a. 地中海的

médium [medjɔm] (pl. ~s) n.m. 〖拉〗【樂】中音區

médius [medjys] n.m. 中指

médullaire [medylɛːr] a. 【解】骨髓的，髓的

méduse [medyːz] n.f. 【動】水母

méduser [medyze] v.t. 〖俗〗使驚獃

meeting [mitiŋ] n.m. 〖英〗集會，會議，會

méfait [mefɛ] n.m. 壞事; 惡果

méfiance [mefjãːs] n.f. 不信任，懷疑

méfiant, e [mefjã, ã:t] a. 不信任的，多疑的 n. 多疑的人

méfier (se) [s(ə)mefje] v.pr. 不信任，提防

mégacycle [megasikl] n.m. 【無】兆週

mégahertz [megaɛrts] n.m. 【無】兆赫

mégalithique [megalitik] a. (史前)巨石建築的

mégalomane [megalɔman] a., n. 狂妄自大的(人)

mégarde [megard] n.f. 不注意，不留心

mégathérium [megaterjɔm] n.m. 【古

生物】大懶獸

mégatonne [megatɔn] *n.f.* 百萬噸〔核彈爆炸力單位〕

mégère [meʒɛːr] *n.f.* 悍婦, 潑婦

mégisserie [meʒisri] *n.f.* 輕革鞣製術; 輕革業

mégissier [meʒisje] *n.m.* 輕革鞣製工

mégohm [mego:m] *n.m.* 【電】兆歐

méhari [meari] (*pl.* ～*s* 或 *méhara* [meara]) *n.m.* （北非的)一種單峯駱駝

méhariste [mearist] *n.m.* 騎單峯駱駝的騎兵

meilleur, e [mejœːr] *a.* 較好的, 更好的; le ～, la ～e 最好的 *n.m.* 最好的人, 優秀分子

méjuger [meʒyʒe] [c.2] *v.i.* 貶低, 低估 *v.pr.* 自卑

mélancolie [melɑ̃kɔli] *n.f.* 憂鬱, 傷感

mélancolique [melɑ̃kɔlik] *a.* 憂鬱的, 令人傷感的

mélange [melɑ̃ːʒ] *n.m.* 混合, 混和; 混合物

mélanger [melɑ̃ʒe] *v.t.* [c.2] 混合, 混和; 〖俗〗弄亂

mélangeur, se [melɑ̃ʒœːr, øːz] *n.* 混合器; 【無】混頻器

mélanine [melanin] *n.f.* 【生化】黑色素

mélasse [melas] *n.f.* 廢糖蜜〔製糖工廠的副産品〕; 〖俗〗困境

mêlé, e [me[ɛ]le] *a.* 混合的, 混雜的

mêlée [me[ɛ]le] *n.f.* 混戰; 打羣架; 糾紛

mêler [me[ɛ]le] *v.t.* 混合, 摻和; 弄亂; 牽連, 使捲入 *v.pr.* 混合, 混雜; 參與, 干預

mélèze [melɛːz] *n.m.* 落葉松

méli-mélo [melimelo] (*pl.* ～ *s-*～ *s*) *n.m.* 〖俗〗混亂, 雜亂

mélinite [melinit] *n.f.* 麥寧炸藥

mélisse [melis] *n.f.* 蜜蜂花屬植物

mellifère [mɛllifɛːr] *a.* 産蜜的, 生蜜的

mélo 見 **mélodrame**

mélodie [melɔdi] *n.f.* 旋律, 曲調

mélodieux, se [melɔdjø, øːz] *a.* 音調悅耳的, 有旋律的

mélodique [melɔdik] *a.* 旋律的, 曲調的

mélodramatique [melɔdramatik] *a.* 情節劇的

mélodrame [melɔdram] *n.m.* 情節劇〔俗稱及縮寫爲 mélo [melo]〕

mélomane [melɔman] *a., n.* 有音樂癖好的(人)

melon [m(ə)lɔ̃] *n.m.* 甜瓜; 圓頂禮帽; ～ d'eau 西瓜

mélongène [melɔ̃ʒɛn], **mélongine** [melɔ̃ʒin] *n.f.* 茄子

melonnière [m(ə)lɔnjɛːr] *n.f.* 甜瓜田

mélopée [melɔpe] *n.f.* 單調的歌曲

membrane [mɑ̃bran] *n.f.* 膜, 薄膜

membraneux, se [mɑ̃branø, øːz] *a.* 【生理】膜性的

membre [mɑ̃ːbr] *n.m.* 肢; 成員, 會員, 社員; 【數】(方程的)端邊; 【語】(句中的)一段

membru, e [mɑ̃bry] *a.* 四肢粗壯的

membrure [mɑ̃bryːr] *n.f.* 四肢; (船的)肋骨

même [mɛm] *a.* 〔在名詞前〕同樣的, 同等的; 〔在名詞或代詞後〕本身, 自己 *adv.* 甚至, 即使, 連…也在内

mémento [memɛ̃to] *n.m.* 〖拉〗摘記, 摘要; 記事本; (彌撒中的)祈禱經文

mémoire [memwaːr] *n.f.* 記憶, 記憶力; 紀念, 回憶; 【無】存儲器 *n.m.* 帳單; 學術論文; 【法】訴狀; *pl.* 論文集, 回憶錄

mémorable [memɔrabl] *a.* 值得記憶的, 可紀念的, 難忘的

mémorandum [memɔrɑ̃dɔm] *n.m.* (外交)備忘錄;(爲防止遺忘而)記下的事項, 記事簿

mémorial [memɔrjal] (*pl.* ～ *aux*) *n.m.* (外交)備忘錄; 回憶文; 紀念碑

mémorialiste [memɔrjalist] *n.m.* 回憶錄的作者

menace [m(ə)nas] *n.f.* 威脅, 恐嚇

menacer [m(ə)nase] *v.t.* [c.1] 威脅, 恐

嚇; 預示凶兆, 使處於危險中

ménage [mena:ʒ] *n.m.* 家務; 家用器具; 一家, 一戶

ménagement [menaʒmɑ̃] *n.m.* 謹慎, 分寸; 照料

ménager [menaʒe] *v.t.* [c.2] 準備, 安排; 斟酌; 愛惜, 節省; 照顧, 寬容

ménager, ère [menaʒe, ε:r] *a.* 節省的; 家務的. *n.f.* 家庭婦女; 全套餐具

ménagerie [menaʒri] *n.f.* 動物園; 動物園中動物的總稱

mendélévium [mẽdelevjɔm] *n.m.* 【化】鍆

mendélisme [mẽdelism] *n.m.* 孟德爾遺傳學說

mendiant, e [mɑ̃djɑ̃, ɑ̃:t] *n.* 乞丐 *a.* 行乞的

mendicité [mɑ̃disite] *n.f.* 行乞, 討飯

mendier [mɑ̃dje] *v.t.* 乞(食), 討(飯); 懇求, 乞求

meneau [m(ə)no] (*pl.* ~ **x**) *n.m.* 【建】直欞, 格條, 中梃

menées [m(ə)ne] *n.f.pl.* 陰謀, 詭計

mener [m(ə)ne] *v.t.* [c.6] 帶領, 引導; 運送; 通往, 通向; 過(生活); 處理, 對待; 【數】引, 畫(線)

ménestrel [menεstrεl] *n.m.* (中世紀的)游唱藝人

ménétrier [menetrie] *n.m.* 鄉村提琴手

meneur, se [m(ə)nœ:r, ø:z] *n.* 帶頭者, 頭目; ~ de jeu (廣播、電視、演出等的)節目報告員

menhir [meni:r] *n.m.* (史前期遺下的)槌石巨柱

méninge [menε̃:ʒ] *n.f.* 【解】腦脊膜, 腦膜

méningé, e [menεʒe] *a.* 【解】腦脊膜的, 腦膜的

méningite [menεʒit] *n.f.* 腦膜炎

ménisque [menisk] *n.m.* 【光】彎月形透鏡; 【物】彎月面; 【解】半月板; 新月形飾物

menotte [m(ə)nɔt] *n.f.* 小手〔兒語〕;

pl. 手銬

mensonge [mɑ̃sɔ̃:ʒ] *n.m.* 謊話; 虛構, 幻想

mensonger, ère [mɑ̃sɔ̃ʒe, ε:r] *a.* 騙人的, 虛假的

menstruation [mɑ̃stryasjɔ̃] *n.f.* 【生理】月經, 月經期

mensualité [mɑ̃syalite] *n.f.* 按月支付的款項; 月薪

mensuel, le [mɑ̃sɥεl] *a.* 每月的; 按月支付的

mensuration [mɑ̃syrasjɔ̃] *n.f.* 測定, 測量; 人體測量

mental, ale [mɑ̃tal] (*pl.* ~**aux**) *a.* 內心的; 精神的, 智力的

mentalité [mɑ̃talite] *n.f.* 精神狀態, 精神面貌

menterie [mɑ̃tri] *n.f.* 〖俗〗謊話

menteur, se [mɑ̃tœ:r, ø:z] *n.* 撒謊者 *a.* 撒謊的; 騙人的

menthe [mɑ̃:t] *n.f.* 薄荷

menthol [mɛ̃tɔl] *n.m.* 【藥】薄荷腦

mentholé, e [mɛ̃tɔle] *a.* 【藥】含薄荷腦的

mention [mɑ̃sjɔ̃] *n.f.* 提到, 談到; 批注, (評判委員會的)好評

mentionner [mɑ̃sjɔne] *v.t.* 提到, 談到

mentir [mɑ̃ti:r] *v.i.* [c.15] 撒謊, 說謊

menton [mɑ̃tɔ̃] *n.m.* 頦, 下巴頦兒

mentonnet [mɑ̃tɔnε] *n.m.* 【技】擋, 擋桿; 扣

mentonnière [mɑ̃tɔnjε:r] *n.f.* (古代盔胄的)護頦; (在頦下結扣的)帽帶; (小提琴的)腮托; 【醫】頦繃帶

mentor [mɛ̃tɔ:r] *n.m.* 良師, 益友

menu, e [m(ə)ny] *a.* 細的, 小的, 零碎的 *n.m.* 菜單 *adv.* 細碎地

menuet [mənɥε] *n.m.* 小步舞(曲)

menuiser [mənɥize] *v.t.* (把木材)劈開, 劈薄; 用細木工做

menuiserie [mənɥizri] *n.f.* 細木工(作); 細木作場; 細木工製品

menuisier [mənɥizje] *n.m.* 細木工人

méphitique [mefitik] a. 有毒的, 惡臭的〔指氣體〕

méplat, e [mepla, at] a. 扁的, 扁平的 n.m. 【美術】棱面;【建】過渡平面

méprendre(se) [s(ə)meprɑ̃:dr] v.pr. [c.46] 誤解, 弄錯, 誤認

mépris [mepri] n.m. 輕視, 蔑視

méprisable [meprizabl] a. 可鄙的, 使人輕視的

méprise [mepri:z] n.f. 誤解, 弄錯, 誤認

mépriser [meprize] v.t. 輕視, 藐視, 蔑視

mer [mɛ:r] n.f. 海, 海洋; 大量, 浩瀚

mercanti [mɛrkɑ̃ti] n.m. 奸商; 唯利是圖的人

mercantile [mɛrkɑ̃til] a. 唯利是圖的

mercantilisme [mɛrkɑ̃tilism] n.m. 【經】重商主義; 唯利是圖

mercenaire [mɛrsənɛ:r] a. 僱傭的; 能用金錢收買的, 唯利是圖的 n.m. 外國僱傭兵; 僱傭勞動者

mercerie [mɛrsəri] n.f. 服飾用品, 服飾用品業, 服飾用品店

merceriser [mɛrsərize] v.t. 【紡】絲光處理

merci [mɛrsi] n.f. 憐憫, 寬恕 n.m. 感謝, 謝意 interj. 謝謝!

mercier, **ère** [mɛrsje, ɛ:r] n. 服飾用品雜貨商

mercredi [mɛrkrədi] n.m. 星期三

mercure [mɛrky:r] n.m. 汞, 水銀 n.pr.m. M~【天】水星

mercuriale [mɛrkyrjal] n.f. 食品市場價目表; 申斥, 責責;【植】山靛

mercuriel, le [mɛrkyrjɛl] a. 含汞的

merde [mɛrd] n.f. 糞 interj. 他媽的!

mère [mɛ:r] n.f. 母親; 母禽, 母畜, 母獸; 〖俗〗大媽, 大娘; 女修道院院長; 發祥地; (陶瓷業中的)石膏模

méridien, ne [meridjɛ̃, ɛn] a. 正午的; 【天】子午(面)的 n.m. 【天】子午圈; 子午面;【地】子午綫, 經綫;【醫】經絡,

經, 脈

méridional, ale [meridjɔnal] (pl. ~aux) a. 南面的; 南方的; 法國南方的 n. 法國南方人

meringue [m(ə)rɛ̃:g] n.f. 蛋白夾心餅

meringuer [m(ə)rɛ̃ge] v.t. 給(糕餅)夾一層蛋白

mérinos [merino:s] n.m. 美利奴綿羊; 美利奴羊毛, 美利奴毛料

merisier [m(ə)rizje] n.m. 野生歐洲甜櫻桃樹

méritant, e [meritɑ̃, ɑ̃:t] a. 有功勞的, 值得表揚的

mérite [merit] n.m. 功勞, 功績, 功勳; 才能; 價值; 優點

mériter [merite] v.t. 值得, 應受 vi. 有功於

méritoire [meritwa:r] a. 值得表揚的, 應受嘉獎的

merlan [mɛrlɑ̃] n.m. 一種鱈魚

merle [mɛrl] n.m. 【鳥】鶇

merlin [mɛrlɛ̃] n.m. 宰牛用的錘

merluche [mɛrly∫] n.f. 無鬚鱈魚; 鱈魚乾

merrain [mɛrɛ̃] n.m. (做木桶的)橡木板

merveille [mɛrvɛj] n.f. 奇景, 奇迹, 奇觀; 奇才; 油炸糖糕; à ~ loc.adv. 極美妙地, 出色地

merveilleux, se [mɛrvɛjø,ø:z] a. 令人贊嘆的, 卓絕的, 出色的, 絕妙的 n.m. 奇迹, 奇異之事

mes 見 mon

mésalliance [mezaljɑ̃:s] n.f. 與門第低的人聯姻

mésallier [mezalje] v.t. 使與門第低的人聯姻

mésange [mezɑ̃:ʒ] n.f. 山雀

mésaventure [mezavɑ̃ty:r] n.f. 不幸的遭遇, 不如意的事情

mesdames, mesdemoiselles 見 madame, mademoiselle

mésentente [mezɑ̃tɑ̃:t] n.f. 不和

mésestime [mezɛstim] *n.f.* 輕視,低估

mésestimer [mezɛstime] *v.t.* 輕視,低估

mésintelligence [mezɛ̃te[ɛl]liʒɑ̃s] *n.f.* 不和睦,意見不合

mesquin, e [mɛskɛ̃, in] *a.* 低賤的,卑賤的;小氣的;吝嗇的

mesquinerie [mɛskinri] *n.f.* 低賤,卑賤;卑賤的行為;小氣,吝嗇

mess [mɛs] *n.m.* 〖英〗軍官食堂

message [mesaʒ] *n.m.* 差使,使命;信件,電文;傳言;音信,消息;(總統)咨文

messager, ère [mesaʒe, ɛ:r] *n.* 使者,信使;押運員

messagerie [mesaʒri] *n.f.* 運輸業;運輸公司;(水上或陸上的)託運;託運的貨物

messe [mɛs] *n.f.* 【宗】彌撒;彌撒曲

messidor [mesidɔ:r] *n.m.* (法蘭西共和曆的)穫月,收月

Messie [mesi] *n.m.* 【宗】彌賽亞〔猶太人期望中的復國救主〕;救世主;基督

messieurs 見 monsieur

messire [mesi:r] *n.m.* 閣下,老爺〔舊時對貴族、有社會地位者的尊稱〕

mesurable [m(ə)zyrabl] *a.* 可測量的,可計量的

mesurage [m(ə)zyraʒ] *n.m.* 測量,測定

mesure [m(ə)zy:r] *n.f.* 測量,計量;度量;大小,尺寸;量器;尺度;限度;節制,分寸;措施,辦法;(詩的)格律;【樂】拍子,小節; être en ~ de 有能力做; à ~, au fur et à ~ *loc.adv.* 逐漸地; dans la ~ de *loc. prép.* 在⋯範圍內; à ~ que *loc.conj.* 隨着

mesurément [m(ə)zyremɑ̃] *adv.* 有節制地,有分寸地;審慎地

mesurer [m(ə)zyre] *v.t.* 量,測量,測定;精細地打算,酌量;衡量;估量;(根據⋯)決定;有⋯長、寬或高,有⋯容量 *v.pr.* se ~ avec qn 與某人較量

mesureur [m(ə)zyrœ:r] *n.m.* 測量員,計量員;測量儀器,測量儀表

mésuser [mezyze] *v.i.* 濫用

métabolisme [metabɔlism] *n.m.* 【生理】(新陳)代謝

métacarpe [metakarp] *n.m.* 【解】掌

métacarpien, ne [metakarpjɛ̃, ɛn] *a.* 掌的 *n.m.* 掌骨

métairie [mete[ɛ]ri] *n.f.* 分成制租田;該租田上的房屋

métal [metal] (*pl.* ~aux) *n.m.* 金屬

métallifère [metalifɛ:r] *a.* 含金屬的

métallique [metalik] *a.* 金屬的,金屬般的

métallisation [metalizɑsjɔ̃] *n.f.* 敷金屬,鍍金屬

métalliser [metalize] *v.t.* 使具金屬光澤;敷金屬,鍍金屬

métallo [metalo] *n.m.* 〖俗〗冶金工人

métallographie [metalɔgrafi] *n.f.* 金相學,金屬學

métalloïde [metalɔid] *n.m.* 非金屬

métallurgie [metalyrʒi] *n.f.* 冶金學;冶金;冶金工業

métallurgique [metalyrʒik] *a.* 冶金的

métallurgiste [metalyrʒist] *a.* 從事冶金的 *n.m.* 冶金工人,冶金學家

métamorphique [metamɔrfik] *a.* 【地質】變質的

métamorphisme [metamɔrfism] *n.m.* 【地質】變質(作用)

métamorphose [metamɔrfo:z] *n.f.* 變形;【動】變態;大變化

métamorphoser [metamɔrfoze] *v.t.* 使變形或變態;使完全改變

métaphore [metafɔ:r] *n.f.* 隱喻,暗喻

métaphorique [metafɔrik] *a.* 隱喻的,暗喻的;充滿隱喻的

métaphysicien, ne [metafizisjɛ̃, ɛn] *n.* 形而上學者

métaphysique [metafizik] *n.f.* 形而上學,玄學 *a.* 形而上學的,玄學的

métapsychique [metapsiʃik] *a.* 心理玄學的 *n.f.* 心理玄學

métatarse [metatars] *n.m.* 【解】蹠

métatarsien, ne [metatarsjɛ̃, ɛn] *a.* 蹠
的 *n.m.* 蹠骨

métathèse [metatɛːz] *n.f.* 【語】音位轉
換

métayage [meteja:ʒ] *n.m.* 土地收益分
成制

métayer, ère [mete[ɛ]je, metɛjɛːr] *n.*
分成制租田者; 佃農

méteil [metɛj] *n.m.* 小麥與黑麥的混合
麥

météo [meteo] *n.f.* 氣象局〔météo-
orologie 的縮寫〕 *a. inv.* 氣象(學)的
〔météorologique 的縮寫〕

météore [meteɔːr] *n.m.* 流星; 曇花一
現的人物, 瞬息即逝的事物

météoriser [meteɔrize] *v.t.* 【獸醫】使
腹脹, 引起鼓脹

météorisme [meteɔrism] *n.m.* 腹脹,
鼓脹

météorite [meteɔrit] *n.f.* 隕星

météorologie [meteɔrɔlɔʒi] *n.f.* 氣象
學; 氣象局

météorologique [meteɔrɔlɔʒik] *a.* 氣
象(學)的

météorologiste [meteɔrɔlɔʒist],
météorologue [meteɔrɔlɔg] *n.* 氣象
學家, 氣象工作者

métèque [metɛk] *n.m.* 外國佬

méthane [metan] *n.m.* 甲烷; 天然氣

méthode [metɔd] *n.f.* 方法, 辦法; 條
理; 作風; 初級讀物, 入門; 植物分類法

méthodique [metɔdik] *a.* 有條理的; 按
次序的

méthodisme [metɔdism] *n.m.* 【宗】衛
理公會的教理

méthodiste [metɔdist] *n.* 衛理公會的
教徒

méthyle [metil] *n.m.* 【化】甲基

méthylène [metilɛn] *n.m.* 木精的商業
名稱;【化】甲叉, 甲撐

méthylique [metilik] *a.* alcool ～ 【化】
甲醇

méticuleux, se [metikylø, øːz] *a.* 謹小
慎微的, 小心翼翼的, 過分仔細的

métier [metje] *n.m.* 手藝; 職業, 行業;
技巧;【紡】織機; faire ～ de 以…爲
業, 擔負…職務

métis, se [metis] *a.* 混血的, 雜交的; 棉
蔴交織的 *n.* 混血兒, 雜種 *n.m.*
棉蔴交織品

métissage [metisa:ʒ] *n.m.* 異種交配;
雜交

métisser [metise] *v.t.* 使雜交

métonymie [metɔnimi] *n.f.* 【語】換喻

métrage [metra:ʒ] *n.m.* 以米爲單位測
量; 按米計算的長度; court ～ (影
片的)短片

mètre [mɛtr] *n.m.* 米, 公尺; 米尺; (詩
歌的)格律

métré [metre] *n.m.* (土地的)測量; 建
築施工測量

métrer [metre] *v.t.* [c.7] 以米爲單位測
量

métreur, se [metrœːr, øːz] *n.* 測量員,
施工員

métrique [metrik] *a.* 米制的, 公制的;
格律的 *n.f.* 格律學

métro [metro] *n.m.* 地下鐵道, 地鐵

métrologie [metrɔlɔʒi] *n.f.* 計量學

métronome [metrɔnɔm] *n.m.* 【樂】節
拍器

métropole [metrɔpɔl] *n.f.* 大都市, 首
府; 宗主國

métropolitain, e [metrɔpɔlitɛ̃, ɛn] *a.*
大都市的, 首府的; 宗主國的 *n.m.* 地
下鐵道; 大主教

métropolite [metrɔpɔlit] *n.m.* 東正教
的大主教

mets [mɛ] *n.m.* 菜餚

mettable [metabl] *a.* 能穿的, 可以穿的

metteur [metœːr] *n.m.* ～ en scène
(戲劇、電影的)導演; ～ en pages 拼
版工人

mettre [mɛtr] [c.45] *v.t.* 放, 置; 使變
成, 使處於…狀態; 安裝; 穿, 戴; 花(時

間、金錢)；開動；寫上；引起；〖俗〗假定
v.pr. 置身於；穿着；變得，處於…狀態；
se ~ à 開始(做某事)

meuble [mœbl] *a.* 【法】可移動的，可搬動的 *n.m.* 傢具【法】動產

meubler [mœble] *v.t.* 用傢具佈置；裝滿，充實

meuglement [møglmã] *n.m.* 牛叫聲

meugler [møgle] *v.i.* (牛)叫

meule [mø:l] *n.f.* 磨石；砂輪；(草)垛，(禾)堆；(露天燒炭用的)木柴堆；(培養蘑菇的)温床；蘑菇房

meulier, ère [mølje, ɛ:r] *a.* 製磨石用的 *n.m.* 製磨石工人 *n.f.* 磨石粗砂岩

meunerie [mønri] *n.f.* 磨坊業

meunier, ère [mønje, ɛ:r] *n.* 磨坊主 *a.* 磨坊業的

meurt-de-faim [mœrdəfɛ̃] *n.inv.* 〖民〗窮得沒飯吃的人

meurtre [mœrtr] *n.m.* 【法】兇殺

meurtrier, ère [mœrtrie, ɛ:r] *n.* 殺人犯，兇手 *a.* 造成大量死亡的；用以殺人的

meurtrière [mœrtriɛ:r] *n.f.* (城牆的)槍眼

meurtrir [mœrtri:r] *v.t.* 撞傷，撞腫；碰傷(水菓等)；使(心靈等)受創傷

meurtrissure [mœrtrisy:r] *n.f.* 青腫；(水菓等的)傷斑

meute [mø:t] *n.f.* 獵犬羣；(圍攻某人的)一夥人

mévente [mevã:t] *n.f.* 蝕本出售；生意蕭條

mexicain, e [mɛksikɛ̃, ɛn] *a.* 墨西哥的 *n.* M~ 墨西哥人

mezzanine [mɛdzanin] *n.f.* (層樓之間的)夾層；夾層的小窗

mezzo-soprano [mɛdzosɔprano] (*pl.* ~*s*) 〖意〗*n.m.* 女中音 *n.f.* 女中音歌唱家

mi [mi] *n.m.* (音階的)七個唱名之一

mi- [mi] *préf.* 表示"一半，當中"的意思

miaou [mjaw] *n.m.* 貓叫聲

miasme [mjasm] *n.m.* 動植物腐爛後散發出的氣體

miaulement [mjolmã] *n.m.* 貓叫；虎嘯

miauler [mjole] *v.i.* (貓)叫；(虎)嘯

mica [mika] *n.m.* 雲母；雲母片

micaschiste [mikaʃist] *n.m.* 雲母片岩

miche [miʃ] *n.f.* 圓形大麵包

micheline [miʃlin] *n.f.* 輪胎火車，軌道汽車

mi-chemin(à) [amiʃmɛ̃] *loc.adv.* 在半途，在中途

micmac [mikmak] *n.m.* 〖俗〗鬼花樣，小動作

micocoulier [mikɔkulje] *n.m.* 樸樹

mi-corps(à) [amikɔ:r] *loc.adv.* 齊腰，在腰部

mi-côte(à) [amiko:t] *loc.adv.* 在半山腰

micr(o)- *préf.* 表示"微"的意思

micro [mikro] *n.m.* 傳聲器，話筒，麥克風 (microphone 的縮寫)

microbe [mikrɔb] *n.m.* 微生物

microbien, ne [mikrɔbjɛ̃,ɛn] *a.* 微生物的；微生物引起的

microbiologie [mikrɔbjɔlɔʒi] *n.f.* 微生物學

microbus [mikrɔbys] *n.m.* 微型汽車

microcircuit [mikrɔsirkɥi] *n.m.* 【無】微型電路

microfarad [mikrɔfarad] *n.m.* 【電】微法(拉)

microfilm [mikrɔfilm] *n.m.* 縮微膠卷

microfilmer [mikrɔfilme] *v.t.* 攝成縮微膠卷

micrométrie [mikrɔmetri] *n.f.* 測微(法)

micromodule [mikrɔmɔdyl] *n.m.* 【無】微型組件

micromoteur [mikrɔmɔtœ:r] *n.m.* 微電機

micron [mikrɔ̃] *n.m.* 微米

micro-organisme [mikrɔɔrganism] *n.m.* 微生物

microphone [mikrɔfɔn] *n.m.* 傳聲器,
話筒, 麥克風

microphotographie [mikrɔfɔtɔgrafi]
n.f. 顯微照片

microscope [mikrɔskɔp] *n.m.* 顯微鏡

microscopique *a.* 借助
顯微鏡進行的; 用顯微鏡才能看見的; 微
小的, 微型的

microsillon [mikrɔsijɔ̃] *n.m.* 密紋唱片
的槽紋; 密紋唱片

midi [midi] *n.m.* 中午; 中午12點鐘; 南;
朝南; le M~ 南方

midinette [midinɛt] *n.f.* 巴黎時裝店年
輕女工或女店員

mie [mi] *n.f.* 麵包心; 〖俗〗女友

miel [mjɛl] *n.m.* 蜂蜜, 蜜; 甜蜜

miellée [mje[ɛ]le], **miellure** [mje[ɛ]ly:r]
n.f. 【植, 昆】蜜汁, 蜜露

mielleux, se [mjɛlø, ø:z] *a.* 蜜甜的, 似
蜜的; 偽善的, 假情假義的

mien, ne [mjɛ̃, ɛn] *a. poss.* 我的
pron.poss. 我的(事物) 〔與 le, la, les
連用〕 *n.m.* 我的東西, 我的 ~s 我
家的人, 我的親友, 我的夥伴

miette [mjɛt] *n.f.* 麵包屑, 碎片, 小塊;
pl. 殘餘, 剩餘

mieux [mjø] *adv.* 更好地, 更加; aller~
身體好些; Tant ~. 那很好呀。這太
好了。 *a.* 〔只作表語〕身體好些; 更好
的; 更舒適的, 更合適的 *n.m.* 更好的
東西; 最好; 好轉

mièvre [mjɛ:vr] *a.* 矯飾的, 軟綿綿的,
嬌弱的

mièvrerie [mjɛvrəri] *n.f.* 矯揉造作; 柔
弱的舉止

mignard, e [miɲa:r, ard] *a.* 矯揉造作
的; 嬌小的, 小巧玲瓏的

mignarder [miɲarde] *v.t.* 愛撫, 溫存

mignardise [miɲardi:z] *n.f.* 矯揉造作;
嬌態; 【植】常夏石竹

mignon, ne [miɲɔ̃, ɔn] *a.* 嬌小可愛的;
嬌美的 *n.* 寶貝, 娃娃〔對小孩或少女
的昵稱〕

mignoter [miɲɔte] *v.t.* 〖俗〗愛撫, 溫存

migraine [migrɛn] *n.f.* 偏頭痛

migraineux, se [migrɛnø,ø:z] *a.* 偏頭
痛的; 患偏頭痛的 *n.* 偏頭痛患者

migrateur, trice [migratœ:r, tris] *a.* 遷
移的; 移棲的, 迴游的 *n.m.* 移居者;
移棲或迴游的動物

migration [migrɑsjɔ̃] *n.f.* 遷移; 移棲,
迴游

migratoire [migratwa:r] *a.* 遷移的; 移
棲的, 迴游的

mihrâb [mirab] *n.m.inv.* 〖阿〗(清真寺
內的)壁龕

mi-jambe (à) [amiʒɑ:b] *loc.adv.* 齊膝

mijaurée [miʒo[o]re] *n.f.* 裝腔作勢的
女人

mijoter [miʒɔte] *v.t.* 用文火燜, 燉; 精
心策劃, 醞釀 *v.i.* 用文火煨

mikado [mikado] *n.m.* 日本天皇

mil [mil] *a.num.* 一千〔通常用於公元紀
年〕

milady [miledi] (*pl.* ~**s**) *n.f.* 夫人〔法
國人對英國貴婦人的稱呼〕

milan [milɑ̃] *n.m.* 鳶

mildiou [mildju] *n.m.* (葡萄等的)霜霉
病

miliaire [miljɛ:r] 【醫】 *a.* 粟粒狀的
n.f. 粟粒疹, 痱子

milice [milis] *n.f.* 民兵(部隊); 〖史〗自
衛隊

milicien, ne [milisjɛ̃, ɛn] *n.* 民兵

milieu [miljø] (*pl.* ~**x**) *n.m.* 中心, 中
央, 當中, 中部, 中間; 環境, 社會環境;
pl. (社會上的)界; au ~ de *loc.*
prép. 在…的中間, 在…之中

militaire [militɛ:r] *a.* 軍事的, 軍用的;
軍隊的; 軍人般的 *n.m.* 軍人

militant, e [militɑ̃, ɑ̃:t] *a.* 戰鬥的 *n.*
戰士, 活動分子

militarisation [militarizɑsjɔ̃] *n.f.* 軍事
化; 軍國主義化

militariser [militarize] *v.t.* 使軍事化;
使軍國主義化

militarisme [militarism] *n.m.* 軍國主義

militariste [militarist] *a.* 軍國主義的 *n.* 軍國主義者

militer [milite] *v.i.* 戰鬥, 奮鬥; 積極活動

mille [mil] *a. num.inv.* 一千, 第一千 *a.inv.* 許許多多的 *n.m.inv.* 一千; 一千個, 一千份 *n.m.* 哩; 浬, 海里

mille-feuille [milfœj] (*pl.* ～ **s**) *n.f.* 多葉薺 *n.m.* 千層餅, 千層糕

millénaire [milenɛːr] *a.* 千的; 一千年的 *n.m.* 一千年

mille-pattes [milpat] *n.m.inv.* 多足類動物的俗稱〔尤指蜈蚣〕

millésime [milezim] *n.m.* (貨幣、獎章上的)鑄造年份; (商品上的)製造年份

millet [mijɛ] *n.m.* 黍, 小米

milli- *préf.* 表示"千分之一"的意思

milliard [miljaːr] *n.m.* 十億

milliardaire [miljardɛːr] *a.* 擁有十億資財的; 豪富的 *n.* 大富豪

millibar [milibaːr] *n.m.* 【物, 氣】毫巴

millième [miljɛm] *a.num.ord.* 第一千 *n.* 第一千個 *n.m.* 千分之一; 【軍】角密度, 密位

millier [milje] *n.m.* 一千; 許許多多

milligramme [miligram] *n.m.* 毫克

millimètre [milimɛtr] *n.m.* 毫米

million [miljɔ̃] *n.m.* 百萬

millionième [miljɔnjɛm] *a. num.ord.* 第一百萬 *n.m.* 百萬分之一

millionnaire [miljɔnɛːr] *a.* 擁有百萬錢財的; 巨富的 *n.* 百萬富翁

milord [milɔːr] *n.m.* 閣下〔法國人對英國貴族、士紳的稱呼〕; 外國富豪

mime [mim] *n.m.* (古希臘、羅馬的)笑劇; 笑劇演員; 啞劇演員

mimer [mime] *v.t.* 用手勢、表情來表演; 模仿(他人的)口音或姿態

mimétisme [mimetism] *n.m.* 模仿; 【生】擬態

mimique [mimik] *a.* 用手勢表達的 *n.f.* 手勢語

mimodrame [mimɔdram] *n.m.* 啞劇

mimosa [mimoza] *n.m.* 含羞草; 金合歡花

minable [minabl] *a.* 可憐的; 〔俗〕微不足道的, 極平常的

minaret [minarɛ] *n.m.* (清真寺的)尖塔

minauder [minode] *v.i.* 作媚態, 撒嬌

minauderie [minodri] *n.f.* 作媚態, 撒嬌

minaudier, ère [minodje, ɛːr] *a,n.* 愛撒嬌的(人), 好作媚態的(人)

mince [mɛ̃ːs] *a.* 薄的; 瘦長的, 苗條的; 細長的; 微不足道的 *interj.* 〔俗〕唉呀!

minceur [mɛ̃sœːr] *n.f.* 薄; 細; 瘦長, 苗條

mine [min] *n.f.* 臉色, 神色, 表情; 面色, 氣色; 外表, 外貌, 樣子; 礦; 鉛筆芯; 坑道; 水雷, 地雷; 來那〔古希臘重量及錢幣單位〕

miner [mine] *v.t.* 在…下面挖坑道; 埋地雷於, 佈水雷於; 侵蝕; 使逐漸衰弱, 暗中破壞

minerai [minrɛ] *n.m.* 礦石

minéral, ale [mineral] (*pl.* ～ **aux**) *a.* 礦物的, 含礦物質的 *n.m.* 礦物

minéralisation [mineralizɑsjɔ̃] *n.f.* 礦化; (水的)礦泉化

minéraliser [mineralize] *v.t.* 使礦化; 使(水)礦泉化

minéralogie [mineralɔʒi] *n.f.* 礦物學

minéralogique [mineralɔʒik] *a.* 礦物學的; 礦務的

minéralogiste [mineralɔʒist] *n.* 礦物學家

minet, te [minɛ, ɛt] *n.* 〔俗〕小貓; 時髦的年青人

minette [minɛt] *n.f.* (法國洛林地區的)鮞褐鐵礦

mineur, e [minœːr] *a.* 較小的; 次要的; 未成年的; 【樂】小調的; 在礦內工作的; 佈雷的 *n.* 未成年人 *n.m.* 礦工;

佈雷兵 *n.f.* 【邏】小前提

miniature [minjaty:r] *n.f.* 彩飾字母；細密畫；精緻的小藝術品；縮小的模型，縮影；en ～ 縮小的 *a.* 微型的

miniaturiste [minjatyrist] *a.,n.* 繪細密畫的(畫家)

mini|er, ère [minje, ɛ:r] *a.* 礦袒

minijupe [miniʒyp] *n.f.* 超短裙

minima(a) [aminima] *loc.adv.* 【拉】appel a ～ 檢察官對重罪輕判提出的上訴

minim|al, ale [minimal] (*pl.* ～*aux*) *a.* 最小的，最低的

minime [minim] *a.* 微小的，無足輕重的 *n.* 少年運動員

minimiser [minimize] *v.t.* 減至最小量或最低限度；減輕嚴重性

minimum [minimɔm] (*pl.* ～*s* 或 *minima* [minima]) 【拉】*n.m.* 最小量，最小值，最低額，最低限度；au ～ *loc.adv.* 最少，至少 *a.* 最小的，最低的，極小的

ministère [ministɛ:r] *n.m.* 內閣，(政府中的)部；內閣執政期間，部長任職期間；部長的職務；職責，職守；～ public 檢察院，檢察署

ministéri|el, le [ministerjɛl] *a.* 部的；部長的；內閣的；支持內閣的

ministre [ministr] *n.m.* 部長，大臣，閣員；公使；(新教)牧師

minium [minjɔm] *n.m.* 【拉】鉛丹，紅鉛

minois [minwa] *n.m.* (孩子或少女的)清秀可愛的臉龐

minoritaire [minɔritɛ:r] *a.* 少數派的；少數派支持的 *n.* 少數派

minorité [minɔrite] *n.f.* 未成年；未成年期；少數；少數派；～ nationale 少數民族

minoterie [minɔtri] *n.f.* 麵粉廠；麵粉工業

minotier [minɔtje] *n.m.* 麵粉廠廠主；經營麵粉業者

minuit [minɥi] *n.m.* 半夜，子夜，午夜12

時

minuscule [minyskyl] *a.* 極小的；小寫字母的 *n.f.* 小寫字母

minus habens [minysabɛ̃s] *n.inv.* 【拉,俗】笨伯，傻瓜

minute [minyt] *n.f.* 分〔一小時或一度的六十分之一〕；一會兒；(法律文件的)原稿，底稿，原本 *interj.* M～! 【俗】等一等!

minuter [minyte] *v.t.* 起草，草擬；(在時間上)精確安排

minuterie [minytri] *n.f.* (鐘錶機械的)走時部分；【電】定時器，定時開關

minutie [minysi] *n.f.* 仔細，細心；細緻

minutieu|x, se [minysjø, ø:z] *a.* 仔細的，細心的；細緻的

mioche [mjɔʃ] *n.* 【俗】小孩子，娃娃

mi-parti, e [miparti] *a.* 各半的

mirabelle [mirabɛl] *n.f.* 【植】黃香李

miracle [miraːkl] *n.m.* 奇迹；令人驚異的事物

miraculé, e [mirakyle] *a.,n.* 奇迹般死裏逃生的(人)

miraculeu|x, se [mirakylø, ø:z] *a.* 奇迹般的，令人驚異的

mirador [miradɔ:r] *n.m.* 瞭望台，觀察哨所

mirage [miraːʒ] *n.m.* 海市蜃樓；幻想

mire [mi:r] *n.f.* 瞄準；【測】標杆；(電視的)測視圖案

mirer [mire] *v.t.* 瞄準；對着光照看(蛋)*v.pr.* (對鏡、臨水)自照；自我欣賞

mirifique [mirifik] *a.* 【俗】令人驚嘆的，美妙的

mirliton [mirlitɔ̃] *n.m.* 蘆笛

mirobolant, e [mirɔbɔlɑ̃, ɑ̃:t] *a.* 【俗】好得出奇的

miroir [mirwa:r] *n.m.* 鏡子；反射面，反映面

miroitement [mirwatmɑ̃] *n.m.* 閃光，反光

miroiter [mirwate] *v.i.* 閃光

miroiterie [mirwatri] *n.f.* 鏡子業；鏡子

工廠

miroitier, ère [mirwatje, ɛːr] *n.* 鏡子商;製鏡工人

miroton [mirɔtɔ̃] *n.m.* 洋蔥燴肉

misaine [mizɛn] *n.f.* 【船】前桅帆, 前桅下帆

misanthrope [mizɑ̃trɔp] *a.n.* 厭惡人類的(人);厭世的(人)

misanthropie [mizɑ̃trɔpi] *n.f.* 厭惡人類;厭世, 憤世嫉俗

misanthropique [mizɑ̃trɔpik] *a.* 厭惡人類的;厭世的, 憤世嫉俗的

mise [miz] *n.f.* 放, 安放;裝;賭注;穿着; ～ en œuvre 着手進行, 使用, 動員, 發揮; ～ sur pied 建立, 成立; ～ au point 對準焦距, 調整;澄清, 更正; ～ en service (新設備等的)投入使用

miser [mize] *v.t.* 下賭注

misérable [mizerabl] *a.* 窮苦的, 悲慘的, 可憐的;少得可憐的, 微不足道的;卑鄙無恥的 *n.* 窮苦的人;可憐的人

misère [mizɛːr] *n.f.* 貧苦, 窮困;不幸, 悲慘;瑣碎小事

miséreux, se [mizerø, øːz] *a.,n.* 貧窮的(人)

miséricorde [mizerikɔrd] *n.f.* 憐憫;仁慈, 寬恕;(教堂座位上的)活動坐板 *interj.* 天哪!

miséricordieux, se [mizerikɔrdiø, øːz] *a.* 憐憫的;仁慈的, 寬恕的

misogyne [mizɔʒin] *a.,n.* 厭惡女人的(人)

miss [mis] (*pl.* ～(*es*)) *n.f.* 〖英〗小姐

missel [misɛl] *n.m.* 彌撒經本, 祈禱書

missile [misil] *n.m.* 〖英〗導彈

mission [misjɔ̃] *n.f.* 使命, 任務;工作團, 考察團, 使團;傳教;傳教會

missionnaire [misjɔnɛːr] *n.m.* 傳教士 *a.* 傳教的

missive [misiːv] *n.f.* 書信

mistelle [mistɛl] *n.f.* (加酒精後停止發酵的)葡萄汁

mistigri [mistigri] *n.m.* 〖俗〗貓

mistral [mistral] *n.m.* (法國東南部)乾寒而強烈的西北風或北風

mitaine [mitɛn] *n.f.* 露指手套

mite [mit] *n.f.* 蛀蟲;蟎

mité, e [mite] *a.* 蟲蛀的

mi-temps [mitɑ̃] *n.f.* (球賽)中間休息時間;半場; à ～ *loc.adv.* 半工

miteux, se [mitø, øːz] *a.* 破敗襤褸的

mithridatisme [mitridatism] *n.m.* (常服逐漸加重劑量的毒物而獲得的)人工耐毒性

mitigation [mitigasjɔ̃] *n.f.* 減輕, 緩和

mitiger [mitiʒe] *v.t.* [c.2]減輕, 緩和

mitonner [mitɔne] *v.i.* 文火燒, 煨, 燉 *v.t.* 用文火燒;精心安排;細心照料

mitoyen, ne [mitwajɛ, ɛn] *a.* 分界的;【法】分界共有的

mitraillade [mitrajad] *n.f.* 機槍掃射

mitraille [mitraːj] *n.f.* 槍炮的發射, 槍林彈雨;(舊時當炮彈用的)碎鐵

mitrailler [mitraje] *v.t.* 用機槍射擊, 掃射

mitraillette [mitrajɛt] *n.f.* 手提式衝鋒槍

mitrailleur, se [mitrajœːr, øːz] *n.m.* 機槍手 *a.m.* 連續發射的(指武器)

mitrailleuse [mitrajøːz] *n.f.* 機關槍

mitre [mitr] *n.f.* 主教帽, 烟囱帽

mitron [mitrɔ̃] *n.m.* (麵包舖、糕餅店的)小夥計

mi-voix(à) [amivwa[ɑ]] *loc.adv.* 低聲地

mixte [mikst] *a.* 混合的;男女混合的〔指雙打等〕;介於兩者之間的

mixtion [mikstjɔ̃] *n.f.* (藥物的)混合, 調合;合劑

mixture [mikstyːr] *n.f.* 混合物, 合劑;混合飲料;大雜燴

mnémotechnie [mnemɔtɛkni] *n.f.* 記憶法, 記憶訓練術

mnémotechnique [mnemɔtɛknik] *a.* 記憶法的, 訓練記憶的

mobile [mɔbil] *a.* 運動的; 活動的, 流動的; 機動的; 變動的, 多變的 *n.m.* 運動物體; 動力; 動機; (法國1868—1871) 義勇軍士兵

mobilier, ère [mɔbilje, ɛːr] *a.* 動產的, 具有動產性質的 *n.m.* 動產; 全部傢具

mobilisable [mɔbilizabl] *a.* 可動員的

mobilisation [mɔbilizasjɔ̃] *n.f.* 動員

mobiliser [mɔbilize] *v.t.* 動員; 發動, 調動;【財】使流通

mobilité [mɔbilite] *n.f.* 活動性; 機動性; 流動性; 易變性, 多變

mocassin [mɔkasɛ̃] *n.m.* (北美印第安人穿的)鹿皮鞋; 無帶低幫皮鞋, 船鞋

modal, ale [mɔdal] (*pl.* ∼ *aux*) *a.*【哲】模態的, 樣態上的【語】語式的

modalité [mɔdalite] *n.f.* 形態, 方式;【哲】模態, 樣態;【樂】調式

mode [mɔd] *n.f.* 習俗, 風尚, 時式; 時裝樣式; 婦女時裝業; à la ∼ 流行的, 時行的 *n.m.* 方式;【樂】調式【語】語式

modelage [mɔdlaːʒ] *n.m.* 製作模型, 塑造

modèle [mɔdɛl] *n.m.* 典範, 樣板; 模範, 榜樣; 模特兒; 樣品; 型式; 類型; 模型 *a.* 模範的, 做樣板的

modelé [mɔdle] *n.m.* (雕像上的、畫面上顯示出的)隆起

modeler [mɔdle] [c.6] *v.t.* 塑造, 製作模型; 使以…爲榜樣 *v.pr.* 以…爲榜樣, 效仿

modeleur, se [mɔdlœːr, øːz] *n.* 塑造模型的藝術家; 木模工, 模型工

modéliste [mɔdelist] *n.* 服裝設計師; (車輛、飛機等的)模型製作者

modérantisme [mɔderɑ̃tism] *n.m.* 溫和主義

modérateur, trice [mɔderatœːr, tris] *a.* 使有節制的, 起緩和作用的, 調解的;【生理】減弱器官活力的 *n.* 緩和者, 調解者;【原子】減速劑, 慢化劑

modération [mɔderasjɔ̃] *n.f.* 節制, 適度; 緩和; 減輕, 減低

modéré, e [mɔdere] *a.* 有節制的, 適度的; 中等的, 適中的; 溫和的, 溫和主義的 *n.* 溫和主義者

modérer [mɔdere] *v.t.* [c.7]節制, 克制; 緩和; 減低, 減輕

moderne [mɔdɛrn] *a.* 現代的; 近代的〔指歷史時期〕新式的, 現代化的 *n.m.* 現代化的東西; 現代人

modernisation [mɔdɛrnizasjɔ̃] *n.f.* 現代化

moderniser [mɔdɛrnize] *v.t.* 使現代化

modernisme [mɔdɛrnism] *n.m.* 現代性; 現代主義, 現代派

moderniste [mɔdɛrnist] *n.* 現代主義者

modernité [mɔdɛrnite] *n.f.* 現代性, 現代特色

modeste [mɔdɛst] *a.* 謙虛的, 謙遜的; 簡樸的, 樸素的; 微薄的, 低微的; 適度的, 有節制的

modestie [mɔdɛsti] *n.f.* 謙虛, 虛心; 節制, 適度

modicité [mɔdisite] *n.f.* 微薄, 微小, 低廉

modification [mɔdifikasjɔ̃] *n.f.* 變化, 改變; 修改

modifier [mɔdifje] *v.t.* 改變, 修改;【語】修飾

modique [mɔdik] *a.* 微薄的, 微小的, 低廉的

modiste [mɔdist] *n.f.* 製女帽女工; 經營女帽的女商人

modulation [mɔdylasjɔ̃] *n.f.* 音調變化;【樂】轉調;【無】調制;【繪畫】色調變化

module [mɔdyl] *n.m.*【數、技】模, 模數; 模量; 系數

moduler [mɔdyle] *v.t.* 使音調變化, 使抑揚 *v.i.*【樂】轉調

modus vivendi [mɔdysvivɛ̃di] *n.m.inv.*〔拉〕臨時協定, 臨時解決辦法

moelle [mwal] *n.f.* 髓, 骨髓; 精華, 精髓;【植】髓質

moelleux, se [mwalø, øz] *a.* 柔軟的; 可口的; 圓潤的

moellon [mwalɔ̃] *n.m.* 礫石, 碎石

mœurs [mœrs, mœːr] *n.f.pl.* 品行, 道德; 風俗, 習俗, 風尚; 生活習慣; (動物的)習性

mofette [mɔfɛt] *n.f.* 【地質】碳酸噴氣;【動】臭鼬

mohair [mɔɛːr] *n.m.* 〖英〗安哥拉山羊毛, 馬海毛; 馬海毛絨

moi [mwa] *pron.pers.* 我

moignon [mwaɲɔ̃] *n.m.* 殘肢端; 發育不全的肢體; 樹樁, 殘幹

moindre [mwɛ̃dr] *a.* 更小的, 較小的; 更少的, 較少的; le ~, la ~ 最小的, 最少的

moine [mwan] *n.m.* 僧侶, 修道士; 暖床用具〔如湯婆子等〕

moineau [mwano] (*pl.* ~*x*) *n.m.* 麻雀

moinillon [mwaniɲɔ̃] *n.m.* 〖俗〗年輕修士, 小僧侶

moins [mwɛ̃] *adv.* 較小, 更少; le ~, la ~ 最少, 最不; au ~, du ~ *loc.adv.* 至少, 無論如何; à ~ de *loc.prép.* 低於(指價格); 除非; le ~ 最小, 最少;【數】負號, 減號 *prép.* 減去; 差, 缺

moins-perçu [mwɛ̃pɛrsy] (*pl.* ~*s*) *n.m.* 少收款項

moins-value [mwɛ̃valy] (*pl.* ~*s*) *n.f.* 減值, 貶值

moire [mwaːr] *n.f.* 波紋織物; 波紋織物的閃爍光澤

moirer [mware] *v.t.* 軋出閃色雲紋

mois [mwa[ɑ]] *n.m.* 月份; (一個)月; 月薪

moise [mɔiz] *n.m.* 搖籃

moisi, e [mwazi] *a.* 發霉的 *n.m.* 發霉

moisir [mwaziːr] *v.t.* 使發霉 *v.i.* 發霉

moisissure [mwazisyːr] *n.f.* 霉; 發霉

moisson [mwasɔ̃] *n.f.* 收穫; 收穫季節; 豐收

moissonner [mwasɔne] *v.t.* 收穫, 收割

moissonneur, se [mwasɔnœːr, øz] *n.* 收割者 *n.f.* 收割機

moissonneuse-batteuse [mwasɔnøzbatøːz] (*pl.* ~*s*-~*s*) *n.f.* 聯合收割機

moite [mwat] *a.* 潤濕的, 濕津津的

moiteur [mwatœːr] *n.f.* 潤濕, 濕津津

moitié [mwatje] *n.f.* 半, 一半; 一大半; 〖俗〗老婆

mol, molle 見 mou

molaire [mɔlɛːr] *n.f.,a.* 白齒(的)

môle [moːl] *n.m.* 防波堤

moléculaire [mɔlekylɛːr] *a.* 分子的

molécule [mɔlekyl] *n.f.* 【化】分子

moleskine [mɔlɛskin] *n.f.* 一種單面仿皮漆布

molester [mɔlɛste] *v.t.* 折磨; 粗暴對待

molette [mɔlɛt] *n.f.* 馬刺輪子; 滾花刀; 齒狀小滾輪

mollasse [mɔlas] *a.* 鬆軟的; 軟弱無力的

mollesse [mɔlɛs] *n.f.* 柔軟, 柔和; 軟弱, 怠惰

mollet, te [mɔlɛ, ɛt] *a.* 柔軟的 *n.m.* 腿肚, 小腿

molletière [mɔltjɛːr] *n.f.* (布的或皮的)綁腿, 裹腿 *a.* 綁腿的, 裹腿的

molleton [mɔltɔ̃] *n.m.* 莫列頓雙面起絨呢

molletonné, e [mɔltɔne] *a.* 襯莫列頓呢的

mollir [mɔliːr] *v.i.* 減弱, 變得無力; 後退, 鬆勁 *v.t.* 【海】鬆(纜)

mollusque [mɔlysk] *n.m.* 軟體動物

molosse [mɔlɔs] *n.m.* 看門狗, 牧羊犬

molybdène [mɔlibdɛn] *n.m.* 【化】鉬

moment [mɔmɑ̃] *n.m.* 片刻, 一會兒; 時刻, 時機; 當前, 目下; à tout ~ *loc.adv.* 隨時隨刻地; au ~ de *loc.prép.* 正當⋯的時候;【物】矩

momentané, e [mɔmɑ̃tane] *a.* 短暫的, 暫時的, 一時的

momerie [mɔmri] *n.f.* 做作可笑的儀式

momie [mɔmi] *n.f.* 木乃伊; 乾癟的人; 守舊的人

momifier [mɔmifje] *v.t.* 使成木乃伊

mon [mɔ̃] (*f.* **ma** [ma], *pl.* **mes** [me]) *a.poss.* 我的

monacal, ale [mɔnakal] (*pl.* ~ **aux**) *a.* 修道士的, 僧侶的

monachisme [mɔnaʃ[k]ism] *n.m.* 修道生活; 修道制度

monarchie [mɔnarʃi] *n.f.* 君主政體; 君主國

monarchique [mɔnarʃik] *a.* 君主政體的, 君主制的

monarchisme [mɔnarʃism] *n.m.* 君主主義

monarchiste [mɔnarʃist] *a.* 君主主義的 *n.* 擁護君主政體者, 君主主義者

monarque [mɔnark] *n.m.* 君主, 帝王

monastère [mɔnastɛ:r] *n.m.* 修道院; 寺院

monastique [mɔnastik] *a.* 修道士的, 僧侶的

monceau [mɔ̃so] *n.m.* 一大堆, 大量

mondain, e [mɔ̃dɛ̃, ɛn] *a.* 世俗的; 經常出入社交界的 *n.* 熱衷於上流社會生活的人

mondanité [mɔ̃danite] *n.f.* 世俗, 塵世; 對社交生活的追求

monde [mɔ̃:d] *n.m.* 宇宙, 天體; 世界; 人間; 人, 人們; 社會; 階層, 界

monder [mɔ̃de] *v.t.* 剔去雜質, 去皮, 去殼

mondial, ale [mɔ̃djal] (*pl.* ~ **aux**) *a.* 世界的

mondovision [mɔ̃dɔvizjɔ̃] *n.f.* 全球電視播送, 全球電視系統

monégasque [mɔnegask] *a.* 摩納哥的 *n.* M~ 摩納哥人

monétaire [mɔnetɛ:r] *a.* 貨幣的

mongol, e [mɔ̃gɔl] *a.* 蒙古的 *n.* M

~ 蒙古人 *n.m.* 蒙古語

monisme [mɔnism] *n.m.* 【哲】一元論

moniteur, trice [mɔnitœ:r, tris] *n.* 教練員, 輔導員

monition [mɔnisjɔ̃] *n.f.* 【宗】告誡

monnaie [mɔnɛ] *n.f.* 金屬貨幣, 硬幣; 零錢; 找頭

monnayage [mɔnɛja:ʒ] *n.m.* 硬幣鑄造

monnayer [mɔne[ɛ]je] *v.t.* [c.4] 把…鑄成硬幣; 靠…挣錢

monnayeur [mɔnɛjœ:r] *n.m.* 造幣廠工人

mon(o-) *préf.* 表示"單一、唯一"的意思

monochrome [mɔnɔkro:m] *a.* 單色的

monocle [mɔnɔkl] *n.m.* 單片眼鏡

monocorde [mɔnɔkɔrd] *a.* 單弦的; 單調的 *n.m.* 單弦樂器

monocotylédone [mɔnɔkɔtiledɔn] *a.* 單子葉的 *n.f.pl.* 單子葉植物(綱)

monoculture [mɔnɔkylty:r] *n.f.* 【農】連作, 單一耕作

monogame [mɔnɔgam] *a.* 實行一夫一妻制的;【動】單配的;【植】雌雄異株的 *n.* 實行一夫一妻制者

monogamie [mɔnɔgami] *n.f.* 一夫一妻制;【動】單配;【植】雌雄異株

monogramme [mɔnɔgram] *n.m.* (姓名的)字母拼合圖案;(藝術家的)縮寫簽名

monographie [mɔnɔgrafi] *n.f.* 專題論文, 專題著作

monolingue [mɔnɔlɛ̃:g] *a.* 只講一種語言的

monolithe [mɔnɔlit] 【建】*a.* 獨石的 *n.m.* 巨石建築

monologue [mɔnɔlɔg] *n.m.* 獨白; 自言自語

monologuer [mɔnɔlɔge] *v.i.* 獨白; 自言自語

monomane [mɔnɔman], **monomaniaque** [mɔnɔmanjak] *a.* 患偏狂的 *n.* 偏狂患者

monomanie [mɔnɔmani] *n.f.* 偏狂

monôme [mɔnoːm] *n.m.* 單項式; (大學生在路上排成的)單行縱隊

monométallisme [mɔnɔmetalism] *n.m.* (貨幣的)單本位制

monométalliste [mɔnɔmetalist] *a.* 單本位制的. *n.* 單本位制論者

monoplan [mɔnɔplɑ̃] *n.m.* 單翼(飛)機

monopole [mɔnɔpɔl] *n.m.* 壟斷;獨佔;專利(權)

monopoleur, se [mɔnɔpɔlœːr, øːz] *n.* 壟斷者,專利者

monopoliser [mɔnɔpɔlize] *v.t.* 壟斷;獨佔

monorime [mɔnɔrim] *a.* 單韻的

monosyllabe [mɔnɔsilab] *a.* 單音節的 *n.m.* 單音節字

monosyllabique [mɔnɔsilabik] *a.* 單音節的;由單音節字組成的

monothéisme [mɔnɔteism] *n.m.* 一神教

monothéiste [mɔnɔteist] *n.* 一神教信徒 *a.* 信一神教的

monotone [mɔnɔtɔn] *a.* 單調的,缺乏變化的

monotonie [mɔnɔtɔni] *n.f.* 單調,缺乏變化

monotype [mɔnɔtip] *n.m.* 單字排鑄機

monovalent, e [mɔnɔvalɑ̃, ɑ̃ːt] *a.* 【化】單價的,一價的

monseigneur [mɔ̃sɛɲœːr] (*pl.* **messeigneurs** [mesɛɲœːr]) *n.m.* 殿下,閣下;大人,老爺

monsieur [məsjø] (*pl.* **messieurs** [mesjø]) *n.m.* 先生;老爺

monstre [mɔ̃str] *n.m.* 妖怪,怪物;巨獸,巨物;醜八怪;兇惡的人 〖俗〗巨大的,龐大的

monstrueux, se [mɔ̃stryø, øːz] *a.* 奇形怪狀的;怪異的;駭人聽聞的;過分的

monstruosité [mɔ̃stryozite] *n.f.* 畸形;極端可怕的事,極端殘忍的事

mont [mɔ̃] *n.m.* 山,山峯, *pl.* 山脈

montage [mɔ̃taːʒ] *n.m.* 抬高;裝配,安裝;鑲嵌;【無】綫路;【電影】蒙太奇,剪輯

montagnard, e [mɔ̃taɲaːr, ard] *a.* 山區的 *n.* 山區居民

montagne [mɔ̃taɲ] *n.f.* 山,高山;山狀物,一大堆

montagneux, se [mɔ̃taɲø, øːz] *a.* 多山的

montant, e [mɔ̃tɑ̃, ɑ̃ːt] *a.* 上升的;上行的 *n.m.* 支柱;(門窗的)梃子;總(金)額;香辣味,濃烈的(酒)香味

mont-de-piété [mɔ̃dpjete] (*pl.* ~*s*- ~) *n.m.* 當舖,典當

monte [mɔ̃ːt] *n.f.* 上馬;騎馬術;(牛馬等的)交配,配種

monte-charge [mɔ̃tʃarʒ] *n.m.inv.* 貨物升降機

montée [mɔ̃te] *n.f.* 登高,上升;高漲,上漲;斜坡

monte-plats [mɔ̃tpla] *n.m.inv.* 運送菜餚的升降器

monter [mɔ̃te] *v.i.* 〔助動詞用 avoir 或être〕登上,爬上;乘上,騎上;升高,升起,高達;晉升;上漲,漲價;總計 *v.t.* 登,上;騎,乘,(仕上)坐;裝配,安裝;鑲嵌;配備以各種必需品;籌劃,策劃 *v.pr.* 自置,自備

monteur, se [mɔ̃tœːr, øːz] *n.* 裝配工,鑲嵌工;【電影】剪輯(師)

montgolfière [mɔ̃gɔlfjɛːr] *n.f.* 熱空氣氣球

monticule [mɔ̃tikyl] *n.m.* 小山崗,小土丘

montoir [mɔ̃twaːr] *n.m.* (供上馬時用的)踏腳石

montrable [mɔ̃trabl] *a.* 可以見人的,拿得出去的

montre [mɔ̃ːtr] *n.f.* (手)錶;顯示,表現;陳列商品

montre-bracelet [mɔ̃trəbraslɛ] (*pl.* ~*s*- ~*s*) *n.f.* 手錶

montrer [mɔ̃tre] *v.t.* 出示,給看;指示;表示,顯示;證明,表明;示範

montreur, se [mɔ̃trœ:r, ø:z] n. (馬戲團中)耍把戲的人

nontueux, se [mɔ̃tyø, ø:z] a. 丘陵起伏的, 高低不平的

nonture [mɔ̃ty:r] n.f. 坐騎; 安裝, 裝配; 鑲嵌; 框, 架, 托座

nonument [mɔnymɑ̃] n.m. 紀念碑, 紀念建築物; 古迹; 宏偉的建築物; 不朽的巨著

nonumental, ale [mɔnymɑ̃tal] (pl. ~aux) a. 紀念性建築物的; 紀念性的; 宏偉的, 巨大的; 〖俗〗令人吃驚的

noquer (se) [s(ə)mɔke] v.pr. 譏笑, 嘲弄; 開玩笑; 不在乎, 不把…放在眼裏

noquerie [mɔkri] n.f. 譏笑, 嘲弄

noquette [mɔkɛt] n.f. (釘住的)地毯

noqueur, se [mɔkœ:r, ø:z] a. 譏笑的; 愛嘲笑人的 n. 愛嘲笑者

noraine [mɔrɛn] n.f. 【地質】冰磧

noral, ale [mɔral] (pl. ~aux) a. 道德的; 有道德的, 品行端正的; 有教育意義的; 精神上的 n.m. 精神; 士氣 n.f. 道義, 倫理學; 教訓; 寓意

noralisateur, trice [mɔralizatœ:r, tris] a. 教訓人的 n. 道學家, 說教者

noraliser [mɔralize] v.t. 教訓, 教誨, 使具有道德 v.i. 說教

noraliste [mɔralist] n. 倫理學家; 道德家

noralité [mɔralite] n.f. 道德, 道義; 品德; 寓意; (中世紀的)道德劇, 寓意劇

norasse [mɔras] n.f. 報紙的付印樣

noratoire [mɔratwa:r] 【法】a. 延期償付的; 延期的 n.m. 延期償債令

norbide [mɔrbid] a. 疾病的, 有病的; 病態的, 不健康的〔指思想意識〕

norbidesse [mɔrbidɛs] n.f. 【繪畫】(肌膚的)嬌嫩, 光潔

norbidité [mɔrbidite] n.f. 病況, 病狀; 發病率

norbilleux, se [mɔrbijø, ø:z] a. 【醫】痲疹的

norbleu! [mɔrblø] interj. 見鬼! 該死的!

morceau [mɔrso] (pl. ~x) n.m. 一口; 一片, 一塊; 一段; 片段, 選段

morceler [mɔrsəle] v.t. [c.5] 分成幾塊, 分成幾部分

morcellement [mɔrsɛlmɑ̃] n.m. 分割, 分成小塊

mordacité [mɔrdasite] n.f. 尖刻, 辛辣; 腐蝕性

mordançage [mɔrdɑ̃sa:ʒ] n.m. 【紡】媒染

mordancer [mɔrdɑ̃se] v.t. [c.1] 媒染

mordant, e [mɔrdɑ̃, ɑ̃:t] a. 咬人的; 具有腐蝕性的; 尖銳刺耳的; 尖刻的 n.m. 銳利; 尖刻, 銳氣; (金屬表面的)腐蝕劑; 金箔膠着漆; 媒染劑; 【樂】波音

mordicus [mɔrdikys] adv. 頑固地, 固執地

mordiller [mɔrdije] v.t. 把…輕咬幾口

mordorer [mɔrdɔre] v.t. 使成金褐色

mordre [mɔrdr] [c.42] v.t. 咬, 啄, 叮, 螫; 磨, 腐蝕; 挾住; (齒輪的)嚙合 v.i. 咬住, 腐蝕; 鑽研; 【海】(錨)抓牢海底

morfil [mɔrfil] n.m. 【技】刃口; 毛刺

morfondre(se) [ə(ə)mɔrfɔ̃:dr] v.pr. [c.42] 等得心焦

morgue [mɔrg] n.f. 傲慢; 狂妄; 陳屍所

moribond, e [mɔribɔ̃, ɔ̃:d] a.,n. 瀕死的(人), 垂危的(人)

moricaud, e [mɔriko, o:d] a, n. 皮膚深褐色的(人)

morigéner [mɔriʒene] v.t. [c.7] 教訓, 訓斥

morille [mɔrij] n.f. 【植】羊肚菌

morion [mɔrjɔ̃] n.m. (16世紀的)一種高頂盔

mormon, e [mɔrmɔ̃, ɔn] a. 摩門教的 n. 摩門教徒

morne [mɔrn] a. 憂鬱的; 黯淡的, 陰沉的

mornifle [mɔrnifl] n.f. 〖俗〗耳光

morose [mɔro:z] a. 憂鬱的, 陰沉的

morosité [mɔrozite] *n.f.* 憂鬱, 陰沉

morphine [mɔrfin] *n.f.* 嗎啡

morphinisme [mɔrfinism] *n.m.* 嗎啡
(慢性)中毒

morphinomane [mɔrfinɔman] *a., n.* 有
嗎啡癮的(人)

morphinomanie [mɔrfinɔmani] *n.f.* 嗎
啡癮

morphologie [mɔrfɔlɔʒi] *n.f.* 【生】形
態學；【語】詞法, 形態學

morphologique [mɔrfɔlɔʒik] *a.* 【生】
形態學的；【語】詞法的, 形態學的

mors [mɔːr] *n.m.* 馬銜, 嚼子；【技】爪,
鉗口

morse [mɔrs] *n.m.* 海象；莫爾斯(電報)
系統, 莫爾斯電碼

morsure [mɔrsyːr] *n.f.* 咬傷的傷口；攻
擊, 中傷

mort, e [mɔːr, mɔrt] *a.* 死的；死氣沉沉
的 *n.* 死人

mort [mɔːr] *n.m.* 死亡；死刑；滅亡；極度
的痛苦；死氣沉沉 *n.m.* (橋牌中的)明
家；攤出的牌

mortaisage [mɔrtezaʒ] *n.m.* 【木工】鑿
榫孔；【機】插削鍵槽, 插削方孔

mortaise [mɔrtɛz] *n.f.* 【木工】榫孔, 榫
眼, 榫槽；【機】鍵槽, 插孔

mortaiser [mɔrtɛ[ɛ]ze] *v.t.* 鑿榫孔；插
削鍵槽, 插削方孔

mortaiseuse [mɔrtɛzøːz] *n.f.* 【機】插
床, 銅床

mortalité [mɔrtalite] *n.f.* 死亡數, 死亡
率

morte-eau [mɔrto] (*pl.* ~*s-* ~ *x*) *n.f.*
小潮, 小潮期

mortel, le [mɔrtɛl] *a.* 終有一死的, 致
命的；你死我活的；極度的；難以忍受的
n. 凡人

mortellement [mɔrtɛlmɑ̃] *adv.* 致命
地；極度, 非常

morte-saison [mɔrtəsɛzɔ̃] (*pl.* ~*s-*~
s) *n.f.* 淡季, 閑季

mortier [mɔrtje] *n.m.* 臼, 研鉢；迫擊
炮；【建】灰漿, 砂漿

mortifiant, e [mɔrtifjɑ̃, ɑ̃ːt] *a.* 苦修的,
禁慾修行的；侮辱的, 凌辱的

mortification [mɔrtifikasjɔ̃] *n.f.* 苦修,
禁慾；侮辱, 凌辱；【醫】壞死

mortifier [mɔrtifje] *v.t.* (通過苦行)扣
制, 克制；侮辱, 凌辱；風嫩(野味)

mort-né, e [mɔrne] *a.* (*pl.* ~*s*) *a.* 死產
的；一開始就失敗的 *n.* 死產兒

mortuaire [mɔrtɥɛːr] *a.* 有關死亡的；
喪葬的

morue [mɔry] *n.f.* 鱈魚

morutier, ère [mɔrytje, ɛːr] *a., n.m.* 指
鱈魚的(漁船、漁民)

morve [mɔrv] *n.f.* 鼻涕；【獸醫】鼻疽

morveux, se [mɔrvø,øːz] *a.* 流鼻涕的；
【獸醫】患鼻疽的 *n.* 〖俗〗孩子, 毛孩子

mosaïque [mozaik] *n.f.* 鑲嵌圖案, 鑲嵌
細工；拼湊物

moscovite [mɔskɔvit] *a.* 莫斯科的 *n.*
M ~ 莫斯科人

mosquée [mɔske] *n.f.* 清真寺

mot [mo] *n.m.* 詞, 字；話, 言詞；短信, 空
話

motard [mɔtaːr] *n.m.* 〖俗〗(軍警中的)
摩托車手

moteur, trice [mɔtœːr, tris] *a.* 原動的,
發動的；【解】運動的 *n.m.* 動力, 原動
力；發動機, 馬達；主謀者, 發起人

moteur-fusée [mɔtœrfyze] (*pl.* ~*s-*~
s) *n.m.* 火箭發動機

motif [mɔtif] *n.m.* 動機, 理由, 原因
(藝術中的)主題；【樂】動機

motion [mosjɔ̃] *n.f.* 動議, 提議, 提案

motiver [mɔtive] *v.t.* 說明理由；引起,
招致

moto [mɔto] *n.f.* 〖俗〗摩托車

motoculteur [mɔtɔkyltœːr] *n.m.* 手扶
機動犁, 手扶拖拉機

motoculture [mɔtɔkylty:r] *n.f.* 機耕,
機械耕作

motocyclette [mɔtɔsiklɛt] *n.f.* 摩托車

motocycliste [mɔtɔsiklist] *n.* 騎摩托車

的人

motopompe [mɔtɔpɔ̃:p] *n.f.* 機動泵,
電動泵

motorisation [mɔtɔrizasjɔ̃] *n.f.* 機械
化,機動化

motoriser [mɔtɔrize] *v.t.* 使機械化,使
機動化

motrice [mɔtris] *n.f.* 機車,車頭

motricité [mɔtrisite] *n.f.* 【生理】運動機
能

motte [mɔt] *n.f.* 土塊

motus! [mɔtys] *interj.* 〖俗〗不要聲張!
別開口!

mou [mu] 〔在元音或啞音h開頭的陽性
單數名詞前用 *mol* [mɔl]〕(*f. sing.*
molle [mɔl]) *a.* 軟的,柔軟的;悶熱的
〔指氣候〕;沒精打采的;軟弱無力的
n.m. 軟,柔弱;〖屠宰〗肺

mouchard, e [muʃa:r, ard] *n.* 〖俗〗暗
探,密探;告密者 *a.* 做暗探的;告密的
n.m. 監視裝置

mouchardage [muʃarda:ʒ] *n.m.* 〖俗〗
刺探;告密

moucharder [muʃarde] *v.t.,v.i.* 〖俗〗
刺探;告密

mouche [muʃ] *n.f.* 蠅,蒼蠅;(貼在婦女
臉上的)假痣,靶心黑點;(套在練習劍端
的)皮頭,下唇下的小鬍子

moucher [muʃe] *v.t.* 替…擤鼻涕,從鼻
子擤出;剪燈花,剪燭花;〖民〗教訓

moucheron [muʃrɔ̃] *n.m.* 小蠅;小飛
蟲

moucheter [muʃte] *v.t.* [c.5]使佈滿斑
點;(在練習劍端)套上皮頭

moucheture [muʃty:r] *n.f.* 點子,斑點

mouchoir [muʃwa:r] *n.m.* 手帕;巾

moudre [mudr] *v.t.* [c.47]磨碎,研成粉
末

moue [mu] *n.f.* 撅嘴,撇嘴

mouette [mwɛt] *n.f.* 海鷗

mouf(f)ette [mufɛt] *n.f.* 臭鼬

moufle [mufl] *n.m.* 隔焰甑,隔焰爐,隔
焰窯 *n.f.* 復滑車;連指手套

mouflon [muflɔ̃] *n.m.* 盤羊,羬羊;岩羊

mouillage [muja:ʒ] *n.m.* 弄濕,浸濕;
攙水;【海】錨地,抛錨處;抛錨

mouiller [muje] *v.t.* 弄濕,浸濕;攙水;
抛(錨等)入水中;〖語〗(使輔音)腭化;
(燒菜時)加汁水

mouillette [mujɛt] *n.f.* (蘸溏心蛋吃
的)長麵包片

mouilleur [mujœ:r] *n.m.* (貼郵票、標
簽等用的)濕潤器;【船】錨(鏈)器

mouillure [mujy:r] *n.f.* 浸濕,潤濕;潮
濕;水迹;〖語〗輔音腭化

moujik [muʒik] *n.m.* 〖俄〗俄國農民

moulage [mula:ʒ] *n.m.* 磨,磨粉;造型,
鑄模,澆鑄;(實物的)模型品;【化】(塑料
的)模壓

moule [mul] *n.m.* 模子,模型,鑄模 *n.f.*
【動】貽貝,殼菜,淡菜;〖俗〗軟弱的人,笨
蛋

moulé, e [mule] *a.* 長得勻稱的;非常端
正的〔指字迹〕;印刷體的

mouler [mule] *v.t.* 模製;鑄造;模塑,使
以…爲榜樣;貼身,使顯出輪廓;
工整地書寫 *v.pr.* 仿效,模仿

mouleur [mulœ:r] *n.m.* 造型工,翻砂
工;模型工人;模壓工

moulin [mulɛ̃] *n.m.* 磨;磨坊;麵粉廠;
壓榨機

moulinage [mulina:ʒ] *n.m.* 【紡】拈絲

mouliner [muline] *v.t.* 【紡】拈絲

moulinet [mulinɛ] *n.m.* 流速計,葉片
式功率計;(道路入口的)旋轉柵門;(捲
釣魚線的)繞線筒

moulineur, se [mulinœ:r, ø:z] **mou-
linier, ère** [mulinje, ɛ:r] *n.* 【紡】拈絲
工

moulu, e [muly] *a.* 磨成粉的;疲乏不
堪的

moulure [muly:r] *n.f.* 【建,木工】(裝飾
用)綫脚

moulurer [mulyre] *v.t.* 加工綫脚;用綫
脚裝飾

mourant, e [murɑ̃, ɑ̃:t] *a.* 垂死的;即將

消失的; 無生氣的 *n.* 垂死的人

mourir [muri:r] [c.18] *v.i.* 〔助動詞用 être〕死, 死亡; 滅亡; 消逝 *v.pr.* 垂死; 熄滅

mouron [murɔ̃] *n.m.* 【植】海綠

mousquet [muskɛ] *n.m.* 火槍, 滑膛槍

mousquetaire [muskətɛ:r] *n.m.* 火槍手

mousqueterie [muskə(ɛ)tri] *n.f.* (火槍或步槍的)齊射

mousqueton [muskətɔ̃] *n.m.* (古代的)短筒火槍; 彈簧鈎

moussaillon [musajɔ̃] *n.m.* 〖俗〗少年見習水手, 小水手

mousse [mus] *n.m.* 少年見習水手, 小水手 *n.f.* 泡沫, 氣泡; 攪奶油; 苔蘚, 青苔 *a.* 鈍的, 不鋒利的

mousseline [muslin] *n.f.* 細薄柔軟的平紋織物 *a.inv.* 極細的

mousser [muse] *v.i.* 起泡沫, 冒泡

mousseron [musrɔ̃] *n.m.* 食用傘菌

mousseux, se [musø,ø:z] *a.* 有泡沫的, 冒泡的 *n.m.* (除香檳酒以外的)汽酒

mousson [musɔ̃] *n.f.* 【氣】季風

moussu, e [musy] *a.* 長滿苔蘚的

moustache [mustaʃ] *n.f.* 髭, 小鬍子; (貓等的)鬍鬚

moustachu, e [mustaʃy] *a.,n.* 長小鬍子的(人), 蓄著很大的唇髭的(人)

moustiquaire [mustikɛ:r] *n.f.* 蚊帳

moustique [mustik] *n.m.* 蚊

moût [mu] *n.m.* (尚未發酵的)葡萄汁; (釀酒用的)蘋果汁, 梨汁

moutard [muta:r] *n.m.* 〖民〗男小孩

moutarde [mutard] *n.f.* 芥, 芥菜; 芥子; 芥末(醬)

moutardier [mutardje] *n.m.* 芥末罐; 芥末醬製造商

mouton [mutɔ̃] *n.m.* 綿羊; 羊肉; 羊毛皮, 羊皮革; 溫順的人; 〖行〗(安插在犯人中間的)密探; (帆的)下角索; 打樁機; 夯錘; *pl.* 白浪, 浪花

moutonnement [mutɔnmɑ̃] *n.m.* 翻

moutonner [mutɔne] *v.t.* 使捲曲 *v.i.* 翻滾, 起伏〔指白浪〕

moutonneux, se [mutɔnø, ø:z] *a.* 翻起白浪的

moutonnier, ère [mutɔnje, ɛ:r] *a.* 盲從的

mouture [muty:r] *n.f.* 磨粉; (小麥、裸麥、大麥各三分之一的)三合麵粉

mouvement [muvmɑ̃] *n.m.* 運動, 行動, 動作, 活動; (市價等的)變動; (語言等的)生動; 激動, 意念; (鐘錶等的)機械; 【樂】樂章, 速度

mouvementé, e [muvmɑ̃te] *a.* 有起伏的, 高低不平的; 動盪的, 騷動的

mouvoir [muvwa:r] [c.27] *v.t.* 使活動, 移動; 開動; 鼓動 *v.pr.* 動, 移動

moyen, ne [mwajɛ̃, ɛn] *a.* 中間的, 中等的; 一般的, 普通的; 平均的 *n.m.* 方法, 手段, 辦法; *pl.* 能力, 才能, 金錢, 財產; au ~ de *loc.prép.* 憑借; par le ~ de *loc.prép.* 借助於, 通過(介紹等)

moyenâgeux, se [mwajɛna[ɑ]ʒø,øːz] *a.* 中世紀的, 過時的, 陳舊的

moyennant [mwajɛnɑ̃] *prép.* 借助於, 憑借, 通過, 由於

moyenne [mwajɛn] *n.f.* 中數, 平均數, 平均值

moyennement [mwajɛnmɑ̃] *adv.* 中等, 平平常常

moyeu [mwajø] *n.m.* (輪)轂

mozambicain, e [mɔ[o]zɑ̃bikɛ̃, ɛn] *a.* 莫桑比克的 M~ 莫桑比克人

mu [my] *n.m.* 希臘字母表中第12個字母 M, μ

mucilage [mysilaːʒ] *n.m.* 【植】粘液, 粘膠;【藥】膠漿

mucilagineux, se [mysilaʒinø, ø:z] *a.* 粘液的, 粘膠的; 膠漿的

mucosité [mykozite] *n.f.* 【生理】粘液

mucus [mykys] *n.m.* 【生理】粘液

mue [my] *n.f.* (動物皮、毛等)脫換;

毛期, 蛻殼期; 脫換下來的皮、毛、甲殼;
(少年發育期的)變嗓音;(圓形無底的)
家禽罩

muer [mɥe] *v.i.* 換毛, 換羽毛, 蛻皮, 蛻
殼; 換角; (少年發育期)變嗓音

muet,te [mɥɛ, ɛt] *a.* 啞的, 說不出話
的; 緘默的, 不開口的; 無聲的;【語】啞音
的, 不發音的 *n.* 啞吧

muette [mɥɛt] *n.f.* (鹿換角、鷹換毛時
住的)棚舍

mufle [myfl] *n.m.* (動物的)吻端, 鼻尖
a.,n. 〖俗〗粗野的(人)

muflerie [myfləri] *n.f.* 〖俗〗粗野

muflier [myflie] *n.m.* 金魚草, 龍頭花

muge [myːʒ] *n.m.* 鯔魚

mugir [myʒiːr] *v.i.* (牛)哞哞叫; 咆哮,
呼嘯

mugissement [myʒismɑ̃] *n.m.* 哞哞的
牛叫聲; 咆哮, 呼嘯

muguet [mygɛ] *n.m.* 【植】鈴蘭; 鵝口瘡

muid [mɥi] *n.m.* 法國古代容量單位; 該
容量的酒桶

mulâtre, sse [mylɑːtr, trɛs] *n.* 黑人和
白人的混血兒 *a.* 黑白混血的

mule [myl] *n.f.* 母騾; 女式高跟拖鞋

mulet [mylɛ] *n.m.* 公騾, 騾子; 鯔魚的
俗稱

muletier, ère [myltje, ɛːr] *n.* 趕騾子的
人 *a.* 只有騾子才能通行的〔指崎嶇山
路〕

mulot [mylo] *n.m.* 田鼠

mulsion [mylsjɔ̃] *n.f.* 擠家畜的奶

multicolore [myltikɔlɔːr] *a.* 多色彩的

multifilaire [myltifilɛːr] *a.* 【技】多股的

multiforme [myltifɔrm] *a.* 多形的, 多
樣的

multimètre [myltimɛtr] *n.m.* 【電】萬用
表

multinational, ale [myltinasjɔnal] (*pl.*
~*aux*) *a.* 多民族的; 多國家的

multipare [myltipaːr] *a.* 每胎多仔的
n.f. 經產婦

multiple [myltipl] *a.* 複雜的, 複合的;

多種的 *n.m.* 【數】倍數

multiplicande [myltiplikɑ̃ːd] *n.m.*
【數】被乘數

multiplicateur, trice [myltiplikatœːr,
tris] *a.* 倍增的, 相乘的 *n.m.* 【數】
乘數

multiplicatif, ve [myltiplikatif, iːv] *a.*
乘法的, 倍數的

multiplication [myltiplikasjɔ̃] *n.f.* 增
多, 增加;【數】乘法, 相乘;【機】增速比;
【生】無性生殖, 無性繁殖

multiplicité [myltiplisite] *n.f.* 繁多, 大
量

multiplier [myltiplie] *v.t.* 增加, 增多;
繁殖;【數】乘 *v.i.* 繁殖 *v.pr.* 增
多; 繁殖

multipolaire [myltipɔlɛːr] *a.* 【電】多極
的; 多接點的

multitubulaire [myltitybylɛːr] *a.* 【技】
多管的〔指鍋爐〕

multitude [myltityd] *n.f.* 大量, 大批, 大
羣, 人羣; 羣衆

municipal, ale [mynisipal] (*pl.* ~
aux) *a.* 市的, 市政的

municipalité [mynisipalite] *n.f.* 市政
府, 市政當局; 市區

munificence [mynifisɑ̃ːs] *n.f.* 慷慨, 大
方

munificent, e [mynifisɑ̃, ɑ̃ːt] *a.* 慷慨
的, 大方的

munir [myniːr] *v.t.* 供應, 裝備, 配備

munition [mynisjɔ̃] *n.f.* 彈藥; 軍需品

munitionnaire [mynisjɔnɛːr] *n.m.* 軍
需官; 軍火商

muqueux, se [mykø, øːz] *a.* 粘液的, 粘
液性的, 粘膜的 *n.f.* 粘膜

mur [myːr] *n.m.* 牆, 壁, 障礙; *pl.* 城
郭, 城市

mûr, e [myːr] *a.* 成熟的

murage [myraːʒ] *n.m.* 築圍牆; 砌沒, 堵
塞

muraille [myrɑːj] *n.f.* 高牆, 圍牆; 城
牆;【船】舷側

mural, ale [myral] (*pl.* ～*aux*) *a.* 牆上的; 在牆上生長的

mûre [my:r] *n.f.* 桑椹, 桑果; 黑莓

murène [myrɛn] *n.f.* 海鱔

murer [myre] *v.t.* 用牆環圍; 砌沒, 堵塞

murex [myrɛks] *n.m.* 【動】骨螺

mûrier [myrje] *n.m.* 桑

mûrir [myri:r] *v.t.* 使成熟; 充分考慮 *v.i.* 長熟; 成熟

murmure [myrmy:r] *n.m.* 低語聲, 喊喳聲; 潺潺聲; *pl.* 怨言, 咕噥

murmurer [myrmyre] *v.i.* 低語, 竊竊私語; (低聲) 抱怨, 咕噥; 發出潺潺聲 *v.t.* 悄悄地說, 低聲說

musaraigne [myzarɛɲ] *n.f.* 鼩鼱

musard, e [myza:r, ard] *a.n.* 【俗】閑逛的(人), 游手好閑的(人)

musarder [myzarde] *v.i.* 閑逛, 游手好閑

musc [mysk] *n.m.* 麝香

muscade [myskad] *n.f.* 肉豆蔻; (變戲法用的)小軟木球

muscadet [myskadɛ] *n.m.* 麝香白葡萄酒

muscadier [myskadje] *n.m.* 肉豆蔻樹

muscadin [myskadɛ̃] *n.m.* 花花公子 〔指法國1794年熱月政變後的年輕保王派〕

muscardin [myskardɛ̃] *n.m.* 睡鼠

muscardine [myskardin] *n.f.* 蠶硬化病

muscari [myskari] *n.m.* 麝香蘭

muscarine [myskarin] *n.f.* 【化】蕈毒碱

muscat [myska] *a.m.* 有麝香味的 *n.m.* 麝香葡萄; 麝香葡萄酒

muscle [myskl] *n.m.* 肌, 肌肉

musclé, e [myskle] *a.* 肌肉發達的; 【俗】結實的

musculaire [myskylɛ:r] *a.* 肌肉的

musculature [myskylaty:r] *n.f.* 肌肉組織, 肌肉系統

musculeux, se [myskylø, ø:z] *a.* 肌肉發達的

muse [my:z] *n.f.* M ～ 繆斯〔希臘神話中的文藝女神〕; 詩, 詩歌; 詩人的靈感

museau [myzo] *n.m.* (動物的)口鼻, 喙; 【俗】臉, 嘴臉

musée [myze] *n.m.* 博物館; 陳列館; (古希臘的)繆斯廟

museler [myzle] *v.t.* [c.5] 給(動物)戴上嘴套; 迫使沉默, 箝制言論

muselière [myzəljɛ:r] *n.f.* (動物的)嘴套

muser [myze] *vi.* 閑混, 閑逛, 無所事事

musette [myzɛt] *n.f.* 風笛, 風笛舞; 布背包, 布袋

muséum [myzeɔm] (*pl.* ～*s*) *n.m.* 博物館

musical, ale [myzikal] (*pl.* ～*aux*) *a.* 音樂的; 悅耳的

music-hall [myzikoːl] (*pl.* ～*s*) *n.m.* 〖英〗雜耍歌舞劇院; 雜耍歌舞

musicien, ne [myzisjɛ̃, ɛn] *n.* 音樂家, 作曲家; 樂師

musicographe [myzikɔgraf] *n.* 音樂理論家, 音樂評論家

musique [myzik] *n.f.* 音樂; 樂曲

musqué, e [myske] *a.* 有麝香味的

mustang [mystɑ̃] *n.m.* (南美洲的)野馬

musulman, e [myzylmɑ̃, an] *a.* 伊斯蘭教的 *n.* 伊斯蘭教徒

mutabilité [mytabilite] *n.f.* 易變性, 不穩定性

mutation [mytasjɔ̃] *n.f.* 變化, 轉變; (人事的)調動; 【生】突變

mutationnisme [mytasjɔnism] *n.m.* 【生】突變論, 突變學說

muter [myte] *v.t.* 調動(人員)

mutilateur, trice [mytilatœ:r, tris] *n.* 毀傷別人肢體者; (藝術品等的)損壞者

mutilation [mytilasjɔ̃] *n.f.* (肢體等的)毀傷, 切斷; (對作品的)任意刪節; 損壞

mutiler [mytile] *v.t.* 切斷, 毀傷(肢體); 任意刪節; 損壞

mutin, e [mytɛ̃, in] *a.* 倔強的, 反抗的; 調皮的, 機靈的 *n.* 反抗者; 叛亂者

mutiner (se) [s(ə)mytine] *v.pr.* 反抗; 叛亂

mutinerie [mytinri] *n.f.* 反抗; 叛亂

mutisme [mytism] *n.m.* 沉默, 緘默; 【醫】啞, 緘默症

mutualiste [mytɥalist] *n.* 互助論者, 互助主義者; 互助會會員 *a.* 互助論的, 互助主義的

mutualité [mytɥalite] *n.f.* 相互關係; 互助

mutuel, le [mytɥɛl] *a.* 相互的, 彼此的 *n.f.* 互助會

mycoderme [mikɔdɛrm] *n.m.* 【植】黴菌

mycologie [mikɔlɔʒi] *n.f.* 真菌學

mycose [miko:z] *n.f.* 真菌病, 黴菌病

mydriase [midriɑ:z] *n.f.* 瞳孔擴大, 瞳孔開大

myélite [mjelit] *n.f.* 脊髓炎

myocarde [mjɔkard] *n.m.* 【解】心肌

myologie [mjɔlɔʒi] *n.f.* 【解】肌學

myope [mjɔp] *n.* 近視患者 *a.* 近視的; 目光短淺的

myopie [mjɔpi] *n.f.* 近視

myosis [mjozis] *n.m.* 瞳孔收縮, 瞳孔縮小

myosotis [mjozɔtis] *n.m.* 【植】勿忘草

myriade [mirjad] *n.f.* 無數, 成千上萬

myriapodes [mirjapɔd] *n.m.pl.* 【動】多足綱

myrrhe [mi:r] *n.f.* 沒藥

myrte [mirt] *n.m.* 【植】愛神木, 香桃木

myrtille [mirtil] *n.f.* 歐洲越橘(樹)

mystère [mistɛ:r] *n.m.* 神秘, 奧秘; 秘密

mystérieux, se [misterjø, ø:z] *a.* 神秘的, 奧秘的

mysticisme [mistisism] *n.m.* 神秘主義, 神秘論

mysticité [mistisite] *n.f.* 神秘性; 狂熱的信仰

mystificateur, trice [mistifikatœr, tris] *a.,n.* 好哄騙人的(人), 好愚弄人的(人)

mystification [mistifikɑsjɔ̃] *n.f.* 哄騙, 愚弄; 騙局, 蒙蔽

mystifier [mistifje] *v.t.* 哄騙, 愚弄; 蒙蔽

mystique [mistik] *a.* 神秘的, 神秘主義的 *n.* 神秘主義者 *n.f.* 神秘主義

mythe [mit] *n.m.* 神話, 傳說; 虛構的事物

mythique [mitik] *a.* 神話的, 傳說的; 虛構的

mythologie [mitɔlɔʒi] *n.f.* 神話; 神話學

mythomane [mitɔman] *a.,n.* 【醫】有誑語癖的(人)

myxomatose [miksɔmato:z] *n.f.* 家兔粘液瘤病

myxome [mikso:m] *n.m.* 【醫】粘液瘤

N

n,n [ɛn] *n.m.* 法語字母表中第14個字母

nabab [nabab] *n.m.* 【史】(印度莫卧兒帝國時代的)總督; 富豪

nadir [nadi:r] *n.m.* 【天】天底

nævus [nevys] (*pl. nœvi* [nevi]) *n.m.* 痣

nacelle [nasɛl] *n.f.* 小舟;【空】(氣球)弔籃; (飛艇)弔艙

nacre [nakr] *n.f.* 珍珠質, 珍珠層, 螺鈿質

nacrer [nakre] *v.t.* 使具有珠光

nage [na:ʒ] *n.f.* 游泳, 划船

nageoire [naʒwa:r] *n.f.* 鰭

nager [naʒe] *v.i.* [c.2] 游, 游泳; 漂浮; 划船; 〖俗〗不知所措

nageur, se [naʒœ:r, ø:z] *n.* 游泳者;藥
手

naguère [nagɛ:r] *adv.* 不久以前,最近

naïade [najad] *n.f.* 【希神】女水神

naïf, ve [naif, i:v] *a.* 樸實的;天真的,自
然的;幼稚的 *n.* 幼稚的人;單純的人

nain, e [nɛ̃, ɛn] *n.* 矮子 *a.* 矮小的

naissance [nɛsɑ̃:s] *n.f.* 出生,誕生;出
身;開始;起源

naître [nɛtr] *v.i.* [c.55]〔助動詞用
être〕出生,誕生;出身;開始出現;(植
物)發芽,開花,發源於;產生於

naïveté [naivte] *n.f.* 天真爛漫;單純,幼
稚,傻話

naja [naʒa] *n.m.* 眼鏡蛇

nanan [nanɑ̃] *n.m.* 〖俗〗好吃的東西;極
好的東西

nandou [nɑ̃du] *n.m.* 美洲鴕

nankin [nɑ̃kɛ̃] *n.m.* (淡黃色的)南京土
布

nansouk [nɑ̃zuk] *n.m.* 【紡】南蘇克布

nantir [nɑ̃ti:r] *v.t.* 抵押;供應 *v.pr.* 儲
備,備有

nantissement [nɑ̃tismɑ̃] *n.m.* 抵押契
約

napalm [napalm] *n.m.* 【化】凝汽油劑,
凝固汽油

naphtaline [naftalin] *n.f.* 【化】萘

naphte [naft] *n.m.* 【化】石腦油,石油精

napoléon [napɔleɔ̃] *n.m.* 法國的一種
舊金幣(值20法郎)

napoléonien, ne [napɔleɔnjɛ̃, ɛn] *a.*
拿破侖一世的,拿破侖王朝的,拿破侖派
的

napolitain, e [napɔlitɛ̃, ɛn] *a.* 那不勒
斯〖意大利城市名〗的 *n.* N～ 那不
勒斯人

nappe [nap] *n.f.* 桌布,台布;一大片

napperon [naprɔ̃] *n.m.* 小桌布

narcisse [narsis] *n.m.* 【植】水仙;自戀
的男子

narcose [narko:z] *n.f.* 【醫】麻醉

narcotique [narkɔtik] *a.* 麻醉的 *n.m.*

麻醉藥

nard [na:r] *n.m.* 【植】甘松茅;甘松香

narguer [narge] *v.t.* 蔑視

narguile [nargile], **narghileh** [nargilɛ]
n.m. 水煙袋

narine [narin] *n.f.* 鼻孔

narquois, e [narkwa, a:z] *a.* 捉弄人的;
嘲諷的

narrateur, trice [naratœ:r, tris] *n.* 敘
述者,講述者

narratif, ve [naratif, i:v] *a.* 叙述的,叙
事的

narration [narɑsjɔ̃] *n.f.* 叙述,故事;記
叙文

narrer [nare] *v.t.* 叙述,講述

narthex [nartɛks] *n.m.* 【建】(教堂的)
前廊,門廊

nasal, ale [nazal] (*pl.* ～**aux**) *a.* 鼻
的,鼻音的 *n.f.* 鼻音

nasaliser [nazalize] *v.t.* 用 鼻 音 發
(音),使鼻音化

naseau [nazo] (*pl.* ～**x**) *n.m.* (牛、馬
等的)鼻孔

nasillard, e [nazija:r, ard] *a.* 鼻音的

nasillement [nazijmɑ̃] *n.m.* 講話帶鼻
音

nasiller [nazije] *v.i.* 講話帶鼻音

nasilleur, se [nazijœ:r, ø:z] *n.* 講話帶
鼻音的人

nasse [nas] *n.f.* 捕魚簍,捕鳥網

natal, e [natal] (*pl.* ～**s**) *a.* 出生的,
誕生的

natalité [natalite] *n.f.* 出生率

natation [natɑsjɔ̃] *n.f.* 游泳

natatoire [natatwa:r] *a.* 游泳的

natif, ve [natif, i:v] *a.* 出生於(某地)的;
生來的,天賦的;【礦】自然的 *n.* 本地
人

nation [nɑsjɔ̃] *n.f.* 民族;國家;國民

national, ale [nasjɔnal] (*pl.* ～**aux**) *a.*
民族的;國家的;國民的 *n.* 國民
n.f. (國家經營的)公路

nationalisation [nasjɔnalizɑsjɔ̃]

國有化,收歸國有,公有化

nationaliser [nasjɔnalize] v.t. 把…收歸國有;使國有化

nationalisme [nasjɔnalism] n.m. 民族主義;國家主義;民族獨立運動

nationaliste [nasjɔnalist] a. 國家主義的;民族主義的 n. 國家主義者;民族主義者

nationalité [nasjɔnalite] n.f. 國籍;民族;民族性,民族特點

national-socialisme [nasjɔnalsɔsjalism] n.m. 國家社會主義〔即納粹主義〕

national-socialiste [nasjɔnalsɔsjalist] (f. ~ale- ~, pl. ~aux- ~s) a. 國家社會主義的 n. 國家社會主義者〔即納粹黨徒,納粹分子〕

Nativité [nativite] n.f. 【宗】聖誕節

nattage [nataːʒ] n.m. 編織

natte [nat] n.f. 蓆;蓆紋織物;辮子

natter [nate] v.t. 編,編織

naturalisation [natyralizɑsjɔ̃] n.f. 入籍;移植,移養;標本製作

naturaliser [natyralize] v.t. 使入籍;移植,移養;製成標本

naturalisme [natyralism] n.m. 【哲,文】自然主義

naturaliste [natyralist] a. 自然主義的 n. 自然主義者;博物學家;動植物標本製作者

nature [natyr] n.f. 自然(界);本性,本質;性格;種類;【藝】實物 a.inv. 白燒的,清煮的;〖俗〗樸實的,單純的

naturel, le [natyrɛl] a. 自然(界)的;天然的;本性的,天生的;理所當然的;私生的 n.m. 本性,性格;質樸,自然;本地人

naufrage [no[o]fraːʒ] n.m. (船舶在海上的)失事,遇難;徹底失敗,毀滅

naufrager [no[o]fraʒe] v.i 〔c.2〕(在海上)遇難,失事

naumachie [nomaʃi] n.f. (古羅馬的)海戰劇

nauséabond, e [nozeabɔ̃, ɔ̃:d] a. 令人作嘔的;令人厭惡的

nausée [noze] n.f. 惡心;厭惡

nauséeux, se [nozeø,ø:z] a. 引起惡心的

nautique [notik] a. 航海的,海上的

naval, e [naval] (pl. ~s) a. 海軍的;航海的

navarin [navarɛ̃] n.m. 羊肉雜燴

navet [navɛ] n.m. 蘿蔔;無價值的文藝作品

navette [navɛt] n.f. 梭子;往返車輛;【植】油菜

navigabilité [navigabilite] n.f. 適航性,可航性

navigable [navigabl] a. 可航行的,可通航的

navigant, e [navigɑ̃, ɑ̃:t] a. 航海的,航空的

navigateur [navigatœr] n.m. 【海,空】航行者,領航員

navigation [navigɑsjɔ̃] n.f. 航行,航海,航空;航海術,航空學

naviguer [navige] v.i. 航行,航海,航空;駕駛船舶,駕駛飛機

navire [naviːr] n.m. 船,船舶

navire-citerne [navirsitɛrn] (pl. ~ s- ~s) n.m. 油船

navrer [navre] v.t. 使傷心,使悲痛

nazi, e [nazi] a. 納粹黨的,納粹主義的 n. 納粹黨徒,納粹分子

nazisme [nazism] n.m. 納粹主義

ne [n(ə)] adv. 不,沒有〔通常與 pas 等詞連用〕;ne...plus 不再;ne...que 只,僅僅

né, e [ne] a. 出生的,誕生的;天生的

néanmoins [neɑ̃mwɛ̃] adv.,conj. 然而,可是

néant [neɑ̃] n.m. 無,烏有

nébuleux, se [nebylø, ø:z] a. 陰雲密佈的;含糊不清的 n.f. 【天】星雲

nébulosité [nebylozite] n.f. 霧狀雲;曖昧,模糊不清

nécessaire [nesesɛ:r] *a.* 必需的, 必要的; 必然的. *n.m.* (生活)必需品; 必要的事; 放置必需用品的箱、匣等;【哲】必然性

nécessité [nesesite] *n.f.* 必要(性), 需要; 必然(性)

nécessiter [nesesite] *v.t.* 使成為必要; 必然引起, 勢必導致

nécessiteux, se [nesesitø, øz] *a., n.* 貧困的(人), 缺吃少穿的(人)

nécrologie [nekrɔlɔʒi] *n.f.* 死者傳略; (報刊上公佈的)死亡者名單或訃告

nécrologique [nekrɔlɔʒik] *a.* 死者傳略的, 有關新近死亡者的

nécromancie [nekrɔmɑ̃si] *n.f.* 巫術, 關亡術

nécromancien, ne [nekrɔmɑ̃sjɛ̃, ɛn] *n.* 巫師, 巫婆

nécrophore [nekrɔfɔ:r] *n.m.* 【昆】埋葬蟲

nécropole [nekrɔpɔl] *n.f.* 公墓; 古代的墓地

nécrose [nekro:z] *n.f.* 【醫】壞死

nécroser [nekroze] *v.t.* 【醫】使壞死

nectaire [nɛktɛ:r] *n.m.* 【植】蜜腺

nectar [nɛkta:r] *n.m.* 【神】神酒; 美酒, 甘美的飲料;【植】花蜜

néerlandais, e [neɛrlɑ̃dɛ,ɛz] *a.* 荷蘭的. N~ 荷蘭人 *n.m.* 荷蘭語

nef [nɛf] *n.f.* (教堂中的)正廳, 中殿;【詩】舟

néfaste [nefast] *a.* 不吉祥的, 不幸的, 有害的

nèfle [nɛfl] *n.f.* 歐楂(指果實)

néflier [neflie] *n.m.* 歐楂樹

négateur, trice [negatœr, tris] *a.,n.* 否認的(人), 慣於否定的(人)

négatif, ve [negatif, i:v] *a.* 否認的, 否定的; 消極(性)的; 負的, 陰極的. *n.m.* 【攝】負片, 底片;【電】負極, 陰極. *n.f.* 否認, 否定

négation [negasjɔ̃] *n.f.* 否認, 否定, 拒絕;【語】否定詞或詞組

négaton [negatɔ̃] *n.m.* 【物】陰電子, 負電子

négligé [negliʒe] *n.m.* 穿戴不整齊; (室內穿的)便服

négligeable [negliʒabl] *a.* 可以忽略的, 無關緊要的

négligemment [negliʒamɑ̃] *adv.* 粗枝大葉地, 漫不經心地

négligence [negliʒɑ̃:s] *n.f.* 疏忽, 忽略; 粗枝大葉, 馬虎;【法】失職

négligent, e [negliʒɑ̃, ɑ̃:t] *a.* 疏忽的, 粗心大意的, 漫不經心的. *n.* 粗心大意的人

négliger [negliʒe] *v.t.* [c.2] 疏忽, 忽視; 不關心, 不重視; 錯過(機會等)

négoce [negɔs] *n.m.* 批發交易, 大宗買賣

négociable [negɔsjabl] *a.* 【商】可轉讓的

négociant, e [negɔsjɑ̃, ɑ̃:t] *n.* 批發商, 從事大宗買賣的商人

négociateur, trice [negɔsjatœ:r, tris] *n.* 談判者; 調停人

négociation [negɔsjasjɔ̃] *n.f.* 協商, 談判; (商業票據的)轉讓

négocier [negɔsje] *v.i.* 進行談判, 進行協商; 調解. *v.t.* 商談, 商訂;【商】轉讓

nègre [nɛgr] *n.* (f. *négresse* [negrɛs])【貶】黑人, 黑奴.【俗】代作家寫作的人. (f. *nègre*) 黑人的(指其藝術等)

négrier, ère [negrie, ɛ:r] *a.,n.m.* 販賣黑人的(販子); 販運黑人的(帆船)

négrillon, ne [negrijɔ̃, ɔn] *n.* 黑人孩子

négroïde [negrɔid] *a.* 類似黑人

neige [nɛ:ʒ] *n.f.* 雪; 雪白;【民】可卡因

neiger [ne[ɛ]ʒe] *v.impers.* [c.2]下雪

neigeux, se [nɛʒø, øz] *a.* 積雪的, 被雪覆蓋的

nenni [nani] *adv.* 【俗】不, 不是, 沒有〔用法同 non〕

nénuphar [nenyfa:r] *n.m.* 【植】睡蓮

néo- *préf.* 表示"新"的意思

néo-calédonien, ne [neɔkaledɔnjɛ̃, ɛn] *a.* 新喀里多尼亞島的 *n.* N ∼ -C∼ 新喀里多尼亞島人

néo-colonialisme [neɔkɔlɔnjalism] *n.m.* 新殖民主義

néo-colonialiste [neɔkɔlɔnjalist] *a.* 新殖民主義的 *n.* 新殖民主義者

néodyme [neɔdim] *n.m.* 【化】釹

néo-grec, que [neɔgrɛk] *a.* 現代希臘的

néo-impressionnisme [neɔɛ̃presjɔnism] *n.m.* 【繪畫】新印象派

néo-kantisme [neɔkɑ̃tism] *n.m.* 【哲】新康德主義

néolithique [neɔlitik] *n.m.,a.* 新石器時代(的)

néologisme [neɔlɔʒism] *n.m.* 新詞, 新詞義的使用

néomycine [neɔmisin] *n.f.* 【藥】新黴素

néon [neɔ̃] *n.m.* 【化】氖

néophyte [neɔfit] *n.* 新入教者; 新信徒; 新參加者

néoplasme [neɔplasm] *n.m.* 【醫】贅生物, 腫瘤

néo-réalisme [neɔrealism] *n.m.* 【電影】新現實主義

néo-zélandais, e [neɔzelɑ̃dɛ, ɛːz] *a.* 新西蘭的 *n.* N∼-Z∼ 新西蘭人

népalais, e [nepalɛ, ɛːz] *a.* 尼泊爾的 *n.* N∼ 尼泊爾人

néphrétique [nefretik] *a.* 腎的

néphrite [nefrit] *n.f.* 腎炎

népotisme [nepɔtism] *n.m.* 重用親屬, 任人唯親

Neptune [nɛptyn] *n. pr. m.* 【天】海王星

neptunium [nɛptynjɔm] *n.m.* 【化】錼

Néréide [nereid] *n.pr.f.* 【希神】海中仙女

nerf [nɛːr] *n.m.* 神經; 〖俗〗筋腱; 動力, 要素; 力氣, 精力; (書脊的)緩綾

nerveux, se [nɛrvø, øːz] *a.* 神經的; 神經質的, 易激動的; 強健的; 簡潔有力的

nervosisme [nɛrvozism] *n.m.* 神經系統功能紊亂

nervosité [nɛrvozite] *n.f.* 神經質; 易激動

nervure [nɛrvyːr] *n.f.* (書脊的)肋緣; 【技】肋; 加强肋; 【植】葉脈; 【昆】翅脈

net, te [nɛt] *a.* 乾淨的, 清潔的; 出空的; 清楚的; 明確的; 【商】純的, 淨的 *n.m.* mettre au ∼ 謄清 *adv.* 突然; 坦率地, 明確地

netteté [nɛtte] *n.f.* 清潔, 清楚, 清晰; 明確

nettoyage [nɛtwajaːʒ], **nettoiement** [nɛtwamɑ̃] *n.m.* 打掃; 洗刷

nettoyer [nɛtwaje] *v.t.* [c.3] 打掃, 洗刷; 清除異物; 清洗; 出空; 〖俗〗偷光, 花光, 把⋯一掃光

nettoyeur, se [nɛtwajœːr, øːz] *n.* 清潔工人

neuf [nœf] *a.num.* 九; 第九 *n.m.* 九

neuf, ve [nœf, œːv] *a.* 新的 *n.m.* 新東西

neurasthénie [nørasteni] *n.f.* 神經衰弱; 萎靡不振

neurasthénique [nørastenik] *a.* 神經衰弱的 *n.* 神經衰弱患者

neurologie [nørɔlɔʒi] *n.f.* 神經學; 神經病學

neurologue [nørɔlɔg] *n.* 神經科醫生

neurone [nørɔn] *n.m.* 【醫】神經元

neutralisation [nøtralizasjɔ̃] *n.f.* 中和(作用); 抵消; 【政】中立, 中立化

neutraliser [nøtralize] *v.t.* 【技】中和; 抵消, 使失去作用; 【政】使中立

neutralisme [nøtralism] *n.m.* 中立主義

neutraliste [nøtralist] *a.* 中立的, 中立主義的 *n.* 中立主義者

neutralité [nøtralite] *n.f.* 中立; 【電, 化】中性, 中和

neutre [nøtr] *a.* 中立的; 【化, 物】中性的, 中和的; 【植】無性的; 【語】中性的

n.m. 中立國; 中立者;【語】中性詞

neutron [nøtrɔ̃] *n.m.* 【原子】中子

neuvième [nœvjɛm] *a.num.ord.* 第九 *n.* 第九個 *n.m.* 九分之一

neuvièmement [nœvjɛmmɑ̃] *adv.* 第九

névé [neve] *n.m.* 【地】粒雪, 冰原, 萬年雪

neveu [n(ə)vø] (*pl.* ~x) *n.m.* 侄兒, 外甥

névralgie [nevralʒi] *n.f.* 神經痛

névralgique [nevralʒik] *a.* 神經痛的

névrite [nevrit] *n.f.* 神經炎

névrodermite [nevrɔdɛrmit] *n.f.* 神經性皮炎

névropathe [nevrɔpat] *a.* 神經病的 *n.* 神經病患者

névropathie [nevrɔpati] *n.f.* 神經系統疾病

névrose [nevroːz] *n.f.* 神經(官能)症

névrosé, e [nevroze] *a.* 患神經(官能)症的 *n.* 神經(官能)症患者

newton [nju[œ]tɔ̃] *n.m.* 【物】牛頓(力的單位)

nez [ne] *n.m.* 鼻; 嗅覺; 海岬; 船首;【空】機首

ni [ni] *conj.* 也不

niable [njabl] *a.* 可否定的, 可拒絕的

niais, e [njɛ, ɛz] *a.* 頭腦簡單的, 愚蠢的 *n.* 笨伯, 傻瓜

niaiserie [niezri] *n.f.* 傻, 愚蠢; 瑣事

nicaraguayen, ne [nikaragwajɛ̃, ɛn] *a.* 尼加拉瓜的 *n.* N~ 尼加拉瓜人

niche [niʃ] *n.f.* 戲謔, 玩笑; 壁龕; (狗貓等的)窩

nichée [niʃe] *n.f.* 一窩雛鳥; (一家的)一羣孩子

nicher [niʃe] *v.i.* 作巢, 做窩; 居住 *v.t.* 安放, 安置

nickel [nikɛl] *n.m.* 【化】鎳

nickelage [niklaːʒ] *n.m.* 鍍鎳

nickeler [nikle] *v.t.* [c.5] 鍍鎳

nicotine [nikɔtin] *n.f.* 【化】烟碱, 尼古丁

nid [ni] *n.m.* 巢, 窠, 窩, 穴; 住處

nidifier [nidifje] *v.i.* 營巢, 作窩

nièce [njɛs] *n.f.* 侄女; 外甥女

niellage [njɛlaːʒ] *n.m.* 烏銀鑲嵌

nielle [njɛl] *n.f.* 【植】麥仙翁(屬);【農】小麥綫蟲病 *n.m.* 烏銀鑲嵌裝飾

nieller [nje[ɛ]le] *v.t.* 用烏銀鑲嵌;【農】使感小麥綫蟲病

nielleur [njɛlœːr] *n.m.* 烏銀鑲嵌匠

niellure [njɛ[ɛ]lyːr] *n.f.* 烏銀鑲嵌術; (小麥的)綫虫病害

nier [nje] *v.t.* 否認, 否定

nigaud, e [nigo, oːd] *a.* 傻的, 憨的 *n.* 傻子, 蠢人

nigauderie [nigodri] *n.f.* 傻, 憨; 傻事, 蠢事

nigérian, e [niʒerjɑ̃, an] *a.* 尼日利亞的 *n.* N~ 尼日利亞人

nigérien, ne [niʒerjɛ̃, ɛn] *a.* 尼日爾的 *n.* N~ 尼日爾人

nihilisme [niilism] *n.m.* 虛無主義

nihiliste [niilist] *a.* 虛無主義的 *n.* 虛無主義者

nimbe [nɛ̃ːb] *n.m.* (神像頭上的)光輪, 光環

nimber [nɛ̃be] *v.t.* 給…飾以光輪或光環

nimbus [nɛ̃bys] *n.m.* 【氣】雨雲

niobium [njɔbjɔm] *n.m.* 【化】鈮

nipper [nipe] *v.t.* 〖俗〗給窮衣服

nippes [nip] *n.f.pl.* 破舊衣服

nippon, (n)e [nipɔ̃, ɔn] *a.* 日本的 *n.* N~ 日本人

nique [nik] *n.f.* 蔑視或嘲弄人的手勢

nirvána [nirvana] *n.m.* 【梵】涅槃, 寂滅〔佛教用語〕

nitouche [nituʃ] *n.f.* sainte ~ 〖俗〗偽君子, 虛偽者

nitrate [nitrat] *n.m.* 【化】硝酸鹽

nitre [nitr] *n.m.* 【化】硝石, 硝酸鉀

nitré, e [nitre] *a.* 【化】硝代(了)的; 硝化(了)的

nitreux, se [nitrø, øːz] *a.* 【化】亞硝的

nitrique [nitrik] *a.* acide ∼ 【化】硝酸

nitrogène [nitrɔʒɛn] *n.m.* 【化】氮

nitroglycérine [nitrɔgliserin] *n.f.* 【化】硝化甘油, 甘油三硝酸酯

niveau [nivo] (*pl.* ∼*x*) *n.m.* 水平面, 水準; 水準儀; 水平, 程度, 等級

niveler [nivle] *v.t.* [c.5] 使成水平, 使平坦; 拉平, 使平等;【技】測水準, 測平

niveleur, se [nivlœ:r, ø:z] *n.* 水準測量員 *n.f.* 平路機

nivellement [nivɛlmɑ̃] *n.m.* 【技】測平; 整平; 拉平

nivôse [nivo:z] *n.m.* （法蘭西共和曆的）雪月

nobélium [nɔbeljɔm] *n.m.* 【化】鍩

nobiliaire [nɔbiljɛ:r] *a.* 貴族的

noble [nɔbl] *a.* 貴族的; 高貴的, 高尚的 *n.* 貴族

noblesse [nɔblɛs] *n.f.* 貴族, 貴族階級; 高貴, 高尚

noce [nɔs] *n.f.* 婚禮; 喜酒; 參加婚禮的賓客; *pl.* 結婚

noceur, se [nɔsœ:r, ø:z] *n.* 〖俗〗花天酒地的人

nocif, ve [nɔsif, i:v] *a.* 有害的

nocivite [nɔsivite] *n.f.* 危害性, 害處

noctambule [nɔktɑ̃byl] *a.,n.* 〖俗〗夜間游盪的(人)

nocturne [nɔktyrn] *a.* 夜間的, 夜間活動的 *n.m.* 【樂】夜曲

nodosité [nɔdozite] *n.f.* 結節; 結節狀態

nodule [nɔdyl] *n.m.* 小結節, 小結

Noël [nɔɛl] *n.m.* 【宗】聖誕節

nœud [nø] *n.m.* 結, 扣; 結狀裝飾; 紐帶, 關係; 關鍵, 要害;【劇】症結關鍵;【植】節, 木節;【物】節, 節點;【海】節〔航速單位, =浬/小時〕

noir, e [nwa:r] *a.* 黑的, 黑色的; 黑暗的; 憂鬱的; 可惡的, 罪惡的 *n.* 黑人 *n.m.* 黑色; 黑色衣料; 喪服; 靶心

noirâtre [nwarɑ:tr] *a.* 灰黑色的

noiraud, e [nwaro, o:d] *a.,n.* 黑髮棕膚的(人)

noirceur [nwarsœ:r] *n.f.* 黑; 黑斑; 醜惡, 卑鄙

noircir [nwarsi:r] *v.t.* 使成黑色; 詆毀玷污 *v.i.,v.pr.* 變黑

noircissement [nwarsismɑ̃] *n.m.* 變黑, 弄黑, 染黑

noircissure [nwarsisy:r] *n.f.* 黑斑, 黑點, 污點

noire [nwa:r] *n.f.* 【樂】四分音符

noise [nwa:z] *n.f.* 口角, 爭吵

noisetier [nwaztje] *n.m.* 【植】榛

noisette [nwazɛt] *n.f.* 榛子

noix [nwa[ɑ]] *n.f.* 胡桃, 核桃; 堅果

noliser [nɔlize] *v.t.* 出租(船舶); 租用(船舶)

nom [nɔ̃] *n.m.* 姓名, 名字; 名稱; 稱號; 名譽;【語】名詞

nomade [nɔmad] *a.* 游牧的 *n.* 游牧民族; 游民

nomadisme [nɔmadism] *n.m.* 游牧生活; 流浪生活

nombre [nɔ̃:br] *n.m.* 數, 數目; 多數;【語】數

nombrer [nɔ̃bre] *v.t.* 數, 計數, 計算

nombreux, se [nɔ̃brø, ø:z] *a.* 多的, 許多的, 大量的

nombril [nɔ̃bri] *n.m.* 【解】臍

nomenclature [nɔmɑ̃klaty:r] *n.f.* 專業詞彙

nominal, ale [nɔminal] (*pl.* ∼*aux*) *a.* 名詞的; 指名的; 名義上的;【經】票面的

nominatif, ve [nɔminatif, i:v] *a.* 記名的 *n.m.* 主格

nomination [nɔminɑsjɔ̃] *n.f.* 命名; 任命, 指定

nommément [nɔmemɑ̃] *adv.* 指名地; 特別是

nommer [nɔme] *v.t.* 取名, 命名; 授予稱號; 任命, 指定

non [nɔ̃] *adv.* 不, 不是, 沒有 *n.m.inv.* 不

non-activité [nɔ̃aktivite] *n.f.* （官員等

的)暫不就職; 停職

nonagénaire [nɔnaʒenɛːr] *a.,n.* 九十歲的(人)

non-agression [nɔ̃agresjɔ̃] *n.f.* 不侵犯

non-alignement [nɔ̃aliɲmã] *n.m.* 不結盟

non-belligérance [nɔ̃be[ɛl]liʒerãs] *n.f.* 非交戰狀態

nonce [nɔ̃s] *n.m.* 教廷公使

nonchalamment [nɔ̃ʃalamã] *adv.* 漫不經心地; 懶洋洋地

nonchalance [nɔ̃ʃalãs] *n.f.* 漫不經心; 懶散

nonchalant, e [nɔ̃ʃalã, ãːt] *a.* 漫不經心的; 懶散的

nonciature [nɔ̃sjatyːr] *n.f.* 教廷公使的職務或官邸

non-combattant, e [nɔ̃kɔbatã, ãːt] *a.* 非戰鬥的 *n.* 非戰鬥人員

non-conformiste [nɔ̃kɔ̃fɔrmist] *a.,n.* 不循習俗的(人);非國教的(英國教徒)

non-engagé, e, non engagé, e [nɔ̃ãgaʒe] (*pl.* ～*s*) *a.* 不結盟的 *n.* 不結盟國家

non-exécution [nɔ̃ɛgzekysjɔ̃] *n.f.* 【法】不履行

non-existence [nɔ̃ɛgzistãs] *n.f.* 【哲】不存在, 非存在

non-ingérence [nɔ̃ɛ̃ʒerãs] *n.f.* 不干涉, 不干預

non-intervention [nɔ̃ɛ̃tɛrvãsjɔ̃] *n.f.* 不干涉, 不干預

non-lieu [nɔ̃ljø] (*pl.* ～*x*) *n.m.* 【法】不予起訴

non-moi [nɔ̃mwa] *n.m.* 【哲】非我

nonne [nɔn] *n.f.* 〖謔〗修女

nonnette [nɔnɛt] *v.f.* (加香料的)小圓餅; 一種山雀

nonobstant [nɔnɔpstã] *prép.* 不顧, 儘管, 雖然 *adv.* 然而, 可是, 仍然

non-paiement [nɔ̃pɛmã] *n.m.* 【法】不付款, 拒付

non-prolifération [nɔ̃prɔliferasjɔ̃] *n.f.* (核武器的)防止擴散

non-réussite [nɔ̃reysit] *n.f.* 不成功, 失敗

non-sens [nɔ̃sãs] *n.m.inv.* 荒謬, 無意義

non-valeur [nɔ̃valœːr] 【法】(房屋等的)無收益; 無能的人

non-violence [nɔ̃vjɔlãs] *n.f.* 非暴力主義

nopal [nɔpal] (*pl.* ～*s*) *n.m.* 【植】仙人掌

nord [nɔːr] *n.m.* 北, 北面; le N～ 北方, 北部地區

nord-africain, e [nɔrafrikɛ̃, ɛn] *a.* 北非的 *n.* N～A～ 北非人

nord-américain, e [nɔramerikɛ̃, ɛn] *a.* 北美的 *n.* N～A～ 北美人

nord-est [nɔrɛst] *n.m.* 東北, 東北方; 〖海〗北東; le N～-E～ (國家或地區的)東北部

nordique [nɔrdik] *a.* 北歐的, 北歐民族的 *n.* N～ 北歐人

nord-ouest [nɔrwɛst] *n.m.* 西北; 西北方; 【海】北西; le N～-O～ (國家或地區的)西北部

noria [nɔrja] *n.f.* 戽帶水車

normal, ale [nɔrmal] (*pl.* ～*aux*) *a.* 正常的, 正規的; 普通的; 標準的; 【數】正交的;【化當量的, 正的 *n.f.* 正常, 常態;【數】法綫

normalien, ne [nɔrmaljɛ̃, ɛn] *n.* 巴黎高等師範學校學生; 師範學校學生

normalisation [nɔrmalizasjɔ̃] *n.f.* 標準化, 規格化; 正常化

norme [nɔrm] *n.f.* 規範, 規格, 標準

norvégien, ne [nɔrveʒjɛ̃, ɛn] *a.* 挪威的 *n.* N～ 挪威人 *n.m.* 挪威語

nos 見 notre

nostalgie [nɔstalʒi] *n.f.* 思鄉病; 懷念

nostalgique [nɔstalʒik] *a.* 思鄉的; 懷念的

nota [nɔta], **nota bene** [nɔtabene] *n.m.inv.* 〖拉〗注, 注解, 附注

notabilité [nɔtabilite] *n.f.* 著名;知名人士

notable [nɔtabl] *a.* 顯著的,重要的,顯要的 *n.m.* 顯要人物,知名人士

notaire [nɔtɛːr] *n.m.* 【法】公證人

notairesse [nɔtɛrɛs] *n.f.* 公證人的妻子

notamment [nɔtamɑ̃] *adv.* 特別是,尤其

notarial, ale [nɔtarjal] (*pl.* ～*aux*) *a.* 公證人的

notariat [nɔtarja] *n.m.* 公證人的職務;公證人團體

notarié, e [nɔtarje] *a.* 公證的

notation [nɔtɑsjɔ̃] *n.f.* 標記,符號;標記法;記分,評斷;摘要,記錄

note [nɔt] *n.f.* 標記,記號;注解;按語;摘要,筆記;清單,帳單,通知,照會;分數,評語;【樂】音符

noter [nɔte] *v.t.* 標出;注意;記下;記分,批分數;用音符記下

notice [nɔtis] *n.f.* 概述,提要;說明書

notification [nɔtifikɑsjɔ̃] *n.f.* 【法】通知,通告

notifier [nɔtifje] *v.t.* 通知,通告

notion [nɔsjɔ̃] *n.f.* 觀念,概念;基本知識,常識

notoire [nɔtwaːr] *a.* 衆所週知的

notoriété [nɔtɔrjete] *n.f.* 衆所週知;著名,盛名

notre [nɔtr] (*pl. nos* [no]) *a.poss.* 我們的

nôtre [noːtr] (*pl.* ～*s*) *a.poss.* 我們的 *pron.poss.* 我們的(事物)(與 le, la, les 連用) *n.m.* 我們的東西; *pl.* 我們的人(指親友,夥伴等)

notule [nɔtyl] *n.f.* 小注解,簡短的注釋

nouage [nwaːʒ] *n.m.* 打結

nouba [nuba] *n.f.* 【阿】古時北非的一種軍樂;花天酒地

nouer [nwe] *v.t.* 打結,扎緊;建立,結下(友誼等);策劃(陰謀等) *v.i.* (花木)結實,結果

noueux, se [nwø, øːz] *a.* 多結的,多節瘤的

nougat [nuga] *n.m.* 果仁夾心糖,牛軋糖

nouille [nuj] *n.f.* 麵條〔常用 *pl.*〕;【俗】軟弱無能的人,窩囊廢

nourrice [nuris] *n.f.* 餵奶的母親;奶媽;(發動機的)備用油箱,(鍋爐的)補給水箱

nourricier, ère [nurisje, ɛːr] *a.* 營養的,養育的

nourrir [nuriːr] *v.t.* 餵養,飼養,供給食物;供養,養育;餵奶;提供精神食糧;培養;懷有(希望、仇恨等)

nourrissage [nurisaːʒ] *n.m.* 家畜飼養(法)

nourrissant, e [nurisɑ̃, ɑ̃ːt] *a.* 滋養的,富有營養的

nourrisseur [nurisœːr] *n.m.* 奶牛飼養者,食用家畜飼養者

nourrisson [nurisɔ̃] *n.m.* 乳兒,吃奶嬰兒

nourriture [nurityːr] *n.f.* 飲食,食物;精神食糧

nous [nu] *pron. pers.* 我們,咱們

nouveau [nuvo] 〔在元音或啞音h開頭的陽性單數名詞前用 *nouvel* [nuvɛl](*f.sing. nouvelle* [nuvɛl], *m.pl. nouveaux, f.pl. nouvelles*) *a.* 新的,新到的,生疏的 *n.m.* 新事物,新奇的事 *n.* 新生,新學員 *adv.* 新近,最近; de ～ *loc.adv.* 重又; à ～ *loc.adv.* 重新

nouveau-né, e [nuvone] *a.,n.m.* 新生的(嬰兒)

nouveauté [nuvote] *n.f.* 新奇,新穎;新鮮事物;新書;新產品

nouvelle [nuvɛl] *n.f.* 新聞,消息;短篇小說; *pl.* (個人的)近況

nouvelliste [nuve(ɛ)list] *n.* 短篇小說作家

novateur, trice [nɔvatœːr, tris] *n.* 改革者,革新者 *a.* 革新的

novembre [nɔvɑ̃:br] *n.m.* 十一月

novice [nɔvis] *n.* 新手,無經驗者;初學修士,初學修女 *a.* 無經驗的,不熟練的

noviciat [nɔvisja] *n.m.* 見習期;【宗】初修期

noyade [nwajad] *n.f.* 溺死

noyau [nwajo] (*pl.* ～*x*) *n.m.* 核,果核;核心;(螺旋梯的)中柱

noyautage [nwajota:ʒ] *n.m.* 打進黨派等進行活動

noyauter [nwajote] *v.t.* 打進(黨派等)進行活動

noyer [nwaje] [c.3] *v.t.* 把…淹死,把…溺死;淹沒;攙大量水;使消失 *v.pr.* 淹死,溺死 *n.m.* 胡桃(屬),胡桃木

nu, e [ny] *a.* 裸體的,光禿禿的〔指土地等〕;沒有裝飾的 *n.m.* 希臘字母表中第13個字母 N, ν;裸體畫

nuage [nɥa:ʒ] *n.m.* 雲,陰雲;陰影;憂色

nuageux, se [nɥaʒø,ø:z] *a.* 多雲的,陰雲密佈的;曖昧的,晦澀的

nuance [nɥɑ̃:s] *n.f.* 色調,色彩;細微的差別;【樂】色調變化

nuancer [nɥɑ̃se] *v.t.* [c.1]使逐漸轉彎色調;使產生細微差別

nubile [nybil] *a.* 達到結婚年齡的

nubilité [nybilite] *n.f.* 【法】婚齡

nucléaire [nykleɛ:r] *a.* 原子核的;細胞核的

nucléon [nykleɔ̃] *n.m.* 【原子】核子

nudité [nydite] *n.f.* 裸體;裸露,裸體人像,裸體畫

nue [ny] *n.f.* 雲彩,雲天; tomber des ～s 驚慌失措

nuée [nɥe] *n.f.* 大塊烏雲;大量,大批

nue-propriété [nyprɔpriete] (*pl.* ～*s-*～*s*) *n.f.* 【法】虛有權

nuer [nɥe] *v.t.* 配色,調色

nuire [nɥi:r] *v.i.* [c.59]損害,危害,妨害

nuisible [nɥizibl] *a.* 有害的,有妨害的

nuit [nɥi] *n.f.* 夜;黑暗;知

nuitamment [nɥitamɑ̃] *adv.* 在夜間,夜

裏

nuitée [nɥite] *n.f.* 在旅館度過的一夜

nul, le [nyl] *a.* 無一(人或物),一點沒有,毫無;無價值的;無效的;無能的,無結果的;【數】零的 *pron.indéf.* 沒有一個人

nullité [nylite] *n.f.* 【法】無效;無價值;無能;無能的人

numéraire [nymerɛ:r] *n.m.* 鑄幣,硬幣;鈔票 *a.* 有法定價值的

numéral, ale [nymeral] (*pl.* ～*aux*) *a.* 數字的 *n.m.pl.* 數字,數詞

numérateur [nymeratœ:r] *n.m.* 【數】分子

numération [nymerɑsjɔ̃] *n.f.* 計數,計算法

numérique [nymerik] *a.* 數的,數字的

numéro [nymero] *n.m.* 號碼,編號;(報刊的)期;節目

numérotage [nymerɔta:ʒ] *n.m.* 編號,標號碼

numéroter [nymerɔte] *v.t.* 標號碼,編號碼

numéroteur [nymerɔtœ:r] *n.m.* 號碼機,號碼戳

numismate [nymismat] *n.m.* 古錢學家

numismatique [nymismatik] *n.f.* 古錢學,古代獎章學

nu-propriétaire [nyprɔprietɛ:r] *n.m.* 【法】虛有權所有人

nuptial, ale [nypsjal] (*pl.* ～*aux*) *a.* 婚姻的,婚禮的

nuque [nyk] *n.f.* 【解】項頸

nurse [nœrs] *n.f.* 〔英〕保姆

nutritif, ve [nytritif, iv] *a.* 營養的,富有營養的

nutrition [nytrisjɔ̃] *n.f.* 營養

nylon [nilɔ̃] *n.m.* 錦綸,尼龍

nymphe [nɛ̃f] *n.f.* 【希神】仙女;少女,美女;【解】小陰唇;【昆】蛹;若蟲

nymphéa [nɛ̃fea] *n.m.* 睡蓮

O

O,o [o] *n.m.* 法語字母表中第15個字母

ô [o] *interj.* 哦! 啊! 噢!

oasis [ɔazis] *n.f.* (沙漠中的)綠洲; (不愉快環境中的)慰藉物, 宜人的地方

obédience [ɔbedjɑ̃:s] *n.f.* 順從, 服從

obéir [ɔbei:r] *v.i.* 聽從, 服從

obéissance [ɔbeisɑ̃:s] *n.f.* 聽從, 服從, 順從

obélisque [ɔbelisk] *n.m.* 方尖形的紀念碑

obérer [ɔbere] *v.t.* [c.7] 使負重債, 使負債累累

obèse [ɔbɛ:z] *a.,n.* 異常肥胖的(人)

obésité [ɔbezite] *n.f.* 【醫】肥胖症

obit [ɔbit] *n.m.* 【宗】週年追思禮

objecter [ɔbʒɛkte] *v.t.* 反駁; 提出異議; 以…爲理由反對, 推託

objecteur [ɔbʒɛktœ:r] *n.m.* 反駁者; ~ de conscience 拒服兵役的人

objectif, ve [ɔbʒɛktif, i:v] *a.* 物體的, 客觀的 *n.m.* 物鏡, 鏡頭; 目標, 目的

objection [ɔbʒɛksjɔ̃] *n.f.* 反駁; 異議

objectiver [ɔbʒɛktive] *v.t.* 使客觀化; 體現, 表達

objectivisme [ɔbʒɛktivism] *n.m.* 客觀, 客觀主義

objectiviste [ɔbʒɛktivist] *a.* 客觀主義的 *n.* 客觀主義者

objectivité [ɔbʒɛktivite] *n.f.* 客觀性, 客觀態度

objet [ɔbʒɛ] *n.m.* 物, 物體, 物品; 對象; 意圖, 目的; 【哲】客體; (complément d') ~ 【語】賓語

objurgation [ɔbʒyrgasjɔ̃] *n.f.* 責備, 責難

oblat, e [ɔbla, at] *n.* 獻身修會的俗人

oblation [ɔblasjɔ̃] *n.f.* 祭獻, 供奉; 祭品

obligataire [ɔbligatɛ:r] *n.* 債券持有人

obligation [ɔbligasjɔ̃] *n.f.* 義務, 責任;

必須; 債務, 債券; 恩惠, 恩情

obligatoire [ɔbligatwa:r] *a.* 義務性的; 強制性的, 〖俗〗必然的

obligé, e [ɔbliʒe] *a.* 負有義務的; 必要的, 必然的 *n.* 感恩者, 受恩人

obligeamment [ɔbliʒamɑ̃] *adv.* 親切地, 殷勤地

obligeance [ɔbliʒɑ̃:s] *n.f.* 親切, 殷勤

obligeant, e [ɔbliʒɑ̃, ɑ̃:t] *a.* 親切的, 殷勤的

obliger [ɔbliʒe] *v.t.* [c.2] 使承擔義務; 強迫, 迫使; 施恩, 幫助

oblique [ɔblik] *a.* 斜的, 傾斜的; 間接的 *n.m.* 【解】斜肌 *n.f.* 【數】斜綫

obliquer [ɔblike] *v.i.* 斜行

obliquité [ɔblikɥite] *n.f.* 傾斜

oblitérateur, trice [ɔbliteratœ:r, tris] *a.,n.* 注銷用的(戳子)

oblitération [ɔbliterasjɔ̃] *n.f.* 磨滅, 磨去, (郵票的)蓋戳注銷; 【醫】阻塞, 閉塞

oblitérer [ɔblitere] *v.t.* [c.7] 磨去, 磨掉; 蓋戳注銷(郵票); 【醫】使阻塞, 使閉塞

oblong, ue [ɔblɔ̃, ɔ̃:g] *a.* 長方形的

obole [ɔbɔl] *n.f.* 古希臘錢幣名; 微乎其微的金額

obscène [ɔpsɛn] *a.* 猥褻的, 淫穢的

obscénité [ɔpsenite] *n.f.* 猥褻, 淫穢; 下流的言行, 淫言, 淫畫

obscur, e [ɔpsky:r] *a.* 黑暗的, 陰暗的; 晦澀的, 難懂的; 曖昧的; 不出名的, 默默無聞的

obscurantisme [ɔpskyrɑ̃tism] *n.m.* 矇昧主義

obscurantiste [ɔpskyrɑ̃tist] *a.* 矇昧主義的 *n.* 矇昧主義者

obscurcir [ɔpskyrsi:r] *v.t.* 使黑暗, 使昏暗; 使模糊; 使隱晦, 使難理解

obscurcissement [ɔpskyrsismɑ̃] *n.m.*
使黑暗, 黯然失色; 晦澀

obscurément [ɔpskyremɑ̃] *adv.* 晦澀
地, 含糊其辭地; 默默無聞地

obscurité [ɔpskyrite] *n.f.* 黑暗, 昏暗;
隱晦, 晦澀; 不明白; 默默無聞

obséder [ɔpsede] *v.t.* [c.7] 糾纏; 縈繞
腦際

obsèques [ɔpsɛk] *n.f.pl.* 葬禮, 喪禮

obséquieux, se [ɔpsekjø, øːz] *a.* 卑躬
屈節的, 奉承的, 低聲下氣的

obséquiosité [ɔpsekjozite] *n.f.* 卑躬屈
節, 奉承, 低聲下氣

observable [ɔpsɛrvabl] *a.* 可觀察到的

observance [ɔpsɛrvɑ̃ːs] *n.f.* 遵守, 奉
行; 教規, 戒律; 修會

observateur, trice [ɔpsɛrvatœːr, tris] *n.*
遵守者; 觀察者, 觀測者; 觀察者 *a.*
善于觀察的

observation [ɔpsɛrvasjɔ̃] *n.f.* 遵守; 觀
察, 觀測; 監視; 見解, 指責

observatoire [ɔpsɛrvatwaːr] *n.m.* 天文
台, 氣象台; 觀察所, 瞭望台

observer [ɔpsɛrve] *v.t.* 遵守, 觀察, 觀
測; 監視, 偵察; 注意到 *v.pr.* 檢點, 注
意, 當心 互相點視

obsession [ɔpse(ɛ)sjɔ̃] *n.f.* 糾纏; 縈繞
腦際的念頭;【心】強迫 (觀念)

obstacle [ɔpstakl] *n.m.* 障礙物; 障礙,
妨礙

obstétrique [ɔpstetrik] *a.* 產科的 *n.f.*
產科學

obstination [ɔpstinasjɔ̃] *n.f.* 固執, 頑
固, 倔強

obstiné, e [ɔpstine] *a.* 固執的, 頑固
的; 頑強的 *n.* 固執的人, 頑固的人

obstiner (s') [sɔpstine] *v.pr.* 固執, 執
拗; 堅持不懈

obstructif, ve [ɔpstryktif, iːv] *a.* 引起
梗阻的, 引起阻塞的

obstruction [ɔpstryksjɔ̃] *n.f.* 【醫】梗
阻, 阻塞, 閉塞; (資本主義國家議會中
的) 妨礙議事進程;【體】犯規阻擋

obstructionnisme [ɔpstryksjɔnism]
n.m. 阻撓議事, 故意妨礙議案通過

obstructionniste [ɔpstryksjɔnist] *a.,n.*
阻撓議會進行的 (議員)

obstruer [ɔpstrye] *v.t.* 阻塞, 堵塞; 遮
斷

obtempérer [ɔptɑ̃pere] *v.i.* [c.7] 服從,
遵從

obtenir [ɔptəniːr] *v.t.* [c.16] 取得, 獲
得, 得到

obtention [ɔptɑ̃sjɔ̃] *n.f.* 取得, 獲得, 得
到

obturateur, trice [ɔptyratœːr, tris] *a.*
用以堵塞的 *n.m.* 塞子, 緊塞器; 閥,
活門;【攝】快門

obturation [ɔptyrasjɔ̃] *n.f.* 堵塞, 阻塞,
封閉; (牙的) 充填

obturer [ɔptyre] *v.t.* 堵塞, 阻塞, 封閉;
充填

obtus, e [ɔpty, yːz] *a.* 鈍的; 遲鈍的

obus [ɔby] *n.m.* 炮彈

obusier [ɔbyzje] *n.m.* 榴彈炮

obvier [ɔbvje] *v.i.* 預防, 防止

oc [ɔk] *n.m.* langue d'oc 奥克語〔中世
紀法國盧瓦爾河以南地區方言〕

ocarina [ɔkarina] *n.m.* 〖意〗一種橢圓
形短笛

occasion [ɔka[ɑ]zjɔ̃] *n.f.* 時機, 機會;
動機, 緣由; 情況; d' ~ 舊 (貨) 的

occasionnel, le [ɔka[ɑ]zjɔnɛl] *a.* 偶然
的

occasionner [ɔka[ɑ]zjɔne] *v.t.* 引起,
招致

occident [ɔksidɑ̃] *n.m.* 〖詩〗西, 西方;
O ~ 西歐, 西方 (國家)

occidental, ale [ɔksidɑtal] (*pl.* ~
aux) *a.* 西面的, 西部的, 西方的 *n.*
O ~ 西方人, 西歐人

occidentaliser [ɔksidɑtalize] *v.t.* 西方
化

occipital, ale [ɔksipital] (*pl.* ~ *aux*)
n.m.,a. 【解】枕骨 (的)

occiput [ɔksipyt] *n.m.* 〖拉〗【解】枕 (骨)

部

occire [ɔksiːr] v.t. 〔僅用不定式、過去分詞 occis 及複合時態〕〖俗〗殺死

occlusif, ve [ɔklyzif, iːv] a. 閉塞的 n.f. 【語】塞輔音

occlusion [ɔklyzjɔ̃] n.f. 閉合, 閉塞; 阻塞, 梗阻

occultation [ɔkyltɑsjɔ̃] n.f. 【天】掩; 【技】遮光

occulte [ɔkylt] a. 隱秘的, 隱匿的, 秘密的; 神秘的

occultisme [ɔkyltism] n.m. 秘術, 神秘學

occupant, e [ɔkypɑ̃, ɑ̃ːt] a. 佔有的, 佔用的; 佔領的 n. (場所)佔有者, 佔用者; 佔領者

occupation [ɔkypɑsjɔ̃] n.f. 佔領, 佔據; 佔有, 佔用, 居住; 事務, 工作, 職業

occuper [ɔkype] v.t. 佔領, 佔據, 佔有, 佔用; 佔去(時間); 居住; 使專心於, 使有事幹; 雇用 v.pr. 專心於; 照管, 照料

occurrence [ɔkyrɑ̃ːs] n.f. 情況, 變故

océan [ɔseɑ̃] n.m. 海洋, 大海; 無邊無際

océanide [ɔseanid] n.f. 海洋女神

océanien, ne [ɔseanjɛ̃, ɛn] a. 大洋洲的 n. O～ 大洋洲人

océanique [ɔseanik] a. 海洋的

océanographie [ɔseanɔgrafi] n.f., océanologie [ɔseanɔlɔʒi] n.f. 海洋學

ocelle [ɔsɛl] n.m. 【動】眼狀斑; (昆蟲的)單眼

ocellé, e [ɔse(ɛl)le] a. 具眼狀斑的

ocelot [ɔslo] n.m. 豹貓, 豹貓皮

ocre [ɔkr] n.f. 【礦】赭石 a.inv. 赭石色的

ocré, e [ɔkre] a. 染成赭石色的

ocreux, se [ɔkrø, øːz] a. 赭石質的; 赭石色的

octaèdre [ɔktaɛdr] n.m. 【數】八面體

octane [ɔktan] n.m. 【化】辛烷

octave [ɔktaːv] n.f. 【樂】八度, 八度音; 〖宗〗八日慶期

octavo [ɔktavo] adv. 〖拉〗第八

octobre [ɔktɔbr] n.m. 十月

octogénaire [ɔktɔʒenɛːr] a.,n. 八十歲的(人)

octogonal, ale [ɔktɔgɔnal] (pl. ～aux) a. 八邊形的

octogone [ɔktɔgɔn] n.m. 八邊形

octosyllabe [ɔktɔsiab] a. 八音節的 n.m. 八音節詩句

octosyllabique [ɔktɔsilabik] a. 八音節的

octroi [ɔktrwa] n.m. 給與, 發給, 授予; (舊時的)入市稅; 入市稅徵收處

octroyer [ɔktrwaje] v.t. [c.3] 給與, 發給, 授予

octuple [ɔktypl] a. 八倍的

oculaire [ɔkylɛːr] a. 眼的; 目擊的 n.m. 【光】目鏡

oculiste [ɔkylist] n. 眼科醫生

odalisque [ɔdalisk] n.f. (古代土耳其宮廷中的)女奴, 妾

ode [ɔd] n.f. 頌歌

odeur [ɔdœːr] n.f. 氣味

odieux, se [ɔdjø, øz] a. 令人憎恨的 n.m. 可憎, 可恨

odomètre [ɔdɔmɛtr] n.m. 計步器, 步程計; 里程表, 路碼表

odontalgie [ɔdɔ̃talʒi] n.f. 牙痛

odontalgique [ɔdɔ̃talʒik] a. 牙痛的

odontologie [ɔdɔ̃tɔlɔʒi] n.f. 牙科學

odorant, e [ɔdɔrɑ̃, ɑ̃ːt] a. 有氣味的; 香的, 芬芳的

odorat [ɔdɔra] n.m. 嗅覺

odoriférant, e [ɔdɔriferɑ̃, ɑ̃ːt] a. 有香味的, 芬芳的

odyssée [ɔdise] n.f. 歷險記, 驚險離奇的經歷

œcuménique [ekymenik] a. 【宗】全體的

œdémateux, se [edematø, øːz] a. 【醫】水腫的, 浮腫的

œdème [edɛm] n.m. 【醫】水腫, 浮腫

œil [œj] (pl. yeux [jø]) n.m. 眼, 目; 眼

力;目光,視綫;觀點,看法;孔,眼;【植】
芽眼

œil [œj] (pl. ~s) n.m. 【印】鉛字字面

œillade [œjad] n.f. 眼色,媚眼,秋波

œillère [œjɛ:r] n.f. 洗眼杯;馬眼罩

œillet [œjɛ] n.m. 石竹;扣眼,紐孔;
【機】眼,環

œillette [œjɛt] n.f. 罌粟,罌粟油

œnologie [enɔlɔʒi] n.f. 葡萄酒工藝學

œnométrie [enɔmetri] n.f. 酒度測定
(法)

œsophage [ezɔfa:ʒ] n.m. 【解】食道,食
管

œuf [œf] (pl. ~s [ø]) n.m. 蛋,鷄蛋;
卵,子

œuvre [œ:vr] n.f. 工作;事業,業績;作
品,著作;行爲 n.m. (藝術家的)全部
作品

œuvrer [œvre] v.i. 工作,努力

offense [ɔfɑ̃:s] n.f. 冒犯,觸犯;【法】(對
國家元首的)侮辱

offenser [ɔfɑ̃se] v.t. 冒犯,觸犯,得罪

offenseur [ɔfɑ̃sœ:r] n.m. 冒犯者

offensif, ve [ɔfɑ̃sif, i:v] a. 進攻的,攻擊
的 進攻,攻擊,攻勢

offertoire [ɔfɛrtwa:r] n.m. 【宗】奉獻祭
品禮;奉獻經;奉獻曲

office [ɔfis] n.m. 職務,公職;辦事處,
事務所;祭禮,【宗】日課; bons ~s
善意的幫助;斡旋,調停 n.f. 餐具室

officiel, le [ɔfisjɛl] a. 官方的,正式的
n.m. 官方人士

officier [ɔfisje] v.i. 舉行宗教儀式
n.m. 官吏;軍官;受勳者

officieux, se [ɔfisjø, ø:z] a. 半官方的,
非正式的

officinal, ale [ɔfisinal] (pl. ~aux) a.
藥用的

officine [ɔfisin] n.f. 藥房,配藥室;〖貶〗
窩,窟,場所

offrande [ɔfrɑ̃:d] n.f. 祭獻物,祭品;奉
獻儀式;禮物,捐獻物

offre [ɔfr] n.f. 提出,提供;供給物;供應

offrir [ɔfri:r] vt. [c.11] 贈,送,獻;供給,
提供;呈現出

offset [ɔfsɛt] n.m.,a.inv. 膠版印刷(的)

offusquer [ɔfyske] v.t. 耀眼;惹人討厭

ogival, ale [ɔʒival] (pl. ~aux) a.
【建】尖頂式的,尖的

ogive [ɔʒi:v] n.f. 【建】尖形拱肋,尖形穹
隆;【軍】彈頭

ogre, sse [ɔgr, ɛs] n. (童話中的)吃人
巨妖;食量極大的人

oh! [o] interj. 啊! 哦! 哎呀!

ohé! [ɔe] interj. 喂!

ohm [o:m] n.m. 【電】歐(姆)

ohmmètre [ommɛtr] n.m. 歐姆表,電
阻表

oïdium [ɔidjɔm] n.m. 粉孢菌;由粉孢
菌引起的植物病害

oie [wa] n.f. 鵝,母鵝;〖俗〗傻瓜

oignon [ɔɲɔ̃] n.m. 玉葱,葱頭,洋葱;鱗
莖;脚上的老繭;懷錶

oil [ɔil] n.m. langue d' ~ 奧依語〔中
世紀法國盧瓦爾河以北地區方言〕

oindre [wɛ̃:dr] v.t. [c.51] 擦油,塗油;
【宗】擦聖油

oint, e [wɛ̃, ɛ̃:t] a.,n.m. 【宗】擦過聖油
的(人)

oiseau [wazo] (pl. ~x) n.m. 鳥;〖俗,
貶〗傢伙;【建】灰沙斗

oiseau-mouche [wazomuʃ] (pl. ~x
~s) n.m. 蜂鳥

oiselet [wazlɛ] n.m. 小鳥

oiseleur [wazlœ:r] n.m. 捕鳥者

oiselier, ère [wazlje, ɛ:r] n. 賣鳥者

oisellerie [wazɛlri] n.f. 鳥店,賣鳥業

oiseux, se [wazø,ø:z] a. 無用的,無益
的

oisif, ve [wazif, i:v] a.,n. 游手好閑的
(人)

oisillon [wazijɔ̃] n.m. 雛鳥,小鳥

oisiveté [wazivte] n.f. 游手好閑,無所
事事

oison [wazɔ̃] n.m. 小鵝;〖俗〗傻瓜

O.K.! [okɛ] interj. 〖美,俗〗行! 好! 可以

okoumé [ɔkume] *n.m.* 【植】加蓬櫚，奧庫梅木

oléagineux, se [ɔleaʒinø, ø:z] *a.* 油質的，含油的

oléine [ɔlein] *n.f.* 【化】甘油三油酸酯，油精，三油精

oléoduc [ɔleɔdyk] *n.m.* 輸油管

olfactif, ve [ɔlfaktif, iv] *a.* 嗅覺的

olfaction [ɔlfaksjɔ̃] *n.f.* 嗅覺

olibrius [ɔlibriys] *n.m.* 〔俗〕古怪的人

oligarchie [ɔligarʃi] *n.f.* 寡頭政治；寡頭政治集團

oligopole [ɔligɔpɔl] *n.m.* 壟斷市場

olivaie [ɔlivɛ], **oliveraie** [ɔlivrɛ] *n.f.* 油橄欖園

olivâtre [ɔlivɑ:tr] *a.* 橄欖綠的，暗綠色的

olive [ɔli:v] *n.f.* 油橄欖；橄欖形的東西 *a.inv.* 橄欖綠的，茶青色的

olivette [ɔlivɛt] *n.f.* 油橄欖園；馬奶葡萄

olivier [ɔlivje] *n.m.* 油橄欖樹，油橄欖木

olographe [ɔlɔgraf] *a.* testament ~ 【法】自書遺囑

olympien, ne [ɔlɛ̃pjɛ̃, ɛn] *a.* 奧林匹斯山的，奧林匹斯山諸神的；尊嚴的，威嚴的

olympique [ɔlɛ̃pik] *a.* 奧林匹克運動會的，奧運會的；符合奧運會規定的

ombelle [ɔ̃bɛl] *n.f.* 【植】傘形花序

ombellifères [ɔ̃bɛlifɛ:r] *n.f.pl.* 【植】傘形科

ombilic [ɔ̃bilik] *n.m.* 臍；中心點

ombilical, ale [ɔ̃bilikal] (*p.* ~ *aux*) *a.* 臍的

omble [ɔ̃bl] *n.m.* 紅點鮭魚

ombrage [ɔ̃bra:ʒ] *n.m.* 綠蔭，樹蔭，陰影；懷疑，不安

ombrager [ɔ̃braʒe] *v.t.* [c.2]遮蓋，遮蔽

ombrageux, se [ɔ̃braʒø, øz] *a.* 易驚的〔指牲口〕；多疑的

ombre [ɔ̃br] *n.f.* 影，影子；陰影；陰暗；

黑暗；亡靈，幽靈，幽靈；*pl.* 影子戲

onbrelle [ɔ̃brɛl] *n.f.* 女式小陽傘

ombrer [ɔ̃bre] *v.t.* 畫上陰影

ombreux, se [ɔ̃brø, øz] *a.* 成蔭的，綠蔭如蓋的

oméga [ɔmega] *n.m.* 希臘字母表中第24個字母 Ω, ω

omelette [ɔmlɛt] *n.f.* 炒蛋，攤雞蛋

omettre [ɔmɛtr] *v.t.* [c.45]遺漏，疏忽

omicron [ɔmikrɔ̃] *n.m.* 希臘字母表中第15個字母 O, o

omission [ɔmisjɔ̃] *n.f.* 遺漏，疏忽；省略；漏稅

omnibus [ɔmnibys] *n.m.* （舊時的）四輪公共馬車，老式公共汽車；火車慢車

omnipotence [ɔmnipɔtɑ̃:s] *n.f.* 全能，萬能；絕對權力，全權

omnipotent, e [ɔmnipɔtɑ̃, ɑ̃:t] *a.* 全能的，萬能的；有絕對權力的，全權的

omniscient, e [ɔmnisjɑ̃, ɑ̃:t] *a.* 全知的，無所不知的

omnivore [ɔmnivɔ:r] *a.* 雜食性的

omoplate [ɔmɔplat] *n.f.* 肩胛骨；肩胛

on [ɔ̃] *pron. indéf.* 人們，人家；有人

onagre [ɔnagr] *n.m.* 野驢

once [ɔ:s] *n.f.* 盎司，英兩，啊，微量

oncle [ɔ̃:kl] *n.m.* 伯父，叔父，舅父；姑夫，姨夫

onction [ɔ̃ksjɔ̃] *n.f.* 【宗】擦聖油聖事；柔情

onctueux, se [ɔ̃ktɥø, ø:z] *a.* 油膩的，稠膩的；感人的

onde [ɔ̃:d] *n.f.* 波浪，波狀，波形物；【物】波；〔詩〕水，海水；*pl.* 無綫電廣播

ondé, e [ɔ̃de] *a.* 波狀的，波浪形的

ondée [ɔ̃de] *n.f.* 驟雨，陣雨

ondemètre [ɔ̃dmɛtr] *n.m.* 波長計

on-dit [ɔ̃di] *n.m.inv.* 傳說，謠傳

ondoiement [ɔ̃dwamɑ̃] *n.m.* 波動，起伏

ondoyer [ɔ̃dwaje] *v.i.* [c.3]波動，起伏

ondulation [ɔ̃dylɑsjɔ̃] *n.f.* 水波，波；波動，起伏，波浪形；燙髮

ondulatoire [ɔ̃dylatwaːr] *a.* 波的; 波動的, 脈動的

onduler [ɔ̃dyle] *v.t.* 使成波浪形 *v.i.* 波動, 起伏; 呈波狀

onduleux, se [ɔ̃dylø, øːz] *a.* 波浪形的, 有波紋的; 彎彎曲曲的

onéreux, se [ɔnerø, øːz] *a.* 費錢的

ongle [ɔ̃ːgl] *n.m.* 指甲, 趾甲; 爪

onglé, e [ɔ̃gle] *a.* 有(利)爪的

onglée [ɔ̃gle] *n.f.* 手指凍傷, 手指凍麻木

onglet [ɔ̃glɛ] *n.m.* (裝釘書籍時)粘連插頁用的紙條, 貼邊; (摺刀等上的)指甲槽

onglier [ɔ̃glie] *n.m.* 修指甲用的工具

ongliers [ɔ̃glie] *n.m.pl.* 修指甲剪

onguent [ɔ̃gɑ̃] *n.m.* 軟膏, 膏劑

ongulé, e [ɔ̃gyle] *a.* 有蹄的

oniromancie [ɔnirɔmɑ̃si] *n.f.* 圓夢, 占夢

onomastique [ɔnɔmastik] *n.m.* 人名地名的 *n.f.* 人名地名研究

onomatopée [ɔnɔmatɔpe] *n.f.* 像聲詞, 擬聲詞

ontogenèse [ɔ̃tɔʒnɛːz] *n.f.* 【生】個體發生

ontologie [ɔ̃tɔlɔʒi] *n.f.* 【哲】本體論

O.N.U. [ɔny, ɔeny] *n.f.* 聯合國〔Organisation des Nations Unies 的縮寫〕

onusien, ne [ɔnyzjɛ̃, ɛn] *a.* 聯合國的

onyx [ɔniks] *n.m.* 【礦質】縞瑪瑙

onze [ɔ̃z] *a.num.* 十一; 第十一; 十一; (月份的)十一日; 十一人足球隊

onzième [ɔ̃zjɛm] *a.num.ord.* 第十一 *n.* 第十一個 *n.m.* 十一分之一

oospore [ɔɔspɔːr] *n.f.* 【植】卵孢子

opacifier [ɔpasifje] *v.t.* 使不透明

opacité [ɔpasite] *n.f.* 不透明性; 不透光性; 昏暗

opale [ɔpal] *n.f.* 【礦】乳白石, 蛋白石

opalescence [ɔpalesɑ̃s] *n.f.* 乳色, 乳光

opalescent, e [ɔpalesɑ̃, ɑ̃ːt] *a.* 乳色

的, 乳白的

opalin, e [ɔpalɛ̃, in] *a.* 乳白的, 乳光的

opaque [ɔpak] *a.* 不透明的, 不透光的; 模糊的, 昏暗的

opéra [ɔpera] *n.m.* 歌劇; 歌劇院

opérable [ɔperabl] *a.* 【醫】可動手術的

opéra-comique [ɔperakɔmik] (*pl.* ~s-~s) *n.m.* 喜歌劇

opérateur, trice [ɔperatœːr, tris] *n.* 手術醫生; 操作人員, 攝影師; 放映員

opération [ɔperasjɔ̃] *n.f.* 作用, 動作, 活動; 操作, 工序, 手續; 【數】運算; 【醫】手術; 作戰, 軍事行動; 交易, 營業, 業務

opératoire [ɔperatwaːr] *a.* 手術的; 有效的, 生效

opercule [ɔpɛrkyl] *n.m.* 螺厴, 鳥的鼻口蓋膜, 魚的鰓蓋骨; 蘚蓋, 蒴蓋; (蜂巢的)封蓋

opérer [ɔpere] *v.t.* [c.7]施行, 進行, 實行; 動手術, 開刀 *v.i.* 起作用, 生效

opérette [ɔperɛt] *n.f.* 輕歌劇

ophicléide [ɔfikleid] *n.m.* 【樂】奧斐克來〔U形圓管〕

ophidien, ne [ɔfidjɛ̃, ɛn] *a.* 蛇的; 蛇狀的 *n.m.pl.* 蛇類

ophtalmie [ɔftalmi] *n.f.* 眼炎

ophtalmique [ɔftalmik] *a.* 眼的

ophtalmologie [ɔftalmɔlɔʒi] *n.f.* 眼科學

ophtalmoscope [ɔftalmɔskɔp] *n.m.* 【醫】檢眼鏡

ophtalmoscopie [ɔftalmɔskɔpi] *n.f.* 檢眼鏡檢查(法)

opiacer [ɔpjase] *v.t.* [c.1]加阿片調製

opiner [ɔpine] *v.i.* 發表意見; ~ du bonnet 〖俗〗隨聲附和

opiniâtre [ɔpinjɑːtr] *a.* 固執的, 頑固的, 頑強的

opiniâtrer(s') [sɔpinjɑtre] *v.pr.* 固執, 堅持

opiniâtreté [ɔpinjɑtrəte] *n.f.* 固執, 頑強

opinion [ɔpinjɔ̃] *n.f.* 意見, 見解; 輿論; 評價

opiomane [ɔpiɔman] *n.* 抽鴉片的人, 抽大烟的人

opium [ɔpjɔm] *n.m.* 鴉片, 阿片

opopanax [ɔpɔpanaks] *n.m.* 【藥】卡他夫没藥

opossum [ɔpɔsɔm] *n.m.* 負鼠

opportun, e [ɔpɔrtœ,yn] *a.* 及時的, 合時宜的, 恰好的

opportunément [ɔpɔrtynemɑ̃] *adv.* 及時地, 恰好

opportunisme [ɔpɔrtynism] *n.m.* 機會主義

opportuniste [ɔpɔrtynist] *a.* 機會主義的 *n.* 機會主義者

opportunité [ɔpɔrtynite] *n.f.* 及時, 適時

opposable [ɔpozabl] *a.* 可相對的; 可用來對抗的, 可用來反對的

opposé, e [ɔpoze] *n.m.,a.* 相對 (的); 相反 (的); 對立 (的)

opposer [ɔpoze] *v.t.* 使相對; 用…對抗; 使對比, 使相比較 *v.pr.* 反對; 彼此相反

opposite [ɔpozit] *n.m.* à l' ~ *loc.adv.* 相對, 面對

opposition [ɔpozisjɔ̃] *n.f.* 相對; 對比; 反對, 對立,對抗; 反對派; 阻礙

oppresser [ɔpre[ɛ]se] *v.t.* 使感到氣悶; 使心情沉重

oppresseur [ɔpresœr] *n.m.* 壓迫者

oppressif, ve [ɔpre[ɛ]sif, iːv] *a.* 壓迫的

oppression [ɔpresjɔ̃] *n.f.* 氣悶; 心情沉重; 壓迫

opprimer [ɔprime] *v.t.* 壓迫, 壓制

opprobre [ɔprɔbr] *n.m.* 恥辱, 不名譽

optatif, ve [ɔptatif, iːv] 【語】*a.* 表示願望的 *n.m.* 祈願式

opter [ɔpte] *v.i.* 抉擇, 選擇, 選定

opticien [ɔptisjɛ̃] *n.m.* 光學儀器商; 光學儀器製造者

optimisme [ɔptimism] *n.m.* 樂觀主義; 樂觀

optimiste [ɔptimist] *a.* 樂觀主義的, 樂觀的 *n.* 樂觀主義者, 樂觀的人

option [ɔpsjɔ̃] *n.f.* 抉擇, 選擇; 【法】選擇權

optique [ɔptik] *a.* 視覺的, 視力的; 光學的 *n.f.* 光學

optométrie [ɔptɔmetri] *n.f.* 視力測定, 驗光

opulence [ɔpylɑ̃ːs] *n.f.* 富裕

opulent, e [ɔpylɑ̃, ɑ̃ːt] *a.* 非常富裕的

opuscule [ɔpyskyl] *n.m.* (科學、文學的)小作品, 小册子

or [ɔːr] *n.m.* 金, 黃金; 金幣; 財富; 金黃色 *conj.* 然而, 既然

oracle [ɔrɑːkl] *n.m.* 神諭; 降諭的神; 權威性決斷; 權威人物

orage [ɔraːʒ] *n.m.* 暴風雨; 騷亂, 動亂; 激動

orageux, se [ɔraʒø, øːz] *a.* 暴風雨的; 騷亂的

oraison [ɔrɛzɔ̃] *n.f.* 禱告

oral, ale [ɔral] (*pl.* ~aux) *a.* 口頭的, 口述的; 口腔的 *n.m.* 口試

orange [ɔrɑ̃ːʒ] *n.f.* 柑橘, 橙 *n.m.,a.inv.* 橘黃色(的), 橙色(的)

orangé, e [ɔrɑ̃ʒe] *a.* 橘黃色的, 橙色的

orangeade [ɔrɑ̃ʒad] *n.f.* 橘子水, 橙汁

oranger [ɔrɑ̃ʒe] *n.m.* 柑橘樹, 橙樹

orangeraie [ɔrɑ̃ʒrɛ] *n.f.* 柑橘園, 橙園

orangerie [ɔrɑ̃ʒri] *n.f.* 栽培柑橘的溫室

orang-outan(g) [ɔrɑ̃utɑ̃] (*pl.* ~s-~s) *n.m.* 猩猩

orateur [ɔratœːr] *n.m.* 演說家, 演講者; 有口才的人

oratoire [ɔratwaːr] *a.* 演說的, 演說家的 *n.m.* 祈禱室, 小禮拜堂

oratorio [ɔratɔrjo] *n.m.* 清唱劇

orbe [ɔrb] *n.m.* 【詩】天體, 星球

orbiculaire [ɔrbikylɛːr] *a.* 環形的; 【解】輪匝肌的

orbitaire [ɔrbitɛːr] *a.* 眼眶的

orbital, ale [ɔrbital] (*pl.* ~aux) *a.*

軌道的

orbite [ɔrbit] *n.f.* 軌道；眼眶

orchestral, ale [ɔrkɛstral] (*pl.* ～*aux*) *a.* 管弦樂的

orchestration [ɔrkɛstrasjɔ̃] *n.f.* 管弦樂法，配器法；配器

orchestre [ɔrkɛstr] *n.m.* 管弦樂隊；樂隊席；正廳前座

orchestrer [ɔrkɛstre] *v.t.* 把…改編成管弦樂

orchidée [ɔrkide] *n.f.* 蘭科植物，蘭

ordalie [ɔrdali] *n.f.* 神意裁判

ordinaire [ɔrdinɛːr] *a.* 普通的，通常的，慣常的；平常的 *n.m.* 普通；平常；家常飯菜；【軍】伙食團

ordinal, ale [ɔrdinal] (*pl.* ～*aux*) *a.* 表示順序的

ordinateur [ɔrdinatœːr] *n.m.* 數字電子計算機

ordination [ɔrdinɑsjɔ̃] *n.f.* 【數】按順序的排列；(數字電子計算機的)程序運算；【宗】聖職授任(禮)

ordonnance [ɔrdɔnɑ̃s] *n.f.* 排列，佈局；法令，條例；醫囑，藥方

ordonnancement [ɔrdɔnɑ̃smɑ̃] *n.m.* (國家預算的)撥款手續

ordonnancer [ɔrdɔnɑ̃se] *v.t.* [c.1] 簽發國家預算的撥款命令

ordonnateur, trice [ɔrdɔnatœːr, tris] *n.* 安排者，組織者

ordonné, e [ɔrdɔne] *a.* 整齊的，有條理的

ordonnée [ɔrdɔne] *n.f.* 【數】縱坐標

ordonner [ɔrdɔne] *v.t.* 整理，安排；命令；開藥方；【宗】授聖職

ordre [ɔrdr] *n.m.* 順序，次序；秩序；【軍】隊形，序列；條理；門類，範疇；等級；命令；勛位；定貨通知；目〔生物分類名稱〕；【建】柱型；【宗】修會

ordure [ɔrdyːr] *n.f.* 糞便；污物，垃圾；下流話，下流行為

ordurier, ère [ɔrdyrje, ɛːr] *a.* 下流的，淫穢的

orée [ɔre] *n.f.* 森林的邊緣

oreille [ɔrɛj] *n.f.* 耳朵；聽覺；耳狀物，(容器兩側的)耳子

oreiller [ɔreje] *n.m.* 枕頭

oreillette [ɔrɛjɛt] *n.f.* 【解】心房

oreillons [ɔrɛjɔ̃] *n.m.pl.* 流行性腮腺炎，痄腮

ores [ɔr] *adv.* d'～et déjà [dɔrze-deʒa] *loc.adv.* 從現在起，今後

orfèvre [ɔrfɛːvr] *n.m.* 金銀匠，金銀器商人

orfèvrerie [ɔrfɛvrəri] *n.f.* 金銀匠的技藝；金銀製品；金銀器；金銀器業

orfraie [ɔrfrɛ] *n.f.* 白尾海鵰

organdi [ɔrgɑ̃di] *n.m.* 【紡】蟬翼紗

organe [ɔrgan] *n.m.* 器官；嗓子；喉舌；機關報；機關，機構，機件，裝置；工具，手段

organique [ɔrganik] *a.* 器官的；有機的

organisateur, trice [ɔrganizatœːr, tris] *a.* 組織的 *n.* 組織者 *n.m.* 【胚胎學】組織導體，形成體

organisation [ɔrganizasjɔ̃] *n.f.* (生物的)構造，結構；組織；編制

organiser [ɔrganize] *v.t.* 組織；安排；籌備

organisme [ɔrganism] *n.m.* 機體；組織，機構

organiste [ɔrganist] *n.* 管風琴演奏者

orge [ɔrʒ] *n.f.* 大麥；大麥粒

orgeat [ɔrʒa] *n.m.* 巴旦杏仁糖水

orgelet [ɔrʒəlɛ] *n.m.* 【醫】麥粒腫，針眼

orgiaque [ɔrʒjak] *a.* 狂歡的，飲酒縱樂的

orgie [ɔrʒi] *n.f.* 狂飲，狂歡；狂歡的酒席

orgue [ɔrg] *n.m.* 管風琴〔有時用 *n.f.pl.* 指一件樂器〕

orgueil [ɔrgœj] *n.m.* 驕傲；自尊

orgueilleux, se [ɔrgœjø, øz] *a.,n.* 驕傲的(人)

orient [ɔrjɑ̃] *n.m.* 〖詩〗東方；(珍珠的)

光澤; O～ 東方(國家)

oriental, ale [ɔrjɑ̃tal] (pl. ～aux) a. 東方(國家)的 n. O～ 東方人

orientalisme [ɔrjɑ̃talism] n.m. 東方學; 東方風格

orientaliste [ɔrjɑ̃talist] n. 東方學者; 東方風物畫家

orientation [ɔrjɑ̃tasjɔ̃] n.f. 定向, 定位; 方位; 方針; 指明方向, 指導

orienter [ɔrjɑ̃te] v.t. 爲…定方向, 爲…定方位; 指導, 指引, 指點方向 p.pr. 定方位; 走向; 指向, 面向

orifice [ɔrifis] n.m. 口子, 開口, 孔

oriflamme [ɔrifla[ɑ:]m] n.f. (古代)法國方形王旗; 焰形裝飾旗

originaire [ɔriʒinɛːr] a. 原產於…的, 原始的, 原來的

original, ale [ɔriʒinal] (pl. ～aux) a. 原始的; 原文的; 獨創的; 創新的; 古怪的 n.m. 原文; 原本 n. 古怪的人

originalité [ɔriʒinalite] n.f. 獨創性; 新穎; 古怪

origine [ɔriʒin] n.f. 起源, 來源; 原因, 起因; 出身; 產地

originel, le [ɔriʒinɛl] a. 原始的, 最初的, 原來的

orignal, le [ɔriɲal] (pl. ～aux) n.m. 北美麋, 北美駝鹿

orin [ɔrɛ̃] n.m. 【海】浮標索

oripeau [ɔripo] (pl. ～x) n.m. 銅箔; (用假金或假銀製的)織物, 飾物; pl. 華麗俗氣的舊衣服

orlon [ɔrlɔ̃] n.m. 【紡】奧綸

orme [ɔrm] n.m. 榆樹

ormeau [ɔrmo] (pl. ～x) n.m. 小榆樹

orne [ɔrn] n.m. 花白蠟樹

ornemaniste [ɔrnəmanist] n. (建築上的)裝飾藝術家, 裝潢工

ornement [ɔrnəmɑ̃] n.m. 裝飾, 裝潢, 裝飾品; 榮耀; 【樂】裝飾音

ornemental, ale [ɔrnəmɑ̃tal] (pl. ～aux) a. 裝飾性的, 裝飾用的

ornementation [ɔrnəmɑ̃tasjɔ̃] n.f. 裝飾; 裝飾術

ornementer [ɔrnəmɑ̃te] v.t. 裝飾

orner [ɔrne] v.t. 裝飾, 點綴; 增添光彩, 充實

ornière [ɔrnjɛːr] n.f. 車轍; 常規

ornithologie [ɔrnitɔlɔʒi] n.f. 鳥類學

ornithologiste [ɔrnitɔlɔʒist], **ornithologue** [ɔrnitɔlɔg] n. 鳥類學家

ornithorynque [ɔrnitɔrɛ̃k] n.m. 鴨嘴獸, 鴨獺

orographie [ɔrɔgrafi] n.f. 山誌學, 山岳形態學

oronge [ɔrɔ̃:ʒ] n.f. 【植】(食用)紅鵝膏

orpailleur [ɔrpajœːr] n.m. 淘金者

orphelin, e [ɔrfəlɛ̃, in] n.,a. 孤兒(的)

orphelinat [ɔrfəlina] n.m. 孤兒院

orphéon [ɔrfeɔ̃] n.m. 合唱團〔一般指男聲〕

orphéoniste [ɔrfeɔnist] n. 合唱團團員

orteil [ɔrtɛj] n.m. 脚趾

orthodoxe [ɔrtɔdɔks] a. 正統派的, 東正教的; 正統的, 傳統的

orthodoxie [ɔrtɔdɔksi] n.f. 正統觀念, 正統性

orthodromie [ɔrtɔdrɔmi] n.f. 【空, 海】大圓圈綫, 大圓航綫

orthogonal, ale [ɔrtɔgɔnal] (pl. ～aux) a. 【數】正交的, 直交的

orthographe [ɔrtɔgraf] n.f. 正字法; 綴字法, 拼寫法

orthographier [ɔrtɔgrafje] v.t. 拼寫, 綴字

orthographique [ɔrtɔgrafik] a. 正字法的, 綴字法的

orthopédie [ɔrtɔpedi] n.f. 矯形外科學

orthopédique [ɔrtɔpedik] a. 矯形外科的

orthopédiste [ɔrtɔpedist] n.,a. 矯形外科醫生(的)

orthoptères [ɔrtɔptɛːr] n.m.pl. 【昆】直翅目

ortie [ɔrti] n.f. 蕁蔴

ortolan [ɔrtɔlɑ̃] *n.m.* 【鳥】雪鵐

orvet [ɔrvɛ] *n.m.* 【動】脆蛇蜴〔俗稱玻璃蛇〕

orviétan [ɔrvjetɑ̃] *n.m.* 江湖醫生賣的藥

os [ɔs] (*pl.* **os** [o]) *n.m.* 骨,骨頭

oscillation [ɔsilasjɔ̃] *n.f.* 擺動,振動,振盪;變動

oscillatoire [ɔsilatwɑːr] *a.* 擺動的,振動的,振盪的

osciller [ɔsile] *v.i.* 擺動,振動;猶豫,動搖

oscillographe [ɔsilɔgraf] *n.m.* 【電】示波器

oscula*teur*, *trice* [ɔskylatœːr, tris] *a.* 【數】密切的

osé, e [oze] *a.* 大膽的;放肆的

oseille [ozɛj] *n.f.* 【植】酸模;〔民〕錢

oser [oze] *v.t.* 敢,敢於;膽敢

oseraie [ozrɛ] *n.f.* 柳園,柳林

osier [ozje] *n.m.* 【植】爆竹柳

osmium [ɔsmjɔm] *n.m.* 【化】鋨

osmose [ɔsmoːz] *n.f.* 【物】滲透(現象);互相滲透,互相影響

ossature [ɔsatyːr] *n.f.* 骨骼;骨架;骨幹

osselet [ɔslɛ] *n m.* 【解】小骨;【獸醫】(馬的)腕部骨瘤

ossements [ɔsmɑ̃] *n.m.pl.* 骸骨,枯骨

osseux, se [ɔsø, øːz] *a.* 骨的;骨骼粗大的

ossification [ɔsifikasjɔ̃] *n.f.* 【組織學】骨化

ossifier [ɔsifje] *v.t.* 使骨化

ossuaire [ɔsɥɛːr] *n.m.* 骸骨堆;骸骨集中埋葬地,萬人坑

ostéite [ɔsteit] *n.f.* 骨炎

ostensible [ɔstɑ̃sibl] *a.* 不加掩飾的,露骨的

ostentation [ɔstɑ̃tasjɔ̃] *n.f.* 誇耀,炫耀,賣弄

ostéologie [ɔsteɔlɔʒi] *n.f.* 【解】骨學

ostéoplastie [ɔsteɔplasti] *n.f.* 【醫】骨形成術

ostracisme [ɔstrasism] *n.m.* 貝殼流放;逐出,排斥

ostréicole [ɔstreikɔl] *a.* 牡蠣養殖的

ostréicul*teur*, *trice* [ɔstreikyltœːr, tris] *n.* 牡蠣養殖者

ostréiculture [ɔstreikyltyːr] *n.f.* 牡蠣養殖

otage [ɔtaːʒ] *n.m.* 人質

otalgie [ɔtalʒi] *n.f.* 【醫】耳痛

O.T.A.N. [ɔtɑ̃, ɔtan] *n.f.* 北大西洋公約組織〔Organisation du Traité de l'Atlantique Nord 的缩写〕

otarie [ɔtari] *n.f.* 海狗

ôter [ote] *v.t.* 拿走,帶走;脫掉;去除,減去;奪去 *v.pr.* 離開,走開

otite [ɔtit] *n.f.* 【醫】耳炎

oto-thino-laryngologie [ɔtɔrinɔlarɛ̃gɔlɔʒi] *n.f.* 耳鼻喉科學

oto-rhino-laryngologiste [ɔtɔrinɔlarɛ̃gɔlɔʒist], **oto-rhino** [ɔtɔrino] *n.* 耳鼻喉科醫生

ottoman, e [ɔtɔmã, an] *a.* 奧斯曼王朝的 *n.* O ~ 奧斯曼土耳其人 *n.f.* 一種無靠背的長沙發

ou [u] *conj.* 或,或者;即,就是

où [u] *adv. interr.* 在哪兒,哪兒 *adv., pron. rel., adv. rel.* 在那裏,那兒

ouailles [wɑj] *n.f.pl.* (基督教)教徒,信徒

ouais! [wɛ] *interj.* 唷! 哦!〔表示譏諷〕

ouate [wat] *n.f.* 棉絮,填絮;醫用棉

ouater [wate] *v.t.* 給…絮棉花

ouatine [watin] *n.f.* 襯絨,長毛絨布

ouatiner [watine] *v.t.* 給(衣服)裝襯絨裏兒

oubli [ubli] *n.m.* 遺忘,忘卻;疏忽

oublier [ublie] *v.t.* 忘記,忘卻;疏忽 *v.pr.* 忘掉自己,忘我

oubliette [ubliet] *n.f.* 地牢

oublieux, se [ubliø,øːz] *a.* 健忘的,易忘的

oued [wɛd] (*pl.* ~ **s**) *n.m.* 〔阿〕【北非】乾涸河

ouest [wɛst] *n.m.* 西，西面；l'O ～
西方，西部地區

ouf! [uf] *interj.* 喔唷!

oui [wi] *adv.* 是，是的，對

oui-dire [widiːr] *n.m.inv.* 傳說，傳聞

ouïe [wi] *n.f.* 聽覺；*pl.* 魚鰓孔，(小提
琴的)音孔

ouïr [wiːr] *v.t.* 〔現僅用不定式、過去分
詞及複合時態〕聽，聽到

ouistiti [wistiti] *n.m.* (南美洲產)狨猴

ouragan [uragā] *n.m.* 颶風；暴風雨

ourdir [urdiːr] *v.t.* 【紡】整經；策劃

ourdissage [urdisaːʒ] *n.m.* 【紡】整經

ourdisseur, se [urdisœːr, øːz] *n.* 整經
工

ourdissoir [urdiswaːr] *n.m.* 整經機

ourler [urle] *v.t.* 緣邊

ourlet [urlε] *n.m.* 摺邊，捲邊

ours [urs] *n.m.* 熊；孤僻的人

ourse [urs] *n.f.* 母熊

oursin [ursε̃] *n.m.* 【動】海膽

ourson [ursɔ̃] *n.m.* 小熊

oust(e)! [ust] *interj.* 〖俗〗快! 趕快!

outarde [utard] *n.f.* 【鳥】大鴇

outil [uti] *n.m.* 工具，用具

outillage [utijaːʒ] *n.m.* 成套工具，成套
用具；工具車間

outiller [utije] *v.t.* 配備工具；使具備必
要的物質條件

outrage [utraːʒ] *n.m.* 侮辱，凌辱

outrager [utraʒe] *v.t.* [c.2]侮辱，凌辱；
違反

outrance [utrɑ̃ːs] *n.f.* 誇張；極度，過分

outrancier, ère [utrɑ̃sje, εːr] *a.* 極端
的，過激的

outre [utr] *prép.* 在…之外；除…之外
adv. passer ～ 不理會 *n.f.* (盛液
體用的)羊皮袋

outré, s [utre] *a.* 過分的，極度的；憤慨
的，憤怒的

outrecuidance [utrəkɥidɑ̃ːs] *n.f.* 自負，
自大；傲慢

outrecuidant, e [utrəkɥidɑ̃, ɑ̃ːt] *a.* 自

負的，自大的；傲慢的

outremer [utrəmεːr] *n.m.* 【礦】天青石，
雜青金石；羣青

outre-mer [utrəmεːr] *loc.adv.* 海外

outrepasser [utrəpɑse] *v.t.* 越出，超越

outrer [utre] *v.t.* 誇張，誇大；使憤慨

outre-tombe [utrətɔ̃ːb] *loc.adv.* 死後，
九泉之下

outsider [awtsajdœːr, utsidεːr] *n.m.*
〖英〗很少獲勝機會的賽馬或選手

ouvert, e [uvεːr, εrt] *a.* 開着的，張開
的；開放的；寬廣的；不設防的；坦率的，
公開的；【體】勝負難分的

ouverture [uvεrtyːr] *n.f.* 打開，開放；開
始；開口，洞口；【樂】序曲；*pl.* 提議，建
議

ouvrable [uvrabl] *a.* jour ～ 工作日

ouvrage [uvraːʒ] *n.m.* 工作，勞動；工藝
品，作品；工程，工事

ouvrager [uvraʒe] *v.t.* [c.2]精雕細琢

ouvrer [uvre] *v.i.* 工作，幹活 *v.t.* 加
工

ouvreur, se [uvrœːr, øːz] *n.* 【紡】開棉
工，開毛工 *n.f.* (影劇院的)女引座
員；開棉機，開毛機

ouvrier, ère [uvrie, εːr] *n.,a.* 工人(的)
n.f. 工蜂

ouvrir [uvriːr] [c.11] *v.t.* 開，打開；張
開；開關；開始 *v.i.,v.pr.* 開，開啟；開
放；開始

ouvroir [uvrwaːr] *n.m.* 縫紉工場

ovaire [ovεːr] *n.m.* 【解】卵巢；【植】子房

ovale [ɔval] *n.m.,a.* 卵形(的)，橢圓形
(的)

ovaliser [ɔvalize] *v.t.* 使成卵形，使成
橢圓形

ovarien, ne [ɔvarjε̃, εn] *a.* 【解】卵巢的

ovation [ɔvɑsjɔ̃] *n.f.* 歡呼，喝彩

ove [ɔːv] *n.m.* 【建】卵飾，饅形飾

oviducte [ɔvidykt] *n.m.* 【解】輸卵管

ovin, e [ɔvε̃, in] *a.* 羊類的，羊的

ovinés [ɔvine] *n.m.pl.* 【動】羊科

ovipare [ɔvipaːr] *a.* 【動】卵生的

ovoïde [ɔvɔid] *a.* 卵球形的, 蛋形的

ovule [ɔvyl] *n.m.* 【生】卵子;【植】胚珠

oxalide [ɔksalid] *n.f.*, **oxalis** [ɔksalis] *n.m.* 酢漿草

oxford [ɔksfɔrd] *n.m.* 牛津(襯衫)布; 條格竹布

oxhydrique [ɔksidrik] *a.* 氫氧混合的

oxydation [ɔksidɑsjɔ̃] *n.f.* 氧化(作用)

oxyde [ɔksid] *n.m.* 氧化物

oxyder [ɔkside] *v.t.* 氧化

oxygénation [ɔksizenɑsjɔ̃] *n.f.* 氧合作用; 給氧, 充氧

oxygène [ɔksizɛn] *n.m.* 【化】氧

oxygéner [ɔksizene] *v.t.* [c.7] 氧化

oxyure [ɔksjyr] *n.m.* 蟯蟲

ozone [ozon] *n.m.* 【化】臭氧

ozonisation [ozonizɑsjɔ̃] *n.f.* 臭氧化(作用); 臭氧處理

ozoniser [ozonize] *v.t.* 臭氧化

P

P, p [pe] *n.m.* 法語字母表中第16個字母

pacage [pakaʒ] *n.m.* 牧場

pacha [paʃa] *n.m.* 帕夏(穆斯林國家的總督);【俗】戰艦司令員

pachydermes [paʃ[k]idɛrm] *n.m.pl.* 厚皮動物

pacificateur, trice [pasifikatœr, tris] *a.* 綏靖的, 安撫的 *n.* 綏靖者, 安撫者

pacification [pasifikɑsjɔ̃] *n.f.* 綏靖, 安撫; 安定

pacifier [pasifje] *v.t.* 綏靖, 安撫, 安定

pacifique [pasifik] *a.* 愛好和平的; 太平的, 和平的

pacifisme [pasifism] *n.m.* 和平主義

pacifiste [pasifist] *a.* 和平主義的 *n.* 和平主義者

pacotille [pakɔtij] *n.f.* 船員或旅客免費攜帶的少量商品; 劣貨, 次貨

pacte [pakt] *n.m.* 公約, 協約

pactiser [paktize] *v.i.* 締約; 妥協

pactole [paktɔl] *n.m.* 財源

paddock [padɔk] *n.m.* 【英】遛馬場; (馬的)種畜場

paf! [paf] *interj.* 啪!

pagaie [pagɛ] *n.f.* 短槳

pagaie, pagaille, pagaye [pagaj] *n.f.* 【俗】混亂, 紊亂

paganiser [paganize] *v.t.* 使成爲異教徒

paganisme [paganism] *n.m.* 異教

pagayer [pagɛje] [c.4] *v.i.* 盪槳 *v.t.* 划(船)

pagayeur, se [pagɛjœr, øz] *n.* 划船者

page [paʒ] *n.f.* 頁, 面, 張; 一頁的内容; 篇章 *n.m.* (封建領主的)青年侍從

pagination [paʒinɑsjɔ̃] *n.f.* 編頁碼, 頁碼

paginer [paʒine] *v.t.* 編頁碼

pagne [paɲ] *n.m.* (非洲人等用的)纏腰布

pagode [pagɔd] *n.f.* 塔, 寶塔

paie [pɛ], **paye** [pɛj] *n.f.* 軍餉, 工資; 支付

paiement [pɛmɑ̃], **payement** [pɛjmɑ̃] *n.m.* 支付; 支付額, 所付款項

païen, ne [pajɛ̃, ɛn] *a.* 異教的 *n.* 異教徒

paillard, e [pajar, ard] *a.* 淫蕩的, 下流的 *n.* 淫蕩者, 蕩婦

paillardise [pajardiz] *n.f.* 淫蕩; 下流的言行

paillasse [pɑ[ɑ]jas] *n.f.* 草褥, 草薦

paillasse [pajas] *n.m.* (集市戲班的)小丑

paillasson [pɑ[ɑ]jasɔ̃] *n.m.* 覆蓋植物用的草簾; 擦鞋墊; 草帽總, 草帽

paillassonner [pajasɔne] *v.t.* 【農】用

草簾覆蓋

paille [pɑj] *n. f.* 稻草,麥程;瑕疵,鐵鏽
a. inv. 淡黃色的

paille-en-queue [pɑjɑ̃køə] (*pl.* ～*s*-～
-～) *n. m.* 鸇

pailler [pɑje] *n. m.* 稻草堆,麥程堆;堆
稻草,穀物的場地 *v. t.* 用稻草填塞,
覆蓋或包扎

pailleter [pajte] *v. t.* [c. 5] 用閃光片
裝飾;撒以閃光片

paillette [pajεt] *n. f.* (金屬、玻璃等的)
閃光片,閃光片狀礦石

paillis [pa[ɑ]ji] *n. m.* 土上薄層覆蓋層〔草
或廐肥〕

paillon [pa[ɑ]jɔ̃] *n. m.* 大閃光(金屬)
片;包玻璃瓶的草包;【技】錫焊片

paillote [pa[ɑ]jɔt] *n. f.* 熱帶地方的茅
舍

pain [pɛ̃] *n. m.* 麵包;生計;(用麵包屑
做成的)糕點;塊狀物

pair, e [pε:r] *a.* 偶數的;成對的　*n. m.*
身份相同的人,同輩;大臣,廷臣;法國
1815～1848 年貴族院議員,英國貴族院
議員;有價證券的票面價值,平價;
hors de ～ 獨一無二的,無與倫比的

paire [pε:r] *n. f.* 一雙,一對;一副,一把
〔指眼鏡、剪刀等〕

pairesse [pεrεs] *n. f.* 女貴族;貴族院
議員夫人

pairie [pe[ε]ri] *n. f.* 貴族爵位;貴族的
領地;貴族院議員稱號

paisible [pe[ε]zibl] *a.* 溫和的,安詳的;
寧靜的,平靜的

paitre [pεtr] [c. 70] 〔無簡單過去時,虛
擬式未完成過去時及過去分詞〕 *v. t.*
放牧;吃(草等) *v. i.* 吃草

paix [pε] *n. f.* 和平,和約;和睦,和好;和約;
安靜,寧靜;安心,安寧　*interj.* La
～! 安靜些!

pakistanais, e [pakistanε, εz] *a.* 巴基
斯坦的　*n.* P～ 巴基斯坦人

pal [pal] (*pl.* ～*s*) *n. m.* 尖頭木椿;木
椿刑

palabre [palabr] *n. m.* 或 *n. f.* 無休
止的討論,沒完沒了的扯談

palabrer [palabre] *v. i.* 無休止地討論,
沒完沒了地扯談

palace [palas] *n. m.* 【英】豪華的大廈

paladin [paladɛ̃] *n. m.* 查理曼大帝的
十二武士之一;(中世紀)浪游騎士,游
俠;勇士

palafitte [palafit] *n. m.* 史前時代築在
湖上的住屋

palais [palε] *n. m.* 宮殿,皇宮;宮邸;豪
華的大廈;【解】腭;味覺

palan [palɑ̃] *n. m.* 【機】複滑車

palanquin [palɑ̃kɛ̃] *n. m.* (亞洲國家
的)轎子,肩輿

palat*al*, ale [palatal] (*pl.* ～ *aux*) *a.*
腭的;腭音的

palatin, e [palatɛ̃, in] *a.* 有王權的;授
有宮內官職的

pale [pal] *n. f.* 槳板;(船的)明輪槳板;
(螺旋槳)葉片;閘門,閥門

pâle [pɑ:l] *a.* 蒼白的,無血色的;淡色
的;暗淡的

palefrenier [palfrənje] *n. m.* 馬夫,飼
馬員

palefroi [palfrwa[ɑ]] *n. m.* 中世紀君主
等乘騎的馬

paléographe [paleɔgraf] *n.* 古文字學
者　*a.* 古文字學的

paléographie [paleɔgrafi] *n. f.* 古文字
學

paléolithique [paleɔlitik] *n. m., a.* 舊
石器時代的(的)

paléontologie [paleɔ̃tɔlɔʒi] *n. f.* 古生
物學

paléontologiste [paleɔ̃tɔlɔʒist] *n.* 古
生物學者

palestinien, ne [palεstinjɛ̃, εn] *a.* 巴
勒斯坦的　*n.* P～ 巴勒斯坦人

palestre [palεstr] *n. f.* (古希臘的)體育
場,角力場;體操,角力

palet [palε] *n. m.* (游戲中投擲用的)圓
鐵片,圓石片

paletot [palto] *n.m.* 外套, 短大衣

palette [palɛt] *n.f.* 調色板, 一個畫家特有的色調;(豬、羊的)肩肉;【船】葉片;裝卸底托

palétuvier [paletyvje] *n. m.* 紅樹

pâleur [pɑlœːr] *n.f.* 蒼白, 無血色

palier [palje] *n. m.* 樓梯平台;平道, 平路;【機】軸承;階段

palinodie [palinɔdi] *n. f.* 收回前言, 改變意見

pâlir [pɑliːr] *v.i.* 變著白, 臉發白;變得暗淡 *v. t.* 使變著白;使失去光彩

palis [pali] *n. m.* (圍柵的)木椿, 栅欄

palissade [palisad] *n. f.* 栅欄, 樹栅, 樹籬

palissader [palisade] *v. t.* 圍以栅欄, 用樹栅、樹籬遮蔽

palissage [palisaːʒ] *n. m.* (幼樹、蔓等的)綁縛

palissandre [palisɑ̃ːdr] *n. m.* 黃檀木

palisser [palise] *v. t.* 綁縛(幼樹、蔓等)

palladium [paladjɔm] *n. m.* 【化】鈀

palliatif, ve [paljatif, iːv] *a.* 減輕症狀的, 姑息的, 治標的 *n.m.* 治標藥, 減輕症狀藥;暫時應付的措施

palliation [paljɑsjɔ̃] *n.f.* 掩飾, 掩蓋;姑息療法, 緩和

pallier [palje] *v.t.* 掩飾, 掩蓋;暫時減輕, 暫時緩和

palmaire [palmɛːr] *a.* 掌的 *n. m.* 掌肌

palmarès [palmarɛs] *n.m.* 得獎名單, 光榮榜

palme [palm] *n. f.* 棕櫚;棕櫚葉;勝利, 榮譽;(游泳用的)橡皮腳掌;棕櫚葉狀勳章

palmé, e [palme] *a.* 【植】掌狀的;【動】有蹼的

palmer [palmɛːr] *n.m.* 【機】螺旋千分尺, 分厘卡

palmeraie [palmərɛ] *n.f.* 棕櫚林

palmette [palmɛt] *n. f.* 【農】多幹形(指果樹樹冠);【建】棕葉飾

palmier [palmje] *n. m.* 棕櫚樹;棕櫚科植物

palmipèdes [palmipɛd] *n. m. pl.* 蹼足類(指鴨、鵝等)

palmiste [palmist] *n. m.* (頂芽供食用的)檳榔樹

palombe [palɔ̃ːb] *n. f.* 斑尾林鴿

palonnier [palɔnje] *n. m.* 馬車的駕馬橫檔;【機】擺桿, 拉桿;【空】脚操縱桿, 脚蹬

pâlot, te [pɑlo, ɔt] *a.* 臉色有些蒼白的

palourde [palurd] *n.f.* 【動】綴錦蛤

palpable [palpabl] *a.* 可觸覺到的, 摸得出的;明顯的, 顯而易見的

palpation [palpɑsjɔ̃] *n. f.* 摸, 觸;【醫】觸診

palpe [palp] *n. m.* 【動】鬚;觸鬚

palpébral, ale [palpebral] (*pl. ~aux*) *a.* 【解】眼瞼的

palper [palpe] *v. t.* 觸, 摸;【醫】作觸診, 作捫診;〖俗〗拿到錢

palpitant, e [palpitɑ̃, ɑ̃ːt] *a.* 心悸的, 心跳的;〖俗〗扣人心弦的, 動人的

palpitation [palpitɑsjɔ̃] *n. f.* 心悸, 心跳;抽動, 顫動

palpiter [palpite] *v. i.* 心悸, 心跳;抽動, 顫動, 激動

palplanche [palplɑ̃ːʃ] *n. f.* 【採, 建】板椿, 鋼板椿

paltoquet [paltɔkɛ] *n.m.* 粗魯的人;自命不凡的人

paludéen, ne [palydeɛ̃, ɛn] *a.* 沼澤地的

paludier, ère [palydje, ɛːr] *n.* 鹽田工人

paludisme [palydism] *n. m.* 瘧疾

pâmer (se) [s(ə)pɑme] *v. pr.* 發愣, 癡狂

pâmoison [pɑmwazɔ̃] *n.f.* 昏厥, 不省人事

pampa [pɑ̃pa] *n. f.* 南美潘帕斯草原

pamphlet [pɑ̃flɛ] *n. m.* 〖英〗抨擊性小册子

pamphlétaire [pɑ̃fletɛ:r] *n.m.* 抨擊性
小册子的作者

pamplemousse [pɑ̃pləmus] *n. m.* 柚
樹;柚

pampre [pɑ̃:pr] *n.m.* 葡萄藤,葡萄蔓;
【建】葡萄飾

pan [pɑ̃] *n. m.* 衣服的下襬;一大塊
(布),牆面;(物體或多面體的)面
interj. 砰!

panacée [panase] *n. f.* 萬靈藥

panache [panaʃ] *n.m.* 羽毛飾

panacher [panaʃe] *v. t.* 用羽毛裝飾;
雜以各種顏色

panade [panad] *n. f.* 奶油麵包湯;【民】
貧困

panafricanisme [panafrikanism] *n. m.*
泛非主義

panais [panɛ] *n. m.* 【植】芹菜蘿蔔

panama [panama] *n.m.* 巴拿馬草帽

panaméricanisme [panamerikanism] *n.
m.* 泛美主義

panamien, ne [panamjɛ̃, ɛn], **pana-
méen, ne** [panameɛ̃, ɛn] *a.* 巴拿馬
的 *n.* P～ 巴拿馬人

panarabisme [panarabism] *n. m.* 泛阿
拉伯主義

panard, e [pana:r, ard] *a.* 前腳向外的
〔指馬〕

panaris [panari] *n. m.* 【醫】瘭疽

panca, panka [pɑ̃ka] *n.f.* 手拉布風
扇

pancarte [pɑ̃kart] *n. f.* 佈告牌,標語牌

panchromatique [pɑ̃krɔmatik] *a.* 【攝】
全色的,泛色的

panclastite [pɑ̃klastit] *n. f.* 一種液態
炸藥

pancréas [pɑ̃kreɑ:s] *n. m.* 胰,胰腺

pancréatique [pɑ̃kreatik] *a.* 胰的

panda [pɑ̃da] *n. m.* 熊貓

pandémonium [pɑ̃demɔnjɔm] *n. m.*
羣魔殿;賊窩

panégyrique [paneʒirik] *n.m.* 讚辭,頌
詞;吹捧

panégyriste [paneʒirist] *n.m.* 頌詞作
者;吹捧者

paner [pane] *v. t.* 撒上麵包粉

panerée [panre] *n. f.* 一籃之量

paneterie [pantəri, panɛtri] *n. f.* （某一
團體的）麵包貯藏和分發處

panetier, ère [pantje, ɛːr] *n.m.* （團體
中）保管和分發麵包的人 *n. f.* 小的麵
包袋;麵包櫃

paneton [pantɔ̃] *n. m.* （柳條編的）麵包
模子

pangermanisme [pɑ̃ʒɛrmanism] *n.m.*
泛日曼主義

pangermaniste [pɑ̃ʒɛrmanist] *a.* 泛日
耳曼主義的 *n.* 泛日耳曼主義者

panhellénisme [pane(ɛl)lenism] *n.m.*
泛希臘主義

panier [panje] *n. m.* 籃,簋,筐;一籃、
一簋、一筐之量;(籃球運動的)球籃

panifiable [panifjabl] *a.* 可製麵包的

panification [panifikasjɔ̃] *n. f.* 做麵包

panifier [panifje] *v. t.* 把…做成麵包

panique [panik] *a.* 恐慌的,驚慌的 *n.
f.* 恐慌,驚慌

panka = panca

panne [pan] *n. f.* 平絨,(豬等的)肉膘;
(汽車等的)拋錨,故障

panneau [pano] (*pl.* ～*x*) *n. m.* （捕
捉野兔等的)網;面板;指示牌

panneton [pantɔ̃] *n. m.* （鑰)匙身

panonceau [panɔ̃so] (*pl.* ～*x*) *n. m.*
盾形紋章,盾形招牌

panoplie [panɔpli] *n. f.* 陳設着各種武
器的盾形板

panorama [panɔrama] *n. m.* 環形全景
圖;全景

panoramique [panɔramik] *a.* 環形全
景的;全景的

pansage [pɑ̃sa:ʒ] *n. m.* （家畜的)洗刷

panse [pɑ̃: s] *n. f.* 瘤胃〔動物反芻胃的
第一胃〕;【俗】大肚子;(瓶、缸或字母的)
圓凸部分

pansement [pɑ̃smɑ̃] *n. m.* （傷口的)包

扎, 包敷

panser [pɑ̃se] *v. t.* 洗刷 (家畜), 包扎, 包敷

panslavisme [pɑ̃slavism] *n. m.* 泛斯拉夫主義

pansu, e [pɑ̃sy] *a.* 大肚子的; 圓凸的

pantagruélique [pɑ̃tagryelik] *a.* 巨人般的, 極大的

pantalon [pɑ̃talɔ̃] *n. m.* 長褲

pantalonnade [pɑ̃talɔnad] *n. f.* 低級趣味的滑稽劇

panthéisme [pɑ̃teism] *n. m.* 泛神論

panthéiste [pɑ̃teist] *a.* 泛神論的 *n.* 泛神論者

panthéon [pɑ̃teɔ̃] *n. m.* (古羅馬的)潘提翁神殿, 萬神殿; 衆神; 先賢祠

panthère [pɑ̃tɛːr] *n. f.* 豹

pantière [pɑ̃tjɛːr] *n. f.* (垂直張的)捕鳥網; (放獵物的)網袋

pantin [pɑ̃tɛ̃] *n. m.* (彩色紙板做的)活動人形玩具; 動作可笑的人; 沒有主見的人

pantographe [pɑ̃tɔgraf] *n. m.* 縮放儀, 比例畫圖器

pantois, e [pɑ̃twa, aːz] *a.* 驚愕的

pantomime [pɑ̃tɔmim] *n. f.* 啞劇; 手勢表意

pantoufle [pɑ̃tufl] *n. f.* 拖鞋

paon [pɑ̃] *n. m.* 孔雀; 孔雀蝶

paonne [pan] *n. f.* 雌孔雀

papa [papa] *n. m.* 爸爸; 《俗》老伯伯

papal, ale [papal] (*pl.* ～*aux*) *a.* 教皇的

papauté [papote] *n. f.* 羅馬教皇的職位; 羅馬教廷

pape [pap] *n. m.* 羅馬教皇

papelard, e [papla:r, ard] *a., n.* 僞善的(人), 假裝虔誠的(人)

paperasse [papras] *n. f.* 廢紙, 無用文件

paperasserie [paprasri] *n. f.* 廢紙堆, 無用文件堆

paperassier, ère [paprasje, ɛːr] *n.* 文

牘主義者

papeterie [paptəri, papetri] *n. f.* 造紙廠; 紙店, 文具店

papetier, ère [paptje, ɛːr] *n.* 造紙者; 紙商, 文具商

papier [papje] *n. m.* 紙; 稿件; 文件; 票據, 匯票; *pl.* 證件, 身份證件

papier-monnaie [papjemɔnɛ] (*pl.* ～*s*-～*s*) *n. m.* 紙幣

papilionacées [papiljɔnase] *n. f. pl.* 蝶形花科

papille [papil, papij] *n. f.* 【解】乳頭

papillon [papijɔ̃] *n. m.* 蝶, 蛾; 輕率的人; 插頁, 附頁; 蝶形螺帽

papillonner [papijɔne] *v. i.* (在人羣中)轉來繞去; 淺嘗輒至

papillotage [papijɔtaːʒ] *n. m.* 耀眼; 眨眼

papillote [papijɔt] *n. f.* 捲髮紙; 包糖果紙

papilloter [papijɔte] *v. t.* 夾捲髮紙 *v. i.* 耀眼; 眨眼

papisme [papism] *n. m.* 羅馬天主教

papiste [papist] *n.* 羅馬天主教徒

papotage [papɔtaːʒ] *n. m.* 《俗》閑諺; 無聊話

papoter [papɔte] *v. i.* 《俗》閑談, 閑聊

paprika [paprika] *n. m.* 辣椒

papule [papyl] *n. f.* 丘疹

papyrus [papirys] *n. m.* 紙莎草; 紙莎草紙; (古代)寫在紙莎草紙上的手稿

pâque [pɑː k] *n. f.* 【宗】(猶太教的)逾越節 *n. m.* P～s (耶穌)復活節

paquebot [pakbo] *n. m.* 大型客輪

pâquerette [pɑkrɛt] *n. f.* 雛菊

paquet [pakɛ] *n. m.* 捆, 包; 衣冠不整的人; 【印】(扎好的)長條, 毛坯

paquetage [pakta:ʒ] *n. m.* 打包, 包裝; 捆包

par [paːr] *prép.* 經過, 通過; 在…時候; 按照; 被; 用; 以; 由於, 因爲

parabole [parabɔl] *n. f.* 寓言; 比喻; 【數】抛物綫

parabolique [parabɔlik] a. 寓言的; 比喻的;【數】抛物綫的

parachèvement [paraʃɛvmɑ̃] n. m. 圓滿完成

parachever [paraʃve] v. t. [c. 6] 圓滿完成

parachutage [paraʃyta: ʒ] n. m. 跳傘, 空投

parachute [paraʃyt] n. m. 降落傘

parachuter [paraʃyte] v. t. 空投

parachutisme [paraʃytism] n. m. 跳傘

parachutiste [paraʃytist] n. 跳傘員, 傘兵

parade [parad] n. f. 檢閱, 炫耀; (戲班子門口招徠觀衆的) 滑稽表演; 招架; (馬的) 突然立停

parader [parade] v. i. 自我炫耀; (軍隊) 列隊演習

paradigme [paradigm] n. m. 【語】(動詞、名詞變化的) 範例; 詞形變化表

paradis [paradi] n. m. 天堂, 極樂世界, 樂園, 樂土; 戲院最高層樓座

paradisiaque [paradizjak] a. 天堂的; 極樂世界的; 樂園般的

paradisier [paradizje] n. m. 極樂鳥

paradoxal, ale [paradɔksal] (pl. ~ **aux**) a. 反論的; 反常的, 荒謬的

paradoxe [paradɔks] n. m. 反論; 反常的事物;【哲】悖論

parafe = paraphe

paraffine [parafin] n. f. 【化】石蠟, 鏈烷烴

paraffiner [parafine] v. t. 塗石蠟

parafoudre [parafudr] n. m. 避雷器, 避雷針

parages [para: ʒ] n. m. pl. 海域; 附近地區

paragraphe [paragraf] n. m. 節, 段; 段落號"§"

paragrêle [paragrɛl] a. 防雹的

paraguayen, ne [paragejɛ̃, ɛn] a. 巴拉圭的 n. P~ 巴拉圭人

paraître [parɛtr] [c. 54] v. i. 出現, 顯露; 出版; 出場, 露面; 顯得, 似乎 v. impers. 似乎, 好像; 聽說, 傳聞

parallaxe [paralaks] n. f. 【天, 光】視差

parallèle [paralɛl] a. 平行的; 類似的 n. f. 平行綫 n. m. 對照;【數】(迴轉面的) 平行圓;【地】緯綫

parallélépipède [paralelepipɛd] n. m. 平行六面體

parallélisme [paralelism] n. m. 類似, 相似;【數】平行(性)

parallélogramme [paralelɔgram] n. m. 平行四邊形

paralogisme [paralɔʒism] n. m. 【哲】謬誤推理

paralyser [paralize] v. t. 使麻痹, 使癱瘓; 使完全停頓

paralysie [paralizi] n. f. 麻痹, 癱瘓, 停頓, 停滯

paralytique [paralitik] a. 患麻痹的, 患癱瘓的 n. 麻痹患者, 癱瘓患者

parangon [parɑ̃gɔ̃] n. m. 典型; 無瑕的珠寶, 鑽石

parangonner [parɑ̃gɔne] v. t. 【印】嵌空鉛齊行

paranoïaque [paranɔjak] 【醫】a. 偏執狂的, 妄想狂的 n. 偏執狂患者, 妄想狂患者

parapet [parapɛ] n. m. 射垛, 低胸牆; 欄杆

paraphe, parafe [paraf] n. m. (簽名的) 花筆道; 縮寫的簽名, 花押

parapher [parafe] v. t. 畫押

paraphrase [parafrɑ: z] n. f. 釋義, 意譯

paraphraser [parafrɑze] v. t. 釋義, 釋文; 意譯

paraphrastique [parafrastik] a. 釋義的, 意譯的

parapluie [paraplɥi] n. m. 雨傘

parasitaire [parazitɛ:r] a. 【醫】寄生蟲的; 寄生的

parasite [parazit] n. m. 食客; 寄生者; 寄生蟲, 寄生生物; pl. 【無】干擾, 干擾噪聲

parasitisme [parazitism] *n. m.* 寄生
(現象);寄生性

parasol [parasɔl] *n. m.* 大陽傘

paratonnerre [paratɔnɛːr] *n. m.* 避雷
針

paratyphoide [paratifɔid] *n. f.* 副傷寒

paravent [paravɑ̃] *n. m.* 屏風

parbleu! [parblø] *interj.* 真的! 當然!

parc [park] *n. m.* 公園; 獵場; 牧牛場,
(牧場上圈住羊的)圍柵; 停車場; 堆放大
炮、輜重的圍場

parcage [parka:ʒ] *n. m.* 用柵欄圈住家
畜; (在停車場裏)停車

parcellaire [parse[ɛl]lɛːr] *a.* 分成小部
分的; 小塊土地的

parcelle [parsɛl] *n. f.* 小塊; 小塊土地

parce que [parskə] *loc. conj.* 因爲

parchemin [parʃəmɛ̃] *n. m.* 羊皮紙;
文件, 文書;《俗》大學畢業文憑; *pl.*
《俗》貴族頭銜

parcheminé, e [parʃəmine] *a.* 像羊皮
紙的; (皮膚)有皺紋的

parcimonie [parsimɔni] *n. f.* 十分節
儉, 過份節省, 精打細算

parcimonieux, se [parsimɔnjø, øːz] *a.*
十分節儉的, 過份節省的, 精打細算的

parcourir [parkuriːr] *v. t.* [c. 20] 跑遍,
周游; 瀏覽

parcours [parkuːr] *n. m.* 行程, 路程; 航
綫

pardessus [pardəsy] *n. m.* (男用) 外
套, 外衣

pardi! [pardi], **pardienne!** [pardjɛn],
pardieu! [pardjø] *interj.* 當真! 老
天!

pardon [pardɔ̃] *n. m.* 原諒, 饒恕, 寬
恕; P~! 對不起! 請原諒!

pardonnable [pardɔnabl] *a.* 可原諒
的, 可饒恕的

pardonner [pardɔne] *v. t., v. i.* 原諒,
饒恕

pare-boue [parbu] *n. m. inv.* (車輛的)
擋泥板

pare-brise [parbriːz] *n. m. inv.* 擋風玻
璃

pare-chocs [parʃɔk] *n. m. inv.* (車輛
的)減震器, 緩衝器

pare-étincelles [paretɛ̃sɛl] *n. m. inv.*
爐前火花擋, 爐欄

pare-feu [parfø] *n. m. inv.* 防火裝置;
(森林中的)防火綫

parégorique [paregɔrik] *a.* 鎮痛的

pareil, le [parɛj] *a.* 相似的, 同樣的
n. 同樣的東西; 同樣的人 *n. f.*
rendre la ～le 同等對待

parement [parmɑ̃] *n. m.* 裝飾祭台的
綉花布; 服飾; 飾物;【建】砌面, 蓋面, 琢
面; 路緣石

parenchyme [parɑ̃ʃim] *n. m.* 【組織
學】實質, 主質;【植】薄壁組織

parent, e [parɑ̃, ɑ̃ːt] *n.* 親屬, 親戚 *n.*
m. pl. 父母, 祖先

parenté [parɑ̃te] *n. f.* 親屬關係; 血統
關係, 姻親關係; 親族, 親戚; 相似

parenthèse [parɑ̃tɛːz] *n. f.* 插入語; 離
題(的話); 圓括弧; par ～ *loc. adv.*
附帶地, 順便(提起)

parer [pare] *v. t.* 裝飾, 打扮; 招架, 避
開; 準備 *v. i.* 防備 *v. pr.* 打扮; 自
誇; 防備

paresse [parɛs] *n. f.* 懶惰; 緩慢, 遲鈍

paresser [pare[ɛ]se] *v. i.* 《俗》偷懶

paresseux, se [parɛsø, øːz] *a.* 懶惰的
n. 懶人

parfaire [parfɛːr] *v. t.* [c. 68] 〔僅用不
定式及複合時態〕完成; 補足

parfait, e [parfɛ, ɛt] *a.* 完善的; 完全的
n. m. 完善; (動詞的)完成式, 完成時;
冰淇淋

parfiler [parfile] *v. t.* 拆除織物上的金
銀綫

parfois [parfwa] *adv.* 有時

parfum [parfœ̃] *n. m.* 芬芳, 香味; 香
水, 香料

parfumer [parfyme] *v. t.* 使有香味; 灑
香水; 加香料

parfumerie [parfymri] *n. f.* 香水、香粉、香脂業; 香水等化妝品; 化妝品舖子

parfumeur, se [parfymœ:r, ø:z] *a.* 製造或出售香水、化妝品的 *n.* 香水、化妝品製造人或商人

pari [pari] *n. m.* 打賭; 賭注

paria [parja] *n.* 賤民〔印度最受壓迫的階層〕; 被蔑視的人

pariade [parjad] *n. f.* (鳥的)交尾, 交尾期

parier [parje] *v. t.* 打賭; 斷定

pariétaire [parjetɛ:r] *n. f.* 牆草

pariétal, ale [parjetal] (*pl.* ~ *aux*) *a.* 【解】頂骨的, 壁(層)的;【植】側壁生的

parieur, se [parjœ:r, ø:z] *n.* 打賭者; 賭棍

parisien, ne [parizjɛ̃, ɛn] *a.* 巴黎的; 巴黎人的 *n.* P~ 巴黎人

paritaire [paritɛ:r] *a.* (勞資)雙方代表人數相等的

parité [parite] *n. f.* 同等, 相等; 相似; (匯兌)平價;【數】偶性

parjure [parʒy:r] *n. m.* 僞誓; 背誓; 發僞誓的; 違背誓言的 *n.* 發僞誓者; 違背誓言者

parjurer (se) [ʃ(ə)parʒyre] *v. pr.* 立僞誓; 違背誓言

parking [parkiŋ] *n. m.* 〔英〕停車場

parlant, e [parlɑ̃, ɑ̃:t] *a.* 會說話的; 富有表現力的, 逼真的

parlement [parləmɑ̃] *n. m.* (法國資產階級革命前的)最高法院; P~ 國會, 議會

parlementaire [parləmɑ̃tɛ:r] *a.* (法國資產階級革命前)最高法院的; 國會的; 議會的 *n. m.* 國會議員; (軍事)談判代表

parlementarisme [parləmɑ̃tarism] *n. m.* 議會制, 代議制

parlementer [parləmɑ̃te] *v. i.* 進行軍事談判; 商討; 交談

parler [parle] *v. i.* 說, 講; 談話, 交談; 表達 *v. t.* 講(某種語言); 談及, 談論

n. m. 說話; 講話方式; 方言

parleur, se [parlœ:r, ø:z] *n.* 說話的人; 話多的人

parloir [parlwa:r] *n. m.* 會客室, 接待室

parlote [parlɔt] *n. f.* 〔俗〕閑談; 青年律師的練習性辯論會

parmi [parmi] *prép.* 在…中間

parodie [parɔdi] *n. f.* 對文學作品的滑稽的模仿; 滑稽可笑的模仿

parodier [parɔdje] *v. t.* 滑稽地模仿

parodiste [parɔdist] *a., n.* 滑稽地模仿某人作品的(人)

paroi [parwa] *n. f.* 隔牆, 隔板; 內壁;【解】壁

paroisse [parwas] *n. f.* 教會堂區; 教堂區教會

paroissial, ale [parwasjal] (*pl.* ~ *aux*) *a.* 教會堂區的

paroissien, ne [parwasjɛ̃, ɛn] *n.* 教會堂區居民;〔俗〕傢伙 *n. m.* 祈禱書

parole [parɔl] *n. f.* 話; 說話的機能; 語氣; 諾言; 格言; 發言; *pl.* 歌詞

paroli [parɔli] *n. m.* 雙倍賭注

parolier, ère [parɔlje, ɛ:r] *n.* 歌詞作者

paronyme [parɔnim] *n. m.* 形音相近詞

parotide [parɔtid] *n. f., a.* 【解】腮腺(的)

paroxysme [parɔksism] *n. m.* (情感的)極點;【醫】(疾病的)極期

parpaing [parpɛ̃] *n. m.* 【建】(輕)混凝土塊; 穿牆石, 頂砌石

parquer [parke] *v. t.* (把牲畜)圈住, 停放(車輛); 關押 *v. i.* (牲畜)被圈住

parquet [parke] *n. m.* 檢察院, 檢察官總稱; (交易所中)經紀人席, 經紀人會議; 地板

parquetage [parkəta:ʒ] *n. m.* 鋪地板

parqueter [parkəte] *v. t.* [c. 5] 鋪地板

parqueteur [parkətœ:r] *n. m.* 鋪地板工人

parrain [pa[ɑ]rɛ̃] *n. m.* 教父, 代父; 介紹人; 命名人

parrainage [pa[ɑ]rɛnaːʒ] *n. m.* 教父母的身份和職責

parricide [parisid] *n.* 殺害父母或直系尊親者 *a.* 殺害父母或直系尊親的 *n. m.* 殺害父母或直系尊親罪

parsemer [parsəme] *v. t.* [c. 6]在…上面撒滿;點綴,佈滿

part [paːr] *n. f.* 一份;股份;地方;à ~分別地,單獨地;除了…以外;de la ~de 以…的名義

partage [partaʒ] *n. m.* 分配,分割;分配到的部分

partageable [partaʒabl] *a.* 可分的

partager [partaʒe] *v. t.* [c. 2] 分,分割,劃分;分享,分擔;贊同;使分裂

partageur, se [partaʒœːr, øːz] *a., n.* 樂於與人分享的(人),慷慨大方的(人)

partance [partɑːs] *n.f.* en ~ *loc. adv.* 正當出發或起航之際

partant [partɑ̃] *n. m.* 出發的人;起跑的運動員 *conj.* 因而,所以

partenaire [partənɛːr] *n.* 合夥人,合作者;舞伴;談話的對手

parterre [partɛːr] *n. m.* 花壇,(劇院的)正廳後座

parthénogenèse [partenɔʒnɛːz] *n. f.* 【生】孤雌生殖,單性生殖

parti [parti] *n. m.* 黨,黨派;決定,抉擇;利益;【軍】分隊,支隊;婚姻的對象

partial, ale [parsjal] (*pl.* ~ **aux**) *a.* 偏心的,有偏見的,不公正的

partialité [parsjalite] *n. f.* 偏心,偏見,不公正

participation [partisipɑsjɔ̃] *n. f.* 參加,參與;分擔,分享

participe [partisip] *n. m.* 【語】分詞

participer [partisipe] *v. i.* ~ à 參加,參與;分擔,分享; ~ de 兼有…的性質

participial, ale [partisipjal] (*pl.* ~ **aux**) *a.* 【語】分詞的

particulariser [partikylarize] *v. t.* 詳述;根據特點區分,使特殊化

particularisme [partikylarism] *n. m.* 地方主義;本位主義;利己思想

particulariste [partikylarist] *a.* 地方主義的;本位主義的

particularité [partikylarite] *n. f.* 特殊情況;特性,特點

particule [partikyl] *n. f.* 微粒,物體的微小部分;【物】粒子;【語】小品詞,詞綴

particulier, ère [partikylje, ɛːr] *a.* 特有的,特定的;特別的,特殊的;私人的,個人的;單獨的 *n.* 個人;傢伙

partie [parti] *n. f.* 部分;一局,一盤;交際性的聚會;專長,專業;【法】(締約、訴訟的)一方,當事人;【樂】聲部

partiel, le [parsjɛl] *a.* 部分的,局部的

partir [partiːr] *v. i.* [c. 15] 〔助詞用être〕出發,離開,動身;起跑;開動,開始;出自…

partisan, e [partizɑ̃, an] *n.* 黨徒;支持者,擁護者 *n. m.* 游擊隊員

partitif, ve [partitif, iːv] 【語】*a.* 部分的 *n. m.* 部分冠詞

partition [partisjɔ̃] *n. f.* 劃分,分割;【數】(集的)劃分;【樂】總譜

partout [partu] *adv.* 到處,處處

parturition [partyrisjɔ̃] *n. f.* 分娩

parure [paryːr] *n. f.* 裝飾品,首飾

parution [parysjɔ̃] *n. f.* 出版,問世

parvenir [parvəniːr] *v. i.* [c. 16] 〔助動詞用être〕 到達;寄到;終於達到

parvenu, e [parvəny] *n.* 暴發戶,新貴

pas [pɑ] *n. m.* 步;腳步;腳印;一步的距離;步伐,步態;動物的慢步;舞步;要道,海峽;梯級;門檻;螺距 *adv.* 不〔通常用法爲 ne…~〕

pascal, ale [paskal] (*pl.* ~ **als** 或 ~ **aux**) *a.* (基督教)復活節的;(猶太教)逾越節的

passable [pɑsabl] *a.* 還可以的,勉強的,中等的

passade [pɑsad] *n. f.* 短暫的男女私情;一時的愛好,短暫的念頭

passage [pɑsaːʒ] *n. m.* 通過,經過;經

過的時間; 通道, 過道; 橫渡; 擺渡費, 通行費; 轉變, 轉化; (作品的) 片斷; 短暫的事物

passager, ère [pa(a)saʒe, ɛːr] *a.* 過路的, 經過的; 短暫的　*n.* 旅客, 乘客

passant, e [pasɑ̃, ɑ̃ːt] *a.* (車輛、行人) 來往頻繁的　*n.* 過路人, 行人

passation [pa(a)sɑsjɔ̃] *n. f.* (契約等的) 簽訂, 訂立

passavant [pa(a)savɑ̃] *n. m.* 【船】主甲板上的通道, 天橋; 貨物免稅通行證

passe [pɑːs] *n. f.* 通道, 經過; 傳球; 賭注; 航道, 水道; 催眠術者的手勢; 【印】伸放紙; 【機】吃刀, 走刀; 【劍術】衝刺, 箭步

passé [pɑse] *n. m.* 過去, 往昔; 往事; 經歷; 【語】過去時　*prép.* 過了…, …以後

passe-boules [pɑsbul] *n. m. inv.* 張口人面玩具 (供玩者把球投入其口中)

passe-droit [pɑsdrwɑ(a)] (*pl. ～s*) *n. m.* 特殊恩典, 破格的待遇

passe-lacet [pɑslasɛ] (*pl. ～s*) *n. m.* (穿帶子等用的) 引針

passement [pɑsmɑ̃] *n. m.* 金銀邊飾, 金銀縧帶

passementer [pɑsmɑ̃te] *v. t.* 鑲上金銀邊飾

passementerie [pɑsmɑ̃tri] *n. f.* 金銀縧帶, 金銀邊飾等的總稱; 金銀縧帶業

passementier, ère [pɑsmɑ̃tje, ɛːr] *n.* 金銀縧帶製造工匠, 金銀縧帶商　*a.* 金銀縧帶

passe-montagne [pɑ(a)smɔ̃taɲ] (*pl.～s*) *n. m.* 一種帶舌的風雪帽

passe-partout [pɑ(a)spartu] *n. m. inv.* 萬能鑰匙; (底板活動的) 鏡框; 龍鋸, 手鋸

passe-passe [pɑspɑːs] *n. m. inv.* tour de ～ 戲法; 花招

passepoil [pɑspwal] *n. m.* (衣服上的) 滾條, 鑲邊

passeport [pɑspɔːr] *n. m.* 護照

passer [pɑse] *v. i.* [助動詞用 avoir 或 être] 通過, 經過; 到…去; 消失, 消逝; 死去; 提升爲, 成爲; 傳遞; 轉入; 失去光澤; 上映; 上演; 放棄叫牌, 不補牌　～ sur 原諒, 容忍　*v. t.* 耗盡, 死去　*v. t.* 通過; 運送; 傳遞; 穿上; 簽訂, 達成; 過濾, 篩; 記入 (帳內); 越過, 超出; 度過; 通過 (考試); 滿足; 遺漏; 原諒, 容忍　*v. pr.* (時間) 流逝, 過去; 發生; 戒掉, 免去

passereaux [pa(a)sro] *n. m. pl.* 鳴禽目

passerelle [pasrɛl] *n. f.* 人行橋, 小橋; 【船】駕駛台, 司令塔 (飛機或船旁的) 舷梯, 客梯; (劇場或電影院的) 聚光燈架

passerose [pasroz] *n. f.* 【植】蜀葵

passe-temps [pɑstɑ̃] *n. m. inv.* 消遣, 娛樂

passe-thé [pɑste] *n. m. inv.* (掛在茶壺嘴上的) 濾茶器

passeur, se [pɑsœːr, øːz] *n.* 舶公, 渡船駕駛員; 幫人偷越國境者

passible [pasibl] *a.* 該受處罰的

passif, ve [pasif, iːv] *a.* 被動的; 消極的; 【化】鈍化的; 【語】被動態的　*n. m.* 負債, 債務; 【語】被動態

passim [pasim] *adv.* 【拉】(在一本著作中) 處處 (可見)

passion [pa(a)sjɔ̃] *n. f.* 激情, 熱情; 酷愛; 酷愛物; 熱戀; 情慾; 狂怒; 偏激; (耶穌的) 受難

passionnel, le [pa(a)sjɔnel] *a.* 激情的, 爲情慾所驅使的

passionnément [pa(a)sjɔnemɑ̃] *adv.* 充滿激情地, 熱烈地

passionner [pa(a)sjɔne] *v. t.* 使産生强烈興趣; 使活躍　*v. pr.* 熱衷於, 迷戀於

passivité [pasivite] *n. f.* 被動 (性); 消極 (性); 【化】鈍性, 鈍態

passoire [pɑswaːr] *n. f.* (廚房用的) 濾器, 濾勺, 濾鍋

pastel [pastɛl] *n. m.* 彩色粉筆; 粉畫; 【植】菘藍

pastelliste [paste(ε)list] *n.* 粉畫畫家

pastèque [pastεk] *n. f.* 西瓜

pasteur [pastœ:r] *n. m.* 牧人,牧羊人; 牧師

pasteurisation [pastœrizasjɔ̃] *n. f.* 巴斯德滅菌法

pasteuriser [pastœrize] *v. t.* 用巴斯德法滅菌

pastiche [pastiʃ] *n. m.* 模仿,仿傚(筆調、風格等)

pasticher [pastiʃe] *v. t.* 模仿,仿傚(筆調、風格等)

pasticheur, se [pastiʃœ:r, ø:z] *n.* 模仿者,仿傚者

pastille [pastij] *n. f.* 圓形糖果;【醫】錠劑

pastoral, ale [pastoral] (*pl.~aux*) *a.* 牧(羊)人的;田園的;牧師的;*n. f.* 以牧人牧羊爲主角的戲劇;田園曲,牧歌

pastoureau [pasturo] *n. m.* 牧童

pastourelle [pasturεl] *n. f.* 牧羊女;(中世紀)對話體抒情詩

pat [pat] *n. m., a. inv.* (國際象棋中)王棋受困的

patache [pataʃ] *n. f.* 【西】海關小艇;【俗】整腳汽車

patachon [pataʃɔ̃] *n. m.* vie de ~ 【俗】放蕩的生活

patapouf [patapuf] *n. m.* 【俗】大胖子

pataquès [patakεs] *n. m.* 聯誦錯誤

patate [patat] *n. f.* ~ (douce) 甘薯;【俗】土豆;【民】笨蛋

patati [patati] *interj.* Et ~ et patata 嘮嘮叨叨,嘰嘰喳喳

patatras! [patatra] *interj.* 啪嗒! 撲通!

pataud, e [pato, o: d] *n.* 粗爪小狗;【俗】笨手笨腳的人 *a.* 笨手笨腳的

patauger [patoʒe] *v. i.* [c. 2] 在爛泥地或泥漿中行走;陷入困境

patchouli [patʃuli] *n. m.* 刺蕊草(唇形科植物);刺蕊草香精

pâte [pɑ:t] *n. f.* 麵糰;漿,糊狀物;【俗】性格,體質;【礦】微晶基岩;【藥】膏,糊劑

pâté [pɑte] *n. m.* 肉餡餅;冷肉糜;墨水迹; ~ de maisons 一片房屋

pâtée [pɑte] *n. f.* 家禽的飼料;貓狗食

patelin, e [patlε̃, in] *a., n.* 花言巧語的(人);圓滑的(人) *n. m.* 【俗】村子,小地方

patenôtre [patno:tr] *n. f.* 【俗】祈禱;不知所云的話

patent, e [patɑ̃, ɑ̃:t] *a.* 明顯的,公開的

patente [patɑ̃:t] *n. f.* 營業稅;(對自由職業者抽的)所得稅;上述稅收的收據;(船舶)出口衛生檢疫證書

patentable [patɑ̃tabl] *a.* 應繳營業稅或所得稅的

patenter [patɑ̃te] *v. t.* 徵收營業稅或所得稅;發給許可證書,發專利證書

Pater [patε:r] *n. m. inv.* 天主經

patère [patε:r] *n. f.* 衣鈎,窗簾掛鈎

paternalisme [patεrnalism] *n. m.* 父道主義(宣揚企業如家庭,老闆即家長的理論);家長式統治,家長作風

paterne [patεrn] *a.* 和藹可親的,慈父般的

paternel, le [patεrnεl] *a.* 父親的;父系的;慈父般的 *n. m.* 【民】父親

paternité [patεrnite] *n. t.* 父親的身份;父子關係,父女關係;作者的資格

pâteux, se [pɑtø, øz] *a.* 麵糰似的,糊狀的,粘糊糊的;濃厚的

pathétique [patetik] *a.* 動人心弦的,悲愴的 *n. m.* 動人心弦,悲愴

pathogène [patɔʒεn] *a.* 病原的,致病的

pathologie [patɔlɔʒi] *n. f.* 病理學

pathologique [patɔlɔʒik] *a.* 病理學的;病理的

pathologiste [patɔlɔʒist] *n.* 病理學家(的)

pathos [patɔ:s] *n. m.* 【俗】誇張,浮誇

patibulaire [patibylε:r] *a.* 絞刑台的;兇惡的

patiemment [pasjamɑ̃] *adv.* 耐心地

patience [pasjɑ̃:s] *n. f.* 耐心,忍耐;毅

力,恒心;(牌戲中)打通關 *interj.* P
~! 耐心點吧! 等着瞧吧! 〔表示勸慰、
威脅〕

patient, e [pasjã, ã:t] *a.* 耐心的,能忍
耐的;有毅力的;有恒心的;【哲】被動的
n. (受手術治療的)病人

patienter [pasjãte] *v. i.* 耐心等待

patin [patɛ̃] *n. m.* 冰刀,溜冰鞋;【鐵】軌
底,(坦克等的)履帶板;【機】制動塊,刹
車球

patinage [patina:ʒ] *n. m.* 滑冰,溜冰;
(車輪等)打滑,滑動

patine [patin] *n. f.* (銅器上的)銅綠;
(雕刻,古物等上的)古色

patiner [patine] *v. i.* 滑冰,溜冰;(車輪
等)打滑,滑動 *v. t.* 使産生銅綠;塗
上古色

patinette [patinɛt] *n. f.* 踏板車,滑行車
(兒童玩具,一腳踏在車上,另一腳蹬地
推進)

patineur, se [patinœ:r, ø:z] *n.* 滑冰者,
溜冰者

patinoire [patinwa:r] *n. f.* 滑冰場,溜冰
場

pâtir [pɑti:r] *v. i.* 受苦;受損害

pâtis [pɑti] *n. m.* 放牧的地方

pâtisserie [pa[ɑ]tisri] *n. f.* 糕點;糕點
業,糕點舖

pâtissier, ère [pa[ɑ]tisje, ɛ:r] *n.* 製糕
點者;糕點商 *a.* 製糕點用的

patois [patwa] *n. m.* 方言,土話

patoiser [patwaze] *v. i.* 講方言,講土話

patouiller [patuje] *v. i.* 〖俗〗在爛泥地
或泥漿中行走

patraque [patrak] *n. f.* 舊機器;病態的
人,身體虛弱的人 *a.* 病態的,虛弱的

pâtre [pɑ:tr] *n. m.* 牧人

patriarcal, ale [patriarkal] (*pl.~ aux*)
a. 族長的,家長的;淳樸的,恬静的;家
長制的;大主教的

patriarcat [patriarka] *n. m.* 家長制;大
主教的職位或管轄區

patriarche [patriarʃ] *n. m.* 《聖經》中

的)族長,家長;可敬的老人,子孫滿堂的
老人;大主教,教長

patricien, ne [patrisjɛ̃, ɛn] *n., a.* 貴族
(的)

patrie [patri] *n. f.* 祖國;故鄉

patrimoine [patrimwan] *n. m.* 祖産,
遺産;家産

patrimonial, ale [patrimɔnjal] (*pl.~
aux*) *a.* 祖産的,遺産的;祖傳的,承
襲的

patriotard, e [patriɔta:r, ard] 〖俗〗 *a.*
極端愛國的,狹隘愛國主義的 *n.* 極
端愛國者,狹隘愛國主義者

patriote [patriɔt] *n.* 愛國者 *a.* 愛國
的

patriotique [patriɔtik] *a.* 愛國的

patriotisme [patriɔtism] *n. m.* 愛國主
義,愛國心

patron, ne [patrɔ̃, ɔn] *n.* 老闆,店主,
廠主,企業主;指導老師;船老大;【宗】主
保聖人 *n. m.* (裁衣等用的)紙樣;
(刷花紋等用的)鏤空樣板

patronage [patrɔna:ʒ] *n. m.* 保護,贊
助;(慈善團體辦的)教養院,少年之家

patronal, ale [patrɔnal] (*pl.~aux*) *a.*
老闆的,店主的,企業主的;【宗】主保聖
人的

patronat [patrɔna] *n. m.* 老闆,企業主
〔總稱〕;老闆的權力

patronner [patrɔne] *v. t.* 保護,支持,
贊助

patronnesse [patrɔnɛs] *a. f.* dame ~
主持慈善事業的婦人

patronymique [patrɔnimik] *a.* nom ~
姓氏

patrouille [patruj] *n. f.* 巡邏,巡邏隊,
巡邏隊伍,飛行小隊

patrouiller [patruje] *v. i.* 巡邏

patrouilleur [patrujœ:r] *n. m.* 巡邏兵,
巡邏艇,巡邏飛機

patte [pat] *n. f.* 爪,足;〖俗〗(人的)手、
脚;某些器具的脚;(衣服上的)布帶搭
襻,鞋舌;爪形物;【技】鐵鈎,曲釘,壓釘

patte-d'oie [patdwa] (*pl.* ～**s**-～) *n. f.* 多叉路口; 眼角魚尾紋

pattu, e [paty] *a.* 大腳的; 爪上生羽毛的

pâturage [pɑtyra:ʒ] *n. m.* 牧場

pâture [pɑty:r] *n. f.* 食料, 飼料; 牧場; 〖俗〗(人的) 食物; 精神食糧

pâturer [pɑtyre] *v. i.* (牛羊等) 吃草

paturon [patyrɔ̃] *n. m.* (馬腳上球節與蹄之間的) 繫

paume [po:m] *n. f.* 手掌, 手心; 老式網球 (運動)

paumelle [pomɛl] *n. f.* 鉸鏈; 護掌手套; 二棱大麥

paumer [pome] *v. t.* 〖民〗丟失; 挨 (打)

paupérisation [poperizɑsjɔ̃] *n. f.* 貧困化

paupérisme [poperism] *n. m.* 貧困, 赤貧

paupière [popjɛ:r] *n. f.* 眼瞼, 眼皮

paupiette [popjɛt] *n. f.* 有餡的肉片捲

pause [po:z] *n. f.* 暫停, 間歇;【樂】休止

pauser [poze] *v. i.* 【樂】休止

pauvre [po:vr] *a.* 貧窮的; 簡陋的; 貧瘠的, 貧乏的; 可憐的; 平庸的, 拙劣的 *n. m.* 窮人, 乞丐

pauvresse [povrɛs] *n. f.* 貧婦, 女乞丐

pauvret, te [povrɛ, ɛt] *a.* 怪可憐的 *n.* 可憐的小東西

pauvreté [povrəte] *n. f.* 貧窮; 簡陋; 貧瘠, 貧乏; 平庸

pavage [pavɑ:ʒ] *n. m.* 鋪路; 路面

pavane [pavan] *n. f.* (16 世紀法國和西班牙的) 孔雀舞; 孔雀舞曲

pavaner (se) [s(ə)pavane] *v. pr.* 傲慢地行走; 趾高氣揚

pavé [pave] *n. m.* 鋪路石塊; 路面; 馬路, 街

pavement [pavmɑ̃] *n. m.* (路面的) 鋪砌, 考究的鋪砌

paver [pave] *v. t.* 鋪(路), 鋪砌

paveur [pavœ:r] *n. m.* 鋪路工人, 鋪砌工人

pavillon [pavijɔ̃] *n. m.* 亭, 涼亭, 樓閣; (船用的) 國籍旗, 信號旗;【解】外耳; (小號等的) 喇叭口

pavois [pavwa] *n. m.* 大盾;【船】舷 (牆)

pavoisement [pavwazmɑ̃] *n. m.* 彩旗裝飾

pavoiser [pavwaze] *v. t.* (在船上、建築物上) 懸掛彩旗, 飾以彩旗 *v. i.* 〖俗〗狂歡

pavot [pavo] *n. m.* 罌粟

payable [pɛjabl] *a.* 應付的

payant, e [pɛjɑ̃, ɑ̃:t] *a.* 付款的; 收費的; 有利可圖的 *n.* 付款者

paye = paie

payement = paiement

payer [pɛje] *v. t.* [c. 4] 支付, 付給; 償還, 償付; 爲…付出代價, 爲…作出犧牲; 酬報, 補償; 抵償

payeur, se [pɛjœ:r, ø:z] *n.* 付款人 *a.* 支付的

pays [pe(ɛ)i] *n. m.* 國, 國家; 地區, 地方; 當地居民; 祖國, 故鄉; 〖俗〗同鄉

paysage [pe(ɛ)izɑ:ʒ] *n. m.* 風景, 景色; 風景畫

paysagiste [pe(ɛ)izaʒist] *n.* 風景畫家 *a.* 風景畫的

paysan, ne [pe(ɛ)izɑ̃, an] *n.* 農民

paysannerie [pe(ɛ)izanri] *n. f.* 農民〔總稱〕; 描寫農民的文學作品

payse [pe(ɛ)i:z] *n. f.* 〖俗〗女同鄉

péage [pea:ʒ] *n. m.* 通行稅

peau [po] (*pl.* ～**x**) *n. f.* 皮, 皮膚; 毛皮, 皮革; (牛乳等表面的) 薄膜

peausserie [posri] *n. f.* 皮革業; 皮革商店; 皮革

peaussier [posje] *a. m.* 製革的; 皮革商的 *n. m.* 製革工人; 皮革商

pécari [pekari] *n. m.* 美洲野豬

peccadille [pekadij] *n. f.* 過錯, 過失

pechblende [pɛʃblɛ̃d] *n. f.* 瀝青鈾礦

pêche [pɛʃ] *n. f.* 桃子; 釣魚, 捕魚; 捕得的魚

péché [peʃe] *n. m.* 【宗】罪孽, 罪惡

pécher [peʃe] *v. i.* [c. 7] 犯罪；違反；有缺陷

pêcher [pe[ɛ]ʃe] *n. m.* 桃樹 *v. t.* 釣(魚)，捕(魚)；〖俗〗得到，弄到

pêcherie [pɛʃri] *n. f.* 漁場

pécheur, eresse [peʃœːr, peʃrɛs] *n.* 道德敗壞者，罪人

pêcheur, se [pɛʃœːr, øːz] *n.* 漁民，漁夫；釣魚者 *a.* 漁夫的，捕魚的

pécore [pekɔːr] *n. f.* 〖俗〗傲慢的蠢女人

pectine [pɛktin] *n. f.* 【化】果膠

pectoral, ale [pɛktɔral] (*pl. ~aux*) *a.* 胸的，胸部的；【醫】舒胸的，祛痰的

pécule [pekyl] *n. m.* (小額)積蓄；囚犯釋放時領到的一筆錢；退役補助金

pécuniaire [pekynjɛːr] *a.* 金錢的，經濟上的

pédagogie [pedagɔʒi] *n. f.* 兒童教育學；教學法

pédagogique [pedagɔʒik] *a.* 教育學的；教學法的

pédagogue [pedagɔg] *n. m.* 兒童教育家；教育家

pédale [pedal] *n. f.* 踏板，踏腳；自行車運動

pédaler [pedale] *v. i.* 踩踏板；〖俗〗騎自行車；〖民〗奔跑

pédalier [pedalje] *n. m.* (管風琴上的)腳踏鍵盤；(自行車的)踏腳盤

pédant, e [pedā, ãːt] *a.* 學究式的，迂腐的；賣弄學問的 *n.* 學究，腐儒；賣弄學問的人

pédanterie [pedātri] *n. f.* 學究氣；賣弄學問

pédantesque [pedātɛsk] *a.* 學究式的，迂腐的；賣弄學問的

pédantisme [pedātism] *n. m.* 學究氣

pédestre [pedɛstr] *a.* 步行的，徒步的

pédiatre [pedjatr] *n. m.* 兒科醫生；兒科專家

pédiatrie [pedjatri] *n. f.* 兒科學

pédicule [pedikyl] *n. m.* 【植】柄；【解】蒂

pédicure [pedikyːr] *n.* 修腳者，扦腳者

pedigree [pedigri] *n. m.* 〖英〗種畜系譜

pédologie [pedɔlɔʒi] *n. f.* 土壤學

pédologue [pedɔlɔg] *n. m.* 土壤學家

pédoncule [pedɔ̃kyl] *n. m.* 【植】柄

pègre [pɛgr] *n. f.* 〖行〗(一批，一夥)盜賊

peignage [pɛɲaːʒ] *n. m.* 【紡】梳理(工藝)

peigne [pɛɲ] *n. m.* 梳子；【紡】筘，斬刀；【動】扇貝(屬)；(蜜蜂等的)足節前端的櫛

peignée [pe[ɛ]ɲe] *n. f.* 〖俗〗毆打

peigner [pe[ɛ]ɲe] *v. t.* 給…梳頭；【紡】精梳

peigneur, se [pɛɲœːr, øːz] *a.* 【紡】精梳的 *n.* 精梳工 *n. f.* 精梳機

peignoir [pɛɲwaːr] *n. m.* (梳頭或理髮用的)圍布；浴衣；(女用)晨衣

peille [pɛj] *n. f.* (造紙用的)破布

peindre [pɛ̃dr] *v. t.* [c. 51]畫，描繪；塗(油漆)，給…着色；描摹，描寫

peine [pɛn] *n. f.* 刑罰，懲罰；痛苦，悲傷，憂慮；辛苦，疲勞；困難；窮困；à ~ *loc. adv.* 剛剛；勉強，幾乎不

peiner [pe[ɛ]ne] *v. i.* 操勞，費盡力氣，疲於 *v. t.* 使煩惱，使操心

peintre [pɛ̃tr] *n. m.* 畫家；油漆匠；描繪者

peinture [pɛ̃tyːr] *n. f.* 畫，圖畫；畫法；繪畫藝術；塗漆，着色；油漆，顏料；描寫，描摹

peinturer [pɛ̃tyre] *v. t.* 亂塗顏色

peinturlurer [pɛ̃tyrlyre] *v. t.* 〖俗〗用刺目的顏色亂塗

péjoratif, ve [peʒɔratif, iːv] *a.* 貶義的 *n. m.* 貶義詞

pékin, péquin [pekɛ̃] *n. m.* 老百姓〔軍中行話〕

pékinois, e [pekinwa, aːz] *a.* 北京的 *n.* P~ 北京人 *n. m.* 北京話

pelade [p(ə)lad] *n. f.* 【醫】斑禿

pelage [p(ə)la:ʒ] *n. m.* 獸毛, 毛色; 【革】脫毛

pélagique [pelaʒik] *a.* 深海的, 遠海的

pelé, e [p(ə)le] *a.* 毛、髮脫光的; 不毛的, 光禿的 *n.* 〖俗〗禿子

pêle-mêle [pɛlmɛl] *adv.* 混雜地, 混雜地, 亂七八糟地 *n. m. inv.* 混亂, 雜亂; (可放置多張照片的鏡框

peler [p(ə)le] [c. 6] *v. t.* 去毛, 拔毛; 剝皮 *v. i.* 脫皮

pèlerin, e [pɛlrɛ̃, in] *n.* 朝山進香者, 往聖地朝拜者

pèlerinage [pɛlrina:ʒ] *n. m.* 朝山進香, 朝拜聖地; 聖地; 瞻仰

pèlerine [pɛlrin] *n. f.* (女用)披肩; 披風, 斗篷

pélican [pelikɑ̃] *n. m.* 鵜鶘

pelisse [p(ə)lis] *n. f.* 毛皮大衣

pellagre [pe(ɛl)lagr] *n. f.* 烟酸缺乏症, 糙皮病

pelle [pɛl] *n. f.* 鏟, 鍬; 槳葉; 小鏟子〔一種餐具〕

pelletée [pɛlte] *n. f.* 一鏟, 一鍬; 〖俗〗大量

pelleter [pɛlte] [c. 5], **peller** [pe(ɛl)le] *v. t.* 鏟

pelleterie [pɛltəri, peletri] *n. f.* 皮貨, 毛皮; 毛皮製造工藝; 皮貨業

pelleteur [pɛltœr] *n. m.* 鏟土、鏟煤等工人; 斗式提升輸送機

pelletier, ère [pɛltje, ɛːr] *a., n.* 加工或出售皮貨的(人)

pellicule [pe(ɛl)likyl] *n. f.* 薄皮, 薄膜; 頭皮屑; 【攝】膠片

pelotage [p(ə)lɔta:ʒ] *n. m.* 繞成綫球; 〖俗〗(不正派的)愛撫

pelotari [pelɔtari] *n. m.* 打回力球者

pelote [p(ə)lɔt] *n. f.* 綫球; 針墊〔插針用〕; 回力球

peloter [p(ə)lɔte] *v. t.* 把…繞成球; 〖俗〗(親狎地)撫摸; 奉承

peloteur, se [p(ə)lɔtœ:r, øːz] *n.* 【紡】絡紗工; 〖俗〗愛調戲者

peloton [p(ə)lɔtɔ̃] *n. m.* 小綫球; 羣, 簇; 【軍】小隊, 分隊

pelotonnement [p(ə)lɔtɔnmɑ̃] *n. m.* 繞成綫球; 蜷縮

pelotonner, se [p(ə)lɔtɔne] *v. t.* 繞成綫團 *v. pr.* 蜷縮

pelouse [p(ə)lu:z] *n. f.* 草坪

peluche [p(ə)lyʃ] *n. f.* 長毛絨

pelucher [p(ə)lyʃe] *v. i.* (用舊的紡織品)起毛

pelucheux, se [p(ə)lyʃø, øːz] *a.* 起毛的; 似絨毛的

pelure [p(ə)ly:r] *n. f.* 剝下或削下的菓皮, 菜皮; 〖俗〗大衣

pelvien, ne [pɛlvjɛ̃, ɛn] *a.* 骨盆的

pelvis [pɛlvis] *n. m.* 【解】骨盆

pemphigus [pɛ̃figys] *n. m.* 天疱瘡

pénal, ale [penal] (*pl.* ~ **aux**) *a.* 刑罰的, 刑事的

pénalisation [penalizasjɔ̃] *n. f.* 懲罰; 【體】處罰

pénalité [penalite] *n. f.* 刑罰; 處罰, 罰款

pénates [penat] *n. m. pl.* (古羅馬)宅神, 竈神; 住所, 住處, 家 *a. dieux~* 宅神, 竈神

penaud, e [p(ə)no, o:d] *a.* 窘迫的, 尷尬的; 羞愧的

penchant, e [pɑ̃ʃɑ̃, ɑ̃:t] *a.* 傾斜的, 傾向 *n. m.* 斜坡; 傾向, 愛好

pencher [pɑ̃ʃe] *v. i.* 傾斜, 傾向於; 偏愛 *v. t.* 使傾斜 *v. pr.* 彎腰; 對…感興趣

pendable [pɑ̃dabl] *a.* 應處以絞刑的

pendaison [pɑ̃dɛzɔ̃] *n. f.* 絞刑; 自縊; 懸掛

pendant, e [pɑ̃dɑ̃, ɑ̃:t] *a.* 懸掛的, 下垂的; 懸而未决的 *n. m.* 對稱物; 相似物

pendant [pɑ̃dɑ̃] *prép.* 在…時候, 在…期間

pendard, e [pɑ̃da:r, ard] *n.* 〖俗〗無賴, 騙子

pendeloque [pɑ̃dlɔk] *n. f.* （耳環的）寶石墜子

pendentif [pɑ̃dɑ̃tif] *n. m.* 【建】穹隅；項鏈的墜子

penderie [pɑ̃dri] *n. f.* 掛衣服的壁櫥

pendiller [pɑ̃dije] *v. i.* 懸盪着

pendre [pɑ̃:dr] [c. 42] *v. t.* 懸,掛,弔,垂;絞死,弔死 *v. i.* 懸掛着;下垂,掛下來 *v. pr.* 自縊

pendu, e [pɑ̃dy] *a.* 懸掛的,弔起的;被絞死的,弔死的 *n.* 被絞死者,自縊者

pendulaire [pɑ̃dylɛ:r] *a.* （鐘）擺的

pendule [pɑ̃dyl] *n. m.* （鐘）擺,擺錘 *n. f.* 擺鐘,掛鐘

pendulette [pɑ̃dylɛt] *n. f.* 小擺鐘

pêne [pɛn] *n. m.* 鎖閂,鎖舌

pénéplaine [peneplɛn] *n. f.* 【地】準平原

pénétration [penetrasjɔ̃] *n. f.* 進入,穿透,滲透;洞察力

pénétré, e [penetre] *a.* 穿入的,侵入的,滲透的;深信的

pénétrer [penetre] [c. 7] *v. t.* 穿入,透入,滲入;使深受感動;洞察,看穿;使深信 *v. i.* 進入,滲入,侵入 *v. pr.* 深信,深受感染

pénible [penibl] *a.* 費力的,繁重的,艱難的,痛苦的;〖俗〗難以忍受的

péniche [peniʃ] *n. f.* （大型）平底駁船

pénicilline [penisilin] *n. f.* 青黴素

péninsulaire [penɛ̃sylɛ:r] *a.* 半島的,半島居民的

péninsule [penɛ̃syl] *n. f.* 半島

pénitence [penitɑ̃:s] *n. f.* 【宗】懺悔,悔罪,告解聖事,補贖;懲罰;（輸家或犯規者受的）罰

pénitencier [penitɑ̃sje] *n. m.* 【宗】教區聽告罪神功的神甫;苦役監獄;感化院

pénitent, e [penitɑ̃, ɑ̃:t] 【宗】 *a.* 懺悔的,做補贖的;苦修的 *n.* 懺悔者;做補贖者 *n. m.* 苦修者

pénitentiaire [penitɑ̃sjɛ:r] *a.* 監獄的,感化的

penne [pɛn] *n. f.* 長羽毛;箭羽;（船上）三角帆桁的頂端

penné, e [pɛne] *a.* 羽狀的〔指葉子〕

pennon [pe[ɛn]nɔ̃] *n. m.* （中世紀騎士矛上插的）三角旗

pénombre [penɔ̃:br] *n. f.* 微光,半明半暗;【物】半影;【藝】半陰影

pensée [pɑ̃se] *n. f.* 思想,思維;念頭,想法,回憶,沉思;意圖,打算;意見;名言;【植】三色菫

pensée-maotsétoung [pɑ̃semaotsetuŋ] *n. f.* 毛澤東思想

penser [pɑ̃se] *v. i.* 想,思索,思考;推測,推斷;想起,想到;想要,打算 *v. t.* 想,認為,以為;想要,打算;希望 *n. m.* 〖詩〗思想

penseur [pɑ̃sœ:r] *n. m.* 思想家;深思熟慮的人

pensif, ve [pɑ̃sif, i:v] *a.* 深思的,沉思的

pension [pɑ̃sjɔ̃] *n. f.* 撫恤金,養老金,津貼;膳宿費;膳宿公寓;寄宿學校;寄宿生

pensionnaire [pɑ̃sjɔnɛ:r] *n.* 寄膳宿者;寄宿生;法蘭西喜劇院領固定報酬的演員

pensionnat [pɑ̃sjɔna] *n. m.* 寄宿學校

pensionner [pɑ̃sjɔne] *v. t.* 發給養老金,發給撫恤金,發給津貼

pensum [pɛ̃sɔm] *n. m.* 〖拉〗（懲罰學生的）額外作業;厭煩的抄寫工作

pentagonal, ale [pɛ̃tagɔnal] (*pl.* ~**aux**) *a.* 五邊形的,五角形的

pentagone [pɛ̃tagɔn] *n. m.* 五邊形,五角形; le P ~ 五角大樓〔指美國國防部〕

pentamètre [pɛ̃tamɛtr] *n. m.* 五音步詩

pentarchie [pɛ̃tarʃi] *n. f.* 五頭政治,五國聯盟

pente [pɑ̃:t] *n. f.* 傾斜,斜坡;傾向,嗜好

Pentecôte [pɑ̃tko:t] *n. f.* 猶太人的五旬

節；(基督教)聖靈降臨節

penture [pɑ̃ty:r] *n. f.* (門上)束帶式絞鏈

pénultième [penyltjɛm] *a.* 倒數第二的 *n. f.* 倒數第二個音節

pénurie [penyri] *n. f.* 極端的缺乏；缺少

péon [peɔ̃] *n. m.* (南美洲的)農業工人

pépie [pepi] *n. f.* avoir la ～ 渴極

pépiement [pepimɑ̃] *n. m.* 小鳥的叫聲，啾鳴

pépier [pepje] *v. i.* (小鳥)吱吱喳喳地叫，啾鳴

pépin [pepɛ̃] *n. m.* 瓜菓的種子；[俗]雨傘；[民]厭煩

pépinière [pepinjɛ:r] *n. f.* 樹苗；苗圃；培訓機構

pépiniériste [pepinjerist] *n.* 苗圃工作人員

pépite [pepit] *n. f.* 天然金屬塊〔主要指金塊〕

pepsine [pɛpsin] *n. f.* 【生化】胃蛋白酶

peptone [pɛptɔn] *n.f.* 【生化】腖

péquin = pékin

perçage [pɛrsa:ʒ] *n. m.* 穿孔，鑽孔，打眼

percale [pɛrkal] *n. f.* 高級密織薄紗

percaline [pɛrkalin] *n. f.* 貝克林〔一種軋光高級細紗〕

perçant, e [pɛrsɑ̃, ɑ̃:t] *a.* 刺骨的；刺耳的；視力好的；目光敏銳的

perce [pɛrs] *n. f.* 鑽子，鑽頭；衝頭，孔

percée [pɛrse] *n. f.* 洞，窗孔，缺口；突破

percement [pɛrsəmɑ̃] *n. m.* 開鑿，鑽孔，打通

perce-neige [pɛrsənɛ:ʒ] *n. f. inv.* 雪花蓮

perce-oreille [pɛrsɔrɛj] (*pl.* ～**s**) *n. m.* 【昆】蠼螋

percepteur [pɛrsɛptœ:r] *n. m.* 徵稅官，收稅員；微課罰金人員

perceptible [pɛrsɛptibl] *a.* 可感知的；

可理解的；可徵收的，可收稅的

perception [pɛrsɛpsjɔ̃] *n. f.* 感覺，知覺，領悟；徵稅；徵稅官之職

percer [pɛrse] [c. 1] *v. t.* 鑽孔，打洞；打通，穿過；發覺，刺傷，刺死 *v. i.* 穿孔，顯露；出名

perceur, se [pɛrsœ:r, øz] *n., a.* 鑽工(的) *n. f.* 鑽床，鑽孔機

percevable [pɛrsəvabl] *a.* 可徵收的

percevoir [pɛrsəvwa:r] *v. t.* [c. 25] 感覺，領悟；徵收

perche [pɛrʃ] *n. f.* 鱸魚；杆，撐竿；[俗] 瘦長的人；有叉的鹿角

percher [pɛrʃe] *v. i.* (鳥類)棲息；[俗] 居住

perchiste [pɛrʃist] *n.* 撐竿跳高運動員

perchoir [pɛrʃwa:r] *n. m.* (家禽等的)棲架，棲息處

perclus, e [pɛrkly, y:z] *a.* 癱瘓的

perçoir [pɛrswa:r] *n. m.* 鑽孔工具，衝孔工具

percolateur [pɛrkɔlatœ:r] *n. m.* 大咖啡壺

percussion [pɛrkysjɔ̃] *n. f.* 打擊，撞擊；【軍】擊發；【醫】叩診；【樂】打擊樂器

percutant, ø [pɛrkytɑ̃, ɑ̃:t] *a.* 撞擊的，碰撞的；【軍】擊發的；引起震動的(指言論等)

percuter [pɛrkyte] *v. t.* 撞擊，碰撞；進行叩診

percuteur [pɛrkytœ:r] *n. m.* 【軍】撞針，擊針

perdition [pɛrdisjɔ̃] *n. f.* (船隻)遇險；墮落

perdre [pɛrdr] [c. 42] *v. t.* 失去，喪失；丟失，輸掉；毀掉；使破產，浪費，錯過；使墮落；迷失 *v. i.* 價值降低；賠本 *v. pr.* 迷路，消失；(船隻)沉沒；墮落；不流行

perdreau [pɛrdro] (*pl.* ～**x**) *n. m.* (當年的)小山鶉

perdrix [pɛrdri] *n. f.* 山鶉

père [pɛ:r] *n. m.* 父親；創始人；[俗]老

頭〔用於姓氏前〕;【宗】神甫; *pl.* 祖先

pérégrination [peregrinɑsjɔ̃] *n. f.* 遠途旅行

Père-Lachaise [pɛʀlaʃɛːz] *n. pr.* cimetière du ～ 拉雪茲(神甫)公墓

péremption [perɑ̃psjɔ̃] *n. f.* 【法】訴訟時效的消失

péremptoire [perɑ̃ptwaːr] *a.* 【法】訴訟時效消失的,斷然的,不容置辯的

pérennité [per[ɛn]nite] *n. f.* 持久,永久

péréquation [perekwɑsjɔ̃] *n. f.* (捐稅等的)平均負擔;(工資等的)調整;(物價等的)平衡

perfectibilité [pɛrfɛktibilite] *n. f.* 可精益求精,可改進

perfectible [pɛrfɛktibl] *a.* 可精益求精的,可改進的

perfection [pɛrfɛksjɔ̃] *n. f.* 完美,完善

perfectionnement [pɛrfɛksjɔnmɑ̃] *n. m.* 完美,完善

perfectionner [pɛrfɛksjɔne] *v. t.* 使完美,使完善

perfide [pɛrfid] *a., n.* 背信棄義的(人),無信義的(人);奸詐的(人)

perfidie [pɛrfidi] *n. f.* 背信棄義;奸詐

perforateur, trice [pɛrfɔratœr, tris] *a.* 穿孔的,打眼的 *n. f.* 鑽孔機

perforation [pɛrfɔrɑsjɔ̃] *n. f.* 鑽孔,打眼;【醫】穿孔

perforer [pɛrfɔre] *v. t.* 鑽孔,打眼

performance [pɛrfɔrmɑ̃ːs] *n. f.* (體育運動的)成績;成就,功勳

pergola [pɛrgɔla] *n. f.* 藤架,蔓藤花棚

péricarde [perikard] *n. m.* 【解】心包(膜)

péricarpe [perikarp] *n. m.* 【植】果皮

péricliter [periklite] *v. i.* 處於絕境,趨於崩潰;衰落

péridot [perido] *n. m.* 【地質】橄欖石

périgée [periʒe] *n. m.* 【天】近地點

péril [peril] *n. m.* 危險,風險

périlleux, se [perijø, øːz] *a.* 危險的,冒險的

périmer(se) [s(ə)perime] *v. pr.* 過期,失效

périmètre [perimɛtr] *n. m.* 週;週長

périnée [perine] *n. m.* 【解】會陰

période [perjɔd] *n. f.* 期間,時期,時代;週期;【醫】間歇期;【語】複合爲句

périodicité [perjɔdisite] *n. f.* 週期性

périodique [perjɔdik] *a.* 定期的,週期的 *n. m.* 期刊

périoste [perjɔst] *n. m.* 【解】骨膜

péripatéticien, ne [peripatetisjɛ̃, ɛn] *a., n.* 【哲】逍遙派的(信徒)

péripatétisme [peripatetism] *n. m.* 逍遙派哲學〔即亞里士多德學派的哲學〕

péripétie [peripesi] *n. f.* 波折,突變,變故

périphérie [periferi] *n. f.* 週界綫,外圍,四週;市郊

périphérique [periferik] *a.* 外圍的,四週的;市郊的

périphrase [perifrɑːz] *n. f.* 【修辭】迂迴說法

périple [peripl] *n. m.* 遠洋航行;旅游

périr [periːr] *v. i.* 喪失,死亡;(船舶)遇難,沉沒;崩潰,毀滅;～ de … 得要命

périscolaire [periskɔlɛːr] *a.* 校外的,課外的

périscope [periskɔp] *n. m.* 潛望鏡

périssable [perisabl] *a.* 易壞的,易變質的

périssoire [periswaːr] *n. f.* 狹長的划子,賽艇

péristaltique [peristaltik] *a.* 【生理】蠕動的

péristyle [peristil] *n. m.* 【建】列柱廊

péritoine [peritwan] *n. m.* 【解】腹膜

péritonite [peritɔnit] *n. f.* 腹膜炎

perle [pɛrl] *n. f.* 珍珠;珠子;明珠;珍品;十全十美的人;【建】串珠飾;【動】石蠅

perlé, e [pɛrle] a. 鑲有珍珠的, 珍珠般的; 完美的, 精心製作的

perler [pɛrle] v. t. 使完美, 精心製作 v. i. (淚、汗等)形成小珠狀

perlier, ère [pɛrlje, ɛ:r] a. 含有珍珠的, 產珠的

permanence [pɛrmanɑ̃:s] n. f. 永久性, 持久性; 常設機構

permanent, e [pɛrmanɑ̃, ɑ̃:t] a. 永久的, 持久的, 持續的; 常設的, 常任的 n. 專職人員

permanente [pɛrmanɑ̃:t] n. f. 電燙頭髮

permanganate [pɛrmɑ̃ganat] n. m. 高錳酸鹽

perméabilité [pɛrmeabilite] n. f. 【化】滲透性

perméable [pɛrmeabl] a. 可滲透的; 易受影響的

permettre [pɛrmɛtr] v. t. [c. 45] 許可, 允許; 容忍; 使可能

permis [pɛrmi] n. m. 許可證, 執照

permission [pɛrmisjɔ̃] n. f. 准許, 許可; (軍人的)休假

permissionnaire [pɛrmisjɔnɛ:r] n. m. 許可證持有者; 休假中的軍人

permutation [pɛrmytasjɔ̃] n. f. 對調, 調換;【數】全排列, 置換

permuter [pɛrmyte] v. t. 對調, 調換 v. i. 調換職務

pernicieux, se [pɛrnisjø, ø:z] a. 很有害的, 危險的

péroné [perɔne] n. m. 【解】腓骨

péronnelle [perɔnɛl] n. f. 〖俗〗多嘴多舌的傻大姐

péroraison [perɔrɛzɔ̃] n. f. 結束語

pérorer [perɔre] v. i. 高談闊論

peroxyde [perɔksid] n. m. 過氧化物

perpendiculaire [pɛrpɑ̃dikylɛ:r] a. 垂直的 n. f. 垂綫

perpétration [pɛrpetrasjɔ̃] n. f. (犯罪)已遂

perpétrer [pɛrpetre] v. t. [c. 7] 犯(一

項罪行)

perpétuation [pɛrpetɥasjɔ̃] n. f. 永存, 不朽

perpétuel, le [pɛrpetɥɛl] a. 永久的;連續不斷的; 終身的 pl. 經常的

perpétuer [pɛrpetɥe] v. t. 使永存, 使不朽

perpétuité [pɛrpetɥite] n. f. 永存, 不朽, 永久

perplexe [pɛrplɛks] a. 困惑的, 不知所措的

perplexité [pɛrplɛksite] n. f. 困惑, 不知所措

perquisition [pɛrkizisjɔ̃] n. f. 搜查

perquisitionner [pɛrkizisjɔne] v. i. 搜查

perron [pɛrɔ̃] n. m. 台階

perroquet [pɛrɔkɛ] n. m. 鸚鵡;學舌的人;【海】第三層帆

perruche [pe[ɛ]ryʃ] n. f. 雌鸚鵡;虎皮鸚鵡

perruque [pe[ɛ]ryk] n. f. 假髮

perruquier [pe[ɛ]rykje] n. m. 假髮師;〖古〗理髮師

pers, e [pɛ:r, ɛrs] a. 湖藍的, 湖綠的

persan, e [pɛrsɑ̃, an] a. 波斯的 n. P～ 波斯人 n. m. 波斯語

perse [pɛrs] a. 古波斯的 n. P～ 古代波斯人

persécuter [pɛrsekyte] v. t. 迫害, 虐待; 糾纏, 逼迫

persécuteur, trice [pɛrsekytœr, tris] a. 迫害人的, 虐待人的; 糾纏人的 n. 迫害者, 虐待者; 糾纏者

persécution [pɛrsekysjɔ̃] n. f. 迫害, 虐待; 糾纏

persévérance [pɛrseverɑ̃:s] n. f. 堅持, 堅忍, 堅定, 恒心

persévérant, e [pɛrseverɑ̃, ɑ̃:t] a., n. 堅定的(人), 不屈不撓的(人)

persévérer [pɛrsevere] v. i. [c. 7] 堅持; 堅韌不拔

persienne [pɛrsjɛn] n. f. 百葉窗

persiflage [pɛrsifla:ʒ] *n. m.* 嘲笑, 諷刺

persifler [pɛrsifle] *v. t.* 嘲笑, 諷刺

persifleur, se [pɛrsiflœ:r, ø:z] *n.* 嘲笑者, 諷刺者

persil [pɛrsi] *n. m.* 【植】歐芹

persistance [pɛrsistɑ̃:s] *n. f.* 堅持, 固執; 持續, 持久

persistant, e [pɛrsistɑ̃, ɑ̃:t] *a.* 堅持的, 持續的; 【植】常綠的

persister [pɛrsiste] *v. i.* 堅持; 持續

persona grata [pɛrsɔnagrata] 〖拉〗受歡迎的人; persona non grata 不受歡迎的人

personnage [pɛrsɔna:ʒ] *n. m.* 重要人物; 人物, 角色

personnaliser [pɛrsɔnalize] *v. t.* 使人格化, 使具有個性

personnalisme [pɛrsɔnalism] *n. m.* 【哲】人格主義

personnalité [pɛrsɔnalite] *n. f.* 人格, 個性; 知名人士; 人身攻擊

personne [pɛrsɔn] *n. f.* 人; 生命, 身體; 【語】人稱; en ～ 親自 *pron. indéf.* 任何人; 〔和 ne 連用〕無人

personnel, le [pɛrsɔnɛl] *a.* 個人的, 本人的; 自私的; 【語】人稱的 *n. m.* 人員

personnification [pɛrsɔnifikasjɔ̃] *n. f.* 擬人, 人格化; 化身

personnifier [pɛrsɔnifje] *v. t.* 使人格化; 體現, 象徵

perspectif, ve [pɛrspɛktif, i:v] *a.* 透視的

perspective [pɛrspɛkti:v] *n. f.* 透視法, 遠景; 林蔭大道; 前景; 角度, 觀點

perspicace [pɛrspikas] *a.* 敏銳的, 有洞察力的

perspicacité [pɛrspikasite] *n. f.* 敏銳, 洞察力

persuader [pɛrsɥade] *v. t.* 說服, 使信服 *v. pr.* 使自己相信

persuasif, ve [pɛrsɥazif, i:v] *a.* 有說服

力的

persuasion [pɛrsɥa[a]zjɔ̃] *n. f.* 說服; 確信, 堅信

perte [pɛrt] *n. f.* 失去, 喪失, 損失; 虧損; 死亡; 毁滅; 失敗; 浪費; *pl.* 【軍】傷亡; à ～ de vue *loc. adv.* 一望無際

pertinemment [pɛrtinamɑ̃] *adv.* 恰當地, 中肯地, 切題地

pertinent, e [pɛrtinɑ̃, ɑ̃:t] *a.* 恰當的, 中肯的, 切題的

perturbateur, trice [pɛrtyrbatœ:r, tris] *a.* 擾亂的, 騷擾的 *n.* 擾亂者, 騷擾者

perturbation [pɛrtyrbasjɔ̃] *n. f.* 擾亂, 騷擾

perturber [pɛrtyrbe] *v. t.* 擾亂, 騷擾

péruvien, ne [peryvjɛ̃, ɛn] *a.* 秘魯的 *n.* P～ 秘魯人

pervenche [pɛrvɑ̃:ʃ] *n. f.* 長春花

pervers, e [pɛrvɛ:r, ɛrs] *a.* 邪惡的, 爲非作歹的; 敗壞的 *n.* 惡人, 作惡者

perversion [pɛrvɛrsjɔ̃] *n. f.* 腐化, 墮落; 【醫】反常

perversité [pɛrvɛrsite] *n. f.* 邪惡, 敗壞, 邪惡行爲

pervertir [pɛrvɛrti:r] *v. t.* 敗壞, 使墮落, 使變壞

pesage [p(ə)za:ʒ] *n. m.* 稱重; (賽馬場中)騎師體重檢查處

pesamment [p(ə)zamɑ̃] *adv.* 沉重地; 笨重地, 遲鈍地

pesant, e [p(ə)zɑ̃, ɑ̃:t] *a.* 重的; 沉重的; 遲鈍的; 緩慢的 *n. m.* 重量

pesanteur [p(ə)zɑ̃tœ:r] *n. f.* 重力, 重量; 笨重; 沉重; 遲鈍, 呆板; 不舒服

pèse-alcool [pɛzalkɔl] (*pl.* ～(*s*)) *n. m.* 酒精比重計

pèse-bébé [pɛzbebe] (*pl.* ～ s) *n. m.* 嬰兒磅秤

pesée [p(ə)ze] *n. f.* 稱(重); 一次所稱之量; (一)推, (一)撬, (一)壓

pèse-lait [pɛzlɛ] (*pl.* ～(*s*)) *n. m.* 乳

比重計

pèse-lettre [pɛzlɛtr] (pl.~s) n. m.
信件秤

peser [p(ə)ze] [c. 6] v. t. 稱…的重
量；權衡，斟酌 v. i. 重…；按，壓；
~à 使感到心情沉重

peseur, se [p(ə)zœ:r, ø:z] n. 過磅員，過
稱員

peson [p(ə)zɔ̃] n. m. 彈簧秤

pessimisme [pesimism] n. m. 悲觀主
義，悲觀

pessimiste [pesimist] a. 悲觀主義的，
悲觀的 n. 悲觀主義者，悲觀的人

peste [pɛst] n. f. 鼠疫，瘟疫；有害的人
或物；〖俗〗叫人頭痛的女人

pester [pɛste] v. i. 咒罵

pesteux, se [pɛstø, ø:z] n. 鼠疫的

pestiféré, e [pɛstifere] a. 患鼠疫的
n. 鼠疫患者

pestilence [pɛstilɑ̃:s] n. f. 惡臭

pestilentiel, le [pɛstilɑ̃sjɛl] a. 瘟疫性
的；傳染瘟疫的；發臭氣的

pet [pɛ] n. m. 屁

pétale [petal] n. m. 花瓣

pétarade [petarad] n. f. (牲口尥蹶子
時放的)連珠屁；連續不斷的爆打聲

pétarader [petarade] v. i. (牲口尥蹶子
時)放連珠屁；發出連續的爆打聲

pétard [peta:r] n. m. 爆竹，鞭炮；〖俗〗
吵鬧聲，爆炸性新聞

pétaudière [petodjɛ:r] n. f. 〖俗〗混亂
的集會；管理不善的企業

péter [pete] v. i. [c. 7] 放屁，發出爆裂
聲；折斷，碎裂

pète-sec [pɛtsɛk] a. inv., n. 〖俗〗態度
生硬的(人)

pétillement [petijmɑ̃] n. m. 劈啪聲，閃
耀

pétiller [petije] v. i. 發出劈啪聲；閃閃
發光；冒氣泡

pétiole [pesjɔl] n. m. 葉柄

petiot, e [p(ə)tjo, ɔt] a. 〖俗〗很小的
n. 小孩

petit, e [p(ə)ti, it] a. 小的；幼小的，嬌
小的；微不足道的；低微的 n. 小孩；
(動物的)崽子 n. m. 貧窮的人，小人
物，弱者

petit-bourgeois [p(ə)tiburʒwa] (f. ~e-
~e [p(ə)titburʒwa:z]) n. 小資產階級
分子 a. 小資產階級的

petite-fille [p(ə)titfij] (pl. ~s-~s) n. f.
孫女；外孫女

petite-nièce [p(ə)titnjɛs] (pl.~s-~s)
n. f. 侄孫女；外甥；外甥女之女

petitesse [p(ə)tites] n. f. 小，渺小；微
薄，少量；卑鄙；(心胸)狹窄；卑鄙的行爲

petit-fils [p(ə)tifis] (pl. ~s-~) n. m.
孫子；外孫

petit-gris [p(ə)tigri] (pl.~s-~) n. m.
松鼠，松鼠皮；蝸牛

pétition [petisjɔ̃] n. f. 請願書；【法】訴
願(狀)

pétitionnaire [petisjɔnɛ:r] n. 請願人；
【法】訴願人

pétitionnement [petisjɔnmɑ̃] n. m. 請
願

pétitionner [petisjɔne] v. i. 請願；遞請
願書

petit lait [p(ə)tilɛ] (pl. ~s-~s) n. m.
乳清，乳漿

petit-neveu [p(ə)tinvø] (pl.~s-~x) n.
m. 侄孫；外甥；外甥女之子

petits-enfants [p(ə)tizɑ̃fɑ̃] n. m. pl. 孫
子們；外孫們

peton [p(ə)tɔ̃] n. m. 〖俗〗小腳

pétrel [petrel] n. m. 海燕

pétri, e [petri] a. 被捏的〔指麵糰等〕；
由…構成的，充滿…的

pétrification [petrifikasjɔ̃] n. f. 石化
(作用)；石化物

pétrifier [petrifje] v. t. 使石化；使楞
住，嚇獃

pétrin [petrɛ̃] n. m. 揉麵缸，揉麵鉢

pétrir [petri:r] v. t. 捏，揉(麵糰等)；塑
造

pétrissage [petrisa:ʒ] n. m. 捏麵，揉

麵; 捏〔一種按摩法〕

pétrisseur, se [petrisœ:r, ø:z] *a., n.* 揉麵的(人) *n. m.* 揉麵機

pétrochimie [petrɔʃimi], **pétrolochimie** [petrɔlɔʃimi] *n. f.* 石油化學

pétrographie [petrɔgrafi] *n. f.* 岩類學, 岩相學

pétrole [petrɔl] *n. m.* 石油; 煤油, 火油

pétrolier, ère [petrɔlje, ɛ:r] *a.* 石油的 *n. m.* 油船; 石油專家; 石油巨商

pétrolifère [petrɔlife:r] *a.* 產石油的; 含石油的

pétulance [petylɑ̃:s] *n. f.* 活潑, 急劇以抑制的

pétulant, e [petylɑ̃, ɑ̃:t] *a.* 活躍的; 難以抑制的

pétunia [petynja] *n. m.* 【植】矮牽牛

peu [pø] *adv.* 少, 不多, 不太; 不久 *n. m.* 少量, 一點點; à ~ près *loc. adv.* 差不多, 幾乎; dans ~, sous ~ *loc. adv.* 不久以後; ~ à ~ *loc. adv.* 逐漸地, 漸漸地

peuplade [pœplad] *n. f.* 部落

peuple [pœpl] *n. m.* 人民; 平民, 百姓

peuplement [pœpləmɑ̃] *n. m.* 移民; 人口密度

peupler [pœple] *v. t.* 移民到, 使繁殖; 使種植物 *v. i.* 繁殖

peuplier [pøplie] *n. m.* 楊樹

peur [pœ:r] *n. f.* 害怕, 怕

peureux, se [pœrø, ø:z] *a., n.* 膽怯的(人), 膽小的(人)

peut-être [pøtɛtr] *adv.* 也許, 或許

phagocyte [fagɔsit] *n. m.* 吞噬細胞

phagocytose [fagɔsito:z] *n. f.* 【醫】吞噬作用

phalange [falɑ̃:ʒ] *n. f.* (古希臘軍隊的)密集隊形; 部隊; 密集的一羣;【解】指骨, 趾骨

phalangette [falɑ̃ʒɛt] *n. f.* 末節指骨; 末節趾骨

phalangine [falɑ̃ʒin] *n. f.* 中節指骨; 中節趾骨

phalanstère [falɑ̃stɛ:r] *n. f.* (法國空

想社會主義者傅立葉所提倡的)共同生活團體

phalène [falɛn] *n. f.* 或 *n. m.* 【昆】尺蛾

phanérogame [fanerɔgam] *a.* 顯花的 *n. f. pl.* 顯花植物

phantasme [fɑ̃tasm] *n. m.* 幻覺, 幻影

pharamineux, se [faraminø, ø:z] *a.* 〖俗〗驚人的, 異乎尋常的

pharaon [faraɔ̃] *n. m.* 法老〔古埃及國王的稱號〕; 一種紙牌賭博

phare [fa:r] *n. m.* 燈塔;【空】導航燈; 車前燈; 引路人, 指路明燈; 一根桅上的帆具

pharisaïque [farizaik] *a.* 具有法利賽人性格的; 偽善的

pharisaïsme [farizaism] *n. m.* 法利賽人的性格; 偽善

pharisien, ne [farizjɛ̃, ɛn] *n.* 法利賽人; 偽君子; 驕傲的人

pharmaceutique [farmasøtik] *a.* 藥物學的, 製藥學的

pharmacie [farmasi] *n. f.* 藥物學, 製藥學; 藥劑師的職業; 藥房; 藥品箱, 藥包

pharmacien, ne [farmasjɛ̃, ɛn] *n.* 藥劑師

pharmacologie [farmakɔlɔʒi] *n. f.* 藥理學

pharmacopée [farmakɔpe] *n. f.* 藥典, 藥物手冊

pharyngien, ne [farɛ̃ʒjɛ̃, ɛn] *a.* 【解】咽的

pharyngite [farɛ̃ʒit] *n. f.* 咽炎

pharynx [farɛ̃ks] *n. m.* 【解】咽, 咽部

phase [fɑ:z] *n. f.* 相, 相位; 階段, 時期

phénicien, ne [fenisjɛ̃, ɛn] *a.* 腓尼基的 *n.* P~ 腓尼基人 *n. m.* 腓尼基語

phénique [fenik] *a.* acide ~ 【化】酚

phénix [feniks] *n. m.* 鳳凰; 不死鳥; 佼佼者

phénol [fenɔl] *n. m.* (苯)酚, 石炭酸; *pl.* 酚類

phénoménal, ale [fenɔmenal] (*pl.* ~ **aux**) *a.* 現象的; 驚人的, 奇異的

phénomène [fenɔmɛn] *n. m.* 現象; 自然現象; 希奇古怪的東西; 怪人; 〖俗〗奇才

phényle [fenil] *n. m.* 【化】苯基

phi [fi] *n. m.* 希臘字母表中第 21 個字母 Φ, φ

philanthrope [filɑ̃trɔp] *n.* 博愛主義者; 慈善家

philanthropie [filɑ̃trɔpi] *n. f.* 博愛; 慈善

philatélie [filateli] *n. f.* 集郵

philatéliste [filatelist] *n.* 集郵者

philippin, e [filipɛ̃, in] *a.* 菲律賓的 *n.* P~ 菲律賓人

philippique [filipik] *n. f.* 猛烈的攻擊演說

philistin [filistɛ̃] *n. m.* 庸人

philologie [filɔlɔʒi] *n. f.* 語文學, 語史學, 文獻學

philologique [filɔlɔʒik] *a.* 語文學的, 語史學的, 文獻學的

philologue [filɔlɔg] *n.* 語文學家, 語史學家, 文獻學家

philosophale [filɔzɔfal] *a. f.* pierre ~ 點金石; 無法找到的東西

philosophe [filɔzɔf] *n.* 哲學家; 曠達的人 *a.* 明理的, 冷靜的, 沉着的

philosopher [filɔzɔfe] *v. i.* 以哲理推究, 談論哲學

philosophie [filɔzɔfi] *n. f.* 哲學, 哲理; 哲學學說; 達觀, 明理; 哲學課; 哲學班

philosophique [filɔzɔfik] *a.* 哲學的; 達觀的, 明理的, 忍從的

philtre [filtr] *n. m.* 春藥

phlébite [flebit] *n. f.* 靜脈炎

phlébotomie [flebɔtɔmi] *n. f.* 靜脈切開術; 靜脈放血術

phlegmon [flɛgmɔ̃] *n. m.* 蜂窩組織炎

phlox [flɔks] *n. m. inv.* 〖植〗福祿考

phobie [fɔbi] *n. f.* 【醫】恐怖(症), 畏懼

phonation [fɔnɑsjɔ̃] *n. f.* 【生理】發音

phonème [fɔnɛm] *n. m.* 【語】音素

phonétique [fɔnetik] *a.* 語音的 *n. f.* 語音學

phonographe [fɔnɔgraf] *n. m.* 留聲機, 唱機〔縮寫爲 phono [fɔno]〕

phoque [fɔk] *n. m.* 海豹

phosgène [fɔsʒɛn] *n. m.* 【化】光氣, 碳酰氯

phosphate [fɔsfat] *n. m.* 磷酸鹽; 磷酸酯

phosphaté, e [fɔsfate] *a.* 磷酸的

phosphater [fɔsfate] *v. t.* 施磷肥; 〖冶〗磷化

phosphène [fɔsfɛn] *n. m.* 【醫】壓眼光感覺; 光幻視

phosphore [fɔsfɔːr] *n. m.* 磷

phosphoré, e [fɔsfɔre] *a.* 含磷的

phosphorescence [fɔsfɔresɑ̃ːs] *n. f.* 磷光(現象); 磷光性

phosphorescent, e [fɔsfɔresɑ̃, ɑ̃ːt] *a.* 發磷光的

photo [fɔto] *n. f.* 攝影; 照片

photocalque [fɔtɔkalk] *n. m.* 藍圖; 感光複製片

photocellule [fɔtɔselyl] *n. f.* 光電管; 光電元件; 光電池

photochromie [fɔtɔkrɔmi] *n. f.* 彩色攝影術

photocomposeuse [fɔtɔkɔ̃pozøːz] *n. f.* 【印】照相排字機

photocopie [fɔtɔkɔpi] *n. f.* 攝影複製; 攝影複製件

photo-électricité [fɔtoelɛktrisite] *n. f.* 光電, 光電現象

photo-électrique [fɔtoelɛktrik] *a.* 光電的

photogénique [fɔtɔʒenik] *a.* 光化的; 照相清晰的; 上照的, 上鏡頭的

photographe [fɔtɔgraf] *n.* 攝影者, 攝影師

photographie [fɔtɔgrafi] *n. f.* 攝影, 照相術; 照片

photographier [fɔtɔgrafje] *v. t.* 攝影,

拍照; 如實描繪

photographique [fɔtɔgrafik] *a.* 攝影的, 照相的

photograveur [fɔtɔgravœːr] *a. m., n. m.* 照相製版的(工人)

photogravure [fɔtɔgravyːr] *n. f.* 照相製版(法); 照相版

photolithographie [fɔtɔlitɔgrafi] *n. f.* 攝影石印術

photomécanique [fɔtɔmekanik] *a.* 攝影製版的

photomètre [fɔtɔmɛtr] *n. m.* 光度計; 【氣】日射表

photométrie [fɔtɔmetri] *n. f.* 光度學

photon [fɔtɔ̃] *n. m.* 光子

photophore [fɔtɔfɔːr] *n. m.* 回光鏡, 回光燈

photopile [fɔtɔpil] *n. f.* 光電池

photosphère [fɔtɔsfɛːr] *n. f.* 【天】光球

photostat [fɔtɔsta] *n. m.* 影印件, 影印本

photosynthèse [fɔtɔsɛ̃tɛːz] *n. f.* 【生】光合作用

phototélégramme [fɔtɔtelegram] *n. m.* 傳真電報

phototype [fɔtɔtip] *n. m.* 照相底片

phototypie [fɔtɔtipi] *n. f.* 照相凸版印刷

phototypographie [fɔtɔtipɔgrafi] *n. f.* 照相凸版術

phrase [frɑːz] *n. f.* 句子, 語句; 【樂】短句; *pl.* 空洞的話

phraséologie [frazeɔlɔʒi] *n. f.* 句法, 措辭; 空話

phraseur, se [frazœːr, øːz] *n.* 誇誇其談的人

phrénique [frenik] *a.* 膈的, 橫膈膜的

phrénologie [frenɔlɔʒi] *n. f.* 顱相學

phtaléine [ftalein] *n. f.* 【化】酞

phtisie [ftizi] *n. f.* 肺結核

phtisique [ftizik] *a.* 患肺結核的 *n.* 肺結核患者

phylloxéra, phylloxera [filɔksera] *n.*

m. 【昆】根瘤蚜

physicien, ne [fizisjɛ̃, ɛn] 物理學家

physico-chimique [fizikɔʃimik] *a.* 物理化學的

physiologie [fizjɔlɔʒi] *n. f.* 生理學

physiologique [fizjɔlɔʒik] *a.* 生理學的; 生理的

physiologiste [fizjɔlɔʒist], **physiologue** [fizjɔlɔg] *a.* 生理學的 *n.* 生理學家

physionomie [fizjɔnɔmi] *n. f.* 面貌; 表情

physionomiste [fizjɔnɔmist] *a., n.* 善於根據面貌判斷性格的(人); 善於記住別人面貌的(人)

physique [fizik] *a.* 物質的; 身體的; 肉體的; 物理的 *n. f.* 物理(學) *n. m.* 體格, 身體; 相貌

pi [pi] *n. m.* 希臘字母表中第 16 個字母 Π, π

piaffement [pjafmɑ̃] *n. m.* (馬)用前蹄踢蹬

piaffer [pjafe] *v. i.* (馬)用前蹄踢蹬; 踩腳

piailler [pjaje] *v. i.* 〖俗〗(鳥)吱吱地叫; 不斷尖聲叫, 嘰嘰喳喳

piaillerie [pjɑjri] *n. f.* 〖俗〗(鳥)吱吱叫; 嘰嘰喳喳

piailleur, se [pjɑjœːr, øːz] *a., n.* 〖俗〗嘰嘰喳喳的(人), 吵吵嚷嚷的(人)

pianiste [pjanist] *n.* 鋼琴家, 鋼琴演奏者

piano [pjano] *n. m.* 鋼琴

pianoter [pjanɔte] *v. i.* 拙劣地彈鋼琴

piastre [pjastr] *n. f.* 皮阿斯特〔某些國家使用的貨幣名稱〕

piaulement [pjolmɑ̃] *n. m.* (小鷄的)嘰嘰鳴叫;〖俗〗(小孩)啼哭

piauler [pjole] *v. i.* (小鷄)嘰嘰叫;〖俗〗(小孩)啼哭

pic [pik] *n. m.* 啄木鳥; 鎬; 山峯, 山巔; à ~ *loc. adv.* 陡峭地, 垂直地; 恰巧, 正好

picaresque [pikarɛsk] *a.* 描寫流浪漢的

pichenette [piʃnɛt] *n. f.* 〖俗〗用手指輕彈,彈指

pichet [piʃɛ] *n. m.* 小酒壺

pickles [pikls] *n. m. pl.* 〖英〗酸菜,泡菜

pickpocket [pikpɔkɛt] *n. m.* 〖英〗扒手

pick-up [pikœp] *n. m. inv.* 〖英〗拾音器,電唱頭;草捆撿拾器〔農業機械〕

picorer [pikɔre] *v. i.* (鳥等)覓食;(蜂)採蜜 *v. t.* 啄食

picot [piko] *n. m.* 尖錘;(木頭被砍後留下的)尖刺;(花邊的)狗牙形邊;一種魚網

picotage [pikɔtaːʒ] *n. m.* 〖採〗(礦井坑道內)楔進木楔

picotement [pikɔtmɑ̃] *n. m.* 針扎般的感覺,刺痛

picoter [pikɔte] *v. t.* 連續輕刺;刺痛;啄,譏刺;〖採〗楔入

picotin [pikɔtɛ̃] *n. m.* (餵馬的)一份燕麥糧秣

picrate [pikrat] *n. m.* 〖化〗苦味酸鹽

picrique [pikrik] *a. m.* acide ～ 苦味酸

pictural, ale [piktyral] (*pl.* ～ *aux*) *a.* 繪畫的

picul [pikyl] *n. m.* 擔〔一種舊重量單位〕

pie [pi] *n. f.* 喜鵲;〖俗〗多嘴多舌的女人 *a. inv.* 白底黑斑的,白底褐斑的 *a. f.* œuvre ～ 慈善事業

pièce [pjɛs] *n. f.* 隻,片,塊,件,條,段;劇本,戲劇,一間房;補釘;部件,零件;工件;文件,證件,硬幣;大炮;(象棋中除"卒"外的)棋子

piécette [pjesɛt] *n. f.* 輔幣,小錢幣

pied [pje] *n. m.* 腳;支腳;(山、牆等的)腳;(植物的)根部;棵,株;(詩歌的)音步;尺〔法國古長度單位〕

pied-à-terre [pjetatɛːr] *n. m. inv.* 落腳點,臨時住宿處

pied-de-biche [pjedbiʃ] (*pl.* ～*s-*～-～) *n. m.* 起釘器;(拔牙用的)牙挺;門鈴的拉手;縫紉機壓腳;(傢具的)鹿蹄腳

pied-droit, piédroit [pjedrwa[α]] (*pl.*～*s-*～*s*) *n. m.* 〖建〗門窗側柱;拱腳墩;拱腳柱,拱腳柱石

piédestal [pjedɛstal] (*pl.*～*aux*) *n. m.* (雕像等的)底座,台座

pied-noir [pjenwaːr] (*pl.*～～-～*s-*～*s*) *n. m.* 〖俗〗黑腳〔指居住在阿爾及利亞的法國人〕

piège [pjɛːʒ] *n. m.* 捕獸器;陷阱;圈套

piégeage [pjeʒaːʒ] *n. m.* 用捕獸器,陷阱等捕獵

piéger [pjeʒe] *v. t.* [c. 2. c. 7] 用捕獸器,陷阱等捕捉;埋設爆炸物或佈雷

pie-grièche [pigriɛʃ] (*pl.*～*s-*～*s*) *n. f.* 〖鳥〗一種伯勞;潑婦

pierraille [pjɛraːj] *n. f.* 石子堆

pierre [pjɛːr] *n. f.* 石頭,石塊;〖醫〗結石;(水菓中的)小僵塊

pierreries [pjɛrri] *n. f. pl.* (首飾用的)寶石

pierreux, se [pjɛrø, øːz] *a.* 滿佈石子的;石頭般硬的

pierrier [pjɛrje] *n. m.* (古時的)石炮,口炮

pierrot [pjɛro] *n. m.* 〖俗〗麻雀;(法國啞劇中的)丑角

piété [pjete] *n. f.* 虔誠;孝順

piéter [pjete] *v. i.* [c. 7] (飛禽)疾走

piétinement [pjetinmɑ̃] *n. m.* 頓足,踏,踩;停滯不前

piétiner [pjetine] *v. i.* 頓足,踏步;停滯不前 *v. t.* 踏,踩

piéton, ne [pjetɔ̃, ɔn] *n.* 步行者,行人

piètre [pjɛtr] *a.* 平庸的,毫無價值的

pieu [pjø] (*pl.*～*x*) *n. m.* 木樁,椿

pieuvre [pjœːvr] *n. f.* 章魚;貪得無厭的人

pieux, se [pjø, øːz] *a.* 虔誠的;孝順的,恭敬的

pigeon [piʒɔ̃] *n. m.* 鴿子;雄鴿;〖俗〗受騙者;漁網邊緣的半圓網眼;混雜在生石

灰中的石塊

pigeonne [piʒɔn] *n. f.* 雌鴿

pigeonneau [piʒɔno] (*pl.*～***x***) *n. m.* 小鴿子, 幼鴿;〖俗〗受騙的青年

pigeonnier [piʒɔnje] *n. m.* 鴿舍;〖俗〗屋頂小閣

pigment [pigmɑ̃] *n. m.* 色素; 顏料

pigmentaire [pigmɑ̃tɛ:r] *a.* 色素的

pigmentation [pigmɑ̃tasjɔ̃] *n. f.* 【醫】色素沉着

pignocher [piɲɔʃe] *v. i.* 〖俗〗小口小口地勉强吃

pignon [piɲɔ̃] *n. m.* 山牆, 人字牆; 小齒輪, 齒輪; 松子; (pin) ～ 意大利五針松

pilaf [pilaf] *n. m.* 胡椒肉飯

pilage [pila:ʒ] *n. m.* 搗碎, 舂爛

pilastre [pilastr] *n. m.* 壁柱, 半露柱; (樓梯的)起柱

pile [pil] *n. f.* 堆, 疊; 橋樁, 橋墩; 電池; 錢幣的反面;〖俗〗一陣毆打;【紙】打漿機

piler [pile] *v. t.* 搗碎, 舂爛;〖俗〗打, 打敗

pileu*x*, *se* [pilø, ø:z] *a.* 毛的, 毛髮的

pilier [pilje] *n. m.* 柱子, 支柱; 砥柱, 柱石;〖貶〗常客

pillage [pija:ʒ] *n. m.* 搶劫, 掠奪; 抄襲

pillard, *e* [pija:r, ard] *n.* 搶劫者, 掠奪者

piller [pije] *v. t.* 搶劫, 掠奪; 抄襲, 剽竊; 盜用

pilleu*r*, *se* [pijœ:r, ø:z] *a.* 搶劫的, 掠奪的 *n.* 搶劫者, 掠奪者

pilon [pilɔ̃] *n. m.* 杵, 搗錘, 舂桿; 木腿;【建】夯, 木夯;〖俗〗鷄腿

pilonnage [pilɔna:ʒ] *n. m.* 搗碎, 舂爛; 密集炮擊, 密集轟炸

pilonner [pilɔne] *v. t.* 搗碎, 舂爛; 用木夯築實;【軍】炮擊, 轟炸

pilori [pilɔri] *n. m.* 犯人示衆柱

pilotage [pilɔta:ʒ] *n. m.* 領港, 引水; (飛機)駕駛

pilote [pilɔt] *n. m.* 領港員, 引水員; 飛機駕駛員, 飛行員; 嚮導, 帶路人;【魚】舟鰤 *a.* 先導的, 示範性的

piloter [pilɔte] *v. t.* 駕駛; 給…作嚮導

pilotin [pilɔtɛ̃] *n. m.* (商船)駕駛見習生; 輪機見習生

pilotis [pilɔti] *n. m.* 木樁的總稱

pilou [pilu] *n. m.* 絨布

pilule [pilyl] *n. f.* 丸藥

pimbêche [pɛ̃bɛʃ] *n. f.* 壞脾氣的女人

piment [pimɑ̃] *n. m.* 辣椒

pimenter [pimɑ̃te] *v. t.* 加以辣椒; 使有刺激性, 加色情的內容

pimpant, *e* [pɛ̃pɑ̃, ɑ̃:t] *a.* 穿着華麗的; 嬌艷的; 漂亮的

pimprenelle [pɛ̃prənɛl] *n. f.* 【植】地榆

pin [pɛ̃] *n. m.* 松樹

pinacle [pinakl] *n. m.* (建築物的)尖頂, (牆垛上的)小尖塔

pinacothèque [pinakɔtɛk] *n. f.* (意大利、德國的)美術館

pinasse [pinas] *n. f.* 一種平底漁船

pince [pɛ̃:s] *n. f.* 鉗子, 夾子, 鑷子; 鐵撬棒; 螯; (食草動物的)前齒; 省〔一種縫死的摺襉〕

pincé, *e* [pɛ̃se] *a.* 做作的; 冷冰冰的; 緊繃着的

pinceau [pɛ̃so] (*pl.*～***x***) *n. m.* 畫筆, 毛筆, 排筆; (畫家的)筆法

pincée [pɛ̃se] *n. f.* 一撮

pincement [pɛ̃smɑ̃] *n. m.* 鉗, 夾;【園藝】剪枝

pince-monseigneur [pɛ̃smɔ̃sɛɲœ:r] (*pl.*～***s***-～) *n. f.* (盜賊用的)撬門鐵棒

pince-nez [pɛ̃sne] *n. m. inv.* 夾鼻眼鏡

pincer [pɛ̃se] *v. t.* [c. 1] 鉗, 夾, 擰, 扭; 緊繃, 收緊; 撥奏(弦樂器);〖俗〗抓住;【園藝】修剪

pince-sans-rire [pɛ̃ssɑ̃ri:r] *n. inv.* 冷面滑稽

pincette [pɛ̃sɛt] *n. f.* 小鉗子, 鑷子; *pl.* 火鉗

pinçon [pɛ̃sɔ̃] *n. m.* (皮膚被扭後的)青

紫斑

pineau [pino] (pl. ~x) n. m. （法國夏朗德產的）葡萄白蘭地酒

pinède [pinɛd] n. f. 松林

pingouin [pɛ̃gwɛ̃] n. m. 企鵝

ping-pong [piŋpɔ̃:g] n. m. 乒乓球

pingre [pɛ̃:gr] a, n 〖俗〗吝嗇的(人)

pingrerie [pɛ̃grəri] n. f. 吝嗇

pinnule [pinyl] n. f. 〖測〗覘板

pinson, ne [pɛ̃sɔ̃, ɔn] n. 燕雀

pintade [pɛ̃tad] n. f. 珍珠鷄

pinte [pɛ̃:t] n. f. 品脫；一品脫之量

pinter [pɛ̃te] v. i. 〖民〗狂飲

piochage [pjɔʃa:ʒ] n. m. 掘, 挖；挖掘工作

pioche [pjɔʃ] n. f. 鶴嘴鋤, 十字鎬

piochement [pjɔʃmɑ̃] n. m. 掘, 挖

piocher [pjɔʃe] v. t. 掘, 挖；〖俗〗鑽研；拼命幹

piocheur, se [pjɔʃœːr, øːz] n. 用鶴嘴鋤挖土者；〖俗〗刻苦鑽研的人；勤奮工作的人

piolet [pjɔlɛ] n. m. 鑿冰斧〔登山用〕

pion [pjɔ̃] n. m. （國際象棋中的）卒；棋子；〖貶〗學監

pioncer [pjɔ̃se] v. i. 〔c, 1〕〖民〗睡覺

pionnier [pjɔnje] n. m. 工兵；墾荒者；先驅者, 先鋒

pioupiou [pjupju] n. m. 〖古, 民〗士兵

pipe [pip] n. f. 烟斗；一烟斗烟；管道；古代容量單位

pipeau [pipo] n. m. (pl. ~x) 蘆笛；（用以捕鳥的）塗有粘膠的細枝；誘鳥笛

pipée [pipe] n. f. 用誘鳥笛捕鳥

pipelet, te [piplɛ, ɛt] n. 〖民〗門房

pipe-line [pajplajn, piplin] (pl. ~s) n. m. 〖英〗輸油管；輸送天然氣等的管道

piper [pipe] v. t. 吹誘鳥笛捕(鳥)；欺騙

piperie [pipri] n. f. 欺騙

pipette [pipɛt] n. f. 吸管

pipi [pipi] n. m. 尿, 小便〔兒語〕

piquage [pika:ʒ] n. m. 刺, 扎；（用縫紉機）縫合

piquant, e [pikɑ̃, ɑ̃:t] a. 有刺的；扎人的；劇烈的；(味兒) 辛辣的；尖刻的；有趣的 n. m. （植物的）刺；有趣的東西

pique [pik] n. f. 標槍, 矛；刻薄話, 帶刺兒的話 n. m. （撲克牌中的）黑桃；黑桃牌

piqué, e [pike] a. 被蟲咬的；(紙) 有霉點的；(飲料) 變味的, 〖俗〗有點瘋癲的 n. m. 提花織物；由腳尖交替支持身子重心的一組舞步；(飛機的) 俯衝

pique-assiette [pikasjɛt] n. m. inv 〖俗〗經常吃白食者

pique-feu [pikfø] n. m. inv. 火鈎, 撥火棒

pique-nique [piknik] (pl. ~ s) n. m 野餐

piquer [pike] v. t. 刺, 螫, 扎, 蛀；縫合；刺激, 激起；〖樂〗斷奏；〖醫〗注射；〖烹調〗嵌孔（以嵌豬油）；〖民〗抓住；偷 v. i. 〖空〗俯衝 v. pr. 自吹；生氣；(酒等) 變酸；起霉點

piquet [pikɛ] n. m. 小木樁, 一種紙牌戲；(舊教育中對小學生的) 罰站壁角；~ de grève 罷工糾察隊

piquetage [pikta:ʒ] n. m. 立樁

piqueter [pikte] v. t. 〔c. 5〕立樁；(在上面) 佈滿小點

piquette [pikɛt] n. f. 酸葡萄酒

piqueur [pikœːr], **piqueux** [pikø] n. m. 馬夫；騎馬管理獵犬羣的僕人

piqueur, se [pikœːr, øːz] n. 有螫針的 n. m. （土木行業的）監工

piquier [pikje] n. m. （古時的）矛兵

piqûre [pikyːr] n. f. （蟲咬的）小傷口, 小孔, 蛀洞；(縫紉的) 針脚；〖醫〗注射, 打針

pirate [pirat] n. m. 海盜；海盜船；用不正當手段致富者

piraterie [piratri] n. f. 海盜行徑

pire [piːr] a. 更壞的, 更惡劣的, le ~ la ~ 最壞的 n. m. 最糟的事

piriforme [piriform] a. 梨形的

pirogue [pirɔg] n. f. 獨木舟, 皮筏

pirouette [pirwɛt] *n. f.* 用脚尖或脚跟旋轉(一圈)

pirouetter [pirwe(ɛ)te] *v. i.* 旋轉

pis [pi] *adv.* 更壞地,更糟地 *n. m.* (牛羊等的)乳房;最糟的事;au ~ aller [opizale] *loc. adv.* 在最糟的情況下

pisciculture [pisikylty:r] *n. f.* 養魚

pisciforme [pisifɔrm] *a.* 魚形的

piscine [pisin] *n. f.* 游泳池;【原子】游泳池式反應堆

pisé [pize] *n. m.* 【建】粘土圬工,粘土構築物

pissat [pisa] *n. m.* (某些動物的)尿

pissenlit [pisɑ̃li] *n. m.* 蒲公英

pisser [pise] *v. i.* 小便,撒尿 *v. t.* 尿(血)

pisseux, se [pisø, ø:z] *a.* 尿濕的;尿一樣的

pissotière [pisɔtjɛ:r] *n. f.* 〖民〗公共小便處

pistache [pistaʃ] *n. f.* 黃連木的果實

pistachier [pistaʃje] *n. m.* 黃連木

piste [pist] *n. f.* (野獸的)足迹,綫索;跑道;小路;(有聲影片上的)聲帶

pistil [pistil] *n. m.* 雌蕊

pistole [pistɔl] *n. f.* 一種古金幣

pistolet [pistɔlɛ] *n. m.* 手槍;(製圖)曲綫板;噴漆槍;〖民〗怪人

pistolet-mitrailleur [pistɔlɛmitrajœ:r] (*pl.* ~*s*-~*s*) *n. m.* 手提衝鋒槍

piston [pistɔ̃] *n. m.* 活塞;〖俗〗推薦,庇護

pistonner [pistɔne] *v. t.* 〖俗〗推薦,庇護

pitance [pitɑ̃:s] *n. f.* (修道院中每人的)一餐之量;〖貶〗一天的食物

piteux, se [pitø, ø:z] *a.* 可憐的

pithécanthrope [pitekɑ̃trɔp] *n. m.* (爪哇)直立猿人

pitié [pitje] *n. f.* 憐憫,側隱之心

piton [pitɔ̃] *n. m.* 弔環螺釘,羊眼螺釘;山頂

pitoyable [pitwajabl] *a.* 可憐的;可悲的,拙劣的

pitre [pitr] *n. m.* 小丑

pitrerie [pitrəri] *n. f.* (小丑的)插科打諢

pittoresque [pitɔrɛsk] *a.* 風景優美的,風景如畫的,生動的

pituite [pitɥit] *n. f.* 【醫】粘液

pivert [pivɛ:r] *n. m.* 綠啄木鳥

pivoine [pivwan] *n. f.* 芍藥;牡丹

pivot [pivo] *n. m.* 支軸;基礎,樞紐;【植】主根

pivotant, e [pivɔtɑ̃, ɑ̃:t] *a.* 旋轉的;racine ~ 【植】直根

pivoter [pivɔte] *v. i.* 繞軸轉動,旋轉;(根在地下)垂直生長

placage [plaka:ʒ] *n. m.* 鑲面,包層

placard [plaka:r] *n. m.* 壁櫥;佈告,公告;【印】長條校樣

placarder [plakarde] *v. t.* 張貼

place [plas] *n. f.* 廣場;地方;位置;座位;名次;地位;要塞;駐防城市;(一城市的)金融界

placement [plasmɑ̃] *n. m.* 提供職業;銷售;投資

placenta [plasɛ̃ta] *n. m.* 【解】胎盤;【植】胎座

placer [plase] *v. t.* [c. 1] 使就座,領座;安放,安置;安排職業;代銷;投放(資金)

placer [plasɛ:r] *n. m.* 〖西〗砂金;砂積礦床

placet [plasɛ] *n. m.* 〖古〗請求書;【法】(當庭的)書面請求

placeur, se [plasœ:r, ø:z] *n.* (劇場的)領票員;職業介紹人

placide [plasid] *a.* 平静的,沉着的

placidité [plasidite] *n. f.* 平静,沉着

placier, ère [plasje, ɛ:r] *n.* 推銷員,捐客

plafond [plafɔ̃] *n. m.* 天花板,平頂;天花板畫;雲底高度;(車輛的)極限速度;(飛機的)升限;(鈔票的)發行限額

plafonnage [plafɔna:ʒ] *n. m.* 裝天花板

plafonner [plafɔne] v. t. 安裝天花板 v. i. 達到極限速度;達到升限;達到極限,到頂

plafonnier [plafɔnje] n. m. 固定在天花板上的照明裝置

plage [plaʒ] n. f. 海灘,海濱;(軍艦的)甲板

plagiaire [plaʒjɛːr] n. 抄襲者,剽竊者

plagiat [plaʒja] n. m. 抄襲,剽竊

plagier [plaʒje] v. t. 抄襲,剽竊

plaid [plɛd] n. m. 〖英〗(蘇格蘭人的)格子花呢肩巾;花格子旅行毛毯

plaidable [plɛdabl] a. 【法】可辯護的

plaider [ple(ɛ)de] v. i. 訴訟,打官司;出庭辯護;申辯 v. t. 爲…辯護

plaideur, se [plɛdœːr, øːz] n. 訴訟(當事)人,申訴人

plaidoirie [plɛdwari] n. f. 【法】辯護,辯論;辯護詞

plaidoyer [plɛdwaje] n. m. 辯護詞;辯護

plaie [plɛ] n. f. 傷口;創傷;災害

plaignant, e [plɛɲɑ̃, ɑ̃ːt] a. 起訴的,原告的 n. 原告,申訴人

plaindre [plɛ̃ːdr] [c. 51] v. t. 同情,憐惜;惋惜 v. pr. 叫苦;抱怨,怨恨

plaine [plɛn] n. f. 平原

plain-pied (de) [d(ə)plɛ̃pje] loc. adv. 在同一高度上

plainte [plɛ̃ːt] n. f. 呻吟;抱怨,怨言;【法】告訴

plaintif, ve [plɛ̃tif, iv] a. 哀怨的,怨恨的

plaire [plɛːr] [c. 67] v. i. ～ à 使喜愛;使人喜愛,討人喜歡 v. impers. 合意,使高興;s'il vous plaît 請,勞駕〔常用作客套語〕 v. pr. 相愛;以…爲樂,喜歡

plaisamment [plɛzamɑ̃] adv. 有趣地;可笑地

plaisance (de) [d(ə)plɛzɑ̃ːs] loc. adj. 供娛樂的

plaisant, e [plɛzɑ̃, ɑ̃ːt] a. 討人喜歡的;有趣的;可笑的 n. m. (事情的)有趣

部分;mauvais ～ 惡作劇的人

plaisanter [plɛzɑ̃te] v. i. 開玩笑,打趣 v. t. 戲逗,逗

plaisanterie [plɛzɑ̃tri] n. f. 玩笑,笑話;戲弄;輕而易舉的事

plaisantin [plɛzɑ̃tɛ̃] n. m. 愛開玩笑的人

plaisir [ple(ɛ)ziːr] n. m. 高興,愉快;樂趣;消遣,娛樂;意願;pl. 肉體的快樂

plan, e [plɑ̃, an] a. 平坦的;平面的 n. m. 平面,面;平面圖;(圖畫、攝影等的)層次,畫面;premier ～ 前景;地位,方面;計劃,規劃,部署

planage [planaːʒ] n. m. 磨平;平整

planche [plɑ̃ːʃ] n. f. 板,木板,(雕刻、印刷用的)金屬版;版畫;插圖;畦;pl. 舞台

planchéier [plɑ̃ʃeje] v. t. 鋪地板

plancher [plɑ̃ʃe] n. m. 地板,樓板

planchette [plɑ̃ʃɛt] n. f. 小木板,小金屬板;平板儀

plancton [plɑ̃ktɔ̃] n. m. 浮游生物

plane [plan] n. f. 滾刨;平頭光切車刀

planer [plane] v. i. 磨平;平整 v. t. 翱翔;俯瞰;凌駕;籠罩;【空】滑翔

planétaire [planetɛːr] a. 行星的;全球的 n. m. 行星輪系;中心輪

planète [planɛt] n. f. 行星

planeur [planœːr] n. m. 滑翔機

planification [planifikɑsjɔ̃] n. f. 規劃;計劃,計劃化

planifier [planifje] v. t. 使有計劃,擬定規劃

planimétrie [planimetri] n. f. 測面積學;地形平面投影法

planisphère [planisfɛːr] n. m. 地球或天球平面球形圖

planning [planiŋ] n. m. 〖英〗計劃

plant [plɑ̃] n. m. 苗,秧苗;苗圃;苗床

plantage [plɑ̃taːʒ] n. m. 種植,栽種

plantain [plɑ̃tɛ̃] n. m. 【植】車前

plantaire [plɑ̃tɛːr] a. 蹠的,足底的

plantation [plɑ̃tɑsjɔ̃] n. f. 栽植,栽種;種植物;種植園

plante [plɑ̃:t] n. f. 植物; 脚底

planter [plɑ̃te] v. t. 栽種, 栽植; 插入土中, 樹立; 竪, 搭, 架　v. pr. 站定

planteur [plɑ̃tœ:r, øz] n. 種植者; 種植園主

planteuse-repiqueuse [plɑ̃tøzrəpikø:z] (pl.～s-～s) n. f. 插秧機

plantigrade [plɑ̃tigrad] a. 蹠行的 n. m. 蹠行動物

plantoir [plɑ̃twa:r] n. m. (點種用的) 挖穴小手鏟

planton [plɑ̃tɔ̃] n. m. 傳令兵, 通訊員

plantureux, se [plɑ̃tyrø, ø:z] a. 豐盛的; 肥胖的, 豐滿的〔指女人〕; 豐收的

plaque [plak] n. f. 板, 片; 牌子, 牌照; 勳章; (照相的) 玻璃底片; (電子管的) 屏極

plaqué [plake] n. m. 包金, 包銀; 鑲貼貴重木板的木料

plaquemine [plakmin] n. f. 柿子

plaquer [plake] v. t. 包鍍, 鑲貼; 緊貼

plaquette [plakɛt] n. f. 小片, 小板; 小紀念牌; 薄的書

plasma [plasma] n. m. 【生】原生質; 漿;【物】等離子區; 等離子氣體

plastic [plastik] n. m. 塑性炸藥

plasticité [plastisite] n. f. 可塑性

plastifiant [plastifjɑ̃] n. m. 增塑劑

plastique [plastik] a. 塑性的, 可塑的; 塑造的, 造型的　n. f. 造型藝術; 形體　n. m. 塑料

plastron [plastrɔ̃] n. m. 胸甲; (擊劍者的) 護胸; (男式襯衣的) 硬胸;【軍】演習時充當敵軍的部隊

plastronner [plastrɔne] v. t. 給…戴胸甲　v. i. 擺架子

plat, e [pla, at] a. 平的, 平坦的; 扁平的; 平庸的, 淡而無味的　n. m. 扁平部分; 書面; 盤子; 一盤菜, (菜單上的) 一道菜

platane [platan] n. m. 懸鈴木, 法國梧桐

plat-bord [plabɔ:r] (pl.～s-～s) n. m.

【船】舷緣

plateau [plato] (pl.～x) n. m. 托盤, 茶盤; 天平盤; 高原; 戲台;【機】盤形件

plate-bande [platbɑ̃:d] (pl.～s-～s) n. f. 花壇

platée [plate] n. f. 一盤(菜); 地基

plate-forme [platfɔrm] (pl.～s-～s) n. f. 屋頂; 平台, 台; 站台; 綱領;【鐵】平車;【軍】炮床; 發射場;【地質】台地, 地台

platine [platin] n. m. 鉑, 白金 n. f.【機】板, 盤; (鐘錶的) 底板; (鎖的) 面板; (印刷機的) 壓板; (縫紉機的) 針板; (抽氣機的) 真空罩底盤; (顯微鏡的) 載物台; (舊時的) 槍機盤

platiner [platine] v. t. 鍍白金; 使帶淡金黃色

platitude [platityd] n. f. 平庸, 庸俗; 庸俗乏味的話; 卑躬屈節

platonique [platɔnik] a. 柏拉圖式的, 精神的; 無實際效果的

platonisme [platɔnism] n. m. 柏拉圖哲學, 柏拉圖主義

plâtrage [plɑtra:ʒ] n. m. 粉刷, 塗灰泥; 粉刷工程

plâtras [plɑtra] n. m. 石膏的殘塊, 灰泥殘片

plâtre [plɑ:tr] n. m. (生)石膏; 熟石膏; 石膏製品, 石膏像; pl. 粉刷工程

plâtrer [plɑtre] v. t. 粉刷, 塗灰泥; 施以石膏; (在葡萄酒中) 加石膏;【醫】上石膏

plâtreux, se [plɑtrø, ø:z] a. 含有石膏的; 似石膏一般的

plâtrier [plɑtrie] n. m. 石膏工; 石膏商; 粉刷工

plâtrière [plɑtriɛ:r] n. f. 石膏礦; 石膏窰

plausible [plozibl] a. 可以接受的, 好像真實的

plèbe [plɛb] n. f. (古羅馬的) 平民; 賤民, 庶民

plébéien, ne [plebejɛ̃, ɛn] a. （古羅馬）平民的；老百姓的 n. （古羅馬的）平民；庶民

plébiscitaire [plebisitɛ:r] a. 全民表決的

plébiscite [plebisit] n. m. 全民表決

plein, e [plɛ, ɛn] a. 滿的，裝滿的，充滿的；圓圓胖胖的；完全的，全部的 prép. 充滿 n. m. 盈，滿；粗筆劃

pleinement [plɛnmɑ̃] adv. 完全地，充分地

plein-vent [plɛvɑ̃] (pl. ～s-～s) n. m. 四面受風的樹

plénier, ère [plenje, ɛ:r] a. 全體的，全部的

plénipotentiaire [plenipɔtɑ̃sjɛ:r] n. m. 全權代表 a. 全權的

plénitude [plenityd] n. f. 充滿，裝滿；全部

pléonasme [pleɔnasm] n. m. 【語】同義疊用

pléonastique [pleɔnastik] a. 【語】同義疊用的

plésiosaure [plezjɔsɔ:r] n. m. 【古生物】蛇頸龍

pléthore [pletɔ:r] n. f. 過剩

pléthorique [pletɔrik] a. 過剩的

pleur [plœ:r] n. m. 淚水；哭泣；液汁

pleurard, e [plœra:r, ard] a. 帶哭的，哀怨的 n. 愛哭的人

pleurer [plœre] v. i. 哭，哭泣，流淚；（樹木）流樹汁 v. t. 悲傷；悔恨

pleurésie [plœrezi] n. f. 胸膜炎

pleurétique [pløretik] a. 胸膜炎的；患胸膜炎的 n. 胸膜炎患者

pleureur, se [plœrœ:r, ø:z] a. 愛哭的人 n. f. （舊時出殯時雇用的）哭喪婦 a. 樹枝倒垂的

pleurite [plørit] n. f. 乾性胸膜炎

pleurnicher [plœrniʃe] v. i. 愛哭；裝哭

pleurnicherie [plœrniʃri] n. f. 愛哭；裝哭，假悲傷

pleurnicheur, se [plœrniʃœr, ø:z] a., n. 愛哭的(人)；裝哭的(人)

pleutre [plø:tr] n. m. 懦夫 a. 怯懦的，卑劣的

pleutrerie [pløtrəri] n. f. 怯懦行爲

pleuvoir [plœ[ø]vwa:r] [c. 37] v. impers. Il pleut. （天）下雨了。v. i. 紛紛落下

plèvre [plɛ:vr] n. f. 胸膜

plexiglas [plɛksiglas] n. m. 有機玻璃〔商品名〕

plexus [plɛksys] n. m. 【解】叢

pli [pli] n. m. 褶子，襉；褶痕；信封；信襉紋；【地質】褶皺；(紙牌戲中)一墩牌；(膠合板的)一層； prendre un ～ 養成習慣

pliable [pliabl] a. 可摺的，柔軟的

pliage [plia:ʒ] n. m. 摺，摺疊

pliant, e [pliɑ̃, ɑ̃:t] a. 可摺疊的 n. m. 帆布摺凳

plie [pli] n. f. 鰈

plier [plie] v. t. 摺，摺疊；使彎曲；使服從 v. i. 彎曲；屈從；退却

plieur, se [pliœ:r, ø:z] n. 摺布工，摺頁工 n. f. 摺布機，摺頁機

plinthe [plɛ̃:t] n. f. 【建】(柱的)勒脚；牆縫覆蓋板條；踢脚板

plissage [plisa:ʒ] n. m. 做出褶子，打襉

plissé [plise] n. m. 褶子

plissement [plismɑ̃] n. m. 【地質】褶皺(作用)

plisser [plise] v. t. 打襉；皺起 v. i. 有褶子

plissure [plisy:r] n. f. 打褶(法)，打襉(法)；褶子，襉

pliure [pliy:r] n. f. 【印】摺頁；摺頁車間

ploiement [plwamɑ̃] n. m. 弄彎；彎曲

plomb [plɔ̃] n. m. 鉛；鉛彈；鉛封，印；保險絲；鉛字；【海】測深器，水砣；～ loc. adv. 垂直地

plombage [plɔ̃ba:ʒ] n. m. 包鉛；打鉛封；補牙

plombagine [plɔ̃baʒin] n. f. 石墨

plomber [plɔ̃be] v. t. 包鉛, 裝沉子; 打
鉛封; 補〔牙〕; 用鉛錘測〔垂直〕 v. pr.
呈青灰色

plomberie [plɔ̃bri] n. f. 鑄鉛, 鉛加
工; 安裝鉛管工程; 鉛管裝置; 白鐵工工
場

plombier [plɔ̃bje] n. m. 鉛作工人, 鉛
管工, 白鐵工

plongeant, e [plɔ̃ʒɑ̃, ɑ̃:t] a. 向下的, 居
高臨下的

plongée [plɔ̃ʒe] n. f. 潛水; 俯視; 俯攝

plongement [plɔ̃ʒmɑ̃] n. m. 浸, 浸入

plongeon [plɔ̃ʒɔ̃] n. m. 【體】跳水; (足
球守門員的)魚躍式撲球;【鳥】鸊鷉

plonger [plɔ̃ʒe] [c. 2] v. t. 浸入; 插
進, 伸進; 使陷入, 使沉浸 v. i. 潛水;
俯衝, 撲下; 俯視 v. pr. 專心於, 沉湎
於

plongeur, se [plɔ̃ʒœ:r, ø:z] a. 潛水的
n. 潛水員; 跳水員; (飯店中)洗碗工

plot [plo] n. m. 【技】鋸材原木; ~
(de contact)【電】接點, 接觸片

ploutocrate [plutɔkrat] n. m. 富豪, 財
閥

ploutocratie [plutɔkrasi] n. f. 富豪統
治, 財閥政治

ployable [plwajabl] a. 易彎折的

ployer [plwaje] [c. 3] v. t. 彎, 使彎
曲; 使屈服 v. i. 彎曲; 屈服

pluie [plɥi] n. f. 雨; (像雨點般)一陣

plumage [plyma:ʒ] n. m. (鳥的全部)
羽毛

plumassier, ère [plymasje, ε:r] n. 羽毛
加工者, 羽毛商 a. 羽毛加工的

plume [plym] n. f. 羽毛; (舊時的)羽
筆; 鋼筆尖; 筆

plumeau [plymo] (pl.~x) n. m. 羽毛
撣子

plumer [plyme] v. t. 拔羽毛, 退毛; 騙
錢

plumet [plymε] n. m. (帽子上的)羽
飾

plumetis [plymti] n. m. 包花〔手工刺

繡法的一種〕

plumier [plymje] n. m. 筆盒, 文具盒

plumitif [plymitif] n. m. 拙劣的作家;
小公務員

plupart (la) [laplypa:r] n. f. 大部分, 大
多數

plural, ale [plyral] (pl.~aux) a. 複
數的, 多數的

pluralité [plyralite] n. f. 大多數; 衆多,
多樣;【語】複數

pluriel, le [plyrjεl] n. m., a. 複數的

plus [ply, plys] adv. 更, 更加; 更多; 加,
外加; ne … ~ 不再; le ~, la ~
最; bien ~, de ~, qui ~ est loc.
adv. 此外, 又; d'autant ~ loc.
adv. 一樣, 更; de ~ en ~ loc.
adv. 越來越, 日益; ~ ou moins
loc. adv. 或多或少; 約莫; sans ~
loc. adv. 不再增加 n. m. 最大, 最
多;【數】加號; 正號

plusieurs [plyzjœ:r] a. indéf. pl. 幾個,
好幾個 pron. indéf. pl. 幾個, 好幾
個; 好些人, 許多人

plus-que-parfait [plyskəparfε] (pl.~s)
n. m. 【語】愈過去時

plus-value [plyvaly] (pl.~s) n. f.
【經】剩餘價值; 增值

Pluton [plytɔ̃] n. pr. m. 【天】冥王星

plutonium [plytɔnjɔm] n. m. 【化】鈈

plutôt [plyto] adv. 寧願, 寧可; 更確切
地說

pluvial, ale [plyvjal] (pl. ~aux) a.
雨的

pluvier [plyvje] n. m. 【鳥】鴴

pluvieux, se [plyvjø, ø:z] a. 多雨的; 帶
來雨水的

pluviomètre [plyvjɔmεtr] n. m. 雨量
器, 雨量計

pluviôse [plyvjo:z] n. m. (法蘭西共和
曆的)雨月

pneu [pnø] n. m. 輪胎; 氣壓傳送信

pneumatique [pnømatik] a. 空氣的,
氣體的; 氣動的 n. m. 輪胎, 充氣輪

胎;氣壓傳送信 *n. f.* 氣動力學,氣體力學

pneumocoque [pnømɔkɔk] *n. m.* 肺炎(雙)球菌

pneumonie [pnømɔni] *n. f.* 肺炎

pneumothorax [pnømɔtɔraks] *n. m.* 【醫】氣胸

pochade [pɔʃad] *n. f.* 速寫;急速寫成的諷譜作品

poche [pɔʃ] *n. f.* 衣袋;(裝小麥等的)口袋;皺褶;【醫】囊,腔,包;(捕兔用)獵網

pochée [pɔʃe] *n. f.* 一口袋之量

pocher [pɔʃe] *v. t.* 打腫(眼睛);在沸水中煮(荷包蛋);畫草圖

pochetée [pɔʃte] *n. f.* 蠢事,蠢話;〖民〗笨蛋

pochette [pɔʃɛt] *n. f.* 小口袋;(裝飾用的)小手絹

pochoir [pɔʃwar] *n. m.* 鏤空模板,花樣模板,刷字板

pochon [pɔʃɔ̃] *n. m.* 大勺子

podagre [pɔdagr] *n.* 足痛風患者

podomètre [pɔdɔmɛtr] *n. m.* 步數計,步程計

poêle [pwa[ɑ:]l] *n. m.* (取暖用)火爐,爐子;柩衣 *n. f.* (長柄)平底鍋

poêlée [pwa[ɑ]le] *n. f.* 平底鍋一鍋之量

poêlier [pwa[ɑ]lje] *n. m.* 製造、販賣或安裝火爐和暖氣設備的人

poêlon [pwa[ɑ]lɔ̃] *n. m.* 有柄小平底鍋;有柄砂鍋

poème [pɔɛm] *n. m.* 詩,詩篇

poésie [pɔezi] *n. f.* 詩,詩歌;詩意

poète [pɔɛt] *n. m.* 詩人

poétesse [pɔetɛs] *n. f.* 女詩人

poétique [pɔetik] *a.* 詩的,詩歌的;富有詩意的 *n. f.* 詩學,詩論

poétiser [pɔetize] *v. t.* 使富有詩意;使理想化

pogrom [pɔgrɔm] *n. m.* 〖俄〗(沙皇當局煽動的)對猶太人的大屠殺

poids [pwa[ɑ]] *n. m.* 重量;砝碼,秤鉈;鐘錘;鉛球;重要性;負擔

poignant, e [pwaɲã, ɑ̃:t] *a.* 使人心碎的,極傷心的

poignard [pwaɲa:r] *n. m.* 匕首

poignarder [pwaɲarde] *v. t.* 用匕首刺

poigne [pwaɲ] *n. f.* 腕力;魄力

poignée [pwaɲe] *n. f.* 一把之量;把手,捏手,一小撮,一小撮

poignet [pwaɲɛ] *n. m.* 手腕;袖口

poil [pwal] *n. m.* 毛;汗毛;(植物、織物的)絨毛;(動物的)毛色

poilu, e [pwaly] *a.* 混身長毛的,毛茸茸的 *n. m.* 第一次世界大戰中法國兵的渾名

poinçon [pwɛ̃sɔ̃] *n. m.* 錐子,尖頭鑿,衝頭;(製硬幣、徽章用的)印模;(標誌金銀成份等的)鋼印,硬印;【建】桁架中柱

poinçonnage [pwɛ̃sɔnaːʒ], **poinçonnement** [pwɛ̃sɔnmã] *n. m.* 打鋼印,打硬印;衝切,衝鑿,衝孔;軋票

poinçonner [pwɛ̃sɔne] *v. t.* 打鋼印,打硬印;衝切,衝鑿,衝孔;軋票

poinçonneur, se [pwɛ̃sɔnœr, øːz] *n.* 衝壓工;剪票員 *n. f.* 衝床,衝鑿機;打孔器;票剪

poindre [pwɛ̃:dr] *v. i.* [c. 75] (植物)發芽,長出;Le jour point. 破曉。

poing [pwɛ̃] *n. m.* 拳,拳頭

point [pwɛ̃] *n. m.* 點;句點;分數;(航行的)位置;針腳;穴位;部分,方面;程度;(鉛字的)磅,點;【樂】附點; mettre au ～ 調節,調整,整理,解釋; à ～ *loc. adv.* 及時,恰好 *adv.* 毫不〔通常用法爲 ne … ～〕

pointage [pwɛ̃taːʒ] *n. m.* 瞄準;打上記號

point de vue [pwɛ̃dvy] *n. m.* 觀點,看法;【藝】觀察點

pointe [pwɛ̃t] *n. f.* 尖頭,尖端,尖頂;釘子;尖釘狀工具;岬角;俏皮尖刻的話;少量;(活動量、負荷量的)最高時刻,高

峯;尖兵

pointeau [pwɛto] (pl. ~x) n. m. 中心衝(頭);衝孔器;浮針;針閥;(工廠的)考勤員

pointer [pɔjntœ:r, pwɛtɛ:r] n. m. 〖英〗一種短毛大獵犬,指示犬

pointer [pwɛte] v. t. 用點標出;在考勤記錄卡上打記號;核對;瞄準,對準;豎起;衝中心孔;矗立,高聳;發芽;(在考勤記錄器上)登記上下班時間

pointeur [pwɛtœ:r] n. m. 瞄準手;瞄準器;記工員,檢驗員,記錄員

pointillé [pwɛtije] n. m. 點綫,虛綫

pointiller [pwɛtije] v. t. 用點子畫 v. i. 畫點點,刻點點;吹毛求疵

pointilleux, se [pwɛtijø, øz] a. 好争吵的,脾氣大的;苛求的,挑剔的

pointilliste [pwɛtijist] a. 點彩畫法的 n. 點彩派畫家

pointu, e [pwɛty] a. 尖的;挑剔的,生硬的

pointure [pwɛty:r] n. f. (鞋帽,手套的)尺碼

poire [pwa:r] n. f. 梨;梨形物;〖俗〗易受騙的人

poiré [pware] n. m. 梨酒

poireau [pwaro] (pl. ~x) n. m. 韭葱

poirier [pwarje] n. m. 梨樹;梨木

pois [pwa[ɑ]] n. m. 豌豆

poison [pwazɔ̃] n. m. 毒物,毒品;有害的飲料或食品

poisser [pwase] v. t. 塗樹脂;(發粘的東西)沾污;〖民〗逮住

poisseux, se [pwasø, øz] a. 發粘的;沾上發粘東西的

poisson [pwasɔ̃] n. m. 魚

poissonnerie [pwasɔnri] n. f. 魚市場,魚舖,魚行

poissonneux, se [pwasɔnø, øz] a. 多魚的,産魚多的

poissonnier, ère [pwasɔnje, ɛ:r] n. 魚販子 n. f. 煮魚鍋

poitrail [pwatraj] n. m. 馬的前胸;馬具

中套在馬前胸的部分

poitrine [pwatrin] n. f. 胸,胸膛;胸脯;肺

poivrade [pwavrad] n. f. 胡椒調味汁

poivre [pwa:vr] n. m. 胡椒,胡椒粉

poivrer [pwavre] v. t. 加胡椒

poivrier [pwavrie] n. m. 胡椒(樹);胡椒盒

poivrière [pwavriɛ:r] n. f. 胡椒種植園;胡椒瓶;(堡樓角上的)哨亭

poivron [pwavrɔ̃] n. m. 甜椒

poix [pwa[ɑ]] n. f. 樹脂,松脂;瀝青

poker [pɔkɛ:r] n. m. 〖英〗撲克

polaire [pɔlɛ:r] a. (南北)極的,靠近兩極的;電極的,磁極的

polarisation [pɔlarizɑsjɔ̃] n. f. 【物】偏振;【電】極化作用

polariser [pɔlarize] v. t. 極化;使偏振;集中,吸引

polarité [pɔlarite] n. f. 【電,生】極性

polaroïd [pɔlarɔid] n. m. 【光】偏振片〔商品名〕

polder [pɔldɛ:r] n. m. 沿海坑地

pôle [po:l] n. m. 天極;地極;電極;磁極;極端

polémique [pɔlemik] n. f., a. 論戰(的),筆戰(的)

polémiste [pɔlemist] n. m. 論戰者,筆戰者

poli, e [pɔli] a. 光滑的;有禮貌的 n. m. 光澤,光亮

police [pɔlis] n. f. 治安,保安;警察局,公安機關;警察〖總稱〗;保險單

policeman [pɔlisman] (pl. policemen [pɔlismɛn]) n. m. 〖英〗警察

polichinelle [pɔliʃinɛl] n. m. (意大利假面喜劇中的)駝背丑角;鷄胸駝背的木偶玩具;小丑;没有主見的人

policier, ère [pɔlisje, ɛ:r] a. 治安的,警察的;偵探的 n. m. 警察,公安人員

poliomyélite [pɔljɔmjelit] n. f. 脊髓灰質炎

polir [pɔliːr] *v. t.* 磨光, 擦亮, 拋光; 潤色; 使文雅

polissage [pɔlisaːʒ] *n. m.* 磨光, 擦亮, 拋光; 光滑

polisseur, se [pɔlisœːr, øːz] *n.* 拋光工, 研磨工

polissoir [pɔliswaːr] *n. m.* 磨光工具, 拋光機

polisson, ne [pɔlisɔ̃, ɔn] *n.* 頑童; 放蕩的人 *a.* 淫穢的, 下流的

polissonnerie [pɔlisɔnri] *n. f.* 頑皮, 淘氣; 下流話

politesse [pɔlitɛs] *n. f.* 禮貌, 禮節

politicien, ne [pɔlitisjɛ̃, ɛn] *n.* 政客

politique [pɔlitik] *n. f.* 政治; 政策; 策略 *a.* 政治的; 有手腕的 *n. m.* 政治家

politiser [pɔlitize] *v. t.* 使具有政治性

polka [pɔlka] *n. f.* 波爾卡舞; 波爾卡舞曲

pollen [pɔlɛn] *n. m.* 【植】花粉

pollinisation [pɔlinizasjɔ̃] *n. f.* 【植】傳粉

polluer [pɔlɥe] *v. t.* 污染; 玷污

pollution [pɔlysjɔ̃] *n. f.* 污染

polo [pɔlo] *n. m.* 〖英〗【體】馬球; 翻領運動衫

polonais, e [pɔlɔnɛ, ɛːz] *a.* 波蘭的 *n.* P~ 波蘭人 *n. m.* 波蘭語

polonium [pɔlɔnjɔm] *n. m.* 【化】釙

poltron, ne [pɔltrɔ̃, ɔn] *a.* 膽怯的, 膽小的 *n.* 膽小鬼

poltronnerie [pɔltrɔnri] *n. f.* 膽怯, 怯懦, 膽小

polyamide [pɔliamid] *n. m.* 【化】聚酰胺

polychrome [pɔlikroːm] *a.* 多色的

polycopie [pɔlikɔpi] *n. f.* 明膠複印; 油印

polyèdre [pɔliɛdr] 【數】 *a.* 多面的 *n. m.* 多面體

polyédrique [pɔliedrik] *a.* 多面體的

polyester [pɔliɛstɛːr] *n. m.* 【化】聚酯

polyéthylène [pɔlietilɛn], **polythène** [pɔlitɛn] *n. m.* 【化】聚乙烯

polygame [pɔligam] *n. m.* (一夫)多妻者 *n. f.* (一妻)多夫者 *a.* 【植】雜性的

polygamie [pɔligami] *n. f.* 一夫多妻; 【植】雜性式

polyglotte [pɔliglɔt] *a.* 用多種語言寫成的; 通曉多種語言的 *n.* 通曉多種語言的人

polygonal, ale [pɔligɔnal] (*pl.~ aux*) *a.* 【數】多角的; 多邊形的, 多角形的

polygone [pɔligon] *n. m.* 【數】多邊形, 多角形; 【軍】射擊場

polygraphe [pɔligraf] *n.* 寫作題材多方面的作家

polymère [pɔlimɛːr] 【化】 *a.* 聚合的 *n. m.* 聚合物, 聚合體

polymorphe [pɔlimɔrf] *a.* 多形的

polynôme [pɔlinoːm] *n. m.* 【數】多項式

polype [pɔlip] *n. m.* 【動】真蛸的舊稱, (水螅型)珊瑚蟲; 【醫】息肉

polyphasé, e [pɔlifaze] *a.* 【電】多相的

polyphonie [pɔlifɔni] *n. f.* 複調音樂; 複調歌曲

polypier [pɔlipje] *n. m.* 【動】珊瑚骨

polysyllabe [pɔlisilab] *a.* 多音節的 *n. m.* 多音節詞

polysyllabique [pɔlisilabik] *a.* 多音節的

polytechnicien [pɔlitɛknisjɛ̃] *n. m.* 巴黎綜合工科學校學生

polytechnique [pɔlitɛknik] *a.* 綜合科技的, 多科性技術的; 工藝的

polythéisme [pɔliteism] *n. m.* 多神論; 多神教

polythéiste [pɔliteist] *a.* 多神論的 *n.* 多神論者

polythène = polyéthylène

pommade [pɔmad] *n. f.* 髮蠟; 【藥】軟膏(劑), 油膏

pommader [pɔmade] *v. t.* 擦髮蠟

pomme [pɔm] *n. f.* 蘋果;球形裝飾品

pommé, e [pɔme] *a.* 蘋果形的,球形的;〖俗〗完全的,十足的

pommeau [pɔmo] (*pl.* ~x) *n. m.* 球形裝飾品;鞍頭

pomme de terre [pɔmdətɛːr] (*pl.* ~s~~) *n. f.* 馬鈴薯,土豆

pommeler (se) [s(ə)pɔmle] *v. pr.* [c. 5] (天空)佈滿球狀雲朵;(水菓、蔬菜)結成球狀

pommer [pɔme] *v. i.* (捲心菜等)結成球狀

pommette [pɔmɛt] *n. f.* 小球飾;顴頰

pommier [pɔmje] *n. m.* 蘋菓樹

pomologie [pɔmɔlɔʒi] *n. f.* 仁果果樹栽培學

pompage [pɔ̃paːʒ] *n. m.* 抽水;唧取,汲出

pompe [pɔ̃p] *n. f.* 盛大的儀式,排場;(文筆的)浮誇;泵,抽水機;*pl.*【宗】世俗浮華

pomper [pɔ̃pe] *v. t.* 用泵抽,汲;吸收;〖民〗狂飲

pompeux, se [pɔ̃pø, øːz] *a.* 盛大的;(詞藻等)浮誇的

pompier, ère [pɔ̃pje, ɛːr] *n. m.* 消防員;(排水泵、真空泵的)司泵工 *n.* (成衣試穿後的)修改工 *a.* 浮誇的,陳舊的

pompon [pɔ̃pɔ̃] *n. m.* (裝飾用的)毛球,絨球,絲球

pomponner [pɔ̃pɔne] *v. t.* 飾以絨球;精心打扮

ponçage [pɔ̃saːʒ] *n. m.* 磨光,拋光

ponce [pɔ̃s] *n. f.* 浮石,輕石

ponceau [pɔ̃so] (*pl.* ~x) *a. inv.* 深紅的,朱紅的 *n. m.*【植】虞美人;【建】涵洞,單跨橋

poncer [pɔ̃se] *v. t.* [c. 1] 用浮石磨光,拋光

poncif [pɔ̃sif] *n. m.* 有孔印花紙樣;平淡無奇的作品

ponction [pɔ̃ksjɔ̃] *n. f.*【醫】穿刺術

ponctualité [pɔ̃ktɥalite] *n. f.* 守時,準時

ponctuation [pɔ̃ktɥasjɔ̃] *n. f.* 標點,標點法

ponctué, e [pɔ̃ktɥe] *a.* 加標點符號的;由一系列點子組成的

ponctuel, le [pɔ̃ktɥɛl] *a.* 守時的,準時的

ponctuer [pɔ̃ktɥe] *v. t.* 加標點;強調

pondaison [pɔ̃dɛzɔ̃] *n. f.* (禽類)產卵期

pondérable [pɔ̃derabl] *a.* 可稱重的,可衡量的

pondération [pɔ̃derɑsjɔ̃] *n. f.* 平衡,均衡;穩健

pondérer [pɔ̃dere] *v. t.* [c. 7] 使平衡,使均衡

pondéreux, se [pɔ̃derø, øːz] *a.* 重的

pondeuse [pɔ̃døz] *a. f., n. f.* 下蛋多的(家禽)

pondoir [pɔ̃dwaːr] *n. m.* (母雞)下蛋窩

pondre [pɔ̃dr] *v. t.* [c. 42] 產卵,下蛋

poney [pɔnɛ] (*pl.* ~s) *n. m.* 小馬

pongé [pɔ̃ʒe] *n. m.*【紡】繭綢

pongiste [pɔ̃ʒist] *n.* 乒乓球運動員

pont [pɔ̃] *n. m.* 橋,甲板;(汽車的)後橋

ponte [pɔ̃t] *n. f.* 產卵,下蛋;產卵期;產卵量 *n. m.* 下賭注的人;〖俗〗大人物

ponté, e [pɔ̃te] *a.* 有一層或多層甲板的

ponter [pɔ̃te] *v. t.* 鋪設甲板 *v. i.* 下賭注

pontet [pɔ̃te] *n. m.* (槍械的)扳機護圈

pontife [pɔ̃tif] *n. m.*【宗】高級神長;〖俗〗擺權威架勢的人

pontifical, ale [pɔ̃tifikal] (*pl.* ~aux) *a.* 教皇的,主教的 *n. m.* 主教禮典書

pontifier [pɔ̃tifje] *v. i.* 〖俗〗擺權威架勢

pont-levis [pɔ̃lvi] (*pl.* ~s-~~) *n. m.* (城堡上的)弔橋

ponton [pɔ̃tɔ̃] *n. m.* 浮橋;躉船,浮碼

頭;(用作倉庫、營房或牢房的)廢舊船隻

pontonnier [pɔ̃tɔnje] *n. m.* 架橋兵

pope [pɔp] *n. m.* 東正教神甫

popeline [pɔplin] *n. f.* 毛葛;府綢

popote [pɔpɔt] *n. f.* 軍官食堂;【俗】飯菜 *a. inv.* 【俗】躊在家務堆裏的

populace [pɔpylas] *n. f.* 賤民,下等人

populacier, ère [pɔpylasje, ɛːr] *a.* 賤民的,下等人的

populaire [pɔpylɛːr] *a.* 人民的;民間的,通俗的,大衆化的;得人心的

populariser [pɔpylarize] *v. t.* 普及,推廣,使大衆化,使通俗化

popularité [pɔpylarite] *n. f.* 衆望,民心

population [pɔpylasjɔ̃] *n. f.* 居民,人民;人口

populeux, se [pɔpylø, øːz] *a.* 人口稠密的

populisme [pɔpylism] *n. m.* 民粹主義,民粹派

porc [pɔːr] *n. m.* 豬;豬肉;邋遢的人,粗野的人

porcelaine [pɔrsəlɛn] *n. f.* 瓷,瓷器;【動】寶貝

porcelainier, ère [pɔrsəle[ɛ]nje, ɛnjɛːr] *a.* 瓷器的 *n.* 瓷器工人;瓷器商

porcelet [pɔrsəlɛ] *n. m.* 小豬

porc-épic [pɔrkepik] (*pl.* ～ **s-** ～ **s**) *n. m.* 豪豬,箭豬

porche [pɔrʃ] *n. m.* 門廊

porcher, ère [pɔrʃe, ɛːr] *n.* 豬倌(兒);養豬的飼養員

porcherie [pɔrʃəri] *n. f.* 豬圈

porcin, e [pɔrsɛ̃, in] *a.* 豬的

pore [pɔːr] *n. m.* 細孔,氣孔;(腺體開口的)毛孔

poreux, se [pɔrø, øːz] *a.* 有孔的,多孔的

porion [pɔrjɔ̃] *n. m.* 礦井監工

pornographie [pɔrnɔgrafi] *n. f.* 色情描寫,色情繪畫

pornographique [pɔrnɔgrafik] *a.* 色情的,誨淫的

poromètre [pɔrɔmɛtr] *n. m.* 泡沫人造革

porosité [pɔrozite] *n. f.* 多孔性

porphyre [pɔrfiːr] *n. m.* 【地質】斑岩

port [pɔːr] *n. m.* 港,港口;港埠;避風港,棲身處;穿戴;佩帶;携帶;(船的)載重;郵費,郵資;姿勢,風度;(植物的)形態

portable [pɔrtabl] *a.* 可携帶的;可穿的

portage [pɔrtaːʒ] *n. m.* 用背搬運

portail [pɔrtaj] (*pl.* ～**s**) *n. m.* (大建築物的)正門,大門

portant, e [pɔrtɑ̃, ɑ̃ːt] *a.* 健康的;【技】支撐的; à bout ～ *loc. adv.* 逼近地 *n. m.* (箱子等的)把手;(舞台佈景、燈具等的)支架

portatif, ve [pɔrtatif, iːv] *a.* 携帶方便的,手提式的

porte [pɔrt] *n. f.* 門,戶

porte-à-faux [pɔrtafo] *n. m. inv.* 突出部,外伸部

porte-allumettes [pɔrtalymɛt] *n. m. inv.* 火柴盒

porte-avions [pɔrtavjɔ̃] *n. m. inv.* 航空母艦

porte-bagages [pɔrtbagaːʒ] *n. m. inv.* (車廂、自行車等的)行李架

porte-billets [pɔrtbijɛ] *n. m. inv.* 皮夾子

porte-bouquet [pɔrtbukɛ] (*pl.* ～ (**s**)) *n. m.* 小花瓶

porte-bouteilles [pɔrtbutɛj] *n. m. inv.* (安放瓶子或瀝乾瓶中水用的)瓶架

porte-cartes [pɔrtkart] *n. m. inv.* 證件夾

porte-cigares [pɔrtsigaːr] *n. m. inv.* 雪茄烟盒

porte-cigarettes [pɔrtsigarɛt] *n. m. inv.* 香烟盒

porte-clefs, porte-clés [pɔrtəkle] *n. m. inv.* 鑰匙圈,鑰匙環

porte-couteau [pɔrtkuto] (*pl.* ～ (**x**)) *n. m.* (餐桌上的)刀架

porte-crayon [pɔrtkrɛjɔ̃] (pl. ~(s)) n. m. 鉛筆套

porte-drapeau [pɔrtədrapo] (pl. ~(x)) n. m. 旗手

portée [pɔrte] n. f. (動物產下的)一胎; 射程, 作用距離; 視力、手等可及的距離; 理解力, 智力範圍; 意義, 作用;【建】跨度;【機】支承面, 軸頸;【樂】譜表

portefaix [pɔrtəfɛ] n. m. inv. (舊時)挑夫, 腳夫

porte-fenêtre [pɔrtəfənɛtr] (pl. ~s-~s) n. f. 落地窗

portefeuille [pɔrtəfœj] n. m. 皮夾子; 部長之職;(個人或企業)持有的全部票據或證券

porte-greffe [pɔrtəgrɛf] (pl. ~(s)) n. m. 【植】砧木

portemanteau [pɔrtmãto] (pl. ~x) n. m. 衣帽架;【船】弔艇柱

porte-mine, portemine [pɔrtmin] (pl. porte-mine (s), portemines) n. m. 活動鉛筆

porte-monnaie [pɔrtmɔnɛ] n. m. inv. 小錢包

porte-outil [pɔrtuti] (pl. ~(s)) n. m. 【機】刀架, 刀夾, 夾貝

porte-parapluies [pɔrtparaplui] n. m. inv. 插雨傘, 手杖用的木架

porte-parole [pɔrtparɔl] n. m. inv. 代言人, 發言人

porte-plume [pɔrtəplym] n. m. inv. (蘸水鋼筆的)筆桿

porter [pɔrte] v. t. 扛, 抬, 提; 承擔; 運送; 攜帶, 帶有; 穿戴, 佩戴; 保持(姿態); 指向, 引向; 結(果實), 生(利息); 引起, 帶來, 導致 v. i. (射程等)達到; 懷胎; 以…為目標, 涉及; ~ sur (重心等)支撐在, 落在 v. pr. 走向, 投向; 身體好或不好; (以…身份)出現; se ~ à 採取(手段等)

porteur, se [pɔrtœr, øːz] n. 搬運工, 運送工 n. m. 送信人, 捎信人; 持票人, (證券)持有人 a. 運載的

porte-voix [pɔrtəvwa[ɑ]] n. m. inv. 喇叭筒

portier, ère [pɔrtje, ɛːr] n. 看門人 n. f. 車門; 門簾

portillon [pɔrtijɔ̃] n. m. 小門

portion [pɔrsjɔ̃] n. f. 一份; 一部分, 一段, 一塊

portique [pɔrtik] n. m. 【建】柱廊;(體育器具的)橫架

portland [pɔrtlã] n. m. 卜特蘭水泥

porto [pɔrto] n. m. 波爾圖酒〔葡萄牙產〕

portoricain, e [pɔrtɔrikɛ̃, ɛn] a. 波多黎各的 P~ 波多黎各人

portrait [pɔrtrɛ] n. m. 像, 肖像; (人物形象的)描繪

portraitiste [pɔrtrɛ[ɛ]tist] n. m. 肖像畫家

portraiturer [pɔrtrɛ[ɛ]tyre] v. t. 畫…的肖像; 描寫(某人)

portuaire [pɔrtyɛːr] a. 港口的

portugais, e [pɔrtygɛ, ɛːz] a. 葡萄牙的 n. P~ 葡萄牙人 n. m. 葡萄牙語

pose [poːz] n. f. 安放, 擺; 姿勢, 姿態; 裝模作樣, 做作;【攝】曝光

posé, e [poze] a. 莊重的, 穩重的

poser [poze] v. t. 擱, 放, 擺; 安置, 架設; 寫下(數字); 建立, 確立; 提出(問題等); 使出名, 使受注目; 放下 v. i. 擱放; 擺姿勢〔爲照相等〕; 裝模作樣 v. pr. 停落; 着陸; 把自己打扮成…的模樣, 裝出一副…的姿態

poseur, se [pozœːr, øːz] a., n. 放置的(人), 鋪設的(人); 裝模作樣的(人)

positif, ve [pozitif, iːv] a. 確實的; 有實效的; 講究實際的; 肯定的; 積極的;【數】正的;【電】陽的, 正的;【哲】實證的 n. m. 實利, 實在;【語】原級

position [pozisjɔ̃] n. f. 位置, 方位; 姿勢; 處境, 狀況; 陣地; (社會)地位; 立場; 資金狀況;【樂】把位

positivisme [pozitivism] n. m. 【哲】實

證主義,實證論

positiviste [pozitivist] *a.* 實證主義的,
實證論的 *n.* 實證主義者,實證論者

positon [pozitɔ̃] *n. m.* 【原子】正電子,
陽電子,正子

possédé, e [pɔsede] *a.* 迷住心竅的
n. 鬼怪附身的人

posséder [pɔsede] *v. t.* [c. 7]擁有,佔
有,具有;掌握,支配

possesseur [pɔsesœr] *n. m.* 佔有者,
所有者,物主

possessif, ve [pɔsesif, i:v] 【語】 *a.*
主有的 *n. m.* 主有詞

possession [pɔsesjɔ̃] *n. f.* 擁有,佔有;
財產,佔有物;領地;中邪

possibilité [pɔsibilite] *n. f.* 可能,可能
性;能力

possible [pɔsibl] *a.* 可能的,有可能的
n. m. 可能;可能做到的事,可能發生的
事

postal, ale [pɔstal] (*pl.~aux*) *a.* 郵
政的,郵務的

postcure [pɔstky:r] *n. f.* 治療後的休息
期

postdater [pɔstdate] *v. t.* 填遲日期,填
事後日期

poste [pɔst] *n. f.* 郵政,郵務;郵局;郵
船,郵車;(舊時的)驛站;驛站間的距離
n. m. 崗位;哨所;職位,職務;站,所,
台;警察局;收音機,電視機;【財】(會計)
科目,(預算)項目

poster [pɔste] *v. t.* 設置(崗哨等);付
郵,郵寄

postérieur, e [pɔsterjœ:r] *a.* 以後的;
後面的,後面的 *n. m.* 屁股

posteriori (a) 見 a posteriori

postériorité [pɔsterjɔrite] *n. f.* 在後,
後天性

postérité [pɔsterite] *n. f.* 後裔;後代,
後世

posthume [pɔstym] *a.* 遺腹的;作者死
後出版的,遺下的

postiche [pɔstiʃ] *a.* 後加的;人工的,假

的 *n. m.* 假髮

postier, ère [pɔstje, ε:r] *n.* 郵局職員

postillon [pɔstijɔ̃] *n. m.* 驛車車夫;(四
輪馬車夫的)副手;唾沫星

postillonner [pɔstijɔne] *v. i.* 唾沫四濺

postscolaire [pɔstskɔlε:r] *a.* 學校畢業
後的

post-scriptum [pɔstskriptɔm] *n. m. inv.*
(信末)附言,又及〔縮寫爲 P. –S.〕

postsynchroniser [pɔstsɛ̃krɔnize] *v. t.*
【電影】後期錄音

postulant, e [pɔstylɑ̃, ɑ̃:t] *n.* 求職者

postulat [pɔstyla] *n. m.* 【哲,數】公設

postuler [pɔstyle] *v. t.* 謀求(職務) *v.*
i. 代理訴訟

posture [pɔsty:r] *n. f.* 姿勢;處境

pot [po] *n. m.* 罐,壺,盆子,壜子;砂鍋;
賭注;運氣

potable [pɔtabl] *a.* 可飲的;勉强能喝
的;馬馬虎虎的,能過得去的

potache [pɔtaʃ] *n. m.* 〖俗〗中學生

potage [pɔta:ʒ] *n. m.* 湯,濃湯

potager, ère [pɔtaʒe, ε:r] *a.* 蔬菜的;種
蔬菜的 *n. m.* 菜圃

potasse [pɔtas] *n. f.* 苛性鉀;鉀肥

potassique [pɔtasik] *a.* 鉀的,鉀鹽的

potassium [pɔtasjɔm] *n. m.* 【化】鉀

pot-au-feu [pɔtofø] *n. m.* 燉牛肉,
做燉牛肉的牛肉;燉牛肉用的鍋子
a. inv. 〖俗〗鑽在家務堆裏的

pot-de-vin [pɔdvɛ̃] (*pl.~s-~·~*) *n.*
m. 賄賂

poteau [pɔto] *n. m.* (*pl.~x*) 椿,標;
電綫杆;【賽馬】起點,終點

potée [pɔte] *n. f.* 一壺,一鍋;造型黏土

potelé, e [pɔtle] *a.* 胖乎乎的,豐滿的

potence [pɔtɑ̃:s] *n. f.* (木的或鐵的)支
架;絞台,絞架;絞刑

potentat [pɔtɑ̃ta] *n. m.* 專制君主;作威
作福的人,土皇帝

potentiel, le [pɔtɑ̃sjεl] *a.* 潛在的,可能
的;【語】可能(語氣)的;【物,數】勢的,位
的 *n. m.* 潛力;【物】勢能,位能

oterie [potri] *n. f.*　陶器, 陶瓷器; 陶瓷廠; 製陶術; 陶管; 家用金屬器皿

oterne [potɛrn] *n. m.*　(城堡的)暗門

otiche [potiʃ] *n. f.*　彩瓷花瓶

otier [potje] *n. m.*　陶工, 陶瓷工; 陶器商, 陶瓷商

otin [potɛ̃] *n. m.*　【俗】喧嘩, 吵鬧; 閑話

otiner [potine] *v. i.*　説閑話, 議論

otinier, ère [potinje, ɛːr] *a, n*　愛議論他人的(人)

otion [posjɔ̃] *n. f.*　藥水

otiron [potirɔ̃] *n. m.*　筍瓜

ou [pu] (*pl.~x*) *n. m.*　虱子

ouah ! [pwa] *interj.*　呸! 呸!

oubelle [pubɛl] *n. f.*　垃圾箱

ouce [pus] *n. m.*　大拇指; 古長度單位〔27.07mm〕; 極少量

oucettes [puset] *n. f. pl.*　(有兩個指環的)指銬

ouding, pudding [pudiŋ] *n. m.*　【英】布丁〔一種糕點〕

oudingue [pudɛ̃ːg] *n. m.*　【地質】圓礫岩

oudre [pudr] *n. f.*　粉末; 粉劑; 香粉; 火藥

oudrer [pudre] *v. t.*　塗粉, 撲粉; 擦香粉

oudrerie [pudrəri] *n. f.*　火藥廠

oudrette [pudrɛt] *n. f.*　人糞粉

oudreuse [pudrøːz] *n. f.*　【農】噴粉器

oudreux, se [pudrø, øːz] *a.*　粉狀的

oudrier [pudrie] *n. m.*　火藥製造者; 香粉盒

oudrière [pudriɛːr] *n. f.*　火藥庫

oudroiement [pudrwamɑ̃] *n. m.*　塵土飛揚

oudroyer [pudrwaje] *v. i.*　[c. 3] 揚起塵土; 蓋滿塵土

ouf [puf] *interj.*　噗通!　*n. m.*　(低矮的)圓軟凳

ouffer [pufe] *v. i.*　~ (de rire) 忍不住笑出聲來

pouillerie [pujri] *n. f.*　赤貧; 骯髒的地方

pouilles [puj] *n. f. pl.*　chanter ~　辱罵

pouilleux, se [pujø, øːz] *a.*　有虱的; 貧瘠的; 【俗】骯髒的, 貧窮的　*n.*　窮苦人

poulailler [pulɛr] *n. m.*　雞棚; (劇場中)頂層樓座

poulain [pulɛ̃] *n. m.*　(不滿兩歲半的)馬駒子; (卸貨用)滾柱滑道

poulaine [pulɛn] *n. f.*　船首的尖端

poularde [pulard] *n. f.*　肥壯的小母雞

poule [pul] *n. f.*　母雞; 【體】循環賽; 總賭注; 【俗】輕佻的女人　avoir la chair de ~　【俗】起雞皮疙瘩

poulet [pulɛ] *n. m.*　小雞; 小寶貝; 情書; 【俗】警察

poulette [pulet] *n. f.*　小母雞; 小寶貝; 【俗】姑娘, 少婦

pouliche [puliʃ] *n. f.*　(不滿三歲的)雌馬

poulie [puli] *n. f.*　滑輪, 皮帶輪; 滑車

pouliner [puline] *v. i.*　産小駒子

poulinière [pulinjɛːr] *n. f., a. f.*　種母馬(的)

poulpe [pulp] *n. m.*　【動】章魚

pouls [pu] *n. m.*　脈搏, 脈

poumon [pumɔ̃] *n. m.*　肺

poupard, e [pupaːr, ard] *n.*　胖娃娃; 胖子　*a.*　胖乎乎的　*n. m.*　玩具娃娃

poupe [pup] *n. f.*　船尾

poupée [pupe] *n. f.*　玩偶, 玩具娃娃; 陳列服裝的人體模型; 【機】車牀廂, 頂尖架

poupin, e [pupɛ̃, in] *a.*　(臉色)紅潤的, 玩具娃娃似的

poupon, ne [pupɔ̃, ɔn] *n.*　小娃娃

pouponner [pupɔne] *v. i.*　【俗】照料嬰兒

pouponnière [pupɔnjɛːr] *n. f.*　哺乳室

pour [puːr] *prép.*　爲了; (去)往, (去)向; 代替; 當作, 作爲; 至於; 對於; 由於; ~ que *loc. conj.*　爲了; 因而　*n. m.*　贊成, 同意

pourboire [purbwaːr] *n. m.*　小費, 酒

錢

pourceau [purso] (*pl.* ～*x*) *n. m.* 豬;
公豬;骯髒的人

pourcentage [pursɑ̃taːʒ] *n. m.* 百分
率,百分比;利率

pourchasser [purʃase] *v. t.* 追,追逐

pourchasseur [purʃasœːr] *n. m.* 追逐
者

pourfendeur [purfɑ̃dœːr] *n. m.* 攻擊
者

pourfendre [purfɑ̃dr] *v. t.* [c. 42] 劈
開;攻擊,斬除

pourlécher (se) [s(ə)purleʃe] *v. pr.*
[c. 7] 舔嘴唇

pourparlers [purparle] *n. m. pl.* 談判,
交涉,磋商

pourpier [purpje] *n. m.* 【植】馬齒莧

pourpoint [purpwɛ̃] *n. m.* (古時男式)
緊身短上衣

pourpre [purpr] *n. f.* 鮮紅;王位,紅衣
主教的職位 *n. m.* 深紅 *a.* 絳紅
的,深紅的

pourpré, e [purpre] *a.* 絳紅的

pourquoi [purkwa] *conj., adv.* 爲什麼
n. m. inv. 原因;爲什麼

pourri, e [puri] *a.* 腐爛的;潮濕的;腐
敗的,腐朽的 *n. m.* 腐爛

pourrir [puriːr] *v. i.* 腐爛,腐敗,惡化;
久居 *v. t.* 使腐爛

pourriture [purityːr] *n. f.* 腐爛;腐敗;
腐朽;(葡萄的)腐爛病

poursuite [pursɥit] *n. f.* 追,追捕,追
擊;追求,繼續進行;【法】追訴,訴究

poursuivre [pursɥivr] *v. t.* [c. 52] 追,
追捕,追擊;追求;糾纏;繼續,繼續說;
【法】起訴,訴究

pourtant [purtɑ̃] *adv.* 然而,但是

pourtour [purtuːr] *n. m.* 周圍,四周

pourvoi [purvwa] *n. m.* 上訴〔尤指向
最高法院提出的上訴〕

pourvoir [purvwaːr] [c. 33] 〔但簡單過
去時爲 je pourvus, 虛擬式未完成過
去時爲 je pourvusse〕 *v. i.* 供給,供

應 *v. t.* 配備,裝備;賦予;使成家
業 *v. pr.* 自備;上訴

pourvoyeur, se [purvwajœːr, øːz] *n.* 供
應者,供給者

pourvu, e [purvy] *a.* ～ de… 具備…
的,具有…的; ～ que *loc. conj.* 只
要,只消;但願

pousse [pus] *n. f.* 發芽;生長;嫩枝

pousse-café [puskafe] *n. m. inv.* 【俗】
(喝過咖啡後喝的)小杯燒酒

poussée [puse] *n. f.* 推;推動;推進;推
力;浮力;【醫】發作

pousse-pousse [puspus] *n. m. inv.* 人
力車,黃包車

pousser [puse] *v. t.* 推,推開,推上;推
進;長出;激勵,促進,推動;延伸;細心經
作,深入進行;發出 *v. i.* 長,生長;前
進 *v. pr.* 出人頭地,往上爬

poussette [puset] *n. f.* 童車

poussier [pusje] *n. m.* 煤末

poussière [pusjɛːr] *n. f.* 灰塵,塵土;遺
骸

poussiéreux, se [pusjerø, øːz] *a.* 滿是
塵土的;土灰色的

poussif, ve [pusif, iːv] *a., n.* 【俗】氣急
的(人)

poussin [pusɛ̃] *n. m.* 小鷄

poussinière [pusinjɛːr] *n. f.* 小鷄籠;
人工養雛器

poussoir [puswaːr] *n. m.* 按鈕

poutre [putr] *n. f.* (屋)梁,大梁

poutrelle [putrɛl] *n. f.* 小梁

pouvoir [puvwaːr] *v. t.* [c. 31] 能,能
够;可以;大約,大概〔用虛擬式,主謂倒
置〕但願,希望; n'en ～ plus 精疲力
盡,支持不了;Il se peut que … 可能…
n. m. 權力;政權;能力;影響;權力機
構;授權書;*pl.* 職權

præsidium, présidium [prezidjɔm] *n.*
m. 【拉】(蘇聯最高蘇維埃的)主席團

pragmatique [pragmatik] *a.* 實用主義
的;以事實爲基礎的

pragmatisme [pragmatism] *n. m.*

【哲】實用主義

ragmatiste [pragmatist] *a.* 實用主義的 *n.* 實用主義者

rairial [prɛrjal] *n. m.* （法蘭西共和曆的）牧月

rairie [pre[ɛ]ri] *n. f.* 牧場；草地

raline [pra[ɑ]lin] *n. f.* 糖杏仁

raliné, e [pra[ɑ]line] *a.* 撒糖杏仁屑的

raséodyme [prazeɔdim] *n. m.* 【化】鐠

raticable [pratikabl] *a.* 可通行的；切實可行的，可實行的；【劇】實物的 *n. m.* 實物佈景；（放置攝影機或打光燈的）活動平台

raticien, ne [pratisjɛ̃, ɛn] *n.* 實踐者，開業醫生；製雕像粗坯的工人

ratiquant, e [pratikɑ̃, ɑ̃:t] *a., n.* 從事宗教活動的(人)

ratique [pratik] *a.* 實際的，實踐的；注重實際的；實用的 *n. f.* 實際，實踐；實行，實施；實踐經驗；做法，習慣；進口檢疫證

ratiquer [pratike] *v. t.* 實行，實施，應用；從事，開鑿；與⋯交往

ré [pre] *n. m.* 草地，(小)牧場

réalable [prealabl] *a.* 預先的，事先的；先決的 *n. m.* 先決條件；au ～ *loc. adv.* 事前，預先

réambule [preãbyl] *n. m.* 前文，前言；開場白；先兆，先導

réau [preo] *n. m.* （修道院或監獄的）內院，(學校中)風雨操場

réavis [preavi] *n. m.* 預告通知，預告

rébende [prebɑ̃:d] *n. f.* (教士的)教俸；報酬

récaire [prekɛ:r] *a.* 不穩固的，不穩定的，不牢靠的

récarité [prekarite] *n. f.* 不穩定性，不牢固性

récaution [prekosjɔ̃] *n. f.* 預防，提防，小心謹慎

récautionner (se) [s(ə)prekosjɔne] *v.*

pr. 預防，提防

précautionneux, se [prekosjɔnø, ø:z] *a.* 小心謹慎的

précédemment [presedamɑ̃] *adv.* 先前；前面

précédent, e [presedɑ̃, ɑ̃:t] *a.* 前一個的，上一個的 *n. m.* 先例，前例；sans ～ 無前例的，空前的

précéder [presede] [c. 7] *v. t.* 走在⋯的前面；在⋯之前 *v. i.* 在先，在前

précepte [presɛpt] *n. m.* 規則，戒律

précepteur, trice [presɛptœ:r, tris] *n.* 家庭教師

préceptoral, ale [presɛptɔral] (*pl.* ～ **aux**) *a.* 家庭教師的

préceptorat [presɛptɔra] *n. m.* 家庭教師之職

prêche [prɛʃ] *n. m.* 佈道，說教

prêcher [pre[ɛ]ʃe] *v. t.* 佈講(教義)；鼓吹，教誨，叮囑 *v. i.* ～ d'exemple 示範，以身作則

prêcheur, se [pre[ɛ]œ:r, ø:z] *a., n.* 愛說教的(人)，愛教訓的(人)

prêchi-prêcha [pre[ɛ]ʃipre[ɛ]ʃa] *n. m. inv.* 嘮嘮叨叨的說教

précieux, se [presjø, ø:z] *a.* 珍貴的，貴重的，寶貴的；做作的 *n. f.* (17世紀法國上流社會中的)女才子

préciosité [presjozite] *n. f.* (語言、舉止的)矯揉造作

précipice [presipis] *n. m.* 深淵，懸崖，災難

précipitamment [presipitamɑ̃] *adv.* 急促地，匆忙地

précipitation [presipitasjɔ̃] *n. f.* 匆忙，倉促；【化】沉澱(作用)；pl.【氣】降水

précipité [presipite] *n. m.* 沉澱(物)

précipiter [presipite] *v. t.* 扔下，拋下；推入；加速，使急速；【化】使沉澱 *v. i.* 產生沉澱 *v. pr.* 落下，跳下；撲向，衝向；加速

précis, e [presi, i:z] *a.* 明確的，確切的；準確的；精確的 *n. m.* 梗概，概要

précisément [presizemɑ̃] *adv.* 明確地, 確切地; 正好

préciser [presize] *v. t.* 明確表示, 明確指出

précision [presizjɔ̃] *n. f.* 明確, 確切; 準確, 精確, 精密; 精度

précité, e [presite] *a.* 上述的

précoce [prekɔs] *a.* 早熟的; 提早的; 早來的

précocité [prekɔsite] *n. f.* 早熟

précolombien, ne [prekɔlɔ̃bjɛ̃, ɛn] *a.* 哥倫布發現新大陸以前的

précompte [prekɔ̃:t] *n. m.* 【商】預計應扣款項

préconçu, e [prekɔ̃sy] *a.* 預想的, 臆想的

préconiser [prekɔnize] *v. t.* 主張, 鼓吹, 推薦

précurseur [prekyrsœ:r] *a. m.* 預兆的; 先遣的 *n. m.* 前驅者, 先驅者

prédécesseur [predesesœ:r] *n. m.* 前任者; *pl.* 前人, 先輩

prédestination [predɛstinɑsjɔ̃] *n. f.* 宿命

prédestiner [predɛstine] *v. t.* 命中注定

prédéterminer [predetɛrmine] *v. t.* 預定, 事先決定

prédicat [predika] *n. m.* 【語】謂語

prédicateur, trice [predikatœ:r, tris] *n.* 說教者

prédication [predikɑsjɔ̃] *n. f.* 說教, 講道

prédiction [prediksjɔ̃] *n. f.* 預言, 預報

prédilection [predilɛksjɔ̃] *n. f.* 偏愛

prédire [predi:r] *v. t.* [c. 64] 〔但直陳式現在時複數第二人稱爲 prédisez〕預言, 預告

prédisposer [predispoze] *v. t.* 使自然傾向於; 使易感染

prédisposition [predispozisjɔ̃] *n. f.* 素質, 素因

prednisone [prɛdnizɔn] *n. f.* 強的松

prédominance [predɔminɑ̃:s] *n. f.* 優勢, 主導

prédominer [predɔmine] *v. i.* 佔優勢, 佔統治地位, 佔主導地位

prééminence [preeminɑ̃:s] *n. f.* 優越, 優異

prééminent, e [preeminɑ̃, ɑ̃:t] *a.* 優異的, 優秀的

préemption [preɑ̃psjɔ̃] *n. f.* 優先購買(權)

préétablir [preetabli:r] *v. t.* 預定, 先定

préexistence [preɛgzistɑ̃:s] *n. f.* 先存在

préexister [preɛgziste] *v. i.* 先存在

préfabriqué, e [prefabrike] *a.* 預製的

préface [prefas] *n. f.* 序, 序言

préfacer [prefase] *v. t.* [c. 1] 替…寫序言

préfectoral, ale [prefɛktɔral] (*pl. ~aux*) *a.* 省長的

préfecture [prefɛkty:r] *n. f.* (法國的)省; 省長之職; 省長任期; 省政府; 省會; 省城

préférable [preferabl] *a.* 更可取的, 更好的

préférence [preferɑ̃:s] *n. f.* 喜愛, 特別喜愛; 優惠, 特惠; *pl.* 偏愛

préférentiel, le [preferɑ̃sjɛl] *a.* 優惠的, 特惠的; 【法】先取的, 優先的

préférer [prefere] *v. t.* [c. 7] 比較喜歡, 更喜愛; 寧願

préfet [prefɛ] *n. m.* 省長, 地方行政長官; ～ de police (巴黎)警察總監

préfète [prefɛt] *n. f.* 〖俗〗省長夫人

préfixe [prefiks] *n. m.* 【語】前綴

préfixer [prefikse] *v. t.* 預先確定

préhenseur [preɑ̃sœ:r] *a. m.* 用來捕捉的, 用來抓取的〔如象鼻等〕

préhensile [preɑ̃sil] *a.* 能捕捉的; 能抓握的

préhension [preɑ̃sjɔ̃] *n. f.* 抓握, 捕取

préhistoire [preistwa:r] *n. f.* 史前史

réhistorique [preistɔrik] *a.* 史前的

réjudice [preʒydis] *n. m.* 損失, 損害

réjudiciable [preʒydisjabl] *a.* 有損的, 有害的

réjudiciel, le [preʒydisjɛl] *a.* 【法】預判的, 先決的

réjugé [preʒyʒe] *n. m.* 成見, 偏見; 【法】判例, 前例

réjuger [preʒyʒe] *v. t.* [c. 2]預斷; 預測

rélasser(se) [s(ə)prela[ɑ]se] *v. pr.* 懶洋洋地躺着, 悠閑地倚靠着

rélat [prela[ɑ]] *n. m.* 高級教士

rèle, prêle [prɛl] *n. f.* 【植】木賊

rélèvement [prelɛvmɑ̃] *n. m.* 抽取, 提取; 抽取物, 提取物

rélever [pre[e]lve] *v. t.* [c. 6] 抽取, 提取; 徵收, 徵課

réliminaire [preliminɛːr] *a.* 準備性的, 開場的; *pl.* 準備程序, 準備階段

rélude [prelyd] *n. m.* 【樂】前奏曲, 序曲(演唱, 演奏前的)試音; 序幕, 前兆

réluder [prelyde] *v. i.* 試音, 試奏; ~ à 迎接…的來臨, 預示, 預告

rématuré, e [prematyre] *a.* 早產的; 過早的; 早熟的

réméditation [premeditɑsjɔ̃] *n. f.* 事先考慮; 預謀

réméditer [premedite] *v. t.* 事先考慮; 預先策劃, 預謀

rémices [premis] *n. f. pl.* (土地的)初次收穫; 第一批產下的幼畜; 處女作; 開端

remier, ère [prəmje, ɛːr] *a.* 第一的, 最先的; 頭等的, 第一流的; 最必需的; 初步的; matières ~ères 原材料; ministre 首相, 總理 *n.* 第一個人; jeune ~ (愛情劇中)男主角 *n. m.* 二樓; (一個月的)第一天

remière [prəmjɛːr] *n. f.* 頭等車廂, 頭等船艙; 首場演出; 首映

remièrement [prəmjɛrmɑ̃] *adv.* 第一, 首先

premier-né [prəmjene] (*f. premier-née* [prəmjerne] 或 *première-née* [prəmjɛrne], *pl.* ~-s- ~s) *a.* 頭胎生的 *n.* 頭生兒

prémisse [premis] *n. f.* 【邏】前提

prémonitoire [premɔnitwaːr] *a.* 先兆的; 【醫】前驅的

prémunir [premyniːr] *v. t.* 使預防, 使提防; 保護

prenable [prənabl] *a.* 可攻佔的, 可奪取的

prénatal, ale [prenatal] (*pl.* ~ als 或 ~aux) *a.* 産前的

prendre [prɑ̃ːdr] [c. 46] *v. t.* 拿, 取; 攜帶; 帶(某人同行); 攻佔, 奪取; 偷; 撞見, 逮住; 接受; 買, 買進, 租進; 要價; 引用; 吃, 喝; 搭乘; 取道; 染上(疾病); 接待; 打聽; 說動, 打動; 理解, 體會; ~ pour 當作, 看成 *v. i.* 扎根, 成活; 凝結, 凍結; (演出等)取得效果, 成功; (假話等)達到目的; Le feu prend. 火點着了。 *v. pr.* 鈎住; se ~ à 開始, …起來; s'y ~ 動手, 幹起來; s'y ~ bien 幹得靈巧利索; s'en ~ à 責怪; se ~ pour 自以爲

preneur, se [prənœr, øz] *n.* 承租人, 買主 *a.* 用來抓物的

prénom [prenɔ̃] *n. m.* 名字

prénommé, e [prenɔme] *a.* 名叫…的

prénuptial, ale [prenypsjal] (*pl.* ~ aux) *a.* 婚前的

préoccupation [preɔkypɑsjɔ̃] *n. f.* 掛慮, 憂慮

préoccuper [preɔkype] *v. t.* 使擔心, 使憂慮 *v. pr.* 關心, 關懷

préparateur, trice [preparatœːr, tris] *n.* 準備者; 實驗員

préparatif [preparatif] *n. m.* 〔常用 *pl.*〕準備, 準備工作

préparation [preparɑsjɔ̃] *n. f.* 準備, 預備, 籌備; 配製, 製造; 預習; 準備好的東西

préparatoire [preparatwaːr] *a.* 準備

的,預備的,籌備的

préparer [prepare] v. t. 準備,預備;安排;幫助(某人)準備;使有精神準備;培養;【化】製備,製造 v. pr. 準備,預備;醞釀

prépondérance [prepɔ̃derɑ̃:s] n. f. 重要的地位

prépondérant, e [prepɔ̃derɑ̃, ɑ̃:t] a. 佔重要地位的,舉足輕重的

préposé, e [prepoze] n. (行政部門的)職員,工作人員;郵遞員

préposer [prepoze] v. t. 委託,指派

préposition [prepozisjɔ̃] n. f. 【語】前置詞,介詞

prérogative [prerɔgati:v] n. f. 特權

près [prɛ] adv. 附近;de ~ loc. adv. 靠近地;仔細地,密切地;à peu ~ loc. adv. 差不多 prép. 靠近;~ de loc. prép. 靠近,接近,即將,將近

présage [preza:ʒ] n. m. 徵兆,預兆,先兆

présager [prezaʒe] v. t. [c. 2] 預示;預感

pré-salé [presale] (pl. ~s-~s) n. m. 海邊牧場上飼養的羊;此種羊的肉

presbyte [prɛsbit] a. 老視的,遠視的 n. 老花眼,遠視眼患者

presbytère [prɛsbitɛ:r] n. m. 本堂神甫的住所

presbytie [prɛsbisi] n. f. 老視,遠視

prescience [presjɑ̃:s] n. f. 先知先覺,預知

prescriptible [preskriptibl] a. 【法】可經時效而取得或解除的

prescription [preskripsjɔ̃] n. f. 規定,指示;【醫】處方;【法】時效

prescrire [preskri:r] [c. 61] v. t. 規定,指示;【醫】開(藥方),規定;【法】由於時效而取得或解除

préséance [preseɑ̃:s] n. f. 居先權,席次

présence [prezɑ̃:s] n. f. 在場,到場,出

席;存在;(政治、文化方面的)影響;en ~ de 面對着,當面

présent, e [prezɑ̃, ɑ̃:t] a. 在場的,到場的,出席的;目前的,現在的;(事物)存在的,出現的;此,本 n. m. 現時,目前;【語】現在時;禮物,禮品; pl. 出席者;à ~ loc. adv. 現在,現時

présentable [prezɑ̃tabl] a. 值得推廣的,可以介紹的;中看的,拿得出去的

présentation [prezɑ̃tasjɔ̃] n. f. 推薦,展出;出示,遞上;(商品等的)裝潢,陳列;【醫】(分娩時胎兒)先露; pl. 介紹

présentement [prezɑ̃tmɑ̃] adv. 〖方〗現在,目前

présenter [prezɑ̃te] v. t. 拿出,呈獻;介紹,推舉;出示;展出;佈置;提出;表達(敬意、慰問等);闡述;顯出,顯現出 v. pr. 露臉;自我介紹;(以競選者身份等)出現;顯現

préservateur, trice [prezɛrvatœ:r, tris] a. 預防的,防治的

préservatif, ve [prezɛrvatif, i:v] a. 預防的,有預防作用的 n. m. 避孕套,預防藥,防腐劑

préservation [prezɛrvasjɔ̃] n. f. 保存,儲藏;預防,防護

préserver [prezɛrve] v. t. 預防(某人遭受危險等);保護,保全

présidence [prezidɑ̃:s] n. f. 主席,總統之職;上述職務的任期;總統府,主席府;主持

président [prezidɑ̃] n. m. 主任,主席;總統;(法院的)主審官,院長,庭長

présidente [prezidɑ̃:t] n. f. 女主任,女主席;總統夫人

présidentiel, le [prezidɑ̃sjɛl] a. 總統的,主席的

présider [prezide] v. t. 主持 v. i. 主管

présidium = præsidium

présomptif, ve [prezɔ̃ptif, i:v] a. héritier ~ 推定繼承人

résomption [prezɔ̃psjɔ̃] *n. f.* 推測, 假定, 推定; 自高自大, 驕傲

résomptueux, se [prezɔ̃ptɥø, øːz] *a.*, *n.* 自高自大的(人), 狂妄自大的(人)

resque [prɛsk] *adv.* 幾乎, 差不多

resqu'ile [prɛskil] *n. f.* 半島

ressage [prɛsaːʒ] *n. m.* 壓; 壓榨; 壓鑄

ressant, e [prɛsɑ̃, ɑ̃ːt] *a.* 強求不已的, 緊急的, 迫切的

resse [prɛs] *n. f.* 擁擠的人羣; 緊急, 緊迫; 壓力機; 印刷機; 報章雜誌; 報界; liberté de la ～ 出版自由; avoir bonne ～ 聲譽很好

ressé, e [pre[ɛ]se] *a.* 榨過的; 緊迫的; 匆忙的; 受到猛攻的

resse-citron [prɛssitrɔ̃] *n. m. inv.* 檸檬、柑橘榨汁器

ressentiment [presɑ̃timɑ̃] *n. m.* 預感

ressentir [presɑ̃tiːr] *v. t.* [c. 15] 預感; 試探

resse-papiers [prɛspapje] *n. m. inv.* 鎮紙

resse-purée [prɛspyre] *n. m. inv.* 壓菜泥器

resser [pre[ɛ]se] *v. t.* 擠, 壓榨, 搗, 按; 緊壓, 擠壓; 緊追, 追逼; 催促, 趕緊, 加緊 *v. i.* 緊迫 *v. pr.* 趕緊; 擁擠

ression [presjɔ̃] *n. f.* 按, 壓; 壓力

ressoir [preswaːr] *n. m.* 壓榨機; 壓榨場

ressurage [pre[ɛ]syraːʒ] *n. m.* 壓榨

ressurer [pre[ɛ]syre] *v. t.* 壓榨; 敲詐勒索

restance [prɛstɑ̃s] *n. f.* 威儀, 威風

restataire [prɛstateːr] *n. m.* (法國鄉鎮的)服養路勞役的人

restation [prɛstasjɔ̃] *n. f.* (津貼, 補助金等的)供給, 給付; (法國鄉鎮的)養路捐, 養路勞役; ～ de scrment 宣誓

reste [prɛst] *a.* 敏捷的, 靈巧的

restesse [prɛstɛs] *n. f.* 敏捷, 迅速

prestidigita*teur*, *trice* [prɛstidiʒitatœːr, tris] *n.* 魔術師

prestidigitation [prɛstidiʒitasjɔ̃] *n. f.* 魔術, 戲法

prestige [prɛstiːʒ] *n. m.* 威望, 威信; 魅力

prestigieux, se [prɛstiʒjø, øːz] *a.* 享有盛名的; 有魅力的

présumable [prezymabl] *a.* 可推測的, 可假定的

présumé, e [prezyme] *a.* 被推想爲, 被認爲

présumer [prezyme] *v. t.* 推想, 推測 *v. i.* ～ de 過高估計, 過分信賴

présupposer [presypoze] *v. t.* 預先假定, 假設; 以…爲前提, 首先需要

présure [prezyːr] *n. f.* 凝乳酶

prêt, e [prɛ, ɛt] *a.* 作好準備的, 已準備好的 *n. m.* 出借; 借出的東西; 貸款; 復員費

pretantaine, pretentaine [prətɑ̃tɛn] *n. f.* courir la ～ 〖俗〗東溜西逛; 有許多艷遇

prêté [pre[ɛ]te] *n. m.* C'est un ～ pour un rendu. 有來有往。一報還一報。

pré*tendant* [pretɑ̃dɑ̃] *n. m.* 覬覦王位者; 求婚者

prétendre [pretɑ̃ːdr] [c. 42] *v. t.* 要求; 認爲, 斷定; 硬說, 胡說 *v. i.* 奢望, 追求

prétendu, e [pretɑ̃dy] *a.* 所謂的; 自稱的

prête-nom [prɛtnɔ̃] (*pl.* ～*s*) *n. m.* (契約等的)出面人, 頂替人

prétentieux, se [pretɑ̃sjø, øːz] *a.* 自負的, 自命不凡的; 矯飾的 *n.* 自命不凡的人

prétention [pretɑ̃sjɔ̃] *n. f.* 要求, 奢望, 野心; 自負, 自命不凡

prêter [pre[ɛ]te] *v. t.* 貸出, 出借; 給予, 提供; 歸咎於; ～ l'oreille 傾聽; ～ serment 宣誓 *v. i.* (織物等)會延伸; ～ à 招惹(批評等) *v. pr.*

se ～ à 同意

prétérition [preterisjɔ̃] *n. f.* 【修辭】暗示忽略法

prêteur, se [prɛtœːr, øːz] *n.* 出借人;貸款人 *a.* 樂於出借的;樂於貸款的

prétexte [pretɛkst] *n. m.* 託辭,借口

prétexter [pretɛkste] *v. t.* 借口,假託,推託

prétoire [pretwaːr] *n. m.* 法院的接待室

prêtre [prɛtr] *n. m.* 神甫,司鐸;教士;司祭

prêtresse [prɛtrɛs] *n. f.* 女司祭

prêtrise [pre[ɛ]triːz] *n. f.* 神甫,司祭的職位或頭銜

preuve [prœːv] *n. f.* 證據,證明;標誌,表示; faire ～ de 表現出,顯示出; faire ses ～s 經受考驗;【數】驗算法

prévaloir [prevalwaːr] [c. 30]〔但虛擬式現在時爲: je prévale, …〕 *v. i.* 佔優勢,佔上風 *v. pr.* 自誇;自吹

prévaricateur, trice [prevarikatœːr, tris] *a., n.* 瀆職的(人),失職的(人)

prévarication [prevarikɑsjɔ̃] *n. f.* 瀆職,失職

prévariquer [prevarike] *v. i.* 瀆職,失職

prévenance [prev[ə]nɑ̃ːs] *n. f.* 殷勤,體貼

prévenant, e [prev[ə]nɑ̃, ɑ̃ːt] *a.* 殷勤的,體貼的;投人所好的,迎合人意的

prévenir [prev[ə]niːr] *v. t.* [c. 16] 搶在…之前;迎合;預防,防止;預先通知,報告

préventif, ve [prevɑ̃tif, iːv] *a.* 預防的

prévention [prevɑ̃sjɔ̃] *n. f.* 成見,先人之見;【法】被控告狀態,嫌疑犯狀態;拘留期;預防措施

préventorium [prevɑ̃tɔrjɔm] *n. m.* 防治所

prévenu, e [prev[ə]ny] *n.* 【法】嫌疑犯,刑事被告

prévision [previzjɔ̃] *n. f.* 預見,預料,

預報; en ～ de *loc. prép.* 事先考慮到,防備

prévoir [prevwaːr] *v. t.* [c. 33] 預見,預料;預備,準備

prévôt [prevo] *n. m.* 【史】高級官員或法官的頭銜;憲兵隊大隊長

prévôté [prevote] *n. f.* 【史】高級官員或法官的職務,審判權;憲兵隊

prévoyance [prevwajɑ̃ːs] *n. f.* 遠見,遠慮;預見,預料

prévoyant, e [prevwajɑ̃, ɑ̃ːt] *a., n.* 有遠見的(人),有先見之明的(人)

prie-Dieu [pridjø] *n. m. inv.* 〔祈禱用〕跪凳

prier [prie] *v. t.* 請求,懇求;請,邀請;祈禱

prière [priɛːr] *n. f.* 請求,懇求; ～ de 請…〔用於叮囑或有禮貌的禁止〕;祈禱禱告

prieur, e [priœːr] *n.* 【宗】某些隱修院的院長

prieuré [priœre] *n. m.* 隱修院院長的職位;修會,隱修會

primaire [primɛːr] *a.* 初級的,初等的;【地質】原生的

primat [prima] *n. m.* 【宗】首席主教;【哲】至上,首位

primates [primat] *n. m. pl.* 【動】靈長類

primauté [primote] *n. f.* 第一位,首位;優先,佔先

prime [prim] *a.* 【數】帶一撇的〔如 a〕; ～ jeunesse 幼年; de ～ abord *loc. adv.* 首先 *n. f.* 保險費;獎金;(企業中的)獎金,補貼;給顧客的贈品;(股票的)溢價;【宗】早課時間;【擊劍】第一架式; faire ～ 受珍重的

primer [prime] *v. t.* 超過,勝過;獎賞,獎給 *v. i.* 佔首位,領先

primerose [primroːz] *n. f.* 【植】蜀葵

primesautier, ère [primsotje, ɛːr] *a.* 衝動的,不加思索的

primeur [primœːr] *n. f.* 新鮮,時鮮

pl. 時鮮貨

primevère [primvɛːr] *n. f.* 【植】報春

primitif, ve [primitif, iːv] *a.* 原始的;早期的 *n. m.* 原始人,未開化的人;文藝復興前的藝術家

primo [primo] *adv.* 〖拉〗第一

primogéniture [primɔʒenityːr] *n. f.* 【法】(兄弟姊妹中)年長

primordial, ale [primɔrdjal] (*pl. ~aux*) *a.* 最原始的;首要的,極重要的

prince [prɛ̃s] *n. m.* 君主,君王;親王;王子;公侯;大公;巨擘,巨頭,大王

princeps [prɛ̃sɛps] *a. inv.* 〖拉〗 édition ~ 初版,第一版

princesse [prɛ̃sɛs] *n. f.* 公主,郡主;王妃;女王

princier, ère [prɛ̃sje, ɛːr] *a.* 親王的;王子的;王侯的

principal, ale [prɛ̃sipal] (*pl. ~aux*) *a.* 主要的,首要的 *n. m.* 主要的東西,主要;本金;中學校長

principauté [prɛ̃sipote] *n. f.* 公國,侯國;親王或公侯的封地;公侯的爵位

principe [prɛ̃sip] *n. m.* 原則,方針;原理;定律,法則;起源,根源,來源;要素,成份; *pl.* 道德準則

printanier, ère [prɛ̃tanje, ɛːr] *a.* 春天的,春季的

printemps [prɛ̃tɑ̃] *n. m.* 春天,春季;青春,青年時代;〖詩〗年歲

priori (a) 見 a priori

prioritaire [priɔritɛːr] *a.* 優先的,享有優先權的;可優先通行的 *n.* 享有優先權者,可優先通行者

priorité [priɔrite] *n. f.* 先,前,首先;優先,優先權,先行權

pris, e [pri, iːz] *a.* 忙不過來的,沒空的;得病的;突然感到(害怕等)的;結凍的,凝結的; taille bien ~e 身材勻稱

prise [priːz] *n. f.* 取,拿;奪取;攻克;擄獲物;捏手處;捏法,抓法;一把,一撮;一次服用量;凝固;獲得,採取;【技】(水、

氣)進口,管嘴; être aux ~s avec 與…打架;與…作鬥爭,面臨; ~ de conscience 覺悟,覺醒

priser [prize] *v. t.* 賞識,欣賞;吸(鼻煙)

prismatique [prismatik] *a.* 棱柱形的,角柱形的;有棱鏡的

prisme [prism] *n. m.* 【數】棱柱,角柱;【物】棱鏡

prison [prizɔ̃] *n. f.* 監獄,監牢;監禁;陰森的住所

prisonnier, ère [prizɔnje, ɛːr] *a.* 被俘的;被捕的 *n.* 俘虜;囚犯

privatif, ve [privatif, iːv] *a.* 剝奪的;【語】否定的 *n. m.* 【語】否定前綴

privation [privasjɔ̃] *n. f.* 剝奪;喪失,失去;窮苦,艱辛;節儉

privauté [privote] *n. f.* 過分親熱,過分隨便

privé, e [prive] *a.* 無公職的;私人的,私有的;內部的;個別的 *n. m.* (公餘後)的私生活

priver [prive] *v. t.* 剝奪,拒絕給予 *v. pr.* 放棄,省去;節衣縮食

privilège [privilɛːʒ] *n. m.* 特權,特惠,優惠,天賦,特長

privilégié, e [privileʒje] *a., n.* 享有特權的(人)

prix [pri] *n. m.* 價格,價錢,物價;價值,代價;獎,獎品;獎金;獲獎者; à tout ~ *loc. adv.* 不惜任何代價; au ~ de ~ *loc. prép.* 以…為代價,付出; de ~ 珍貴的

probabilité [prɔbabilite] *n. f.* 可能性;或然率,概率

probable [prɔbabl] *a.* 近乎真實的,很有可能的,大概的,或然的

probant, e [prɔbɑ̃, ɑ̃ːt] *a.* 證明的,有根據的;有說服力的,使人信服的

probatoire [prɔbatwaːr] *a.* 測驗能力的,證明的

probe [prɔb] *a.* 正直的;廉潔的

probité [prɔbite] *n. f.* 正直;廉潔

problématique [prɔblematik] *a.* 成問題的，靠不住的

problème [prɔblɛm] *n. m.* 問題，題目；難題

procédé [prɔsede] *n. m.* 舉動；方法，操作法；工序，規程，過程，手續；(台球桿端的) 皮頭

procéder [prɔsede] *v. i.* [c. 7] 進行；來自，起源於；【法】依法進行

procédure [prɔsedy:r] *n. f.* 訴訟程序，手續，順序，程序

procédurier, ère [prɔsedyrje, ɛr] *a., n.* 熟悉訴訟手續的(人)；好訟的(人)

procès [prɔsɛ] *n. m.* 訴訟，訴訟案件

processif, ve [prɔsesif, i:v] *a.* 訴訟的

procession [prɔse(ɛ)sjɔ̃] *n. f.* 【宗】迎神，宗教儀式的行列，[俗]長長的行列，成羣結隊的人

processionnaire [prɔse(ɛ)sjɔnɛ:r] *a., n. f.* 列隊爬行的(毛蟲)

processus [prɔsesys] *n. m.* 〖拉〗過程

procès-verbal [prɔsɛvɛrbal] (*pl. ~aux*) *n. m.* (案件) 筆錄；會議紀要，會談紀要

prochain, e [prɔʃɛ̃, ɛn] *a.* 下(週、月、年等)，下一次的；鄰近的；下一個的，最近的；直接的(指原因)。 *n.* 他人，近人。 〖俗〗下一(車)站； À la ~ e! 回頭見!

proche [prɔʃ] *a.* 鄰近的，貼近的，接近的；迫近的，臨近的；(親緣關係)相近的 *n. m. pl.* 近親

proclamation [prɔklamasjɔ̃] *n. f.* 宣告，宣佈，聲明

proclamer [prɔkla[ɑ]me] *v. t.* 宣告，宣佈，聲明，聲稱

proconsul [prɔkɔ̃syl] *n. m.* (古羅馬的)地方總督；土皇帝，獨裁者

procréation [prɔkreasjɔ̃] *n. f.* 生育，生殖

procréer [prɔkree] *v. t.* 生育，生殖

procuration [prɔkyrasjɔ̃] *n. f.* 代理，代理權；委託書，委任狀

procurer [prɔkyre] *v. t.* 提供，爲…謀得；招致，帶來 *v. pr.* 設法獲得

procureur [prɔkyrœ:r] *n. m.* 【法】代理人；檢察官，檢察員

prodigalité [prɔdigalite] *n. f.* 浪費，揮霍； *pl.* 揮霍掉的錢財

prodige [prɔdi:ʒ] *n. m.* 奇迹；奇才，非凡的人。 enfant ~ 神童

prodigieux, se [prɔdiʒjø, ø:z] *a.* 非凡的，驚人的，不可思議的

prodigue [prɔdig] *a.* 揮霍的，亂化錢財的；浪費(時間)的；濫給的 *n.* 亂化錢的人

prodiguer [prɔdige] *v. t.* 揮霍，亂花；浪費(時間、精力等)，毫無吝惜地給予(照顧等)

prodrome [prɔdrɔ[o:]m] *n. m.* 【醫】前驅症；先兆，預兆

producteur, trice [prɔdyktœ:r, tris] *n.* 生產者；(影片)攝製者 *a.* 生產的，出產的

productible [prɔdyktibl] *a.* 能生產的，可生產的

productif, ve [prɔdyktif, i:v] *a.* 生產的；有出產的

production [prɔdyksjɔ̃] *n. f.* 生產；產量；產品；產生；出示；(影片的)攝製；(攝成的)影片

productivité [prɔdyktivite] *n. f.* 生產能力；生產性；生產率

produire [prɔdɥi:r] [c. 60] *v. t.* 出產，生產；產生；出示；創作 *v. pr.* 露面，出現；演出；發生

produit [prɔdɥi] *n. m.* 產品，產物；收益；【數】(乘)積；【化】生成物

proéminence [prɔeminɑ̃:s] *n. f.* 突起，突出；突出物

proéminent, e [prɔeminɑ̃, ɑ̃:t] *a.* 突起的，突出的

profanateur, trice [prɔfanatœ:r, tris] *a., n.* 瀆神的(人)，褻瀆聖物的(人)

profanation [prɔfanasjɔ̃] *n. f.* 褻瀆，糟蹋

profane [prɔfan] *a.* 教外的, 世俗的; 外行的 *n.* 門外漢, 外行; 不信教的人 *n. m.* 世俗的事物

profaner [prɔfane] *v. t.* 褻瀆; 糟蹋

proférer [prɔfere] *v. t.* [c. 7] 說; 大聲說

professer [prɔfe[ɛ]se] *v. t.* 宣佈; 以…爲職業; 講授

professeur [prɔfesœ:r] *n. m.* 教授; 教師

profession [prɔfesjɔ̃] *n. f.* 職業; 行業

professionnel, le [prɔfesjɔnɛl] *a.* 職業的, 專業的 *n.* 專業人員

professoral, ale [prɔfesɔral] (*pl. ~ aux*) *a.* 教授的, 教師的

professorat [prɔfesɔra] *n. m.* 教授或教師的職務

profil [prɔfil] *n. m.* (臉的)側面; 輪廓, 外形; 剖面, 型面

profilé, e [prɔfile] *a.* 成型的 *n. m.* 型材, 型條, 型鋼

profiler [prɔfile] *v. t.* 畫側面圖; 清晰地顯出…的輪廓 *v. pr.* 顯示側面, 顯出輪廓

profit [prɔfi] *n. m.* 利益, 益處, 好處; 利潤

profitable [prɔfitabl] *a.* 有益的, 有好處的

profiter [prɔfite] *v. i.* ～ de 利用; ～ en 得益於; ～ à 使獲得利潤, 使得益;〖俗〗長大; 長高

profiteur, se [prɔfitœ:r, ø:z] *n.* 牟利者

profond, e [prɔfɔ̃, ɔ̃:d] *a.* 深的; 極度的; 深厚的; 深刻的, 深遠的, 深奧的, 高深的 *adv.* 深深地

profondément [prɔfɔ̃demã] *adv.* 深深地; 深入地; 極度地

profondeur [prɔfɔ̃dœ:r] *n. f.* 深度; 深刻, 淵博; 深奧, 高深

profusion [prɔfyzjɔ̃] *n. f.* 大量; 過量

progéniture [prɔʒenity:r] *n. f.* 後代;〖俗〗兒女

prognathe [prɔgnat] *a.* 凸頜的, 下巴突出的

programme [prɔgram] *n. m.* 綱領, 綱要, 大綱; 計劃; 日程表; 節目單;【技】程序

progrès [prɔgrɛ] *n. m.* 推進; 進展, 進步

progresser [prɔgre[ɛ]se] *v. i.* 向前推進, 前進; 進展, 進步; 發展

progressif, ve [prɔgre[ɛ]sif, i:v] *a.* 逐漸發展的; 漸進的, 累進的, 遞增的

progression [prɔgresjɔ̃] *n. f.* 前進, 行進; 進展, 發展; 遞增;【數】級數

progressiste [prɔgre[ɛ]sist] *n.* 進步分子, 進步者 *a.* 進步的

prohiber [prɔibe] *v. t.* 禁止

prohibitif, ve [prɔibitif, i:v] *a.*【法】查禁的; 抑制性的〔指高稅率等〕; 非常高的〔指價格〕

prohibition [prɔibisjɔ̃] *n. f.* 禁止; 禁酒令

prohibitionniste [prɔibisjɔnist] *a.* 主張禁售某些物品的〔如禁酒〕 *n.* 主張禁售某些物品者; 禁酒主義者

proie [prwa[ɑ]] *n. f.* (猛獸等的)捕獲物; 戰利品, 掠奪物, 犧牲品; en ～ à 深受…的折磨

projecteur [prɔʒɛktœ:r] *n. m.* 探照燈; 放映機; 聚光燈

projectile [prɔʒɛktil] *n. m.* 投射物, 拋射物, 發射物

projection [prɔʒɛksjɔ̃] *n. f.* 投擲, 噴射; 發射; 放映;【光】投射的光綫;【數】投射, 投影

projet [prɔʒɛ] *n. m.* 計劃, 設計; 草案, 方案; 設計圖

projeter [prɔʒte] *v. t.* [c. 5] 拋射, 投擲; 計劃, 設計; 放映;【數】投射

prolétaire [prɔletɛ:r] *n. m.* 無產者

prolétariat [prɔletarja] *n. m.* 無產階級

prolétarien, ne [prɔletarjɛ̃, ɛn] *a.* 無產階級的, 無產的

prolifération [prɔliferasjɔ̃] *n. f.*【生】

增生,增殖;【植】多育,再育,層出(現象)

prolifère [prɔlifɛːr] a. 【植】多育的

prolifique [prɔlifik] a. 增生的,增殖的;多產的

prolixe [prɔliks] a. 冗長的,囉嗦的

prolixité [prɔliksite] n. f. 冗長,囉嗦

prologue [prɔlɔg] n. m. 序幕;序曲;序言

prolongation [prɔlɔ̃gasjɔ̃] n. f. 延長;延長期

prolonge [prɔlɔ̃ːʒ] n. f. 輜重車輛;【鐵】帶鉤長繩索

prolongement [prɔlɔ̃ʒmɑ̃] n. m. 延長,延伸;後果

prolonger [prɔlɔ̃ʒe] v. t. [c. 2] 延長

promenade [prɔmnad] n. f. 散步;(乘車、船等)游覽;散步場所

promener [prɔmne] [c. 6] v. t. 領着…散步;使(手指等)來回移動 v. pr. 散步,蹓躂

promeneur, se [prɔmnœːr, øːz] n. 散步者

promenoir [prɔmnwaːr] n. m. 公共建築物內的散步場所;(劇院等的)站席

promesse [prɔmɛs] n. f. 諾言,允諾

prométhéum [prɔmeteɔm] n. m. 【化】鉕

prometteur, se [prɔmɛtœːr, øːz] a. 使人充滿希望的,富有希望的

promettre [prɔmɛtr] [c. 45] v. t. 答應,允諾;保證;預示 v. i. 富有希望 v. pr. 決心

promis, e [prɔmi, iːz] a. 許諾了的,答應了的; ～ à 命定的,大有…希望的

promiscuité [prɔmiskɥite] n. f. 混雜的人羣

promontoire [prɔmɔ̃twaːr] n. m. 岬,海角

promoteur, trice [prɔmɔtœːr, tris] n. 發起人,倡導人,籌設者 n. m. 【化】促進劑,助聚劑

promotion [prɔmosjɔ̃] n. f. 提升,晉級;同屆學生

promouvoir [prɔmuvwaːr] v. t. 〔除不定式、過去分詞 promu 外,其他罕用〕提升,晉升;促進,推動,實行

prompt, e [prɔ̃, ɔ̃ːt] a. 迅速的,快的;敏捷的

promptitude [prɔ̃tityd] n. f. 迅速;敏捷

promulgation [prɔmylgasjɔ̃] n. f. 頒佈,公佈

promulguer [prɔmylge] v. t. 頒佈,公佈

prône [proːn] n. m. 【宗】主日說教

prôner [prone] v. t. 過分誇獎,鼓吹

pronom [prɔnɔ̃] n. m. 【語】代詞

pronominal, ale [prɔnɔminal] (pl. ～aux) a. 【語】代詞的; verbe ～ 代動詞

prononcer [prɔnɔ̃se] [c. 1] v. t. 宣告,宣佈,宣讀;發表;說出;發音 v. i. 宣判 v. pr. 表示意見

prononciation [prɔnɔ̃sjasjɔ̃] n. f. 宣讀;發音,讀音

pronostic [prɔnɔstik] n. m. 預報,預測;預兆

pronostiquer [prɔnɔstike] v. t. 預報,預測

pronunciamiento [prɔnunsjamjento, prɔnɔ̃sjamjɛ̃to] n. m. 〖西〗軍事政變

propagande [prɔpagɑ̃ːd] n. f. 宣傳

propagandiste [prɔpagɑ̃dist] n. 宣傳者,宣傳員 a. 宣傳的

propagateur, trice [prɔpagatœːr, tris] n. 傳播者,推廣者 a. 傳播的,推廣的

propagation [prɔpagasjɔ̃] n. f. 繁殖;傳播,推廣;蔓延

propager [prɔpaʒe] v. t. [c. 2] 使繁殖;傳播,推廣

propension [prɔpɑ̃sjɔ̃] n. f. 習性,傾向

propergol [prɔpɛrgɔl] n. m. 火箭燃料,推進劑

prophète, phétesse [prɔfɛt, fetɛs] n. 先知;預言者

prophétie [prɔfesi] n. f. 預卜,預言;

測, 預料

prophétique [prɔfetik] *a.* 預言者的, 先知的; 能預卜未來的

prophétiser [prɔfetize] *v. t.* 預卜, 預言; 預測, 預料

prophylactique [prɔfilaktik] *a.* 預防的

prophylaxie [prɔfilaksi] *n. f.* 【醫】預防, 預防法

propice [prɔpis] *a.* 有利的, 順利的

propitiation [prɔpisjasjɔ̃] *n. f.* 贖罪, 求赦

propolis [prɔpɔlis] *n. f.* 【昆】蜂膠

proportion [prɔpɔrsjɔ̃] *n. f.* 比例, 比例式; *pl.* 尺寸, 幅度, 範圍

proportionnel, le [prɔpɔrsjɔnɛl] *a.* 成比例的, 按比例的, 成正比的

proportionner [prɔpɔrsjɔne] *v. t.* 使成比例, 使相稱; 使勻稱

propos [prɔpo] *n. m.* 話, 言論; 決心; à ~ *loc. adv.* 及時地, 合時宜地; à ~de *loc. prép.* 關於

proposer [prɔpoze] *v. t.* 建議, 提議, 提出; 推薦 *v. pr.* 自薦; 想要, 打算

proposition [prɔpozisjɔ̃] *n. f.* 建議, 提議, 提案; 【邏】命題; 【語】分句, 句

propre [prɔpr] *a.* 特有的, 專有的, 本身的, 固有的; 自己的; 適合的; 清潔的, 乾淨的; 正直的, 正當的 *n. m.* 本性, 特性 *n. m. pl.* (夫妻各人的)自有財產

propret, te [prɔprɛ, ɛt] *a.* 乾乾淨淨的, 整潔的

propreté [prɔprəte] *n. f.* 清潔, 整潔, 乾淨

propriétaire [prɔprietɛr] *n.* 所有者, 物主; 業主; 房主, 房東; ~ foncier 地主

propriété [prɔpriete] *n. f.* 所有權; 所有制; 所有物, 財產, 產業; 房產, 地產; 屬性, 性質; (用詞的)確切, 適當

propulseur [prɔpylsœr] *n. m.* 推進器, 推進裝置; 發動機 *a. m.* 推進的

propulsion [prɔpylsjɔ̃] *n. f.* 推進

prorata [prɔrata] *n. m. inv.* 〖拉〗(按比例分的)份額

prorogation [prɔrɔgasjɔ̃] *n. f.* 延期, 展期; 延長; 休會

proroger [prɔrɔʒe] *v. t.* [c. 2]延長期限; 使休會

prosaïque [prɔ[o]zaik] *a.* 散文的; 平庸的, 缺乏詩意的, 乏味的

prosaïsme [prɔ[o]zaism] *n. m.* 平庸, 缺乏詩意, 乏味

prosateur [prɔ[o]zatœr] *n. m.* 散文家, 散文作者

proscription [prɔskripsjɔ̃] *n. f.* 放逐, 流放; 排斥; 禁止, 取締, 取消, 廢除

proscrire [prɔskrir] *v. t.* [c. 61]放逐, 流放; 排斥; 禁止, 取締, 取消, 廢除

proscrit, e [prɔskri, it] *a., n.* 被放逐的(人), 被流放的(人)

prose [proz] *n. f.* 散文

prosélyte [prɔzelit] *n.* 新入教者, 新信徒; 新擁護者, 新信仰者

prosélytisme [prɔzelitism] *n. m.* (為一宗教, 一信仰)拉新教徒, 拉新信徒的熱忱

prosodie [prɔzɔdi] *n. f.* 韻律學; 配歌法, 譜曲法

prosodique [prɔzɔdik] *a.* 韻律學的

prospecter [prɔspɛkte] *v. t.* 勘察, 勘探; 勘查; 【商】調查銷路

prospecteur, trice [prɔspɛktœr, tris] *n.* 勘察者, 勘探者 *a.* 勘察的, 勘探的

prospection [prɔspɛksjɔ̃] *n. f.* 勘探; 【商】調查銷路

prospectus [prɔspɛktys] *n. m.* 商品說明書, 廣告單, 廣告冊

prospère [prɔspɛr] *a.* 順利的; 繁榮的, 昌盛的

prospérer [prɔspere] *v. i.* [c. 7]繁榮, 昌盛, 欣欣向榮

prospérité [prɔsperite] *n. f.* 繁榮, 昌盛

prosternation [prɔstɛrnasjɔ̃] *n. f.,*
prosternement [prɔstɛrnəmɑ̃] *n. m.*

俯伏, 叩頭; 拜倒, 卑躬屈節

prosterner [prɔstɛrne] v. t. 使俯伏;使
拜倒 v. pr. 俯伏, 叩頭;卑躬屈節

prostituée [prɔstitɥe] n. f. 娼妓, 妓女

prostituer [prɔstitɥe] v. t. 使賣淫;出
賣, 糟蹋(才能等)

prostitution [prɔstitysjɔ̃] n. f. 賣淫;出
賣, 糟蹋

prostration [prɔstrasjɔ̃] n. f. 【醫】衰
竭, 衰弱; 沮喪, 消沉

prostré, e [prɔstre] a. 【醫】衰竭的, 衰
弱的; 非常沮喪的, 非常消沉的

protactinium [prɔtaktinjɔm] n. m.
【化】鏷

protagoniste [prɔtagɔnist] n. m. (希
臘悲劇的)主角;(事件中的)主要人物,
主角

prote [prɔt] n. m. (印刷廠)主管人, 監
工

protec*teur, trice* [prɔtɛktœːr, tris] a.
保護的; 用於保護的; 保護人似的的 n.
保護人

protection [prɔtɛksjɔ̃] n. f. 保護, 防護

protectionnisme [prɔtɛksjɔnism] n. m.
【經】保護(貿易)主義, 保護(貿易)政策

protectionniste [prɔtɛksjɔnist] a. 保
護(貿易)主義的 n. 保護(貿易)主義
者

protectorat [prɔtɛktɔra] n. m. (一國
對另一國的)保護; 保護制度; 保護國; 保
護權

protée [prɔte] n. m. 反覆無常的人;
【動】洞螈

protéger [prɔteʒe] v. t. [c. 2, c. 7] 保
護, 防護; 擁護; 庇護

protéiforme [prɔteifɔrm] a. 千變萬化
的

protéine [prɔtein] n. f. 蛋白質

protestant, e [prɔtɛstɑ̃, ɑ̃t] a. 【宗】
新教徒的 n. 新教的

protestantisme [prɔtɛstɑ̃tism] n. m.
新教; 新教教義

protestataire [prɔtɛstatɛːr] a. 提抗議

的 n. 抗議者

protestation [prɔtɛstasjɔ̃] n. f. 抗議;
抗議書;【法】拒絶支付

protester [prɔtɛste] v. i. 抗議; 表白,
聲稱 v. t. 【法】拒絶支付或承兌

protêt [prɔtɛ] n. m. 【法】拒絶證書

prothèse [prɔtɛz] n. f. 【醫】補形術; 假
器

protocolaire [prɔtɔkɔlɛːr] a. 禮節性
的, 符合禮節的

protocole [prɔtɔkɔl] n. m. 議定書; 外
交禮儀; 禮賓司, 典禮局; 公文程式

proton [prɔtɔ̃] n. m. 【原子】質子

protoplasma [prɔtɔplasma], **proto-
plasme** [prɔtɔplasm] n. m. 【生】原
生質, 原形質; 原漿

prototype [prɔtɔtip] n. m. 原型

protoxyde [prɔtɔksid] n. m. 【化】低氧
化物

protozoaires [prɔtɔzɔɛːr] n. m. pl. 原
生動物

protubérance [prɔtyberɑ̃ːs] n. f. 【解】
隆凸;【天】日珥

proue [pru] n. f. 船首

prouesse [pruɛs] n. f. 英勇行為, 勇武;
功勳, 功績

prouvable [pruvabl] a. 可辯明的, 可證
實的

prouver [pruve] v. t. 證明, 證實; 表示,
表明, 表現

provenance [prɔvnɑ̃ːs] n. f. 來源, 出處

provenç*al, ale* [prɔvɑ̃sal] (pl. ~aux)
a. 普羅旺斯的 n. P~ 普羅旺斯
人

provende [prɔvɑ̃ːd] n. f. 飼料

provenir [prɔvniːr] v. i. [c. 16] 來自,
起源於, 來源於

proverbe [prɔvɛrb] n. m. 諺語

proverbi*al, ale* [prɔvɛrbjal] (pl. ~aux)
a. 諺語的; 盡人皆知的

providence [prɔvidɑ̃ːs] n. f. 【宗】天意,
天命; 保護人, 靠山

providentialisme [prɔvidɑ̃sjalism] n.

m. 天意説，天命論

providentiel, le [prɔvidɑ̃sjɛl] *a.* 天意的；來得湊巧的

provigner [prɔviɲe] *v. t., v. i.* 壓條繁殖〔指葡萄〕

province [prɔvɛ̃:s] *n. f.* 省，省份；外省；一省的居民；外省人

provincial, ale [prɔvɛ̃sjal] (*pl.～aux*) *a.* 省的，外省的，土裏土氣的 *n.* 外省人

provincialisme [prɔvɛ̃sjalism] *n. m.* 方言，土話；外省腔，鄉下氣，土氣

proviseur [prɔvizœ:r] *n. m.* （法國）公立中學校長

provision [prɔvizjɔ̃] *n. f.* 必需的儲備物；食糧，食物，食品；【財】準備金，保證金；【法】預付金

provisionnel, le [prɔvizjɔnɛl] *a.* 預先的；臨時的〔指契約、判決等〕

provisoire [prɔvizwa:r] *a.* 臨時的，暫時的；【法】預先的，假性的 *n. m.* 臨時的東西；【法】假判決

provocant, e [prɔvɔkɑ̃, ɑ̃:t] *a.* 挑釁的，挑戰的；挑逗的

provocateur, trice [prɔvɔkatœ:r, tris] *a.* 挑釁的，煽動的 *n.* 挑釁者；煽動者

provocation [prɔvɔkɑsjɔ̃] *n. f.* 挑釁，挑動，煽動；挑釁的言行；【法】教唆罪

provoquer [prɔvɔke] *v. t.* 挑釁，挑動，煽動，唆使；引起，挑起，激起

proximité [prɔksimite] *n. f.* 鄰近，接近，相近；親近；à～de *loc. prép.* 在…附近，靠近

prude [pryd] *a.* 假裝規矩的，假正經的 *n. f.* 假正經的女人

prudemment [prydamɑ̃] *adv.* 謹慎地，慎重地，小心地

prudence [prydɑ̃:s] *n. f.* 小心謹慎，慎重，審慎

prudent, e [prydɑ̃, ɑ̃:t] *a.* 謹慎的，慎重的，審慎的

pruderie [prydri] *n. f.* 假裝規矩，假正

經

prud'homme [prydɔm] *n. m.* 【法】勞資調解委員

prudhommesque [prydɔmɛsk] *a.* 平庸而一本正經的

prune [pryn] *n. f.* 李子

pruneau [pryno] (*pl.～x*) *n. m.* 李子乾；[民]子彈

prunelle [prynɛl] *n. f.* 瞳孔；黑刺李子；黑刺李酒；comme à la～de ses yeux （愛護）如同眼珠

prunellier [prynɛlje] *n. m.* 黑刺李樹

prunier [prynje] *n. m.* 李樹

prurigo [pryrigo] *n. m.* 【醫】癢疹

prurit [pryrit] *n. m.* 瘙癢（症）

prussien, ne [prysjɛ̃, ɛn] *a.* 普魯士的 *n.* P～普魯士人

prussique [prysik] *a. m.* acide～氫氰酸

prytanée [pritane] *n. m.* 陸軍子弟學校

psalmodier [psalmɔdje] *v. t., v. i.* 單調地朗誦聖詩；(像唸經一樣)單調地誦讀

psaume [pso:m] *n. m.* 【宗】聖詩，贊美詩

psautier [psotje] *n. m.* 【宗】聖詩集

pseud(o)- *préf.* 表示"假"的意思

pseudonyme [psødɔnim] *n. m.* 假名，化名，筆名 *a.* 用假名的，用筆名的

psi [psi] *n. m.* 希臘字母表中第23個字母 Ψ, ψ

psit(t)! psist! [psit], **pst!** [pst] *interj.* [俗] 喂!

psittacisme [psitasism] *n. m.* 鸚鵡般學舌

psychanalyse [psikanali:z] *n. f.* 精神分析法；精神分析法治療

psyché [psiʃe] *n. f.* 活動穿衣鏡

psychiatre [psikjatr] *n.* 精神病科醫生

psychique [psiʃik] *a.* 精神的，心理的

psychologie [psikɔlɔʒi] *n. f.* 心理學；心理狀態

psychologique [psikɔlɔʒik] *a.* 心理學

的; 心理的

psychologue [psikɔlɔg] *n.* 心理學家; 瞭解別人心理的人 *a.* 善於瞭解別人心理的

psychose [psiko:z] *n. f.* 【醫】精神病; 狂熱, 變態心理

ptomaïne [ptɔmain] *n. f.* 【生化】屍鹼

ptôse [pto:z] *n. f.* 【醫】下垂

P. T. T. 郵電局〔Postes Télégraphes et Téléphones 的縮寫〕

puant, e [pyɑ̃, ɑ̃:t] *a.* 散發臭味的, 有臭味的; 令人憎惡的

puanteur [pyɑ̃tœ:r] *n. f.* 惡臭

pubère [pybɛ:r] *a., n.* 已到青春期的(人)

puberté [pybɛrte] *n. f.* 青春期

public, que [pyblik] *a.* 公衆的, 民衆的; 公共的; 公(有)的, 公立的; 公開的; 盡人皆知的 *n. m.* 公衆, 大衆, 觀衆, 讀者

publication [pyblikɑsjɔ̃] *n. f.* 公佈, 發表; 出版, 發行; 出版物, 刊物

publiciste [pyblisist] *n.* 記者

publicitaire [pyblisitɛ:r] *a.* 廣告的, 廣告性的 *n.* 廣告員, 廣告代理人

publicité [pyblisite] *n. f.* 公開; 廣告

publier [pyblie] *v. t.* 公佈, 發表, 頒佈; 出版, 發行

publiquement [pyblikmɑ̃] *adv.* 當衆地, 公開地

puce [pys] *n. f.* 蚤, 跳蚤 *a. inv.* 紫褐色的

pucelle [pysɛl] *n. f.* 〖謔〗少女

puceron [pysrɔ̃] *n. m.* 【昆】蚜蟲

pudding = pouding

puddlage [pydla:ʒ] *n. m.* 【冶】攪煉

puddler [pydle] *v. t.* 【冶】攪煉

puddleur [pydlœ:r] *a.m., n.m.* (ouvrier) ~ 【冶】攪煉工

pudeur [pydœ:r] *n. f.* 羞恥, 廉恥; 害臊

pudibond, e [pydibɔ̃, ɔ̃:d] *a.* 過分怕羞的

pudibonderie [pydibɔ̃dri] *n. f.* 過分怕

羞, 過分腼腆

pudicité [pydisite] *n. f.* 怕羞, 羞怯; 貞潔

pudique [pydik] *a.* 怕羞的; 貞潔的; 審慎的

puer [pye] *v. i.* 發出臭味 *v. t.* 發出…的臭味, 呼出…的強烈氣味

puéricultrice [pyerikyltris] *n. f.* 保育員

puéril, e [pyeril] *a.* 小兒的; 稚氣的; 幼稚的

puérilité [pyerilite] *n. f.* 幼稚; 幼稚的言行

puerpéral, ale [pyɛrperal] (*pl. ~ aux*) *a.* 【醫】產褥的

pugilat [pyʒila] *n. m.* 毆鬥, 打架; 〖體〗拳擊

pugiliste [pyʒilist] *n. m.* 拳擊運動員

puiné, e [pyine] *a.* (兄弟姊妹中)年幼的

puis [pyi] *adv.* 接着, 然後, 其次; et ~ *loc. adv.* 此外, 再說

puisage [pyiza:ʒ], **puisement** [pyizmɑ̃] *n. m.* 汲水, 汲取

puisard [pyiza:r] *n. m.* 集水坑, 集水孔

puisatier [pyizatje] *n. m.* 掘井工人

puiser [pyize] *v. t.* 汲, 舀; 取出, 掏出; 吸取, 獲得

puisque [pyisk] 〔在 il, elle, on, en, une 前寫成 puisqu'〕 *conj.* 既然

puissamment [pyisamɑ̃] *adv.* 有力地, 大力地; 極度, 非常

puissance [pyisɑ̃:s] *n. f.* 權力, 威力, 實力; 力量, 能力; 強國; 權貴; 〖物〗功率, 動力, 效能, 強度; 〖數〗冪, 乘方

puissant, e [pyisɑ̃, ɑ̃:t] *a.* 有權力的, 有勢力的; 強大的, 強有力的; 強烈的; 大功率的, 高功效的

puits [pyi] *n. m.* 井; 【技】(豎)坑; 礦井; 油井

pull-over [pulɔvœ:r, pylɔvɛ:r] (*pl. ~ s*) *n. m.* 〖英〗套衫; 套領背心〔縮寫爲 pull〕

pullulation [pylyɑsjɔ̃] n. f. 迅速大量繁殖; 成羣, 一大片

pulluler [pylyle] v. i. 迅速大量繁殖; 成羣; 充斥, 泛濫

pulmonaire [pylmɔnɛ:r] a. 肺的

pulpe [pylp] n. f. 果肉;【解】髓

pulpeux, se [pylpø, ø:z] a. 果肉狀的; 髓狀的

pulsation [pylsɑsjɔ̃] n. f. 博動;脈搏; 【物, 電】脈動

pulvérisateur [pylverizatœ:r] n.m. 噴嘴, 噴霧器, 霧化器;粉碎器

pulvérisation [pylverizɑsjɔ̃] n. f. 噴霧, 噴灑, 噴射; 研碎, 粉碎

pulvériser [pylverize] v. t. 研成粉末, 噴射; 噴灑; 消滅, 粉碎; 駁倒; 打破(紀錄)

pulvérulent, e [pylverylɑ̃, ɑ̃:t] a. 粉末狀的; 蓋滿灰塵的

puma [pyma] n. m. 美洲獅

punaise [pynɛ:z] n. f. 臭蟲; 圖釘

punch [pɔ̃:ʃ] n. m. 【英】潘趣酒〔摻和糖、紅茶、檸檬等的酒〕

punir [pyni:r] v. t. 懲辦, 懲罰, 處罰

punissable [pynisabl] a. 應受懲罰的, 應受處罰的

punisseur, se [pynisœr, ø:z] a. 處罰人的; 愛懲罰人的 n. 懲罰者, 處罰者; 愛處罰人的人

punition [pynisjɔ̃] n. f. 懲辦, 懲罰, 處罰

pupillaire [pypilɛ:r] a. 【醫】瞳孔的

pupille [pypil] n. 受監護的未成年人; (由政府或社會團體收養的)孤兒, 棄兒 n. f. 瞳孔

pupitre [pypitr] n. m. 樂譜架; 托書架; 斜面課桌

pur, e [py:r] a. 純的; 純潔的; 純淨的; 純正的; 純粹的; ～ et simple 完全的, 無條件的

purée [pyre] n. f. (豆類、蔬菜製成的)泥, 醬;【俗】貧窮

purement [pyrmɑ̃] adv. 純粹地

pureté [pyrte] n. f. 純, 純潔; 純淨; 純正, 純粹

purgatif, ve [pyrgatif, i:v] a. 催瀉的, 導瀉的 n. m. 瀉藥

purgation [pyrgɑsjɔ̃] n. f. 通便, 服瀉藥; 瀉藥

purgatoire [pyrgatwa:r] n. m. 【宗】煉獄; 受苦難的地方

purge [pyrʒ] n. f. 通便, 服瀉藥; 瀉藥; 【法】(抵押權等的)清除; (政治上的)清洗

purger [pyrʒe] v. t. [c. 2] 清除雜質, 提煉; 清除; 肅清; 消除;【醫】使服瀉藥; 清洗;【法】清除(抵押權)

purgeur [pyrʒœ:r] n. m. 排泄裝置, 放氣裝置

purificateur, trice [pyrifikatœ:r, tris] a. 使潔淨的, 淨化的 n. m. 淨化器, 淨潔器

purification [pyrifikɑsjɔ̃] n. f. 淨化; 提煉

purifier [pyrifje] v. t. 淨化; 提煉; 使(語言等)純正, 純潔; 洗淨(罪過等)

purin [pyrɛ̃] n. m. (厩肥的)黃水

purisme [pyrism] n. m. 過分追求語言純潔, 語言純潔主義

puriste [pyrist] a. 語言純潔主義的 n. 語言純潔主義者

puritain, e [pyritɛ̃, ɛn] n. 【宗】清教徒; 道學先生 a. 清教徒的; 極端拘謹的

puritanisme [pyritanism] n. m. 清教, 清教主義; (道德等的)極端拘謹

purpurin, e [pyrpyrɛ̃, in] a. 紫紅色的

purulence [pyrylɑ̃:s] n. f. 【醫】化膿

purulent, e [pyrylɑ̃, ɑ̃:t] a. 【醫】化膿的; 化膿性的; (混)有膿的

pus [py] n. m. 膿

pusillanime [pyzilanim] a. 膽怯的, 膽小怕事的

pusillanimité [pyzilanimite] n. f. 膽怯, 膽小怕事

pustule [pystyl] n. f. 【醫】膿疱

pustuleux, se [pystylø, ø:z] *a.* 生膿疱的, 膿疱性的

putatif, ve [pytatif, i:v] *a.* 【法】被推定的

putois [pytwa] *n. m.* 鼬; 鼬皮; 彩繪陶瓷用的毛筆

putréfaction [pytrefaksjɔ̃] *n. f.* 腐敗, 腐爛

putréfier [pytrefje] *v. t.* 使腐敗, 使腐爛

putrescible [pytresibl] *a.* 易腐敗的, 易腐爛的

putride [pytrid] *a.* 腐敗的, 腐爛的, 腐爛性的

putridité [pytridite] *n. f.* 腐敗(性), 腐爛(性)

putsch [putʃ] *n. m.* 〖德〗軍事政變

putschiste [putʃist] *a.* 軍事政變的 *n.* 發動軍事政變者

puy [pɥi] *n. m.* 〖方〗山, 高地

puzzle [pœzl] *n. m.* 〖英〗拼板游戲, 拼圖游戲〔如七巧板、益智圖等〕

pygmée [pigme] *n. m.* 矮子; 小人物

pyjama [piʒama] *n. m.* (一套)睡衣, 睡衣褲; (印度婦女穿的)寬肥的褲子

pylône [pilo:n] *n. m.* (埃及廟宇)塔式大門; (架高壓電纜的)鐵塔; 天綫塔, 天綫杆; (大道或橋梁入口處裝飾用的)四方塔柱

pylore [pilɔ:r] *n. m.* 【解】幽門

pyramidal, ale [piramidal] (*pl. ～ aux*) *a.* 金字塔形的; 棱錐體的; 巨大的, 驚人的

pyramide [piramid] *n. f.* 金字塔; 棱錐(體), 角錐體; 呈錐體的堆

pyrénéen, ne [pireneɛ̃, ɛn] *a.* 比利牛斯山的 *n.* P～ 比利牛斯山區的人

pyrèthre [pirɛtr] *n. m.* 除蟲菊

pyrite [pirit] *n. f.* 黃鐵礦

pyrogravure [pirɔgravy:r] *n. f.* (在木頭或皮革上用燒紅的針刻成的)烙畫

pyrotechnie [pirɔtekni] *n. f.* 花炮製造術〔指製造焰火、爆竹等〕; 花炮工場

pyrotechnique [pirɔtɛknik] *a.* 花炮製造(術)的

pythagoricien, ne [pitagɔrisjɛ̃, ɛn] *n.* 【哲】畢達哥拉斯的信徒 *a.* 畢達哥拉斯(學派)的

pythagorisme [pitagɔrism] *n. m.* 畢達哥拉斯(Pythagore)學說

python [pitɔ̃] *n. m.* 蟒蛇

pythonisse [pitɔnis] *n. f.* 女預言家, 女揲卜者

Q

Q, q [ky] *n. m.* 法語字母表中第 17 個字母

quadragénaire [kwadraʒenɛ:r] *a., n.* 四十歲的(人)

quadrangulaire [kwadrãgylɛ:r] *a.* 【數】四角的

quadrant [kwadrã] *n. m.* 【數】象限

quadrature [kwadraty:r] *n. f.* 【數】化爲等積正方形作法; 求積分; 【天】方照, 弦

quadriennal, ale [kwadrie[ɛn]nal] (*pl. ～aux*) *a.* 四年的; 每四年一次的

quadrige [kwadri:ʒ] *n. m.* (古羅馬)四馬二輪戰車

quadrijumeaux [kwadriʒymo] *a. m. pl.* tubercules ～ 【解】四疊體

quadrilatéral, ale [kwadrilateral] (*pl. ～ aux*) *a.* 四邊的, 四邊形的

quadrilatère [kwadrilatɛ:r] *a.* 四邊形的 *n. m.* 四邊形; 【軍】四邊形要塞

quadrillage [kadrija:ʒ] *n. m.* 格子, 方格; 【軍】分區控制

quadrille [kadrij] *n. m.* (19 世紀盛行的)四對舞

quadriller [kadrije] v. t. 打格子, 劃格子;【軍】分區控制

quadrimoteur [kwadrimɔtœ:r] a. m., n. m. 四發動機的(飛機)

quadriparti, e [kwadriparti], **quadriparti** [kwadripartit] a. 四方(面)或四國代表的

quadriréacteur [kwadrireaktœ:r] n. m. 四發動機噴氣式飛機

quadrisyllabique [kwadrisilabik] a. 四音節的

quadrumane [kwadryman] a. 有四手的 n. m. 四手動物

quadrupède [kwadrypɛd] a. 有四足的 n. m. 四足動物

quadruple [kwadrypl] n. m., a. 四倍(的)

quadrupler [kwadryple] v. t., v. i. (使)增至四倍

quai [ke] n. m. 河堤, 堤岸, 沿河馬路; 碼頭; (火車站的)月台, 站台

quaker, esse [kwɛkœ:r, krɛs] n. 【宗】公誼會教徒

qualifiable [kalifjabl] a. 可以形容的

qualificatif, ve [kalifikatif, i:v] a. 表示性質或品質的 n. m. 形容詞, 修飾語

qualification [kalifikasjɔ̃] n. f. 稱號, 説法, (工人在專業方面的)資格;【體】競賽資格

qualifié, e [kalifje] a. 有資格的, 合格的

qualifier [kalifje] v. t. 形容, 修飾; 定性; 使獲得資格; 把⋯稱爲 v. pr. 獲得競賽資格

qualitatif, ve [kalitatif, i:v] a. 性質的, 質量的

qualité [kalite] n. f. 性質; 質量; 優良品質; 才能, 身份, 資格

quand [kɑ̃] adv. 何時, 什麼時候 conj. 當⋯時; 每當; 即使; ～même loc. adv. 仍然, 還是, 不管怎樣

quant à [kɑ̃ta] loc. prép. 至於, 關於

quanta 見 quantum

quant-à-soi [kɑ̃taswa] n. m. inv. 〖俗〗矜持

quantième [kɑ̃tjɛm] a. 第幾 n. m. (一個月中的)第幾天

quantitatif, ve [kɑ̃titatif, i:v] a. 量的, 數量的

quantité [kɑ̃tite] n. f. 量, 數量; 大量;【語】音長

quantum [kwɑ̃tɔm] (pl. **quanta** [kwɑ̃ta]) n. m. 份額;【物】量子

quarantaine [karɑ̃tɛn] n. f. 四十, 四十左右; 四十歲; 隔離;【海】檢疫隔離

quarante [karɑ̃:t] a. num 四十; 第四十 n. m. 四十

quarantième [karɑ̃tjɛm] a. num. ord. 第四十 n. 第四十個 n. m. 四十分之一

quart [ka:r] n. m. 四分之一; 一刻鐘; 帶柄金屬杯〔容量約¼公升〕;【海】(四小時的)值班

quartaut [karto] n. m. 小酒桶

quarte [kart] n. f. 【樂】四度(音程)

quarteron, ne [kartrɔ̃, ɔn] n. 有四分之三白人血統和四分之一黑人血統的混血兒 n. m. 25個; 一小撮(人)

quartette [kwartɛt] n. m. 小四重奏, 小四重唱

quartier [kartje] n. m. 四分之一部分; 塊, 片; (城市的)行政區, 地區; (皮鞋的)踵革; (對戰敗敵人的)饒命; 營地, 兵營; 按季度支付的款項; prmier ～ 【天】新月至上弦月之間的月相

quartier-maître [kartjemɛtr] (pl. ～s-～s) n. m. 海軍軍士

quarto [kwarto] adv. 〖拉〗第四

quartz [kwarts] n. m. 〖德〗石英

quartzeux, se [kwartsø, ø:z] a. 石英質的

quasi [kazi] n. m. 牛腿肉

quasi [kazi], **quasiment** [kazimɑ̃] adv. 幾乎, 差不多

quasi-délit [kazideli] (pl. ～s) n. m. 【法】準犯罪

quater [kwatɛːr] *adv.* 第四次;第四

quaternaire [kwatɛrnɛːr] *a.* 四元的;能被4除盡的;【地質】第四紀的 *n. m.* 【地質】第四紀

quatorze [katɔrz] *a. num.* 十四;第十四 *n. m.* 十四

quatorzième [katɔrzjɛm] *a. num. ord.* 第十四 *n.* 第十四個 *n. m.* 十四分之一

quatrain [katrɛ̃] *n. m.* 四行詩

quatre [katr] *a. num.* 四;第四 *n. m.* 四

quatre-quarts [katrəkaːr] *n. m. inv.* (內含等量的麵粉、糖、奶油和鷄蛋的)四合一糕

quatre-saisons [katrəsɛzɔ̃] *n. f. inv.* 四季草莓; marchand des ～ 推車販賣四季果品和蔬菜的流動攤販

quatre-temps [katrətɑ̃] *n. m. pl.* (天主教)四季大齋日

quatre-vingtième [katrəvɛ̃tjɛm] *a. num. ord.* 第八十 *n.* 第八十個 *n. m.* 八十分之一

quatre-vingt(s) [katrəvɛ̃] 〔後接數詞或作序數詞時不加 s〕*a. num.* 八十;第八十 *n. m.* 八十

quatrième [katriɛm] *a. num. ord.* 第四 *n.* 第四個 *n. m.* 第五層樓,五樓 *n. f.* (紙牌戲)四張同花順子;四年級

quatuor [kwatyɔːr] *n. m.* 四重奏,四重唱

que [k(ə)] 〔在元音前寫作 qu'〕*pron. rel. inv.* 那個人,那個東西,那些東西;那件事;那時,那地 *pron. interr. inv.* 什麼 *adv.* 何等,多麼 *conj.* 願…,讓…;引進從句的連接詞〔如: Je dis que…〕

quel, le [kɛl] *a. interr.* 什麼樣的,哪一類的 *a. exclam.* 多麼,何等

quelconque [kɛlkɔ̃k] *a. indéf.* 任何一個,隨便哪個 *a.* 很平常的,普普通通的

quelque [kɛlk] *a. indéf.* 某一個,某些;幾個 *adv.* 大約;不管

quelquefois [kɛlkəfwa] *adv.* 有時,偶爾

quelqu'un, e [kɛlkœ̃, yn] (*m. pl.* **quelquesuns** [kɛlkəzœ̃], *f. pl.* **quelques-unes** [kɛlkəzyn]) *pron. indéf.* 某人,有人;〖俗〗重要人物,了不起的人; *pl.* 有些人,某些人

quémander [kemɑ̃de] *v. t.* 乞求,哀求

quémandeur, se [kemɑ̃dœːr, øːz] *n.* 乞求者,哀求者

qu'en-dira-t-on [kɑ̃diratɔ̃] *n. m. inv.* 〖俗〗閑話,說長道短

quenelle [k(ə)nɛl] *n. f.* 肉丸子;魚丸子

quenotte [k(ə)nɔt] *n. f.* 〖俗〗(小兒的)牙齒

quenouille [k(ə)nuj] *n. f.* 紡錘;修整成紡錘形的果樹;穀類植物捲葉病;【冶】注塞

querelle [k(ə)rɛl] *n. f.* 爭吵,口角;爭論

quereller [k(ə)re[ɛ]le] *v. t.* 跟…爭吵,和…吵架

querelleur, se [k(ə)rɛlœːr, øːz] *a.*, *n.* 喜歡吵架的(人)

quérir [keriːr] *v. t.* 〔僅用不定式,接在 aller, venir envoyer, faire 等動詞之後〕尋找

questeur [k(ɥ)ɛstœːr] *n. m.* 法國議會辦事機構中負責財務和公安事務的人員

question [kɛstjɔ̃] *n. f.* 問題;提問

questionnaire [kɛstjɔnɛːr] *n. m.* 調查表

questionner [kɛstjɔne] *v. t.* 詢問,向…提問

questionneur, se [kɛstjɔnœːr, øːz] *a.*, *n.* 喜歡問長問短的(人)

questure [k(ɥ)ɛstyːr] *n. f.* 法國議會辦事機構中負責財務和公安事務的委員的職務或辦公處

quête [kɛt] *n. f.* 尋找;搜索獵物;募捐

quêter [ke[ɛ]te] *v. t.* 尋找 *v. i.* 募捐

quêteur, se [kɛtœːr, øːz] *a., n.* 募捐的
(人)

queue [kø] *n. f.* 尾巴；(花、果的)梗；
(物體的)尾部，柄，(禮服的)燕尾；台球
桿兒；(挨次排成的)隊伍；(行列的)後
部；(文件下端)加蓋火漆印的羊皮紙帶

queue-d'aronde [kødarɔ̃ːd] *(pl.～s-～)* *n. f.* 【木工】鳩尾榫，楔形榫

queue-de-morue [kødmɔry] *(pl.～s-～-～)* *n. f.* 漆刷；〖俗〗燕尾服

queue-de-rat [kødra] *(pl.～s-～-～)* *n. f.* 圓銼

queuter [køte] *v. i.* 推球〔台球戲或槌球戲中〕

queux [kø] *n. m.* maître ～ 廚師

qui [ki] *pron. rel.* 那個人，那些人；那個東西，那些東西；任何人 *pron. interr.* 什麼人，誰

quia (à) [akɥia] *loc. adv.* être à ～
啞口無言，無言以對；〖俗〗一無所有

quiche [kiʃ] *n. f.* 豬油火腿蛋糕

quiconque [kikɔ̃ːk] *pron. rel. indéf., pron. indéf.* 任何人，不論誰

quidam [kɥidam] *n. m.* 某某人

quiet, ète [kj[ɥi]ɛ, ɛt] *a.* 〖古〗平靜的，安靜的

quiétude [kj[ɥi]etyd] *n. f.* 【宗】寂靜，清靜；(心境的)平靜，安寧

quignon [kiɲɔ̃] *n. m.* 〖俗〗一大塊〔指麵包〕

quille [kij] *n. f.* (九柱戲用的)小木柱；【船】龍骨

quillon [kijɔ̃] *n. m.* (劍、刺刀等)十字形護手的橫臂

quinaud, e [kino, oːd] *a.* 羞愧的，難爲情的

quincaillerie [kɛ̃kɑjri] *n. f.* 小五金；小五金業；小五金商店

quincailli er, ère [kɛ̃kɑje, ɛːr] *n.* 小五金商

quinconce [kɛ̃kɔ̃ːs] *n. m.* 梅花形；(樹木的)梅花形栽法

quinine [kinin] *n. f.* 奎寧，金雞納霜

quinquagénaire [kɥɛ̃kwaʒenɛːr] *a., n.* 五十歲的(人)；五十多歲的(人)

quinquennal, ale [kɥɛ̃kɥe[ɛn]nal] *(pl.～aux)* *a.* 爲期五年的，五年一次的；五年的，爲期五年的

quinquennat [kɥɛ̃kɥe[ɛn]na] *n. m.* 五年計劃期間；五年計劃

quinquet [kɛ̃kɛ] *n. m.* 一種油燈；〖俗〗眼睛

quinquina [kɛ̃kina] *n. m.* 金雞納樹；金雞納酒

quintal [kɛ̃tal] *(pl.～aux)* *n. m.* 〖古〗擔〔=50千克〕；～ (métrique) 公擔〔=100千克〕

quinte [kɛ̃ːt] *n. f.* 【樂】五度；(牌戲中的)順子；【擊劍】第五架式；陣咳，嗆咳；任性，易怒

quintessence [kɛ̃tesɑ̃ːs] *n. f.* 精華，精髓

quintessencier [kɛ̃tesɑ̃sje] *v. t.* 提取精華，過分提煉

quintette [k(ɥ)ɛ̃tɛt] *n. m.* 五重奏，五重唱

quinteux, se [kɛ̃tø, øːz] *a.* 陣咳的；任性的，不馴的

quinto [kɥɛ̃to] *adv.* 〖拉〗第五

quintuple [k(ɥ)ɛ̃typl] *n. m., a.* 五倍(的)

quintupler [k(ɥ)ɛ̃typle] *v. t., v. i.* (使)增至五倍，乘以五

quinzaine [kɛ̃zɛn] *n. f.* 十五，十五左右；兩星期，半個月

quinze [kɛ̃ːz] *a. num.* 十五；第十五 *n. m.* 十五

quinzième [kɛ̃zjɛm] *a. num. ord.* 第十五 第十五個 十五分之一

quiproquo [kiprɔko] *n. m.* 誤認，搞錯，張冠李戴

quittance [kitɑ̃ːs] *n. f.* 收據

quittancer [kitɑ̃se] *v. t.* [c. 1] 出給清訖收據，注明清訖

quitte [kit] *a.* 債清了的，清訖了的；報答了的；～ à *loc. adv.* 冒…危險，

哪怕, 即使

quitter [kite] v. t. 放棄; 脫離; 離開, 離去; 脫掉(衣帽等)

quitus [k(ɥ)itys] n. m. (帳目等)交卸清楚證明書

qui-vive? [kiviːv] loc. interj. 誰? 哪一個? (哨兵的呼喝聲) n. m. inv. être sur le～ 保持警惕, 警惕着

quoi [kwa] pron. rel. 什麼, 那個 pron. interr. 什麼 interj. 怎麼! 什麼!

quoique [kwak] conj. 儘管, 雖然

quolibet [kɔlibɛ] n. m. 俏皮話, 嘲弄

quorum [kɔrɔm] n. m. 【拉】(會議的)法定人數

quota [kɔta] n. m. 【拉】定額, 限額

quote-part [kɔtpaːr] (pl.～s-～s) n. f. 分攤額, 分配額, 份額

quotidien, ne [kɔtidjɛ̃, ɛn] a. 每日的, 日常的, 日報

quotient [kɔsjɑ̃] n. m. 商, 商數

quotité [kɔtite] n. f. 【法】分配額, 份額

R

R, r [ɛːr] n. m. 法語字母表中第 18 個字母

rabâchage [rabɑʃaːʒ] n. m. 嘮叨, 囉唆

rabâcher [rabɑʃe] v. i. 嘮叨, 囉唆 v. t. 嘮叨地講

rabâcheur, se [rabɑʃœːr, øːz] n. 說話囉唆的人

rabais [rabɛ] n. m. 減價, 折扣

rabaisser [rabɛse] v. t. 放低, 壓低(驕氣等); 貶低

rabane [raban] n. f. 【紡】臟班那織物

rabat [raba] n. m. (教士、教授等穿長袍時所佩帶的)領巾

rabat-joie [rabaʒwa] n. m. inv. 令人掃興的人

rabattage [rabataːʒ] n. m. (把獵物)趕到狩獵地點

rabattement [rabatmɑ̃] n. m. 【數】(圖面向投影面的)迴轉疊合

rabatteur, se [rabatœːr, øːz] n. 把野獸趕到狩獵地點的獵人

rabattre [rabatr] [c. 44] v. t. 放低, 放下; 減低(價格); 壓低(驕氣等); 弄平(褶紋); 把(獵物)趕向狩獵地點, 由～ 打消原來想法, 失去幻想 v. pr. 突然轉彎; se～ sur 不得已而選擇…

rabbin [rabɛ̃] n. m. 【史】猶太的法學博士;【宗】猶太教長

rabelaisien, ne [rablɛzjɛ̃, ɛn] a. (法國16世紀作家)拉伯雷的; 拉伯雷風格的

rabibocher [rabibɔʃe] v. t. 【俗】粗修

rabiot [rabjo] n. m. 【俗】【軍】分發後多餘的食物; 延長的服役期; 加班時間

rabioter [rabjɔte] 【俗】v. t., v. i. 揩油, 多拿

rabique [rabik] a. 【醫】狂犬病的

râble [rɑbl] n. m. 【冶】長柄耙; 四足動物的背脊

râblé, e [rɑble] a. 背肉厚實的

rabot [rabo] n. m. 刨, 刨子

rabotage [rabɔtaːʒ] n. m. 刨, 刨平; 刨削

raboter [rabɔte] v. t. 刨, 刨削; 潤色

raboteur [rabɔtœːr] n. m. 刨工

raboteuse [rabɔtøːz] n. f. 龍門鉋床

raboteux, se [rabɔtø, øːz] a. 粗糙的, 高低不平的; 生硬的

rabougri, e [rabugri] a. 生長不良的〔指植物〕; 發育不良的, 矮小的

rabouilleur, se [rabujœːr, øːz] n. 【方】攪水捕魚者

rabouter [rabute], **raboutir** [rabutiːr] v. t. 連接, 縫合

rabrouer [rabrue] v. t. 粗暴地對待(某

人）

racaille [rakɑːj] *n. f.* 社會渣滓, 敗類

raccommodable [rakɔmɔdabl] *a.* 可修理的;可縫補的

raccommodage [rakɔmɔdaːʒ] *n. m.* 修理;縫補

raccommodement [rakɔmɔdmɑ̃] *n. m.* 和解, 言歸於好

raccommoder [rakɔmɔde] *v. t.* 修理; 縫補;〖俗〗使和解, 使言歸於好

raccommodeur, se [rakɔmɔdœːr, øːz] *n.* 縫補工

raccord [rakɔːr] *n. m.* 接合, 連接, 銜接;【機】(管子)接頭, 接套

raccordement [rakɔrdəmɑ̃] *n. m.* 接合, 連接;【鐵】聯絡綫

raccorder [rakɔrde] *v. t.* 接合, 連接, 銜接

raccourci, e [rakursi] *a.* 縮短的, 改短的 *n. m.* 節略, 概括;近路

raccourcir [rakursiːr] *v. t.* 縮短, 使變短 *v. i.* 縮短, 變短

raccourcissement [rakursismɑ̃] *n. m.* 縮短, 變短

raccroc [rakro] *n. m.* par ～ 僥倖

raccrocher [rakrɔʃe] *v. t.* 重新掛上; 僥倖復得 *v. i.* 掛斷電話

race [ras] *n. f.* 家族;人種, 種族;【動, 植】宗;純種

racé, e [rase] *a.* 純種的;高貴的

rachat [raʃa] *n. m.* 再買;贖買, 贖回; 贖身;贖罪

rachetable [raʃtabl] *a.* 可贖買的, 可贖回的, 可贖身的

racheter [raʃte] *v. t.* [c. 6] 再買;贖買, 贖回;贖身;贖罪, 補過

rachidien, ne [raʃidjɛ̃, ɛn] *a.* 【解】脊柱的

rachis [raʃis] *n. m.* 【解】脊柱

rachitique [raʃitik] *a.* 【醫】患佝僂病的

rachitisme [raʃitism] *n. m.* 【醫】佝僂病;【植】萎縮病

racine [rasin] *n. f.* 根, 根部, 根源, 根

子;【語】詞根;【數】根

racisme [rasism] *n. m.* 種族主義

raclage [raklaːʒ] *n. m.* 刮, 擦;刮擦聲; 【林業】透光伐

raclée [rakle] *n. f.* 痛打

racler [rakle] *v. t.* 刮, 擦, 刮掉, 擦去

raclette [raklet] *n. f.*, **racloir** [raklwaːr] *n. m.* 【技】刮刀, 刮板, 刮器

raclure [raklyːr] *n. f.* 刮下來的碎屑

racolage [rakɔlaːʒ] *n. m.* 招募, 招徠; (妓女的)拉客

racoler [rakɔle] *v. t.* 〖俗〗招募, 招徠; (娼妓)拉客

racoleur, se [rakɔlœːr, øːz] *n.* 招募者, 招徠顧客者 *n. f.* 拉客的妓女

racontar [rakɔ̃taːr] *n. m.* 閑話, 無稽之談

raconter [rakɔ̃te] *v. t.* 叙述, 講述

racornir [rakɔrniːr] *v. t.* 使堅硬如角, 使硬化 *v. pr.* 變硬;變得乾癟

racornissement [rakɔrnismɑ̃] *n. m.* 硬化, 堅硬;乾癟

radar [radaːr] *n. m.* 〖英〗雷達

rade [rad] *n. f.* 【海】錨地, 停泊場

radeau [rado] (*pl.*～*x*) *n. m.* 木筏, 木排

radial, ale [radjal] (*pl.*～ *aux*) *a.* 【解】橈骨的;【技】徑向的

radian [radjɑ̃] *n. m.* 【數】弧度

radiateur [radjatœːr] *n. m.* 散熱器, 散熱裝置

radiation [radjɑsjɔ̃] *n. f.* 注銷, 除名; 【物】輻射

radical, ale [radikal] (*pl.*～ *aux*) *a.* 根的, 根生的;根本的, 本質的;徹底的; 激進的 *n. m.*【語】詞根, 詞幹;【化】根, 基;【數】根號, 根式

radicalisme [radikalism] *n. m.* 激進主義

radicelle [radisɛl] *n. f.* 【植】側根

radier [radje] *n. m.* (建築物的)防水保護層;底盤, 底脚;地基 *v. t.* 注銷, 刪除

radiesthésie [radjɛstezi] *n. f.* 對物體放射的特種感應能力

radieux, se [radjø, ø:z] *a.* 光芒四射的, 光輝的

radio [radjo] *n. f.* 無綫電廣播, 無綫電報, 無綫電話;〖俗〗收音機

radio-actif, ve [radjoaktif, i:v] *a.* 【原子】放射性的

radio-activité [radjoaktivite] *n. f.* 【原子】放射性, 放射現象

radiocommunication [radjokɔmynikɑsjɔ̃] *n. f.* 無綫電通訊

radiodiffuser [radjɔdifyze] *v. t.* (無綫電)廣播

radiodiffusion [radjɔdifyzjɔ̃] *n. f.* 無綫電廣播

radio-électricité [radjoelɛktrisite] *n. f.* 無綫電技術

radioélément [radjɔelemɑ̃] *n. m.* 放射性元素

radiofréquence [radjɔfrekɑ̃s] *n. f.* 【無】射頻

radiogramme [radjɔgram] *n. m.* 無綫電報

radiographie [radjɔgrafi] *n. f.* X綫照相(術), X綫照片

radiographier [radjɔgrafje] *v. t.* X綫攝影

radio-journal, radiojournal [radjɔʒurnal] (*pl.~aux*) *n. m.* (廣播的)新聞節目

radiologie [radjɔlɔʒi] *n. f.* (應用)輻射學, 放射學

radiologue [radjɔlɔg] *n. m.* 放射學工作者; 放射科醫生

radiophare [radjɔfa:r] *n. m.* 無綫電導航台, 無綫電信標

radiophonie [radjɔfɔni] *n. f.* 無綫電傳聲

radioreportage [radjɔrəpɔrta:ʒ] *n. m.* 實況廣播

radioscopie [radjɔskɔpi] *n. f.* X綫透視法, X綫檢查法

radiotélégraphie [radjɔtelegrafi] *n. f.* 無綫電報(學)

radiotéléphonie [radjɔtelefɔni] *n. f.* 無綫電話

radiotélévisé, e [radjɔtelevize] *a.* 電視廣播的

radiothérapie [radjɔterapi] *n. f.* 【醫】放射(綫)療法, X綫療法

radis [radi] *n. m.* 小紅蘿蔔

radium [radjɔm] *n. m.* 【化】鐳

radiumthérapie [radjɔmterapi] *n. f.* 【醫】鐳療

radius [radjys] *n. m.* 〖拉〗【解】橈骨

radon [radɔ̃] *n. m.* 【化】氡

radotage [radota:ʒ] *n. m.* 嘮叨, 囉唆; 囉唆話

radoter [radɔte] *v. i.* 嘮叨, 囉唆

radoteur, se [radɔtœ:r, ø:z] *a., n.* 説話囉唆的(人)

radoub [radu] *n. m.* 【船】塢修, (船殼的)檢修

radouber [radube] *v. t.* 【船】塢修, 檢修

radoucir [radusi:r] *v. t.* 使(語氣等)變得緩和, 使(情緒)平息; 使(氣候)暖和 *v. pr.* 轉暖; 平息

radoucissement [radusismɑ̃] *n. m.* 變緩和, 平息; 變暖, 轉暖

rafale [rafal] *n. f.* 狂風; 連射

raffermir [rafɛrmi:r] *v. t.* 使更堅固, 使更結實; 使更堅定, 使更鞏固

raffermissement [rafɛrmismɑ̃] *n. m.* 變得更堅固, 變得更結實

raffinage [rafina:ʒ] *n. m.* 【技】精煉, 精製

raffiné, e [rafine] *a.* 精煉, 精製的; 精緻的 *n.* 雅士

raffinement [rafinmɑ̃] *n. m.* 精煉, 精製

raffiner [rafine] *v. t.* 精煉, 精製 *v. i.* 過分考慮, 過分講究

raffinerie [rafinri] *n. f.* 煉油廠, 煉糖廠, 提煉廠

raffineur, se [rafinœ:r, ø:z] *n.* 煉油或

煉糖專業人員

affoler [rafɔle] *v. i.* 着迷, 入迷; 迷戀, 酷愛

affûter [rafyte] *v. t.* 磨快, 磨礪

afiot [rafjo] *n. m.* 帶槳單帆小船; 破舊船隻

afistolage [rafistɔlaʒ] *n. m.* 【俗】馬虎的修理, 粗糙的修補

afistoler [rafistɔle] *v. t.* 【俗】馬虎地修理, 粗糙地修補

afle [rɑ:fl] *n. f.* 〔葡萄的〕果柄; 拿光, 偷光;〔警察對可疑地區的〕突然搜捕

rafler [rafle] *v. t.* 【俗】拿光, 偷光, 搶光

rafraîchir [rafrɛ[i:r] *v. t.* 使凉, 使清凉; 整修, 翻新; 修剪(頭髮) *v. i.* 變得清凉 *v. pr.* 變得凉爽, (用冷飲)解渴

rafraîchissement [rafrɛ[ismɑ̃] *n. m.* 變凉爽; 整修, 翻新; *pl.* 清凉飲料

ragaillardir [ragajardi:r] *v. t.* 使恢復活力, 使重新快活

rage [ra:ʒ] *n. f.* 狂怒, 大怒; 狂犬病; (牙齒的)劇痛

rager [raʒe] *v. i.* [c. 2] 【俗】狂怒, 大怒

rageur, se [raʒœ:r, ø:z] *a.* 易發怒的 *n* 易怒的人

raglan [raglã] *n. m.* 套袖大衣

ragot, e [rago, ɔt] *n. m.* (2—3 歲的)小野豬;【俗】閑話, 流言蜚語 —*a, n.* 矮胖的(人); 頸短而肥壯的(馬)

ragoût [ragu] *n. m.* 燉肉

rahat-loukoum [raatlukum] *n. m.* 養喉糕〔一種香甜糕餅〕

rai [rɛ] *n. m.* 光綫

raid [rɛd] *n. m.* 【英】襲擊; 空襲; 長途飛行, 耐力競賽

raide [rɛd] *a.* 僵直的, 僵硬的; 陡峭的; 生硬的; 固執的; 難以接受的, 難以置信的 *adv.* 【俗】一下子, 突然

raideur [rɛdœ:r] *n. f.* 僵直, 僵硬; 陡峭; 固執

raidillon [rɛdijɔ̃] *n. m.* 陡峭小坡

raidir [re[ɛ]di:r] *v. t.* 使挺直; 绷緊, 拉

緊 *v. pr.* 變僵直; 變得倔强;(關係等)變得緊張

raidissement [rɛdismɑ̃] *n. m.* 僵直, 僵硬; 绷緊

raie [rɛ] *n. f.* 紋, 綫, 紋路; (頭髮的)頭路; 田溝;【動】鰩

raifort [refɔ:r] *n. m.* 辣根菜

rail [rɑ:j] *n. m.* 【英】鐵軌, 鋼軌, 軌道; 鐵路

railler [raje] *v. i.* 開玩笑, 說笑話 *v. t.* 開(某人的)玩笑; 嘲笑

raillerie [rajri] *n. f.* 開玩笑, 嘲笑

railleur, se [rajœ:r, ø:z] *a, n.* 愛開玩笑的(人); 愛嘲笑的(人)

rainer [re[ɛ]ne] *v. t.* 開槽, 刨槽

rainette [rɛnɛt] *n. f.* 雨蛙

rainure [re[ɛ]ny:r] *n. f.* 【機】槽, 齒槽

raiponce [repɔ̃:s] *n. f.* 匐匐風鈴草

raisin [rɛzɛ̃] *n. m.* 【紙】一種印刷紙〔紙幅爲 50×64cm〕

raisiné [rɛzine] *n. m.* 葡萄汁果醬

raison [rɛzɔ̃] *n. f.* 理性, 理智; 明智; 理由, 原因; 論證; 賠禮; ～ (sociale) 店號, 公司名稱;【數】比, 比率; à ～ de *loc. prép.* 按照

raisonnable [rɛzɔnabl] *a.* 有理性的, 合理的; 通情達理的; 公道的〔指價格〕

raisonnement [rɛzɔnmɑ̃] *n. m.* 推理, 推論; *pl.* 辯解, 爭辯

raisonner [rɛzɔne] *v. i.* 推理, 推論; 論證; 辯解, 爭辯 *v. t.* 推論; 議論; 開導, 勸導

raisonneur, se [rɛzɔnœ:r, ø:z] *a, n.* (愛)辯解的(人); (愛)推理的(人)

raja(h) [raʒa] *n. m.* 印度貴族

rajeunir [raʒœni:r] *v. t.* 使年輕; 使顯得年輕 *v. i.* 變得年輕, 返老還童 *v. pr.* 隱瞞年齡

rajeunissement [raʒœnismɑ̃] *n. m.* 變年輕, 返老還童; 顯得年輕

rajouter [raʒute] *v. t.* 再加, 再增添; 重新補充

rajustement [raʒystəmɑ̃] *n. m.* 調整

rajuster [raʒyste] v. t. 再放正, 再整理; 調整

râle [rɑːl] n. m. 聲音嘶啞的氣喘; 嘶啞的氣喘聲;【醫】囉音;【鳥】秧鷄

ralenti [ralɑ̃ti] n. m. 慢速, 小轉速; (電影的) 慢鏡頭

ralentir [ralɑ̃tiːr] v. t. 放慢, 減慢; 減弱 v. i. 放慢, 減速

ralentissement [ralɑ̃tismɑ̃] n. m. 放慢, 減慢; 減弱

râler [rɑle] v. i. 發出嘶啞的喘息聲;〖俗〗嘟噥, 發牢騷

ralingue [ralɛ̃ːg] n. f. 【海】帆邊繩

ralliement [ralimɑ̃] n. m. 重新集合; 歸附

rallier [ralje] v. t. 重新集合, 歸返 (隊伍等); 歸附 v. pr. 重新集合; 歸附; 贊成

rallonge [ralɔ̃ːʒ] n. f. 用以加長的東西; 活絡桌板;〖俗〗外快, 額外收入; 額外支出

rallongement [ralɔ̃ʒmɑ̃] n. m. 加長, 接長

rallonger [ralɔ̃ʒe] [c. 2] v. t. 加長, 接長 v. i. 延長, 變長

rallumer [ralyme] v. t. 復點燃, 復再振奮 v. pr. 復燃; 復萌

ramadan [ramadɑ̃] n. m. 〖阿〗(伊斯蘭教的) 齋月

ramage [ramaːʒ] n. m. 鳥的鳴囀; pl. 花枝圖案

ramager [ramaʒe] [c. 2] v. t. (使織物) 具有枝葉花紋 v. i. 鳴囀

ramassage [ramasaːʒ] n. m. 聚集, 收集

ramasse-miettes [ramasmjɛt] n. m. inv. 收拾餐桌殘屑的小帚和盤子

ramasser [ramase] v. t. 收集, 收攏; 拾起, 撿起; 收留 v. pr. 蜷縮; (跌倒後) 再站起

ramasseur, se [ramasœːr, øːz] n. 拾取者; (農產品) 收集者

ramassis [ramɑsi] n. m. 〖貶〗一堆; 一夥

rambarde [rɑ̃bard] n. f. (船、艇等的) 欄杆, 扶手

rame [ram] n. f. 槳; (支撐攀緣植物的) 支架, 藤架; 令 (500張紙); 列車

rameau [ramo] (pl. ~x) n. m. 小樹枝, 枝椏, 枝杈; (家族、語言等的) 分支;【解】(神經、靜脈等的) 支; (坑道的) 支

ramée [rame] n. f. 枝葉; 砍下的枝葉

ramener [ramne] v. t. [c. 6] 再帶領, 再帶來; 帶回, 領回, 使恢復; 重新拉回

ramer [rame] v. t. 用支架支撐 (攀緣植物) v. i. 划槳, 划船

ramette [ramɛt] n. f. ¼令〔125 張紙〕

rameur, se [ramœːr, øːz] n. 槳手, 划槳者

rameux, se [ramø, øːz] a. 【植】枝杈多的, 多枝杈的

ramier [ramje] n. m. 野鴿

ramification [ramifikɑsjɔ̃] n. f. 【植】分枝; 分支; 分支機構

ramifier (se) [s(ə)ramifje] v. pr. 分枝; 分支

ramilles [ramij] n. f. pl. 細枝, 細枝杈

ramollir [ramɔliːr] v. t. 使柔軟, 使軟化 v. pr. 變軟, 軟化;〖俗〗智力衰退

ramollissement [ramɔlismɑ̃] n. m. 軟化; 遲鈍

ramonage [ramɔnaːʒ] n. m. (烟囱、管道的) 通刷

ramoner [ramɔne] v. t. 通 (烟囱、管道); 攀登

ramoneur [ramɔnœːr] n. m. 通烟囱工人

rampant, e [rɑ̃pɑ̃, ɑ̃ːt] a. 爬行的, 匍匐的, 蔓生的; 卑躬屈節的, 諂媚的;【建】傾斜的 n. m. 〖謔〗空軍地勤人員;【建】斜面, 坡

rampe [rɑ̃ːp] n. f. 斜坡, 坡道; 樓梯的欄杆, 扶手; (舞台前沿的) 成排脚燈; (機場跑道的) 成排照明燈

ampement [rɑ̃pmɑ̃] *n. m.* 爬行, 匍匐

amper [rɑ̃pe] *v. i.* 爬行, 匍匐; 蔓生, 攀緣; 卑躬屈節

amure [ramy:r] *n. f.* (一棵樹的)全部枝葉; 鹿科動物的角

ancart [rɑ̃ka:r] *n. m.* 〖民〗約會; mettre au ~ 〖俗〗抛棄, 丟棄

ance [rɑ̃:s] *n.* 哈喇的 *n. m.* 哈喇味

anch [rɑ̃:ʃ] (*pl.~(e)s*), **rancho** [rɑ̃ʃo] *n. m.* (美國的)大牧場, 大農場

ancir [rɑ̃si:r] *v. i.* (脂肪)哈喇

ancissement [rɑ̃sismɑ̃], **rancissure** [rɑ̃sisy:r] *n. f.* 哈喇

ancœur [rɑ̃kœ:r] *n. f.* 怨恨

ançon [rɑ̃sɔ̃] *n. f.* (俘虜等的)贖身金; 代價

ançonner [rɑ̃sɔne] *v. t.* 敲榨, 勒索

ancune [rɑ̃kyn] *n. f.* 怨恨, 懷恨

ancunier, ère [rɑ̃kynje, ɛ:r] *a., n.* 懷恨的(人), 記仇的(人)

andonnée [rɑ̃dɔne] *n. f.* (野獸被逐出後的)就地兜圈; 遠足

ang [rɑ̃] *n. m.* 排, 列, 行; (士兵的)橫列; 隊伍; 席次; 級別, 地位

angée, e [rɑ̃ʒe] *a.* 端正的, 規矩的

angée [rɑ̃ʒe] *n. f.* (橫)排, 列

angement [rɑ̃ʒmɑ̃] *n. m.* 整理, 佈置

anger [rɑ̃ʒe] [c. 2] *v. t.* 排列; 整理, 列入; 使讓開; 使歸附; 〖海〗沿着…航行 *v. pr.* 排列; 讓開; 變得規矩

animer [ranime] *v. t.* 使復活; 使復蘇; 使活躍; 喚起

apace [rapas] *a.* 食肉的(指猛禽); 貪婪的 *n. m. pl.* 猛禽類

apacité [rapasite] *n. f.* 貪婪, 貪心

âpage [rɑpa:ʒ] *n. m.* 擦碎, 銼

apatriement [rapatrimɑ̃] *n. m.* 遣送回國

apatrier [rapatrie] *v. t.* 遣送回國

âpe [rɑ:p] *n. f.* (廚房用, 磨細食物的)擦板; 粗齒銼, 木銼

rapetassage [raptasa:ʒ] *n. m.* 〖俗〗草率修理, 馬虎縫補

rapetasser [raptase] *v. t.* 〖俗〗草率修理, 馬虎縫補

rapetissement [raptismɑ̃] *n. m.* 縮小; 貶低

rapetisser [raptise] *v. t.* 使縮小; 貶低 *v. i.* 縮小, 縮短

râpeux, se [rɑpø, ø:z] *a.* 表面粗糙的; 澀的(指酒等)

raphia [rafja] *n. m.* 酒椰; 酒椰葉纖維

rapide [rapid] *a.* 快的, 迅速的; 陡峭的; 急的 *n. m.* 急流; 特快列車

rapidité [rapidite] *n. f.* 快, 迅速; 敏捷; 速度

rapiéçage [rapjesa:ʒ], **rapiècement** [rapjɛsmɑ̃] *n. m.* 縫補; 修補

rapiécer [rapjese] [c. 1, c. 7] *v. t.* 縫補; 修補

rapière [rapjɛ:r] *n. f.* (決鬥用的)長劍

rapin [rapɛ̃] *n. m.* 拙劣的畫匠

rapine [rapin] *n. f.* 搶劫, 掠奪; 掠奪物; 貪污, 盜竊

rappareiller [rapare(ɛ)je] *v. t.* 配全, 配齊, 配套

rapparier [raparje] *v. t.* 配對, 配成雙

rappel [rapɛl] *n. m.* 喚回; 召回; 提醒, 回憶; 補發; 【機】(彈性)恢復; battre le ~ 打集合號, 動員一切人力物力

rappeler [raple] [c. 5] *v. t.* 喚回; 召回; 使恢復; 使回憶, 使想起; 和…相似 *v. pr.* 想起, 記起

rappliquer [raplike] *v. i.* 〖民〗再來, 回來; 來到

rapport [rapɔr] *n. m.* 報告, 彙報; 叙述; 收益, 生產; 關係, 聯繫; 相似, 共同之處; 【數】比, 比例; 【法】返還; par ~ à *loc. prép.* 與…相比; sous le ~ de *loc. prép.* 從…的角度

rapporter [rapɔrte] *v. t.* 拿回, 帶來; 帶還, 放回原處; (獵狗)啣回; 補上, 添上; 出產, 帶來收入; 報告, 報導; 泄漏, 告發; 引證; ~ … à 歸屬於; 【法】撤銷, 廢

除 *v. pr.* 與…有關

rapporteur, se [rapɔrtœːr, øːz] *a., n.* 嘴不穩的(人)，搬弄是非的(人) *n. m.* 報告人，報告員；【數】量角器

rapprendre [raprɑ̃ːdr], **réapprendre** [reaprɑ̃ːdr] *v. t.* [c. 46] 再學習，重新學

rapprochement [raprɔʃmɑ̃] *n. m.* 再接近，和解；對照，比較

rapprocher [raprɔʃe] *v. t.* 使靠攏，使接近；調解；對照，比較

rapt [rapt] *n. m.* 誘拐，劫持，綁架

raquette [rakɛt] *n. f.* 球拍，(球拍狀)雪鞋；仙人掌〔俗稱〕

rare [rɑ(a)ːr] *a.* 稀有的，罕見的；稀疏的；〔用於名詞前〕不尋常的，出眾的

raréfaction [rarefaksjɔ̃] *n. f.* 稀有，罕見；稀疏，稀薄；缺貨

raréfier [ra(a)refje] *v. t.* 使稀有，使罕見；使稀疏，使稀薄 *v. pr.* 變稀薄，變爲罕見

rareté [ra(a)rte] *n. f.* 稀有，罕見，缺少；少有的事；珍品；【物】稀薄，稀疏

rarissime [rarisim] *a.* 非常稀少的，極其罕見的

ras, e [rɑ, rɑːz] *a.* 剃光的；有短毛的；à ～ de, au ～ de *loc. prép.* 接近…的表面 *adv.* 很短地

rasade [rɑzad] *n. f.* 滿滿一杯

rascasse [raskas] *n. f.* 鮋，伊豆鮋

raser [rɑze] *v. t.* 剃，剃鬚砍去；摧毀，拆毀；掠過；【俗】使厭倦 *v. pr.* 厭煩

raseur, se [rɑzœːr, øːz] *n.* 【俗】討厭的人

rasoir [rɑzwaːr] *n. m.* 剃刀 *a. m.* 【民】討厭的

rassasiement [rasazimɑ̃] *n. m.* 滿足，饜足

rassasier [rasazje] *v. t.* 使吃飽，充飢；使滿足，使饜足

rassemblement [rasɑ̃bləmɑ̃] *n. m.* 重新集合；聚集；集結；集合號；【政】聯盟

rassembler [rasɑ̃ble] *v. t.* 重新集合；聚集，集結，收集

rasseoir [raswaːr] *v. t.* [c. 34] 使重新坐下，重新安放

rasséréner [raserene] *v. t.* [c. 7] 使恢復平靜；使安心

rassis, e [rasi, iːz] *a.* 不新鮮的；平靜的，沉着的

rassortiment [rasɔrtimɑ̃], **réassortiment** [reasɔrtimɑ̃] *n. m.* 配齊；重配，選配

rassortir [rasɔrtiːr], **réassortir** [reasɔrtiːr] *v. t.* 〔變位同 finir〕重新配齊，補齊，重配，選配

rassurer [rasyre] *v. t.* 使安心，使放心

rastaquouère [rastakwɛːr], **rasta** [rasta] *n. m.* 【俗】財富來路不明的外國闊佬

rat [ra] *n. m.* 鼠；雄鼠；吝嗇鬼

rata [rata] *n. m.* 【民】(用土豆等做的)燉菜，燜菜；粗劣的飯菜

ratafia [ratafja] *n. m.* 甜酒，果子酒

ratatiner (se) [s(ə)ratatine] *v. pr.* 皺縮，乾癟

rate [rat] *n. f.* 雌鼠；【解】脾

raté, e [rate] *n. m.* (槍)不發火，沒打響；【汽】不發火 *n.*【俗】一事無成的人

râteau [ra(a)to] *n. m.* 耙，耙子

râtelage [ra(a)tlaːʒ] *n. m.* (用耙子)耙

râtelée [ra(a)tle] *n. f.* 一耙子

râteler [ra(a)tle] *v. t.* [c. 5] (用耙子)耙

râtelier [ra(a)təlje] *n. m.* 草料架；槍架；工具架

rater [rate] *v. i.* (槍)不發火，沒打響；失敗，受挫 *v. t.* 未擊中；未命中；沒有搞好，搞糟

ratier [ratje] *n. m.* 捕鼠狗

ratière [ratjɛːr] *n. f.* 捕鼠器

ratification [ratifikasjɔ̃] *n. f.* 批准，認可；批准書

ratifier [ratifje] *v. t.* 批准，認可

ratine [ratin] *n. f.* 平紋結子花呢，珠皮大衣呢

ratiociner [rasjɔsine] v. i. 不着邊際地推論,強詞奪理

ration [ra(ɑ)sjɔ̃] n. f. (每日口糧的)定量,口糧份額

rationalisation [ra(ɑ)sjɔnalizasjɔ̃] n. f. 合理化

rationaliser [ra(ɑ)sjɔnalize] v. t. 使合理;使合理化

rationalisme [ra(ɑ)sjɔnalism] n. m. 【哲】唯理論,理性主義

rationaliste [ra(ɑ)sjɔnalist] 【哲】a. 唯理論的,理性主義的 n. 唯理論者,理性主義者

rationalité [ra(ɑ)sjɔnalite] n. f. 【哲】合理性;【數】有理性

rationnel, le [ra(ɑ)sjɔnɛl] a. 理性的,有理性的;推理的;合理的;【數】有理的

rationnement [ra(ɑ)sjɔnmɑ̃] n. m. 定量分配,定量配給

rationner [ra(ɑ)sjɔne] v. t. (按日)定量分配,定量供應

ratissage [ratisaʒ] n. m. 耙平,耙乾淨;【軍】掃蕩

ratisser [ratise] v. t. 耙平;耙乾淨;【軍】掃蕩

raton [ratɔ̃] n. m. 小鼠;浣熊;乾酪餡餅

rattachement [rataʃmɑ̃] n. m. 重新縛住,歸附

rattacher [rataʃe] v. t. 重新縛住;連接;使歸併於;使發生聯繫

rattrapage [ratrapaʒ] n. m. 重新捕獲;追上,趕上

rattraper [ratrape] v. t. 重新捕獲;追上,趕上;彌補,挽回(時間等)

rature [ratyr] n. f. (塗改文稿所畫的)杠子

raturer [ratyre] v. t. 塗抹,杠杠子

rauque [ro:k] a. 沙啞的,嘶啞的

ravage [ravaʒ] n. m. 破壞,蹂躪;災害

ravager [ravaʒe] v. t. [c. 2] 破壞;蹂躪,掠奪

ravageur, se [ravaʒœ:r, ø:z] n. 破壞,蹂躪者,掠奪者

ravalement [ravalmɑ̃] n. m. 灰泥,塗料;(牆面的)重新粉刷;(樹枝的)修除

ravaler [ravale] v. t. 【建】重新粉刷,貶低;(重新)咽下 v. pr. 墮落;貶低自己

ravaleur [ravalœ:r] n. m. 牆壁刷新工人;修琢石面工人

ravaudage [ravodaʒ] n. m. 縫補,補綴

ravauder [ravode] v. t. 縫補,補綴

ravaudeur, se [ravodœ:r, ø:z] n. 縫補衣裳的人

rave [rav] n. f. 蘿蔔;蕪菁

ravi, e [ravi] a. 狂喜的,心花怒放的

ravier [ravje] n. m. 橢圓形涼菜碟

ravigote [ravigɔt] n. f. 酸辣調味汁

ravigoter [ravigɔte] v. t. 〖俗〗使恢復食慾;使恢復精力

ravin [ravɛ̃] n. m. 溝壑;沖溝

ravine [ravin] n. f. 急流;小山溝

ravinement [ravinmɑ̃] n. m. 溝蝕;沖溝

raviner [ravine] v. t. 沖成水溝

ravioli [ravjɔli] n. m. pl. 〖意〗餃子

ravir [ravi:r] v. t. 搶走;使心花怒放,使心醉; à ~ loc. adv. 出色地,出神入化

raviser (se) [s(ə)ravize] v. pr. 改變主意,回心轉意

ravissement [ravismɑ̃] n. m. 搶走,奪走;心醉,出神

ravisseur, se [ravisœ:r, ø:z] n. 劫持者,綁架者

ravitaillement [ravitajmɑ̃] n. m. 供應糧食,供應軍需;補給;軍需,給養

ravitailler [ravitaje] v. t. 供應糧食,供應軍需;補給;給(汽車、飛機等)加燃料

raviver [ravive] v. t. 使(火)更旺盛;使更鮮艷;重新喚起

ravoir [ravwa:r] v. t. 〔僅用不定式〕重新持有;收回

rayage [rɛjaʒ] n. m. 畫綫;劃傷,擦痕;劃去;(槍、炮管的)腔綫加工

rayer [re[ε]je] *v. t.* [c. 4] 畫綫; 劃傷; 劃去;【軍】切削膛綫

ray-grass [rεgra:s] *n. m.* 〖英〗黑麥草

rayon [rεjɔ̃] *n. m.* 光綫, 射綫; 一綫(希望等); 輪輻綫; 半徑; 範圍; (書架、櫃子的)擱板; (百貨商店的)專櫃, 部門; 蜂巢;【農】條溝

rayonnage [rεjɔna:ʒ] *n. m.* 貨架, 書架, 櫃板;【農】開條溝

rayonnant, e [rεjɔnɑ̃, ɑ̃:t] *a.* 發光的; 光彩奪目的; 容光煥發的

rayonne [rεjɔn] *n. f.* 人造絲

rayonnement [rεjɔnmɑ̃] *n. m.* 光, 光輝, 光芒; 輻射, 放射; 喜色

rayonner [rεjɔne] *v. i.* 發光, 放射, 輻射; (香氣)洋溢; 呈輻射狀

rayure [re[ε]jy:r] *n. f.* 條紋, 條子; 劃痕; 槍炮的膛綫

raz [rɑ] *n. m.* 海峽中的急流; 有急流的海峽

razzia [razja] *n. f.* 〖阿〗劫掠, 侵襲

razzier [razje] *v. t.* 劫掠, 侵襲

re-, ré-, r- *préf.* 表示 "再", "重複", "重新", "逆", "反" 的意思

ré [re] *n. m. inv.* (音階的)七個唱名之一

réabonnement [reabɔnmɑ̃] *n. m.* 續訂

réabonner [reabɔne] *v. t.* 爲…續訂 *v. pr.* 續訂

réabsorber [reapsɔrbe] *v. t.* 再吸收, 再吸取; 再吞併; 重新吸引住

réacteur [reaktœ:r] *n. m.* 【空】噴氣式發動機;【化】反應器;【原子】反應堆

réactif, ve [reaktif, i:v] *a.* 反應的 *n. m.* 【化】反應物; 試劑

réaction [reaksjɔ̃] *n. f.* 反作用, 反應; 反抗, 對抗; 反動派;【無】反饋

réactionnaire [reaksjɔnε:r] *a.* 反動的, 反動派的 *n.* 反動的人, 反動分子, 反動派

réadmettre [readmεtr] *v. t.* [c. 45] 重新接納, 重新接受, 重新准許

réaffirmer [reafirme] *v. t.* 再肯定, 重

申

réagir [reaʒi:r] *v. i.* 【物】起反作用;【化】起反應, 起作用

réajuster [reaʒyste] *v. t.* 再放置, 調整

réalisable [realizabl] *a.* 可實現的; 可變賣的

réalisateur, trice [realizatœ:r, tris] *a.* 實現者的 *n.* 實現者; (電影、電視的)導演

réalisation [realizɑsjɔ̃] *n. f.* 實現; 成就, 成果, 創造; 導演; 變賣

réaliser [realize] *v. t.* 實現; 領會, 明白; 導演(電影); 變賣, 出售

réalisme [realism] *n. m.* 【哲】實在論, 唯實論; 現實主義, 寫實主義

réaliste [realist] *a.* 現實主義的, 寫實主義的; 寫實的 *n.* 現實主義者, 寫實主義者;【哲】實在論者

réalité [realite] *n. f.* 現實, 事實; en ~ *loc. adv.* 事實上, 實際上

réapparaitre [reaparεtr] *v. i.* [c. 54] 再現, 重新出現

réapparition [reaparisjɔ̃] *n. f.* 再現, 重新出現

réapprendre = rapprendre

réapprovisionner [reaprɔvizjɔne] *v. t.* 再供應貨物

réarmement [rearməmɑ̃] *n. m.* 重新武裝; 重整軍備

réarmer [rearme] *v. i.* 重新武裝; 重整軍備

réassortiment = rassortiment

réassortir = rassortir

réassurance [reasyrɑ̃:s] *n. f.* 【法】再保險, 分保

réassurer [reasyre] *v. t.* 【法】再保險, 分保

rébarbatif, ve [rebarbatif, i:v] *a.* 可憎的, 令人厭惡的

rebâtir [r(ə)bɑti:r] *v. t.* 重建

rebattre [r(ə)batr] *v. t.* [c. 44] 再打, 反覆打

rebelle [r(ə)bεl] *a.* 造反的; 叛亂的; 反

抗的，不順從的；倔強的　*n.*　造反者；
叛亂分子

rebeller (se) [s(ə)rəbɛlle] *v. pr.* 造
反；叛亂；反抗，抗拒

rébellion [rebɛljɔ̃] *n. f.* 造反；叛亂，背
叛；反抗，對抗；造反者；叛亂分子

rebiffer (se) [s(ə)rəbife] *v. pr.* 〖俗〗
反抗，反對

reboisement [r(ə)bwa[ɑ]zmɑ̃] *n. m.*
再植樹造林；綠化

reboiser [r(ə)bwa[ɑ]ze] *v. t.* 再植樹造
林

rebond [r(ə)bɔ̃] *n. m.* 蹦起，躍起，彈回

rebondi, e [r(ə)bɔ̃di] *a.* 圓鼓鼓的；豐
滿的

rebondir [r(ə)bɔ̃diːr] *v. i.* 蹦起來，跳起
來，彈回；重新活躍起來，重新掀起高潮

rebondissement [r(ə)bɔ̃dismɑ̃] *n. m.*
蹦起，跳起，彈回；重新活躍

rebord [r(ə)bɔːr] *n. m.* 凸邊，（衣服等
的）翻邊

reboucher [r(ə)buʃe] *v. t.* 重新塞住，
再堵塞；填沒

rebours [r(ə)buːr] *n. m.* à ～ *loc.
adv.* 反向，倒向；違反常情地；au ～
de *loc. prép.* 和…相反

rebouteur, se [r(ə)butœːr, øːz], **re-
bouteux, se** [r(ə)butø, øːz] *n.* 土法
接骨醫生

reboutonner [r(ə)butɔne] *v. t.* 重新扣
上紐扣

rebroussement [r(ə)brusmɑ̃] *n. m.* 使
毛髮等不順

rebrousser [r(ə)bruse] *v. t.* 使毛髮
等不順；～ chemin 折回，返回

rebuffade [r(ə)byfad] *n. f.* 無禮接待；
粗暴的拒絕

rébus [rebys] *n. m.* 字謎，畫謎；難認的
字迹

rebut [r(ə)by] *n. m.* 敗類，渣滓

rebuter [r(ə)byte] *v. t.* 使掃興，使灰
心；使討厭

récalcitrant, e [rekalsitrɑ̃, ɑ̃ːt] *a.* 固執

的，倔強的；不馴服的

récapitulatif, ve [rekapitylatif, iːv] *a.*
摘要的，重述要點的，概括的

récapitulation [rekapitylɑsjɔ̃] *n. f.* 摘
要重述，扼要說明；回顧

récapituler [rekapityle] *v. t.* 摘要重
述，扼要說明；回顧

recéder [r(ə)sede] *v. t.* [c. 7] 退還；轉
讓

recel [r(ə)sɛl], **recèlement** [r(ə)sɛlmɑ̃]
n. m. 窩藏，隱匿

receler [rəsle, r(ə)səle] *v. t.* [c. 6] 窩
藏，隱匿；含有，包含

receleur, se [rəslœːr, r(ə)səlœːr, øːz] *n.*
窩藏者，窩主

récemment [resamɑ̃] *adv.* 最近，新近

recensement [r(ə)sɑ̃smɑ̃] *n. m.* 人口
普查，人口統計；清點，統計

recenser [r(ə)sɑ̃se] *v. t.* 普查人口；統
計人口；清點，統計

recenseur, se [r(ə)sɑ̃sœːr, øːz] *n.* 人口
普查員

récent, e [resɑ̃, ɑ̃ːt] *a.* 最近的，新近的，
近來的

recepage [rəspaːʒ, r(ə)səpaːʒ], **recé-
page** [r(ə)sepaːʒ] *n. m.* 【農】短截，短
截修剪

receper [rəspe, r(ə)səpe] [c. 6], **re-
céper** [r(ə)sepe] [c. 7] *v. t.* 【農】
短截，短截修剪；截短（木樁）

récépissé [resepise] *n. m.* 收據，收條

réceptacle [resɛptakl] *n. m.* 匯集地，
集中地；【植】花托

récepteur, trice [resɛptœːr, tris] *n. m.*
接收機，接收器；【生理】感受器　*a.* 接
收的

réceptif, ve [resɛptif, iːv] *a.* 易於感受
的，易於接受的；【醫】易感的

réception [resɛpsjɔ̃] *n. f.* 接到，收到，
接收；接待，接見；招待會；（旅館等的）接
待處；驗收；【體】接球（運動員）跳後落
地

réceptionnaire [resɛpsjɔnɛːr] *n.* 收貨

員；驗收員

réceptivité [reseptivite] *n. f.* 感受性；
【醫】易感性；【無】接收性能

recette [r(ə)sɛt] *n. f.* 收入，進款；收回
錢款；收稅員職務，稅務局；(食品的)製
法，保存法；處方，藥方

recevabilité [rəsvabilite, r(ə)səvabilite]
n. f. 【法】可受理，受理可能

recevable [rəsvabl, r(ə)səvabl] *a.* 可
接受的，【法】可受理的，允許起訴的

receveur, se [rəsvœːr, r(ə)səvœːr, øːz]
n. 收稅員，稅務員；(公共車輛的)售票
員；【醫】受血者

recevoir [rəsvwaːr, r(ə)səvwaːr] [c. 25]
v. t. 接到，收到，遭到，受到；接待；接
見；接納；接收，接受；【法】受理 *v. i.*
會客，接見來訪者 *v. pr.* 【體】跳後落
地

rechampir [r(ə)ʃɑ̃piːr] *v. t.* 烘托，襯托

rechange [r(ə)ʃɑ̃ːʒ] *n. m.* de ～ *loc.
adj.* 備用的，供替換的

rechanger [r(ə)ʃɑ̃ʒe] *v. t.* [c. 2]重新更
換，重新替換

rechaper [r(ə)ʃape] *v. t.* 上膠翻新(舊
輪胎)，修復胎面

réchapper [reʃape] *v. i.* (助動詞用
avoir 或 être)幸免於難，脫險

rechargement [r(ə)ʃarʒəmɑ̃] *n. m.* 再
裝貨，再裝載；再裝彈藥；再充電

recharger [r(ə)ʃarʒe] *v. t.* [c. 2] 重新
裝載；再裝彈藥；給…再充電；(用碎石)
鋪路

réchaud [reʃo] *n. m.* 小爐子，暖鍋，火
鍋

réchauffage [reʃofaːʒ] *n. m.* 重新燒
熱，再加熱

réchauffé [reʃofe] *n. m.* 重新熱過的東
西；老生常談，老一套

réchauffement [reʃofmɑ̃] *n. m.* 回暖

réchauffer [reʃofe] *v. t.* 重新加熱；使
(手、足等)暖和；使重新振作，使鼓舞
v. pr. 取暖；回暖

réchauffeur [reʃofœːr] *n. m.* 加熱器，

預熱器

rechausser [r(ə)ʃose] *v. t.* 給…重新穿
鞋；給(樹)培土，壅土

rêche [rɛʃ] *a.* 粗糙的；澀口的

recherche [r(ə)ʃɛrʃ] *n. f.* 再尋找；追
求，探討，研究；講究，矯飾

recherché, e [r(ə)ʃɛrʃe] *a.* 稀有的，難
得的；深受歡迎的；講究的，矯飾的

rechercher [r(ə)ʃɛrʃe] *v. t.* (再)尋找，
探究，研究；尋求，追求；追查；搜查

rechigné, e [r(ə)ʃiɲe] *a.* 不樂意的、面
有慍色的

rechigner [r(ə)ʃiɲe] *v. i.* ～ à 對…不
樂意，厭惡

rechute [r(ə)ʃyt] *n. f.* (疾病的)復發；
(錯誤的)重犯

rechuter [r(ə)ʃyte] *v. i.* (疾病初癒後)
復發；重犯錯誤

récidive [residiːv] *n. f.* 復發；重犯，累
犯

récidiver [residive] *v. i.* 復發；重犯
罪

récidiviste [residivist] *n.* 重犯者，累
犯，慣犯 *a.* 重犯的，累犯的

récif [resif] *n. m.* 暗礁

récipiendaire [resipjɑ̃dɛːr] *n. m.* 新會
員，新成員；領受大學又憑者

récipient [resipjɑ̃] *n. m.* 容器

réciprocité [resiprɔsite] *n. f.* 相互性

réciproque [resiprɔk] *a.* 相互的，交互
的 *n. f.* 【邏】逆命題

récit [resi] *n. m.* 敘述，叙事；故事，報
導；【樂】宣叙調

récital [resital] (*pl.*～s) *n. m.* 獨奏音
樂會，獨唱音樂會

récitant, e [resitɑ̃, ɑ̃ːt] *a.* 獨唱的，獨奏
的 *n.* 宣叙調演唱者；(戲劇、電影中
的)解說員

récitatif [resitatif] *n. m.* 【樂】宣叙調

récitation [resitasjɔ̃] *n. f.* 朗誦，朗讀；
背誦，背誦的課文

réciter [resite] *v. t.* 朗誦；背誦

réclamation [rekla(ɑ)masjɔ̃] *n. f.* 要

求, 請求; 抗議, 異議

réclame [rekla[ɑ:]m] *n. f.* 廣告

réclamer [rekla[ɑ]me] *v. t.* 懇求, 請求; 要求 *v. i.* 抗議; (替人) 說情, 求情

reclasser [r(ə)klase] *v. t.* 重新分類; 重新調整級別或工資

reclouer [r(ə)klue] *v. t.* 重新釘牢, 重新釘住

reclus, e [r(ə)kly, y:z] *a.* 隱居的 *n.* 隱士

réclusion [reklyzjɔ̃] *n. f.* 【法】徒刑

recoiffer (se) [s(ə)rəkwafe] *v. pr.* 重新梳頭; 重新戴上帽子

recoin [r(ə)kwɛ̃] *n. m.* 角落; 隱蔽處

récolement [rekɔlmɑ̃] *n. m.* 核對, 清查, 清點; 採伐 (森林) 情況的查核

récoler [rekɔle] *v. t.* 核對, 清點

recollage [r(ə)kɔla:ʒ], **recollement** [r(ə)kɔlmɑ̃] *n. m.* 重新膠合, 再粘住

recoller [r(ə)kɔle] *v. t.* 重新膠合, 再粘住

récolte [rekɔlt] *n. f.* 收穫; 收穫物; 收集

récolter [rekɔlte] *v. t.* 收穫; 獲得

recommandable [r(ə)kɔmɑ̃dabl] *a.* 值得推重的, 值得贊許的; 值得推薦的

recommandation [r(ə)kɔmɑ̃dɑsjɔ̃] *n. f.* 推薦, 介紹; 勸告, 建議; (信件等的) 掛號

recommander [r(ə)kɔmɑ̃de] *v. t.* 推薦, 介紹; 勸告, 建議; 囑託; (將信件等) 掛號

recommencement [r(ə)kɔmɑ̃smɑ̃] *n. m.* 重新開始

recommencer [r(ə)kɔmɑ̃se] *v. t., v. i.* [c. 1] 重新開始

récompense [rekɔ̃pɑ̃:s] *n. f.* 獎賞, 報酬; 〚諷〛懲罰

récompenser [rekɔ̃pɑ̃se] *v. t.* 獎勵, 酬報, 報答; 懲罰

recomposer [r(ə)kɔ̃poze] *v. t.* 重新組織, 重新組成; 【化】再化合

recomposition [r(ə)kɔ̃pozisjɔ̃] *n. f.* 重新組織, 重新組成; 【化】再化合

recompter [r(ə)kɔ̃te] *v. t.* 重新計算, 重新數

réconciliation [rekɔ̃siljɑsjɔ̃] *n. f.* 和解, 和好; 調和

réconcilier [rekɔ̃silje] *v. t.* 使和解, 使和好; 調和 *v. pr.* 言歸於好

reconduction [r(ə)kɔ̃dyksjɔ̃] *n. f.* (租約的) 繼續, 更新

reconduire [r(ə)kɔ̃dɥi:r] *v. t.* [c. 60] 陪送, 送 (客); 〚諷〛攆走, 逐出; 繼續, 更新 (租約等)

réconfort [rekɔ̃fɔ:r] *n. m.* 安慰; 鼓勵, 鼓舞

réconforter [rekɔ̃fɔrte] *v. t.* 安慰; 鼓勵, 鼓舞

reconnaissable [r(ə)kɔnɛsabl] *a.* 可認出的, 可辨識出的

reconnaissance [r(ə)kɔnɛsɑ̃:s] *n. f.* 認識, 感激; 承認; 察看; 偵察; 借據

reconnaître [r(ə)kɔnɛtr] [c. 54] *v. t.* 認出; 承認, 確認; 認識到; 察看 *v. pr.* 認識自己; 辨認方向; 承認; 鎮靜, 定神

reconquérir [r(ə)kɔ̃keri:r] *v. t.* [c. 14] 再征服; 重新獲得

reconstituant, e [r(ə)kɔ̃stitɥɑ̃, ɑ̃:t] *a.* 促使復元的 *n. m.* 滋補劑

reconstituer [r(ə)kɔ̃stitɥe] *v. t.* 重新構成, 重建; 使復元; 使恢復原狀

reconstitution [r(ə)kɔ̃stitysjɔ̃] *n. f.* 重新構成, 重建; 復元; 恢復原狀

reconstruction [r(ə)kɔ̃stryksjɔ̃] *n. f.* 重建, 再建

reconstruire [r(ə)kɔ̃strɥi:r] *v. t.* [c. 60] 重建, 再建

reconvention [r(ə)kɔ̃vɑ̃sjɔ̃] *n. f.* 【法】反訴

reconventionnel, le [r(ə)kɔ̃vɑ̃sjɔ̃nɛl] *a.* 【法】反訴的

recopier [r(ə)kɔpje] *v. t.* 重抄, 謄清

record [r(ə)kɔ:r] *n. m.* 最高記錄 *a.* 創記錄的

recorder [r(ə)kɔrde] *v. t.* 重新捆縛; (給球拍等) 重新穿綫

recordman [r(ə)kɔrdman] (*pl.record-men* [r(ə)kɔrdmɛn] 或 ～s) *n. m.* 男子記錄保持者

recordwoman [r(ə)kɔrdwoman] (*pl.re-cordwomen* [r(ə)kɔrdwomɛn]) *n. f.* 女子記錄保持者

recorriger [r(ə)kɔriʒe] *v. t.* [c. 2] 再改正; 再校正

recoucher (se) [s(ə)rəkuʃe] *v. pr.* 再睡覺, 再躺下

recoudre [r(ə)kudr] *v. t.* [c. 48] 重新縫合, 重新縫綴

recoupement [r(ə)kupmã] *n. m.* 印證, 對證;【建】大方脚逐漸收小;【測】交會法

recouper [r(ə)kupe] *v. t.* 重新切割; 重新裁剪, 再攙和, 再對(酒) *v. i.* 再切一次紙牌

recourber [r(ə)kurbe] *v. t.* 使重新彎曲; 使頂端彎曲

recourir [r(ə)kuriːr] *v. i.* [c. 20] 再跑; ～ à 求助於, 依靠, 使用;【法】上訴

recours [r(ə)kuːr] *n. m.* (最後的)手段, 辦法;【法】上訴; 請願; avoir ～ à 求助於, 依靠

recouvrable [r(ə)kuvrabl] *a.* 可收回的, 可追回的[指欠項]

recouvrage [r(ə)kuvraːʒ] *n. m.* 重新覆蓋, 換面子(如換傘面)

recouvrement [r(ə)kuvrəmã] *n. m.* 恢復; 復原; (款項的)收回, 追回; 徵收

recouvrer [r(ə)kuvre] *v. t.* 恢復, 復原; 收回; 徵收

recouvrir [r(ə)kuvriːr] *v. t.* [c. 11] 重新覆蓋; 重新蓋上; 蓋滿, 遮滿; 掩蓋, 掩飾

recracher [r(ə)kraʃe] *v. t.* 吐出 *v. i.* 再吐痰; 再吐唾沫

récréatif, ve [rekreatif, iːv] *a.* 消遣的, 娛樂的

récréation [rekreɑsjɔ̃] *n. f.* 消遣, 娛樂; 課間休息

recréer [r(ə)kree] *v. t.* 重新創造; 重建

récréer [rekree] *v. t.* 使愉快, 使輕鬆

recrépir [r(ə)krepiːr] *v. t.* 重塗灰泥

récrier (se) [s(ə)rekrie] *v. pr.* 驚呼, 叫嚷

récrimination [rekriminɑsjɔ̃] *n. f.* 尖刻批評, 指責

récriminer [rekrimine] *v. i.* 尖刻批評, 指責

récrire [rekriːr] [c. 61] *v. t.* 重寫, 再寫一遍 *v. i.* 再寫信, 覆信

recroqueviller (se) [s(ə)rəkrɔkvije] *v. pr.* 拳曲, 捲縮; 蜷縮; 蜷曲

recru, e [r(ə)kry] *a.* 筋疲力盡的

recrudescence [r(ə)krydesɑ̃ːs] *n. f.* 【醫】復發; 再流行

recrue [r(ə)kry] *n. f.* 新戰士, 新兵; 新成員

recrutement [r(ə)krytmã] *n. m.* 徵兵, 募兵; 招收, 招聘

recruter [r(ə)kryte] *v. t.* 徵(兵), 徵集, 徵募; 招收, 招聘; 吸收(新成員)

recruteur [r(ə)krytœːr] *n. m.* 募兵者, 徵兵者; (新成員的)招收者

recta [rɛkta] *adv.* 準時地, 按時不誤地

rectal, ale [rɛktal] (*pl.～aux*) *a.* 【解】直腸的

rectangle [rɛktɑ̃ːgl]【數】 *a.* 直角的 *n. m.* 長方形, 矩形

rectangulaire [rɛktɑ̃gylɛːr] *a.* 長方形的, 矩形的

recteur [rɛktœːr] *n. m.* 大學校長

rectificateur [rɛktifikatœːr] *n. m.*【化】精餾塔

rectificatif, ve [rɛktifikatif, iːv] *a.* 改正的, 更正的 *n. m.* 更正通知

rectification [rɛktifikɑsjɔ̃] *n. f.* 改正, 更正, 校正; 使直;【化】精餾

rectifier [rɛktifje] *v. t.* 使直, 弄直; 改正, 更正, 校正;【化】精餾

rectifieuse [rɛktifjøːz] *n. f.*【機】磨床

rectiligne [rɛktiliɲ] *a.* 直綫的, 直的

rectitude [rɛktityd] *n. f.* 筆直; 正直, 公正, 合理

recto [rɛkto] (*pl.～s*) *n. m.* 〖拉〗(紙

張、書頁的)正面

rectoral, ale [rɛktɔral] (*pl.* ~ *aux*) *a.*
大學校長的

rectorat [rɛktɔra] *n. m.* 大學校長的職務、任期;大學校長的辦公處

rectum [rɛktɔm] *n. m.* 【解】直腸

reçu [r(ə)sy] *n. m.* 收據,收條

recueil [r(ə)kœj] *n. m.* 集子,文集,彙編

recueillement [r(ə)kœjmɑ̃] *n. m.* 沉思,冥想,凝神

recueilli, e [r(ə)kœji] *a.* 沉思的,冥想的

recueillir [r(ə)kœji:r] [c. 13] *v. t.* 採集,收集;收留,收容;繼承;獲得(選票等) *v. pr.* 凝神,沉思,默想

recuire [r(ə)kɥi:r] *v. t.* [c. 60] 再煮,重烤,回鍋;回爐;【技】退火

recul [r(ə)kyl] *n. m.* 後退,退却;衰退;【軍】反衝,後座

reculade [r(ə)kylad] *n. f.* 退縮,退讓

reculé, e [r(ə)kyle] *a.* 很久以前的,遙遠的;遠處的,偏僻的

reculée [r(ə)kyle] *n. f.* 後退餘地;【地質】盲谷

reculement [r(ə)kylmɑ̃] *n. m.* 後鞧〔馬具〕

reculer [r(ə)kyle] *v. t.* 使後退;延伸,向外推移;推遲,延期 *v. i.* 後退,退却;衰退

reculons (à) [arkylɔ̃] *loc. adv.* 後退着,倒退着

récupération [rekyperasjɔ̃] *n. f.* 收回,恢復;回收

récupérer [rekypere] [c. 7] *v. t.* 收回,恢復;回收 *v. i.* (劇烈運動後)恢復體力

recutage [rekyta:ʒ] *n. m.* 擦淨,擦亮

recurer [rekyre] *v. t.* 擦淨,擦亮

récurrence [rekyrɑ̃:s] *n. f.* 復現,循環

récurrent, e [rekyrɑ̃, ɑ̃:t] *a.* 【醫】回返的;再發的

récusation [rekyzasjɔ̃] *n. f.* 拒絕,使迴

避

récuser [rekyze] *v. t.* 拒絕,使迴避;否認(某人的權威性等) *v. pr.* 自認沒有發言權;自行迴避

rédacteur, trice [redaktœ:r, tris] *n.* 編輯,編者

rédaction [redaksjɔ̃] *n. f.* 編輯,編纂;編輯部;起草;(小學的)作文

redan, redent [r(ə)dɑ̃] *n. m.* 梯形牆,(城堡的)凸角堡;【木工】馬牙榫

reddition [rɛddisjɔ̃] *n. f.* 投降;(帳目的)交出

redemander [rədmɑ̃de, rədəmɑ̃de] *v. t.* 再要求;討還

rédempteur, trice [redɑ̃ptœ:r, tris] 【宗】 *a.* 救世的;贖罪的 *n. m.* R ~ 救世主(指耶穌)

rédemption [redɑ̃psjɔ̃] *n. f.* 【宗】救世

redescendre [r(ə)desɑ̃dr] [c. 42] *v. i.* 〔助動詞用 être〕(上去後)再下來;再降落,再下降 *v. t.* 使再下降;再取下

redevable [rədvabl, rədəvabl] *a.* 尚未償清的,尚欠的;感恩的,受惠的 *n.* 欠債者,債務人

redevance [rədvɑ̃:s, rədəvɑ̃:s] *n. f.* 租金;佃租;債務

redevenir [rədvəni:r, rədəvəni:r] *v. i.* [c. 16] 〔助動詞用 être〕重新變成

redevoir [rədvwa: r, rədəvwa: r] *v. t.* [c. 26]尚未清還,尚欠

rédhibitoire [redibitwa:r] *a.* 可造成嚴重妨害的(指缺陷等); vice ~ 可引起撤銷買賣合同的貨物缺點

rédiger [rediʒe] *v. t.* [c. 2] 草擬,撰寫,編寫

redingote [r(ə)dɛ̃gɔt] *n. f.* 舊時男子禮服;小腰身女式大衣

redire [r(ə)di:r] *v. t.* [c. 64] 再說,重述 *v. i.* 指責,批評

redite [r(ə)dit] *n. f.* 重述,反覆講;嘮叨話,囉嗦的詞句

redondance [r(ə)dɔ̃dɑ̃:s] *n. f.* 冗長,贅

言;【技】多餘信息

redonner [r(ə)dɔne] v. t. 再給;歸還;使恢復(勇氣、信心等);使再鼓起 v. i. ～ dans 再陷入(錯誤等)

redorer [r(ə)dɔre] v. t. 重新鍍金

redoublé, e [r(ə)duble] a. pas ～ 比平常快一倍的步伐

redoublement [r(ə)dubləmɑ̃] n. m. 重複;增强,加倍

redoubler [r(ə)duble] v. t. 重複;加重,加强 v. i. 猛增;倍增

redoutable [r(ə)dutabl] a. 很可怕的,令人生畏的

redoute [r(ə)dut] n. f.【軍】棱堡,角面堡;跳舞場;舞會

redouter [r(ə)dute] v. t. 畏懼,懼怕,擔心

redressement [r(ə)drɛsmɑ̃], **redressage** [r(ə)drɛsa:ʒ] n. m. 再竪直,挺直;矯正,改正;【電】整流

redresser [r(ə)dre(ɛ)se] v. t. 重新竪直;矯正,改正;【電】整流 v. pr. 再站起,挺直;復興;盛氣凌人

redresseur, se [r(ə)drɛsœr, ø:z] n. m.【電】整流器 a. 調整的,整流的

réducteur, trice [redyktœ:r, tris] a. 減少的,縮減的;【化】還原的 n. m.【化】還原劑;【機】減速器

réductible [redyktibl] a. 可減少的,可縮減的;【化】可還原的;【數】可約的

réduction [redyksjɔ̃] n. f. 減少,縮減;縮小;減價;簡化;【化】還原;【醫】復位術

réduire [redɥi:r] v. t. [c. 60] 減少,縮減;縮小;減低;【化】使還原;【醫】整復,使復位; ～ en 使化爲,使折合成,使淪爲; ～ à 迫使,迫使處於,使簡化爲 v. i. 濃縮,變稠

réduit, e [redɥi, it] a. 縮減的,減低的 n. m. 陋室;(城堡的)內堡,(軍艦的)內炮塔

réduplication [redyplikasjɔ̃] n. f.【語】重複

rééditer [reedite] v. t. 重新出版;【俗】

重演,重複

réédition [reedisjɔ̃] n. f. 重版,再版;再版本;【俗】重演,翻版

rééducation [reedykasjɔ̃] n. f. 再教育,改造

rééduquer [reedyke] v. t. 給…以再教育,改造

réel, le [reɛl] a. 實在的,實際的;真實的,真正的 n. m. 實在的事物;現實

réélection [reelɛksjɔ̃] n. f. 再次選舉,再次當選

rééligible [reeliʒibl] a. 可被再次選舉的

réélire [reeli:r] v. t. [c. 65] 再次選舉

réemploi [reɑ̃plwa] n. m. 再使用,再利用

réenscmencer [reɑ̃smɑ̃se] v. t. [c. 1] 重新播種

réescompte [reɛskɔ̃:t] n. m. (期票的)再貼現,重貼現

réescompter [reɛskɔ̃te] v. t. (對期票)再貼現,重貼現

réexpédier [reɛkspedje] v. t. 改寄,轉寄;退寄

réexpédition [reɛkspedisjɔ̃] n. f. 改寄,轉寄;退寄

réexportation [reɛkspɔrtasjɔ̃] n. f. 再出口,再輸出

réexporter [reɛkspɔrte] v. t. 再出口,再輸出

refaire [r(ə)fɛ:r] [c. 68] v. t. 再做,重做;修復,修理,復元;【俗】欺騙 v. i. 重新發牌 v. pr. 恢復體力,恢復健康;改變本性

réfection [refɛksjɔ̃] n. f. 重建,整修,翻修

refectoire [refɛktwa:r] n. m. 食堂

refend [r(ə)fɑ̃] n. m. mur de ～ 隔牆; bois de ～ (已鋸解的)木材

refendre [r(ə)fɑ̃:dr] v. t. [c. 42] 再劈;鋸解

référé [refere] n. m.【法】緊急審理;緊急判決

référence [referɑ:s] *n. f.* 參考,參照;
pl. 介紹信,證明書

référendaire [referɑ̃dɛ:r] *a.* conseiller
～ (法國審計院的)協審官

référendum [referɛ̃dɔm] *n. m.* 【拉】公
民投票

référer [refere] [c. 7] *v. i.* en ～ à
向…報告,彙報,請示 *v. pr.* 參考,引
證

refermer [r(ə)fɛrme] *v. t.* 再關閉

réfléchi, e [refleʃi] *a.* 深思熟慮的;反
射的;【語】自反的

réfléchir [refleʃi:r] *v. t.* 反映,反射 *v.
i.* 深思,深思熟慮 *v. pr.* 被反映,被
反射

réflecteur [reflɛktœ:r] *n. m.* 反射器

reflet [r(ə)flɛ] *n. m.* 反映,反射;(精神
面貌等的)反映

refléter [r(ə)flete] *v. t.* [c. 7] 反映,
映出,顯出

refleurir [r(ə)flœri:r] *v. i.* 再開花,二度
開花;再繁榮

réflexe [reflɛks] *n. m.* 【生理】反射;反
應

réflexion [reflɛksjɔ̃] *n. f.* 【物】反射;思
考,深思;想法,意見

refluer [r(ə)flye] *v. i.* 倒流,湧回

reflux [r(ə)fly] *n. m.* 退潮,落潮;倒湧

refondre [r(ə)fɔ̃:dr] *v. t.* [c. 42] 再熔,
回爐;改寫,改作

refonte [r(ə)fɔ̃:t] *n. f.* 再熔,回爐;(作
品的)改寫

reforger [r(ə)fɔrʒe] *v. t.* [c. 2] 重鍛

réforma*teu rice* [reformatœ:r, tris] *a.*
改革的 *n.* 改革者,改革家

réformation [reformasjɔ̃] *n. f.* 改良,
改革; la R ～ (16世紀)宗教改革

réforme [reform] *n. f.* 改良,改革;規則
的整頓;提前退役;(軍隊裝備等的)報
廢,清理; la R ～ (16世紀)宗教改
革

réformé, e [reforme] *a.* religion ～ e
耶穌教,新教 *n.* 耶穌教徒,新教徒

reformer [r(ə)fɔrme] *v. t., v. pr.* 重新
組成,重新整編

réformer [reforme] *v. t.* 改良,改革;革
除;【軍】使退伍,使退役;報廢,清理(裝
備等)

réformiste [reformist] *a.* 改良主義的
n. 改良主義者,改良派

refoulement [r(ə)fulmɑ̃] *n. m.* 擊退,
使後退;【心】壓抑

refouler [r(ə)fule] *v. t.* 擊退,使後退;
抑制;【心】壓抑;【技】用力壓入

refouloir [r(ə)fulwa:r] *n. m.* (老式大
炮的)送彈棍

réfractaire [refraktɛ:r] *a.* 耐火的,耐高
溫的;反抗的,不服從的 *n. m.* 逃避
兵役者

réfracter [refrakte] *v. t.* 【光】使折射

réfracteur [refraktœ:r] *a. m.* 折射的

réfraction [refraksjɔ̃] *n. f.* 【物】折射

refrain [r(ə)frɛ̃] *n. m.* (分節歌詞中的)
副歌,疊句;老生常談

réfréner [r(ə)frene], **refréner** [refrene]
v. t. [c. 7] 約束;壓制,抑制

réfrigérant, e [refriʒerɑ̃, ɑ̃:t] *a.* 冷却
的 *n. m.* 冷却器

réfrigérateur [refriʒeratœ:r] *n. m.* 冰
箱

réfrigération [refriʒerasjɔ̃] *n. f.* 冷却,
致冷

réfrigérer [refriʒere] *v. t.* [c. 7] 使冷
却,致冷

réfringence [refrɛ̃ʒɑ̃:s] *n. f.* 折光性

réfringent, e [refrɛ̃ʒɑ̃, ɑ̃:t] *a.* 【光】折
射的

refroidir [r(ə)frwadi:r] *v. t.* 使冷,使
涼;打擊積極性,使掃興 *v. i.* 變冷,
變涼 *v. pr.* 變冷;受涼;(熱情等)低
落

refroidissement [r(ə)frwadismɑ̃] *n. m.*
變冷,變涼,降溫;受涼;冷淡

refuge [r(ə)fy:ʒ] *n. m.* 避難所;庇護者;
(大街中間的)安全島

réfugié, e [refyʒje] *a.* 避難的,逃亡的

n. 避難者,逃亡者

réfugier (se) [s(ə)refyʒje] *v. pr.* 避難,逃亡;躲藏

refus [r(ə)fy] *n. m.* 拒絕,不接受

refuser [r(ə)fyze] *v. t.* 拒絕;不接受;不錄取;不承認 *v. pr.* 禁戒,節制,拒絕

réfutable [refytabl] *a.* 可駁倒的

réfutation [refytɑsjɔ̃] *n. f.* 反駁,辯駁,駁斥

réfuter [refyte] *v. t.* 反駁,辯駁,駁斥

regagner [r(ə)ɡaɲe] *v. t.* 重獲,失而復得;返回

regain [r(ə)ɡɛ̃] *n. m.* 二茬草〔刈割後再生的草〕;恢復,復生

régal [reɡal] (*pl.*~s) *n. m.* 美味,佳餚;極大的享受

régalade [reɡalad] *n. f.* 燒得很旺的火;boire à la ～ (嘴唇不接觸瓶子的)仰脖飲

régale [reɡal] *a. f.* eau ～ 【化】王水

régaler [reɡale] *v. t.* 請吃美味,宴請;〖俗〗請客

régalien, ne [reɡaljɛ̃, ɛn] *a.* droits ～s 王權

regard [r(ə)ɡaːr] *n. m.* 看,注視;監視;眼光,眼色;【技】檢視孔; en ～ *loc. adv.* 對照; au ～ de *loc. prép.* 對…而言

regardant, e [r(ə)ɡardɑ̃, ɑ̃ːt] *a.* 〖俗〗吝嗇的

regarder [r(ə)ɡarde] *v. t.* 看,注視;考慮,關心;對…有關係;朝,面向 *v. i.* ～ à 注意,考慮;吝惜(支出) *v. pr.* 面對面

regarnir [r(ə)ɡarniːr] *v. t.* 重新配備;補充

régate [reɡat] *n. f.* 競渡;水手式領帶

régence [reʒɑ̃ːs] *n. f.* 攝政職位;攝政期間 *a. inv.* (法國)攝政時期式的

régénérateur, trice [reʒeneratœːr, tris] *a.* 再生的;復興的;革新的 *n.* 革新者

régénération [reʒenerɑsjɔ̃] *n. f.* 再生;

復興;革新

régénérer [reʒenere] *v. t.* [c. 7] 使再生;復興;革新;【技】再生處理(催化劑)

régent, e [reʒɑ̃, ɑ̃ːt] *a.* 攝政的 *n.* 攝政者

régenter [reʒɑ̃te] *v. t.* 任意指揮,亂指揮

régicide [reʒisid] *n. m., a.* 弑君(的) *n.* 弑君者

régie [reʒi] *n. f.* (公共事業的)管理;直接徵收;稅務管理;稅務局;稅務人員

regimber [r(ə)ʒɛ̃be] *v. i.* (騾,馬等)用後腿向後踢,尥蹶子;反抗,對抗

régime [reʒim] *n. m.* 政體,制度;章程,規章;飲食制度;(果子的)串,簇;轉速;運轉方式;(液體)流動方式

régiment [reʒimɑ̃] *n. m.* 【軍】團;大量,大批

régimentaire [reʒimɑ̃tɛːr] *a.* 【軍】團的

reginglard [r(ə)ʒɛ̃ɡlaːr] *n. m.* 略帶酸味的葡萄酒

région [reʒjɔ̃] *n. f.* 區域,地區,地帶;軍區;領域,範圍;【解】部位

régional, ale [reʒjɔnal] (*pl.*~aux) *a.* 地區的,地方的;區域性的

régionalisme [reʒjɔnalism] *n. m.* 地方主義;地方色彩

régionaliste [reʒjɔnalist] *a.* 地方主義的;地方的

régir [reʒiːr] *v. t.* 管理,支配,規定;【語】要求

régisseur [reʒisœːr] *n. m.* (財產等的)管理者,舞台監督

registre [reʒistr] *n. m.* 注冊簿,登記簿;【樂】音域;音栓;【機】(氣)閘

réglage [reɡlaːʒ] *n. m.* (用尺)在紙上劃綫;調整,調節,校正

règle [rɛɡl] *n. f.* 尺;法則,規則,準則;教規,戒律, *pl.* 月經

réglé, e [reɡle] *a.* 劃有平行直綫的;(生活方式)有規律的

règlement [rɛɡləmɑ̃] *n. m.* 條例,規章,守則;結束,解決;結算

réglementaire [rɛgləmɑ̃tɛːr] a. 有關規章條例的; 合乎規定的

réglementation [rɛgləmɑ̃tɑsjɔ̃] n. f. 管理; 條例

réglementer [rɛgləmɑ̃te] v. t. 管理, 規定

régler [regle] v. t. [c. 7] 用尺劃平行直線; 安排; 決定, 解決; 結算, 付帳; 校準, 調節

réglette [reglɛt] n. f. (測定角度的)小尺

réglisse [reglis] n. f. 甘草(屬); 甘草汁

réglure [regly:r] n. f. 劃(平行)綫格方式

règne [rɛɲ] n. m. 統治; 朝代, 王朝; 支配, 權勢; 界(指動物界, 植物界)

régner [reɲe] v. i. [c. 7] (國王)統治, 在位; 支配, 主宰; 流行, (災害等)猖獗; 存在, 持續

regonfler [r(ə)gɔ̃fle] v. t. 使再膨脹, 使再充氣;〖俗〗再鼓勁, 再打氣

regorgement [r(ə)gɔrʒəmɑ̃] n. m.〖醫〗過度充盈, 滿溢

regorger [r(ə)gɔrʒe] v. i. [c. 2] 多得不得了, 大量擁有

regratter [r(ə)grate] v. t. 再搔, 再刮; 刮洗

regrattier, *ère* [r(ə)gratje, ɛ:r] n. 舊時賣鹽糧的小商販

régressif, *ve* [regre[ɛ]sif, i:v] a. 倒退的, 後退的

régression [regre[ɛ]sjɔ̃] n. f. 倒退, 後退, 減退

regret [r(ə)grɛ] n. m. 遺憾, 抱歉; 惋惜, 悲悼; 懊悔; à ~ loc. adv. 勉強地, 不得已地

regrettable [r(ə)grɛtabl] a. 令人遺憾的, 令人惋惜的; 令人懊喪的

regretter [r(ə)gre[ɛ]te] v. t. 抱歉, 遺憾, 惋惜; 憶念, 悼念; 懊悔

regrimper [r(ə)grɛ̃pe] v. t., v. i. 再往上爬, 再攀登

régularisation [regylarizasjɔ̃] n. f. 合

法化, 合乎規定;〖俗〗補辦結婚手續; 調整, 調節

régulariser [regylarize] v. t. 使合法, 使合乎規定; 調整, 調節

régularité [regylarite] n. f. 規律性; 勻稱; 準時; 合乎規則

régula*teur*, *trice* [regylatœ:r, tris] a. 調節的; 控制的 n. m. 標準時鐘; 調節器; 調節閥

régulier, *ère* [regylje, ɛ:r] a. 有規律的, 有規則的; 勻稱的; 定期的, 經常的; 精確的, 守時的; (品行)端正的;【軍】正規的

réhabilitation [reabilitɑsjɔ̃] n. f. 平反, 昭雪; 恢復名譽

réhabiliter [reabilite] v. t. 給…平反, 昭雪; 使恢復名譽

réhabituer [reabitɥe] v. t. 使重新習慣於, 使恢復舊習慣

rehaussement [rəosmɑ̃] n. m. 提高, 升高, 抬高

rehausser [rəose] v. t. 使再高; 提高, 抬高; 渲染, 烘托

réimpression [reɛ̃presjɔ̃] n. f. 重印, 再版; 重印本, 再版本

réimprimer [reɛ̃prime] v. t. 重印, 再版

rein [rɛ̃] n. m. 腎, 腰子; pl. 腰, 腰部

réincar*cérer** [reɛ̃karsere] v. t. [c. 7] 重新監禁

réincarner **(se)** [s(ə)reɛ̃karne] v. pr. 再降生, 再化身

reine [rɛn] n. f. 皇后; 女王; 出類拔萃的事物; (蜂、蟻等的)后, (國際象棋中的)后

reine-claude [rɛnklo:d] (pl. ~*s*-~*s*) n. f. 一種著名的李

reine-des-prés [rɛndepre] (pl. ~ *s*-~ ~) n. f. 綉綫菊

reine-marguerite [rɛnmargərit] (pl. ~ *s*-~*s*) n. f. 紫苑; 翠菊

reinette [rɛnɛt] n. f. 萊茵特蘋果

réinstallation [reɛ̃stalɑsjɔ̃] n. f. 復位;

再任命;再安置,再定居

réinstaller [reɛstale] *v. t.* 復位;再任命;再安置,再定居

réintégration [reɛtegrasjɔ̃] *n. f.* 恢復權利或職務,重回,返回

réintégrer [reɛtegre] *v. t.* [c. 7] 恢復權利或職務,重回,返回

réitération [reiterɑsjɔ̃] *n. f.* 重複,反復

réitérer [reitere] *v. t.* [c. 7] 重複,反復

reître [rɛtr] *n. m.* (中世紀)法國僱備的德籍騎兵;粗暴的軍人;老粗

rejaillir [r(ə)ʒajiːr] *v. i.* 濺,波及

rejaillissement [r(ə)ʒajismɑ̃] *n. m.* 濺,四濺

rejet [r(ə)ʒɛ] *n. m.* 拒絕,否決;【農】萌蘖;新枝;[詩]跨行句的句首

rejeter [rəʒte, r(ə)ʒəte] *v. t.* [c. 5] 擲回,拋回;拋出;推諉,轉嫁;拒絕,否決

rejeton [rəʒtɔ̃, r(ə)ʒətɔ̃] *n. m.* 【植】根蘖,代代,後裔

rejoindre [r(ə)ʒwɛ̃:dr] *v. t.* [c. 51] 再結合,再連接;和⋯重聚;趕上,追上

rejouer [r(ə)ʒwe] *v. t., v. i.* 再演奏,重演

réjoui, e [reʒwi] *a.* 歡樂的,高興的

réjouir [reʒwiːr] *v. t.* 使歡樂,使高興 *v. pr.* 娛樂,消遣;歡樂,高興

réjouissance [reʒwisɑːs] *n. f.* 歡樂,高興; *pl.* 慶祝

relâche [r(ə)lɑːʃ] *n. m.* 間歇,間斷;暫停演出 *n. f.* 停泊;停泊地

relâchement [r(ə)lɑʃmɑ̃] *n. m.* 鬆弛,放鬆;懈怠,鬆弛;腹瀉

relâcher [r(ə)lɑʃe] *v. t.* 放鬆;釋放;使鬆懈 *v. i.* (中途)停泊 *v. pr.* 鬆弛;懈怠

relais [r(ə)lɛ] *n. m.* 驛馬;驛站;接力賽跑;後備獵犬;繼電器;無綫電中繼站

relancer [r(ə)lɑ̃se] *v. t.* 再拋,再擲,拋回,擲回;(狩獵中)再追逐;再發動;再推行;[俗]糾纏地追求

relaps, e [r(ə)laps] *a., n.* 【宗】復持異端的(人)

relater [r(ə)late] *v. t.* 叙述,詳述

relatif, ve [r(ə)latif, iːv] *a.* 相對的,比較的;【語】關係的; ~ à 關於

relation [r(ə)lasjɔ̃] *n. f.* 關係,聯繫;有交往的人,熟人;叙述; *pl.* 往來,交往,(國家、團體間的)關係

relativisme [r(ə)lativism] *n. m.* 【哲】相對主義

relativité [r(ə)lativite] *n. f.* 相對性;【物】相對論

relaxation [r(ə)laksɑsjɔ̃] *n. f.* (肌肉等的)鬆弛,放鬆;休息

relaxer [r(ə)lakse] *v. t.* 【法】釋放;鬆弛,放鬆(肌肉) *v. pr.* [俗]放鬆肌肉或精神

relayer [r(ə)leje] *v. t.* [c. 4] 替換,接替,接⋯的班

relégation [r(ə)legɑsjɔ̃] *n. f.* 流放;終身流放刑

reléguer [r(ə)lege] *v. t.* [c. 7] 流放;遣送;棄置

relent [r(ə)lɑ̃] *n. m.* (食物發出的)怪味,臭味

relève [r(ə)lɛ:v] *n. f.* 換班,換哨

relevé, e [rəlve, r(ə)ləve] *a.* 抬起的;翻起的(指衣服的翻邊等);高雅的,高尚的;重味的 *n.m.* 抄錄;清單;(示意的)圖形

relèvement [r(ə)lɛvmɑ̃] *n. m.* 竪起,扶起;重建,修復;復興;抬高(價格等);定向;【數】(圖面從投影面的)反迴轉

relever [rəlve, r(ə)ləve] [c. 6] *v. t.* 竪起,扶起;重建;抬起,舉起(手、頭等);翻起,撩起(衣服);抬高,提高(價格等);檢起,拾起;替換;使葉濃;測定⋯的方位;使味道變濃; ~⋯ de 解除 *v. i.* ~ de 復原;從屬於⋯ *v. pr.* 重新站起來;抬起,升高;重新振作

relief [rəljɛf] *n. m.* 凸起部分;浮雕;立體感;(地形的)起伏;(由對比產生的)鮮明; *pl.* 剩飯,殘羹

relier [rəlje] *v. t.* 再縛;連接,接通;裝訂;箍(桶);把⋯聯繫起來

relieur, se [rəljœ:r, ø:z] n. 裝訂工

religieux, se [r(ə)liʒjø, ø:z] a. 宗教的,
修道的;虔誠的 n. 修道士,修女

religion [r(ə)liʒjɔ̃] n. f. 宗教;教義;宗
教信仰;信仰

religiosité [r(ə)liʒjozite] n. f. (有神論
者的)虔誠

reliquat [r(ə)lika] n. m. 【財】結欠;
【醫】後遺症

relique [r(ə)lik] n. f. 【宗】聖骨,聖物;
珍貴的紀念品

relire [r(ə)li:r] v. t. [c. 65] 複閱,校讀

reliure [rəljy:r] n. f. 裝訂,書籍裝幀;書
殼,硬書面

relouer [r(ə)lwe] v. t. 再租,再出租

reluire [rəlɥi:r] v. i. [c. 59] 發出反光,
發亮

remâcher [r(ə)maʃe] v. t. 想不開(痛
苦等),懷(恨)在心

remailler [r(ə)maje], **remmailler**
[rɑ̃maje] v. t. 修補(網等)

remaniement [r(ə)manimɑ̃] n. m. 修
改,改動;改組

remanier [r(ə)manje] v. t. 修改,改動;
改組

remariage [r(ə)marjaːʒ] n. m. 再婚

remarier [r(ə)marje] v. t. 使再娶;使改
嫁

remarquable [r(ə)markabl] a. 令人注
意的,出色的,卓越的,顯著的

remarque [r(ə)mark] n. f. 注意;意見;
評注

remarquer [r(ə)marke] v. t. 注意,留
意;認出,發現,重做標記

rembarquement [rɑ̃barkəmɑ̃] n. m. 重
新裝船;重新上船

rembarquer [rɑ̃barke] v. t. 把…重新
裝船,使重新上船 v. i., v. pr. 重新
上船,再上船

rembarrer [rɑ̃ba[ɑ]re] v. t. 頂撞,頂回

remblai [rɑ̃blɛ] n. m. 填平,填高;填
(塞)料

remblayage [rɑ̃blɛjaːʒ] n. m. 填平,填

高

remblayer [rɑ̃ble[ɛ]je] v. t. [c. 4] 填
平,填高

rembourrage [rɑ̃buraːʒ] n. m. 填塞墊
料

rembourrer [rɑ̃bure] v. t. 填塞墊料

remboursable [rɑ̃bursabl] a. 可償還
的,應償還的

remboursement [rɑ̃bursəmɑ̃] n. m. 償
還,清償

rembourser [rɑ̃burse] v. t. 償還,清償

rembrunir (se) [s(ə)rɑ̃bryni:r] v. pr.
(臉色等)變得陰沉,變得憂鬱

rembucher [rɑ̃byʃe] v. t. 把(野獸)趕
回林子

remède [r(ə)mɛd] n. m. 藥;補救辦法

remédier [r(ə)medje] v. i. 醫治;補救,
挽回

remembrement [r(ə)mɑ̃brəmɑ̃] n. m.
(小塊土地的)歸併

remémorer (se) [s(ə)rəmemɔre] v. pr.
回憶起,回想起

remerciement [r(ə)mɛrsimɑ̃] n. m. 感
謝,感謝辭

remercier [r(ə)mɛrsje] v. t. 感謝,道
謝;婉言謝絕,辭退

remettre [r(ə)mɛtr] [c. 45] v. t. 放
回,送回;交交;再裝上;再穿戴;使恢復;
想起;寄存,託付;免除;寬恕,赦免;推遲
v. pr. 重新回到,再着手;恢復;想起

rémige [remiːʒ] n. f. 【鳥】飛羽

réminiscence [reminisɑ̃ːs] n. f. 模糊的
回憶

remise [r(ə)miːz] n. f. 放回;回復;送
交;減免;減價;赦免;延期,推遲;車庫

remiser [r(ə)mize] v. t. 把(車輛)放入
車庫;把…擱在一邊 v. pr. (獵物)躲
入灌木叢

remisier [r(ə)mizje] n. m. (交易所的)
捐客

rémissible [remisibl] a. 該寬恕的

rémission [remisjɔ̃] n. f. 赦免,寬恕;
(病痛的)暫時減輕

rémittent, e [remitᾶ, ᾶ:t] *a.* 【醫】弛張
性的, 暫時緩解的

remmailler = remailler

remmener [rᾶmne] *v. t.* [c. 6] 帶回, 領
回

remontage [r(ə)mᴐ̃ta:ʒ] *n. m.* (船隻
的) 溯流而上; 重新安裝; 上發條

remontant, e [r(ə)mᴐ̃tᾶ, ᾶ:t] *a.* 使精神
興奮的; 四季開花的 *n. m.* 興奮劑

remonte [r(ə)mᴐ̃:t] *n. f.* 溯流而上; 補
充新軍馬

remontée [r(ə)mᴐ̃te] *n. f.* 再上升, 升
高;【體】追上, 扳回

remonte-pente [r(ə)mᴐ̃tpᾶ:t] (*pl.~s*)
n. m. (送滑雪者到高處的) 提升纜繩

remonter [r(ə)mᴐ̃te] *v. i.* 重新登上去, 再
上升; 溯流而上; (物價等) 回漲; 追溯
v. t. 再登上, 再搬上; 使更高; 溯 (流)
而上; 重提起精神; 重新安裝; 給…上發
條 *v. pr.* 再替自己配備必需品; 使自
己提起勁來

remontoir [r(ə)mᴐ̃twa:r] *n. m.* 鐘錶的
發條; (鐘針) 上弦機構

remontrance [r(ə)mᴐ̃trᾶ:s] *n. f.* 勸告,
勸戒;【史】進諫

remontrer [r(ə)mᴐ̃tre] *v. t.* 重新出示;
指出 (錯誤)

rémora [remᴐra] *n. m.* 鮣, 印頭魚

remordre [r(ə)mᴐrdr] *v. t.* [c. 42] 再咬

remords [r(ə)mᴐ:r] *n. m.* 內疚, 內心責
備

remorquage [r(ə)mᴐrka:ʒ] *n. m.* (車、
船的) 拖曳, 牽引

remorque [r(ə)mᴐrk] *n. f.* (車、船的)
拖曳, 牽引; 拖車, 掛車; 牽引索

remorquer [r(ə)mᴐrke] *v. t.* 拖, 曳, 牽
引

remorqueur, se [r(ə)mᴐrkœ:r, ø:z] *a.*
拖曳的, 牽引的 *n. m.* 拖輪

remoudre [r(ə)mudr] *v. t.* [c. 47] 再
碾, 重新磨

rémoulade [remulad] *n. f.* 用蒜及芥末
等製成的調味汁

rémouleur [remulœ:r] *n. m.* 磨刀人

remous [r(ə)mu] *n. m.* (船駛過後的)
伴流; 回浪, 逆流, 漩渦, 渦流

rempailler [rᾶpaje] *v. t.* (給坐墊) 換塞
草填料

rempailleur, se [rᾶpajœ:r, ø:z] *n.* 修軟
椅的人, 修沙發的人

rempaqueter [rᾶpakte] *v. t.* [c. 5] 重
新包, 再捆, 重新打包

rempart [rᾶpa:r] *n. m.* 壁壘, 城牆; 防
禦物

remplaçable [rᾶplasabl] *a.* 可更換的,
可替換的

remplaçant, e [rᾶplasᾶ, ᾶ:t] *n.* 代替
者, 替換人

remplacement [rᾶplasmᾶ] *n. m.* 代
替, 替換

remplacer [rᾶplase] *v. t.* [c. 1] 代替,
替換, 頂替; 取代; 更換

rempli, e [rᾶpli] *a.* 裝滿的, 充滿的 *n.*
衣服上打的褶

remplir [rᾶpli:r] *v. t.* 再裝滿; 盛滿, 充
滿; 佈滿; 填塞; 充任, 充當; 履行

remplissage [rᾶplisa:ʒ] *n. m.* 裝滿, 盛
滿, 充滿; (文章中) 可有可無的話;【建】
填料

remploi [rᾶplwa] *n. m.* 再使用

remplumer (se) [s(ə)rᾶplyme] *v. pr.*
長出新羽毛;〖俗〗重振舊業; 重新發胖

remporter [rᾶpᴐrte] *v. t.* 帶回; 搬走;
獲得, 贏得

rempoter [rᾶpᴐte] *v. t.* 【園藝】換盆

remue-ménage [r(ə)mymena:ʒ] *n. m.
inv.* 亂哄哄地搬動物件; 紛亂, 忙亂

remuement [r(ə)mymᾶ] *n. m.* 搬動, 擺
動, 搖動, 騷動

remuer [r(ə)mɥe] *v. t.* 搬動, 擺動, 搖
動; 感動 *v. i.* 動彈, 顫動; 搖動

remugle [r(ə)mygl] *n. m.* 霉味, 陳腐氣

rémunérateur, trice [remyneratœ:r,
tris] *a.* 有報酬的, 有利可圖的 *n.*
酬勞者, 付報酬者

rémunération [remynerasjᴐ̃] *n. f.* 報

酬,酬勞

rémunérer [remynere] v. t. [c. 7] 酬勞,酬謝

renâcler [r(ə)nakle] v. i. (動物)打響鼻;〖俗〗表示不滿,表示反感

renaissance [r(ə)nɛsɑ̃:s] n. f. 再生,復活;復興; R ～ 文藝復興,文藝復興時期 a. inv. R ～ 文藝復興時期的;文藝復興時期風格的

renaître [r(ə)nɛtr] v. i. [c. 55] 〔一般不用過去分詞及複合時態〕再生;復活;再現,復興;恢復健康;重新長出

rénal, ale [renal] (pl.～aux) a. 腎的

renard [r(ə)na:r] n. m. 狐;狐皮;狡猾的人

renarde [r(ə)nard] n. f. 雌狐

renardeau [r(ə)nardo] n. m. 幼狐

renardière [r(ə)nardjɛ:r] n. f. 狐穴

renchéri, e [rɑ̃ʃeri] a. 挑剔的,難以取悅的,自以為有身價的

renchérir [rɑ̃ʃeri:r] v. t. 使更貴 v. i. 又變價; ～ sur 比…走得更遠,比…更過分

renchérissement [rɑ̃ʃerismɑ̃] n. m. 漲價

rencogner [rɑ̃kɔɲe] v. t. 〖俗〗把…推擠到一角 v. pr. 蜷縮在一角

rencontre [rɑ̃kɔ̃:tr] n. f. 碰見,遇見,會面;會合;相遇;遭遇戰,決鬥;【體】(一場)比賽

rencontrer [rɑ̃kɔ̃tre] v. t. 碰見,遇見,會面;碰到;遭遇到;【體】和…交鋒 v. pr. 相遇;互相匯合;相撞

rendement [rɑ̃dmɑ̃] n. m. 産額,(土地的)單位面積産量;工作效率

rendez-vous [rɑ̃devu] n. m. 約會,約會地點

rendormir [rɑ̃dɔrmi:r] [c.15] v. t. 使重新入睡

rendosser [rɑ̃dose] v. t. 再穿上

rendre [rɑ̃:dr] [c. 42] v. t. 歸還;退回,回敬,回報;給予;使恢復;生產,出産;嘔吐;發出(聲音),散發出(氣味);交

出,讓出;使變成;表達,表現;翻譯 v. pr. 依從,讓步;投降,屈服;到…去;使自己成爲

rendu, e [rɑ̃dy] a. 到達了的;疲憊不堪的 n. m. 報復;(藝術作品的)逼真之處;退貨

rêne [rɛn] n. f. 繮繩,駕馭,領導

renégat, e [r(ə)nega, at] n. 叛教者;叛徒,變節者

renfermé, e [rɑ̃fɛrme] a. 孤僻的 n. m. 霉味,陳腐氣

renfermer [rɑ̃fɛrme] v. t. 重新監禁,禁錮;隱藏(感情等);壓縮;包含 v. pr. 把自己關閉起來;使自己局限(於)

renfiler [rɑ̃file] v. t. 重又穿綫

renflement [rɑ̃fləmɑ̃] n. m. 鼓起,凸起;凸起部分

renfler [rɑ̃fle] v. t. 使鼓起,使凸起

renflouage [rɑ̃flua:ʒ], **renflouement** [rɑ̃flumɑ̃] n. m. (沉船的)再浮起;(擱淺船的)離礁,脫淺

renflouer [rɑ̃flue] v. t. 【海】使再浮起;使脫淺;用資金接濟

renfoncement [rɑ̃fɔ̃smɑ̃] n. m. 凹處,凹進部分

renfoncer [rɑ̃fɔ̃se] v. t. [c. 1] 再插入,再嵌入;使更凹進

renforçage [rɑ̃fɔrsa:ʒ], **renforcement** [rɑ̃fɔrsəmɑ̃] n. m. 加固;加厚

renforçateur [rɑ̃fɔrsatœ:r] n. m. 【攝】加厚液

renforcer [rɑ̃fɔrse] v. t. [c. 1] 加固,加厚;加強

renfort [rɑ̃fɔ:r] n. m. 增援;增補;【技】加固;【軍】炮栓的加強部分

renfrogner (se) [s(ə)rɑ̃frɔɲe] v. pr. 露出不快的臉色,皺眉

rengagé [rɑ̃gaʒe] n. m. 超期服役軍人

rengagement [rɑ̃gaʒmɑ̃] n. m. 超期服役;再抵押

rengager [rɑ̃gaʒe] [c. 2] v. t. 再抵押 v. pr. 超期服役

rengaine [rɑ̃gɛn] n. f. 陳詞濫調

rengainer [rãge(ɛ)ne] v. t. 把(刀)插回鞘中;〖俗〗忍住不說,縮回話頭

rengorger (se) [s(ə)rãgɔrʒe] v. pr. [c. 2] 昂首挺胸,神氣活現

rengraisser [rãgre(ɛ)se] v. i. 又長肥

reniement [r(ə)nimã] n. m. 否認,拒絕承認;背棄

renier [r(ə)nje] v. t. 否認,拒絕承認;背棄

reniflement [r(ə)nifləmã] n. m. 用力吸鼻子,抽鼻兒

renifler [r(ə)nifle] v. i. 用力吸鼻子,抽鼻兒 v. t. 用鼻吸,嗅;覺察到

renifleur, se [r(ə)niflœ:r; ø:z] n. 用鼻猛吸的人

renminbi n. m. 〖漢〗人民幣

renne [rɛn] n. m. 馴鹿

renom [r(ə)nɔ̃] n. m. 名聲,聲望

renommé, e [r(ə)nɔme] a. 有名的,著名的

renommée [r(ə)nɔme] n. f. 名望,聲望;輿論,傳聞

renommer [r(ə)nɔme] v. t. 重新任命;使重新當選

renonce [r(ə)nɔ̃:s] n. f. 【牌戲】墊牌

renoncement [r(ə)nɔ̃smã] n. m. (物質享受等的)棄絕,拋棄

renoncer [r(ə)nɔ̃se] v. i. [c. 1] ～ à 放棄;斷絕(友情等);棄絕,拋棄(塵念等);【牌戲】墊牌

renonciation [r(ə)nɔ̃sjasjɔ̃] n. f. (權利等的)放棄,捨棄

renoncule [r(ə)nɔ̃kyl] n. f. 【植】毛茛(屬)

renouer [r(ə)nwe] v. t. 重新打結,再結好;(中斷後)重新進行,恢復 v. i. 重修舊好

renouveau [r(ə)nuvo] n. m. 〖詩〗大地回春;再興

renouvelable [r(ə)nuvlablə] a. 可延續的;可撤換的;可重複的

renouveler [r(ə)nuvle] v. t. [c. 5] 更換,更新;重新開始,重新提出;重又喚起

(情緒等);延續(期限等)

renouvellement [r(ə)nuvɛlmã] n. m. 更換,更新,復興,循環;延長期限

rénovateur, trice [renɔvatœ: r, tris] a. 革新的,改革的 n. 革新者,改革者

rénovation [renɔvasjɔ̃] n. f. 恢復;復興;革新

rénover [renɔve] v. t. 改革,革新;翻新

renseignement [rãsɛɲmã] n. m. 情報,消息,情況

renseigner [rãse(ɛ)ɲe] v. t. 介紹情況,提供情況;提供資料 v. pr. 了解情況

rentable [rãtablə] a. 有收益的,生利的

rente [rã: t] n. f. 年金;息金(不勞而獲的)定期收入,年度收入;租金;公債

renter [rãte] v. t. 付以年金;捐助基金

rentier, ère [rãtje, ɛ:r] n. 有年金收入者;食利者

rentoiler [rãtwale] v. t. 給(舊油畫)裱褙

rentraiture [rãtre(ɛ)ty:r] n. f. 暗縫,織補

rentré, e [rãtre] a. 抑制的〔指怒火等〕;凹陷的〔指面頰等〕

rentrée [rãtre] n. f. 回來,返回;開學,恢復工作,(休會後的)復會;收割;收進;【牌戲】補進的紙牌

rentrer [rãtre] v. i. 〔助動詞用 être〕回來,返回;進入;恢復,重新開始(工作等);套進,嵌入;屬於…範圍,歸入;收進 v. t. 放進,收進;忍住

renverse [rãvɛrs] n. f. (風向)反向,(潮汐)交替; à la ～ loc. adv. (倒地時)仰着,臉朝天

renversement [rãvɛrsəmã] n. m. 倒轉,顛倒;逆轉;推翻

renverser [rãvɛrse] v. t. 使倒轉,使顛倒;推倒,打翻;推翻;使震驚;把(頭、身子)往後仰 v. i. 翻倒,倒轉

renvoi [rãvwa] n. m. 送回;免職,辭退;開除;【法】移送,發回;延期;(書中的)注釋,參考符號;噯氣

renvoyer [rãvwaje] v. t. [c. 9] 送回,退

回, 遭回; 投回 (球等); 提交, 移送; 免職,
辭退, 開除; 反射; 推遲, 延期; 使參閱

réoccupation [reɔkypɑsjɔ̃] *n. f.* 重新
佔領

réoccuper [reɔkype] *v. t.* 重新佔領

réorganisa*teur*, *trice* [reɔrganizatœr,
tris] *a., n.* 重新組織的(人), 改組的
(人)

réorganisation [reɔrganizɑsjɔ̃] *n. f.*
重新組織, 改組

réorganiser [reɔrganize] *v. t.* 重新組
織, 改組

réouverture [reuvɛrtyr] *n. f.* (舖子等
的)重新開張, 再開

repaire [r(ə)pɛr] *n. m.* 獸穴; 匪窟

repaitre [r(ə)pɛtr] [c. 70] *v. t.* 使滿
足 *v. pr.* 耽溺於

répandre [repɑ̃dr] *v. t.* [c. 42] 流出,
倒出; 撒, 散佈; 散發; 傳播; 流露

répandu, e [repɑ̃dy] *a.* 散亂的; 廣泛流
傳的, 普遍接受的; 交游廣闊的

réparable [reparabl] *a.* 可修理的; 能改
正的

reparaitre [r(ə)parɛtr] *v. i.* [c. 54] 重
新出現

répara*teur*, *trice* [reparatœr, tris] *a.*
改正的; 恢復精力的(指睡眠) *n.* 修
理工

réparation [reparɑsjɔ̃] *n. f.* 修理, 修
補; (體力的)恢復; 補償, 賠禮

réparer [repare] *v. t.* 修理, 修補; 恢復
(體力等); 補償, 糾正; 賠償

reparler [r(ə)parle] *v. i.* 再談, 再講起

repartie [r(ə)parti] *n. f.* 敏捷的答辯;
立即反駁

repartir [r(ə)partir] [c. 15] *v. t.* 當場
回答, 立即反駁 *v. i.* 〔助動詞用
être〕又出發; 重新開始

répartir [reparti:r] *v. t.* 分配, 分派, 分
攤; 分佈

répartition [repartisjɔ̃] *n. f.* 分配, 分
派, 分攤; 分佈

repas [r(ə)pɑ] *n. m.* 餐, (一頓)飯

repassage [r(ə)pɑsɑ:ʒ] *n. m.* 磨快, 磨
尖; 燙平

repasser [r(ə)pɑse] *v. i.* 〔助動詞用
avoir 或 être〕重新經過, 再來 *v. t.*
重新渡過; 回想起; 復習; 磨快, 磨尖; 燙
平

repasseur [r(ə)pɑsœ:r] *n. m.* 刃磨工;
磨刀人

repasseuse [r(ə)pɑsø:z] *n. f.* 燙衣女
工; 燙衣機

repavage [r(ə)pavɑ:ʒ] *n. m.* 重新鋪砌

repaver [r(ə)pave] *v. t.* 重新鋪砌, 給…
重鋪路面

repayer [r(ə)pe[ɛ]je] *v. t.* [c. 4] 再支付

repêchage [r(ə)pɛʃɑ:ʒ] *n. m.* 再捕撈,
打撈; (放寬標準的)錄取, 補考; 【體】補
測驗

repêcher [r(ə)pe[e]ʃe] *v. t.* 再捕撈, 打
撈; 使擺脫困境; (放寬標準後)錄取

repeindre [r(ə)pɛ̃:dr] *v. t.* [c. 51] 重新
油漆, 重新着色

repenser [r(ə)pɑ̃se] *v. t.* 重新考慮, 重
新推敲

repenti, e [r(ə)pɑ̃ti] *a.* 悔過的, 痛悔的

repentir (se) [s(ə)rəpɑ̃ti:r] *v. pr.* [c.
15] 後悔, 懊悔, 痛悔

repentir [r(ə)pɑ̃ti:r] *n. m.* 後悔, 懊悔

repérage [r(ə)perɑ:ʒ] *n. m.* 定位, 定
向; (分張圖的)拼合標記

repercer [r(ə)pɛrse] *v. t.* [c. 1] 再鑽孔

répercussion [repɛrkysjɔ̃] *n. f.* 反射,
反響, 混響; 後果, 影響

répercuter [repɛrkyte] *v. t.* 反射, 折回
(聲、光), 使產生反響; 轉嫁(捐稅) *v.
pr.* 引起後果, 產生反應

repère [r(ə)pɛ:r] *n. m.* 標記, 標誌, 方
位標;【建】地標, 標綫; (牆上的)海拔標
記牌

repérer [r(ə)pere] *v. t.* [c. 7] 定標記,
定位, 定向; 測定方位

répertoire [repɛrtwa:r] *n. m.* 目錄, 索
引; 彙編; 保留劇目, 保留節目;〖俗〗老百
曉

répertorier [repɛrtɔrje] *v. t.* 編目錄, 編索引

répéter [repete] *v. t.* [c. 7] 重複, 重說, 複述, 重做; 背誦(台詞等), 複習, 排練

répéti*teur*, *trice* [repetitœ:r, tris] *n.* 複習教師, 輔導教師

répétition [repetisjɔ̃] *n. f.* 重複, 反復; 補課, 輔導; 排練

repeuplement [r(ə)pœpləmɑ̃] *n. m.* 再移民, 再殖民; 再繁殖, 再種植

repeupler [r(ə)pœple] *v. t.* 再移民; 再繁殖, 再種植

repincer [r(ə)pɛ̃se] *v. t.* [c. 1] 重新鉗住, 再夾住

repiquage [r(ə)pika:ʒ] *n. m.* 移植秧苗; 修補路面

repiquer [r(ə)pike] *v. t.* 再刺; 移植(秧苗)

repiqueuse [r(ə)pikø:z] *n. f.* 插秧機, 栽苗機

répit [repi] *n. m.* 緩期; (痛苦等的)暫緩, 暫止; sans ～ 不間斷地

replacement [r(ə)plasmɑ̃] *n. m.* 放回原處; 安排新職務

replacer [r(ə)plase] *v. t.* [c. 1] 放回原處; 安排新職務

replanter [r(ə)plɑ̃te] *v. t.* 移植, 再種

replâtrage [r(ə)plɑtra:ʒ] *n. m.* 重新粉刷; 〖俗〗表面和解

replâtrer [r(ə)plɑtre] *v. t.* 重新粉刷; 草率處理

repl*et*, *ète* [r(ə)plɛ, ɛt] *a.* 肥胖的, 臃腫的

réplétion [replesjɔ̃] *n. f.* 肥胖, 臃腫; (胃部等的)悶脹

repli [r(ə)pli] *n. m.* 摺疊; 【軍】撤退; 起伏, 蜿蜒; 隱蔽處

repliement [r(ə)plimɑ̃] *n. m.* 摺疊, 曲折; 撤退

replier [r(ə)plie] *v. t.* 摺疊; 收攏 *v. pr.* 摺疊; 蹺縮; 自省; 撤退

replique [replik] *n. f.* 答辯, 反駁; 【劇】接話; 仿製品, 複製品

repliquer [replike] *v. t.* 反駁, 用…反駁 *v. t.* 反駁, 頂嘴

reploiement [r(ə)plwamɑ̃] *n. m.* 摺疊, 曲折, 撤退

replonger [r(ə)plɔ̃ʒe] [c. 2] *v. t.* 再浸入, 重新陷入 *v. i.* 再跳入, 再潛入(水中)

reployer [r(ə)plwaje] *v. t.* [c. 3] 摺疊; 收攏

repolir [r(ə)pɔli:r] *v. t.* 再擦亮

repolissage [r(ə)pɔlisa:ʒ] *n. m.* 再擦亮

répondre [repɔ̃:dr] [c. 42] *v. t.* 回答, 答覆; 擔保 *v. i.* 回答, 答覆; 反駁; 響應, 報答; 滿足(要求等); 產生預期效果; ～ de 擔保

réponse [repɔ̃:s] *n. f.* 回答, 答覆; 回信; 答辯, 反駁; 響應, 反應

repopulation [r(ə)pɔpylɑsjɔ̃] *n. f.* 再移民; 再繁殖

report [r(ə)pɔ:r] *n. m.* 【商】延期交割, 延期交割貼費; 結轉, 轉入下頁, 結轉金額; 延期, 推遲

reportage [r(ə)pɔrta:ʒ] *n. m.* 報道; 新聞採訪業

reporter [r(ə)pɔrte] *v. t.* 拿回, 送回; 【商】結轉; 延期, 推遲; 延期交割; ～ sur 把…轉移到 *v. pr.* 參照, 參考; 回想, 回憶

reporter [r(ə)pɔrtɛ:r] *n. m.* 〖英〗採訪記者

repos [r(ə)po] *n. m.* 休息, 休止; 安靜, 安寧; 停頓; 睡眠; 【軍】稍息

reposé, *e* [r(ə)poze] *a.* 安寧的, 休息過的

reposée [r(ə)poze] *n. f.* 野獸白天藏身和休息的地方

reposer [r(ə)poze] *v. i.* 休息; 安眠, 安息; 建築在, 建立在 *v. t.* 安放在; 使得到休息, 使安寧; 放回 *v. pr.* 休息; se ～ sur 信任, 信賴

repoussage [r(ə)pusa:ʒ] *n. m.* 壓整, 精壓; 手工壓印, 壓紋

repoussant, e [r(ə)pusã, ã:t] *a.* 令人厭惡的

repoussé, e [r(ə)puse] *a.* 壓整的, 精壓的; 壓紋的 *n. m.* 壓製品

repousser [r(ə)puse] *v. t.* 推開; 擊退; 排斥, 拒絕 *v. i.* 產生反衝; 重新長出

repoussoir [r(ə)puswa:r] *n. m.* 起釘器; 〖俗〗陪襯者, 陪襯物

répréhensible [repreãsibl] *a.* 應譴責的

reprendre [r(ə)prã:dr] [c. 46] *v. t.* 再拿; 重新穿戴; 取回; 收回; 再佔領; 再雇用; 重做; 恢復; (疾病)復發; 指責 *v. i.* (移植後)重長; 恢復健康, (傷口)瘉合; 重新開始; 指責 *v. pr.* 改口; 再從事物

représailles [r(ə)preza:j] *n. f. pl.* 報復

représentant, e [r(ə)prezãtã, ã:t] *n.* 代表; 代理人; 使節

représentatif, ve [r(ə)prezãtatif, i:v] *a.* 有代表性的; 代議制的

représentation [r(ə)prezãtasjõ] *n. f.* 表示; 表現; 描繪; 藝術作品; 演出, 上演; 代表, 代理; 出示; 勸告; 代表團

représenter [r(ə)prezãte] *v. t.* 表示, 表現; 描繪, 描述; 上演, 扮演; 代表, 代理; 指出(缺點等) *v. i.* 具有風度 *v. pr.* 設想, 想像; 再出席, 再出現

répressif, ve [represif, i:v] *a.* 用以鎮壓的, 壓制的

répression [represjõ] *n. f.* 鎮壓, 懲罰

réprimande [reprimã:d] *n. f.* 斥責, 訓斥

réprimander [reprimãde] *v. t.* 斥責, 訓斥

réprimer [reprime] *v. t.* 抑制; 鎮壓, 制止

reprisage [r(ə)priza:ʒ] *n. m.* 織補

repris [r(ə)pri] *n. m.* ～ de justice 慣犯, 累犯

reprise [r(ə)pri:z] *n. f.* 收回; 奪回; 重新開始; 重新上演; 〖樂〗反復; 回合; 縫補, 織補; 升速; 復興

repriser [r(ə)prize] *v. t.* 縫補, 織補

réprobateur, trice [reprɔbatœ:r, tris] *a.* 嚴厲譴責的

réprobation [reprɔbasjõ] *n. f.* 嚴厲譴責, 非難;〖宗〗絕罰

reproche [r(ə)prɔʃ] *n. m.* 責備, 指責

reprocher [r(ə)prɔʃe] *v. t.* 責備, 指責;【法】聲請(證人)迴避

reproducteur, trice [r(ə)prɔdyktœ:r, tris] *a.* 生殖的, 用來繁殖的 *n.* 種畜

reproduction [r(ə)prɔdyksjõ] *n. f.* 生殖, 繁殖; 再現; 轉載; 複製

reproduire [r(ə)prɔdɥi:r] [c. 60] *v. t.* 再現, 重現; 模仿; 複製, 仿製; 轉載 *v. pr.* 生殖, 繁殖; 再發生

réprouver [repruve] *v. t.* 譴責, 排斥;【宗】天譴, 使受永罰

reps [rɛps] *n. m.* 〖英〗棱紋平布

reptation [rɛptasjõ] *n. f.* 爬行

reptile [rɛptil] *a.* 爬行動物, 蛇; 奴顏婢膝的人; *pl.*【動】爬行類

repu, e [r(ə)py] *a.* 吃飽的

républicain, e [repyblikɛ̃, ɛn] *a.* 共和主義的; 共和國的, 共和政體的 *n.* 共和派, 共和黨人

républicanisme [repyblikanism] *n. m.* 共和主義

république [repyblik] *n. f.* 共和國, 共和政體

répudiation [repydjasjõ] *n. f.* 休妻; 拋棄

répudier [repydje] *v. t.* 休(妻); 拋棄

répugnance [repyɲã:s] *n. f.* 厭惡; 反感

répugner [repyɲe] *v. i.* 厭惡, 令人厭惡

répulsif, ve [repylsif, i:v] *a.* 排斥的; 令人厭惡的

répulsion [repylsjõ] *n. f.* 排斥; 厭惡

réputation [repytasjõ] *n. f.* 名譽, 聲望, 名聲

réputé, e [repyte] *a.* 出名的, 有名望的

requérant, e [r(ə)kerã, ã:t] 【法】 *a.* 申請的, 起訴的 *n.* 申請人, 起訴人

requérir [r(ə)keriːr] v. t. [c. 14]【法】請求；催促；要求

requête [r(ə)kɛt] n. f. 申請，請求；訴狀

requiem [rekuiɛm] n. m. inv. 【宗】追思禱詞；【樂】安魂曲

requin [r(ə)kɛ̃] n. m. 鯊魚；貪婪兇狠的人

requis, e [r(ə)ki, iz] a. 必要的，適合的 n. m. 被徵召的平民

réquisition [rekizisjɔ̃] n. f. 徵用，徵召；【法】附帶請求

réquisitionner [rekizisjɔne] v. t. 徵用，徵集

réquisitoire [rekizitwaːr] n. m. (檢察官的)公訴狀；控訴，譴責

resalir [r(ə)saliːr] v. t. 又弄髒

rescapé, e [rɛskape] a., n. 脫險的(人)，死裏逃生的(人)

rescousse [rɛskus] n. f. à la ~ loc. adv. 援助，救助

rescrit [rɛskri] n. m. 批示，詔書；教諭

réseau [rezo] (pl. ~x) n. m. 網，網狀物；網眼花邊的底造；網狀組織，網狀系統

résection [resɛksjɔ̃] n. f. 【醫】切除(術)

réséda [rezeda] n. m. 木犀草

réséquer [reseke] v. t. [c. 7]【醫】切除

réserpine [rezɛrpin] n. f. 【藥】利血平

réservation [rezɛrvasjɔ̃] n. f. 訂座，預定客房

réserve [rezɛrv] n. f. 保留；謹慎，審慎；儲備，貯存；蘊藏量；後備軍，預備隊；禁獵區，禁漁區，保存林

réservé, e [rezɛrve] a. 保留的，留用的；審慎的，謹慎的

réserver [rezɛrve] v. t. 保留；儲備，儲存，預定(座位等)；注定 v. pr. (為自己)保留；等待(時機)

réserviste [rezɛrvist] n. m. 後備兵，預備兵

réservoir [rezɛrvwaːr] n. m. 貯藏間；儲液容器，油箱；蓄水池，水庫

résidence [rezidɑ̃ːs] n. f. 居住，居留，駐守，留守；住宅，公館，府邸；豪華住宅區

résident, e [rezidɑ̃, ɑ̃ːt] n. 僑民；駐外的外交人員；駐在殖民地的高級官員

résider [rezide] v. i. 居住，定居，留駐；~ dans 在於…

résidu [rezidy] n. m. 剩餘物，殘渣

résiduaire [rezidyɛːr] a. 廢的〔指廢水等〕

résignation [rezinɑsjɔ̃] n. f. 忍受，順從，安命

résigner [rezine] v. t. 辭去，引退 v. pr. 忍受，順從，甘心於

résiliation [reziljasjɔ̃] n. f. (契約等的)解除，取消

résilier [rezilje] v. t. 【法】解除，取消

résille [rezij] n. f. 髮網

résine [rezin] n. f. 樹脂

résiner [rezine] v. t. 採集樹脂，採脂；塗樹脂

résineux, se [rezinø, øːz] a. 含樹脂的；產樹脂的

résinier, ère [rezinje, ɛːr] a. 樹脂的 n. 松脂加工工人

résipiscence [resipisɑ̃ːs] n. f. 【宗】懺悔，悔改

résistance [rezistɑ̃ːs] n. f. 抵抗，反抗；忍耐力；抗力，阻力，阻礙；電阻

résistant, e [rezistɑ̃, ɑ̃ːt] a. 堅固的，結實的；吃苦耐勞的，生命力強的 n. (第二次世界大戰時法國的)抵抗運動組織的成員

résister [reziste] v. i. 經得起；抵抗，反抗；抵制

résolu, e [rezɔly] a. 果斷的，堅決的

résoluble [rezɔlybl] a. 可解答的，可解決的；可撤銷的，可解除的

résolution [rezɔlysjɔ̃] n. f. 分解，化晶；【醫】消散；撤銷，解除；解決，決心，決斷，果斷；決議

résolutoire [rezɔlytwaːr] a. 使解除的

résonance [rezɔnɑ̃ːs] n. f. 反響；共鳴，

共振

résonateur [rezɔnatœːr] *n. m.* 共鳴器, 共振器

résonnement [rezɔnmã] *n. m.* 回響, 共鳴, 共振

résonner [rezɔne] *v. i.* 回響, 反響; 共鳴

résorber [rezɔrbe] *v. t.* 【醫】吸收; 使消失, 消除

résorption [rezɔrpsjɔ̃] *n. f.* 【醫】吸收; 【物】再吸收; 消除

résoudre [rezudr] [c. 50] *v. t.* 使分解, 使化爲; 使消散; 撤銷, 解除; 解答; 解決; 決定 *v. pr.* 分解, 化爲; 決定

respect [rɛspɛ] *n. m.* 尊敬, 尊重; *pl.* 敬意, 敬禮

respectabilité [rɛspɛktabilite] *n. f.* 可尊敬, 可敬重; 尊嚴, 體面

respectable [rɛspɛktabl] *a.* 可敬重的, 可尊重的, 尊嚴的; 相當可觀的

respecter [rɛspɛkte] *v. t.* 尊敬, 尊重, 不打擾

respectif, ve [rɛspɛktif, iːv] *a.* 各自的, 各別的

respectueux, se [rɛspɛktɥø, øːz] *a.* 恭敬的, 有禮貌的

respirable [rɛspirabl] *a.* 可呼吸的, 適合呼吸的

respiration [rɛspirasjɔ̃] *n. f.* 呼吸

respiratoire [rɛspiratwaːr] *a.* 呼吸的

respirer [rɛspire] *v. i.* 呼吸; 活着; 鬆一口氣, 歇息 *v. t.* 吸(氣); 顯示出

resplendir [rɛsplãdiːr] *v. i.* 照耀, 閃耀

resplendissement [rɛsplãdismã] *n. m.* 光輝燦爛

responsabilité [rɛspɔ̃sabilite] *n. f.* 責任, 職責

responsable [rɛspɔ̃sabl] *a.* 負責的, 有責任的 *n.* 負責人

resquiller [rɛskije] *v. i., v. t.* 〖俗〗揩油

ressac [r(ə)sak] *n. m.* 三角浪, 激浪

ressaigner [r(ə)se[ɛ]ɲe] *v. t.* 再放血

v. i. 再出血

ressaisir [r(ə)se[ɛ]ziːr] *v. t.* 重新抓住, 抓回; 重新侵襲 *v. pr.* 恢復鎮靜

ressasser [r(ə)sase] *v. t.* 反覆檢查; 一再重複

ressaut [r(ə)so] *n. m.* 凸起部分, 凸出部分

ressauter [r(ə)sote] *v. t.* 重新跳過 *v. i.* 再跳

ressemblance [r(ə)sãblãːs] *n. f.* 相像, 相似, 類似

ressembler [r(ə)sãble] *v. i.* 和…相像, 和…相似 *v. pr.* 相像, 相似

ressemelage [r(ə)səmlaːʒ] *n. m.* 換新鞋底

ressemeler [r(ə)səmle] *v. t.* [c. 5] 換新鞋底

ressentiment [r(ə)sãtimã] *n. m.* 記恨, 記仇, 仇恨

ressentir [r(ə)sãtiːr] [c. 15] *v. t.* 感到 *v. pr.* 受到…影響; 繼續感到(疾病等)遺留的影響

resserre [r(ə)sɛːr] *n. f.* 貯藏室, 工具間, 堆貨房

resserré, e [r(ə)se[ɛ]re] *a.* 狹小的, 狹窄的; 束得更緊的

resserrement [r(ə)sɛrmã] *n. m.* 更緊, 更緊密

resserrer [r(ə)se[ɛ]re] *v. t.* 壓縮, 緊縮; 使更緊, 使更緊密; 使便秘

resservir [r(ə)sɛrviːr] [c. 15] *v. t.* 重新端上(飯菜) *v. i.* 還可用

ressort [r(ə)sɔːr] *n. m.* 彈簧, 發條; 彈性, 彈力; 動力; 精力; (法院的)管轄權, 管轄範圍

ressortir [r(ə)sɔrtiːr] [c. 15] *v. i.* 〔助動詞用 être〕重新出來; 突出, 變得顯眼 *v. impers.* 得出結論

ressortir [r(ə)sɔrtiːr] *v. i.* 〔變位同 finir〕~ à 屬…管轄; 屬…範圍

ressortissant, e [r(ə)sɔrtisã, ãːt] *n.* 僑民

ressouder [r(ə)sude] *v. t.* 再焊

ressource [r(ə)surs] *n. f.* 手段,辦法; *pl.* 財源,收入,資源,物力

ressouvenir (se) [s(ə)rəsuvni:r] *v. pr.* [c. 16] 回想起

ressuer [r(ə)sɥe] *v. i.* 返潮,【冶】熱析

ressusciter [resysite] *v. i.* 復活,蘇醒; 復原 *v. t.* 使復活,使復原,使(過去的回憶等)重又出現

ressuyer [resɥije] *v. t.* [c. 3] 使乾燥

restant, e [rɛstɑ̃, ɑ̃:t] *a.* 留下的,剩餘的 *n. m.* 餘額;剩餘部分

restaurant [rɛstɔrɑ̃] *n. m.* 飯店,菜館

restaurateur, trice [rɛstɔratœ:r, tris] *n.* 修復藝術品的人;復興者;復辟者 *n. m.* 飯店老闆

restauration [rɛstɔrasjɔ̃] *n. f.* (藝術品的)修復;復興;復辟;飯店行業

restaurer [rɛstɔre] *v. t.* 修復(藝術品等);使恢復體力;復興;復辟

reste [rɛst] *n. m.* 其餘,剩餘,殘餘;殘剩的飯菜;餘數; *pl.* 屍體,遺骸; du ～, au ～ *loc. adv.* 再說,而且,此外;儘管如此; de ～ *loc. adv.* 多餘,寬餘

rester [rɛste] *v. i.* 〔助動詞用 être〕留在,留下來;剩下;保持;居住,逗留; ～ à 有待,還得

restituer [rɛstitɥe] *v. t.* 歸還,退還;使復原,修復

restitution [rɛstitysjɔ̃] *n. f.* 歸還,退還;歸還之物;復原,修復

restreindre [rɛstrɛ̃:dr] *v. t.* [c. 51] 縮小,縮減;限制;克制

restrictif, ve [rɛstriktif, i:v] *a.* 限制的,約束的

restriction [rɛstriksjɔ̃] *n. f.* 限制,約束,保留;減縮,緊縮; *pl.* 定量配給

résultant, e [rezyltɑ̃, ɑ̃:t] *a.* 由…引起的;結合的,合成的 *n. f.* 【物】合力

résultat [rezylta] *n. m.* 結果,結局,效果; *pl.* 盈虧差額,考試結果,比賽成績

résulter [rezylte] *v. i.* 〔僅用不定式、現

在分詞及第三人稱,助動詞用 avoir 或 être〕導致,引起

résumé [rezyme] *n. m.* 摘要,節略,梗概

résumer [rezyme] *v. t.* 節略;概括 *v. pr.* 綜上所述;被概括

résurrection [rezyrɛksjɔ̃] *n. f.* 復活,意外的痊愈;復興; R ～ 【宗】復活節

rétablir [retabli:r] *v. t.* 使復原,恢復;修復,重建,整頓 *v. pr.* 回復;恢復健康

rétablissement [retablismɑ̃] *n. m.* 復原,恢復;恢復健康;(單杠運動)屈伸上

retaille [r(ə)ta:j] *n. f.* 邊料,角料

retailler [r(ə)tɑje] *v. t.* 重新切削,重新裁剪,重新修剪;【技】鑿槽,鑿齒

rétamage [retama:ʒ] *n. m.* (炊具上)再鍍錫

rétamer [retame] *v. t.* 再鍍錫

rétameur [retamœ:r] *n. m.* 鍍錫工

retaper [r(ə)tape] *v. t.* 收拾;翻新,刷新

retard [r(ə)ta:r] *n. m.* 遲到;延遲,耽擱;落後;(鐘的)走慢;【樂】(和弦音的)延留

retardataire [r(ə)tardatɛ:r] *a., n.* 遲到的(人);落後的(人)

retardateur, trice [r(ə)tardatœ:r, tris] *a.* 減速的

retardement [r(ə)tardəmɑ̃] *n. m.* 拖延,耽擱; à ～ *loc. adj.* 定時的〔指爆炸裝置〕; *loc. adv.* 事後

retarder [r(ə)tarde] *v. t.* 耽擱;使遲到;推遲,使延期 *v. i.* (鐘錶)走慢;落後

reteindre [r(ə)tɛ̃:dr] *v. t.* [c. 51] 重新染

retendre [r(ə)tɑ̃:dr] *v. t.* [c. 42] 再拉緊,重新絞緊;再設置(陷阱等)

retenir [rətni:r] *v. t.* [c. 16] 扣留;扣除;保留,預定,留住;攔住;忍住,克制;記住 *v. pr.* 站穩,攀住;忍住,克制

rétenteur, trice [retɑ̃tœ:r, tris] *a.* 克制

的,抑制的

rétention [retɑ̃sjɔ̃] *n. f.* 【法】留置；【醫】滯留,停滯

retentir [r(ə)tɑ̃tiːr] *v. i.* 産生回響；發出響聲；影響,引起反響

retentissement [r(ə)tɑ̃tismɑ̃] *n. m.* 回聲,回響；反應,轟動

retenue [r(ə)təny] *n. f.* 扣留,扣除；罰留校；水位；自制,克制；進位數；【海】支索,牽索

réticence [retisɑ̃s] *n. f.* 故意不説,避而不談；支吾

réticent, e [retisɑ̃, ɑ̃:t] *a.* 故意不説的,避而不談的

réticulaire [retikylɛːr] *a.* 網狀的

réticule [retikyl] *n. m.* 【光】十字絲；(女用)小手提包

réticulé, e [retikyle] *a.* 網狀的

rétif, ve [retif, iːv] *a.* 不肯前進的,往後退的〔指騾、馬等〕；脾氣拗的,不受羈束的

rétine [retin] *n. f.* 視網膜

rétinite [retinit] *n. f.* 視網膜炎

retiré, e [r(ə)tire] *a.* 隱居的,退隱的；偏僻的

retirer [r(ə)tire] *v. t.* 收回,撤銷；取出,領出；獲得(利益等) *v. pr.* 離開;退出,退避；撤退；回家

retombée [r(ə)tɔ̃be] *n. f.* 【建】拱腳石,起拱石；落下物

retomber [r(ə)tɔ̃be] *v. i.* 〔助動詞用être〕再跌倒,再落下；垂下；重新陷入；~ sur 由…承擔,歸罪於

retordage [r(ə)tɔrdaːʒ] *n. m.* 拈綫

retordre [r(ə)tɔrdr] *v. t.* [c. 42] 拈；再絞

rétorquer [retɔrke] *v. t.* 反駁,辯駁

retors, e [r(ə)tɔːr, ɔrs] *a.* 加拈過的,拈合的；狡猾的

rétorsion [retɔrsjɔ̃] *n. f.* (一國對另一國的)報復

retouche [r(ə)tuʃ] *n. f.* 修改,修飾

retoucher [r(ə)tuʃe] *v. t.* 修改,修飾

(圖畫、照片等)

retoucheur, se [r(ə)tuʃœːr, øːz] *n.* 修飾照片者；修改成衣者

retour [r(ə)tuːr] *n. m.* 返回,回來；反向;退回；重歸(原主)；再現,重複；反省；變遷;報答,還報

retourne [r(ə)turn] *n. f.* (牌戲中)爲決定王牌花色而翻開的紙牌；(報紙上)第一版文章的轉版部分

retournement [r(ə)turnəmɑ̃] *n. m.* 翻轉；突然改變態度,(形勢等的)突然轉變；【數】(圖形)繞軸而作的180°旋轉

retourner [r(ə)turne] *v. t.* 翻轉;【俗】使改變主張,使改變態度；使震驚；退回；反覆考慮 *v. i.* 〔助動詞常用être〕再去,回去；~ à 退化到,重新從事,重歸於 *v. impers.* De quoi retourne-t-il？ 發生了什麼事情？到底是怎麼回事？ *v. pr.* 翻身,轉身,回頭看；隨機應變；s'en ~ 回去

retracer [r(ə)trase] *v. t.* [c. 1] 再劃(綫)；描述

rétractation [retraktasjɔ̃] *n. f.* 否認,撤回;收回前言

rétracter [retrakte] *v. t.* 否認,收回,撤回;收縮,縮回 *v. pr.* 收回前言;收縮,縮進

rétractile [retraktil] *a.* 可自由伸縮的,能收縮的

rétraction [retraksjɔ̃] *n. f.* 縮進,縮回；【醫】收縮,攣縮

retrait [r(ə)trɛ] *n. m.* 收縮；撤銷,收回,提取；撤退

retraite [r(ə)trɛt] *n. f.* 離開;【軍】歸營,歸營號;撤退,退却;退隱;退隱地;退休,退職,退役；領取退休金者；【商】反匯票

retraité, e [r(ə)trete] *a.* 退休的,退職的,退役的；領取退休金的 *n.* 退休者,退職者,退役軍人

retranchement [r(ə)trɑ̃ʃmɑ̃] *n. m.* 防禦工事;自衛手段

retrancher [r(ə)trɑ̃ʃe] *v. t.* 截去,删去,減去 *v. pr.* 築壘固守;隱蔽,掩護

自己

retransmission [r(ə)trɑ̃smisjɔ̃] *n. f.* 【電信】重發，轉發；【無】轉播

retravailler [r(ə)travaje] *v. t.* 再加工，再修飾 *v. i.* 重新工作，恢復工作

rétrécir [retresi:r] *v. t.* 使變狹窄，使縮小 *v. i., v. pr.* 變狹窄，縮小

rétrécissement [retresismɑ̃] *n. m.* 變狹窄，縮小

retremper [r(ə)trɑ̃pe] *v. t.* 再浸；再淬火；使恢復力量，使重新振作

rétribuer [retribɥe] *v. t.* 付工資，付報酬

rétribution [retribysjɔ̃] *n. f.* 工資，報酬，報償

rétro- *préf.* 表示"向後"，"追溯"的意思

rétro [retro] *n. m.* 〖俗〗迴旋彈，縮彈〔指枱球〕

rétroactif, ve [retrɔaktif, i:v] *a.* 追溯的

rétroaction [retrɔaksjɔ̃] *n. f.* 追溯；【無】反饋，回授

rétroactivité [retrɔaktivite] *n. f.* 追溯力，追溯性

rétrocéder [retrɔsede] *v. t.* [c. 7] 交還，歸還；轉讓

rétrocession [retrɔsɛsjɔ̃] *n. f.* 交還，歸還，轉讓

rétrogradation [retrɔgradɑsjɔ̃] *n. f.* 後退，倒退，退化；降級，降職

rétrograde [retrɔgrad] *a.* 後退的，倒退的；退步的，退化的；【天】逆行的

rétrograder [retrɔgrade] *v. i.* 退後，退步，退化；【汽】換低速檔 *v. t.* 降級，降職

rétrospectif, ve [retrɔspɛktif, i:v] *a.* 回顧的，追溯已往的

retroussement [r(ə)trusmɑ̃] *n. m.* 捲起，撩起，翹起

retrousser [r(ə)truse] *v. i.* 捲起，撩起，翹起 *v. pr.* 撩起裙子，捲起褲管

retroussis [r(ə)trusi] *n. m.* (衣服的)向外翻起的部分；(帽子的)翻邊；(靴的)翻口

retrouver [r(ə)truve] *v. t.* 重新找到，重新發現；找到，發現；恢復，重見，重逢；認出 *v. pr.* 重逢；(迷路後)重新找到道路

rétroviseur [retrɔvizœ:r] *n. m.* 【汽】後視鏡

rets [rɛ] *n. m.* (捕鳥獸等用的)網；陷阱，圈套，詭計

réunion [reynjɔ̃] *n. f.* 合併，歸併；集合，匯集；集會，會議；【醫】愈合

réunionnais, e [reynjɔnɛ, ɛ:z] *a.* 留尼汪的 *n.* R～ 留尼汪人

réunir [reyni:r] *v. t.* 合併，結合，連接；匯集；集合，召集 *v. pr.* 合併，聚集，集合

réussir [reysi:r] *v. i.* 有結果；獲得成功，獲得成就；達到目的；種植成功 *v. t.* 做成功

réussite [reysit] *n. f.* 成功，成就，成果；紙牌占卜

revaccination [r(ə)vaksinɑsjɔ̃] *n. f.* 再種痘，再接種

revacciner [r(ə)vaksine] *v. t.* 再種痘，再接種

revaloir [r(ə)valwa:r] *v. t.* [c. 30] 〔一般僅用不定式、將來時及條件式〕回報，報答；報復

revaloriser [r(ə)valɔrize] *v. t.* 提高；重新評價

revanche [r(ə)vɑ̃:ʃ] *n. f.* 報復，報仇；翻本的一局

revancher(se) [s(ə)rəvɑ̃ʃe] *v. pr.* 報復

rêvasser [rɛvase] *v. i.* 不着邊際地空想，想這想那

rêvasserie [rɛvasri] *n. f.* 不着邊際的空想

rêvasseur, se [rɛvasœ:r, ø:z] *a., n.* 空想的(人)

rêve [rɛ:v] *n. m.* 夢；夢想，幻想

revêche [r(ə)vɛʃ] *a.* 不易接近的，脾氣不好的

réveil [revɛj] *n. m.* 醒，睡醒，蘇醒，覺醒；起床號；鬧鐘

réveille-matin [revɛjmatɛ̃] *n. m. inv.*
鬧鐘;【植】澤漆的俗稱

réveiller [reve(ɛ)je] *v. t.* 喚醒;使甦醒;
重新引起,喚起(回憶)

réveillon [revejɔ̃] *n. m.* 聖誕節子夜的
聚餐;年夜飯

réveillonner [revejɔne] *v. i.* (聖誕節
子夜後)聚餐;吃年夜飯

révélateur, trice [revelatœr, tris] *n.*
泄露者,揭發者 *n. m.* 顯影液,顯影
劑 *a.* 泄露的,揭發的;顯示的

révélation [revelasjɔ̃] *n. f.* 泄露,揭露,
顯示;泄露的事物;告密;【宗】啓示

révéler [revele] [c. 7] *v. t.* 泄露;暴
露;揭發;顯示出;【宗】啓示;【攝】使顯影
v. pr. 顯示,顯露

revenant [rəvnɑ̃, r(ə)vənɑ̃] *n. m.* 幽靈,
鬼魂

revenant-bon [rəvnɑ̃bɔ̃] (*pl.* ~ **s-**~ **s**)
n. m. 利潤,盈餘

revendeur, se [r(ə)vɑ̃dœr, øːz] *n.* 轉
賣商;舊貨商

revendication [r(ə)vɑ̃dikasjɔ̃] *n. f.* 要
求收回,追還;要求,請求

revendiquer [r(ə)vɑ̃dike] *v. t.* 要求收
回,追還;請願;願意承擔

revendre [r(ə)vɑ̃ːdr] *v. t.* [c. 42] 轉賣,
再賣

revenez-y [rəvnezi, r(ə)vənezi] *n. m.
inv.* 重現;〖俗〗goût de ~ 使人吃
了還想吃的美味

revenir [rəvniːr, r(ə)vəniːr] *v. i.* [c. 16]
〔助動詞用 être〕再來;回來,回到;重新
出現,重新感到;恢復;重新從事;想起,
記起;屬於;花費;〖俗〗討人喜歡;使噁
氣,改正,改變主張

revente [r(ə)vɑ̃ːt] *n. f.* 轉賣,再賣

revenu [rəvny, r(ə)vəny] *n. m.* 收入,
收益;【冶】回火

rêver [re(ɛ)ve] *v. i.* 做夢;夢想;〖俗〗講
囈語,胡說 *v. t.* 夢見;夢想;渴望

réverbération [revɛrberasjɔ̃] *n.f.* (光,
熱的)反射;混響

réverbère [revɛrbɛːr] *n. m.* 反射鏡;路
燈

réverbérer [revɛrbere] *v. t.* [c. 7] 反射

reverdir [r(ə)vɛrdiːr] *v. t.* 使重新變綠
v. i. (植物等)重新變綠;恢復活力,恢
復青春

révérence [reverɑ̃ːs] *n. f.* 尊敬,恭敬;
(婦女的)屈膝禮; tirer sa ~ à 離開
(某人)

révérencieux, se [reverɑ̃sjø, øːz] *a.* 多
禮的,過分尊敬的

révérend, e [reverɑ̃, ɑ̃ːd] *a.* 尊敬的
n. 對神甫等的尊稱

révérer [revere] *v. t.* [c. 7] 尊敬

rêverie [rɛvri] *n. f.* 幻想;空想

revers [r(ə)vɛːr] *n. m.* 反面,背面;(衣
服等的)捲邊,翻邊;反手球;挫折,倒霉;
(軍事上的)失利,失敗

reverser [r(ə)vɛrse] *v. t.* 再注入,再灌
注;(帳戶的)轉入

réversibilité [revɛrsibilite] *n. f.* 應歸
還;可逆性

réversible [revɛrsibl] *a.* 應歸還的;可
逆轉的,可換向的;兩面都可用的;【法】
可復歸的

réversion [revɛrsjɔ̃] *n. f.* 【法】復歸權

revêtement [r(ə)vɛtmɑ̃] *n. m.* 【建】飾
面,路面,覆蓋層;【技】襯裏,保護層

revêtir [r(ə)vɛtiːr] *v. t.* [c. 19] 穿上,
披上;授與,賦予;覆蓋;(在證件上等)簽
署,蓋印;【建】加保護層,鋪路面

rêveur, se [rɛvœr, øːz] *a., n.* 幻想的
(人),空想的(人);心不在焉的(人)

revient [r(ə)vjɛ̃] *n. m.* prix de ~ 成本

revirement [r(ə)virmɑ̃] *n. m.* (意見等
的)突然轉變

révisable [revizabl] *a.* 可修改的,可校
正的

réviser [revize] *v. t.* 修改,修訂;檢修;
複習

réviseur [revizœr] *n. m.* 校對人,複核
人,檢查人

révision [revizjɔ̃] *n. f.* 修改,修訂;校

對, 審核; 複習, 檢查;【法】再審

révisionnisme [revizjɔnism] *n. m.* 修正主義

révisionniste [revizjɔnist] *a.* 修正主義的 *n.* 修正主義者, 修正主義分子

revivifier [r(ə)vivifje] *v. t.* 使蘇醒, 使復活;【化】再生

reviviscence [r(ə)vivisɑ̃:s] *n. f.* 復活能力, 再生能力

revivre [r(ə)vi:vr] *v. i.* [c. 53] 復活, 再生; 重新產生

révocabilité [revɔkabilite] *n. f.* 撤銷, 廢除; 撤職, 解職

révocable [revɔkabl] *a.* 可撤銷的; 可撤職的

révocation [revɔkasjɔ̃] *n. f.* 撤銷, 廢除; 撤職, 解職

revoici [r(ə)vwasi] *prép.* 【俗】這又是, 又在這裏

revoilà [r(ə)vwala] *prép.* 【俗】那又是, 又在那兒

revoir [r(ə)vwa:r] *v. t.* [c. 32] 重新看到; 再看; 重返; 複查, 複校; 溫習 *n. m.* au ～ 再見, 再會吧

revoler [r(ə)vɔle] *v. i.* 再飛, 再飛行

révoltant, e [revɔltɑ̃, ɑ̃:t] *a.* 令人憤慨的, 令人厭惡的

révolte [revɔlt] *n. f.* 暴動, 叛變; 起義

révolter [revɔlte] *v. t.* 激起憤慨, 使…厭惡 *v. pr.* 暴動; 起義; 感到氣憤

révolu, e [revɔly] *a.* 期滿的, 到期的

révolution [revɔlysjɔ̃] *n. f.* 革命, 徹底的改革;【天】公轉, 運行;【數】旋轉

révolutionnaire [revɔlysjɔnɛ:r] *a.* 革命的 *n.* 革命者

révolutionnarisation [revɔlysjɔnarizasjɔ̃] *n. f.* 革命化

révolutionner [revɔlysjɔne] *v. t.* 引起革命, 使發生巨大變革; 震動

revolver [revɔlvɛ:r] *n. m.* 【英】左輪手槍; 旋轉裝置

révoquer [revɔke] *v. t.* 撤職, 解職; 撤銷, 廢除

revue [r(ə)vy] *n. f.* 審閱, 檢查; 閱兵式; 期刊, 雜誌; 活報劇

revuiste [r(ə)vɥist] *n.* 活報劇作者

révulsif, ve [revylsif, i:v] 【醫】 *a.* 誘導的 *n. m.* 誘導劑

révulsion [revylsjɔ̃] *n. f.* 【醫】誘導法

rez-de-chaussée [redʃose] *n. m. inv.* (建築物的)底層

rhabdomancie [rabdɔmɑ̃si] *n. f.* 靈杖占術, 杖測術

rhabillage [rabija:ʒ] *n. m.* 修理; 重新穿上衣服

rhabiller [rabije] *v. t.* 給…再穿衣服; 修理; 賦予新形式

rhabilleur, se [rabijœ:r, ø:z] *n.* 整修工, 修理工

rhapsode [rapsɔd] *n. m.* (古希臘)吟游詩人

rhapsodie [rapsɔdi] *n. f.* (古希臘)史詩, 敘事詩;【樂】狂想曲

rhénan, e [renɑ̃, an] *a.* 萊茵河的, 萊茵河沿岸的 *n.* R ～ 萊茵河沿岸地區的人

rhénium [renjɔm] *n. m.* 【化】錸

rhéostat [reɔsta] *n. m.* 【電】變阻器

rhéteur [retœ:r] *n. m.* (古代)雄辯術教師; 華而不實的演說家

rhétorique [retɔrik] *n. f.* 修辭, 修辭學; 修辭班

rhinite [rinit] *n. f.* 鼻炎

rhinocéros [rinɔserɔ[o:]s] *n. m.* 犀牛

rhizome [rizɔm] *n. m.* 【植】根狀莖, 根莖

rhô [ro] *n. m.* 希臘字母表中第17個字母P, ρ

rhodanien, ne [rɔdanjɛ̃, ɛn] *a.* (法國)羅訥河的

rhodium [rɔdjɔm] *n. m.* 【化】銠

rhododendron [rɔdɔdɛ̃drɔ̃] *n. m.* 杜鵑花

rhombe [rɔ̃:b] *n. m.* 響板; 菱形

rhotacisme [rɔtasism] *n. m.* r音濫用, r發音不良; 顫音化

rhubarbe [rybarb] *n. f.* 【植】大黃

rhum [rɔm] *n. m.* 朗姆酒

rhumatisant, e [rymatizɑ̃, ɑ̃:t] *a.* 患風濕病的 *n.* 風濕病患者

rhumatismal, ale [rymatismal] (*pl. ~ aux*) *a.* 風濕病的,風濕性的

rhumatisme [rymatism] *n. m.* 風濕病

rhumb [rɔ̃:b] *n. m.* 【海】羅盤方位,向位

rhume [rym] *n. m.* 感冒,傷風

rhumerie [rɔmri] *n. f.* 朗姆酒釀造廠

riant, e [rjɑ̃, ɑ̃:t] *a.* 歡笑的,喜悅的;悅目的;令人愉快的

ribambelle [ribɑ̃bɛl] *n. f.* 〖俗〗一大羣,一長串,一長列

riblon [riblɔ̃] *n. m.* 廢鋼,廢鐵

riboflavine [ribɔflavin] *n. f.* 【藥】核黃素,維生素B₂

ricanement [rikanmɑ̃] *n. m.* 嘲笑,冷笑;傻笑

ricaner [rikane] *v. i.* 嘲笑,冷笑;傻笑

ricaneur, se [rikanœ:r, ø:z] *n.* 嘲笑者

ric-à-rac [rikarak], **ric-rac** [rikrak] *loc. adv.* 極其精確地,掐着數兒

richard, e [riʃa:r, ard] *n.* 〖俗〗財主,闊佬

riche [riʃ] *a.* 富的,有錢的;華麗的;豐富的,富饒的;~ en, ~ de 富於…的 *n.* 富人,富翁

richesse [riʃɛs] *n. f.* 財富,華麗;豐富,富饒;*pl.* 資源,珍寶,寶藏

richissime [riʃisim] *a.* 〖俗〗巨富的

ricin [risɛ̃] *n. m.* 蓖麻

ricocher [rikɔʃe] *v. i.* 打水漂兒,連續彈跳,反跳

ricochet [rikɔʃɛ] *n. m.* 打水漂兒;彈回,反跳

rictus [riktys] *n. m.* 咧嘴

ride [rid] *n. f.* 皺紋;波紋,漣漪;褶痕

rideau [rido] (*pl. ~x*) *n. m.* 簾;幕,帷;屏障

ridelle [ridɛl] *n. f.* 運貨車輛的側欄

rider [ride] *v. t.* 弄皺,使起皺紋;使起波紋

ridicule [ridikyl] *a.* 可笑的,滑稽的;荒謬的;少得可憐的 *n. m.* 可笑;笑柄;可笑的事物

ridiculiser [ridikylize] *v. t.* 嘲笑,醜化

rien [rjɛ̃] *pron. indéf.* 什麼東西,什麼事;〔和 ne 連用〕沒有什麼東西,沒有什麼事;什麼也沒有,什麼也不 *n. m.* 微不足道的事,瑣事

rieur, se [rjœ:r, ø:z] *n.* 歡笑者,愛笑的人 *a.* 愛笑的,愛開玩笑的

riflard [rifla:r] *n. m.* 粗刨,大刨;鎊刀;粗齒鋼銼;〖俗〗大雨傘

rifle [rajfl, rifl] *n. m.* 〖英〗來福槍

rigide [riʒid] *a.* 硬的,挺直的,不能彎曲的;嚴峻的,刻板的

rigidité [riʒidite] *n. f.* 僵硬,硬度,剛性;剛強,嚴峻,刻板

rigole [rigɔl] *n. f.* 溝渠;壟溝,犁溝;【建】地溝

rigorisme [rigɔrism] *n. m.* 過分循規蹈矩,過分嚴肅

rigoriste [rigɔrist] *a., n.* 極嚴肅的(人),嚴守戒規的(人)

rigoureux, se [rigurø, ø:z] *a.* 嚴厲的,嚴峻的;嚴酷的;嚴格的

rigueur [rigœ:r] *n. f.* 嚴厲,嚴峻;嚴酷;嚴格,嚴密

rillettes [rijɛt] *n. f. pl.* 熟肉醬

rillons [rijɔ̃] *n. m. pl.* (豬肉或鵝肉熬油後的)油渣

rimailler [rimaje] *v. i.* 作拙劣的詩

rimailleur [rimajœ:r] *n. m.* 拙劣的詩人

rime [rim] *n. f.* 韻,韻脚

rimer [rime] *v. i.* 押韻;作詩 *v. t.* 把…寫成韻文

rimeur, se [rimœ:r, ø:z] *n.* 拙劣的詩人

rinçage [rɛ̃sa:ʒ] *n. m.* 洗滌,涮洗;漂洗

rinceau [rɛ̃so] (*pl. ~x*) *n. m.* 【建】葉飾,葉漩渦飾

rince-bouche [rɛ̃sbuʃ] *n. m. inv.* (餐後的)漱口盂

rince-doigts [rɛ̃sdwa] *n. m. inv.* (用餐

時的)洗手指碗

rincer [rɛ̃se] v. t. 〖c. 1〗 洗滌,涮洗,漂
洗

rincette [rɛ̃sɛt] n. f. 〖俗〗(喝完酒或咖
啡後喝的)涮杯酒

rinçure [rɛ̃sy:r] n. f. (洗滌後的)污水,
髒水

ring [riŋ] n. m. 〖英〗拳擊台,摔角台

ringard [rɛ̃ga:r] n. m. 火鈎,撥火棒

ripaille [ripɑ:j] n. f. 〖俗〗珍饈美味,盛
筵

ripailler [ripaje] v. i. 〖俗〗大吃大喝,
大擺筵席

ripailleur, se [ripajœ:r, ø:z] n. 〖俗〗愛
大吃大喝的人

riper [ripe] v. t. (用刮刀)刮光;【海】使
(纜索)滑動 v. i. 【海】(纜索)滑動;
〖民〗溜走

ripolin [ripɔlɛ̃] n. m. 一種瓷漆的商品
名

riposte [ripɔst] n. f. 反駁;【劍術】回刺,
反擊

riposter [ripɔste] v. i. 反駁;【劍術】回
刺,反擊,回擊

rire [ri:r] v. i. 〖c. 57〗 笑,歡笑;開玩笑,
譏笑,嘲笑 n. m. 笑

ris [ri] n. m. 【海】縮帆;牛犢或羊羔的
胸腺

risée [rize] n. f. 嘲笑;笑柄;【海】急驟
風,輕颭

risette [rizɛt] n. f. 微笑

risible [rizibl] a. 可笑的,好笑的

risque [risk] n. m. 危險;風險,意外;冒
險

risquer [riske] v. t. 拿…去冒險 v. i.
~ de 冒着…的危險,有…的危險

risque-tout [riskətu] n. inv. 冒失鬼

rissoler [risɔle] v. t. 烤黃,烘黃

ristourne [risturn] n. f. 佣金,回扣,折
扣;部分紅利

rite [rit] n. m. 儀式,禮拜儀式

ritournelle [riturnɛl] n. f. 【樂】間奏;
〖俗〗老一套,老調

rituel, le [rityɛl] a. 儀式的,禮儀的 n.
m. (教會的)禮儀書

rivage [riva:ʒ] n. m. 海岸;海濱

rival, ale [rival] (pl. ~aux) n. 對手,
競爭者 a. 競爭的,匹敵的,敵對的

rivaliser [rivalize] v. i. 競爭,對抗,
媲美

rivalité [rivalite] n. f. 競爭,爭奪;敵對

rive [ri:v] n. f. (江、河、湖等的)岸;(城
市的)河濱的街區

river [rive] v. t. (用鉚釘)釘,鉚接;扣牢

riverain, e [rivrɛ̃, ɛn] a. 沿河的 n.
河邊居民;河邊或路邊土地所有人

rivet [rivɛ] n. m. 鉚釘

rivetage [rivta:ʒ] n. m. 鉚,鉚接

riveter [rivte] v. t. 〖c. 5〗 鉚接,鉚釘

riveur [rivœ:r] n. m. 鉚工

rivière [rivjɛ:r] n. f. 江,河,川;(障礙賽
的)水溝

rivoir [rivwa:r] n. m. 鉚錘;鉚釘機

rivure [rivy:r] n. f. 鉚合,鉚接

rixe [riks] n. f. 打架

riz [ri] n. m. 稻;大米,大米飯

rizerie [rizri] n. f. 碾米廠

riziculture [rizikylty:r] n. f. 水稻種植

rizière [rizjɛ:r] n. f. 稻田,水田

riz-pain-sel [ripɛ̃sɛl] n. m. inv. 軍需處
人員,軍需官

robe [rɔb] n. f. 連衣裙;(法官等穿的)
長袍;法官、律師等的職務;(動物的)毛
色;雪茄烟的包皮;(紅葱、豆等的)皮,殼

robinet [rɔbinɛ] n. m. 水龍頭,旋塞,閥

robinetier [rɔbin(ɛ)tje] n. m. 製造或
經營水龍頭的人

robinetterie [rɔbinɛtri] n. f. 水龍頭製
造業

robinier [rɔbinje] n. m. 【植】刺槐,洋
槐

robot [rɔbo] n. m. 機器人;自動裝置,
遥控機械裝置

robuste [rɔbyst] a. 強壯的,結實的;堅
強的;堅定的

robustesse [rɔbystɛs] n. f. 強壯,結實

roc [rɔk] *n. m.* 岩石

rocade [rɔkad] *n. f.* (與戰綫平行的)交通綫,交通支綫

rocaille [rɔkɑːj] *n. f.* 多石子的地;假山

rocailleux, se [rɔkɑjø, øːz] *a.* 多石子的;生硬的

rocambolesque [rɔkãbɔlɛsk] *a.* 荒誕的,難以置信的

roche [rɔʃ] *n. f.* 石塊,岩石

rocher [rɔʃe] *n. m.* 岩石,懸岩,峭壁;(顳骨的)錐部 *v. i.* 〖冶〗鼓泡;起泡〖啤酒發酵〗

rochet [rɔʃɛ] *n. m.* (絲)紡管,(絲)綫軸;〖宗〗法衣

rocheux, se [rɔʃø, øːz] *a.* 岩石的

rock [rɔk], **rock and roll** [rɔkɛnrɔl] *n. m.* 〖英〗搖擺舞

rococo [rɔkɔ[o]ko, rokoko] *n. m.* 洛可可式(歐洲18世紀盛行的一種纖巧浮華的藝術風格) *a. inv.* 洛可可式的;老式的,不時髦的

rodage [rɔdaːʒ] *n. m.* 研磨,磨合;試運轉(期)

roder [rɔde] *v. t.* 研磨,磨合;試運轉

rôder [rode] *v. i.* 游盪,躑躅;東張西望地轉來轉去

rôdeur, se [rodœːr, øːz] *n.* 游盪者,躑躅者;形迹可疑的游盪者

rodomontade [rɔdɔmɔ̃tad] *n. f.* 誇口,吹牛

rogations [rɔgɑsjɔ̃] *n. f. pl.* 〖宗〗求豐收的祈禱

rogatoire [rɔgatwaːr] *a.* 〖法〗請求的;囑託的

rogaton [rɔgatɔ̃] *n. m.* 〖俗〗殘羹剩餚

rogne [rɔɲ] *n. f.* 〖俗〗惱怒,暴躁脾氣

rogner [rɔɲe] *v. t.* 截切,剋扣 *v. i.* 〖俗〗發脾氣,動肝火

rogneur, se [rɔɲœːr, øːz] *n.* 切紙工人 *n. f.* 切紙機

rognoir [rɔɲwaːr] *n. m.* 切紙刀

rognon [rɔɲɔ̃] *n. m.* 〖烹調〗腰子

rognure [rɔɲyːr] *n. f.* 切屑,邊料

rogomme [rɔgɔm] *n. m.* voix de ∼ 酒徒的嘶啞嗓音

rogue [rɔg] *a.* 高傲的 *n. f.* (捕沙丁魚用的)魚卵餌

roi [rwa] *n. m.* 王,國王;大王,巨頭;(國際象棋中的)王,(紙牌中的)K

roitelet [rwatlɛ] *n. m.* 小國國王;〖鳥〗戴菊鶯

rôle [roːl] *n. m.* 角色;任務;作用;名册;à tour de ∼ *loc. adv.* 依次,輪流

romain, e [rɔmɛ̃, ɛn] *a.* (古)羅馬的 *n.* R∼ 羅馬人 *n. f.* 羅馬體鉛字

romaine [rɔmɛn] *n. f.* 直立萵苣;桿秤

roman, e [rɔmã, an] *a.* 羅馬語的 *n. m.* 羅曼語;羅曼藝術;小說,長篇小說;傳奇故事

romance [rɔmãːs] *n. f.* 抒情歌;〖樂〗浪漫曲

romancer [rɔmãse] *v. t.* [c. 1] 使成爲小說體裁

romanche [rɔmãːʃ] *n. m.* 拉丁羅馬語〔又稱列托-羅馬語,瑞士四種正式語言之一〕

romancier, ère [rɔmãsje, ɛːr] *n.* 小說家

romand, e [rɔmã, ãːd] *a.* 說法語的〔指瑞士的地區〕

romanesque [rɔmanɛsk] *a.* 小說般的,傳奇性的;浪漫的,幻想的 *n.* 幻想家

roman-feuilleton [rɔmãfœjtɔ̃] (*pl.* ∼s-∼s) *n. m.* 長篇連載小說

romanichel, le [rɔmaniʃɛl] *n.* 吉普賽人;流浪者

romaniser [rɔmanize] *v. t.* 使…羅馬化

romaniste [rɔmanist] *n.* 羅曼語語言學家

romantique [rɔmãtik] *a.* 浪漫的,幻想的;浪漫主義的 *n.* 浪漫主義者,浪漫派作家

romantisme [rɔmãtism] *n. m.* 浪漫主義

romarin [rɔmarɛ̃] *n. m.* 〖植〗迷迭香

rompre [rɔ̃ːpr] [c. 42] 〔但直陳式現在時

單數第三人稱爲 rompt〕 v. t. 折斷,打碎;衝破,衝散;衝散;停止,中斷;解除 v. i. 折斷,斷裂;絕交,關係破裂 v. pr. 折斷,斷裂

rompu, e [rɔ̃py] a. 累垮的,精疲力盡的;~ à 對…有經驗的,對…熟練的;à bâtons ~s loc. adv. 斷斷續續地,東拉西扯地

romsteck, rumsteck [rɔmstɛk] n. m. (牛的)臀部肉

ronce [rɔ̃s] n. f. 【植】懸枸子屬;荊棘

ronceraie [rɔ̃srɛ] n. f. 荊棘叢生的荒地

ronchonner [rɔ̃ʃɔne] v. i. 〖俗〗嘟囔,發牢騷

ronchonneur, se [rɔ̃ʃɔnœːr, øːz] a., n. 愛發牢騷的(人),愛嘟囔的(人)

rond, e [rɔ̃, ɔ̃:d] a. 圓的,圓形的;矮胖的;整數的;做事乾脆的,〖俗〗喝醉的 adv. tourner ~ 運轉正常 n. m. 圓,圓形物;銅綫

rondache [rɔ̃daʃ] n. f. 圓盾

rondade [rɔ̃dad] n. f. 翻筋斗

rond-de-cuir [rɔ̃dkɥiːr] (pl. ~s-~-~) n. m. 圓皮墊;〖俗〗公務員,職員

ronde [rɔ̃:d] n. f. 巡邏,巡視;巡邏隊;輪舞,輪舞曲;圓體字;【樂】全音符

rondeau [rɔ̃do] (pl. ~x) n. m. 一種十三行詩;迴旋曲

ronde-bosse [rɔ̃dbɔs] (pl. ~s-~s) n. f. 圓雕

rondelet, te [rɔ̃dlɛ, ɛt] a. 圓胖胖的

rondelle [rɔ̃dɛl] n. f. 墊圈,墊片,小圓形薄片

rondement [rɔ̃dmɑ̃] adv. 敏捷地,坦率地

rondeur [rɔ̃dœːr] n. f. 圓形,圓形物;圓調;坦率

rondin [rɔ̃dɛ̃] n. m. 圓木柴,圓木;粗木棍

rond-point [rɔ̃pwɛ̃] (pl. ~s-~s) n. m. 圓形場地;圓形廣場

ronflant, e [rɔ̃flɑ̃, ɑ̃:t] a. 隆隆聲的;浮誇的,誇張的

ronflement [rɔ̃fləmɑ̃] n. m. 鼾聲;隆隆聲

ronfler [rɔ̃fle] v. i. 打鼾;發出鼾聲般的聲音

ronfleur, se [rɔ̃flœːr, øːz] n. 打鼾者,有打鼾習慣的人

ronger [rɔ̃ʒe] v. t. [c. 2] 啃,咬;腐蝕,侵蝕;折磨

rongeur, se [rɔ̃ʒœːr, øːz] a. 嚙齒的;腐蝕的;折磨人的 n. m. pl. 【動】嚙齒目

ronron [rɔ̃rɔ̃] n. m. (貓高興時發出的)咕嚕聲;隆隆聲

ronronnement [rɔ̃rɔnmɑ̃] n. m. (貓的)咕嚕聲;隆隆聲

ronronner [rɔ̃rɔne] v. i. (貓)發出咕嚕聲;發出隆隆聲

röntgenthérapie [rœntgɛnterapi] n. f. X射綫治療

roquefort [rɔkfɔːr] n. m. 羊乳乾酪

roquer [rɔke] v. i. (國際象棋中)使"王"與"車"調位

roquet [rɔkɛ] n. m. 一種雜種小狗,愛叫的小種狗;好争吵而不中用的人

roquette [rɔkɛt] n. f. 火箭,火箭彈

rosace [rozas] n. f. 【建】薔薇花飾,圓花窗

rosaire [rozɛːr] n. m. (大串)唸珠;【宗】玫瑰經

rosat [roza] a. inv. 薔薇的,玫瑰的

rosbif [rɔsbif] n. m. 烤牛肉

rose [ro:z] n. f. 薔薇花,玫瑰花;玫瑰紅;【建】圓花飾,圓花窗 n. m., a. 玫瑰色(的),粉紅色(的)

rosé, e [roze] a. 玫瑰色的,粉紅色的

roseau [rozo] (pl. ~x) n. m. 蘆葦

rosée [roze] n. f. 露,露水

roséole [rozeɔl] n. f. 【醫】薔薇疹,玫瑰疹

roseraie [rozrɛ] n. f. 玫瑰園

rosette [rozɛt] n. f. 玫瑰花結;玫瑰徽章(表示勳位級別)

rosier [rozje] n. m. 薔薇,玫瑰

rosiériste [rozjerist] *n. m.* 薔薇栽培者,玫瑰栽培者

rosir [rozi:r] *v. i.* 變成玫瑰色,變成粉紅色

rosse [rɔs] *n. f.* 劣馬;兇惡的人 *a.* 惡意的;諷刺的;嚴厲的

rossée [rɔse] *n. f.* 痛打,狠揍

rosser [rɔse] *v. t.* 痛打,狠揍

rosserie [rɔsri] *n. f.* 惡意,惡毒行徑

rossignol [rɔsiɲɔl] *n. m.* 夜鶯,歌鴝;〖俗〗過時貨;開鎖用的鈎子

rossinante [rɔsinɑ̃:t] *n. f.* 駑馬,瘦馬

rot [ro] *n. m.* 〖民〗打嗝

rotatif, ve [rɔtatif, i:v] *a.* 旋轉的,轉動的 *n. f.* 輪轉印刷機

rotation [rɔtɑsjɔ̃] *n. f.* 旋轉,轉動;輪換,輪流;輪種

rotatoire [rɔtatwa:r] *a.* 旋轉的,轉動的

rôti [ro[o]ti] *n. m.*, **rôt** [ro] *n. m.* 烤肉

rôtie [ro[o]ti] *n. f.* 烤麵包片

rotin [rɔtɛ̃] *n. m.* 藤條

rôtir [ro[o]ti:r] *v. t.* 烤,烘;〖俗〗使曬枯 *v. i.* 受酷熱

rôtissage [ro[o]tisa:ʒ] *n. m.* 烤

rôtisserie [ro[o]tisri] *n. f.* 烤肉店

rôtisseur, se [ro[o]tisœ:r, ø:z] *n.* 烤肉商;烤肉餐館的老闆

rôtissoire [ro[o]tiswa:r] *n. f.* 烤肉用的器具

rotonde [rɔtɔ̃:d] *n. f.* 圓亭;圓頂建築物

rotondité [rɔtɔ̃dite] *n. f.* 圓形;〖俗〗肥胖

rotor [rɔtɔ:r] *n. m.* 【機】轉子,轉片,轉動體

rotule [rɔtyl] *n. f.* 髕骨,膝蓋骨;【機】球窩

roture [rɔty:r] *n. f.* 平民;平民階級

roturier, ère [rɔtyrje, ɛ:r] *n., a.* 平民(的)

rouage [rwa:ʒ] *n. m.* (機器中的)齒輪,一機構的組成部門

roublard, e [rubla:r, ard] *a., n.* 〖俗〗狡猾的(人)

roublardise [rublardi:z] *n. f.* 〖俗〗狡猾

rouble [rubl] *n. m.* 盧布

roucoulement [rukulmɑ̃] *n. m.* (鴿子、斑鳩的)咕咕叫聲

roucouler [rukule] *v. i.* (鴿子、斑鳩)咕咕地叫;喁喁私語,談情話;軟綿綿地唱歌 *v. t.* 軟綿綿地唱

roue [ru] *n. f.* 車輪;【機】輪;車輪刑

roué, e [rwe] *a., n.* 狡詐的(人),不擇手段的(人)

rouelle [rwɛl] *n. f.* 切成圓片的牛腿肉

rouer [rwe] *v. t.* 處車輪刑

rouerie [ruri] *n. f.* 狡猾,狡詐

rouet [rwɛ] *n. m.* 腳踏紡紗機

rouf [ruf] *n. m.* 【船】艙面室

rouge [ru:ʒ] *a.* 紅的,紅色的 *n. m.* 紅色,紅顏料;胭脂

rougeâtre [ruʒɑ:tr] *a.* 淡紅色的

rougeaud, e [ruʒo, o:d] *a., n.* 〖俗〗紅面孔的(人)

rouge-gorge [ruʒgɔrʒ] (*pl.* ~**s**-~**s**) *n. m.* 紅喉雀

rougeole [ruʒɔl] *n. f.* 麻疹

rougeoyer [ruʒwaje] *v. i.* [c. 3] 帶有淡紅色

rouget [ruʒɛ] *n. m.* 緋鯉的一種;【獸醫】豬丹毒

rougeur [ruʒœ:r] *n. f.* 紅色;(由激動等引起的)臉紅;*pl.* (皮膚上的)紅斑

rougir [ruʒi:r] *v. i.* 變紅;感到羞愧,臉紅 *v. t.* 使變紅,染紅

rouille [ruj] *n. f.* 鐵鏽;(植物的)鏽病

rouiller [ruje] *v. t.* 使生鏽;使(植物)生鏽病;使遲鈍 *v. i., v. pr.* 生鏽;變得遲鈍

rouillure [rujy:r] *n. f.* 鏽蝕

rouir [rwi:r] *v. t.* 漚,浸漬

rouissage [rwisa:ʒ] *n. m.* 【紡】漚麻

rouissoir [rwiswa:r] *n. m.* 【紡】漚麻池

roulade [rulad] *n. f.* 滾落;【樂】華彩經過句;肉捲或魚肉捲

roulage [rula:ʒ] *n. m.* 滾動;車輛運輸;【機】滾壓;壓碎土塊

roulant, e [rulɑ̃, ɑ̃:t] a. 滾動的,轉動的;傳送帶式的;〖俗〗滑稽可笑的; feu ~ 連續齊射 n. m. 〖俗〗乘務人員

roulé, e [rule] a. 捲攏的

rouleau [rulo](pl. ~x) n. m. 捲,捲狀物,輥,滾棒,滾筒;〖農〗鎮壓器

roulement [rulmɑ̃] n. m. 滾,滾動,轉動;軸承;擂鼓聲,隆隆聲;輪班;〖商〗周轉,流轉

rouler [rule] v. t. 使滾動,轉動;捲,擀,輾壓;反覆考慮;欺騙 v. i. 滾,滾動,轉動;行駛;乘車(旅行);發隆隆聲;(想法等)在頭腦裏打轉;(船)左右搖擺,橫搖 v. pr. 打滾;se ~ dans 用…把自己裹起來

roulette [rulɛt] n. f. 小輪,滾珠;輪盤賭

rouleur, se [rulœr, ø:z] n. m. 流動工(礦石等的)推進工;有耐力的自行車運動員;移動式起重器

roulier [rulje] n. m. (舊時的)運貨馬車車夫

roulis [ruli] n. m. (船、車輛的)搖擺

roulotte [rulɔt] n. f. (可居住的)旅行篷車

roumain, e [rumɛ̃, ɛn] a. 羅馬尼亞的 n R~ 羅馬尼亞人 n. m. 羅馬尼亞語

roupie [rupi] n. f. 盧比;鼻涕

roupiller [rupije] v. i. 〖俗〗打瞌睡

rouquin, e [rukɛ̃, in] a, n. 〖俗〗紅棕色頭髮的(人)

roussâtre [rusɑ:tr] a. 淡紅棕色的

rousserolle [rusrɔl] n. f. 大葦鶯

roussette [rusɛt] n. f. 【魚】貓鯊;【動】狐蝠

rousseur [rusœ:r] n. f. 紅棕色

roussi [rusi] n. m. 焦味,焦臭

roussir [rusi:r] v. t. (使)成紅棕色,(使)成焦黃色;(使)微焦

roussissement [rusismɑ̃] n. m. 變成紅棕色,變成焦黃色;表面上微焦

routage [ruta:ʒ] n. m. (郵局投寄前的)郵件預分

route [rut] n. f. 道路,公路;行程,路綫;途徑

router [rute] v. t. (郵局投寄前的)預分(郵件)

routier, ère [rutje, ɛ:r] a. 道路的,公路的,航綫的 n. m. 【海】航路指南;公路自行車比賽運動員;長途卡車駕駛員 n. f. 適於長途行駛的汽車

routine [rutin] n. f. 常規,慣例;陳規

routinier, ère [rutinje, ɛ:r] a, n. 按常規辦事的(人),墨守陳規的(人)

rouvraie [ruvrɛ] n. f. (歐洲)櫟樹林

rouvre [ru:vr] n. m. 一種櫟樹

rouvrir [ruvri:r] v. t. [c. 11] 再開,重新開啓

roux, see [ru, rus] a. 紅棕色的;紅棕色頭髮的 n. 紅棕色頭髮的人 n. m. 紅棕色;用牛油、麵粉等製成的勾芡作料

royal, ale [rwajal] (pl. ~aux) a. 國王的,皇家的;莊嚴的,壯觀的;(在同類動植物中)最大的

royalisme [rwajalism] n. m. 保王主義,王權主義

royaliste [rwajalist] a. 保王黨的 n. 保王黨人

royaume [rwajo:m] n. m. 王國

royauté [rwajote] n. f. 王權,王位;君主制;權勢

ru [ry] n. m. 小河,小溪

ruade [rɥad] n. f. (驟、馬等的)尥蹶子

ruandais, e [rwɑ̃dɛ, ɛ:z] a. 盧旺達的

ruban [rybɑ̃] n. m. 帶子,飾帶;帶狀物

rubanerie [rybanri] n. f. 飾帶業

rubéfaction [rybefaksjɔ̃] n. f. (因病或服藥引起的)皮膚發紅

rubéfier [rybefje] v. t. 使(皮膚)發紅

rubéole [rybeɔl] n. f. 風疹

rubicond, e [rybikɔ̃, ɔ̃:d] a. 紅潤的(指臉)

rubidium [rybidjɔm] n. m. 【化】銣

rubis [rybi] n. m. 紅寶石;(鐘錶機件上的)鑽石

rubrique [rybrik] n. f. (古代法律書上

的)紅字標題; (報刊的)專欄

ruche [ryʃ] *n. f.* 蜂箱; 蜂羣; 工作繁忙的場所; 蜂窩狀縐領

ruchée [ryʃe] *n. f.* 一窩蜜蜂

rucher [ryʃe] *n. m.* 養蜂場 *v. t.* 做成或飾以蜂窩狀縐領

rude [ryd] *a.* 粗糙的, 不平的; 澀口的; 粗魯的; 刺耳的; 嚴酷的; 艱苦的

rudesse [rydɛs] *n. f.* 粗糙; 難看, 難聽; 粗暴

rudiment [rydimɑ̃] *n. m.* 【生】原基, 退化器官; *pl.* 基礎知識, 基本概念

rudimentaire [rydimɑ̃tɛ:r] *a.* 初步的, 基礎的; 【生】退化的

rudoiement [rydwamɑ̃] *n. m.* 粗暴對待

rudoyer [rydwaje] *v. t.* [c. 3] 粗暴對待

rue [ry] *n. f.* 街, 街道; 街道居民; 【植】芸香

ruée [rɥe] *n. f.* 猛衝, 蜂擁而上; 蜂擁的人羣

ruelle [rɥɛl] *n. f.* 小街, 小巷; 床與牆壁間的小通道

ruer [rɥe] *v. i.* (騾、馬等) 尥蹶子 *v. pr.* 衝, 湧, 蜂擁而上

ruf(f)ian [ryfjɑ̃] *n. m.* 靠娼妓生活的流氓

rugby [rygbi] *n. m.* 【英】橄欖球 (運動)

rugir [ryʒi:r] *v. i.* 吼叫; 咆哮

rugissement [ryʒismɑ̃] *n. m.* 吼叫; 怒號, 咆哮

rugosité [rygozite] *n. f.* 粗糙, 凹凸不平

rugueux, se [rygø, ø:z] *a.* 粗糙的, 凹凸不平的 *n. m.* 【軍】拉火綫, 拉火管

ruine [rɥin] *n. f.* 毀壞, 坍場; 毀滅, 損害, 敗壞; 破產; 禍根; *pl.* 廢墟, 遺址

ruiner [rɥine] *v. t.* 毀壞; 毀滅, 損害, 敗壞; 使破產

ruineux, se [rɥinø, ø:z] *a.* 導致破產的; 花費巨大的; 昂貴的

ruisseau [rɥiso] *n. m.* (*pl.* ~*x*) 小河, 小溪; 下水道, 陽溝; 大量流出之物

ruisseler [rɥisle] *v. i.* [c. 5] 涓涓而流, 流成水道; 傾注; 被沾濕

ruisselet [rɥislɛ] *n. m.* 小河溝, 小溪

ruissellement [rɥisɛlmɑ̃] *n. m.* 涓涓而流, 流成水道; 傾注; 閃耀; 【地質】雨水沖刷作用

rumeur [rymœ:r] *n. f.* 嘈雜聲; 起閧聲; 流言蜚語, 謠言

ruminant, e [ryminɑ̃, ɑ̃:t] 【動】 *a.* 反芻的 *n. m. pl.* 反芻類

rumination [ryminɑsjɔ̃] *n. f.* 反芻; 反覆思考

ruminer [rymine] *v. t.* 反芻; 反覆思考

rumsteck = romsteck

ruolz [rɥɔls] *n. m.* 羅斯合金 [銅、鎳、銀合金, 首飾用]

rupestre [rypɛstr] *a.* 岩生的; 描繪或雕刻在岩石上的

rupin, e [rypɛ̃, in] *a.* 【民】有錢的

rupture [rypty:r] *n. f.* 折斷, 斷裂; 中斷, 斷絶; 取消; 決裂

rural, ale [ryral] (*pl.* ~*aux*) *a.* 鄉下的, 農村的 *n. m. pl.* 農村居民

ruse [ry:z] *n. f.* 狡猾, 欺詐, 詭計

rusé, e [ryze] *a., n.* 狡猾的 (人), 奸詐的 (人)

ruser [ryze] *v. i.* 施詭計, 要手腕

russe [rys] *a.* 俄羅斯的, 俄國的 *n. R* ~ 俄羅斯人, 俄國人 *n. m.* 俄語

russifier [rysifje] *v. t.* 使俄羅斯化

rustaud, e [rysto, o:d] *a., n.* 舉止粗魯的 (人)

rusticité [rystisite] *n. f.* 粗野, 粗俗; 土裏土氣

rustique [rystik] *a.* 鄉村的; 樸實的; 粗野的; 土裏土氣的

rustiquer [rystike] *v. t.* 粗鑿, 粗琢; 粗塗 (稀灰漿)

rustre [rystr] *a., n.* 粗野的 (人)

rut [ryt] *n. m.* 【動】發情, 發情期

rutabaga [rytabaga] *n. m.* 【植】蕪菁甘藍

ruthénium [rytenjɔm] *n. m.* 【化】釕

rutilant, e [rytilɑ̃, ɑ̃:t] *a.* 火紅的;光彩奪目的,燦爛的

rutiler [rytile] *v. i.* 紅光閃閃,光彩奪目

rythme [ritm] *n. m.* 節奏,(詩歌中的)節律

rythmer [ritme] *v. t.* 使有節奏

rythmique [ritmik] *a.* 有節奏的,有節律的

S

S, s [ɛs] *n. m.* 法語字母表中第19個字母

sa 見 son

sabbat [saba] *n. m.* (猶太人的)安息日〔星期六〕;〖俗〗大吵大鬧

sabbatique [sabatik] *a.* 安息日的

sabir [sabi:r] *n. m.* 薩比爾語〔阿拉伯、法、意、西等語言的混合語,曾通行於地中海東岸和北非各港口〕;混合語

sablage [sɑblaːʒ] *n. m.* 鋪沙;噴沙(處理)

sable [sɑ:bl] *n. m.* 沙,沙子

sabler [sable] *v. t.* 鋪沙;澆入沙型,噴沙處理;痛飲(香檳酒)

sableux, se [sɑblø, øːz] *a.* 含沙的,混有沙子的

sablier [sa(ɑ)blie] *n. m.* 沙時計,沙漏

sablière [sa(ɑ)bliɛːr] *n. f.* 採沙場;〖鐵〗撒沙箱

sablon [sɑblɔ̃] *n. m.* 細沙

sablonneux, se [sa(ɑ)blɔnø, øːz] *a.* 多沙的

sablonnière [sa(ɑ)blɔnjɛːr] *n. f.* 採細沙場

sabord [sabɔːr] *n. m.* 舷窗;舷門

sabordage [sabɔrdaːʒ] *n. m.* 鑿沉

saborder [sabɔrde] *v. t.* 鑿沉 *v. pr.* 自行鑿沉;自行停業

sabot [sabo] *n. m.* 木鞋;蹄;(傢具等的)金屬包腳;陀螺;制動塊;整腳東西

sabotage [sabɔtaːʒ] *n. m.* 破壞,草率從事

saboter [sabɔte] *v. t.* 破壞;草率地做

saboterie [sabɔtri] *n. f.* 木鞋工場

saboteur, se [sabɔtœːr, øːz] *n.* 破壞分子,怠工者;草率從事的人

sabotier [sabɔtje] *n. m.* 製木鞋工人

sabre [sɑ:br] *n. m.* 軍刀,馬刀;刀法

sabrer [sɑbre] *v. t.* 刀斬,刀砍;〖俗〗草率地做;刪去;抨擊,叱責

sabretache [sabrətaʃ] *n. f.* (騎兵掛在腰間的)皮袋

sabreur [sɑbrœːr] *n. m.* 〖俗〗草率從事的人

sac [sak] *n. m.* 袋,包;一袋之量;〖解〗囊;洗劫

saccade [sakad] *n. f.* (急勒馬繮引起的)震動,顛動,顛簸

saccadé, e [sakade] *a.* 顛跳的,顛簸的;不平穩的

saccage [sakaːʒ] *n. m.* 洗劫,劫掠;弄亂

saccager [sakaʒe] *v. t.* [c. 2] 洗劫,劫掠;弄得亂七八糟

saccageur, se [sakaʒœːr, øːz] *n.* 洗劫者,劫掠者

saccharification [sakarifikɑsjɔ̃] *n.f.* 糖化(作用)

saccharifier [sakarifje] *v. t.* 〖化〗糖化

saccharine [sakarin] *n. f.* 糖精

saccharose [sakaroːz] *n. m.* 蔗糖

sacerdoce [sasɛrdɔs] *n. m.* 〖宗〗神職,聖職;可敬的職務

sachet [saʃɛ] *n. m.* 小袋;小香袋;小藥袋

sacoche [sakɔʃ] *n. f.* 皮革大錢包;帆布袋,皮革袋,包

sacramentel, le [sakramɑ̃tɛl] *a.* 聖事的

sacre [sakr] *n. m.* (教會爲國王舉行的)

加冕禮;(教皇、主教的)聖職授任禮

sacré, e [sakre] *a.* 神聖的, 不可侵犯的;〖俗〗可惡的; 該死的 *n. m.* 神聖的事物

sacrement [sakrəmā] *n. m.* 【宗】聖事

sacrer [sakre] *v. t.* 祝聖 *v. i.* 〖俗〗咒罵

sacrificateur, trice [sakrifikatœːr, tris] *n.* 祭司

sacrificatoire [sakrifikatwaːr] *a.* 祭品的;犧牲的

sacrifice [sakrifis] *n. m.* 祭品;犧牲

sacrifier [sakrifje] *v. t.* 獻祭; 犧牲, 獻出 *v. i.* 遷就, 迎合 *v. pr.* 獻身, 自我犧牲

sacrilège [sakrilɛːʒ] *a., n.* 褻瀆聖物的(人) *n. m.* 褻瀆聖物;〖俗〗褻瀆行爲

sacripant [sakripā] *n. m.* 無賴, 壞蛋

sacristi! [sakristi] *interj.* 見鬼!

sacristie [sakristi] *n. f.* 【宗】聖器室

sacro-saint, e [sakrɔsɛ̃, ɛ̃ːt] *a.* 神聖不可侵犯的;碰不得的

sacrum [sakrɔm] *n. m.* 骶骨

safran [safrɑ̃] *n. m.* 【植】藏紅花, 番紅花;藏紅花粉〔用作調味品〕;藏紅花染料;舵板

safrané, e [safrane] *a.* 藏紅花色的

sagace [sagas] *a.* 有洞察力的, 敏銳的

sagacité [sagasite] *n. f.* 洞察力, 敏銳

sage [saːʒ] *a.* 聰明的, 明智的, 審慎的, 考慮周到的; 乖的, 聽話的; 有分寸的, 適度的; 規矩的, 貞潔的 *n. m.* 賢者, 哲人, 有理智的人

sage-femme [saʒfam] (*pl. ~s~s*) *n. f.* 助產士

sagesse [saʒɛs] *n. f.* 智慧, 明智;審慎;(孩子的)文靜, 聽話;貞潔

sagittaire [saʒitɛːr] *n. m.* (古羅馬的)弓手 *n. f.* 【植】慈菇

sagou [sagu] *n. m.* 西谷米

sagouin, e [sagwɛ̃, in] *n. m.* 狨 *n.* 〖俗〗骯髒的人

sagoutier [sagutje] *n. m.* 西谷椰子

saharien, ne [saarjɛ̃, ɛn] *a.* 撒哈拉沙漠的

saignée [se(ɛ)ɲe] *n. f.* 放血;放血量;肘彎;(錢財等的)耗費, 人口損失;排水溝

saignement [sɛɲmā] *n. m.* 流血, 出血;鼻出血

saigner [se(ɛ)ɲe] *v. t.* 放血, 宰殺;排水;榨取, 勒索 *v. i.* 出血, 流血 *v. pr.* 耗盡錢財

saillant, e [sajā, āːt] *a.* 突出的, 凸起的;明顯的, 顯著的 *n. m.* 凸出部分

saillie [saji] *n. f.* 突出部分;交尾, 交配;俏皮話

saillir [sajiːr] *v. t.* 〔變位同 finir, 僅用不定式及第三人稱〕(公牛、公馬等)與…交配, 與…交尾

saillir [sajiːr] *v. i.* [c. 24] 突出, 凸起

sain, e [sɛ̃, ɛn] *a.* 健康的, 健全的;未變質的, 未壞的;有益健康的;智力健全的

saindoux [sɛ̃du] *n. m.* (熬的)豬油

sainfoin [sɛ̃fwɛ̃] *n. m.* 【植】岩黃芪

saint, e [sɛ̃, ɛ̃ːt] 【宗】*a.* 聖的, 神聖的 *n.* 聖徒, 聖人

saint-cyrien, e [sɛ̃sirjɛ̃] (*pl. ~s*) *n. m.* 法國聖西爾軍校學生

sainteté [sɛ̃təte] *n. f.* 神聖, 聖潔

saint-frusquin [sɛ̃fryskɛ̃] *n. m. inv.* 〖俗〗全部家當

saint-honoré [sɛ̃tɔnɔre] *n. m.* 一種奶油糕點

saint-simonien, ne [sɛ̃simɔnjɛ̃, ɛn] (*pl. ~s*) *a.* 聖西門主義的 *n.* 聖西門主義者

saint-simonisme [sɛ̃simɔnism] *n. m.* 聖西門主義

saisi, e [se(ɛ)zi] 【法】*a.* 財產被扣押的, 財產被查封的 *n.* 財產被扣押的人 *n. f.* 扣押, 查封

saisie-arrêt [se(ɛ)ziarɛ] (*pl. ~s~s*) *n. f.* 【法】支付扣押

saisir [se(ɛ)ziːr] *v. t.* 抓住, 捉住;侵襲, 使產生強烈感受;理解, 領會;(用旺火)爆, 煎 【法】扣押, 查封

saisissable [se(ɛ)zisabl] *a.* 可扣押的；可以抓得住的，可領會的

saisissement [se(ɛ)zismɑ̃] *n. m.* 寒顫，激動，震驚

saison [sɛzɔ̃] *n. f.* 季，季節；時宜；溫泉療養期

saisonnier, ère [sɛzɔnje, ɛːr] *a.* 季節的，季節性的　*n. m.* 季節性工人

sajou [saʒu], **sapajou** [sapaʒu] *n. m.* 捲尾猴，泣猴

salade [salad] *n. f.* 色拉，涼拌菜；生菜；〖俗〗大雜燴；(舊時)騎兵的盔

saladier [saladje] *n. m.* 色拉盆；一盆色拉

salage [sala:ʒ] *n. m.* 腌，鹽漬；(調味時的)加鹽

salaire [salɛːr] *n. m.* 工資，薪水，報酬；報應

salaison [salɛzɔ̃] *n. f.* 腌，鹽漬；腌貨

salamalec [salamalɛk] *n. m.* 〖俗〗鞠躬，過分的禮貌

salamandre [salamɑ̃:dr] *n. f.* 〖動〗蠑螈

salariat [salarja] *n. m.* 工資制；受雇，薪水階級

sale [sal] *a.* 骯髒的，污穢的；(顏色)渾濁的；〖俗〗下流的，卑鄙的

salé, e [sale] *a.* 含鹽的，鹹的；〖俗〗下流的，過分的　*n. m.* 鹹肉

saler [sale] *v. t.* 加鹽，腌；〖俗〗嚴厲懲罰，抬高價格

saleté [salte] *n. f.* 骯髒，污穢；髒東西，垃圾；卑鄙行為，下流話

saleur, se [salœːr, øːz] *n.* 腌業者

salicaire [salikɛːr] *n. f.* 〖植〗千屈菜

salicoque [salikɔk] *n. f.* 長臂蝦

salicylate [salisilat] *n. m.* 〖化〗水楊酸鹽；水楊酸鹽

salière [saljɛːr] *n. f.* 鹽瓶，鹽盅；馬的眼窩；〖俗〗鎖骨的上窩

salin, e [salɛ̃, in] *a.* 含鹽的，鹽(性)的　*n. m.* 鹽田　*n. f.* 岩鹽礦，鹽場

salinier, ère [salinje, ɛːr] *n.* 製鹽者，鹽工

salinité [salinite] *n. f.* 鹽濃度，含鹽量

salir [saliːr] *v. t.* 弄污，弄髒；玷污，敗壞

salivaire [salivɛːr] *a.* 唾液的

salivation [salivɑsjɔ̃] *n. f.* 唾液分泌

salive [saliːv] *n. f.* 唾液，口水

saliver [salive] *v. i.* 分泌唾液；滿口水

salle [sal] *n. f.* 房間，室，廳，場；劇場內的觀眾

salmigondis [salmigɔ̃di] *n. m.* 大雜燴，東拼西湊

salmis [salmi] *n. m.* 紅燴烤野味

saloir [salwaːr] *n. m.* 腌魚、肉用的缸

salon [salɔ̃] *n. m.* 客廳，會客室，沙龍；S～ (定期舉行的)美術展覽會

salopette [salɔpɛt] *n. f.* 工作服，(兒童的)背帶褲

salpêtre [salpɛtr] *n. m.* 硝石，鉀硝

salpêtrer [salpe(ɛ)tre] *v. t.* 使起硝，使出硝，(地面)摻硝

salsepareille [salsəparɛj] *n. f.* 〖植〗菝葜

salsifis [salsifi] *n. m.* 〖植〗波羅門參

saltimbanque [saltɛ̃bɑ̃:k] *n. m.* 街頭賣藝者

salubre [salybr] *a.* 有益健康的

salubrité [salybrite] *n. f.* 有益健康，衛生

saluer [salɥe] *v. t.* 招呼，向…致意，向…致敬；迎候

salure [salyːr] *n. f.* 含鹽量，鹹度

salut [saly] *n. m.* 拯救，解救，救星；致意，敬禮

salutaire [salytɛːr] *a.* 有益健康的；有益身心的；有益的

salutation [salytɑsjɔ̃] *n. f.* 致意，致敬，敬禮

salutiste [salytist] *a., n.* 〖宗〗救世軍的(成員)

salvadorien, ne [salvadɔrjɛ̃, ɛn] *a.* 薩爾瓦多的　*n.* S～ 薩爾瓦多人

salve [salv] *n. f.* 齊射，齊發禮炮

samarium [samarjɔm] *n. m.* 〖化〗釤

samba [sɑ̃ba] *n. f.* 桑巴舞〔巴西民間舞

蹈)

samedi [samdi] *n. m.* 星期六

samovar [samɔva:r] *n. m.* 〖俄〗(有加熱裝置的)茶炊

sampan(g) [sāpā] (*pl.* ~(*g*)*s*) *n. m.* 舢板

sanatorium [sanatɔrjɔm] (*pl.* ~*s*) *n. m.* 療養院, 療養所; 結核病療養院

sanctifica*teur*, *trice* [sāktifikatœ:r, tris] *a., n.* 〖宗〗使成爲神聖的(人)

sanctification [sāktifikasjɔ̃] *n. f.* 〖宗〗聖化, 成聖; 慶祝聖節

sanctifier [sāktifje] *v. t.* 〖宗〗使神聖, 尊爲神聖; 慶祝(聖節)

sanction [sāksjɔ̃] *n. f.* 批准, 核准; 承認, 約定俗成;〖法〗懲罰; 制裁; 必然後果

sanctionner [sāksjɔne] *v. t.* 批准, 核准; 承認, 認可; 制裁

sanctuaire [sāktɥɛ:r] *n. m.* 廟宇內殿, 祭台間, 至聖所; 神聖不可侵犯的避難所

sandale [sādal] *n. f.* 涼鞋

sandaraque [sādarak] *n. f.* 山達脂

sandwich [sādwitʃ, sādwiʃ] (*pl.* ~(*e*)*s*) *n. m.* 〖英〗三明治, 夾肉麵包片

sang [sā] *n. m.* 血, 血液; 生命; 血統, 血緣, 家族

sang-froid [sāfrwa] *n. m. inv.* 鎮定, 沉着, 冷靜

sanglant, *e* [sāglā, ā:t] *a.* 帶血的, 沾染鮮血的; 血紅色的; 流血的, 血腥的; 辛辣的, 無情的

sangle [sā:gl] *n. f.* 闊帶子

sangler [sāgle] *v. t.* (用闊帶子)束緊, 勒緊

sanglier [sāglie] *n. m.* 野豬

sanglot [sāglo] *n. m.* 嗚咽, 啜泣

sangloter [sāglɔte] *v. i.* 嗚咽, 抽噎

sang-mêlé [sāme(ɛ)le] *n. inv.* 混血兒

sangsue [sāsy] *n. f.* 水蛭, 螞蟥; 吸血鬼

sanguin, *e* [sāgɛ̃, in] *a.* 血液的; 多血的; 血色的

sanguinaire [sāginɛ:r] *a.* 好殺的, 殘暴的; 浴血的, 血腥的 *n. f.* 血根草屬

sanguine [sāgin] *n. f.* 紅粉筆; 紅粉筆畫; 紅瓤柑橘

sanguinolent, *e* [sāginɔlā, ā:t] *a.* 帶血的; 血紅色的

sanie [sani] *n. f.* 〖醫〗血膿

sanieux, *se* [sanjø, ø:z] *a.* 含血膿的; 流血膿的

sanitaire [sanitɛ:r] *a.* 衛生的, 保健的

sans [sā] *prép.* 沒有, 無, 不; ~ quoi *loc. adv.* 否則; 無 ~ *loc. prép.* 有, 不是沒有; ~ que *loc. conj.* 儘管沒有, 無需; 並未

sans-cœur [sākœ:r] *n. inv.* 〖俗〗冷酷無情的人, 狠心的人

sanscrit, *e* [sāskri, it] *n. m.,* 梵語(的), 梵文(的)

sanscritiste [sāskritist] *n. m.* 梵文學者

sans-culotte [sākylɔt] (*pl.* ~*s*) *n. m.* 無套褲漢, 長褲漢〔指18世紀法國資產階級革命時期的革命羣衆〕

sans-façon [sāfasɔ̃] *n. m. inv.* 隨便, 不拘禮節

sans-filiste [sāfilist] (*pl.* ~*s*) *n.* 無綫電報務員; 業餘無綫電報愛好者

sans-gêne [sāʒɛn] *n. m. inv.* 無拘束, 不拘禮節; 放肆

sansonnet [sāsɔnɛ] *n. m.* (紫翅)椋鳥

sans-souci [sāsusi] *a. inv., n. inv.* 無憂無慮的(人)

santal [sātal] (*pl.* ~*s*) *n. m.* 檀香(木)

santé [sāte] *n. f.* 健康; 健康狀況

sapajou = sajou

sape [sap] *n. f.* 〖軍〗坑道

sapement [sapmā] *n. m.* 用鎬挖掘, 挖牆腳; 顛覆

sapèque [sapɛk] *n. f.* (中國、印度支那國家舊時使用的)銅錢

saper [sape] *v. t.* 挖倒, 挖牆腳; 顛覆

sapeur [sapœ:r] *n. m.* 工兵, 坑道兵

sapeur-pompier [sapœrpɔ̃pje] (*pl.* ~*s-* ~*s*) *n. m.* 消防隊員

saphir [safi:r] *n. m.* 藍寶石

sapide [sapid] *a.* 有滋味的

sapidité [sapidite] *n. f.* 滋味

sapin [sapɛ̃] *n. m.* 冷杉,樅樹

sapinière [sapinjɛ:r] *n. f.* 冷杉林,樅樹林;冷杉或樅樹種植地

saponacé, e [saponase] *a.* 肥皂性質的

saponaire [saponɛ:r] *n. f.* 肥皂草

saponification [saponifikasjɔ] *n. f.* 皂化(作用)

saponifier [saponifje] *v. t.* 皂化

sapristi! [sapristi] *interj.* 見鬼!

sarabande [sarabɑ̃:d] *n. f.* 薩拉班德舞(曲);〖俗〗喧鬧的游戲

sarbacane [sarbakan] *n. f.* (吹出小彈丸等用的)長吹管

sarcasme [sarkasm] *n. m.* 諷刺,挖苦

sarcastique [sarkastik] *a.* 諷刺的,挖苦的;愛譏笑人的

sarcelle [sarsɛl] *n. f.* 野鴨

sarclage [sarkla:ʒ] *n. m.* 除草,耘

sarcler [sarkle] *v. t.* 除草,鋤草

sarcleur, se [sarklœ:r, ø:z] *n.* 除草的人

sarcloir [sarklwa:r] *n. m.* 除草的鋤

sarcome [sarko:m] *n. m.* 肉瘤

sarcophage [sarkɔfa:ʒ] *n. m.* 石棺

sardine [sardin] *n. f.* 沙丁魚;〖俗〗下級軍官的袖章

sardinerie [sardinri] *n. f.* 罐裝沙丁魚加工廠

sardinier, ère [sardinje, ɛ:r] *n.* 捕沙丁魚的漁民;罐裝沙丁魚加工廠的工人 *n. m.* 捕沙丁魚的船 *n. f.* 沙丁魚漁網

sardoine [sardwan] *n. f.* 瑪瑙

sardonique [sardɔnik] *a.* 諷刺的,嘲弄的

sargasse [sargas] *n. f.* 馬尾藻

sari [sari] *n. m.* 紗麗(印度婦女披在身上的一長段棉布或絲綢)

sarigue [sarig] *n. f.* (美洲產)負鼠

sarment [sarmɑ̃] *n. m.* 蔓枝;(葡萄的)嫩枝,新梢

sarmenteux, se [sarmɑ̃tø, ø:z] *a.* 具長匐莖的;蔓生性的

sarrasin, e [sarazɛ̃, in] *a.* 撒拉遜人的 *n.* S~ 撒拉遜人(中世紀歐洲人對穆斯林的稱呼) *n. m.* 蕎麥

sarrau [saro] (*pl.* ~s 或 ~x) *n. m.* 罩衫;工作服;倒穿式兒童罩衫

sarriette [sarjɛt] *n. f.* 【植】風輪菜

sarrois, e [sarwa, a:z] *a.* 薩爾的 *n.* S~ 薩爾人

sas [sɑ] *n. m.* 篩;(船閘的)閘室

sassement [sɑsmɑ̃] *n. m.* 過篩

sasser [sɑse] *v. t.* 過篩;〖俗〗仔細檢查;使通過(船閘的)閘室

satané, e [satane] *a.* 〖俗〗可惡的,該死的

satanique [satanik] *a.* 惡魔的,窮兇極惡的

satanisme [satanism] *n. m.* 窮兇極惡

satellite [sate(ɛl)lit] *n. m.* 衛星;僕從;衛星國;【機】行星齒輪

satiété [sasjete] *n. f.* 飽,滿足;厭膩

satin [satɛ̃] *n. m.* 緞子,綢紋緞紗

satiner [satine] *v. t.* 【紡】緞光整理,軋光整理;(把紙張)軋光,加光

satinette [satinɛt] *n. f.* 絲棉交織緞,棉緞

satire [sati:r] *n. f.* 諷刺詩,諷刺作品;譏諷,挖苦

satirique [satirik] *a.* 譏諷的,挖苦的 *n. m.* 諷刺詩作者

satisfaction [satisfaksjɔ] *n. f.* 滿意,滿足;賠禮,道歉

satisfaire [satisfɛ:r] [c. 68] *v. t.* 使…滿意,滿足 *v. i.* 履行(義務)

satisfaisant, e [satisfəzɑ̃, ɑ̃:t] *a.* 令人滿意的

satisfait, e [satisfɛ, ɛt] *a.* 滿意的,得到滿足的

satisfecit [satisfesit] *n. m. inv.* 〖拉〗獎狀

satrape [satrap] *n. m.* (古波斯帝國)省的總督;驕奢淫逸的人,暴君

saturable [satyrabl] *a.* 可飽和的

saturation [satyrɑsjɔ̃] *n. f.* 飽和; 飽和狀態

saturer [satyre] *v. t.* 使飽和; 使滿足

saturnales [satyrnal] *n. f. pl.* (古羅馬的)農神節; 縱情歡樂的時節

Saturne [satyrn] *n. pr. m.* 【天】土星

saturnisme [satyrnism] *n. m.* 鉛中毒

satyre [sati:r] *n. m.* 【希神】森林之神〔羊角、羊蹄、半人半獸的神〕; 色鬼, 淫棍

sauce [so:s] *n. f.* 調味汁; 陪襯, 附屬; 黑色畫筆

saucer [sose] *v. t.* [c. 1] 浸入調味汁; 蘸調味汁; 〖俗〗淋濕

saucière [sosjɛ:r] *n. f.* 船形調味汁杯

saucisse [sosis] *n. f.* 紅腸

saucisson [sosisɔ̃] *n. m.* 香腸, 臘腸

sauf, ve [so:f, o:v] *a.* 安然脫險的; 未受損害的

sauf [sof] *prép.* 除了⋯以外, 除非

sauf-conduit [sofkɔ̃dɥi] (*pl.* ~s) *n. m.* 安全通行證

sauge [so:ʒ] *n. f.* 鼠尾草屬植物

saugrenu, e [sogrəny] *a.* 荒誕的

saule [so:l] *n. m.* 柳樹

saumâtre [somɑ:tr] *a.* 有海水鹹味的, 使人受不了的

saumon [somɔ̃] *n. m.* 鮭魚; 【技】錠 *a. inv.* 鮭肉色的

saumoné, e [somɔne] *a.* 鮭肉色的

saumurage [somyra:ʒ] *n. m.* 鹽水漬

saumure [somy:r] *n. f.* (腌製食品的)鹽水

saunage [sona:ʒ] *n. m.* 採鹽; 鹽的販賣

saunier [sonje] *n. m.* 採鹽人, 製鹽工人

saupiquet [sopikɛt] *n. m.* 辣調味汁

saupoudrer [sopudre] *v. t.* 撒(鹽等); 散佈, 點綴

saupoudroir [sopudrwa:r] *n. m.* 撒粉器

saur [sɔ:r] *a. m.* hareng ~ 燻鹹鯡

saurer [sɔre], **saurir** [sɔri:r] *v. t.* 烟燻腌製

sauret [sɔrɛ] *a. m.* 稍加燻製的

sauriens [sɔrjɛ̃] *n. m. pl.* 蜥蜴類

saurissage [sɔrisa:ʒ] *n. m.* 烟燻腌製

saussaie [sosɛ] *n. f.* 柳樹林

saut [so] *n. m.* 跳, 跳躍; 瀑布; 突變

saute [so:t] *n. f.* 突然變化

saute-mouton [sotmutɔ̃] *n. m. inv.* 跳背游戲

sauter [sote] *v. i.* 跳, 跳躍; 蹦; 撲過去; 跳越(一個章節等); 爆炸; (風向)突變; faire ~ 用旺火炒 *v. t.* 跳過; 漏掉

sauterelle [sotrɛl] *n. f.* 螽斯, 蟈蟈兒, 叫哥哥; 蝗蟲; 活絡角尺

sauterie [sotri] *n. f.* 家庭舞會

sauternes [sɔ(o)tɛrn] *n. m.* (法國索泰爾納地方產的)波爾多酒

sauteur [sotœ:r] *n. m.* 跳躍的〔跳動物〕

sauteur, se [sotœ:r, ø:z] *n.* 跳高或跳遠運動員; 〖俗〗經常改變主意的人 *n. m.* 經過專門跳躍訓練的馬 *n. f.* 〖俗〗輕佻的女人

sautillement [sotijmɑ̃] *n. m.* 雀躍, 跳跳蹦蹦

sautiller [sotije] *v. i.* 雀躍, 跳跳蹦蹦

sautoir [sotwa:r] *n. m.* 長項鍊; 跳遠及跳高的場地; (交叉放成的)X形

sauvage [sova:ʒ] *a.* 野生的; 未馴化的; 未開化的; 荒蕪的; 孤僻的 *n.* 未開化的人; 孤僻的人

sauvageon, ne [sovaʒɔ̃, ɔn] *n. m.* 野生的幼樹, 用作砧木的幼樹 *n.* 野孩子

sauvagerie [sovaʒri] *n. f.* 孤僻; 野蠻, 殘酷

sauvagin, e [sovaʒɛ̃, in] *n. m., a.* 野水禽氣味的(的) *n. f.* 野水禽

sauvegarde [sovgard] *n. f.* 保護, 保障; 保護者, 保護物; 【海】安全繩

sauvegarder [sovgarde] *v. t.* 保護, 保衛, 維護

sauve-qui-peut [sovkipø] *n. m. inv.* "逃命吧!"的喊叫聲; 潰敗, 潰逃

sauver [sove] v. t. 救, 拯救, 挽救; 挽回, 保全; 彌補…的缺點, 掩蓋 v. pr. 逃走, 逃跑;【宗】得救

sauvetage [sovta:ʒ] n. m. 救生, 營救; 搶救, 救援

sauveteur [sovtœ:r] a. 救生的 n. m. 救生員; 援救者

sauvette (à la) [alasovɛt] loc. adv. 偷偷摸摸地, 慌慌張張地

sauveur [sovœ:r] n. m. 救星, 救命恩人; S~【宗】救世主 a. 救世的

savamment [savamɑ̃] adv. 學識淵博地; 深知原由地

savane [savan] n. f. 熱帶草原;(加拿大的)沼澤地

savant, e [savɑ̃, ɑ̃:t] a. 有學問的, 博學的; 精通的, 造詣很深的; 學術性的; 有技巧的 n. m. 學者

savate [savat] n. f. 舊拖鞋, 破鞋;〖俗〗笨蛋; 允許動脚的拳擊;(船隻下水時用的)底板

saveur [savœ:r] n. f. 味, 滋味; 風味, 風趣

savoir [savwa:r] v. t. [c. 28] 知道, 曉得; 明白, 瞭解; 記住, 懂得; 善於 n. m. 知識, 學問

savoir-faire [savwarfɛ:r] n. m. inv. 本領, 才幹

savoir-vivre [savwarvi:vr] n. m. inv. 人情世故, 處世之道

savon [savɔ̃] n. m. 肥皂;〖俗〗嚴厲的責備

savonnage [savɔna:ʒ] n. m. 用肥皂洗滌

savonner [savɔne] v. t. 用肥皂洗滌;(剃鬍鬚前)塗肥皂;〖俗〗嚴厲責備

savonnerie [savɔnri] n. f. 肥皂廠

savonnette [savɔnɛt] n. f. 香皂

savonneux, se [savɔnø, ø:z] a. 肥皂質的; 肥皂般的

savonnier, ère [savɔnje, ɛ:r] a. 肥皂的; 肥皂業的 n. m. 製皂商;【植】無患子

savourer [savure] v. t. 嘗滋味, 品味; 玩味, 享受

savoureux, se [savurø, ø:z] a. 美味的; 有趣味的

savoyard, e [savwaja:r, ard], **savoisien, ne** [savwazjɛ̃, ɛn] a. 薩瓦的 S~ 薩瓦人

saxe [saks] n. m. 薩克森瓷器

saxifrage [saksifra:ʒ] n. f. 虎耳草

saxon, ne [saksɔ̃, ɔn] a. 撒克遜人的; 薩克森(地區)的 n. S~ 撒克遜人

saxophone [saksɔfɔn] n. m. 【樂】薩克管

saynète [sɛnɛt] n. f. 西班牙幕間小喜劇

sbire [sbi:r] n. m. 〖貶〗警察; 打手, 暴徒

scabieuse [skabjø:z] n. f. 山蘿蔔

scabreux, se [ska(ɑ)brø, ø:z] a. 危險的, 棘手的; 下流的, 淫穢的

scalène [skalɛn] a. triangle ~ 不等邊三角形

scalp [skalp] n. m. (從前美洲印第安人從戰敗者頭上割下的)帶髮頭皮

scalpel [skalpɛl] n. m. 解剖刀

scalper [skalpe] v. t. 割取帶髮頭皮

scandale [skɑ̃dal] n. m. 公憤, 議論; 醜事, 醜聞

scandaleux, se [skɑ̃dalø, ø:z] a. 引起公憤的; 可恥的, 醜惡的

scandaliser [skɑ̃dalize] v. t. 引起憤慨, 使產生反感

scander [skɑ̃de] v. t. 分清節拍; 強調

scandinave [skɑ̃dina:v] a. 斯堪的納維亞的 n. S~ 斯堪的納維亞人

scandium [skɑ̃djɔm] n. m. 【化】鈧

scansion [skɑ̃sjɔ̃] n. f. (詩歌的)音步劃分

scaphandre [skafɑ̃:dr] n. m. 潛水服

scaphandrier [skafɑ̃drie] n. m. (穿上潛水服的)潛水員

scapulaire [skapylɛ:r] n. m. 【解】肩胛的

scarabée [skarabe] n. m. 【昆】金龜子

scarificateur [skarifikatœ:r] n. m.

【醫】(皮膚)劃痕器;【農】鬆土耕耘機

scarification [skarifikɑsjɔ̃] n. f. (皮膚)劃痕

scarifier [skarifje] v. t. (皮膚)劃痕;鬆碎土壤

scarlatine [skarlatin] n. f. 猩紅熱

scarole [skarɔl] n. f. 【植】菊苣

scatologie [skatɔlɔʒi] n. f. (涉及糞便的)粗俗的笑話或作品

sceau [so] (pl. ~x) n. m. 璽, 官印, 公章;印記, 印章;證實, 標誌

scélérat, e [selera, at] a. 犯罪的;惡毒的, 卑鄙的 n. 罪人, 惡棍, 壞蛋

scélératesse [seleratɛs] n. f. 惡毒, 邪惡;卑鄙行爲

scellé [se[ɛ]le] n. m. 〔常用 pl.〕封印, 封条

scellement [sɛlmɑ̃] n. m. 【技】砌住, 固定, 澆牢

sceller [se[ɛ]le] v. t. 蓋印;加封條, 蓋印封存;密封;確認;【技】(用沙漿、水泥等)砌住, 固定, 澆牢

scénario [senarjo] (pl. ~s) n. m. 小説或劇本的概要, 電影劇本

scène [sɛn] n. f. 舞台, 舞台藝術, 戲劇;場景, 佈景;劇中故事發生地點;景象, 場面;現場;〖俗〗爭吵, 發脾氣

scénique [senik] a. 舞台的, 戲劇的

scepticisme [sɛptisism] n. m. 【哲】懷疑論;懷疑

sceptique [sɛptik] a. 懷疑論的;抱懷疑態度的 n. 懷疑論者;抱懷疑態度的人

sceptre [sɛptr] n. m. (君主的)權杖;王位;優勢

s(c)hah, chan [ʃa] n. m. 伊朗國王的稱號

schako = shako

schéma [ʃema] n. m. 圖解, 簡圖, 示意圖;方案, 提綱

schématique [ʃematik] a. 圖解的;概要的

scherzo [skɛrdzo] n. m. 〖意〗諧謔曲

schisme [ʃism] n. m. 分裂, 分立;意見分歧

schiste [ʃist] n. m. 片岩, 板岩

schisteux, se [ʃistø, øz] a. 【地質】片狀的, 頁狀的

schistosome [ʃistozɔm] n. m. 血吸蟲

schistosomiase [ʃistozɔmjɑːz] n. f. 血吸蟲病

schizophrénie [skizɔfreni] n. f. 精神分裂症

schlague [ʃlag] n. f. (舊時德國軍隊中的)棍刑

schlittage [ʃlitaːʒ] n. m. 用運木橇運木材

schlitte [ʃlit] n. f. 運木橇

sciage [sjaːʒ] n. m. 鋸, 鋸開

sciatique [sjatik] a. 坐骨的 n. f. 坐骨神經痛

scie [si] n. f. 鋸, 鋸子;陳詞濫調, 老一套;〖俗〗討厭的人, 討厭的事

sciemment [sjamɑ̃] adv. 故意地

science [sjɑ̃ːs] n. f. 科學;學問, 學識;技能, 技巧

scientifique [sjɑ̃tifik] a. 科學的, 具有科學性的 n. 科學家, 科學工作者

scientisme [sjɑ̃tism] n. m. 唯科學主義

scier [sje] v. t. 鋸, 鋸開

scierie [siri] n. f. 鋸木廠, 鋸石廠

scieur [sjœːr] n. m. 鋸工

scindement [sɛ̃dmɑ̃] n. m. 分成幾部分, 分開;分裂

scinder [sɛ̃de] v. t. 分成幾部分;分裂

scintillation [sɛ̃tijɑsjɔ̃] n. f. 閃爍

scintillement [sɛ̃tijmɑ̃] n. m. 閃閃發光, 閃爍

scintiller [sɛ̃tije] v. i. 閃爍, 閃閃發光

scion [sjɔ̃] n. m. 嫩枝;萌蘖枝;釣桿末端

scission [sisjɔ̃] n. f. (政黨、團體的)分裂

scissionniste [sisjɔnist] a. 鬧分裂的 n. 分裂主義者, 分裂分子

scissiparité [sisiparite] n. f. 分體繁殖

scissure [sisy:r] *n. f.* 【解】裂, 溝

sciure [sjy:r] *n. f.* 鋸屑

scléreux, se [sklerø, ø:z] *a.* 【醫】硬化的

sclérose [sklero:z] *n. f.* 【醫】硬化

sclérotique [sklerɔtik] *n. f.* 【解】鞏膜

scolaire [skɔle:r] *a.* 學校的

scolarité [skɔlarite] *n. f.* 學習期限, 入學, 就學

scolastique [skɔlastik] *a.* (中世紀)經院的; 煩瑣學派的 *n. f.* (中世紀)經院哲學; 煩瑣哲學

scoliaste [skɔljast] *n. m.* (古典著作的)注解者

scolie [skɔli] *n. f.* (古典著作的)頁旁注解; 附注

scoliose [skɔljo:z] *n. f.* 【醫】脊柱側凸

scolopendre [skɔlɔpɑ̃:dr] *n. f.* 【植】荷葉蕨; 蜈蚣

sconse, skunks [skɔ̃:s] *n. m.* 臭鼬的毛皮

scooter [skutœ:r] *n. m.* 〖英〗微型摩托車

scorbut [skɔrbyt] *n. m.* 壞血病

scorie [skɔri] *n. f.* 爐渣

scorpion [skɔrpjɔ̃] *n. m.* 蝎子

scorsonère [skɔrsɔne:r] *n. f.* 【植】雅蔥

scout, e [skut] *n.* 〖英〗童子軍

scoutisme [skutism] *n. m.* 童子軍(組織)

scribe [skrib] *n. m.* 謄寫員, 抄寫員; 古代的文書

script [skript] *n. m.* 手寫印刷體; 電影劇本

script-girl [skriptgœrl] (*pl.* ~*s*) *n. f.* 女場記員

scrofulaire [skrɔfyle:r] *n. f.* 【植】玄參

scrofule [skrɔfyl] *n.f.* 淋巴腺結核, 瘰癧

scrofuleux, se [skrɔfylø, ø:z] *a.* 瘰癧的; 患瘰癧的 *n.* 瘰癧患者

scrupule [skrypyl] *n. m.* 躊躇, 顧慮, 顧忌

scrupuleux, se [skrypylø, ø:z] *a.* 有顧慮的; 一絲不苟的, 審慎的

scrutateur, trice [skrytatœ:r, tris] *a.* 探索的, 探究的 *n.* 探索者, 探究者; 監票人, 選票檢查人

scruter [skryte] *v. t.* 探索, 探究

scrutin [skrytɛ̃] *n. m.* 投票, 選舉

sculpter [skylte] *v. t.* 雕刻, 雕塑

sculpteur [skyltœ:r] *n. m.* 雕刻家, 雕塑家

sculptural, ale [skyltyral] (*pl.* ~*aux*) *a.* 雕刻的; 值得雕刻的

sculpture [skylty:r] *n. f.* 雕刻, 雕塑; 雕刻品

se [s(ə)] 〔在元音或啞音 h 前省略爲 s'〕 *pron. pers.* 自己(作賓語等用)

séance [seɑ̃s] *n. f.* 會議, 會議期間; 不間斷的工作時間; (演出的)場次

séant, e [seɑ̃, ɑ̃:t] *a.* 適宜的, 合適的 *n. m.* 〖俗〗屁股

seau [so] (*pl.* ~*x*) *n. m.* 桶; 一桶之量

sébacé, e [sebase] *a.* 脂肪性的; 皮脂性的

sébile [sebil] *n. f.* 木碗, 木鉢

séborrhée [sebɔre] *n f* 【醫】皮脂溢出

sec [sɛk] (*f.* **sèche** [sɛʃ]) *a.* 乾的, 乾燥的, 乾旱的; 乾癟的; 枯燥的, 乏味的; 生硬的; 冷淡無情的 *n. m.* 乾, 乾燥 *adv.* boire ~ 喝不摻水的酒, 狂飲; à ~ *loc. adv.* 乾涸, 無水; 身無分文

sécant, e [sekɑ̃, ɑ̃:t] 【數】 *a.* 相割的, 相交的 *n. f.* 割綫, 正割

sécateur [sekatœ:r] *n. m.* 【園藝】整枝剪

sécession [sesesjɔ̃] *n. f.* 分裂, 脱離

sécessionniste [sesesjɔnist] *a.* 主張分裂的, 鬧分裂的 *n.* 分裂主義者, 脱離主義者

séchage [seʃa:ʒ] *n. m.* 乾燥

sécher [seʃe] [c. 7] *v. t.* 使乾燥, 使乾涸, 吸乾; 逃(課)〔學生用語〕 *v. i.* 變乾, 枯萎; 憔悴, 萎靡不振; 回答不出〔學生用語〕

sécheresse [sɛ[e]ʃrɛs] *n. f.* 乾, 乾燥, 乾旱; 枯燥, 乏味, 生硬; 冷淡無情

sécherie [sɛ[e]ʃri] *n. f.* 乾燥室, 烘房

séchoir [seʃwar] *n. m.* (布匹、皮革等的)曬揚; 乾燥裝置, 乾燥器

second, e [s(ə)gɔ̃, ɔ̃:d] *a.* 第二, 次要的, 二等的; 又一次的 *n. m.* 第二; 三樓; 助手, 副手; 【海】大副

secondaire [s(ə)gɔ̃dɛ:r] *a.* 第二的, 次要的, 從屬的; 中等的; ère ～ 【地質】中生代

seconde [s(ə)gɔ̃:d] *n. f.* 秒, 片刻; 高中二年級; 【樂】二度(音程)

seconder [s(ə)gɔ̃de] *v. t.* 給…當助手, 協助; 支持, 促進

secouement [s(ə)kumɑ̃] *n. m.* 搖動, 抖動

secouer [s(ə)kwe] *v. t.* 搖動, 抖動, 使振動; 抖掉; 使震動, 使震驚;〖俗〗譴責 *v. pr.* 振作, 振奮

secourable [s(ə)kurabl] *a.* 樂於助人的

secourir [s(ə)kuri:r] *v. t.* [c. 20] 救助, 援助; 救濟

secours [s(ə)ku:r] *n. m.* 救助, 援助; 救濟; 救護; 援軍

secousse [s(ə)kus] *n. f.* 搖動, 振動, 震動; 打擊

secret, ète [s(ə)krɛ, ɛt] *a.* 秘密的, 機密的; 隱蔽的, 隱藏的; 內心的 *n. m.* 秘密, 機密; 保密; 秘訣, 訣竅; 奧秘

secrétaire [s(ə)kretɛ:r] *n.* 秘書; 書記 *n. m.* (有活動板供寫字用的)文件櫥; 食蛇鷹

secrétariat [s(ə)kretarja] *n. m.* 秘書或書記的職務; 秘書處, 書記處; 秘書處或書記處全體人員

secréter [sekrete] *v. t.* [c. 7] 分泌

sécréteur, trice [sekretœ:r, tris] *a.* 起分泌作用的

sécrétion [sekresjɔ̃] *n. f.* 分泌(作用), 分泌物

sectaire [sɛktɛ:r] *n. m.* 宗派分子, 宗派信徒 *a.* 宗派的

sectarisme [sɛktarism] *n. m.* 宗派性, 宗派主義

sectateur, trice [sɛktatœ:r, tris] *n.* (一派別的)信徒, 門徒

secte [sɛkt] *n. f.* 宗派, 教派

secteur [sɛktœ:r] *n. m.* 【數】扇形; 防禦區; 區域, 地帶; 部門, 領域

section [sɛksjɔ̃] *n. f.* 切斷, 割斷; 斷面, 剖面; 分區, 分部; 組, 科; (作品的)段, 節;【軍】排;【數】截面, 截綫, 截影

sectionnement [sɛksjɔnmɑ̃] *n. m.* 劃分; 切割, 切斷

sectionner [sɛksjɔne] *v. t.* 劃分; 切開, 切斷

séculaire [sekylɛ:r] *a.* 百年一度的; (數)百年的, 古老的

séculariser [sekylarize] *v. t.* 【宗】使還俗; 改爲俗用

séculier, ère [sekylje, ɛ:r] *a.* 現世的, 世俗的, 非教會的 *n. m.* 世俗人, 非修會的神甫

secundo [s(ə)gɔ̃do, sekɔ̃do] *adv.* 〖拉〗第二, 其次

sécurité [sekyrite] *n. f.* 安全, 安全感

sédatif, ve [sedatif, i:v] *a.* 鎮静的 *n. m.* 鎮静劑

sédation [sedɑsjɔ̃] *n. f.* 【醫】鎮静

sédentaire [sedɑ̃tɛ:r] *a.* 經常坐着的; 經常在家的; 定居的; 常駐的

sédiment [sedimɑ̃] *n. m.* 沉澱物, 沉渣; 沉積物

sédimentaire [sedimɑ̃tɛ:r] *a.* 【地質】沉積的

sédimentation [sedimɑ̃tasjɔ̃] *n. f.* 沉澱, 沉降; 沉積

séditieux, se [sedisjø, ø:z] *a.* 叛亂的, 暴動的, 騷亂的 *n. m.* 叛亂者, 暴動者, 煽動者

sédition [sedisjɔ̃] *n. f.* 叛亂, 暴動, 騷亂

séducteur, trice [sedyktœ:r, tris] *a.* 誘惑人的, 引誘人的 *n.* 誘惑者, 引誘者 *n. m.* 誘姦者

séduction [sedyksjɔ̃] *n. f.* 誘惑, 引誘;

魅力;誘姦

séduire [sedɥi:r] v. t. [c. 60] 誘惑, 迷惑, 吸引, 引誘;誘姦

séduisant, e [sedɥizã, ã:t] a. 富有魅力的, 迷人的;吸引人的

segment [sɛgmã] n. m. 段, 節;【動】環節

segmentaire [sɛgmãtɛ:r] a. 【醫】節段的, 部分的;【動】分節的

segmenter [sɛgmãte] v. t. 把…分割成幾段或幾節;分割

ségrégatif, ve [segregatif, i:v] a. 分離的, 分開的, 隔離的

ségrégation [segregasjɔ̃] n. f. 分離, 分隔;隔離

séguedille [segədij] n. f. 謝吉第亞舞(曲)

seiche [sɛʃ] n. f. 墨魚, 烏賊

séide [seid] n. m. 狂熱信徒;心腹

seigle [sɛgl] n. m. 黑麥

seigneur [sɛɲœ:r] n. m. 領主;莊園主;老爺, 大人;主人;S~ 上帝

seigneurial, ale [sɛɲœrjal] (pl. ~aux) a. 領主的, 屬於領主的

seigneurie [sɛɲœri] n. f. 領主權;領地;老爺, 大人

seille [sɛj] n. f. 雙耳木桶

sein [sɛ̃] n. m. 胸, 懷;乳房;深處, 內部, 中間;內心

seine [sɛn] n. f. (捕魚用)地曳網, 大拉網

seing [sɛ̃] n. m. 署名, 簽名

séisme [seism] n. m. 地震

seize [sɛːz] a. num. 十六;第十六 n. m. 十六

seizième [sɛzjɛm] a. num. ord. 第十六 n. 第十六個 n. m. 十六分之一

séjour [seʒuːr] n. m. 逗留, 居住;逗留地, 居住地

séjourner [seʒurne] v. i. 逗留, 居住;滯留, 積

sel [sɛl] n. m. 鹽;風趣

select [selɛkt] a. inv. 〖英, 俗〗精選的, 上等的

sélecteur [selɛktœ:r] n. m. 【電信】選擇器;(摩托車的)變速踏板

sélectif, ve [selɛktif, i:v] a. 選擇的, 有選擇性的

sélection [selɛksjɔ̃] n. f. 選擇, 挑選;選拔;選種;選擇物

sélectionner [selɛksjɔne] v. t. 選擇, 挑選, 選拔

sélénium [selenjɔm] n. m. 【化】硒

sélénographie [selenɔgrafi] n. f. 【天】月面學

self [sɛlf] n. f. 【電】自感系數;電感綫圈, 扼流圈

self-induction [sɛlfɛ̃dyksjɔ̃] n. f. 【電】自感應

selle [sɛl] n. f. 馬鞍;(自行車的)坐墊;(雕刻家用的)轉台;(羊等的)脊肉;aller à la ~ 上廁所; pl. 糞便

seller [se(ɛ)le] v. t. 裝鞍, 加鞍, 上鞍

sellerie [sɛlri] n. f. 馬具業;馬具;馬具房

sellette [sɛlɛt] n. f. (被告受訊問時坐的)小木凳;(高空作業用的)弔凳;(雕塑用的)小轉台

sellier [se(ɛ)lje] n. m. 馬具製造者

selon [s(ə)lɔ̃] prép. 按照, 根據

semailles [s(ə)ma:j] n. f. pl. 播種;播種期

semaine [s(ə)mɛn] n. f. 一星期, 一週;一週的工作;週薪

semainier, ère [s(ə)me(ɛ)nje, ɛnjɛ:r] n. 負責一週值勤者

sémantique [semãtik] n. f. 語義學 a. 語義的, 語義學的

sémaphore [semafɔ:r] n. m. 信號台, 信號所;【鐵】信號機

semblable [sãblabl] a. 相似的, 類似的 n. m. 類似的人, 相似物

semblant [sãblã] n. m. 外表, 外貌

sembler [sãble] v. i., v. impers. 好像, 似乎, 看來, 覺得

séméiologie [semejɔlɔʒi] *n. f.* 【醫】徵候學;【運, 語】符號學

semelle [s(ə)mɛl] *n. f.* 鞋底; 鞋墊; 襪底

semence [s(ə)mɑ̃:s] *n. f.* 種子; 精液; 根源; 大頭釘

semen-contra [semɛnkɔ̃tra] *n. m. inv.* 驅蛔子〔蛔蒿的花序, 用作驅蟲藥〕

semer [s(ə)me] *v. t.* [c. 6]播種; 撒播; 散佈, 傳佈;【民】擺脫

semestre [s(ə)mɛstr] *n. m.* 六個月, 半年, 學期; 半年的年金

semestriel, le [s(ə)mɛstriɛl] *a.* 每半期的,每半年度的;六個月的,半年的

semeur, se [s(ə)mœ:r, ø:z] *n.* 播種者; 傳播者

semi- *préf.* 表示"一半"的意思

semi-conducteur [s(ə)mikɔ̃dyktœr] *n. m.* 半導體

sémillant, e [semijɑ̃, ɑ̃:t] *a.* 極其活潑的

séminaire [seminɛ:r] *n. m.* 神學院, 修道院; 神學院師生; 大學的研究班, 學術會議

séminal, ale [seminal] (*pl.* ～*aux*) *a.* 種子的; 精液的

semis [s(ə)mi] *n. m.* 播種; 苗床; 秧苗, 苗木

sémite [semit] *a.* 閃米特(人)的 S～ 閃米特人, 閃族

semi-voyelle [s(ə)mivwajɛl] (*pl.* ～*s*) *n. f.* 半元音

semoir [s(ə)mwa:r] *n. m.* 種子袋; 播種機

semonce [s(ə)mɔ̃:s] *n. f.* 警告, 譴責

semoule [s(ə)mul] *n. f.* 粗麵粉

sempiternel, le [sɛpitɛrnɛl] *a.* 永遠的, 沒完沒了的

sénat [sena] *n. m.* 參議院, 上議院; (古羅馬的)元老院

sénateur [senatœ:r] *n. m.* 參議員, 上議員

sénatorial, ale [senatɔrjal] (*pl.* ～*aux*) *a.* 參議員的, 上議員的

séné [sene] *n. m.* 番瀉樹

sénéchal [seneʃal] (*pl.* ～*aux*) *n. m.* (古代法國的)司法總管

sénégalais, e [senegalɛ, ɛ:z] *a.* 塞內加爾的 *n.* S～ 塞內加爾人

sénevé [sɛnve, senəve] *n. m.* 【植】黑芥

sénile [senil] *a.* 老人的, 老年的

sénilité [senilite] *n. f.* 衰老

senior [senjɔ:r] 【拉】成年運動員

senne [sɛn] *n. f.* (捕魚用)地曳網, 大拉網

sens [sɑ̃:s] *n. m.* 感覺, 感官; 觀念, 意識, 辨別力; 見解; 意義, 方向

sensation [sɑ̃sɑsjɔ̃] *n. f.* 感覺; 轟動

sensationnel, le [sɑ̃sɑsjɔnɛl] *a.* 引起轟動的, 轟動一時的

sensé, e [sɑ̃se] *a.* 明智的; 合乎情理的

sensibilisateur, trice [sɑ̃sibilizatœ:r, tris] 【攝】*a.* 感光的, 敏化的 *n. m.* 感光劑, 敏化劑

sensibilisation [sɑ̃sibilizɑsjɔ̃] *n. f.* 【攝】感光, 敏化(作用);【醫, 生】致敏

sensibiliser [sɑ̃sibilize] *v. t.* 【攝】使感光; 敏化;【醫, 生】致敏; 使敏感

sensibilité [sɑ̃sibilite] *n. f.* 感覺, 感性; 敏感, 憐憫心; 靈敏度

sensible [sɑ̃sibl] *a.* 有感覺的, 感性的; 善感的; 敏感的; 顯著的;【物】靈敏的;【攝】感光的 *n. f.* 【樂】導音

sensiblerie [sɑ̃sibləri] *n. f.* 神經過敏

sensitif, ve [sɑ̃sitif, i:v] *a.* 有感覺能力的; 感覺的; 神經質的 *n.* 神經質的人

sensitive [sɑ̃siti:v] *n. f.* 含羞草〔也稱mimosa〕

sensoriel, le [sɑ̃sɔrjɛl] *a.* 感覺器官的; 感覺的

sensualisme [sɑ̃sɥalism] *n. m.* 感覺主義

sensualiste [sɑ̃sɥalist] *a.* 感覺主義的 *n.* 感覺主義者

sensualité [sɑ̃sɥalite] *n. f.* 耽於聲色, 好色

sensuel, le [sɑ̃sɥɛl] a. 肉慾的, 肉感的; 耽於聲色的, 色情的

sente [sɑ̃:t] n. f. 小徑, 羊腸小道

sentence [sɑ̃tɑ̃:s] n. f. 判決; 警句, 格言

sentencieux, se [sɑ̃tɑ̃sjø øz] a. 慣用格言的; 格言式的, 説教式的

senteur [sɑ̃tœ:r] n. f. 香味, 香氣

senti, e [sɑ̃ti] a. 真誠的, 真摯的

sentier [sɑ̃tje] n. m. 小路, 小徑; 道路〔用於抽象意義〕

sentiment [sɑ̃timɑ̃] n. m. 感覺, 知覺; 感情, 愛情; 情操; 意見, 感想

sentimental, ale [sɑ̃timɑ̃tal] (pl. ～aux) a. 感情上的; 多情的, 多愁善感的

sentimentalisme [sɑ̃timutalism] n. m. 感傷主義, 溫情主義

sentimentalité [sɑ̃timɑ̃talite] n. f. 感傷, 多愁善感; 溫情

sentine [sɑ̃tin] n. f. 艙底水阱; 藏污納垢之地

sentinelle [sɑ̃tinɛl] n. f. 步哨, 哨兵

sentir [sɑ̃ti:r] [c. 15] v. t. 感覺到, 觸摸到; 意識到, 感受到; 嗅到, 聞到; 發出…氣味; 具有…味道 v. i. 發出氣味 v. pr. 覺得, 感覺到

seoir [swa:r] v. i., v. impers. [c. 36]〔無複合時態〕適合; 相稱

sep [sɛp] n. m. 犁托

sépale [sepal] n. m. 【植】萼片

séparable [separabl] a. 可分開的

séparateur, trice [separatœ:r, tris] a. 使分開的

séparatif, ve [separatif, i:v] a. 用以分隔的, 表示分開的

séparation [separɑsjɔ̃] n. f. 分開, 分離; 隔開

séparatisme [separatism] n. m. 分離主義, 分立主義

séparatiste [separatist] n. 分離主義者, 分立主義者

séparé, e [separe] a. 分開的, 各別的

séparer [separe] v. t. 分開, 使分離; 分

隔, 隔開; 區分, 區別 v. pr. 分開; 分居

sépia [sepja] (pl. ～s) n. f. 烏賊; 烏賊墨汁; 烏賊墨畫

sept [sɛt] a. num. 七; 第七 n. m. 七

septante [sɛptɑ̃:t] a. num. 七十〔比, 瑞士, 法國東部用語〕

septembre [sɛptɑ̃:br] n. m. 九月

septennal, ale [sɛpte[ɛn]nal] (pl. ～aux) a. 每隔七年的; 七年的

septennat [sɛpte[ɛn]na] n. m. 七年任期

septentrional, ale [sɛptɑ̃triɔnal] (pl. ～aux) a. 北方的

septicémie [sɛptisemi] n. f. 敗血症

septicémique [sɛptisemik] a. 敗血症的

septicité [sɛptisite] n. f. 感染性

septième [sɛtjɛm] a. num. ord. 第七 n. 第七個 n. m. 七分之一

septique [sɛptik] a. 感染性的; 病菌污染的

septuagénaire [sɛptɥaʒenɛ:r] a., n. 七十歲的(人)

septuor [sɛptɥɔ:r] n. m. 七重唱, 七重奏

septuple [sɛptypl] n. m., a. 七倍(的)

sépulcral, ale [sepylkral] (pl. ～aux) a. 陰森森的, 陰沉的

sépulcre [sepylkr] n. m. 墳墓

sépulture [sepylty:r] n. f. 埋葬; 墓地

séquelle [sekɛl] n. f. 〔常用 pl.〕后遺症

séquence [sekɑ̃:s] n. f. 【牌戲】(三張牌以上的)同花順子; 【電影】一組鏡頭, 段落

séquestration [sekɛstrɑsjɔ̃] n. f. 【法】(有爭議財產等的)保管; 非法監禁

séquestre [sekɛstr] n. m. 【法】(有爭議財產等的)保管, 保管物; 【醫】死骨片

séquestrer [sekɛstre] v. t. 【法】交第三者保管(有爭議財產等); 非法監禁 v. pr. 隱居

séquoia [sekɔja] n. m. 【植】巨杉

sérac [serak] *n. m.* 【地質】冰塔, 冰雪柱

séraphin [serafɛ̃] *n. m.* 【宗】上品天神, 六翼天使

séraphique [serafik] *a.* 上品天神的, 大天使的；天使般的

serbe [sɛrb] *a.* 塞爾維亞的 *n.* S~ 塞爾維亞人

serbo-croate [sɛrbɔkrɔat] *a.* 塞爾維亞-克羅地亞的 *n. m.* 塞爾維亞-克羅地亞語

serein, e [s(ə)rɛ̃, ɛn] *a.* 晴朗的；寧靜的；安詳的

sérénade [serenad] *n. f.* 小夜曲

sérénité [serenite] *n. f.* 寧靜, 平靜, 安詳

séreux, se [serø, øz] *a.* 【醫】漿液性的, 分泌漿液的

serf, ve [sɛrf, v] *n.* 農奴

serfouette [sɛrfwɛt] *n. f.* 二頭鋤

serge [sɛrʒ] *n. f.* 嗶嘰

sergent [sɛrʒɑ̃] *n. m.* (古時)執達吏；中士；(木工用)弓形夾

sériciculture [serisikylty:r] *n. f.* 養蠶, 養蠶業

série [seri] *n. f.* 系列, 連續；一批, 一套；(運動員的)等級；類；【數】級數

sérier [serje] *v. t.* 分類

sérieux, se [serjø, øz] *n. m., a.* 嚴肅(的)；認真(的), 當真(的)；嚴重(的), 重大(的)

serin, e [s(ə)rɛ̃, in] *n.* 絲雀；〖俗〗傻瓜

seriner [s(ə)rine] *v. t.* 〖俗〗反覆教學

seringa(t) [s(ə)rɛ̃ga] *n. m.* 山梅花

seringue [s(ə)rɛ̃:g] *n. f.* 噴射器；注射器

seringuer [s(ə)rɛ̃ge] *v. t.* 噴灑

serment [sɛrmɑ̃] *n. m.* 誓言；宣誓

sermon [sɛrmɔ̃] *n. m.* 講道, 佈道；〖俗〗冗長的説教

sermonner [sɛrmɔne] *v. t.* 訓戒, 教訓

sermonneur, se [sɛrmɔnœ:r, øz] *a., n.* 愛訓戒人的(人)

sérosité [serozite] *n. f.* 【醫】漿液

sérothérapie [serɔterapi] *n. f.* 血清療法

serpe [sɛrp] *n. f.* 砍柴刀, 截枝刀

serpent [sɛrpɑ̃] *n. m.* 蛇；陰險毒辣的人

serpenteau [sɛrpɑ̃to] (*pl.* ~*x*) *n. m.* 小蛇；一種煙火

serpenter [sɛrpɑ̃te] *v. i.* 蛇行, 蜿蜒

serpentin, e [sɛrpɑ̃tɛ̃, in] *a.* 蛇形的, 蜿蜒的 *n. m.* 蛇形管；彩色紙帶卷

serpette [sɛrpɛt] *n. f.* (園藝用)小截枝刀

serpillière [sɛrpije:r] *n. f.* 粗蔴布拖把

serpolet [sɛrpɔlɛ] *n. m.* 【植】歐百裏香

serrage [sera:ʒ] *n. m.* 緊固, 擰緊；制動, 刹車

serre [sɛr] *n. f.* 暖房；(水果的)壓榨；*pl.* (猛禽的)爪

serré, e [se[ɛ]re] *a.* 緊身的；緊密的；嚴正的；緊湊的 *adv.* jouer ~ 謹慎行事

serre-file [sɛrfil] (*pl.* ~*s*) *n. m.* 壓隊的軍官

serre-fils [sɛrfil] *n. m. inv.* 【電】瓷夾, 瓷夾板

serre-frein(s) [sɛrfrɛ̃] *n. m. inv.* 【鐵】制動員

serre-joint(s) [sɛrʒwɛ̃] *n. m. inv.* 弓形夾；螺旋夾

serrement [sɛrmɑ̃] *n. m.* 壓緊, 緊握

serrer [se[ɛ]re] *v. t.* 緊握, 緊抱, 緊扼；束緊；夾緊；使奉攏 *v. pr.* 束緊；互相靠緊

serre-tête [sɛrtɛt] *n. m. inv.* 束髮帶, 頭箍；包頭軟帽

serrure [se[ɛ]ry:r] *n. f.* 鎖

serrurerie [se[ɛ]ryrri] *n. f.* 製鎖業

serrurier [se[ɛ]ryrje] *n. m.* 鎖匠, 銅匠

sertir [sɛrti:r] *v. t.* 鑲, 嵌

sertissage [sɛrtisa:ʒ] *n. m.* 鑲嵌

sertisseur, se [sɛrtisœ:r, øz] *a.* 從事鑲嵌的 *n.* 寶石鑲嵌工

sertissure [sɛrtisy:r] *n. f.* (寶石)鑲嵌

法

sérum [serɔm] *n. m.* 血清

servage [sɛrvaːʒ] *n. m.* 農奴身份,農奴地位;束縛

servant, e [sɛrvɑ̃, ɑ̃ːt] *a. m.* 侍候人的 *n. m.* 副炮手 *n. f.* 女傭

serveur, se [sɛrvœːr, øːz] *n.* 服務員,侍者,發球人

serviabilité [sɛrvjabilite] *n. f.* 熱心助人,熱心服務

serviable [sɛrvjabl] *a.* 熱心助人的,熱心服務的

service [sɛrvis] *n. m.* 服務,服役;服侍;效勞;行政部門,處,科;公用事業;上菜,全套餐具;發球

serviette [sɛrvjɛt] *n. f.* 餐巾;毛巾;公事包

servile [sɛrvil] *a.* 奴隸的;奴隸般的;奴顏婢膝的;無創造性的

servilité [sɛrvilite] *n. f.* 奴顏婢膝,奴性

servir [sɛrviːr] [c. 15] *v. t.* 服務,服役;效勞;服侍;供應;端上(飯菜),(給客人)佈菜 *v. i.* 對…有用;～à 用於,用作;～ de 作爲,當作 *v. pr.* se ～ de 使用,利用

serviteur [sɛrvitœːr] *n. m.* 服務者;僕人;鄙人(舊時客套用語)

servitude [sɛrvityd] *n. f.* 奴役,強制;束縛;地役

servofrein [sɛrvofrɛ̃] *n. m.* 伺服制動器

servomoteur [sɛrvɔmɔtœːr] *n. m.* 伺服電動機,伺服馬達

ses 見 son

sésame [sezam] *n. m.* 芝麻,脂麻

session [sesjɔ̃] *n. f.* 會議

set [sɛt] *n. m.* 〖英〗(網球、乒乓球的)一局

séton [setɔ̃] *n. m.* 【醫】皮下串線(排膿)法;皮下的串線

setter [setɛːr] *n. m.* 〖英〗塞特種獵犬

seuil [sœj] *n. m.* 門檻;入口處,門口;開始;【地】山口,隘口

seul, e [sœl] *a.* 單獨的,獨自的;孤單的;唯一的

seulement [sœlmɑ̃] *adv.* 只,僅僅;不過,可是

sève [sɛːv] *n. f.* 【植】液,汁;活力,精力

sévère [sevɛːr] *a.* 嚴厲的,嚴格的;嚴峻的;嚴重的

sévérité [severite] *n. f.* 嚴厲,嚴格,嚴肅;嚴厲的行爲

sévices [sevis] *n. m. pl.* 虐待;暴行

sévir [seviːr] *v. i.* 嚴厲懲罰;(災害,疾病)猖獗,橫行

sevrage [s(ə)vraːʒ] *n. m.* 斷奶,斷奶期;【園藝】分株

sevrer [s(ə)vre] *v. t.* [c. 6] 給…斷奶;【園藝】使分株;使失去

sèvres [sɛːvr] *n. m.* 塞夫勒出産的瓷器

sévrienne [sevrjɛn] *n. f.* 女子高等師範學校學生

sexagénaire [sɛgzaʒenɛːr] *a., n.* 六十歲的(人),六七十歲的(人)

sexagésimal, ale [sɛgzaʒezimal] (*pl. ~aux*) *a.* 以六十爲基數的;六十進位的

sexe [sɛks] *n. m.* 性;性別

sextant [sɛkstɑ̃] *n. m.* 【測】六分儀;【數】六十度弧

sexto [sɛksto] *adv.* 〖拉〗第六

sextuple [sɛkstypl] *n. m., a.* 六倍(的)

sextupler [sɛkstyple] *v. t.* 使增加六倍,乘以六 *v. i.* 增長六倍

sexualité [sɛksyalite] *n. f.* 性別特徵;性慾

sexuel, le [sɛksɥɛl] *a.* 性的

seyant, e [sɛjɑ̃, ɑ̃ːt] *a.* 合適的(指服飾等)

shah = schah

shaker [ʃɛkœːr] *n. m.* 〖英〗鷄尾酒調合器

shakespearien, ne [ʃɛkspirjɛ̃, ɛn] *a.* 莎士比亞的

shako, schako [ʃako] *n. m.* (舊時)有帽箬的筒狀軍帽

shampooing 〔∫ɑ̃pwɛ̃〕 n. m. 〖英〗洗頭,
洗髮; 香波, 洗髮水劑

shilling 〔∫iliŋ〕 n. m. 〖英〗先令

shirting 〔∫irtiŋ〕 n. m. 〖英〗襯衫料子;
本色細平布

shock 〔∫ɔk〕 n. m. 〖英〗〖醫〗休克

shoot 〔∫ut〕 n. m. 〖英〗(足球中的)射門

shopping 〔∫ɔpiŋ〕 n. m. 〖英〗(跑商店)
買東西

short 〔∫ɔrt〕 n. m. 〖英〗短運動褲

shrapnel(l) 〔∫rapnɛl〕 n. m. 〖英〗榴霰
彈

shunt 〔∫œt〕 n. m. 【電】分路, 分流; 分
路器, 分流器

shunter 〔∫œte〕 v. t. 【電】加分路, 分流

si 〔si〕 conj. 〔在 il, ils 前寫成 s'〕如果,
假使, 要是; 儘管, 雖然; 每當; 所以…(是
因爲…); 是否; même si 即使, 哪怕; si
ce n'est que loc. conj. 要不是, 除非;
si tant est que loc. conj. 如果當真…
n. m. inv. 假使; (音階的)七個唱名之
一 adv. 這樣地, 如此地; 不, 不是的
〔用於否定反面提出的問題〕; si bien
que loc. conj. 因此, 以致

siamois, e 〔sjamwa, a:z〕 a. 暹羅的;
frères ~ 連體雙胞胎, 形影不離的兩
個人 n. S~ 暹羅人

sibérien, ne 〔siberjɛ̃, ɛn〕 a. 西伯利亞
的 n. S~ 西伯利亞人

sibilant, e 〔sibilɑ̃, ɑ̃:t〕 a. 【醫】笛音樣
的

sibylle 〔sibil〕 n. f. (古代)女預言者

sic 〔sik〕 adv. 〖拉〗原文如此

sicaire 〔sike:r〕 n. m. (雇用的)刺客

siccatif, ve 〔sikatif, i:v〕 a. 促進乾
燥的 n. m. 乾料

siccité 〔siksite〕 n. f. 【化】乾燥(狀態)

sicilien, ne 〔sisiljɛ̃, ɛn〕 a. 西西里的
n. S~ 西西里人

sidecar, side-car 〔sajdka:r〕 n. m.
〖英〗(摩托車一側的)邊車

sidéral, ale 〔sideral〕 (pl. ~aux) a. 星
的, 恒星的

sidérer 〔sidere〕 v. t. 〔c. 7〕使猝倒, 使
暈厥; 〖俗〗使驚得發獃

sidérotechnie 〔siderɔtɛkni〕 n. f. 冶鐵
術

sidérurgie 〔sideryrʒi〕 n. f. 鋼鐵冶煉

siècle 〔sjɛkl〕 n. m. 世紀, 百年; 時代, 時
期; pl. 長時期

siège 〔sjɛ:ʒ〕 n. m. (機關、機構的)所在
地; 圍攻, 圍困; 椅子, 凳子; 座位, 席位;
中心, 中樞

siéger 〔sjeʒe〕 v. i. 〔c. 2, 7〕(機關、企
業)設在, 位於; 出席, 佔有席位; 存在, 處
在

sien, ne 〔sjɛ̃, ɛn〕 a. poss. 他的, 她的,
它的 pron. poss. 他的事物, 她的事
物, 它的事物(與 le, la, les 連用) n.
m. 他或她的東西; les ~s 他或她的
人(指親友、夥伴等)

sieste 〔sjɛst〕 n. f. 午睡, 午休

sieur 〔sjœ:r〕 n. m. 〖法〗先生

sifflement 〔sifləmɑ̃〕 n. m. 吹哨, 鳴笛;
哨聲, 汽笛聲; 呼嘯聲

siffler 〔sifle〕 v. i. 吹哨, 鳴笛; 發出噓噓
聲, 呼嘯 v. t. 吹哨呼喚; 吹哨指出;
用口哨吹出; 發出噓聲表示反對, 向…喝
倒彩

sifflet 〔siflɛ〕 n. m. 哨子, 叫子; 汽笛;
pl. 噓聲, 倒彩聲

siffleur, se 〔siflœ:r, ø:z〕 n. 吹口哨
的(人); 發出噓聲的(人)

siffloter 〔siflɔte〕 v. i. 輕輕地吹口哨
v. t. 輕輕地用口哨吹出

sigillé, e 〔siʒile〕 a. 蓋印的, 蓋章的

sigillographie 〔siʒilɔgrafi〕 n. f. 印章
學

sigle 〔sigl〕 n. m. 縮寫字母, 縮寫詞

sigma 〔sigma〕 n. m. 希臘字母表中第
18個字母 Σ, σ, ς

signal 〔siɲal〕 (pl. ~aux) n. m. 信號,
暗號

signalé, e 〔siɲale〕 a. 用信號指示的; 重
大的, 值得注意的

signalement 〔siɲalmɑ̃〕 n. m. 體貌特徵

signaler [siɲale] v. t. 用信號指示；使注意，指出 v. pr. 引人注意，出名，著稱

signalétique [siɲaletik] a. 描述體貌特徵的

signalisation [siɲalizasjɔ̃] n. f. 信號裝置，信號設備；信號

signataire [siɲatɛ:r] n. 簽字人，簽名者，簽署者

signature [siɲaty:r] n. f. 簽字，簽名，署名

signe [siɲ] n. m. 迹象，徵兆；特徵；示意的動作，手勢；符號，標記

signer [siɲe] v. t. 在…上簽名，簽署 v. pr. (基督徒)劃十字

signet [siɲɛ] n. m. 書簽帶

significatif, ve [siɲifikatif, i:v] a. 有意義的，意味深長的；說明問題的

signification [siɲifikasjɔ̃] n. f. 意義，含意；【法】送達

signifier [siɲifje] v. t. 表示，意味着；宣告，通知；【法】送達

silence [silɑ̃:s] n. m. 沉默，寂靜；【樂】休止，休止符

silencieux, se [silɑ̃sjø, ø:z] a. 沉默的，沉默寡言的；無聲的；寂靜的 n. m. 消音器

silex [silɛks] n. m. 燧石，火石

silhouette [silwɛt] n. f. 側影；剪影；輪廓，外形

silhouetter [silwe(ɛ)te] v. t. 畫側影像，描輪廓，勾外形 v. pr. 顯出側影，浮現輪廓

silicate [silikat] n. m. 硅酸鹽

silice [silis] n. f. 硅石，二氧化硅

siliceux, se [silisø, ø:z] a. 硅質的

silicium [silisjɔm] n. m. 【化】硅

silique [silik] n. f. 【植】長角[指十字花科植物的果實]

sillage [sija:ʒ] n. m. 航迹；足迹

sillon [sijɔ̃] n. m. 犁溝，條痕；pl. 皺紋；(唱片上的)槽紋

sillonner [sijɔne] v. t. 開犁溝，劃出條紋，留下皺紋

silo [silo] n. m. 地窖；(貯藏農產品的)貯藏塔，筒倉

silure [sily:r] n. m. 【魚】六鬚鮎

silurien, ne [silyrjɛ̃, ɛn] n. m., a. 【地質】志留紀(的)

simagrée [simagre] n. f. 假裝；pl. 裝腔作勢

simarre [sima:r] n. f. (15—16世紀的)華麗的長袍

simiesque [simjɛsk] a. 猴子般的

similaire [similɛ:r] a. 同類的，相似的

similarité [similarite] n. f. 同類，類似，相似

simil(i)- préf. 表示"類似"、"模仿"的意思

simili [simili] n. m. 仿製品

similigravure [similigravy:r] n. f. 照相製版術

similitude [similityd] n. f. 類似，相似

simoun [simun] n. m. 西蒙風[非洲和阿拉伯沙漠地區的乾熱風]

simple [sɛ̃:pl] a. 單一的，單純的；簡單的，簡易的；簡樸的，樸素的；純樸的，爽直的，天真的，普通的；唯一的 n. m. 簡單，單純，頭腦簡單的人；【體】單打；藥草

simplet, te [sɛ̃plɛ, ɛt] a. 頭腦簡單的，天真的，輕信的

simplicité [sɛ̃plisite] n. f. 單一，單純；簡單，簡易；簡樸，樸素；純樸，爽直，天真

simplificateur, trice [sɛ̃plifikatœ:r, tris] a. 使簡化的 n. 簡化者

simplification [sɛ̃plifikasjɔ̃] n. f. 簡化

simplifier [sɛ̃plifje] v. t. 簡化，使單純

simpliste [sɛ̃plist] a. 過分簡單化的 n. 看問題過分簡單化的人

simulacre [simylakr] n. m. 幻影，假象；模擬的事物

simulateur, trice [simylatœ:r, tris] n. 僞裝者；裝病者，裝瘋者 n. m. 模擬器

simulation [simylasjɔ̃] n. f. 假裝；模擬；裝病，詐病

simuler [simyle] v. t. 假裝, 偽裝; 模擬

simultané, e [simyltane] a. 同時的, 同時發生的

simultanéité [simyltaneite] n. f. 同時(性), 同時發生

sinapisme [sinapism] n. m. 【醫】芥子泥, 芥子泥治療

sincère [sɛsɛ:r] a. 真誠的, 真摯的, 誠懇的; 真實的, 可靠的

sincérité [sɛserite] n. f. 真誠, 真摯, 誠懇; 真實, 可靠

sinciput [sɛsipyt] n. m. 【解】(顱)的前頂

sinécure [sineky:r] n. f. 清閑的職位, 掛名差使

sine qua non [sinekwanɔn] loc. adj. 〖拉〗必要的, 必不可少的

singe [sɛ:ʒ] n. m. 猴; 模仿者; 醜陋的人, 狡猾的人

singer [sɛʒe] v. t. [c. 2] (笨拙地)仿傚, 模仿

singerie [sɛʒri] n. f. 鬼臉, 怪相; 笨拙的模仿; 裝腔作勢

singulariser [sɛgylarize] v. t. 使成爲獨特的, 使顯得奇特

singularité [sɛgylarite] n. f. 獨特, 奇特

singulier, ère [sɛgylje, ɛ:r] a. 獨特的, 奇特的; 罕有的, 非凡的; 【語】單數的 n. m. 【語】單數

sinistre [sinistr] a. 不吉祥的, 凶兆的; 陰森可怖的; 險惡的 n. m. 災害, 災禍; 災害損失

sinistré, e [sinistre] a., n. 遭受災難的(人)

sinologue [sinɔlɔg] n. 漢學家

sinon [sinɔ̃] conj. 除了(用於否定句); 如果不算; 即使不算, 甚至; 否則, 不然的話

sinueux, se [sinɥø, ø:z] a. 彎彎曲曲的, 蜿蜒的, 曲折的; 轉彎抹角的

sinuosité [sinɥozite] n. f. 彎彎曲曲, 蜿蜒

sinus [sinys] n. m. 【解】竇; 【數】正弦

sinusite [sinyzit] n. f. 竇炎, 鼻旁竇炎

sionisme [sjɔnism] n. m. 猶太復國主義, 猶太復國運動

sioniste [sjɔnist] a. 猶太復國主義的 n. 猶太復國主義者

siphoide [sifɔid] a. 虹吸管狀的

siphon [sifɔ̃] n. m. 虹吸管, 虹吸; 【建】存水彎; 虹吸瓶; 虹吸洞道

sire [si:r] n. m. 老爺(封建時期對領主的稱呼), 陛下

sirène [sirɛn] n. f. 【神】美人魚, 海妖; 妖艷的女人; 汽笛, 警報器

sirocco [sirɔko] n. m. 西洛可風〔歐洲南部的焚風名〕

sirop [siro] n. m. 糖漿, 糖汁

siroter [sirɔte] v. t., v. i. 〖俗〗抿, 呷

sirupeux, se [sirypø, ø:z] a. 似糖漿的

sis, e [si, si:z] a. 座落在⋯的

sisal [sizal] n. m. 【植】劍麻

sismique [sismik] a. 地震的

sismographe [sismɔgraf] n. m. 地震儀

sismologie [sismɔlɔʒi] n. f. 地震學

site [sit] n. m. 風景, 景色; (城市的)地形, 位置; 【軍】高低角

sitôt [sito] adv. 立刻, 馬上; ～ que loc. conj. 一⋯就; pas de ～ loc. adv. 不會很快地, 不會立即

situation [sitɥasjɔ̃] n. f. 位置, 地勢; 形勢, 局勢; 處境, 情況; 職位

situer [sitɥe] v. t. 使座落; 測定位置, 確定地位

six [sis] 〔在元音或啞音 h 前讀 [siz]; 在輔音前讀 [si]〕 a. num. 六; 第六 n. m. 六

six-huit [sisɥit] n. m. inv. 【樂】八分之六拍子; 八分之六拍子的樂曲

sixième [sizjɛm] a. num. ord. 第六 n. 第六個 n. m. 六分之一

six-quatre-deux (à la) [alasiskat(r)dø] loc. adv. 〖俗〗倉促地, 草率地

sixte [sikst] n. f. 【樂】六度

sizain, sixain [sizɛ̃] n. m. 六行詩;六
副撲克牌包裝的一包

sketch [skɛtʃ] (pl. ～es) n. m. 【英】短
小喜劇,幕間短劇

ski [ski] n. m. 滑雪板;滑雪運動

skieur, se [skjœːr, øz] n. 滑雪者,滑雪
運動員

skiff [skif] n. m. 【英】(單人划的)賽艇

skunks = sconse

slave [slaːv] a. 斯拉夫的 n. S～ 斯
拉夫人

sleeping [slipiŋ], **sleeping-car** [sli-
piŋkaːr] n. m. 【英】【鐵】卧車

slip [slip] n. m. 【英】【船】滑道

slogan [slɔɡã] n. m. 【英】口號,標語

smala(h) [smala] n. f. 【俗】(人數衆多
的)一家大小,全班人馬

smalt [smalt] n. m. 【玻璃】大青,鈷藍
釉

smash [smaʃ] (pl. ～es) n. m. 【英】扣
球,扣殺

smilax [smilaks] n. m. 【植】菝葜

smoking [smɔkiŋ] n. m. 【英】無尾常禮
服

snack-bar [snakbaːr] n. m. 【英】(日夜
供應的)快餐館

snob [snɔb] a., n. 【英】趕時髦的(人),
冒充高雅的(人)

snobisme [snɔbism] n. m. 趕時髦,冒
充高雅

snow-boot [snobut] (pl. ～s) n. m.
【英】橡膠底雪靴

sobre [sɔbr] a. (飲食)有節制的;不喝
酒的;適度的,有分寸的;樸實的,樸素的

sobriété [sɔbriete] n. f. (飲食)有節
制;不喝酒;節制,適度;樸實,樸素

sobriquet [sɔbrikɛ] n. m. 綽號,外號

soc [sɔk] n. m. 犂鏵

sociabilité [sɔsjabilite] n. f. 社交性,羣
居性;社交,愛交際

sociable [sɔsjabl] a. 能羣居的;易於交
往的

social, ale [sɔsjal] (pl. ～aux) a. 社會

的;社交的;公司的;【動】羣居的

social-démocrate [sɔsjaldemɔkrat] (f.
～ale-～, pl. ～aux-～s) a. 社會民主
黨的 n. 社會民主黨人

social-impérialisme [sɔsjalêperjalism]
n. m. 社會帝國主義

social-impérialiste [sɔsjalêperjalist] n.
m. 社會帝國主義者

socialisation [sɔsjalizɔsjɔ̃] n. f. 社會
化,社團化;社會主義化

socialiser [sɔsjalize] v. t. 使社會化,使
社團化;使社會主義化

socialisme [sɔsjalism] n. m. 社會主義

socialiste [sɔsjalist] a. 社會主義的;社
會黨的 n. 社會主義者;社會黨人

sociétaire [sɔsjetɛːr] a. 參加社團的
n. 社會的成員

sociétariat [sɔsjetarja] n. m. 會員資格

société [sɔsjete] n. f. 羣居;社會;交往,
社交界;協會,社會團體;公司

socio-économique [sɔsjoekɔnɔmik] a.
社會經濟的

sociologie [sɔsjɔlɔʒi] n. f. 社會學

sociologique [sɔsjɔlɔʒik] a. 社會學的

sociologue [sɔsjɔlɔɡ] n. 社會學家

socle [sɔkl] n. m. 底座,台脚,柱脚,座
石

socque [sɔk] n. m. 木底鞋

socratique [sɔkratik] a. 蘇格拉底的

soda [sɔda] n. m. 蘇打水,汽水

sodé, e [sɔde] a. 含鈉的;含鈉碱的

sodique [sɔdik] a. 鈉的,碱的

sodium [sɔdjɔm] n. m. 【化】鈉

sœur [sœːr] n. f. 姊妹;【宗】修女,嬷嬷

sœurette [sœrɛt] n. f. 【俗】小妹妹

sofa [sɔfa] n. m. 長沙發

soi [swa] pron. pers. 自己

soi-disant [swadizã] a. inv. 自稱的,自
命的;所謂的; loc. adv. 自稱,說是

soie [swa] n. f. 蠶絲,絲;絲織品,綢緞;
蜘蛛絲;鬃;(銼刀、刀、劍等的)刀尾,柄
舌〔插入刀柄部分〕

soierie [swari] n. f. 絲織品,綢緞;絲織

廠, 絲織工業, 綢緞業

soif [swaf] *n. f.* 渴; 渴望

soigner [swaɲe] *v. t.* 照顧; 細心注意; 治療

soigneur [swaɲœ:r] *n. m.* 照料運動員的人

soigneux, se [swaɲø, ø:z] *a.* 關心的, 注意的; 細心的, 小心的

soin [swɛ̃] *n. m.* 關心, 注意; 細心; 照管; *pl.* 照料, 照顧, 治療

soir [swa:r] *n. m.* 傍晚, 晚間, 晚上

soirée [sware] *n. f.* 晚間, 晚上; 晚會; (劇院)夜場

soit [swa] *conj.* 即, 就是, 等於說; 假設有 *adv.* 〔讀作 [swat]〕好吧

soixantaine [swasɑ̃tɛn] *n. f.* 六十, 六十左右; 六十歲

soixante [swasɑ̃:t] *a. num.* 六十; 第六十 *n. m.* 六十

soixantième [swasɑ̃tjɛm] *a. num. ord.* 第六十 *n.* 第六十個 *n. m.* 六十分之一

soja = soya

sol [sɔl] *n. m.* 地面; 土地; 土壤; *inv.* (音階的)七個唱名之一

solaire [sɔlɛ:r] *a.* 太陽的

solanacées [sɔlanase] *n. f. pl.* 【植】茄科

soldat [sɔlda] *n. m.* 士兵; 軍人; 戰士, 捍衛者

soldate [sɔldat] *n. f.* 女兵; 〖俗〗軍隊中的女輔助人員

soldatesque [sɔldatɛsk] *a.* 丘八般粗魯的 *n. f.* 無紀律的軍伍

solde [sɔld] *n. m.* 差額, 餘額; 尾欠; 削價出售的商品, 處理品 *n. f.* 軍餉; 薪水

solder [sɔlde] *v. t.* 結清, 清償; 削價出售

soldeur, se [sɔldœ:r, ø:z] *n.* 經售廉價商品或處理商品的人

sole [sɔl] *n. f.* (馬等的)蹄底; 底板; 爐底, 爐床; 船底; 鰨, 箬鰨魚; 輪作田

solécisme [sɔlesism] *n. m.* 句法錯誤

soleil [sɔlɛj] *n. m.* 太陽; 陽光, 日光; 輪轉烟火

solen [sɔlɛn] *n. m.* 【動】竹蟶

solennel, le [sɔlanɛl] *a.* 隆重慶祝的; 莊嚴的, 隆重的; 一本正經的; 正式的

solenniser [sɔlanize] *v. t.* 隆重慶祝

solennité [sɔlanite] *n. f.* 盛大的節日, 典禮; 莊嚴, 隆重; 要式

solénoïde [sɔlenɔid] *n. m.* 【電】螺綫管; 圓筒形綫圈

solfatare [sɔlfata:r] *n. f.* 【地質】硫氣噴氣孔, 硫氣孔

solfège [sɔlfɛ:ʒ] *n. m.* 視唱練耳

solfier [sɔlfje] *v. t.* 視唱

solidaire [sɔlidɛ:r] *a.* 團結一致的, 利害一致的; 相互關聯的; 【法】連帶的, 連帶責任的

solidariser(se) [s(ə)sɔlidarize] *v. pr.* 團結一致, 結成連帶關係

solidarité [sɔlidarite] *n. f.* 團結一致, 利害一致; 相互關聯; 【法】連帶性, 連帶責任

solide [sɔlid] *a.* 固體的; 堅固的, 牢固的; 結實的, 強壯的; 可靠的 *n. m.* 固體; 立體

solidification [sɔlidifikɔsjɔ̃] *n. f.* 凝固, 固化

solidifier [sɔlidifje] *v. t.* 使凝固, 使成為固體

solidité [sɔlidite] *n. f.* 堅固, 堅實; 牢固, 鞏固, 穩固; 踏實, 可靠

soliloque [sɔlilɔk] *n. m.* 自言自語, 獨白

solipède [sɔlipɛd] *a.* 【動】奇蹄的

soliste [sɔlist] *n.* 獨奏者, 獨唱者 *a.* 獨奏的, 獨唱的

solitaire [sɔlitɛ:r] *a.* 孤獨的, 孤單的, 孤僻的; 偏僻的, 人烟稀少的 *n. m.* 隱士; 過孤獨生活的人; 老野豬; (首飾上的)獨粒鑽石

solitude [sɔlityd] *n. f.* 孤獨, 孤單; 寂寞; 偏僻處

solive [sɔliːv] *n. f.* 【建】擱柵,小梁

soliveau [sɔlivo] (*pl.* ～*x*) *n. m.* 【建】小擱柵;〖俗〗庸碌無能的人,窩囊廢

sollicitation [sɔlisitɑsjɔ̃] *n. f.* 煽動,挑唆;激發;請求,懇求

solliciter [sɔlisite] *v. t.* 煽動;挑唆;激起,引起;請求,懇求

solliciteur, se [sɔlisitœːr, øːz] *n.* 請求者,懇請者,求職者

sollicitude [sɔlisityd] *n. f.* 關心,關懷,關切

solo [sɔlo] (*pl.* ～*s* 或 *soli*) *n. m.* 獨奏曲,獨唱曲;獨奏,獨唱;(芭蕾舞中的)單人舞,獨舞 *a. inv.* 獨奏的,獨唱的

solstice [sɔlstis] *n. m.* 【天】二至點;～ d'été 夏至;～ d'hiver 冬至

solubilité [sɔlybilite] *n. f.* 可溶性,溶解度

soluble [sɔlybl] *a.* 可溶解的;可解決的

solution [sɔlysjɔ̃] *n. f.* 解答,答案;解決,解決辦法;溶解,溶液

solvabilité [sɔlvabilite] *n. f.* 清償能力,支付能力

solvable [sɔlvabl] *a.* 有清償能力的,有支付能力的

Somali(s) [sɔmali] *n.* 索馬里人

sombre [sɔ̃ːbr] *a.* 陰暗的,昏暗的;深暗的;憂鬱的,可憫的

sombrer [sɔ̃bre] *v. i.* 【海】下沉,沉沒;淪入,陷於;喪失

sommaire [sɔmɛːr] *a.* 簡短的,扼要的;粗略的;立即處理的,簡便的 *n. m.* 概要,提要

sommation [sɔmasjɔ̃] *n. f.* 【法】督促,催告;警告;勒令

somme [sɔm] *n. f.* 【數】和;總數;金額,款項;概論; bête de ～ 馱獸 *n. m.* 〖俗〗(睡)一覺

sommeil [sɔmɛj] *n. m.* 睡眠;睡意;沉睡

sommeiller [sɔme[ɛ]je] *v. i.* 小睡,淺睡;沉睡

sommelier, ère [sɔmǝlje, ɛːr] *n.* (飯館裹)總管飲料的人

sommer [sɔme] *v. t.* 催告;限令,勒令

sommet [sɔmɛ] *n. m.* 頂,尖;頂峯,極頂

sommier [sɔmje] *n. m.* 床繃,管風琴的風箱;【建】過梁,橫梁,門楣;(政府機關的)大型簿冊

sommité [sɔmite] *n. f.* 頂端;枝梢,梗梢;出類拔萃的人

somnambule [sɔmnɑ̃byl] *a.* 夢游的 *n.* 夢游者

somnambulisme [sɔmnɑ̃bylism] *n. m.* 夢游症

somnifère [sɔmnifɛːr] *a.* 催眠的;使人昏昏欲睡的 *n. m.* 催眠藥

somnolence [sɔmnɔlɑ̃ːs] *n. f.* 半醒眠狀態;昏昏欲睡

somnolent, e [sɔmnɔlɑ̃, ɑ̃ːt] *a.* 半醒半睡的,半睡眠狀態的;懶洋洋的

somnoler [sɔmnɔle] *v. i.* 半睡半醒,打瞌睡

somptuaire [sɔ̃ptɥɛːr] *a.* 奢侈的

somptueux, se [sɔ̃ptɥø, øːz] *a.* 奢華的,豪華的

somptuosité [sɔ̃ptɥozite] *n. f.* 奢華,豪華

son [sɔ̃] (*f. sa* [sa], *pl. ses* [se]) *a. poss.* 他的,她的,它的

son [sɔ̃] *n. m.* 音,聲音;麩皮,糠

sonate [sɔnat] *n. f.* 奏鳴曲

sonatine [sɔnatin] *n. f.* 小奏鳴曲

sondage [sɔ̃daːʒ] *n. m.* 探測;試探,試測;【醫】探條插入

sonde [sɔ̃ːd] *n. f.* 測深器,探測器,探針;揀樣器;【醫】探子,探條,鑽頭,鑽機

sonder [sɔ̃de] *v. t.* 測探,鑽探;試探,摸底

sondeur [sɔ̃dœːr] *n. m.* 測深水手,水砣手;測深器,飛行高度測量儀

sondeuse [sɔ̃døːz] *n. f.* (小型)鑽探器

songe [sɔ̃ːʒ] *n. m.* 夢;夢想

songe-creux [sɔ̃ʒkrø] *n. m. inv.* 夢想家,空想者

songer [sɔ̃ʒe] v. i. [c. 2] 想,考慮,想到,打算;冥想

songerie [sɔ̃ʒri] n. f. 夢想,幻想;冥想

songeur, se [sɔ̃ʒœːr, øːz] a. 冥想的,想得出神的

sonique [sɔnik] a. 聲速的,音速的

sonnaille [sɔnɑːj] n. f. (繫在家畜頸上的)鈴鐺

sonnant, e [sɔnɑ̃, ɑ̃ːt] a. 叮噹作響的,報時的;à huit heures ~es 在正打八點的時候

sonné, e [sɔne] a. (鐘點等)已敲過的;已過…歲數的

sonner [sɔne] v. i. (鈴、號角等)響,(鐘)鳴;(時刻)來臨 v. t. 敲響,吹奏;打鈴喚呼,打鈴通知,吹號通知;【電】檢查(線路)

sonnerie [sɔnri] n. f. (鐘、鈴、號子等的)鳴響;報時裝置;鈴〔多指電鈴〕

sonnet [sɔnɛ] n. m. 十四行詩

sonnette [sɔnɛt] n. f. 鈴,電鈴;打椿機,(鑽探機的)提升裝置

sonneur [sɔnœːr] n. m. 打鐘的人;號手;打椿工人

sonore [sɔnɔːr] a. 發聲的;響亮的;誇誇其談的

sonoriser [sɔnɔrize] v. t. 配音;裝置擴音設備

sonorité [sɔnɔrite] n. f. 響亮;音色

sophisme [sɔfism] n. m. 詭辯

sophiste [sɔfist] n. m. (古希臘)詭辯派;詭辯者

sophistication [sɔfistikɑsjɔ̃] n. f. 攙兌,攙假;矯揉造作

sophistique [sɔfistik] a. 詭辯的

sophistiquer [sɔfistike] v. t. 攙兌,攙假

soporifique [sɔpɔrifik] a. 催眠的;令人厭倦的 n. m. 催眠藥

soprano [sɔprano] (pl. ~s 或 soprani) 〖意〗n. m. 女高音 n. 女高音歌手

sorbe [sɔrb] n. f. 花楸〔果實〕

sorbet [sɔrbɛ] n. m. 冰凍酒味果汁

sorbetière [sɔrbətjɛːr] n. f. 冰凍酒味果汁調製器

sorbier [sɔrbje] n. m. 花楸樹

sorcellerie [sɔrsɛlri] n. f. 巫術,妖術;魔法

sorcier, ère [sɔrsje, ɛːr] n. 巫師,術士;有本領的人 a. 〖俗〗難以理解的,難以解決的

sordide [sɔrdid] a. 骯髒的,令人作嘔的;可鄙的

sorgho [sɔrgo] n. m. 高粱,蜀黍

sornette [sɔrnɛt] n. f. 無聊話,廢話

sort [sɔːr] n. m. 命;命運;運氣,機緣;咒

sortable [sɔrtabl] a. 〖俗〗拿得出去的

sorte [sɔrt] n. f. 種類,類別;方式,方法;en quelque ~ loc. adv. 可以這麼說;de ~ que loc. conj. 因此,以致,使得

sortie [sɔrti] n. f. 出去;下班;【劇】下場;突圍;出擊;出口處;輸出;(氣體、液體的)流出,排出

sortie-de-bain [sɔrtidbɛ̃] (pl. ~s-~-~) n. f. 浴衣

sortilège [sɔrtilɛːʒ] n. m. 魔法

sortir [sɔrtiːr] [c. 15] v. i. 〔助動詞用 être〕出去,出來;外出;向外突出;越出;長出;流出;散發出;出身外,畢業於;出自,來自;脫離,擺脫;離開 v. t. 帶出去;掏出,取出;〖民〗趕走,攆走;解救;出版;出産

S. O. S. [ɛsoɛs] n. m. 呼救信號

sosie [sɔ[o]zi] n. m. 酷似別人的人

sot, te [so, sɔt] a. 愚蠢的,傻的;尷尬的,狼狽的 n. 蠢人,傻子

sot-l'y-laisse [solilɛs] n. m. inv. 家禽屁股上部的美味肉

sottise [sɔtiːz] n. f. 愚蠢;蠢事,蠢話;罵人話

sottisier [sɔtizje] n. m. 蠢話錄

sou [su] n. m. 蘇〔法國舊時輔幣,相當於1/20法郎〕;〖俗〗錢

soubassement [subɑsmɑ̃] *n. m.* 【建】基底, 底座, 座墩

soubresaut [subrəso] *n. m.* 突然驚跳

soubrette [subrɛt] *n. f.* (喜劇中的)侍女;〖俗〗貼身丫頭

souche [suʃ] *n. f.* 伐根, 樹椿, 祖先; 根源, 淵源;(票據的)存根

souci [susi] *n. m.* 憂慮, 關心, 操心; 金盞花

soucier(se) [s(ə)susje] *v. pr.* 不安, 着急; ～ de 關心

soucieux, se [susjø, ø:z] *a.* 憂慮的, 不安的; être ～ de 關心…的

soucoupe [sukup] *n. f.* 茶托, 茶碟

soudage [suda:ʒ] *n. m.* 焊接

soudain, e [sudɛ̃, ɛn] *a.* 突然的, 忽然的 *adv.* 立刻, 忽然

soudaineté [sudɛnte] *n. f.* 突然性

soudanais, e [sudanɛ, ɛ:z], **soudanien, ne** [sudanjɛ̃, ɛn] *a.* 蘇丹的 *n. S*～ 蘇丹人

soudard [suda:r] *n. m.* (舊時的)雇傭兵;粗暴的人

soude [sud] *n. f.* 氫氧化鈉;碳酸鈉

souder [sude] *v. t.* 焊接;連接;使緊密團結

souder, se [sudœ:r, ø:z] *n.* 焊接工, 電焊工 *n. f.* 焊接機

soudoyer [sudwaje] *v. t. [c. 3]* 收買, 買通

soudure [sudy:r] *n. f.* 焊接;焊接處;焊縫;焊料, 粘結, 融合;【醫】愈着, 融合

soue [su] *n. f.* 豬圈

soufflage [suflɑ:ʒ] *n. m.* 吹, 吹風, 鼓風;吹玻璃工藝

soufflante [suflɑ̃:t] *n. f.* 鼓風機, 送風器

souffle [sufl] *n. m.* (口內吹出的)氣, 呼氣, 氣息, 呼吸聲;氣流, 靈感

soufflé, e [sufle] *a.* (油炸或蒸時)鼓起來的, 泡起來的;〖俗〗吃驚的 *n. m.* 蛋奶酥

souffler [sufle] *v. i.* 吹, 吹氣, 喘氣, 鼓風;颳風 *v. t.* 吹;吹滅;(風)吹動;低聲説;(給演員等)提詞;提示;〖俗〗奪去

soufflerie [sufləri] *n. f.* 鼓風機, 送風裝置, 風箱

soufflet [suflɛ] *n. m.* 風箱, 皮老虎;摺箱;照相機皮腔;耳光, 侮辱

souffleter [sufləte] *v. t. [c. 5]* 打耳光

souffleur, se [suflœ:r, ø:z] *n. m.* 吹製玻璃器工;海豚 提台詞的人

soufflure [sufly:r] *n. f.* 氣孔, 氣泡

souffrance [sufrɑ̃:s] *n. f.* 痛苦, 苦難

souffre-douleur [sufrədulœ:r] *n. m. inv.* 受氣包, 出氣筒〔指人〕

souffreteux, se [sufrətø, ø:z] *a.* 體弱多病的

souffrir [sufri:r] *[c. 11]* *v. t.* 忍受, 容忍;遭受;允許, 容許 *v. i.* 受苦;遭受損失

soufrage [sufra:ʒ] *n. m.* 浸硫, 沾硫, 硫燻;撒硫

soufre [sufr] *n. m.* 硫, 硫磺

soufrer [sufre] *v. t.* 浸硫, 沾硫;硫燻;撒硫

soufreur, se [sufrœ:r, ø:z] *n.* 製硫工人;(在葡萄樹上)撒硫粉者 *n f* 硫磺噴射器

soufrière [sufriɛ:r] *n. f.* 硫磺礦

souhait [swɛ] *n. m.* 願望, 心願, 祝願

souhaitable [swɛtabl] *a.* 令人想望的, 希望得到的

souhaiter [swe(ɛ)te] *v. t.* 願望, 祝願;希望

souille [suj] *n. f.* (野豬打滾的)泥坑;(擱淺船隻在泥沙上留下的)坑窪

souiller [suje] *v. t.* 弄髒;玷污, 糟蹋

souillon [sujɔ̃] *n. m.* 邋遢鬼 *n. f.* 幹粗活的女僕

souillure [sujy:r] *n. f.* 污垢, 污點

souk [suk] *n. m.* (阿拉伯國家的)市場

soûl, e [su, sul] *a.* 喝醉酒的;感到膩煩的 *n. m.* en avoir tout son ～ 〖俗〗應有盡有

soulagement [sulaʒmɑ̃] *n. m.* (痛苦等

的)減輕；緩和；寬慰

soulager [sulaʒe] [c. 2] v. t. 減輕(負擔、痛苦等)，使寬鬆，使輕鬆；救濟，接濟 v. pr. 感到輕鬆；〔俗〕減輕負擔〔指大小便〕

soûler [sule] v. t. 〖民〗使暴飲暴食；灌醉；使陶醉

soûlerie [sulri] n. f. 酩酊大醉

soulèvement [sulɛvmɑ̃] n. m. 翻騰；起義，暴動

soulever [sulve] v. t. [c. 6] (稍微)抬起，托起；揚起；激怒；發動起義，煽起暴動；提出(問題)

soulier [sulje] n. m. 鞋，皮鞋

souligner [suliɲe] v. t. 在…下劃綫；着重指出，強調

soulte [sult] n. f. 補足金

soumettre [sumɛtr] v. t. [c. 45] 使屈服，使服從；提交(審查)；使經受

soumission [sumisjɔ̃] n. f. 屈服，服從，順從；投標單

soumissionnaire [sumisjɔnɛ:r] n. 投標人

soumissionner [sumisjɔne] v. t. 投標

soupape [supap] n. f. 閥，氣門

soupçon [supsɔ̃] n. m. 猜疑，懷疑，猜想，臆測；un ~ de 少量，一些兒

soupçonnable [supsɔnabl] a. 可疑的

soupçonner [supsɔne] v. t. 猜疑，懷疑；猜想，臆測

soupçonneux, se [supsɔnø, ø:z] a. 猜疑的，懷疑的

soupe [sup] n. f. 濃湯，羹；〖俗〗(士兵等的)大鍋飯

soupente [supɑ̃t] n. f. 攔樓，樓梯下的小室

souper [supe] n. m. 夜宵，夜點心 v. i. 吃夜宵

soupeser [supze] v. t. [c. 6] 掂(份量)

soupeur, se [supœ:r, ø:z] a. 習慣於吃夜宵的人

soupière [supjɛ:r] n. f. (有蓋有耳的)大湯碗

soupir [supi:r] n. m. 嘆氣，嘆息；〖詩〗哀鳴；【樂】四分休止；四分休止符

soupirail [supiraj] (pl. ~aux) n. m. (地下室的)氣窗，通風窗

soupirant [supirɑ̃] n. m. 〖謔〗求愛者

soupirer [supire] v. i. 嘆氣，嘆息；追求，渴望 v. t. 嘆息說，哀嘆道

souple [supl] a. 柔軟的，柔韌的；靈活的，隨機應變的；柔順的，易迎合人意的

souplesse [suplɛs] n. f. 柔軟，韌性；靈活；柔順

souquenille [suknij] n. f. 粗布長罩衫

souquer [suke] v. i. 使勁(划槳)

source [surs] n. f. 泉，泉水，水源；根源，起源，來源；原始資料

sourcier, ère [sursje, ɛ:r] n. (用魔杖等)探尋地下水源的人

sourcil [sursi] n. m. 眉毛

sourcilier, ère [sursilje, ɛ:r] a. 眉的

sourciller [sursije] v. i. 〔僅用否定式〕皺眉，蹙眉

sourcilleux, se [sursijø, ø:z] a. 蹙眉的，繃着臉的

sourd, e [su:r, surd] a. 聾的，重聽的；~ à 對…無動於衷的；沉悶的，低沉的；不鮮豔的；不明白表示的，暗中進行的 n. 聾子

sourdine [surdin] n. f. (管弦樂器用的)弱音器；en ~ loc. adv. 悄悄地，秘密地

sourd-muet [surmɥɛ] (f. **sourde-muette** [surdəmɥɛt], pl. ~s-~s) n. 聾啞人 a. 聾啞的

sourdre [surdr] v. i. [c. 71] 〔僅用不定式及直陳式現在時或未完成過去時的第三人稱〕(水從地下)噴出，湧出

souriceau [suriso] (pl. ~x) n. m. 小老鼠

souricière [surisjɛ:r] n. f. 捕鼠器；陷阱，圈套

sourire [suri:r] v. i. [c. 57] 微笑；~ à 使喜悅，使滿意，合心意 n. m. 微笑

souris [suri] n. f. 家鼠，老鼠；羊腿肉

sournois, e [surnwa, a:z] *a.* 不露真情的, 陰險的

sournoiserie [surnwazri] *n. f.* 陰險

sous [su] *prép.* 在…底下, 在…之下; 在…時期; 從…角度, 從…方面

sous-alimentation [suzalimɑ̃tɑsjɔ̃] *n. f.* 營養不良

sous-bois [subwa] *n. m. inv.* 林下灌木叢;〖繪畫〗森林內景

sous-chef [suʃɛf] (*pl.* ～*s*) *n. m.* 副職的首長, 副主管人員

sous-commission [sukɔmisjɔ̃] (*pl.* ～*s*) *n. f.* 小組委員會

sous-continent [sukɔ̃tinɑ̃] *n. m.* 次大陸

souscripteur [suskriptœ:r] *n. m.* 簽署者, 簽發者;認購者, 認捐者;預訂者

souscription [suskripsjɔ̃] *n. f.* 簽署;信末套語及署名;認購, 認購額;預訂

souscrire [suskri:r] [c. 61] *v. t.* 簽署, 簽發 *v. i.* 認購, 認捐;預訂;同意

sous-cutané, e [sukytane] *a.* 【醫】皮下的

sous-développé, e [sudɛ[e]vlɔpe] *a.* 落後的, 不發達的

sous-directeur, trice [sudirɛktœ:r tris] (*pl.* ～*s*) *n.* 副校長;副經理;副局長, 副廠長

sous-économe [suzekɔnɔm] (*pl.* ～*s*) *n. m.* 副總務

sous-emploi [suzɑ̃plwa] *n. m.* 【經】就業不足

sous-entendre [suzɑ̃tɑ̃:dr] *v. t.* [c. 42] 意味着, 意思是, 暗示;【語】省略

sous-entendu [suzɑ̃tɑ̃dy] (*pl.* ～*s*) *n. m.* 暗示, 言外之意

sous-équipement [suzekipmɑ̃] *n. m.* 【經】工業設備不足, 工業落後

sous-estimer [suzɛstime], **sous-évaluer** [suzevalɥe] *v. t.* 低估, 估計不足

sous-exposer [suzɛkspoze] *v. t.* 【攝】曝光不足

sous-fifre [sufifr] (*pl.* ～*s*) *n. m.* 〖俗〗小夥計, 小職員

sous-gouverneur [suguvɛrnœ:r] (*pl.* ～*s*) *n. m.* 副省長, 副總督, 副總裁

sous-inspecteur, trice [suzɛ̃spɛktœ:r, tris] (*pl.* ～*s*) *n.* 副視察員, 副檢查員

sous-jacent, e [suʒasɑ̃, ɑ̃:t] *a.* 在下面的, 下層的;隱藏的

sous-lieutenant, e [suljøtnɑ̃] (*pl.* ～*s*) *n. m.* (陸、空軍)少尉

sous-locataire [sulɔkatɛ:r] (*pl.* ～*s*) *n.* (房屋)次承租人〔俗稱三房客〕

sous-location [sulɔkasjɔ̃] (*pl.* ～*s*) *n. f.* (房屋的)轉租, 分租

sous-louer [sulwe] *v. t.* 轉租, 分租

sous-main [sumɛ̃] *n. m. inv.* 吸水紙墊板 en ～ *loc. adv.* 私下地, 暗中

sous-marin, e [sumarɛ̃, in] (*pl.* ～*s*) *a.* 海底的, 潛水的 *n. m.* 潛水艇

sous-multiple [sumyltipl] (*pl.* ～*s*) *n. m., a.* 【數】約數(的), 因數(的)

sous-œuvre [suzœ:vr] *n. m.* (建築物的)基礎

sous-officier [suzɔfisje] (*pl.* ～*s*) *n. m.* 士官

sous-ordre [suzɔrdr] (*pl.* ～*s*) *n. m.* 部下, 下屬

sous-peuplé, e [supœple] *a.* 人口不足的

sous-pied [supje] (*pl.* ～*s*) *n. m.* 繫在鞋底下的扣緊鞋套或長褲腳管的帶子

sous-préfecture [suprefɛkty:r] (*pl.* ～*s*) *n. f.* 專區政府;專區政府所在的城市;專區區長職務

sous-préfet [suprefɛ] (*pl.* ～*s*) *n. m.* 專區區長

sous-préfète [suprefɛt] (*pl.* ～*s*) *n. f.* 專區區長夫人

sous-production [suprɔdyksjɔ̃] *n. f.* 生產不足

sous-produit [suprɔdɥi] (*pl.* ～*s*) *n. m.* 副產品

sous-prolétaire [suprɔletɛ:r] *a., n.* 無

產階級中受剝削最重的(人)

sous-prolétariat [suprɔletarja] *n. m.* 無產階級中受剝削最重的階層

sous-secrétaire [suskretɛ:r] *(pl. ~s) n. m.* ~ d'État 副國務秘書, 副國務部長, (美國的)副國務卿

sous-secrétariat [suskretarja] *(pl. ~s) n. m.* 副國務秘書, 副國務部長或副國務卿的職務

sous-seing [susɛ̃] *n. m. inv.* 【法】私署證書, 私署文件

soussigné, e [susiɲe] *a.* 署名於下的 *n.* 署名者

sous-sol [susɔl] *(pl. ~s) n. m.* 地下室; 地下建築物

sous-station [susta(ɑ)sjɔ̃] *(pl. ~s) n. f.* 變電站, 配電所

sous-titre [sutitr] *(pl. ~s) n. m.* 小標題, 副標題; (印在影片畫面下方的)翻譯字幕

soustraction [sustraksjɔ̃] *n. f.* 盜竊文書罪; 減法

soustraire [sustrɛ:r] *v. t.* [c. 69] 騙取, 竊取; 使避免; 減去

sous-ventrière [suvɑ̃trjɛ:r] *(pl. ~s) n. f.* 馬肚帶

sous-verge [suvɛrʒ] *n. m. inv.* 駕車的右邊副馬

sous-verre [suvɛ:r] *n. m. inv.* 鏡框

sous-vêtement [suvɛtmɑ̃] *(pl. ~s) n. m.* 內衣, 襯裏衣服

soutache [sutaʃ] *n. f.* 飾帶

soutacher [sutaʃe] *v. t.* 用飾帶裝飾

soutane [sutan] *n. f.* (教士等穿的)長袍

soute [sut] *n. f.* (貯藏)艙

soutenable [sutnabl] *a.* 能忍受的; 站得住脚的

soutenance [sutnɑ̃:s] *n. f.* 答辯

soutènement [sutɛnmɑ̃] *n. m.* 支撐, 支持

souteneur [sutnœ:r] *n. m.* 支持者, 追隨者; 靠妓女生活的人, 权杆兒

soutenir [sutni:r] [c. 16] *v. t.* 支撐, 支持; 維護; 保持, 維持; 經受 *v. pr.* 立住; 維持住; 互相支持

soutenu [sutny] *a.* 高尚的, 優雅的; 持久的, 經久的

souterrain, e [sutɛrɛ̃, ɛn] *a.* 地下的 *n. m.* 地道, 隧道

soutien [sutjɛ̃] *n. m.* 支持, 支援; 支持者

soutien-gorge [sutjɛ̃gɔrʒ] *(pl. ~s-~)* *n. m.* 胸罩

soutier [sutje] *n. m.* (煤艙)運煤工

soutirage [sutira:ʒ] *n. m.* 換桶(指釀酒等)

soutirer [sutire] *v. t.* (釀酒等過程中)換桶; 騙取

souvenir [suvni:r] *n. m.* 記憶, 回憶; 記憶力; 紀念品

souvenir (se) [s(ə)suvni:r] *v. pr.* [c. 16] 想起, 記得

souvent [suvɑ̃] *adv.* 經常, 常常

souverain, e [suvrɛ̃, ɛn] *a.* 最高的, 至上的; 有主權的; 極端的; 極有效的 *n.* 君主; 統治者

souveraineté [suvrɛnte] *n. f.* 君權, 王權; 主權; 最高權力

soviet [sɔvjɛt] *n. m.* 【俄】蘇維埃

soviétique [sɔvjetik] *a.* 蘇維埃的, 蘇聯的 *n.* S~ 蘇聯人

soviétiser [sɔvjetize] *v. t.* 使蘇維埃化, 使蘇聯化

sovkhoze [sɔvkoːz] *n. m.* 【俄】(蘇聯的)國營農場

soya [sɔja], **soja** [sɔʒa] *n. m.* 大豆

soyeux, se [swajø, ø:z] *a.* 絲的; 絲一般的 *n. m.* 絲綢廠廠主

spacieux, se [spasjø, ø:z] *a.* 寬敞的

spadassin [spadasɛ̃] *n. m.* 好與人決鬥的人; 雇傭的刺客

spaghetti [spage(ɛt)ti] *n. m. pl.* 【意】細麵條

spahi [spai] *n. m.* 土耳其騎兵; 北非騎兵

sparadrap [sparadra] *n. m.* 氧化鋅膠布,橡皮膏

spart(e) [spart] *n. m.* 編結用的禾本科草

sparterie [spartri] *n. f.* 草編品

spartiate [sparsjat] *a.* 斯巴達的;刻苦耐勞的,剛毅的 *n.* 刻苦耐勞的人,剛毅的人 S~ 斯巴達人

spasme [spasm] *n. m.* 痙攣,抽搐

spasmodique [spasmɔdik] *a.* 痙攣性的

spatial, ale [spasjal] (*pl.* ~aux) *a.* 空間的,宇宙間的

spatule [spatyl] *n. f.* 【醫】刮刀,藥刀;(泥工的)抹刀,鏝刀;琵鷺

speaker [spikœr] *n. m.* 〖英〗男播音員

speakerine [spikrin] *n. f.* 女播音員

spécial, ale [spesjal] (*pl.* ~aux) *a.* 特別的,特殊的;專門的

spécialisation [spesjalizɑsjɔ̃] *n. f.* 專門化,專業化

spécialiser [spesjalize] *v. t.* 使專業化 *v. pr.* 專攻,專門研究

spécialiste [spesjalist] *n.* 專家;專科醫生 *a.* 專門的,專科的

spécialité [spesjalite] *n. f.* 特件;專科,專業;長技;(標明處方的)成藥

spécieux, se [spesjø, øːz] *a. n. m.* 似是而非(的)

spécification [spesifikɑsjɔ̃] *n. f.* 詳細說明,列舉;規格,說明書

spécifier [spesifje] *v. t.* 詳細說明,列舉

spécifique [spesifik] *a.* 特有的,特定的;特效的 *n. m.* 特效藥

spécimen [spesimɛn] *n. m.* 樣品

spectacle [spɛktakl] *n. m.* 景象,景色,場面;演出,表演,戲劇

spectaculaire [spɛktakylɛːr] *a.* 壯觀的,精彩的;驚人的,轟動一時的

spectateur, trice [spɛktatœːr, tris] *n.* 目睹者;觀眾

spectral, ale [spɛktral] (*pl.* ~aux) *a.* 幽靈的,鬼魂的;【物】譜的,光譜的

spectre [spɛktr] *n. m.* 幽靈,鬼魂;恐怖;瘦長而憔悴的人;【物】譜,光譜

spectroscope [spɛktrɔskɔp] *n. m.* 分光鏡

spectroscopie [spɛktrɔskɔpi] *n. f.* 光譜學

spéculateur, trice [spekylatœːr, tris] *n.* 投機者,投機商

spéculatif, ve [spekylatif, iːv] *a.* 思辨的;投機的

spéculation [spekylɑsjɔ̃] *n. f.* 【哲】思辨;空論;投機

spéculer [spekyle] *v. i.* 思辨,思考;投機

spéculum [spekylɔm] (*pl.* ~s) *n. m.* 【醫】窺鏡,鏡

speech [spitʃ] *n. m.* 〖英〗講話,發言,演說

spéléologie [speleɔlɔʒi] *n. f.* 洞穴學

sperme [spɛrm] *n. m.* 【生】精液

sphère [sfɛːr] *n. f.* 球,球體,球面;範圍,領域

sphéricité [sferisite] *n. f.* 球狀

sphérique [sferik] *a.* 球狀的,球的,球面的

sphéroïde [sferɔid] *n. m.* 【數】類球體

sphincter [sfɛ̃ktɛːr] *n. m.* 【解】括約肌

sphinx [sfɛ̃ks] *n. m.* (古埃及的)獅身人面像;神秘莫測的人物;善出難題的人物;【昆】天蛾; S~ 〖希神〗斯芬克斯

sphygmomanomètre [sfigmɔmanɔmɛtr], **sphygmotensiomètre** [sfigmɔtɑ̃sjɔmɛtr] *n. m.* 血壓計

spiral, ale [spiral] (*pl.* ~aux) *a.* 螺旋形的 *n. m.* 鐘錶的游絲

spirale [spiral] *n. f.* 【數】螺綫;螺旋(形)

spire [spiːr] *n. f.* (螺綫,螺旋綫的)圈

spirite [spirit] *a.* 招魂術的,通靈論的 *n.* 招魂巫師;通靈論者

spiritisme [spiritism] *n. m.* 招魂術,通靈論

spiritualisation [spiritɥalizɑsjɔ̃] *n. f.*

精神化; 超俗

spiritualiser [spiritɥalize] *v. t.* 使精神化; 使超俗

spiritualisme [spiritɥalism] *n. m.* 【哲】唯靈論

spiritualiste [spiritɥalist] 【哲】 *a.* 唯靈論的 *n.* 唯靈論者

spiritualité [spiritɥalite] *n. f.* 【哲】精神性, 心靈性; 【宗】靈修, 神修

spirituel, le [spiritɥɛl] *a.* 精神上的; 宗教的, 教會的; 才智橫溢的 *n. m.* 教權

spiritueux, se [spiritɥø, ø:z] *a.* 含酒精的 *n. m.* 酒精飲料

spirochète [spirɔkɛt] *n. m.* 【寄生】螺旋體

spleen [splin] *n. m.* 〖英〗憂鬱; 消沉

splendeur [splɑ̃dœ:r] *n. f.* 光輝, 光彩; 壯麗

splendide [splɑ̃did] *a.* 燦爛的, 輝煌的; 壯麗的

splénite [splenit] *n. f.* 【醫】脾炎

spoliateur, trice [spɔljatœ:r, tris] *a.* 掠奪的; 詐取的 *n.* 掠奪者; 詐取者

spoliation [spɔljɑsjɔ̃] *n. f.* 掠奪; 詐取

spolier [spɔlje] *v. t.* 掠奪; 詐取

spongieux, se [spɔ̃ʒjø, ø:z] *a.* 海綿質的; 海綿狀的; 吸水的

spontané, e [spɔ̃tane] *a.* 自發的; 自生的

spontanéité [spɔ̃taneite] *n. f.* 自發性; 自生性

sporadique [spɔradik] *a.* 【醫】散發性的, 散在性的; 散佈的

sporange [spɔrɑ̃:ʒ] *n. m.* 【植】孢子囊

spore [spɔ:r] *n. f.* 【植】孢子

sport [spɔ:r] *n. m.* 體育運動, 運動

sportif, ve [spɔrtif, iv] *a.* 有關體育的; 運動的 *n.* 運動員

sportivité [spɔrtivite] *n. f.* 體育道德

spoutnik [sputnik] *n. m.* 〖俄〗(蘇聯的)人造衛星

sprat [sprat] *n. m.* 【魚】黍鯡

sprinter [sprintœ:r, sprintɛ:r] *n. m.* 〖英〗短跑選手

squale [skwal] *n. m.* 角鯊

squame [skwam] *n. f.* 【動, 植】鱗片; 【醫】鱗屑

squameux, se [skwamø, ø:z] *a.* 鱗狀的

square [skwa:r] *n. m.* 〖英〗廣場中心的小公園

squelette [skəlɛt] *n. m.* 骨骼; 骨瘦如柴的人; 大綱

squelettique [skəle[ɛ]tik] *a.* 骨瘦如柴的

squille [skij] *n. f.* 【動】蝦蛄

squirr(h)e [ski:r] *n. m.* 硬癌

srilankais, e [srilɑ̃kɛ, ɛ:z] *a.* 斯里蘭卡的 *n.* S~ 斯里蘭卡人

stabilisateur, trice [stabilizatœ:r, tris] *a.* 穩定性的 *n. m.* 穩定器; 穩定劑

stabilisation [stabilizɑsjɔ̃] *n. f.* 穩定

stabiliser [stabilize] *v. t.* 穩定

stabilité [stabilite] *n. f.* 穩定(性)

stable [stabl] *a.* 穩定的; 堅固的

staccato [stakato] 〖意〗【樂】 *adv.* 用斷奏 *n. m.* 斷奏

stade [stad] *n. m.* 古希臘長度單位〔約合180米〕; 約180米長的跑道; 體育場; 階段

staff [staf] *n. m.* 【建】纖維灰漿

stage [sta:ʒ] *n. m.* 實習期, 見習期; 培訓期

stagiaire [staʒjɛ:r] *a.* 實習的, 見習的; 培訓的 *n.* 實習生, 見習生; 培訓生

stagnant, e [stagnɑ̃, ɑ̃:t] *a.* 不流動的, 停滯的; 不景氣的

stagnation [stagnɑsjɔ̃] *n. f.* 不流動, 停滯; 不景氣

stalactite [stalaktit] *n. f.* 【地質】鐘乳石

stalag [stalag] *n. m.* 第二次世界大戰中德國的俘虜營

stalagmite [stalagmit] *n. f.* 【地質】石筍

stalle [stal] *n. f.* (教堂內)神職椅告席;

（馬廐中的）分欄

stance [stɑ̃s] n. f. 詩節

stand [stɑ̃d] n. m. 〖英〗打靶場; 展覽會的展台, 攤位; （長途車賽中, 設在公路上的）飲食站

standard [stɑ̃da:r] n. m. 〖英〗標準; 規格; 電話交換機

standardisation [stɑ̃dardizɑsjɔ̃] n. f. 標準化

standardiste [stɑ̃dardist] n. 電話總機話務員

stannifère [stanifɛ:r] a. 含錫的

staphylocoque [stafilɔkɔk] n. m. 葡萄球菌

starter [startœ:r, starte:r] n. m. 〖英〗（賽跑的）發令員;〖汽〗氣化器的起動裝置

stase [stɑ:z] n. f. 〖醫〗停滯

stathouder [statudœ:r] n. m. 中世紀西班牙統治時期荷蘭各省的總督; 中世紀荷蘭聯省共和國執政

station [stɑ(ɑ)sjɔ̃] n. f. 站立; 停留; 車站, 停車站; 站台

stationnaire [sta(ɑ)sjɔnɛ:r] a. 暫停的; 固定的, 穩定的

stationnement [sta(ɑ)sjɔnmɑ̃] n. m. 停留; 停車

stationner [sta(ɑ)sjɔne] v. i. 停留; 停車

station-service [sta(ɑ)sjɔ̃sɛrvis] (pl. ~s-~) n. f. （汽車）加油站, 修理站

statique [statik] a. 靜止的, 靜態的 n. f. 靜力學

statisticien, ne [statistisjɛ̃, ɛn] n. 統計學家

statistique [statistik] n. f., a. 統計（的）, 統計學的

stator [statɔ:r] n. m. 〖電〗定子

statuaire [statyɛ:r] a. 雕塑的; 雕塑用的 n. 雕塑家 n. f. 雕塑藝術

statue [staty] n. f. 雕像, 塑像; 冷冰冰的人, 無生氣的人

statuer [statye] v. t. 決定 v. i. 作出

決定

statuette [statyɛt] n. f. 小雕像, 小塑像

statufier [statyfje] v. t. 〖俗〗爲（某人）立雕像

statu quo [statyko] n. m. inv. 現狀

stature [staty:r] n. f. 身高, 身材

statut [staty] n. m. （有關身份、財產的）法律; pl. 章程

statutaire [statytɛ:r] a. 合乎章程的; 法定的, 規定的

steamer [stimœ:r] n. m. 〖英〗輪船, 汽船

stéarine [stearin] n. f. 〖化〗硬脂精

stéarique [stearik] a. acide ~ 〖化〗硬脂酸

stéatite [steatit] n. f. 〖礦〗塊滑石

stéatome [steatɔm] n. m. 〖醫〗脂瘤

steeple [stipl], **steeple-chase** [stiplətʃɛ:z] (pl. ~s) n. m. 〖英〗障礙賽馬; 障礙賽跑

stégomyie [stegɔmii] n. f. 〖昆〗埃及斑蚊, 黃熱病蚊

stèle [stɛl] n. f. 石碑, 石柱

stellaire [ste(ɛl)lɛ:r] a. 星的, 星形的

stencil [stɛnsil] n. m. 〖英〗油印用的蠟紙

sténodactylographe [stenɔdaktilɔgraf] n. 速記打字員

sténographe [stenɔgraf] n. 速記員

sténographie [stenɔgrafi] n. f. 速記, 速記法

sténographier [stenɔgrafje] v. t. 速記

sténographique [stenɔgrafik] a. 速記的, 速記下來的

sténotypie [stenɔtipi] n. f. 按音速記打字（法）

sténotypiste [stenɔtipist] n. 按音速記打字員

stentor [stɑ̃tɔ:r] n. m. 聲音宏亮的人

steppe [stɛp] n. f. 大草原, 乾草原, 荒原

stercoraire [stɛrkɔrɛ:r] a. 糞的 n. m. 〖動〗賊鷗

stercoral, ale [stɛrkɔral] (pl. ~aux) a.
含糞的, 糞的

stère [stɛːr] n. m. 【林業】立方米〔材積
單位〕

stéréographie [stereɔgrafi] n. f. 立體
平畫法

stéréographique [stereɔgrafik] a. 立
體平畫法的

stéréométrie [stereɔmetri] n. f. 立體
測量學, 立體幾何學

stéréoscope [stereɔskɔp] n. m. 立體
鏡

stéréoscopique [stereɔskɔpik] a. 立
體的

stéréotomie [stereɔtɔmi] n. f. (石頭等
實體物的)切割術

stéréotyper [stereɔtipe] v. t. 【印】澆鑄
鉛板; 使…變得刻板

stéréotypie [stereɔtipi] n. f. 【印】鉛版
澆鑄法

stérile [steril] a. 不結果實的; 不能生育
的; 貧瘠的; 貧乏的; 徒勞無益的

stérilet [sterilɛ] n. m. 避孕用具

stérilisateur [sterilizatœːr] n. m. 滅菌
器

stérilisation [sterilizɑsjɔ] n. f. 絕育,
滅菌, 消毒; 使貧瘠

stériliser [sterilize] v. t. 使絕育; 滅菌,
殺菌; 使貧瘠; 使貧乏

stérilité [sterilite] n. f. 不結果實, 不能
生育; 貧瘠; 貧乏; 無結果, 無效果

steriet [stɛrlɛ] n. m. 【魚】小鱘鰉

sterling [sterliŋ] a. inv. 〖英〗 livre ~
英鎊

sternum [stɛrnɔm] n. m. 胸骨; 腹板;
腹甲

sternutation [stɛrnytɑsjɔ] n. f. 【醫】
(連續性)噴嚏

sternutatoire [stɛrnytatwaːr] a. 【醫】
引嚏的

stéthoscope [stetɔskɔp] n. m. 【醫】聽
診器

steward [stjuart, stiwart] n. m. 〖英〗旅

館主人; (客輪、客機的)服務員, 乘務員

sthène [stɛn] n. m. 【物】斯坦〔力的單
位〕

stigmate [stigmat] n. m. 傷痕, 瘢痕; 污
點, 污迹; 烙印; (昆蟲、蜘蛛等的)氣門;
【植】柱頭

stigmatiser [stigmatize] v. t. 打烙印;
譴責

stillation [stilɑsjɔ] n. f. 滴出, 滴下

stimulant, e [stimylɑ̃, ɑ̃ːt] a. 刺激性
的, 使振奮的 n. m. 興奮藥; 刺激物

stimulation [stimylɑsjɔ] n. f. 刺激, 振
奮

stimuler [stimyle] v. t. 刺激, 使振奮;
激勵

stimuline [stimylin] n. f. 【生化】刺激
素

stipe [stip] n. m. 【植】不分枝直立莖
幹, 菌柄

stipendier [stipɑ̃dje] v. t. 雇傭; 收買

stipulation [stipylɑsjɔ] n. f. (契約的)
條款; 規定

stipule [stipyl] n. f. 【植】托葉

stipuler [stipyle] v. t. 【法】訂定, 規定

stock [stɔk] n. m. 〖英〗存貨, 庫存貨; 儲
備

stockage [stɔka:ʒ] n. m. 貯存; 囤積

stocker [stɔke] v. t. 貯存; 囤積

stockfisch [stɔkfiʃ] n. m. 鱈魚乾; 魚鯗

stoïcien, ne [stɔisjɛ̃, ɛn] 【哲】a. 斯多
葛派的, 斯多葛主義的 n. 斯多葛派

stoïcisme [stɔisism] n. m. 【哲】斯多葛
主義; 堅忍, 禁慾主義; 淡泊

stoïque [stɔik] a. 堅忍的, 禁慾主義的
n. 堅忍者, 禁慾主義者

stolon [stɔlɔ] n. m. 【植】匍匐莖

stomacal, ale [stɔmakal] (pl. ~aux) a.
胃的

stomachique [stɔmaʃik] a. 健胃的
n. m. 健胃藥

stomate [stɔmat] n. m. 【植】氣孔

stomatite [stɔmatit] n. f. 【醫】口炎

stop [stɔp] 〖英〗 interj. 停止! n. m.

電文中代替句號的文字;(汽車後身的)
制動燈,"停"字路標;〖俗〗搭便車

stoppage [stɔpɑ:ʒ] *n. m.* 織補

stopper [stɔpe] *v. t.* 織補; 使停止 *v.
i.* 停止

stoppeur, se [stɔpœ:r, ø:z] *n.* 織補者

store [stɔ:r] *n. m.* 簾子, 遮簾

strabisme [strabism] *n. m.* 斜視

strangulation [strɑ̃gylɑsjɔ̃] *n. f.* 扼死,
勒死

strapontin [strapɔ̃tɛ̃] *n. m.* 折疊式座
席

strass [stras] *n. m.* 一種製假寶石用的
有光彩的鉛質玻璃; 騙人的東西

stratagème [strataʒɛm] *n. m.* 計謀; 計
策

stratège [stratɛ:ʒ] *n. m.* 戰略家

stratégie [strateʒi] *n. f.* 戰略, 策略

stratégique [strateʒik] *a.* 戰略的

stratification [stratifikɑsjɔ̃] *n. f.* 【地
質】層理; 成層

stratifier [stratifje] *v. t.* 層疊, 使成層

stratosphère [stratɔsfɛ:r] *n. f.* 【氣】平
流層, 同溫層

stratus [stratys] *n. m.* 【氣】層雲

streptocoque [strɛptɔkɔk] *n. m.* 鏈球
菌

streptomycine [strɛptɔmisin] *n. f.*
【藥】鏈黴素

strette [strɛt] *n. f.* 【樂】密接和應

strict, e [strikt] *a.* 嚴格的; 嚴密的

strident, e [stridɑ̃, ɑ̃:t] *a.* 尖銳的, 刺耳
的

stridulation [stridylɑsjɔ̃] *n. f.* (蟬, 蟋
蟀等的)尖鳴聲

strie [stri] *n. f.* 【建】柱溝; 條痕, 條紋

strié, e [strie] *a.* 有條痕的, 有條紋的

strier [strie] *v. t.* 劃條紋, 飾以條紋

strige [stri:ʒ] *n. f.* (傳說中的)半狗半
女人的吸血鬼

strobile [strɔbil] *n. m.* 【植】球果

strontiane [strɔ̃sjan] *n. f.* 氧化鍶, 氫氧
化鍶

strontium [strɔ̃sjɔm] *n. m.* 【化】鍶

strophe [strɔf] *n. f.* (詩的)節

structure [strykty:r] *n. f.* 結構, 構造; 組
織, 機構

strychnine [striknin] *n. f.* 【藥】馬錢子
鹼

stuc [styk] *n. m.* (拉)毛粉飾〔仿大理
石〕

stucateur [stykatœ:r] *n. m.* (拉)毛粉
飾工

studieux, se [stydjø, ø:z] *a.* 用功的; 勤
勉的

studio [stydjo] *n. m.* 〖英〗畫室, (藝術
家的)工作室; 單間公寓; (廣播電台等
的)錄音室, 錄映室; 攝影棚

stupéfaction [stypefaksjɔ̃] *n. f.* 驚愕,
驚得發獃

stupéfait, e [stypefɛ, ɛt] *a.* 驚愕的, 驚
得發獃的

stupéfiant, e [stypefjɑ̃, ɑ̃:t] *a.* 有麻醉
性的; 使人驚愕的 *n. m.* 麻醉品, 麻
醉劑

stupéfier [stypefje] *v. t.* 使麻木, 使昏
迷; 使驚愕

stupeur [stypœ:r] *n. f.* 【醫】木僵; 驚愕,
驚獃

stupide [stypid] *a.* 遲鈍的; 愚蠢的

stupidité [stypidite] *n. f.* 愚蠢; 蠢事,
蠢話

stuquer [styke] *v. t.* 【建】用灰泥粉飾
〔仿大理石〕

style [stil] *n. m.* 文體, 文筆; 文風; 風
格; 作風; 【植】花柱

styler [stile] *v. t.* 訓練

stylet [stilɛ] *n. m.* 尖頭短劍; 【醫】探
針; (昆蟲的)小針刺, 螫針

styliser [stilize] *v. t.* 用單綫條勾勒使
(圖畫)具有裝飾風味

styliste [stilist] *n. m.* 文筆優美的作家, 文
體家

stylistique [stilistik] *n. f.* 文體學

stylo [stilo] *n. m.* 自來水筆

stylobille [stilɔbij] *n. m.* 圓珠筆

stylo-feutre [stiloføːtr] *n. m.* 氈筆

stylomine [stilɔmin] *n. m.* 活動鉛筆

styloplume [stilɔplym] *n. m.* 鋼筆, 自來水筆

stylobate [stilɔbat] *n. m.* 【建】柱座

stylographe [stilɔgraf] *n. m.* 自來水筆

su [sy] *n.m.* au vu et au su de tout le monde 爲衆所周知

suaire [syɛːr] *n. m.* 裹屍布

suave [syaːv] *a.* 甘美的, 柔和的, 美妙的

suavité [syavite] *n. f.* 甘美, 柔和, 美妙

subaigu, ë [sybe[ɛ]gy] *a.* 【醫】亞急性的

subalpin, e [sybalpê, in] *a.* 阿爾卑斯山下的

subalterne [sybaltɛrn] *a.* 下級的, 附屬的 *n.* 部下, 下屬

subconscient, e [sypkɔ̃sjɑ̃, ɑ̃ːt] *n. m., a.* 下意識(的), 潛意識(的)

subdiviser [sybdivize] *v. t.* 再分, 細分

subdivision [sybdivizjɔ̃] *n. f.* 再分, 細分

subéreux, se [syberø, øːz] *a.* 【植】木栓的, 木栓質的

subir [sybiːr] *v. t.* 遭受, 忍受; 接受, 經受

subit, e [sybi, it] *a.* 突然的, 驟然的

subjectif, ve [sybʒɛktif, iːv] *a.* 主觀的; 主觀性

subjectivité [sybʒɛktivite] *n. f.* 主觀性

subjonctif, ve [sybʒɔ̃ktif, iːv] *a.* mode ~ 虛擬式 *n. m.* 虛擬式

subjuguer [sybʒyge] *v. t.* 征服; 控制

sublime [syblim] *n. m., a.* 崇高(的), 卓越(的)

sublimé [syblime] *n. m.* 【化】升華物

sublimer [syblime] *v. t.* 【化】使升華; 使高尚, 純化

sublimité [syblimite] *n. f.* 崇高, 高尚; 卓越

sublingual, ale [syblɛ̃gwal] (*pl.* ~**aux**) *a.* 舌下的

sublunaire [syblynɛːr] *a.* 月下的〔指地球與月球軌道之間的〕

submerger [sybmɛrʒe] *v. t.* [c. 2] 淹沒, 浸沒, 呑沒; 完全佔據

submersible [sybmɛrsibl] *a.* 會被水淹沒的 *n. m.* 潛水艇

submersion [sybmɛrsjɔ̃] *n. f.* 淹沒, 浸沒, 呑沒

subodorer [sybɔdɔre] *v. t.* 〖俗〗懷疑到, 嗅覺到

subordination [sybɔrdinɑsjɔ̃] *n. f.* 從屬, 隸屬

subordonné, e [sybɔrdɔne] *a.* 從屬的, 隸屬的 *n.* 部下, 下屬

subordonner [sybɔrdɔne] *v. t.* 使從屬於, 使隸屬於; 使依賴於, 使取決於

subornation [sybɔrnɑsjɔ̃] *n. f.* 收買, 賄賂

suborner [sybɔrne] *v. t.* 收買, 賄賂

suborneur, se [sybɔrnœːr, øːz] *a., n.* 誘騙人的(人)

subrécargue [sybrekarg] *n. m.* (商船的)商務負責人

subreptice [sybrɛptis] *a.* 偷偷摸摸的

subrogé, e [sybrɔʒe] *a.* ~ tuteur 【法】監護人代理

subroger [sybrɔʒe] *v. t.* [c. 2] 【法】使代位, 使代理

subséquemment [sypsekamɑ̃] *adv.* 隨後, 接着

subséquent, e [sypsekɑ̃, ɑ̃ːt] *a.* 後來的, 隨後的

subside [syps[bz]id] *n. m.* 補助金, 津貼; 國際貸款

subsidiaire [syps[bz]idjɛːr] *a.* 輔助的, 補充的

subsistance [sybzistɑ̃ːs] *n. f.* 衣食, 生計; *pl.* 給養

subsister [sybziste] *v. i.* 存在; 繼續有效; 維持生活

substance [sypstɑ̃ːs] *n. f.* 物質; 養料; (著作的)要旨;【哲】實體

substantiel, le [sypstɑ̃sjɛl] *a.* 實體的; 基本的; 富於營養的

substantif [sypstãtif] *n. m.* 名詞

substantivement [sypstãtivmã] *adv.* 作爲名詞

substituer [sypstitɥe] *v. t.* 用…代替

substitut [sypstity] *n. m.* 代理檢察長

substitution [sypstitysjɔ̃] *n. f.* 替代, 替換

substrat [sypstra], **substratum** [sypstratɔm] *n. m.* 【哲】基質;【語】基礎

subterfuge [syptɛrfy:ʒ] *n. m.* 遁詞, 借口; 詭計

subtil, e [syptil] *a.* 敏銳的; 細微的; 巧妙的, 微妙的; 鑽牛角尖的

subtilisation [syptilizasjɔ̃] *n. f.* 偷竊, 扒竊; 鑽牛角尖

subtiliser [syptilize] *v. t.* 偷竊, 扒竊 *v. i.* 鑽牛角尖

subtilité [syptilite] *n. f.* 鑽牛角尖, 不可捉摸

suburbain, e [sybyrbɛ̃, ɛn] *a.* 郊區的, 市郊的

subvenir [sybvənir] *v. i.* [c. 16] 〔助動詞用 avoir〕供給, 提供

subvention [sybvãsjɔ̃] *n. f.* (國家的) 補助金, 津貼

subventionner [sybvãsjɔne] *v. t.* (國家) 補助, 津貼

subversif, ve [sybvɛrsif, i:v] *a.* 顛覆性的, 破壞性的

subversion [sybvɛrsjɔ̃] *n. f.* 顛覆, 破壞

subvertir [sybvɛrti:r] *v. t.* 顛覆, 破壞

suc [syk] *n. m.* 汁, 液; 精華, 精髓

succédané, e [syksedane] *a.* 代用的 *n. m.* 代用藥, 代用品

succéder [syksede] *v. i.* [c. 7] 接替, 繼任

succès [syksɛ] *n. m.* 成功, 成就

successeur [syksɛsœ:r] *n. m.* 接替者, 繼任者

successif, ve [syksɛ[ɛ]sif, i:v] *a.* 連續的, 相繼的

succession [syksɛsjɔ̃] *n. f.* 連續; 繼承; 遺產

successoral, ale [syksɛ[ɛ]sɔral] (*pl.* ～ **aux**) *a.* 有關繼承的

succinct, e [syksɛ̃(:kt), ɛ̃:kt] *a.* 簡短的, 簡單扼要的

succion [syksjɔ̃] *n. f.* 吮吸, 吸取

succomber [sykɔ̃be] *v. i.* 支持不住, 抵擋不住; 死亡

succube [sykyb] *n. m.* 【宗】女惡魔

succulence [sykylã:s] *n. f.* 美味, 富於營養

succulent, e [sykylã, ã:t] *a.* 多汁的; 美味的

succursale [sykyrsal] *n. f.* 分行, 分店, 分支機構

sucement [sysmã] *n. m.* 吮, 吮吸

sucer [syse] *v. t.* [c. 1] 吮吸, 嘬; 剝削

sucette [sysɛt] *n. f.* 橡皮奶頭; 棒糖

suceur, se [sysœ:r, ø:z] *a.* 吮吸的 *n.* 吮吸者

suçoir [syswa:r] *n. m.* 【動】吸盤;【植】吸根, 吸器

suçon [sysɔ̃] *n. m.* 〖俗〗吮痕

suçoter [sysɔte] *v. t.* 輕輕連吮

sucrage [sykra:ʒ] *n. m.* 加糖

sucre [sykr] *n. m.* 糖

sucré, e [sykre] *a.* 甜的; 假裝溫柔的 *n. f.* faire la ～e 裝出一副溫柔的樣子

sucrer [sykre] *v. t.* 加糖

sucrerie [sykrəri] *n. f.* 製糖廠; *pl.* 甜食, 糖果

sucrier, ère [sykrie, ɛ:r] *a.* 製糖的, 產糖的 *n. m.* 製糖工人; 糖廠主; 盛糖的器皿

sud [syd] *n. m.* 南, 南面; le S～ (國家或地區的)南方, 南部地區

sudation [sydasjɔ̃] *n. f.* 發汗, 出汗

sud-est [sydɛst] *n. m.* 東南;【海】東東; 東南方; le Sud-Est (國家或地區的)東南部 *a. inv.* 東南的, 東南方的

sudorifique [sydɔrifik] *a.* 發汗的 *n. m.* 發汗藥

sudoripare [sydɔripa:r] *a.* 產生汗的, 分泌汗的

sud-ouest [sydwɛst] *n. m.* 西南【海】南風; 西南方; 西南方的〔國家或地區的〕西南部 *a. inv.* 西南的, 西南方的

suédois, e [sɥedwa, a:z] *a.* 瑞典的 *n.* S～ 瑞典人 *n. m.* 瑞典語

suée [sɥe] *n. f.* 出汗

suer [sɥe] *v. i.* 出汗; 冒水氣, 滲水 *v. t.* 流出, 滲出

sueur [sɥœ:r] *n. f.* 汗; 出汗

suffire [syfi:r] [c. 63] *v. i.* 足夠, 足以; ～ à 使滿足 *v. impers.* 只需…就夠了, 只需…就足以 *v. pr.* 自給自足

suffisamment [syfizamɑ̃] *adv.* 足夠地, 充分地

suffisance [syfizɑ̃:s] *n. f.* 足夠, 足量; 自滿, 自負

suffisant, e [syfizɑ̃, ɑ̃:t] *a.* 足夠的, 充分的; 自滿的, 自負的 *n.* 自負的人

suffixe [syfiks] *n. m.* 【語】後綴

suffocant, e [syfɔkɑ̃, ɑ̃:t] *a.* 令人窒息的

suffocation [syfɔkasjɔ̃] *n. f.* 窒息, 氣悶

suffoquer [syfɔke] *v. t.* 使窒息, 使透不過氣來 *v. i.* 窒息, 氣悶

suffrage [syfra:ʒ] *n. m.* 選舉, 投票; 贊同

suffragette [syfraʒɛt] *n. f.* 〖英〗爭取婦女參政的英國婦女

suggérer [sygʒere] *v. t.* [c. 7] 暗示, 啟發; 建議, 提議

suggestif, ve [sygʒestif, i:v] *a.* 暗示性的, 啟發性的; 挑動色情的, 猥褻的

suggestion [sygʒɛstjɔ̃] *n. f.* 暗示, 啟發; 提議, 建議

suggestionner [sygʒɛstjɔne] *v. t.* 暗示

suicide [sɥisid] *n. m.* 自殺; 自取滅亡

suicidé, e [sɥiside] *n.* 自殺者

suicider(se) [s(ə)sɥiside] *v. pr.* 自殺;

自取滅亡; 毀滅自己

suie [sɥi] *n. f.* 烟子, 煤炱〔指烟氣凝積成的黑灰〕

suif [sɥif] *n. m.* 動物脂; 油脂

suiffer [sɥife] *v. t.* 塗抹油脂

suint [sɥɛ̃] *n. m.* 羊毛粗脂

suintement [sɥɛ̃tmɑ̃] *n. m.* 滲, 漏; 滲水, 漏水

suinter [sɥɛ̃te] *v. i.* 滲, 漏; 滲水, 漏水

suisse [sɥis] *a.* 瑞士的 *n. m.* 門衛; 教堂侍衛; 一種鮮乾酪 S～ 瑞士人〔f. 爲 S～sse, 但具有諷刺意味, 一般說 une suisse ～ 等〕

suite [sɥit] *n. f.* 隨員, 侍從; 續篇, 下文; 連貫, 連續, 一系列; 一組, 一套; 後果; 順序, 條理;【數】序列;【樂】組曲; de ～ *loc. adv.* 連續地; par ～ *loc. adv.* 因而, 因此; tout de ～ *loc. adv.* 立刻, 馬上

suivant, e [sɥivɑ̃, ɑ̃:t] *a.* 其次的, 接續的, 後面的, 隨後的 *n.* 隨從

suivant, e [sɥivɑ̃, ɑ̃:t] *prép.* 沿着; 遵循, 按照, 根據

suivi, e [sɥivi] *a.* 連續的, 連貫的; 觀衆多的

suivisme [sɥivism] *n. m.* 尾巴主義

suivre [sɥi:vr] *v. t.* [c. 52] 跟隨, 追隨, 跟蹤; 追趕; 沿着…走; 聽從, 遵照, 仿照; 關注〔事態發展等〕; 注意聽〔指聽課等〕; 領會; 隨着…而發生; 接着…而來 *v. i.* 跟上 *v. impers.* 由此說明 *v. pr.* 一個接一個; 前後連貫

sujet [syʒe] *n. m.* 原因, 理由; 主題, 題目;【語】主語

sujet, te [syʒɛ, ɛt] *a.* 易受…的, 易患…的, 有…傾向的 *n.* 臣民; 國民

sujétion [syʒesjɔ̃] *n. f.* 從屬; 束縛, 負擔

sulfadiazine [sylfadjazin] *n. f.* 【藥】磺胺嘧啶

sulfatage [sylfata:ʒ] *n. m.* 【農】硫酸銅殺菌處理

sulfate [sylfat] *n. m.* 硫酸鹽

sulfater [sylfate] v. t. 硫酸銅(殺菌)處理

sulfure [sylfyʀ] n. m. 【化】硫化物

sulfurer [sylfyre] v. t. 硫化, 使成硫化物;【農】用二硫化碳殺蟲

sulfureux, se [sylfyrø, øːz] a. 硫的, 含硫化物的

sulfurique [sylfyrik] a. acide ~ 硫酸

sulfurisé, e [sylfyrize] a. 用硫酸處理過的

sultan [syltɑ̃] n. m. 〖阿〗蘇丹〔某些伊斯蘭國家君主的稱號〕

sultanat [syltana] n. m. 蘇丹的職位; 蘇丹在位的時期; 蘇丹國

sultane [syltan] n. f. 蘇丹的后妃

summum [sɔmɔm] n. m. 〖拉〗最高度, 頂點

sunnite [synit] n. m. 〔伊斯蘭教的〕遜尼派教徒

super- préf. 表示"上面, 超越, 高級, 優越"的意思

superbe [sypɛrb] a. 豪華的, 壯麗的

supercherie [sypɛrʃəri] n. f. 欺騙

superfétation [sypɛrfetasjɔ̃] n. f. 多餘, 多餘的東西

superfétatoire [sypɛrfetatwaʀ] a. 多餘的, 畫蛇添足的

superficie [sypɛrfisi] n. f. 表面; 面積

superficiel, le [sypɛrfisjɛl] a. 表面的; 膚淺的

superflu, e [sypɛrfly] a. 多餘的; 無用的, 不必要的 n. m. 多餘的東西

superfluité [sypɛrflɥite] n. f. 多餘; pl. 多餘之物, 無用之物

superforteresse [sypɛrfɔrtərɛs] n. f. 超級重型轟炸機, 超級空中堡壘

superhétérodyne [sypɛreterɔdin] a. 超外差的 n. 超外差式接收機

supérieur, e [syperjœr] a. 上面的; 上部的; 超越…的, 勝過…的, 優越的, 優勢的; 高等的, 高級的 n. 上級, 長官; 修道院院長

supériorité [syperjɔrite] n. f. 優勢, 優越性

superlatif [sypɛrlatif] n. m. 【語】最高級

supermarché [sypɛrmarʃe] n. m. 大型無人售貨食品商場

superphosphate [sypɛrfɔsfat] n. m. 過磷酸鈣

superposable [sypɛrpozabl] a. 可疊放的, 可重疊的; 可疊合的

superposer [sypɛrpoze] v. t. 疊在上面; 疊放; 使重疊

superposition [sypɛrpozisjɔ̃] n. f. 疊放, 重疊

superpuissance [sypɛrpɥisɑ̃s] n. f. 超級大國

supersonique [sypɛrsɔnik] a. 超聲的, 超音速的

superstitieux, se [sypɛrstisjø, øːz] a. 迷信的 n. 迷信者

superstition [sypɛrstisjɔ̃] n. f. 迷信

superstructure [sypɛrstrykty:r] n. f. 【建】上部結構;【哲】上層建築

superviser [sypɛrvize] v. t. 監督, 管理

supination [sypinasjɔ̃] n. f. 【生理】(手的)旋後動作, 旋後位

supplanter [syplɑ̃te] v. t. 排擠; 取代

suppléance [sypleɑ̃s] n. f. 補充, 填補; 代替; 代理職務

suppléant, e [sypleɑ̃, ɑ̃:t] a. 代替的, 代理的; 候補的 n. 代替者, 代理者; 候補者

suppléer [syplee] v. t., v. i. 補充, 填補; 彌補; 代替, 代理

supplément [syplemɑ̃] n. m. 外加部分; 補編; 增刊; (火車票等的)加票, 補票

supplémentaire [syplemɑ̃tɛ:r] a. 補充的, 增補的, 外加的

suppliant, e [sypliɑ̃, ɑ̃:t] a. 乞求的, 哀求的, 懇求的 n. 乞求者, 懇求者

supplication [syplikasjɔ̃] n. f. 乞求, 哀求, 懇求

supplice [syplis] n. m. 肉刑; 劇痛; 折磨

supplicier [syplisje] v. t. 使受刑; 處死; 折磨; 使痛苦

supplier [syplie] v. t. 乞求, 哀求, 懇求

supplique [syplik] n. f. 請求書, 申請書

support [sypɔːr] n. m. 支撐物, 支柱, 支架; 支持

supportable [sypɔrtabl] a. 可忍受的, 可容忍的

supporter [sypɔrte] v. t. 支撐, 支持; 經得起; 負擔; 經受, 忍受; 容忍 v. pr. 互相寬容 n. m. 支持者, 擁護者

supposé, e [sypoze] a. 假定的; 設想的; 假的; 偽造的 prép. 假定; ～que 〔後接虛擬式〕loc. conj. 假定, 設想

supposer [sypoze] v. t. 假定, 設想; 料想; 以…爲前提; 意味着; 冒充, 偽造

supposition [sypozisjɔ̃] n. f. 假定, 設想, 料想; 假冒, 偽造

suppositoire [sypozitwaːr] n. m. 【藥】栓劑, 坐藥

suppôt [sypo] n. m. 走狗, 幫兇

suppression [sypresjɔ̃] n. f. 廢除, 撤銷, 取消; 刪除

supprimer [syprime] v. t. 廢除, 撤銷, 取消; 刪去, 刪除

suppurant, e [sypyrɑ̃, ɑ̃ːt] a. 化膿的

suppuration [sypyrɑsjɔ̃] n. f. 化膿, 出膿

suppurer [sypyre] v. i. 化膿, 出膿

supputation [sypytɑsjɔ̃] n. f. 估量, 推算, 估計

supputer [sypyte] v. t. 估量, 推算, 估計

supranational, ale [sypranasjɔnal] (pl. ～aux) a. 超國家的

suprasensible [syprasɑ̃sibl] a. 超感覺的

suprématie [sypremasi] n. f. 最高權力, 霸權; 絕對優勢

suprême [syprɛm] a. 最高的; 極度的; 最重要的 n. m. (澆上奶油醬汁的)家禽或魚的脊肉

sur [syːr] prép. 在…上面; 在…中; 朝, 向; 根據, 依照, 關於; 處於…情況下; 將近, 臨近

sur, e [syːr] a. 酸的

sûr, e [syːr] a. 確實的, 有把握的; 安全的; 可靠的, 信得過的; 穩當的; 有效的

surabondance [syrabɔ̃dɑ̃ːs] n. f. 極其豐富; 過多

surabonder [syrabɔ̃de] v. i. 極爲豐富; 過多

suraigu, ë [syre[ɛ]gy] a. 極尖的, 極尖銳的

surajouter [syraʒute] v. t. 另加, 外加; 添上

suralimentation [syralimɑ̃tɑsjɔ̃] n. f. 過度營養; (內燃機的)增壓

suralimenter [syralimɑ̃te] v. t. 給以過度的營養

suranné, e [syrane] a. 陳舊的, 過時的

surbaissé, e [syrbe[ɛ]se] a. 【建】扁圓的; 【汽】放低的

surbaisser [syrbe[ɛ]se] v. t. 【建】使成扁圓形; 降低, 放低

surcharge [syrʃarʒ] n. f. 超載; 超重; 【機, 電】過載; 附加的賦稅; 過重的負擔; 刪塗後改上去的字

surcharger [syrʃarʒe] v. t. [c. 2] 使超載; 使負荷過重; 使負擔過重; 刪改(文字), 添加(字)

surchauffe [syrʃoːf] n. f. 過熱; 經濟過熱狀態〔指資本主義國家有導致通貨膨脹危險的經濟盲目發展的情况〕

surchauffer [syrʃofe] v. t. 使過熱

surchauffeur [syrʃofœːr] n. m. 過熱器

surchoix [syrʃwa] n. m. 精選, 優質; 精選品, 優質品

surcompression [syrkɔ̃presjɔ̃] n. f. 增壓

surcontrer [syrkɔ̃tre] v. t. (橋牌中)再加倍

surcoupe [syrkup] n. f. 用更大的王牌取勝

surcouper [syrkupe] v. t. 用更大的王

牌勝過(對方)

surcroit [syrkrwa[α]] *n. m.* 增加, 添加; 增加的部分, 添加的部分

surdi-mutité [syrdimytite] *n. f.* 聾啞症, 聾啞

surdité [syrdite] *n. f.* 聾; 重聽

surdos [syrdo] *n. m.* (馬背上固定套繩用的)皮帶

sureau [syro] (*pl.* ~x) *n. m.* 【植】接骨木

surélévation [syrelevasjɔ̃] *n. f.* 加高, 增高; 過分提高

surélever [syrɛl[elə]ve] *v. t.* [c. 6] 加高, 增高; 過分提高(價格、稅率)

suréminent, e [syreminɑ̃, ɑ̃:t] *a.* 極其卓越的, 出類拔萃的

surémission [syremisjɔ̃] *n. f.* 濫發紙幣

surenchère [syrɑ̃ʃɛ:r] *n. f.* (拍賣時)競出高價, 哄抬價錢; 競相許願

surenchérir [syrɑ̃ʃeri:r] *v. i.* (拍賣時)競出高價, 哄抬價錢; 競相許願

surenchérisseur, se [syrɑ̃ʃerisœ:r, ø:z] *n.* (拍賣時)競出高價的人, 哄抬價錢的人

suréquipé, e [syrekipe] *a.* 設備過剩的

surestimation [syrɛstimasjɔ̃] *n. f.* 高估; 估計過高

surestimer [syrɛstime] *v. t.* 高估; 過高估計

suret, te [syrɛ, ɛt] *a.* 微酸的

sûreté [syrte] *n. f.* 安全, 保險; 安全裝置, 保險裝置; 可靠性, 準確; 保證; 擔保; 防備措施, 預防措施

surévaluer [syrevalye] *v. t.* 過高估價

surexcitable [syrɛksitabl] *a.* 易過分激動的, 易過度興奮的

surexcitation [syrɛksitasjɔ̃] *n. f.* 過分激動, 過度興奮

surexciter [syrɛksite] *v. t.* 使過分激動, 使過度興奮

surface [syrfas] *n. f.* (物體的)面, 表面; 面積; 外表

surfaire [syrfɛ:r] *v. t., v. i.* [c. 68] 索取高價; 過高評價, 過分頌揚

surfiler [syrfile] *v. t.* 【縫紉】鎖邊;【紡】二道加拈, 複拈

surfin, e [syrfɛ̃, in] *a.* 極精細的; 最高質量的

surfusion [syrfyzjɔ̃] *n. f.* 【物】過冷(現象), 過熔(現象)

surgeon [syrʒɔ̃] *n. m.* 根蘗

surgir [syrʒi:r] *v. i.* 出現, 突然出現; 湧現

surgissement [syrʒismɑ̃] *n. m.* 出現, 突然出現; 湧現

surhaussé, e [syrose] *a.* 【建】超半圓的

surhaussement [syrosmɑ̃] *n. m.* 加高, 增高

surhomme [syrɔm] *n. m.* (德國唯心主義者尼采所謂的)超人; 才智能力超乎常人的人

surhumain, e [syrymɛ̃, ɛn] *a.* 超出常人的, 非凡的

surimposer [syrɛ̃poze] *v. t.* 徵附加稅; 課重稅

surimpression [syrɛ̃presjɔ̃] *n. f.* (電影的)疊印

surinfection [syrɛ̃fɛksjɔ̃] *n. f.* 【醫】重複感染

surintendance [syrɛ̃tɑ̃dɑ̃:s] *n. f.* 總監的職責

surintendant [syrɛ̃tɑ̃dɑ̃] *n. m.* (舊時的)總監

surintendante [syrɛ̃tɑ̃dɑ̃:t] *n. f.* (工廠、企業中專管社會福利事業的)女負責人; 總監夫人

surir [syri:r] *v. i.* 變酸, 發酸

surjet [syrʒɛ] *n. m.* 縫合

surjeter [syrʒəte] *v. t.* [c. 5] 〔常用被動式〕縫合

sur-le-champ [syrləʃɑ̃] *loc. adv.* 立刻, 馬上

surlendemain [syrlɑ̃dmɛ̃] *n. m.* 後天

surmenage [syrmənaːʒ] *n. m.* 疲勞過

度,工作過度

surmener [syrməne] *v. t.* [c. 6] 使疲勞過度,使工作過度

surmontable [syrmɔ̃tabl] *a.* 可克服的,可戰勝的

surmonter [symɔ̃te] *v. t.* 置於…之上;克服,戰勝;克制

surmouler [syrmule] *v. t.* 用複製模塑造,複製澆鑄

surmulet [syrmylɛ] *n. m.* 【魚】羊魚

surmulot [syrmylo] *n. m.* 褐家鼠,溝鼠

surnager [syrnaʒe] *v. i.* [c. 2] 漂浮;殘存,依然存在

surnaturalisme [syrnatyralism] *n. m.* 超自然主義

surnaturel, le [syrnatyrɛl] *a.* 超自然的;神奇的,不可思議的 *n. m.* 超自然的現象;超自然的東西

surnom [syrnɔ̃] *n. m.* 別名;綽號,外號

surnombre [syrnɔ̃:br] *n. m.* 多餘的量,額外的數量

surnommer [syrnɔme] *v. t.* 給…起別名,給…起綽號

surnuméraire [syrnymerɛ:r] *a.* 多餘的,額外的 *n.* 額外人員,編制外的人員

suroit [syrwa] *n. m.* 【海】西南風;油布雨帽

surpasser [syrpase] *v. t.* 超過,超出;勝過;〖俗〗使大吃一驚 *v. pr.* 勝過平時

surpayer [syrpe[ɛ]je] *v. t.* [c. 4] 貴買;多付

surpeuplé, e [syrpœple] *a.* 人口過密的

surpeuplement [syrpœpləmɑ̃] *n. m.* 人口過密

surplace [syrplas] *n. m.* (騎自行車者的)屏車,定車

surplis [syrpli] *n. m.* (教士穿的)寬袖白色法衣

surplomb [syrplɔ̃] *n. m.* 【建】突出,伸出;突出物

surplombement [syrplɔ̃bmɑ̃] *n. m.* 突出,伸出,懸垂

surplomber [syrplɔ̃be] *v. i.* 突出,伸出,懸垂 *v. t.* 上部伸向,向…突出

surplus [syrply] *n. m.* 餘額,剩餘; *pl.* 剩餘軍用物資;au ～ *loc. adv.*, *loc. conj.* 此外,再者,加之

surpopulation [syrpɔpylasjɔ̃] *n. f.* 人口過剩

surprenant, e [syrprənɑ̃, ɑ̃:t] *a.* 驚人的,使人驚奇的;意想不到的

surprendre [syrprɑ̃:dr] *v. t.* [c. 46] 撞見;無意中發覺(秘密等);突然襲擊;驀然而至;使驚訝;騙取

surpression [syrprɛsjɔ̃] *n. f.* 超壓,過壓,餘壓

surprime [syrprim] *n. f.* 額外保險費,附加保險費

surprise [syrpri:z] *n. f.* 驚訝;使人驚訝的事;意想不到的禮物;par ～ 突然襲擊地,出其不意地

surproduction [syrprɔdyksjɔ̃] *n. f.* 生產過剩

surréalisme [syrrealism] *n. m.* 超現實主義

surrénal, ale [syrrenal] *(pl. ～aux)* *a.* 腎上的

sursalaire [syrsalɛ:r] *n. m.* 附加工資

sursaturation [syrsatyrasjɔ̃] *n. f.* 【物】過飽和

sursaturer [syrsatyre] *v. t.* 使過飽和

sursaut [syrso] *n. m.* 驚跳,驚動;奮起;en ～ *loc. adv.* 突然,驀地

sursauter [syrsote] *v. i.* 驚跳,驚動

sursemer [syrsəme] *v. t.* [c. 6] 【農】再播種

surseoir [syrswa:r] *v. i.* [c. 35] 緩期,延遲

sursis [syrsi] *n. m.* 緩期,延遲

sursitaire [syrsitɛ:r] *a., n.* 獲准緩刑的(人);獲准緩期應召的(人)

surtaxe [syrtaks] *n. f.* 附加稅,附加費

surtaxer [syrtakse] *v. t.* 徵收附加稅;

課以重稅

surtension [syrtɑ̃sjɔ̃] *n. f.* 過（電）壓；（思想等的）過度緊張

surtout [syrtu] *adv.* 特別，尤其 *n. m.* 大氅；擺設在大餐桌中央的銀質器皿

surtravail [syrtravaj] (*pl.* ~*aux*) *n. m.* 剩餘勞動

surveillance [syrvɛjɑ̃:s] *n. f.* 監視，監督；警戒；受看管

surveillant, e [syrvɛjɑ̃, ɑ̃:t] *n.* 監視人，監督人；學監，舍監

surveiller [syrve(ɛ)je] *v. t.* 監視，監督；看守，看管；警戒，注意

survenance [syrvənɑ̃:s] *n. f.* 【法】事後發生；後來出生

survenir [syrvəni:r] *v. i.* [c. 16] 突如其來，突然發生

survente [syrvɑ̃:t] *n. f.* 高價出售

survêtement [syrvɛtmɑ̃] *n. m.* 厚運動衫或褲

survie [syrvi] *n. f.* 殘存

survitesse [syrvitɛs] *n. f.* 超速

survivance [syrvivɑ̃:s] *n. f.* 殘存，殘餘

survivant, e [syrvivɑ̃, ɑ̃:t] *a., n.* 還活着的(人)；幸免於難的(人)

survivre [syrvi:vr] [c. 53] *v. t.* 繼續活下去；繼續存在；~ à 在…死後還活着，比…活得長；從…逃生 *v. pr.* 遠活在…之中

survoler [syrvɔle] *v. t.* 飛越，飛過；瀏覽

survolter [syrvɔlte] *v. t.* 使受過電壓，使升壓

sus [sy(s)] *adv.* courir ~ à … 追捕(某人) *interj.* 加油啊！快啊！

susceptibilité [sysɛptibilite] *n. f.* 易怒，敏感性

susceptible [sysɛptibl] *a.* 易感受的；可以…的；易怒的，易衝動的

susciter [sysite] *v. t.* 引起，使產生；挑起，惹起

suscription [syskripsjɔ̃] *n. f.* 信封上的地址

susdit, e [sysdi, it] *n., a.* 上述(的)

susmentionné, e [sysmɑ̃sjɔne] *a.* 上述的

susnommé, e [sysnɔme] *a., n.* 上面已指名的(人)

suspect, e [syspɛ(kt), kt] *a.* 可疑的；質量有問題的 *n. m.* 嫌疑犯，可疑分子

suspecter [syspɛkte] *v. t.* 懷疑，猜疑

suspendre [syspɑ̃:dr] *v. t.* [c. 42] 掛起，懸掛；暫停，中止；緩期，暫緩；暫令…停職

suspendu, e [syspɑ̃dy] *a.* 弔起的，懸掛着的；緩期的，暫緩的，暫停的；暫停職務的

suspens(en) [ɑ̃syspɑ̃] *loc. adv.* 懸而未決中；暫停中

suspenseur [syspɑ̃sœ:r] *a. m.* 【解】懸(弔)的

suspensif, ve [syspɑ̃sif, i:v] *a.* 【法】中止的，暫停實行的

suspension [syspɑ̃sjɔ̃] *n. f.* 懸掛，弔起；懸掛裝置；弔燈，掛燈；暫停，暫緩；延期，暫緩；【化】懸浮

suspensoir [syspɑ̃swa:r] *n. m.* 懸帶，弔帶；弔鈎

suspicion [syspisjɔ̃] *n. f.* 懷疑，猜疑，疑心

sustentateur, trice [systɑ̃tatœ:r, tris] *a.* 【空】升力的

sustentation [systɑ̃tasjɔ̃] *n. f.* 支持，支撐；【空】升力

sustenter [systɑ̃te] *v. t.* 使進食以維持體力；【空】支持在空中 *v. pr.* 〖俗〗進食

susurrement [sysyrmɑ̃] *n. m.* 沙沙聲；嘀咕，私語

susurrer [sysyre] *v. t.* 嘀咕 *v. i.* 發沙沙聲；竊竊私語

suture [syty:r] *n. f.* 【醫】縫合；(骨)縫；【植】縫(線)

suturer [sytyre] *v. t.* 【醫】縫合

suzerain, e [syzrɛ̃, ɛn] *n., a.* 封建君主(的)

suzeraineté [syzrɛnte] *n. f.* 封建君主權; 宗主權

svastika [svastika] *n. m.* 【梵】卍字

svelte [svɛlt] *a.* 苗條的, 細長的; 輕盈的

sveltesse [svɛltɛs] *n. f.* 苗條, 細長; 輕盈

sweating-system [swetiŋsistim] *n. m.* 〖英〗血汗工資制

sybarite [sibarit] *a., n.* 驕奢淫逸的(人)

sybaritisme [sibaritism] *n. m.* 驕奢淫逸

sycomore [sikɔmɔːr] *n. m.* 【植】埃及無花果, 假挪威槭

sycophante [sikɔfɑ̃ːt] *n. m.* 告發者; 誹謗者

syllabaire [silabɛːr] *n. m.* 識字課本, 初級讀本

syllabe [silab] *n. f.* 【語】音節

syllabique [silabik] *a.* 音節的

syllepse [silɛps] *n. f.* 【語】(性、數的)按詞義配合

syllogisme [silɔʒism] *n. m.* 【邏】三段論

sylphe [silf] *n. m.* 【神】風精, 空氣中的精靈

sylphide [silfid] *n. f.* 【神】女風精, 空氣中的女精靈; 窈窕的婦女

sylvains [silvɛ̃] *n. m. pl.* 森林之神

sylvestre [silvɛstr] *a.* 森林中生長的

sylviculteur [silvikyltœːr] *n. m.* 植林者, 育林者

sylviculture [silvikylty:r] *n. f.* 森林學; 林業

symbiose [sɛ̃bjoːz] *n. f.* 【生】共生; 相依爲命

symbole [sɛ̃bɔl] *n. m.* 象徵, 標誌; 符號, 記號;【宗】信條

symbolique [sɛ̃bɔlik] *a.* 象徵性的, 用作符號的 *n. f.* (一民族等所特有的)象徵體系

symboliser [sɛ̃bɔlize] *v. t.* 象徵, 是…

的象徵

symbolisme [sɛ̃bɔlism] *n. m.* 符號表示;【文】象徵主義

symboliste [sɛ̃bɔlist] *a.* 象徵主義的, 象徵派的 *n.* 象徵主義者, 象徵派

symétrie [simetri] *n. f.* 對稱, 勻稱

symétrique [simetrik] *a.* 對稱的, 勻稱的

sympathie [sɛ̃pati] *n. f.* 同情; 好感; 同感

sympathique [sɛ̃patik] *a.* 引起好感的, 給人好感的;〖俗〗令人喜悅的 *n. m.* le (grand) ~ 【解】交感神經系統

sympathiser [sɛ̃patize] *v. i.* 抱有同感; 產生好感

symphonie [sɛ̃fɔni] *n. f.* 交響樂, 交響曲

symphonique [sɛ̃fɔnik] *a.* 交響樂的, 交響曲的

symphoniste [sɛ̃fɔnist] *n.* 交響樂曲作者; 交響曲演奏者

symposium [sɛ̃pozjɔm] *n. m.* 專題討論會; (各作家對某一專題的)論集, 論叢

symptomatique [sɛ̃ptɔmatik] *a.* 症狀的; 徵候的, 徵兆的

symptôme [sɛ̃ptoːm] *n. m.* 症狀; 徵候, 徵兆

synagogue [sinagɔg] *n. f.* 猶太教堂

synchrocyclotron [sɛ̃krɔsiklɔtrɔ̃] *n. m.* 【原子】穩相加速器, 同步迴旋加速器

synchrone [sɛ̃krɔn] *a.* 【技】同步的, 同期的

synchroniser [sɛ̃krɔnize] *v. t.* 【技】使同步, 使整齊

synchronisme [sɛ̃krɔnism] *n. m.* 同步(性), 同期(性); 年代一致

synchrotron [sɛ̃krɔtrɔ̃] *n. m.* 【原子】同步加速器

synclinal, ale [sɛ̃klinal] (*pl.* ~*aux*) 【地質】 *n. m., a.* 向斜(的)

syncopal, ale [sɛ̃kɔpal] (*pl.* ~*aux*) *a.* 昏厥的

syncope [sɛ̃kɔp] *n. f.* 昏厥;【語】(詞

中)字母或音節的消失；【樂】切分法

syncoper [sɛ̃kɔpe] v. t. 【樂】切分

syndic [sɛ̃dik] n. m. 理事；巴黎市議會總務委員

syndical, ale [sɛ̃dikal] (pl. ~aux) a. 工會的；聯合會的

syndicalisme [sɛ̃dikalism] n. m. 工會運動；工團主義

syndicaliste [sɛ̃dikalist] a. 工會的；工團主義的 n. 工團主義者；工會幹部

syndicat [sɛ̃dika] n. m. 工會；(同行業的)聯合會；辛迪加，企業聯合組織

syndiqué, e [sɛ̃dike] a. 加入工會的 n. 參加工會者

syndiquer [sɛ̃dike] v. t. 組織工會 v. pr. 組織工會；參加工會

syndrome [sɛ̃drɔ[o:]m] n. m. 【醫】綜合症，症候群

synecdoque [sinɛkdɔk] n. f. 【修辭】提喻法

synérèse [sinerɛz] n. f. 【語】元音結合；【化】(膠體的)脫水收縮

synergie [sinerʒi] n. f. 【生理，藥】協同作用

synode [sinɔd] n. m. 【宗】教務會議，教區會議

synonyme [sinɔnim] a. 同義的 n. m. 同義詞

synonymie [sinɔnimi] n. f. 同義(性)

synopsis [sinɔpsis] n. m. 或 n. f. (影片的)劇情簡介

synoptique [sinɔptik] a. 概要的

synovial, ale [sinɔvjal] (pl. ~aux)【解】 a. 滑液的 n. f. 滑膜

synovie [sinɔvi] n. f. 【解】滑液

synovite [sinɔvit] n. f. 【醫】滑膜炎

syntaxe [sɛ̃taks] n. f. 【語】句法

syntaxique [sɛ̃taksik] a. 句法的

synthèse [sɛ̃tɛ:z] n. f. 綜合，總括；【化】合成

synthétique [sɛ̃tetik] a. 綜合的，總括的；【化】合成的

synthétiser [sɛ̃tetize] v. t. 綜合，總括；【化】合成

syntonisation [sɛ̃tɔnizasjɔ̃] n. f. 【物】調諧，諧振

syphilis [sifilis] n. f. 【醫】梅毒

syphilitique [sifilitik] a. 梅毒的；患梅毒的 n. 梅毒患者

syrien, ne [sirjɛ̃, ɛn] a. 叙利亞的 n. S~ 叙利亞人 n. m. (叙利亞人講的)阿拉伯語

systématique [sistematik] a. 成體系的，有系統的；有步驟的，有條不紊的；一貫的，經常的；刻板的，偏執的 n. f. 【動，植】分類學

systématiser [sistematize] v. t. 使成體系，使系統化

système [sistɛm] n. m. 體系；系統；體制，制度；分類法；〖俗〗巧妙的方法

systole [sistɔl] n. f. (心臟的)收縮

syzygie [siziʒi] n. f. 【天】朔望

T

T, t [te] n. m. 法語字母表中第20個字母

ta 見 ton

tabac [taba] n. m. 烟草，烟葉，烟絲 a. inv. 烟草色的，棕褐色的

tabagie [tabaʒi] n. f. (因抽烟過多而)烟霧騰騰的地方

tabatière [tabatjɛ:r] n. f. 鼻烟壺；天窗

的玻璃

tabellion [tabe[ɛ]ljɔ̃] n. m. 〖謔〗公證人

tabès [tabɛs] n. m. 脊髓癆

table [tabl] n. f. 餐桌；桌子；菜餚；膳食；平枱；表，一覽表

tableau [tablo] (pl. ~x) n. m. 圖畫；畫面，景色；描繪；欄，牌；黑板；表格，名單

【劇】場,景

tableautin [tablotɛ̃] *n. m.* 小幅圖畫

tablée [table] *n. f.* 同桌進餐者

tabler [table] *v. i.* ～ sur 相信

tablette [tablɛt] *n. f.* 擱板,台面;(食品的)長方塊;(古代書寫用的)塗蠟小薄板,象牙板; *pl.* (隨身帶的)記錄簿,筆記簿

tablier [tablie] *n. m.* 圍裙,(鈕扣在背部的)工作罩衫;橋面;【汽】前圍內板,發動機擋板

tabou [tabu] *n. m.* (宗教迷信的)禁忌 *a.* 禁忌的

tabouret [taburɛ] *n. m.* 凳子,圓凳

tabulaire [tabylɛːr] *a.* 【地】台式的;表格式的

tabulateur [tabylatœːr] *n. m.* (打字機等上的)制表裝置

tac [tak] *n. m.* 嗒,咯嗒

tache [taʃ] *n. f.* 污點;痣;斑紋,斑點;瑕疵;(天體球面的)黑點

tâche [tɑːʃ] *n. f.* 工作,任務

tacher [taʃe] *v. t.* 弄髒,沾污

tâcher [tɑʃe] *v. i.* ～ de 努力,力求,爭取;～ que 努力,盡力

tâcheron [tɑʃrɔ̃] *n. m.* 小包工頭;農業包工工人;埋頭苦幹的人

tacheter [taʃte] *v. t.* [c. 5] 使帶有花斑,使帶有斑點

tachycardie [takikardi] *n. f.* 【醫】心動過速

tachymètre [takimɛtr] *n. m.* 【機】轉速表,速度計

tacite [tasit] *a.* 默示的,默許的,心照不宣的

taciturne [tasityrn] *a.* 沉默寡言的,不愛說話的

taciturnité [tasityrnite] *n. f.* 沉默寡言

tacot [tako] *n. m.* 〖民〗破舊老式汽車

tact [takt] *n. m.* 觸覺;敏感,機靈

tacticien, ne [taktisjɛ̃, ɛn] *n. m.* 戰術家,策略家 *n.* 做事有辦法的人

tactile [taktil] *a.* 能觸知的;觸覺的,感

觸的

tactique [taktik] *n. f.* 戰術,兵法;策略 *a.* 戰術的;策略的

tael, taël [taɛl] *n. m.* 銀兩,兩〔中國舊時貨幣單位〕

taffetas [tafta] *n. m.* 塔夫綢

tafia [tafja] *n. m.* 塔非亞酒〔西印度羣島產的甘蔗酒〕

taïaut! tayaut! [tajo] *interj.* 喚使獵狗追捕獵物的喊聲

taie [tɛ] *n. f.* 枕套;【醫】角膜翳

taillable [ta[ɑ]jabl] *a.* 可抽人頭稅的

taillade [ta[ɑ]jad] *n. f.* 刀傷,切口;(衣服的)開衩

taillader [ta[ɑ]jade] *v. t.* 劃破,割傷

taillanderie [ta[ɑ]jɑ̃dri] *n. f.* 鐵器業;鐵店店;鐵器〔供農業、手工業使用〕

taillandier [ta[ɑ]jɑ̃dje] *n. m.* 鐵匠

taillant [tɑjɑ̃] *n. m.* 刀鋒,刀刃

taille [tɑːj] *n. f.* 切削,剪削;裁,剪;雕琢;劍刃;人頭稅;【醫】膀胱切開取石術;身材,個兒;人的腰身,腰部;大小,尺寸

taillé, e [tɑje] *a.* 準備好的;適合…的;身材長得…的;切削過的,修剪過的,琢過的

taille-crayon [tɑjkrɛjɔ̃] (*pl.* ～ (*s*)) *n. m.* 捲筆刀

taille-douce [tɑjdus] (*pl.* ～s-～s) *n. f.* 乾刻法雕刻術,雕刻凹板;銅版畫

tailler [tɑje] *v. t.* 切削,剪削,裁剪,修剪;雕琢,切成小塊

taillerie [tɑjri] *n. f.* 寶石琢磨工場,玉器作;雕琢術,雕琢業

tailleur [tɑjœːr] *n. m.* 裁縫;(用同樣料子做的)女西服上裝和裙子

taillis [tɑji] *n. m.* 輪伐林;輪伐林中的樹木

tailloir [ta[ɑ]jwaːr] *n. m.* 〖方〗(切肉用的)盤子;【建】(圓柱頂部的)頂板

tain [tɛ̃] *n. m.* 【技】錫汞齊〔塗鏡背面用〕;錫浴〔鍍錫用〕

taire [tɛːr] [c. 67] 〔但直陳式現在時單數第三人稱爲 tait〕 *v. t.* 不講,不說,

不流露 *v. pr.* 緘默, 沉默不語; 不作聲, 閉嘴

talc [talk] *n. m.* 滑石, 滑石粉

talent [talɑ̃] *n. f.* 才能, 才幹, 才華; 有才能的人; 古希臘一種重量及貨幣單位

talentueux, se [talɑ̃tɥø, øz] *a.* 有才能的, 有才幹的

talion [taljɔ̃] *n. m.* (古法律中的)報復

talisman [talismɑ̃] *n. m.* 護符, 驅邪物; 有效的東西, 有魔力的東西

taloche [talɔʃ] *n. f.* 〖俗〗耳光, 巴掌; (粉刷工用的)托泥板, 鏝板

talocher [talɔʃe] *v. t.* 打耳光, 用巴掌打腦袋

talon [talɔ̃] *n. m.* 腳後跟; 鞋後跟, 襪子後跟; 馬蹄鐵的兩端; (紙牌戲中)發剩的牌; 存根; 根部; 〖建〗葱形飾

talonner [talɔne] *v. t.* 跟蹤, 追蹤; 用腳後跟或馬刺驅馬前進; 追逼; 糾纏 *v. i.* 船尾龍骨觸碰海底; 〖技〗背投觸

talonnette [talɔnɛt] *n. f.* 鞋內後跟墊; 褲腳後跟貼邊(防磨損用)

talus [taly] *n. m.* 斜坡; (堤壩, 壕溝等的)傾斜面

talwèg = thalweg

tamarin [tamarɛ̃] *n. m.* 羅望子樹; 羅望子果實

tamarinier [tamarinje] *n. m.* 羅望子樹

tamaris [tamaris] *n. m.* 檉柳

tambour [tɑ̃bu:r] *n. m.* 鼓; 鼓手; 〖技〗滾筒, 鼓筒, 捲筒, 鼓輪; 〖建〗轉門; 鼓形柱礎; 圓蓋筒

tambourin [tɑ̃burɛ̃] *n. m.* 長鼓; 用長鼓伴奏的舞曲; 鼓形羊皮球拍

tambourinage [tɑ̃burina:ʒ], **tambourinement** [tɑ̃burinmɑ̃] *n. m.* 擊鼓, 打鼓

tambourinaire [tɑ̃burinɛ:r] *n. m.* 長鼓手; 黑非洲鼓手

tambouriner [tɑ̃burine] *v. i.* 敲打得咚咚作響 *v. t.* 擊鼓通告; 宣揚, 宣傳

tambour-major [tɑ̃burmaʒɔ:r] (*pl.* ～s-～s) *n. m.* 軍樂隊的鼓手長

tamis [tami] *n. m.* 篩子, 羅

tamisage [tamiza:ʒ] *n. m.* 篩, 羅, 篩濾

tamiser [tamize] *v. t.* 篩, 羅, 篩濾; 濾光

tamiseur, se [tamizœ:r, ø:z] *n.* 篩濾工 *n. m.* 煤渣篩子

tampon [tɑ̃pɔ̃] *n. m.* 塞子; 軟布團; 緩衝; 〖技〗緩衝器, 緩衝墊; 〖醫〗(止血的)脫脂棉塞

tamponnement [tɑ̃pɔnmɑ̃] *n. m.* 堵塞, 塞住; 猛撞; 火車撞車事故

tamponner [tɑ̃pɔne] *v. t.* 用塞子堵塞; 猛撞

tam-tam [tamtam] (*pl.* ～s) *n. m.* 銅鑼; (非洲的一種)鼓; 喧嚷; 廣告宣傳

tan [tɑ̃] *n. m.* 〖革〗植物鞣料

tancer [tɑ̃se] *v. t.* [c. 1] 訓斥, 責罵

tanche [tɑ̃:ʃ] *n. f.* 冬穴魚

tandem [tɑ̃dɛm] *n. m.* 二套車, 雙套馬車; 雙座自行車

tandis que [tɑ̃diɡə] *loc. conj.* 當…的時候; 而, 然而

tangage [tɑ̃ɡa:ʒ] *n. m.* (船的)縱搖; (飛機的)俯仰

tangent, e [tɑ̃ʒɑ̃, ɑ̃:t] *a.* 〖數〗相切的 *n. f.* 暨考人〖學生用語〗; 〖數〗切綫, 止切

tangentiel, le [tɑ̃ʒɑ̃sjɛl] *a.* 〖數〗切綫的; 切面的; 切向的

tangible [tɑ̃ʒibl] *a.* 可觸覺的, 摸得到的; 確實的, 真實的

tango [tɑ̃ɡo] *n. m.* 探戈舞; 探戈舞曲 *a. inv.* 橘紅色的

tanguer [tɑ̃ɡe] *v. i.* (船)縱搖; (飛機)俯仰

tanière [tanjɛ:r] *n. f.* 獸穴; 偏僻的陋室

tank [tɑ̃:k] *n. m.* 油船的槽, 油艙; (工業用)油箱, 水箱, 槽; 坦克; 〖俗〗大汽車

tannage [tana:ʒ] *n. m.* 鞣革

tanner [tane] *v. t.* 鞣(革); 製(革); 〖俗〗使…討厭; 〖民〗痛打

tannerie [tanri] *n. f.* 鞣革廠; 鞣革業; 鞣革工序

tanneur [tanœ:r] *n. m.* 鞣革工; 皮革商

a. m. 鞣革的

tan(n)in [tanɛ̃] *n. m.* 【化】丹寧, 二棓酸, 鞣酸; 鞣質

tant [tɑ̃] *adv.* 如此地, 那樣地; 那麼多, 那麼久, 那麼遠; ～ mieux *loc. adv.* 那就更好了; ～ pis *loc. adv.* 活該; ～ soit peu *loc. adv.* 稍許一點兒; en ～ que *loc. conj.* 由於; 作為; ～ s'en faut que *loc. conj.* 遠遠不是; si ～ est que *loc. conj.* 如果〔後接虛擬式〕

tantale [tɑ̃tal] *n. m.* 白鸛; 【化】鉭

tante [tɑ̃t] *n. f.* 伯母, 嬸母, 舅母; 姑母, 姨母

tantième [tɑ̃tjɛm] *n. m.* 百分比 *a.* 若干的

tantinet [tɑ̃tinɛ] *n. m.* 〖俗〗一點點兒, 一星兒, 一點兒

tantôt [tɑ̃to] *adv.* (當天的)午後, 下午; 馬上, 立刻; 方才, 剛才 *n. m.* 〖俗, 方〗午後, 下午

tanzanien, ne [tɑ̃zanjɛ̃, ɛn] *a.* 坦桑尼亞的 *n.* T — 坦桑尼亞人

taon [tɑ̃] *n. m.* 【昆】虻

tapage [tapaːʒ] *n. m.* 嘈雜聲, 吵鬧聲

tapageur, se [tapaʒœːr, øːz] *a.* 嘈雜的, 吵鬧的; 愛鬧的; 引人注目的 *n.* 吵鬧者, 愛吵鬧者

tape [tap] *n. f.* (錨鏈孔、炮口等用的)塞子, 塞; (用手)拍, 拍打

tapé, e [tape] *a.* 壓扁烘乾的, 過熟的〔指果子〕; 〖民〗乾癟的〔指人〕

tapecul [tapky] *n. m.* 某些小船的艉帆; 顛簸劇烈的馬車; 雙座二輪馬車

tapée [tape] *n. f.* 〖俗〗大羣, 許多

taper [tape] *v. t.* 拍, 打, 敲打; 打字; 〖俗〗向…借錢 *v. i.* 拍; 打; 打字

tapette [tapɛt] *n. f.* 木槌; (鑲版工用的)絲綿棉團; 藤拍; 蒼蠅拍; avoir une ～ 〖俗〗饒舌

tapeur, se [tapœːr, øːz] *n.* 經常借錢的人

tapin [tapɛ̃] *n. m.* 〖俗〗擊鼓者; 〖民〗(娼妓的)拉客

tapinois(en) [atapinwa] *loc. adv.* 偷偷地, 悄悄地

tapioca [tapjɔka] *n. m.* 木薯粉; 木薯粉羹

tapir [tapiːr] *n. m.* 【動】貘

tapir(se) [s(ə)tapiːr] *v. pr.* (蹲下或蜷着身子)躲藏

tapis [tapi] *n. m.* 地毯, 毯子; 毯狀物; 會議桌

tapisser [tapise] *v. t.* 用掛毯或花紙等裝飾; 遮滿(牆壁等)

tapisserie [tapisri] *n. f.* (裝飾用)花毯, 掛毯, 帳帷; 絨綉毯; 掛毯工藝; 絨綉手藝; 糊牆花紙

tapissier, ère [tapisje, ɛːr] *n.* 織毯工人, 絨綉工人; 掛毯商, 地毯商

tapon [tapɔ̃] *n. m.* 〖俗〗布團, 紙團

tapoter [tapɔte] *v. t.* 〖俗〗用手反覆輕敲, 輕輕拍打

taquet [takɛ] *n. m.* (傢具等的)墊木; 【海】繫纜雙角鈎, 繫索耳

taquin, e [takɛ̃, in] *a., n.* 愛惹人的(人), 好戲弄人的(人)

taquiner [takine] *v. t.* 惹, 捉弄, 逗弄, 撩; 使煩惱, 使不適

taquinerie [takinri] *n. f.* 好逗弄, 好捉弄; 撩惹人的話或行為

tarabiscoter [tarabiskɔte] *v. t.* 精雕細刻, 過分修飾(文體等)

tarabuster [tarabyste] *v. t.* 〖俗〗糾纏不休, 困擾, 使煩惱

taraud [taro] *n. m.* 【機】絲錐, 螺絲攻

taraudage [taroda:ʒ] *n. m.* 【機】攻螺絲

tarauder [tarode] *v. t.* 【機】攻螺絲

taraudeuse [tarodøːz] *n. f.* 【機】攻絲機

tarbouch(e) [tarbuʃ] *n. m.* (土耳其人和希臘人的)一種藍總紅帽子

tard [taːr] *adv.* 遲, 晚 *a.* 遲的, 晚的 *n. m.* 晚上, 夜裏; 晚年, 暮年

tarder [tarde] *v. i.* 遲到; 耽擱, 拖延 *v. impers.* Il me tarde de … 我渴望…, 我急於…

tardif, ve [tardif, i:v] *a.* 遲的, 晚的; 成熟得晚的

tare [ta:r] *n. f.* 損耗; 包皮重量, 皮重; (牲口的)缺點, 毛病; 缺陷, 嚴重缺點

tarentule [tarɑ̃tyl] *n. f.* 舞蛛的俗稱

tarer [tare] *v. t.* 稱皮重

taret [tarɛ] *n. m.* 船蛆, 鑿船貝

targette [tarʒɛt] *n. f.* (門窗等的)插銷

targuer(se) [s(ə)targe] *v. pr.* 自吹自擂, 自誇; 以…自傲

tarière [tarjɛ:r] *n. f.* 木工鑽; 螺(旋)鑽; (鞘翅類昆蟲的)產卵管; (膜翅類昆蟲的)穿孔器

tarif [tarif] *n. m.* 價目表, 費率表; 稅率

tarifer [tarife] *v. t.* 規定費率, 規定稅率, 規定價格

tarification [tarifikasjɔ̃] *n. f.* 規定費率, 規定稅率, 規定價格

tarin [tarɛ̃] *n. m.* 黃雀, 金雀;〖民〗鼻子

tarir [tari:r] *v. t.* 使乾涸; 使停止(流出); 使枯竭 *v. i.* 乾涸, 枯竭; 停止

tarissable [tarisabl] *a.* 會乾涸的, 可抽乾的

tarissement [tarismɑ̃] *n. m.* 乾涸, 枯竭

tarlatane [tarlatan] *n. f.* 塔拉丹布(一種重漿網狀織物)

tarot [taro] *n. m.* (一種供占卜用的)紙牌; 上述紙牌的游戲

tarse [tars] *n. m.* 【解】跗骨

tarsien, ne [tarsjɛ̃, ɛn] *a.* 跗骨的

tartane [tartan] *n. f.* (地中海沿岸的)一種小帆船

tarte [tart] *n. f.* 奶油果醬餡餅;〖民〗一拳, 一巴掌

tartelette [tartəlɛt] *n. f.* 奶油果醬小餡餅

tartine [tartin] *n. f.* (塗有黃油, 果醬等的)麵包片;〖俗〗冗長的講話或文章

tartrage [tartra:ʒ] *n. m.* (釀酒過程中的)酒石酸處理

tartrate [tartrat] *n. m.* 【化】酒石酸鹽, 酒石酸酯

tartre [tartr] *n. m.* 【化】酒石; 【醫】牙石, 牙垢; 水碱, 水鏽, 水垢

tartrique [tartrik] *a.* acide ～ 【化】酒石酸

tartufe [tartyf] *n. m.* 偽君子

tartuferie [tartyfri] *n. f.* 偽善, 偽善行為

tas [tɑ] *n. m.* 堆, 垛, 許多, 一大堆; 一夥, 一羣

tasse [tɑ:s] *n. f.* 帶把兒的杯子; 一杯之量

tasseau [taso] (*pl.* ～*x*) *n. m.* 【建】(支撐或加固用的)小木條, 小鐵條

tassement [tɑsmɑ̃] *n. m.* 下沉

tasser [tɑse] *v. t.* 壓緊, 壓實; 使(人)擠緊 *v. pr.* 下沉, 下陷; 相互擠緊;〖俗〗(情況等)恢復正常

tâter [tɑte] *v. t.* 觸摸, 摸索; 試探, 摸情況 *v. i.* 嘗味; 嘗試

tâte-vin [tɑtvɛ̃], **taste-vin** [tastəvɛ̃] *n. m. inv.* (品酒時從酒桶中吸酒用的)小吸管; (品酒用的)小銀杯

tatillon, ne [tatijɔ̃, ɔn] *a., n.* 〖俗〗拘泥於細節的(人)

tâtonnement [ta[ɑ]tɔnmɑ̃] *n. m.* 摸索, 試探, 嘗試

tâtonner [ta[ɑ]tɔne] *v. i.* 摸索; 試探, 嘗試

tâtonneur, se [ta[ɑ]tɔnœ:r, ø:z] *a., n.* 摸索的(人)

tâtons(à) [atatɔ̃] *loc. adv.* 摸索着

tatou [tatu] *n. m.* 【動】犰狳

tatouage [tatwa:ʒ] *n. m.* 文身, 刺花

tatouer [tatwe] *v. t.* (在身上)刺花, 文身

tau [to] *n. m.* 希臘字母表中第19個字母Τ, τ

taudis [todi] *n. m.* 簡陋的小屋; 又髒又亂的房間

taupe [to:p] *n. f.* 鼴鼠, 鼴鼠皮

taupier [topje] *n. m.* 捕鼴鼠者

taupin [topɛ̃] *n. m.* 叩頭蟲的一種; 巴黎綜合工科學校預備班的學生

taupinière [topinjɛːr], **taupinée** [topine] n. f. 鼹鼠掘洞時形成的小土堆

taureau [tɔro] (pl. ~x) n. m. 公牛,種牛;非常強壯的男子

tauromachie [tɔrɔmaʃi] n. f. 鬥牛術;鬥牛

tautologie [totɔlɔʒi] n. f. 【邏】同語反復,重言式

taux [to] n. m. 定價;(年)利率,比率,率

taveler [tavle] v. t. [c. 5] 使生斑點

tavelure [tavlyːr] n. f. 斑紋,斑點;(蘋果和梨的)黑星病

taverne [tavɛrn] n. f. 小酒店;咖啡飯館

tavernier, ère [tavɛrnje, ɛːr] n. 酒店或咖啡飯館的老闆

taxation [taksɑsjɔ̃] n. f. 規定價格;課稅

taxe [taks] n. f. 法定價格;收費核定;捐稅,賦稅

taxer [takse] v. t. 規定價格;核定收費;課稅;指責

taxi [taksi] n. m. 出租汽車;〖俗〗出租汽車司機

taxidermie [taksidɛrmi] n. f. 剝製術〔用於製動物標本〕

taximètre [taksimɛtr] n. m. (出租汽車等的)車費自動計價表,計程器

taxiphone [taksifɔn] n. m. 無人管理公用電話

taxonomie [taksɔnɔmi], **taxinomie** [taksinɔmi] n. f. 生物分類學;分類學

tayaut! = taïaut!

taylorisation [tɛlɔrizasjɔ̃] n. f. 【經】泰羅制化

tchadien, ne [tʃadjɛ̃, ɛn] a. 乍得的 n. T~ 乍得人

tchécoslovaque [tʃekɔslɔvak] a. 捷克斯洛伐克的 n. T~ 捷克斯洛伐克人

tchèque [tʃɛk] a. 捷克的 n. T~ 捷克人 n. m. 捷克語

te [t(ə)] 〔在元音或啞音 h 前省略爲 t'〕 *pron. pers.* 你〔作賓語等用〕

té [te] n. m. 【技】T形的部件或工具;丁字尺

technétium [tɛknesjɔm] n. m. 【化】鍀

technicien, ne [tɛknisjɛ̃, ɛn] n. 技術人員;技術員,技工,技師

technicité [tɛknisite] n. f. 技術性

technique [tɛknik] a. 專門的,技術性的;技巧的;技術的 n. f. 技術;工藝方法

technologie [tɛknɔlɔʒi] n. f. 工藝學;術語詞彙

te(c)k [tɛk] n. m. 柚木

tectonique [tɛktɔnik] 【地質】a. 構造的 n. f. 構造地質學;地質構造

tégument [tegymɑ̃] n. m. 【解】外皮;皮膚;【植】種皮

tégumentaire [tegymɑ̃tɛːr] a. (外)皮的

teigne [tɛɲ] n. f. 穀蛾;頭癬,髮癬;〖民〗兇惡的人

teigneux, se [tɛɲø, øːz] a., n. 有頭癬的(人),患髮癬的(人)

teillage [tɛjaːʒ], **tillage** [tijaːʒ] n. m. 【紡】(亞蔴等的)碎莖,打蔴

teille [tɛj], **tille** [tij] n. f. 【紡】蔴(皮);【技】椴樹韌皮(可製繩、蓆等)

teiller [te(ɛ)je], **tiller** [tije] v. t. 【紡】(將亞蔴等)碎莖,梳蔴,打蔴

teindre [tɛ̃ːdr] v. t. [c. 51] 染,浸染

teint [tɛ̃] n. m. 染色;面色,臉色

teinte [tɛ̃ːt] n. f. 色,色彩;色度;情調,意味

teinter [tɛ̃te] v. t. 染色,上色,着色

teinture [tɛ̃tyːr] n. f. 染液;染色;(染成的)顏色,色澤;膚淺知識,皮毛;【藥】酊

teinturerie [tɛ̃tyrri] n. f. 染色業;染色術;染坊

teinturier, ère [tɛ̃tyrje, ɛːr] n. 染匠,染布工人;洗染衣服的人,洗染商

tek = teck

tel, le [tɛl] a. 這樣的,此類的,如同…

的, 就像…的 *a. indéf.* 某某, 若干;
tel que 如同…這樣的, 像…那樣的
pron. indéf. 這個人; 某某

télé [tele] *n. f.* 〖俗〗電視

télécommande [telekɔmɑ̃d] *n. f.* 遠距
離控制, 遙控; 遙控系統

télécommander [telekɔmɑ̃de] *v. t.* 遠
距離控制, 遙控

télécommunication [telekɔmynikɑsjɔ̃]
n. f. 電信, 遠距通信; 電信機構

téléenseignement [teleɑ̃sɛɲmɑ̃] *n. m.*
(通過無綫電、電視的)電化教學

télégramme [telegram] *n. m.* 電報

télégraphe [telegraf] *n. m.* 電報機; 電
報局

télégraphie [telegrafi] *n. f.* 電報學, 電
報術

télégraphier [telegrafje] *v. t.* 用電報傳
達, 用電報通知

télégraphique [telegrafik] *a.* 電報的;
用電報發送的

télégraphiste [telegrafist] *n.* 報務員;
電報派送員

téléguidage [telegidaːʒ] *n. m.* 遠距離
控制, 遙控

télémécanique [telemekanik] *n. f.* 遙
控機械學, 遙控力學

télémètre [telemɛtr] *n. m.* 測距儀

téléobjectif [teleɔbʒɛktif] *n. m.* 【攝】
望遠鏡頭, 遠攝鏡頭

télépathie [telepati] *n. f.* 心靈感應, 傳
心術

téléphérique [teleferik] *n. m.* (高架)
索道

téléphone [telefɔn] *n. m.* 電話; 電話機

téléphoner [telefɔne] *v. t.* 用電話通知
v. i. 打電話, 通電話

téléphonie [telefɔni] *n. f.* 電話學

téléphonique [telefɔnik] *a.* 電話的

téléphoniste [telefɔnist] *n.* 電話員, 接
綫員

téléphotographie [telefɔtɔgrafi] *n. f.*
傳真電報學; 傳真; 遠距離攝影術

télescopage [telɛskɔpaːʒ] *n. m.* (車輛
的)相撞, 互撞

télescope [telɛskɔp] *n. m.* 望遠鏡

télescoper [telɛskɔpe] *v. t.* 撞入, 相撞
而嵌入

téléski [teleski] *n. m.* (把滑雪運動員
送往高處的)提升纜繩

téléspectateur, trice [telespɛktatœːr,
tris] *n.* 電視觀衆

téléviser [televize] *v. t.* 電視播出, 電視
放映

téléviseur [televizœːr] *n. m.* 電視機

télévision [televizjɔ̃] *n. f.* 電視; 〖俗〗電
視機

tellement [tɛlmɑ̃] *adv.* 這樣地, 如此地

tellière [te[ɛl]ljɛːr] *a., n. m.* (papier) ~
大頁紙

tellure [te[ɛl]lyːr] *n. m.* 【化】碲

tellurique [te[ɛl]lyrik], **tellurien, ne**
[te[ɛl]lyrjɛ̃, ɛn] *a.* 大地的

téméraire [temerɛːr] *a.* 輕率的, 魯莽
的

témérité [temerite] *n. f.* 輕率, 魯莽

témoignage [temwaɲaːʒ] *n. m.* 證據,
見證, 證明; 證詞; 表示

témoigner [temwaɲe] *v. i., v. t.* 證明,
作證, 表明, 表現出; 顯示出

témoin [temwɛ̃] *n. m.* 證人; 證明人; 見
證人, 目擊者; 證據; 〖體〗接力棒

tempe [tɑ̃p] *n. f.* 顳顬, 太陽穴

tempérament [tɑ̃peramɑ̃] *n. m.* 氣質;
體質; 性情, 脾氣

tempérance [tɑ̃perɑ̃s] *n. f.* 節慾; 節制
飲食; 戒酒

tempérant, e [tɑ̃perɑ̃, ɑ̃ːt] *a.* 節慾的;
節制飲食的; 戒酒的

température [tɑ̃peratyːr] *n. f.* 氣溫, 溫
度; 體溫; 發燒

tempéré, e [tɑ̃pere] *a.* 溫和的; 有節制
的

tempérer [tɑ̃pere] *v. t.* [c. 7] 使緩和,
減輕, 使減弱

tempête [tɑ̃pɛt] *n. f.* 暴風雨, 風暴; 暴

風雨般的響聲; 風波, 風潮

tempêter [tɑ̃pe[ɛ]te] v. i.　大發雷霆

tempétueux, se [tɑ̃petyø, øz] a.　受到暴風雨襲擊的; 產生風暴的

temple [tɑ̃:pl] n. m.　廟, 寺院; 耶穌教堂

templier [tɑ̃plie] n. m.　聖殿騎士團騎士

temporaire [tɑ̃pɔrɛ:r] a.　臨時的, 暫時的, 一時的

temporal, ale [tɑ̃pɔral] (pl. ~aux) a.　【解】顳的

temporel, le [tɑ̃pɔrɛl] a.　現世的; 世俗的 n. m.　俗權, 政權

temporisateur, trice [tɑ̃pɔrizatœ:r, tris] a.　等待時機的; 拖延的 n.　等待時機的人, 見機行事者

temporisation [tɑ̃pɔrizasjɔ̃] n. f.　等待時機, 拖延

temporiser [tɑ̃pɔrize] v. i.　等待時機

temps [tɑ̃] n. m.　時間; 時候, 時刻; 時機; 時期, 時代; 期限; 天氣; 【語】時態; 【樂】拍子

tenable [t(ə)nabl] a.　守得住的; 使人呆得下去的〔多用於否定句中〕

tenace [t(ə)nas] a.　黏性的, 膠黏的; 韌性的; 難以根除的, 頑固的, 頑強的

ténacité [tenasite] n. f.　黏性, 黏滯性也; 韌性; 固執, 頑強

tenaille [t(ə)nɑ:j] n. f.　鉗子〔常用 pl.〕; (城堡的) 凹角堡

tenailler [t(ə)naje] v. t.　折磨

tenancier, ère [t(ə)nɑ̃sje, ɛ:r] n.　【史】自由租地的保有者; (賭場、妓院、旅館等的) 經營者, 掌櫃

tenant, e [t(ə)nɑ̃, ɑ̃:t] a. séance ~e　當場, 立即 n.　【體】(冠軍等稱號的) 保持者 n. m.　支持者, 擁護者

tendance [tɑ̃dɑ̃:s] n. f.　趨勢, 趨向, 傾向; (政黨、工會中的) 派別

tendancieux, se [tɑ̃dɑ̃sjø, øz] a.　有傾向性的, 帶偏向的

tender [tɑ̃dɛ:r] n. m.　【英】【鐵】煤水車

tendeur, se [tɑ̃dœ:r, øz] n.　設置者, 張

掛者 n. m.　張緊裝置, 拉緊螺杠

tendineux, se [tɑ̃dinø, øz] a.　腱的; 多筋的

tendoir [tɑ̃dwa:r] n. m.　晾衣繩; 晾衣竿

tendon [tɑ̃dɔ̃] n. m.　腱

tendre [tɑ̃:dr] a. [c. 42]　軟的, 柔軟的; 嫩的; 嫩弱的; 溫柔的; 柔和的; 淺色的 v. t.　拉緊, 繃緊; 伸出; 張開, 鋪開; 張掛; 張貼; 以掛毯等裝飾 v. i. ~ à　走向; 有…的趨勢; 傾向於

tendresse [tɑ̃drɛs] n. f.　溫柔; 慈愛; pl.　柔情

tendreté [tɑ̃drəte] n. f.　軟, 嫩〔指食物〕

tendron [tɑ̃drɔ̃] n. m.　【俗】年輕姑娘; pl.　(小牛的) 胸部脆骨

tendu, e [tɑ̃dy] a.　拉直的, 繃緊的; 緊張的; 伸出的

ténèbres [tenɛbr] n. f. pl.　黑暗; 無知, 蒙昧

ténébreux, se [tenebrø, øz] a.　黑暗的; 陰險的; 陰鬱的, 憂鬱的; 令人費解的; 用詞晦澀的

teneur [t(ə)nœ:r] n. f.　內容; 含量

teneur, se [t(ə)nœ:r, øz] n.　持有人

ténia, tœnia [tenja] n. m.　【寄生】縧蟲

tenir [t(ə)ni:r] [c. 16] v. t.　拿著, 握住, 持; 抓住; 保持; 容納, 裝; 擁有; 佔據; 認為, 看作; 擔任, 當; 掌管, 開設; 信守 v. i.　附著, 繫住; 保持; 堅持, 頂住; 擁護, 支持; 聯接; 毗連; 可容納, 包含在; 堅持要; ~ de 相像, 近乎 v. impers. Qu'à cela ne tienne!　這沒有什麼關係! il ne tient qu'à …　只須…, 全在於… v. pr.　站在; 保持; 維持 (某種姿勢)

tennis [tenis] n. m.　【英】網球 (運動)

tenon [t(ə)nɔ̃] n. m.　榫, 榫頭, 榫舌

ténor [tenɔ:r] n. m.　男高音; 男高音歌手

ténorino [tenɔrino] n. m.　【意】用假聲輕唱的男高音

ténoriser [tenɔrize] v. i.　用男高音的唱法歌唱

tenseur [tɑ̃sœ:r] n. m., a. m.　(muscle)

〜 【解】張肌

tension [tãsjɔ̃] n. f. 緊張, 緊張狀態; 張力, 壓力; 應力; 血壓; 電壓

tentaculaire [tãtakylɛːr] a. 觸鬚的, 觸角的; 向四面八方擴展的

tentacule [tãtakyl] n. m. 【動】觸鬚, 觸角, 觸肢

tentateur, trice [tãtatœːr, tris] n. 勾引者; a. 引誘人的

tentation [tãtasjɔ̃] n. f. 引誘, 誘惑; 邪念; 慾望

tentative [tãtatiːv] n. f. 試圖, 企圖; 【法】未遂罪

tente [tãːt] n. f. 帳篷; 天篷

tenter [tãte] v. t. 試圖作; 誘惑, 引誘

tenture [tãtyːr] n. f. 牆飾; 掛毯, 掛帷; 糊牆花紙

tenu, e [t(ə)ny] a. bien 〜 照料得好的; 收拾得整潔的; être 〜 à 必須做到

ténu, e [teny] a. 細長的; 單薄的

tenue [t(ə)ny] n. f. 開會期間; 管理, 治理; 穿戴, 穿著; 制服, 服裝; 風度, 舉止; 穩定; (音的)持續

ténuité [tenųite] n. f. 纖細; 細微

ter [tɛːr] adv. 〔拉〕【樂】重複三次

tératologie [teratɔlɔʒi] n. f. 畸胎學

terbium [tɛrbjɔm] n. m. 【化】鋱

tercet [tɛrsɛ] n. m. 三行詩節

térébenthine [terebãtin] n. f. 【化】松脂

térébinthe [terebɛ̃ːt] n. m. 【植】篤薅香

térébrant, e [terebrã, ãːt] a. 【動】穿孔的; 【醫】鑽入皮肉的

tergiversation [tɛrʒiversasjɔ̃] n. f. 〔多用 pl.〕支吾, 遁詞

tergiverser [tɛrʒiverse] v. i. 支吾, 閃爍其詞; 猶豫

terme [tɛrm] n. m. 終結, 結束; 期限, 期間; 付款期; 一期租金, 一季度租金, 分娩期; 詞, 字眼; 術語, 用語; 【數】項; 〔常用 pl.〕措辭, 話語; pl. (人與人之間的)關係

terminaison [tɛrminɛzɔ̃] n. f. 結束; 結局; 末端, 末尾; 詞尾

terminal, ale [tɛrminal] (pl. 〜aux) a. 末尾的, 末端的; 結尾的, 結束的

terminer [tɛrmine] v. t. 結束; 完成

terminologie [tɛrminɔlɔʒi] n. f. 專門詞彙, 術語

terminus [tɛrminys] n. m. 〔英〕終點站

termite [tɛrmit] n. m. 白蟻

termitière [tɛrmitjɛːr] n. f. 白蟻巢

ternaire [tɛrnɛːr] a. 有三種成分的, 有三個單位的; 按三份分配的; 【化】三元的

terne [tɛrn] a. 晦暗的, 無光澤的; 枯燥的, 單調的

ternir [tɛrniːr] v. t. 使暗淡, 使失去光澤, 使褪色; 玷污

ternissure [tɛrnisyːr] n. f. 晦暗, 無光澤, 黯淡無光

terrafungine [terafɔ̃ʒin] n. f. 【藥】土黴素

terrain [terɛ̃] n. m. 土地; 地面; 土壤; 土質; 地形, 陣地; 地盤; 場地

terrasse [teras] n. f. 平台; 曬台; 平(屋)頂; (咖啡館等設在人行道上的)露天座; 【地質】階地

terrassement [terasmã] n. m. 土方工程; (土方工程挖出的或需要的)土石堆

terrasser [terase] v. t. 把…打翻在地, 擊敗; 使極度沮喪; 【農】挖…的土

terrassier [terasje] n. m. 挖土運泥的工人或民工; 土方工程承攬者

terre [tɛːr] n. f. 地面; 土地; 土, 土壤; 田地, 田產; 地區, 地方; 陸地; 人間; 下~地球; 〜 à 〜 [tɛratɛːr] loc. adj. inv. 庸俗的, 低級趣味的

terreau [tero] (pl. 〜x) n. m. 【農】帶有機物的腐植土, 泥肥

terre-neuve [tɛrnœːv] n. m. inv. 紐芬蘭犬〔毛長, 會游泳〕

terre-neuvien [tɛrnœvjɛ̃] (pl. 〜s), **terre-neuvas** [tɛrnœva] n. m. 紐芬蘭附近的捕鱈船; 捕鱈水手

terre-plein [tɛrplɛ̃] (pl. 〜s) n. m. (泥

土堆砌成的)平坦地面;(炮台的)壘道;(城牆上的)馬道

terrer [tɛre] v. t. 培土, 壅土; 蓋土。 v. pr. (動物)藏在洞穴裏;躲藏

terrestre [tɛrɛstr] a. 地球的;陸生的, 陸上的;人間的

terreur [tɛrœ:r] n. f. 恐怖, 恐懼;引起恐怖的人或事物

terreux, se [tɛrø, ø:z] a. 泥土的, 土質的;泥污的;土灰色的

terrible [tɛribl] a. 可怕的, 駭人的;猛烈的;糟透的;使人受不了的;非常厲害的

terrien, ne [tɛrjɛ̃, ɛn] a. 佔有土地的, 陸上生活的;鄉村的。 n. 陸上生活者

terrier [tɛrje] n. m. (狐、兔等的)巢穴;捕捉穴居動物的獵犬

terrifier [tɛrifje] v. t. 使驚駭, 引起恐怖

terrine [tɛrin] n. f. 瓦鉢;砂鍋;金屬鉢;一鉢之量

territoire [tɛritwa:r] n. m. 領土, 疆域;領地, 屬地;【動】地盤

territorial, ale [tɛritɔrjal] (pl. ~aux) a. 領土的, 領地的

territorialité [tɛritɔrjalite] n. f. 領土權

terroir [tɛrwa:r] n. m. 土地, 田地;鄉土

terroriser [tɛrɔrize] v. t. 對…實行恐怖統治;使恐怖, 使害怕

terrorisme [tɛrɔrism] n. m. 恐怖制度;恐怖政策;恐怖主義

terroriste [tɛrɔrist] n. 恐怖分子, 恐怖主義者。 a. 恐怖主義的;採取恐怖行動的

tertiaire [tɛrsjɛ:r] a. 第三, 第三等級的;【地質】第三紀的。 n. m. 第三紀

tertio [tɛrsjo] adv. 【拉】第三

tertre [tɛrtr] n. m. 小丘, 小山崗

térylène [terilɛn] n. m. 滌綸

tes 見 ton

tessiture [tesity:r] n. f. 【樂】應用音域

tesson [tesɔ̃] n. m. (玻璃、陶瓷等製品的)碎片, 礶

test [tɛst] n. m. 試驗, 測驗, 檢驗;貝殼,

介殼;【植】種皮, 外種皮

testacé, e [tɛstase] a. 【動】(有)介殼的

testament [tɛstamã] n. m. 遺囑;【宗】聖約書

testamentaire [tɛstamãtɛ:r] a. 遺囑的

testateur, trice [tɛstatœ:r, tris] n. 立遺囑人

tester [tɛste] v. i. 立遺囑。 v. t. (對學生等)進行測驗

testicule [tɛstikyl] n. m. 睾丸

testimonial, ale [tɛstimɔnjal] (pl. ~aux) a. 【法】證明的, 有證據的, 證人的

tétanique [tetanik] a. 破傷風的;患破傷風的;手足搐搦的。 n. 破傷風患者

tétaniser [tetanize] v. t. 導致破傷風現象;導致手足搐搦現象

tétanos [tetanɔ[o:]s] n. m. 破傷風;強直性痙攣

têtard [tɛta:r] n. m. 蝌蚪;無頂樹

tête [tɛt] n. f. 頭部, 頭;頭腦;理智;生命;面容;人;頂端, 上部;(隊伍的)前列;à la ~ de loc. prép. 處於…的前列;處於…的領導地位

tête-à-queue [tɛtakø] n. m. inv. (車輛等的)180°急轉向, 急速掉頭

tête-à-tête [tɛtatɛt] adv. 面對面地, 兩人單獨地。 n. m. inv. 兩人單獨相處;兩人密談;雙人沙發;供兩人用的一對茶具

tête-bêche [tɛtbɛʃ] loc. adv. 頭對腳, 腳對頭地;一順一倒地

tête-de-nègre [tɛtdənɛgr] a. inv. 深栗色的。 n. m. inv. 深栗色

tétée [tete] n. f. 吮乳, 吃奶, 一次哺乳量

téter [tete] v. t. [c. 7] 吮(乳), 吃(奶)

tétin [tetɛ̃] n. m. 〖婦女的〗奶頭

tétine [tetin] n. f. (母牛等哺乳動物的)乳房;橡皮奶頭

téton [tetɔ̃] n. m. 〖俗〗乳房;【技】凸頭

tétracycline [tetrasiklin] n. f. 【藥】四環素

tétraèdre [tetraɛdr] 【數】 a. 四面的 *n. m.* 四面體

tétralogie [tetralɔʒi] *n. f.* （古希臘）戲劇四部曲

tette [tɛt] *n. f.* （哺乳動物的）乳頭

têtu, e [te(ɛ)ty] *a., n.* 固執的(人)，頑固的(人)

teuf-teuf [tœftœf] *n. m. inv.* （柴油汽車發動時的）噗噗聲;〖俗〗（極老式的）汽車

teuton, ne [tøtɔ̃, ɔn] *a.* 條頓民族的,日耳曼人的;〖貶〗德國的 *n.* T ～ 條頓人;德國佬

texte [tɛkst] *n. m.* 原文,正文;真本;題目

textile [tɛkstil] *a.* 可紡織的;紡織的 *n. m.* 紡織纖維,紡織原料;紡織品;紡織業

textuel, le [tɛkstyɛl] *a.* 按原文的,與原文一致的

texture [tɛksty:r] *n. f.* （物體的）組織,結構

thaïlandais, e [tailɑ̃dɛ, ɛz] *a.* 泰國的 *n.* T ～ 泰國人

thalle [tal] *n. m.* 【植】葉狀體

thallium [taljɔm] *n. m.* 【化】鉈

thallophytes [talɔfit] *n. f. pl.* 菌藻植物

t(h)alweg [talvɛg] *n. m.* 〖德〗【地】溪線,谷道

thaumaturge [tomatyrʒ] *a., n. m.* 創奇迹的(人)

thaumaturgie [tomatyrʒi] *n. f.* 魔法,幻術

thé [te] *n. m.* 茶樹,茶葉;茶;茶點,茶話會

théâtral, ale [teatral] （*pl.* ～ *aux*） *a.* 戲劇的;劇場的;演戲似的,裝腔作勢的

théâtre [tea:tr] *n. m.* 劇場,劇院,劇團;戲劇,演員的職業;（事件發生的）場所

thébaïde [tebaid] *n. f.* 荒僻的隱居地

thébaïque [tebaik] *a.* 【藥】阿片的;含阿片的

théière [teje:r] *n. f.* 茶壺

théisme [teism] *n. m.* 有神論

théiste [teist] *n.* 有神論者 *a.* 有神論的

thématique [tematik] *a.* 【樂】主題的

thème [tɛm] *n. m.* 主題,題材;從本國文譯成外文的學生作業;【樂】主題,主旋律

thénar [tena:r] *n. m.* 【解】大魚際

théocratie [teɔkrasi] *n. f.* 神權政體,神權政治

théocratique [teɔkratik] *a.* 神權政體的,神權政治的

théodicée [teɔdise] *n. f.* 【哲】神正論,自然神學,理論神學

théodolite [teɔdɔlit] *n. m.* 【測】經緯儀

théogonie [teɔgɔni] *n. f.* 神統系譜;多神教神譜

théologie [teɔlɔʒi] *n. f.* 神學;神學學說

théologien [teɔlɔʒjɛ̃] *n. m.* 神學家;神學學生

théologique [teɔlɔʒik] *a.* 有關神學的

théorème [teɔrɛm] *n. m.* 定理

théoricien, ne [teɔrisjɛ̃, ɛn] *n.* 理論家

théorie [teɔri] *n. f.* 理論;學說;論說,軍事理論課

théorique [teɔrik] *a.* 理論(上)的

théosophie [teɔzɔfi] *n. f.* 神智學,通神論

thérapeute [terapø:t] *n.* 專門從事治療的醫生,護理人員

thérapeutique [terapøtik] *a.* 治療的,*n. f.* 治療學;療法,治療

thermal, ale [tɛrmal] （*pl.* ～ *aux*） *a.* 溫泉的

thermes [tɛrm] *n. m. pl.* （古羅馬的）公共浴池;溫泉療養場所

thermidor [tɛrmidɔ:r] *n. m.* （法蘭西共和曆的）熱月

thermidorien, ne [tɛrmidɔrjɛ̃, ɛn] *a.* 熱月黨的 *n. m. pl.* 熱月黨議員

thermique [tɛrmik] *a.* 【物】熱的

thermite [tɛrmit] *n. f.* 鋁熱劑

thermocautère [tɛrmɔko[o]tɛːr] *n. m.*
【醫】燒灼器

thermodynamique [tɛrmɔdinamik] *n. f.*
熱力學

thermogène [tɛrmɔʒɛn] *a.* 【物】發熱
的, 產生熱的

thermomètre [tɛrmɔmɛtr] *n. m.* 温度
計, 温度表

thermométrie [tɛrmɔmetri] *n. f.* 温度
測量; 測温法

thermométrique [tɛrmɔmetrik] *a.* 測
温的, 温度計的

thermonucléaire [tɛrmɔnykleɛr] *a.*
【原子】熱核的

thermos [tɛrmɔ[oː]s] *n. m.* 熱水瓶, 保
温瓶

thésaurisation [tezɔ[o]rizɑsjɔ̃] *n. f.* 攢
錢, 積蓄金錢;【經】儲存

thésauriser [tezɔ[o]rize] *v. i., v. t.* 攢
錢, 積蓄金錢

thésauriseur, se [tezɔ[o]rizœːr, øːz] *a.,
n.* 攢錢的(人); 愛攢錢的(人)

thèse [tɛːz] *n. f.* 論題, 論點, 論斷; 學位
論文;【哲】正題

thêta [tɛta] *n. m.* 希臘字母表中第8個
字母Θ, θ

thiamine [tjamin] *n. f.* 【化】硫胺素, 維
生素B₁

thomisme [tɔmism] *n. m.* 【哲】托馬斯
主義

thon [tɔ̃] *n. m.* 金槍魚

thonier [tɔnje] *n. m.* 捕金槍魚的船

thoracique [tɔrasik] *a.* 【解】胸廓的, 胸
的

thorax [tɔraks] *n. m.* 胸廓, 胸

thorium [tɔrjɔm] *n. m.* 【化】釷

thulium [tyljɔm] *n. m.* 【化】銩

thuriféraire [tyrifɛrɛːr] *n. m.* (宗教儀
式中)提香爐的聖職人員; 阿諛者

thuya [tyja] *n. m.* 【植】金鐘柏, 側柏

thym [tɛ̃] *n. m.* 【植】百里香

thymus [timys] *n. m.* 胸腺

thyristor [tiristɔːr] *n. m.* 【無】閘流晶體

管, 硅可控整流器, 可控硅

thyroïde [tirɔid] 【醫】*a.* 甲狀的 *n. f.*
甲狀腺

thyrse [tirs] *n. m.* 【神】酒神杖;【植】聚
傘圓錐花序

tiare [tjaːr] *n. f.* 羅馬教皇的三重冠

tibétain, e [tibetɛ̃, ɛn] *a.* 西藏的 *n. T
~* 西藏人, 藏族 *n. m.* 藏語

tibia [tibja] *n. m.* 【解】脛骨

tic [tik] *n. m.* 【醫】(面部肌肉的)抽搐;
可笑的習慣性動作; 嗜好, 癖好

ticket [tikɛ] *n. m.* 〖英〗票, 券; 配給券

tic-tac [tiktak] *n. m. inv.* 滴嗒滴嗒聲

tiède [tjɛd] *a.* 温的; 不大熱情的, 冷淡
的 *adv.* boire ~ 喝温的

tiédeur [tjedœːr] *n. f.* 微温; 冷淡

tiédir [tjediːr] *v. t., v. i.* (使)變温

tien, ne [tjɛ̃, ɛn] *a. poss.* 你的 *pron.
poss.* 你的事物〖與 le, la, les 連用〗
n. m. 你的東西; les ~s 你家的人,
你的親友, 你的夥伴

tierce [tjɛrs] *n. f.* 【樂】三度(音程);【劍
術】第三種架式;【牌戲】三張同花順子;
【印】三校樣, 清樣; (天主教)日課經第三
時

tiers, ce [tjɛːr, ɛrs] *a.* 第三 *n m* 第
三者; 三分之一

tiers-point [tjɛrpwɛ̃] (*pl. ~s*) *n. m.*
【技】三角銼刀;【建】拱尖頂

tige [tiːʒ] *n. f.* 莖, 枝條, 花梗; 桿, 柄; 靴
筒

tigelle [tiʒɛl] *n. f.* 【植】胚莖

tignasse [tiɲas] *n. f.* 〖俗〗蓬亂的頭髮

tigre, see [tigr, ɛs] *n.* 虎; 殘酷的人

tigrer [tigre] *v. t.* 用虎紋裝飾

tillac [tijak] *n. m.* (古時船上的)上甲板

tillage = teillage

tille = teille

tiller = teiller

tilleul [tijœl] *n. m.* 椴樹; 椴花茶

timbale [tɛ̃bal] *n. f.* 【樂】定音鼓; 平底
金屬杯;【烹調】圓模, 盛在圓模中烤的菜

timbalier [tɛ̃balje] *n. m.* 定音鼓手

timbrage [tɛ̃braːʒ] *n. m.* 蓋章,打印;蓋郵戳

timbre [tɛ̃ːbr] *n. m.* (用錘打的)鈴;音色;圖章,戳子;郵票,印花

timbré, e [tɛ̃bre] *a.* 音色好的;〖俗〗瘋瘋癲癲的

timbre-poste [tɛ̃brəpɔst] (*pl.* ~s-~) *n. m.* 郵票

timbre-quittance [tɛ̃brəkitãːs] (*pl.* ~s-~s) *n. m.* 收據印花

timbrer [tɛ̃bre] *v. t.* 貼印花,貼郵票;蓋章,打印

timide [timid] *a.* 不果斷的;猶豫不決的;膽怯的,羞怯的 *n.* 膽怯的人,羞怯的人

timidité [timidite] *n. f.* 不果斷;膽怯,羞怯

timon [timɔ̃] *n. m.* (車輛的)轅木,轅桿;犁轅;【海】舵柄;舵

timonerie [timɔnri] *n. f.* 【船】操舵室,駕駛室;【汽】操縱系統

timonier [timɔnje] *n. m.* 【海】舵手,舵工;轅馬

timoré, e [timɔre] *a.* 膽小怕事的,謹小慎微的 *n.* 膽小怕事的人

tin [tɛ̃] *n. m.* 【船】船台墩木,龍骨墩

tinctorial, ale [tɛ̃ktɔrjal] (*pl.* ~aux) *a.* 染色用的,染色的

tinette [tinɛt] *n. f.* 糞桶,便桶;〖俗〗廁所

tintamarre [tɛ̃tamaːr] *n. m.* 喧嘩,嘈雜

tintement [tɛ̃tmã] *n. m.* 鐘聲,鈴聲

tinter [tɛ̃te] *v. t.* (緩慢地)敲(鐘) *v. i.* (鐘)鳴;(耳)鳴;(在耳邊)迴響

tintinnabuler [tɛ̃tinabyle] *v. i.* 發出叮噹聲,發出鈴鐺似的聲音

tintouin [tɛ̃twɛ̃] *n. m.* 〖俗〗擔心,憂慮

tique [tik] *n. f.* 狗豆子〖寄生在牛、狗身上的壁虱〗

tiquer [tike] *v. i.* 流露出不滿或驚奇的表情

tir [tiːr] *n. m.* 發射,射擊;打靶場;【採】爆破,放炮

tirade [tirad] *n. f.* (同一主題的)大段文字;大段台詞

tirage [tiraːʒ] *n. m.* 拉長;【冶】拉絲;拉動,牽引;通風,拔風;印刷;印刷品;一次印刷的冊數,版;印照相,曬印;抽簽,摸彩;【商】出票

tiraillement [tirajmã] *n. m.* 亂拉,拖;左右爲難;不和,糾紛;痙攣,抽痛

tirailler [tiraje] *v. t.* (從各個方向)拉,拖;使左右爲難 *v. i.* 任意射擊,無目標地射擊

tirailleur [tirajœːr] *n. m.* 散兵;舊時法國在殖民地召募的步兵

tirant [tirã] *n. m.* 錢包的收口帶;提靴環;(鞋面上)供穿鞋帶的兩塊小皮;【建】撐桿,拉桿;【海】(船)的吃水(深度)

tire [tiːr] *n. f.* 【行】小汽車;【民】vol à la ~ 扒竊

tiré, e [tire] *a.* 消瘦的,疲乏不堪的 *n. m.* 游獵場;獵物;【商】(支票、匯票的)付款人

tire-botte [tirbɔt] (*pl.* ~s) *n. m.* (木製的)脱靴器;提靴鈎

tire-bouchon [tirbuʃɔ̃] (*pl.* ~s) *n. m.* (拔瓶塞用的)螺絲起子; en ~ 呈螺旋形地

tire-clou [tirklu] (*pl.* ~s) *n. m.* 拔釘器

tire-d'aile (à) [atirdɛl] *loc. adv.* 振翅疾飛;飛快地,迅疾地

tire-fond [tirfɔ̃] *n. m. inv.* 弔環螺釘,羊眼螺釘,方頭大木螺釘;【鐵】螺紋道釘

tire-laine [tirlɛn] *n. m. inv.* 〖古〗攔路搶劫的强盗

tire-larigot(à) [atirlarigo] *loc. adv.* 〖俗〗許多,大量地

tire-ligne [tirliɲ] (*pl.* ~s) *n. m.* 鴨嘴筆,直綫筆

tirelire [tirliːr] *n. f.* 儲蓄箱,撲滿

tirer [tire] *v. t.* 拉緊;拉,拖;拖動,牽引;吸引,引起;(船)吃水;划;描繪;印刷;發射;擊中;拿出,抽出,抽(簽);脱去(衣帽等);使擺脱;提取,汲取;〖俗〗度過(艱難的時期) *v. i.* 拉,拖;被拉緊

通風, 拔風; 射擊; (顏色)近似; ~ à 〔俗〕走向

tiret [tirɛ] n. m. 破折號

tirette [tirɛt] n. f. (簾幕等的)拉繩; (辦公桌等的)抽板; 【技】手柄, 拉桿

tireur, se [tirœ:r, ø:z] n. 射擊者; 印刷者 n. m. (支票等)出票人 n. f. 【攝】印相機; 【技】裝瓶機

tiroir [tirwa:r] n. m. 抽屜; (蒸汽機)滑閥, 進氣閥

tisane [tizan] n. f. (藥草做成的)湯藥, 藥茶

tison [tizɔ̃] n. m. (木柴的)餘燼; 防風火柴

tisonner [tizɔne] v. t., v. i. 通(火), 撥(火)

tisonnier [tizɔnje] n. m. 火鈎

tissage [tisa:ʒ] n. m. 紡織, 織造; 織造廠

tisser [tise] v. t. 紡織; 構成, 編造

tisserand, e [tisrɑ̃, ɑ̃:d] n. 織工, 織布工人

tisseur, se [tisœ:r, ø:z] n. 織工

tissu [tisy] n. m. 織物, 紡織品; (織物的)質地; 一連串, 一整套; 【生理】組織

tissu-éponge [tisyepɔ̃:ʒ] (pl. ~s-~s) n. m. 毛巾布

tissure [tisy:r] n. f. (織物的)結構, 質地

titan [titɑ̃] n. m. 巨人

titane [titan] n. m. 【化】鈦

titanesque [titanɛsk], **titanique** [titanik] a. 巨人的; 巨大的

titi [titi] n. m. 〔民〕(巴黎街頭的)頑童

titillation [titi(l)lasjɔ̃] n. f. 微微發癢

titiller [titille] v. t. 使微微發癢 v. i. 發癢

titrage [titra:ʒ] n. m. 【技】測定; 纖度測定; 【化】滴定

titre [titr] n. m. 標題, 題目, 書名; (法典中的)編; 尊稱, 頭銜, 稱號; 資格, 身份, 名義; 能力, 職務; (權利移轉及取得的)方式; 筆據, 證書; 證券; 鑒定合金成色的硬印; 【化】滴定度, 濃度; à juste ~ loc.

adv. 理所當然地; à ~ de loc. prép. 以…的資格, 以…的身份; 作爲

titrer [titre] v. t. 授與頭銜, 給以稱號; 給以題目, 題名; 【化】滴定; 測定濃度

titubation [titybasjɔ̃] n. f. 跟蹌, 搖晃的步子

tituber [titybe] v. i. 跟蹌, 打趔趄

titulaire [titylɛ:r] a. 正式擔任的; 有稱號的; 被任命的; 合法持有的; 名義的 n. 正式任職者; 被任命者; 合法持有者

titulariser [titylarize] v. t. 使轉正, 列入編制

T. N. T. [teɛnte] n. m. 梯恩梯〔trinitrotoluène 的縮寫〕

toast [to:st] n. m. 〔英〕舉杯祝酒; 祝酒詞; 吐司, 烤麵包片

toboggan [tɔbɔgɑ̃] n. m. 一種雪橇; 商品輸送滑板; (供兒童娛樂的)滑梯; (穿越十字路口用的)短距離高架道路

toc [tɔk] a. 〔俗〕無價值的; 仿造的, 偽造的 n. m. 仿造品, 偽造品; 無價值的東西; 【機】鷄心夾頭

toc! [tɔk] interj. Toc, toc! 篤篤聲!

tocsin [tɔksɛ̃] n. m. 警鐘聲

toge [tɔ:ʒ] n. f. 托加〔古羅馬人穿的寬人長袍〕, (法官等穿的)長袍

togolais, e [tɔgɔlɛ, ɛ:z] a. 多哥的 n. T~ 多哥人

tohu-bohu [tɔybɔy] n. m. 〔俗〕混亂, 雜亂

toi [twa] pron. pers. 你

toile [twal] n. f. (平紋)布, 麻布; 畫布; 油畫; 舞台布景; (蛛)網絲, 羅網, 陷阱

toilerie [twalri] n. f. 棉麻布織造業; 棉麻布商業; 織布廠; 棉麻織品

toilette [twalɛt] n. f. 化妝用具, 梳妝台; 梳妝, 打扮; 盥洗室; pl. 〔俗〕厠所

toise [twa:z] n. f. 法國舊長度單位〔= 1.949米〕; 量身高器

toisé [twaze] n. m. 【建】測量, 測定

toiser [twaze] v. t. 用量身高器測量; 〔俗〕打量

toison [twazɔ̃] *n. f.* 羊毛;濃密的頭髮

toit [twa] *n. m.* 屋頂;房屋,家

toiture [twaty:r] *n. f.* 屋面,屋頂

tôle [to:l] *n. f.* 鐵皮,鋼板,薄鋼板;【民】監獄

tolérable [tɔlerabl] *a.* 可寬容的,可容忍的,可忍受的;【機】公差的

tolérance [tɔlerɑ̃:s] *n. f.* 容許,默許;寬容,容忍;【機】公差;【醫】耐受性,耐(藥)量

tolérant, e [tɔlerɑ̃, ɑ̃:t] *a.* 寬容的,寬大的

tolérer [tɔlere] *v. t.* [c. 7] 容許,許可;寬容,容忍,忍受

tôlerie [tolri] *n. f.* 薄板軋製;薄板經營,薄板軋製廠,薄板製品

tolet [tɔlɛ] *n. m.* 【船】槳栓

tôlier [tolje] *n. m.* 鈑金工,冷作工;【民】旅館老闆

tolite [tɔlit] *n. f.* 【化】徒里特,三硝基甲苯(即 T. N. T.)

tollé [tɔle] *n. m.* 抗議聲,憤怒聲

toluène [tɔlɥɛn] *n. m.* 【化】甲苯

tomaison [tɔmɛzɔ̃] *n. f.* 書籍冊碼;書籍分冊

tomate [tɔmat] *n. f.* 番茄,西紅柿

tombal, e [tɔ̃bal] (*pl.* ~s) *a.* 墳墓的

tombe [tɔ̃b] *n. f.* 墓穴,墳墓

tombeau [tɔ̃bo] (*pl.* ~x) *n. m.* 墓碑,墓;墳墓;死亡

tombée [tɔ̃be] *n. f.* à la ~ de la nuit 傍晚時

tomber [tɔ̃be] *v. i.* 〔助動詞用 être〕跌倒,倒下,倒斃;失足;倒塌,垮台;毀滅;失敗;衰退,減弱;接近結束,落下,垂下;墮落;降低,下降;變得;向…猛撲;突然來臨;巧合;遇到 *v. t.* (角力中)摔倒

tombereau [tɔ̃bro] (*pl.* ~x) *n. m.* (四周有活動欄柵的)雙輪敞車

tombeur [tɔ̃bœ:r] *n. m.* 把對手摔倒的摔角運動員

tombola [tɔ̃bɔla] *n. f.* 〔意〕以實物作獎品的搖彩

tome [tɔm] *n. m.* 卷,冊

ton [tɔ̃] (*f.* **ta** [ta], *pl.* **tes** [te]) *a. poss.* 你的

ton [tɔ̃] *n. m.* 音,音調,語調,口氣;筆調;談吐,舉止;【樂】全音;調;【繪畫】色調

tonal, e [tɔnal] (*pl.* ~s) *a.* 【樂】音調的,調性的

tonalité [tɔnalite] *n. f.* 色調,色彩;【樂】調子,調性

tondeur, se [tɔ̃dœ:r, ø:z] *n.* 剪毛工,修剪工 *n. f.* 剪毛機;(理髮用的)推子,推剪

tondre [tɔ̃:dr] *v. t.* [c. 42] 剪(毛);剪平,剃平;課以重稅,搜括

tonicité [tɔnisite] *n. f.* 【生理】緊張性,緊張力;滋補性

tonification [tɔnifikasjɔ̃] *n. f.* 【醫】補(針刺療法術語)

tonifier [tɔnifje] *v. t.* 增進緊張度,使增加彈性;使強壯

tonique [tɔnik] *a.* 【語】重讀的,有重音的;【醫】緊張性的,使強壯的,滋補的 *n. f.* 【樂】主音 *n. m.* 強壯劑,補藥

tonitruant, e [tɔnitryɑ̃, ɑ̃:t] *a.* 〔俗〕雷鳴般的

tonnage [tɔna:ʒ] *n. m.* 【船】噸位,噸數

tonne [tɔn] *n. f.* 大木桶;一大桶之量;噸;【海】浮筒,浮標

tonneau [tɔno] (*pl.* ~x) *n. m.* 大桶,酒桶;一桶之量(裝水、油等的)槽車;雙輪無篷馬車;【空】側滾;【海】噸(=2.83立方米)

tonnelet [tɔnlɛ] *n. m.* 小木桶,小酒桶

tonnelier [tɔnəlje] *n. m.* 桶匠;箍桶匠

tonnelle [tɔnɛl] *n. f.* 涼棚;半圓形拱頂

tonnellerie [tɔnɛlri] *n. f.* 桶業,圓作工場;木桶等的總稱

tonner [tɔne] *v. i.* 發出雷鳴般的聲音;大發雷霆,憤怒申斥 *v. impers.* 打雷

tonnerre [tɔnɛ:r] *n. m.* 雷聲;雷;雷鳴般的響聲;【軍】彈膛

tonsure [tɔ̃sy:r] *n. f.* 【宗】剪髮禮,頭頂

剃髮圈;〖俗〗頂禿

tonsurer [tõsyre] v. t. 【宗】給…行剪髮禮

tonte [tõ:t] n. f. 剪羊毛,剪下的羊毛,剪羊毛期;軋草

tontine [tõtin] n. f. 聯合養老儲金會;上述儲金會的養老金

topaze [tɔpɑːz] n. f. 【礦】黃玉,黃晶;黃寶石

tope! [tɔp] interj. 行! 好!

toper [tɔpe] v. i. 互擊對方的手掌〔表示同意〕;同意

topinambour [tɔpinãbuːr] n. m. 菊芋〔洋薑〕

topique [tɔpik] a. 切題的;【醫】局部的 n. m. 【醫】局部藥

topo [tɔpo] n. m. 〖俗〗草圖,圖樣;演講,介紹

topographe [tɔpɔgraf] n. 地形學家,地形測量工作者

topographie [tɔpɔgrafi] n. f. 地形學,地形測量學;地形圖

topographique [tɔpɔgrafik] a. 地形學的,地形測量的

topologie [tɔpɔlɔʒi] n. f. 【數】拓撲學

toponymie [tɔpɔnimi] n. t. 【語】地名研究;(一個地區、一種語言的)全部地名

toquade [tɔkad] n. f. 〖俗〗(一時的)迷戀,癖好,狂熱

toque [tɔk] n. f. 無邊帽

toqué, e [tɔke] a., n. 〖俗〗神經錯亂的(人)

toquer [tɔke] 〖俗〗v. i. 輕敲 v. pr. 迷戀,醉心於

torche [tɔrʃ] n. f. 火把,火炬;金屬絲圈;(搬運石料用的)乾草團

torcher [tɔrʃe] v. t. 擦,揩;草率從事

torchère [tɔrʃɛːr] n. f. 火炬架;大燭台,枝形燭台

torchis [tɔrʃi] n. m. 【建】柴泥

torchon [tɔrʃõ] n. m. 抹布

torchonner [tɔrʃɔne] v. t. 用抹布揩;〖俗〗草率從事

tordage [tɔrdaːʒ] n. m. 絞合,捻,搓;【紡】拈接;拈綫

tord-boyaux [tɔrbwajo] n. m. inv. 〖俗〗劣質烈性燒酒

tordeur, se [tɔrdœːr, øːz] n. 【技】拈綫工 n. f. (鋼絲繩)絞合機;捲葉蛾類的通稱

tord-nez [tɔrne] n. m. inv. 【獸醫】馬的捻鼻器

tordoir [tɔrdwaːr] n. m. 絞棒;拈繩機

tordre [tɔrdr] [c. 42] v. t. 絞,擰,捻,搓;使彎曲,使歪 v. pr. 彎腰,扭動

tore [tɔːr] n. m. 【建】座盤飾;【數】環體

toréador [tɔreadɔːr] n. m. 鬥牛士

torero [tɔrero] n. m. 〖西〗鬥牛士

tornade [tɔrnad] n. f. 【氣】陸龍捲

toron [tɔrõ] n. m. (繩索的)股

torpédo [tɔrpedo] n. f. 〖英〗敞篷大汽車

torpeur [tɔrpœːr] n. f. 麻木,遲鈍;麻木不仁

torpide [tɔrpid] a. 麻木的,遲鈍的;【醫】無明顯好轉或惡化的,變化極少的

torpillage [tɔrpijaːʒ] n. m. 魚雷襲擊;暗中破壞

torpille [tɔrpij] n. f. 電鰩;魚雷;水雷

torpiller [tɔrpije] v. t. 用魚雷襲擊;暗中破壞

torpilleur [tɔrpijœːr] n. m. 魚雷艇;魚雷兵

torréfacteur [tɔrefaktœːr] n. m. 焙炒爐,烘烤爐

torréfaction [tɔrefaksjõ] n. f. 烘,烤,焙

torréfier [tɔrefje] v. t. 烘,烤,焙

torrent [tɔrã] n. m. 急流,激流;源源而來,滔滔不絕

torrentiel, le [tɔrãsjɛl] a. 急流的,激流的;激流般的

torrentueux, se [tɔrãtɥø, øːz] a. 湍急的;急劇的

torride [tɔrid] a. 酷熱的,炎熱的

tors, e [tɔːr, tɔrs] a. 絞過的,撚過的,搓

過的; 彎彎曲曲的

torsade [tɔrsad] *n. f.* (编成繩索狀的) 流蘇, 縱子

torse [tɔrs] *n. m.* (沒有頭和四肢的) 軀 幹雕像; 雕像的上半身; 人的上半身

torsion [tɔrsjɔ̃] *n. f.* 扭, 擰, 絞, 捻; 扭 歪, 扭曲;【數】撓率

tort [tɔr] *n. m.* 過錯; 過失; 錯處; à ～ *loc. adv.* 無理地, 錯誤地; à ～ et à travers *loc. adv.* 胡亂地, 胡來, 不加 考慮地

torticolis [tɔrtikɔli] *n. m.* 〖俗〗脖子扭 酸;【醫】斜頸

tortillage [tɔrtijaːʒ] *n. m.* 捻弄, 捲弄, 絞轉; 扭動; 轉彎抹角

tortillard [tɔrtijaːr] *n. m.* 〖俗〗彎曲的 小鐵道; 這種鐵道上行駛的小火車

tortillement [tɔrtijmɑ̃] *n. m.* 捻弄, 捲 弄, 絞轉; 扭動, 扭曲; 轉彎抹角

tortiller [tɔrtije] *v. t.* 捻弄, 捲弄, 絞轉, 扭弄 *v. i.* 扭擺; 轉彎抹角 *v. pr.* 扭動; 彎彎曲曲

tortillon [tɔrtijɔ̃] *n. m.* 捲狀物, 絞成 物; (木炭畫用的) 擦筆, (放在頭上頂東 西用的) 圓布墊

tortionnaire [tɔrsjɔnɛːr] *n. m.* 拷打用的, 施刑的 *n. m.* 行刑者, 拷打者, 拷問 者

tortu, e [tɔrty] *a.* 彎曲的, 歪斜的; 不正 確的, 沒有道理的

tortue [tɔrty] *n. f.* 龜, 烏龜

tortueux, se [tɔrtyø, øːz] *a.* 彎彎曲曲 的; 不坦率的, 轉彎抹角的; 詭計多端的

torturant, e [tɔrtyrɑ̃, ɑ̃ːt] *a.* 折磨人的, 令人痛苦的

torture [tɔrtyːr] *n. f.* 重刑; 拷打, 拷問; 折磨, 痛苦

torturer [tɔrtyre] *v. t.* 拷打; 折磨, 使痛 苦; 曲解

torve [tɔrv] *a.* 怒目斜視的

tôt [to] *adv.* 早; 迅速, 快; ～ ou tard *loc. adv.* 遲早

total, ale [tɔtal] (*pl.* ～**aux**) *a.* 總的,

全體的, 完整的, 完全的 *n. m.* 總數, 總和; au ～ *loc. adv.* 總計; 總之

totalisateur, trice [tɔtalizatœːr, tris] *a.* 總計的, 合計的 *n. m.* 加法器, 加法 計算器

totalisation [tɔtalizɑsjɔ̃] *n. f.* 加總數, 總計

totaliser [tɔtalize] *v. t.* 加出總數; 總計

totalitaire [tɔtalitɛːr] *a.* 總體的; 極權 的

totalitarisme [tɔtalitarism] *n. m.* 極權 制, 極權政體

totalité [tɔtalite] *n. f.* 全體, 全部;【哲】 全體性

totem [tɔtɛm] *n. m.* 圖騰; 圖騰像

totémisme [tɔtemism] *n. m.* 圖騰制 度, 圖騰崇拜說

toton [tɔtɔ̃] *n. m.* (游戲用) 轉骰; 小陀 螺, 捻捻轉兒

touage [twaːʒ] *n. m.* (船舶的) 拖曳; 拖 船費

toucan [tukɑ̃] *n. m.* (南美產的) 巨嘴鳥

touchant [tuʃɑ̃] *prép.* 關於…, 涉及…

touche [tuʃ] *n. f.* (用試金石) 驗金; 觸, 碰, 接觸; (擊劍或彈子戲) 命中; (魚) 上 鈎; 筆觸; 文筆; 琴鍵; 趕牛鞭;〖民〗外貌, 樣子

touche-à-tout [tuʃatu] *n. m. inv.* 〖俗〗 好動東西的人; 好管閑事者

toucher [tuʃe] *v. t.* 摸, 觸, 碰; 觸及; 打 中; 趕 (牲口); (船) 停靠; 領取 (款項等); 感動, 觸動; 與…鄰接; 和…有親戚關係; 涉及, 有關 *v. i.* 觸, 碰; 修改; 靠近; 鄰接 …… 觸覺;【樂】觸鍵;【醫】指 檢

toucheur [tuʃœːr] *n. m.* 趕牲畜的人; 趕牛的人

toue [tu] *n. f.* 拖曳, 牽行

touer [twe] *v. t.* 【海】(用曳纜) 拖曳, 牽 引

touffe [tuf] *n. f.* 一簇, 一叢, 一束, 一 綹; 樹叢

touffeur [tufœːr] *n. f.* 悶熱, 悶熱的空

氣

touffu, e [tufy] *a.* 蕃茂的, 濃密的; 累贅的; 雜亂的

touiller [tuje] *v. t.* 〖俗〗攪, 拌

toujours [tuʒu:r] *adv.* 永遠; 總是, 經常; 仍舊; 至少, 不管怎樣

toupet [tupɛ] *n. m.* 一小束, 一小縷, 一小股; 〖俗〗厚顏

toupie [tupi] *n. f.* 陀螺; (鉛管工用) 木錐; 婆娘

tour [tu:r] *n. f.* 城樓, 炮樓; 塔, 鐘樓; 塔形堆積物; 高大魁梧的人; (國際象棋中的) 車。*n. m.* 車床; (身、腰等的) 周圍; (裝飾用) 圍裙物; 環繞; 兜圈子, 閑逛; 彎曲的綫條; 轉, 旋轉; 技巧; 詭計; 趨勢; 表達方式, 句型; 輪值; ~ à ~ *loc. adv.* 一個一個地, 輪流, 依次

tourbe [turb] *n. f.* 泥炭, 泥煤; 賤民, 烏合之衆

tourbeux, se [turbø, ø:z] *a.* 泥炭質的; 含泥炭的; 生長在泥炭沼裏的

tourbière [turbjɛ:r] *n. f.* 〖地質〗泥炭沼, 泥炭層

tourbillon [turbijɔ̃] *n. m.* 旋風; 漩渦; 旋轉

tourbillonnement [turbijɔnmɑ̃] *n. m.* 旋轉, 盤旋; 捲入

tourbillonner [turbijɔne] *v. i.* 旋轉, 盤旋; 打旋

tourelle [turɛl] *n. f.* 小塔; 〖軍〗塔, 炮塔; 〖機〗(車床) 轉塔

touret [turɛ] *n. m.* 抛光機, 砂輪機; 〖紗〗搖紗機; 〖技〗捲筒

tourie [turi] *n. f.* 酸壜, 大肚瓶

tourillon [turijɔ̃] *n. m.* 〖機〗軸頸, 輥頸, 支軸

tourillonneuse [turijɔnø:z] *n. f.* 〖機〗轉塔車床

tourisme [turism] *n. m.* 游覽, 游歷, 旅游事業

touriste [turist] *n.* 游客, 旅游者

touristique [turistik] *a.* 游覽的, 旅游的

tourment [turmɑ̃] *n. m.* 劇痛; 極度痛苦

tourmente [turmɑ̃:t] *n. f.* 暴風雨, 暴風; 風潮

tourmenter [turmɑ̃te] *v. t.* 折磨, 使痛苦; 糾纏, 煩憂; 顛簸 *v. pr.* 焦慮不安, 煩惱

tourmenteur, se [turmɑ̃tœ:r, ø:z] *a.* 使人痛苦的, 令人苦惱的

tournage [turna:ʒ] *n. m.* 〖機〗車 (削); 〖電影〗拍攝, 攝影

tournailler [turnɑje] *v. i.* 轉來轉去, 徘徊

tournant, e [turnɑ̃, ɑ̃:t] *a.* 旋轉的, 轉動的; 迂迴曲折的, 盤旋的。*n. m.* (路、河等的) 轉彎處, 拐角; 拐彎; 轉折點

tourne-à-gauche [turnago:ʃ] *n. m. inv.* 〖機〗(絲錐) 扳手, 絞手; 整鋸器

tournebroche [turnəbrɔʃ] *n. m.* 烤肉用的旋轉鐵叉

tourne-disque [turnədisk] (*pl.* ~**s**) *n. m.* 電唱盤; 電唱機

tournedos [turnədo] *n. m.* 腓里牛排

tournée [turne] *n. f.* 巡迴, 巡行; (由某人) 請客會帳的一份酒

tournemain (en un) [ɑ̃nœ̃turnəmɛ̃] *loc. adv.* 一反掌間, 轉瞬間, 一霎時

tourner [turne] *v. t.* 使轉動, 使旋轉; 使轉向; 翻, 翻轉; 反覆考慮; 理解成; 弄成; 妥善表達; 繞過; 〖機〗車削; 〖電影〗拍攝。*v. i.* 旋轉, 運轉; 兜圈子; 轉向, 轉變; 轉變; 變質, 變酸; (在影片中) 扮演角色

tournesol [turnəsɔl] *n. m.* 〖化〗石蕊; 〖植〗向日葵

tourneur, se [turnœ:r, ø:z] *n.* 車工, 鏇工, 搖轆轤等的人。*n. f.* 繅絲女工。*a.* 旋轉的

tournevis [turnəvis] *n. m.* 〖機〗旋鑿, 螺絲刀, 螺絲批

tourniquet [turnikɛ] *n. m.* 迴轉欄; 旋轉式S形窗鈎; 輪盤賭; 〖醫〗止血帶, 壓迫止血器

tournis [turni] *n. m.* 〖獸醫〗暈眩病, 羊

癇病;〖俗〗頭昏,目眩

tournoi [turnwa] *n. m.* 中世紀騎士比武,馬上比武大會;競賽,比賽

tournoiement [turnwamã] *n. m.* 盤旋;旋轉,迴旋

tournoyer [turnwaje] *v. i.* [c. 3] 打轉,盤旋,兜圈子;作螺旋形轉動

tournure [turny:r] *n. f.* 表達形式;(句子的)結構;詞組;身段,姿態;(事物的)外表;(舊時撐裙褶的)腰墊;【機】切屑,車屑

tourte [turt] *n. f.* 圓麵包;圓形餡餅 *a.* 蠢的

tourteau [turto] (*pl. ~x*) *n. m.* 【農】豆餅

tourtereau [turtəro] (*pl. ~x*) *n. m.* 幼斑鳩; *pl.* 年輕的情侶

tourterelle [turtərɛl] *n. f.* 斑鳩

tourtière [turtjɛ:r] *n. f.* 製作餡餅等用的器具;(加拿大的)大糕點

tousser [tuse] *v. i.* 咳嗽;(發動機運轉不良時)發出噗噗聲

tousseur, se [tusœ:r, ø:z] *n.* 咳嗽者

toussoter [tusɔte] *v. i.* 經常輕咳

tout [tu] (*m. pl. tous* [tus], *f. pl. ~es* [tut]) *pron. indéf.* 一切,樣樣,任何東西;主部東西; *pl.* 大家,人人

tout, e [tu, tut] (*m. pl. tous* [tu], *f. pl. ~es* [tut]) *a. pl.* 全體的,所有的,一切的;每(隔) *a. sing.* 任何,每一個;整個的,全部的 *n. m.* 全部,一切;整體;重要部分,要點 *adv.* 完全地;十分地,非常地

tout-à-l'égout [tutalegu] *n. m. inv.* 直通下水道的廁所沖洗設備

toutefois [tutfwa] *adv.* 然而,可是

toute-puissance [tutpɥisã:s] *n. f.* 至高無上的權力;全權

toutou [tutu] *n. m.* 汪汪,狗〔兒語〕

tout-puissant [tupɥisã:t] (*f. ~ e-~ e* [tutpɥisã:t], *m. pl. ~s, f. pl. ~es-~ es*) *a.* 有無限權力的 *n. m.* le T ~ P ~ 上帝

tout-venant [tuvnã] *n. m.* 原煤

toux [tu] *n. f.* 咳嗽

toxicité [tɔksisite] *n. f.* 毒性

toxicologie [tɔksikɔlɔʒi] *n. f.* 毒物學,毒理學

toxine [tɔksin] *n. f.* 毒素

toxique [tɔksik] *a.* 有毒的,毒的 *n. m.* 毒物

trac [trak] *n. m.* 〖俗〗上場昏,(演員的)怯場

traçage [trasa:ʒ] *n. m.* 【機】(鉗工)劃綫;放樣

tracas [traka] *n. m.* 忙亂;混亂;憂慮,煩惱

tracasser [trakase] *v. t.* 使憂慮,使煩惱

tracasserie [trakasri] *n. f.* 煩憂,找碴兒;麻煩事

tracassier, ère [trakasje, ɛ:r] *a., n.* 愛找麻煩的(人),好找碴兒的(人)

trace [tras] *n. f.* 迹,足迹;痕迹;傷痕;迹象;印象

tracé [trase] *n. m.* 【技】定綫,輪廓綫,放樣綫;航綫,路綫

tracement [trasmã] *n. m.* 劃綫,定綫,放樣

tracer [trase] [c. 1] *v. t.* 劃(綫),製(圖形);寫;描繪;勾勒;放樣;開闢(路綫) *v. i.* (根、莖的)蔓延,匍匐

traceret [trasrɛ], **traçoir** [traswa:r] *n. m.* 畫綫器

traceur, se [trasœ:r, ø:z] *n.* 【技】描圖員,劃綫工,放樣工 *n. m.* 【物】示蹤原子

trachéal, ale [trakeal] (*pl. ~ aux*) *a.* 氣管的

trachée [traʃe] *n. f.* 【解】氣管;【植】螺旋狀導管

trachée-artère [traʃearte:r] (*pl. ~s-s*) *n. f.* 【解】氣管

trachéite [trakeit] *n. f.* 氣管炎

trachéen, ne [trakeɛ̃, ɛn] *a.* 【解】氣管的

trachéotomie [trakeɔtɔmi] *n. f.* 【醫】
氣管切開術

trachome [trakɔ[o:]m] *n. m.* 沙眼

traçoir = traceret

tract [trakt] *n. m.* 〖英〗宣傳小冊子,傳
單

tractation [traktɑsjɔ̃] *n. f.* 〔多用 *pl.*〕
(不正當的)商談,交易

tracteur [traktœ:r] *n. m.* 拖拉機,牽引
車

traction [traksjɔ̃] *n. f.* 牽引,曳引;【鐵】
機務段

tractoriste [traktɔrist] *n.* 拖拉機手

tradition [tradisjɔ̃] *n. f.* 傳統;傳說,口
傳

traditionalisme [tradisjɔnalism] *n. m.*
因襲傳統,墨守成規

traditionaliste [tradisjɔnalist] *a.* 傳統
主義的,傳統主義者的 *n.* 傳統主義
者

traditionnel, le [tradisjɔnɛl] *a.* 傳統
的,習俗的,慣例的

traducteur, trice [tradyktœ:r, tris] *n.*
譯者,翻譯者

traduction [tradyksjɔ̃] *n. f.* 翻譯;譯
文,譯本

traduire [tradɥi:r] *v. t.* [c. 60] 翻譯;表
達;【法】傳訊,移送

traduisible [tradɥizibl] *a.* 可譯的

trafic [trafik] *n. m.* 販賣,非法買賣;運
輸

trafiquant, e [trafikɑ̃, ɑ̃:t] *n.* 不法商人

trafiquer [trafike] *v. i.* 進行不正當買
賣,作黑市交易

tragédie [traʒedi] *n. f.* 悲劇;悲慘事
件,慘劇

tragédien, ne [traʒedjɛ̃, ɛn] *n.* 悲劇演
員

tragi-comédie [traʒikɔmedi] (*pl.* ~*s*)
n. f. 悲喜劇;悲喜劇般的事件

tragi-comique [traʒikɔmik] *a.* 悲喜劇
般的

tragique [traʒik] *a.* 悲劇的,悲慘的

n. m. 悲劇體裁;悲劇性;悲劇作家

trahir [trai:r] *v. t.* 背叛,出賣;違背;泄
露;拋棄 *v. pr.* 泄露真情;流露

trahison [traizɔ̃] *n. f.* 背叛;背信棄義,
出賣

train [trɛ̃] *n. m.* 步伐;列車,火車;(車,
船等的)隊,列;(陸軍)輜重部隊;être
en ~ de 正在;mettre en ~ 開始,
着手做

traînage [trɛnaːʒ] *n. m.* 拖曳,牽引

traînard, e [trɛnaːr, ard] *n.* 掉隊的人,
落在隊伍後面的人;工作慢吞吞的人

traînasser [trɛnase] *v. t.* 使拖
延下去 *v. i.* 拖拉;閒盪,閒逛

traîne [trɛn] *n. f.* 拖,拉;(長裙的)後
裾;【漁】地曳網,大拉網

traîneau [trɛno] (*pl.* ~*x*) *n. m.* 雪橇;
(捕魚或打獵用的)大拖網

traînée [tre[ɛ]ne] *n. f.* 長條痕迹;【技】
正面阻力,迎面阻力;【民】生活腐化的女
人

traîner [tre[ɛ]ne] *v. t.* 拖,拉,曳;携帶
(家屬等);拖延 *v. i.* 拖地;拖延;久
病不愈;散亂 *v. pr.* 爬行;步履艱難

traîneur, se [trɛnœːr, øːz] *n.* 拖或拉
(某物)的人

tr(a)inglot [trɛ̃glo] *n. m.* 輜重兵

train-train, traintrain [trɛ̃trɛ̃] *n. m.*
〖俗〗(生活)單調,千篇一律;常規

traire [trɛ:r] *v. t.* [c. 69] 擠(牛、羊等
的)奶

trait [trɛ] *n. m.* 拖,拉;(拉車用的)繮
繩,皮帶;(標槍、箭等)投擲式武器;綫條;
(表現出性格等的)行動;挖苦,俏皮話;
【樂】經過音羣;*pl.* 臉部輪廓特點,特
徵;~ d'union 連字符號 "-";d'un
~ 一口氣,一下子

traitable [trɛtabl] *a.* 能論述的;好商量
的,可通融的

traite [trɛt] *n. f.* 擠母畜的奶;(中途不
停頓的)行程,路程;匯票;(人口)販賣

traité [tre[ɛ]te] *n. m.* 論文,論著;條約,
協定

traitement [trɛtmɑ̃] *n. m.* 待遇, 對待; 薪金, 薪水;【醫】治療, 療法;【技】處理, 加工

traiter [tre[ɛ]te] *v. t.* 對待; 款待, 請吃飯; 討論, 論述; 把(某人)稱作…; 治療, 處理 *v. i.* 商談交易

traiteur [trɛtœːr] *n. m.* 承辦家庭筵席者

traitre, sse [trɛtr, rɛs] *a.* 背叛的, 賣國的; 奸詐的, 背信棄義的 *n.* 叛徒, 變節者

traitreusement [trɛtrøzmɑ̃] *adv.* 背信棄義地, 陰險地

traitrise [tre[ɛ]triːz] *n. f.* 背叛, 變節

trajectoire [traʒɛktwaːr] *n. f.*【技】軌道, 彈道

trajet [traʒɛ] *n. m.* 旅程, 路程, 行程

tralala [tralala] *n. m.* 〖俗〗排場; 飾物

tram [tram] *n. m.* 見 tramway

trame [tram] *n. f.*【紡】緯, 緯紗; 陰謀; (小說等的)情節, 綫索

tramer [trame] *v. t.* 織(布), 投入緯紗; 策劃(陰謀)

tramontane [tramɔ̃tan] *n. f.* (地中海沿岸的)北風; 北邊

tramway [tramwɛ] (*pl.* ~**s**) *n. m.* 〖英〗電車軌道; 有軌電車〔縮寫爲 tram〕

tranchage [trɑ̃ʃaːʒ] *n. m.*【技】切去, 剪去, 切割; 切割貼面木板

tranchant, e [trɑ̃ʃɑ̃, ɑːt] *a.* 鋒利的, 銳利的; 果斷的, 斬釘截鐵的; 鮮明的 *n. m.* 刃, 刀鋒

tranche [trɑ̃ʃ] *n. f.* (切下的)薄片; (書本的)切口; (錢幣的)側邊; (炮柱形體的)截面;【數】(一個數中的)節

tranchée [trɑ̃ʃe] *n. f.* 溝, 壕溝, 壕溝;【軍】塹壕, 戰壕; *pl.*【醫】絞痛

tranche-montagne [trɑ̃ʃmɔ̃taɲ] (*pl.* ~**s**) *n. m.* 吹牛者, 誇口者

trancher [trɑ̃ʃe] *v. t.* 切開, 切斷, 砍斷; 了結, 解決 *v. i.* 大膽決定, 決斷; 形成對照

tranchoir [trɑ̃ʃwaːr] *n. m.* (切肉用的)

木墩子; 一種菜刀

tranquille [trɑ̃kil] *a.* 安靜的, 平靜的; 安心的

tranquilliser [trɑ̃kilize] *v. t.* 使安靜, 使平靜; 使安心

tranquillité [trɑ̃kilite] *n. f.* 安靜, 平靜; 安心

transaction [trɑ̃zaksjɔ̃] *n. f.* 妥協;【法】和解;【經】交易

transactionnel, le [trɑ̃zaksjɔnɛl] *a.* 和解的, 和解性的

transalpin, e [trɑ̃zalpɛ̃, in] *a.* 在阿爾卑斯山那一邊的

transatlantique [trɑ̃zatlɑ̃tik] *a.* 在大西洋彼岸的; 橫渡大西洋的 *n. m.* 橫渡大西洋的客輪; 摺疊式帆布躺椅

transbordement [trɑ̃sbɔrdəmɑ̃] *n. m.* (旅客, 貨物的)中轉

transborder [trɑ̃sbɔrde] *v. t.* (貨物, 旅客的)中轉

transbordeur [trɑ̃sbɔrdœːr] *a. m.* 活動弔車渡運的 *n. m.* 渡輪, 活動弔車渡橋

transcendance [trɑ̃sɑ̃dɑ̃ːs] *n. f.* 卓越, 超羣;【哲】超驗性

transcendant, e [trɑ̃sɑ̃dɑ̃, ɑ̃ːt] *a.* 卓越的, 超羣的;【哲】超驗性的;【數】超越的

transcendantal, ale [trɑ̃sɑ̃dɑ̃tal] (*pl.* ~**aux**) *a.*【哲】先驗的

transcendantalisme [trɑ̃sɑ̃dɑ̃talism] *n. m.*【哲】先驗論

transcontinental, ale [trɑ̃skɔ̃tinatal] (*pl.* ~**aux**) *a.* 橫貫大陸的

transcription [trɑ̃skripsjɔ̃] *n. f.* 抄寫, 謄寫; 抄本;【樂】改編;【法】登記

transcrire [trɑ̃skriːr] *v. t.* [c. 61] 抄寫, 謄寫;【樂】改編

transe [trɑ̃s] *n. f.* 恐懼, 惶恐

transept [trɑ̃sɛpt] *n. m.* 〖英〗【建】(教堂中的)十字形耳堂

transfèrement [trɑ̃sfɛrmɑ̃] *n. m.* (囚犯的)遞解, 遣送

transférer [trɑ̃sfere] *v. t.* [c. 7] 遷移,

轉移; 遞解(罪犯); 轉讓, 過戶

transfert [trɑ̃sfɛːr] *n. m.* 轉讓, 過戶; 遷移, 轉移

transfiguration [trɑ̃sfigyrɑsjɔ̃] *n. f.* 變容, 改觀, 變樣

transfigurer [trɑ̃sfigyre] *v. t.* 使變容, 使改觀, 使改變形象

transformable [trɑ̃sfɔrmabl] *a.* 可變形的

transforma*teur, trice* [trɑ̃sfɔrmatœːr, tris] *a.* 使變形的, 使改變的 *n. m.* 變壓器

transformation [trɑ̃sfɔrmɑsjɔ̃] *n. f.* 改變, 改造, 改建; 轉換, 變化

transformer [trɑ̃sfɔrme] *v. t.* 使變樣, 改變, 改造; 改建

transformisme [trɑ̃sfɔrmism] *n. m.* 【生】變化說

transformiste [trɑ̃sfɔrmist] *a., n.* 信奉變化說學派的(人)

transfuge [trɑ̃sfyːʒ] *n. m.* 投敵的將士 *n.* 叛國投敵分子, 叛徒

transfuser [trɑ̃sfyze] *v. t.* 移注, (將液體)倒入(另一容器); 輸血

transfusion [trɑ̃sfyzjɔ̃] *n. f.* 輸血

transgresser [trɑ̃sgrɛse] *v. t.* 違犯, 違反

transgresseur [trɑ̃sgrɛsœːr] *n. m.* 違犯者, 違反者

transgression [trɑ̃sgrɛsjɔ̃] *n. f.* 違犯, 違反

transhumance [trɑ̃zymɑ̃ːs] *n. f.* (羊羣等的)夏季轉移到山區吃草

transhumant, e [trɑ̃zymɑ̃, ɑ̃ːt] *a.* 夏季轉移到山區吃草的

transhumer [trɑ̃zyme] *v. i.* (羊羣等)夏季去山區吃草

transiger [trɑ̃ziʒe] *v. i.* [c. 2] 妥協; 和解

transir [trɑ̃z[s]iːr] *v. t.* 使凍僵, 使凍得麻木; 使打寒顫 *v. i.* 凍僵, 凍得麻木

transistor [trɑ̃zistɔːr] *n. m.* 晶體管; 晶體管收音機

transit [trɑ̃zit] *n. m.* 免稅通過; (旅客、貨物)過境, 轉口

transitaire [trɑ̃zitɛːr] *a.* 免稅通行的; 過境的, 轉口的 *n.* 貨物過境或轉口代理人

transiter [trɑ̃zite] *v. t.* 使免稅通過; 使過境, 使轉口 *v. i.* 免稅通過; 過境, 轉口

transitif, ve [trɑ̃zitif, iːv] *a.* 【語】及物的

transition [trɑ̃zisjɔ̃] *n. f.* 轉變, 過渡

transitoire [trɑ̃zitwaːr] *a.* 短暫的; 過渡的, 暫時的

translation [trɑ̃slɑsjɔ̃] *n. f.* 轉移, 遷移

translucide [trɑ̃slysid] *a.* 半透明的

transmetteur [trɑ̃smɛtœːr] *n. m.* 發射機; 發報機; 傳感器

transmettre [trɑ̃smɛtr] *v. t.* [c. 45] 傳達, 傳送; 轉讓, 移轉; 傳導(電等), 傳播; 遺傳

transmissible [trɑ̃smisibl] *a.* 可轉讓的; 能遺傳的

transmission [trɑ̃smisjɔ̃] *n. f.* 傳達, 傳送; 轉讓, 移轉, 傳導, 傳播; 遺傳; *pl.* 通訊, 通訊部隊

transmuable [trɑ̃smyabl], **transmutable** [trɑ̃smytabl] *a.* 可嬗變的, 可蛻變的

transmuer [trɑ̃smye] *v. t.* 【原子】使嬗變, 使蛻變

transmutabilité [trɑ̃smytabilite] *n. f.* 嬗變性, 蛻變性

transmutation [trɑ̃smytɑsjɔ̃] *n. f.* 嬗變, 蛻變

transnationales [trɑ̃snasjɔnal] *a. f. pl.* sociétés ～ 跨國公司

transparaître [trɑ̃sparɛtr] *v. i.* [c. 54] 隱約現出; 透露, 流露

transparence [trɑ̃sparɑ̃ːs] *n. f.* 透明; 明顯; 坦率

transparent, e [trɑ̃sparɑ̃, ɑ̃ːt] *a.* 透明的; 明顯的, 坦率的 *n. m.* 透光裝飾板; 襯格紙

transpercer [trãspɛrse] v. t. [c. 1] 穿通, 刺穿; 透過

transpiration [trãspirasjɔ̃] n. f. 出汗

transpirer [trãspire] v. i. 發散, 排出; 出汗; 泄漏, 透露

transplantation [trãsplãtasjɔ̃] n. f. 移栽, 移居

transplanter [trãsplãte] v. t. 移植; 移居

transport [trãspɔr] n. m. 運輸, 輸送; 轉讓, 移轉; 運輸艦; 激情; pl. 運輸事業

transportable [trãspɔrtabl] a. 可運輸的, 可運送的

transportation [trãspɔrtasjɔ̃] n. f. 流放, 放逐

transporter [trãspɔrte] v. t. 運輸, 輸送; 轉讓, 移轉; 使萬分激動 v. pr. 赴, 前往; 想像自己置身於

transporteur [trãspɔrtœr] n. m. 運輸者, 搬運工人; 運輸帶, 輸送器

transposer [trãspoze] v. t. 掉換位置; 題材移植; 【樂】移調

transpositeur [trãspozitœr] a. m. 有移調裝置的[指樂器] n. m. (樂器中的)移調裝置

transposition [trãspozisjɔ̃] n. f. 掉換位置; 改變, 轉變; 【樂】移調; 【數】移項; 【語】轉置, 換位

transsuder [trãssyde] v. i. 滲出

transvasement [trãsvazmã] n. m. 移注, 倒

transvaser [trãsvaze] v. t. 移注 (液體), 倒

transversal, ale [trãsvɛrsal] (pl. ~aux) a. 橫的, 橫向的; 橫切的, 橫載的 n. f. 貫綫, 截綫

transverse [trãsvɛrs] a. 【解】橫的

trapèze [trapɛz] n. m. 【數】梯形; (體操用的)高鞦韆; 【解】斜方肌

trapézoïdal, ale [trapezɔidal] (pl. ~aux) a. 梯形的

trappe [trap] n. f. 活門, 拉門, 拉窗; 陷坑, 陷阱; 圈套

trappeur [trapœr] n. m. (北美洲北部的)設陷阱捕捉毛皮獸的獵人

trappiste [trapist] n. m. 苦修會會士

trapu, e [trapy] a. 矮胖的, 粗短的

traquenard [traknar] n. m. (誘捕有害動物用的)陷阱, 捕捉裝置; 圈套

traquer [trake] v. t. 圍獵; 圍捕, 圍攻; 追捕

traqueur, se [trakœr, øːz] n. 圍獵者

traumatique [tromatik] a. 創傷性的, 外傷性的

traumatisme [tromatism] n. m. 創傷病, 外傷; (精神分析)創傷

travail [travaj] (pl. ~aux) n. m. 勞動, 工作; 職業; 手藝; 加工; 作用; 【物】功; (產婦的)陣痛; pl. (專題)著作, (議案等的)討論, 活兒, 活計, 工程, 工作

travail [travaj] (pl. ~s) n. m. 縛獸架〔給牛、馬等釘蹄鐵或動手術時用〕

travailler [travaje] v. i. 勞動, 工作, 幹活; ～ à 積極從事; 生利; 彎曲, 變形; 發酵 v. t. 加工, 潤飾; 研究; 煽動; 折磨, 糾纏

travailleur, se [travajœr, øːz] a. 勤勞的, 勤勉的; 勞動的 n. 勞動者, 工作者; pl. 勞動人民, 工人

travailliste [travajist] n. (英國)工黨黨員 a. 工黨的

travée [trave] n. f. 【建】跨度, 梁間距, 間格; (桌、椅的)排

travers [travɛr] n. m. 寬度, 厚度; 怪癖氣, 乖癖

traverse [travɛrs] n. f. 橫檔; 橫梁; 枕木; 逆境, 挫折

traversée [travɛrse] n. f. 橫渡, 渡洋, 過江; 橫穿, 穿過

traverser [travɛrse] v. t. 穿過, 橫渡, 橫貫; 穿透, 滲透; 經歷, 經受

traversier, ère [travɛrsje, ɛːr] a. 橫的, 橫穿的; 橫渡用的

traversin [travɛrsɛ̃] n. m. 長枕頭; 桶底板; 橫梁, 橫桁

travertin [travεrtε̃] *n. m.* 【地質】石灰華, 鈣華

travesti, e [travεsti] *a.* 化裝的, 假扮的 *n. m.* 化裝服飾

travestir [travεsti:r] *v. t.* 喬裝, 假扮; 篡改, 歪曲

travestissement [travεstismɑ̃] *n. m.* 喬裝改扮

trayon [trεjɔ̃] *n. m.* (動物的) 乳頭

trébuchant, e [trebyʃɑ̃, ɑ̃:t] *a.* 跟蹌的, 趺趺衝衝的; 重量符合法定標准的〔指金銀硬幣〕

trébucher [trebyʃe] *v. i.* 跟蹌, 失足, 絆; 失誤; 使天平傾斜 *v. t.* 用天平稱

trébuchet [trebyʃε] *n. m.* 捕鳥籠, 捕鳥裝置; 精密天平

tréfilage [trefila:ʒ] *n. m.* 【機】拉絲, 拉伸

tréfiler [trefile] *v. t.* 【機】拉絲, 拉製

tréfilerie [trefilri] *n. f.* 【機】拉絲車間

tréfileur [trefilœ:r] *n. m.* 拉絲工

trèfle [trεfl] *n. m.* 三葉草, 苜蓿, 車軸草; 三瓣葉狀的花飾; 【建】三葉飾; (紙牌中的) 草花, 草花紙牌

tréfonds [trefɔ̃] *n. m.* 【法】地底; 奧秘, 底細

treillage [trεja:ʒ] *n. m.* 板條製成的格子架, 格子柵欄

treillager [trεjaʒe] *v. t.* [c. 2] 裝上格子架, 裝上格子柵欄

treille [trεj] *n. f.* 葡萄架, 葡萄架; 葡萄藤

treillis [trε[ε]ji] *n. m.* 木格子柵欄, 金屬網紗; 桁架; 【繪畫】縮放格; 粗蔴布; 工作服

treillisser [trε[ε]jise] *v. t.* 裝上格子柵欄, 裝上金屬網紗

treize [trε:z] *a. num.* 十三, 第十三 *n. m.* 十三

treizième [trεzjεm] *a. num. ord.* 第十三 *n.* 第十三個 *n. m.* 十三分之一

tréma [trema] *n. m.* 【語】分音符 "¨"

tremble [trɑ̃:bl] *n. m.* 歐洲山楊

tremblement [trɑ̃bləmɑ̃] *n. m.* 發抖, 戰慄; 抖動; 震動; 【樂】顫音

trembler [trɑ̃ble] *v. i.* 發抖, 戰慄; 抖動; 震動; 恐懼, 害怕

trembleur, se [trɑ̃blœ:r, ø:z] *n.* 發抖的人; 懦夫; 極端膽小的人 *n. m.* 蜂鳴器; 斷續器; 振動器

tremblotement [trɑ̃blɔtmɑ̃] *n. m.* 微微發抖, 微微顫動, 抖動

trembloter [trɑ̃blɔte] *v. i.* 微微發抖, 微微顫動

trémie [tremi] *n. f.* 料斗, 加料斗; 漏斗篩; 禽鳥餵料槽; 地板上留給壁爐煙石的地位

trémolo [tremɔlo] *n. m.* 【樂】震音

trémoussement [tremusmɑ̃] *n. m.* 亂動, 扭動

trémousser(se) [s(ə)tremuse] *v. pr.* 亂動, 動來動去

trempage [trɑ̃pa:ʒ] *n. m.* 浸, 浸濕, 浸漬

trempe [trɑ̃:p] *n. f.* 浸, 浸, 蘸; 體質, 素質; 剛強, 剛毅; 【民】痛打; 【技】淬火

trempée [trɑ̃pe] *n. f.* 浸, 浸漬

tremper [trɑ̃pe] *v. t.* 使浸濕, 使濕透; 把…浸入, 沾, 蘸; 淬火; 鍛煉, 磨煉 *v. i.* 浸在液體中; 參與 (非法活動)

trempette [trɑ̃pεt] *n. f.* 【俗】匆促的沐浴

tremplin [trɑ̃plε̃] *n. m.* (跳水等用的) 跳板; (借以達到目的的) 跳板

trench-coat [trεnʃkot] (*pl.* ∼s) *n. m.* 【英】短雨衣

trentaine [trɑ̃tεn] *n. f.* 三十, 約三十; 【俗】三十歲

trente [trɑ̃:t] *a. num.* 三十, 第三十 *n. m.* 三十

trentenaire [trɑ̃tnε:r] *a.* 持續三十年的

trentième [trɑ̃tjεm] *a. num. ord.* 第三十 *n.* 第三十個 *n. m.* 三十分之一

trépan [trepɑ̃] *n. m.* 【醫】環鑽, 穿骨

錐，穿顱錐；環鑽手術，穿骨手術，穿顱手術；【技】鑽頭

trépanation [trepanasjɔ̃] n. f. 【醫】環鑽術，穿骨術，穿顱術

trépaner [trepane] v. t. 【醫】給…作環鑽手術

trépas [trepɑ] n. m. 死亡，逝世

trépasser [trepɑse] v. i. 逝世，去世

trépidant, e [trepidɑ̃, ɑ̃t] a. 搖動的，顫動的；緊張的，繁忙的

trépidation [trepidasjɔ̃] n. f. 搖動，顫動；緊張，繁忙

trépied [trepje] n. m. 三脚支架；三脚傢具

trépignement [trepiɲmɑ̃] n. m. 頓足，踩脚

trépigner [trepiɲe] v. i. 頓足，踩脚

très [trɛ] adv. 很，極，非常

trésor [trezɔr] n. m. 財寶，珍寶；寶藏，財富；金庫，寶庫；T ~ 國庫

trésorerie [trezɔrri] n. f. 國庫；金庫；(英國的)財政部；(法國各省的)財政廳；財務官，司庫之職；國家財政；(企業等的)流動資金

trésorier, ère [trezɔrje, ɛːr] n. 財務官；司庫；國庫官員

tressage [tresaːʒ] n. m. 編，編結，編成辮子

tressaillement [tresajmɑ̃] n. m. 戰慄，顫抖，哆嗦

tressaillir [tresajiːr] v. i. [c. 12] 戰慄，顫抖，打哆嗦；震動，顛動

tressauter [tresote] v. i. 驚跳，震驚；震動，跳動

tresse [trɛs] n. f. 辮子；纜，飾帶，花邊帶；【海】油麻繩，纜繩；【建】辮飾

tresser [tre[ɛ]se] v. t. 編成辮子；編，編結

tréteau [treto] (pl. ~x) n. m. (桌子等的)四脚長條支架；pl. 露天舞台

treuil [trœj] n. m. 絞車，絞盤，捲揚機

trêve [trɛːv] n. f. 休戰；暫息，休止

tri [tri] n. m. 挑選；分類，分揀

triage [triaːʒ] n. m. 挑選；分類，分揀；挑選出的東西；【鐵】調車，編組

triangle [triɑ̃ːgl] n. m. 三角形；【樂】三角鐵

triangulaire [triɑ̃gylɛːr] a. 三角形的；三角的，三方面的

triangulation [triɑ̃gylɑsjɔ̃] n. f. 三角測量

trias [triɑːs] n. m. 【地質】三疊紀，三疊系

tribord [tribɔːr] n. m. 【船】右舷

tribordais [tribɔrdɛ] n. m. 右舷船員

tribu [triby] n. f. 部落；(古羅馬)部族，宗族；【生】族

tribulation [tribylasjɔ̃] n. f. 〔多用 pl.〕苦難，困苦

tribun [tribœ̃] n. m. (古羅馬的)護民官，軍事指揮官；(法國拿破侖時期的)法案評議委員會委員；平民演說家

tribunal [tribynal] (pl. ~ aux) n. m. 法院，法庭；(一個法院的)全體法官；審判，裁判

tribunat [tribyna] n. m. (古羅馬)護民官的職權

tribune [tribyn] n. f. 講台；論壇；看台，觀禮台；(教堂的)廊台

tribut [triby] n. m. 貢品；義務

tributaire [tribytɛːr] a. 進貢的；屈從的，依賴的；(河流)流入江河或大海的

tricentenaire [trisɑ̃tnɛːr] n. m. 三百週年，第三百年

tricher [triʃe] v. i. (賭博中)作弊；要手法；掩飾(缺點)

tricherie [triʃri] n. f. (賭博中的)作弊，要手法

tricheur, se [triʃœːr, øːz] n. 賭博中作弊的人

trichine [triʃin] n. f. 【寄生】毛緣蟲，旋毛蟲

trichiné, e [triʃine] a. 旋毛蟲寄生的

trichinose [trikinoːz] n. f. 【醫】毛緣蟲病，旋毛蟲病

trichromie [trikrɔmi] n. f. 【印】三色複

製法; 【技】三原色法

tricolore [trikɔlɔːr] a.　三色的; 藍、白、紅三色的〔指法國等國國旗〕; 法國的〔指體育隊等〕

tricorne [trikɔrn] n. m.　(舊時的)三角帽

tricot [triko] n. m.　編結, 針織; 編結物, 針織物

tricotage [trikɔtaːʒ] n. m.　編結, 針織

tricoter [trikɔte] v. t.　編結, 針織; 【民】走得飛快, 逃跑

tricoteur, se [trikɔtœːr, øz] n.　編結者, 針織者 n. f. pl.　(法國資產階級革命期間)邊打毛衣邊列席國民議會的平民婦女 n. f.　針織機

trictrac [triktrak] n. m.　西洋雙六棋游戲

tricycle [trisikl] n. m.　三輪脚踏車

trident [tridɑ̃] n. m.　(希臘神話中海神的)三叉戟; 三齒工具; 三叉魚叉; 【農】三齒叉

trièdre [triɛdr] 【數】a.　三面的 n. m.　三面角

triennal, ale [triɛnal] (pl. ~aux) a.　三年一次的, 三年一輪的; 持續三年的, 三年一任的

trier [trije] v. t.　挑選, 揀選; 分揀, 分類

trieur, se [trijœːr, øz] n.　揀選者, 分類工 n. m.　篩分機; 分揀設備

triforium [trifɔrjɔm] n. m.　【建】(教堂的)樓廊; 樓廊的採光部分

triglyphe [triglif] n. m.　【建】三角槽排檔(飾)

trigonométrie [trigɔnɔmetri] n. f.　【數】三角(學)

trigonométrique [trigɔnɔmetrik] a.　三角(法)的

trijumeau [triʒymo] (pl. ~x) a. m., n. m. (nerf) ~ 【解】三叉神經

trilatéral, ale [trilateral] (pl. ~aux) a.　三邊的

trille [trij] n. m.　【樂】顫音

triller [trije] v. i.　奏出顫音

trilobé, e [trilɔbe] a.　【建】三葉形的; 【植】有三個裂片的

trilobites [trilɔbit] n. m. pl.　三葉蟲綱

trilogie [trilɔʒi] n. f.　(戲劇、小說等的)三部曲

trimardeur [trimardœːr] n. m.　【民】流浪者

trimbaler [trɛ̃bale] v. t.　【俗】到處拖帶

trimer [trime] v. i.　忙忙碌碌地幹活, 忙個不停

trimestre [trimɛstr] n. m.　季度; 每季度支付或領取的款項; 三個月的任期

trimestriel, le [trimɛstriɛl] a.　三個月的; 每季度的

trimoteur [trimɔtœːr] a. m., n. m.　三發動機的(飛機)

tringle [trɛ̃gl] n. f.　金屬桿, 拉桿

tringlot = trainglot

trinité [trinite] n. f.　【宗】三位一體

trinitrotoluène [trinitrɔtɔlɥɛn] n. m.　【化】三硝基甲苯〔縮寫爲 T. N. T.〕

trinôme [trinom] 【數】a.　三項的 n. m.　三項式

trinquer [trɛ̃ke] v. i.　碰杯, 祝酒; 【民】喝酒; 遭殃, 倒霉

trio [trijo] n. m.　【樂】三重奏, 三重唱; 三人一組

triode [triɔd] n. f., a.　【無】三極管(的)

triolet [triɔlɛ] n. m.　二韻三疊句八行詩; 【樂】三連音

triomphal, ale [triɔ̃fal] (pl. ~aux) a.　勝利的, 凱旋的; 隆重的; 輝煌的

triomphateur, trice [triɔ̃fatœːr, tris] a.　勝利的, 凱旋的; 接受凱旋式歡迎的 n.　勝利者, 凱旋者 n. m.　(古羅馬)接受凱旋式歡迎的將軍

triomphe [triɔ̃f] n. m.　勝利, 凱旋; 成功, 出色成就; 喝彩; (歡迎古羅馬將軍的)凱旋儀式

triompher [triɔ̃fe] v. i.　戰勝; 接受凱旋式的歡迎; 獲勝, 勝利

tripaille [tripaːj] n. f.　【俗】一堆腸子, 一堆内臟

triparti, e [triparti], **tripartite** [tripartit] *a.* 分成三部分的, 由三方面組成的

tripartition [tripartisjɔ̃] *n. f.* 三等分

tripe [trip] *n. f.* (供食用的) 腸子, 肚子; 〖民〗人的腸子

triperie [tripri] *n. f.* 出售腸, 肚等下水的店舖; 下水業

tripette [tripɛt] *n. f.* Ca ne vaut pas ~. 〖民〗這不值一文。

triphasé, e [trifaze] *a.* 【電】三相的

tripier, ère [tripje, ɛːr] *n.* 出售 (動物) 腸子的人

triple [tripl] *a.* 三倍的; 三重的; 極其的 *n. m.* 三倍

triplement [tripləmɑ̃] *n. m.* 增至三倍, 增加二倍

tripler [triple] *v. t., v. i.* (使) 增至三倍

tripoli [tripɔli] *n. m.* 【地質】硅藻土

triporteur [tripɔrtœːr] *n. m.* 三輪送貨車

tripot [tripo] *n. m.* 賭場; 壞人聚集的地方

tripotage [tripɔtaːʒ] *n. m.* 亂摸, 亂弄; 勾當, 舞弊

tripotée [tripɔte] *n. f.* 〖俗〗痛打, 亂打; 一大羣

tripoter [tripɔte] *v. t.* 亂摸, 亂弄 *v. i.* 幹不光彩的勾當, 搞鬼

tripoteur, se [tripɔtœːr, øːz] *n.* 〖俗〗搞詭計的人, 搞投機的人

triptyque [triptik] *n. m.* 三摺畫 [左右兩聯可向中間摺疊]

trique [trik] *n. f.* 〖俗〗木棍, 棍子

trisaïeul, e [trizajœl] (*pl.* ~**s**) *n.* 高祖父, 高祖母; 外高祖父, 外高祖母

trisannuel, le [trizanɥɛl] *a.* 三年一度的; 【植】三年的

trisection [trizɛksjɔ̃] *n. f.* 【數】三等分

triste [trist] *a.* 憂愁的, 憂鬱的; 悲慘的, 令人傷心的; 可鄙的; 陰暗的

tristesse [tristɛs] *n. f.* 憂愁, 憂鬱; 悲傷; 淒涼

tritium [tritjɔm] *n. m.* 【化】氚

triton [tritɔ̃] *n. m.* T ~ 【希神】半人半魚的海神; 【動】北螈; 法螺 (一種軟體動物)

triturateur [trityratœːr] *n. m.* 搗碎器; 研鉢

trituration [trityrasjɔ̃] *n. f.* 搗碎, 研磨

triturer [trityre] *v. t.* 搗碎, 研磨

trivial, ale [trivjal] (*pl.* ~**aux**) *a.* 平凡的, 平庸的; 庸俗的; 下流的

trivialité [trivjalite] *n. f.* 平凡, 庸俗; 粗俗的話

tri-voiturette, trivoiturette [trivwatyrɛt] *n. f.* 三輪微型汽車

troc [trɔk] *n. m.* 物物交換, 以貨易貨

trocart [trɔkaːr] *n. m.* 【醫】套針, 套管針 [穿刺用]

troène [trɔɛn] *n. m.* 女貞 (樹)

troglodyte [trɔglɔdit] *n. m.* 穴居人; 鷦鷯

trogne [trɔɲ] *n. f.* 〖俗〗通紅的臉, 臃腫的臉

trognon [trɔɲɔ̃] *n. m.* 殘核, 殘根

trois [trwɑ] *a. num.* 三; 第三 *n. m.* 三

troisième [trwazjɛm] *a. num. ord.* 第三 *n.* 第三個

trois-mâts [trwɑmo] *n. m. inv.* 三桅帆船

trolley [trɔlɛ] *n. m.* 〖英〗(軌道上滑行的) 推車; (無軌電車上的) 觸輪, 滑接輪; 〖俗〗無軌電車

trolleybus [trɔlɛbys] *n. m.* 〖英〗無軌電車

trombe [trɔ̃ːb] *n. f.* 龍捲風

tromblon [trɔ̃blɔ̃] *n. m.* (古時的) 喇叭口火槍

trombone [trɔ̃bɔn] *n. m.* 【樂】長號

trompe [trɔ̃ːp] *n. f.* 喇叭, 號筒; 獵號; (象的) 長鼻; (昆蟲的) 吻管; 泵

trompe-l'œil [trɔ̃plœj] *n. m. inv.* 使人產生真人, 真物的錯覺的圖畫; 假象

tromper [trɔ̃pe] *v. t.* 使弄錯, 使上當; 欺騙; 瞞過; 使失望 *v. pr.* 弄錯, 搞錯

tromperie [trɔ̃pri] *n. f.* 欺騙, 欺詐; 欺騙行爲

trompeter [trɔ̃pte] [c. 5] *v. i.* 鷹叫 *v. t.* 〖俗〗(到處)宣揚

trompette [trɔ̃pɛt] *n. f.* 【樂】小號; 軍號; 喇叭形螺類的俗稱 *n. m.* 號手; 小號吹奏者

trompettiste [trɔ̃pe(ɛ)tist] *n.* 小號吹奏者

trompeur, se [trɔ̃pœːr, øːz] *a.* 騙人的; 迷惑人的 *n.* 欺騙者, 騙子

tronc [trɔ̃] *n. m.* 樹幹; 家系; 軀體; (教堂裏的)慈善箱

troncature [trɔ̃katyːr] *n. f.* 【礦】平切, 缺棱

tronçon [trɔ̃sɔ̃] *n. m.* 段; 截兒, 部分

tronçonner [trɔ̃sɔne] *v. t.* 把…截成幾段

trône [troːn] *n. m.* 御座; 帝位, 王位; 王權

trôner [trone] *v. i.* 坐在榮譽席位, 處於顯著地位; 神氣活現

tronqué, ale [trɔ̃ke] *a.* 上部被截去的; 被刪節的, 斷章取義的

tronquer [trɔ̃ke] *v. t.* 截去重要部分; 亂刪, 閹割

trop [tro] *adv.* 太, 過多地, 過分 *n. m.* 過分, 過多

trope [trɔp] *n. m.* 比喻; 轉義

trophée [trofe] *n. m.* 戰利品; 榮譽的事迹; (掛在柱頭等的)用一組武器組成的裝飾

tropical, e [trɔpikal] (*pl.* ～*aux*) *a.* 熱帶的, 熱帶地區的; 炎熱的

tropique [trɔpik] *n. m.* 回歸綫; *pl.* 熱帶地區 *a.* 回歸的

trop-perçu [trɔpɛrsy] (*pl.* ～*s*) *n. m.* 多收的款項

trop-plein [trɔplɛ̃] (*pl.* ～*s*) *n. m.* 滿溢的液體, 溢流出的東西; 溢水系統, 溢流管

troquer [trɔke] *v. t.* (以一物)交換(另一物)

trot [tro] *n. m.* (馬等的)快步, 小跑

trotskiste, trotskyste [trɔtskist] *n., a.* 托洛茨基分子(的)

trotte [trɔt] *n. f.* 〖俗〗(步行的)一大段路程

trotte-menu [trɔtməny] *a. inv.* 用碎步奔跑的

trotter [trɔte] *v. t.* 快步走, 小跑, 用碎步跑; 奔忙

trotteur, se [trɔtœːr, øːz] *a., n.* (經過訓練的)快步跑的(馬)

trotteuse [trɔtøːz] *n. f.* 秒針

trottin [trɔtɛ̃] *n. m.* 〖俗〗供差遣的女青年店員

trottiner [trɔtine] *v. i.* 碎步小跑; 碎步快走

trottinette [trɔtinɛt] *n. f.* (小孩玩的)踏板車

trottoir [trɔtwaːr] *n. m.* 人行道

trou [tru] *n. m.* 洞, 孔; 坑, 洞穴; 窮鄉僻壤

troubadour [trubaduːr] *n. m.* (法國南方中世紀的)行吟詩人

trouble [trubl] *n. m.* 混亂, 騷動, 不和, 紛争; 局促不安; 心煩意亂; *pl.* 亂子, 騷亂; 【醫】紊亂 *a.* 混濁的, 看不清的; 模模糊糊的, 曖昧的

trouble-fête [trublfɛt] *n. inv.* 令人掃興的人

troubler [truble] *v. t.* 使混亂; 使模糊不清; 擾亂; 使不和; 使紊亂; 打擾, 打斷; 使局促不安 *v. pr.* 變得混濁; 發慌, 慌到

trouée [true] *n. f.* (籬笆等的)口子, 缺口; 雲縫兒; 【地】山口; 【軍】突破口

trouer [true] *v. t.* 鑽孔, 打洞; 穿破

troupe [trup] *n. f.* 羣, 隊; 部隊, 軍隊; 士兵〔總稱〕; 劇團

troupeau [trupo] (*pl.* ～*x*) *n. m.* (家畜, 家禽)羣; 〖貶〗一夥, 一羣人; 教徒們

troupier [trupje] *n. m.* 〖俗〗士兵

troussage [trusaːʒ] *n. m.* 捆扎家禽〔準備烘烤〕

trousse [trus] *n. f.* 一束，一捆；箱，盒，袋

trousseau [truso] (*pl.* ～*x*) *n. m.* 嫁妝；(孩子進寄宿學校時帶去的) 衣服和床單等行裝；～ de clefs (套在環上的) 一串鑰匙

troussequin [truskɛ̃] *n. m.* (馬鞍子的) 後橋；劃針盤；劃綫規

trousser [truse] *v. t.* 撩起(衣服)；迅速完成，(在烘烤前)捆扎(家禽)

trouvable [truvabl] *a.* 能找到的，可發現的

trouvaille [truvɑːj] *n. f.* 新發現；發現物

trouver [truve] *v. t.* 找到；碰到；發現；感到 *v. pr.* 存在；處於；來到；感到，覺得 *v. impers.* Il se trouve que … 往往會有…的情況；有可能…

trouvère [truvɛːr] *n. m.* (法國北方中世紀的)行吟詩人

truand, e [tryɑ̃, ɑ̃d] *n.* (中世紀)乞丐，流浪者 *n. m.* 流氓，無賴

truanderie [tryɑ̃dri] *n. f.* 乞丐生涯，流浪生活

trublion [trybliɔ̃] *n. m.* 搗亂分子，肇事者；搗蛋鬼

truc [tryk] *n. m.* 技巧，手法；訣竅；傢伙〔指人或物〕；【鐵】敞篷貨車，平車

trucage = truquage

truchement [tryʃmɑ̃] *n. m.* 代言人

truculence [trykylɑ̃ːs] *n. f.* 粗野，粗魯

truculent, e [trykylɑ̃, ɑ̃ːt] *a.* 粗野的，粗魯的

truelle [tryɛl] *n. f.* 泥刀；(吃魚用)薄刀

truellée [trye[ɛ]le] *n. f.* 一泥刀的量

truffe [tryf] *n. f.* 狗的鼻子；【植】塊菰

truffer [tryfe] *v. t.* 用塊菰填塞；充塞，塞滿

truffier, ère [tryfje, ɛr] *a.* 塊菰的，麥葷的；生長塊菰或麥葷的；專門用來尋覓塊菰的〔指狗、豬〕 *n. f.* 塊菰生長地，種麥葷的地方

truie [tryi] *n. f.* 母豬

truisme [tryism] *n. m.* 自明之理，極明白的事

truite [tryit] *n. f.* 鱒魚

trumeau [trymo] (*pl.* ～*x*) *n. m.* 窗間牆；壁鏡；(牛的)脛肉

truquage, trucage [tryka:ʒ] *n. m.* 贋品製造，冒充；【電影】特技攝影

truquer [tryke] *v. t.* 竄改，偽造

truqueur, se [trykœːr, øːz] *n.* 贋品製造者；搞舞弊的人

trusquin [tryskɛ̃] *n. m.* 劃針盤；劃綫規

trust [trœst] *n. m.* 〖英〗托拉斯

truster [trœste] *v. t.* 併入托拉斯組織；壟斷

trusteur [trœstœːr] *n. m.* 托拉斯組織者

trypanosome [tripanɔ[o]zɔm] *n. m.* 錐體蟲

trypsine [tripsin] *n. f.* 胰蛋白酶

tsar, tzar, czar [tsaːr], [ksaːr] *n. m.* 沙皇

tsarine [tsarin] *n. f.* 俄國的皇后或女皇

tsarisme [tsarism] *n. m.* 沙皇制度

tsé-tsé [tsetse] *n. f. inv.* 舌蠅，萃萃蠅

T. S. F. [teɛsɛf] *n. f.* 無綫電報；無綫電話；無綫電廣播

tsigane = tzigane

tu [ty] *pron. pers.* 你

tub [tœb] *n. m.* 〖英〗澡盆；盆浴

tubage [tyba:ʒ] *n. m.* 【醫】插管法；【技】裝管子；(鑽掘時為防止塌方而)鋪設管件；套管裝置

tube [tyb] *n. m.* 管，筒，電子管；〖俗〗(舊時)男子高禮帽

tuber [tybe] *v. t.* 裝管子，裝套管，配置管件

tubercule [tybɛrkyl] *n. m.* 【醫】結節，結核結節；【植】塊莖，塊根

tuberculeux, se [tybɛrkylø, øːz] *a.* 結核病的，結核結節的；患結核病的；【植】塊狀的；會長出塊莖或塊根的 *n.* 結核病患者

tuberculine [tybɛrkylin] *n. f.* 結核菌素

tuberculose [tybɛrkyloːz] *n. f.* 結核
(病)

tubéreuse [tyberøːz] *n. f.* 【植】晚香
玉

tubéreux, se [tyberø, øːz] *a.* 【植】有塊
莖的

tubérosité [tyberozite] *n. f.* 肥大直根
〔指胡蘿蔔等〕；【解】粗隆，結節

tubiste [tybist] *a., n. m.* 在沉箱中工作
的(工人)

tubulaire [tybylɛːr] *a.* 管狀的, 管形
的

tubulé, e [tybyle] *a.* 有管孔的；【植】有
管子的

tubulure [tybylyːr] *n. f.* 管；短管；管路；
管口, 接頭

tudesque [tydɛsk] *a.* 日耳曼的, 條頓
的；粗野的, 粗魯的

tue-mouches [tymuʃ] *a.* papier ～ 捕
蠅紙

tuer [tɥe] *v. t.* 殺死,殺害；宰殺；搞垮健
康；使極度麻煩 *v. pr.* 自殺；累垮身
體

tuerie [tyri] *n. f.* 屠宰場；殺戮；大屠
殺

tue-tête(à) [atytɛt] *loc. adv.* 聲嘶力竭
地

tueur, se [tɥœːr, øːz] *n.* 殺人者, 兇手
n. m. 屠夫

tuf [tyf] *n. m.* 凝灰岩

tuf(f)eau [tyfo] (*pl.* ～*x*) *n. m.* 【地質】
沙質白堊

tuile [tɥil] *n. f.* 瓦, 瓦片；〖俗〗倒霉事,
飛來橫禍

tuilerie [tɥilri] *n. f.* 製瓦廠, 瓦窰；製瓦
業

tuilier [tɥilje] *n. m.* 製瓦工

tulipe [tylip] *n. f.* 鬱金香, 馬蘭花；鬱金
香形狀的物品或飾物〔如燈罩等〕

tulipier [tylipje] *n. m.* 【植】鵝掌楸

tulle [tyl] *n. m.* 絹網, 絲織眼紗, 珠羅
紗

tullerie [tylri] *n. f.* 網眼紗織造業或工

廠

tullier, ère [tylje, ɛːr] *a.* 網眼紗的

tulliste [tylist] *n.* 網眼紗織造工人；網
眼紗商

tuméfaction [tymefaksjɔ̃] *n. f.* 腫脹, 腫
大

tuméfier [tymefje] *v. t.* 使腫脹, 使腫
大

tumescence [tymesɑ̃ːs] *n. f.* 腫脹

tumescent, e [tymesɑ̃, ɑ̃ːt] *a.* 腫脹的

tumeur [tymœːr] *n. f.* 【醫】瘤, 腫瘤；腫
塊

tumulaire [tymylɛːr] *a.* 陵墓的

tumulte [tymylt] *n. m.* 喧囂, 嘈雜；雜
亂

tumultueux, se [tymyltɥø, øːz] *a.* 喧囂
的, 嘈雜的；混亂的

tungstène [tɔ̃k[g]stɛn] *n. m.* 【化】鎢

tunique [tynik] *n. f.* 〔古希臘、羅馬人穿
的〕內長衣；制服上裝；【解】膜, 層；【植】
鱗莖皮, 膜被

tunisien, ne [tynizjɛ̃, ɛn] *a.* 突尼斯
的 *n.* T～ 突尼斯人 *n. m.* 突尼
斯語

tunnel [tynɛl] *n. m.* 〖英〗隧道, 地道

turban [tyrbɑ̃] *n. m.* 纏頭巾, 包頭巾

turbin [tyrbɛ̃] *n. m.* 〖民〗活兒

turbine [tyrbin] *n. f.* 渦輪機；(分蜜)離
心機〔製糖用〕

turbiner [tyrbine] *v. i.* 〖民〗苦幹

turboréacteur [tyrbɔreaktœːr] *n. m.*
【空】渦輪噴氣發動機

turbot [tyrbo] *n. m.* 【魚】大菱鮃

turbotière [tyrbɔtjɛːr] *n. f.* 菱形燒魚
鍋

turbulence [tyrbylɑ̃ːs] *n. f.* 喧嘩, 喧
騰；好動愛鬧的性格；湍流；紊流(度)；渦
漩

turbulent, e [tyrbylɑ̃, ɑ̃ːt] *a.* 愛吵鬧
的, 好動的；渦流的；紊流的, 渦漩的

turc, que [tyrk] *a.* 土耳其的 *n.* T～
土耳其人 *n. m.* 土耳其語

turf [tyrf] *n. m.* 〖英〗賽馬場；賽馬

turfiste [tyrfist] *n.* 賽馬愛好者;經常參加賽馬賭博者

turgescence [tyrʒesɑ:s] *n. f.* 腫,腫脹

turgescent, e [tyrʒesɑ̃, ɑ̃:t] *a.* 腫起的,腫脹的

turlupiner [tyrlypine] *v. t.* 〖俗〗使煩惱;使坐立不安

turlurette [tyrlyrɛt] *n. f.* (歌曲的)副歌

turlutaine [tyrlytɛn] *n. f.* 嘮叨話

turlututu! [tyrlytyty] *interj.* 表示嘲弄等發出的聲音

turnep [tyrnɛp] *n. m.* 【植】蕪菁

turpitude [tyrpityd] *n. f.* 卑劣,卑鄙;卑鄙可恥的行徑

turquoise [tyrkwa:z] *n. f.* 綠松石;綠松石製的首飾 *a. inv.* 青綠色的

tussor [tysɔr] *n. m.* 柞絲綢;絲綢,絹紡

tutélaire [tytelɛr] *a.* 守護的,【法】監護的

tutelle [tytɛl] *n. f.* 監護;託管;保護

tuteur, trice [tytœr, tris] *n.* 監護人 *n. m.* (撐持苗木的)支柱

tuteurer [tytœre] *v. t.* 〖園藝〗(給苗木)立支柱

tutoiement [tytwamɑ̃] *n. m.* 用"你"稱呼

tutoyer [tytwaje] *v. t.* [c. 3] 用"你"(tu, te 等)稱呼

tutu [tyty] *n. m.* (西方芭蕾舞女演員穿的)喇叭形短紗裙

tuyau [tɥijo] (*pl.* ~**x**) *n. m.* 管,管子,導管;空心莖稈;(衣服上的)管狀褶襉;〖俗〗情報,內部消息

tuyautage [tɥijota:ʒ] *n. m.* 燙成管狀褶襉;〖俗〗透露情報,暗通消息

tuyauter [tɥijote] *v. t.* (在衣服上)燙出管狀褶襉;向…透露情報,向…泄漏內部消息

tuyauterie [tɥijotri] *n. f.* 管道系統,管路;(管風琴的)琴管

tuyère [tɥijɛ:r] *n. f.* 【冶】(高爐的)風口,風嘴;【技】噴管,噴口;【空】尾噴管,尾噴口

tweed [twid] *n. m.* 〖英〗蘇格蘭花呢

twist [twist] *n. m.* 〖英〗扭擺舞

tympan [tɛ̃pɑ̃] *n. m.* 【解】鼓膜;【建】三角楣;門楣中心

tympanique [tɛ̃panik] *a.* 【解】鼓室的,鼓膜的

type [tip] *n. m.* 型,類型;型式,型號;模範;鉛字,字體;〖俗〗性格獨特的人;〖民〗傢伙〔*n. f.* 用 typesse〕

typhique [tifik] *a.* 斑疹傷寒的;傷寒的;患(斑疹)傷寒的 *n.* 斑疹傷寒患者,傷寒患者

typhlite [tiflit] *n. f.* 盲腸炎

typhoïde [tifɔid] *a.* 傷寒的 *n. f.* 傷寒症

typhoïdique [tifɔidik] *a.* 傷寒症的

typhon [tifɔ̃] *n. m.* 颱風

typhus [tifys] *n. m.* 斑疹傷寒

typique [tipik] *a.* 典型的,有代表性的

typographe [tipɔgraf] *n.* 排字工人;印刷工人

typographie [tipɔgrafi] *n. f.* 活版印刷術;排字,排版

tyran [tirɑ̃] *n. m.* 暴君,專制君主;專制者,霸王

tyranneau [tirano] (*pl.* ~**x**) *n. m.* 小暴君

tyrannicide [tiranisid] *n. m.* 誅戮暴君 *n.* 刺殺暴君者

tyrannie [tirani] *n. f.* 暴政,苛政;專制,壓制

tyrannique [tiranik] *a.* 施行暴政的;專制的,暴虐的

tyranniser [tiranize] *v. t.* 施以苛政;壓迫,壓制

tyrolienne [tirɔljɛn] *n. f.* (奧地利)蒂羅爾山歌調;蒂羅爾爾舞蹈

tzar = tsar

tzigane, tsigane [tsigan] *n.* T ~ 茨崗人〔即吉普賽人〕 *a.* 茨崗的

U

U, u [y] *n. m.* 法語字母表中第21個字母

ubac [ybak] *n. m.* 陰坡,北斜面

ubiquité [ybikɥite] *n. f.* 普遍存在

uhlan [ylɑ̃] *n. m.* (舊時普魯士、奧地利等國的)槍騎兵

ukase [ykɑːz] *n. m.* 沙皇的詔書,敕令;專橫的決定

ulcération [ylserɑsjɔ̃] *n. f.* 潰瘍形成;潰瘍

ulcère [ylsɛːr] *n. m.* 【醫,植】潰瘍

ulcérer [ylsere] *v. t.* [c. 7] 【醫】引起潰瘍;刺傷〔感情等〕

ultérieur, e [ylterjœːr] *a.* 以後的,今後的;【地】外的

ultimatum [yltimatɔm] *n. m.* 最後通牒;最後決定,命令式的要求

ultime [yltim] *a.* 最後的,結尾的

ultra [yltra] *n. m.* 極端保皇黨人〔ultraroyaliste 的縮寫〕

ultra *préf.* 表示"超,極端"的意思

ultramicroscope [yltramikrɔskɔp] *n. m.* 超顯微鏡

ultramoderne [yitramɔdɛrn] *a.* 非常現代化的,最新式的,尖端的

ultraroyaliste [yltrarwajalist] *a.* 極端保皇黨的 *n. m.* 極端保皇黨人

ultra-son [yltrasɔ̃] *n. m.* 【物】超聲波

ultraviolet, te [yltravjɔlɛ, ɛt] *n. m., a.* 【物】紫外綫(的)

ululation [ylylɑsjɔ̃] *n. f.*, **ululement** [ylylmɑ̃] *n. m.* 貓頭鷹的叫聲

ululer [ylyle] *v. i.* (貓頭鷹)叫

un, e [œ̃, yn] *a. num.* 一;第一;單獨的 *pron. indéf.* 一個人,一樣東西 *n. m.* 一 *art. indéf.* 一個,一件,一樣

unanime [ynanim] *a.* 全體一致的;*pl.* 意見一致的

unanimité [ynanimite] *n. f.* (意見)一致

uni, e [yni] *a.* 合併的,結合的;團結的,聯合的,統一的;平的;單色的;單調的 *n. m.* 單色布

unième [ynjɛm] *a. num. ord.* 第一〔用於十位數(10, 70, 90除外)、百位數和千位數的後面,如:vingt et ~ 第21, cent ~ 第101, mille et ~ 第1001〕

unification [ynifikɑsjɔ̃] *n. f.* 統一,劃一

unifier [ynifje] *v. t.* 統一,劃一,使一致

uniforme [ynifɔrm] *a.* 一樣的,一律的;均勻的,不變的 *n. m.* 軍服;制服

uniformément [yniformemɑ̃] *adv.* 一樣地,一律,均勻地

uniformiser [yniformize] *v. t.* 使一致,統一,劃一;使均勻

uniformité [yniformite] *n. f.* 一樣,一致;均勻性;單調

unilatéral, ale [ynilateral] (*pl.* ~**aux**) *a.* 單側的,單方面的

union [ynjɔ̃] *n. f.* 合併,結合;團結,聯合,一致;聯合會,協會;同盟,聯盟

unionisme [ynjɔnism] *n. m.* 工聯主義,聯合主義

unioniste [ynjɔnist] *n.* 聯邦派;工聯主義者;工會會員

unique [ynik] *a.* 唯一的,獨一無二的;〖俗〗少見的,與衆不同的

unir [yniːr] *v. t.* 合併;連接;團結,聯合;使結合(爲夫婦)

unisson [ynisɔ̃] *n. m.* 齊唱,齊奏;一致,協調

unitaire [ynitɛːr] *a.* 統一論的;中央集權論的;單一的

unité [ynite] *n. f.* 團結,一致;統一;協調;單位;【技】單元

univers [ynivɛːr] *n. m.* 宇宙;世界

universalité [yniversalite] *n. f.* 普遍

性;全體,總和;(知識才能的)多面性

universel, le [yniversɛl] a. 普遍的,一般的;包羅萬象的;共同的;一致的;多方面發展的(指知識才能);【技】通用的,萬能的

universitaire [yniversitɛːr] a. 大學的 n. 大學教員,教育界人士

université [yniversite] n. f. (綜合性)大學; l'U ~ (de France) (法國)教育界

upsilon [ypsilɔn] n. m. 希臘字母表中第20個字母 Y, υ

uranium [yranjɔm] n. m. 【化】鈾

Uranus [yranys] n. pr. m. 【天】天王星

urbain, e [yrbɛ̃, ɛn] a. 城市的,都市的

urbanisme [yrbanism] n. m. 城市規劃

urbaniste [yrbanist] n. 城市設計家,城市建築家 a. 城市規劃的

urbanité [yrbanite] n. f. 禮貌,文雅

urée [yre] n. f. 尿素

urémie [yremi] n. f. 尿毒症

urémique [yremik] a. 尿毒症的

uretère [yrtɛːr] n. m. 輸尿管

urétral, ale [yretral] (pl. ~aux) a. 尿道的

urètre [yrɛtr] n. m. 尿道

urgence [yrʒɑ̃ːs] n. f. 緊急,急迫;急診; d' ~ loc. adv. 刻不容緩地,立刻

urgent, e [yrʒɑ̃, ɑ̃ːt] a. 緊急的,急迫的,刻不容緩的

uricémie [yrisemi] n. f. 尿酸血症

urinaire [yrinɛːr] a. 尿的

urinal [yrinal] (pl. ~aux) n. m. (病人用的)尿壺

urine [yrin] n. f. 尿,小便

uriner [yrine] v. i. 排尿

urinoir [yrinwaːr] n. m. 小便處

urique [yrik] a. acide ~ 尿酸

urne [yrn] n. f. 骨灰甕,(古代的)甕,瓶,壺;投票箱

urticaire [yrtikɛːr] n. f. 蕁麻疹(俗稱風疹塊)

urticant, e [yrtikɑ̃, ɑ̃ːt] a. 能引起蕁麻疹的

uruguayen, ne [yrygɛjɛ̃, ɛn] a. 烏拉圭的 n. U ~ 烏拉圭人

us [ys] n. m. pl. les us et coutumes [lezyzekutym] 風俗習慣

usage [yzaːʒ] n. m. 使用,運用;用途;習俗;慣例;【語】慣用(法);【法】使用權

usagé, e [yzaʒe] a. 使用已久的;用舊的

usager, ère [yzaʒe, ɛːr] n. 使用者,用戶。日用的,常用的

usé, e [yze] a. 用壞的,磨損的;精力衰竭的;陳腐的

user [yze] v. i. 用,使用 v. t. 用掉,消耗;用壞,磨損;使精力衰竭 v. pr. 被用壞,被磨損

usine [yzin] n. f. 工廠

usiner [yzine] v. t. (機械)加工;生產,製造

usinier, ère [yzinje, ɛːr] a. 工廠的 n. 工廠經營者,廠主

usité, e [yzite] a. 常用的,使用中的(指語詞)

ustensile [ystɑ̃sil] n. m. 用具,器皿

usuel, le [yzɥɛl] a. 常用的,日用的,慣用的

usufruit [yzyfrɥi] n. m. 【法】使用收益權

usufruitier, ère [yzyfrɥitje, ɛːr] a. 使用收益權的 n. 有使用收益權者

usuraire [yzyrɛːr] a. 高利貸的

usure [yzyːr] n. f. 高利貸;用壞,磨損;衰退,消耗精力

usurier, ère [yzyrje, ɛːr] n. 高利貸者

usurpateur, trice [yzyrpatœːr, tris] n. 篡位者,篡權者;侵佔者

usurpation [yzyrpɑsjɔ̃] n. f. 篡奪;侵佔;僭越;竊取;侵佔之物

usurper [yzyrpe] v. t. 篡奪;侵佔;僭越,竊取

ut [yt] n. m. inv. 【樂】(音階的)七個唱名之一(即 do)

utérin, e [yterɛ̃, in] a. 同母異父的;

【解】子宮的

utérus [yterys] *n. m.* 【解】子宮

utile [ytil] *a.* 有用的,有益的;有效的
　　n. m. 實用

utilisable [ytilizabl] *a.* 可用的,可行的

utilisateur, trice [ytilizatœ:r, tris] *n.*
使用者

utilisation [ytilizɑsjɔ̃] *n. f.* 利用,使用

utiliser [ytilize] *v. t.* 利用,使用,運用

utilitaire [ytilitɛ:r] *a.* 實用的;只求實利
的,功利主義的

utilitarisme [ytilitarism] *n. m.* 【哲】功

利主義

utilité [ytilite] *n. f.* 用處,益處,實利,功
利; *pl.* 【劇】配角

utopie [ytɔpi] *n. f.* 烏托邦,理想國;空
想

utopique [ytɔpik] *a.* 烏托邦的,空想的

utopiste [ytɔpist] *n.* 空想主義者,空想
家

uval, ale [yval] (*pl.* ~**aux**) *a.* 葡萄的

uvulaire [yvylɛ:r] *a.* 懸雍垂的,小舌

uvule [yvyl] *n. f.* 【解】懸雍垂,小舌

V

V, v [ve] *n. m.* 法語字母表中第22個字
母

va! [va] *interj.* 行! 好!〔表示鼓勵或威
脅〕; va pour 《俗》我同意,我接受(這
一價格等)

vacance [vakɑ:s] *n. f.* 空缺,空額; *pl.*
假期;(法院的)休庭期

vacant, e [vakɑ̃, ɑ̃:t] *a.* 空缺的;空着
的,無人居住的

vacarme [vakarm] *n. m.* 喧嘩聲,嘈雜
聲

vacation [vakɑsjɔ̃] *n. f.* (鑒定人、公證
人等)受理案件期間;上述人員的酬金;
pl. (法院)休庭期

vaccin [vaksɛ̃] *n. m.* 菌苗,疫苗,痘苗

vaccinal, ale [vaksinal] (*pl.* ~**aux**) *a.*
菌苗的,疫苗的;牛痘的

vaccination [vaksinɑsjɔ̃] *n. f.* 預防接
種,種痘

vaccine [vaksin] *n. f.* 牛痘

vacciner [vaksine] *v. t.* 預防接種,種痘

vache [vaʃ] *n. f.* 母牛;(母)牛肉;牛皮;
《俗》兇狠的人　*a.* 《俗》兇的,厲害的

vacher, ère [vaʃe, ɛr] *n.* 放牛人,牛倌

vacherie [vaʃri] *n. f.* 奶牛棚;牛奶房;
《俗》惡行,惡語

vachette [vaʃɛt] *n. f.* 小母牛;小母牛皮

革

vacillant, e [vasijɑ̃, ɑ̃:t] *a.* 搖晃的,抖
動的;動搖不定的〔指意志等〕

vacillation [vasijɑsjɔ̃] *n. f.* 搖晃,抖動;
動搖;無定見

vacillement [vasijmɑ̃] *n. m.* 搖晃,抖
動;動搖

vaciller [vasije] *v. i.* 搖晃,抖動,顫動;
猶豫;衰退〔指記憶力、智力〕

vacuité [vakɥite] *n. f.* 空;空虛;空洞

vacuum [vakɥɔm] *n. m.* 【拉】真空

vade-mecum [vademekɔm] *n. m. inv.*
【拉】(隨身携帶備查的)小册子,手册

va-et-vient [vaevjɛ̃] *n. m. inv.* 往復運
動,來回擺動;來來往往;渡索;雙向彈簧
鉸鏈;【電】多路開關裝置

vagabond, e [vagabɔ̃, ɔ̃:d] *a.* 流浪的;
游移的,飄忽不定的　*n.* 流浪者

vagabondage [vagabɔ̃da:ʒ] *n. m.* 流浪

vagabonder [vagabɔ̃de] *v. i.* 流浪;游
移,飄忽不定

vagin [vaʒɛ̃] *n. m.* 【解】陰道

vagir [vaʒi:r] *v. i.* (新生嬰兒)啼哭;(兔
或鰐)叫

vagissement [vaʒismɑ̃] *n. m.* (新生嬰
兒的)啼哭聲;(兔或鰐的)叫聲

vague [vag] *n. f.* 浪,波浪,波濤;浪潮

a. 模糊的, 含糊的; terrain ～ 空地
n. m. 模糊

vaguemestre [vagmɛstr] *n. m.* 負責軍郵的下級軍官

vaguer [vage] *v. i.* 漫步, 游盪

vaillamment [vajamã] *adv.* 英勇地, 勇敢地

vaillance [vajɑ̃:s] *n. f.* 英勇, 勇敢

vaillant, e [vajɑ̃, ɑ̃:t] *a.* 英勇的, 勇敢的

vain, e [vɛ̃, ɛn] *a.* 徒勞無益的; 空虛的〔指諾言等〕, 空幻的; 無意義的; en ～ *loc. adv.* 徒然, 白白地

vaincre [vɛ̃:kr] *v. t.* [c. 43] 戰勝, 打敗; 克服

vaincu, e [vɛ̃ky] *a.* 戰敗的, 被打敗的 *n.* 戰敗者

vainqueur [vɛ̃kœ:r] *n. m.* 得勝者, 戰勝者, 優勝者 *a. m.* 得勝者的

vairon [vɛrɔ̃] *a. m.* yeux ～ s 兩眼顏色不同的眼睛 【魚】ᵥ

vaisseau [vɛso] (*pl.* ～**x**) *n. m.* (大)船; 軍艦; 【建】廳堂; 【解】管, 脈管; 【植】導管

vaisselier [vɛsəlje] *n. m.* 餐具橱

vaisselle [vɛsɛl] *n. f.* 餐具

val [val] (*pl.* ～**s** 或 *vaux*) *n. m.* 山谷, 溪谷

valable [valabl] *a.* 有效的; 有根據的; 有價值的

valence [valɑ̃:s] *n. f.* 【化合】價, 原子價

valenciennes [valɑ̃sjɛn] *n. f. inv.* 瓦朗西納花邊

valériane [valerjan] *n. f.* 纈草

valet [valɛ] *n. m.* 僕從, 僕人; 走狗; 雇工; 紙牌中的J; (木工工作台的)鐵夾, 壓腳

valetaille [valtɑ:j] *n. f.* 奴僕, 僕從〔總稱〕

valétudinaire [valetydinɛ:r] *a., n.* 多病的(人), 虛弱的(人)

valeur [valœ:r] *n. f.* 價值; 價格; 重要性; 【數】值; 【繪畫】色度; 【樂】時值; 【商】(有價)證券; 票據; 【語】(詞)的含義;

mettre en ～ 開發, 利用, 發揮

valeureux, se [valœrø, øz] *a.* 英勇的, 勇敢的

validation [validɑsjɔ̃] *n. f.* 有效, 聲明有效

valide [valid] *a.* 有效的; 健壯的

valider [valide] *v. t.* 使有效, 聲明有效

validité [validite] *n. f.* 有效, 有效性

valise [vali:z] *n. f.* 手提箱

vallée [vale] *n. f.* 谷, 山谷; 流域

vallon [valɔ̃] *n. m.* 小山谷

vallonnement [valɔnmɑ̃] *n. m.* 崗巒起伏

valoir [valwa:r] [c. 30] *v. i.* 值, 價值; 有價值; 等於; 值得 *v. t.* 使獲得, 使得到 *v. impers.* Il vaut mieux … 寧可, 還是…好些; vaille que vaille *loc. adv.* 不管怎樣, 好歹

valorem(ad) 見 ad valorem

valorisation [valɔrizɑsjɔ̃] *n. f.* 抬高物價

valse [vals] *n. f.* 華爾茲舞; 圓舞曲

valser [valse] *v. i.* 跳華爾茲舞

valve [valv] *n. f.* (貝殼的)瓣; 【植】裂瓣; 【機】閥(門), 活門; 【電】整流器, 整流管

valvulaire [valvylɛ:r] *a.* 【醫】瓣膜的; 有瓣膜的

valvule [valvyl] *n. f.* 【解】瓣膜

vampire [vɑ̃pi:r] *n. m.* 吸血鬼; 吸人膏血的人; (產於南美的)吸血蝙蝠

vampirisme [vɑ̃pirism] *n. m.* (吸血鬼)的貪婪

van [vɑ̃] *n. m.* 簸箕; (裝賽馬的)廂式卡車

vanadium [vanadjɔm] *n. m.* 【化】釩

vandale [vɑ̃dal] *n. m.* 藝術品破壞者

vandalisme [vɑ̃dalism] *n. m.* 破壞藝術

vanesse [vanɛs] *n. f.* 孔雀蝶

vanille [vanij] *n. f.* 香子蘭果實, 香草香料

vanillé, e [vanije] *a.* 加香草香料的

vanillier [vanije] *n. m.* 【植】香子蘭

vanité [vanite] *n. f.* 虛榮, 虛榮心

vaniteux, se [vanitø, ø:z] *a., n.* 愛虛榮的(人), 好自誇的(人)

vannage [vana:ʒ] *n. m.* (穀物等的)簸揚;【技】閘門系統, 閘門系統

vanne [van] *n. f.* 閘門, 閥門, 活閂

vanneau [vano] (*pl.* ～*x*) *n. m.* 【鳥】鳳頭麥鷄

vanner [vane] *v. t.* 簸揚(穀物);〔民〕使精疲力竭;【技】裝閘門

vannerie [vanri] *n. f.* 藤柳編製業;藤柳編製品

vanneur, se [vanœ:r, ø:z] 簸穀的人 *n. f.* 簸穀機

vannier [vanje] *n. m.* 藤柳編製工

vannure [vany:r], **vannée** [vane] *n. f.* (被揚棄的)穅秕和塵土

vantail [vɑ̃taj] (*pl.* ～*aux*) *n. m.* (門、窗等的)扇

vantard, e [vɑ̃ta:r, ard] *a., n.* 愛吹噓的(人)

vantardise [vɑ̃tardi:z] *n. f.* 吹噓, 自誇, 牛皮

vanter [vɑ̃te] *v. t.* 誇獎, 吹噓

vanterie [vɑ̃tri] *n. f.* 誇口, 牛皮

va-nu-pieds [vanypje] *n. inv.* 求乞者, 流浪者

vapeur [vapœ:r] *n. f.* 蒸汽, 汽; à toute ～ 〔俗〕全速; *pl.* 頭暈, 不舒適 *n. m.* 汽船, 小火輪

vaporeux, se [vapɔrø, ø:z] *a.* 霧氣騰騰的; 朦朧的; 又輕又薄的〔指織物〕

vaporisateur [vapɔrizatœ:r] *n. m.* 蒸發器, 汽化器; 小噴霧器, 噴嘴

vaporisation [vapɔrizasjɔ̃] *n. f.* 蒸發, 汽化, 霧化

vaporiser [vapɔrize] *v. t.* 使汽化, 使蒸發; 噴灑

vaquer [vake] *v. i.* 休假, 放假; 出缺〔指職位〕; ～ à 從事於, 忙於

varec(h) [varɛk] *n. m.* 海草

vareuse [varø:z] *n. f.* (水手穿)粗布短

工作服; (制服)上裝; (男式)兩用衫

variabilité [varjabilite] *n. f.* 易變性, 多變;【生】變異性;【語】可變性

variable [varjabl] *a.* 易變的, 經常變化的; 可變的 *n. m.* 變化不定〔氣壓表上的標誌〕 *n. f.* 【數】變數, 變量

variant, e [varjɑ̃, ɑ̃:t] *a.* 易變的, 多變的 *n. f.* 異文, 不同版本; 變體, 變種

variateur [varjatœ:r] *n. m.* 調節器; 變速器

variation [varjasjɔ̃] *n. f.* 變化, 變動;【樂】變奏;【數】變差, 變分;【生】變異

varice [varis] *n. f.* 靜脈曲張

varicelle [varisɛl] *n. f.* 【醫】水痘

varié, e [varje] *a.* 雜色的; 多變化的; 各種各樣的, 多種多樣的

varier [varje] *v. t.* 改變, 使有變化; 使多樣化 *v. i.* 變化, 改變; 改變主張; 有不同, 有分歧

variété [varjete] *n. f.* 多種多樣, 多樣性; 變種, 品種; *pl.* (文學作品的)雜集

variole [varjɔl] *n. f.* 天花; 痘

varioleux, se [varjɔlø, ø:z] *a.* 天花的 *n.* 天花患者

variqueux, se [varikø, ø:z] *a.* (靜脈)曲張的

varlope [varlɔp] *n. f.* (木工用)長刨

varloper [varlɔpe] *v. t.* 用長刨刨削

varsovien, ne [varsɔvjɛ̃, ɛn] *a.* 華沙的 *n.* V～ 華沙人

vasculaire [vaskylɛ:r] *a.* 【植】維管的;【醫】脈管的, 血管的

vase [vɑ:z] *n. m.* 器皿, 瓶, 壺, 壜; 花瓶 *n. f.* 淤泥

vaseline [vazlin] *n. f.* 凡士林, 礦脂

vaseux, se [vɑzø, ø:z] *a.* 有淤泥的;〔俗〕疲乏的, 無力的; 含混不清的

vasistas [vazista:s] *n. m.* (門、窗上的)氣窗

vaso-constricteur [vazɔkɔ̃striktœ:r] *a. m.* 血管收縮的

vaso-dilatateur [vazɔdilatatœ:r] *n. m.*

血管擴張的

vaso-mo*teur, trice* [vazɔmɔtœːr, tris] *a.* 血管舒縮的

vasque [vask] *n. f.* （噴泉的）承水盆

vassal, ale [vasal] (*pl.* ~*aux*) *n.* （從屬於封建領主的）附庸 *a.* 附庸的

vassalité [vasalite] *n. f.* 附庸地位

vaste [vast] *a.* 廣闊的,寬闊的,龐大的,大規模的,廣泛的

vaticination [vatisinɑsjɔ̃] *n. f.* 預言,預卜

vaticiner [vatisine] *v. i.* 預言,預卜

va-tout [vatu] *n. m. inv.* （賭博中的）孤注

vaudeville [vodvil] *n. m.* （舊時的）諷刺民歌;歌舞劇;輕鬆的喜劇

vaudevillesque [vodvilɛsk] *a.* 滑稽好笑的

vaudevilliste [vodvilist] *n.* 輕鬆喜劇作者

vau-l'eau(à) [avolo] *loc. adv.* 順流而下地; aller à ~ 失敗,完了

vaurien, ne [vorjɛ̃, ɛn] *n.* 無賴,壞蛋

vautour [votuːr] *n. m.* 禿鷲,座山鵰;兇狠貪婪的人

vautrer(se) [s(ə)votre] *v. pr.* （在地上、泥濘中）打滾;躺臥

veau [vo] (*pl.* ~*x*) *n. m.* 牛犢;小牛肉;小牛皮

vecteur [vɛktœːr] *a. m.* rayon ~ 【數】向徑,矢徑 *n. m.* 【數】向量,矢量;（核武器）運載工具

vedette [v(ə)dɛt] *n. f.* 步哨,（舊時）騎哨;哨艇,快艇;主要演員,紅角兒; mettre en ~ 【印】置於頭條;使突出

végétal,ale [veʒetal] (*pl.* ~*aux*) *n. m.* 植物 *a.* 植物的;從植物提煉的

végétarien, ne [veʒetarjɛ̃, ɛn] *a.* 素食的 *n.* 吃素的人

végétarisme [veʒetarism] *n. m.* 素食主義

végétatif, ve [veʒetatif, iːv] *a.* 有關植物生長的,有關營養機能的;【生理】植物

性的

végétation [veʒetɑsjɔ̃] *n. f.* （植物的）生長發育;植物; *pl.* 【醫】贅生物,增殖體

végéter [veʒete] *v. i.* [c. 7] （植物的）生長;過枯燥的生活,混日子,勉強糊口

véhémence [veemɑ̃ːs] *n. f.* 激烈,猛烈,強烈,熱烈

véhément, e [veemɑ̃, ɑ̃ːt] *a.* 激烈的,猛烈的,強烈的,熱烈的

véhicule [veikyl] *n. m.* 車輛;運載工具;導體,媒介物;【光】轉向透鏡

véhiculer [veikyle] *v. t.* 運載,運載,傳送

veille [vɛj] *n. f.* 熬夜,深夜不睡;醒;夜間值勤;前一天; *pl.* 夜工;夜; à la ~ de 在…的前夕

veillée [veje] *n. f.* 晚上;(家人或鄰居間的)晚上聊天

veiller [veje] *v. i.* 熬夜;守夜,值夜 *v. t.* 陪夜,夜間守護; ~ à 注意,關心,照管; ~ sur 關懷,衛護

veilleur, se [vɛjœːr, øːz] *n.* 熬夜的人 夜間值班員 *n. f.* (通宵燃點的)小支光電燈或蠟燭;(煤氣)點火管

veinard, e [vɛnaːr, ard] *a., n.* 【俗】運氣好的(人)

veine [vɛn] *n. f.* 靜脈;血管;才氣;(木、石)的紋理;礦脈;【俗】運氣 *interj.* 好極了!

veiner [vene] *v. t.* 用木材或大理石紋理裝飾

veineux, se [vɛnø, øːz] *a.* 靜脈的;佈滿紋理的

veinule [venyl] *n. f.* 小靜脈

vêlage [vɛlaːʒ], **vêlement** [vɛlmɑ̃] *n. m.* 產小牛,下牛犢

vêler [vele] *v. i.* 產小牛,下牛犢

vélin [velɛ̃] *n. m.* 小牛皮; (papier) ~ 精製犢皮紙,上等羊皮紙

velléitaire [veleiteːr] *a., n.* 意志薄弱的(人);三心兩意的(人)

velléité [veleite] *n. f.* 意志薄弱,三

心兩意

vélo [velo] *n. m.* 〔俗〕自行車

véloce [velɔs] *a.* 敏捷的

vélocipède [velɔsipɛd] *n. m.* 老式自行車

vélocité [velɔsite] *n. f.* (演奏樂器的)速度,敏捷

vélodrome [velɔdro:m] *n. m.* 賽車場

vélomoteur [velɔmɔtœ:r] *n. m.* 輕便摩托車,機動腳踏兩用車

vélo-pousse [velɔpus] *n. m.* (載客的)三輪車

velours [v(ə)lu:r] *n. m.* 絲絨,天鵝絨;光滑柔軟的東西

velouté, e [v(ə)lute] *a.* 天鵝絨一般的,有絨毛的,柔滑的 *n. m.* 柔軟,柔滑;醬汁,濃湯

velouter [v(ə)lute] *v. t.* 使呈絨面;使柔和;使甘美可口

veloutine [v(ə)lutin] *n. f.* 雙面絨布

velu, e [v(ə)ly] *a.* 多毛的,毛茸茸的

vélum [velɔm] *n. m.* 〔拉〕(當屋頂用的)頂篷

venaison [v(ə)nɛzɔ̃] *n. f.* 野味肉

vénal, ale [venal] (*pl.* ~**aux**) *a.* 易被收買的,可賄賂的;貪財的;捐納的〔指官職等〕

vénalité [venalite] *n. f.* 受賄,被收買;貪財;(官職的)捐納

venant [v(ə)nɑ̃] *n. m.* 來者

vendable [vɑ̃dabl] *a.* 可賣的,可出售的

vendange [vɑ̃dɑ̃:ʒ] *n. f.* 收穫葡萄;釀酒用葡萄; *pl.* 葡萄收穫季節

vendanger [vɑ̃dɑ̃ʒe] *v. t., v. i.* [c. 2] 收穫葡萄

vendangeur, se [vɑ̃dɑ̃ʒœ:r, ø:z] *n.* 收葡萄的人

véndéen, ne [vɑ̃deɛ̃, ɛn] *a.* 旺代的 *n.* V~ 旺代人; *pl.* (1793年時)法國西部保皇黨人

vendémiaire [vɑ̃demjɛ:r] *n. m.* (法蘭西共和曆的)葡月

vendeur, se [vɑ̃dœ:r, ø:z] *n.* 營業員,售貨員;賣主;〔法〕賣方 (*f.* 用 venderesse [vɑ̃drɛs])

vendre [vɑ̃:dr] *v. t.* [c. 42] 賣,出售;銷售;叛賣,出賣

vendredi [vɑ̃drədi] *n. m.* 星期五

vendu, e [vɑ̃dy] *a.* 售出的;出賣了的 *n.* 被收買的人,無恥的人

venelle [v(ə)nɛl] *n. f.* 小街,小巷

vénéneux, se [venenø, ø:z] *a.* 有毒的

vénérable [venerabl] *a.* 可尊敬的,令人敬仰的 *n. m.* 共濟會基層組織的會首

vénération [venerasjɔ̃] *n. f.* 尊敬,敬仰

vénérer [venere] *v. t.* [c. 7] 尊敬,敬仰

vénérien, ne [venerjɛ̃, ɛn] *a.* maladies ~nes 性病,花柳病

venette [v(ə)nɛt] *n. f.* 〔俗〕害怕

veneur [v(ə)nœ:r] *n. m.* 帶領獵犬狩獵者

vénézuélien, ne [venezueljɛ̃, ɛn], **vénézolan, e** [venezɔlɑ,an] *a.* 委内瑞拉的 *n.* V~ 委内瑞拉人

vengeance [vɑ̃ʒɑ̃:s] *n. f.* 報仇,報復;復仇心

venger [vɑ̃ʒe] *v. t.* [c. 2] 報仇,報復;爲(某人)報仇

vengeur, eresse [vɑ̃ʒœ:r, ʒrɛs] *n.* 報仇者,報復者 *a.* 復仇的,報復的

véniel, le [venjɛl] *a.* 輕微的〔指錯誤〕

venimeux, se [v(ə)nimø, ø:z] *a.* 分泌毒液的;惡毒的,刻毒的

venin [v(ə)nɛ̃] *n. m.* (毒蛇等的)毒液;惡意

venir [v(ə)ni:r] *v. i.* [c. 16] 〔助動詞用 être〕來;到來,到來;達到;(主意等在腦中)出現;生長; à~ 未來的; en ~ à 終於到了,竟至於; ~ à bien 獲得成功; ~ à (+ *inf.*) 萬一,碰巧; ~ de (+ *inf.*) 剛剛

vent [vɑ̃] *n. m.* 風;氣流;(腸内)積氣,【狩獵】(動物經過後留下的)臊臭味;管樂器

vente [vɑ̃:t] *n. f.* 賣,出售;銷售;擇伐林

venteaux [vɑ̃to] *n. m. pl.* (風箱等的)氣孔

venter [vɑ̃te] *v. impers.* 颳風,起風

ventilateur [vɑ̃tilatœ:r] *n. m.* 風扇;鼓風機,通風機

ventilation [vɑ̃tilasjɔ̃] *n. f.* 通風,換氣;(費用的)分攤

ventiler [vɑ̃tile] *v. t.* 使通風;分攤(費用等);分別估價

ventôse [vɑ̃to:z] *n. m.* (法蘭西共和曆的)風月

ventouse [vɑ̃tu:z] *n. f.* 【醫】火罐,吸杯;【動】吸盤;【技】真空吸盤;通氣孔

ventral, ale [vɑ̃tral] (*pl.* ~*aux*) *a.* 腹的,腹部的

ventre [vɑ̃:tr] *n. m.* 腹(部),肚子;(物體的)凸出部分,肚兒;(船身)腹部;【物】(波)腹

ventrée [vɑ̃tre] *n. f.* 〖民〗吃得飽飽的一頓

ventricule [vɑ̃trikyl] *n. m.* 【解】室

ventrière [vɑ̃triɛ:r] *n. f.* (馬輓具的)肚帶;(弔裝牲口用的)弔毯

ventriloque [vɑ̃trilɔk] *a., n.* 作腹語的(人)

ventripotent, e [vɑ̃tripɔtɑ̃, ɑ̃:t] *a.* 〖俗〗大腹便便的

ventru, e [vɑ̃try] *a.* 肚子肥大的,大腹便便的;鼓肚的

venu, e [v(ə)ny] *a.* 成功的;être bien ~ 來得很適時,受歡迎 le premier ~ 先來者,任何人;nouveau ~ 新來的人 *n. f.* 來,來到

Vénus [venys] *n. pr. f.* 【天】金星;【羅神】維納斯女神,愛神

vénusté [venyste] *n. f.* 嬌美,嫵媚

ver [vɛ:r] *n. m.* 蠕蟲;蛆

véracité [verasite] *n. f.* 誠實,老實;真實(性),可靠(性)

véranda [verɑ̃da] *n. f.* 游廊,陽台;(有玻璃窗的)陽台間

verbal, ale [vɛrbal] (*pl.* ~*aux*) *a.* 口頭的;照字面的;【語】動詞的

verbalisation [vɛrbalizɑsjɔ̃] *n. f.* 作筆錄,記口供

verbalisme [vɛrbalism] *n. m.* 咬文嚼字,拘泥字句

verbe [vɛrb] *n. m.* 動詞;語調

verbeux, se [vɛrbø, ø:z] *a.* 廢話連篇的,囉嗦的

verbiage [vɛrbja:ʒ] *n. m.* 廢話,空話

verbosité [vɛrbozite] *n. f.* 囉嗦

verdage [vɛrda:ʒ] *n. m.* 【農】綠肥

verdâtre [vɛrdɑ:tr] *a.* 帶綠色的,暗綠色的

verdeur [vɛrdœ:r] *n. f.* (新砍下樹木的)未乾狀態;(水果)發青未熟;(新葡萄酒的)酸澀;(青春的)活力,精力;尖刻,尖酸

verdict [vɛrdik(t)] *n. m.* 【法】(陪審團的)裁決,判決,評決;評判

verdir [vɛrdi:r] *v. t.* 使呈綠色,使發綠 *v. i.* 發綠,變綠

verdissage [vɛrdisa:ʒ] *n. m.* 呈綠色,染上綠色

verdissement [vɛrdismɑ̃] *n. m.* 變綠,發綠

verdolement [vɛrdwamɑ̃] *n. m.* 青翠,新綠

verdoyer [vɛrdwaje] *v. i.* [c. 3] 呈現一片綠色

verdure [vɛrdy:r] *n. f.* (樹木等的)青蔥翠綠;草地,綠蔭;(生拌的)綠色蔬菜

véreux, se [verø, ø:z] *a.* 生(蛀)蟲的,可疑的;極不老實的

verge [vɛrʒ] *n. f.* 桿,棒;權杖;笞杖;【解】陰莖;【海】錨幹

vergé, e [vɛrʒe] *a.* étoffe ~e 色條布;papier ~ 直紋紙

verger [vɛrʒe] *n. m.* 果園

vergette [vɛrʒɛt] *n. f.* 細桿兒,小棒

vergetures [vɛrʒəty:r] *n. f. pl.* (皮膚)萎縮紋

vergeure [vɛrʒy:r] *n. f.* 【紙】(銅網上的)銅線;(銅網留在紙上的)網紋

verglas [vɛrgla] *n. m.* (地面上的)薄冰

vergne [vɛrɲ] *n. m.* 橙木的別名

vergogne [vɛrgɔɲ] *n. f.* sans ～ 無恥地, 恬不知恥地

vergue [vɛrg] *n. f.* 【船】横桁, 桅桁

véridique [veridik] *a.* 真實的; 誠實的

vérifiable [verifjabl] *a.* 可證實的

vérificateur, trice [verifikatœːr, tris] *n.* 檢查員, 檢驗員 *n. m.* 檢驗器

vérification [verifikɑsjɔ̃] *n. f.* 檢驗, 核實, 鑒定; 證實

vérifier [verifje] *v. t.* 檢驗, 核實, 鑒定; 證實

vérin [verɛ̃] *n. m.* 千斤頂, 起重器

véritable [veritabl] *a.* 真實的, 真的, 真正的

vérité [verite] *n. f.* 真理; 真實, 實情, 真相; 實話; 誠實; 【繪畫】逼真; à la ～ *loc. adv.* 的確, 老實說; en ～ *loc. adv.* 的確, 事實上

verjus [vɛrʒy] *n. m.* 酸葡萄的汁

vermeil, le [vɛrmɛj] *a.* 朱紅色的 *n. m.* 鍍金的銀

vermicelle [vɛrmisɛl] *n. m.* 掛麵, 麵條

vermiculaire [vɛrmikylɛːr] *a.* 蠕蟲狀的

vermifuge [vɛrmifyːʒ] *n. m.* 驅腸蟲的 *n. m.* 驅蟲藥

vermillon [vɛrmijɔ̃] *n. m.* 朱砂, 辰砂, 銀朱; 朱紅色

vermillonner [vɛrmijɔne] *v. t.* 使成朱紅色 *v. i.* (獵)拱地覓食

vermine [vɛrmin] *n. f.* 害蟲〔指虱, 蚤等〕; 歹徒, 害人蟲

vermisseau [vɛrmiso] (*pl.* ～*x*) *n. m.* 小蚯蚓; 可憐蟲

vermoulu, e [vɛrmuly] *a.* 被蟲蛀了的

vermoulure [vɛrmulyːr] *n. f.* 蛀痕, 蛀洞; 蛀屑

vermouth [vɛrmut] *n. m.* 苦艾酒

vernaculaire [vɛrnakylɛːr] *a.* 本地的, 當地的

vernal, ale [vɛrnal] (*pl.* ～*aux*) *a.* 春季的

vernier [vɛrnje] *n. m.* 【技】游標, 游(標)尺

vernir [vɛrniːr] *v. t.* 漆, 塗清漆

vernis [vɛrni] *n. m.* 清漆, 凡立水, 漆; 釉; 漆樹; 漆的光澤

vernissage [vɛrnisaːʒ] *n. m.* 塗漆; 上釉; (畫展的)預展

vernisser [vɛrnise] *v. t.* 上釉

vernisseur, se [vɛrnisœːr, øːz] *n.* 漆匠; 上釉工

vérole [verɔl] *n. f.* 〖民〗梅毒

véronique [verɔnik] *n. f.* 【植】婆婆納

verrat [vɛra] *n. m.* 種公豬

verre [vɛːr] *n. m.* 玻璃; 玻璃製品, (眼鏡)鏡片; 玻璃杯; 一杯之量

verrerie [vɛri] *n. f.* 玻璃廠; 玻璃製造; 玻璃器皿

verrier [vɛrje] *n. m.* 玻璃工人

verrière [vɛrjɛːr] *n. f.* 彩色大玻璃窗, 玻璃天棚; 玻璃牆壁; 【空】座艙蓋

verroterie [vɛrɔtri] *n. f.* 彩色玻璃小飾物

verrou [vɛru] *n. m.* 栓, 閂, 插銷, 鎖扣; 槍栓, 炮栓; (足球運動中)轉爲防守

verrouiller [vɛruje] *v. t.* 上閂, 上栓; 鎖閉, 關禁

verrue [vɛry] *n. f.* 疣

verruqueux, se [vɛrykø, øːz] *a.* 多疣的

vers [vɛːr] *n. m.* 詩句; 詩 *prép.* 向, 朝; 將近, 接近

versant [vɛrsɑ̃] *n. m.* 山坡; (屋頂的)斜面

versatile [vɛrsatil] *a.* 三心兩意的, 拿不定主意的

versatilité [vɛrsatilite] *n. f.* 三心兩意, 無主見

verse [vɛrs] *n. f.* (莊稼的)倒伏; à ～ *loc. adv.* (大雨)傾盆似地

versé, e [vɛrse] *a.* 精通的

versement [vɛrsəmɑ̃] *n. m.* 繳款, 付款

verser [vɛrse] *v. t.* 倒, 灌, 流(淚), 瀉

(血);使(莊稼)倒伏;使(車)翻倒;繳納,
支付 v. i. (車輛)翻倒;(莊稼)倒伏

verseur [vɛrsœ:r] a. m. 傾注液體用的
n. m. 傾注裝置

verseuse [vɛrsø:z] n. f. 直柄咖啡壺

versificateur, trice [vɛrsifikatœ:r, tris]
n. 蹩腳詩人

versification [vɛrsifikasjɔ̃] n. f. 作詩
法,詩學;詩體

versifier [vɛrsifje] v. i. 作詩 v. t. 改
寫成詩

version [vɛrsjɔ̃] n. f. 譯文,譯本;譯成
本國語的學生練習;版本;說法,講法

verso [vɛrso] (pl. ~s) n. m. (書頁的)
背面,反面

versoir [vɛrswa:r] n. m. 【農】犁壁

vert, e [vɛ:r, ɛrt] a. 綠的,青綠的;未熟
的;未乾的;新鮮的〔指蔬菜等〕;(年老
而)精力充沛的;嚴厲的;黃色低級的
n. m. 綠色;新鮮牧草

vert-de-gris [vɛrdəgri] n. m. 銅綠,銅
鏽;碱式醋酸銅

vert-de-grisé, e [vɛrdəgrize] a. 生銅
綠的

vertébral, ale [vɛrtebral] (pl. ~aux) a.
椎骨的,脊椎的

vertèbre [vɛrtebr] n. f. 【解】椎骨

vertébré, e [vɛrtebre] a. 有脊椎的 n.
m. pl. 脊椎動物

vertement [vɛrtəmɑ̃] adv. 嚴厲地,激
烈地

vertex [vɛrtɛks] n. m. 頭頂

vertical, ale [vɛrtikal] (pl. ~aux) a.
垂直的 n. f. 垂直綫,垂直位置 n.
m. 【天】地平經圈

verticalité [vɛrtikalite] n. f. 垂直

verticille [vɛrtisil] n. m. 【植】輪生體
〔指葉、分枝等〕

verticillé, e [vɛrtisile] a. 【植】輪生的

vertige [vɛrti:ʒ] n. m. 頭暈,眩暈;頭腦
發昏

vertigineux, se [vɛrtiʒinø, ø:z] a. 令人
頭暈的;眩暈的

vertigo [vɛrtigo] n. m. (馬的)腦膜腦
炎

vertu [vɛrty] n. f. 道德,德行;貞節;效
力,功效;en ~ de loc. prép. 根據,
按照

vertueux, se [vɛrtɥø, ø:z] a. 有道德
的,合乎道德的;貞潔的

vertugadin [vɛrtygadɛ̃] n. m. 裙撐;用
裙撐撐開的長裙

verve [vɛrv] n. f. (文藝創作的)熱情,
激情

verveine [vɛrvɛn] n. f. 馬鞭草

verveux, se [vɛrvø, ø:z] a. 興高采烈的
n. m. 漏斗形漁網

vesce [vɛs] n. f. 巢菜屬植物

vésical, ale [vezikal] (pl. ~aux) a. 膀
胱的

vésicant, e [vezikɑ̃, ɑ̃:t] a. 發疱
的,糜爛性的 n. m. 發疱藥

vésication [vezikasjɔ̃] n. f. 【醫】發疱作
用

vésicatoire [vezikatwa:r] a. 發疱的
n. m. (外用局部)發疱藥

vésicule [vezikyl] n. f. 【醫】水疱,疱疹;
【解】囊,泡

vespasienne [vɛspazjɛn] n. f. 公共小
便池

vespéral, ale [vɛsperal] (pl. ~aux) a.
黃昏的,傍晚的

vespertilion [vɛspɛrtiljɔ̃] n. m. 蝙蝠

vesse-de-loup [vɛsdəlu] (pl. ~s-~~)
n. f. 【植】馬勃

vessie [vesi] n. f. 膀胱

veste [vɛst] n. f. 短上衣,短外套;上衣;
〔俗〕失敗,挫折

vestiaire [vɛstjɛ:r] n. m. 衣帽間

vestibule [vɛstibyl] n. m. 門廳,前廳;
【解】前庭

vestige [vɛsti:ʒ] n. m. 〔常用 pl.〕遺迹;
殘餘

vestimentaire [vɛstimɑ̃tɛ:r] a. 衣服
的,服裝的

veston [vɛstɔ̃] n. m. (西服)上裝

vêtement [vɛtmɑ̃] *n. m.* 衣服,衣裳,服裝

vétéran [veterɑ̃] *n. m.* 老兵,老戰士;老手;(美國的)退役軍人

vétérinaire [veterinɛːr] *n., a.* 獸醫(的)

vétille [vetij] *n. f.* 瑣事

vétilleux, se [vetijø, øz] *a.* 糾纏於瑣事的,吹毛求疵的

vêtir [ve[ɛ]tiːr] [c. 19] *v. t.* 給…穿衣;供給衣服 *v. pr.* 穿衣

vétiver [vetivɛːr] *n. m.* 【植】印蒿芒草,庫斯草

veto [veto] *n. m.* 否決,否決權;〖俗〗反對

vétuste [vetyst] *a.* 陳舊的,破舊的

vétusté [vetyste] *n. f.* 陳舊

veuf [vœf] *a. m.* 鰥居的 *n. m.* 鰥夫

veule [vø:l] *a.* 〖俗〗軟弱無力的,軟綿綿的

veulerie [vølri] *n. f.* 軟弱無力

veuvage [vœvaːʒ] *n. m.* 鰥居,寡居

veuve [vœːv] *a. f.* 寡居的 *n. f.* 寡婦

vexant, e [vɛksɑ̃, ɑ̃:t] *a.* 使人惱火的,惱人的;令人難堪的

vexation [vɛksɑsjɔ̃] *n. f.* 使難堪;氣惱,煩惱

vexatoire [vɛksatwaːr] *a.* 使人煩惱的,使人惱火的

vexer [vɛkse] *v. t.* 使難堪,使氣惱,使惱火 *v. pr.* 氣惱,生氣

via [vja] *prép.* 經由,經過,取道

viabilité [vjabilite] *n. f.* (機體胚胎的)生活力,生存力;(道路的)暢通;管線工程

viable [vjabl] *a.* 能活的,能成活的〔尤指胚兒〕,可實現的,能發展的

viaduc [vjadyk] *n. m.* 旱橋,高架橋

viager, ère [vjaʒe, ɛːr] *a.* 終身的 *n. m.* 終身年金,養老金

viande [vjɑ̃ːd] *n. f.* 肉類,肉

viatique [vjatik] *n. m.* 旅費及旅途食糧;【宗】臨終聖體

vibrant, e [vibrɑ̃, ɑ̃:t] *a.* 振動的,顫動的;激動人心的,感人的 *n. f.* 【語】顫輔音〔指 r, l〕

vibrateur [vibratœːr] *n. m.* 【物】振動器,振子,蜂鳴器;【建】(混凝土)振搗器

vibratile [vibratil] *a.* 【生】振動的,顫動的

vibration [vibrɑsjɔ̃] *n. f.* 震動,顫動;【物】振動,振盪

vibratoire [vibratwaːr] *a.* 振動的,振盪的

vibrer [vibre] *v. i.* 振動,振盪;顫動;激動

vibreur [vibrœːr] *n. m.* 【電】振子,振動子,換流器

vibrion [vibriɔ̃] *n. m.* 【微生】弧菌;〖俗〗激動的人

vicaire [vikɛːr] *n. m.* 【宗】代理人,副本堂神甫

vicariat [vikarja] *n. m.* 副本堂神甫的職位

vice [vis] *n. m.* 瑕疵,缺陷,缺點;邪惡,惡習;放蕩,淫亂

vice-amiral [visamiral] (*pl.* ~*aux*) *n. m.* 海軍少將

vice-chancelier [visʃɑ̃səlje] (*pl.* ~*s*) *n. m.* 副大法官,副掌璽官

vice-consul [viskɔ̃syl] (*pl.* ~*s*) *n. m.* 副領事

vice-présidence [visprezidɑ̃ːs] (*pl.* ~*s*) *n. f.* 副主席或副總統等的職位

vice-président [visprezidɑ̃] (*pl.* ~*s*) *n. m.* 副主席,副總統,副議長,副主任,副會長

vice-roi [visrwa] (*pl.* ~*s*) *n. m.* 總督

vice-royauté [visrwajote] (*pl.* ~*s*) *n. f.* 總督的職位;總督的管轄區

vice versa [visevɛrsa] *loc. adv.* 〖拉〗反之亦然,反過來〔也是這樣〕

vichy [viʃi] *n. m.* 提花格子布

vicier [visje] *v. t.* 使變壞,使污濁,使腐敗;【法】使無效

vicieux, se [visjø, øːz] *a.* 有缺陷的;邪

惡的; 放蕩的; 難駕馭的　*n.*　放蕩的人

vicinal, ale [visinal] (*pl.* ~**aux**) *a.*　村落間的

vicinalité [visinalite] *n. f.*　村間交通; 村間小道〔總稱〕

vicissitude [visisityd] *n. f.*　變遷, 盛衰

vicomte [vikɔ̃t] *n. m.*　子爵

vicomté [vikɔ̃te] *n. f.*　子爵的爵位或領地

vicomtesse [vikɔ̃tɛs] *n. f.*　女子爵; 子爵夫人

victime [viktim] *n. f.*　(古代祭祀的)犧牲; 犧牲品, 受害者, 遭難者

victoire [viktwaːr] *n. f.*　勝利

victorieux, se [viktɔrjø, øːz] *a.*　勝利的, 獲勝的

victuailles [viktɥaːj] *n. f. pl.*　食物, 食糧

vidage [vidaːʒ] *n. m.*　〖俗〗攆走, 趕下台

vidange [vidɑ̃ːʒ] *n. f.*　倒空, 排空; *pl.*　淘出的糞便

vidanger [vidɑ̃ʒe] *v. t.* [c. 2]　倒空, 排空, 放空

vidangeur [vidɑ̃ʒœːr] *n. m.*　(糞便) 清潔工

vide [vid] *a.*　空的; 空洞的; 空虛的　*n. m.*　真空; 空隙, 空間; 空缺; 空虛; à ~ *loc. adv.*　空着; 無結果地

vide-bouteille [vidbutɛj] (*pl.* ~**s**) *n. m.*　(吸瓶內液體的)虹吸管

vidéofréquence [videɔfrekɑ̃ːs] *n. f.*　【無】視頻

vide-poches [vidpɔʃ] *n. m. inv.*　盛放零星雜物的盤兒

vide-pomme [vidpɔm] (*pl.* ~**s**) *n. m.*　蘋果去核器

vider [vide] *v. t.*　使空, 倒空, 排空; 喝光; 結束; 使離開, 使空無一人

viduité [vidɥite] *n. f.*　寡居

vie [vi] *n. f.*　生命; 壽命; 生活; 一生, 生平; 生氣, 活力; 生計, 生活

vieil, vieille　見 vieux

vieillard [vjɛjaːr] *n. m.*　老頭兒, 老漢;

pl.　老年人

vieillerie [vjɛjri] *n. f.*　舊貨; 陳詞濫調

vieillesse [vjɛjɛs] *n. f.*　老年, 晚年; 老年人〔總稱〕; 陳舊, 古老

vieilli, e [vje[ɛ]ji] *a.*　變老的, 上了年紀的; 過時的, 陳舊的

vieillir [vje[ɛ]jiːr] *v. i.*　變老, 上年紀; 衰老; 變得陳舊; (在一工作崗位上) 幹到老　*v. t.*　使變老, 使顯老

vieillissement [vje[ɛ]jismɑ̃] *n. m.*　變老, 過時; 【化, 物】老化, 陳化

vieillot, te [vjejo, ɔt] *a.*　相當老的; 見老的

viennois, e [vjɛnwa, aːz] *a.*　維也納的　*n.* V~　維也納人

vierge [vjɛrʒ] *n. f.*　處女, 童貞女　*a.*　童貞的; 未用過的, 完整無損的; 未開墾的

vietnamien, ne [vjɛtnamjɛ̃, ɛn] *a.*　越南的　*n.* V~　越南人　*n. m.*　越南語

vieux [vjø]　〔在元音或啞音 h 開頭的陽性單數名詞前用 **vieil** [vjɛj]〕(*f. sing.* **vieille** [vjɛj], *m. pl.* **vieux**, *f. pl.* **vieilles**) *a.*　年老的; 年長的; 資歷長的; 年代久的, 舊的; 古的　*n.*　老頭兒, 老婆子　*n. m.*　舊物

vif, ve [vif, iːv] *a.*　活的; 活潑的, 輕快活, 靈活的; 易怒的; 鮮艷的; 強烈的, 激烈的; de ~ ve voix *loc. adv.*　當面 (講)　*n. m.*　活肉; 要害; 活餌; 【法】生者

vif-argent [vifarʒɑ̃] *n. m.*　〖古〗水銀

vigie [viʒi] *n. f.*　瞭望船員; 海岸哨兵; (列車)瞭望室

vigilance [viʒilɑ̃ːs] *n. f.*　警惕, 警惕性

vigilant,e [viʒilɑ̃,ɑ̃ːt] *a.*　警惕的, 警覺的; 細心的

vigile [viʒil] *n. m.*　夜間值班人　*n. f.*　【宗】瞻禮前一日

vigne [viɲ] *n. f.*　葡萄樹, 葡萄; 葡萄園

vigneron, ne [viɲrɔ̃, ɔn] *n.*　葡萄種植者

vignette [viɲɛt] *n. f.* （卷首卷末、章節首末的）裝飾圖案，（信箋、手帕四周的）小花飾；商標上的圖畫；繳稅證票，印花憑證

vignoble [viɲɔbl] *n. m.* 葡萄種植地區；（某一地區產的）葡萄

vigoureux, se [viguʀø, øːz] *a.* 健壯的，精力充沛的，強有力的；猛烈的

vigueur [vigœːr] *n. f.* 精力，活力，氣力；剛勁，勁道；現行，仍然生效；être en ～ 施行；現行，仍然生效

vil, e [vil] *a.* 低廉的；卑賤的，卑劣的

vilain, e [vilɛ̃, ɛn] *a.* 可鄙的，可恥的；下流的；淘氣的；惡劣的（指天氣）；醜陋的，難看的 *n. m.* （中世紀的）農民；〖民〗爭吵

vilebrequin [vilbʀəkɛ̃] *n. m.* 【機】曲軸；弓搖鑽

vilenie [vilni] *n. f.* 卑鄙下流的言行

vilipender [vilipɑ̃de] *v. t.* 蔑視，詆毀

villa [villa] *n. f.* 別墅

village [vilaːʒ] *n. m.* 村莊，村落，鄉村

villageois, e [vilaʒwa, aːz] *n.* 鄉村居民，莊稼人 *a.* 鄉村的，村民的

villanelle [vilanɛl] *n. f.* （16世紀的）田園歌；田園舞

ville [vil] *n. f.* 城市；全市人民

villégiature [vileʒjatyːr] *n. f.* 鄉間度假，海濱度假

villégiaturer [vileʒjatyre] *v. i.* 去鄉間或海濱等地度假

villosité [vilozite] *n. f.* 毛茸茸；軟毛；【解】絨毛

vin [vɛ̃] *n. m.* 葡萄酒，酒

vinage [vinaːʒ] *n. m.* 增高葡萄酒中的酒精濃度

vinaigre [vinɛgr] *n. m.* 醋

vinaigrer [vine(ɛ)gre] *v. t.* 加醋

vinaigrerie [vinɛgrəri] *n. f.* 醋坊

vinaigrette [vinɛgrɛt] *n. f.* 酸醋調味汁，酸醋沙司

vinaigrier [vinɛgrie] *n. m.* 釀醋者；醋商，醋瓶

vinasse [vinas] *n. f.* 〖俗〗（淡而無味的）劣酒；酒精

vindas [vɛ̃daːs] *n. m.* （小型）絞盤

vindicatif, ve [vɛ̃dikatif, iːv] *a.* 愛報復的，愛記仇的

vindicte [vɛ̃dikt] *n. f.* ～ publique 【法】公訴

viner [vine] *v. t.* 增高（葡萄酒）酒精濃度

vineux, se [vinø, øːz] *a.* 烈性的〔指葡萄酒〕，帶酒香酒味的；紅酒色的；盛產葡萄酒的

vingt [vɛ̃] 〔在另一數字前讀 [vɛ̃ːt]〕 *a. num.* 二十；第二十 *n. m.* 二十

vingtaine [vɛ̃tɛn] *n. f.* 二十左右，二十來個

vingtième [vɛ̃tjɛm] *a. num. ord.* 第二十 *n.* 第二十個 *n. m.* 二十分之一

vinicole [vinikɔl] *a.* 種植葡萄的；釀製葡萄酒的

vinifère [vinifɛːr] *a.* 生長葡萄的；產葡萄的

vinification [vinifikɑsjɔ̃] *n. f.* 葡萄酒釀造

vinique [vinik] *a.* 葡萄酒的

vinyle [vinil] *n. m.* 【化】乙烯基

Vinylon [vinilɔ̃] *n. m.* 維尼龍，維綸〔商品名〕

viol [vjɔl] *n. m.* 強姦罪；侵犯

violacer [vjɔlase] *v. i.* [c. 1] 變成紫色；蓋滿紫色斑點

violateur, trice [vjɔlatœːr, tris] *n.* 違犯者，違反者；強姦者

violation [vjɔlɑsjɔ̃] *n. f.* 違犯，違反，破壞；侵犯

viole [vjɔl] *n. f.* 古提琴

violemment [vjɔlamɑ̃] *adv.* 猛烈地，激烈地

violence [vjɔlɑ̃ːs] *n. f.* 猛烈，強烈，激烈；暴力；強暴

violent, e [vjɔlɑ̃, ɑ̃ːt] *a.* 猛烈的，強烈的，激烈的；粗暴的；過火的

violenter [vjɔlɑ̃te] *v. t.* 强迫;强姦;違背

violer [vjɔle] *v. t.* 違背,違犯,破壞;侵犯;强姦

violet, te [vjɔlɛ, ɛt] *a.* 紫色的 *n. f.* 堇菜,紫花地丁;紫羅蘭

violine [vjɔlin] *n. f.* 苯胺紫 *a.* 紫紅色的

violon [vjɔlɔ̃] *n. m.* 小提琴;(樂隊中的)小提琴手;〖民〗拘留所

violoncelle [vjɔlɔ̃sɛl] *n. m.* 大提琴

violoncelliste [vjɔlɔ̃sel(ɛ)list] *n.* 大提琴演奏者

violoneux [vjɔlɔnø] *n. m.* 鄉村小提琴手;〖俗〗蹩脚的拉小提琴者

violoniste [vjɔlɔnist] *n.* 小提琴演奏者

viorne [vjɔrn] *n. f.* 莢蒾屬植物;綉球樹

vipère [vipɛːr] *n. f.* 蝰蛇;陰險狠毒的人

vipereau [vipro], **vipéreau** [vipero]. *n. m.* 小蝰蛇

vipérin, e [viperɛ̃, in] *a.* 蝰蛇的 *n. f.* 無毒水蛇

virage [viraːʒ] *n. m.* (車輛等的)轉彎;(道路的)轉彎處,彎道;轉變;【攝】調色;調色液

virago [virago] *n. f.* 有男子氣派的女人;悍婦

virement [virmɑ̃] *n. m.* 轉帳,劃帳

virer [vire] *v. i.* 旋轉,迴轉;轉彎,拐彎;轉變;【攝】調色,變色 *v. t.* 【商】轉帳,劃帳;【攝】把(照片)調色

virevolte [virvɔlt] *n. f.* (迅速地)轉半圈

virginal, ale [virʒinal] (*pl.* ~ **aux**) *a.* 處女的;潔白無瑕的

virginité [virʒinite] *n. f.* 童貞;純潔,潔白無瑕

virgule [virgyl] *n. f.* 逗號,【數】小數點

viril, e [viril] *a.* 男子的,男性的;有男子氣概的,有氣魄的

virilité [virilite] *n. f.* 男性特徵;(男子的)成年;剛强,男子氣概

virole [virɔl] *n. f.* 金屬箍,環

viroler [virɔle] *v. t.* 裝箍,裝環

virtualité [virtyalite] *n. f.* 潛在性

virtuel, le [virtyɛl] *a.* 潛在的,有可能的

virtuose [virtyoz] *n.* 名演奏家;高手,能手

virtuosité [virtyozite] *n. f.* 精湛的演奏技巧;高超的技巧

virulence [virylɑ̃s] *n. f.* (細菌等的)毒性;尖刻,刻毒

virulent, e [virylɑ̃, ɑ̃t] *a.* 【醫】有毒性的,尖刻的,刻毒的

virus [virys] *n. m.* 【醫】病毒;毒素

vis [vis] *n. f.* 螺釘,螺絲;螺栓;螺桿;螺旋器

visa [viza] *n. f.* 簽證;檢驗

visage [vizaʒ] *n. m.* 臉,面孔;臉色

vis-à-vis [vizavi] *loc. adv.* 面對面地 *n. m.* 〖俗〗坐在對面的人;S形對座椅;~ **de** *loc. prép.* 在…的對面;面對;對於

viscéral, ale [viseral] (*pl.* ~ **aux**) *a.* 內臟的

viscère [visɛːr] *n. m.* 內臟

viscose [viskoz] *n. f.* 【紡】黏膠纖維

viscosité [viskozite] *n. f.* 黏性,黏度

visée [vize] *n. f.* 瞄準,對準; *pl.* 目的,企圖

viser [vize] *v. i.* 瞄準,對準;~ **à** 以…爲目的,追求 *v. t.* 瞄準,對準,追求;在…上簽證

viseur [vizœːr] *n. m.* 瞄準具,瞄準器

visibilité [vizibilite] *n. f.* 可見性;能見度

visible [vizibl] *a.* 可見的,看得見的;明顯的;能見客的

visière [vizjɛːr] *n. f.* (頭盔的)臉甲;帽舌

vision [vizjɔ̃] *n. f.* 視覺,視力;想象,幻象,幻覺

visionnaire [vizjɔnɛːr] *a.* 有幻覺的;幻

想的 n. 有幻覺者;幻想者

visiophone [vizjɔfɔn] n. m. 電視電話

visiophoner [vizjɔfɔne] v. i. 通電視電話

visiophonie [vizjɔfɔni] n. f. 電視電話術

visite [vizit] n. f. 訪問,探望;來訪者;參觀,(醫生的)出診;查看病房;衛生檢查

visiter [vizite] v. t. 探望;參觀,游覽;檢查,(爲病人)出診

visiteur, se [vizitœ:r, ø:z] n. 來訪者;探望者;參觀者,游覽者;檢查員

vison [vizɔ̃] n. m. 水貂

visqueux, se [viskø, ø:z] a. 黏性的,發黏的

vissage [visa:ʒ] n. m. 用螺釘擰緊

visser [vise] v. t. 用螺釘擰緊,用螺絲固緊;擰緊,旋緊;管束

visserie [visri] n. f. 螺釘類;螺釘工廠

visuel, le [vizɥɛl] a. 視覺的,視力的

vital, ale [vital] (pl. ～aux) a. 生命的;維持生命所需的,生活必需的;極其重要的

vitalisme [vitalism] n. m. 生機論,活力論

vitalité [vitalite] n. f. 生活力;生命力;活力

vitamine [vitamin] n. f. 維生素

vite [vit] a. 快的,迅速的 adv. 快,迅速地

vitesse [vitɛs] n. f. 快,迅速;速度,速率

viticole [vitikɔl] a. 種葡萄的

viticulteur [vitikyltœ:r] n. m. 葡萄種植者

viticulture [vitikylty:r] n. f. 葡萄種植,葡萄栽培

vitrage [vitra:ʒ] n. m. 裝配玻璃;(建築物)全部玻璃門窗;玻璃隔板;紗窗簾

vitrail [vitraj] (pl. ～aux) n. m. 彩繪大玻璃窗

vitre [vitr] n. f. 窗玻璃;車窗玻璃

vitrer [vitre] v. t. 裝配玻璃

vitrerie [vitrəri] n. f. 門窗玻璃業;出售

的門窗玻璃

vitreux, se [vitrø, ø:z] a. 玻璃狀的,無光彩的,無神的〔指眼光〕

vitrier [vitrie] n. m. 裝配門窗玻璃的小商販

vitrifiable [vitrifjabl] a. 能變成玻璃的

vitrification [vitrifikasjɔ̃] n. f. 使成玻璃,玻璃化;覆蓋透明塑料保護層

vitrifier [vitrifje] v. t. 使成玻璃,使玻璃化;覆蓋透明塑料保護層

vitrine [vitrin] n. f. 櫥窗;玻璃櫥

vitriol [vitriɔl] n. m. 硫酸鹽或濃硫酸的舊稱

vitrioler [vitriɔle] v. t. 用硫酸灑潑(某人);【紡】用硫酸處理

vitupération [vityperasjɔ̃] n. f. 斥責

vitupérer [vitypere] v. [c. 7] 斥責,責備

vivace [vivas] a. 生命力强的;根深蒂固的

vivacité [vivasite] n. f. 活潑,生氣;機敏,靈活;鮮艷;熱烈,强烈; pl. 火性子

vivandier, ère [vivɑ̃dje, ɛ:r] n. (舊時)隨軍商販

vivant, e [vivɑ̃, ɑ̃:t] a. 活的,有生命的;充滿活力的;生動的,活生生的;熱鬧的 n. m. 活着的人

vivats [viva] n. m. pl. 歡呼,喝彩

Vive!, Vivent! [vi:v] interj. …萬歲!

vivement [vivmɑ̃] adv. 急速地,急切地;激烈地;强烈地,深深地,十分 interj. 〖俗〗快快來到吧!

viveur, se [vivœ:r, ø:z] n. 尋歡作樂者

vivier [vivje] n. m. 養魚塘

vivifiant, e [vivifjɑ̃, ɑ̃:t] a. 凉爽的;使有生氣的,使有活力的

vivifier [vivifje] v. t. 使有生氣,給以活力,使振奮

vivipare [vivipa:r] a. 胎生的 n. 胎生動物

vivisection [vivisɛksjɔ̃] n. f. 活體解剖

vivoter [vivɔte] v. i. 〖俗〗勉强維持生活

vivre [viːvr] [c. 53] *v. i.* 活着, 生存; 生活, 過日子 *v. t.* 過, 度過(生活) *n. m.* 食物; *pl.* 糧食

vivrier, ère [vivrie, ɛːr] *a.* 生産糧食的

vlan! [vlɑ̃] *interj.* 嘭! 啪!

vocable [vɔkabl] *n. m.* 詞, 字

vocabulaire [vɔkabylɛːr] *n. m.* 詞彙表, 簡明小字典; 語彙

vocal, ale [vɔkal] (*pl.* ~**aux**) *a.* 發聲的; 歌唱的(指聲器)

vocalique [vɔkalik] *a.* 元音的

vocalisation [vɔkalizasjɔ̃] *n. f.* (輔音的)元音化;【樂】練聲

vocalise [vɔkaliz] *n. f.* 練聲, 練聲曲

vocaliser [vɔkalize] *v. i.*【樂】練聲

vocalisme [vɔkalism] *n. m.* 元音體系

vocatif [vɔkatif] *n. m.*【語】呼格

vocation [vɔkɑsjɔ̃] *n. f.* 禀賦, 才能; 天職, 使命

vociférations [vɔsiferɑsjɔ̃] *n. f. pl.* 喊罵, 怒罵

vociférer [vɔsifere] *v. t., v. i.* [c. 7] 大聲叫罵, 怒罵

vodka [vɔtka] *n. f.*〖俄〗伏特加酒

vœu [vø] (*pl.* ~**x**) *n. m.* 祝願, 心願; 誓言; 許願, 願心

vogue [vɔg] *n. f.* 流行, 時髦

voguer [vɔge] *v. i.* (用槳、帆)航行

voici [vwasi] *prép.* 這兒是, 這就是; 以下就是: 這會兒

voie [vwa] *n. f.* 路, 道路, 鐵道; 途徑; (野獸的)蹤迹; 輪距;【解】管, 道

voilà [vwala] *prép.* 在那兒; 那是, 那就是; 以上就是, 這會兒

voile [vwal] *n. m.* 幕, 帷, 簾; 頭巾, 面紗; 薄紗; 掩飾物;【攝】霧翳 *n. f.* 帆; 帆船

voilé, e [vwale] *a.* 戴面紗的, 遮有幕布的; 模糊的; 翹曲的, 變形的

voiler [vwale] *v. t.* 使戴上面紗, 用罩布蓋住; 掩蓋, 隱瞞; 使模糊; 使翹曲

voilette [vwalɛt] *n. f.* (女帽上的)短面紗

voilier [vwalje] *n. m.* 帆篷工; 帆船; 長途飛行的鳥

voilure [vwalyːr] *n. f.* (一艘船上的)帆; 機翼; (木板、金屬板的)翹曲, 彎曲

voir [vwaːr] [c. 32] *v. t.* 看見, 看到; 經歷, 見過; 看望; 碰見; 觀看; 看(醫生); 細看, 察看; 領會, 明白; 看待 *v. i.* 看, 看見

voire [vwaːr] *adv.* 甚至

voirie [vwari] *n. f.* 道路(總稱); 道路管理; 垃圾場

voisin, e [vwazɛ̃, in] *a.* 鄰近的, 毗鄰的; 接近的; 相似的, 相近的 *n.* 鄰居; 鄰座的人

voisinage [vwazinaʒ] *n. m.* 鄰居〔總稱〕; 鄰居關係, 鄰近, 相鄰

voisiner [vwazine] *v. i.* 串門子, 與鄰居來往; ~ avec 與…靠近

voiturage [vwatyraʒ] *n. m.* 大車運輸

voiture [vwatyːr] *n. f.* 車, 車輛; 汽車; (火車的)客車車厢; 全車的乘客

voiturer [vwatyre] *v. t.* 用車輛運送

voiturier [vwatyrje] *n. m.* 趕車人, 運輸業者

voix [vwa(ɑ)] *n. f.* 嗓, 聲音, 嗓子, 嗓門; 呼聲, 意見; 發言權, (投票者的)票;【樂】聲部; (動物的)叫聲; 呼聲;【語】語態

vol [vɔl] *n. m.* 飛, 飛翔; 飛行; (禽鳥的)羣; (鳥等的)飛行距離;【法】竊盜罪; 竊得的贓物

volage [vɔlaʒ] *a.* 朝三暮四的, 愛情不專的

volaille [vɔlɑːj] *n. f.* 家禽

volailler [vɔlɑje] *n. m.* 家禽商; 家禽飼養場

volant, e [vɔlɑ̃, ɑ̃ːt] *a.* 能飛的, 會飛的; 能隨意移動的 *n. m.* 羽毛球, 羽毛球運動; (衣服等的)綯邊, 邊飾;【技】飛輪; (汽車)駕駛盤, 方向盤

volatil, e [vɔlatil] *a.* 揮發性的

volatile [vɔlatil] *n. m.* 飛禽; 家禽

volatilisation [vɔlatilizasjɔ̃] *n. f.* 揮

發, 蒸發

volatiliser [vɔlatilize] *v. t.* 使揮發, 使蒸發; 〚俗〛使消失; 偷竊 *v. pr.* 〚俗〛消失

vol-au-vent [vɔlovɑ̃] *n. m. inv.* 魚肉香菇餡的酥餅

volcan [vɔlkɑ̃] *n. m.* 火山

volcanique [vɔlkanik] *a.* 火山的; 暴躁的, 暴烈的

volcanisme [vɔlkanism] *n. m.* 火山現象, 火山活動

volée [vɔle] *n. f.* 飛; 一次飛程; 鳥羣, 亂打; 樓梯段; 炮的前身; (馬車)橫轅; (起重機)懸臂; 〚體〛(球)的騰空; à la ~ *loc. adv.* 在空中; 很快地, 一下子

voler [vɔle] *v. i.* 飛, 飛行, 飛奔; 飛逝 *v. t.* 偷; 搶劫; 盜竊; 詐騙

volerie [vɔlri] *n. f.* 偷竊, 小偷小摸

volet [vɔlɛ] *n. m.* 護窗板, 遮板; 百葉窗; 〚技〛葉瓣; 節氣門; 〚空〛襟翼, 舵面

voleter [vɔlte] *v. i.* [c. 5] 飛來飛去, 飛舞

voleur, se [vɔlœːr, øːz] *a.* 小偷, 賊, 愛偷東西的

volière [vɔljɛːr] *n. f.* 鳥棚, 大鳥籠

volige [vɔliːʒ] *n. f.* 〚建〛(承瓦板或瓦的)底板條

volitif, ve [vɔlitif, iːv] *a.* 〚心〛意志的, 意志力的

volition [vɔlisjɔ̃] *n. f.* 〚心〛意志, 意志力

volley-ball [vɔlebol] *n. m.* 〚英〛排球(運動)

volleyeur, se [vɔlejœːr, øːz] *n.* 排球運動員

volontaire [vɔlɔ̃tɛːr] *a.* 自願的, 志願的; 故意的, 倔强的 *n.* 志願兵, 義勇軍

volonté [vɔlɔ̃te] *n. f.* 意願, 願望; 意志, *pl.* 任性; à ~ *loc. adv.* 隨意地

volontiers [vɔlɔ̃tje] *adv.* 自願地, 心甘情願地

volt [vɔlt] *n. m.* 〚電〛伏, 伏特

voltage [vɔltaːʒ] *n. m.* 電壓; 伏特數

voltaïque [vɔltaik] *a.* (電池)電流的; 上沃爾特的

voltairianisme [vɔltɛrjanism] *n. m.* 伏爾泰哲學

voltairien, ne [vɔltɛrjɛ̃, ɛn] *a.* 伏爾泰的; 伏爾泰哲學的 *n.* 伏爾泰派

voltamètre [vɔltamɛtr] *n. m.* 電量計

voltampèremètre [vɔltɑ̃pɛrmɛtr] *n. m.* 伏安計, 電壓電流表

volte [vɔlt] *n. f.* (馴馬)環行, 打圈

volte-face [vɔltəfas] *n. f. inv.* 轉身; (政治見解等的)突然轉變

voltige [vɔltiːʒ] *n. f.* (走鋼繩用)繩索; 走鋼絲, 空中雜技; 馬上雜技; 〚空〛特技飛行

voltiger [vɔltiʒe] *v. i.* [c. 2] 飛來飛去, 飛舞

voltigeur [vɔltiʒœːr] *n. m.* 走鋼絲者, 雜技演員; 輕步兵

voltmètre [vɔltmɛtr] *n. m.* 伏特計, 電壓表

volubile [vɔlybil] *a.* 爬蔓的; 講話像連珠炮似的

volubilis [vɔlybilis] *n. m.* 牽牛花

volubilité [vɔlybilite] *n. f.* (說話)流暢, 流利

volume [vɔlym] *n. m.* 卷, 册; 體積, 容積, 容量; 音量; 總額

volumineux, se [vɔlyminø, øːz] *a.* 卷數多的; 體積大的

volupté [vɔlypte] *n. f.* (感官或肉體)的享樂, 快感, 愉快, 快樂

voluptueux, se [vɔlyptɥø, øːz] *a.* 追求肉體快感的; 肉感的, 淫蕩的 *n.* 酒色之徒

volute [vɔlyt] *n. f.* 螺旋形, 渦狀物; 〚建〛渦形裝飾

vomique [vɔmik] *a.* noix ~ 〚植〛馬錢子, 番木鼈

vomir [vɔ[o]miːr] *v. t.* 吐, 嘔吐; 噴出; 說出, 吐出

vomissement [vɔmismɑ̃] *n. m.* 嘔吐;

嘔吐物

vomitif, ve [vɔmitif, iːv] *a.* 催吐的 *n. m.* 催吐藥

vorace [vɔras] *a.* 貪吃的; 貪婪的, 貪得無厭的

voracité [vɔrasite] *n. f.* 貪吃; 貪婪, 貪得無厭

vos 見 votre

votation [vɔtɑsjɔ̃] *n. f.* 投票

vote [vɔt] *n. m.* 選票; 投票, 表決; 決議

voter [vɔte] *v. i.* 投票, 表決 *v. t.* 投票通過

votif, ve [vɔtif, iːv] *a.* 許願的, 還願的

votre [vɔtr] (*pl.* **vos** [vo]) *a. poss.* 你們的; 您的, 你的

vôtre [voːtr] (*pl.* **~s**) *a. poss.* 你們的, 您的, 你的 *n. m.* 你們的事物, 您的事物〔與 le, la, les 連用〕你們的東西, 您的東西; *pl.* 你們的人, 您的人〔指親友, 夥伴等〕

vouer [vwe] *v. t.* 許願; 奉獻; 注定 *v. pr.* 專心於, 獻身於

vouloir [vulwaːr] [c. 29] *v. t.* 要, 想要; 願意, 同意; 要求; 期望 *v. i.* ~ de 接受; en ~ à 怨恨 *n. m.* 心願, 意願

vous [vu] *pron. pers.* 你們; 您, 你

vousseau [vuso] (*pl.* **~x**), **voussoir** [vuswaːr] *n. m.* 【建】拱楔塊; 拱石, 拱磚

voussure [vusyr] *n. f.* 【建】拱形曲綫

voûte [vut] *n. f.* 拱頂, 拱穹; 穹形物, (反射爐)爐頂;【地】隆皺

voûter [vute] *v. t.* 給…蓋以拱頂, 使彎腰曲背

vouvoiement [vuvwamɑ̃], **voussoiement** [vuswamɑ̃] *n. m.* 用 "您" 稱呼

vouvoyer [vuvwaje] *v. t.* [c. 3] 用 "您" (vous) 稱呼

voyage [vwajaːʒ] *n. m.* 旅行; 一次往返〔指運輸〕

voyager [vwajaʒe] *v. i.* [c. 2] 旅行; 運輸

voyageur, se [vwajaʒœːr, øːz] *n.* 旅行者; 旅客; 游客 *a. m.* commis ~ 旅行推銷員

voyant, e [vwajɑ̃, ɑ̃ːt] *a.* 鮮艷奪目的 *n.* 有視力者; 預言者, 通靈者 *n. m.* 【技】靦板; 信號指示器, 信號燈

voyelle [vwajɛl] *n. f.* 【語】元音; 元音字母

voyou [vwaju] *n. m.* 流氓, 阿飛; 小流氓

vrac(en) [ɑ̃vrak] *loc. adv.* 散裝; 亂七八糟地

vrai, e [vrɛ] *a.* 真的, 真實的; 真正的, 名副其實的; 合適的 *n. m.* 真, 真實; à ~ dire, à dire ~ *loc. adv.* 老實說, 說真的

vraiment [vrɛmɑ̃] *adv.* 真正地, 確實地, 的確

vraisemblable [vrɛsɑ̃blabl] *a.* 像真實的, 很可能的 *n. m.* 像真的事, 很可能的事

vraisemblance [vrɛsɑ̃blɑ̃ːs] *n. f.* 可能性; 逼真性, 真實性

vrille [vrij] *n. f.* 螺旋鑽, 鑽頭;【植】捲鬚;【空】螺旋

vriller [vrije] *v. t.* 用螺旋鑽鑽孔 *v. i.* 螺旋升降; 繞緊

vrombir [vrɔ̃biːr] *v. i.* (昆蟲)發出嗡嗡聲; (機器)發出降降聲

vrombissement [vrɔ̃bismɑ̃] *n. m.* 嗡嗡聲, 降降聲

V. T. O. L. (飛機的)垂直起落〔英語 vertical take off and landing 的縮寫〕

vu, e [vy] *a.* 看到的; 受重視的, 受歡迎的 *n. m.* 看見

vu [vy] *prép.* 鑒於; 考慮到, 由於; ~ que *loc. conj.* 鑒於

vue [vy] *n. f.* 視力, 眼力; 目光, 視綫; 視野; 景色; (某地的)風光圖, 風景照片; 觀點, 意見; 意圖, 目的; *pl.* 打算;【法】窗户; à la ~ de *loc. prép.* 一看到…; en ~ de *loc. prép.* 爲了

vulcanisation [vylkanizɑsjɔ̃] *n. f.* (橡膠的)硫化

vulcaniser [vylkanize] *v. t.* 【化】硫化

vulgaire [vylgɛ:r] *a.* 通俗的,普通的; 庸俗的,粗俗的 *n. m.* 平民

vulgarisa*tur, trice* [vylgarizatœ:r, tris] *a.* 普及的,通俗化的 *n.* 普及者;科學普及者

vulgarisation [vylgarizɑsjɔ̃] *n. f.* 普及,推廣

vulgariser [vylgarize] *v. t.* 使普及,推廣

vulgarité [vylgarite] *n. f.* 庸俗,粗俗

vulnérabilité [vylnerabilite] *n. f.* 易損性,脆弱性

vulnérable [vylnerabl] *a.* 容易受傷的; 易受責難的;脆弱的

vulnéraire [vylnere:r] *a.* 治傷口的 *n. m.* 傷口藥;補藥 *n. f.* 【植】療傷絨毛花

W

W, w [dublǝve] *n. m.* 法語字母表中第23個字母

wagage [waga:ʒ] *n. m.* 河泥

wagon [vagɔ̃] *n. m.* 【英】【鐵】車廂,車皮;貨車;【建】(陶質)烟道管

wagon-citerne [vagɔ̃sitɛrn] (*pl.* ~*s*-*s*) *n. m.* 罐車

wagon-lit [vagɔ̃li] (*pl.* ~*s*-~*s*) *n. m.* 臥車

wagonnet [vagɔnɛ] *n. m.* (輕便軌道)翻斗車

wagon-poste [vagɔ̃pɔst] (*pl.* ~*s*-~) *n. m.* 郵政車

wagon-restaurant [vagɔ̃rɛstɔ[o]rɑ̃] (*pl.* ~*s*-~*s*) *n. m.* 餐車

walkie-talkie [wokitoki] (*pl.* ~*s*-~*s*) *n. m.* 【無】步話機

warrant [w[v]arɑ̃(:t)] *n. m.* 【英】棧單,倉庫存貨單

warrantage [w[v]arɑ̃ta:ʒ] *n. f.* 以棧單作擔保

warranter [w[v]arɑ̃te] *v. t.* 以棧單擔保

water-ballast [watɛrbalast] (*pl.* ~*s*) *n. m.* 【英】(船或潛艇的)壓載水艙

water-closet [watɛrklɔzɛt] *n. m.* (有抽水設備的)廁所

watergang [watɛrgɑ̃(:g)] *n. m.* (比利時、法國北部的)海平面以下低地的排水溝

wateringue [watrɛ̃:g] *n. f.* (荷、比、法國北部的)海平面以下的低地排水工程

water-polo [watɛrpolo] *n. m.* 【英】【體】水球

watt [wat] *n. m.* 【電】瓦,瓦特

wattman [watman] (*pl.* ***wattmen*** [watmɛn]) *n. m.* 電車司機,電氣機車司機

week-end [wikɛnd] (*pl.* ~*s* [wikɛndz]) *n. m.* 【英】週末

wharf [warf] *n. m.* 【英】碼頭

whisky [wiski] (*pl.* ***whiskies*** [wiski]) *n. m.* 【英】威士忌酒

windows [windo:z] *n. m. pl.* 【英】【軍】人造雷達干擾

X

X, x [iks] *n. m.* 法語字母表中第24個字母;未知數的代號;不指名的人或物,某某

xénon [ksenɔ̃] *n. m.* 【化】氙

xénophobe [ksenɔfɔb] *a., n.* 厭惡外國人的(人),仇外的(人),排外的(人)

xénophobie [ksenɔfɔbi] *n. f.* 仇外,排外

xérès [keres] *n. m.* 赫雷斯白葡萄酒

xi [ksi] *n. m.* 希臘字母表中第14個字母 Ξ, ξ

xylographe [ksilɔgraf] *n. m.* 木刻師

xylographie [ksilɔgrafi] *n. f.* 木刻術, 木版印刷術

xylophage [ksilɔfa:ʒ] *a.* 【昆】蛀木的, 食木的

xylophone [ksilɔfɔn] *n. m.* 木琴

Y

Y, y [igrɛk] *n. m.* 法語字母表中第25個字母

y [i] *adv.* 這兒, 那兒 *pron. pers.* 對這個, 對這些; il y a 有, 存在; il y va de 這和…有關

yacht [jɔt, jak(t)] *n. m.* （裝有發動機和帆的）快艇, 游艇

yachting [jɔtiŋ, jaktiŋ] *n. m.* 【英】駕駛快艇, 駛帆

ya(c)k [jak] *n. m.* 犛牛, 牦牛

yankee [jãki] *n.* 美國佬, 美國人 *a.* 美國佬的, 美國人的, 美國的

yaourt [jaurt], **yogourt** [jɔgurt] *n. m.* 酸乳酪, 酸牛奶

yard [jar:d] *n. m.* 【英】碼〔長度單位〕

yatagan [jatagã] *n. m.* 土耳其彎刀

yéménite [jemenit] *a.* 也門的 *n.* Y～ 也門人

yen [jɛn] *n. m.* 日元〔日本貨幣單位〕

yeux 見 œil

yé-yé [jeje] *n., a.* 《俗》小阿飛(的)

yiddish [jidiʃ] *n. m., a.* 意第緒語(的) 〔一種爲猶太人使用的國際語〕

yod [jɔd] *n. m.* 【語】半元音 [j]

yoga [jɔga] *n. m.* 【梵】瑜伽

yogourt = yaourt

yole [jɔl] *n. f.* 多槳小快艇

yougoslave [jugɔsla:v] *a.* 南斯拉夫的 *n.* Y～ 南斯拉夫人

yourte [jurt] *n. f.* 蒙古包

youyou [juju] *n. m.* 交通艇

yo-yo [jojo] *n. m. inv.* 約約〔一種玩具〕

ypérite [iperit] *n. f.* 【化, 軍】芥子氣, 雙氯乙基硫

ytterbium [itɛrbjɔm] *n. m.* 【化】鐿

yttrium [itriɔm] *n. m.* 【化】釔

yuan *n. m.* 圓〔中國貨幣單位〕

yucca [juka] *n. m.* 【植】絲蘭

Z

Z, z [zɛd] *n. m.* 法語字母表中第26個字母

zaïrois, e [zairwa, a:z] *a.* 扎伊爾的

zambien, ne [zãbjɛ̃, ɛn] *a.* 贊比亞的

zèbre [zɛbr] *n. m.* 斑馬; 《俗》怪傢伙

zébrer [zebre] *v. t.* [c. 7] 劃一道道條紋

zébrure [zebry:r] *n. f.* 斑紋, 條紋

zébu [zeby] *n. m.* 【動】瘤牛

zélateur, trice [zelatœ:r, tris] *n.* 狂熱的信徒

zèle [zɛl] *n. m.* 虔誠; 熱心, 熱情

zélé, e [zele] *a.* 虔誠的; 熱心的, 熱情的

zénith [zenit] *n. m.* 【天】天頂, 頂點, 極點

zéphyr, zéphire [zefi:r] *n. m.* 和風, 微風; 【紡】和風織物

zeppelin [zɛplɛ̃] *n. m.* 齊伯林飛船

zéro [zero] *n. m.* 零, 無; 零度, 零點; 無足輕重的人, 廢物

zest [zɛst] *n. m.* entre le zist et le ～ 不好不壞; 無所適從, 猶豫不決

zeste [zɛst] *n. m.* 胡桃內的隔膜; 橘、檸

檬等的果皮; 不值錢的東西

zester [zɛste] *v. t.*　剝橘、檸檬等的果皮

zêta [dzɛta] *n. m.*　希臘字母表中第6個字母 Z, ζ

zézaiement [zezɛmɑ̃] *n. m.*　把 [ʒ] 發成 [z] 或把 [ʃ] 發成 [s] 的發音錯誤

zézayer [zeze(ɛ)je] *v. i.* [c. 4]　把 [ʒ] 讀成 [z], 把 [ʃ] 讀成 [s]

zibeline [ziblin] *n. f.*　黑貂, 紫貂; 貂皮

zigzag [zigzag] *n. m.*　之字形曲綫, 曲折

zigzaguer [zigzage] *v. i.*　成之字形; 跟蹌而行

zinc [zɛ̃:g] *n. m.*　【化】鋅;〖俗〗(酒吧間等的)櫃台

zincographie [zɛ̃kɔgrafi], **zincogravure** [zɛ̃kɔgravy:r] *n. f.* 【印】鋅版製造術

zinguer [zɛ̃ge] *v. t.* 【冶】加鋅, 鍍鋅, 覆鋅

zinguerie [zɛ̃gri] *n. f.*　鋅廠; 鋅製品

zingueur [zɛ̃gœ:r] *n. m.*　鋅製品工人; 鉛皮工, 白鐵工

zinnia [zinja] *n. m.*　百日草

zinzolin [zɛ̃zɔlɛ̃] *n. m.*　紫紅色

zircon [zirkɔ̃] *n. m.* 【礦】鋯石

zirconium [zirkɔnjɔm] *n. m.* 【化】鋯

zist [zist] *n. m.*　見 zest

zizanie [zizani] *n. f.* semer la ～　製造不和

zodiacal, ale [zɔdjakal] (*pl.* ～*aux*) *a.*

【天】黃道的

zodiaque [zɔdjak] *n. m.*　【天】黃道帶, 黃道十二宮

zona [zona] *n. m.*　〖拉〗【醫】帶狀疱疹

zonaire [zonɛ:r] *a.* 【地】區域的, 地帶的

zonal, ale [zonal] (*pl.* ～ *aux*) *a.*　帶有色紋的;【地】區域的, 地帶的

zonation [zonɑsjɔ̃] *n. f.* 【地】分帶, 分區

zone [zo:n] *n. f.*　地帶, 區; 帶狀物, 環帶狀物;【地】帶;【數】球帶, 球面帶

zonier, ère [zonje, ɛ:r] *a.*　區域的, 地帶的

zoo [zɔo] *n. m.*　動物園〔jardin zoologique 的縮寫〕

zoolâtrie [zɔɔlɑtri] *n. f.*　動物崇拜

zoologie [zɔɔlɔʒi] *n. f.*　動物學

zoologique [zɔɔlɔʒik] *a.*　動物學的; 動物的

zoologiste [zɔɔlɔʒist] *n.*　動物學家

zoophobie [zɔɔfɔbi] *n. f.* 【醫】動物恐怖症

zoophytes [zɔɔfit] *n. m. pl.*　植形動物類, 植蟲類

zootechnie [zɔɔtɛkni] *n. f.*　畜牧學

zostère [zɔstɛːr] *n. f.* 【植】大葉藻

zouave [zwa:v] *n. m.*　朱阿夫兵〔法國輕騎兵, 原由阿爾及利亞人組成〕

zut! [zyt] *interj.*　〖俗〗呸! 去他的! 該死!

zygomatique [zigɔmatik] *a.*　顴骨的

實用法語圖說

(1) Arbre　樹

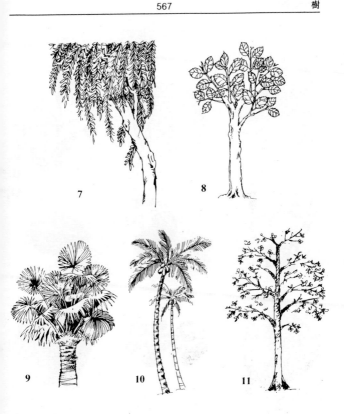

1 . pin	松樹	
2 . cyprès	柏樹	
3 . sapin	冷杉，樅樹	
4 . arbre à caoutchouc	橡膠樹	
5 . platane	梧桐	
6 . banian	榕樹	
7 . saule	柳樹	
8 . mûrier	桑樹	
9 . palmier	棕櫚，棕樹	
10 . cocotier	椰子樹	
11 . kapok	木棉	

(2) Fruit　水果

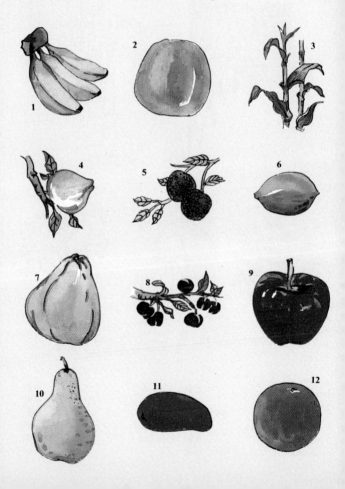

1 . banane	香蕉	10. poire	梨
2 . noix de coco	椰子	11. mangue	芒果
3 . canne à sucre	甘蔗	12. orange	橙，橘子
4 . pêche	桃	13. durion	榴蓮
5 . litchi	荔枝	14. raisin	葡萄
6 . citron	檸檬	15. ananas	菠蘿
7 . pamplemousse	柚子	16. fraise	草莓
8 . prune	李子	17. pastèque	西瓜
9 . pomme	蘋果	18. melon	蜜瓜，甜瓜

(3) Légumes　蔬菜

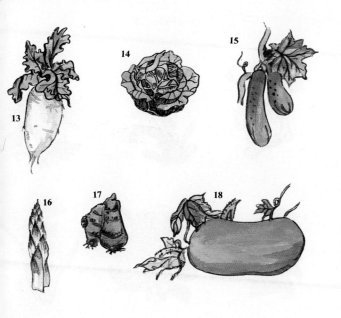

1 . citrouille	南瓜	10 . petit pois	豌豆
2 . carotte	胡蘿蔔	11 . gingembre	薑
3 . poivron	柿子椒，燈籠椒	12 . céleri	芹菜
4 . épinard	菠菜	13 . navet	蘿蔔
5 . tomate	蕃茄，西紅柿	14 . chou	捲心菜，椰菜
6 . champignon	蘑菇	15 . concombre	黄瓜
7 . radis	水蘿蔔，小紅蘿蔔	16 . asperge	蘆筍
8 . pousses de bambou	竹筍	17 . taro	芋頭
9 . oignon	洋葱	18 . gourde d'hiver	冬瓜

(4) Fleur 花

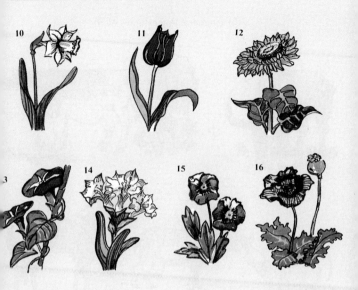

1. fleur de prunier	梅花		9. fleur de pêcher	桃花
2. orchidée	蘭花		10. narcisse	水仙
3. chrysanthème	菊花		11. tulipe	鬱金香
4. azalée	杜鵑花		12. tournesol	向日葵
5. rose	玫瑰		13. belle-de-jour, liseron	牽牛花
6. glaïeul	菖蘭		14. lis	百合花
7. lotus (fleur de~)	荷花		15. pensée	三色菫
8. fleur de cerisier	櫻花		16. fleur de pavot	罌粟花

(5) Animaux domestiques 家畜

1 . buffle	水牛	8 . chat	貓
2 . bœuf	公牛	matou	雄貓
3 . vache	母牛	9 . canard	鴨，雄鴨
4 . mouton	綿羊	cane 雌鴨，caneton 小鴨	
bélier 公羊，brebis 母羊，		10 . oie	鵝，母鵝
agneau 羔羊		jars 公鵝，oison 小鵝	
5 . chèvre	山羊	11 . poulet	鷄
6 . cheval	馬	coq 公鷄，poule 母鷄，	
étalon 公馬，jument 母馬，		poussin 小鷄	
poulain 小馬		12 . chien de berger	牧羊犬
7 . cochon	豬	13 . lévrier	獵兔狗
verrat 公豬，truie 母豬，		14 . bouledogue	牛頭犬，喇叭狗
porcelet 小豬		15 . pékinois	小獅子狗

(6) Animaux sauvages　野獸

1. lion	獅子	12. léopard	豹
2. tigre	虎	13. loup	狼
3. renard	狐狸	14. morse	海象
4. pangolin	穿山甲	15. écureuil	松鼠
5. (grand) panda	（大）熊貓	16. phoque	海豹
6. ours	熊	17. lapin	兔子
7. gorille	大猩猩	18. zèbre	斑馬
8. éléphant	象	19. girafe	長頸鹿
9. chameau	駱駝	20. cerf	鹿
10. singe	猴子	21. kangourou	袋鼠
11. hérisson	刺蝟	22. hippopotame	河馬

(7) Oiseaux　鳥類

1 . aigle	鷹	9 . héron	蒼鷺
2 . hirondelle	燕子	10 . martin-pêcheur	翠鳥
3 . perroquet	鸚鵡	11 . pingouin	企鵝
4 . hibou	貓頭鷹	12 . autruche	駝鳥
5 . moineau	麻雀	13 . coucou	杜鵑
6 . pélican	鵜鶘	14 . pic	啄木鳥
7 . cygne	天鵝	15 . corbeau	烏鴉
8 . mouette	海鷗		

(8) Produits de mer　水產

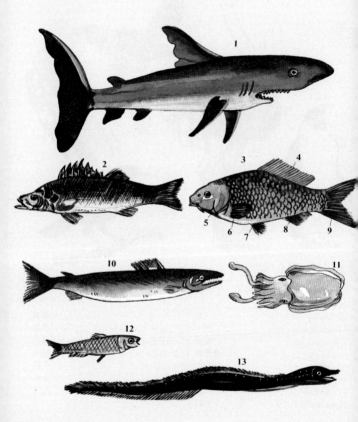

1. requin	鯊魚	11. seiche	烏賊，墨魚
2. perche	鱸魚	12. sardine	沙丁魚
3. carpe	鯉魚	13. anguille	鰻魚
4. nageoire dorsale	背鰭	14. baleine	鯨魚
5. ouïes	鰓	15. moule	貽貝，淡菜
6. nageoires pectorales	胸鰭	16. coquille Saint-Jacques	扇貝
7. nageoire ventrale	腹鰭	17. langoustine	小龍蝦
8. nageoire anale	臀鰭	18. homard	龍蝦
9. nageoire caudale	尾鰭	19. crevette	蝦
10. saumon	鮭魚	20. crabe	蟹

(9) Corps humain　人體

I

IV

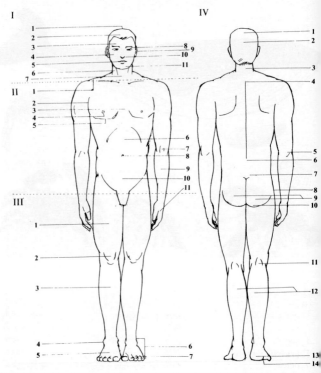

V

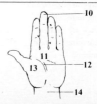

Ⅰ. tête 頭

1 . haut de la tête	頭頂
2 . cheveux	髮
3 . front	額
4 . joue	頰
5 . bouche	口
6 . cou	頸
7 . gorge (pomme d'Adam)	喉(喉结)
8 . œil	眼
9 . oreille	耳
10. nez	鼻
11. menton	頦
12. figure	面

Ⅱ. tronc 胴，軀幹

1 . épaule	肩
2 . aisselle	腋窩
3 . poitrine	胸
4 . mamelon	乳頭
5 . sein	乳房
6 . abdomen	腹
7 . bras	上臂
8 . nombril	臍
9 . avant-bras	下臂
10. aine	腹股溝
11. main	手

Ⅲ. jambe 腿

1 . cuisse	股，大腿
2 . genou	膝
3 . jambe	脛，小腿
4 . cheville	踝
5 . cou de pied	跗，足背
6 . pied	足，腳
7 . orteil	腳趾

Ⅳ. dos 背面

1 . occiput	枕骨部
2 . dos de la tête	頭後部
3 . nuque	項（部）
4 . dos	背
5 . coude	肘
6 . rein	腰，骶骨部
7 . taille	腰部
8 . hanche	髖，胯骨
9 . fesse	臀部，屁股
10. fesse	臀
11. jarret	膕，膝彎
12. mollet	腓，腿肚
13. talon	踵腳後跟
14. plante du pied	跖，腳掌

Ⅴ. main 手

1 . pouce	拇指
2 . index	食指
3 . majeur/medius	中指
4 . annulaire	無名指
5 . auriculaire/petit doigt	小指
6 . ongle	指甲
7 . lunule	（指甲的）新月形白斑
8 . dos de la main	手背
9 . poignet/carpe	腕
10. pulpe du doigt	指頭肚兒
11. paume	手掌
12. ligne de vie	生命線
13. éminence thénar	大魚際，拇指，腕，掌
14. pouls	脈

(10) Salle de séjour, salle à manger et chambre à coucher
起居室、飯廳和卧室

1. placard	組合櫃，壁櫥	19. plateau tournant	旋轉面
2. plante en pot	盆栽	20. nappe	枱布，桌布
3. buste	半身人像	21. chaise de salle à manger	餐椅
4. télévision	電視機	22. rideau	窗簾
5. fauteuil	扶手椅	23. coiffeuse	梳妝枱
6. la table basse	茶几，咖啡枱	24. miroir	鏡子
7. tapis	地毯	25. tiroir	抽屜
8. tabouret	櫈	26. tabouret de toilette	梳妝椅
9. canapé	長沙發	27. armoire	衣櫃
10. lampe de travail	枱燈	28. lampe de chevet	床頭燈
11. desserte	小几	29. meuble de chevet	床頭櫃
12. comptoir	酒吧	30. tête de lit	床頭板
13. peinture	畫	31. oreiller	枕頭
14. rideau	簾	32. couverture de lit	被子
15. lustre	吊燈	33. couvre-lit	床罩
16. placard mural	吊櫃	34. lit	床
17. buffet	碗櫥，餐具櫥	35. matelas	床墊
18. table à manger	飯桌		

Pour référence 備考

salle de séjour	起坐室	biblıothèque	書櫃
salle de réception	接待室	serre-livres	書檔
entrée	門廊，小門廳	cendrier	烟灰缸
cuisine	厨房	vase	花瓶
bureau /cabinet de travail	書房	descente de lit	床前小地毯
sofa	沙發	couverture	毛毯
papier peint	牆紙	sommier	彈簧
calendrier mural	掛曆	drap de dessous	床單
thermomètre	溫度計	taie	枕套
lampadaire	落地燈	plantes d'appartement	室內植物
coussin	墊子	téléphone	電話

(11)Repas　　餐食

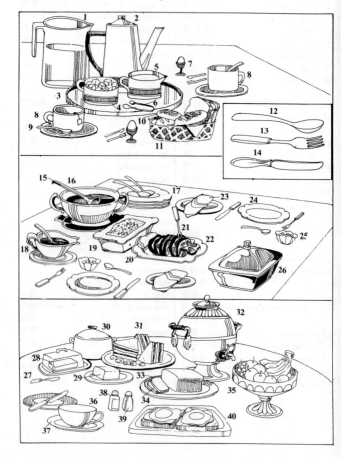

1. pot à eau	水壺	22. viande en tranches	肉片
2. cafetière	咖啡壺	23. serviette	餐巾
3. plateau	盤子	24. assiette plate	餐碟
4. sucrier	糖缸	25. dessert	餐後點心，甜品
5. pot à lait	牛奶壺	26. plat à pommes de terre	馬鈴薯盤
6. pince à sucre	塊糖夾	27. couteau à fromage	
7. coquetier	蛋杯		乾酪（芝士）刀
8. tasse	杯子	28. fromage	乾酪，芝士
9. cuillère à thé	茶匙	29. beurre	奶油，黃油
10. pain	麵包	30. sucrier	糖缸（罐）
11. corbeille à pain	麵包籃	31. sandwich	三明治
12. cuiller à soupe	湯匙	32. samovar	茶炊
13. fourchette	叉	33. plat à pain	麵包盤
14. couteau de table	餐刀	34. tranche de pain	麵包片
15. louche	湯勺	35. compotier	果盤
16. soupière　（有蓋）大湯碗		36. tasse à thé	茶杯
17. assiette creuse, (assiette à soupe)		37. soucoupe	淺碟，茶碟
	湯盤	38. poivrière	胡椒瓶
18. saucière　（船形）調味汁杯		39. salière	鹽瓶
19. saladier　色拉（沙律）盆		40. œuf, jambon et pain	
20. plat	大盤子		鷄蛋、火腿和麵包
21. fourchette à viande	肉叉		

Référence備考

petit déjeuner	早餐	glace	冰淇淋，雪糕
déjeuner	午飯	fruits cuits	燉水果
dîner	晚餐，正餐	saucisse	香腸，紅腸
salade	色拉，沙律	bacon	燻肉
soupe	湯	pain grillé/toast	吐司（麵包）
poulet grillé	燒鷄	pommes chips	薯條
biftech	牛排	côtelette de porc	猪排

(12) Appareils du foyer　家用器具

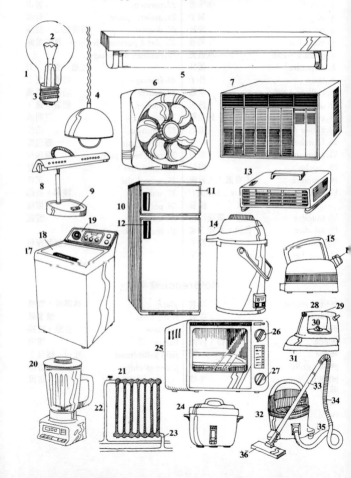

1. ampoule	電燈泡	20. mixeur/mélangeur	摻和器
2. filament	鎢絲	21. radiateur	暖氣片
3. culot fileté	螺旋	22. tuyauterie d'appoing	供水管
4. lustre	吊燈	23. tuyauterie de retour	回水管
5. lampe fluorescent	光管	24. autocuiseur à riz/cocotte électri-	
6. aération	抽風機	que à riz	電飯鍋
7. climatiseur	冷氣機，空調機	25. four	電烤爐
8. lampe de travail	枱燈	26. commandes des brûleurs	
9. interrupteur	開關		溫度選擇器
10. réfrigérateur	電冰箱、雪櫃	27. minuteur	定時裝置
11. congélateur	冰藏箱	28. fer à repasser électrique	電熨斗
12. poignée	把手	29. poignée	熨斗手把
13. radiateur électrique	電暖爐	30. sélecteur de température	
14. bouteille thermos électrique			溫度選擇器
	電暖水瓶	31. semelle	底板
15. bouilloire	燒開水的壺	32. aspirateur	吸塵器
16. sifflet	汽笛	33. rallonges	伸縮管
17. machine à laver	自動洗衣機	34. tube flexible	軟管
18. couvercle de tambour de machine		35. roulette	腳輪
à laver	洗衣機滾筒蓋	36. suceur triangulaire	吸塵嘴
19. tableau de commande			
	程序選擇表板		

Référence備考

fer à repasser à vapeur	蒸汽熨斗	sèche-vaisselle	乾碗機
table à repasser	熨燙架	lave-vaisselle	洗碗機
planche à repasser	熨燙板	cafetière	咖啡壺
brosse	刷子	sauteuse/poêle	平鍋
seau	水桶	presse-fruits	榨汁器
sèche-linge	烘衣櫃	presse-agrume électrique	
séchoir à linge			（柑橘）榨汁機
晾衣架，（洗衣房的）乾燥裝置		hachoir	絞肉機
balai	掃帚	mixer	攪拌器
cuisinière électrique	電爐	four grille-pain	烤麵包箱
cuisinière à gaz	煤氣爐	autocuiseur	壓力鍋

(13)Equipement audio-visuel 視聽器材

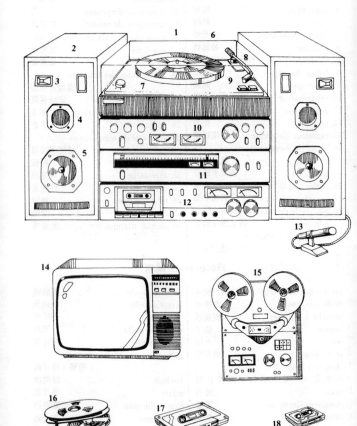

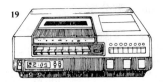

1. stéréophonie	立體聲系統	13. microphone	傳聲器，麥克風
2. haut-parleurs	揚聲器，喇叭	14. télévision	電視機
3. haut-parleur d'extrême aigu		15. magnétophone à bande	
	高音喇叭		開卷式錄音機
4. haut-parleur médial	中音喇叭	16. bobine	開卷式錄音帶
5. haut-parleur grave	低音喇叭	17. cassette	盒式錄音帶
6. tourne-disque	唱機	18. mini-cassette	微型盒式錄音帶
7. table de lecture/platine	轉盤	19. magnétoscope	磁帶錄像機
8. bras de lecture	唱臂	20. bande d'enregistrement vidéo	
9. phono lecteur/point de lecture			盒式錄像機
	唱頭	21. disque phonographique/phonog-	
10. amplificateur	放大器，擴音器	ramme	唱片
11. radio-préamplificateur	調諧器	22. radio-cassette	收音錄音機
12. platine à cassettes	錄音座		

(14) Bureau　辦公室

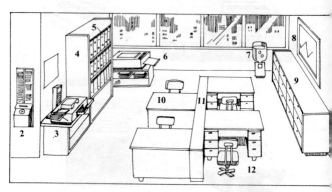

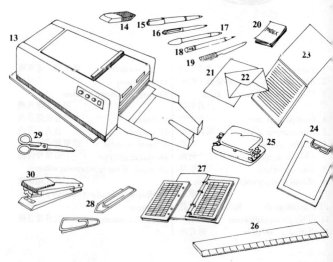

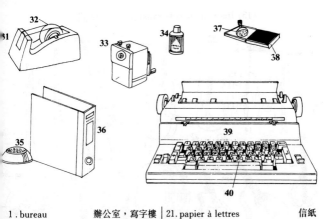

1 . bureau	辦公室，寫字樓	21 . papier à lettres	信紙
2 . enregistreur	出勤記錄鐘	22 . enveloppe	信封
3 . machine à adresser	地址複製機	23 . bloc de papier	書寫紙
4 . armoire à classeurs	檔案櫃	24 . tableau à écrire	書寫板
5 . dossier	文件夾，卷宗	25 . perforateur	打孔機
6 . phototélégraphe	傳真電報機	26 . règle	直尺
7 . eau distillée	蒸餾水	27 . classeur à quatre trous	四孔文件夾
8 . tableau	圖表	28 . trombone	回型針，曲別針
9 . classeur bas	矮櫃	29 . ciseaux	剪刀
10 . bureau	辦公桌	30 . agrafeuse	釘書機
11 . cloisonnage	分隔板，隔牆	31 . dévidoir de ruban adhésif	膠紙座
12 . chaise de bureau	辦公椅	32 . ruban adhésif	膠紙
13 . machine à photocopier (photo - copieur)	自動複印機	33 . machine à tailler les crayons	削鉛筆機
14 . gomme	橡皮	34 . le liquide correcteur	塗改液
15 . stylo à encre	墨水筆	35 . mouilleur	濡濕器
16 . crayon(stylo) à bille	圓珠筆	36 . classeur	文件夾
17 . feutres	氈尖筆	37 . tampon	圖章，戳子鋼印
18 . crayon	鉛筆	38 . tampon encreur	印台
19 . coupe-papier	裁紙刀	39 . machine à écrire	打字機
20 . bloc-notes	記事紙	40 . clavier	鍵盤

(15) Instruments de musique 樂器

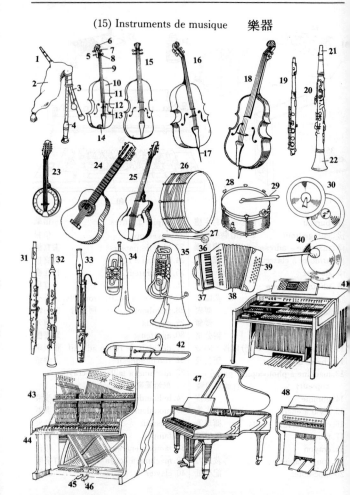

1 . cornemuse	風笛	25 . guitare de jazz	爵士樂吉他
2 . poche à air/outre/sac	風囊	26 . grosse caisse	大鼓
3 . grand bourdon	低音管	27 . mailloche	（大鼓的）鼓槌
4 . chalumeau	指管	28 . caisse claire	（扁平）小鼓
5 . violon	小提琴	29 . baguettes	鼓槌
6 . volute	琴頭	30 . cymbale/cymbale fixe	鈸，大鑔
7 . cheville	弦軸	31 . flûte	長笛
8 . chevillier	弦軸	32 . hautbois	雙簧管
9 . poignée	琴頸	33 . basson	巴松，大管
10 . table d'harmonie		34 . trompette	小號
	（小提琴的）面板	35 . ténor	次中音號
11 . cordes	琴弦	36 . accordéon	手風琴
12 . ouïe	音孔	37 . clavier	琴鍵
13 . chevalet	琴馬	38 . soufflet	風箱
14 . mentonnière	腮托	39 . touches des basses	低音鍵鈕
15 . viola de gambe	中提琴	40 . gong	鑼
16 . violoncelle	大提琴	41 . orgue électronique	電子琴
17 . chevillier	支柱	42 . trombone à coulisse	長號
18 . contrebasse	低音大提琴	43 . piano droit	立式鋼琴，竪式鋼琴
19 . piccolo	短笛	44 . clavier	琴鍵
20 . clarinette	單簧管	45 . pédale gauche	左踏板
21 . bec	吹口	46 . pédale droite	右踏板
22 . pavillon	喇叭口	47 . piano à queue	（演奏用）大鋼琴
23 . banjo	班卓琴	48 . harmonium	風琴，簧風琴
24 . guitare	吉他		

動詞變位表

I AVOIR

<table>
<tr><td colspan="2" align="center">INDICATIF</td></tr>
<tr><td align="center">Présent</td><td align="center">Passé composé</td></tr>
<tr>
<td>
j'   ai
tu   as
il   a
nous avons
vous avez
ils   ont
</td>
<td>
j'   ai   eu
tu   as   eu
il   a   eu
nous avons eu
vous avez eu
ils   ont   eu
</td>
</tr>
<tr><td align="center">Imparfait</td><td align="center">Plus-que-parfait</td></tr>
<tr>
<td>
j'   avais
tu   avais
il   avait
nous avions
vous aviez
ils   avaient
</td>
<td>
j'   avais   eu
tu   avais   eu
il   avait   eu
nous avions eu
vous aviez   eu
ils   avaient eu
</td>
</tr>
<tr><td align="center">Passé simple</td><td align="center">Passé antérieur</td></tr>
<tr>
<td>
j'   eus
tu   eus
il   eut
nous eûmes
vous eûtes
ils   eurent
</td>
<td>
j'   eus   eu
tu   eus   eu
il   eut   eu
nous eûmes eu
vous eûtes eu
ils   eurent eu
</td>
</tr>
<tr><td align="center">Futur simple</td><td align="center">Futur antérieur</td></tr>
<tr>
<td>
j'   aurai
tu   auras
il   aura
nous aurons
vous aurez
ils   auront
</td>
<td>
j'   aurai   eu
tu   auras   eu
il   aura   eu
nous aurons eu
vous aurez eu
ils   auront eu
</td>
</tr>
<tr><td colspan="2" align="center">INFINITIF</td></tr>
<tr><td align="center">Présent</td><td align="center">Passé</td></tr>
<tr>
<td>avoir</td>
<td>avoir eu</td>
</tr>
</table>

CONDITIONNEL		SUBJONCTIF	
Présent		*Présent*	
j'	aurais	j'	aie
tu	aurais	tu	aies
il	aurait	il	ait
nous	aurions	nous	ayons
vous	auriez	vous	ayez
ils	auraient	ils	aient
Passé 1re forme		*Imparfait*	
j'	aurais eu	j'	eusse
tu	aurais eu	tu	eusses
il	aurait eu	il	eût
nous	aurions eu	nous	eussions
vous	auriez eu	vous	eussiez
ils	auraient eu	ils	eussent
Passé 2e forme		*Passé*	
j'	eusse eu	j'	aie eu
tu	eusses eu	tu	aies eu
il	eût eu	il	ait eu
nous	eussions eu	nous	ayons eu
vous	eussiez eu	vous	ayez eu
ils	eussent eu	ils	aient eu
IMPÉRATIF		*Plus-que-parfait*	
Présent		j'	eusse eu
aie		tu	eusses eu
ayons		il	eût eu
ayez		nous	eussions eu
Passé		vous	eussiez eu
aie	eu	ils	eussent eu
ayons	eu		
ayez	eu		
PARTICIPE			
Présent		*Passé*	
ayant		eu ayant eu	

II ÊTRE

INDICATIF	
Présent	*Passé composé*
je suis tu es il est nous sommes vous êtes ils sont	j' ai été tu as été il a été nous avons été vous avez été ils ont été
Imparfait	*Plus-que-parfait*
j' étais tu étais il était nous étions vous étiez ils étaient	j' avais été tu avais été il avait été nous avions été vous aviez été ils avaient été
Passé simple	*Passé antérieur*
je fus tu fus il fut nous fûmes vous fûtes ils furent	j' eus été tu eus été il eut été nous eûmes été vous eûtes été ils eurent été
Futur simple	*Futur antérieur*
je serai tu seras il sera nous serons vous serez ils seront	j' aurai été tu auras été il aura été nous aurons été vous aurez été ils auront été
INFINITIF	
Présent	*Passé*
être	avoir été

CONDITIONNEL		SUBJONCTIF	
Présent		*Présent*	
je	serais	je	sois
tu	serais	tu	sois
il	serait	il	soit
nous	serions	nous	soyons
vous	seriez	vous	soyez
ils	seraient	ils	soient
Passé 1ʳᵉ forme		*Imparfait*	

CONDITIONNEL			SUBJONCTIF		
Passé 1ʳᵉ forme			*Imparfait*		
j'	aurais	été	je	fusse	
tu	aurais	été	tu	fusses	
il	aurait	été	il	fût	
nous	aurions	été	nous	fussions	
vous	auriez	été	vous	fussiez	
ils	auraient	été	ils	fussent	
Passé 2ᵉ forme			*Passé*		
j'	eusse	été	j'	aie	été
tu	eusses	été	tu	aies	été
il	eût	été	il	ait	été
nous	eussions	été	nous	ayons	été
vous	eussiez	été	vous	ayez	été
ils	eussent	été	ils	aient	été

IMPÉRATIF		Plus-que-parfait		
Présent				
sois		j'	eusse	été
soyons		tu	eusses	été
soyez		il	eût	été
Passé		nous	eussions	été
aie	été	vous	eussiez	été
ayons	été	ils	eussent	été
ayez	été			

PARTICIPE

Présent	*Passé*
étant	été
	ayant été

III 第一組動詞 AIMER

<table>
<tr><th colspan="2">INDICATIF</th></tr>
<tr><th>Présent</th><th>Passé composé</th></tr>
<tr><td>

j'   aime
tu   aimes
il   aime
nous   aimons
vous   aimez
ils   aiment
</td><td>

j'   ai   aimé
tu   as   aimé
il   a   aimé
nous   avons   aimé
vous   avez   aimé
ils   ont   aimé
</td></tr>
<tr><th>Imparfait</th><th>Plus-que-parfait</th></tr>
<tr><td>

j'   aimais
tu   aimais
il   aimait
nous   aimions
vous   aimiez
ils   aimaient
</td><td>

j'   avais   aimé
tu   avais   aimé
il   avait   aimé
nous   avions aimé
vous   aviez   aimé
ils   avaient aimé
</td></tr>
<tr><th>Passé simple</th><th>Passé antérieur</th></tr>
<tr><td>

j'   aimai
tu   aimas
il   aima
nous   aimâmes
vous   aimâtes
ils   aimèrent
</td><td>

j'   eus   aimé
tu   eus   aimé
il   eut   aimé
nous   eûmes   aimé
vous   eûtes   aimé
ils   eurent aimé
</td></tr>
<tr><th>Futur simple</th><th>Futur antérieur</th></tr>
<tr><td>

j'   aimerai
tu   aimeras
il   aimera
nous   aimerons
vous   aimerez
ils   aimeront
</td><td>

j'   aurai   aimé
tu   auras   aimé
il   aura   aimé
nous   aurons aimé
vous   aurez   aimé
ils   auront aimé
</td></tr>
<tr><th colspan="2">INFINITIF</th></tr>
<tr><th>Présent</th><th>Passé</th></tr>
<tr><td>

aimer
</td><td>

avoir   aimé
</td></tr>
</table>

CONDITIONNEL		**SUBJONCTIF**	
Présent		*Présent*	
j'	aimerais	j'	aime
tu	aimerais	tu	aimes
il	aimerait	il	aime
nous	aimerions	nous	aimions
vous	aimeriez	vous	aimiez
ils	aimeraient	ils	aiment
Passé 1re forme		*Imparfait*	

CONDITIONNEL			**SUBJONCTIF**		
Présent			*Présent*		
j'	aimerais		j'	aime	
tu	aimerais		tu	aimes	
il	aimerait		il	aime	
nous	aimerions		nous	aimions	
vous	aimeriez		vous	aimiez	
ils	aimeraient		ils	aiment	
Passé 1re forme			*Imparfait*		
j'	aurais	aimé	j'	aimasse	
tu	aurais	aimé	tu	aimasses	
il	aurait	aimé	il	aimât	
nous	aurions	aimé	nous	aimassions	
vous	auriez	aimé	vous	aimassiez	
ils	auraient	aimé	ils	aimassent	
Passé 2e forme			*Passé*		
j'	eusse	aimé	j'	aie	aimé
tu	eusses	aimé	tu	aies	aimé
il	eût	aimé	il	ait	aimé
nous	eussions	aimé	nous	ayons	aimé
vous	eussiez	aimé	vous	ayez	aimé
ils	eussent	aimé	ils	aient	aimé
IMPÉRATIF			*Plus-que-parfait*		
Présent					
aime			j'	eusse	aimé
aimons			tu	eusses	aimé
aimez			il	eût	aimé
Passé			nous	eussions	aimé
aie	aimé		vous	eussiez	aimé
ayons	aimé		ils	eussent	aimé
ayez	aimé				

PARTICIPE	
Présent	*Passé*
aimant	aimé
	ayant aimé

IV 第一組動詞 ARRIVER

INDICATIF	
Présent	*Passé composé*

j'	arrive		je	suis	arrivé
tu	arrives		tu	es	arrivé
il	arrive		il	est	arrivé
nous	arrivons		nous	sommes	arrivés
vous	arrivez		vous	êtes	arrivés
ils	arrivent		ils	sont	arrivés

Imparfait	*Plus-que-parfait*

j'	arrivais		j'	étais	arrivé
tu	arrivais		tu	étais	arrivé
il	arrivait		il	était	arrivé
nous	arrivions		nous	étions	arrivés
vous	arriviez		vous	étiez	arrivés
ils	arrivaient		ils	étaient	arrivés

Passé simple	*Passé antérieur*

j'	arrivai		je	fus	arrivé
tu	arrivas		tu	fus	arrivé
il	arriva		il	fut	arrivé
nous	arrivâmes		nous	fûmes	arrivés
vous	arrivâtes		vous	fûtes	arrivés
ils	arrivèrent		ils	furent	arrivés

Futur simple	*Futur antérieur*

j'	arriverai		je	serai	arrivé
tu	arriveras		tu	seras	arrivé
il	arrivera		il	sera	arrivé
nous	arriverons		nous	serons	arrivés
vous	arriverez		vous	serez	arrivés
ils	arriveront		ils	seront	arrivés

INFINITIF	
Présent	*Passé*
arriver	être arrivé

CONDITIONNEL		SUBJONCTIF	
Présent		*Présent*	
j'	arriverais	j'	arrive
tu	arriverais	tu	arrives
il	arriverait	il	arrive
nous	arriverions	nous	arrivions
vous	arriveriez	vous	arriviez
ils	arriveraient	ils	arrivent
Passé 1re forme		*Imparfait*	
je	serais	arrivé	j'	arrivasse
tu	serais	arrivé	tu	arrivasses
il	serait	arrivé	il	arrivât
nous	serions	arrivés	nous	arrivassions
vous	seriez	arrivés	vous	arrivassiez
ils	seraient	arrivés	ils	arrivassent

CONDITIONNEL			SUBJONCTIF		
Passé 2e forme			*Passé*		
je	fusse	arrivé	je	sois	arrivé
tu	fusses	arrivé	tu	sois	arrivé
il	fût	arrivé	il	soit	arrivé
nous	fussions	arrivés	nous	soyons	arrivés
vous	fussiez	arrivés	vous	soyez	arrivés
ils	fussent	arrivés	ils	soient	arrivés

IMPÉRATIF		Plus-que-parfait		
Présent				
arrive		je	fusse	arrivé
arrivons		tu	fusses	arrivé
arrivez		il	fut	arrivé
Passé		nous	fussions	arrivés
sois	arrivé	vous	fussiez	arrivés
soyons	arrivés	ils	fussent	arrivés
soyez	arrivés			

PARTICIPE	
Présent	*Passé*
arrivant	arrive étant arrivé

V 第二組動詞　FINIR

INDICATIF		

Présent		Passé composé		
je	finis	j'	ai	fini
tu	finis	tu	as	fini
il	finit	il	a	fini
nous	finissons	nous	avons	fini
vous	finissez	vous	avez	fini
ils	finissent	ils	ont	fini

Imparfait		Plus-que-parfait		
je	finissais	j'	avais	fini
tu	finissais	tu	avais	fini
il	finissait	il	avait	fini
nous	finissions	nous	avions	fini
vous	finissiez	vous	aviez	fini
ils	finissaient	ils	avaient	fini

Passé simple		Passé antérieur		
je	finis	j'	eus	fini
tu	finis	tu	eus	fini
il	finit	il	eut	fini
nous	finîmes	nous	eûmes	fini
vous	finîtes	vous	eûtes	fini
ils	finirent	ils	eurent	fini

Futur simple		Futur antérieur		
je	finirai	j'	aurai	fini
tu	finiras	tu	auras	fini
il	finira	il	aura	fini
nous	finirons	nous	aurons	fini
vous	finirez	vous	aurez	fini
ils	finiront	ils	auront	fini

INFINITIF	

Présent	Passé
finir	avoir fini

CONDITIONNEL		SUBJONCTIF	
Présent		*Présent*	
je	finirais	je	finisse
tu	finirais	tu	finisses
il	finirait	il	finisse
nous	finirions	nous	finissions
vous	finiriez	vous	finissiez
ils	finiraient	ils	finissent
Passé 1ʳᵉ forme		*Imparfait*	
j'	aurais fini	je	finisse
tu	aurais fini	tu	finisses
il	aurait fini	il	finît
nous	aurions fini	nous	finissions
vous	auriez fini	vous	finissiez
ils	auraient fini	ils	finissent
Passé 2ᵉ forme		*Passé*	
j'	eusse fini	j'	aie fini
tu	eusses fini	tu	aies fini
il	eût fini	il	ait fini
nous	eussions fini	nous	ayons fini
vous	eussiez fini	vous	ayez fini
ils	eussent fini	ils	aient fini

IMPÉRATIF		*Plus-que-parfait*	
Présent		j'	eusse fini
finis		tu	eusses fini
finissons		il	eût fini
finissez		nous	eussions fini
Passé		vous	eussiez fini
aie fini		ils	eussent fini
ayons fini			
ayez fini			

PARTICIPE	
Présent	*Passé*
finissant	fini
	ayant fini

VI 被動態 ÊTRE AIMÉ

INDICATIF

Présent

je	suis	aimé
tu	es	aimé
il	est	aimé
nous	sommes	aimés
vous	êtes	aimés
ils	sont	aimés

Passé composé

j'	ai	été	aimé
tu	as	été	aimé
il	a	été	aimé
nous	avons	été	aimés
vous	avez	été	aimés
ils	ont	été	aimés

Imparfait

j'	étais	aimé
tu	étais	aimé
il	était	aimé
nous	étions	aimés
vous	étiez	aimés
ils	étaient	aimés

Plus-que-parfait

j'	avais	été	aimé
tu	avais	été	aimé
il	avait	été	aimé
nous	avions	été	aimés
vous	aviez	été	aimés
ils	avaient	été	aimés

Passé simple

je	fus	aimé
tu	fus	aimé
il	fut	aimé
nous	fûmes	aimés
vous	fûtes	aimés
ils	furent	aimés

Passé antérieur

j'	eus	été	aimé
tu	eus	été	aimé
il	eut	été	aimé
nous	eûmes	été	aimés
vous	eûtes	été	aimés
ils	eurent	été	aimés

Futur simple

je	serai	aimé
tu	seras	aimé
il	sera	aimé
nous	serons	aimés
vous	serez	aimés
ils	seront	aimés

Futur antérieur

j'	aurai	été	aimé
tu	auras	été	aimé
il	aura	été	aimé
nous	aurons	été	aimés
vous	aurez	été	aimés
ils	auront	été	aimés

INFINITIF

Présent

être	aimé

Passé

avoir	été	aimé

CONDITIONNEL			SUBJONCTIF		
Présent			*Présent*		
je	serais	aimé	je	sois	aimé
tu	serais	aimé	tu	sois	aimé
il	serait	aimé	il	soit	aimé
nous	serions	aimés	nous	soyons	aimés
vous	seriez	aimés	vous	soyez	aimés
ils	seraient	aimés	ils	soient	aimés

Passé 1ʳᵉ forme				*Imparfait*		
j'	aurais	été	aimé	je	fusse	aimé
tu	aurais	été	aimé	tu	fusses	aimé
il	aurait	été	aimé	il	fût	aimé
nous	aurions	été	aimés	nous	fussions	aimés
vous	auriez	été	aimés	vous	fussiez	aimés
ils	auraient	été	aimés	ils	fussent	aimés

Passé 2ᵉ forme				*Passé*			
j'	eusse	été	aimé	j'	aie	été	aimé
tu	eusses	été	aimé	tu	aies	été	aimé
il	eût	été	aimé	il	ait	été	aimé
nous	eussions	été	aimés	nous	ayons	été	aimés
vous	eussiez	été	aimés	vous	ayez	été	aimés
ils	eussent	été	aimés	ils	aient	été	aimés

IMPÉRATIF

Présent
sois	aimé
soyons	aimés
soyez	aimés

Passé
aie	été	aimé
ayons	été	aimés
ayez	été	aimés

Plus-que-parfait			
j'	eusse	été	aimé
tu	eusses	été	aimé
il	eût	été	aimé
nous	eussions	été	aimés
vous	eussiez	été	aimés
ils	eussent	été	aimés

PARTICIPE

Présent		*Passé*		
étant	aimé	ayant	été	aimé

VII   代動詞 SE MÉFIER

INDICATIF				
Présent				**Passé composé**

je	me	méfie		je	me	suis	méfié
tu	te	méfies		tu	t'	es	méfié
il	se	méfie		il	s'	est	méfié
nous	nous	méfions		nous	nous	sommes	méfiés
vous	vous	méfiez		vous	vous	êtes	méfiés
ils	se	méfient		ils	se	sont	méfiés

Imparfait				**Plus-que-parfait**

je	me	méfiais		je	m'	étais	méfié
tu	te	méfiais		tu	t'	étais	méfié
il	se	méfiait		il	s'	était	méfié
nous	nous	méfiions		nous	nous	étions	méfiés
vous	vous	méfiiez		vous	vous	étiez	méfiés
ils	se	méfiaient		ils	s'	étaient	méfiés

Passé simple				**Passé antérieur**

je	me	méfiai		je	me	fus	méfié
tu	te	méfias		tu	te	fus	méfié
il	se	méfia		il	se	fut	méfié
nous	nous	méfiâmes		nous	nous	fûmes	méfiés
vous	vous	méfiâtes		vous	vous	fûtes	méfiés
ils	se	méfièrent		ils	se	furent	méfiés

Futur simple				**Futur antérieur**

je	me	méfierai		je	me	serai	méfié
tu	te	méfieras		tu	te	seras	méfié
il	se	méfiera		il	se	sera	méfié
nous	nous	méfierons		nous	nous	serons	méfiés
vous	vous	méfierez		vous	vous	serez	méfiés
ils	se	méfieront		ils	se	seront	méfiés

INFINITIF	
Présent	**Passé**

se	méfier	s'être	méfié

CONDITIONNEL			SUBJONCTIF		

		Présent			*Présent*
je	me	méfierais	je	me	méfie
tu	te	méfierais	tu	te	méfies
il	se	méfierait	il	se	méfie
nous	nous	méfierions	nous	nous	méfiions
vous	vous	méfieriez	vous	vous	méfiiez
ils	se	méfieraient	ils	se	méfient

		Passé 1re forme			*Imparfait*
je	me	serais méfié	je	me	méfiasse
tu	te	serais méfié	tu	te	méfiasses
il	se	serait méfié	il	se	méfiât
nous	nous	serions méfiés	nous	nous	méfiassions
vous	vous	seriez méfiés	vous	vous	méfiassiez
ils	se	seraient méfiés	ils	se	méfiassent

		Passé 2e forme			*Passé*
je	me	fusse méfié	je	me	sois méfié
tu	te	fusses méfié	tu	te	sois méfié
il	se	fût méfié	il	se	soit méfié
nous	nous	fussions méfiés	nous	nous	soyons méfiés
vous	vous	fussiez méfiés	vous	vous	soyez méfiés
ils	se	fussent méfiés	ils	se	soient méfiés

IMPÉRATIF			*Plus-que-parfait*		
Présent					
méfie-toi			je	me	fusse méfié
méfions-nous			tu	te	fusses méfié
méfiez-vous			il	se	fût méfié
			nous	nous	fussions méfiés
			vous	vous	fussiez méfiés
			ils	se	fussent méfiés

PARTICIPE	

Présent	*Passé*
se méfiant	s'étant méfié

VIII 超復合時態 TEMPS SURCOMPOSÉS

FINIR							
INDICATIF							
Passé surcomposé				*Plus-que-parfait surcomposé*			
j'	ai	eu	fini	j'	avais	eu	fini
tu	as	eu	fini	tu	avais	eu	fini
il	a	eu	fini	il	avait	eu	fini
nous	avons	eu	fini	nous	avions	eu	fini
vous	avez	eu	fini	vous	aviez	eu	fini
ils	ont	eu	fini	ils	avaient	eu	fini
Passé antérieur surcomposé				*Futur antérieur surcomposé*			
j'	eus	eu	fini	j'	aurai	eu	fini
tu	eus	eu	fini	tu	auras	eu	fini
il	eut	eu	fini	il	aura	eu	fini
nous	eûmes	eu	fini	nous	aurons	eu	fini
vous	eûtes	eu	fini	vous	aurez	eu	fini
ils	eurent	eu	fini	ils	auront	eu	fini
CONDITIONNEL				**SUBJONCTIF**			
Passé surcomposé				*Passé surcomposé*			
j'	aurais	eu	fini	j'	aie	eu	fini
tu	aurais	eu	fini	tu	aies	eu	fini
il	aurait	eu	fini	il	ait	eu	fini
nous	aurions	eu	fini	nous	ayons	eu	fini
vous	auriez	eu	fini	vous	ayez	eu	fini
ils	auraient	eu	fini	ils	aient	eu	fini
INFINITIF				**PARTICIPE**			
Passé surcomposé				*Passé surcomposé*			
	avoir	eu	fini		ayant	eu	fini

ARRIVER

INDICATIF

Passé surcomposé				*Plus-que-parfait surcomposé*			
j'	ai	été	arrivé	j'	avais	été	arrivé
tu	as	été	arrivé	tu	avais	été	arrivé
il	a	été	arrivé	il	avait	été	arrivé
nous	avons	été	arrivés	nous	avions	été	arrivés
vous	avez	été	arrivés	vous	aviez	été	arrivés
ils	ont	été	arrivés	ils	avaient	été	arrivés

Passé antérieur surcomposé				*Futur antérieur surcomposé*			
j'	eus	été	arrivé	j'	aurai	été	arrivé
tu	eus	été	arrivé	tu	auras	été	arrivé
il	eut	été	arrivé	il	aura	été	arrivé
nous	eûmes	été	arrivés	nous	aurons	été	arrivés
vous	eûtes	été	arrivés	vous	aurez	été	arrivés
ils	eurent	été	arrivés	ils	auront	été	arrivés

CONDITIONNEL

SUBJONCTIF

Passé surcomposé				*Passé surcomposé*			
j'	aurais	été	arrivé	j'	aie	été	arrivé
tu	aurais	été	arrivé	tu	aies	été	arrivé
il	aurait	été	arrivé	il	ait	été	arrivé
nous	aurions	été	arrivés	nous	ayons	été	arrivés
vous	auriez	été	arrivés	vous	ayez	été	arrivés
ils	auraient	été	arrivés	ils	aient	été	arrivés

INFINITIF

PARTICIPE

Passé surcomposé			*Passé surcomposé*		
avoir	été	arrivé	ayant	été	arrivé

INFINITIF Participe présent — Participe passé	INDICATIF		
	Présent	Imparfait	Passé simple
(1) **PLACER** Plaçant — placé	je place tu places il place n. plaçons v. placez ils placent	je plaçais tu plaçais il plaçait n. placions v. placiez ils plaçaient	je plaçai tu plaças il plaça n. plaçâmes v. plaçâtes ils placèrent
(2) **MANAGER** mangeant — mangé	je mange tu manges il mange n. mangeons v. mangez ils mangent	je mangeais tu mangeais il mangeait n. mangions v. mangiez ils mangeaient	je mangeai tu mangeas il mangea n. mangeâmes v. mangeâtes ils mangèrent
(3) **NETTOYER** nettoyant — nettoyé	je nettoie tu nettoies il nettoie n. nettoyons v. nettoyez ils nettoient	je nettoyais tu nettoyais il nettoyait n. nettoyions v. nettoyiez ils nettoyaient	je nettoyai tu nettoyas il nettoya n. nettoyâmes v. nettoyâtes ils nettoyèrent
(4) **PAYER** payant — payé	je pai[y]e tu pai[y]es il pai[y]e n. payons v. payez ils pai[y]ent	je payais tu payais il payait n. payions v. payiez ils payaient	je payai tu payas il paya n. payâmes v. payâtes ils payèrent
(5) **APPELER** appelant — appelé	j'appelle tu appelles il appelle n. appelons v. appelez ils appellent	j'appelais tu appelais il appelait n. appelions v. appeliez ils appelaient	j'appelai tu appelas il appela n. appelâmes v. appelâtes ils appelèrent

	SUBJONCTIF		**IMPÉRATIF**
Futur	Présent	Imparfait	Présent
je placerai	je place	je plaçasse	
tu placeras	tu places	tu plaçasses	place
il placera	il place	il plaçât	
n. placerons	n. placions	n. plaçassions	plaçons
v. placerez	v. placiez	v. plaçassiez	placez
ils placeront	ils placent	ils plaçassent	
je mangerai	je mange	je mangeasse	
tu mangeras	tu manges	tu mangeasses	mange
il mangera	il mange	il mangeât	
n. mangerons	n. mangions	n. mangeassions	mangeons
v. mangerez	v. mangiez	v. mangeassiez	mangez
ils mangeront	ils mangent	ils mangeassent	
je nettoierai	je nettoie	je nettoyasse	
tu nettoieras	tu nettoies	tu nettoyasses	nettoie
il nettoiera	il nettoie	il nettoyât	
n. nettoierons	n. nettoyions	n. nettoyassions	nettoyons
v. nettoierez	v. nettoyiez	v. nettoyassiez	nettoyez
ils nettoieront	ils nettoient	ils nettoyassent	
je pai[y]erai	je pai[y]e	je payasse	
tu pai[y]eras	tu pai[y]es	tu payasses	pai[y]e
il pai[y]era	il pai[y]e	il payât	
n. pai[y]erons	n. payions	n. payassions	payons
v. pai[y]erez	v. payiez	v. payassiez	payez
ils pai[y]eront	ils pai[y]ent	ils payassent	
j'appellerai	j'appelle	j'appelasse	
tu appelleras	tu appelles	tu appelasses	appelle
il appellera	il appelle	il appelât	
n. appellerons	n. appelions	n. appelassions	appelons
v. appellerez	v. appeliez	v. appelassiez	appelez
ils appelleront	ils appellent	ils appelassent	

INFINITIF Participe présent — Participe passé	INDICATIF		
	Présent	Imparfait	Passé simple
(6) **PELER** pelant — pelé	je pèle tu pèles il pèle n. pelons v. pelez ils pèlent	je pelais tu pelais il pelait n. pelions v. peliez ils pelaient	je pelai tu pelas il pela n. pelâmes v. pelâtes ils pelèrent
(7) **RÉVÉLER** révélant — révélé	je révèle tu révèles il révèle n. révélons v. révélez ils révèlent	je révélais tu révélais il révélait n. révélions v. révéliez ils révélaient	je révélai tu révélas il révéla n. révélâmes v. révélâtes ils révélèrent
(8) **ALLER** allant — allé	je vais tu vas il va n. allons v. allez ils vont	j'allais tu allais il allait n. allions v. alliez ils allaient	j'allai tu allas il alla n. allâmes v. allâtes ils allèrent
(9) **ENVOYER** envoyant — envoyé	j'envoie tu envoies il envoie n. envoyons v. envoyez ils envoient	j'envoyais tu envoyais il envoyait n. envoyions v. envoyiez ils envoyaient	j'envoyai tu envoyas il envoya n. envoyâmes v. envoyâtes ils envoyèrent
(10) ***HAÏR** haïssant — haï	je hais tu hais il hait n. haïssons v. haïssez ils haïssent	je haïssais tu haïssais il haïssait n. haïssions v. haïssiez ils haïssaient	je haïs tu haïs il haït n. haïmes v. haïtes ils haïrent

	SUBJONCTIF		IMPÉRATIF
Futur	Présent	Imparfait	Présent
je pèlerai	je pèle	je pelasse	
tu pèleras	tu pèles	tu pelasses	pèle
il pèlera	il pèle	il pelât	
n. pèlerons	n. pelions	n. pelassions	pelons
v. pèlerez	v. peliez	v. pelassiez	pelez
ils pèleront	ils pèlent	ils pelassent	
je révélerai	je révèle	je révélasse	
tu révéleras	tu révèles	tu révélasses	révèle
il révélera	il révèle	il révélât	
n. révélerons	n. révélions	n. révélassions	révélons
v. révélerez	v. révéliez	v. révélassiez	révélez
ils révéleront	ils révèlent	ils révélassent	
j'irai	j'aille	j'allasse	
tu iras	tu ailles	tu allasses	va
il ira	il aille	il allât	
n. irons	n. allions	n. allassions	allons
v. irez	v. alliez	v. allassiez	allez
ils iront	ils aillent	ils allassent	
j'enverrai	j'envoie	j'envoyasse	
tu enverras	tu envoies	tu envoyasses	envoie
il enverra	il envoie	il envoyât	
n. enverrons	n. envoyions	n. envoyassions	envoyons
v. enverrez	v. envoyiez	v. envoyassiez	envoyez
ils enverront	ils envoient	ils envoyassent	
je haïrai	je haïsse	je haïsse	
tu haïras	tu haïsses	tu haïsses	haïs
il haïra	il haïsse	il haït	
n. haïrons	n. haïssions	n. haïssions	haïssons
v. haïrez	v. haïssiez	v. haïssiez	haïssez
ils haïront	ils haïssent	ils haïssent	

INFINITIF Participe présent — Participe passé	INDICATIF		
	Présent	Imparfait	Passé simple
(11) **OFFRIR** offrant — offert	j'offre tu offres il offre n. offrons v. offrez ils offrent	j'offrais tu offrais il offrait n. offrions v. offriez ils offraient	j'offris tu offris il offrit n. offrîmes v. offrîtes ils offrirent
(12) **ASSAILLIR** assaillant — assailli	j'assaille tu assailles il assaille n. assaillons v. assaillez ils assaillent	j'assaillais tu assaillais il assaillait n. assaillions v. assailliez ils assaillaient	j'assaillis tu assaillis il assaillit n. assaillîmes v. assaillîtes ils assaillirent
(13) **CUEILLIR** cueillant — cueilli	je cueille tu cueilles il cueille n. cueillons v. cueillez ils cueillent	je cueillais tu cueillais il cueillait n. cueillions v. cueilliez ils cueillaient	je cueillis tu cueillis il cueillit n. cueillîmes v. cueillîtes ils cueillirent
(14) **ACQUÉRIR** acquérant — acquis	j'acquiers tu acquiers il acquiert n. acquérons v. acquérez ils acquièrent	j'acquérais tu acquérais il acquérait n. acquérions v. acquériez ils acquéraient	j'acquis tu acquis il acquit n. acquîmes v. acquîtes ils acquirent
(15) **SERVIR** servant — servi	je sers tu sers il sert n. servons v. servez ils servent	je servais tu servais il servait n. servions v. serviez ils servaient	je servis tu servis il servit n. servîmes v. servîtes ils servirent

	SUBJONCTIF		IMPÉRATIF
Futur	Présent	Imparfait	Présent
j'offrirai	j'offre	j'offrisse	
tu offriras	tu offres	tu offrisses	offre
il offrira	il offre	il offrît	
n. offrirons	n. offrions	n. offrissions	offrons
v. offrirez	v. offriez	v. offrissiez	offrez
ils offriront	ils offrent	ils offrissent	
j'assaillirai	j'assaille	j'assaillisse	
tu assailliras	tu assailles	tu assaillisses	assaille
il assaillira	il assaille	il assaillît	
n. assaillirons	n. assaillions	n. assaillissions	assaillons
v. assaillirez	v. assailliez	v. assaillissiez	assaillez
ils assailliront	ils assaillent	ils assaillissent	
je cueillerai	je cueille	je cueillisse	
tu cueilleras	tu cueilles	tu cueillisses	cueille
il cueillera	il cueille	il cueillît	
n. cueillerons	n. cueillions	n. cueillissions	cueillons
v. cueillerez	v. cueilliez	v. cueillissiez	cueillez
ils cueilleront	ils cueillent	ils cueillissent	
j'acquerrai	j'acquière	j'acquisse	
tu acquerras	tu acquières	tu acquisses	acquiers
il acquerra	il acquière	il acquît	
n. acquerrons	n. acquérions	n. acquissions	acquérons
v. acquerrez	v. acquériez	v. acquissiez	acquérez
ils acquerront	ils acquièrent	ils acquissent	
je servirai	je serve	je servisse	
tu serviras	tu serves	tu servisses	sers
il servira	il serve	il servît	
n. servirons	n. servions	n. servissions	servons
v. servirez	v. serviez	v. servissiez	servez
ils serviront	ils servent	ils servissent	

INFINITIF Participe présent — Participe passé	INDICATIF		
	Présent	Imparfait	Passé simple
(16) **TENIR** tenant — tenu	je tiens tu tiens il tient n. tenons v. tenez ils tiennent	je tenais tu tenais il tenait n. tenions v. teniez ils tenaient	je tins tu tins il tint n. tînmes v. tîntes ils tinrent
(17) **FUIR** fuyant — fui	je fuis tu fuis il fuit n. fuyons v. fuyez ils fuient	je fuyais tu fuyais il fuyait n. fuyions v. fuyiez ils fuyaient	je fuis tu fuis il fuit n. fuîmes v. fuîtes ils fuirent
(18) **MOURIR** mourant — mort	je meurs tu meurs il meurt n. mourons v. mourez ils meurent	je mourais tu mourais il mourait n. mourions v. mouriez ils mouraient	je mourus tu mourus il mourut n. mourûmes v. mourûtes ils moururent
(19) **VÊTIR** vêtant — vêtu	je vêts tu vêts il vêt n. vêtons v. vêtez ils vêtent	je vêtais tu vêtais il vêtait n. vêtions v. vêtiez ils vêtaient	je vêtis tu vêtis il vêtit n. vêtîmes v. vêtîtes ils vêtirent
(20) **COURIR** courant — couru	je cours tu cours il court n. courons v. courez ils courent	je courais tu courais il courait n. courions v. couriez ils couraient	je courus tu courus il courut n. courûmes v. courûtes ils coururent

619

| | **SUBJONCTIF** | | **IMPÉRATIF** |
Futur	Présent	Imparfait	Présent
je tiendrai	je tienne	je tinsse	
tu tiendras	tu tiennes	tu tinsses	tiens
il tiendra	il tienne	il tînt	
n. tiendrons	n. tenions	n. tinssions	tenons
v. tiendrez	v. teniez	v. tinssiez	tenez
ils tiendront	ils tiennent	ils tinssent	
je fuirai	je fuie	je fuisse	
tu fuiras	tu fuies	tu fuisses	fuis
il fuira	il fuie	il fuît	
n. fuirons	n. fuyions	n. fuissions	fuyons
v. fuirez	v. fuyiez	v. fuissiez	fuyez
ils fuiront	ils fuient	ils fuissent	
je mourrai	je meure	je mourusse	
tu mourras	tu meures	tu mourusses	meurs
il mourra	il meure	il mourût	
n. mourrons	n. mourions	n. mourussions	mourons
v. mourrez	v. mouriez	v. mourussiez	mourez
ils mourront	ils meurent	ils mourussent	
je vêtirai	je vête	je vêtisse	
tu vêtiras	tu vêtes	tu vêtisses	vêts
il vêtira	il vête	il vêtît	
n. vêtirons	n. vêtions	n. vêtissions	vêtons
v. vêtirez	v. vêtiez	v. vêtissiez	vêtez
ils vêtiront	ils vêtent	ils vêtissent	
je courrai	je coure	je courusse	
tu courras	tu coures	tu courusses	cours
il courra	il coure	il courût	
n. courrons	n. courions	n. courussions	courons
v. courrez	v. couriez	v. courussiez	courez
ils courront	ils courent	ils courussent	

INFINITIF Participe présent — Participe passé	INDICATIF		
	Présent	Imparfait	Passé simple
(21) **BOUILLIR** bouillant — bouilli	je bous tu bous il bout n. bouillons v. bouillez ils bouillent	je bouillais tu bouillais il bouillait n. bouillions v. bouilliez ils bouillaient	je bouillis tu bouillis il bouillit n. bouillîmes v. bouillîtes ils bouillirent
(22^1) **FAILLIR** faillissant — failli	je faillis tu faillis il faillit n. faillissons v. faillissez ils faillissent	je faillissais tu faillissais il faillissait n. faillissions v. faillissiez ils faillissaient	je faillis tu faillis il faillit n. faillîmes v. faillîtes ils faillirent
(22^2) **FAILLIR** faillant — failli	je faux tu faux il faut n. faillons v. faillez ils faillent	je faillais tu faillais il faillait n. faillions v. failliez ils faillaient	je faillis tu faillis il faillit n. faillîmes v. faillîtes ils faillirent
(23) **GÉSIR** gisant —	je gis tu gis il gît n. gisons v. gisez ils gisent	je gisais tu gisais il gisait n. gisions v. gisiez ils gisaient	
(24) **SAILLIR** saillant — sailli	il saille ils saillent	il saillait ils saillaient	il saillit ils saillirent

	SUBJONCTIF		IMPÉRATIF
Futur	Présent	Imparfait	Présent
je bouillirai	je bouille	je bouillisse	
tu bouilliras	tu bouilles	tu bouillisses	bous
il bouillira	il bouille	il bouillît	
n. bouillirons	n. bouillions	n. bouillissions	bouillons
v. bouillirez	v. bouilliez	v. bouillissiez	bouillez
ils bouilliront	ils bouillent	ils bouillissent	
je faillirai	je faillisse	je faillisse	
tu failliras	tu faillisses	tu faillisses	faillis
il faillira	il faillisse	il faillît	
n. faillirons	n. faillissions	n. faillissions	faillissons
v. faillirez	v. faillissiez	v. faillissiez	faillissez
ils failliront	ils faillissent	ils faillissent	
je faudrai	je faille	je faillisse	
tu faudras	tu failles	tu faillisses	
il faudra	il faille	il faillît	
n. faudrons	n. faillions	n. faillissions	
v. faudrez	v. failliez	v. faillissiez	
ils faudront	ils faillent	ils faillissent	
il saille[i]ra	il saille		
ils saille[i]ront	ils saillent		

INFINITIF Participe présent — Participe passé	INDICATIF		
	Présent	Imparfait	Passé simple
(25) RECEVOIR recevant — reçu	je reçois tu reçois il reçoit n. recevons v. recevez ils reçoivent	je recevais tu recevais il recevait n. recevions v. receviez ils recevaient	je reçus tu reçus il reçut n. reçûmes v. reçûtes ils reçurent
(26) DEVOIR devant — dû, due	je dois tu dois il doit n. devons v. devez ils doivent	je devais tu devais il devait n. devions v. deviez ils devaient	je dus tu dus il dut n. dûmes v. dûtes ils durent
(27) MOUVOIR mouvant — mû, mue	je meus tu meus il meut n. mouvons v. mouvez ils meuvent	je mouvais tu mouvais il mouvait n. mouvions v. mouviez ils mouvaient	je mus tu mus il mut n. sûmes v. mûmes ils murent
(28) SAVOIR sachant — su	je sais tu sais il sait n. savons v. savez ils savent	je savais tu savais il savait n. savions v. saviez ils savaient	je sus tu sus il sut n. sûmes v. sûtes ils surent
(29) VOULOIR voulant — voulu	je veux tu veux il veut n. voulons v. voulez ils veulent	je voulais tu voulais il voulait n. voulions v. vouliez ils voulaient	je voulus tu voulus il voulut n. voulûmes v. voulûtes ils voulurent

| | SUBJONCTIF | | IMPÉRATIF |
Futur	Présent	Imparfait	Présent
je recevrai	je reçoive	je reçusse	
tu recevras	tu reçoives	tu reçusses	reçois
il recevra	il reçoive	il reçût	
n. recevrons	n. recevions	n. reçussions	recevons
v. recevrez	v. receviez	v. reçussiez	recevez
ils recevront	ils reçoivent	ils reçussent	
je devrai	je doive	je dusse	
tu devras	tu doives	tu dusses	dois
il devra	il doive	il dût	
n. devrons	n. devions	n. dussions	devons
v. devrez	v. deviez	v. dussiez	devez
ils devront	ils doivent	ils dussent	
je mouvrai	je meuve	je musse	
tu mouvras	tu meuves	tu musses	meus
il mouvra	il meuve	il mût	
n. mouvrons	n. mouvions	n. mussions	mouvons
v. mouvrez	v. mouviez	v. mussiez	mouvez
ils mouvront	ils meuvent	ils mussent	
je saurai	je sache	je susse	
tu sauras	tu saches	tu susses	sache
il saura	il sache	il sût	
n. saurons	n. sachions	n. sussions	sachons
v. saurez	v. sachiez	v. sussiez	sachez
ils sauront	ils sachent	ils sussent	
je voudrai	je veuille	je voulusse	
tu voudras	tu veuilles	tu voulusses	veuille, veux
il voudra	il veuille	il voulût	
n. voudrons	n. voulions	n. voulussions	veuillons, voulons
v. voudrez	v. vouliez	v. voulussiez	veuillez, voulez
ils voudront	ils veuillent	ils voulussent	

INFINITIF Participe présent — Participe passé	INDICATIF		
	Présent	Imparfait	Passé simple
(30) **VALOIR** valant — valu	je vaux tu vaux il vaut n. valons v. valez ils valent	je valais tu valais il valait n. valions v. valiez ils valaient	je valus tu valus il valut n. valûmes v. valûtes ils valurent
(31) **POUVOIR** pouvant — pu	je peux [puis] tu peux il peut n. pouvons v. pouvez ils peuvent	je pouvais tu pouvais il pouvait n. pouvions v. pouviez ils pouvaient	je pus tu pus il put n. pûmes v. pûtes ils purent
(32) **VOIR** voyant — vu	je vois tu vois il voit n. voyons v. voyez ils voient	je voyais tu voyais il voyait n. voyions v. voyiez ils voyaient	je vis tu vis il vit n. vîmes v. vîtes ils virent
(33) **PRÉVOIR** prévoyant — prévu	je prévois tu prévois il prévoit n. prévoyons v. prévoyez ils prévoient	je prévoyais tu prévoyais il prévoyait n. prévoyions v. prévoyiez ils prévoyaient	je prévis tu prévis il prévit n. prévîmes v. prévîtes ils prévirent
(34[1]) **ASSEOIR** asseyant — assis	j'assieds tu assieds il assied n. asseyons v. asseyez ils asseyent	j'asseyais tu asseyais il asseyait n. asseyions v. asseyiez ils asseyaient	j'assis tu assis il assit n. assîmes v. assîtes ils assirent

Futur	SUBJONCTIF		IMPÉRATIF
	Présent	Imparfait	Présent
je vaudrai	je vaille	je valusse	
tu vaudras	tu vailles	tu valusses	vaux
il vaudra	il vaille	il valût	
n. vaudrons	n. valions	n. valussions	valons
v. vaudrez	v. valiez	v. valussiez	valez
ils vaudront	ils vaillent	ils valussent	
je pourrai	je puisse	je pusse	
tu pourras	tu puisses	tu pusses	
il pourra	il puisse	il pût	
n. pourrons	n. puissions	n. pussions	
v. pourrez	v. puissiez	v. pussiez	
ils pourront	ils puissent	ils pussent	
je verrai	je voie	je visse	
tu verras	tu voies	tu visses	vois
il verra	il voie	il vît	
n. verrons	n. voyions	n. vissions	voyons
v. verrez	v. voyiez	v. vissiez	voyez
ils verront	ils voient	ils vissent	
je prévoirai	je prévoie	je prévisse	
tu prévoiras	tu prévoies	tu prévisses	prévois
il prévoira	il prévoie	il prévît	
n. prévoirons	n. prévoyions	n. prévissions	prévoyons
v. prévoirez	v. prévoyiez	v. prévissiez	prévoyez
ils prévoiront	ils prévoient	ils prévissent	
j'assiérai	j'asseye	j'assisse	
tu assiéras	tu asseyes	tu assisses	assieds
il assiéra	il asseye	il assît	
n. assiérons	n. asseyions	n. assissions	asseyons
v. assiérez	v. asseyiez	v. assissiez	asseyez
ils assiéront	ils asseyent	ils assissent	

INFINITIF Participe présent — Participe passé	INDICATIF		
	Présent	Imparfait	Passé simple
(34²) **ASSEOIR** assoyant — assis	j'assois tu assois il assoit n. assoyons v. assoyez ils assoient	j'assoyais tu assoyais il assoyait n. assoyions v. assoyiez ils assoyaient	j'assis tu assis il assit n. assîmes v. assîtes ils assirent
(35) **SURSEOIR** sursoyant — sursis	je sursois tu sursois il sursoit n. sursoyons v. sursoyez ils sursoient	je sursoyais tu sursoyais il sursoyait n. sursoyions v. sursoyiez ils sursoyaient	je sursis tu sursis il sursit n. sursimes v. sursites ils sursirent
(36) **SEOIR** séant, seyant — sis	il sied ils siéent	il seyait ils seyaient	
(37) **PLEUVOIR** pleuvant — plu	il pleut ils pleuvent	il pleuvait ils pleuvaient	il plut ils plurent
(38) **FALLOIR** — fallu	il faut	il fallait	il fallut

	SUBJONCTIF		IMPÉRATIF
Futur	Présent	Imparfait	Présent
j'assoirai	j'assoie	j'assisse	
tu assoiras	tu assoies	tu assisses	assois
il assoira	il assoie	il assit	
n. assoirons	n. assoyions	n. assissions	assoyons
v. assoirez	v. assoyiez	v. assissiez	assoyez
ils assoiront	ils assoient	ils assissent	
je surseoirai	je sursoic	je sursisse	
tu surseoiras	tu sursoies	tu sursisses	sursois
il surseoira	il sursoie	il sursît	
n. surseoirons	n. sursoyions	n. sursissions	sursoyons
v. surseoirez	v. sursoyiez	v. sursissiez	sursoyez
ils surseoiront	ils sursoient	ils sursissent	
il siéra	il siée		
ils siéront	ils siéent		
il pleuvra	il pleuve	il plût	
ils pleuvront	ils pleuvent	ils plussent	
il faudra	il faille	il fallût	

INFINITIF Participe présent — Participe passé	INDICATIF		
	Présent	Imparfait	Passé simple
(39¹) **DÉCHOIR** — déchu	je déchois tu déchois il déchoit n. déchoyons v. déchoyez ils déchoient		je déchus tu déchus il déchut n. déchûmes v. déchûtes ils déchurent
(39²) **DÉCHOIR** — déchu	je déchois tu déchois il déchet n. déchoyons v. déchoyez ils déchoient		je déchus tu déchus il déchut n. déchûmes v. déchûtes ils déchurent
(40¹) **CHOIR** — chu	je chois tu chois il choit ils choient		je chus tu chus il chut n. chûmes v. chûtes ils churent
(40²) **CHOIR** — chu	je chois tu chois il choit ils choient		je chus tu chus il chut n. chûmes v. chûtes ils churent
(41) **ÉCHOIR** échéant — échu	 il échoit il échet ils échoient ils échéent	 il échoyait	 il échut ils échurent

| | SUBJONCTIF | | IMPÉRATIF |
Futur	Présent	Imparfait	Présent
je déchoirai	je déchoie	je déchusse	
tu déchoiras	tu déchoies	tu déchusses	
il déchoira	il déchoie	il déchût	
n. déchoirons	n. déchoyions	n. déchussions	
v. déchoirez	v. déchoyiez	v. déchussiez	
ils déchoiront	ils déchoient	ils déchussent	
je décherrai	je déchoie	je déchusse	
tu décherras	tu déchoies	tu déchusses	
il décherra	il déchoie	il déchût	
n. décherrons	n. déchoyions	n. déchussions	
v. décherrez	v. déchoyiez	v. déchussiez	
ils décherront	ils déchoient	ils déchussent	
je choirai			
tu choiras			
il choira		il chût	
n. choirons			
v. choirez			
ils choiront			
je cherrai			
tu cherras			
il cherra		il chût	
n. cherrons			
v. cherrez			
ils cherront			
il échoira	il échoie	il échût	
il écherra	il échée		
ils échoiront			
ils écherront			

INFINITIF Participe présent — Participe passé	INDICATIF		
	Présent	Imparfait	Passé simple
(42) **RENDRE** rendant — rendu	je rends tu rends il rend n. rendons v. rendez ils rendent	je rendais tu rendais il rendait n. rendions v. rendiez ils rendaient	je rendis tu rendis il rendit n. rendîmes v. rendîtes ils rendirent
(43) **VAINCRE** vainquant — vaincu	je vaincs tu vaincs il vainc n. vainquons v. vainquez ils vainquent	je vainquais tu vainquais il vainquait n. vainquions v. vainquiez ils vainquaient	je vainquis tu vainquis il vainquit n. vainquîmes v. vainquîtes ils vainquirent
(44) **BATTRE** battant — battu	je bats tu bats il bat n. battons v. battez ils battent	je battais tu battais il battait n. battions v. battiez ils battaient	je battis tu battis il battit n. battîmes v. battîtes ils battirent
(45) **METTRE** mettant — mis	je mets tu mets il met n. mettons v. mettez ils mettent	je mettais tu mettais il mettait n. mettions v. mettiez ils mettaient	je mis tu mis il mit n. mîmes v. mîtes ils mirent
(46) **PRENDRE** prenant — pris	je prends tu prends il prend n. prenons v. prenez ils prennent	je prenais tu prenais il prenait n. prenions v. preniez ils prenaient	je pris tu pris il prit n. prîmes v. prîtes ils prirent

	SUBJONCTIF		IMPÉRATIF
Futur	Présent	Imparfait	Présent
je rendrai	je rende	je rendisse	
tu rendras	tu rendes	tu rendisses	rends
il rendra	il rende	il rendît	
n. rendrons	n. rendions	n. rendissions	rendons
v. rendrez	v. rendiez	v. rendissiez	rendez
ils rendront	ils rendent	ils rendissent	
je vaincrai	je vainque	je vainquisse	
tu vaincras	tu vainques	tu vainquisses	vaincs
il vaincra	il vainque	il vainquît	
n. vaincrons	n. vainquions	n. vainquissions	vainquons
v. vaincrez	v. vainquiez	v. vainquissiez	vainquez
ils vaincront	ils vainquent	ils vainquissent	
je battrai	je batte	je battisse	
tu battras	tu battes	tu battisses	bats
il battra	il batte	il battît	
n. battrons	n. battions	n. battissions	battons
v. battrez	v. battiez	v: battissiez	battez
ils battront	ils battent	ils battissent	
je mettrai	je mette	je misse	
tu mettras	tu mettes	tu misses	mets
il mettra	il mette	il mît	
n. mettrons	n. mettions	n. missions	mettons
v. mettrez	v. mettiez	v. missiez	mettez
ils mettront	ils mettent	ils missent	
je prendrai	je prenne	je prisse	
tu prendras	tu prennes	tu prisses	prends
il prendra	il prenne	il prît	
n. prendrons	n. prenions	n. prissions	prenons
v. prendrez	v. preniez	v. prissiez	prenez
ils prendront	ils prennent	ils prissent	

INFINITIF	INDICATIF		
Participe présent — Participe passé	Présent	Imparfait	Passé simple
(47) **MOUDRE** moulant — moulu	je mouds tu mouds il moud n. moulons v. moulez ils moulent	je moulais tu moulais il moulait n. moulions v. mouliez ils moulaient	je moulus tu moulus il moulut n. moulûmes v. moulûtes ils moulurent
(48) **COUDRE** cousant — cousu	je couds tu couds il coud n. cousons v. cousez ils cousent	je cousais tu cousais il cousait n. cousions v. cousiez ils cousaient	je cousis tu cousis il cousit n. cousîmes v. cousîtes ils cousirent
(49) **ABSOUDRE** absolvant — absous, absoute	j'absous tu absous il absout n. absolvons v. absolvez ils absolvent	j'absolvais tu absolvais il absolvait n. absolvions v. absolviez ils absolvaient	j'absolus tu absolus il absolut n. absolûmes v. absolûtes ils absolurent
(50) **RÉSOUDRE** résolvant — résolu	je résous tu résous il résout n. résolvons v. résolvez ils résolvent	je résolvais tu résolvais il résolvait n. résolvions v. résolviez ils résolvaient	je résolus tu résolus il résolut n. résolûmes v. résolûtes ils résolurent
(51) **CRAINDRE** craignant — craint	je crains tu crains il craint n. craignons v. craignez ils craignent	je craignais tu craignais il craignait n. craignions v. craigniez ils craignaient	j'e craignis tu craignis il craignit n. craignîmes v. craignites ils craignirent

	SUBJONCTIF		IMPÉRATIF
Futur	Présent	Imparfait	Présent
je moudrai	je moule	je moulusse	
tu moudras	tu moules	tu moulusses	mouds
il moudra	il moule	il moulût	
n. moudrons	n. moulions	n. moulussions	moulons
v. moudrez	v. mouliez	v. moulussiez	moulez
ils moudront	ils moulent	ils moulussent	
je coudrai	je couse	je cousisse	
tu coudras	tu couses	tu cousisses	couds
il coudra	il couse	il cousît	
n. coudrons	n. cousions	n. cousissions	cousons
v. coudrez	v. cousiez	v. cousissiez	cousez
ils coudront	ils cousent	ils cousissent	
j'absoudrai	j'absolve	j'absolusse	
tu absoudras	tu absolves	tu absolusses	absous
il absoudra	il absolve	il absolût	
n. absoudrons	n. absolvions	n. absolussions	absolvons
v. absoudrez	v. absolviez	v. absolussiez	absolvez
ils absoudront	ils absolvent	Ils absolussent	
je résoudrai	je résolve	je résolusse	
tu résoudras	tu résolves	tu résolusses	résous
il résoudra	il résolve	il résolût	
n. résoudrons	n. résolvions	n. résolussions	résolvons
v. résoudrez	v. résolviez	v. résolussiez	résolvez
ils résoudront	ils résolvent	ils résolussent	
je craindrai	je craigne	je craignisse	
tu craindras	tu craignes	tu craignisses	crains
il craindra	il craigne	il craignît	
n. craindrons	n. craignions	n. craignissions	craignons
v. craindrez	v. craigniez	v. craignissiez	craignez
ils craindront	ils craignent	ils craignissent	

INFINITIF Participe présent – Participe passé	**INDICATIF**		
	Présent	Imparfait	Passé simple
(52) **SUIVRE** suivant – suivi	je suis tu suis il suit n. suivons v. suivez ils suivent	je suivais tu suivais il suivait n. suivions v. suiviez ils suivaient	je suivis tu suivis il suivit n. suivîmes v. suivîtes ils suivirent
(53) **VIVRI** vivant – vécu	je vis tu vis il vit n. vivons v. vivez ils vivent	je vivais tu vivais il vivait n. vivions v. viviez ils vivaient	je vécus tu vécus il vécut n. vécûmes v. vécûtes ils vécurent
(54) **PARAÎTRE** paraissant – paru	je parais tu parais il paraît n. paraissons v. paraissez ils paraissent	je paraissais tu paraissais il paraissait n. paraissions v. paraissiez ils paraissaient	je parus tu parus il parut n. parûmes v. parûtes ils parurent
(55) **NAÎTRE** naissant – né	je nais tu nais il naît n. naissons v. naissez ils naissent	je naissais tu naissais il naissait n. naissions v. naissiez ils naissaient	je naquis tu naquis il naquit n. naquîmes v. naquites ils naquirent
(56) **CROÎTRE** croissant – crû, crue	je croîs tu croîs il croît n. croissons v. croissez ils croissent	je croissais tu croissais il croissait n. croissions v. croissiez ils croissaient	je crûs tu crûs il crût n. crûmes v. crûtes ils crûrent

	SUBJONCTIF		IMPÉRATIF
Futur	Présent	Imparfait	Présent
je suivrai	je suive	je suivisse	
tu suivras	tu suives	tu suivisses	suis
il suivra	il suive	il suivît	
n. suivrons	n. suivions	n. suivissions	suivons
v. suivrez	v. suiviez	v. suivissiez	suivez
ils suivront	ils suivent	ils suivissent	
je vivrai	je vive	je vécusse	
tu vivras	tu vives	tu vécusses	vis
il vivra	il vive	il vécût	
n. vivrons	n. vivions	n. vécussions	vivons
v. vivrez	v. viviez	v. vécussiez	vivez
ils vivront	ils vivent	ils vécussent	
je paraîtrai	je paraisse	je parusse	
tu paraîtras	tu paraisses	tu parusses	parais
il paraîtra	il paraisse	il parût	
n. paraîtrons	n. paraissions	n. parussions	paraissons
v. paraîtrez	v. paraissiez	v. parussiez	paraissez
ils paraîtront	ils paraissent	ils parussent	
je naîtrai	je naisse	je naquisse	
tu naîtras	tu naisses	tu naquisses	nais
il naîtra	il naisse	il naquît	
n. naîtrons	n. naissions	n. naquissions	naissons
v. naîtrez	v. naissiez	v. naquissiez	naissez
ils naîtront	ils naissent	ils naquissent	
je croîtrai	je croisse	je crûsse	
tu croîtras	tu croisses	tu crûsses	croîs
il croîtra	il croisse	il crût	
n. croîtrons	n. croissions	n. crûssions	croissons
v. croîtrez	v. croissiez	v. crûssiez	croissez
ils croîtront	ils croissent	ils crûssent	

INFINITIF Participe présent — Participe passé	INDICATIF		
	Présent	Imparfait	Passé simple
(57) **RIRE** riant — ri	je ris tu ris il rit n. rions v. riez ils rient	je riais tu riais il riait n. riions v. riiez ils riaient	je ris tu ris il rit n. rîmes v. rîtes ils rirent
(58) **CONCLURE** concluant — conclu	je conclus tu conclus il conclut n. concluons v. concluez ils concluent	je concluais tu concluais il concluait n. concluions v. concluiez ils concluaient	je conclus tu conclus il conclut n. conclûmes v. conclûtes ils conclurent
(59) **NUIRE** nuisant — nui	je nuis tu nuis il nuit n. nuisons v. nuisez ils nuisent	je nuisais tu nuisais il nuisait n. nuisions v. nuisiez ils nuisaient	je nuisis tu nuisis il nuisit n. nuisîmes v. nuisîtes ils nuisirent
(60) **CONDUIRE** conduisant — conduit	je conduis tu conduis il conduit n. conduisons v. conduisez ils conduisent	je conduisais tu conduisais il conduisait n. conduisions v. conduisiez ils conduisaient	je conduisis tu conduisis il conduisit n. conduisîmes v. conduisîtes ils conduisirent
(61) **ÉCRIRE** écrivant — écrit	j'écris tu écris il écrit n. écrivons v. écrivez ils écrivent	j'écrivais tu écrivais il écrivait n. écrivions v. écriviez ils écrivaient	j'écrivis tu écrivis il écrivit n. écrivîmes v. écrivîtes ils écrivirent

	SUBJONCTIF		IMPÉRATIF
Futur	Présent	Imparfait	Présent
je rirai	je rie	je risse	
tu riras	tu ries	tu risses	ris
il rira	il rie	il rît	
n. rirons	n. riions	n. rissions	rions
v. rirez	v. riiez	v. rissiez	riez
ils riront	ils rient	ils rissent	
je conclurai	je conclue	je conclusse	
tu concluras	tu conclues	tu conclusses	conclus
il conclura	il conclue	il conclût	
n. conclurons	n. concluions	n. conclussions	concluons
v. conclurez	v. concluiez	v. conclussiez	concluez
ils concluront	ils concluent	ils conclussent	
je nuirai	je nuise	je nuisisse	
tu nuiras	tu nuises	tu nuisisses	nuis
il nuira	il nuise	il nuisît	
n. nuirons	n. nuisions	n. nuisissions	nuisons
v. nuirez	v. nuisiez	v. nuisissiez	nuisez
ils nuiront	ils nuisent	ils nuisissent	
je conduirai	je conduise	je conduisisse	
tu conduiras	tu conduises	tu conduisisses	conduis
il conduira	il conduise	il conduisît	
n. conduirons	n. conduisions	n. conduisissions	conduisons
v. conduirez	v. conduisiez	v. conduisissiez	conduisez
ils conduiront	ils conduisent	ils conduisissent	
j'écrirai	j'écrive	j'écrivisse	
tu écriras	tu écrives	tu écrivisses	écris
il écrira	il écrive	il écrivît	
n. écrirons	n. écrivions	n. écrivissions	écrivons
v. écrirez	v. écriviez	v. écrivissiez	écrivez
ils écriront	ils écrivent	ils écrivissent	

INFINITIF Participe présent — Participe passé	INDICATIF		
	Présent	Imparfait	Passé simple
(62) **CROIRE** croyant — cru	je crois tu crois il croit n. croyons v. croyez ils croient	je croyais tu croyais il croyait n. croyions v. croyiez ils croyaient	je crus tu crus il crut n. crûmes v. crûtes ils crurent
(63) **SUFFIRE** suffisant — suffi	je suffis tu suffis il suffit n. suffisons v. suffisez ils suffisent	je suffisais tu suffisais il suffisait n. suffisions v. suffisiez ils suffisaient	je suffis tu suffis il suffit n. suffîrnes v. suffîtes ils suffirent
(64) **DIRE** disant — dit	je dis tu dis il dit n. disons v. dites ils disent	je disais tu disais il disait n. disions v. disiez ils disaient	je dis tu dis il dit n. dîmes v. dîtes ils dirent
(65) **LIRE** lisant — lu	je lis tu lis il lit n. lisons v. lisez ils lisent	je lisais tu lisais il lisait n. lisions v. lisiez ils lisaient	je lus tu lus il lut n. lûmes v. lûtes ils lurent
(66) **BOIRE** buvant — bu	je bois tu bois il boit n. buvons v. buvez ils boivent	je buvais tu buvais il buvait n. buvions v. buviez ils buvaient	je bus tu bus il but n. bûmes v. bûtes ils burent

	SUBJONCTIF		IMPÉRATIF
Futur	Présent	Imparfait	Présent
je croirai	je croie	je crusse	
tu croiras	tu croies	tu crusses	crois
il croira	il croie	il crût	
n. croirons	n. croyions	n. crussions	croyons
v. croirez	v. croyiez	v. crussiez	croyez
ils croiront	ils croient	ils crussent	
je suffirai	je suffise	je suffisse	
tu suffiras	tu suffises	tu suffisses	suffis
il suffira	il suffise	il suffît	
n. suffirons	n. suffisions	n. suffissions	suffisons
v. suffirez	v. suffisiez	v. suffissiez	suffisez
ils suffiront	ils suffisent	ils suffissent	
je dirai	je dise	je disse	
tu diras	tu dises	tu disses	dis
il dira	il dise	il dît	
n. dirons	n. disions	n. dissions	disons
v. direz	v. disiez	v. dissiez	dites
ils diront	ils disent	ils dissent	
je lirai	je lise	je lusse	
tu liras	tu lises	tu lusses	lis
il lira	il lise	il lût	
n. lirons	n. lisions	n. lussions	lisons
v. lirez	v. lisiez	v. lussiez	lisez
ils liront	ils lisent	ils lussent	
je boirai	je boive	je busse	
tu boiras	tu boives	tu busses	bois
il boira	il boive	il bût	
n. boirons	n. buvions	n. bussions	buvons
v. boirez	v. buviez	v. bussiez	buvez
ils boiront	ils boivent	ils bussent	

INFINITIF Participe présent — Participe passé	INDICATIF		
	Présent	Imparfait	Passé simple
(67) **PLAIRE** plaisant — plu	je plais tu plais il plaît n. plaisons v. plaisez ils plaisent	je plaisais tu plaisais il plaisait n. plaisions v. plaisiez ils plaisaient	jé plus tu plus il plut n. plûmes v. plûtes ils plurent
(68) **FAIRE** faisant — fait	je fais tu fais il fait n. faisons v. faites ils font	je faisais tu faisais il faisait n. faisions v. faisiez ils faisaient	je fis tu fis il fit n. fîmes v. fîtes ils firent
(69) **EXTRAIRE** extrayant — extrait	j'extrais tu extrais il extrait n. extrayons v. extrayez ils extraient	j'extrayais tu extrayais il extrayait n. extrayions v. extrayiez ils extrayaient	
(70) **REPAÎTRE** repaissant — repu	je repais tu repais il repaît n. repaissons v. repaissez ils repaissent	je repaissais tu repaissais il repaissait n. repaissions v. repaissiez ils repaissaient	je repus tu repus il reput n. repûmes v. repûtes ils repurent
(71) **SOURDRE** —	il sourd ils sourdent	il sourdait ils sourdaient	

	SUBJONCTIF		**IMPÉRATIF**
Futur	Présent	Imparfait	Présent
je plairai	je plaise	je plusse	
tu plairas	tu plaises	tu plusses	plais
il plaira	il plaise	il plût	
n. plairons	n. plaisions	n. plussions	plaisons
v. plairez	v. plaisiez	v. plussiez	plaisez
ils plairont	ils plaisent	ils plussent	
je ferai	je fasse	je fisse	
tu feras	tu fasses	tu fisses	fais
il fera	il fasse	il fît	
n. ferons	n. fassions	n. fissions	faisons
v. ferez	v. fassiez	v. fissiez	faites
ils feront	ils fassent	ils fissent	
j'extrairai	j'extraie		
tu extrairas	tu extraies		extrais
il extraira	il extraie		
n. extrairons	n. extrayions		extrayons
v. extrairez	v. extrayiez		extrayez
ils extrairont	ils extraient		
je repaitrai	je repaisse	je repusse	
tu repaitras	tu repaisses	tu repusses	repais
il repaîtra	il repaisse	il repût	
n. repaîtrons	n. repaissions	n. repussions	repaissons
v. repaîtrez	v. repaissiez	v. repussiez	repaissez
ils repaitront	ils repaissent	ils repussent	

INFINITIF Participe présent — Participe passé	INDICATIF		
	Présent	Imparfait	Passé simple
(72) **CLORE** closant — clos	je clos tu clos il clôt ils closent		
(73) **ÉCLORE** — éclos	il éclôt ils éclosent		
(74) **FRIRE** — frit	je fris tu fris il frit		
(75) **POINDRE** poignant —	il point	il poignait	il poignit

	SUBJONCTIF		IMPÉRATIF
Futur	Présent	Imparfait	Présent
je clorai tu cloras il clora n. clorons v. clorez ils cloront	je close tu closes il close n. closions v. closiez ils closent		clos
il éclora ils écloront	il éclose ils éclosent		
je frirai tu friras il frira n. frirons v. frirez ils friront			fris
il poindra	il poigne	il poignit	

原形動詞索引表

本表供從動詞的變位形式查找原形動詞之用，
爲了節省篇幅，只收屬於第三組的較常用動詞
的一部分變位形式。

a	avoir
aba-t, -ts }	abattre
abatt-e, -ent, -es, -ons, -u	
abatti-s, -t	
absolu-s, -t }	absoudre
absolv-e, -ent, -es, -ons	
absou-s, -t	
absten-ons, -u }	abstenir
abstiendrai	
abstienn-e, -ent, -es	
abstien-s, -t	
abstîn-mes, -t, -tes	
abstin-s, -t	
accour-e, -ent, -es, -ons, -s, -t, -u }	accourir
accourrai	
accouru-s, -t	
accroîs }	accroître
accroiss-e, -ent, -es, -ons	
accroît	
accru	
accru-s, -t	
accueill-e, -ent, -es, -ons }	accueillir
accueillerai	
acquérons }	acquérir
acquerrai	
acquièr-e, -ent, -es	

acquier-s, -t }	acquérir
acqui-s, -t	
adjoign-e, -ent, -es, -ons }	adjoindre
adjoigni-s, -t	
adjoin-s, -t	
adme-t, -ts }	admettre
admett-e, -ent, -es, -ons	
admi-s, -t	
advenu }	advenir
adviendr-a	
advienn-e, -ent	
advient	
advint	
advînt	
ai }	avoir
ai-e, -ent, -es, -t	
aill-e, -ẽnt, -es	aller
apercevons }	apercevoir
apercevrai	
aperçoi-s, -t	
aperçoiv-e, -ent, -es	
aperçu	
aperçu-s, -t	
apparais }	apparaître
apparaiss-e, -ent, -es, -ons	
apparaît	
apparten-ons, -u }	appartenir
appartiendrai	

appartienn-e, -ent, -es		brai-ent, -t	
appartien-s, -t		brayai-ent, -t	braire
appartîn-mes, -t, -tes	appartenir	brayant	
appartin-s, -t		bruissai-ent, -t	
apparu		bruissant	
apparu-s, -t	apparaître	bruiss-e, -ent	bruire
appert	apparoir	bruit	
appren-d, -ds		bu	
apprenn-e, -ent, -es		bu-s, -t	boire
apprenons	apprendre	buvons	
appri-s, -t		ceign-e, -ent, -es, -ons	
as	avoir	ceigni-s, -t	ceindre
assaill-e, -ent, -es, -ons	assaillir	cein-s, -t	
assey-e, -ent, -es, -ons		chaut	chaloir
assie-d, -ds		cherrai	
assiérai		choi-ent, -s, -t	choir
assi-s, -t		chu	
assoi-e, -ent, -es, -s, -t	asseoir	chu-s, -t	
assoirai		clos	
assoyons		closant	
atteign-e, -ent, -es, -ons		clos-e, -ent, -es, -iez, -ions	clore
atteigni-s, -t	atteindre	clôt	
attein-s, -t		comba-t, -ts	
atten-d, -ds		combatt-e, -ent, -es, -ons, -u	combattre
attend-e, -ent, -es, -ons, -u	attendre	combatti-s, -t	
attendi-s, -t		comme-t, -ts	
aurai		commett-e, -ent, -es, -ons	commettre
ayons	avoir	commi-s, -t	
ay-ant, -ons		compren-d, -ds, -ons	
ba-t, -ts		comprenn-e, -ent, -es	comprendre
batt-e, -ent, -es, -ons, -u	battre	compri-s, -t	
batti-s, -t		concevons	concevoir
boi-s, -t		concevrai	
boiv-e, -ent, -es	boire	conclu	
bouill-e, -ent, -es, -ons		conclu-e, -ent, -es, -ons, -s, -t	conclure
bou-s, -t	bouillir	conçoi-s, -t	concevoir
		conçoiv-e, -ent, -es	

concour-e, -ent, -es, -ons, -s, -t, -u	} concourir	contraigni-s, -t	
concourrai		contrain-s, -t	} contraindre
concouru-s, -t		convain-c, -cs	
concu		convaincu	
conçu-s, -t	} concevoir	convainqu-e, -ent, -es, -ons	} convaincre
condui-s, -t		convainqui-s, -t	
conduis-e, -ent, -es, -ons		conven-ons, -u	
conduisi-s, -t	} conduire	conviendrai	
confi-s, -t		convienn-e, -ent, -es	} convenir
confis-e, -ent, -es, -ons	} confire	conviens	
confon-d, -ds		convient	convenir, convier
confond-e, -ent, -es, -ons, -u	} confondre	convîn-mes, -t, -tes	} convenir
confondi-s, -t		convin-s, -t	
connais		correspon-d, -ds	
connaiss-e, -ent, -es, -ons		correspond-e, -ent, -es, -ons, -u	} correspondre
connaît	} connaître	correspondi-s, -t	
connu		corromp-e, -ent, -es, -ons, -s, -t, -u	} corrompre
connu-s, -t		corrompi-s, -t	
conquérons		cou-d, -ds	coudre
conquerrai		cour-e, -ent, -es, -ons, -s, -t, -u	} courir
conquièr-e, -ent, -es	} conquérir	courrai	
conquier-s, -t		couru-s, -t	
conqui-s, -t		cous-e, -ent, -es, -ons, -u	} coudre
consen-s, -t		cousi-s, -t	
consent-e, -ent, -es, -ons	} consentir	couvert	
construi-s, -t		couvr-e, -ent, -es, -ons	} couvrir
construis-e, -ent, -es, -ons	} construire	craign-e, -ent, -es, -ons	} craindre
construisi-s, -t		craigni-s, -t	
conten-ons, -u		crain-s, -t	
contiendrai		croi-e, -ent, -es, -s, -t	} croire
contienn-e, -ent, -es	} contenir	croî-s, -t	
contien-s, -t		croiss-e, -ent, -es, -ons	} croître
contîn-mes, -t, -tes		croyons	} croire
contin-s, -t		cru	
contraign-e, -ent, -es, -ons	} contraindre		

crû	} croître	descen-d, -ds	} descendre
crue		descend-e, -ent, -es,	
cru-s, -t	croire	-ons, -u	
crûs	croître	descendi-s, -t	
crût	croître, croire	détrui-s, -t	} détruire
cueill-e, -ent, -es,	} cueillir	détruis-e, -ent, -es,	
-ons		-ons	
cueillerai		détruisi-s, -t	
cui-s, -t	} cuire	deven-ons, -u	} devenir
cuis-e, -ent, -es, -ons		deviendrai	
cuisi-s, -t		devienn-e, -ent, -es	
décherrai	} déchoir	devien-s, -t	
déchoi-e, -ent, -es,		devîn-mes, -t, -tes	
-s, -t		devin-s, -t	
déchoyons		devons	} devoir
déchu		devrai	
déchu-s, -t		di-s, -t, -tes	dire
découvert	} découvrir	discour-e, -ent, -es,	} discourir
découvr-e, -ent, -es,		-ons, -s, -t, -u	
-ons		discourrai	
décri-s, -t	} décrire	discouru-s, -t	
décriv-e, -ent, -es,		dis-e, -ent, -es, -ons	dire
-ons		disparais	} disparaître
décrivi-s, -t		disparaiss-e, -ent, -es,	
dédui-s, -t	} déduire	-ons	
déduis-e, -ent, -es,		disparaît	
-ons		disparu	
déduisi-s, -t		disparu-s, -t	
défai-s, -t, -tes	} défaire	distrai-e, -ent, -es,	} distraire
défaisons		-s, -t	
défass-e, -ent, -es,		distrayons	
-iez, -ions		doi-s, -t	} devoir
défen-d, -ds	} défendre	doiv-e, -ent, -es	
défend-e, -ent, -es,		dorm-e, -ent, -es,	} dormir
-ons, -u		-ons	
défendi-s, -t		dor-s, -t	
déferai	} défaire	dû	} devoir
défi-s, -t		due	
défont		du-s, -t	
dépen-d, -ds	} dépendre	éba-t, -ts	} ébattre
dépend-e, -ent, -es,		ébatt-e, -ent, -es,	} ébattre
-ons, -u		-ons, -u	
dépendi-s, -t		ébatti-s, -t	

échéant, -e, -ent		enfuyons	enfuir
écherr-a, -ont		enquérons	
écherrai-ent, -t		enquerrai	
échet		enquièr-e, -ent, -es	enquérir
échoi-e, -ent, -t	échoir	enquier-s, -t	
échoyait		enqui-s, -t	
échu		enten-d, -ds	
échurent		entend-e, -ent, -es,	entendre
échut		-ons, -u	
échût		entendi-s, -t	
éclos		entrepren-d, -ds	
éclos-e, -ent	éclore	entreprenn-e, -ent,	
éclôt		-es	entreprend
écri-s, -t		entreprenons	
écriv-e, -ent, -es,	écrire	entrepri-s, -t	
-ons		entreten-ons, -u	
écrivi-s, -t		entretiendrai	
éli-s, -t		entretienn-e, -ent, -es	entretenir
élis-e, -ent, -es, -ons	élire	entretien-s, -t	
élu		entretîn-mes, -t, -tes	
élu-s, -t		enverrai	envoyer
éme-t, -ts		es	
émett-e, -ent, -es,	émettre	est	
-ons		ét-aient, -ais, -ait,	être
émeu-s, -t		-ant	
émeuv-e, -ent, -es	émouvoir	été	
émi-s, -t	émettre	éteign-e, -ent, -es,	
émouvons		-ons	éteindre
émouvrai	émouvoir	éteigni-s, -t	
empreign-e, -ent, -es,		étein-s, -t	
-ons		éten-d, -ds	
empreigni-s, -t	empreindre	étend-e, -ent, -es,	étendre
emprein-s, -t		-ons, -u	
ému		étendi-s, -t	
ému-s, -t	émouvoir	êtes	être
endorm-e, -ent, -es,		ét-iez, -ions	
-ons	endormir	eu	avoir
endor-s, -t		eu-s, -t	
endui-s, -t		exclu	
enduis-e, -ent, -es,	enduire	exclu-e, -ent, -es,	exclure
-ons		-ons, -s, -t	
enduisi-s, -t		extrai-e, -ent, -es, -s,	extraire
enfui-e, -ent, -es	enfuir	-t	

extrayons	extraire	gît	gésir
faille	falloir, faillir	hai-s, -t	haïr
faili-ent, -es, -ons	faillir	inclu-e, -ent, -es, -ons	inclure
fallait	falloir	inclu-s, -t	
fallu		inscri-s, -t	inscrire
fallut		inscriv-e, -ent, -es, -ons	
fallût		inscrivi-s, -t	
fai-s, -t	faire	instrui-s, -t	instruire
faisons		instruis-e, -ent, -es, -ons	
faites		instruisi-s, -t	
fass-e, -ent, -es, -iez, -ions		interdi-s, -t	interdire
faudr-a	falloir, faillir	interdis-e, -ent, -es, -ons	
faudrai	faillir	interromp-e, -ent, -es, -ons, -s, -t, -u	interrompre
faut	falloir, faillir		
faux	faillir	interrompi-s, -t	
feign-e, -ent, -es, -ons	feindre	introdui-s, -t	introduire
feigni-s, -t		introduis-e, -ent, -es, -ons	
fein-s, -t		introduisi-s, -t	
fen-d, -ds	fendre	irai	aller
fend-e, -ent, -es, -ons, -u		joign-e, -ent, -es, -ons	joindre
fendi-s, -t		joigni-s, -t	
ferai	faire	join-s, -t	
fi-s, -t		li-s, -t	lire
florissai-s, -t	fleurir	lis-e, -ent, -es, -ons	
florissant		lu	
fon-d, -ds	fondre	lui	
fond-e, -ent, -es, -ons, -u		lui-s, -t	luire
fondi-s, -t		luis-e, -ent, -es, -ons	
font	faire	luisi-s, -t	
fri-s, -t	frire	lu-s, -t	lire
fui-e, -ent, -es	fuir	mainten-ons, -u	maintenir
fu-s, -t	être	maintiendrai	
fuyons	fuir	maintienn-e, -ent, -es	
geign-e, -ent, -es, -ons	geindre	maintien-s, -t	
geigni-s, -t		maintîn-mes, -t, -tes	
gein-s, -t		maintin-s, -t	
gis	gésir	maudit	maudire
gis-ent, -ons			

médi-s, -t	
médis-e, -ent, -es, -ez, -ons	} médire
men-s, -t	
ment-e, -ent, -es, -ons	} mentir
me-t, -ts	
mett-e, -ent, -es, -ons	} mettre
meur-e, -ent, -es, -s, -t	} mourir
meu-s, -t	
meuv-e, -ent, -es	} mouvoir
mi-s, -t	mettre
mor-d, -ds	
mord-e, -ent, -es, -ons, -u	} mordre
mordi-s, -t	
mort	mourir
mou-d, -ds	
moul-e, -ent, -es, -ons moulu	} moudre
moulu-s, -t	
mourons	
mourrai	} mourir
mouru-s, -t	
mouvons	
mouvrai	
mû	} mouvoir
mue	
mu-s, -t	
nais	
naiss-e, -ent, -es, -ons	
naît	} naître
naqui-s, -t	
né	
nui	
nui-s, -t	
nuis-e, -ent, -es, -ons	} nuire
nuisi-s, -t	
obten-ons, -u	} obtenir
obtiendrai	

obtienn-e, -ent, -es	
obtien-s, -t	
obtîn-mes, -t, -tes	} obtenir
obtin-s, -t	
occis	occire
offert	
offr-e, -ent, -es, -ons	} offrir
oient	
oirai	} ouïr
oi-s, -t	
ome-t, -ts	
omett-e, -ent, -es, -ons	} omettre
omi-s, -t	
ont	avoir
orrai	
ouï	} ouïr
ouï-s, -t	
ouvert	ouvrir
ouvr-e, -ent, -es, -ons	} ouvrir, ouvrer
oyons	ouïr
pais	
paiss-e, -ent, -es, -ons	} paître
pait	
parais	
paraiss-e, -ent, -es, -ons	} paraître
paraît	
parcour-e, -ent, -es, -ons, -s, -t, -u	} parcourir
parcourrai	
parcouru-s, -t	
parfait	parfaire
par-s, -t	} partir
part-e, -ent, -es, -ons	
paru	} paraître
paru-s, -t	
parven-ons, -u	
parviendrai	
parvienn-e, -ent -es	} parvenir
parvien-s, -t	

parvîn-mes, -t, -tes parvin-s, -t	} parvenir	poign-ait, -ant poigne poignit poignît poindra point	} poindre	
peign-e, -ent, -es, -ons	} peindre, peigner			
peigni-s, -t pein-s, -t	} peindre	pon-d, -ds pond-e, -ent, -es, -ons, -u pondi-s, -t	} pondre	
pen-d, -ds pend-e, -ent, -es, -ons, -u pendi-s, -t	} pendre	pourrai	pouvoir	
		poursui-s, -t poursuiv-e, -ent, -es, -ons poursuivi poursuivi-s, -t	} poursuivre	
percevons percevrai perçoi-s, -t perçoiv-e, -ent, -es perçu percu-s, -t	} percevoir	pouvons	pouvoir	
per-d, -ds perd-e, -ent, -es, -ons, -u perdi-s, -t	} perdre	prédi-s, -t prédis-e, -ent, -es, -ons	} prédire	
perme-t, -ts permett-e, -ent, -es, -ons permi-s, -t	} permettre	pren-d, -ds prenn-e, -ent, -es, -ons	} prendre	
peu-t, -x peuvent	} pouvoir	préten-d, -ds prétend-e, -ent, -es, -ons, -u prétendi-s, -t	} prétendre	
plaign-e, -ent, -es, -ons plaigni-s, -t plain-s, -t	} plaindre	pri-s, -t	prendre	
		produi-s, -t produis-e, -ent, -es, -ons produisi-s, -t	} produire	
plais plais-e, -ent, -es, -ons	} plaire	prome-t, -ts promett-e, -ent, -es, -ons promi-s, -t	} promettre	
plaît				
pleut pleuv-aient, -ait, -ant pleuv-e, -ent pleuvr-a, -ont	} pleuvoir	pu puis puiss-e, -ent, -es pu-s, -t	} pouvoir	
plu plurent	} plaire, pleuvoir	recevons recevrai reçoi-s, -t	} recevoir	
plus	plaire			
plussent plut plût	} plaire, pleuvoir			

reçoiv-e, -ent, -es	recevoir	rompi-s, -t	rompre
reconnais		sach-e, -ent, -es, -ons	} savoir
reconnaiss-e, -ent, -es, -ons		saill-e, -ent, -era	saillir
reconnaît	reconnaître	sai-s, -t	savoir
reconnu		satisfai-s, -t, -tes	
reconnu-s, -t		satisfaisons	
reçu	} recevoir	satisfass-e, -ent, -es, -iez, -ions	
reçu-s, -t		satisferai	satisfaire
rédui-s, -t		satisfi-s, -t	
réduis-e, -ent, -es, -ons	réduire	satisfont	
réduisi-s, -t		saurai	
ren-d, -ds		savent	} savoir
rend-e, -ent, -es, -ons, -u	rendre	savons	
rendi-s, -t		séant	seoir
renverrai	renvoyer	secour-e, -ent, -es, -ons, -s, -t, -u	} secourir
répan-d, -ds		secourrai	
répand-e, -ent, -es, -ons, -u	répandre	secouru-s, -t	
répandi-s, -t		sédui-s, -t	
repen-s, -t		séduis-e, -ent, -es, -ons	séduire
repent-e, -ent, -es, -ons	repentir	séduisi-s, -t	
répon-d, -ds		sen-s, -t	} sentir
répond-e, -ent, -es, -ons, -u	répondre	sent-e, -ent, -es, -ons	
répondi-s, -t		serai	être
résolu		ser-s, -t	} servir
résolu-s, -t		serv-e, -ent, -es, -ons	
résolv-e, -ent, -es, -ons	résoudre	sey-ait, -ant	
résou-s, -t		sied	
restreign-e, -ent, -es, -ons		sié-e, -ent, -ra	seoir
restreigni-s, -t	restreindre	sis	
restrein-s, -t		soi-ent, -s, -t	
ri		sommes	} être
ri-e, -ent, -es, -ons, -s, -t	rire	sont	
		sor-s, -t	} sortir
romp-e, -ent, -es, -ons, -s, -t, -u	} rompre	sort-e, -ent, -es, -ons	
		souffert	
		souffr-e, -ent, -es, -ons	} souffrir
		soume-t, -ts	} soumettre
		soumett-e, -ent, -es	

parvîn-mes, -t, -tes	} parvenir	poign-ait, -ant	
parvin-s, -t		poigne	
peign-e, -ent, -es, -ons	} peindre, peigner	poignit	} poindre
		poignît	
peigni-s, -t	} peindre	poindra	
pein-s, -t		point	
pen-d, -ds		pon-d, -ds	
pend-e, -ent, -es, -ons, -u	} pendre	pond-e, -ent, -es, -ons, -u	} pondre
pendi-s, -t		pondi-s, -t	
percevons		pourrai	pouvoir
percevrai		poursui-s, -t	
perçoi-s, -t	} percevoir	poursuiv-e, -ent, -es, -ons	} poursuivre
perçoiv-e, -ent, -es			
perçu		poursuivi	
percu-s, -t		poursuivi-s, -t	
per-d, -ds		pouvons	pouvoir
perd-e, -ent, -es, -ons, -u	} perdre	prédi-s, -t	
		prédis-e, -ent, -es, -ons	} prédire
perdi-s, -t			
permé-t, -ts		pren-d, -ds	
permett-e, -ent, -es, -ons	} permettre	prenn-e, -ent, -es, -ons	} prendre
permi-s, -t		préten-d, -ds	
peu-t, -x	} pouvoir	prétend-e, -ent, -es, -ons, -u	} prétendre
peuvent			
plaign-e, -ent, -es, -ons	} plaindre	prétendi-s, -t	
		pri-s, -t	prendre
plaigni-s, -t		produi-s, -t	
plain-s, -t		produis-e, -ent, -es, -ons	} produire
plais			
plais-e, -ent, -es, -ons	} plaire	produisi-s, -t	
plaît		prome-t, -ts	
pleut		promett-e, -ent, -es, -ons	} promettre
pleuv-aient, -ait, -ant	} pleuvoir		
pleuv-e, -ent		promi-s, -t	
pleuvr-a, -ont		pu	
plu	} plaire, pleuvoir	puis	
plurent		puiss-e, -ent, -es	} pouvoir
plus	plaire	pu-s, -t	
plussent		recevons	
plut	} plaire, pleuvoir	recevrai	} recevoir
plût		reçoi-s, -t	

reçoiv-e, -ent, -es	recevoir	rompi-s, -t	rompre
reconnais		sach-e, -ent, -es, -ons	} savoir
reconnaiss-e, -ent, -es, -ons		saill-e, -ent, -era	saillir
reconnaît	} reconnaître	sai-s, -t	savoir
reconnu		satisfai-s, -t, -tes	
reconnu-s, -t		satisfaisons	
reçu	} recevoir	satisfass-e, -ent, -es, -iez, -ions	
reçu-s, -t		satisferai	} satisfaire
rédui-s, -t		satisfi-s, -t	
réduis-e, -ent, -es, -ons	} réduire	satisfont	
réduisi-s, -t		saurai	
ren-d, -ds		savent	} savoir
rend-e, -ent, -es, -ons, -u	} rendre	savons	
rendi-s, -t		séant	seoir
renverrai	renvoyer	secour-e, -ent, -es, -ons, -s, -t, -u	
répan-d, -ds		secourrai	} secourir
répand-e, -ent, -es, -ons, -u	} répandre	secouru-s, -t	
répandi-s, -t		sédui 6, t	
repen-s, -t		séduis-e, -ent, -es, -ons	} séduire
repent-e, -ent, -es, -ons	} repentir	séduisi-s, -t	
répon-d, -ds		sen-s, -t	} sentir
répond-e, -ent, -es, -ons, -u	} répondre	sent-e, -ent, -es, -ons	
répondi-s, -t		serai	être
résolu		ser-s, -t	} servir
résolu-s, -t		serv-e, -ent, -es, -ons	
résolv-e, -ent, -es, -ons	} résoudre	sey-ait, -ant	
résou-s, -t		sied	} seoir
restreign-e, -ent, -es, -ons		sié-e, -ent, -ra	
		sis	
restreigni-s, -t	} restreindre	soi-ent, -s, -t	} être
restrein-s, -t		sommes	
ri		sont	
ri-e, -ent, -es, -ons, -s, -t	} rire	sor-s, -t	} sortir
		sort-e, -ent, -es, -ons	
romp-e, -ent, -es, -ons, -s, -t, -u	} rompre	souffert	
		souffr-e, -ent, -es, -ons	} souffrir
		soume-t, -ts	} soumettre
		soumett-e, -ent, -es	

soumett-ons	soumettre
soumi-s, -t	
sourd	sourdre
sourd-aient, -ait, -ent	
souri	sourire
souri-e, -ent, -es, -ons, -s, -t	
soustrai-e, -ent, -es, -s, -t	soustraire
soustrayons	
souten-ons, -u	soutenir
soutiendrai	
soutienn-e, -ent, -es	
soutien-s, -t	
soutîn-mes, -t, -tes	
soutin-s, -t	
souven-ons, -u	souvenir
souviendrai	
souvienn-e, -ent, -es	
souvien-s, -t	
souvîn-mes, -t, -tes	
souvin-s, -t	
soyons	être
su	savoir
suffi	suffire
suffi-s, -t	
suffis-e, -ent, -es, -ons	
suis	être, suivre
suit	suivre
suiv-e, -ent, -es, -ons	
suivi	
suivi-s, -t	
sursi-s, -t	surseoir
sursoi-e, -ent, -es, -s, -t	
sursoyons	
su-s, -t	savoir
suspen-d, -ds	suspendre
suspend-e, -ent, -es, -ons, -u	
suspendi-s, -t	
tai-s, -t	taire
tais-e, -ent, -es, -ons	

teign-e, -ent, -es, -ons	teindre
teigni-s, -t	
tein-s, -t	
ten-d, -ds	tendre
tend-e, -ent, -es, -ons, -u	
tendi-s, -t	
ten-ons, -u	
tiendrai	tenir
tienn-e, -ent, -es	
tien-s, -t	
tîn-mes, -t, -tes	
tin-s, -t	
ton-d, -ds	tondre
tond-e, -ent, -es, -ons, -u	
tondi-s, -t	
tor-d, -ds	tordre
tord-e, -ent, -es, -ons, u	
tordi-s, -t	
tradui-s, -t	traduire
traduis-e, -ent, -es, -ons	
traduisi-s, -t	
trai-e, -ent, -es, -s, -t	traire
transcri-s, -t	transcrire
transcriv-e, -ent, -es, -ons	
transcrivi-s, -t	
trayons	traire
tu	taire
tu-s, -t	
va	aller
vaill-e, -ent, -es	valoir
vain-e, -cs, -cu	
vainqu-e, -ent, -es, -ons	vaincre
vainqui-s, -t	
vais	aller
val-ent, -ons, -u	valoit
valu-s, -t	

vas	aller	veulent	} vouloir
vaudrai	} valoir	veu-t, -x	
vau-t, -x		viendrai	
vécu	} vivre	vienn-e, -ent, -es	
vécu-s, -t		vien-s, -t	} venir
ven-d, -ds		vîn-mes, -t, -tes	
vend-e, -ent, -es,	} vendre	vin-s, -t	
-ons, -u		vi-s, -t	vivre, voir
vendi-s, -t		viv-e, -ent, -es, -ons	vivre
ven-ons, -u	venir	voi-e, -ent, -es, -s, -t	voir
verrai	voir	vont	aller
vê-t, -ts		voudrai	
vêt-e, -ent, -es, -ons,	} vêtir	voul-ons, -u	} vouloir
-u		voulu-s, -t	
veuill-e, -ent, -es,	} vouloir	voyons	} voir
-ons		vu	

法 語 語 音 簡 表

元 音

音標	詞　例	音標	詞　例
[i]	il, vie, lyre, naïf, gîte	[ɛ̃]	matin, plein, main, faim
[e]	blé, jouer, gai		impossible, syndicat
[ɛ]	lait, jouet, merci, maître,	[ɑ̃]	sans, vent, temps, tampon
	frère, fenêtre, neige	[ɔ̃]	bon, ombre
[a]	plat, patte, là	[œ̃]	lundi, brun, parfum
[ɑ]	bas, pâte		

音標	詞　例		
[ɔ]	mort, donner	:	為長音符號
[o]	mot, dôme, eau, gauche		

半 元 音			

[u]	genou, roue	音標	詞　例
[y]	rue, vêtu, mûr		
[ø]	peu, deux, nœud	[j]	yeux, paille, pied, travail
[œ]	peur, meuble	[w]	oui, nouer, tramway
[ə]	le, premier	[ɥ]	huile, lui

輔 音

音標	詞　例	音標	詞　例
[p]	père, soupe	[v]	vous, rêve
[t]	terre, vite	[z]	zéro, maison, rose
[k]	cou, qui, sac, képi	[ʒ]	je, gilet, geôle
[b]	bien, robe	[l]	lent, sol
[d]	dans, aide	[r]	rue, venir
[g]	gare, bague	[m]	main, femme
[f]	feu, neuf, photo	[n]	nous, tonne, animal
[s]	sale, celui, ça, tasse, nation	[ɲ]	agneau, vigne
[ʃ]	chat, tache	[ŋ]	camping